中国古代的诗社与诗学

郭 鹏 尹变英 著

2015年·北京

图书在版编目(CIP)数据

中国古代的诗社与诗学 / 郭鹏，尹变英著. — 北京：商务印书馆，2015
ISBN 978-7-100-11717-3

Ⅰ.①中… Ⅱ.①郭… ②尹… Ⅲ.①古典诗歌－诗歌史－研究－中国②古典诗歌－诗学－研究－中国 Ⅳ.①I207.209②I207.22

中国版本图书馆CIP数据核字(2015)第256947号

国家社科基金青年项目：中国文学批评史视野中的古代诗社研究
（项目编号：08CZW014）
山西省姚奠中国学教育基金项目：诗社与古代诗学的教育、训练和传播研究
（项目编号：2013GX01）
中西部高校提升综合实力中央财政专项支持计划：
中国语言文学学科建设经费支持　　山西省特色重点学科特色专业支持

所有权利保留。

未经许可，不得以任何方式使用。

中国古代的诗社与诗学

郭鹏　尹变英　著

商　务　印　书　馆　出　版
（北京王府井大街36号　邮政编码100710）
商　务　印　书　馆　发　行
三河市尚艺印装有限公司印刷
ISBN 978-7-100-11717-3

2015年11月第1版　　　开本 710×1000　1/16
2015年11月北京第1次印刷　印张 68 1/4

定价：120.00 元

目 录

引言 1

上编　诗社的酝酿与肇始阶段——宋代之前

第一章　诗社渊源与唐前群体性诗学活动的诗学内涵 11
　第一节　诗社的渊源及早期群体性诗学活动的相关问题 13
　　一、诗社渊源考述——以群聚形式的文学活动为中心 13
　　二、汉代的文人群体性活动对诗社形成的作用 30
　第二节　魏晋到唐前的文人群体性文学活动及其理论内涵 40
　　一、魏晋文人群体：邺下文人集团的文学活动及相关诗学问题 40
　　二、关于建安时期文人的赠答风气 54
　　三、曹植、杨修间往来书信的文学理论问题 63
　　四、东晋至唐前的诸文人群体 96
　　五、关于白莲社本事及陶渊明年谱中相关问题的考述 118
　　六、关于乌衣之游 131
　　七、此期其他文人群体 135

第二章　唐代的诗社活动及其诗学内涵 156
　第一节　关于唐代诗社活动的特点及相关问题 156
　　一、唐代帝王对群体性诗学活动的表率作用 159

二、唐代群体性诗学活动的基本形式与特征...............165
三、唐代诗友群体崖略...............173
四、唐代诗人的群体流派意识...............176
五、关于唐代的结社问题...............179

第二节 中唐前的诸群体性准诗社活动及其诗学内涵...............181
一、关于相山诗社...............181
二、第一个有诗社表述的准诗社组织沧洲诗社考述...............184
三、沧洲诗社在理论上的成果——权德舆文学思想述略...............196
四、白居易之香火社、九老会等诗学活动考述...............201

第三节 中晚唐及五代时期的重要诗社活动以及相关诗学问题...............219
一、中晚唐诗人结社考述...............219
二、高骈与渼陂吟社——第一个时人自名的诗社组织...............222
三、五代时期孙鲂、沈彬、李建勋的诗社活动...............227
四、齐己在南楚或有诗学活动...............237
五、齐己《风骚旨格》的文学谋略思想及其影响——兼论齐己诗学活动的贡献...............241
附论：关于五代时期廖融、任鹄，凌蟾（当为陆蟾）、王正己、王元结诗社的问题...............274

中编 诗社的成熟与深化发展阶段——两宋时期

第一章 北宋诗社及其诗学内涵...............281
第一节 北宋若干较重要诗社的诗学活动及其诗学内涵...............283
一、释省常的西湖白莲社与相关诗学问题...............283
二、林逋历阳诗社考述...............299
三、王安石、杨畋的诗社活动...............310
四、强至诗社考述...............314

五、韦骧诗社考述 319
　　　六、宋代诗社的一种非正式形态耆英会简述 340
　　　七、马寻的吴兴六老会 341
　　　八、徐祐苏州九老会 342
　　　九、杜衍睢阳五老会 343
　第二节　洛社七交与道山诗社 353
　　　一、欧阳修、梅尧臣等人的洛社交游活动及其对北宋诗文革新运动的
　　　　　策动 353
　　　二、北宋林宋卿道山诗社及相关诗学问题的考述——以李之仪、韩驹、
　　　　　吴可的诗学活动为中心 399

第二章　江西诗社群、南宋江湖诗社群及其相关诗学问题 426
　第一节　江西诗社群 426
　　　一、黄庭坚之北京大名府诗社活动考述 426
　　　二、黄庭坚所提及的其他诗社活动 433
　　　三、欧阳澈诗社考述 437
　　　四、论《江西诗社宗派图》与江西诗社群在诗社活动史上的意义 ... 450
　　　五、关于江西诸人所提及的诗社 455
　　　六、江西诗社群的代表性诗社组织——豫章诗社 468
　　　七、江西诗社群成员间的诗学交流 472
　　　八、以诗话类著作的有关内容观照江西诗社群的诗学活动兼论其诗学
　　　　　特点——以江西诗社群成员的诗学话题为对象 482
　　　九、江西诗社群内部诗学交流的特征和意义 511
　第二节　南宋江湖诗社群及该时期其他诗社诗学活动及其内涵 527
　　　一、北宋、南宋之交的其他诗社活动 527
　　　二、江湖诗社群及其诗学活动的内涵 534
　　　三、江湖诗人诗作中反映的有关诗社 535

四、江湖诗人与陈起间的相知情谊对其诗学活动的助推作用 548

五、江湖诗人的诗社活动及其诗学内涵 552

六、关于戴复古诗学 572

七、刘克庄与诗社的密切关联及其对江西、江湖诗学理论的调和与熔炼 580

八、江湖诗社群的诗学精神与品格——以苦吟为特质的自觉诗学探索与实践精神 595

九、关于江湖诗社群的苦吟精神 596

十、关于江湖诗社群的诗学品格 600

十一、江湖诗社群的诗学交流与其诗学理论之关系 604

十二、对宋代诗社的总结：两宋诗社活动及其诗学理论的价值与意义 607

附论一：关于宋金间的文学交流 609

附论二：稷亭二段之诗社活动及其历史意义 618

下编　诗社的泛化及滋生习气阶段——元代及明清时期

第一章　元代有关诗社活动及其诗学内涵 659

第一节　论元初诗社和元代诗学格局之关系 662
——以月泉吟社的诗学活动为例 662

一、月泉吟社的主要成员及其基本情况 662

二、方凤等人诗学的基本特点 672

三、月泉吟社诗学活动的基本理论内涵 678

四、月泉吟社的遗民性诗学特质 686

五、月泉吟社诗学活动的意义与影响 692

第二节　元代中期京师诗坛的群体性诗学活动与元代诗风的整炼和完备
——以奎章阁文士的诗学活动为例 709

一、奎章阁文士的诗学活动 709

二、袁桷诗学及其对元代中期诗学繁盛的贡献......725

　　三、元中期京师诗坛诗学活动对元代诗风的整合与熔炼作用......733

第三节　玉山雅集诗学活动的内涵及其意义......758

　　一、玉山雅集：元代诗社活动的终响......758

　　二、关于玉山雅集及其诗学活动......765

　　三、与玉山雅集有关联的具有京师履历的诗人......767

　　附论：玉山雅集所历之会......781

第二章　明代诗社与诗学诸问题......785

第一节　由高启、高棅到明代诗社主体与诗学主流：台阁、茶陵及前后七子的诗社活动与诗学意义......790

　　一、高启的诗社活动及其有关理论......790

　　二、高棅、林鸿的诗社活动及其诗学意义简析......791

　　三、台阁体成员的诗社与诗学......793

　　四、李东阳的诗社活动与茶陵诗学简述......799

　　五、前七子的京师诗社活动及其诗学简述......813

　　六、李、何之争与前七子诗社的诗学内涵......816

　　七、后七子的诗社与诗学......829

　　八、后七子诗社之诗学：（一）谢榛诗学兼论李王诸人之摈谢榛之原因......833

　　九、关于李、王等人对谢榛的摈斥......844

　　十、后七子诗社之诗学：（二）王世贞之诗学兼论明代诗学之正统与主流......851

　　十一、对于明代诗社与诗学诸问题的总结......863

第二节　明代诗社中的几个个案简述......865

　　一、海岱诗社诗学活动简述......865

　　二、湖南崇雅社的社约与社事活动基本内容......871

　　三、雅社及其诗学略论......875

第三章　明清时期的诗社现象及相关诗学问题 882
　　第一节　大观园中诗社活动的诗学意义 883
　　第二节　明清小说中的诗社活动及其诗学意义 916

附论：诗社与古代文学理论批评研究的相关问题 948
　　一、《文心雕龙》关于文人群体性文学活动的相关意见简析 948
　　二、论《文心雕龙》的文学理论谋略 962
　　三、论中国古代文艺理论的谋略与智慧 977
　　四、"赋诗言志"与"诗言志"在中国古代诗歌发展中的职能交替与
　　　　相互融合——兼论"诗可以群"诗学作用的历史变迁 1025
　　五、论中国古代诗学谋略性动力体系的内在作用机理及其理论意义 1048

兼论关于诗社研究的学术意义 1068
主要参考书目 1071

引言

对古代文人群体和诗社进行研究既是文学史范畴的课题，也是诗学史领域的一个学术方向。文学史关注的是文学发展演进历程中曾经存在并起到过实际作用的作家、作品以及有关的创作、批评与接受活动，通过对作家、作品以及相关的理论批评和文学传播问题的深入探讨，解析并阐释文学发展和演化的内在规律。而诗学史则关注文学发展过程中伴随创作活动而出现的有关诗学理论的阐释和批评接受问题，通过对其间的理论批评资料做综合分析，认识影响和作用于古代文学创作和批评接受实践的观念系统及对应的起效模式，从而把握古代文学理论的内在特点和发展演化规律。在文学史和诗学史的研究中，同样都要面对古代文人相互交流以及文人群体的创作和批评活动。诗社是古代文人群体性文学活动中最为普遍也最具代表性的一种活动模式和组织形式，对诗社和诗社活动进行宏观的总体观照和具体的深入分析，通过其中的创作和批评活动去把握诗社对于文学存在格局与发展走向的实际作用，解读诗社中诗学活动对于诗学史所产生的理论影响，对于文学史和诗学史的研究来讲，都是极有意义的。而将研究的参照系置于诗学史的宏观视野之中，以文人群体性文学活动和诗社活动为观照重心，以其具体的诗学观点为考察对象，结合诗社及其诗学活动对文学史和诗学史的实际作用进行综合阐述，从而对古代的诗社做出公允恰当的理论定位，应是目前文学史和诗学史以至文学批评史研究中对待诗社问题的一种具有可操作性的研究思路和实践方式。

根据目前掌握的情况，关于古代诗社的专门研究并不多见。相对而言，新中国成立前较多一些，代表性的成果有朱倓《明季杭州读书社考》（刊于1929年12月北京大学《国学季刊》第2卷第2号）、《明季南应社考》（刊于《国学季刊》1930年9月第2卷第3号)、《明季桐城中江社考》(1930年中央研究院《历史语言研究所集刊》)、陈楚豪《两浙结社考》(《浙江图书馆馆刊》第四卷第一期)、郭绍虞《明代文人结社年表》(原刊于《东南日报·文史》1947年第55、56期)及《明代的文人集团》(原刊于1948年《文艺复兴·中国文学研究专号》,按,这两篇文章亦见载于郭绍虞《照隅室古典文学论集》,上海古籍出版社1983年版)。

新中国成立后诗社研究一直没有引起足够的重视,进入20世纪八九十年代则出现了一批成果。刘学忠的《古代诗社初考》(《阜阳师范学院学报〔社科版〕》1989年第3、4期合刊)是新时期研究诗社问题的标志性成果。其后有王兆鹏的《宋南渡词人的诗社唱和》(《湖北大学学报》1992年第2期),将研究推进一步,使该项研究更为具体化和细节化。此后又有王德明的《论宋代的诗社》(《文学遗产》1992年第6期)、李修松的《唐宋时期的文人会社》(《中国史研究》1995年第3期),在对待具体时代的诗社方面,取到了进一步的成果。此后也一直有成果出现,都以个案的考述为主。近年也有硕博论文涉及此课题,但也并不多,且都是对某个历史时期诗社现象的研究与分析,如史江《宋代会社研究》(四川大学博士学位论文,2005年)及庄战燕《论南宋都城临安文人群体的交游与唱和》(浙江师范大学硕士学位论文,2005年)等。并未出现对诗社做出宏观且系统全面的研究成果。在专著方面,1996年广东教育出版社出版了欧阳光的《宋元诗社研究丛稿》,堪称古代诗社研究的重量级作品。其对宋元时期的诗社进行了全面的考察与分析,也在理论上对诗社现象进行了总结与阐述,实际上为诗社问题在文学研究领域进行深入开掘提供了范例,也在新的时代背景下为诗社研究取得实质性的进展提供了参照。此后诗社研究的重大成果开始出现,2003南开大学出版社出版了何宗美的《明末清初文人结社研究》,对明清之际包括诗社在内的文人社团做了系统深入的专题探讨,继欧阳光之后,使诗社研究大幅度推进,明末清初的诗社情况基本清晰。2011年人民出版社又出版了何宗美诗社研究的又一力作《文人结社与明代文学的演进》,对有明一代文人结社与文学理论观念的消长演化做出了深入分析,可谓是目前诗社研究的最高成果。明代诗社以及诗社和诗学的关系问题也基本清晰了。此外,近年一些关于某时代某些诗社的研究成果逐渐增多,对一些长期被忽略的诗社现象也开始予以重视，这一趋势的出现是十分可喜的。

但是，仍有一些问题须要认真加以应对，比如专题的诗社研究往往与关于文人社团的研究混杂在一起，这样并不利于凸显诗社本身的特色；研究重点多集中在宋元及明清之际，还没有纵深的前后贯穿的研究探索；缺乏诗学史的观照视角，还没有和诗学史的发展与演进结合起来进行综合考察，对诗社活动在文学史和诗学史中的实际作用仍缺乏理论关注；个案研究虽然时有出现，然宏观综合探讨依然阙如。

实际上，诗社作为古代文人交流创作经验，品评作家作品的固定性诗学研究与创作组织，对凝聚作家创作力量，形成一定的创作与接受、批评的风气都具有不容忽视的巨大作用。因为具有形式的固定性和组织的秩序性，所以诗社研究并不能等同于一般的文人群体研究。文人群体的组成有着未必自觉的偶发性，常常是集中在某些政治军功集团和达官贵戚的周围，虽然也经常性地开展诸如赓和酬唱以及同题共作之类的文学活动，但这些群体成员的内心并不具有自觉的结社或组织意识。比如邺下文人集团、竹林七贤、文章二十四友和竟陵八友等就是这种情况。这些群体性的文学活动本身并未有自觉的组织性，但置于诗社史中，对于后世诗社的出现还是具有铺垫意义的。比较来看，诗社则具有固定的活动时间、活动地点以及相应的社规、社约，其活动方式的文学特性也非常突出，一般都围绕特定的命题进行创作，并延请评委以评定名次，还撰写评语、张榜公布并颁发奖品。活动过程中的自觉性、协同性和组织性都不是一般的文人群体所具有的。诗社成员平时则在共同的诗学活动中评赏古今佳作，探讨诗法，研究律度，甚至争论不休；他们彼此间交流切磋，互通有无，也常常就某一诗题共同创作，交相评赏，以期提高诗学技能。诗社不仅是创作的基地，也是提高诗艺的课堂。更为重要的是，诗社往往是融汇诗学观点，形成诗学力量，影响和干预诗学走向的基本平台。可见，诗社成员较一般的诗人群体更具诗学专门性，也更有了诗学研究的自觉性和针对诗学走向的目的性。若仅从诗社研究本身出发，会混同和文人群体研究的区别，不能凸显诗社的诗学内涵和历史作用。这也是将诗社研究置于诗学史研究视野中对待的因由之一。

同样，对文人间彼此唱和的现象研究，也不能凸显诗社本身的特性。固然，唱和也是诗社中经常性的活动方式，但在诗社唱和的背后，还有更为深刻的诗学思想和理论批评观点的认同。他们的唱和或是增进情谊，或是较量短长，或是实践某种创作理念，不仅仅是出于应酬需要的文字游戏。对于诗人间的交流与唱和，只有结合诗社的背景和诗社诗学活动的特点，才能充分认识。更为重要的是，诗社唱和本身也是一种有针对性的诗学实践，唱和式的创作，既是诗社群体共同诗学主张的磨合过程，也是对诗人诗学才艺的一种训练与提高。从实践与训练的角度去观照文人间的彼此唱和，也有助于理解这种现象深层的诗学意义。仅关注对唱和作品的文本分析，忽略唱和中所蕴含的诗学理论问题，并不能把握唱和现象的本质。

从诗学史的视野出发对古代诗社进行研究也不同于对文学史中诗歌流派的研究。诗歌流派的形成并不一定有诗社组织作为基础，很多现在看来的古代诗歌流派是后来人们的一种总结，比如梁陈宫体诗派、盛唐边塞诗派、田园诗派即是此类情况，流派中的诗人们并没有在自觉的诗学意识上去聚结成流派，他们是因为作品的主题或是风格相似而被人们作为一个诗人和诗作的类别去观照对待的。同时，诗社诗人虽然多有近似的诗学观念，其创作活动也未必会形成某种诗歌流派。元初影响很大的月泉吟社曾以"春日田园杂兴"为题征诗，共得诗两千七百余卷。其参与人数之多，诗作数量之大绝无仅有，但在文学史上也并未形成月泉诗派，因为从诗学角度讲，月泉吟社主要是因遗民性的关系，创作中表现出了相对消极的情绪和崇尚自然质朴的诗学取向，这些特质在元初并不能支撑起一个可以明显区分与其他时代诗人创作的本质性特色，不用从流派角度去审视它，就可以把握其组织与活动的基本情况。所以，诗社诗学的研究，大不同于流派的研究，对待二者的研究方法也不能互用。不过，诗社诗人间交流经验，探讨创作规律的活动内容，有助于作家诗歌理论主张的交汇和趋同，当这些诗人的诗学主张和具体的创作表现出了一定的特色、产生了影响诗学格局和演化轨迹的作用时，也会使人们从流派角度去对待他们。比如北宋时期黄庭坚的诗社活动以及豫章诗社等地域性的小型诗社之于江西诗社群，就是这种情形。而江湖诗人们的诸多诗社活动也与江湖诗派的形成有着很大的关系。所以诗社研究不能等同于诗歌流派研究，尤其是从诗学史的角度观照更是如此。以流派研究的思路进行古代诗社的具体个案研究也不能把握诗社活动的实质，众多诗社活动在组织形式和活动内容上往往大同小异，个性特色并不突出，进行个案研究就会产生"连林人不觉"的观照失效。而从诗社诗学活动的特征入手，去分析其对文学史和诗学史的影响，则有助于从历代众多诗社中去找到具有诗学价值的重要诗社，再对其进行具体细致的研究分析，从而把握关于诗社的本质问题。

此外，历史上有的诗社本身的理论主张大多具体而鲜明，深入了解这些诗社的诗学思想以及相应的创作特点和风气，对于文学批评史和诗学史的研究大有助益。诗社多是在一定的理论导向下结成的，诗社活动实际上是对这些主张的具体贯彻。从诗学史的角度，结合某个具体时代诗学理论的实际状况去研究诗社，有助于我们明确地研判诗社的理论属性和理论作用，发明其对古代诗学理论发展及演化的实际影响。这势必加深对诗学史的进一步了解，促进我们更宏观、更准确地解析诗学史发展演化的内在动因和规律。同时也有利于扩大文学批评史和诗学史的研究视野，改进和完善目前的研究方法体系，从而推动该学科进一步向更深、更广的方向发展。因此从诗学史的视角关注诗社问题，是非常具有当下的实践意义的。

因此，对于"中国古代诗社与诗学"这样的课题，其研究基本思路和意义表现在如下几个方面：

首先，对于文学史和诗学史的研究而言，应该对与诗社有关联的文人群体性文学活动的诗学理论内涵进行了解，也应该充分注意唐宋以后诗社大量存在的事实。

文人的群体性文学活动活动由来已久。邺下文人集团的南皮之游，西晋石崇、陆机、潘岳等的二十四友的金谷雅集，东晋王羲之的兰亭修禊以及惠远、刘遗民、周续之及宗炳的白莲社都与诗社有着密切的关联，但并非正式的诗社组织。准确意义上的诗社，在唐代开始产生。戴叔伦的沧洲诗社是最早有诗社名号的诗学组织。而白居易亦曾参加过与裴度、刘禹锡的绿野堂诗学活动，并结有香火社和洛阳九老会之类的准诗社组织。五代时期，孙鲂、沈彬和李建勋也曾结有诗社。宋以后诗社呈勃兴趋势，据欧阳光考证，宋代诗社自释省常西湖白莲社始，继有李昉汴京九老会、贺铸彭城诗社以及数量可观的各种真率会、耆老会等具有诗社性质的群体性诗学活动共计四十八种。据笔者初步研究，宋代诗社的实际数量远大于此，甚至在北宋末期和南宋时期，还产生了江西诗社群、江湖诗社群等对于创作和诗学理论都产生了深远影响的集群性诗学组织。元明时期，诗社活动就更加普遍化了，元代初期及末期，都产生了一些遗民性质的诗社，其中月泉吟社诗学活动从参加者的规模上讲，可谓是古代诗社之冠。明代诗社群体，郭绍虞认为达一百七十余家，而何宗美进一步考证明代诗社总数超过六百家。结合文学史和文学批评史的发展状况对诗社现象做系统、纵深的理论研究，总结其存在及发展的一般规律，弄明白诗社的基本理论主张以及其对诗学史发展的具体作用，是深化文学批评史研究的学术需要。同时，对诗社何以产生的问题做出深入的考察和合理的解析，也是目前研究中的理论需要。只有结合文学史和文人群体性文学活动的历史来观照诗社的产生问题，才能更好地阐述诗社在文学史中的来龙去脉，进而以诗社为视角去发掘文学史与诗学史中的一些理论问题，既有利于诗社问题的研究，也是文学史、文学批评史和诗学史研究持续深入的一种客观要求。

其次，我国文学史上众多作家的成长都与诗社密切相关，而一般的文学史研究对于诗社活动对这些作家可能产生的影响关注不够。

诗社对作家学习创作技巧，积累创作经验具有很大的作用。同时，诗社也是作家交流经验，多方面切磋砥砺的诗学课堂。要进一步研究古代作家诗学观念和创作特色的形成和发展，理应结合诗社进行探讨。根据笔者目前的研究，很多在文学史及批评史上产生过重要影响的诗人或理论批评家都曾参与过诗社的活动。如：杜审言、戴叔伦、权德舆、白居易、高骈、李建勋、苏舜钦、林逋、欧阳修、梅尧臣、王安石、苏轼、王十朋、黄庭坚、李之仪、韩驹、吴可、惠洪、贺铸、陆游、杨万里、范成大、葛立方、黄裳、刘克庄、戴复古、敖陶孙、周密、方凤、仇远、白珽、杨维桢、方回、倪瓒、孙蕡、杨基、高启、邱濬、李东阳、李攀龙、王世贞、边贡、曹学佺、毛奇龄、查慎行、叶燮、王士禛等，都曾实际加入或参与过诗社活动，其中黄庭坚多次参加过诗社活动，甚至有诗社酒徒之称。诗社在这些作家的成长中起过怎样的作用，这些作家又对诗社发生了怎样的影响，他们的理论主张是否与诗社存在关系，其基本观点对于文学史和诗学史产生了怎样的影响等一系列问题，都是我们不应该忽略的。

第三,古代的诗社组织是文学活动的重要形式,同时也是进行文学批评的相对稳定性组织。深入研究诗社诗人的创作特点和理论批评取向,对于宏观把握古代诗学及诗学理论批评的发生、发展的规律和特点具有极为重要的学术意义。

诗社诗人在诗社中分韵作诗,品诗论句,还延聘考官月旦作品,评定名次并撰写评语,俨然是专门进行创作和批评实践的文学沙龙。我们对现存的与诗社有关的作品进行分析和研究,对考官的具体评语进行理论观照,对于了解当时人们的创作风气和审美批评的尺度与标准是有着直接的参考价值的。比如元初吴渭所编辑的《月泉吟社诗》,就有考官谢翱、方凤、吴思齐的评论文字,用到了"得格"、"清婉"、"含蓄"、"韵味"、"意味"以及"意于境融,辞与意会"、"意境俱融,辞翰具美"等诗学命题或术语,表现出在审美取向上的鲜明态度,深入对其进行研究和分析,有助于深入了解宋元之际诗学主张的具体异动情况。更何况大量还未纳入研究视野的其他诗社的实际理论情形。比如宋人张纲《华阳集》卷三十五所载其《归乡》诗,有云:"诗社纵添新句法,醉乡难觅旧交游",可以忖度,诗社对诗法的产生是有作用的,那么,是怎样的"新句法",其创作表现如何,有什么样的理论价值,就很值得进行深入的研究和分析了。又比如宋时王之道《相山集》提到自己在诗社中作诗是"幽讨冥搜"(见卷十四《秋日野步和王觉民》)。这种作诗态度对于我们具体深入了解宋人诗学风气就极有参考价值。而以黄庭坚为核心的江西诗派诗人之间多有诗社活动,甚至形成了具有集群形式的互有密切联系的诗社群。这些诗人通过频繁的诗社活动,终于形成了基本统一的诗学理论,影响并干预了整个南宋时期的诗学风气。研究江西诗人在诗社活动中的创作和理论批评观点,有助于更为深入地把握江西诗派的形成与发展的内在脉络,也能更为确切地理解江西诗派在中国文学史和诗学史中的地位和历史意义。同时,联系宋以后诗话大量产生的实际,通过对诗社诗学活动的研究发现,有许多所谓"资闲谈"(《文史通义·诗话》)的诗话,正是诗社诗友间讨论品评诗人诗作和阐说对时下诗风以及关于诗歌发展问题的看法的记录。诗社与诗话在诗学交流中的逻辑关联是诗学史研究中不能忽视的问题。除此以外,以诗学史的视角考察古代的诗社,有助于更深入理解具体历史时期诗风或批评风气变化的基本原因。比如,清人屡屡批评明代诗社的所谓"习气"、"锢习"、"余习"、"流弊",究其因由,大抵是明代诗社的活动中往往具有相互标榜、互相吹捧的浮华风气,不同诗社间又总是相互倾轧,党伐不息。清人对此有深刻的认识,力图予以改变,因此,清初的诗风丕变与清人对明人诗社风气的检讨有关。通过对诗社诗学活动的具体分析,除可为文学史和文学批评史的研究提供参考外,也有助于我们更为辩证地看待诗社在文学史上的实际作用。

总体来说,把诗学史中的诗社问题作为研究专题去对待,有助于加深我们对文学史和诗学史的深入了解,有助于我们从更具体的基层性的文学活动中概括出不同历史时期的文学理论生态,也有助于我们进一步去发现和概括我国文学史、诗学史的深层问题和发展理路。也可以帮助我们更为具体而微地理解我国古代文人群体、文学活动、文学创作及文学批评的实际情况和它们之间的相互关系。尤其是在古代诗学史的视角下审视诗社对于形成具有民族特色和稳固审美取向的诗学理论传统所产生的历史作用,是非常具有学术价值和研究意义的。

上编
诗社的酝酿与肇始阶段
——宋代之前

第一章 诗社渊源与唐前群体性诗学活动的诗学内涵

研究诗社,应从对古代群体性文学活动的考察开始,研究有关群体性文学活动中与诗社有关联的一些因素,找出它们与后世诗社的相通之处,从这一角度入手,结合具体的文人群体活动,勾画出诗社的渊源与形成脉络。古代群体性的文学活动发展到唐代中期,形成了一些可以叫作准诗社的诗人群体,到高骈诗社和五代时期的一些诗社,诗社作为文人群体性诗学活动的组织类型基本定型。至宋代,诗社遂呈现出兴盛的局面。以宋代为断限,宋代以前可以看作是诗社的滥觞发轫与初步形成时期。在这一阶段,文人群体性文学活动逐渐派生出诗社,这一过程中的一些具有典型意义的文人群体以及连带的相关诗学问题,都是本书的考察对象。

上古时期的社祭活动中的群聚娱乐与后世诗社的活动有内在关联。先秦时期,在礼制形态下的一些群体性活动也对后世的诗社产生了影响。诸如乡饮酒礼、射礼之类带有群体性、娱乐性和训练修习性质的活动形式,亦影响到后世的诗社活动。许多诗社的活动内容都可从先秦的群体性活动中找到来源。而先秦的礼仪规范,包括一些群体性的民俗事项,对后世的诗社活动具有极为重要的启示意义。

先秦时期的各种思想学术派别本身就是文人群体,他们的思想学术活动依托其学派的群体力量干预着当时的文化、政治以至军事格局,群体性的作用表现得极其明显。诸子百家的争鸣,各学派的此消彼长都在群体性的审视维度中表现出了与后世诗社相类似的诸多特征。例如相互间争夺话语权和各群体间的排他性等特征就是后世诗社所具有的;在群体内部的协同性和相互认同、扶掖的意义上，后世诗社依然如是。先秦的思想学术群体依照其内部的学术授受关系而绵延至汉初。儒家独尊之后，也是依照其学术授受关系维系学术脉络和学术群体，这与后世诗社的诗学传承及发展延续，并作用于整个时代的诗学格局的起效途径也相类似。汉代也出现了一些带有文艺性的文人群体，这些群体主要依托于藩王贵族，如淮南王文人群体、河间献王文人群体等。东汉末期的鸿都门学文人群体虽是政治角力的一种表现，但其文艺性不能忽视。总之，汉代虽然没有出现以文艺为核心的文人群体，但上承先秦，下启建安，是考察诗社渊源时应当充分注意的一个时代。在这一时代，文学艺术与群体组织开始融通汇合。及至建安，文人群体与文艺创作和批评既相交融，亦相成就，成为最早的文学性的文人群体，初步奠定了文人群体性文学活动的基本机制与活动内容。在建安文人群体的文学活动中，群体性的艺术气氛，参与者的相互助力，使文人个性的表现和群体性的交流融通作用并行不悖且相得益彰。同时建安文人群体还促进了文学理论批评的自觉与发展，群体性文学活动与文学理论批评的良性互动关系也在该群体处得到了诠释。建安文人群体是直接影响后世文人群体性文学活动和诗社活动的最早、作用最显豁的文人群体。

以建安文人群体为基点，正始文人群体、太康文人群体和其他有关文人群体以其文学活动将文人群体与文学理论批评的发展向前推进。许多此期的重要理论观点的产生都可从相应的文人群体活动中找到根由。在考察诗社产生的理论前提下，这一时期文人群体性文学活动的最大意义在于进一步丰富并充实了群体性活动的内容。活动中的娱乐性和训练性的因素也在增长，但与现实的关系较为疏远。文人群体与群体中的个性表现存在着某种程度的失衡，表现为诗文风气的丽靡衰苶。这一时期的一些偏颇的理论观点也与当时期群体性文学活动的总体文学风气相关。

唐代的文人群体性文学活动更为频繁，其中的创作与理论批评活动也更具水准。从群体性的层面观照，这一时期文人的文学活动既使其个性得到张扬，又彰显了群体对个体的涵毓甄陶之功。可以说，就群体与个体关系的表现上，唐代扭转了六朝的偏失，在更高的文学发展界面上继承并发展了建安群体的文学精神。尤其重要的是，唐代产生了以诗社命名的文人群体，也产生了一些不尽成熟的具有诗社性质的准诗社组织。及至晚唐，形成诗社的条件已经成熟。随着诗学研究的进一步具体化和细密化，诗社对于诗学的作用也初步表现出来。尤其是晚唐的诗格类著述，虽然难以指实这类理论批评文献直接产生于诗社类的文人群体活动，但这种文献本身就与唐代文人交游风气相关，其中的诗学授受内容也着眼于诗学脉络的构建。诗格类著述中较为普遍的比物讽刺式思维方式，也应与文人交流诗学心得的诗学氛围有关。在苦吟诗风的总体诗学语境下观照此期的诗社活动，会对诗格类著述的诗学内涵有新的认识与领会。

诗社作为文人群体性文学活动的一种形式，其参与者各有其理论观点和基本主张。在彼此间的文学交流中，不同的理论观点会相互碰撞甚至抵牾。但更为重要的是，群体性所具有的强大的凝聚力和整合作用会使文人的不同主张逐渐趋同并聚结成较为一致的理论批评观点，这种观点又会借助群体性的力量对文学的基本格局与发展走向产生影响。因此，本书在考述诗社渊源时，将从文人群体的角度审视当时的文学理论问题；也会从当时的文学理论发展状况出发观照此期文人群体的文学活动，只有这样，才能把握诗社在文学批评史中存在的意义与价值。

第一节　诗社的渊源及早期群体性诗学活动的相关问题

一、诗社渊源考述——以群聚形式的文学活动为中心

作为古代诗人之间进行诗学交流的重要形式，诗社的组织方式和活动性质在历史进程中都表现出一定的承继性与沿革性，其基本形态是在文学史、诗学史发展过程中逐渐形成并稳定下来的。就趋于定型的诗社形式来讲，其渊源与流变在研究诗社历史时必须予以考察，借以明晓诗社这一诗学活动的组织形态与诗学发展的动力结构是如何在历史上由不自觉形态演变为有纲领主张和活动规则的自觉形态的。在考证诗社渊源的同时，对诗社本身的基本特征和构成要素同时加以阐述，为进一步分析诗社的发展史和其在批评史中的地位、作用和历史意义做必要的准备。

作为一种群体性的文学活动，诗社与古代社祭及乡饮酒礼等传统礼俗有关。古代的社祭传统及有关民俗，是诗社形态的渊源。

社、社祭风俗是诗社形态的原始源头

诗社与我国古代的社日祭祀活动有一定的关联，二者的相似之处在于群体性组织与集体参与的活动形式方面。《说文解字》云："社，地主也。"①《礼记·郊特牲》亦云："社，祭土。"②"社"是指古代祭祀活动中代表土地的神祇，古人祭"社"的礼俗，起源很早。《史记·周本纪》："（武王克纣）其明日，除道，修社及商纣宫。及期，百夫荷罕旗以先驱。武王弟叔振铎奉陈常车，周公旦把大钺，毕公把小钺，以夹武王。散宜生、太颠、闳夭皆执剑以卫武王。既入，立于社南大卒之左，右毕从。"③这是武王祭社的记载，在攻灭商汤后，作为顺天应人的重大仪式，武王立周人之社以宣示武功，可见，"社"的地位是极其重要的。当然，这不可能是第一次祭社，其起源应该更早。《左传·昭公二十九年》晋太史蔡墨曰："共工氏有子曰句龙，为后土。此其二祀也。后土为社；稷，田正也。"④似乎在上古时代，就把有利于原始人民生息的句龙作为祭祀对象，深受人民的崇拜。"社"已经成为有具体所指的神了，句龙成了社神。《管子·轻重戊》有云："有虞之王，烧曾薮，斩群害，以为民利，封土为社，置木为闾，始民知礼也。"⑤提到舜时已有社祭的习俗，但却不一定与祭祀农神有关联。《论语·八佾》："哀公问社于宰我，宰我对曰：'夏后氏以松，殷人以柏，周人以栗，曰使民战栗。'"⑥宰我所问，即是关于夏商周祭祀土神的木制牌位问题。可见祭社从夏代就已经存在了。至迟到春秋时期，社神便与农耕生活联系到了一起，《礼记·郊特牲》云："社所以神地之道也。地载万物，天垂

---

① （汉）许慎撰，（清）段玉裁注：《说文解字注》，上海古籍出版社 1981 年版，第 8 页。
② （汉）郑玄注，（唐）孔颖达疏，龚抗云整理：《礼记正义》，李学勤主编：《十三经注疏》，北京大学出版社 2000 年版，第 917 页。
③ （汉）司马迁撰，（刘宋）裴骃集解，（唐）司马贞索隐，（唐）张守节正义：《史记》，中华书局 1959 年版，第 125 页。
④ （周）左丘明传，（晋）杜预注，（唐）孔颖达正义，浦卫忠等整理：《春秋左传正义》，李学勤主编：《十三经注疏》，北京大学出版社 1999 年版，第 1739 页。
⑤ 黎翔凤撰，梁运华整理：《管子校注》，中华书局 2004 年版，第 1507 页。
⑥ （魏）何晏注，（宋）邢昺疏，朱汉民整理：《论语注疏》，李学勤主编：《十三经注疏》，北京大学出版社 2000 年版，第 45 页。

象。取财于地，取法于天。是以尊天而亲地也。"①将对土地的尊敬与尊天并论，这实际是农业发展对人们观念产生的一个重要变化，具有极为深远的意义②。

实际上祭社活动大约是周族的原始风俗，盖因周族重农耕，社神能平治水土，自然会受到周人祈祐。祭社风俗在克商后的周代一直延续，并屡见史乘，《诗经·小雅·甫田》云："以我齐明，与我牺羊，以社以方。"③即是祭社的记载。祭社这种活动，在西周时代是非常制度化、规范化的。《礼记·祭法》云："王为群姓立社，曰大社。王自为立社，曰王社，诸侯为百姓立社，曰国社。诸侯自为立社，曰侯社。大夫以下成群立社，曰置社。"④可见周时"社"已按等级严格的区分，祭社时不能僭越。各诸侯国都有自己的社，如鲁国之周社与亳社（亳社一说为商人之社）。春秋时期，因农耕工具的改进，农业已经成为国家的命脉，祭祀社祭之神成了国家的礼仪象征，社祭也成为象征国家政权的重要标志，立社便成为成立国家、宣示政权的仪式，武王祭社即是此意。统治者征服敌国后还要为敌国立社，即"戒社"，以寓存警戒之意。《白虎通·社稷》："王者诸侯必有戒社者何？示有存亡也。明为善者得之，恶者失之。故《春秋公羊传》曰'亡国之社，掩其上，柴其下。'《郊特牲》曰：'丧国之社屋之。'自言与天地绝也。"⑤可见，社祭之礼此后成为国家政权的象征，对存在的和灭亡的国家而言，象征政权意义是一样的。如果说国家的宗庙祭祀是统

---

① （汉）郑玄注，（唐）孔颖达疏，龚抗云整理：《礼记正义》，李学勤主编：《十三经注疏》，北京大学出版社2000年版，第917—918页。

② 晁福林《先秦民俗史》对夏商祭社曾做考察。其云："《史记·封禅书》载'自禹兴而修社祀'谓从禹的时候开始就有了对社神的崇拜。《史记·殷本纪》载，夏朝灭亡的时候，'汤既胜夏，欲迁其社，不可，作《夏社》。'可见，社祀在夏代是自始至终存在的。"参见晁福林《先秦民俗史》，上海人民出版社2001年版，第206页。关于商代祭社，晁福林认为："在卜辞里，大多数的'土'都是指祭祀对象而言的，应该读若'社'。"古人有封土为社之说，甲骨文里面的"土"字即封土之形。（晁氏加注云：'社'与'土'，古today相通。《诗经·玄鸟》："宅殷土茫茫"，《史记·三代世表》：'"殷土"作"殷社"'；《诗经·绵》："乃立冢土"，毛传"冢土，大社也"；《周礼·春官》"矢告后土"，郑注"后土，社神也"。皆为其证。参见晁福林：《先秦民俗史》，上海人民出版社2001年版，第273页）这些资料可以帮助我们了解社祭之礼的渊源问题，社祭是伴随着农耕在社会经济结构中位置的日益重要而成为重要礼俗绵延下来的其群聚形式、欢快氛围及竞争娱乐的因素都可视为后世诗社的及诗社活动的权舆。

③ （汉）毛亨传，（汉）郑玄笺，（唐）孔颖达疏，龚抗云等整理：《毛诗正义》，李学勤主编：《十三经注疏》，北京大学出版社2000年版，第980页。

④ （汉）郑玄注，（唐）孔颖达疏，龚抗云整理：《礼记正义》，李学勤主编：《十三经注疏》，北京大学出版社2000年版，第1520页。

⑤ （清）陈立撰，吴则虞点校：《白虎通疏证》上册，中华书局1994年版，第86页。

治者的祖先崇拜的话，那社稷祭祀则是对国家权力合法性、神圣化诠释，这一层意义是农神崇拜与国家神圣观念交叠的结果。后来祭社还有了祈愿军事胜利的意义，《礼记·王制》云："天子将出征，类乎上帝，宜于社，造乎祢，祃于所征之地。"① 其中"社"即祭社，军队出发还要奉象征社神的社主随行，以望获得社祭之神的全程护佑，这，也是由农神崇拜及国家神圣观念衍生而来的。祭社的日期据《礼记·郊特牲》云"社祭土而主阴气……日用甲"②，系指甲日行祭，但《尚书·召诰》又云"越翌日戊午，乃社于新邑"③，又是戊日祭社了，大概因为社祭为祭土神，而甲日属木，木克土，故用甲日祭社不够祯祥，于是在沿革中更定为戊日祭社，因戊属土，故较甲日攸宜，一般日期是立春后第五个戊日为社日，日值春分前后，于此日祭祀社神，后来演变为古代稳定的节日礼俗。

同样是农耕社会重视农业生产的缘故，古代统治者对谷神后稷也极为礼敬。社、稷之祭往往并称，并且逐渐具有了象征国家的政治内涵。祭也含有对后稷祭祀④。

社日的祭祀活动，在后世的人民生活中，除礼神求报的含义外，也慢慢浸染了一些生活化的内容，具有了民俗文化的意义。

到了春秋后期，社日祭祀，还成了人们欢会娱乐的一个联观。《墨子·明鬼》云："燕之有祖，当齐有社稷，宋之有桑林，楚之有云梦也，此男女之所属而观也。"⑤ 即是说社祭之日，成了男女交往欢聚的机会，这种变化是社祭之礼衍生出的又一层意思。虽然后世社日男女交往欢会的意味并不突出，但欢会主题却保留下来，成了后世社日活动的主要内容。

社日祭祀常在树林旁边举行，树林就是"丛社"，《墨子·明鬼》云："昔

---

① （汉）郑玄注，（唐）孔颖达疏，龚抗云整理：《礼记正义》，李学勤主编：《十三经注疏》，北京大学出版社2000年版，第435页。

② （汉）郑玄注，（唐）孔颖达疏，龚抗云整理：《礼记正义》，李学勤主编：《十三经注疏》，北京大学出版社2000年版，第917页。

③ （汉）孔安国传，（唐）孔颖达疏，廖明春、陈明整理：《尚书正义》，李学勤主编：《十三经注疏》，北京大学出版社2000年版，第462页。

④ （汉）孔安国传，（唐）孔颖达疏，廖明春、陈明整理：《尚书正义》，李学勤主编：《十三经注疏》，北京大学出版社2000年版，第462页。

⑤ 吴毓江撰，孙启治点校：《墨子校注》，中华书局1993年版，第338页。

者虞夏、商、周三代之圣王，其始建国营都，曰必择国之正坛，置以为宗庙；必择木之修茂者，立以为丛位。"①《白虎通·社稷》亦云："大社惟松，东社惟梓，西社惟栗，北社惟槐。"②指出社建在各种树木组成的树林中。在树林之中或其附近祭社，在后世诗文中屡有反映，这种习俗一直保留下来。

《礼记·郊特牲》云："唯为社事，单出里；唯为社田，国人毕作；唯社，丘乘共粢盛，所以报本反始也。"③"报本反始"即分领祭祀物品，寄寓获得社神护佑之意，此风俗也在后世延续下来。

社日的聚集活动方式与气氛对诗社活动具有启示意义

在农业文明发展过程中，祭社这样的礼仪逐渐产生了意义的移衍和分化，原始的仪式性的祭祀意义不再重要，敬神祈愿的神学内核也逐渐淡化，而演化成为世俗化、生活化甚至娱乐化的民俗礼仪。在这个过程中，大概秦王朝的置郡县、废封建的统治强化措施起了很大的作用。元刘履所编《风雅翼》卷十四有云："《祭法》，天子为民立大社，自立王社，诸侯为民立国社，自立侯社，大夫以下成群立社曰置社。郑氏曰大夫不得特立社与庶民居百里以上共立一社，今时里社是也。古者立社之法其详如此。秦罢封建，改侯国为郡县，里社虽存，而无上下之等杀，是古法之坏自秦始也。"④

秦废除分封，削弱了贵族特权，本来以宗族为单位的群落组织变成了具有行政职能的社会基层的政权组织，族权的作用减弱，祭祀的组织性质也融入到了基层政权组织的意义之中。里社也逐渐演变成了一个生产—生活性的且具有了一定基层政权性质的组织实体。同时有一种群体性名称的含义。后世人们结成各种以"社"为名的组织，其实就是在群体性以及群体性活动的意义上延续使用了"社"的这种含义。这种性质上的改变，为祭礼在内涵上进一步向群体性、开放性甚至娱乐性的转变创造了机会。秦汉以后，社日祭祀活动日益具有

---

① 吴毓江撰，孙启治点校：《墨子校注》，中华书局1993年版，第340页，其360页之注云："位"当为"社"之误也。
② （清）陈立撰，吴则虞点校：《白虎通疏证》，中华书局1994年版，第90页。
③ （汉）郑玄注，（唐）孔颖达疏，龚抗云整理：《礼记正义》，李学勤主编：《十三经注疏》，北京大学出版社2000年版，第918页。
④ （元）刘履：《风雅翼》卷一四，文渊阁《四库全书》第1370册，上海古籍出版社1987年影印本，第214页。

了群体性娱乐功能，形成了具有和谐喜乐气氛的节日民俗。这对后世诗社活动具有启示意义。这种民俗活动，在唐宋时期达到极盛，后来逐渐趋于消歇，清代虽一度出现较为热烈的场面，但远不及唐宋。

社祭的逐渐民俗化、生活化且富有情趣，可见于许多诗文作品。其中，最为重要的，是社日的饮酒与休闲娱乐气氛对诗社活动有启示意义。

古人于社日，要停下各种工作，休假祭祀，里巷乡亲聚于一处，同饮社酒，日暮方散。《全唐诗》卷六百九十所录王驾(《石仓历代诗选》卷一百二十三作张演诗)《社日》诗云："鹅湖山下稻粱肥，豚栅鸡栖对掩扉。桑柘影斜春社散，家家扶得醉人归。"① 可见社日群居饮酒，至醉方歇，饮酒已成人们农闲休息、放松神经、沟通情感的重要方式。南宋赵蕃《社日醉起》诗亦有云："醉状初如春水船，梦成蝴蝶更翩翩，觉来已是情无奈，那更急风吹雨颠。"② 亦提及自己社日醉酒，兼抒发自己的一种惆怅意绪。大抵五代时已有社酒可以治聋之说。宋叶梦得《石林诗话》云："世言社日饮酒治聋，不知其何据。五代李涛有《春社从李昉求酒诗》云：'社公今日没心情，乞为治聋酒一瓶。恼乱玉堂将欲遍，依稀巡到第三厅。'"③ 赵蕃《社日风雨》诗云："坎坎连村鼓，喈喈隔墅鸡。云低天欲夜，雨合路平谿。酒为治聋饮，诗因排闷题。休嗟妨杖屦，聊取便锄犁。"④ 社酒治聋之说不知何据，但这种附加上去的神奇含义与社祭原始的祈福含义存在关联。南宋方岳《和放翁社日四首·社酒》诗云："春风泼醅瓮，夜雨鸣糟床。相呼荐蠲洁，洗盏方敢尝。不辞酩酊红，所愿穰穰黄。家家饭牛肥，岁岁浮蛆香。"⑤ 亦状貌出饮社酒之习俗，轻松怡然之情可见。明人甘瑾《社日》诗云："枫树林边雨脚斜，儿童祈赛竞喧哗。鸡豚上戊家家酒，莺燕东风处处花。野径归时扶醉客，丛祠祭罢集神鸦。濒湖生意伤多潦，预祝污邪载满车。"⑥ 形象生动地描绘社日祭祀与醉饮的情态，从中看

---

① (清)曹寅编纂：《全唐诗》第 20 册，中华书局 1960 年排印本，第 7918 页。
② 傅璇琮主编：《全宋诗》第 49 册，北京大学出版社 1998 年版，第 30788 页。
③ (宋)叶梦得：《石林诗话》卷上，(清)何文焕：《历代诗话》，中华书局 1981 年版，第 413 页。
④ 傅璇琮主编：《全宋诗》第 49 册，北京大学出版社 1998 年版，第 30866 页。
⑤ 傅璇琮主编：《全宋诗》第 61 册，北京大学出版社 1998 年版，第 38435 页。
⑥ (明)甘瑾：《明诗综》卷一四，文渊阁《四库全书》第 1459 册，上海古籍出版社 1987 年影印本，第 449—450 页。

不出社日祭祀的严肃与庄重。

在农业社会中，一年中的各个节气都有农业生产上特殊的意义。社日本为祭祀土地神，但如上所说，在唐宋时期，成了人们休闲、娱乐的节日，而休闲本身，随着祭祀社神的色彩有所淡化，但也同样具有祈福的色彩，反映了人们对于美好生活的向往。明人高濂在其《遵生八笺》卷五中有云："社日令男女辍业一日，否则令人不聪。"看来，社日休息，暂离生产劳动，不仅不会使人感到精神上的懈怠，相反，还会使人耳聪身健。这是社日在后世发展中产生的新的节日功能，高濂还说："社日，人家襁褓儿女俱令早起，恐社翁为祟。"这或是社神本身与人们勤于农耕的历史传统有关，以致人们在意欲放松休息时尚存顾忌。高濂还引《田家五行》说："侵辰用瓷器收百草头上露，磨浓墨，头痛者点太阳穴，劳瘵者点膏肓之类，为之天灸。"①社日之露水具有医治头痛和瘤疾的疗效。可见，人们在社日放松休息的同时还保留着对社神的敬畏与企盼，这是该习俗神话色彩的古老记忆。但总起来讲，社日民俗功能中祈愿祯祥的色彩还是从属于人们休闲娱乐的节日定位的。

妇女们于社日也停工休息，不做绣活。宋人程大昌《演繁录》卷十二云："张籍《吴楚歌词》云：ّ庭前春鸟啄林声，红夹罗襦缝未成。今朝社日停针线，起向朱樱树下行'则知社日妇人不用针线，自唐已然矣。"②男女在社日普遍休闲共襄喜庆。除社日停工饮酒之外，共食祭品，向儿童分发钱物（有类于后世年节"压岁钱"）人们欢会于社庙林下，敲鼓助兴，饮酒食肉，尽欢而散，都时见于后世记载，兹举几例：

唐刘禹锡《秋日送客至潜水驿》有云："候吏立沙际，田家连竹溪。神林社日鼓，茅屋午时鸡。鹊噪晚禾地，蝶飞秋草畦。驿楼宫树近，疲马再三嘶。"③这是状写秋社的④。如果说此诗刘禹锡情绪稍显消沉的话，宋人写社日的诗就显得非常轻快活泼了。

---

① （明）高濂：《遵生八笺》卷五，文渊阁《四库全书》第871册，上海古籍出版社1987年影印本，第459页。
② （宋）程大昌：《演繁露》卷一二，文渊阁《四库全书》第852册，上海古籍出版社1987年影印本，第169页。
③ 卞孝萱校订：《刘禹锡集》，中华书局1990年版，第323页。
④ 古时社日演化为春秋两季举行，都是农闲时节，既有祭祀活动，也是休闲娱乐的节日。

如北宋梅尧臣《宛陵集》卷四十五有《社日饮永叔家》诗云："雨未，雨濛濛，野田击鼓赛社翁。折条跨马社翁去，醉叟卧倒梨叶红。鳌头主人邀客饮，玉酒新赐蓬莱宫。彭宣不预后堂会，康成一举三百钟。更邀明月出海底，烂醉等是归蒿蓬。"① 写到了春社日正当春雨普降，村人赛社击鼓，恣情欢饮，甚至预入其间者也受气氛濡染，亦烂醉而归。北宋宋庠《元宪集》卷十一《春社日置酒示客》云："欣欣春色上高台，一雨关河宿雾开。洛浦宓妃鸿已去，汉家皇后燕初来。山炉馥郁熏歌扇，锦瑟丁宁侑客杯。秉烛寻芳君莫倦，欢游才散便徘徊。"② 南宋朱熹《晦庵集》卷一《社日诸人集西冈》诗也写出了社日的喜乐气氛："郊原暖芳物，细雨青春时。前冈遐敞地，登览情无遗。农亩怀岁功，壶浆助神釐。我惭里居氓，十载劳驱驰。今朝幸休闲，追逐聊嘻嘻。笔语欢成旧，尽醉靡归期。"③ 南宋诗人方岳《和放翁社日四首·社鼓》："鼛鼛枌榆社，坎坎桑竹野。初非有均度，意欲薄幽雅。侯家接新声，视此宁勿赧。且从群儿嬉，吾未已可把。"④ 此诗写出了人们在社庙所在的枌榆树林中敲起社鼓，儿童们在活动中嬉乐玩耍，一派喜庆祥和景象跃然而出⑤。"薄幽雅"是说这个古老节日反映了人们质朴纯真的感情，比起古时贵族们刻意创制新声，民间歌舞则要高雅许多。

元诗中也时常可见对这个节日的描写。元人马臻《村中社日即事》诗云："春酒醺酣割肉归，数家茅屋在村西。诙谐漫想东方朔，牧养谁同百里奚。庙古神旗标麦陇。风轻叠鼓过桃蹊。升平景物诗难写，又听桑间戴胜啼。"⑥ 可见元代社日风俗与宋相同，食肉饮酒，怡情放怀依然是社日主题。元代著名诗人范梈《社日》诗亦云："丘陵雨止散青烟，白叟相违已隔年。忽遣大儿三角结，打门来觅社神钱。"⑦ 是诗写出了儿童寻觅社钱的风俗。元、明时期此风俗很是

---

① 傅璇琮主编：《全宋诗》第 5 册，北京大学出版社 1991 年版，第 3195 页。
② 傅璇琮主编：《全宋诗》第 4 册，北京大学出版社 1991 年版，第 2259 页。
③ 傅璇琮主编：《全宋诗》第 44 册，北京大学出版社 1998 年版，第 27468 页。
④ 傅璇琮主编：《全宋诗》第 61 册，北京大学出版社 1998 年版，第 38435 页。
⑤ 认为南宋江湖诗人曾结枌社之说不能成立，其所谓"枌社"即"枌榆社"。参见后文。
⑥ （元）马臻：《霞外诗集》卷八，文渊阁《四库全书》第 1204 册，上海古籍出版社 1987 年影印本，第 140 页。
⑦ （元）范梈：《范德机诗集》卷六，文渊阁《四库全书》第 1208 册，上海古籍出版社 1987 年影印本，第 122 页。

兴盛，郭钰《社日》诗云："甲子频书入短篇，细推五戊卜春田。读书未有平戎策，止酒聊输祭社钱。红树花秾春向晚，画桥柳暝雨如烟。旧来歌舞今谁在，燕子茅檐只自怜。"提及社钱、歌舞等社日事项。

明初张昱《题村庙》诗云："祸福凭谁降，鸡豚合有灾。年年当社日，箫鼓赛神来。"①提到社日食鸡豚之肉与鸣鼓祭赛的风俗。明人王广洋《岭南杂录》诗云："村团社日喜晴和，铜鼓齐敲唱海歌。都道一年生计足，五收蚕茧两收禾。"②写出物阜民丰的岭南社日喜庆祥和气息。明人倪岳以五言古诗的体裁写出自己经历社日的感受，其《九日游陈氏西园即席次镜川杨学士韵》诗云："左掖侯朝回，西豀共客来。陶翁思对菊，杜老慰登台。山近秋屏列，池清晚镜开。似忘红日随，犹欲尽余杯。红叶明孤屿，黄金媚一川。山童供午饷，野老刈秋田。旧鸟高还下，闲云往复旋。试春村社日，扶醉说丰年。穿岩结疏屋，接陇布秋蕾。出郭路非远，还家心自迟。最宜春雨后，又近夕阳时。仿佛清谿曲，定然千里思。"③此诗铺排点染，极有韵致，将秋社乡村的节日描画与乡人及自己此时的心情结合起来展现，读之宛如观赏一幅生动的风俗画卷，既反映出了农夫社日的心情，也将人们对丰收的企盼心理烘托出来，有着非常浓厚的生活气息。再看明朝皇亲秦王朱诚泳的《社日》诗："社鼓年年响，村醪处处同。物丰人自乐，赛尽蜡还通。庭院来巢燕，江湖叫塞鸿。炮羔兼朕脍，随地得民风。"④这是以贵族士大夫的口吻描写社日习俗，主题情调同样是谐和喜庆。明人陈伯康亦有《社日》诗，其云："燕子来时二月天，家家祷社枫林前。香雾绕坛散灵雨，盂酒豚蹄候神语。父老殷勤拜社公，但愿今年年岁丰。岁丰不但衣食饱，官府租税亦易了。了官之余但力田，秋报春祈得社钱。"⑤这首诗既写出了社日的风俗，也蕴含了对农民生活的关切，充满了文人士大夫基

---

① （明）张昱：《可闲老人集》卷一，文渊阁《四库全书》第1222册，上海古籍出版社1987年影印本，第526页。
② （明）王广洋：《凤池吟稿》卷一〇，文渊阁《四库全书》第1225册，上海古籍出版社1987年影印本，第562页。
③ （明）倪岳：《青谿漫稿》卷三，上海古籍出版社1991年版，第341页。
④ （明）朱诚泳：《小鸣稿》卷四，文渊阁《四库全书》第1260册，上海古籍出版社1987年影印本，第245页。
⑤ （明）曹学佺：《石仓历代诗选》卷三一二，文渊阁《四库全书》第1391册，上海古籍出版社1987年影印本，第376页。

于民本意识之上的政治生活理想。

清代诗人中这方面记载较少,反映了社日礼俗在清代的衰落。彭孙遹《桃源忆故人社日》:"平皋翠谷浓于染,一幅晴芜青蒨,旧社酒徒零,添得红襟燕。枌榆往事还重见,窃炙归来春宴,人在樱桃庭院,今夜停针线。"①似乎是对往日社日生活的追忆。清高宗亦有一首《春社》诗云:"社日凭谁报,梁头燕语新。才看如画景,已是可怜春。风软游丝重,晴烘花气醇。赛神村鼓响,酣舞太平人。"②虽说多少有些点缀升平的意味,但也同样描绘出了社日的民俗风情。

通过以上这些诗例,我们发现,社祭、社日的原始礼义,在长期的文化积淀中已经日益具有了一种超乎神学祀典本身的意义,人们不分身份和阶层,都濡染了这个节日的轻松愉悦情绪。尤其是与这个节日有关的民俗活动以及其间的祥和气息也较多地反映到了诗人的作品中,成为诗人乐于吟咏且愿意沉浸其中的诗题、诗材和普遍情绪,这充分说明了社日饮酒歌舞、放松精神的节日生活形式已经成为对诗人颇有吸引力的一种群体性的活动样本。这种原始祭祀仪式和社日聚会欢畅的民俗传统,对于诗人结社并展开相应活动,都具有很大的启示意义。古人在诗社活动中,也如同社日一样饮酒欢会,并在这种气氛中创作、品评。其活动对于参与者而言,亦有类似节日的某种性质。所以,讨论诗社,理应从"社"这种民俗事项中寻绎阐释端倪和论述源头。

群体性礼俗活动对诗社形成的影响

再看与诗社活动亦有宗桃关系的有关群体性礼俗活动,这里主要论述乡饮酒礼。彭林在《中国古代礼仪文明》中指出:"乡饮酒礼始于周代,最初不过是乡人的一种聚会方式,儒家在其中注入了尊贤养老的思想,使一乡之人在宴饮欢聚之时受到教化。秦汉以后,乡饮酒礼长期为历代士大夫所遵用,直到道光二十三年(1843),清政府决定将各地乡饮酒礼的费用拨充军饷,才被下令废止,前后沿袭约三千年之久,在中国历史上产生过深远的影响。"③

通过彭林所述,我们亦可加判断,这种古礼以群聚为特色,又在古代社会

---

① (清)彭孙遹:《松桂堂全集》卷三八,文渊阁《四库全书》第1317册,上海古籍出版社1987年影印本,第316页。
② 清高宗:《御制乐善堂全集定本》卷二六,文渊阁《四库全书》第1300册,第505页。
③ 彭林:《中国古代礼仪文明》,中华书局2004年版,第137页。

中长期奉行,加之活动中杯盏流转,人们谈话交流或赋诗言志,含有较浓厚的文艺交流性质。后世诗社之群聚交流,与这种古礼应该颇有渊源。据元人陈澔在《礼记集说》之《乡饮酒义》下注云:"吕氏曰:'乡饮酒者,乡人以时会聚饮酒之礼也。因饮酒而射,则谓之乡射。郑氏谓三年大比,兴贤能者,乡老及乡大夫率其吏与其众以礼宾之。则是礼也,三年乃一行。"①可知乡饮酒礼三年一次,是社会生活中普遍要遵行并且十分隆重的活动,除欢会饮酒外,还有射箭之类的活动,具有综艺性特点。②又据《礼记·乡饮酒义》,"乡饮酒之礼:六十者坐,五十者立侍,以听政役,所以明尊长也。六十者三豆,七十者四豆,八十者五豆,九十者六豆,所以明养老也;"③可见这个礼是兼具礼节的严肃性与群体性活动的生动性的一种轻松自如(仅以年齿为序)的礼仪的民俗形式。既体现了长幼秩序,又自然亲切,自如活泼,为后世诗社活动所效法。如白居易等人的九老会活动即序齿不序官,这种活动的秩序要求即与乡饮酒礼相通。北宋时期的耆英会、真率会也都采用的是这种排序方式。孔子对这种形式十分赞许,曾说:"吾观于乡,而知王道之易易也。"④同时,乡饮酒礼之后的竞技活动——射礼也是在轻松愉快的聚会中进行的。而射礼本身也是与乡饮酒礼联结在一起的。这种群体性活动中的竞赛内容对诗社中诗人们较量诗艺,争取擅长的参与心理有着直接的影响,诗社中也存在行酒令一类的语言游戏,这其实也可从古代乡饮酒的游戏性活动中找到某种根由。《礼记·射义》云:"古者诸侯之射也,必先行燕礼;卿、大夫、士之射也,必先行乡饮酒之礼。故燕礼

---

① (元)陈澔:《礼记集说》,中国书店 1994 年版,第 502 页。
② 明瞿佑《归田诗话》卷上之"乡饮用古诗"条云:"古诗《三百篇》,皆可弦歌以为乐,除施于朝廷宗庙者不可,其余固上下得通用也。洪武间,予参临安教职。宰县王谦,北方名儒也。岁终行乡饮酒礼,选诸生少俊者十人,习歌《鹿鸣》等篇,吹笙払琴,以调其音节。至日,则讲堂设宴,席地而歌之。器用罍爵,执事择吏卒巾服洁净者。宾主欢醉,父老叹息称颂,俨然有古风。后遂以为常,凡宴饮则用之。如会友则歌《伐木》,劳农则歌《南山》,号新居则歌《斯干》,送从役则歌《无衣》,待使役则歌《皇华》之类,一不用世俗伎乐,识者是之。"参见丁福保辑:《历代诗话续编》,中华书局 1983 年版,第 1235 页。由王谦所力图恢复的古礼内容看,在燕饮中"欢醉",并根据燕饮活动事由有着不同的乐歌与之对应,其间也有着浓厚的娱乐性意义。这种礼俗在明代已经难以见到,这也反映出后世群体性礼俗的变迁状况。
③ (汉)郑玄注,(唐)孔颖达疏,龚抗云整理:《礼记正义》,李学勤主编:《十三经注疏》,北京大学出版社 2000 年版,第 1904 页。
④ (汉)郑玄注,(唐)孔颖达疏,龚抗云整理:《礼记正义》,李学勤主编:《十三经注疏》,北京大学出版社 2000 年版,第 1905 页。

者，所以明君臣之义也。乡饮酒之礼者，所以明长幼之序也。"① 古代射礼包括大射、乡射、燕射、宾射。在乡饮酒礼之后大家在欢聚竞技的同时将"长幼之序"和举止动静应遵循的礼仪贯穿其中，以收寓教于乐之效。这种群聚竞技切磋技艺增进感情的方式，也与诗社相同。故考察诗社渊源，应该肯定这种古礼传统实质上的影响。

由此推及出去，除乡饮酒礼与射礼外，古代礼仪中与群聚有关的还有如下几种形式：如燕礼，燕礼就是君臣燕饮之礼，是卿大夫之间的聚会活动。因为古时卿大夫享有受教育权（或受教育优先权）所以这类聚会活动或伴有艺术交流的内容，"称诗喻志"、"赋诗言志"以及对音乐舞蹈的评骘（如季札观乐），就往往发生在燕礼的场合，劳孝舆《春秋诗话》中的这样的例子就很多。不过从形式上看，燕礼是庄矜严肃的聚会活动，所以不如乡饮酒礼更具生活色彩，也不像乡饮酒礼那样淡化了社会等级的限制。后世诗社，在艺术内容上虽与燕礼有关，但在活动形式上，则与乡饮酒礼关系似乎更近一些。

此外，还应该关注一下《诗经》中记载的一些群体性的礼俗活动。《诗经》中的国风收录了产生于西周到春秋前期的民间歌谣，也有一些下层士人的作品。其中反映由早期祭祀活动向群聚性娱乐活动转化的作品很多，尤其以《郑风》和《陈风》为著。郑国的洧渊和陈国的宛丘都成了国人的游观之所。以陈国为例，陈国的宛丘和东门都是当时男女聚会游观的活动地点。《郑风·蹇兮》及《陈风》中的《东门之枌》、《东门之杨》和《东门之池》都是记载男女群聚游观的作品。活动中有徜徉春光、载歌载舞、歌谣言志与相互携游的内容。而原始的祭祀传统，到此时也只有巫觋祝祷的简单点缀了。加之《周礼·媒氏》所谓"仲春之月，令会男女。于是时也，奔者不禁。如无故而不用令者罚之。司男女之无夫家者会之"阐述的礼制规定，男女群聚游观并倾诉恋情的活动风气更以强大的影响力掩盖了群聚活动本始的娱神和祝祷色彩。春秋时期，这种男女群聚游观的活动非常普遍，其中的活动氛围与风气对后世的雅集或诗社活动都有影响。再者，《诗经》中反映文人群体活动的作品，如《小雅》中的

---

① （汉）郑玄注，（唐）孔颖达疏，龚抗云整理：《礼记正义》，李学勤主编：《十三经注疏》，北京大学出版社 2000 年版，第 1913 页。

《鹿鸣》、《伐木》、《鱼丽》、《南有嘉鱼》、《湛露》、《彤弓》、《白驹》等也生动地体现出群体活动的普遍化状况。在后人看来，《诗经》的地位至高无上，其间"嘤其鸣矣，求其友声"（《伐木》）的诗句，更是文人从事于群体性文学活动的合理性依据。后世的诗社活动以同道相感，在活动中互通声气，实是"出自幽谷，迁于乔木"的做法了（《伐木》）。"幽谷"者，绝学无友的境况也；"乔木"者，群体间的互相促进与提领作用之谓也。"诗可以群"（《论语·阳货》）的作用在《伐木》的此句中形象的表现出来。

在后世群体性文学活动和诗社活动中普遍采用的联句形式也肇始于《诗经》，蒋见元、程俊英的《诗经注析》在评价《郑风·风雨》时说："这是一首新婚夫妇之间的联句诗。夫妇俩用对话的形式联句，叙事早起、射禽、烧菜、对饮、相期、偕老、杂佩表爱的欢乐和睦的新婚家庭生活。……这首诗中有男词，有女词，还有诗人的旁白，参差错落，很有情趣。实开汉武帝柏梁体，为后人联句之祖。"[①] 果如是，则《诗经》从文学的意义上对于后世文人群体文学活动的影响就极其巨大了。

战国文士交游辩论的群体性活动对诗社中的切磋论争风气的影响

东周一代，尤其是战国时期，各家学派的聚徒讲学，分庭抗礼以至百家腾涌的局面，使对于某种理论和观点进行钻研、探讨、批评并结成学派以增强政治舆论影响力的风气，和不同派别间争夺话语控制权的作风在群体性活动的意义上又有了新的内容，并在理论批评史上产生了深远的影响。作为诗人群聚起来进行诗歌的创作评骘和理论切磋以及进行诗学斗争的诗学组织，诗社与战国诸子争鸣的文化风气有着一定的关联。

东周以后，学术下移，掌握某些专门知识和学术的人渐变为以"士"为主的专门文人队伍。战国时期，各家学派在大论争中发展，理论方面的研究也愈加深入。这些学派大都聚徒讲学，甚至学派内部组织纪律严明，颇具党派性与排他性。同时各学派也师承明显，薪传长久，遂使聚集和交流成为学术发展的辅推剂。当然，诸子学派并非是进行文学交流的群体，但是，文人以某种主张相从而聚，群居切磋，在思想理论上琢磨砥砺，对后世诗社中诗学活动及以不

[①] 蒋见元：《诗经注析》，中华书局1991年版，第236页。

同诗社间的诗学争鸣,应该具有相当的影响。①

与诗社形成有关联的另一群聚类型是依托政治权贵而形成的士人团体

战国纷争加剧,士人们的学术性、政治性团体遂渐渐转变为政治性、学术性团体以至政治性文人门客幕僚团体。我们由孔孟学派热衷于政治活动到纵横家唯以功利相尚进,有的士人不再以学术主张为行动核心而唯以"善养士者"为依从核心而群聚一堂,驰逐奔竞于乱世之中。这种群体,主要就是战国四公子的门客群体。

战国后期的门客群体在结成政治同盟,参与政治—政权斗争的同时,也往往十分重视对社会舆论的掌控。如吕不韦的门客群体就不仅从事于政治活动,还集体撰写了《吕氏春秋》,能够荟萃各家学说,显露群体智慧,并体现出了很高的文化学术水平。由此而后,到了汉代的淮南王文人集团和梁王、吴王集团以及河间献王集团等,群聚性文人的文学性便渐渐增强,由此可以看出文人群体随着文学意识的增长而逐渐成长发展的脉络。这些带有浓厚政治功利色彩的文人群体活动,也对后世诗社产生了影响。

要言之,该时期的文士群体主要有以下两类:

1. 思想学术性士人群体(含由此形成的师友师传群体)

这主要指诸子学派各自因相同的思想观点以及由其师传关系形成的学者群体,以儒家为例,孔子及其弟子是一个儒家群体,其弟子祖述孔子又各有传承,于是形成了不同分支的儒家各师门群体。《史记·孔子世家》谓:"是以鲁自大夫以下,皆僭离于正道。故孔子不仕,退而修诗书礼乐,弟子弥众,至自远方,莫不受业焉。"②以修习诗、书、礼、乐为事,以德行、言语、政事、文学为教,孔门师弟子群体形成。《史记·仲尼弟子列传》云:"孔子曰:'受业身通者,七十有七人,皆异能之士也'。"③其门生最多时有三千人,孔门师弟子

---

① 《汉书·艺文志》云:"诸子十家,其可观者九家,皆起于王道既微,诸侯力政,时君世主,好恶殊方,是以九家之术蜂出并作,各引一端,崇其所善,以此驰说,取合诸侯。"士人们"各引一端,崇其所善"遂合而成群,形成早期的文人学术团体。这种形式,在诗歌创作兴盛,诗学主张不一的文学发展背景中,很容易被诗人和理论批评家效法,故诗社形式在渊源上与诸子学派有关联。

② (汉)司马迁撰,(刘宋)裴骃集解,(唐)司马贞索隐,(唐)张守节正义:《史记》,中华书局1959年版,第1914页。

③ (汉)司马迁撰,(刘宋)裴骃集解,(唐)司马贞索隐,(唐)张守节正义:《史记》,中华书局1959年版,第2185页。

群体应是思想学术性士人群体中规模最大的。《史记·儒林列传》云:"自孔子卒后,七十子之徒散游诸侯,大者为师傅卿相,小者友教士大夫,或隐而不见。故子路居卫,子张居陈,澹台子羽居楚,子夏居西河,子贡终于齐。如田子方、段干木、吴起、禽滑厘之属,皆受业于子夏之伦,为王者师。"①学生们在孔子卒后各有师传,孔门师弟子群体又派生出不同的分支,这些分支就是儒家的师传群体,其中以曾子、子夏的师传群体最有影响。

《史记·儒林列传》所谓:"及今上(汉武帝)即位,赵绾、王臧之属明儒学,而上亦乡之,于是招方正贤良文学之士。自是之后,言《诗》于鲁则申培公,于齐则辕固生,于燕则韩大傅。言《尚书》自济南伏生。言《礼》自鲁高堂生。言《易》自菑川田生。言《春秋》于齐鲁自胡毋生,于赵自董仲舒。及窦太后崩,武安侯蚡为丞相,绌黄老、刑名百家之言,延文学儒者数百人,而公孙弘以《春秋》白衣为天子三公,封以平津侯。天下之学士靡然乡风矣。"②此为儒家师传群体在汉代经学时代来临时的再度壮大。《史记·儒林列传》列诸经师传,反映了这种学术性群体的存在规模。这种类型的文人群体在组织性质上对诗社的影响不如依附权贵形成的文人群体,但学术研究性的组合作用则与诗学研究对诗社群体的组合作用是有关联的。

2. 以权贵人物为核心的门客文人群体

战国时期的一些贵戚权臣出于强化自身权力和增强其国家实力的考虑,争相招致士人以为其门客,其中以所谓四公子和吕不韦的门客群体规模最为庞大。《史记·孟尝君列传》:"孟尝君在薛,招致诸侯宾客及亡人有罪者,皆归孟尝君。孟尝君舍业厚遇之,以故倾天下之士。食客数千人,无贵贱一与(田)文等。"③其门客数量达三千人。《史记·平原君虞卿列传》云:"诸子中胜(平原君)最贤,喜宾客,宾客盖至者数千人。"④

---

① (汉)司马迁撰,(刘宋)裴骃集解,(唐)司马贞索隐,(唐)张守节正义:《史记》,中华书局1959年版,第3116页。
② (汉)司马迁撰,(刘宋)裴骃集解,(唐)司马贞索隐,(唐)张守节正义:《史记》,中华书局1959年版,第3118页。
③ (汉)司马迁撰,(刘宋)裴骃集解,(唐)司马贞索隐,(唐)张守节正义:《史记》,中华书局1959年版,第2354页。
④ (汉)司马迁撰,(刘宋)裴骃集解,(唐)司马贞索隐,(唐)张守节正义:《史记》,中华书局1959年版,第2365页。

《史记·魏公子列传》："公子为人仁而下士，士无贤不肖皆谦而礼交之，不敢以其富贵骄士。士以此方数千里争往归之，致食客三千人。当是时，诸侯以公子贤，多客，不敢加兵谋魏十余年。"①

又《史记·吕不韦列传》云："当是时，魏有信陵君，楚有春申君，赵有平原君，齐有孟尝君，皆下士喜宾客以相倾。吕不韦以秦之彊，羞不如，亦招致士，厚遇之，至食客三千人。是时诸侯多辩士，如荀卿之徒，著书布天下。吕不韦乃使其客人人著所闻，集论以为八览、六论、十二纪，二十余万言。以为备天地万物古今之事，号曰《吕氏春秋》。布咸阳市门，悬千金其上，延诸侯游士宾客有能增损一字者予千金。"② 其实四公子及吕不韦所招致的门客不一定都是文士，也会有鸡鸣狗盗之人，但应以文士为主，《尸子》、《尉缭子》、《虞氏春秋》等都是权贵门客的著作。这种文士依附权贵的组合方式一直是古代文人群体的一种重要形式，诗社的产生与发展，与这种类型的文人群体都极有关系。

另外，我们还须关注战国时期齐稷下学官为中心的文人集团。如果说，各家学派聚徒讲学是自传其学术的做法，那么，稷下则是他们交流论辩甚至针锋相对的场所。

《史记·孟子荀卿列传》云："自驺衍与齐之稷下先生（司马贞《索引》云：'稷下，齐之城门也。或云稷下，山名。谓齐之学士集于稷门之下'），如淳于髡、慎到、环渊、接子、田骈、驺奭之徒，各著书言治乱之事，以干世主，岂可胜道哉。"③

可见，稷下集中了各家各派的学者，他们在此聚而论道，各言其理，并"著书言治乱之事"，希图得到施展机会，所以说稷下为各学派交争的战场，当然也是各学派在交争中完善自身并进行理论建树的土壤与平台。

又据《史记·田敬仲完世家》之裴骃《集解》所引《新序》曰："齐稷下

---

① （汉）司马迁撰，（刘宋）裴骃集解，（唐）司马贞索隐，（唐）张守节正义：《史记》，中华书局1959年版，第2377页。

② （汉）司马迁撰，（刘宋）裴骃集解，（唐）司马贞索隐，（唐）张守节正义：《史记》，中华书局1959年版，第2510页。

③ （汉）司马迁撰，（刘宋）裴骃集解，（唐）司马贞索隐，（唐）张守节正义：《史记》，中华书局1959年版，第2346页。

先生喜议政事,驺忌既为齐相,稷下先生淳于髡之属七十二人皆轻驺忌。"① 可见稷下所集之士之盛。淳于髡之属能达七十二人,而如慎到,环渊等人及从其学或从其游的人累计起来真不知何许。他们:"喜议政事",亦可看出这时文人集团的政治属性,故战国中期以后,文人集团的政治—学术属性是很明显的。

又据《汉书·艺文志》之《孙卿子》条,荀子亦尝在齐稷下任祭酒,他的影响力足以号召起一批学者。又如《田子》条,齐人田骈也曾游稷下,亦应有其影响圈。《史记·孟子荀卿列传》云:"驺衍之术迂大而闳辩,奭也文具难施……故齐人颂曰'谈天衍','雕龙奭'。"②学者因其学术特点而被众人冠以名号,反映了当时稷下所集学者之壮盛与风气之热烈,真可谓"岂可胜道哉"了。③

所以,稷下学官作为一种学派间论辩斗争和学派内部授受讲习的平台与土壤,其精神气质对于后世诗社会产生深远影响,我们在考察诗社渊源时,应该予以重视。

稷下为当时文化学术重镇,是战国中期各学派思想交锋熔冶的大火炉,其流风余韵会使后人印象深刻,对于后世同样具有开放性、灵活性的诗社组织及其竞争风气而言,应该有很大影响。

考察了影响诗社产生的几个具有启示性的因素后,还应据此对诗社研究做如下说明:诗社是诗友间的群体性组织,后世诗友其实含有诗学层面与政治功利层面的复合意义。具体讲,一般诗社以诗学上相互认同的诗友为主要成员,但也有很多诗社的组合是以政治同盟为基础的。这样的诗社在诗学上也往往有其主张或理论,但政治功利性质也往往超过了其诗学性质。这个特点在明代东林党人以及复社、几社那里表现得较突出。因此,我们在探讨诗社源流时,对

---

① (汉)司马迁撰,(刘宋)裴骃集解,(唐)司马贞索隐,(唐)张守节正义:《史记》,中华书局1959年版,第1891页。
② (汉)司马迁撰,(刘宋)裴骃集解,(唐)司马贞索隐,(唐)张守节正义:《史记》,中华书局1959年版,第2348页。
③ 《史记·鲁仲连列传》之《索引》云:"《鲁仲连子》云齐辩士田巴,服狙丘,议稷下,毁五帝,罪三王,服五伯,离坚白,合同异,一日服千人。"田巴之辩才可"一日服千人",必有千人闻其辩说,稷下学者之盛况可见一斑。也可见,稷下的论争风气的开放性与包容性。《史记·刘敬叔孙通列传》载:"汉王(刘邦)拜叔孙通为博士,号稷嗣君。"裴骃《集解》曰:"盖言其德足以继踪齐稷下之风流也。"、"稷下风流"便是对稷下学者钻研辨析的群体风气的最佳表述。

围绕在政治核心人物周围的文人群体和具有政治功利色彩的诗社均应予以重视。先秦时代的四公子门客群体就因其政治功利色彩进入我们的研究视野,历史上表现出政治功利性的其他文人群体和有关诗社也是我们的研究对象。

其次,历史上由僧俗组成的佛学—文学群体也是导致诗社形成的一个重要因由。东晋慧远、周续之、刘遗民、宗炳的僧俗群体、白居易的香火社都是在历史上对诗社的形成与发展起过积极作用的群体性组织,这种群体类型先秦时没有,我们在下文考述文人群体性文学活动的发展时对这种类型的文人群体将予以关注。

第三,诗社与诗学的关系并不一直都密切,有的诗社创作及批评活动较盛,但却并无完整、系统的理论建设;而有的诗社则以共同的诗学主张为纽带结聚而成,其诗社活动中的诗学色彩较为浓厚。我们对于前者,力图从其有关创作与零星意见中搜绎其诗学主张,以发明其与诗学间的基本关系;而对于后者,则力图在阐释清楚其诗学主张的同时,分析其诗学意义与对诗学发展的实际作用。这种努力,也会在接下来爬梳与诗社形成有关的文人群体时予以贯彻。

第四,因为诗社与特定时代的诗风密切相关,它既受当时诗风的影响,也会反过来去影响当时的诗风,同时对以后诗风的发展产生作用。因而我们在考察诗社产生前的文人群体性活动及后世诗社活动时,都将对诗社活动(或群体性诗学活动)中与诗风有关的诗学问题进行观照和分析论述。

第五,在考察文人群体性文学活动时,对其中的积极因素、消极因素都会予以适当阐发。对文人群体中有诗学贡献的成员也将分析论述。

总之,在诗社产生前,阐述文人群体性活动主要着眼于对后世诗社活动有影响的活动内容及诗学因素,这主要就群体性活动的群体性(及排他性)、群体性活动中的文学创作及有关理论主张和影响等问题而言。及至诗社产生,我们主要以诗社为论述单位,在考述其基本情况的基础上,对其诗学内涵和理论意义进行分析。

二、汉代的文人群体性活动对诗社形成的作用

随着大一统中央王朝的建立,汉代驰骛论辩以希进用的文士们的生存空间便随着中央政府对各地,包括诸侯藩国控制加强,而日渐缩小,百家争鸣的

局面一去不再。文人靠一己之力以谒主上并发挥政治才干的机会减少了，新的中央王朝已经完成了在意识形态领域进行遴选并给予儒家思想以至高无上的独尊地位。因此，文士的理论主张由在交争中阐述转化为创立一家之言，通过对经学的深入研究来依经立义以阐发意见、表述主张（如贾谊、晁错等人有关政治、经济的主张，便不会产生在群体论争背景之中；经学在儒家定于一尊后成为士人专力攻治的领域）。但同时，新兴统一帝国须要从思想文化领域去巩固统一，规范士人思想。在文化领域，表现为对"润色鸿业"①的时代基调的强调。在文学方面，自屈原之后，汉代的文学意识进一步发展，个人摅写怀抱也成为文人遣怀抒情的自然选择，此既可以表达情志，又能展示才华，获得机遇，所以，从西汉开始，以权贵为中心的文人集团虽然还能够存在，但是，其中政治斗争的意义开始减弱，文学性成分渐趋增强，及至儒家独尊，经学勃兴，权贵文人群体转化为由先秦延续下来的经学师友群体，这种汉代文人群体的演化过程中，对后世诗社影响较大的是有着一定文学创作活动的依附于权贵的文人群体。

以淮南王刘安为核心的文人群体

《汉书·淮南王传》云："淮南王安为人好书，鼓琴，不喜弋猎狗马驰骋，亦欲以行阴德拊循百姓，流名誉。招致宾客方术之士数千人，作为《内书》二十一篇，《外书》甚众，又有《中篇》八卷，言神仙黄白之术，亦二十余万言。时武帝方好艺文，以安属为诸父，辩博善为文辞，甚尊重之。每为报书及赐，常召司马相如等视草乃遣。初，安入朝，献所作《内篇》，新出，上爱秘之，使为《离骚传》，旦受诏，日食时上。又献《颂德》及《长安都国颂》。每宴见，谈说得失及方技赋颂，昏暮然后罢。"②是淮南王刘安召集宾客方术之士竟达数千人之多，其所作作品则多出于这些宾客方术之士之手。同时，刘安本人也以文所见长，故武帝与其的文学来往，亦颇讲究，并召司马相如为其起草润色。

---

① 班固认为赋有"润色鸿业"的社会政治作用，见其《两都赋·序》，载（梁）萧统辑，（唐）李善注：《文选》卷一，上海古籍出版社1986年版，第2页。"润色鸿业"也可用以概括汉人基本的文学态度，具有时代的普遍性。

② （汉）班固撰，（唐）颜师古注：《汉书》，中华书局1962年版，第2145页。

又《汉书·伍被传》云："伍被，楚人也。或言其先伍子胥后也。被以才能称，为淮南中郎。是时淮南王安好术学，折节下士，招致英隽以百数，被为冠首。"①又提到了伍被其人在淮南王集团中以才子为门客之首，言及"英隽百数"者，纵与"数千人"之说矛盾，但人数众多则是事实。根据文献记载，淮南王文人集团除伍被外还有毛被、淮南小山等人。他们与淮南王积极从事于文学创作活动。《汉书·艺文志》载淮南王刘安本人有赋八十二篇，其群臣僚属有赋四十四篇。另，《楚辞》中亦多有淮南王门客创作的作品。他们的作品大都不存，但可以想见当时该群体创作活动之盛。从诗社渊源上看，淮南王集团的文学成就大大高于前代，其文学交流与切磋的规模是以往文人集团难与相提并论的。

梁孝王文人集团

虽然规模和影响不及淮南王文人集团盛大，但作为早于此的梁孝王刘武文人集团对于我们探讨诗社发展渊源问题也同样具有重要意义。是不应忽略的一个环节。

梁孝王刘武是汉文帝子，母为窦太后，与景帝同母，是文帝第二子。因为是景帝胞弟，又有窦太后的溺爱，他虽侍母极孝，但也恃宠骄纵，他"入则侍景帝同辇，出则同车游猎"②，其招致的人也不尽都是文人，但许多知名文人都有预其间。

《史记·梁孝王世家》记载梁孝王筑东苑（即兔园），方三百余里。又大治宫室，得赐天子旌旗，出从千乘万骑，招延四方豪杰，自山以东游说之士，莫不毕至，齐人羊胜、公孙诡、邹阳之属，便在其中，其门客尚有战国策士余习。凭借着刘武的威势，汇聚起来，他们也多有文学活动。

《汉书·贾山、邹阳、枚乘、梅皋、路温舒传》载："邹阳，齐也。汉兴，诸侯王皆自治民聘贤。吴王濞招致四方游士，阳与吴严忌、枚乘等俱仕吴，皆以文辩著名。"③这些文人本来依从亦好养士的吴王刘濞，但因濞心存异志，他们遂转头投奔梁王，加入梁王集团。（随着大一统局面的出现和日益巩

---

① （汉）班固撰，（唐）颜师古注：《汉书》，中华书局1962年版，第2167页。
② （汉）司马迁撰，（刘宋）裴骃集解，（唐）司马贞索隐，（唐）张守节正义：《史记》，中华书局1959年版，第2084页。
③ （汉）班固撰，（唐）颜师古注：《汉书》，中华书局1962年版，第2338页。

固,文人集团是由藩国向中央靠近的)又云:"是时,景帝少弟梁孝王贵盛,亦待士。于是邹阳、枚乘、严忌知吴不可说,皆去之梁,从孝王游。"①

可见,吴王刘濞因预谋叛乱,士人虽抱政治目的,但却不愿意冒险,遂去吴入梁,加入梁王集团,吴王刘濞的门客集团终于未成气候。但他们的文学创作还是可圈可点的。而《史记·鲁仲连邹阳列传》载邹阳入梁,与故吴人庄忌夫子(即严忌)、淮阴枚生(即枚乘)之徒交,因"上书而介于羊胜、公孙诡之间,胜等嫉邹阳,恶之梁孝王,孝王怒,下之吏,将欲杀之"②,于是邹阳上书而获免,其所上书现在,是汉代文学中必须提及的。可见,在梁王处,上书的质量是非常重要的。《汉书·司马相如传》载:"会景帝不好辞赋,是时梁孝王来朝,从游说之士齐人邹阳、淮阴枚乘、吴严忌夫子之徒,相如见而悦之,因病免,客游梁,得与诸侯游士居,数岁,乃著《子虚》之赋。"③这则材料很能说明问题,因汉景帝不好辞赋,司马相如的才能不得见售,而邹阳、枚乘等人之所以被相如"见而悦之",当是出于对辞赋的共同喜好。司马相如因得遇同好,便随诸人入梁王集团,其文学才能得以进一步养成并施展出来,于是作成了意在赞美梁王的《子虚赋》,可以说是梁王文人集团成就了司马相如④。也使我们自然而然地设想在梁王周围,这个集团成员之间在文学创作上也多所切磋,枚乘、邹阳、严忌之属在创作上当与司马相如有所过从,故该集团的文学性也是很明显的。后世诗社中诗人们因共同的诗学观念而砥砺切磋,相激相荡,曾为许多诗人提供了发挥与提高的机遇,这种提供机遇的群体性活动机制,由司马相如创作《子虚赋》就已经具备雏形了。

河间献王文人集团

同样由诸侯王组成的文人集团还有以河间献王刘德为中心的河间献王文人集团。

---

① (汉)班固撰,(唐)颜师古注:《汉书》,中华书局1962年版,第2343页。
② (汉)司马迁撰,(刘宋)裴骃集解,(唐)司马贞索隐,(唐)张守节正义:《史记》,中华书局1959年版,第2469页。
③ (汉)班固撰,(唐)颜师古注:《汉书》,中华书局1962年版,第2529页。
④ 梁国本都大梁,在刘武之前是文帝少子刘揖封为梁王,因大梁卑湿,徙于睢阳,贾谊曾任梁王刘揖太傅,刘揖好书,贾谊富有文学才能,梁国睢阳的文学风气或从贾谊为太傅时即开始生成。刘揖卒后,刘武封为梁王,延续了好文风气,又有了司马相如的培植,梁国二王在文学史上的作用不容小觑。

《汉书》卷五十三之《河间献王传》云："河间献王德以孝景前二年立，修学好古，实事求是。从民得善书，必为好写与之，留其真，加金帛赐以招之。繇是四方道术之人不远千里，或有先祖旧书，多奉以奏献王者，故得书多，与汉朝等。是时，淮南王安亦好书，所招致率多浮辩。献王所得书皆古文先秦旧书，《周官》、《尚书》、《礼》、《礼记》、《孟子》、《老子》之属，皆经传说记，七十子之徒所论。其学举六艺，立《毛氏诗》、《左氏春秋》博士。修礼乐，被服儒术，造次必于儒者。山东诸儒多从而游。"①

《史记·五宗世家》云："河间献王德，以孝景帝前二年用皇子为河间王。好儒学，被服造次必于儒者。山东诸儒多从之游。"②看得出刘德与其群体是崇尚儒家思想的，他们为汉代儒学定于一尊的重大举措实际上起了铺垫作用。又《汉书·礼乐志》有云："河间献王有雅材，亦以为治道非礼乐不成，因献所集雅乐。"③可见他们对礼乐文化亦是极为重视的，同上亦云："谒者常山王禹世受河间乐，能说其义。"④他们在礼乐文化的传播上亦极有作用。《汉书·礼乐志》亦载："河间献王聘求幽隐，修兴雅乐以助化。"⑤还提到"河间区区，小国藩臣，以好学修古，能有所存，民到于今称之"⑥之语见出河间献王群体对汉代礼乐教化风气生成之巨大作用。该群体虽然不是什么文学群体，但这种影响力则对后世包括诗社在内的文人群体来说，都是存在的。

---

① （汉）班固撰，（唐）颜师古注：《汉书》，第2410页。《汉书·艺文志》载《河间周志》一书："河间献王所述也。"河间献王还有《对上下三雍宫》三篇（是"儒家者流"）。又《汉书·儒林传》载："毛公，赵人也。治《诗》，为河间献王博士，授同国贯长卿。长卿授解延年。延年为阿武令，授徐敖。敖授九江陈侠，为王莽讲学大夫。由是言《毛诗》者，本之徐敖。"又《汉书·儒林传》载："汉兴，北平侯张苍及梁太傅贾谊、京兆尹张敞、太中大夫刘公子皆修《春秋左氏传》。谊为《左氏传》训故，授赵人贯公，为河间献王博士，子长卿为荡阴令，授清河张禹长子。"可见，河间献王的文士集团为学术性团体，这大不同于淮南王文士集团，虽则淮南王集团亦有学术性很强的作品，除《淮南鸿烈》外，《汉书·艺文志》载《淮南道训》二篇谓："淮南王安聘明《易》者九人，号九师说。"但这种学术性团体及其"实事求是"的作风，对汉代学术及后代文学思想当有影响。

② （汉）司马迁撰，（刘宋）裴骃集解，（唐）司马贞索隐，（唐）张守节正义：《史记》，中华书局1959年版，第2093页。裴骃《集解》也引杜业奏云："河间献王经术通明，积德累行，天下雄峻众儒皆归之。孝武帝时，献王朝，被服造次必于仁义……"参见《史记》，中华书局1959年版，第2094页。

③ （汉）班固撰，（唐）颜师古注：《汉书》，中华书局1962年版，1070页。

④ （汉）班固撰，（唐）颜师古注：《汉书》，中华书局1962年版，1071页。

⑤ （汉）班固撰，（唐）颜师古注：《汉书》，中华书局1962年版，1071页。

⑥ （汉）班固撰，（唐）颜师古注：《汉书》，中华书局1962年版，1072页。

又《汉书·艺文志》谓："武帝时，河间献王好儒，与毛生等共采《周官》及诸子言乐事者，以作《乐记》，献八佾之舞，与制氏不相远。其内史臣王定传之，以授常山王禹。禹，成帝时为谒者，数言其义，献二十四卷记。"①可见，刘德对儒家《礼记·乐记》的撰述成型作用极大，这也是刘德本人及其文人群体对汉代思想文化所做出的重大贡献。

汉代儒学大盛，今古文交争，各自严秉师承，学者汲汲于经解训诂的章句之学。从组织形式上看，他们群聚于师门，钻研切磋，疑义共析，这种师门弟子群而论道的模式施及诗学领域，便会对诗社产生影响。不过诗社组织远不如汉儒师门戒律森严。②

经学各学派师承也会形成一些师友师传性质的文人群体：

《后汉书·马融列传》谓马融"才高博洽，为世通儒，教养诸生，常有千数，卢植、郑玄皆其徒"③。

《后汉书·郑玄列传》："融门徒四百余人，升堂进者五十余生，融事娇贵，玄在门下，三年不得见，乃使高业弟子传授于玄。玄日夜寻诵，未尝怠倦。"④经学内部经师众多，他们都有自己的师承，也有自己的授受对象。不同师门之间，壁垒森严，往往交争。在经学兴盛的历史舞台上，各学派如同众汇奔流，泾渭分明，各有营垒，学术群体间的竞争消长与争夺学术话语霸权的风气几乎贯穿整个汉代。营垒内部之评骘学术、讨论才艺的群体性作用也非常突出，这与诗社风气相似，考虑诗社渊源时应予以关注。

汉代学术文化生活中与诗社有关者除师授的门庭之外，还应提到太学清议与党人论政风气以及清淡风气。清谈过程对艺术质素的关切和艺术性的活动氛围有似于诗社，其对后世诗社的启示意义也在于此。

关于党人文人群体、太学文士与清议活动

汉代文化历史中，东汉的党人政治势力及党人议论的现象、模式是探究诗

---

① （汉）班固撰，（唐）颜师古注：《汉书》，中华书局1962年版，第1712页。
② 诗社往往在师友弟子间展开活动和延续发展，江西诗社群即是，明代林鸿的周玄、黄玄及杨慎的杨门七子等文人群体也都是这种情形。参见郭绍虞：《明代的文人集团》，载《照隅室古典文学论集》，中华书局1983年版，第522页。
③ （刘宋）范晔撰，（唐）李贤等注：《后汉书》，中华书局1965年版，第1972页。
④ （刘宋）范晔撰，（唐）李贤等注：《后汉书》，中华书局1965年版，第1207页。

社渊源时亦应予考虑的。

《后汉书·党锢列传序》云:"逮桓灵之间,主荒政谬,国委命于阉寺,士子羞与为伍,故匹夫抗愤,处士横议,遂乃激扬名声,互相题拂,品核公卿,裁量执政,婞直之风,于斯行矣。"① 因对时政的不满,一些正直的知识分子自觉与浊流恶势力划清界限,他们以名节自励,以天下为己任,积极干政,与阉党势力斗争,并集合成一股清流政治势力。

"陈仲举言为士则,行为世范,登车揽辔,有澄清天下之志。"②"李元礼风格秀整,高自标持,欲以天下名教是非为己任,后进之士有升其堂者,皆以为登龙门。"③ 党人集团以风操相为,陈藩、李膺即是士林楷模。④ 因有共同志向而聚合成群,干议时政,品核人物,虽其主题大要在国家政治生活方面,但这种群而集议的组织模式,相互切磋激励的群体关系⑤,对后世文人诗社的政治生活,包括诗社成员之间的活动方式,是有影响的。

太学风气亦因东汉之风丕变而带有清议的特点。《后汉书·儒林列传序》云:"自安帝览政,薄于艺文,博士倚席不讲,朋徒相视怠散,学舍颓敝,鞠为园蔬,牧儿荛竖,至于薪刈其下……本初元年(146),梁太后诏曰:'大将军下至六百石,悉遣子就学,每岁辄于乡射月一飨会之,以此为常'自是游学增盛,至三万余生。然章句渐疏,而多以浮华相尚,儒者之风盖衰矣。"⑥ 朝廷的冷遇和师者之疏阔,加之贵族子弟的加入,"浮华"之风遂炽,以三万余人的庞大群体而疏略经学,汉代太学中的经学研习在实质上已无学术意义。但同时,太学生将视线转移到了现实问题之上。王瑶指出:"自东汉中叶以后,外戚专横,宦官祸乱,西羌侵扰,灾害流行,政治和社会上都表现着动荡和不安。而太学生群聚京师,桓帝时人数至三万人;他们不满意当时博士们流于烦琐的章句之学,所谓今文家法;于是便形成博士倚席不讲,学者们自谒名师,

---

① (刘宋)范晔撰,(唐)李贤等注:《后汉书》,中华书局1965年版,第2185页。
② 徐震堮:《世说新语校笺》,中华书局1984年版,第1页。
③ 徐震堮:《世说新语校笺》,中华书局1984年版,第7页。
④ 《后汉书·范滂列传》谓范滂"登车揽辔,有澄清天下之志",而"澄清天下之志"实是党人的共同志向。
⑤ 党人互相称赞,"共相标榜,指天下名士,为之称号"(《后汉书·党锢列传》),致有"三君"、"八俊"、"八顾"、"八及"、"八厨"等称谓,还可见出党人"激扬名教"互相标榜的活动特点。
⑥ (刘宋)范晔撰,(唐)李贤等注:《后汉书》,中华书局1965年版,第2547页。

治求大义，又都是名门士族出身，目睹当时政治社会的黑暗，遂逐渐转移其视线于实际问题，于是便放言高论，不隐豪强了，这些就是所谓的太学清议。"①还指出："可见，太学清议本身与学风变化和政治窳败有关"，又"因为东汉仕途用察举和征辟制度，所以很重视于乡党清议，但这时的太学清议，更着重于评论实际政治②，所以太学生在党锢之际，便因时顺机地发挥了很大的作用"，他们"（以）郭林宗、贾伟节为其冠，并与李膺、陈藩、王畅更相襃重。学中语曰：'天下楷模李元礼，不畏强御陈仲举，天下俊秀王叔茂。'又渤海公族进阶、扶风魏齐卿、并危言深论，不隐豪强。自公卿以下，莫不畏其贬议。"③可见太学生与党人相互应和，彼此激励，其清议内容，当是以树立榜样和抨击奸憝二者为主，后党人集团与太学生集团因遭到东汉朝廷的残酷镇压而失败，但他们这种出于共同志向而鸠集成群以议论评议的风气和精神，对于我国政治史、文化史以至文学史都有深远影响。诗社组织在后世虽与政治的关系较为疏远，但同志相聚，其间关注现实以及互相标榜的风气，是与党人集团及太学生清议风气有一定关系的，尤其是明末之复社、几社一类的政治性文人群体就更是继承了这种党人精神④。

鸿都门学文人集团

鸿都门学始设于汉灵帝光和元年（178）二月，学界大都认为鸿都门学的设定是汉灵帝意在用以排斥士大夫，或是宦官势力用以培养自己的知识分子，加强自己的势力，造就与太学和党人相对立抗衡的文人集团。这种说法是有根据的，在东汉当时就有士人对其进行批判。《文心雕龙·时序》："降及灵帝，时好辞制，造《皇羲》之书，开鸿都之赋，而乐松之徒，召集浅陋，故杨

---

① 王瑶：《中古文学史论》，北京大学出版社 1998 年版，第 36 页。
② 王瑶：《中古文学史论》，北京大学出版社 1998 年版，第 56—57 页。
③ （刘宋）范晔撰，（唐）李贤等注：《后汉书》中华书局 1965 年版，第 2186 页。
④ 清流人士（包括党人、太学生及东观士人）的作品中诗赋类作品留下的不多，蔡邕、赵壹、朱穆、刘陶等人有作品传世，其他则复焉不闻。孙明君认为："汉末清流士人的思想在文学领域内也有反映。清议时所产生的歌谣是此期斗争的直接记录。'天下忠诚窦游平，天下义府陈仲举，天下德弘刘仲承''天下楷模李元礼，天下英秀王叔茂，天下良辅杜周甫，天下冰凌朱季陵，天下忠贞魏少英，天下好交荀伯条，天下稽古刘伯祖，天下才英赵仲经'。"（孙明君：《汉魏文学与政治》，商务印书馆 2003 年版，第 49 页）这种类似歌谣的人物评判语句，与后世诗社中互相标榜、交相称誉的气氛有着一定的关联。

赐号为骚骚兜，蔡邕比之徘优，其余风遗文，盖蔑如也。"①刘勰所论之根据，就是《后汉书·蔡邕传》所记："初，（灵）帝好学，自造《皇羲篇》五十章，因引诸生能为文赋者。本颇以经学相招，后诸为尺牍及工书鸟篆者，皆加引召，遂至数十人。侍中祭酒乐松、贾护多引无行趣埶（趋势）之徒，并待制鸿都门下，喜陈方俗间里小事，帝甚悦之，待以不次之位。又市贾小民，为宣陵孝子者，复数十人，悉除为郎中、太子舍人……光和元年（178）遂置鸿都门学，画孔子及七十二弟子像，其诸生皆敕州郡三公举用辟召，或出为刺史、太守，入为尚书、侍中，乃有封侯赐爵者，士君子皆耻与为列焉。"②汉灵帝爱好文艺，故招致一些士人以广其志，这些士人所作，多"方俗间里小事"加之他们多擅长尺牍文及书法鸟篆之类的细巧技术，故使本已浇薄的时代文化风气更加轻靡，于是蔡邕上书予以抨击，其上书有云："……夫书画辞赋，才之小者。匡国理政，未有其能。……而诸生竞利，作者鼎沸，其高者颇引经训风喻之言，下则连偶俗语，有类徘优，或窃成文，虚冒名氏。"③从蔡邕这些话语可见，鸿都士人之"竞利"，当是竞投灵帝所好以获取利益，但他们之中也不乏"引经训风喻之言"者，可见他们中也有头脑清醒，对时局有所不满，欲进行讽谏者，但却多"连偶俗语，有类徘优"，想必是以当时的流行艺术取悦灵帝，欲伺机讽喻，但并未取得实际成效，反而助长了浮薄风气，故而蔡邕极为不满。这些鸿都门子士人因投皇帝所好而见召，又以才艺取悦至尊，竟被安置到各地任显职，占据险要，激扬浮风，故而遭到清流士人的猛烈抨击。《后汉书·杨震传》载杨震上书云："今妾媵嬖人阉尹之徒，共专国朝，欺罔日月。又鸿都门下，招会群小，造作赋说，以虫篆小技见宠于时，如骚兜、共工更相荐说。旬月之间，并各拨擢，乐松处常伯，任芝居纳言。郄俭、梁鹄俱以便辟之性，佞辨之心，各受丰爵不次之宠，而今缙绅之徒委伏畎亩，口诵尧舜之言，身蹈绝俗之行，弃捐沟壑，不见逮及。冠履倒易，陵谷代处，从小人之邪意，顺无知之私欲，不念《板》、《荡》之作，虺蜴之诫。殆哉之危，莫过于今。"④

---

① （梁）刘勰著，范文澜注：《文心雕龙注》，人民文学出版社1958年版，第673页。
② （刘宋）范晔撰，（唐）李贤等注：《后汉书》，中华书局1965年版，第1991—1992页、第1998页。
③ （刘宋）范晔撰，（唐）李贤等注：《后汉书》，中华书局1965年版，第1996页。
④ （刘宋）范晔撰，（唐）李贤等注：《后汉书》，中华书局1965年版，第1780页。

可见鸿都门学成员因能"造作赋说",并长于文艺技能而见重灵帝,他们占据要路,滞塞天听,致使清流士人大光其火。从蔡邕及杨震之上书可见,鸿都门学是以文艺技能和文学才能被灵帝拔擢的,是一个在混浊时代以才艺而聚集成形的上层文人团体,他们思想境界不高,缺乏时代使命感和治疗乱世的责任心,但他们长于才艺确是无疑的,在客观上,他们造成了与"妾媵嬖人阉尹之徒"相同的政治后果,产生了消极的影响。但是,我们从文人活动及群体性组织的角度倒可发现,鸿都门学的实际政治意义或许是消极、负面的,但其文化及文学意义却很重要,它依附于皇权阉竖政治势力,是以汉廷藏书处为行动机构而组成的,以文艺活动为主的文人组织,它虽然未必出于志趣好尚的一致,也不是因为对于文艺有着共同的爱好,但它毕竟形成了一个特色鲜明、艺术特征明显的文士集团,有着鲜明的文学团体的特征。其对后世的影响,因其政治方面的不光彩而几乎湮灭,但它确实是文艺性显豁的文人群体,甚至在某种意义上讲,该群体是较此前群体更具文艺性的文人组织。

这一时期,除党人、太学生和鸿都门学之外,东观文人集团亦应予以注意。东观本是朝廷藏书处,也是学者对包括经书在内的各种典籍进行校对整理的地方,东观学士同时也是封建国家补充官吏文员的一个来源。东观士人可以参与国家政治大事,孙明君认为,东观文人与党锢之士相较,东观士人的政治态度比较温和一些。他们与党锢之士之间有一定的心理距离。①《后汉书·和帝纪》云:"十三年春正月丁丑,帝幸东观,览书林,阅篇籍,博选术艺之士以充其官"②是东观士人亦为术艺有长之人。《后汉书·安帝纪》载刘珍与五经博士"曾校定东观《五经》、诸子、传记、百家艺术,整齐脱误,是正文字。"③后蔡邕在东观与卢植、韩说等亦撰补《后汉记》,可见东观文士的文化活动主要在文史,还涉及一些"百家艺术",其活动内容也较为丰富。属于此集团成员的还有杨彪、马日䃅等,这个文人集团的学术活动较多,是一个以学术为主的文人组织,在东汉后期严峻的政治形势下,于政治斗争所起的作用并不很大,但作为一个文人学术组织,对后代京师馆阁文人的文学活动是有一定的启示意

---

① 孙明君:《汉魏文学与政治》,商务印书馆2003年版,第95页。
② (刘宋)范晔撰,(唐)李贤等注:《后汉书》,中华书局1965年版,第188页。
③ (刘宋)范晔撰,(唐)李贤等注:《后汉书》,中华书局1965年版,第215页。

义，对馆阁文人的诗社活动也有启发性作用。

总之，汉代在文人活动及群体性文人组织的几种形式中，虽不能说有文学性的文人群体，但在群体性评骘品评或进行某种文艺创作方面，对后世，尤其是作为文人生活的一部分的群体性的文学交流活动，是有影响的。孙明君曾说："以汉末党人为代表的清流士人对大汉帝国日渐绝望，他们用文学的形式表达了他们对汉帝国合法性的质疑。党锢之祸使清流士人的激进分子和封建国家彻底对峙起来，建安时代是文学与政治结合的黄金时代，汉末，'党人'以天下为己任，与浊流恶势力展示了殊死搏斗，表现出昂扬风发的精神风尚。建安时代诗人们继承发展了汉末党人的精神，重造天下，他们的诗文不仅逼真地再现了苦难的社会现实，同时生动地表述其实现统一，开创太平盛世之志。值得注意的是，建安诗人还沾染了、助长了流行于汉末的放达之风和隐逸之风，他们的诗文清楚地展现了个体生命觉醒的历程。正始时期文学于政治的关系呈现断裂、疏离状态。以阮籍、嵇康为代表的诗人群体逐渐减弱了社会责任感，越来越关注自我，走进自我的内心世界，用文学来张扬个性、反抗强权政治。"①非常详尽地阐述了汉代党人集团对于建安及正始文人在精神层面的影响，而建安与正始文学的主要创作者，正是以建安七子和竹林七贤为主要力量的文人群体在个人生活经历及时代性的政治文化氛围中相互影响相互激扬而创作出来的。其交流往还的文学作品，占到其作品数量的最主要部分，即反映出文人群体性文学活动开始推动了文学总体的发展，伴随着文学的自觉和古典文学的终结，文人群体性活动的作用贯穿始终。

第二节　魏晋到唐前的文人群体性文学活动及其理论内涵

一、魏晋文人群体：邺下文人集团的文学活动及相关诗学问题

建安文学以邺下文人集团为核心，而邺下文人又以建安七子为代表。其中，曹氏父子与王粲、刘桢等人的创作力量当以曹氏政治—军事集团迁于邺开

---

① 孙明君：《汉魏文学与政治》，商务印书馆2003年版，第14—15页。

始形成，主要以丕、植兄弟及陈、徐、应、刘等建安七子文人群体为核心，宽泛地讲，就是邺下文人集团。虽说"邺下文人集团"的文学活动延续时间并不长，但却活动频繁，作品繁多，成就很高。①

此外这一时期还应提到荆州文士群体，王瑶在其《中古文学史论》中有云："汉末中原大乱，荆州未受扰动，刘表为八俊之一，爱才抚士，中原流亡者多归趋之。《魏志·刘表传》注引《英雄记》云：'乃开立学官，博求儒士，使綦母闿、宋忠等撰《五经章句》，谓之《后定》……'可知荆州之后定五纪章句，皆尊重古文，更注意于《易》及《太玄》，其评虽不可知，但其新创之意浓厚，为两汉至汉魏学术转变的枢纽，则可断言。"②

王瑶认为荆州文学群体是以刘表为核心的，招抚中原避难文士而形成的文人群体，在学术上能"上接东汉古文经学，下开魏晋玄谈的枢纽"③，是东汉与魏晋间学术风气转化的枢纽所在。建安时期的重要作家王粲即曾归附刘表，并有不少创作，故而荆州文人群体也颇具文学性。更重要的是，荆州群体的活动早于建安群体，在建安主要作家集于邺前就展开了，可以想见，荆州文人群体对建安文人群体的生成是有铺垫意义的。

邺下文人集团的文学活动从建安十三年（208）曹操举家迁邺始，至建安二十五年（220）曹操卒，曹丕"嗣位为丞相、魏王"④，"文帝即王位，诛丁

---

① 梅家玲云："史载曹操于建安九年攻下邺城，十三年举家迁也，原已投入曹氏幕下的诸文士，亦随之入邺。复以王粲亦于是时自荆州入邺归曹，一时邺下人文荟萃，遂成当时的文学重镇。不过邺下文学家得以正式聚集起来，成为一极具规模的创作团体，当于建安十六年献帝封曹丕为五官中郎将，曹植为平原侯，并'高选官属'一事有关。据《三国志·魏书·王粲传》载，徐幹即曾'为五官文学'，应场'先为平原侯曹植庶子，后为王官将文学'。齐田丘俭、邯郸淳分为'平原侯文学'与'临淄侯文学'，刘桢先后任'平原侯庶子'、'太子文学'等职。其他曾任曹氏兄弟之属官者，尚有苏林、刘廙、王昶、郑冲、郑袤、任嘏等多人。而宾主之间'行则连舆，止则接席，何尝须臾相失，每至觞酌流行，丝竹并奏，酒酣耳热，仰而赋诗'（曹丕：《与吴质书》，《全三国文》卷七）的时光，亦于焉开始。然而，建安十七年阮瑀病逝，二十二年瘟疫流行，'徐陈应刘，一时俱逝'（《与吴质书》，《全三国文》卷七）且曹丕于是年立为太子，植宠日衰。二十四年杨修以漏泄言教见诛，二十五年曹操病逝，曹丕篡汉，素与曹植亲善的丁氏兄弟亦随之被诛，邺下文会至此完全风流云散。由此看来，邺下诸子欢聚活动的时间，前后当不过十年左右。"参见梅家玲：《汉魏六朝文学新论——拟代与赠答篇》，北京大学出版社2004年版，第116页。
② 王瑶：《中古文学史论》，北京大学出版社1998年版，第35页。
③ 王瑶：《中古文学史论》，北京大学出版社1998年版，第35—36页。
④ （晋）陈寿撰，（刘宋）裴松之注：《三国志·魏书·文帝纪》，中华书局1959年版，第57页。

仪、丁廙,并其男口。植与诸侯并就国"①止,其活动确乎只有十二年。从政治角度看,邺下文人集团或有丕、植之区别。《魏志·贾诩传》云:"是时文帝为五官将,而临菑侯植才名方盛,各有党与,有夺宗之议。"②虽说丕、植二人"各有党与"但从文学史的角度看,他们都是建安文学的主力,可以将其作为这一时代的一个文学群体来看待,他们的思想、情感与文学创作的基本风格也相同。在邺城这个地方,他们以世家贵胄为中心,聚合起来,或相互以诗文赠答,或就某事物而同题共作,其活动可以著名的"南皮之游"为代表。南皮在汉末为渤海郡治,建安十年(205)曹操攻破南皮,诛杀袁绍子袁谭,南皮遂成为曹氏势力之重镇。是时丕、植等年少新锐,兼于文学方面各有所长,在与诸文士相聚活动时,常于南皮欢会。曹丕《与吴质书》云:"每念昔日南皮之游,诚不可忘。既妙思六经,逍遥百氏,弹棋闲设,终以六博,高谈娱心,哀筝顺耳。驰骛北场,旅食南馆。浮甘瓜于清泉,沉朱李于寒水。白日既匿,继以朗月,同乘并载,以游后园,舆轮徐动,参从无声。清风夜起,悲笳微吟。乐往哀来,凄然伤怀。"曹丕极其动情地追述南皮之游的情景,他们评谈经史诸子,或游戏博弈,或群游出猎,以至"同乘共载",略无身份之别;或沉浸于欢会,无谓日往月来。其字里行间充满着情绪的起伏,思念俦侣之情盈洽洋溢。这种友人的交往情境,自当激发出相应的文学创作。曹丕《又与吴质书》云:

  昔日游处,行则连舆,止则接席,何曾须臾相失?每至觞酌流行,丝竹并奏,酒酣耳然,仰而赋诗。当此之时,忽然不自知乐也。谓百年已分,可长共相保,何图数年之间,零落略尽,言之伤心。③

这里的追忆,恰可反映此文人群体文学活动的情景,在这种情绪氛围中,在酒与音乐的催化作用下,他们"仰而赋诗",融洽一堂,文学活动在其间展开,胸怀天下,祈愿有志获骋的真实情感在文学创作中充分表露。预此活动者,除曹丕、吴质外还有因建安二十二年(217)之疾疫而"一时俱逝"的徐

---

① 《三国志·魏书·陈思王植传》,中华书局1959年版,第561页。
② 《三国志·魏书·贾诩传》,中华书局1959年版,第331页。
③ 以上均见(清)严可均辑:《全上古三代秦汉三国六朝文》,中华书局1958年影印本,第1089页。

干、陈琳、应玚、刘桢等人，真可谓彬彬之盛，大观于时了。①

以邺下文人集团为主力的建安文学活动的主要形式就是相互赠答。这也是后世诗人，在包括诗社活动的诗学活动中最为主要的文学创作形式。兹举例如下：王粲《赠杨德祖》、刘桢《赠五官中郎将诗》四首、《赠徐干》二首、徐干《赠五官中郎将诗》、《答刘桢诗》，应玚《报赵淑丽诗》、繁钦《赠梅公明诗》、邯郸淳《赠吴处玄诗》，曹植《赠徐干诗》、《赠丁仪诗》、《赠王粲诗》、《赠丁仪王粲诗》《赠丁廙诗》等②。这是邺下时期的诗歌创作，其他时期所作并不包括在内。甚至可以说是文学在社会生活中起到的交流媒介作用越来越重要，文人活动的广度与深度也大大超过以前，文学在应用于不同的创作目的的同时，还渐渐地开始追求作品所显露的作者才情，评价作者才情和作品的形式美遂成为人们更为重视的批评要素，对才情和作家文学素质的重视超过了对作品应用功能的重视，应用性要素在批评活动中渐渐居于不十分重要的位置。于是文学在这样的风气转变的时会之下，在频繁的群体性交流活动中得到了"文学自觉"的重要契机。故文学的自觉，除建安时期社会生活本身的原因外，文学应用性作用与文学性特征二者间在批评接受中的消长变化也催化了人们对待文学态度的重大转变。

汉末建安时期，灾害仍频，生灵涂炭，天下大乱，处处兵燹，遍地丧乱。但在文学上，却形成了以三曹七子为核心和代表的文人群体。《文心雕龙·时序》云："自献帝播迁，文学蓬转，建安之末，区宇方辑。魏武以相王之尊，

---

① 《全三国文》卷三〇之应璩《答魏太子笺》云："……日月冉冉，岁不我与，昔待左右，厕坐众贤，出有微行之游，入有管弦之欢，置酒乐饮，赋诗称寿，自谓可终结相保，并乘材力，效节明主。何意数年之间，死丧略尽，臣独何德，以堪长久，陈徐刘应，才学所著，诚如来命，憎其不遂，可为痛切。凡此数子，于雍容侍从，实其人也。若乃边境有虞，群下鼎沸，军书辐至，羽檄交驰，于使诸贤，非其任也。"参见（清）严可均辑：《全上古三代秦汉三国六朝文》，中华书局1958年影印本，第1221页。可见建安文人对南皮游会的追思，亦可见当时以饮燕为依托的文学活动对于文士的巨大影响力。谢灵运《拟魏太子邺中集八首》（《谢康乐集》卷四）所拟是曹丕、王粲、陈琳、徐干、刘桢、应玚、阮瑀、曹植，可见邺下文人集团在后人心目中的位置，而其所拟亦多为饮宴题材，这当为建安文人群体性活动而产生的流波余韵。王粲卒，曹植为其作诔，其中有评曰："既有令德，材技广宣，强记洽闻，幽赞微言，文若春华，思若涌泉。发言可咏，下笔成篇。"可见他们以文学相知甚深，情谊欵洽。魏诗卷四有曹丕《于玄武陂作诗》，中有"兄弟共行游，驱车出西域"云，像此类于某一景致佳处而作诗，是当时建安文人群体文学活动的一个重要内容，其《芙蓉池作诗》亦是为一例。

② 梅家玲：《汉魏六朝文学新论——拟代与赠答篇》，北京大学出版社2004年版，第117页。其书第240页附录有详细的《魏晋诗人赠答诗写作情况一览表》可以参考。

雅爱诗章；文帝以副君之重，妙善辞赋；陈思以公子之豪，下笔琳琅；并体貌英逸，故俊才云蒸。仲宣委质于汉南，孔璋归命于河北，伟长从宦于青土，公干徇质于海隅，德琏综其斐然之思，元瑜展其翩翩之乐。文蔚休伯之俦，于叔德祖之侣，傲雅觞豆之前，雍容衽席之上；洒笔以成酺歌，和墨以藉谈笑。观其时文，雅好慷慨，良由世积乱离，风衰俗怨，并志深其笔长，故梗概齐多气也。"①其中提到的当时著名文人除三曹外，有王粲、陈琳、徐幹、刘桢、应玚、阮瑀、路粹、繁钦、邯郸淳、杨修等人，文学群体既人数众多，又成就不凡，是文学自觉后力量勃发的巨大成果。

由于政治上具有尊贵地位并富有文学才干的曹氏父子提倡和推毂，加之社会现实的剧烈变化而带来的丰富内容和军国事务的历练与锻造等综合作用，遂形成了中国文学史上的第一个文学创作的高潮。从文人群体性活动角度考察，我们可以发现，文人的交流、创作及有关的切磋活动对于建安文学所起的作用实际上是非常巨大的。

《文心雕龙·明诗》："暨建安之初，五言腾涌，文帝陈思，纵辔以骋节，王徐应刘，望路而争驱；并怜风月，狎池苑，述恩荣，叙酣宴，慷慨以任气，磊落以使才；造怀指事，不求纤密之巧，驱辞逐貌，唯取昭晰之能；此其所同也。"②建安文士群体之"同"，在于他们的文学创作活动除有共同的社会政治背景之外，还与他们大量的创作产生在共同的创作与交流的氛围之中有关。这种文学创作交流的氛围包纳了同题共作以及相应的切磋、竞争与批评活动。梅家玲在解释《文心雕龙·明诗》这句"此其所同也"时，这样说道："所以会有所'同'之处，正是与其群体间的互动有关——即个人的自觉意识以及有关'我'的观念，是因为跟别人交往而学得的；当个人身处某种社会地位的群体中，学得此一团体特定的生活方式，就等于自动自发地学得许多限制；而其个人性，亦反过来渗与团体之中，作为构成团体特色一部分。"③故而建安文人，尤其是邺下文人在赠答往还间彼此更为熟悉，也会阐发对友人作品的意见，因而产生许多批评类文字，如《全三国文》卷七曹丕《又与吴质书》。曹丕《又

---

① （梁）刘勰著，范文澜注：《文心雕龙注》，人民文学出版社 1958 年版，第 673—674 页。
② （梁）刘勰著，范文澜注：《文心雕龙注》，人民文学出版社 1958 年版，第 66 页。
③ 梅家玲：《汉魏六朝文学新论——拟代与赠答篇》，北京大学出版社 2004 年版，第 118 页。

与吴质书》云:"……谓百年已分,长共相保,何图数年之间,零落略尽,言之伤心,倾撰其遗文,都为一集。观其姓名,已为鬼录。追思昔游,犹在心目,而此诸子,化为粪壤,可复道哉!观古今文人,类不护细行,鲜能皆以名节自立。而伟长(徐幹)独怀文抱质,恬淡寡欲,有箕山之志,可谓彬彬君子者矣。著《中论》二十余篇,成一家之言,辞义典雅,足传于后,此子为不朽矣。德琏(应玚)常斐然有述作之意,其才学足以著书,美志不遂,良可痛惜。间者历览诸子之文,对之抆泪,既痛逝者,行自念也。孔璋(陈琳)章表殊健,微为繁富。公干(刘桢)有逸气,但未遒耳。其五言诗之善者,妙绝时人。元瑜(阮瑀)书记翩翩,致足乐也。仲宣(王粲)续自善于辞赋,惜其体弱,不足起其文。至于所善,古人无以远过。"①

其中提到了应玚、陈琳、刘桢等五人,都对其文学创作的才能和特点做出了评论,这当是文学活动中相知甚深,故对其文学特点非常明了而得出的意见。由此可以推断,邺下文士在文学活动过程中,一定含有相关的文学批评活动,其作用便在于对作品的品味批评与创作经验方面的切磋交流。《全三国文》卷六之曹丕《答卞兰教》云:"赋者,言事类之所附也。颂者,美盛德之形容也。故作者不虚其辞,受者必当其实,兰此赋岂吾实哉?昔吾丘寿王一陈宝鼎,何武等徒以歌颂,犹受金帛之赐。兰事虽不谅,义足嘉也。今赐牛一头。"(《三国志·魏书·卞后传》注引《魏略》)这也只因对卞兰某些作品的认可而做出的批评论断。②

又,赵幼文在曹植《汉二祖优劣论》后加按语云:"评论历史人物优劣,是建安时期文士文艺活动项目之一。"③如曹植有《汉二祖优劣论》、《成王汉昭论》,(曹丕、丁仪也有同一题目的文章)等比较、评论古人的文章,这种文章的大量出现,也是评骘风气的影响使然。

建安文人还作有许多专门评论历史人物的赞,如《庖牺赞》、《女娲赞》、《神农赞》、《黄帝赞》、《少昊赞》、《颛顼赞》、《帝喾赞》、《帝尧赞》、《帝舜

---

① (清)严可均辑:《全上古三代秦汉三国六朝文》之《全三国文》卷七,中华书局1958年影印本,第1089页。
② 据《三国志·魏书·卞后传》卞后弟卞秉子卞兰献赋称赞太子(按指曹丕)曹丕作此教。
③ 赵幼文:《曹植集校注》,人民文学出版社1984年版,第112页。

赞》、《夏禹赞》、《殷汤赞》、《汤祷桑林赞》、《周文王赞》、《周武王赞》、《周公赞》、《周成王赞》、《汉高祖赞》、《汉文帝赞》、《汉景帝赞》、《汉武帝赞》、《姜嫄简狄赞》、《班婕妤赞》、《许由巢父池主赞》、《卞随赞》、《商山四皓赞》、《古冶子等赞》等评价历史人物的赞,这当是一种与群体活动有关,或产生于群体性文学活动中的批评式创作或曰训练。建安文人在共同游处的生活中,于饮宴间的创作就应是他们群体性文学活动的成果。

曹植《公宴》诗云:"公子爱敬客,终宴不知疲。清夜游西园,飞盖相追随。明月澄清景,列宿正参差。秋兰被长坂,朱华冒绿池。潜鱼跃清波,好鸟鸣高枝。神飙接丹毂,轻辇随风移。飘摇放志意,千秋长若斯。"①(据赵幼文之曹植《赠王粲》的诗注:"西园在邺城西。"②是建安文士们经常游会饮宴之所)曹植《娱宴赋》云:"……办中厨之丰膳兮,作齐郑之妍倡。文人骋其妙说兮,飞轻翰而成章。谈在昔之清风兮,总贤圣之纪纲。"这可看作是欢宴之中文学活动的记录。赵幼文于曹植《公宴》诗后加按语云:"此篇疑和曹丕《芙蓉池诗》而作。反映建安中叶文章之士在丕、植招邀之下,游观苑囿,流连诗酒,享受逸豫的创作生活。"③

其他如,《全三国文》卷二十四邯郸淳的《投壶赋》描写了士子饮宴投壶的群体活动。

又如曹丕《答繁钦书》中对于文人饮宴活动中音乐歌舞的艺术表演做了记述,其书云:"披书欢笑,不能自胜,奇才妙伎,何其善也。顷守宫王孙世有女曰琐,年始九岁,梦与神通。寤而悲吟,哀声急切。涉历六载,于今十五,近者督将俱以状闻。是日戊午,祖于北园,博延众贤,遂奏名倡。曲极数弹,

---

① 赵幼文:《曹植集校注》,人民文学出版社1984年版,第48页。
② 赵幼文:《曹植集校注》,人民文学出版社1984年版,第29页。
③ 赵幼文:《曹植集校注》,人民文学出版社1984年版,第50页。应场有《侍五官中郎将建章台集诗》,是曹丕与其周围文士有"建章台集诗",可见他们这一文人群体,因一些现实事项,或是行游到处,便有文学创作活动。曹植《赠丁翼诗》(丁翼即丁廙)(魏诗卷七)有"吾与二三子,曲宴此城隅……"云云,应是饮宴欢会生活的表述祢衡在荆州所赋《鹦鹉赋》事亦为群体性的文学活动中的作品。其序云:"时黄祖太子射宾客大会,有献鹦鹉者,举酒于衡前曰:'祢处士,今日无用娱宾。窃以此自远而至,明慧聪善,羽族之可贵,愿先生为之赋,使之四座咸共荣观,不亦可乎?'衡因为赋,笔不停辍,文不加点。这亦属宴饮型文学活动。"曹丕有《戒盈赋》,其序云:"避暑东阁,延宾高会,酒酣乐作,怅然怀盈满之戒,乃作斯赋。"该赋系于宴饮场合而作,是群体性文学活动的反映。参见《全三国文》,(清)严可均辑:《全上古三代秦汉三国六朝文》,中华书局1958年影印本,第1073页。

欢情未遑，白日西逝，清风赴闱，罗帏徒袪，玄烛方微。乃令从官引内世女，须臾而至，厥状甚美：素颜玄发，皓齿丹唇，详而问之，云善歌舞。于是振袂徐进，扬蛾微眺，芳声清激，逸足横集，众倡腾游，群宾失席，之后修容饰妆，改曲变度，激清角，扬白雪，接孤声，赴危节。于是商风振条，春鹰度吟，飞雾成霜，斯可谓声协钟石，气应风律，网罗韶濩，囊括郑卫者也……"①

曹丕此文记述了与文士宾从听王琐歌唱的情景，我们可以由此看见，当时文人群体的诗酒生活中艺术因素是多么丰富，他们沉浸其中，乐于回味，这是将文士们的群体活动和精神生活连接起来的重要纽带。后世的文人群体活动，尤其是元末顾瑛等人在玉山佳处举行的雅集活动，就在这种综艺表演的氛围中登峰造极了。

曹丕《与王朗书》（建安二十二年冬）云："生有七尺之形，死惟一棺之土，惟立德扬名，可以不朽；其次莫如著篇籍。疫疠数起，士人凋落，余独何人，能全其寿？故论撰所著《典论》、诗、赋，盖百余篇，集诸儒于肃成门内，讲论大义，侃侃无倦。"②由于客观原因（疫疠），文士群体受到影响。然从另一个方面，则刺激了他们的情感，促进了创作。在群体性活动中结下的友情，撼写情谊就成为他们诗歌创作的主要内容之一。

建安文人往往就一物一事同题共作，这是一种文学交流中最通常的文学创作活动的方法，其间切磋交流甚至竞争的色彩很浓厚，是当时以至后世文学交流中最普遍的文学活动形式，形成了一种活动共识和活动模式③。尤其对于文人群体来讲，这种同题共作模式一直延续下来，而建安文人间的同题共作，从文人群体性文学活动的角度讲，他们对于这一模式有奠定基础的意义。

同题共作不等同于先秦人们在用诗时"赋诗言志"，彼时士大夫交接揖让往还之时，就某一事项而往复引用《诗经》中的语句，借以婉转表达自己的"志"。虽则引用《诗经》时有"赋诗断章，予取所求"④，但根本上却是一种

---

① （清）严可均辑：《全上古三代秦汉三国六朝文》之《全三国文》卷七，中华书局1958年影印本，第1088页。
② 《三国志·魏书·文帝纪》注引《魏书》，中华书局1959年版，第88页。
③ 这种形式与先秦时期的"赋诗言志"与"诗言志"都有密切关联，关于这一问题，笔者将专题论述。
④ 《左传·襄公二十八年》中卢蒲癸语。

"用"诗的方法,并不是创作。而汉代以后的同题共作虽以共同的赋咏题目进行创作,但这种创作的交流性质与艺术技能的训练竞争性质及娱乐意义远大于其作为文学本身的意义。他们的创作在沟通交流过程中,以共同的题目进行创作,其实也是一种旨在提高诗学技艺的训练方式,同时也是一种诗人们彼此间交流经验和相互学习的有效途径。汉代文士团体虽亦有同题共作类的作品,如《楚辞》中汉人创作的一些同题作品,但在规模和题材范围上是无法与建安时期相比的[①]。

所以从文士活动角度考察建安时期的同题共作问题,是我们考察诗社渊源时绕不开的问题。

同题共作从建安文学开始,成了古代群体性文学活动,也包括诗社活动的主要内容,其所具有的交流沟通与诗学训练作用在群体性活动中充分表现出了这种文学创作类型的存在价值,虽有"为文造情"的色彩,但对诗人学习诗学技能,熟练掌握技法,获得更多的文学实践机会都是极为有益的[②]。

附:

据李景华考察,建安文人同题共作的作者包括三曹、陈、阮、王、刘等17人,同作题目有38个,还不包括乐府题,情况如下:

[①] 关于汉代的同题共作,如淮有小山,淮南大山之属的作品。据《后汉书·艺文志》著录有"淮南王群臣赋四十四篇";其间当有所谓淮南大山、淮南小山的作品,"大山"、"小山"之属当为淮南王一部门客的合称。大山之作,今不明了,而《楚辞》中的《招隐士》则题为淮南小山作。(《文选》题为刘安作,当为泛指淮南文人而非确指)又乐府《淮南王辞》,晋崔豹《古今注》、唐吴兢《乐府古题要解》均题为淮南小山作。《全后汉文》卷五七,王逸《楚辞章句·招隐士》提要云:"《招隐士》者,淮南小山所作也。昔淮南王博雅好古,招怀天下俊伟之士,自八公之徒,咸慕其德而归其仁,各竭才智,著作篇章,分造辞赋,以类想从,抑或称小山,或称大山,其义犹《诗》有《小雅》、《大雅》也。"又宋王应麟《汉书·艺文志考证》卷八在"淮南王群臣赋四十四篇"后有"《楚辞·招隐士》淮南小山所作也。淮南王安招致宾客,客有八公之徒,分造辞赋,以类相从,或称大山,或称小山,如《诗》之有大小《雅》也"云。(《四库全书》本)其说即自王逸而来。崔豹《古今注》卷中又说,淮南之服食求仙,与八公相携俱往,莫知所在,小山之徒思念不已作《招隐士》。当是臆测之语。又,《通雅》卷三云:"唐刘餗《乐府解题》曰:'淮南大山小山,犹诗之《大雅》《小雅》也。'齐高濮阳译为人名,按既云安与苏飞、李尚、左吴、田由、雷被、毛被、伍被、晋昌八人则八公指此矣。大山、小山或是篇名。如支甲支癸之类,未可知也。"是认为八公为八人,大山、小山是篇名,其说与王逸、王应麟等人同。若大山、小山为淮南王群体创作的不同类别,也是群体性同题创作的成果,与我们此处所论并不矛盾。(按,"八公"竖排,易讹为"大山"或"小山",具体情形待考)

[②] 如江湖诗社群共作《梅花》诗即是明显的例子。

《愁霖赋》曹丕、曹植、王粲、应玚同作

《喜霁赋》曹丕、曹植、王粲、应玚、缪袭同作

《大暑赋》曹植、陈琳、王粲、刘桢同作

《沧海赋》曹操、曹丕同作

《述征赋》曹丕、曹植、王粲、繁钦同作

《西征赋》徐幹、应玚同作

《撰征赋》应玚、繁钦同作

《浮淮赋》曹丕、王粲同作

《出妇赋》曹丕、曹植、王粲同作

《寡妇赋》曹丕、曹植、王粲同作

《登台赋》曹操、曹丕、曹植同作

《校猎赋》曹丕、应玚同作

《弹棋赋》曹植、应玚同作

《迷迭赋》曹丕、陈琳、王粲、应玚同作

《马瑙勒赋》曹丕、陈琳、王粲同作

《车渠椀赋》曹丕、曹植、陈琳、王粲、应玚、徐幹同作

《止欲赋》陈琳、阮瑀同作

《神女赋》陈琳、王粲、应玚、杨修同作

《节游赋》曹植、杨修同作

《藉田赋》曹植、邯郸淳同作

《许昌宫赋》杨修、缪袭、卞兰同作

《鹦鹉赋》曹植、陈琳、阮瑀、王粲、应玚、祢衡同作

《柳赋》曹丕、陈琳、王粲、繁钦同作

《槐树赋》曹丕、曹植同作

《莺赋》曹丕、王粲、缪袭同作

《酒赋》曹植、王粲同作

《鹖赋》曹植、王粲同作

《桔赋》曹植、徐幹同作

《蔡伯喈女赋》曹丕、丁廙同作

《成王汉昭论》曹丕、曹植、丁仪同作

《公宴》曹植、阮瑀、王粲、刘桢同作

《斗鸡》曹植、应场、刘桢同作

《芙蓉池诗》曹丕、曹植同作

《赠五官中即将诗》刘桢、徐幹同作

《寡妇诗》曹丕、曹植同作

《代刘勋妻王氏杂诗》曹丕、曹植同作

《咏史》阮瑀、王粲同作

《七哀》阮瑀、王粲同作①

通过上述情况我们可以推断当时文学活动兴盛的局面,同题之作多数与文士们的燕游生活有关,他们因事因物而共同拟定题目,纷纷施展才华,竭力展示自己的文学创作才能,他们的共同创作活动,应是"慷慨以任气,磊落以使才"②的骋才竞争心态的作用③。

作为文学色彩最为浓厚的群体性文学组织中的文学活动,这种骋才竞争心态对于建安文学的兴盛局面,起了重大作用。同时,虽然这些作品本身并无多少直接的理论批评成分,但却具有文学理论批评的参考价值,这些作品折射出不同的创作者对于同一题目的不同理解,并通过其创作实践形式实践去间接表露自己的主张,因而也具有文学批评史的研究价值。④

---

① 此处参考李景华:《建安文学述评》,首都师范大学出版社1994年版,第80—83页。

② (梁)刘勰著,范文澜注:《文心雕龙注》,人民文学出版社1958年版,第66页。

③ 曹植有《金瓠哀辞》,赵幼文云:"挚虞《文章流别论》:'哀辞者,诔之流也。崔瑗、苏顺、马融等为之,率人施于童殇夭折以寿终者。建安中,文帝、临淄侯各失稚子,命徐幹、刘桢等为之哀辞。"参见赵幼文:《曹植集校注》,人民文学出版社1984年版,第121页。这是同题共作时的一种情形,也是"因事有所激"的一种创作类型。这种创作为应命而作,其间亦有逞才竞技的因素。

④ 曹丕《寡妇赋》之序云:"陈留阮元瑜与余有旧,薄命早亡,每感存其遗孤,未尝不怆然伤心。故作斯赋,以叙其妻子悲苦之情,命王粲并作之。"(《全三国文》卷四)又据《三国志·魏书》本传云:"邺都铜雀台所成,太祖悉将诸子登台,使各为赋。植援笔立成,其文可观,太祖甚异之。"此为群体性文学(创作)活动。曹丕《登台赋》之序云:"建安十七年春,上游西园,登铜雀台,命余兄弟并作,其何日。"亦为同题共作之例。曹丕《玛瑙勒赋》之序云:"……余有斯勒,类而赋之,命陈琳、王粲并作。"(均见《全三国文》卷四)他命令同题共作的原因,应是以美其事,而其所命者,必为当世文士之有盛誉者(应为群体成员),在应命创作中,必有较量才艺的动机与用心——这个机制在诗社中同体存在,故应考量。

第一章　诗社渊源与唐前群体性诗学活动的诗学内涵

同题共作的作品含有作家不同的诗学理论主张在内,我们以参与者较多的同题共作诗《公宴》为例,来观照其间的诗学理论内容。

  曹植《公宴》诗:
  公子爱敬客,终宴不知疲。
  清夜游西园,飞盖相追随。
  明月澄清影,列宿已参差。
  秋兰被长坂,朱华冒绿池。
  潜鱼跃清波,好鸟鸣高枝。
  神飚接丹毂,轻辇随风移。
  飘摇放志意,千秋长若斯。①

  阮瑀的《公宴》诗:
  阳春和气动,贤主以崇仁。
  布惠绥人物,降爱常所亲。
  上堂相娱乐,中外奉时珍。
  五味风雨集,杯酌若浮云。②

  王粲《公宴》:
  昊天降丰泽,百卉挺葳蕤。
  凉风撤蒸暑,清云却炎晖。
  高会君子堂,并坐荫华榱。
  嘉肴充圆方,旨酒盈金罍。
  管弦发徽音,曲度清且悲。
  合坐同所乐,但愬杯行迟。
  常闻诗人语,不醉且无归。

---

① 逯钦立辑校:《先秦汉魏晋南北朝诗》,中华书局1983年版,第449—450页。
② 逯钦立辑校:《先秦汉魏晋南北朝诗》,中华书局1983年版,第380页。

今日不极欢，含情欲待谁。
见眷良不翅，守分岂能违。
古人有遗言，君子福所绥。
愿我贤主人，与天享巍巍。
克符周公业，奕世不可追。①

刘桢《公宴》：
永日行游戏，欢乐犹未央。
遗思在玄夜，相与复翱翔。
辇车飞素盖，从者盈路傍。
月出照园中，珍木郁苍苍。
清川过石渠，流波为鱼防。
芙蓉散其华，菡萏溢金塘。
灵鸟宿水裔，仁兽游飞梁。
华馆寄流波，豁达来风凉。
生平未始闻，歌之安能详。
投翰长叹息，绮丽不可忘。②

再看应玚的《公宴》诗：
巍巍主人德，佳会被四方。
开馆延群士，置酒于斯堂。
辩论释郁结，援笔兴文章。
穆穆众君子，好合同安康。
促坐褰重帷，传满腾羽觞。③

应玚此诗叙述公宴过程，略加点染，虽有喜乐之气，但于氛围的营造上并

---

① 逯钦立辑校：《先秦汉魏晋南北朝诗》，中华书局1983年版，第360页。
② 逯钦立辑校：《先秦汉魏晋南北朝诗》，中华书局1983年版，第369页。
③ 逯钦立辑校：《先秦汉魏晋南北朝诗》，中华书局1983年版，第383页。

不完足，事之过程则有，饮宴之气氛则缺，其诗优于阮瑀，但不及曹植、王、刘诸人。

同是《公宴》，但作品却各具特色。曹植此诗，华而有质，情在其中，笔触细腻，描摹生动，诚堪"才高八斗"之称，也体现了他在《前录自序》中的主张："故君子之作也，俨乎若高山，勃乎若浮云，质素也如秋蓬，摛藻也如春葩。汜乎洋洋，光乎皜皜，与雅颂争流可也。"①其中"秋兰被长坂，朱华冒绿池，潜鱼跃清波，好鸟鸣高枝"句，于公宴事中宕开一笔，写出生机盎然、风物流丽的物色氛围，遂将所写之公宴情趣置于自然与物色的生动新切的氛围中，比起专写公宴情景来，艺术效果便大大不同。他这样叙述燕饮过程，把自己的一贯风格灌注进去，并没有因为写公燕题目容易流于矫揉造作而使其艺术水准打了折扣。《文心雕龙·时序》评曹植"以公子之豪，下笔琳琅"②，钟嵘《诗品序》称曹植为"建安之杰，公干、仲宣为辅"③，皎然《诗式》称曹植"邺中七子，陈王最高"④，都是切合实际的。与曹植的诗相比，刘桢的《公宴》诗，在意象方面稍显繁富。虽也不专写宴会本身，但"辇车"、"从者"、"月"、"木"、"清川"、"流波"、"芙蓉"、"菡萏"、"灵鸟"、"仁兽"，特定意象交错展现，状公宴气势与景况似则有余，生动流丽却显得不足。钟嵘有云"（为诗）若但用赋体，患在意浮，意浮则文散"⑤，刘桢此诗，便似有赋体过用之嫌，与曹植诗相较，差距是很明显的。而王粲此诗，从意象使用上也明显优于刘桢，但议论成分又稍多。感情虽然流露于字里行间，但过多的议论却使其优点不彰，曹植，王粲之意象描写之清新似之，但生动活泼则有欠；刘桢，王粲此诗意象为优，但情实不如。综合来看，王粲之《公宴》在曹、刘之间，而阮瑀之作最无诗意，质木无味，宜乎其诗在《诗品》中评价不高。通过上述比较可见，同题共作虽是一种文学现象，但若我们深入分析，其实有许多问题很值得专门探研，因为每个作者创作中实践着自己对于文学的理解，其所同在题，其

---

① 赵幼文：《曹植集校注》，中华书局1984年版，第434页。
② （梁）刘勰著，范文澜注：《文心雕龙注》，人民文学出版社1958年版，第675页。
③ （梁）钟嵘撰：《诗品序》，陈延杰注：《诗品注》，人民文学出版社1961年版，第2页。
④ （唐）皎然著：《诗式》，张伯伟：《全唐五代诗格汇考》，凤凰出版社2002年版，第228页。
⑤ （梁）钟嵘撰：《诗品序》，陈延杰注：《诗品注》，人民文学出版社1961年版，第2页。

所异便在不同的审美情趣上。后世诗社活动大都存在同题共作现象,有的诗社在同题共作后,还专聘名家批点评比,如元初的月泉吟社即是。深入研究这种现象,比较分析这些同题作品,可以丰富我们的文学史和批评史的研究视野,加深我们对文学史中不同时代人们审美主张何以形成并表现其差异,并通过对同与异的融通消长问题进行分析去把握问题的实质①。

同时,就诗人来讲,参与同题共作活动,并获得裨益,在竞争中有所表现,他们才能跻身当时诗林,才能进入时人批评与接受的视野。这当是我们分析同题共作时也应予以提及的。

二、关于建安时期文人的赠答风气

与同题共作一样,诗人间的赠答性创作也是当时诗人们进行群体性活动时的普遍内容。

文人群体活动时所谓的赠答,主要有两种情形:其一:文学创作以赠答或唱和为动机;其二,相互讨论某些问题,具有文学理论内涵的有关文章。

梅家玲认为,东汉的《客示桓麟诗》与桓麟的《答客诗》及秦嘉与徐淑夫妇间的赠答诗,或可视为此类诗作的滥觞②。若以"赠诗"或"赋诗酬赠"二事而言,其源可远溯周秦,如《诗经·大雅·崧高》末章云:"吉甫作诵,其诗孔硕,其风肆好,以赠申伯。"③又《大雅·烝民》末章云:"吉甫作颂,穆如

---

① 除逞才竞争的因素外,同题共作也是诗人们彼此学习并交流经验的一种诗学的创作演练,很多次的同题共作交互作用,可以使诗人们取长补短,各取所需,提高技艺。也可以形成趋同的创作风气。建安文学的所谓"怜风月,狎池苑,述恩荣,叙酣宴,造怀指事,不求纤密之巧,驱词逐貌,唯取昭晰之能"(《文心雕龙·明诗》)的共同风气,正是同题共作蕴蓄并烘托出的群体性风貌。

② 关于赠答的渊源请参阅梅家玲《汉魏六朝文学新论——拟代与赠答篇》第102页中"'拟代赠答'之风的源起和'赠答诗'的酝酿成形"部分,此处不予详细论列。梅家玲所考赠答活动的起源,梅氏检索逯钦立辑校《先秦汉魏晋南北朝诗》,谓:"两汉时堪称赠答诗者,桓麟《答客诗》(附《客示桓麟诗》)、秦嘉徐淑夫妇往返赠答,及蔡邕《答对元式诗》、《答卜元嗣诗》等数首。自建安泊于东晋,其间曾有赠答之作传世的作家,计有七十三人,可见诗作凡二百四十三首,属'答诗'者,仅七十余而已。"苏李诗真伪存疑,故可失不予考虑,另吴聿《观林诗话》云:"刘向《列女传》,以为《式微》之诗,二人所作,一在'中露',一在'泥中',卫之二邑也。或者以为联句始此。"参见丁福保辑:《历代诗话续编》,中华书局1983年版,第124页。按此思路,则《楚辞·渔父》及《湘君》、《湘夫人》或《诗经》中的许多诗,如《诗经·郑风·女曰鸡鸣》等,都有赠答或是联句的性质。

③ (汉)毛亨传,(汉)郑玄笺,(唐)孔颖达疏,龚抗云等整理:《毛诗正义》,李学勤主编:《十三经注疏》,北京大学出版社2000年版,第1431页。

清风。仲山甫永怀，以慰其心。"①这两首诗均是赠答之作。

又，逯氏《先秦汉魏晋南北朝诗》引《文士传》云"麟伯父乌，官至太尉；麟年十二，在座，乌告客曰：'吾此弟子，知有异才，殊能作诗'"，客乃作诗云云，桓麟遂声而作诗②。这是即席应对之作。与先秦士夫之"赋诗言志"不同，没有什么政治目的，但也没有文学目的，仅仅是社交礼仪，与建安文人也不相同。

又，汉季蔡邕有两首"答诗"。其《答对元式诗》云："伊余有行，爰庋兹邦。先进博学，同类率从。济济群彦，如云如龙。君子博文，贻我德音。辞之集矣，穆如清风。"其诗有批评意味。可见在赠答往还之间，即使出于礼仪，但仍有诗学批评的内容。后世诗社成员赠答切磋，往往将有关批评的意见寓于其中。

又蔡邕《答卜元嗣诗》云："斌斌硕人，贻我以文。辱此休辞，非余所希。敢不酬答，赋诵以归。"③

其批评成分不多，亦无自觉批评的些许可能，纯是出于礼节。又秦嘉、徐淑之赠答诗也无文学批评的内容，诚是"因事有所激"出于实际需要而作，无诗学理论的内容。

建安文人间的诗文赠答风气很盛，从现象上讲，是文人交游的反映，同时自然有以文会友，以及文辞切磋的成分。所以研究赠答诗主要是研究创作于文学交流活动中的赠答诗。据梅家玲梳理，建安时期赠答诗凡二十六篇（包括仅存残句者），作者有王粲、刘桢、徐幹、应场、繁钦、邯郸淳、曹植、曹彪八人。具体情况如下：

作者	诗篇名称	出处
王粲	《赠蔡子笃诗》	魏诗卷二
王粲	《赠杨德祖》	魏诗卷二
刘桢	《赠五官中郎将诗》四首	魏诗卷三

---

① （汉）毛亨传，（汉）郑玄笺，（唐）孔颖达疏，龚抗云等整理：《毛诗正义》，李学勤主编：《十三经注疏》，北京大学出版社2000年版，第1439页。
② 逯钦立辑校：《先秦汉魏晋南北朝诗》，中华书局1983年版，第183页。
③ 逯钦立辑校：《先秦汉魏晋南北朝诗》，中华书局1983年版，第193页。

刘桢	《赠徐幹诗》	魏诗卷三
刘桢	《赠徐幹诗》	魏诗卷三（残句）
刘桢	《赠从弟诗三首》	魏诗卷三
徐幹	《赠五官中郎将诗》	魏诗卷三
徐幹	《答刘桢诗》	魏诗卷三
应玚	《报赵淑丽诗》	魏诗卷三
繁钦	《赠梅公明诗》	魏诗卷三
邯郸淳	《赠吴处玄诗》	魏诗卷五
曹植	《赠徐幹诗》	魏诗卷七
曹植	《赠丁仪诗》	魏诗卷七
曹植	《赠王粲诗》	魏诗卷七
曹植	《赠丁仪王粲诗》	魏诗卷七
曹植	《赠丁翼诗》	魏诗卷七
曹植	《赠白马王彪诗并序》	魏诗卷七
曹彪	《答东阿王诗》	魏诗卷七（疑为残句）①

梅家玲综合分析了西晋间的赠答诗，得出这样一个结论："综观这些诗作，大都以相当篇幅称美对方，但为对方所勾绘出的图像（指赠答诗），果真一如其实，它对称颂者及被称颂的对象影响如何？个中委曲，尚可经由对'文本化'过程中诸多'美学'问题的思索，进而言之。"②

梅氏总结，赠答往返活动暨其间的诗作—阅读历程，实涵括了以下几个阶段：

（1）赠诗者设定寄赠对象，并展开写作活动。

（2）赠诗的寄赠对象收到赠诗者的赠诗，并阅读赠诗。

（3）受赠对象在读罢赠诗者的赠诗后，针对赠诗写作答诗。

（4）原赠诗者收到寄赠对象回复的答诗，并阅读答诗。

---

① 梅家玲：《汉魏六朝文学新论——拟代与赠答篇》，北京大学出版社 2004 年版，第 113 页。
② 梅家玲：《汉魏六朝文学新论——拟代与赠答篇》，北京大学出版社 2004 年版，第 169 页。

梅家玲认为："……饶有兴味的是，在这样一个过程中，无论是赠诗者抑或答诗者，其实都先后分别从事了'写作'和'阅读'两项工作，因而也兼具'作者'和'读者'双重身份。其阅读—写作间的交融会通，以及作者/读者间的身份转换问题，无疑是个中颇堪玩味之处。"并说道："根据'接受美学'论点，阅读中所有美感经验的发生，都与读者在阅读时的'具体化'活动有关。此一'具体化'的活动，其实就是'视域交融'的过程——亦即读者在作品之语言媒材的导引下，带着预期心理在捕捉文字之流中的点滴，而随着阅读流程的进展，读者预期和作品文字不断进行彼此的互动交融，以致最后在读者心灵中被具体化成为种种形象世界，亦以此成为读者与作品二者所叠合汇融的整体。就此而言，则凡涉及于阅读活动，就必定存在着主/客、人/我之间的辩证融合。赠答活动中的双方，既都会阅读到对方的诗作，都具有读者身份，那么，乍看之下，诗作往返之间，伴随着阅读美感经验而生的，当然也就是具体的人/我互动了。"①将赠答类作品的文学理论意义讲得很透彻，我们可以试以其观点来观照建安文人的赠答诗。

且看《魏诗》卷三的刘桢《赠五官中郎将诗》四首②是赠予曹丕之作，该诗极为重要，兹列引如次：

其一

> 昔我从元后，整驾至南乡。
> 过彼丰沛都，与君共翱翔。
> 四节相推斥，季冬风且凉。
> 众宾会广坐，明灯熺炎光。
> 清歌制妙声，万舞在中堂。
> 金罍含甘醴，羽觞行无方。
> 长夜忘归来，聊且为太康。
> 四牡向路驰，欢悦诚未央。

---

① 梅家玲：《汉魏六朝文学新论——拟代与赠答篇》，北京大学出版社2004年版，第172页。
② 逯钦立辑校：《先秦汉魏晋南北朝诗》，中华书局1983年版，第369—370页。

此诗摹状饮宴情景，有歌有舞，有酒有情，是建安"傲雅觞豆之前，雍容衽席之上"之饮宴生活的具体反映。

其二

    余婴沉痼疾，窜身清漳滨。
    自夏涉玄冬，弥旷十余旬。
    常恐游岱宗，不复见故人。
    所亲一何笃，步趾慰我身。
    清谈同日夕，情眄叙忧勤。
    便复为别辞，游车归西邻。
    素叶随风起，广路扬埃尘。
    逝者如流水，哀此遂离分。
    追问何时会，要我以阳春。
    望慕结不解，贻尔新诗文。
    勉哉修令德，北面自宠珍。

此诗继第一诗之叙写饮宴情况后抒写离别之思和想念之意，也兼及回味了"清谈同日夕"的共处时光，其清淡自未必是谈玄论道，但不排除其间有切磋诗文的内容，尤其提及分别想念，故"贻尔新诗文"以慰素怀的做法。这为我们理解建安文士之诗学交往交流提供了很好的线索，他们彼此以友生处之，饮宴中或相应对，分别后复以诗文相赠——这便是我们可以揣摩到的建安文人文学交流活动的基本模式。

其四

    凉风吹沙砾，霜气何皑皑。
    明月照缇幕，华灯散炎辉。
    赋诗连篇章，极夜不知归。
    君侯多壮思，文雅纵横飞。
    小臣信顽卤，僶俛安能追。

相聚饮宴的情景在刘桢的印象中很深刻的,故其中又提到"赋诗连篇章,极夜不知归"——这是对饮宴为主要形式的文学活动的最好表述了,诗乐舞和酒相互作用,加之文士济济一堂,共同参酌诗文以至忘归不倦。可见,建安文士的燕饮活动中文学本身的内容已经占了很大比重,这是此前未曾出现的。我们说建安文学如何盛,如何形成了文学史上第一个文学创作的高潮,不细究饮宴式的文学活动的实际状况以及其间交流会通的作用是不完备的。刘桢此诗,正好给予了我们一个视点,可以补缺发隐,充实我们的研究内容。其诗中之诗学批评的内容,即"君侯多壮思,文雅纵横飞"句,"思"是"壮思","文雅"是"纵横飞",这既是曹丕诗作的特点,实际上也是建安诗人所共赏的诗歌风格。虽然刘桢此诗或有恭维之处,但也传达出他们的审美好尚,这是饮宴式文学活动含有诗学批评内容的一个例子。

又,刘桢《赠徐干诗》有两首,第一首全诗俱存,但无文学切磋或批评的具体内容。倒是或有残句的第二首则有批评意味,其云:"猥蒙惠咳吐,贶以雅颂声。高义厉青云,灼灼有表经。"①是谓徐干诗有"雅颂声",且"高义厉青云",并且文采灼灼,条理井然——这是刘桢对徐干诗作的批评,是建安文人交流间的文学批评资料。

又,徐干《赠五官中郎将诗》(残句)云:"贻尔新诗"②(原诗仅此句),提到了以诗相赠的交流内容。

邯郸淳的《赠吴处玄诗》(《魏诗》卷五)有"饯我路隅,赠我嘉辞。既受德音,敢不答之"亦是以文辞相赠的交流形式的一个记载。

曹植《赠徐干诗》赵幼文注云:"案《魏志·王粲传》:干为司空军谋祭酒掾属,官职卑微,阮瑀、陈琳并任司空军谋祭酒管记室,而干位居其下,故植写诗勉……植见干生活困苦,而劝出仕,且表示愿为荐引,流露着深厚之友情。"③

其诗中有"慷慨有悲心,兴文自成篇"则具文学理论意义。又,其诗中有"亮怀璠玙美,积久德愈宣",即是赞赏其诗之言,虽是鼓励性措辞,但具

---

① 逯钦立辑校:《先秦汉魏晋南北朝诗》,中华书局1983年版,第371页。
② 逯钦立辑校:《先秦汉魏晋南北朝诗》,中华书局1983年版,第375页。
③ 赵幼文:《曹植集校注》,人民文学出版社1984年版,第44页。

理论意义。赠答诗中的具有诗学理论性的资料，是考量当时文学活动时应予注意的。

逯钦立在《魏诗》卷二之王粲的《为潘文则作思亲诗》后有云："《颜氏家训·文章篇》：'王粲为《潘文则思亲诗》云"躬此劳瘁，鞠予小子。庶我显妣，克保遐年。"古人之所行，今世之所讳。'案此言代人为文之弊。"①

除时常创作拟代诗外，建安文人也代人作文。据《颜氏家训·文章篇》，其云："凡代人为文，皆作彼语，理宜然矣。至于哀伤凶祸之辞，不可辄代。蔡邕为胡金盈作《母灵表颂》曰：'悲母氏之不永，然委我而凤丧。'又为胡颢作其父铭曰：'葬我考议郎君'。《袁三公颂》曰：'犄欤我祖，出自有妫'。王粲为潘文则《思亲诗》云：'躬此劳悴，鞠予小人；庶我显妣，克保遐年。'而并载乎邕、粲之集，此例甚众，古人之所行，今世以为讳。"②可见代人作文风气早已有之，代人作文本身反映了一种接受和批评的态度，是文人群体性文学活动中有批评色彩的文学创作类型。

代人作文当作一种现象来看，代者往往是时誉甚嘉之人，这种具有文学批评意味的文学活动虽然不一定就与文人团体性活动有关，但创作这种文学作品的现象的出现，实际上助长了一种重时誉重文学地位的风气，会促进文学创作上的竞争，所以，从竞争机制的产生或催化机制的角度讲，代人作文现象时有其历史意义的，考量诗社渊源，应对其作用和意义予以考虑。

另，曹丕曾召集诸儒编撰经传，即《皇览》——是文人群体的学术活动成果。《三国志·魏书·文帝纪》云："初，帝（曹丕）好文学，以著述为务，自所勒成垂百篇。又使诸儒撰集经传，随类相从，凡千余篇，号曰《皇览》。"——其中当有文学性的内容。其注引《魏略》云："故（曹丕）论撰所著《典论》，诗赋盖为余篇，集论儒于肃成门内，讲论大义，侃侃无倦。"③这种群体性的讲论活动，必然会涉及有关文学理论的内容。曹丕《典论·论文》则一直被视为是批评史上第一篇关于文学理论批评的专门论文，宣示着文学自觉时代的来临。这样的理论成果，便与建安文人们的文学活动有莫大关系。

---

① 逯钦立辑校：《先秦汉魏晋南北朝诗》，中华书局1983年版，第359—360页。
② （北齐）颜之推著，王利器集解：《颜氏家训集解》，上海古籍出版社1980年版，第260页。
③ 《三国志·魏书·文帝纪》，中华书局1959年版，第88页。

此外，曹植有《承露盘颂铭并序》之序云："夫形能见者莫如高，物不朽者莫如金，气之清者莫如露，盛之安者莫如盘，皇帝乃召有司铸铜建承露盘，在芳林园中，茎长十二丈，大十围……甘露仍降，使臣为颂铭。"[1]曹植此颂铭为奉皇帝令作，是否存在某一祥瑞来临，皇帝令许多大臣共作的情况。我们姑且把这种类型称为"召对创作"。

在某些场合，因某事所激，帝王命侍从创作某种文学作品，这时的创作虽未必是群体性文学活动，但在文人间会产生很大的效应，会促进文士间的竞争活动。宋玉的《对楚王问》、《风赋》、《登徒子好色赋》及《神女赋》便都是这种情形，汉大赋中此类现象更多，无须赘论。此外，赋体文学中的主客答问是虚拟性的文学交流，这种虚拟的答问，是作者们抒情写意的实际起点。亦可见交流对于文学创作的一种影响。我们在论述诗社文学活动渊源时应该考虑到群体性文学活动或者交流心理对于创作等文学活动的一种影响。

《文心雕龙·议对》的"王庭美对"之语即是对这种"召对创作"的一种总体的称呼。

《文选》卷四十五的"对句"，卷四十七的"颂"、"赞"等，都有召对性质，也选有"召对创作"作品。"召对创作"也是群体性文学创作的一种常见类型，后世馆阁文人的作品中常有此类作品。古代很多应用性文体的创作与群体性文学活动有关，如朝廷应用公文，奏、启、议、对、书记等，这些文体，我们今天已经不按照文学性文体来对待了，但在当时，往往是文人、职官们面对帝王时的一种陈情进谏，反映某种具体意见的一种创作。某些时候因为一些争论，如《史记·商君列传》或《赵世家》中围绕变法或胡服骑射的有关论争，都是一种交流活动，不过文学性不彰显罢了。但随着文学意识的演进，对于这些应用文体也开始有文学性的要求，如"奏"，刘勰认为应"必使笔端振风，简上凝霜"。其他，如"宜明体要"，"辞有风轨"[2]的要求（论"奏"）；或"故其大体所资，必枢纽经典，采故实于前代，观通变于当今；理不谬摇其枝，字不妄舒其藻"（论"议"），"文以辨洁为能，不以繁缛为巧；事以明核为

---

[1] 赵幼文：《曹植集校注》，人民文学出版社1984年版，第476页。
[2] 以上均见（梁）刘勰著，范文澜注：《文心雕龙注》，人民文学出版社1958年版，第422—423页。

美，不以深隐为奇"，要求"对"是"风恢恢而能远，流洋洋而不溢"，这方是"王庭之美对"。①我们从另一个角度看，文士发表意见以干君上，要借助适当的文采，要作出"王庭之美对"，这在同僚官员之间，便有了"文采"上的竞争关系，能被赏识者，便获胜出。故古代之"美对"甚多，《文选》卷四十五之"对问"，卷三十七、三十八的"表"，卷三十九的"上书"，卷四十的"弹事"、"笺"、"奏记"，卷四十四的"檄"，卷四十七的"颂"、"赞"，卷四十八的"符命"等，及清代姚鼐之《古文辞类纂》所专列的"奏议"类等，就可借以知晓这种文字在古代的地位，其文学性暂且不论，但这种创作可使文人获得盛誉，从而引起批评活动或接受活动，便对文人或文人群体的创作和批评会产生影响。明乎此，我们探讨诗社文学活动的渊源时，就会了解逞才与相应的文学训练在古人心目中的位置，诗社诗学活动在某些文士眼中便是一种文学训练的机会。当然，这是活动机制上的相似，诗社式文学训练的文学性要强很多，对艺术规律和创作技巧的探究远非公文应用性训练可比其一二。但作为曾经存在过的文学史事项，这种逞才式文学创作及其对群体性文学活动的影响效应，是应该予以充分考虑的。《文心雕龙》专门论述此类篇目，《文选》以类选列此类作品，正反映出文人对应用性文学作品的重视程度。在这类文体的创作中，也可训练并提高文学才能，对作家文学创作水平的提高也是有裨益的。

建安文学群体间除诗而外的书信往来亦是其文学活动的重要组成部分，如曹丕的两篇写与吴质的书信即是，尤其是第二书中，具有明显的文学批评意义，其云："观古今文人，类不护细行，鲜皆能以名节自立。而伟长（徐幹）独怀文抱质，恬淡寡欲，有箕山之志，可谓彬彬君子者矣。著《中论》二十余篇，成一家之言，辞义典雅，足传于后，此子为不朽矣。德琏（应玚）常斐然有述作之意，其才学足以著书，美志不遂，良可痛惜。间者历览诸子之文，对之抆泪，既痛逝者，行自念也。孔璋（陈琳）章表殊健，微为繁富。公幹（刘桢）有逸气，但未遒耳。其五言诗之善者，妙绝时人。元瑜（阮瑀）书记翩翩，致足乐也。仲宣（王粲）续自善于辞赋，惜其体弱，不足起

---

① 以上均见（梁）刘勰著，范文澜注：《文心雕龙注》，人民文学出版社1958年版，第438、440页。

其文。至于所善，古人无以远过。"① 这里，曹丕对邺下诸子之批评，便是细致入微的文学批评了，"殊健"、"逸气"、"翩翩"、"体弱"云云，实是就其文学作品的风格来论述了，这封给吴质的信，确是文人书信往来中的批评式交流了。

三、曹植、杨修间往来书信的文学理论问题

在建安文士集团的交往活动中，曹植与杨修之间的讨论较为频繁一些。在收录曹植《与杨德祖书》的《文选》卷四十二李善注中，引《典略》曰："临淄侯以才捷爱幸，秉志投修，数与修书，论诸才人优劣"。其文有云：

> 仆少小好为文章，迄至于今，二十有五年矣，然今世作者，可略而言也。昔仲宣独步于汉南，孔璋鹰扬于河朔，伟长擅名于青土，公干振藻于海隅，德琏发迹于此魏，足下高视于上京，当此之时，人人自谓握灵蛇之珠，家家自谓抱荆山之玉。吾王于是设天网以该之，顿八纮以掩之，今悉集兹国矣。然此数子，犹复不能飞骞绝迹，一举千里也。以孔璋（陈琳）之才，不闲于辞赋，而多自谓能与司马长卿同风，譬画虎不成反为狗者也……世人著述，不能无病。仆常好人讥弹其文，有不善应时改定。昔丁敬礼（丁廙）尝作小文，使仆润饰之，仆自以才不过若人，辞不为也。敬礼谓仆："卿何所疑难，文之佳恶，吾自得之，后世谁相知定吾文者邪？"（按，可知曹植与丁廙之间有过文学交流活动）吾常叹此达言，以为美谈。昔尼父之文辞，与人通流；至于制《春秋》，游、夏之徒乃不能措一辞。过此而言不病者，吾未之见也。盖有南威之容，乃可以论于淑媛；有龙渊之利②，乃可议于断割。刘季绪（按刘表子）才不能逮于作者，而好诋诃文章，掎摭利病，昔田巴毁五帝、罪三王，訾五霸于稷下，一旦

---

① （清）严可均辑：《全上古三代秦汉三国六朝文》之《全三国文》卷七，中华书局1958年影印本，第1089页。

② 李善论引挚虞《文章志》提到刘季绪"官至乐安太守，著诗赋六篇"可见他有文学才能，曹植认为他才能平庸，故其"好诋诃文章，掎摭利病"不能得其实。然可知荆州文人集团里存在着一定的批评风气。

而服千人；鲁连一说，使终身杜口；刘生之辨，未若田氏；今之仲连，求之不难，可无叹息乎？人各有好尚，兰茝荪蕙之芳，众人所好，而海畔有逐臭之夫；咸池六茎之发，众人所共乐，而墨翟有非之之论；岂可同哉？今往仆少小所著辞赋一通相与。夫街谈巷语，必有可采，击辕之歌，有应风雅。匹夫之思，未易轻弃也。辞赋小道，固未足以揄扬大义，彰示来世也。昔扬子云先朝执戟之臣耳，犹称壮夫不为也；吾虽德薄，位为藩侯，犹庶几戮力上国，流惠下民，建永世之业，流金石之功，岂徒以翰墨为勋绩，辞赋为君子哉？若吾志未果，吾道不行，则将采庶官之实录，辨时俗之得失，定仁义之衷，成一家之言。虽未能藏之于名山，传之于同好，非要之皓首，岂今日之论乎？其言之不惭，恃惠子之知我也。①

在给杨修的这封信中（该信作于建安二十一年曹植二十五岁时）曹植谈到了许多与文学批评有关的问题，大要看有以下几方面：

（一）提到了邺下文人集团的兴盛面貌。

（二）认为文学作品难以兼善，即"不能无病"，也做不到"不善应时改定"。

（三）对于文学作品的评论，要才具高于作者方可为之，即"有南威之容，乃可以论于淑媛；有龙渊之利，方可以议于断割"②。

（四）曹植尊重文学创作的个体差异或曰个性表现，因"人各有好尚"，故而"岂可同哉"。③

（五）曹植重视民间创作的自然形态的文学作品，所谓："街谈巷语，必有可采；击辕之歌，有应风雅；匹夫之思，未易轻弃"者，正是此意。

---

① （梁）萧统辑，（唐）李善注：《文选》第 5 册，上海古籍出版社 1986 年版，第 1901—1904 页。

② 这显然是对文学批评与文学创作所需基本要素的不同在认识上有偏颇，没有真正理解文学批评本身的思维活动和心理活动的特征，混淆了创作与批评之间的差别。但作为一种意见，无论是否正确，提出问题就已说明了他对文学批评有所思考，并将其意见述与友人，以成交流之实。这从一个侧面也反映了当时文士间文学交流活动中的一些理论问题已经引起了关注。

③ 但曹植言下之意却是消弭了文学批评的可能性与可行性。不过从客观角度讲，文学作品表现作家之性情，存在差异是不可避免的，因之不能盲目求同。从文学批评本身讲，应该充分考查差异的存在，在批评操作上不能牵强拘泥，但以曹植之文所述，他认为进行批评活动的基础性要求是等同于创作要求的，显然失之片面。

（六）曹植称许扬雄认为赋是"童子雕虫篆刻"、"壮夫不为"的观点，表示自己要为国为民建立功勋，不屑于"以翰墨为勋绩，辞赋为君子"。这或是其压低优长，收敛锋芒，表达希望见用的口吻，不必当成曹植真实的文学态度和批评意见。

杨修就曹植此信亦发表见解，其《答临淄侯笺》较充分地表达了杨修的有关意见。

首先，杨修亦提及当时的文人团体"诵读反覆，虽讽《雅》《颂》，不复过此。若仲宣之擅汉表，陈氏之跨冀域，徐刘之显青豫，应生之发魏园，斯皆然矣"。对邺下文士之盛名所自做出表述。其中提到王粲、陈琳、徐幹、刘桢、应场都是在当时享有盛誉的文学之士。接着，杨修又对曹植的才能做出评价，其云："伏惟君侯，少长贵盛，体发、旦之质，有圣善之教。远近观者，徒谓能宣昭懿德，光赞大业后已，不复谓能兼览传记，留思文章。今乃舍王超陈，度越数子矣。观者骇视而拭目，听者倾首而竦耳；非夫体通性达，受之自然，其孰能至于此乎？"真可谓对曹植多方面的才干佩服至极，尤其是文学才能，认为他超越其他文人远甚，并称赞其作品可使"观者骇视而拭目，听者倾首而竦耳"，具有极强的艺术感染力。继而又说这些才能好力于曹植"体通性达，受之自然"，故而能够在进行创作时"成诵在心"。这就很具文学理论意义了。

最后，杨修又反驳曹植对辞赋的贬抑。其云："今之赋颂，古诗之流，不更孔公，《风》、《雅》无别耳。修家子云，老不晓事，强著一书，悔其少作。若此仲山、周旦之畴，为皆有愆耶？君侯忘圣贤之显迹，述鄙宗之过言，窃以为未之思也。若乃不忘经国之大美，流千载之英声，铭功景钟，书名竹帛，斯自雅量素所蓄也，岂与文章相妨哉！"①认为文辞创作与"经国大业"并不相悖，反而亦可助成"千载之英声"这实际上是将文学创作与事功建树置于同等重要的位置。其观点与曹丕认为文学是"经国之大业，不朽之盛事"《典论·论文》的观点同归一指。反映了那个时代文人们的共识——又据曹植之《与杨德祖书》开篇云"仆少小好为文章，迄至于今，二十有五年矣"。杨修被曹操所杀是在建安二十四年（219），曹植此文，当作于是年之前，陆侃如定为建

---

① 以上均见（梁）萧统辑，（唐）李善注：《文选》第4册，上海古籍出版社1986年版，第1818—1820页。

安二十一年（216）而作，杨修回书必于此后不久，陆氏认为亦在建安二十一年。《典论》之成书，当在建安二十二年（217）①，《典论》未必成于一年之内。杨修与曹丕《典论·论文》的观点恰在建安二十二年疫疠大起，文士相与欢洽且司马门事件未起之前。最能代表文士相与交游并且进行文学活动时的基本心态——这是古代文人群体首次以如此的心理对待文学，从理论上讲是文学自觉在思想上的一种反映，但从我们考察文人群体文学活动的渊源流程上看，这是一个不弃现实事功又积极从事创作的群体类型，在文人群体性文学活动的历史上是极有代表意义并且产生了深远影响的最早典范。

此外，曹植的《与吴季重书》也是在书信交流中反映了当时文士活动的情景，具有文学批评的意义其云："若夫觞酌凌波于前，箫笳发音于后；足下鹰扬其体，风叹虎视，谓萧曹不足俦，卫霍不足侔也。……当斯之时，愿举太山以为肉，倾东海以为酒，伐云梦之竹以为笛，斩泗滨之梓以为筝：食若填巨壑，饮若灌漏卮，其乐固难量，岂非大丈夫之乐哉？"②可以想见，文士自恣于饮宴场合，释放内心豪情的场面和情景，这是催生群体性文学活动、形成邺下文学风气的重要条件。

再者，曹植这里论述音乐艺术的思路，与其在《与杨德祖书》中贬抑辞赋的态度大有不同。其云："夫君子而知音乐，古之达论，谓之通而弊。墨翟不好伎，何为过朝歌而回车乎？"③墨子非乐，亦曾流连于朝歌之乐所吸引；艺术之感人，诚乎是政治性态度所难以完全约束的，我们可以推断曹植之于文学亦应是此态度，这种见解虽在只言片语间表达，但却反映出曹植对艺术作品审美感染力的认识，与其《前录自序》所述，实质上是相同的。至于曹丕《与吴质书》的文学理论问题此处不再赘述④。

---

① 陆侃如：《中古文学系年》，人民文学出版社1985年版，第414页。
② （梁）萧统辑，（唐）李善注：《文选》第5册，上海古籍出版社1986年版，第1905—1906页。
③ （梁）萧统辑，（唐）李善注：《文选》第5册，上海古籍出版社1986年版，第1907页。
④ 《三国志·魏书·王粲传》注引鱼豢《魏略·王粲阮陈路传论》云："寻省往者，鲁连、邹阳人徒，援譬引类，以解缔结，诚彼时文辨之隽也。今览王、繁、阮、陈、路诸人前后文旨，外何昔不若哉？其所以不论者，时世异耳。余不窃怪其不甚见用，以问大的胪卿韦仲将。仲将云：'仲宣伤于肥戆，休伯都无格检，元瑜病于体弱，孔璋实自粗疏，文蔚性颇怂骛。'如是彼为，非徒以脂烛自煎糜也。其不高蹈，盖有由矣。然君子不责备于一人，譬之朱漆，虽无桢干，其为光泽亦此观矣。"这其实也是当时文人间的相互评骘资料。

关于文质问题的论争

这一时期的文人群体成员，亦往往就同一问题展开讨论，其讨论抑或涉及有关文学理论的内容。如阮瑀与应场关于文质问题的讨论即是。阮瑀卒年较早（建安十七年，212 年），故其讨论在建安文人群体的文学活动中是早期的文学理论交流，也说明了当时群体成员对此文学问题的关注。同时，我们也可通过这次讨论更进一步了解邺下文人群体文学活动的理论内容。①

阮瑀在其《文质论》中先是为其重质轻文观念蓄势张本，其云"盖闻日月丽天，可瞻而难附，群物著地，可见而易制。夫远不可识，文之观也；近而得察，质之用也。文虚质实，远疏近密"进而得出"丽物苦伪，丑器多牢，华璧易碎，金铁难陶"的结论，认为质的作用重于文饰。当然阮氏是在指论国家的朝章典实，但施及文学，便是对质朴文风的重视超出对华丽文风的重视。阮瑀最后说"自是以降，其为宰相，皆取坚强一学之士，安用奇才，使变典法"②，似对骋才之风有所不满。《文心雕龙·明诗》谓此际文人"造怀指事，不求纤密之巧；驱辞逐抗，惟取昭晰之能"。③因此，阮瑀很可能是对这类倾向不满而以此论曲笔规诚，这抑或许是后来魏明帝发布"其浮华不务道本者，皆罢退之"④诏令的前因。但文人群体竞逐文学才艺，展示自身艺术水平却是以后文人群体性文学活动的普遍内容，与其说是某时代的文风，不如说是因这一时代的文人群体活动是主要的创作力量而产生的一种竞争效应和文学现象。

针对阮瑀的观点，应场可谓针锋相对，其《文质论》开篇即云："盖皇穹肇载，阴阳初分，日月运其光，列宿曜其文，百谷丽于土，芳华茂于春。是以圣人合德天地，禀气淳灵，仰观象于玄表，俯查式于群形，穷神知化，万物是经，故否泰易趋，道无攸一，二政代序，有文有质。若乃陶唐建国，成周革命，

---

① 据曹丕《寡妇赋序》，《全三国文》卷四，第 1033 页。云："陈留阮元瑜与余有旧，薄命早亡，每感存其遗孤，未尝不怆然伤心。故作斯赋，以叙其妻子悲苦之情，命王粲并作之"除王粲外，曹植也作有《寡妇赋》。另曹丕、曹植并有《寡妇诗》，可见阮瑀在邺下团体中的地位和影响，同时亦可见，邺下团体虽是以贵戚和政治家为核心的文士团体，但具有共同的志趣和爱好，其彼此间的情谊也很深挚。阮瑀与应场的讨论充分说明对他们对有关文学理论问题讨论的关注是从该群体活动的早期就存在。
② （唐）欧阳询撰，汪绍楹校：《艺文类聚》，中华书局 1965 年版，第 411 页。
③ （梁）刘勰著，范文澜注：《文心雕龙注》，人民文学出版社 1958 年版，第 66 页。
④ （魏）曹睿：《策试罢退浮华诏》，（晋）陈寿撰，（刘宋）裴松之注：《三国志》卷三，《魏书·明帝纪》，中华书局 1959 年版，第 97 页。

九官咸乂,济济休令。火龙、黼黻,暐韡于廊庙;衮冕旂旒,焄奕乎朝廷;冠德百王,莫参其政。是以仲尼叹焕乎之文,从郁郁之盛也。"① 以一种无可驳辩的语气态势,阐述议论依据,并且直接地指出:"子弃《五典》之文,暗礼智之大,信管望之小,寻老氏之蔽,所谓循轨常趋,未能释连环之结②也。"指出阮瑀之论拘泥不化,不知变创。最后应场指出,若不求文采,"谏则无义以陈,问则服汗沾濡,岂若陈平敏对,叔孙据书,言辩国典,辞定皇居,然后知质者之不足,文者之有余"③。须要指出,若无建安文士对文采的重视和张扬,若无建安文士"求纤密之巧"、"取昭晰之能"的文学创作态度,以及促成建安文风之盛的骋才炫博及相关拟作、同作之文学风气的话,那么,承载建安文学盛世的基础与温床也不复存在,建安文学的盛况也无从出现。故就当时文学思想而言,重视文采的文学史意义是十分积极且巨大的。也正是这种重现态度,使文学史的第一个文人文学群体的活动至于彬彬之盛的境界,若从构成诗社的文学活动诸元素上看,重视探寻艺术技巧与适当的文采修饰,实际上是后世诗社的一种诗学精神。④

建安文人群体对诗社活动的影响

建安文人实际上奠定了文人群体性活动的基本模式。

第一,以共同的志趣爱好为纽带聚合在一起,进而展开文学活动。这是建安文人团体的一个十分突出的特点。诗"在人与人之间相互激荡、投射、照观,并完成生命交通合一的快感"⑤。这些文人有着共同的对文学的热爱,也有共同的社会、政治愿望,他们的聚合是其文学活动展开并取得成就的前提条件。不过,这一团体终究是围绕在政治性权威人物和贵戚周围的,是文人团体依托某政治力量并结合政治活动展开的,对政治力量的依附性很强。同时,其文学活动有相当部分也是在有关政治、军事活动中穿插实现的,具有一定的政

---

① 郁沅编选:《魏晋南北朝文论选》,人民文学出版社1999年版,第48页。
② "连环之结"之典,出自《战国策·齐策六》,秦始皇使使者遗玉连环于齐,"君王后以示群臣,群臣不知解,君王后引并椎椎破之,谢秦使曰:'谨以解矣'。"
③ 《艺文类聚》,中华书局1965年版,第411—412页。
④ 曹植《七启序》云:"昔枚乘作《七发》,傅毅作《七激》,张衡作《七辩》,崔骃作《七依》,辞各美丽,余有慕之焉。遂作《七启》,并命王粲作焉。"可见,曹植因"辞各美丽"而生景慕之情,因之拟作,还同时邀其他文士共作,正可看出彼时文士对"文"的重视,这种骋才竞艺心理实是促成建安文风之盛的一个重要因素。
⑤ 廖蔚卿:《诗品析论》,《六朝文论》,台湾联经出版事业公司1978年版,第219页。

治依附性。这一点,后世许多诗社及文人群体是没有的,应该说文学交流成分的增强和政治性依附性色彩削弱是文人群体导向诗社的一个趋势。

第二,文学活动的内容丰富,活动亦较频繁,形成了几种类别鲜明且具有文学训练性质的活动特色。

建安文人团体的饮宴游赏及军旅活动中往往进行文学切磋、探讨和创作活动,其活动亦具有一定的竞争性和批评性。其文学活动通过同题共作,拟代及赠答等形式展开,通过文学创作与交流得以共同提高文学创作水准,还通过批评提高对文学问题的认识,取长补短,相得益彰。他们以写代练,以练促创,在具有个体差异的同时,形成了相对统一的艺术风格,即所谓"建安风骨"。但亦须指出,建安风骨固然是有"尚气"、"慷慨"、"悲情"、"刚健"等与作家主体直接相关的内在原因,风格上也形成了共同的"真"、"高"、"劲"、"直"等特征,达到了很高的艺术成就,但就建安文学创作活动本身,其成果的取得也与文人间的文学训练及文学逞材炫博的竞争因素有着关联。后世诗社在探讨、交流、切磋、竞争等因素的共同作用下,其诗学活动也在诗人表现自己个性的同时,也表现出了近似的风格,其总体特色与风貌,也与诗社诗人的群体性活动的内容和特色直接相关。同时,后世诗社也与建安文人群体的文学活动一样,创作很多情况下有训练性质、竞争色彩和娱乐意义。这些性质与特征,在建安文人群体那里,已经很显豁了。

第三,建安文人团体已经开始讨探理论问题,彼此间也进行一些批评活动。建安文人在共同的文学活动中加深了解,也对某些有关理论问题展开讨论,使这一团体形成了对某些风格导向或内容导向上的共识,这也是创作上形成共同艺术风格的前提条件。后世诗社活动往往会产生某种趋同的创作倾向,而这种趋势及其渊源,应自建安文人始。此外,建安文人间也存在互相赏誉或指摘的批评内容;相对讲,赏誉很多,指摘便少一些。[1]

---

[1] 如曹丕、曹植对其他邺下成员分析即是。曹丕之批评,见其《典论·论文》其云:"王粲长于辞赋,徐幹实有齐气,然粲之匹也。如粲之《初征》、《登楼》、《槐赋》、《征思》,干之《玄猿》、《漏卮》、《圆扇》、《橘赋》,虽张蔡不过也。然于他文,未能称是。琳、瑀之章表书记,今之隽也。应玚和而不壮,刘桢壮而不密。孔融体气高妙,有过人者,然不能持论,理不胜辞,以至杂以嘲戏。及其所善,扬、班俦也。"指出王、徐、应、孔的不足与缺失。曹植之批评,见其《与杨德祖书》,其云:"然此数子(按指王、陈、徐、刘、应等)犹复不能飞轩绝迹,一举千里也。以孔璋之才,不闲于辞赋,而多自谓能与司马长卿同风,譬画虎不成,反为狗者也。"

所以，建安文人集团是一个内部有争论有批评也同时具有协调融通性质的文人群体。这与后世诗社的习气不同，诗社至明代形成了诗人们竞相掖扬吹捧沽名钓誉以至言过其实、假象过大的诗社习气，失去了冷静客观的理性协调机制①。反顾建安，则纯粹、健康得多，也更冷静、理性得多。文人群体的交流活动中因共同的文学志趣的维系和召唤，其交流活动也是在目标和创作趋向一致的情况下进行的，在得到对方肯定性评价后，这种趋向会极为强劲，个人的创作水准也会在同一趋势下"表现更佳"，若得到指责性批评，则会尽力纠正，以图为其他群体成员所认可。所以共同的文学志趣、成员共同造就的文学创作与批评氛围是维系和完成、诗社文学活动的两大因素和力量。也就是说，共同的文学志趣是启发使诗社形成并使文学活动得以展开的基础。而共同的创作与批评氛围则对诗社个体/群体的文学活动起到保障作用，并且形成稳固的诗社风气。若再加上诗社活动、批评活动中相互鼓吹标榜等不实因素的增强，会导致理论批评的真实可信性和文学水平本身呈现出衰减的趋势，以至于形成诗社习气。

第四，建安文人间相知既深，情感亦挚，虽不乏功利性，但情感之真切深挚却不可非议。这种以情感相交，以友情化的平等关系相处的群体意识促成了古人"以文会友"传统的延续和继续发展。后世许多诗社即使如此。虽然它们在组织形式、活动内容或性质上都有自己的特色，但彼此关系深切融洽，相知相敬的群体关系是与建安诸子相同的。

成员间有深厚的感情，便会由此发生许多与友情有关创作活动，后世诗社创作中的许多作品都是这种情况②。阮瑀卒，诸子悼之，有拟作《寡妇诗》、《寡妇赋》之类；丁氏兄弟之遇害，曹植便有《野田黄雀行》等类作品出现；嵇康遇害，便有阮咸《思旧赋》的欲言又止；等等。以友情为主题的群体性创作活动，丰富了群体的活动内容，拉近了群体成员间的心理距离。他们或因思念而赠答，或因别离而感伤，摅写这种情感，亦构成了诗社创作活动的主要内容③。

---

① 关于明代诗社的习气，可以参看郭绍虞：《明代的文人集团》，载《照隅室古典文学论集》，上海古籍出版社 1983 年版。

② 观曹丕《与吴质书》、吴质《答魏太子笺》[梁]萧统辑，[唐]李善注：《文选》卷四〇）等对七子的哀悼可见论述。

③ 梅家玲认为，建安文人之交往，具有"精英团体"、"仪式行为"和"象征符号"的意义（见其《汉魏六朝文学新论——拟代与赠答篇》，北京大学出版社 2004 年版，第 154 页）梅氏认为，建安文

以上四种特质，综合构成了建安文人的群体性活动模式。这个模式在后世文人群体和诗社中都普遍具备。所以，从文人群体及文学活动角度来讲，建安文人集团对后世诗社的形成起到了非常显著的作用。

魏晋之际的文人群体

徐公持《魏晋文学史》论及建安以后文人群体时曾说："后期文学与前期文学相比，呈不同面貌。首先规模略小。后期虽然也存在士人群体，主要有被称为'正始名士'与'竹林名士'的两批人物，但远不及建安文士的'盖将百计'之数。正始名士包括傅嘏、荀粲、裴徽、何晏、夏侯玄、王弼、钟会等，竹林名士包括阮籍、嵇康、向秀、刘伶、山涛、王戎、阮咸等。不过'名士'不等于文士，其中真正可算文学之士的也就是何晏、阮籍、嵇康等数人，其余主要是思想家、学者；有些连学者都不是，如山涛、王戎、阮咸等。总观此时期，优秀文学家不多。唯嵇康、阮籍二人而已，其次为应璩、刘劭、何晏、向秀、刘伶等。此情形与前期大相径庭。究其因，主要是此时期玄学勃兴，作为新兴学术，吸引了诸多士人注意，人们专注于幽思玄想，校练名理，诗赋文章之事，遂相形见绌。"①

其中有以下几点值得注意：

（1）此期主要的两个文人群体在数量规模上较建安有衰减。

（2）文士之文学活动的规模、水平成就亦不如建安时期。

（3）清言玄谈已介入到群体性活动之中。

人作为精英团体，其活动对后世示范性很大。并引亚伯纳·柯恩（Abner Cohen）之说，"精英团体"意谓"盘踞在社会的上层，且享有特权地位"的一批人，他们具有相同的价值观和相同的象征行为，有属于自己的社会基本文化，并借着自己的生活方式，表现出自己的生活特征。其生活特征，则包括了特殊的说话腔调、衣着服饰、仪表态度、交友方式、带有排外色彩的集会，以及自别于一般平民的精英意识等。这种种行为特征，实则皆可视为"象征符号"的展现，其作用无非是借以证实他们的"精英"地位。而"精英"们彼此间的交际往来，便构成所谓的"仪式行为"。在此类行为中，"人生有如演戏"，行为的形式本身，自有其意义。——梅氏转引亚伯纳·柯思《权力结构与象征符号》第146—149页及第4页之（接上页）"导言"部分。我们其实并不认为建安七子有那种"自别于一般平民的精英意识"，但他们有着共同的志趣和好尚，也有着相互间的认同与认可。他们之间的交游往来，虽然具有"象征符号"的意义，但其中也有着深挚的情感在起着支撑作用。因而，这一群体虽有群体性本身所带有的排他色彩，但并未影响其开放性与包容性。故而其"象征符号"的消极作用也不明显。后世诗社，尤其是明代中后叶的诗社组织，成员间的真诚度远不及建安文人，其排他性就非常突出，这样一来，其"象征符号"的弊端就很明显了。

① 徐公持：《魏晋文学史》，人民文学出版社1999年版，第19页。

不过从文人活动模式上，依然是建安文人群体的延续。

关于该期的文人群体，据《世说新语·文学》之刘孝标注引，袁宏曾作《名士传》，以夏侯湛、何晏、王弼为正始名士，以阮籍、嵇康、山涛、向秀、刘伶、阮咸、王戎为竹林名士；以裴叔则（楷）、乐广、王衍、庾子嵩、王安期、阮千里、卫叔宝（玠）、谢鲲（幼舆）为中朝名士（西晋）①。除"中朝名士"外，正始、竹林名士都是曹魏后期的文人团体。先看正始名士，何晏为魏室姻亲，尝为显宦，主选举，但他是以学术造诣知名当世的，有《论语集解》十卷，《老子道德论》二卷，有集十一卷，已佚。逯钦立《先秦汉魏晋南北朝诗》有其《言志诗》（见《魏诗》卷八）亦作《拟古诗》，两首及一首残句，其诗在《诗品》中位于中品，评曰："平叔（何晏字）鸿鹄之篇，风规见矣。"②

傅嘏，《三国志·魏书》卷二十一之《傅嘏传》云："傅嘏字兰石，北地泥阳（今甘肃宁县）人，傅介子之后也。伯父巽，黄初中为侍中尚书。嘏弱冠知名，司空陈群辟为掾。"③曾与刘劭论难，正始初，除尚书郎，迁黄门侍郎。嘉平末，赐爵关内侯。高贵乡公即尊位，进封武乡亭侯。正元二年（255）卒。傅嘏后期颇得司马氏集团信任，宦途显达，然不以文学知名，其所长亦在学术。《本传》云："嘏尝论才性同异，钟会集而论之。"④才性同异之争是玄学的重要论题，实自傅氏始发。然傅氏与其他学者之交游，似有疑问。其《本传》之裴注引《傅子》曰："是时何晏以才辩显于贵戚之间。邓飏好变通，合徒党，鬻声名于闾阎。而夏侯玄以贵臣子，少有重名，为之宗主，求交于嘏，而不纳也。嘏友人荀粲，有清识远心，然犹怪之。谓嘏曰：'夏侯泰初一世之杰，虚心交子，合则好成，不合则怨至。二贤不睦，非国之利，此蔺相如所以下廉颇也。'嘏答之曰：'泰初志大其量，能合虚声而无实才。何平叔言远而情近，好辩而无诚，所谓利口覆邦国之人也。邓玄茂有为而无终，外要名利，内无关钥，贵同恶异，多言而妒前；多言多衅，妒前无亲。以吾观此三人，皆败德

---

① 徐震堮：《世说新语校笺》，中华书局 1984 年版，第 146 页。
② 按"鸿鹄"之篇谓其《言志诗》，其诗首句"鸿鹄比翼游，群飞戏太清"。"风规"，吕德申释为讽刺，详见吕德申：《钟嵘〈诗品〉校释》，北京大学出版社 2000 年版，第 74 页。
③ （晋）陈寿撰，（刘宋）裴松之注：《三国志》，中华书局 1959 年版，第 622 页。
④ （晋）陈寿撰，（刘宋）裴松之注：《三国志》，中华书局 1959 年版，第 627 页。

也。远之犹恐不及，况昵之乎？'"①（《世说新语·识鉴》有相似记载）是傅嘏似不预有时誉的邓飏、夏侯玄集团，原因是他对这些人颇存腹诽。由夏侯玄为士林宗主，尝希吸纳傅嘏事，可以知晓，这个名士群体并不似建安文人也不像竹林七贤那样彼此间有深厚的情谊，而以在"合徒党，鬻声名于闾阎"的求"名"的前提下归纳结成的。因此，该名士群体不能算作我们所说的有文学性及文学交流活动的"文人群体"②。

荀粲，据《三国志·魏书》卷十《荀彧传》注引何劭为荀粲做作之传，粲好言道，"当时能言者不能屈也"。太和初到京邑与傅嘏谈，嘏善名理而粲尚玄远，"宗致虽同，仓卒时或有格而不相得意。裴徽通彼我之怀，为二家骑驿。顷之，粲与嘏善"。③据此，可见荀粲与傅嘏、裴徽等相对较近。故徐公持将其列入"正始名士"之目中，但似此三人与何晏等其他名士群体并不友洽。《世说新语·文学》云："傅嘏善言虚胜，荀粲谈尚玄远。每至共语，有争而不相喻。裴冀州（裴徽）释二家之义，通彼我之怀，常使两情皆得，彼此俱畅。"④可见傅、荀、裴三人是学术上或曰玄解上的交往，是交往的对象而非群体中的交往，其群体性并不鲜明，这与建安文人群体是不同的，就是说，可以形成交往关系的友人们未必成为一个群体，唯有共同的生活环境，或是职事或是身份、地位的原因而成为一个具有内部认同，外部带有一定程度的排他性的数名文人所组成的群体间的交往、交流活动才对后世的诗社有影响。这是我们论述与文人间的交往有关的问题时应该区别对待的。

至于夏侯玄，其人"风格高朗，弘辩博畅"⑤，亦为正始名士。《三国志·本传》（卷九，附《夏侯尚传》后）注引《世语》（见《世说新语·方正》）载：夏侯玄因与李丰等谋反司马氏，被下廷尉。钟毓究治，"毓弟会，年少于

---

① （晋）陈寿撰，（刘宋）裴松之注：《三国志》，中华书局1959年版，第623—624页。
② 《本传》注亦引《傅子》曰："嘏既达治好正，而有清理识要，如论才性，原本精微，鲜能及之，司隶校尉钟会年甚少，嘏以明智交会"云，裴松之顾疑之，认为此论为"难以言通"。因此傅嘏为一时名士，但却没有表现出愿与当时其他名士交结成群的群体性活动的态度，其实也可认为，这一所谓"名士群体"终究是缺乏大家都认可的权威人物，向心力、凝聚力不够。
③ （晋）陈寿撰，（刘宋）裴松之注：《三国志》，中华书局1959年版，第320页。
④ 徐震堮：《世说新语校笺》，中华书局1984年版，第107页。
⑤ 徐震堮：《世说新语校笺》，中华书局1984年版，第157页。

玄，玄不与交，是日于毓坐狎玄，玄不受"。又引孙整《杂语》曰："玄在图圉，会因欲狎而友玄，玄正色曰：'钟君何相逼如此也！'"①可见，夏侯玄与钟会未尝相交，故亦难以"群体"目之。

至于王弼，《世说新语·文学》载："何晏为吏部尚书，有位望，时谈客盈坐。王弼未弱冠，往见之。晏闻弼名，因条向者胜理语弼曰：'此理仆以为极，可得复难不？'弼便作难，一坐人便以为屈。于是弼自为客主数番，皆一坐所不及。"②可见王弼不仅于甚通玄理，于谈说论辩亦为擅场。但同样不能把王弼和其他正始名士一起视作一个群体性组织。据上引《世说新语》条的刘注有云："弼事功雅非所长，益不留意，颇以所长笑人，故为时士所嫉。又为人浅而不识物情。初与王黎、荀融善，黎夺其黄门郎，于是恨黎，与融亦不终好。正始中以公事免，其秋遇厉疾亡，时年二十四。"③可见王弼器量褊狭，唯留心学理，而不善与人交往。所以，王弼、何晏等人的所谓"正始名士"组织不符合我们探讨诗社渊源时使用的"群体性"这一内涵，在我们梳理文人群体性活动的发展历程时，像类似这种因名气声望而被人们归结于一起的所谓群体，是不予考虑的。④

竹林七贤

与所谓正始名士相较，竹林七贤则符合建安文人群体模式的特征。七贤被作为一个群体对待，应得名很早。据《三国志·魏书·嵇康传》之裴注引《魏氏春秋》云："康寓居河内之山阳县，与之游者，未尝见其喜愠之色。与陈留阮籍、河内山涛、河南向秀、籍兄子咸、琅琊王戎、沛人刘伶相与友善，游于竹林，号为七贤。"⑤《世说新语·赏誉》载"林下诸贤，各有隽才子"⑥，反映了人们对竹林七贤及其后人的关注⑦。后人也每每提及正始风气、正始风采，便

---

① （晋）陈寿撰，（刘宋）裴松之注：《三国志》，中华书局1959年版，第302页。
② 徐震堮：《世说新语校笺》，中华书局1984年版，第106页。
③ 徐震堮：《世说新语校笺》，中华书局1984年版，第106页。
④ 建安文人群体的模式上文已界定，此处"正始名士"不符合这种模式，也不成为一个稳定的具有群体性文人序列，后世类似的文人序列，均不予考虑。
⑤ （晋）陈寿撰，（刘宋）裴松之注：《三国志》，中华书局1959年版，第606页。
⑥ 徐震堮：《世说新语校笺》，中华书局1984年版，第240页。
⑦ 《世说新语·任诞》亦有云："陈留阮籍、谯国嵇康、河内山涛三人年皆相比，康年少亚之。预此契者，沛国刘伶、陈留阮咸、河内向秀、琅琊王戎。七人常集于竹林之下，肆意酣畅，故世谓竹林七贤。"刘注引《晋阳秋》曰："于时风誉扇于海内，至于今咏之。"

可见出正始名士（以竹林七贤为主）对后代文人活动的影响。①

竹林七贤之形成，固是因为政治高压②，但在人生志趣方面亦多有共同之处，他们多于世事冷漠，崇尚自然，追求个性解放。以至"非汤武而薄周孔"（嵇康《与山巨源绝交书》）阮籍之《大人先生传》则在讽刺挖苦钻营小人的同时，标榥一种自如豪放，不受羁囿的理想人格。故山涛出仕，嵇康与之绝交。③他们并好饮酒（阮籍、刘伶为甚）阮籍更言："礼岂为我辈所设"（《世说新语·任诞》）其所谓的"我辈"，或许即指同道而言，也就是与其交契的"七贤"其他成员。裴楷亦云："阮（籍）方外之人，故不崇礼制。"④因此，这一群体又较建安群体明确，也似更有彼此间的认同性与对外的排他性。上文所引《三国志·魏书·嵇康传》后的《魏氏春秋》又云："钟会为大将军所昵，闻康名而造之。会，名公子，以才能贵幸，乘肥衣轻，宾从如云。康方箕踞而锻，会至，不为之礼。康问会曰：'何所闻而来？何所见而去？'会曰：'有所闻而来，有所见而去。'会深衔之。"⑤正可说明这一群体成员对于志趣不合者的排斥态度。⑥

同样，竹林文士成员之间也具有很深的情感。《世说新语·伤逝》载："王濬冲为尚书令，着公服，乘轺车，经黄公酒垆下过。顾谓后车客：'吾昔与嵇叔夜、阮嗣宗共酣饮于此垆。竹林之游，亦预其末。自嵇生夭、阮公亡以来，便为时所羁绁。今日视此虽近，邈若山河。'"⑦王戎宦至显达，经过昔日与诸人

---

① 《晋书·阮籍传》："属魏晋之际，天下多故，名士少有全者，籍由是不与世事，遂酣饮为常。"司马氏集团以残酷的方式剪除异己，当时名士于曹魏有忠悃情怀者，多罹其祸。竹林七贤便是存在于这种时代氛围中的文人群体。

② 《世说新语·栖逸》刘注引《康别传》曰："山巨源为吏部郎，迁散骑常侍，举康，康辞之，并与山绝。岂不识山之不以一官遇己情邪？亦欲标不屈之节，以杜举者之口耳。乃答涛书，自说不堪流俗而非薄汤武，大将军闻而恶之。"可见嵇康与山涛绝交，实际是要标立自己的出世态度，绝交并非斩截情谊。后来山涛之汲引嵇绍，岂可谓其"绝交"真能凿实乎。故山、嵇之交，实至深厚。山涛之干进与嵇氏之情操，各自有其性格依据而以知己之情泽及其后辈，足见出其友情之真切绵长。

③ 徐震堮：《世说新语校笺》，中华书局1984年版，第394页。

④ 车锡伦：《中国宝卷研究》，广西师范大学出版社2009年版，第2—3页。

⑤ （晋）陈寿撰，（刘宋）裴松之注：《三国志》，中华书局1959年版，第606页。

⑥ 《世说新语·文学》载，钟会撰成《四本论》，"甚欲使嵇公一见，置怀中，既定，畏其难，怀不敢出，于户外遥掷，便回急走"。（徐震堮：《世说新语校笺》，中华书局1984年版，第106页）他们对志趣不同者，绝无亲附援接之心。

⑦ 徐震堮：《世说新语校笺》，中华书局1984年版，第348页。

聚饮论道的地方，触景生情，其怀念亡友之情极为深切。^①又如《世说新语·简傲》刘注引《晋百官名》曰："籍能为青白眼，见凡俗之士，以白眼对之。及喜往（嵇喜），籍不哭（按时籍遇丧），见其白眼，喜不怿而退。康闻之，乃赍酒挟琴而造之，遂相与善。"^②可见相知相敬为其群体之基本关系。《世说新语·贤媛》载："山公与嵇、阮一面，契若金兰。山妻韩氏觉公与二人异于常交，问公，公曰：'我当年可以为友者，唯此二生耳。'"^③"契若金兰"之语正是其深厚的友谊的一种比况。嵇康《与山巨源绝交书》"夫人之相知，贵识其天性，因而济之"。竹林七贤之交往与相知，便缘于这种"天性"，他们坦荡豪爽，率意磊落，以其相知成为一个有着深挚情感纽带的群体，在酒与诗、风操与气度上结成一个知音群体，从与政治势力的关系和与政治本身的关系上看，这个群体在建安文人群体的基础上又进一步发展了，后世许多包容了不同政治观念或是疏离于政治之外的文人群体在维系彼此的纽带上与竹林群体是相通的。

七贤间也常常相互赏誉，反映了该群体成员间的凝聚力。《世说新语·容止》云："嵇康身长七尺八寸，风姿特秀。见者叹曰：'萧萧肃肃，爽朗清举。'或云：'肃肃如松下风，高而徐引。'山公曰：'嵇叔夜之为人也，岩岩若孤松之独立；其醉也，傀俄若玉山之将崩。'"又云，有人语王戎曰："嵇延祖（嵇绍）卓卓如野鹤之在鸡群。"答曰："君未见其父耳。"^④这些都是七贤群体的互相欣赏的资料，共同的志趣与情操，相通的心性与气质，加之以共同的精神与风度，使该群体紧密的扭结在一起，并且具有了一种此前并不突出的审美向度上的应和与共鸣的性质，这是该群体的一个显著特征，也可以说是对建安文人群体的一种"踵其事而增华"。

他们有时相处得很轻松，并在轻松的氛围中交流切磋，这也是该群体的一

---

① 再如向秀《思旧赋序》云："余与嵇康、吕安，居止接近；其人并有不羁之才。然嵇志远而疏，吕心旷而放，其后各以事见法。嵇博综技艺，于丝竹特妙。临当就命，顾视日影，索琴而弹之。余适将西迈，经其旧庐；于时日薄虞渊，寒冰凄然。邻人有吹笛者，发声寥亮；追思曩昔游宴之好，感音而叹，故作赋云。"参见（梁）萧统辑，（唐）李善注：《文选》卷一六。其对嵇、吕的真切情意，于字里行间汩汩溢出，吹笛者亦未必实有，实是向秀构思出的一种烘托情感的氛围与扰惹思念的情境。嵇康虽"形神逝其焉如"但怀思却非援翰可写尽道穷。由此可见，这一群体成员是具有怎样的情感基础。
② 徐震堮：《世说新语校笺》，中华书局1984年版，第412页。
③ 徐震堮：《世说新语校笺》，中华书局1984年版，第369页。
④ 徐震堮：《世说新语校笺》，中华书局1984年版，第335页。

个特征。《世说新语·排调》载："嵇、阮、山、刘在竹林酣饮，王戎后往。步兵曰：'俗物已复来败人意！'王笑曰：'卿辈意，亦复可败邪？'"①轻松谐谑而又相互尊重，各有志趣又能融洽相处，每每群会酣饮于竹林或黄公酒垆，这些地方抑或是他们清谈交流的场合，但我们却难以指实他们酒会中的具体创作。不过，七贤间彼此进行一些思想或是文学交流则是可以基本确定的。据《世说新语·文学》之刘注："……后（向）秀将注《庄子》，先以告（嵇）康、（吕）安，康、安咸曰：'此书讵复须注，徒弃人作乐耳。'及成以示二子，康曰：'尔故复胜不？'安乃惊曰：'庄周不死矣！'"②

再如《晋书·向秀传》云："（秀）又与康论养生，辞难往复，盖欲发康高致也。"③以自己的观点诱使对方阐发"高致"，向秀与嵇康间的玄学理论交流便是这样发生的。这是他们在一些具体问题上的思想交往。由竹林名士（嵇、向）所论，可见这一群体对玄谈实有巨大的推毂作用④。西晋、东晋名士的清谈和以清谈为主要内容的文人群体活动，实与竹林七贤的群体性活动有莫大关系⑤。

综上，竹林七贤从组成者之志趣、情感及所从事之学术活动上讲都与建安模式相近或有所增益，唯文学创作上，包括文学作品的相互赠答、拟代或同题共作方面存在差别。但他们之间交流思想，共同探究道家思想的做法以及相处时的风度和做派，都对有晋一代甚至更久远以后的文人交流活动产生了巨大的影响。晋代玄风独振，清谈之风盛行于上流社会和文人生活之中，这些都可从竹林名士处找到因由。因此，从这个层面上讲，竹林文士之模式亦十分重要。如果说建安文人集团确是文人间交流及文学活动的基本模式，那么竹林七贤则

---

① 徐震堮：《世说新语校笺》，中华书局1984年版，第418页。
② 徐震堮：《世说新语校笺》，中华书局1984年版，第111页。
③ （唐）房玄龄等撰：《晋书》，中华书局1974年版，第1374页。
④ 《晋书·向秀传》云："（秀）雅好老庄之学……秀为之（指《庄子》）隐解，发明奇趣，振起玄风，读之者超然心悟。"向秀因"发明（老庄）奇趣"而"振起玄风"，应是竹林名士平时探究讨论老庄哲理所致。
⑤ 见徐震堮：《世说新语校笺》，中华书局1984年版，第46页。《世说新语·言语》载：诸名士共至洛水戏，还，乐令（乐广）问王夷甫（衍）："今日戏，乐乎？"王曰："裴仆射善谈名理，混混有雅致；张茂先（华）论《史》、《汉》，靡靡可听，我与王安丰（戎）说延陵、子房，亦超超玄著。"此洛水之言虽非竹林名士所为（时已西晋），但可以据此设想竹林名士在聚会时可能进行的言谈交流活动，惜直接文献缺如，姑以此做一揣度。又，《世说新语·文学篇》载："旧云王丞相过江。止道声无哀乐、养生、言尽意三论而已。"这是当时的玄谈三题，这三题都与嵇康有关。

进一步夯实了这个模式,并增益了这个模式,对后世产生了极大的影响力,其中投射出的淡化功利、向往人格理想和活动本身的审美质素都是他们影响后世的力量源。所以,我们认为,这两个文人群体共同奠定了古代文人的群体性活动模式,后世诗社由此而获益良多。从内在活动及活动的基本模式上考量,我们甚至可以说没有这两个团体,便没有后世诗社的形成。

我们可进而得出结论,建安文士与竹林名士的共同作用在于,他们对后世的文人生活方式、基本心态以及文人间的群体性活动,包括诗社活动都产生了巨大而深远的影响。我们在论述导致诗社产生的文人群体性活动时,绝对不能忽略这两个文人群体及其活动的模式与精神。

还须指出的是,阮籍等人为时誉所称并流传后世的是《咏怀诗》、《悲愤诗》等,阮诗更是颇富个人性情。李善注云:"嗣宗身仕乱朝,常恐罹谤遇祸,因兹发咏,故每有忧生之嗟。虽志在刺讥,而文多隐避,百代之下,难以情测。"①《文心雕龙·才略》则云:"嵇康师心以遣论,阮籍使气以命诗,殊声而合响,异翮而同飞。"②陈祚明评嵇康云:"叔夜衷怀既然,文笔亦尔,径道直陈,有言必尽,无复含吐之致。"③是其创作已有群体性创作所不能掩映的个性抒发与自我摅写特色。在文学发展的过程中,随着创作训练化、文学游戏化和生活文学化趋势的发展,这种缘自个性、摅写真情的作品,便在"真"的维度上与群体性的交流作用间有了一种距离,表现为个性与群体的艺术共性既同又异,出现了一种张力关系,群体性的文学创作活动也逐渐开始了与个性摅写间此消彼长式的发展历程,它们有时疏离,有时凝结为合力,在文学史上的不同时期发挥着不同的作用。关于这一问题,我们后文还要论述。

正始时期亦有些群体性活动,但并不主要托付于正始名士或竹林七贤的名目之上,而是弥漫士林,浸淫朝野,成为其时文人乐于参与并忘倦于其中的活动,这就是清谈。清谈源于汉末士人的清议之风,到曹魏中后期,道家思想成为士人所普遍喜好钻研的时尚学问。他们彼此在交流切磋中并营造出一种体现仪态、言辞和谈吐之美的氛围。在正始时期,包括正始名士及竹林七贤等在内

---

① (梁)萧统辑,(唐)李善注:《文选》第3册,上海古籍出版社1986年版,第1067页。
② (梁)刘勰著,范文澜注:《文心雕龙注》,人民文学出版社1958年版,第700页。
③ (清)陈祚明评选,李金松点校:《采菽堂古诗选》卷八,上海古籍出版社2008年版,第231页。

的文人大都参与其中，共同参与这种既有学术性又具审美特征的交流活动。

一般认为，玄学的开创者是何晏、王弼。何晏"善谈易老"①，有《论语集解》、《隋志》，并著录有《老子〈道德论〉》二卷。王弼尝作《周易注》、《易略例》及《老子注》，都援儒入道，开启玄学风气，不过这种风气的流行或许更早。王瑶指出："大概清谈之风，太和中已渐流行，傅嘏、荀粲、夏侯玄、裴徽等，皆当时人物。不过到正始时，何晏主持风气，他的权势地位特别通贵显要，所以对玄风的流畅有很大影响，为一代名士所崇尚。这即是后世所艳称的正始之音。"② 可见，以傅、荀等人为权舆，以何晏、王弼为宗匠，正始文士们共同开启了对中国文化史、文学史和文学批评史都有深远影响的玄学、玄谈风气。后来玄学家所好谈论的话题大都萌于此处，像王弼的言、象、意关系的论述更对后世意境理论的形成有巨大的影响。因而对我国古代诗文理论的发展与成熟与形成民族特色也功莫大焉。因此从这个角度讲，正始时期文士的群体性活动对后来文士间的义理讨究式活动（包括玄谈）和诗社成员间探讨诗学理论的学术性活动均有影响。同时，正始风气也成为此后即相当长的一段时间内文人们所喜好并乐于参与的活动之一。我们下文还将论述清谈实际上是一种诗化的审美活动。这种活动及重视活动审美性的内在因素，也是构成诗社活动诗学意义的要件之一。③

《晋书·后妃传》之《左棻传》云："及帝女万年公主薨，帝痛悼不已，诏棻为诔，其文甚丽。帝重棻词藻，每有方物异宝，必诏为赋颂，以是屡获恩赐焉。答兄思诗、书及杂赋、颂数十篇，并行于世。"④ 是左棻曾应诏作文，且数量较多，并与其兄左思间颇多文学往还。由小见大，西晋一代颇重文，虽君王

---

① 徐震堮：《世说新语校笺》，中华书局1984年版，第106页。
② 王瑶：《中古文学史论》，北京大学出版社1998年版，第39—40页。
③ 正始玄风的影响很大。如《晋书·儒林传序》云："摈阙里之典经，习正始之余论，指礼法为流俗，目纵诞以清高。"便是对正始风气的描述，虽是指责，但影响可见。《宋书·羊玄保传》言玄保二子，太祖赐名，曰咸，曰粲，谓保曰"欲令卿二子有林下正始余风"，甚至在取名上都体现出对正始风气的向往。又《宋书·王微传》云，王微报何偃书曰："卿少陶玄风，淹雅修畅，自是正始中人。"以"正始中人"作为评赏口实，可见正始风气的影响。《南齐书·张绪传》云："袁粲言于帝曰：'臣观张绪有正始遗风。'"《南史·何尚之传》言其谓王球，"正始之风尚在"。王瑶遂谓"可知正始玄风，正是开魏晋以下清谈玄学之风的起始，极为后来的士族所希慕景仰的"。以上详见王瑶：《中古文学史论》，北京大学出版社1998年版，第39页。
④ （唐）房玄龄等撰：《晋书》，中华书局1974年版，第962页。

少文,然文学活动之规模与数量均多于前代。西晋文士的群体性文学也活动一如建安及正始。但也存在明显差异。虽然西晋亦有文人群体,如太康时期的"三张二陆两潘一左"的太康文士群体以及所谓"文章二十四友"即是。但这些群体成员间的情谊与群体性活动的意义却不如此前。或许是因为该时期由承平而大乱的转换过于剧烈,文士活动未及充分展开便告终结,即刘勰所谓"运涉季世,人未尽才"①有关。此期应该注意的有这样两个文士群体,即:太康时期之"三张二陆两潘一左"与文章二十四友。他们并不像建安或竹林人士,而是其活动出现在其时代具有群体性活动特点,亦即因文人众多故而可以时代性的文人群体而言之,他们自身也同建安及竹林文士,无明确的群体观念。不过,就彼此的文学交流活动和情感特点,他们又与建安一样,尤其是文学交流活动,似更频繁。

太康文士群体

钟嵘在《诗品序》中说:"太康中,三张、二陆、两潘、一左,勃尔复兴,踵武前王,风流未沫,亦文章之中兴也。"②提到了张协、张载、张亢、陆机、陆云、潘岳、潘尼和左思,共八人。刘勰在《文心雕龙·时序》中对包括太康文士在内的西晋文士有一个总体的评价,提到了"晋虽不文,人才实盛:茂先摇笔而散珠,太冲动墨而横锦,岳、湛曜联璧之华,机、云标二俊之采,应、傅三张之徒,孙、挚、成公之属,并结藻清英,流韵绮靡。"③除与钟嵘提到的相同文士外,还提到了夏侯湛、应贞、傅玄、孙楚、挚虞和成公绥。在当时,这些文士的政治活动和文学活动都是很频繁的,但这一群体更多时候是在二十四友活动中表现出其群体性的。④

---

① (梁)刘勰著,范文澜注:《文心雕龙注》,人民文学出版社1958年版,第674页。
② (梁)钟嵘撰,陈延杰注:《诗品注》,《诗品序》,人民文学出版社1961年版,第1页。
③ (梁)刘勰著,范文澜注:《文心雕龙注》,《文心雕龙·时序》,人民文学出版社1958年版,第674页。
④ 《晋书·陆云传》:"……云与荀隐素未相识,尝会华坐,华曰:'今日相遇,可勿为常谈。'云因抗手曰:'云间陆士龙。'隐曰:'日下荀鸣鹤。'鸣鹤,隐字也,云又曰:'既开青昼睹白雉,何不张尔弓,挟尔矢?'隐曰:'本谓是云龙骙骙,乃是山鹿野麋,兽微弩强,是以发迟。'华抚手大笑。"《世说新语·排调》注引《荀氏家传》:"隐与陆云在张华坐语,相互反复,陆连受屈,隐辞旨美丽,张公称善。"这种不落"常谈"的语言游戏,蕴含着风趣与机智。在彼此的交流中往复使用谐音双关比拟等修辞方法展现出话语交争游戏中的趣味。从某种方面讲,这也是一种游戏性的审美活动,后世诗社活动中善意的相互嘲谑,多少都与陆机与荀隐间的这种对话相似。

而所谓二十四友,见《晋书·贾谧传》,其云:"谧好学,有才思……开合延宾,海内辐辏。贵游豪戚及浮竞之徒,莫不尽礼事之。或著文章称美谧,以方贾谊。渤海石崇、欧阳建,荥阳潘岳,吴国陆机、陆云,兰陵缪征,京兆杜斌、挚虞,琅琊诸葛诠,弘农王粹,襄城杜育,南阳邹捷,齐国左思,清河崔基,沛国刘瑰,汝南和郁、周恢,安平牵秀,颍川陈眕,太原郭彰,高阳许猛,彭城刘讷,中山刘舆、刘琨,皆傅会于谧,号曰二十四友,其余不得预焉。"①从其罗列这二十四人来看,除无张华、张协、张载、潘尼和夏侯湛以外,基本涵盖了西晋知名文士,是当时即有称誉的文士群体,不同于后人追加的"三张二陆两潘一左"之说。而所谓"其余不得预焉"则说明此群体有排他性②。但因贾谧也喜好文学,故而该群体的形成也有文学自身的原因。潘岳、左思、陆机都曾于谧坐讲《汉书》是围绕在贾谧周围文士曾以学识素养得宠。陆机有《讲汉书诗》,其《答贾谧诗序》:"元康六年入为尚书郎,鲁公(贾谧)赠诗一篇,作此答之。"③贾诗为潘岳代作。此外,贾谧笼络二十四友,也有招纳知名文士,以壮声势,俾以孤立愍怀之用意。从当时的实际情况综合看,所谓"太康文士"的确不如二十四友具有鲜明的群体性质。因此,我们考察西晋文人群体活动时,主要便以二十四友为中心,来寻绎对后世诗社模式有影响的新因素。

至于不预入二十四友之文学家,徐公持有云:"当时不预其列的文学家,只有张华、傅咸、何劭、嵇康、束晳、张翰、张协等,相比之下,这些人的文学名声及活跃程度,都明显不如前者,文学影响也小。所以在相当程度上

---

① (唐)房玄龄等撰:《晋书》,中华书局1974年版,第1173页。可知二十四友群体具有排他性。《晋书》卷六二《刘琨传》:"(琨)年二十六为司隶从事。时征虏将军石崇河南金谷涧中有别庐,冠绝时辈,引致宾客,日以赋诗。琨预其间,文咏颇为当时所许。秘书监贾谧参管朝政,京师人士无不倾心。石崇、欧阳健、陆机、陆云之徒,并以文才降节事谧,琨兄弟亦在其间,号二十四友。"他们"日以赋诗"便是二十四友在金谷园中的文学活动,"降节事谧",则是他们政治功利性的一种表现。

② 因贾谧颇注意笼络时彦,所以二十四友之形成,实质上便是其笼络的结果。然亦有不就其范者,如《晋书·嵇绍传》便有"时(元康初)侍中贾谧以外戚之宠,年少居位,潘岳、杜斌之皆附托焉。谧求交于绍,绍拒而不答"。的记载。嵇绍即对贾谧的招纳予以拒绝。可见主动去吸收有影响的文人,是当时贾谧壮大自己力量的一种举措。但因其政治依附性,二十四友群体的排他性也表现在对贾谧的政治态度方面。

③ (清)严可均辑:《全上古三代秦汉三国六朝文》之《全晋文》卷九八,中华书局1958年影印本,第2020页。

可以认为,二十四友又是一重要文学集团,甚至可以说是西晋文坛的一个缩影。"①

这一群体成员间最具代表性的文学活动就是金谷雅集。据徐振堮《世说新语校笺·品藻·五七》注引石崇之《金谷诗序》云:

> 余以元康六年(296)从太仆卿出为使,持节监青、徐诸军事、征虏将军,有别庐在河南县界金谷涧中。或高或下,有清泉茂林,众果竹柏药草之属,莫不毕备;又有水碓、鱼池、土窟,其为娱目欢心之物备矣。时征西大将军、祭酒王诩当还长安,余与众贤共送往涧中,昼夜游宴,屡迁其坐。或登高临下,或列坐水滨,时琴瑟笙筑,合载车中,道路并作。及住,令与鼓吹递奏。遂各赋诗,以叙中怀。或不能者,罚酒三斗。感性命之不永,惧凋落之无期。故列具时人官号、姓名、年纪,又写诗著后。后之好事者,其览之哉。凡三十人,吴王师、议郎、关中侯、始平武功苏绍,字世嗣,年五十,为首。②

由此看来,金谷雅集的活动内容包括游赏、赋诗、饮酒等内容③。虽说石崇等人谄事贾后外甥贾谧,具有很强的功利性心理④。但此种雅集,不能不说是具有深厚文学史价值与审美意义的重大活动。然预雅集者,除当时有记录者之外,其他已难确定。徐公持指出:"除石崇本人及王诩、苏绍外,潘岳今存《金谷集诗》,杜育亦存《金谷诗》残句,可知潘、杜二人亦预其事。此五人可以确认参与雅集活动。不过元康六年(296)前后,正是贾后、贾谧势盛,石崇、潘岳等二十四友活动高潮期,所以二十四友中的大部分人,应是此

---

① 徐公持:《魏晋文学史》,人民文学出版社1999年版,第332页。
② 徐震堮:《世说新语校笺》,中华书局1984年版,第111页。
③ 《晋书·石崇传》,石崇等被诛,"有司阅崇水碓三十余区"。"水碓"又称机碓、水捣器、翻车碓、斗碓或鼓碓,是脚踏碓机械化的结果,用以加工谷物。可见,金谷实为石崇的经济生产庄园,里面既能收种加工粮食,又有池台亭榭可供观赏,以石崇之富而好客,其宾从必时时会于水碓庄园,文学交流活动便于此种田园一庄园一体的环境中展开。
④ 《晋书·石崇传》:"(崇)出为征虏将军,假节,监徐州诸军事,镇下邳,崇有别馆右河阳之金谷,一名梓泽。送者倾都,帐饮于此焉……(崇)与潘岳谄事贾谧,谧与之亲善,号曰二十四友。广城君(贾谧外祖母)每出,崇降车路左,望尘而拜,其卑佞如此。"

次雅集的成员（潘、杜亦列名二十四友之内）。由其'遂各赋诗'事，亦可推断在场者多数是文士。所以不妨说，金谷雅集主要是一次文学雅集，其直接成果未必有很高价值（如潘、杜的《金谷集诗》），但作为当时主要文学人士都参与的一次大规模的群体活动，它是西晋一代文学繁盛的象征。而石崇在此起着核心作用。金谷雅集影响深远，东晋中期著名的'兰亭雅集'，其活动方式几与金谷雅集全同，而主事者王羲之亦有意仿效石崇。'王右军得人以《兰亭集序》方《金谷诗序》，又以己敌石崇，甚有欣色'（《世说新语·企羡》）。"①

徐先生准确论述地分析了金谷雅集的一切情况，也指出该群体性集会是"西晋文学繁盛的象征"，这是非常符合实际的。我们这里要说明的是，金谷雅集是文人群体性的文学交流活动，它上继建安文士的南皮之游，又开兰亭修禊的集会风气，对后世诗社活动产生了极大的影响力。西晋文人群体在建安、正始之后，也具有一些自身的特色。对此，我们还是引录一段徐公持的见解予以说明：

> 从文学史角度视之，二十四友一方面有金谷雅集之类的文学气氛浓厚的活动，另一方面平时的文学创作也很多，他们的今存诗占全部西晋文士诗歌的一半。这个数字实为惊人，表明这一集团中人创作精力的旺盛，他们的文学活动对于构筑当时文学的整体繁荣氛围，起了决定性作用。从文风上看，二十四友首要特质就是浮华躁竞，而这种浮华躁竞之风主要表现于今存他们的赠答诗中。二十四友的赠答诗，比建安文士的同类作品多，如潘岳有《为贾谧作赠陆机诗》十一章、《于贾谧坐讲汉书诗》、《鲁公诗》、《金谷集诗》等，陆机有《答贾谧诗》十一章、《赠潘岳诗》、《讲汉书诗》等，石崇有《赠欧阳建诗》，欧阳建有《答石崇诗》，挚虞有《答杜育诗》，杜育有《赠挚虞诗》、《金谷诗》，等等。此外尚有为数不少二十四友与其他文士互赠之诗，仅各种人士赠石崇之诗，即有曹嘉、枣腆、曹摅、嵇绍等所撰。这些互赠诗除个别篇章如嵇绍赠诗有"何为昏酒色"等训诫语，其余皆为互相称美谀颂之词，其浮华躁竞性格表露无遗。（笔者

---

① 徐公持：《魏晋文学史》，人民文学出版社1999年版，第330页。

按，已经开始有了后世所谓"诗社习气"的意味）"二十四友"之风的另一特质即是尚靡丽铺张、重技巧雕琢。潘、陆是"二十四友"中也是当时文坛上名声最著人物，其文风最具代表性。他们的文学倾向有得有失，但他们在文学形式和写作技巧上的努力也应视为文学史上的一种进步，此点应予指出。①

关于这一时期文学本身的问题，徐先生论述的十分详尽准确，若我们从文人群体性活动发展的角度进行分析，我们会发现，在此前文学活动的基础上，这一时期文人的群体性文学活动在程度上、规模上度越此前，虽文学总体成就似略有欠缺，但正因该时期文学活动的实际训练和操作实践，才成就了类似挚虞《文章流别志》、《文章流别论》及陆机《文赋》等较高水准的文学理论作品，尤其是陆机之《文赋》，应该说是该时期陆机参与这种规模较大的群体性文学活动并进行理论总结的成果之一。②

除上述情况以外，我们这里所要特别提及的是，经过长期的发展和群体性文学活动所形成的风习与规模的扩大，文学本身业已具有的生活文学化、创作训练化和文学游戏化程度进一步加深。文学创作日益成为一种逞才、炫博借以表现能力以干名誉的方式。③

---

① 徐公持：《魏晋文学史》，人民文学出版社1999年版，第333页。
② 陆机作《文赋》之年存在争议。兹取40岁说。参见陆侃如：《中古文学系年》，人民文学出版社1998年版，第790页。若如此，则随潘岳、石崇等于永康元年（300）的被杀，"二十四友"的群体性文学活动便已消歇下来，陆机恰具备了作记论总结的条件。又，是年愍怀太子卒，江统、陆机等均作诗文，是愍怀太子为中心的文士群体亦消散（详后）下来。（梁）萧统辑，（唐）李善注：《文选》卷一七《文赋》李善注引臧荣绪《晋书》："（陆机）与弟云勤学，积十一年，誉流京华，声溢日表，被征为太子洗马。与弟云俱入洛，可徒张华素重其名，如旧相识，以文呈华，天才绮练，当时独绝；新声妙句，系踪张、蔡，机妙解情理，心识文体，故作《文赋》云。"此说不确，陆侃如明判其非，《中古文学系年》，人民文学出版社1998年版，第729页。据陆云《与兄平原书》，提到自己读到了《述思赋》、《文赋》、《咏德赋》、《扇赋》、《漏赋》。《全晋文》卷九六有陆机《叹逝赋》，卷九七有《文赋》、《漏刻赋》附《扇赋》，陆云所指，当为此数篇。若《文赋》作于早年，陆云不会此时拿出讨论，据此，《文赋》应与此数篇同时创作。据《叹逝赋序》，陆机提到自己"年方四十"，可知，《文赋》当作于四十岁时，是陆机已沉浸文苑多年，业已积累了相当丰富的文学创作经验，故发为老到精熟之理论，总体上反映了他自己，也反映了当时文学活动的实际成果。
③ 《晋书·张载传》："载性闲雅，博学有文章……载又为《榷论》曰……又为《濛汜赋》，司隶校尉傅玄见而嗟叹，以车迎之，言谈尽日，为之延誉，遂知名。"以文学作品而干取名誉从而实现自己的人生理想，这是士人乐于从事文学训练及文学竞争的一个重要原因。

而与此相关，文人进行的许多创作，实际都是在实践着训练着自己的创作能力。这个特点，从此时文士间饮宴唱和或同题共作的诗文作品数量远大于前人就可看出。同时，文学在群体性文学活动中似又具备了一种礼仪符号的意义，人们以诗文作品装点着欢快的饮宴、游乐场面；或者彼此以诗文赠答去增进情谊，加深了解。文学本身写情言志的职能在此类文学的交流活动中其实并不占最主要地位。我们下文分别从赠答、饮宴与同题共作三个方面来观察此时的群体性文学活动。

赠答：梅家玲专门列举了这一时期诗人赠答诗的写作情况。① 虽有漏计（如：潘尼《献长安君安仁诗》[十章][《晋诗》卷八]未计入。）但总体上十分详尽地将当时赠答诗的具体情况列举出来。据此，我们可以发现，此时赠答诗数量达136首之多（组诗按一首计算）远大于建安时的22首和正始时9首的数量，涉及的作者也达37人，以陆机、陆云、傅咸、石崇、潘尼、曹摅等为最多，这些人恰时当时很活跃的作者，故可见其时文学活动的兴盛情况。

这一时期，因为群体性活动的加剧，反映饮宴、游会等文学活动的作品也很多。现据逯钦立《全晋诗》所辑罗列如次：

程咸　《平吴后三月三日从华林园作诗》（《晋诗》卷一）

傅玄　《宴会诗》及《诗》（逯按，《诗纪》作《宴诗》），（《晋诗》卷一）

李密　《赐饯东堂诏令赋诗》（《晋诗》卷二）

应贞　《晋武帝华林园集诗》（干宝《晋纪》曰："泰始四年二月，上幸芳林园与群臣宴，赋诗观志，散骑常侍应贞诗最美"《逯书》第580页）

贾充　《与妻李夫人联句》（卷二）

王濬　《祖道应令诗》（卷二）

荀勖　《从武帝华林园宴诗》二首（卷二）

　　　《三月三日从华林园诗》（逯按云："此与上篇当为同时之作，盖一用四言，一用五言也。"《逯书》第592页）

王铨　《为两足虎作歌诗》（卷二）

王济　《平吴后三月三日华林园诗》（卷二）

---

① 梅家玲：《魏晋六朝文学新论——拟代与赠答篇》，北京大学出版社2004年版，第241—248页。

　　　　　《从侍华林诗》（卷二）
　　孙楚　《大仆座上诗》（卷二）
　　　　　《会王侍中座上诗》（卷二）
　　　　　《祖道诗》（卷二）
　　　　　《征西官属送于陟阳侯作诗》（卷二）
　　　　　《之冯翊祖道诗》（卷二）
　　傅咸　《与尚书同僚诗》（卷三）
　　张华　《祖道征西应诏诗》、《祖道赵王应诏诗》
　　　　　《太康六年三月三日后园会诗》（卷三）
　　潘岳　《于贾谧座讲汉书诗》（卷四）
　　　　　《金谷会诗》（卷四）
　　　　　《金谷集作诗》（卷四）
　　何劭　《洛水祖王公应诏诗》（卷四）
　　陆机　《皇太子宴玄圃宣猷堂有令赋诗》（卷四）
　　　　　《祖会太极东堂诗》（卷四）
　　　　　《元康四年从皇太子祖会东堂诗》（卷四）
　　　　　《讲汉书诗》（卷四）
　　　　　《东宫作诗》、《三月三日诗》（卷四）
　　　　　《东宫诗》（以上均见《晋诗》卷五）
　　陆云　《大将军宴会被命作诗》（卷六）
　　　　　《征西大将军京陵王公会射堂，皇太子见命作此诗》（六章）（卷六）
　　　　　《大安二年夏四月大将军出祖王羊二公于城南堂皇被命作此诗》（六章）（卷六）
　　　　　《从事中郎张彦明为中护军奭也都为汲郡太守名将之官大将军崇贤之德既远而厚下之恩又隆非此离析有感圣皇即蒙引见又宴于后园感鹿鸣之宴乐鱼藻之凯歌而作是诗》（六章）（卷六）
　　嵇含　《台中宴会诗》（卷七）
　　牵秀　《宴曜武堂诗》（卷七）
　　　　　《祖孙楚诗》（卷七）

阮修　《上巳会诗》（卷七）

闾丘冲《三月三日应诏诗》（二首）（卷八）

王浚　《从幸洛水饯王公归园诗》（卷八）

杜育　《金谷诗》（卷七）

王赞　《三月三日诗》（卷八）

　　　《侍皇太子宴始平王诗》（卷八）

　　　《侍皇太子祖道楚淮南二王诗》（卷八）

　　　《皇太子会诗》（卷八）

潘尼　《七月七日侍皇太子宴玄圃园诗》（卷八）

　　　《上巳日帝会天渊池诗》（卷八）

　　　《皇太子上巳日诗》（卷八）

　　　《巳日诗》（卷八）

　　　《皇太子集应令诗》（卷八）

　　　《皇太子社诗》（卷八）

　　　《三月三日洛水作诗》

　　　《迎大驾诗》（卷八）①

这些作品大都是饮宴、应命而作或祖饯等场合所作，可见文学在当时文士交流间的作用，当然，我们也能看出文学之交流的程度，这较前代更甚。

再看"同题共作者"，先看诗。同题共作现象往往是群体性文学交流的一种反映，文人们就某一共同题目，纷纷创作，以显示才华，较量短长。西晋文人的同题共作现象是很普遍的，诗歌方面，兹以逯钦立《全晋诗》为依据简列列举如次：

《挽歌诗》（《挽歌辞》、《庶人挽歌》、《王侯挽歌》）傅玄（卷一）陆机（卷五）

《长歌行》　傅玄（卷一）　陆机（卷五）

《七哀诗》　傅玄（卷一）张载（卷七）

---

① 故此愍怀太子周围也存在一个文学活动频繁的文人群体，详后。

《游仙诗》 成公绥（作《仙诗》卷二） 张华（《直人篇》、《游仙诗》卷三） 邹洪（卷四）、何劭（卷四）、张协（卷七）

《门有车马客行》 张华（卷三）、傅玄（作《墙上难为趋》题同，卷一） 陆机（卷五）

《苦寒行》 张华（卷三）陆机（卷五）

《招隐诗》 张华（卷三）陆机（卷五）左思（卷七）闾丘冲（卷八）

《荷诗》 张华（卷三）、陆云（作《芙蓉诗》）卷六

《秋霖诗》 傅咸（卷三）、张载（作《霖雨诗》）卷七、傅玄（作《雨诗》）卷一

《豫章行》 傅玄（卷一）、陆机（卷五）

《咏史》 左思（卷七）、张协（卷七）

这只是简单列举，远非全貌，如乐府诗一类，相同题目就更多了。萧涤非关于西晋乐府曾有这样的论述："迨乎西晋，而故事乐府始大盛行焉。此其故盖有二端：一曰拟古之过当。魏世拟作，大抵借古题而叙时事，因旧曲以申今情，题名之袭用，无异傀儡。而晋之作者，则多在古题中讨生活，借古题即咏古事，所借为何题，则所咏亦必为何事，如傅玄《和秋胡行》便咏秋胡事，《惟汉行》便咏汉高祖事。石崇《王明君辞》便咏王昭君事。陆机《婕妤怨》，便咏班婕妤事之类。以此而言模拟，故事乐府，焉得不盛。"①

其实不仅仅是故事乐府，西晋文人之乐府诗和拟诗大都即事即咏，就篇按文，充满文学训练的色彩。陆机之《壮哉行》、《悲哉行》、《太山吟》、《梁甫吟》等，全是彰露才华的写作行为。②他拟作古诗而有十四首之多，亦说明文学在当时人们的认识中，实是展露才华的舞台与媒介③。

---

① 萧涤非：《汉魏六朝乐府文学史》，人民文学出版社1984年版，第176页。
② 萧涤非：《汉魏六朝乐府文学史》，人民文学出版社1984年版，第188页。
③ 文人好为拟诗，也是西晋诗歌创作活动的较突出特点，如傅玄有《拟四愁诗四首》、《拟马防诗》（卷一）陆机之拟诗，如所拟《古诗十九首》有：《拟行行重行行诗》、《拟今日良宴会诗》、《拟迢迢牵牛星诗》、《拟涉江采芙蓉诗》、《拟明月何皎皎诗》、《拟兰若生春阳诗》、《拟青青陵上柏诗》、《拟东城一何高诗》（即拟《东城高且长》）、《拟西北有高楼诗》、《拟庭中有奇树诗》、《拟明月皎夜光诗》、《遨游出西城诗》（拟《驱车上东门》）——《全晋诗》卷五（《诗品·上品·古诗条》云陆机有拟作十四首，今据（梁）萧统辑，（唐）李善注：《文选》卷三〇及《全晋诗》卷五，为如上十二篇）陆云《赠郑曼季诗》四首，均为拟《诗经》体，郑丰《答陆士龙诗》与陆云诗都为仿拟《诗经》之作——《全晋诗》卷六。张

再看文章的同题共作现象

《蒲萄赋》	荀勖	《全晋文》卷三十一
	应贞	《全晋文》卷三十四
	傅玄	《全晋文》卷四十五
《相风赋》	卢浮	《全晋文》卷三十四
	傅玄	《全晋文》卷四十五
	牵秀	《全晋文》卷八十四
	孙楚	《全晋文》卷六十
	傅咸	《全晋文》卷五十一
	张华	《全晋文》卷五十八
	潘岳	《全晋文》卷九十
	左棻	《全晋文》卷十三
《朝华赋》	卢谌	《全晋文》卷三十四
	夏侯湛	《全晋文》卷六十八
	傅玄	《全晋文》卷四十五
《菊花赋》	卢谌	《全晋文》卷三十四
	傅玄	《全晋文》卷四十五,作《菊赋》
	孙楚	《全晋文》卷六十
	成公绥	《全晋文》卷五十九,作《菊颂》亦有一作《菊铭》,兹归入一类
	潘岳	《全晋文》卷九十一,作《秋菊赋》
《鹦武赋》	左棻	《全晋文》卷十三
	卢谌	《全晋文》卷三十四

载有《拟四愁诗》四首(卷七)。还有代人作诗的情况,如陆云有《为顾彦先赠妇往返诗》四首(卷六)、陆机有《为顾彦先赠妇诗》二首(卷五)、《为陆思远妇作诗》、《为周夫人赠车骑诗》(卷五)。这些拟作或代作的情况,反映了当时文士文学生活中非常重要的一个方面,即大量的文学训练构成一个显露才华获得声誉的氛围,这个氛围中的文学活动也同样具有交流、竞争与切磋的性质。拟作、代作是很好的表现水平、展露才华的方式。通过这种方式的具体情况,我们也可了解当时文人间文学活动的这种重要类型。只有将这种类型的意义理解为文学训练,我们在构建文学发展史时才不致使这类作品产生失当或过低的批评。

	傅玄	《全晋文》卷四十六
	傅咸	《全晋文》卷五十一
	成公绥	《全晋文》卷五十九
《安石榴赋》	应贞	《全晋文》卷三十四
	庾纯	《全晋文》卷三十六
	傅玄	《全晋文》卷四十五
	张载	《全晋文》卷八十五
	张协	《全晋文》卷八十五
	夏侯湛	《全晋文》卷六十八
	潘岳	《全晋文》卷九十
	潘尼	《全晋文》卷九十四
《燕赋》	卢谌	《全晋文》卷三十四
	傅咸	《全晋文》卷五十一
	夏侯湛	《全晋文》卷六十八，作《玄与赋》
《冰井赋》	庾纯	《全晋文》卷三十六
	孙楚	《全晋文》卷六十，作《井赋》
	江道载	《全晋文》卷一百七，作《井赋》（在江统后）
《风赋》	傅玄	《全晋文》卷四十五
	陆冲	《全晋文》卷八十六
	江道载	《全晋文》卷一百七
《喜霁赋》	傅玄	《全晋文》卷四十五
	陆云	《全晋文》卷一百
《筝赋》	傅玄	《全晋文》卷四十五
	贾彬	《全晋文》卷八十九
《弹棋赋》	傅玄	《全晋文》卷四十五
	夏侯淳	《全晋文》卷六十九
《团扇赋》	傅玄	《全晋文》卷四十五
	嵇含	《全晋文》卷六十五
	傅咸	《全晋文》卷五十一，作《羽扇赋》、《扇赋》

	潘尼	《全晋文》卷九十四，作《扇赋》
	陆机	《全晋文》卷九十六，作《羽扇赋》
	张载	《全晋文》卷八十五，作《羽扇赋》
《笔赋》	傅玄	《全晋文》卷四十五
	成公绥	《全晋文》卷五十九，作《故笔赋》
《宜男花赋》	傅玄	《全晋文》卷四十五
	嵇含	《全晋文》卷六十五
	夏侯湛	《全晋文》卷六十八
《瓜赋》	傅玄	《全晋文》卷四十五
	夏侯湛	《全晋文》卷六十八
	嵇含	《全晋文》卷六十五
	陆机	《全晋文》卷九十六
	张载	《全晋文》卷八十五
《筯赋》	傅玄	《全晋文》卷四十五
	孙楚	《全晋文》卷六十
《柳赋》	傅玄	《全晋文》卷四十五
	成公绥	《全晋文》卷五十九
《桑椹赋》	傅玄	《全晋文》卷四十五
	潘尼	《全晋文》卷九十四，作《桑树赋》
	陆机	《全晋文》卷九十六，作《桑赋》
	傅咸	《全晋文》卷五十一，作《桑树赋》
《雉赋》	傅玄	《全晋文》卷四十五
	嵇含	《全晋文》卷六十五，作《鸡赋》
	孙楚	《全晋文》卷六十
《橘赋》	傅玄	《全晋文》卷四十五
	孙楚	《全晋文》卷六十
	潘岳	《全晋文》卷九十二
《鹰赋》	傅玄	《全晋文》卷四十五
	孙楚	《全晋文》卷六十

	成公绥	《全晋文》卷五十九
《蝉赋》	温峤	《全晋文》卷八十
	孙楚	《全晋文》卷六十
	傅咸	《全晋文》卷五十一，作《鸣蜩赋》
《围棋赋》	蔡洪	《全晋文》卷八十一
	曹摅	《全晋文》卷一百七
《都城赋》	文立	《全晋文》卷七十，作《蜀都赋》
	左思	《全晋文》卷七十四，作《三都赋》
	曹毗	《全晋文》卷一百七，作《扬都赋》、《魏都赋》
《果赋》	郭太机	《全晋文》卷八十六
	陆机	《全晋文》卷九十六
《雪赋》	孙楚	《全晋文》卷六十
	夏侯湛	《全晋文》卷六十八，作《寒雪赋》
《芙蓉赋》	夏侯湛	《全晋文》卷六十八
	潘岳	《全晋文》卷九十，共两篇，一作《莲花赋》，一作《芙蓉赋》
	潘尼	《全晋文》卷九十四
《鳖赋》	潘尼	《全晋文》卷九十四
	陆机	《全晋文》卷九十六
《萤赋》	傅咸	《全晋文》卷五十一
	潘岳	《全晋文》卷九十二

此处列举，并不完全，但已可充分借此看出当时同题共作风气之盛，这种形式的文学活动，是文人间进行文字游戏以较量才力表露才华的重要方式。他们通过这种方式，既可获取时誉，又可在竞争过程中充分使自己得到文学技能方面的训练。在这样的文学活动氛围中，文人书写的未必是自己真实的内心情感，甚至可以说是为文造情的一种写作活动，在活动中，文人只要能训练自己并展露才华以延时誉，他们便会率尔为之。这由文士所写之事物即可看出。像嵇含《遇蚤赋》(《全晋文》卷六十五)、傅咸《粘蝉赋》、《鸣蜩赋》、《青蝇

赋》、《蜉游赋》、《萤火赋》、《叩头虫赋》(《全晋文》卷五十一)、张华《鹪鹩赋》(卷五十八)、潘岳《萤火赋》(《全晋文》卷九十二），都可谓穷极委曲，尽造化之有而赋之无遗，甚至像水龟、澡盘、座席、衣、裳、履、被子、灯、烛、镜子、笔、竹杖等日用物事都可作铭（见《全晋文》卷四十六傅玄之作），真是将文学才华应用于生活的方方面面，生活文学化的趋势进一步加深。在艺术表现上，又"析文以为妙"，"流靡以自妍"[1]。总体风气上也就如刘勰所谓"饰羽尚画，文绣鞶帨"[2]。从文学发展的角度上看，这一时期写真情的并不多，总体成就在文学史上也不突出。但是，从文学活动和文人群体性文学活动的角度考察，西晋文学的意义便在于以"二十四友"为核心的文人团体进一步使群体性文学活动得到了充实与发展，群体性活动中的创作进一步向文学训练方面发展，文人也得以在职事之余的日常生活中更多地创造出文学实践的机会，他们固然有"为文造情"之嫌，但他们在自己营造出的文学氛围中写作、交流、竞争，做着有利于提高自己文学水准的事情，使"文学"从技能层面和活动形式方面越来越成为社会文化生活的一个部类。从这一方面将，西晋文人是有其文学史存在价值和活动意义的。这些都对后世诗社活动具有行动上的指导意义和行为模式上的参鉴意义。

西晋文士的群体活动进一步丰富完善了诗社活动必须具备的几个重要因素，待东晋玄风的终结和文人群体的进一步成熟，诗社形成的时机便渐渐来临了。

以愍怀太子为中心的文人群体

西晋文人团体中还应该注意聚集在愍怀太子司马遹周围的一批文人，其文学活动也一度较为频繁。

据《晋书·愍怀太子传》，太子为惠帝长子，惠帝即位（290）便立为太子。因武帝及惠帝之宠爱，甫成太子，便为其"盛选德望以为师傅"[3]。以何劭为太师，王戎为太傅，杨济为太保，裴楷为少师，张华为少傅，和峤为少保，都为一时之隽。从永熙元年（290）为太子到永康元年（300）遇害这段时间，曾在东宫任过官职的主要有：张华、陈寿（太子中庶子）、何劭、潘岳（太子

---

[1] （梁）刘勰著，范文澜注：《文心雕龙注》，人民文学出版社 1958 年版，第 67 页。
[2] （梁）刘勰著，范文澜注：《文心雕龙注》，人民文学出版社 1958 年版，第 726 页。
[3] （唐）房玄龄等撰：《晋书》，中华书局 1974 年版，第 1457 页。

舍人)、张载(太子中舍人)、傅咸(太子中庶子)、陆机(太子洗马)、陆云(太子舍人)、潘尼(太子舍人)、张俊(太子庶子)、江统(太子洗马)等人，也是一时颇富文名者，尤其是张华、潘岳、张载、陆机、陆云、潘尼本身就是早已有名的太康文人代表。又据《晋书·刘寔传》，在愍怀太子初封广陵王时，朝廷曾"高选师友，以寔为师"①，可知晋王室颇为重视对他的教育，且在"高选师友"之时，他也并不是太子。又据《晋书·孝王略传》："元康初，愍怀太子在东宫，选大臣子弟有名称者以为宾友，略与华恒等并侍左右。"②可知太子在元康初年曾颇叨厚望，他周围聚集了许多成名的作家和青年才俊。这些人在东宫任职，其文学活动也似颇盛。基本可以确定为于此期的文学作品，大抵有陆机《征西大将军京陵王公会射堂皇太子见命作此诗》(元康元年)③、《皇太子宴玄圃宣猷堂有令赋诗》、《皇太子赐晏诗》、《皇太子清宴诗颂》、《元康四年从皇太子祖会东堂诗》、《三月三日诗》、《东宫诗》(《全晋诗》卷五)、潘尼《皇太子诗》、《七月七日侍太子宴玄圃》、《皇太子上巳日诗》、《皇太子集应令诗》、《皇太子社诗》(《全晋诗》卷八)④。陆云作有《征西大将军京陵王公会射堂皇太子见命作此诗》(六章)(《全晋诗》卷八)等。

可见这一文学群体的文学活动是较为频繁的，当时惠帝发布的关于太子出就东宫的诏书中有"宜得正人使共周旋，能相长益者"⑤。可以说太子周围的文人应该在人品和文学方面都有所长，才被用以辅助太子的。但太子不好文学，或是于后宫为市，或是切肉卖酒，或是销售鸡鸭米面，又加之"性刚"而与贾后及贾谧等不睦，他的位置处于不稳定的状态之中，其周遭的文人也渐渐离此即彼，依附了掌有实权的权贵。于是，太子的东宫群体渐变为二十四友群体。据《晋书·江统传》，愍怀太子被废，贾后讽有司不得追送，江统与一些东宫故臣冒禁至伊水泣送。又据《王敏传》，提到冒禁相送者除江统外还有潘

---

① (唐)房玄龄等撰：《晋书》，中华书局1974年版，第1196页。
② (唐)房玄龄等撰：《晋书》，中华书局1974年版，第1095页。
③ 陆侃如：《中古文学系年》，人民文学出版社1985年版，第745页。
④ 潘尼曾为愍怀太子之舍人，除《皇太子社》、《七月七日侍太子宴玄圃》、《玄圃园诗序》等外，其《七月七日玄圃园诗序》、《鳖赋》、《桑树赋》亦在为太子舍人任上所作。参见陆侃如：《中古文学系年》人民文学出版社1985年版，第751页。
⑤ (唐)房玄龄等撰：《晋书》，中华书局1974年版，第1458页。

滔、杜蕤、鲁瑶等。潘岳诬陷太子，依附谧党，不会相送；陆机不能明确是否相送。但后来太子遇害后，江统、陆机都作有诔文，则可见这一群体彼此间也有感情交谊，不过文士们在功利选择中还是多弃太子而附贾谧，群体虽在，但根植不同了；文学活动依旧，但基础改变了。

因贾后的缘故，太子之位本身不稳，虽元康前期曾聚集了许多文人，也开展了一些文学活动，但贾后、贾谧势大，他们将许多东宫官员"移植"到其他位置而以架空太子，这些文人便在势力的趋诱下，汇聚到了"谄事贾谧"的二十四友之中，变成了更为春风得意，也更为炙手可热的文人团体①。

由东宫群体而二十四友，大体是同一批文人构成，所以文学活动也相近，同时也都是聚集在贵戚权臣周围，这本是以前文人群体的旧有模式。但却无意间处在了严酷斗争中的漩涡内，他们终于在愍怀太子遇害后和随之而来的八王之乱中消失殆尽。《晋书·潘岳传》："……石崇已送在市，岳后至，崇谓之曰：'安仁，卿亦复尔邪！'岳曰：'可谓"白首同所归"。'岳《金谷诗》云：'投分寄石友，白首同所归。'乃成其谶。"②可见他们曾经相交之深，有"白首同归"之期许，甚至在临刑时，也不忘以诗相慰，或是自嘲，或是告慰。二十四友也终于在贾谧、八王之乱中烟消云散，同归丘山了。

文人群体参与到政治斗争中开展活动，并有所切磋、交流，得以展开文学活动，其得以形成缘于政治，但最终则渐灭于政治斗争，这是政治力量对于文人群体性活动产生直接作用的群体类型，这种类型模式也是后代政治派系性诗社的早期形态。故西晋东宫文人团体与文章二十四友正反映了文人团体在政治斗争中的依附性、功利性和软弱性，这些因素，在后代诗社中都是存在的。文人群体介入政治斗争，文学活动围绕权贵展开，其才能和声望为政治家、政客所用，成了政治斗争的舆论较量工具，文人群体的这种斗争工具性的色彩在建安、正始文人那里已有，但不突出，而到了西晋就非常显豁了。后世诗社，亦

---

① 《晋书·张华传》："及贾后谋废太子，左卫率刘卞甚为太子所信遇；每会宴，卞必预焉；屡见贾谧骄傲，太子恨之，形于言色，谧亦不能平。"想必太子与贾谧之间已经不是容色上的龃龉，而是一种剑拔弩张、针锋相对的关系了。二十四友之形成，实质上是外戚显宦势力树立起来用以孤立东宫势力的一个党羽。

② （唐）房玄龄等撰：《晋书》，中华书局1974年版，第1506—1507页。

有为政治势力服务,并起伏跌宕于政治斗争的漩涡之中者,当与此类同。文士群体在政治力量的角逐中,较弱性与投机性明显地表现出来,后世文人群体也大都如此,这与汉末党人相去何其辽远!但同时,这类群体的文学性则逐渐增强了,他们文学活动的专门性也越来越突出,这倒成了促进文学理论研究继续发展的一个桑榆之获了。

四、东晋至唐前的诸文人群体

在对影响诗社形成的群体性文学活动的有关因素及相关对诗社有影响的群体性活动的基本模式已有所论述的基础上,我们接下来分别论列自东晋至唐前出现过的一些文士群体。所列未必全面,但作为贯穿下来的群体活动,它们共同延续了群体性文学活动的发展脉络,直到真正意义上的诗社组织形成并出现。

东晋文士的文学活动与西晋基本相同,文士们大都是上层士族,他们生活优裕,遗落世事,闲逸萧散,或沉醉于清谈,或流连于饮宴游赏。虽也存在反映家国离散的文学作品,但也同时大量存在着反映饮宴、游赏主题的写作实践。可以说,以写作为训练,以饮宴游赏为主要创作场合的文学游戏化、创作训练化及生活文学化的趋势也进一步发展。该时期文学群体也一如前代,活动情形也相类。另外要提及的是,自魏末而东晋的玄谈风气,既是此时文人交流活动的主题,其内容除探究玄理之外,同时也有着浓郁的文学交流意味,我们于此处亦将予以论述。

这一时期有代表性的文人群体要以王羲之等人的兰亭之会(或曰兰亭雅集、兰亭修禊)为代表雅集群体和以桓温为核心的军戎名士文士群体两个集团。其他情况下的文人群体性的交流活动我们将置于清谈部分论述。

王羲之等人的兰亭修禊雅集活动

兰亭之会从参与人数和形成作品的数量来看,可谓是东晋最大的一次群体性文学活动。对此,王羲之《三月三日兰亭诗序》云:"永和九年(353),岁在癸丑,暮春之初,会于会稽山阴之兰亭,修禊事也。群贤毕至,少长咸集。此地有崇山峻岭,茂林修竹;又有清流激湍,映带左右,引以为流觞曲水。列坐其次,虽无丝竹管弦之盛,一觞一咏,亦足以畅叙幽情。是日也,天朗气清，惠风和畅；仰观宇宙之大，俯察品类之盛，所以游目骋怀，足以极视听之娱，信可乐也。夫人之相与，俯仰一世，或取诸怀抱，悟言一室之内；或因寄所托，放浪形骸之外。虽趣舍万殊，静躁不同，当其欣于所遇，暂得于己，快然自足，曾不知老之将至。及其所之既倦，情随事迁，感慨系之矣！向之所欣，俯仰之间，已为陈迹。犹不能不以之兴怀。况修短随化，终期于尽。古人云：'死生亦大矣。'岂不痛哉！每览昔人兴感之由，若合一契，未尝不临文嗟悼，不能喻之于怀。固知一死生为虚诞，齐彭殇为妄作，后之视今，亦犹今之视昔。悲夫！故列叙时人，录其所述，虽世殊事异，所以兴怀，其致一也。后之览者，亦将有感于斯文。"①

写出了雅集的时地及情景，也表现了参与雅集的心理，便是追求"快然自足，不知老之将至"，在美好的游赏饮宴赋诗吟咏中以"游目骋怀"、"极视听之娱"的方式消弭忧生的伤感。雅集本身就有此动机，但过程中充满了文学气息和诗化的意味。

据《世说新语·企羡》注引《临河叙》中知《兰亭诗序》，又多出如下几句："右将军司马太原孙丞公等二十六人赋诗如左，前余姚令会稽谢胜等十五人，不能赋诗，罚酒各三斗。"②是可见，参与兰亭雅集的文人共四十一人，其中有十五人不能赋诗，被罚喝酒；有二十六人赋有诗作。题目都是《兰亭诗》，今有戏鸿堂本《兰亭诗集》，逯钦立《全晋诗》卷十三将此二十六人的诗全部收录，这二十六人是：王羲之、孙绰、谢安、谢万、孙统、孙嗣、郗昙、庾友、庾蕴、曹茂之、华茂、桓伟、袁峤之、王玄之、王凝之、王肃之、王徽之、王涣之、王彬之、王蕴之、王丰之、魏滂、虞说、谢绎、徐丰之、曹华。③根据他们诗作的情况，可以推断，他们在参与赋诗，是分两轮的，一轮赋四言诗，一轮赋五言诗。两组都赋诗的有十一人，其他十五人只完成一首，或四言或五言。可以想见，这些大贵族大名士在兰亭饮宴赋诗，争相比试诗歌创

---

① （清）严可均辑：《全上古三代秦汉三国六朝文》之《全晋文》卷二六，中华书局1958年影印本，第1609页。

② 徐震堮：《世说新语校笺》，中华书局1984年版，第346页。

③ （明）谢榛《四溟诗话》卷四有云："譬若王羲之偕诸贤于兰亭修禊，适高丽使者至，遂延之席末，流觞赋诗，文雅虽同，加此眼生者，便非诸贤气象。"谢榛之"譬若"不知是否有据，抑或只是一种比况的说法。参见丁福保辑：《历代诗话续编》，中华书局1983年版，第1206页。

意遣词上的才能和素质。他们是士林之选，其文学活动既具代表性更具表率意义。

就此类饮宴游赏赋诗的活动，我们结合这些人的诗作来看，他们在天气澄和的暮春三月上巳，相携至风景秀丽的兰亭行修禊之礼，兰亭此地"有崇山峻岭，茂林修竹；又有清流激湍，映带左右"，少长诸人，依次而坐，曲水流觞，洋溢着醇和之风，充裕着融洽的情谊。（其中有朋辈，也有长幼之分。如王玄之、王凝之、王肃之、王徽之是王羲之之子，其落座次序当依年齿。）诸名士"乃携齐契，散怀一丘"（王羲之所赋诗句），"相与饮佳节，率尔同褰裳"（谢安所赋诗句），他们在对文学交往上是同道，又同时沉醉于情谊和审美的氛围中，"佳宾既臻，相与游盘"（袁峤所赋诗句），明景流丽，万物悠然，友朋把臂，同赋佳什，虽无建安"仰而赋诗"之象，也少了七贤的竹林出尘，但欣悦之情与晖丽之景也相映成趣。试看他们所赋之景："欣此暮春，和气载景"（王羲之），"春咏登台，亦有临流"（孙绰），"薄云罗阳景，微风翼轻航"（谢安），"青萝翳岫，修竹冠岑"（谢万），"回沼激中逵，疏竹间修桐"（孙统），"时禽吟长涧，万籁吹连峰"（孙统），"温风起东谷，和气振柔条"（郗昙），"松竹挺岩崖，幽涧激清流"（王玄之），"丹崖竦会，葩藻暎林，浔水扬波，载浮载沉"，"鲜葩映林薄，游鳞戏清渠"（王彬之），于此美景之中，他们"俯挥素波，仰缀茗兰"（徐丰之），"散怀山水，萧然忘羁"（王徽之）完完全全地沉入并且陶醉在这诗、酒与天光美景的诗化氛围之中。诚如陈洪所说："此次集会，是为祓除不详的修禊事而聚。然而名士却把它作为赏景、饮酒、赋诗和清谈来进行，而将祛除病灾的修禊事本身大大淡化了。"①

此外，产生在玄学清谈时代的此次以文士们的群体活动，也仍诗有以景融玄的因素和色彩，"因为名士们在纷纷沉醉于大自然的同时，不仅发现了山水的美妙，而且也发现了蕴藏在山水中的玄意。"② 不过，他们毕竟在真切生动的美景中暂时淡忘了抽象的玄理，很多人在诗中不曾表现玄意，仅有少数诗句略有涉及。如"寥朗无厓观，寓目理自陈"（王羲之），"万殊泯一理，安复觉

---

① 陈洪：《诗化人生——魏晋风度的魅力》，河北大学出版社 2001 年版，第 341 页。以诗化的审美性代替了被除不祥的礼俗内涵，反映了当时人们心态的变化趋势和特点。

② 陈洪：《诗化人生——魏晋风度的魅力》，河北大学出版社 2001 年版，第 338 页。

彭殇"（谢安），"理感则一，冥然玄会"（庾友），"朝荣虽云乐，夕弊理自因"（庾蕴），在诗篇中，习惯性地带出玄理，只能说明是时代诗风使然，然而在雅集中，这些文士们却真是"相与不相与，形骸自脱落"（王羲之），他们沉浸在诗化的氛围中，忘掉了身份、地位和名士的矜骄，他们在彼此共同陶醉的诗境中，脱落了一切使他们感到牵绊的东西，唯有"真"是他们反映这诗化情境的最真切感受，也是他们面对彼此、摅写怀抱的澄澈灵府。他们展露着文学才艺，竞相显露着写作水准，较量着真实的文学素养。"携笔落云藻，微言割纤毫"（孙绰），写出了群体性活动中个人的真情实感。"数子各言志，曾生发清唱"（桓伟），文学的群体活动所易于存在的造作矫饰竟然被淡化了，他们尽力在诗化的情景中写景写情写志写心，没有后世诗社矜骄躁竞的浮华气息，没有争气使性的咄咄逼人，而是一次水平很高且非常纯粹的文人群体活动，为后世诗社活动树立了典范。

从《兰亭诗》看，本次饮宴游赏临流赋诗的意义，还在于他们已经表现出了诗与玄学的疏离趋势，写美景、摅真情的成分大大超过了玄理因素，表现出了玄言诗盛行风气中诗歌发展的新气象。虽然其中有很多玄谈好手，甚至还包括开启玄言诗风的孙绰，也都在诗化情境中，在雅集场合的共同文学活动氛围中，不自觉地实现了一种群体无意识式的诗风突围，逗露出玄言诗即将退出诗坛，山水诗即将兴盛的微妙消息——后世的诗社活动也时时表现出诗风转变的新动向，群体性文学活动既是时代风气的反映，也孕育着诗风的新变。[①]文学发展中许多新变因素和新的发展方向，常常在此种文学活动中孕育萌生，显露几微。在建安、正始之后，兰亭雅集实际上与前者共同确立了文人群体性活动的健康模式。其间创作的实际内容与水平也反映了该活动的积极性。兰亭雅集的贡献便在于，实现了群体文学活动和个人摅写的有机融合，既各言其志，又亲和彼此；既有真实性情，又不失人我间的群居切磋。是"诗言志"、"赋诗言志"的自然融合，群体性活动的构成要素与活动意义在兰亭雅集中充分展露。

[①] 徐公持即认为金谷诗"亦启山水诗之端倪，代表了东晋时期的主流诗风"。参见徐公持：《魏晋文学史》，人民文学出版社1999年版，第524页。

总起来看,兰亭雅集在我国古代文学史、诗社形成和发展的历史中都有着非常重要的意义。进一步确立了群体性文学活动的存在价值,在功利性文人群体的影响之下,能有这种超乎功利,出离政治斗争的较为纯粹的文人群体性文学活动,是兰亭文人群体为后世树立的一面镜子,成为后世文人永久企羡的活动典范。绿野堂、西园、月泉、玉山等雅集活动多少都能从兰亭雅集中找到影子。同时,兰亭雅集以其非功利的性质进一步推进了文学群体性活动在文学意义上的发展,使文人群体性活动与政治势力的角逐表现出了分途策驭的可能性,这对诗社活动的启示性很大。

围绕在桓温周围的文人群体

在东晋文人群体中还应充分注意政治——军功性文人群体,这主要是以桓温为核心的文人群体。桓温为一代枭雄,权倾朝野,在偏安苟且的东晋高层官僚群体中是颇具特质的一个。他力主朝廷北还,志在恢复中原故地,平生三次北伐,并一度收复河洛;他大胆废立,其行有逾人臣之处很多。他的周围,也聚集了很多不同于谢安、王羲之等人的大小士族。有预入温幕经历,除谢安外(谢安群体与桓温群体事实上形成了一种政治主张上的对立关系),大抵有郗超、王珣、袁宏、伏滔、顾恺之、习凿齿、刘简、谢尚、罗友、郝隆、王劭(王珣子),车胤,张拓等人。他们拥集于桓温幕属,时常有文学活动,其活动虽不如兰亭之会那般清雅精致,但却多了些随意和豁达,这与桓温的性格做派有很大的关系。①

桓温在当时政治家中别具卓识,对西晋沦亡,偏安一隅的历史状况有自己独到的认识。《世说新语·轻诋》载:"桓公入洛,过淮泗,践北境,与诸僚属登平乘楼,眺属中原,慨然曰:'遂使神州陆沉,百年丘墟,王夷甫诸人,不得不任其责!'"王衍是西晋以来士人风范的榜样,人们似不多究责其清谈误国的作为,甚至不往该处考虑,故袁虎听桓温此语后率而对曰:"运自有废兴,岂必诸人之过?"②将西晋之亡归于"运",便是一种对偏安现实的无奈与认可

---

① 《历代名画记》引《世说新语》说:"桓大司马请长康(按,长康为顾恺之字)与羊欣论书画,竟夕忘倦。"是可见桓温对艺术的爱好程度。其人豪爽直率,善言词,喜文艺,在晋代是一个特出的政治家、军事家。但历来囿于封建史学的偏见,对之多加贬斥,这是不符合实际的。
② 徐震堮:《世说新语校笺》,中华书局1984年版,第447页。

态度。听闻此语,桓温以刘表之事为喻对其进行批评。试想谢安对王羲之"虚谈废务,浮文妨要"意见的反对,便可知桓温这种意见之可贵①。

他颇有治国才具,也很有军事谋略,灭蜀北伐,都是当时清谈之士们不愿为之的事情。他对历史有自己的见解,也大胜时人。《世说新语·品藻》载桓温平蜀后,集参僚置酒于李势殿,在众人前"叙古今盛败由人,存亡系才","其状磊落,一坐叹赏"②事。可见,他确乎不信"国运"之说,也可见他对人才在历史中的作用的重视与强调,其磊落慷慨也使清言文士叹服。另一方面,他又情感丰富,颇有文人气质。他会"攀枝执条,泫然流涕"地道出"木犹如此,人何以堪"③的伤感之语;也会把捉走幼猿,致使其母寸寸肠断的部属废黜④。可以说,桓温的文人气质和政治家、军事家的雄才大略是该集团得以形成的最重要原因和精神力量。

他重视人才,对人才的使用也不拘一格。这或与其"高爽迈出"⑤的性格有关。他拔擢性格古怪而又有才的罗友⑥,即是一例。同时桓温也很善于发现人才,《世说新语·容止》载,有人轻视谢尚,桓温曰:"诸君莫轻道仁祖,企脚北窗下弹琵琶,故自有天际真人想。"⑦他称赞王劭为"凤毛"(《容止》),拔擢车胤(《识鉴》)都是他体察人才的例子。在其文士群体中,王珣、郗超都被认为有"奇才"。《宠礼》哉:"王珣、郗超并有奇才,为大司马(桓温)所眷拔,珣为主簿,超为记室参军"。超多须,珣矮小,"于是荆州为之语曰:'髯参军,矮主簿,能令公喜,能令公怒'"。⑧他认识到殷浩之才,可"仪形百揆","有德有言",但朝

---

① 《世说新语·言语》:"王右军与谢太傅共登冶城,谢悠然远想,有高世之志。王谓谢曰:'夏禹勤王,手足胼胝;文王旰食,日不暇给。今四郊多垒,宜人人自效。而虚谈废务,浮文妨要,恐非当今所宜。'谢答曰:'秦任商鞅,二世而亡,岂清言致患邪?'"徐震堮:《世说新语校笺》,中华书局1984年版,第71页。
② 徐震堮:《世说新语校笺》,中华书局1984年版,第328页。
③ 徐震堮:《世说新语校笺》,中华书局1984年版,第64页。
④ 徐震堮:《世说新语校笺》,中华书局1984年版,第461页。
⑤ 孙绰评桓温语,参见《世说新语·品藻》,徐震堮:《世说新语校笺》,中华书局1984年版,第284页。
⑥ 罗友好食人祀品,择交不避士庶,"不持节俭"而桓温任用之,见《世说新语·任诞》,徐震堮:《世说新语校笺》,中华书局1984年版,第405、407页。
⑦ 徐震堮:《世说新语校笺》,中华书局1984年版,第341页。
⑧ 徐震堮:《世说新语校笺》,中华书局1984年版,第384页。

廷却违才使用①，都是如此。据《文学》载，桓温尝使人窃取王珣白事，王珣便于阁下更作，"无复向一字"，刘注引《续晋阳秋》曰"珣学涉通敏，文高当世"，可见其才②。而袁宏，最早因牛渚夜吟《咏史诗》为谢尚所知（见《晋书·本传》）。这些文人都围聚在桓温周围，使桓温文人群体的文学活动得以展开。

桓温性格中任情真率，有时又略显谐谑促狭的特点使该文人群体也有了生动真切的趣味，这种趣味亦是桓温文人群体的一个明显特征。

桓温与其僚属亦尝有清谈活动，这是时代风气使然，难以完全绝缘。如《世说新语·文学》载，桓温常参与殷浩，庾亮，王导，王濛、王述等的清谈活动，并说自己"时复造心"③，也在清谈中认为儒家之《礼记》"咫尺玄门"④。但他在后来的政治军事活动中，转变了对清谈的态度。《世说新语·排调》载："桓大司马乘雪欲猎，先过王、刘诸人许。真长见其装束单急，问：'老贼欲持此何作？'桓曰：'我若不为此，卿辈亦那得坐谈？'"又本处之刘注引《语林》曰："宣武征还，刘尹数十里迎之，桓都不语，直云：'垂长衣，谈清言，竟是谁功？'刘答曰：'晋德灵长，功岂在尔？'"⑤可见桓温对清谈者不理世事的质疑和反感，刘勰批评玄言诗时指出玄学氛围中人们："嗤笑徇务之志，崇盛亡机之谈。"⑥确是如此，桓温很可能是最早批评玄谈风气的人，范宁反对玄学，实际上稍晚于桓温。

文献上记载的桓温群体的文学活动在清谈的时代背景中是较为特殊的，有着自己鲜明的特点，首先是宽松活泼，不矜雅修饰且饶有趣味。如《世说新语·排调》载："郝隆为桓公南蛮参军。三月三日会，作诗，不能者，罚酒三升。隆初以不能受罚，既饮，揽笔便作一句云：'娵隅跃清池。'桓问：'"娵隅"是何物？'答曰：'蛮名鱼为娵隅。'桓公曰：'作诗何以作蛮语？'隆曰：'千里投公，始得蛮府参军，那得不作蛮语也？'"⑦以看似仓促成句的方式调侃对职位的些许意见，气氛又宽松活泼，又不失言志之心，这可看作是桓温

---

① 徐震堮：《世说新语校笺》，中华书局1984年版，第264页。
② 徐震堮：《世说新语校笺》，中华书局1984年版，第147页。
③ 徐震堮：《世说新语校笺》，中华书局1984年版，第115页。
④ 徐震堮：《世说新语校笺》，中华书局1984年版，第68页。
⑤ 徐震堮：《世说新语校笺》，中华书局1984年版，第428页。
⑥ （梁）刘勰著，范文澜注：《文心雕龙注》，人民文学出版社1958年版，第67页。
⑦ 徐震堮：《世说新语校笺》，中华书局1984年版，第432页。

文士文学活动的一个缩影。又《排调》载："习凿齿、孙兴公（绰）未相识，同在桓公坐。桓语孙：'可与习参军共语。'孙云：'蠢尔蛮荆，敢与大邦为仇！'习云：'薄伐猃狁，至于太原。'"①习凿齿、孙绰用《诗经》中的诗句戏谑对方的祖籍，并没有因为初次相见去过多讲求什么客套礼仪。他们不是"云间陆士龙"，"日下荀鸣鹤"式的壮显自己的声威，而是针锋相对，并不顾及桓温的在场，还引经据典地"挖苦"对方，这倒是"赋诗言志"的新用场。这种轻松且略带竞逐意味的氛围，实有利于交流者积极地去展示他们的才干的。又《世说新语·言语》载："桓征西治江陵城甚丽，会宾僚出江津望之，云：'若能目此城者有赏。'顾长康时为客，在坐，目曰：'遥望层城，丹楼如霞。'桓即赏以二婢。"②可见，桓温对文学和文人文学才能的喜爱与赏识。顾恺之为著名画家，其立地摹景和言语状物的水平据此可见③。当时顾尚为客，不知是否因此而得到桓温的赏识，并被桓温引为大司马参军。唯顾氏后与桓温交谊颇深。《晋书·本传》载顾恺之被桓温引为大司马参军："甚见亲昵。温薨后，恺之拜温墓，赋诗云：'……'或问之曰：'卿凭重桓公乃尔，哭状其可见乎？'答曰：'声如震雷破山，泪如倾河注海。'"④《世说新语·言语》还载有顾恺之拜桓温墓所作诗"山崩溟海竭，鱼鸟将何依"。又载其状哭之态还有"鼻如广漠长风，眼如悬河决溜"。⑤没有深挚的情谊，这种悲哭情状是不可能出现的。

顾恺之在桓温僚属的创作和绘画活动，也应与桓温群体的文学交流有关，其"画绝"、"文绝"⑥的名号即由桓温评定。在其公事余暇，顾恺之与其他文人也会在桓温周围各显其才并各效其能。⑦

---

① 徐震堮：《世说新语校笺》，中华书局1984年版，第434页。
② 徐震堮：《世说新语校笺》，中华书局1984年版，第434页。
③ 《言语》载顾恺之从会稽还，人问山川之美，顾云："千岩竞秀，万壑争流，草木蒙笼其上，若云兴霞蔚。"参见徐震堮：《世说新语校笺》，中华书局1984年版，第81页。亦是其立地状物之才的展示。
④ （唐）房玄龄等撰：《晋书》，中华书局1974年版，第2404页。
⑤ 徐震堮《世说新语校笺》，中华书局1984年版，第83—84页。
⑥ 谢安尝云："顾长康画，有苍生来所无。"《巧艺》，徐震堮《世说新语校笺》386页。"画绝"、"文绝"之说见《世说新语·文学》注引《宋明帝文章志》中桓温语，参见徐震堮：《世说新语校笺》，中华书局1984年版，第148页。
⑦ 顾恺之存世作品也较多，有《雷电赋》、《观涛赋》、《冰赋》、《湘中赋》、《湘川赋》、《筝赋》、《凤赋》等，（均见严辑《全晋文》卷一一五）桓温文人群体中有诗存者，如郗超，谢尚（《晋诗》卷一二），袁宏、习凿齿、王珣、顾恺之等人，（《晋诗》卷一四）文学作品留世不多。

桓温文人群体虽久在戎旅,但还是有许多文学活动。《世说新语·文学》载:"桓宣武命袁彦伯作《北征赋》(据刘注所引《续晋阳秋》,桓温征鲜卑,故袁作此赋)既成,公与时贤共看,咸嗟叹之。时王珣在坐,云:'恨少一句,得"写"字足韵当佳。'袁即于坐揽笔,益云:'感不绝于余心,泝流风而独写!'公谓王曰:'当今不得不以此事推袁。'"①

关于此条资料,刘注引《晋阳秋》事与此小异,其云:"(袁)宏尝与王珣、伏滔,同侍温坐,温令滔续其赋,至'致伤于天下',于此改韵云:'此韵所咏,慨深千载,今于"天下"之后便移韵,于写送之致,如为未尽。'滔乃云:'得益写一句,或当小胜。'桓公语宏:'卿试思益之。'宏应声而益,王、伏称善。"②

我们将两条材料综合来看,《北征赋》由袁宏写成,王珣、伏滔参与品评,并提出了很是精深高妙的见解:认为"天下"句换韵略显急促,所谓"于写送之致,如有未尽"者,盖谓其作为全文终句,在提领全篇、总该文意的收煞功夫上有欠。所谓"写送之致"便是总该文意的功夫,而要求"有尽",便是使人思深虑远,品味不尽的抒情写意效果。这是符合文学作品应具备由小见大,由近及远,既要语意完足,又应具备审美意蕴的艺术要求的。由此可见,桓温群体的文士们对作品的探讨是非常深入的。"写送"与"尽"的相关理论都在《文心雕龙》与《诗品》中得到了理论发挥。③

《文心雕龙·诠赋》云:"序以建言,首引情本;乱以理篇,写送文势。"④又《文心雕龙·附会》云:"若夫绝笔断章,譬乘舟之振楫;会词切理,如引辔以挥鞭。克终底绩,寄深写远。"⑤《诠赋》的范注云:"写送是六朝人常语,意谓充足也。《附会》篇'克终底绩,寄深写远'亦谓一篇之终,当文势充足也。"⑥

詹锳《文心雕龙义证》诠释"写送"时明确指出,桓温僚属所说的"写

---

① 徐震堮:《世说新语校笺》,中华书局1984年版,第145页。
② 徐震堮:《世说新语校笺》,中华书局1984年版,第146页。
③ 关于文意应该不尽,钟嵘《诗品序》释"兴"曰:"文已尽而意有余,兴也。"便也是此意。《文心雕龙·定势》之"辞已尽而势有余"的观点,都与此类同。
④ (梁)刘勰著,范文澜注:《文心雕龙注》,人民文学出版社1958年版,第135页。
⑤ (梁)刘勰著,范文澜注:《文心雕龙注》,人民文学出版社1958年版,第652页。
⑥ (梁)刘勰著,范文澜注:《文心雕龙注》,人民文学出版社1958年版,第141页。

送"为"彦和所本"①。又云"《文镜秘府论·定位》篇有'写送文势'之语，即本《文心》"②。此外，詹锳又引日人户田浩晓《作为校勘资料的文心雕龙敦煌本》云："斯波六郎博士认为'写送'可能有收束之意，如《文镜秘府论》（南）云：'细而雅之，开发端绪，写送文势，则六言七言之功也。泛叙事由，平调声律，四言五言之能也。体物写状，抑扬情理，三言之要也。'所谓六言七言宜于开发答唱及收束，故《晋阳秋》'写送之致，如有未尽'（上文《世说新语》资料）；或许是批评用此韵叙述时有欠收束。又《高僧传》卷十三释昙智'既有高亮之声，雅好转读……高调清澈，写送有余。'这是在转读的段落或结束处引申余韵；又《附会》篇'寄在写送'（笔者按："在"字，梅先生六次本作"深"，上文所引即是）也是说在完篇时，为了发挥文意效果，应该意如何收束……因此我主张……将'写送'译为'收束'。"③其"收束"即我们上文所说的"总该文意"。

"写送"既是这样一个有文学理论内涵的术语，并且对《文心雕龙》及《文镜秘府论》的理论批评都产生了影响，则更可概见桓温文人群体文学活动的理论贡献。而《世说新语·文学》及《晋阳秋》的此条记录也是既该群体最具理论内涵的一次文学活动。

除此之外，袁宏之作《东征赋》所引出的故事，也可加深理解桓温群体之文学活动的一些特点。《晋书·袁宏传》载，袁宏作《东征赋》，赋末列称过江诸名德，而独不载桓彝（桓温父），伏滔尝谏之，宏笑而不答。温知之甚忿，而惮宏一时文宗，不欲令人显问。后游青山饮归，于同载间问之，宏以桓父非己敢专称为答，温再请赋之。"宏即答云：'风鉴散朗，或搜或引；身虽可亡，道不可陨；宣城之节，信义为允也。'温泫然而止。"④桓温因桓彝未被袁宏称述而愤恨，这除了对其父功业未被袁宏认可而心有记恨外，也从侧面反映了他对袁宏及袁宏所作之赋的重视；袁宏有意不先期写成，待桓温问及才率尔而就，便有逞才因素；桓温闻袁宏对其父的简要评语便感伤流涕则可见袁宏之文学水

---

① 詹锳：《文心雕龙义证》，上海古籍出版社1989年版，第285页。
② 詹锳：《文心雕龙义证》，上海古籍出版社1989年版，第285页。
③ 詹锳：《文心雕龙义证》，上海古籍出版社1989年版，第286页。
④ （唐）房玄龄等撰：《晋书》，中华书局1974年版，第2392页。

平。正是因为该群体的核心桓温对文学有着真诚的喜爱，他的幕属们才得以在他的周围以文学为主题展开活动，桓温是该群体的驱策力，是最重要的读者与评论者，文人们则是创作主力，该群体的文学活动就这样轻松简洁地展开了。

作为诗社产生前的文士群体，桓温文士群体与建安文人群体有很多相似之处，都具有浓厚的政治—军功性质。也与建安一样，有着许多具体的文学活动。不同之处在于桓温群体在清谈玄风流行之际而较为具有生活意义，也有品评文艺的活动内容，这就显得很可贵了。同时，因群体核心桓温本身的性格，该群体还具有较为鲜明的趣味性，这种趣味性不同于建安式的雍容大气，也不同于兰亭雅集的雍熙欢畅，而来自于群体核心及核心影响下的文人心态。这说明，到桓温时期，文人群体都已有了自身的性格和精神特点。古代的群体组织很多，但到了元明以后，有性格及精神特点的反而不多了；诗社虽多，但可以单列出的有鲜明特点的也不多了。桓温的文人群体在所具个性和精神方面，后世没有与之相类者。这种政治—军功类型的文人群体后来也存在，但也仅作为文人群体去诗酒应酬，较量诗文技艺，鲜有趣味；且后世诗社组织的民间性、闲适性和相当程度的隐逸性是与桓温群体大不相同的。但桓温群体文学活动的轻松、灵动和成员间探讨文学创作技巧并且交流文学作品的做法也在后世诗社中薪传下来，唯群体性格较桓温等人远不相及。

桓温文人群体中顾恺之对后世的文艺理论影响巨大。虽不能说该理论之形成一定与桓温文人群体的文学活动直接相关，但也不能排除桓温集团一系列文学活动对他的启发和熔炼作用。

顾恺之对后世影响最大的理论观点就是传神写照理论。《晋书·顾恺之传》载："恺之每画人成，或数年不点目睛。人问其故，答曰：'四体妍蚩，本无阙少于妙处，传神写照，正在阿堵中。'"[1] 又顾氏《摹拓妙法》有云："若长短、刚软、深浅、广狭与点睛之节，上下、大小、醲薄，有一毫小失，则神气与之俱变矣。"[2] 则是对其传神说的深入发挥。又据《玉函山房辑佚丛书》第八帙《俗说》云："顾虎头为人画扇，作嵇、阮，面不点眼睛。送还，王问之，顾答

---

[1] （唐）房玄龄等撰：《晋书》，中华书局1974年版，第2405页。《世说新语》的记载与此略异，《世说新语·巧艺》云："顾长康画人，或数年不点目睛。人问其故，顾曰：'四体妍蚩，本无关于妙处，传神写照，正在阿堵中。'"参见徐震堮：《世说新语校笺》，中华书局1984年版，第388页。

[2] （唐）张彦远：《历代名画记·顾恺之》，上海人民美术出版社1964年版，第109页。

曰：'那可点睛，点睛便语。'"① 又据唐张彦远《历代名画记·顾恺之》载，顾为裴楷指画像，裴颊上本无须，顾为之画三毛，且云："裴楷俊朗有识具，此正是其识具，观者详之，定觉神明殊胜。"② 顾恺之若不是平素与裴楷极为熟识和了解，他的这种画法无由说起。而他重视裴楷别具见识善于明断的突出特点（"识具"），深知人物精神内涵对外在形貌和精神的影响，故而可以无中生有地在绘画时予以创造改变，其思路本身就是对传神写照说的贯彻。这应与他在桓温集团中与文士们游处日久，深切领悟了有关识人辨物，把握其精神的能力有关。

关于顾恺之"传神写照说"的实际内涵，潘天寿《听天阁画谈随笔》云："顾长康（恺之）云：'以形写神'，即神从形生，无形，则神无所依托。然有形无神，系死形相，所谓'如尺似塑'者是也，未能成画。顾氏所谓神者，何哉？即吾人生存于宇宙间所具有之生生活力也。'以形写神'，即表达出对象内在生生活力之状态而已。故画家在表达对象时，须先将作者之思想感情，移入于对象中，熟悉其生生活力之所在；并由作者内心之感应与迁想之所得，结合形象与技巧之配置，而臻于妙得。是得也，即捉得整个对象之生生活力也。亦即顾氏所谓'迁想妙得'者是已。顾氏所谓'以形写神'者，即以写形为手段，而达写神之目的也。因写形即写神。然世人每将形神两者，严划沟渠，遂分绘画为写意、写实两路，谓写意派，重神不重形；写实派，重形不重神。互相对立，争论不休，而未知两面一体之理。'以形写神'，系顾氏总结晋代以前人物画形神之相互关系，与传神之总的。即是我国人物画欣赏批评之标准。唐宋以后，并转而为整个绘画衡量之大则。"③

此外，李泽厚、刘纲纪在其《中国美术史·魏晋南北朝卷》对此亦有深入论析。李泽厚、刘纲纪认为："这'神'不仅仅是一般所说的精神、生命，而是一种具有审美意义的人的精神，不同于纯理智或单纯政治伦理意义上的精

---

① 《玉函山房辑佚丛书》第八帙《俗说》，文渊阁《四库全书》本。
② （唐）张彦远：《历代名画记·顾恺之》，上海人民美术出版社1964年版，第98页。《世说新语·巧艺》稍异，其云："顾长康画裴叔则，颊上益三毛。人问其故，顾曰：'裴楷俊朗有识具，正此是其识具。'看画者寻之，定觉益三毛如有神明，殊胜未安时。"参见徐震堮：《世说新语校笺》，中华书局1984年版，第387页。
③ 转引自周积寅编著：《中国画论辑要》，江苏美术出版社1985年版，第188页。

神,而是魏晋所追求的超脱自由的人生境界的某种微妙难言的感情表现。它所强调的是人作为感性存在的独特的'风姿神貌'(《世说新语·容止》),美即存在于这种'风姿神貌'之中。从这点说,东晋人物品藻和顾恺之画论中的'神'的观念,很不同于强调普遍性'理念'的黑格尔美学,而倒是近于重视个体感性的康德美学。它不是要从个体感性存在去找寻某种普遍性的'理念的显现',而是要通过对个体感性存在的直观和感悟去捕捉那些表现了某种人生哲理的东西。而这种人生哲理,同样不是抽象普遍的'理念',而是诉之于情感体验的某种人生境界。"[1] 关于写照,李泽厚、刘纲纪认为:"和'传神'相关,'写照'并不就是画肖像的意思。考古代文献,凡讲到画人的肖像时,都是说'图画其形'(《史记》裴骃集解引刘向《别录》)、'写其形象'(《尚书注疏》)、'法其形貌'(《汉书·苏武传》)、'写载其状'(《鲁灵光殿赋》),或简称'图像'、'画像',又或称'写真'(《历代名画记》);王羲之有《临镜自写真图》,从未见有用'写照'这种说法。所以,就如在绘画理论上'传神'之说始于恺之一样,'写照'之说也是如此。而其来源,必定和常讲'照'的佛学有关。在佛学中,所谓'照'指的是心的一种神妙无方的直觉认知的能力,它是和人的精神分不开的。……'照'既是一种神妙的感知能力,是主体的有'穷幽之鉴'的智慧(佛学所谓'般若')的表现,因而它就和玄学常讲的'神明'联到一起了。所以,'写照'就不是一般所说画像的意思,而是要写出人的神妙的精神、智慧、心灵的活动。正因为这样,'写照'可与'传神'并举,'写照'在本质上也是'传神'。但较之于'传神',它又更为清楚地表明了恺之的'传神',论是以个体的心灵活动的表现为其对象的,并且强调了它的直感的、微妙而难于言说的特征。这正是'传神'论在美学上的重要贡献所在。"[2] 关于顾恺之的美学思想,李泽厚、刘纲纪二先生的论述较为详尽、深刻,可参见《中国美学史·魏晋南北朝编》第十三章"魏晋画论中的美学思想"第三节"顾恺之的生平、思想和著作"、第四节"顾恺之的画论"部分,此不再赘述。[3]

---

[1] 李泽厚、刘纲纪:《中国美学史·魏晋南北朝编》,安徽文艺出版社1999年版,第452页。
[2] 李泽厚、刘纲纪:《中国美学史·魏晋南北朝编》,安徽文艺出版社1999年版,第463页。
[3] 参见郭鹏:《传神写照与写照传神——〈史记〉、〈水浒传〉人物塑造方法比较》,山西大学学报(哲学社会科学版)》1999年第4期。

顾恺之在中国美术史、文艺理论史上的贡献如此之大，固然得力于他本身的绘画实践和文学实践，也与他自觉深入思考有关的理论问题有关，他的这些实践，亦与以桓温为核心的文人群体的存在与活动有着相当程度的关联。

清谈在文人群体活动方面的特点和价值

　　从汉末清议到魏晋清谈，士人们往往以此为事，尤其是西晋，文人们可以说是乐此不疲，沉醉其中。从我们钩索诗社渊源及活动类型的角度出发考虑，清谈作为一种以思想和话语为交流媒介的活动模式，在我国文人群体性活动的历史上是独一无二的。且直到隋灭陈后，清谈风气才告平息，作为一种活动风气来讲，也可以说是浸淫长久，影响深远。同时，其活动性质，也并不仅仅在于人们在清谈中辨析玄理，推敲学问，而在于文人们在清谈活动中，实际上是营造了一种审美活动的氛围，他们在言语往复、推敲玄理的过程中，可以自我展示、自我表现。他们在品藻人物，状摹事物的言语交流中进行艺术素质的训练与演示。清谈这种审美活动的氛围是诗化的，文人沉迷于清谈实际上不只在于玄学道理，还在于他们可以在往复清谈的过程中，满足多方面、综合的审美需求。这与诗社活动中人们体验到诗化美感和参评作品时获得的审美感受一样，都具有审美表现及审美愿望实现的含义。因此，我们在梳理诗社产生之渊源时，当从清谈活动中寻绎与诗社活动相似的诸多因素做简要分析，以明其理。

　　曹魏及西晋时期，我们论述过的正始名士、竹林名士都是清谈的主要参与者，至东晋，名士如王导、庾亮、谢安、刘惔、殷浩等都颇好清言。《世说新语·文学》载："殷中军（殷浩）为庾公（庾亮）长史，下都，王丞相为之集。桓公（桓温）、王长史（王濛）、王兰田（王述）、谢镇西（谢尚）并在，丞相自起解帐带麈尾，语殷曰：'身今日与君共清谈析理。'既起清言，遂达三更。丞相与殷共相往返，其余诸贤略无所关，既彼我相尽，丞相乃叹曰：'向来语，乃竟未知理源所归。至于辞喻不相负，正始之音，正当尔耳。'"① 他们追慕正始文人恣意清言的传统，舒展情怀于其中，且以各自地位之尊，履身于此，正可反映出彼时文士以此为事的行为选择。

---

① 徐震堮：《世说新语校笺》，中华书局1984年版，第115页。

在清谈中，人们往往选一个论题再互相辩难，《世说新语·文学》云："支道林、许（询）、谢（安）盛德，共集王（濛）家，谢顾谓诸人：'今日可谓彦会，时既不可留，此集亦固亦难常，当共言咏，以写其怀。'许便问主人有《庄子》不？正得《渔父》一篇。谢看题，便各使四座通。支道林先通，作七百许语，叙致精丽，才藻奇拔，众咸称善。于是四座各言怀毕。谢问曰：'卿等尽不？'皆曰：'今日之言，少不自竭！'谢后粗难，因自叙其意，作万余言，才峰秀逸，既自难干，加意气拟托，萧然自得，四坐莫不厌心。支谓谢曰：'君一往奔诣，故复自佳耳。'"①这一段文字较为具体地描绘出当时名士间清谈的具体情境。清谈开始有论题的选择，继而有对选题的阐述，参与者都可表述意见以"言怀"，最后由精于玄理者进行总括，使得"四坐莫不厌心"。整个过程意趣横生，参与者既能展示才华，还可使大家都"厌心"其中，怎能不使文士们醉心其中呢？至有沉浸其中，数忘其餐者②，还有因清谈伤身者③。

清谈活动的主题，《世说新语·文学》载："王丞相（导）过江左，止道《声无哀乐》、《养生》、《言尽意》三理而已，然宛转关生，无所不入。"④清谈作为一种综合性的学术审美活动，其学术性可根据王僧虔之《诫子书》来理解。《南齐书·王僧虔传》载其《诫子书》云：

> 曼倩有云："谈何容易。"见诸玄，志为之逸，肠为之抽，专一书，转诵数十家注，自少至老，手不释卷，尚未敢轻言。汝开《老子》卷头五尺许，未知辅嗣何所道，平叔何所说，马、郑何所异，《指例》何所明，而便盛于麈尾，自呼谈士，此最险事。设令袁令命汝言《易》，谢中书挑汝言《庄》，张吴兴叩汝言《老》，端可复言未尝看邪？谈故如射，前人得破，后人应解，不解即输赌矣。且论注百氏，荆州《八袟》，又《才性四

---

① 徐震堮：《世说新语校笺》，中华书局1984年版，第115页。
② 《世说新语·文学》孙绰与殷浩清谈事，参见徐震堮：《世说新语校笺》，中华书局1984年版，第119页。
③ 卫玠事，《世说新语·文学》，徐震堮：《世说新语校笺》，中华书局1984年版，第113页。
④ 徐震堮：《世说新语校笺》，中华书局1984年版，第114页。此系对专门论题的深入探讨，可知寻幽探赜、辨析哲理为其清谈活动的基本主题，这是具有相当理论性的。这种理论性的交流活动对诗社活动中诗学问题的探讨当有很大影响。

本》、《声无哀乐》，皆言家口实，如客至之有设也。汝皆未经拂耳瞥目，岂有庖厨不修，而欲延大宾者哉？就如张衡思侔造化，郭象言类悬河，不自劳苦，何由至此？汝曾未窥其题目，未辨其指归，六十四卦，未知何名；《庄子》众篇，何者内外；《八帙》所载，凡有几家；《四本》之称，以何为长，而终日欺人，人亦不受汝欺也。①

可见，清谈活动，是要有相当深厚的学问根底的，这是文人得预其中，并展开活动的前提要件之一。广博的学养积累和精深的理解体会是从事于清谈的人必须具有的素质。但应该指出，清谈活动中，有一定的学问根底和思辨能力固然重要，但清谈也不纯是学术性活动，它往往也强调参与者对言语措辞的直接感受，所重也不全在玄理。另外，清谈作为当时的一种文化现象，其实际含义不只包含了数人围坐谈论共同话题或就某一论题的往复辩难，当然，这是清谈活动的主体；还应包括参与者的相关言谈、举止、神态及有关的评点、议论等综合表现，甚至也包括对活动时的具体气氛及参加者的实际感受的重视等。我们应该将清谈作为一种综合性的具有审美活动内涵的文化现象来进行观照，来把握其对后世诗社所产生的影响。

《世说新语·赏誉》载："太傅东海王镇许昌，以王安期为记室参军，雅相知重，敕世子毗曰：'夫学之所益者浅，体之所安者深。闲习礼度，不如式瞻仪形；讽味遗言，不如亲承音旨。王参军人伦之表，汝其师之。'"②可见，人物的"仪形"、"音旨"等感性呈现在当时到文人交流活动中是非常重要的，因为它比"闲习礼度"和"讽味遗言"那样的钻研修习来得具体直观，也更易动人，更具审美意义。又《世说新语·文学》载："支道林、许掾诸人共在会稽王斋头。支为法师，许为都讲，支通一义，四坐莫不厌心；许送一难，众人莫不抃舞。但共嗟咏二家之美，不辩其理之所在。"③对此王瑶说："足见除玄理的内容外，清谈更注重于言辞声调的美妙，而这已成了名士生活间不可或缺

---

① （梁）萧子显撰：《南齐书》，中华书局1972年版，第598—599页。
② 徐震堮：《世说新语校笺》，中华书局1984年版，第241—242页。
③ 徐震堮：《世说新语校笺》，中华书局1984年版，第123—124页。

的一部分。"① 就此次清谈来看，诸人甚至"但共嗟咏二家之美，不辩其理之所在"。因为足厌其心，故而沉醉于对清言过程的审美关注，而已不在意什么观点和理论了。所以，在清谈活动中，有时审美的内容要重于玄思辩理的内容。

《世说新语·赏誉》载："许掾（许询）尝诣（晋）简文，尔夜风恬月朗，乃共作曲室中语。襟情之咏，偏是许之所长。辞寄清婉，有逾平日。简文虽契素，此遇尤相咨嗟，不觉造膝，共叉手语，达于将旦。既而曰：'玄度才情，故未易多有许。'"② 以"襟情之咏"为夜谈中心，加之"风恬月朗"，相谈莫逆，诚为诗化氛围，诗美世界。清谈所论或为玄学主题，但玄学旨意是一方面，而谈话本身的审美内涵则更为时人所广泛关注。所以说，玄谈与其说是谈论玄学，不如说是感受在彼此谈论中的仪态美，语言美和清谈过程的情景、氛围之美。清谈是交流玄理，更是审美活动——是一种诗化的审美活动。涉及对人物神态、举止、音声与谈话内容的综合性的审美体会。而谢尚因听袁宏咏诵其《咏史诗》而"叹美不能已"，并"大相赏得"，其实也是被袁宏牛渚夜吟的情境氛围所感染。③

此外《晋书·陆云传》载："云与荀隐素未相识，尝会华坐，华曰：'今日相遇，可勿为常谈，'云因抗手曰：'云间陆士龙'。隐曰：'日下荀鸣鹤'。鸣鹤，隐字也。云又曰：'既开青云睹白雉，何不张尔弓，挟尔矢？'隐曰：'本谓是云龙骙骙，乃是山鹿野麋，兽微弩强，是以发迟。'华抚手大笑。"④《世说新语·排调》注引《荀氏家传》："隐与陆云在张华坐语，相互反复，陆连受屈，隐辞旨美丽，张公称善。"⑤ 这种不落"常谈"的语言游戏，蕴含着风趣与机智。在彼此的交流中往复使用谐音双关比拟等修辞方法展现出话语交争游戏中的趣味。从某种方面讲，这也是一种游戏性的审美活动。

除谈及玄理之外，文人在清谈活动中也常常谈及一些文学作品，涉及了对一些文学批评的问题。如《世说新语·文学》载：谢安与子弟论《毛诗》，

---

① 王瑶：《中古文学史论》，北京大学出版社1998年版，第38页。
② 徐震堮：《世说新语校笺》，中华书局1984年版，第268页。
③ 徐震堮：《世说新语校笺》，中华书局1984年版，第144页。
④ （唐）房玄龄等撰：《晋书》，中华书局1974年版，第1482页。
⑤ 徐震堮：《世说新语校笺》，中华书局1984年版，第424—425页。

问何句最佳。谢玄认为《小雅·采薇》的"昔我往矣，杨柳依依；今我来思，雨雪霏霏"最好。谢安则认为《大雅·抑》的"讦谟定命，远猷辰告"句最好①。他们在交流中各抒己见，表达自己的看法，这是宽松自由的文学批评观点的交流。《世说新语·文学》载，王恭行散至其四弟王爽处，问王爽古诗何句最佳，爽未及答，王恭云："'所遇无故物，焉得不速老'（《古诗十九首·回车驾言迈》句）此句为佳。"②也是评论诗歌作品。文士们对古代文学作品都很熟悉，这是他们得以开展这种交流的基础。他们还时常论及与他们同时代文人的文学作品，《世说新语·文学》载，孙子荆（孙楚）除妇服，作诗以示王武子（王济），王济读后说："未知文生于情，情生于文，临文凄然，增伉俪之重。"③文情宛转关生，真情浸泡于字里行间，使读者在"临文凄然"之余，深切体会到孙楚夫妇的伉俪深情。这是对孙文很高的评价，评价本身，也具很高的理论水平。刘勰"吟咏情性"和"为情造文"的要求与此实质上是相同的。④

《世说新语·文学》又载阮孚评郭璞的《幽思赋》中"林无静树，川无停流"句是"泓峥萧瑟，实不可言，每读此文，辄觉神超形越"，⑤便也是就文学作品本身的艺术特点，做出欣赏者立场上的直观的言语描述，"神超形越"云者，便是文学作品在读者接受时对其心理产生的艺术效果，"神超形越"也在"形"、"神"统一的角度，对审美感受予以阐释，从"形"、"神"二者的关系看，在讲到"神超"的同时，也有"形越"与之相随。"形"、"神"二者在审美活动中又统一在了一起。也就是说，在给欣赏者释放想象空间的同时，也给他们带来了近乎"手之舞之"、"足之蹈之"的快慰，是一种身心感受兼具的美学况味。

《世说新语·文学》载，孙绰作《庾公诔》，袁乔云："见此张缓"，"于时

---

① 徐震堮：《世说新语校笺》，中华书局1984年版，第128页。
② 徐震堮：《世说新语校笺》，中华书局1984年版，第149页。
③ 徐震堮：《世说新语校笺》，中华书局1984年版，第138页。
④ 《情采》云"盖风雅之兴，志思蓄愤，而吟咏情性，以讽其上，此为情而造文也"，又云"为情者要约而写真"，都指出"情"、"文"之间"情"为主导的内在关系。《知音》中所谓"观文者披文以入情"也指出领会"情"时是须"披文"而入于文学作品的内在意蕴来加深审美关注的，其结果，便是所谓"情生于文"、"文生于情"的感受。
⑤ 徐震堮：《世说新语校笺》，中华书局1984年版，第140页。

以为明赏"。①"张缓"即为兴亡之感，读伤逝性质的诔文而兴亡之感随生，也是直道欣赏者阅读时的心理感受。"于时以为明赏"云者，可知当时普遍性的对文人文学批评能力进行评价的风气。从读者的阅读经验出发，在一时"明赏"的影响下，形成趋于一致的见解，是文学接受中的普遍现象。《世说新语·文学》载孙绰评《三都赋》与《二京赋》为"五经鼓吹"②，则是从赋体文学的性质和两篇京都赋的水平角度来评论赋的文体功能，这与班固对赋"润色鸿业"职能的肯定相似，但班固之观点在承认赋具有颂美现实的职能外，没有"五经鼓吹"这种对赋体文学的职能界定来的深远。孙绰所评，不只着眼于京都赋对现实政治的称颂，还有了纵深层面的对经典传统的维护与推助作用，这种观点还是较为深刻的，但与谢安评庾阐《扬都赋》的"屋下架屋"的结论很不相同。《世说新语·文学》载，庾阐作《扬都赋》，（庾）亮以亲族之怀，大为其名价，亦有纸贵之事。谢安则云："此是屋下架屋耳，事事拟学，而不免俭狭。"③谢安不受时誉影响，以为庾阐所作之《扬都赋》是"事事拟学"，没有创建，是"屋下架屋"的"俭狭"行为，对庾亮的张扬推毂也不以为然。谢安的观点是尊重文学独创性基础上得出的，他能不受主流批评意见的影响，指出模拟写作之弊，反映了他文学观念的一个重要方面，也从侧面反映了当时文学创作与批评接受中存在的一些问题。

《世说新语·文学》还载孙绰曾评价潘岳、陆机云："潘文烂若披锦，无处不善；陆文若排沙简金，往往见宝。"④便为对文学家总体文学作品的评价了。运用也是形象喻示表述阅读体验的方法，这与当时人物品评善于形象摹状有关。《世说新语·文学》还载，孙绰作《天台山赋》成，范启对人说："卿试掷地，要作金石声。"⑤桓温见谢安作晋简文帝谥议，看竟，掷与坐上诸客曰"此是安石碎金"，便都是具体的文学作品评价了。所运用的也都是形象喻示的方法，该方法当在后世诗社中广为运用。

---

① 徐震堮：《世说新语校笺》，中华书局1984年版，第140页。
② 徐震堮：《世说新语校笺》，中华书局1984年版，第142页。
③ 徐震堮：《世说新语校笺》，中华书局1984年版，第141页。
④ 徐震堮：《世说新语校笺》，中华书局1984年版，第143页。
⑤ 徐震堮：《世说新语校笺》，中华书局1984年版，第144页。

我们从文学批评史的角度上看，这时期在清谈活动中已经广泛地运用了形象喻示的方法进行文学作品的评价了，这是非常应该关注的文学批评史事项。这时的文人不仅在涉及文学的具体评价上是如此，在清谈中他们也十分重视对人物本身的审美性评价（而不仅是道德、才艺方面）。

如《世说新语·赏誉》载，钟会云："裴楷清通，王戎简要。"①裴楷评夏侯玄"肃肃如入廊庙，不修敬而人自敬"②。又评钟会曰"如观武库，但睹矛戟"，评傅嘏"汪廧靡所不有"，评山涛"如登山临下，幽然深远"③。

又《世说新语·赏誉》载王戎评山涛是："如璞玉浑金，人皆钦其宝，莫知名其器。"④《赏誉》载庾凯评和峤："森森如千丈松，虽磊砢有节目，施之大厦，有栋梁之用。"⑤《赏誉》载，王戎评王衍："神姿高彻，如瑶林琼树，自然是风尘外物。"再有，《赏誉》载，蔡洪评吴地旧姓士族诸人："（吴德是）圣王之老成，明时之俊乂"；朱诞是"理物之至德，清选之高望"；严隐是"九皋之鸣鹤，空谷之白驹"；顾荣是"八音之琴瑟，五色之龙章"；张畅是"岁寒之茂松，幽夜之逸光"；二陆是"鸿鹄之裴回，悬鼓之待槌"。⑥基本上也是形象喻示式的批评，关注的是文人们综合性的审美接受表现。《世说新语·容止》载："嵇康身长七尺八寸，风姿特秀，见者叹曰：'萧萧肃肃，爽朗清举。'或云：'肃肃如松下风，高而徐引'；山涛曰：'嵇叔夜之为人也，岩岩若孤松之独立；其醉也，傀俄若玉山之将崩。'"⑦《容止》：谢玄评谢安"但恭坐捻鼻顾睐，便自有寝处山泽间仪"。⑧也是如此。此外，《容止》载，王蒙积雪时从门外入内，王洽叹曰："此不复似世中人。"⑨《世说新语·企羡》所载，孟昶见微雪日王恭乘高舆，被鹤裘氅衣，叹曰："此真神仙中人！"及《品藻》载孙绰评诸人：刘惔"清蔚简令"；王蒙"温润恬和"；桓温"高爽迈出"；谢尚"清易令达"；阮

---

① 徐震堮：《世说新语校笺》，中华书局1984年版，第229页。
② 徐震堮：《世说新语校笺》，中华书局1984年版，第230页。
③ 徐震堮：《世说新语校笺》，中华书局1984年版，第230页。
④ 徐震堮：《世说新语校笺》，中华书局1984年版，第231页。
⑤ 徐震堮：《世说新语校笺》，中华书局1984年版，第233页。
⑥ 徐震堮：《世说新语校笺》，中华书局1984年版，第236页。
⑦ 徐震堮：《世说新语校笺》，中华书局1984年版，第335页。
⑧ 徐震堮：《世说新语校笺》，中华书局1984年版，第342页。
⑨ 徐震堮：《世说新语校笺》，中华书局1984年版，第341页。

裕"弘润通长"①，都不是专注于人物的政治才能和道德评价的审美性评价。是将人物置于诗的情景中，将人物的仪容神情与诗歌化的情景结合并运用诗性（形象喻示性）的语言加以审美表现，从而凸显人物的审美优长。故而人物品评的发展，对审美对象的扩大和人们审美能力的提高，甚至对意境——这一最具民族性的美学观念的形成，以及诗性和审美性批评的发展都很有裨益。

当时文士们也非常重视自身的审美能力，有时甚至将其置于政治才能之上。《世说新语·品藻》载：晋明帝问谢鲲何如庾亮，谢鲲答曰："端委庙堂，使百僚准则，臣不如亮；一丘一壑，自谓过之。"②便认为能欣赏山川之美，不亚于政治才干。《品藻》又载：晋明帝问周顗与庾亮相比如何，周顗云："萧条方外，亮不如臣；从容廊庙，臣不如亮。"③周顗直以自己具有"萧条方外"的诗化生活心态与庾亮的政治才干相抗，亦反映出时人重超脱散逸的普遍心理。这种重视有时直接表现在对文学创作才能的强调方面。《品藻》载：支道林问孙绰"君何如许掾（许询）"孙绰曰："高情远致，弟子蚤已服膺；一吟一咏，许将北面。"④这实际上是认为吟咏诗歌的才能要高于"萧条方外"的心理修养。可见，当时文人们（该部分所说的"文人"主要指士族文人）认为具备诗学素养，可以摅写自己萧散简远的超拔情感是最为理想的，其次是有洒脱旷达，不黏着世务，最后才是奔忙于朝堂官场。这反映了他们对主体诗学素养与诗化心态的重视。可以说，此时文人生活，在清谈时或学诗作诗时，都沉浸在一种浓郁的诗化氛围中，既以诗化的视野观瞻世事，又要求融入自己的内心。其疏离世事弊端之明显根本不用赘言，但从文人群体性的角度看，这种过甚的诗化氛围对于催生诗社还是有助推作用的⑤。

从另外一个方面看，清谈活动也是文学才能的训练和实践活动，如《世

---

① 徐震堮：《世说新语校笺》，中华书局1984年版，第284页。
② 徐震堮：《世说新语校笺》，中华书局1984年版，第280页。
③ 徐震堮：《世说新语校笺》，中华书局1984年版，第281页。
④ 徐震堮：《世说新语校笺》，中华书局1984年版，第290页。
⑤ 《品藻》载，刘惔与王蒙清谈，后王蒙评刘惔是"韶音辞令"不如自己，但"破的"胜过自己。可见"韶音辞令"的音声运用与讲谈中的文采在清谈中与思辨能力是同等重要的。至于诗学，钟嵘《诗品序》谓其时之贵族子弟"才能胜衣，甫就小学，必甘心而驰骛焉"，并说他们"终朝点缀，分夜呻吟"，并说"王公缙绅之士，每博论之余，何尝不以诗为口实"云云即是这种普遍钻研风气的反映，没有诗学钻研的自觉意识，诗社的形成也是缺乏一些必要条件的。

说新语·排调》载,桓玄与殷仲堪语次(即依次接对语句,是一种语言游戏),开始说了"了语",顾恺之曰:"火烧平原无遗燎。"桓曰:"白布缠棺竖旒旐(即招魂幡)。"殷曰:"投鱼深渊放飞鸟。"次复作危语,桓曰:"矛头淅米剑头炊。"殷曰:"百岁老翁攀枯枝。"顾曰:"井上辘轳卧婴儿。"殷有一参军在座,曰:"盲人骑瞎马,夜半临深池。"殷曰:"咄咄逼人!"[①]这种谈话交流,旨在摹状某种特定情境,使其既能表明语意,又可以使人深切感知,实是一种诗思的模拟与文学语言才能的训练,这对于我国古代文学创作的情境再现和相关构思以及语言表述的精炼准确等创作要素来讲,都是很有意义的。我国古代文学本身就重视文学技能的训练,也一直很关注作家文学才能的养成,很多赠答类作品的同题共作,本身既有相互切磋、竞争的意义。从《世说新语·排调》的此条材料可见,在东晋时期,文人们已经在利用一种游戏的方式进行这种训练了,后世诗社中的接对、酒令等宴间游戏也多带有这种训练性质,把这种训练仅仅当作文字游戏看待,就会忽略了其对作家文学构思才能、用典才能和驾驭语言才能的训练意义。同时,这条材料也能表明,在清谈活动中,时时进行一种带有竞赛性质的文学训练,其训练的游戏性、娱乐性色彩与其训练性内涵同在,是后世群体性文学活动,包括诗社所普遍具有的。如《品藻》载:时人道阮思旷(阮裕)是"骨气不及右军(王羲之),简秀不如真长(刘惔),韶润不如仲祖(王蒙),思致不如渊源(殷浩),而兼有诸人之美"。[②]这种评价,从方式上讲是比较与综合,以比较得出评价对象存在某些方面不如,但总体上又以"兼有诸人之美"抵消了其他单项的不足,其方法提示人们看待问题不能支离,而应全面。这种以比较而综合的批评思路对后世的诗学批评很有影响,在宋代以后极为普遍,实际上是我国古代文学批评理论的一种民族化的成果,蕴含着批评的智慧。

总之,作为持续时间最长,参与人数众多的时代性、风会性的文人群体性活动,清谈中的玄理辨析行为和洋溢其间的诗学色彩共同构建出了具有审美意义的活动情境,连同活动中突出的训练性、娱乐性因素一起对后世的群体性文

---

① 徐震堮:《世说新语校笺》,中华书局1984年版,第440页。
② 徐震堮:《世说新语校笺》,中华书局1984年版,第283页。

学活动产生了巨大影响,对诗社类型的文人活动也具有极强的启示意义。清谈所蕴含的综合审美要素和运用到的相关批评方法以及注重诗性氛围和个体才能表现等特征,使其具有了特殊的文学史意义。清谈活动在后人心目中实际上成为一种象征符号和影响因子,对后世群体性的文人活动,包括诗社活动都具有深远的实践启示意义。我们在分析促使诗社成形的诸多脉络链条中,清谈活动实际上是绝对不可忽略的重要环节。

五、关于白莲社本事及陶渊明年谱中相关问题的考述

东晋高僧慧远的白莲社在中国文学史上的影响至为深远,往往为后代文人所提及。加之其与陶渊明的关系,就更成为后世文人雅士进行文学创作和文学活动的口实。然就实考之,却发现所谓白莲社本身并不存在,而是随净土宗和白莲教以及诗社的关系而为后人所追加命名。但其作为一种文人社团的象征,在"层累地"生成文学传统,尤其是文人结社的传统过程中起到了后世任何诗社或僧社都无法起到的巨大作用。兹就白莲社之本末缘起和其他相关陶渊明年谱的问题做简要考述。

白莲社(或曰"莲社")的成立似是学术史,尤其是陶渊明研究史中人们普遍认可的。清丁晏《陶靖节年谱》、清陶澍《陶靖节年谱考异》、清杨希闵《晋陶征士年谱》及梁启超之《陶渊明年谱》等都认可慧远结白莲社一事,在各家年谱的义熙十年(414)条中都提及此事。陶澍《年谱考异》还引元人李公焕《笺注陶渊明集》的说法讲到慧远欲延渊明入社,为陶所据的说法并予以充实。可见,"陶令白莲社"的掌故(元马致远《双调·夜行船·秋思》句)已经深入人心,人们相沿习用,并不在意其本真出处。同时,多数研究者都将《高僧传·慧远传》所载慧远、刘遗民、雷次宗、周续之、宗炳等在东林寺立约定为白莲社成立的标志,今检看梁释慧皎所著《高僧传·慧远传》,其中提到:

> 彭城刘遗民、豫章雷次宗、雁门周续之、南阳宗炳、张莱民、张季硕等并弃世遗荣,依远游止。远乃于精舍无量寿像前,建斋立誓,共朝西方。乃令刘遗民著其文曰:"惟岁在摄提格,七月戊辰朔,二十八日乙

未。"法师释慧远,贞感幽奥,宿怀特发,乃延命同志息心贞信之士,百有二十三人,集于庐山之阴,般若台精舍阿弥陀像前,率以香华,荐而誓焉:"惟斯一会之众。夫缘化之理既明,则三世之传显矣;迁感之数既符,则善恶之报必矣。推交臂之潜沦,悟无常之期切,审三报之相催,知险趣之难拔。此其同志诸贤,所以夕惕宵勤,仰思攸济者也……"①

并未提及建立白莲社或莲社,只是说一百二十三名"息心贞信"的僧俗决心"夕惕宵勤"地修行,以求超脱俗尘,往生极乐。类似记述还有齐梁之际高僧释僧祐的《出三藏记集·慧远传》,也未提及成立白莲社事。各家陶谱根据这些资料便得出义熙十年慧远结白莲社,似显武断。

或与白莲社印象有关的文献还有萧统的《陶渊明传》,其中有云:"时周续之入庐山事释慧远,彭城刘遗民亦遁迹匡山,渊明又不应征命,为之'浔阳三隐'。"②这与早于此的沈约《宋书·周续之传》记载相同,但同样只是提到周、刘、陶三人有隐士之名,未及白莲社的说法。至于后来的初唐修成的《南史》和《晋书》的陶传中亦未有只字提及白莲社。对于这一问题,汤用彤《汉魏两晋南北朝佛教史》第十二章曾有详细考述,并认为:"今日世俗相传,谓远公与十八高贤立白莲社,入社者百二十三人,外有不入社者三人。此类传说,各书记载互有不同,且亦不知始于何时,然要在中唐以后(此前似无言及者)。通常所据之书相传为《十八高贤传》,陈舜俞《庐山记》载其文。据陈氏曰:'东林寺旧有《十八贤传》,不知何人所作,文字浅近,以事验诸前史,往往乖谬,读者陋之。……予既作《山记》,乃因旧本,参质晋宋史及《高僧传》,粗加刊正。'宋志磐《佛祖统记》二十六亦载《十八贤传》,且于末附注曰:'《十八贤传》始不著作者名,疑自昔出于庐山耳。熙宁间嘉禾贤良陈令举舜俞粗加刊正。大观初沙门怀悟以事迹疏略,复为详补。今历考《庐山集》、《高僧传》及晋宋史,依怀悟本再为补治,一事不遗,自兹可为定本矣。'据此,

---

① (梁)释慧皎著,汤用彤校注:《高僧传》,中华书局1992年版,第214页。
② (清)严可均辑:《全上古三代秦汉三国六朝文》之《全梁文》卷二〇,中华书局1958年影印本,第3068页。

《十八高贤传》乃妄人杂取旧史,采摭无稽传说而成。"①可见,汤用彤对已经经过陈舜俞和怀悟"刊正"、"详补"过的《十八高贤传》仍持质疑态度。姑不论《庐山记》和《佛祖统记》中从晋宋史和《高僧传》中采摭了多少,至于白莲社本身的有无,既然原始资料(晋宋史及《高僧传》)不载,则不可据信则是无疑的。

关于白莲社得名的由来,汤用彤认为刘遗民誓文中"藉芙蓉于中流,阴琼柯以咏言"句中言及荷,"或为后世莲社说之所本"。②

在中国佛教史上,慧远是阿弥陀净土崇拜的早期大力倡导者,他在庐山东林寺为僧俗广为传法,使净土信仰流波深广。他会和包括刘遗民、周续之、宗炳等一百二十三人成立僧俗群体,是以阿弥陀净土信仰为宗旨的佛学组织,虽然当时并无白莲社的名号,但却产生了很大的影响和辐射力。③

一般认为,我国流行逾一千年的白莲教即与慧远有关。④马西沙、韩秉方指出:"南北朝时代对弥陀净土思想传播最有力者,当推东晋名僧慧远。弥陀净土宗,后世成为莲宗,慧远则被视为莲宗初祖。"⑤慧远本人与当时包括桓伊、王凝之、何无忌、殷仲勘、桓玄甚至刘裕等达官显贵的交往频繁,加之著名隐士的推毂,当时影响便很大。庐山净土信仰便很快发展起来,以后又经昙鸾、道绰、善导等人的大力倡导,净土宗在唐代终于形成。南宋志磐《佛祖统记》卷二十六有《莲宗七祖》,为慧远、善导、承远、法照、少康、延寿、省常。除慧远外都是唐宋人,省常还组建了融合僧人和文士的佛学—文学组织"白莲社",而南宋绍兴三年(1133)吴郡沙门茅子元创白莲宗,白莲教正式形成。马西沙、韩秉方还认为,谢灵运在东林寺种植白莲,希望加入慧远群体是"莲

---

① 汤用彤:《汉魏两晋南北朝佛教史》,北京大学出版社1997年版,第258页。
② 汤用彤:《汉魏两晋南北朝佛教史》,北京大学出版社1997年版,第259页。
③ 据《高僧传》,慧远的弟子有惠持、昙顺、昙诜、僧济、法安、昙邕、道祖、慧要、僧翼等人,《庐山记》、《佛祖统记》的《十八贤传》的十八贤是:慧远、雷次中、周续之、宗炳、张野、张诠、慧永、道生、惠持、佛陀耶舍、佛陀跋陀罗、慧睿、昙顺、昙恒、道昺、道敬、昙诜、刘遗民。可见,慧远群体本身即组成了一个名僧、名人众多的佛学群体,其影响力很大,据《高僧传·慧远传》,慧远"善属文章,辞气清雅,席上谈吐,精义简要。加以容仪端整,风彩洒落",故其既终,人们"图像于寺,遐迩式瞻","门徒号痛,若丧考妣,道俗奔赴,毂继肩随",可见慧远的影响力。
④ 参见马西沙:《中国民间宗教史》,上海人民出版社1992年版。
⑤ 马西沙:《中国民间宗教史》,上海人民出版社1992年版,第109—110页。

宗名称的由来"。① 又北宋赞宁《结社法集文》认为慧远与高士逸人于东林寺结莲社，说"社"之名始于此，便已将慧远群体称为"社"了。② 实际上，僧俗群体称"社"，未必与慧远有关，南齐竟陵王萧子良募僧俗成净住社、梁僧祐立法会社当是较早的"社"。后人由此及彼，将本身并无名号的白莲宗与"社"合而为一，叫成白莲社，并追附到慧远群体的名目上去。可见，莲宗、白莲教、白莲社与慧远的渊源。故此，我们庶可认为，该僧俗群体因净土宗本身的发展和预入其中的诸多名人的影响力，加之齐梁及唐代成立的有关诗社、僧社的号召力，便被后人冠以白莲社或莲社之名；加之白莲教影响的扩大，及其与净土宗的渊源关系，白莲社的影响浸淫深广，也就成为当然而然的事情了。

此外，关于刘遗民立誓的时间，还有认定上的分歧，亦可商榷。丁宴《陶靖节年谱》、陶澍《陶靖节年谱考异》、杨希闵《晋陶征士年谱》及梁启超之《陶渊明年谱》等据誓文中"惟岁在摄提格"句定为是东晋安帝义熙十年（414），而汤用彤校注的梁慧皎《高僧传》、任继愈《中国佛教史》第二卷及袁行霈《陶渊明年谱汇考》、杨勇《陶渊明年谱汇订》则定为东晋安帝初的元兴元年（402），虽则都是寅年，但差距却很大。到底誓文作于何年，是否立誓之年便是僧俗群体成立之年，实是了解该群体时绕不开的问题。

根据《高僧传》、《庐山记》卷三和《佛祖统记》卷二十六之《慧远传》。慧远于太元六年（381）驻留庐山。太元十一年（386），时任江州刺史的桓尹为其建造东林寺，其业始大。故慧远以其阿弥陀净土信仰为宗旨的群体性宗教活动应随即展开，这时的成员，应该主要是东林寺僧，后来影响逐渐扩大，吸引了包括刘遗民、周续之、宗炳等在内的一些俗家的参与，至有一百二十三人之多，故于阿弥陀佛像前（《高僧传》载刘遗民誓文前提到慧远在无量寿佛像前设斋立誓，命刘遗民撰文，无量寿佛即阿弥陀佛）郑重立誓，成立以净土信仰为宗旨的僧俗群体。《宋书·宗炳传》谓刘裕诛刘毅后曾辟宗炳为主簿，宗

---

① 马西沙：《中国民间宗教史》上海人民出版社 1992 年版，第 112 页。另，《高僧传·道祖传》中提到慧远弟子慧要因山中无刻漏而于泉水中立十二页芙蓉，因波流转，以定十二时。是否可以推测，慧远群体因此计时的芙蓉而"昏晓不绝"（《出三藏记集·慧远传》语，中华书局 1995 年版，第 566 页）地修行，人们亦会将"莲"的名附会上去，总之，慧远群体从开始便与莲花结缘，对后世影响既大之后，人们便从印象出发，追加命名。

② 《大正藏》第四十七册，日本大正一切经刊行会，1934 年，第 177 页。

炳不应命，"……问其故，答曰：'栖丘饮谷，三十余年'。高祖善其对。妙善琴书，精于言理，每游山水，往辄忘归。征西长史王敬弘每从之，未尝不弥日也。乃下入庐山，就慧远考寻文义。兄臧为南平太守，逼与俱还。乃于江陵三湖立宅，闲居无事。高祖召为太尉参军，不就。二兄蚤卒，孤累甚多，家贫无以相赡，颇营稼穑"。① 刘毅死于义熙八年（412），故宗炳入庐山依慧远则在此年之后，然在入庐山前自答"栖丘饮谷，三十余年"，《宋书》本传载炳年六十九卒于元嘉二十年（443），则其生于公元374年，"三十余年"云者，是从自己的年龄说起，谓自己无意仕进。则其入庐山，当在义熙初年，从上引《宋书》本传来看，他在庐山时日不长，后又因耳兄早卒，拖累甚多，未及遽游遐方。周续之入庐山要早于宗炳，《宋书·周续之传》载："豫章太守范宁于郡立学，召集生徒，远方至者甚众，续之年十二，诣宁受业，居学数年，通《五经》及《纬侯》，名冠同门，号曰'颜子'。既而闲居读《老》、《易》，入庐山事沙门慧远，时彭城刘遗民遁迹庐山，陶渊明亦不应征命，谓之'浔阳三隐'，以为身不可遣，余累宜绝，遂终身不娶妻，布衣蔬食。刘毅镇姑孰，命为抚军参军，征太学博士，并不就。"② 据《晋书·范宁传》，范宁在豫章太守任上被王凝之所劾而免官，其卒于家也是在晋孝武帝时，晋孝武帝卒于太元二十一年（396），是周续之入郡求学应在范宁任上，范宁是以反对玄学而著称的，王凝之奏劾他，也与之有关（详见《晋书·范宁传》）。故周续之闲居读《老》、《易》，应在范宁免官，郡学解散之后。虽不好确定具体年份，但大要不出于太元后期。而刘毅招他任太学博士时，他已有"三隐"之名，远早于刘毅被诛的义熙八年，且刘遗民亦在庐山且已有"三隐"之名。由此可见，唯有宗炳入庐山稍晚，慧远群体的周续之、刘遗民要早得多。若将立誓时间定为元兴元年（402），则刘遗民、周续之应在庐山，而宗炳或不在，但《宋书》本传谓炳"好山水，爱远游，西陟荆、巫，南登衡、岳"③，还曾结宇衡山，是否可推断，他游至庐山，在为期不长的停留中参与了立誓活动④。

---

① （梁）沈约撰：《宋书》，中华书局1974年版，第2278页。
② （梁）沈约撰：《宋书》，中华书局1974年版，第2280页。
③ （梁）沈约撰：《宋书》，中华书局1974年版，第2279页。
④ 宗炳在其所著《明佛论》中说："昔远和尚澄业庐山，余住憩五旬，高洁贞厉，理学精妙，固远流也。"（《弘明集》）可知宗炳确曾于庐山停留"五旬"，其间或与慧远等人组织僧俗群体活动。

至于雷次宗，《宋书》本传中说他"少入庐山，事沙门释慧远"后"本州辟从事，员外散骑侍郎征，并不就。与子侄书以言所守"有云："暨于弱冠，遂托业庐山，逮事释和尚。于时师友渊源，务训弘道，外慕等夷，内怀耿发，于是洗气神明，玩心坟典，勉志勤躬，夜以继日。爰有山水之好，悟言之欢，实足以通理辅性，成夫亹亹之业，乐以忘忧，不知朝日之晏矣。自游道餐风，二十余载。"①可知次宗二十岁左右入庐山，参与了庐山僧俗群体的修道和交往。他于元嘉二十五年（448）卒于钟山，年六十三，故可判断，他生于385年，"暨于弱冠"，是二十岁左右，若以立誓年为414年，雷氏不会说"暨于弱冠"，若是402年，则较为相近。综合来看，除宗炳不好确定外，似元兴元年（402）立誓的可能性较大。

再看刘遗民，陶澍《陶靖节年谱考异》在元熙二年（425）条下加的按语云："《莲社高贤传》：'刘程之字仲思，彭城人，汉楚元王之后。秒善《庄》、《老》，旁通百氏。少孤，事母以孝闻。自负才，不预时俗。初解褐为府参军，谢安、刘裕嘉其贤，相推荐，皆力辞。性好佛理，乃入庐山，倾心自托。远公曰："官禄巍巍，欲何不为？"答曰："君臣相疑，吾何为之？"刘裕以其不屈，乃旌其号曰"遗民"。及周续之同来庐山，远公曰："诸君之来，岂思净土之游乎？"程之乃镌石为《誓文》。义熙六年卒，年五十九。'……又考《世说注》引何法盛《晋中兴书》：'刘驎之一字遗民。'驎之即《桃花源记》中南阳刘子骥，《晋书》有传。是遗民之号，不独程之，二刘孰为柴桑令，无考，未审是程子抑子骥也。"是未分辨刘遗民究竟是刘程之还是刘驎之②。而丁宴《陶靖节年谱》在义熙十年条下注云："是年东林寺释慧远结白莲社，七月，刘遗民撰《同誓文》……近有《莲社高贤传》，妄谓遗民卒于义熙六年（410），此书隋唐《志》不著录，晁陈书录皆无之，乃后人伪撰，不足据。"③而《高僧传》、《出三藏记集》的《慧远传》中都明言是"彭城刘遗民"，《晋书·刘驎之传》明确说"刘驎之，字子骥，南阳人"④，籍贯是南阳而非彭城，可见，刘驎之非刘遗民；刘程之才

---

① （梁）沈约撰：《宋书》，中华书局1974年版，第2293页。
② 许逸民：《陶渊明年谱》，中华书局1986年版，第103—104页。
③ 许逸民：《陶渊明年谱》，中华书局1986年版，第53页。
④ （唐）房玄龄等撰：《晋书》，中华书局1974年版，第2447页。

是刘遗民。而丁宴仅凭对《莲社高贤传》的质疑，便否定其中某些具体的说法，而不顾《庐山记》及《佛祖统记》等文献曾经做过的考订，遽下结论，是武断的。故此，综合来看，如果不能有确切资料证明刘程之不是卒于义熙六年的话，那么，誓文不可能作于义熙十年（414），而极有可能作于元兴元年（402）。

又，陶澍《陶靖节年谱考异》在义熙十年（414）条下引元人李公焕《笺注陶渊明集》中的《杂诗》"奈何五十年"的注云："此诗靖节年五十作也，时义熙十年甲寅。初，庐山东林寺主慧远集缁素百十有三人，于山西岩下般若台精舍结白莲社，岁以春秋二节朝宗灵像。及是秋七月二十八日，命刘遗民撰《同誓文》，以申严斯事。其间誉望尤著，为当世推重者，号社中十八贤，刘遗民、张诠、雷次宗、宗炳、周续之、张野等预焉。时秘书丞谢灵运才学为江左冠，而负才傲物，少所推挹。一见远公，遂改容致敬。因于神殿后凿二池，植白莲，以规求入社。远公察其心杂，拒之。灵运晚节疏放不检，果不克令终。中书侍郎范宁直节立朝，为权贵谮忌，出守豫章，远公移书邀入社，宁辞不至，盖未能顿委世缘也。靖节与远公雅素，宁为方外交，而不愿齿社列。远公遂作诗博酒，郑重招致，竟不可屈。"①这段记述，颇有意味，首先，"初，庐山东林寺主慧远集缁素百十有三人，于山西岩下般若台精舍结白莲社，岁以春秋二节朝宗灵像。及是秋七月二十八日，命刘遗民撰《同誓文》，以申严斯事"者，似谓白莲社之成立早于刘遗民作誓文前，刘氏撰写誓文，是要"申严斯事"，这与我们前文的推断相合，但将誓文定于义熙十年写成，则缺乏根据。

其次，李公焕提到谢灵运恃才傲物，"一见远公，遂改容致敬"，这是有根据的，《高僧传》、《出三藏记集》有类似记载，《高僧传》还提到慧远故去后，谢灵运撰写碑文②的事。但无灵运欲入社、植莲花的记载，显是后人附会上去的。其中提到谢灵运时任秘书丞，而《高僧传》只云"陈郡谢灵运"，《出三藏记集》则云"临川太守"，考《宋书·谢灵运传》，灵运未作过临川太守，于元嘉九年（434）出任临川内史。无论是临川太守还是临川内史，此说不成立。因为慧远早在义熙十二年（416）便故去了。至于秘书丞谢灵运之说，《宋书》

---

① 许逸民：《陶渊明年谱》，中华书局1986年版，第96页。
② （清）严可均辑《全上古三代秦汉三国六朝文》之《全宋文》卷三三有谢灵运《庐山慧远法师诔》，当是所言之碑文。

本传载灵运于刘毅死后为秘书丞（义熙八年［412］），刘裕北伐长安时（义熙十三年［417］）出为谘议参军，是其为秘书丞的时间在八年至十三年之间。但据谢灵运《庐山慧远法师诔》所云："予志学之年，希门人之末；惜哉诚愿弗遂，永违此世"①。可见，谢灵运十五六岁左右（400），曾希望能预入慧远门下，但未能如愿。这是谢灵运本人的表述，当属可靠，秘书丞云者，是不对的。但后人遂由此附会出灵运植莲，希求入社的说法。再则，此时（即其志学之年）灵运并未出仕，故《高僧传》只说是"陈郡谢灵运"，据此，庶几可以判断，慧远的净土信仰群体正式成立，当在谢灵运抱憾"志学之年"未能预入其中的402年。《出三藏记集》和李公焕的《笺注》非是。

此外，李公焕提到范宁为豫章太守，慧远招其入社，"入社"倒未必，但作书通问，以净土信仰相慰勉则有可能。范宁在豫章大兴学校，人望颇高，对于在庐山"率众行道，昏晓不绝"②的慧远来讲，若能延至范宁，其号召力将大为增加。所以，慧远僧俗群体可能与范宁有往来，但大力倡导儒学的范宁并未加入该群体。

综合看来，李公焕的记录虽然不一定真实，但在驳杂中蕴有可以发掘的信息，可以帮助论定，慧远群体正式立誓是在元兴元年（402），而其有关活动，早于此年已经开展，并产生了很大的影响③。

---

① （清）严可均辑：《全上古三代秦汉三国六朝文》之《全宋文》卷三三，中华书局1958年影印本，第3619页。
② （梁）释慧皎著，汤用彤校注：《高僧传》，中华书局1992年版，第214页。
③ 慧远有《庐山东林寺杂诗》（《晋诗》卷二〇）"崇岩吐清气，幽岫栖神迹。希声奏群籁，响出山溜滴。有客独冥游，径然忘所适。挥手抚云门，灵关安足辟。流心叩玄扃，感至理弗隔。孰是腾九霄，不奋冲天翮。妙同趣自均，一悟超三益。"似亦为玄言诗。慧远精通老庄，为诗亦颇多玄理。又，《晋诗》卷二〇有"庐山诸人"的《游石门诗并序》，有云："释法师以隆安四年（400）仲春之月，因咏山水，遂杖锡而游。于时交徒同趣三十余人，咸拂衣晨征，怅然增兴。虽林壑幽邃，而开涂竞进；虽乘危履石，并以所悦为安。既至则援木寻葛，历险穷崖，猿臂相引，仅乃造极。于是拥胜倚岩，详观其下，始知七岭之美蕴奇于此。双阙对峙其前，重岩映带其后，峦阜周回以为障，崇岩四营而开宇，其中则有石台、石池、宫馆之象，触类之形，致可乐也。清泉分流而合注，渌渊镜净于天池。文石发彩，焕若披面，柽松芳草，蔚然光目，其为神丽，亦已备矣。斯日也，众情奔悦，瞩览无厌；游观未久，而天气屡变。霄雾尘集，则万象隐形；流光回照，则众山倒影，开阖之际，状有灵焉，而不可测焉。乃其将登，则翔禽拂翩，猿鸣厉响。归云回驾，想羽人之来仪。哀声相和，若玄音之有寄，虽仿佛犹闻，而神之畅；虽乐不相欢，而欣以永日。当其冲豫自得，信有味焉，而未易言也……"这应是庐山僧俗群体的一次创作活动，所谓"庐山诸道人"就是此次游历的参与者。慧远与僧人们得这次游赏赋诗活动发生在"白莲社"成立前的隆安四年（400），是可知其活动在刘遗民前已有。

要之，白莲社这一对中国文学史和宗教史都产生了极大影响的团体本是一个融合了僧俗的以净土信仰为宗旨的佛学团体，本身并没有白莲社这样的名号，但就共立约誓而群体性地展开活动这一意义上来讲，白莲社对后世的诗社极有启发意义。同时，后世文人也愿意相信白莲社的存在，这是他们组建诗社时所愿意仿效和参照的，北宋初年杭州昭庆寺（亦作昭庆律寺）圆净法师便直以白莲社的名号组建诗社，当时著名文士纷纷寄诗，由丁谓编成《西湖结社诗》便是明显的例子。故而，白莲社在精神和形式上，都对后世包括诗社在内的文人结社活动产生了极为深远的影响[1]。

从东晋末的白莲社（或曰"庐山东林寺慧远僧俗群体"）开始，便已开始了文人和僧人共同参与的文人群体模式，在南北朝时期也开始有了这种群体，但影响和规模无法与慧远群体想比[2]。

白莲社之理论成果主要表现在慧远与宗炳的有关理论上。

---

[1] 中唐戴叔伦《赴抚州对酬崔法曹夜雨滴空阶五首》其二云："高会枣树宅，清言莲社僧。两乡同夜雨，旅馆又无灯。"（《全唐诗》卷二七四）即提及"莲社"。《文苑英华》卷二二四载作者不详的《寄贯休》诗，其中有句云"他年白莲社，犹许重相期"已经提及白莲社。《全唐诗》卷八四四载有齐己《远公影堂诗》有云"陶令醉多招不得，谢公心乱入无方"句，虽未明言白莲社，但其意明显。又《全唐诗》卷八三八中齐己《送东林寺睦公往吴国》诗有"社客无宗炳，诗家有鲍昭"句，"社客"云者，便为白莲社。《全唐诗》卷八三九齐己的《寄江西幕中孙鲂员外》云："簪履为官兴，芙蓉结社缘。应思陶令醉，时访远公禅。茶影中残月，松声里落泉。此门曾共说，知未遂终焉。"亦属用白莲社本事。且齐己本人的诗集，据《唐才子传》卷九、《崇文总目》卷五和《直斋书录解题》卷一九，就叫作《白莲集》。可见，齐己对白莲社在后世的影响是有作用的。此外，温廷筠《寄清凉寺僧》诗有云"白莲社里如相问，为说游人是姓雷"句，也是唐人对白莲社的吟咏，但早于戴叔伦的似未见。宋以后诗人就常常用以为事，杨亿、钱惟演、林逋以及包括黄庭坚、晁补之、谢薖、李彭等都有诗提及，白莲社遂成为后世文人常用故实。而白居易之香山社，在后人眼中亦是白莲社之属，（见宋人戴埴《鼠璞》卷上）。宋元丰年间庐山真净文禅师仿白莲社建青松社，后世亦屡有效法者。至于"白莲社"本事，后人几乎没有质疑，除王世贞曾就陆修静是否入"社"问题有过论述外，不见其他评论，而就白莲社本事的引述，不胜枚举。元释省常《佛祖历代同载》卷七至谓当时入社者有千余人，就愈发夸大其实了。更有甚者，雍正《山西通志》卷二七竟载文水县"石峡洞石壁插天，崖半有洞，藏陶渊明白莲社文"，亦为附会无疑，可见后人对白莲社与陶渊明渊源的接受。此外，北宋李伯时（即龙眠居士）曾绘《莲社图》，当时及后人仿作、题咏者甚多。总之，作为事实上并不存在的白莲社，在传播中却是存在的，并对后人的各种文学活动和结社活动产生了事实上的指导意义。

[2] （宋）施宿等撰《会稽志》卷九载："沃州山在县（指新昌县，今属浙江）东南三十二里。晋白道猷、法深、支遁皆居之，戴许王谢十八人之游，号为胜会，亦白莲社之比也。"这也是清谈文人与名僧组成的僧俗群体。"白莲社"标志诗社形成前文人群体在组织形式上和其开展活动的动员能力方面已基本成型，等到文人交流的日益深密和诗学自身发展的条件渐趋成熟的唐代，诗社就以自身的面目出现在历史舞台上了。

慧远在中国文艺理论史上影响最大的就是他有关"形"、"神"的理论。这主要见于其《形尽神不灭》,其中有云:"火之传于薪,犹神之传于形;火之传异薪,犹神之传异形。前薪非后薪。则知指穷之术妙。前形非后形。则悟情数之感深。"[①]以为"神"与"形"不同,"神"高于"形","形"以存"神","神"可借"形"表现其存在。而人的精神要高于形体。剔除其精神不灭的理论成分,这种"形"、"神"对立又统一的辩证思维对我国古代文学理论影响至为深远。顾恺之的"传神写照"论与慧远的"形"、"神"论是相通的,同时对宗炳的理论也极有影响。

宗炳在惠远逝后仍有近三十年的艺术实践活动,并取得了很大成就。他记述自己山水画的名篇《画山水序》在六朝乃至中国古代绘画理论中都占有重要位置,其序已涉及山水画本身的美学本质,涉及关于构思、布局、创作、表现手法以及接受鉴赏等一系列理论问题。兹迻录如下:

圣人含道映物,贤者澄怀味像。至于山水,质有而趣灵,是以轩辕、尧、孔、广成、大隗、许由、孤竹之流,必有崆峒、具茨、藐姑、箕、首、大蒙之游焉。又称仁智之乐焉。夫圣人以神法道,而贤者通;山水以形媚道,而仁者乐。不亦几乎?

余眷恋庐、衡,契阔荆、巫,不知老之将至。愧不能凝气怡身,伤砧石门之流,于是画象布色,构兹云岭。

夫理绝于中古之上者,可意求于千载之下。旨微于言象之外者,可心取于书策之内。况乎身所盘桓,目所绸缪。以形写形,以色貌色也。

且夫昆仑山之大,瞳子之小,迫目以寸,则其形莫睹,迥以数里,则可围于寸眸。诚由去之稍阔,则其见弥小。今张绢素以远映,则昆、阆之形,可围于方寸之内。竖划三寸,当千仞之高;横墨数尺,体百里之迥。是以观画图者,徒患类之不巧,不以制小而累其似,此自然之势。如是,则嵩、华之秀,玄牝之灵,皆可得之于一图矣。

---

① (清)严可均辑:《全上古三代秦汉三国六朝文》之《全晋文》卷一六一,中华书局1958年影印本,第2395页。

夫以应目会心为理者，类之成巧，则目亦同应，心亦俱会。应会感神，神超理得。虽复虚求幽岩，何以加焉。又神本亡端，栖形感类，理入影迹，诚能妙写，亦诚尽矣。

于是闲居理气，拂觞鸣琴，披图幽对，坐究四荒，不违天励之丛，独应无人之野。峰岫嶢嶷，云林森眇。圣贤映于绝代，万趣融其神思。余复何为哉，畅神而已。神之所畅，孰有先焉。①

《画山水序》应作于宗炳晚年。《宋书》本传载："……有疾还江陵，叹曰：'老疾俱至，名山恐难遍睹，唯当澄怀观道，卧以游之。'凡所游履，皆图之于室，谓人曰：'抚琴动操，欲令众山皆响。'"②故可知，宗炳《画山水序》当为他对自己将近一生的艺术活动经验的总结，若其真留庐山五旬，则匡庐风物与庐山僧俗名士当对其有所影响。

李泽厚认为，惠远"形尽神不灭论"与"《易》以感为体"论对宗炳美学思想的形成有密切关系，若如此，则宗氏文艺思想，当是白莲社在文艺理论上的成果之一。李泽厚进而认为宗炳继承发展了魏晋以来的对自然山水美的审美认识，并继孙绰、慧远之后，加深了这种认识，也表现了这种认识，尤其是能够继承惠远以佛学思想观照自然美的思想做法，在中国美学史上占有重要位置。

就宗炳的文艺理论的观点来看，其中颇应关注的有如下几方向。

首先，"圣人含道映物，贤者澄怀味像"。"含道映物"云者，意谓圣人对外界事物的接受有其思想和精神气质方向的选择性：先"含道"，再选择其所"映"之物，对于绘画来讲，先有了"道"，再选与"道"有关联的事物进行艺术表现。而所谓"澄怀味像"云者，意谓贤者要进入一种摒除了功利的审美情境，才能体会到自然之美。这种见解对后来刘勰所谓以"疏瀹五藏，澡雪精神"来唤起神思的观点当有影响。二人观点均源自于老庄哲学③。且宗炳"澄

---

① （清）严可均辑：《全上古三代秦汉三国六朝文》之《全宋文》卷二〇，中华书局1958年影印本，第2545—2546页。
② （梁）沈约撰：《宋书》，中华书局1974年版，第2279页。
③ 《庄子·知北游》云："汝斋戒疏瀹而心，澡雪而精神。"其说可谓顾、刘二人此说之渊源。

怀味像"之"味",本身便是审美性的观照、品味和体会,在摒除功利的基础上,以道观像,以心味像,选择有"道"为内核的像予以表现发扬。这种观点,实与顾恺之"传神论"类似。同样,把握住了艺术创作与欣赏的规律性的问题。所谓"圣人以神法道"及"山水以形媚道"之说,便是从"道"、"形"、"神"三个方面解析了艺术创作与欣赏间的紧密关联。"圣人"以精神(包括认知力)感受"道",而山水以具体形态体现了"道",于是"圣人"之"神"与山水之"形"便都是"道"的体现。这样一来,"圣人"、"道"便都与山水联结起来,对绘画者来讲,要先体悟"道",再遴选山水景致中的"媚"态(即自然风景中优美、活泼符合自然之道的景致形态)并加以艺术的概括、提炼与反映。这样,欣赏者便可由山水之形以入道,并通过"媚"的山水形态体会认知到自然之道,从而完成审美活动①。

其次,宗炳所谓"夫理绝于中古之上者,可意求于千载之下。旨微于言象之外者,可心取于书策之内。况乎身所盘桓,目所绸缪,以形写形,以色貌色也。"指出了艺术想象具有突破时空限制的巨大的作用。时间的间隔,在艺术想象中是可以通过内心的积极作用予以突破的;古人作品之内的微言妙旨,也可通过认知活动予以体悟、理解并加以把握。这个观点是对陆机文学思想的继承,也启发了刘勰有关艺术想象的理论。同时,宗炳也指出了,作家身心置于创作情境中,以具体、细致、逼真的艺术形象来完成创作的重大意义。"以形写形"、"以色貌色"的观点,便指出了具体形象应该真实自然,才会使人易于接受并展开相应的欣赏活动。宗炳的这个观点,与王国维之意境理论中的"境"("其写景也在人耳目"、"以其所见者真,所知者深"等要求所表现的客观景致生动逼真)的观点很相似,应该说,宗炳已经切实把握了我国文学理论中有关意境问题的内涵,对后世文学理论的发展很有影响。

第三,所谓:"竖划三寸,当千仞之高;横墨数尺,体百里之迥。是以观画图者,徒患类之不巧,不以制小而累其似,此自然之势。如是,则嵩、华之秀,玄牝之灵,皆可得之于一图矣。"的观点便是对艺术作品的表现力的强

---

① 宗炳之观点,实际上与山水田园诗的兴起有关,甚至可以视为是绘画理论对山水田园诗的一种阐释,它们具有共同的美学基础。这一点甚至可看作是白莲社对文学理论的最大贡献。

调,其中寓有以小见大、以近知远的艺术表现理念。这与陆机所谓"笼天地于形内,挫万物于笔端"、"含绵邈于尺素,吐滂沛手寸心"的观点在实质上是相同的。同样都是要求艺术作品做到以小见大,可以见微知著,或曰"微而显"、"志而晦"①的表达效果。这种观点对于形成我国古代绘画理论重写意重韵味以及与"诗意"密切相关的民族绘画风格特色的形成都很有影响。

第四,"夫以应目会心为理者,类之成巧,则目亦同应,心亦俱会。应会感神,神超理得。虽复虚求幽岩。诚能妙写,亦诚尽矣"云云,指出了艺术的创作与欣赏中形象美感传达和体悟领会方面的直接"导入"作用。形象之妙,在于使欣赏者在接受过程中能够感受、品味得到其中的美感妙谛,并能由之入于纯粹的美的境界。这与庄子、王弼所谓"得意忘言"、"得意忘象"的观点相合,对于我国后世的诗歌意境理论及绘画"传神"理论都极有影响。应是宗炳对于我国古代文艺理论的民族特色的形成所做出的贡献之一。"应会感神、神超理得",更是道出了有似于严羽"羚羊挂角"或"空中之音,象中之色"等境界理论的实质性内核。也是艺术欣赏中想象力合规律性、合目的性自由运动状况的形象表述。同时,"类之成巧"者,系就"形"而言,而"应会感神者"指的是"形"所传达之"神",这实际上也是"传神"论的另一种表述,也是对顾恺之的传神说的充实与发展。

第五,"万趣融其神思"、"畅神",指出了艺术想象(包括艺术表现)与"趣"的重要关系。我国古代文艺理论具有重"趣"的特色。这在诗文理论与绘画理论中都有反映。宗炳之"趣"论对后世有关理论颇有启发,如南宋严羽《沧浪诗话·诗辨》的"兴趣",明代王世懋《艺圃撷余》的"趣在有意无意之间"②,及清人洪亮吉《北江诗话》之"天趣"、"生趣"、"别趣"等观点③都有影响。所谓"趣"指灵动活泼,自然真切又不同凡俗,能够吸引人们的兴致与审美关注,并在其审美过程中可以感到愉悦、轻松和畅快。水流云在与月到风来,庭庑晚照与花开月落,鸢飞鱼跃与春燕衔泥等细微物象中所包含的生活内

---

① (周)左丘明传,(晋)杜预注,(唐)孔颖达正义,浦卫忠等整理:《春秋左传正义》,李学勤主编:《十三经注疏》,北京大学出版社 2000 年版,第 21 页。
② (明)王世懋:《艺圃撷余》,(清)何文焕:《历代诗话》,中华书局 1981 年版,第 779 页。
③ (清)洪亮吉著,陈迩冬校点:《北江诗话》卷二,人民文学出版社 1983 年版,第 22 页。

容与舒闲意度都充满了浓郁的审美意味，这就是"趣"。趣是我国古代意境理论中的一种特殊形态，它是意境中活泼欢悦，生机盎然的那种类型，有别于情景双偕的静态美，也不同于情景对应所表现出巨大张力的壮美，以活泼灵动和生机盎然为其特点。宗炳就"趣"的表述，启发了我国后世关于"趣"的一系列理论观点，我们此处且点到为止，不做详述。要之，宗炳的绘画理论中既用到了"味"，又用到了"趣"，实际上反映了艺术审美不同于科学认知和逻辑推理的本质性特点，对古代的意境理论的产生起到了理论铺垫的作用，具有极高理论启发意义。综合起来看，宗炳之绘画理论不仅在我国古代绘画理论史上意义非凡，同时对文艺理论的发展也有很大贡献。这当然来源于宗炳丰富的艺术实践活动，但他受惠远及庐山诸人的影响也不能否认。虽则，我们不能就认定宗炳理论是白莲社僧俗群体的理论成果，但他们之间的渊源与联系确是无可否认的。从另一个方面看，惠远诸人在山水景物之间观道悟道的活动本身对东晋一代诗风由玄言转向山水有促进与推动作用，而宗炳的上述理论，实际上成了山水田园诗在理论上的最好表述。与顾恺之之有关理论一道可以被我们视作东晋文学理论的最大成果。

六、关于乌衣之游

从这一时期的总体活动上看，文学活动可以说还是相当活跃的，比如当时很有影响的所谓乌衣之游（谢混与其侄谢灵运、谢瞻、谢晦等在乌衣巷以文义赏会，称为乌衣之游）

据《宋书·谢弘微传》："（谢）混风格高峻，少所交纳，唯与族子灵运、瞻、曜、弘微并以文义赏会。尝共宴处，居在乌衣巷，故谓之乌衣之游，混五言诗'昔为乌衣游，戚戚皆亲侄'者也。其外虽复高流时誉，莫敢造门。……尝因酣宴之际，为韵语以奖劝灵运、瞻等。"可见，所谓"乌衣之游"实际上是一个宗族文人群体，其活动内容则很具体地专注于"文义"鉴赏与批评，还支撑了有关创作，其间一定有创作及批评活动。本传还提到了谢混以五言诗对诸子侄的指导，如谓灵运曰："康乐诞通度，实有名家韵。若加绳染功，剖莹乃琼瑾。"他肯定了谢灵运的名家韵度，但认为应多加切磋磨砺，才能精益求精。谓谢晦曰："宣明（谢晦字）体远识，颖达且沉俊。若能去方执，穆穆三才顺。"意谓若谢晦作诗时不拘执,其"远识"、"颖达"、"沉俊"的高情远志就会得到很好的表现。谢混告诫谢曜云:"阿多(谢曜小字)标独解,弱冠纂华胤。质胜诚无文,其尚又能峻。"主要指出谢曜诗质胜于文,若在文采方面能有所改进,其诗既文采相济,便可至高峻。其诫谢瞻云:"通远(瞻字)怀清悟,采采摽兰询。直辔鲜不踬,抑用解偏各。"诫谢瞻为诗不能直语道尽,而应有所委曲。谢混又诫谢弘微曰:"微子基征尚,无倦由慕蔺。勿轻一篑少,进往必千仞。"[1]意谓谢弘微因慕蔺相如之为人而带有豪爽果敢之气,但此种性格之缺点在于难免躁进激切,故而在认为他应加强修养的同时以毅力恒心为劝喻。谢混对谢灵运等五人的诗学教导都是从评价其性情入手,进而指出他们应该如何在其性情基础上扬长避短,以造就自身的诗学品格。作为年长一辈的诗坛宿将,被檀道鸾《续晋阳秋》称为改变玄言诗风的第一人的谢混[2]。对子侄辈的指导更具有延续其主张的意义,谢灵运诗成为改变玄言诗风的标杆,被钟嵘《诗品》列为上品,成了历史上不世出的大诗人,其沾溉谢混,瓣香其诗学的意义真可谓不孚所望。尤其是钟嵘评谢灵运:"若人兴多才高,寓目辄书,内无乏思,外无遗物,其繁富,宜哉!然名章迥句,处处间起,丽典新声,络绎奔会。譬犹青松之拔灌木,白玉之映尘沙,未足贬其高洁也。"[3]谢灵运这种驾驭创作的能力,"兴多才高"的艺术性格以及"名章迥句,处处间起,丽典新声,络绎奔会"的艺术成就,与谢混教导他的"若加绳染功,剖莹乃琼瑾"[4]的诗学劝诫应该说是有关系的。

　　谢混在劝喻了五人之后,又提出了总体上的要求:"数子勉之哉,风流由尔振。如不犯所知,此外无所慎。"[5]指出几位年轻诗人只要按照自己的告诫去

---

[1] 以上均见(梁)沈约撰:《宋书》,中华书局1974年版,第1590—1591页。
[2] 参见《世说新语·文学》刘孝标注引及《文选谢灵运传论》注引,沈约《宋书·谢灵运传论》说"仲文始革孙许之风,叔源大变太元之气",都指出殷仲文与谢混对改变玄言诗风起到作用。殷仲文存诗不多,不好直接判定。
[3] (梁)钟嵘著,陈延杰注:《诗品注》,人民文学出版社1961年版,第29页。
[4] (晋)谢混:《诫族子诗》,载逯钦立辑校:《先秦汉魏晋南北朝诗》,中华书局1983年版,第935页。
[5] (晋)谢混:《诫族子诗》,载逯钦立辑校:《先秦汉魏晋南北朝诗》,中华书局1983年版,第935页。

创作，就可以自由发挥，充分展示个性，形成特色①。

由谢混、谢灵运等人为核心的乌衣之游的诗学活动并不多，但上文所引的诗学教导却具有非常重要的意义，是文人群体性活动中最早出现的，有明确的诗学授受内容的群体性活动，这在后世的诗社诗学活动中是极为普遍的。此外，其意义还在于以诗的形式对学者进行教喻，其教喻的思路又颇具由人而诗的意味，它反映了对诗歌艺术的正确认识，所蕴含的旨意还有欲作好诗当求之加强修养、提高自身素质的意思，这种思路是我国古代诗学的主流思路，也是关于诗学的谋略性思维的重要表现，谢混对晚辈诗人的提点虽然是人各一诗的简单四句，但置于文人群体性活动的历史中却含义深远，几乎可说是启风气之先了。

不过，谢混很早即因依附刘毅集团而被刘裕杀害，乌衣之游开展活动的时间并不长。考谢混于元嘉八年（412）被害，是年谢灵运二十八岁，谢瞻三十岁，谢晦方二十三岁，作为诗人来讲，其诗歌创作正处于成长期，尚未完全展开，但对他们的诗学成长来讲，参与乌衣之游对其诗学道路的确立与诗学实践能力的提高是起了很大作用的。

谢灵运、谢瞻、谢晦等人的创作情况。

谢混对玄言诗风的改变是有积极作用的。檀道鸾《续晋阳秋》云："……自司马相如、王褒、扬雄诸贤，世尚赋颂，皆体则《诗》、《骚》，傍综百家之言，及至建安，而诗章大盛，逮乎西朝之末，潘陆之徒虽时有质文，而宗归不异也。正始中，王弼、何晏好庄老玄胜之谈，而世遂贵焉。至过江，佛理尤盛，故郭璞五言，始会合道家之言而韵之。（许）询及太原孙绰并为一时文宗，自此作者悉体之。至义熙中，谢混始改。"②

檀道鸾批评了孙、许的玄言诗风，这是最早对玄言风气进行批评的资料（早于檀氏，范宁站在儒家思想的立场上已经有所批评，但不是专对诗风。见《晋书·范宁传》）颇可关注的是，檀道鸾提到改变玄言风气的是谢混，而沈

---

① 而谢混品目五子的做法，也对后世同类题材的诗歌创作很有影响，清人方式举《兰亭诗话》就认为就认为杜甫的《饮中八仙歌》是效法谢混之诗而来，参见《清诗话续编》，上海古籍出版社1983年版，第782页。

② 《世说新语·文学》刘孝标注引，参见徐震堮：《世说新语校笺》，中华书局1984年版，第143页。

约《宋书·谢灵运传论》则说："（殷）仲文始革孙、许之风，叔源大变太元之气。"（按，太元为东晋孝武帝司马曜年号）钟嵘《诗品序》亦云："先是郭景纯用隽上之才，变创其体；刘越石仗清刚之气，赞成厥美。然彼众我寡，未能动俗。逮义熙中，谢益寿（谢混，益寿为谢混小字）斐然继作。元嘉中，有谢灵运，才高辞盛，富艳难踪，固已含跨刘、郭，凌轹潘、左。"①亦指出谢混能够继承郭璞、刘琨对玄言诗风进行突围，这对于扫逐玄言风气，开启山水诗风具有不可替代的积极意义。殷仲文存诗三首，以《南州桓公九井作诗》为著。（按，似殷仲文为桓温群体成员，若他果"始革孙、许之风"则可视为桓温群体的成就之一）其诗虽还有玄言余气，但已别开生面，状秋气之凄凉与景况之明远，已有诗风上新的异动趋势。据现存诗作看，殷氏诗总体上成就不高，在《诗品》列入下品，因而对诗坛的影响有限。所以说他"始革孙、许之风"，实就对玄言诗风的异动趋势而言，经历了谢混"大变太元之气"，及至谢灵运和洗落铅华、完全摆脱了当下习气的另一大诗人陶渊明出现，新的诗风才替代了玄风，确立了山水诗在诗坛的地位。其中谢混的作用虽不是最大的，但绝对是不可或缺的，没有他的承继刘、郭与培植谢客，这种新诗风的造就几为不可能。

谢混诗被钟嵘《诗品》列入中品（与谢瞻、袁淑、王微、王僧达同条），评语有云："务其清浅，殊得风流媚趣。"②这显然有向自然诗风过渡的意思了。谢混诗最为人们称道的是他《游西池》："悟彼蟋蟀唱，信此劳者歌。有来岂不疾，良游常蹉跎。逍遥越城肆，愿言屡经过。回阡被陵阙，高台眺飞霞。惠风荡繁囿，白云屯曾阿。景昃鸣禽集，水木湛清华。褰裳顺兰沚，徙倚引芳柯。美人愆岁月，迟暮独如何。无为牵所思，南荣戒其多。"③"水木湛清华"句，意境清新，自然生动。虽然诗歌整体仍稍显烦冗，在整体意境上也稍显得纷杂，且末句用《庄子》典，稍入玄言格套。但整体看来已基本上摆落玄言风气，具有了明显的新的质素。谢混在诗歌发展过程中，反映了玄言诗即将退出诗坛的消息，表现出开始扭转诗风的新气象。他的诗歌理念及实际上的创作风

---

① （梁）钟嵘著，陈延杰注：《诗品注》，人民文学出版社1961年版，第2页。
② （梁）钟嵘著，陈延杰注：《诗品注》，人民文学出版社1961年版，第45页。
③ （晋）谢混：《诫族子诗》，逯钦立辑校：《先秦汉魏晋南北朝诗》，中华书局1983年版，第934—935页。

格在乌衣之游中必然对谢晦、谢灵运等诗坛晚辈产生影响。刘裕篡晋,谢晦忆及乃叔,说:"恨不得谢益寿奉玺绂!"刘裕叹曰:"吾甚恨之,使后生不得见其风流。"① 如此可以想见,得"见其风流"的谢灵运、谢晦、谢瞻会受到怎样的影响呢? 谢灵运是山水诗风的代表人物,其诗在《诗品》中属上品,谢瞻居于下品,但都可成为诗坛才子②。这都见谢混对他们的积极影响。

《宋诗》卷一载有谢瞻之《游西池诗》,其云:"逍遥越郊肆,愿言屡经过。回阡被陵阙,高台眺飞霞。惠风荡繁囿,白云腾曾阿。褰裳顺兰沚,徙倚引芳柯。美人愆岁月,迟暮独如何。"③ 与谢混之诗大部分相同,疑《游西池》本为联句诗,后按人编次,至有重合。若果如此,他们的诗就不只是同题共作了,还有着联句的痕迹,这当是乌衣之游中的作品。

乌衣之游在文人群体性活动的历程中最为突出的特点便是诗学的授受,起到了对后进诗人的诗学培训与教导作用。其中的教导观点,也非常直接具体,充分反映了文人群体间文学交流活动的积极意义。这种前辈诗人对后辈诗人的教益是后世诗社活动中非常重要的内容,也是诗社积极性的重要表现,师友师传是诗社承继诗学观点的重要方式,在乌衣之游中,这种职能已经具备并开始发挥作用了。

七、此期其他文人群体

关于竟陵八友

《南史》卷四十四之《竟陵王传》:"子良少有清尚,礼才好士,居不疑之地,倾意宾客,天下才学皆游集焉。善立胜事,夏月客至,为设瓜饮及甘果,著之文教。士子文章及朝贵辞翰,皆发教撰录。"④ 齐武帝之子竟陵王萧子良喜爱文学,广纳名士,一时文士云集门下,其中以王融、谢朓、任昉、沈约、陆倕、范云、萧琛、萧衍为翘楚,时人称为竟陵八友。⑤ 又据《南史·萧子良传》:

---

① (唐)房玄龄等撰:《晋书》,中华书局1974年版,第2080页。
② 钟嵘《诗品序》云:"预此宗流(及入品),便称才子。"参见陈延杰:《诗品注》,人民文学出版社1961年版,第4页。
③ 逯钦立辑校:《先秦汉魏晋南北朝诗》,中华书局1983年版,第1134页。
④ (唐)李延寿撰:《南史》,中华书局1975年版,第1102页。
⑤ 《梁书·武帝本纪》云:"竟陵王子良开西邸,招文学,高祖(萧衍)与沈约、谢朓、王融、萧琛、范云、任昉、陆倕并游焉,号曰'八友'。"(唐)姚思廉撰:《梁书》,中华书局1973年版,第2页。

"（永明）五年，正位司徒，给班剑二十人，侍中如故。移居鸡笼山西邸，集学士抄《五经》百家，依《皇览》例为《四部要略》千卷。招致名僧，讲论佛法，造经呗新声，道俗之盛，江左未有。"① 此外，据《梁书·王僧孺传》："司徒竟陵王子良开西邸，招文学，僧孺亦游焉。"② 是王僧孺亦预竟陵王集团。又据《南史·王僧孺传》："司徒竟陵王子良开西邸，招文学，僧孺与太学生虞羲、邱国宾、萧文琰、邱令楷、江洪、刘孝孙并以善辞藻游焉。而僧孺与高平徐夤俱为学林。"③ 又据各自的《梁书》本传，西邸文人群体还有谢璟，谢征和范岫等人。

可见，竟陵八友中的八人是竟陵王文士群体的核心，还有其他文人共同形成的一个群体，在当时都是较有作为的佼佼者。此外，范缜亦尝游西邸，他盛称无佛，与沈约、王融、萧琛等展开评论，退而著有《神灭论》（见《梁书·本传》）。可见，以萧子良和竟陵八友为主体的竟陵王文人群体是一个融合佛、道且具有文学性的综合性文人群体，他们进行了一系列学术工作和创造活动。如沈约作有《游齐竟陵王示永明乐歌启》、《永明乐》、《和竟陵王抄书》、《奉和竟陵王药名》等诗。王融也有许多和竟陵王西邸有关的作品。竟陵王死于隆昌元年（494），王融亦于同年遇害，王融作于永明期间的诗甚多，疑与西邸之文学活动有关。

以竟陵八友为中心的西邸文学活动

竟陵王在西邸招纳了许多年轻有为的文士，以西邸初建的永明五年（487）计，除沈约是年四十七岁，范云三十七岁外，刘绘三十岁，任昉二十八岁，谢朓二十四岁，王僧孺二十三岁，王融二十一岁，陆倕十八岁，萧衍二十四岁。④ 大都是初出茅庐且颇具文学才华的年轻人。他们在西邸的文学活动是传统文士群体的活动形式，不外是同题共作及拟代与赠答，但其中文学训练的成分有所增加。

先看王融，在八友中，王融与竟陵王关系最为融洽，王融甚至出力帮助竟陵王夺取帝位而未成⑤，且王融与竟陵王同年卒，故今存王融的诗作大都作于西邸时期。

---

① （唐）李延寿撰：《南史》，中华书局1975年版，第1103页。
② （唐）姚思廉撰：《梁书》，中华书局1973年版，第469页。
③ （唐）李延寿撰：《南史》，中华书局1975年版，第1460页。
④ 据曹道衡、刘跃进：《南北朝文学编年史》之永明五年条，人民文学出版社2000年版。
⑤ （梁）萧子显所撰《南齐书》的竟陵王本传和王融本传。

第一章 诗社渊源与唐前群体性诗学活动的诗学内涵

《齐诗》卷二所载王融诗中与群体性文学活动有关的诗作有：《春游回文诗》、《侍宴方山应诏诗》、《饯谢文学离夜诗》、《咏琵琶诗》、《咏幔诗》、《药名诗》、《星名诗》、《奉和月下诗》、《咏池上梨花》、《咏梧桐诗》、《咏女梦诗》、《抄众书应司徒教诗》、《移席琴室应司徒教诗》（按司徒为竟陵王，永明二年[484]兼领司徒，见《南齐书》本传，王融这两首诗应为奉萧子良之命而作）《四色咏》、《离合赋物为咏·咏火》、《后园作回文诗》、《双声诗》、《奉和纤纤诗》。其中《春游回文诗》、《药名诗》、《星名诗》、《离合赋物为咏·咏火》、《后园作回文诗》、《双声诗》都是很明显的文学训练诗。尤其是《双声诗》其云："园蘅眩红花，湖荇烨黄华。回鹤横淮翰，远越合云霞。"①大量运用双声词汇，但并不感到拗口矫舌，这种训练，反映了王融对诗歌用词在音声上的重视。他是永明体新诗的主力，这种音韵上的创作训练，是与他们平素留心揣摩诗歌音韵问题分不开的。

再看谢朓，其有《奉和竟陵王同沈右率过刘先生墓诗》（沈右率为沈约）、《和王著作融八公山诗》、《咏座上见一物》（《镜台》、《灯》、《烛》）、《同咏乐器》（《琴》，王融咏琵琶）、《同咏座上器玩》（《乌皮隐几》）、《咏座上见一物》（《席》，王融咏幔，柳恽咏月，虞炎咏帘）、《咏竹灯笼》、《咏䴏鹈》、《阻雪联句遥赠和》②（参与联句的有谢朓、江革、王融、王僧孺、谢昊、刘绘、沈约）③。

---

① 逯钦立辑校：《先秦汉魏晋南北朝诗》，中华书局1983年版，第1405页。
② 逯钦立辑校：《先秦汉魏晋南北朝诗》，中华书局1983年版，第1439—1457页。
③ 沈约后来作有《伤王融》、《伤谢朓》等怀人之诗，系王、谢卒后沈约表达悼亡之情而作的作品，其《伤谢朓》有云："吏部信才杰，文锋振奇响。调与金石谐，思逐风云上。"便是对谢朓的极高评价，联系钟嵘对谢朓的非议（见《诗品序》，谢朓在《诗品》中列于中品），便可见沈约对谢朓文学才能的了解，这种了解，当于西邸游会有关。又"调与金石谐"句，可见沈氏对诗歌声韵之美的重视和对谢朓处理诗歌音韵能力的披扬。曹道衡《南北朝文学编年史》的永明八年（490）条云："谢朓二十七岁，为随王萧子隆镇西功曹，转文学，作《同咏座上所见一物·席》等，见《南齐书》本传。柳恽（按，亦尝为西邸文士推许，见《梁书》本传）咏《席》、王融咏《幔》，虞炎咏《帘》，又应《沈右率座赋三物为咏》而咏《幔》，王融咏《琵琶》，沈约咏《箎》。又与沈约同作《咏竹火笼》、《咏邯郸故才人嫁斯养卒赋》及《杂咏》三首（《咏镜台》、《咏灯》、《咏烛》），又；《同咏坐上器玩·乌皮隐几》及沈约《咏竹槟榔盘》、《咏簷前竹诗》、《咏桃诗》《咏青苔诗》等大约亦作于是时。"参见《南北朝文学编年史》，人民文学出版社2000年版，第283页。这些诗作大部分应在西邸作，虽然随王也因好文学而招致文士，有"东阿重出"之誉，（见《南齐书》本传）但西邸时时方十四岁，谢朓任其功曹时也不过十七岁，加之永明后期宫廷斗争日趋激烈，萧子良文士环绕又颇孚时望，谢朓等人亦为子良的主力团队。即可推测，永明八年后谢朓虽在萧子隆处任职，但与萧子良仍保持密切联系，即便那些咏物诗并不作于任职西邸时，也不能确定就一定作于萧子隆处。综合来看，以作于西邸的可能性较大。

刘绘亦预西邸，为竟陵王西邸之"后进领袖"《齐诗》卷五有刘绘的《同沈右率诸公赋鼓吹曲二首》、《饯谢文学离夜诗》（谢文学即谢朓）、《和池上梨花诗》（为和王融而作）。

梁武帝萧衍在南齐永明年间曾预西邸之游，《梁诗》卷一百其《答萧琛诗》，据《梁书·武帝本纪》，为其在西邸作。

范云，《梁诗》卷二有其《古意赠王中书诗》（王融有《杂体报范通直》）、《饯谢文学离夜诗》、《数名诗》（文学训练诗）（一鼓有余气，趫勇正纷纭，二广无遗略，雄虎自为群。三河尚扰攘，楯橹起横楣，四巡驻青跸，瘗玉旷亭云。……九命既斯复，全璧固宜分。十难康有道，延首望卿云）《奉和齐竟陵王郡县名诗》（沈约、王融同赋）。

任昉，据《梁书·王僧孺传》："初，僧孺与乐安任昉遇竟陵王西邸，以文学友会，及是将之县，昉赠诗，其略曰：……"[①]此诗即《梁诗》卷五中的《赠王僧孺》。

沈约，《梁诗》卷六有其《永明乐》（在西邸时作，据《南齐书·乐志》），《和竟陵王游仙诗》。卷七有：《奉和竟陵王郡县名诗》（王融、范云同赋）、《奉和竟陵王药名诗》、《和刘雍州绘博山炉诗》、《奉和竟陵王经刘瓛诗》、《饯谢文学离夜诗》。

此外《梁诗》卷七还有一系列咏物诗，虽未必在西邸时作，但也可反映出沈约训练性诗歌写作活动的情景：《咏筝》、《咏余雪》、《咏帐》、《寒松诗》、《咏孤桐诗》、《咏梧桐诗》、《圆橘诗》、《咏芙蓉诗》、《咏杜若诗》。

通过对这些西邸文人创作活动的简要考察，可见，该文学群体与此前有关群体相较，最大的不同在于文学训练的因素增强，回文诗、郡县名诗、数字诗、药名诗之类，便是对文学才能的训练，也是在群体性活动中带有文学竞争意味的诗歌写作活动。从文学本身来讲，这样的作品不能说表达了真情，也未见得有什么意境的塑造，但从群体性文学活动角度上看，这样的创作活动对于训练作者描摹事物，状物写志能力的提高，都很有意义。同时，这些文士大都初涉文坛，其文学才能正在养成，参加群体性文学活动也很有益于他们文学创

---

① （唐）姚思廉撰：《梁书》，中华书局1973年版，第470页。

作水平的提高。后世许多诗社便都具有这种交流、切磋和训练的活动内容,也有许多诗人就是在这样的诗社活动中养成了使自己足以驾驭诗歌创作的实质性才能。因此,仅从文学审美角度和是否抒写真情的层次上分析群体性文学活动和诗社活动是不够全面的。

尤其重要的是,西邸文人群体的活动、交流与创作训练对永明声律论的产生也良有助益,甚至可以说,西邸文学活动为永明声律论的成形与提出提供了必要的机会和场合,考量群体性文学活动对文学理论批评的影响时,也应充分注意这种外围潜在作用的存在。

据《南齐书·陆厥传》载:"永明末,盛为文章,吴兴沈约、陈郡谢朓、琅邪王融以气类相推毂;汝南周颙,善识声韵,约等文皆用宫商,以平上去入为四声,以此制韵,不可增减,世呼为永明体。"[1]沈约、谢朓和王融均为竟陵八友成员,他们"以气类相推毂"的相互推崇和尊奉声韵规则的创作主张,便开始于永明年间的西邸群体性文学活动。

又,今存关于永明声律论的文献,除沈约《梁书·谢灵运传论》外,尚有他与陆厥讨论四声的《与陆厥书》和陆厥的《与沈约书》,陆厥卒于永元元年(499),又据上引《南齐书·陆厥传》的话后又说:"沈约《宋书·谢灵运传》后又论宫商,厥与约书曰……"[2]再联系与沈、谢、周颙"以气类相推毂"的王融与竟陵王同年遇害,可知陆氏批评沈约的做法,应是在永明末声律论有较大影响之际。也就是西邸文人活动较为集中的时期。[3]故而可以推断,西邸文人群体的创作活动是探讨钻研声律理论,并且在创作中切实实践了声律论的有关要求,在诗坛产生了很大的影响,故陆氏对此表示反对。因此说,竟陵王文人群体的文学活动催生了对中国文学史极有影响的声律论主张,这在诗社正式产生前的文人群体中是首屈一指的。

同时,还应指出,群体性文学活动本身也存在着文学理论的交流融通与熔

---

[1] (梁)萧子显撰:《南齐书》,中华书局1972年版,第898页。
[2] (梁)萧子显撰:《南齐书》,中华书局1972年版,第898页。
[3] 对声律论的严苛在当时即屡有人批判,刘勰among于齐末的《文心雕龙·声律》篇和钟嵘的《诗品序》对声律论均有所不满,与刘勰同时的裴子野对当时包括用典及声律在内的文风诗风有激烈、严厉的批判,见其《雕虫论》。

炼成形的实际作用，正是在群体性的写作交流中，渐渐形成对某一文学理论问题的共识，并付诸实践，最后完成实践性创作（形成风气）和理论构建（形成主张）。这一活动内容，竟陵文人群体前尚不明显，至竟陵群体出现，便成为后世群体性文学活动（包括诗社活动）的重要活动内容，在江西诗社群、江湖诗社群以及元代中期京师诗坛的诗人群体那里都可看到这一点。故由此言之，竟陵文人群体的西邸文学活动在中国文学史上的创作意义和文学理论的实践意义都是非常重大的，对于后世诗社活动的理论研究风气及创作的实践与训练等诗学内容的充实发展都是极有启示意义的。

沈约与任昉成为一代文士之宗主，也与竟陵文人群体训练和"培养"有很大关系。后也有一些文士群体，如《南史》卷二十五之《到溉传》载："（任）昉为御史中丞，后进宗之，时有彭城刘孝绰、刘苞、刘孺、吴郡陆倕、张率，陈郡殷芸、沛国刘显及到溉、到洽车轨日至，号曰'兰台聚'。"①该群体亦以任昉为中心，形成了包括竟陵八友之一的陆倕在内的文人群体，任昉的影响可见。而任昉和沈约都极好奖掖后进。据《梁书》，任昉推举的后进有：司马褧、到溉、臧严、伏挺等；由沈约推举的有：范岫、张率、刘孝绰、王筠、孔休源、谢举、砾异、刘显、刘子遴、刘孺、何逊、吴均、刘勰、王籍、何思澄、刘杳等人。其中刘孝绰为西邸文士刘绘子，在萧统文士集团中作用很大，《文选》的编纂，其有力与焉。这种以文坛宿匠为核心，以推举为驱动链条的群体关系既有此前学派型师生群体的特点，也有后来以科举座主和门生形成的选举型师生群体的特点，是二者间的一种过渡形态。

由此可见，西邸文人不只在群体性活动中对文学创作和文学理论的建设有贡献，同时，他们大力汲引后进，借以以此干预和塑造文学的发展和未来的格局，由此看来，在齐梁文学中，西邸文人群体的实际作用和影响都是极为巨大的。

萧统、萧纲的文学团体

萧统周围也有一批文士积极活动，除有文学创作及交流外还共同编选了我国现存最早的诗文总集《文选》，这些文士有殷芸、陆倕、王筠、到洽、刘

---

① （唐）李延寿撰：《南史》，中华书局1975年版，第678页。

孝绰、徐勉、萧子范、刘勰等。其中有竟陵八友的文士陆倕，也有被沈约、任昉推许的后进才子。这个群体的成就，与西邸文士有很大关系，他们参与编选《文选》，本身也体现了他们的文学理论主张，所以萧统的文人群体也是较有理论内涵的。尤其是刘勰，就不仅是该群体中的理论翘楚，也是我国古代文学理论发展史中成就最高的理论家，因为这一问题实际上涉及了《文心雕龙》与《文选》的关系问题，我们这里不做论述。但须要指出，萧统群体虽是以理论建树为其特色的，但群体成员集体编成现存最早的诗文总集《文选》，其对中国文学的影响就无法估量了。后世的文人群体，尤其是台辅馆阁文人，常常群聚编纂大型图书，《太平御览》、《太平广记》、《文苑英华》等类书，众多官修史书及《永乐大典》、《四库全书》等大型丛书就是这类文人集体工作的成果。这种致力于大型文献集成工作的工程是由吕不韦、刘安、曹丕等人延续下来的做法，在后世馆阁文人（主要是翰林院、国史院等文化行政机构）因为聚集在一起的文化工作，其余暇时间就有了展开群体性文学活动的便利条件。宋代西昆派、元代奎章阁及翰林国史院等馆阁文人群体在职事之暇的文学活动就对当时的诗文风气产生了极大的影响。文人群体性活动的这个内容对我国古代文学乃至文化都做出了不可磨灭的功绩。

梁简文帝萧纲周围也有一个从事文学创作的文士群体，据《梁书·庾肩吾传》这些文士有庾肩吾、徐摛、陆杲、刘遵、刘孝仪、刘孝威、庾信、徐陵、张长公、傅弘、鲍至等。该群体的文学创作相当频繁，宫体诗的出现及徐庾体的出现便与之有极大关系。简文帝及其周围文士作为一种诗歌发展方面力图新变的创作势力并对诗歌格局确乎产生了影响的文人群体在文学史上自有其意义。

萧纲《与湘东王书》云："故玉徽金铣，反为拙目所嗤，《巴人》、《下里》，更合郢中之听。《阳春》高而不和，妙声绝而不寻，竟不精讨锱铢，核量文质，有异巧心，终愧妍手。是以握瑜怀玉之士，瞻郑邦而知退；章甫翠履之人，望闽乡而叹息。诗既若此，笔又如之，徒以烟墨不言，受其驱染；纸札无情，任其摇襞，甚矣哉，文之横流，一至于此！……"又云："……比见京师文体，懦钝殊常，竞学浮疏，争为阐缓，玄冬修夜，思所不得，既殊比兴，正背《风》、《骚》。若夫《六典》、《三礼》所施则有地，吉凶嘉宾，用之则有所，未闻吟咏情性，反拟《内则》之篇；操笔写志，更摹《酒诰》之作。迟迟春日，翻学《归藏》；湛湛江水，遂同《大传》。吾既拙于为文，不敢轻有掎摭，但以当世之作，历方古之才人，远则扬、马、曹、王，近则潘、陆、颜、谢，而观其遣辞用心，了不相似。若以今之为是，则古人为非；若昔贤可称，则今体宜弃，俱为盍各，则未之敢许。"①

  由此可见，萧纲从理论上不满意当时流行文体运典用事的风气，对时人不钻研文学创作技巧的做法（即"竟不精讨锱铢，核量文质"）表示不满。其所抵斥之"京师文体"或还有另外的含义。《梁书·庾肩吾传》在引述上文前有一段表述，介绍此文缘起："初，太宗（萧纲）在藩，雅好文章士，时肩吾与东海徐摛，吴郡陆杲，彭城刘遵、刘孝仪，仪弟孝威，同被赏接。及居东宫，又开文德省，置学士，肩吾子信、摛子陵、吴郡张长公、北地傅弘、东海鲍至等充其选。齐永明中，文士王融、谢朓、沈约文章始用四声，以为新变，至是转拘声韵，弥尚丽靡，复逾于往时。"由此可见，萧纲等人主要是对声律论影响下的诗作存在"转拘声韵"和"弥尚丽靡"的不满，希望自成蹊径、别出心裁地予以改变，故痴心于"宫体"之作，从动机上讲，是出于一种理论和实践上对现实的不满而有心改易，然而其改易的路线和措施却是偏颇褊狭的。其效果和影响固然是消极的，但反映了一种文学新变的内因或诉求。萧纲周围文士，庾氏父子及徐氏父子，在创作实践中实将用典与音律要求发扬开去，形成了"徐庾体"，在"永明体"后，实现了新变。故可试溯观之，萧纲对"懦钝"文风的批评，或是出于理论上的不满，也同时兼有对其创作用典、声律方面的疏略或不够娴熟的憾恨，所以要求对这种现状予以改变。因此，萧纲群体的实践，有着一种"创新"动机和努力。尤其是在其间兴起的宫体诗风，在诗歌刻画事物的比事赋物方面用功颇深，思想情感的低境界姑且不论，但他们在指事造情、穷情写物等具体技巧方面可谓登峰造极——这种技术的发展也是文学发展的重要步骤和成果。尤其是萧纲群体中的庾信，更是成了南北朝之际成就最高的诗人。其诗风因中年之后居于北朝而丕变，但其基本诗学功夫与诗学素养的获得，则离不开萧纲文人群体文学活动的陶冶熔炼之功。

---

① （梁）萧纲：《与湘东王书》，载（唐）姚思廉撰：《梁书》，中华书局1973年版，第690—691页。

在正式诗社产生之前，文人群体活动还有比较特殊且极具深意者，这就是江陵之役入北后形成的以庾信、滕王、赵王为核心的贵戚文士文学群体。这个群体在南北对峙时期，在文风质朴的北周展开了具有重要意义的文学活动，对此后的文学走向产生了极大的影响。

北周赵王、滕王与庾信的文学交往对南北文风融合的表率与策动

庾信入北后诗文风气都发生了极大的改变，表现出融合南北的趋势。其与北周贵族赵王宇文招和滕王宇文逌之间的文学交往对于促使其文风改变有着重要作用，同时也共同实践了南北文风的融合，这在当时的历史和文学背景中具有深远的意义，对后世南北文风的进一步融合与发展起到了表率与策动作用。这里就该群体的文学活动及其文学史意义试做论析。

北周政权在汉化过程中开始时是按照苏绰文学改革的路线来进行的，但随着南北交往的日益频繁和深化，苏绰以复兴汉民族固有文化为方向的汉化策略便似显得远略有余而实践性不足了。① 对此，《周书·王褒庾信传论》曾论曰："周氏创业，运属陵夷。纂遗文于既丧，聘奇士如弗及。是以苏亮、苏绰、卢柔、唐瑾、元伟、李昶之徒，咸奋鳞翼，自致青紫。然绰建言务存质朴，遂糠秕魏晋，宪章虞夏。虽属词有师古之美，矫枉非适时之用，故莫能常行焉。"② 不能适应时代的需求，使人们"莫能常行"，便是指出了苏绰文学改革中实行的包括文学改革思想的"六条诏书"在当时实践性方面的欠缺。江陵之役后，南方文人大批入北，苏绰这种具有复古色彩的文化建设策略虽使这批文人有着心理上的认同，可以在一定程度抵消他们依附异族政权时产生的芥蒂、隔阂和愧恨，但"糠秕魏晋"的思想政策却会否定这些文人习以为常的文学习惯甚至文学素养，难以调动他们的积极性并发挥才干以效力于新的民族融合政权。所以，时代需要一种对北周固有文士和新归附的南方文士来讲都能接受且能裨益于北周政治文化建设的新的文化和文学的发展策略。苏绰文学改革本身就反映了全面南朝化的汉化策略是生长于关陇等北方地区的文人所不愿采用的。而且单向的全面学习南朝文风则意味着北方文士会在南方文士的涌入中"逊位"于

---

① 参见郭鹏：《苏绰文学改革思想述略》，《民族文学研究》2008 年第 4 期。
② （唐）令狐德棻等撰：《周书》，中华书局 1971 年版，第 744 页。

彼。同时"糠秕魏晋"的"原教旨主义"式的师古化汉化策略又会使南方文士愧赧消沉,无以展示才华来效命新朝。因此,在新的历史条件下需要在苏绰文学改革的基础上就如何吸纳、使用南方文士做出策略性的调整——这便是庾信入北时的基本历史文化状况。而事实上,庾信在北方的存在和文学活动也成了在新的历史条件下实施和示范新的文化策略的标的和表率。由此观之,庾信在长安与周室贵族赵王、滕王的文学交往与文学活动便担当了策动和示范这种融合的历史任务。他们以一流文人和贵戚身份组成消弭了南北和民族差异的文学群体,并以高水平的文学创作以及相应的文学思想表现了融合的成果,这在中国文学史中是最早的且最具有代表性的汉族与少数民族文人进行文学交流并趋于认同和融合的案例。在他们彼此交往的过程中,互相切磋,共同提高。庾信改变了自己,赵王、滕王获得了很高的文学教益,共同实践了既不保守,也不南朝化的折中式的文学融合路线,从而具有表率性地开辟了隋唐文学的新时代。

西魏废帝三年,亦即西魏孝恭帝拓跋廓元年(554),梁元帝萧绎的江陵政权覆灭,当时正出使长安的庾信被留,时年四十二岁。不管庾信是否情愿,他事实上已经开始了在北方长达二十七年的仕履及文学生涯。《周书·庾信传》云:"(徐)摛子陵及(庾)信,并为(东宫)抄撰学士,父子在东宫,出入禁闼,恩礼莫与比隆。既有盛才,文并绮艳,故世号'徐庾体'焉。当时后进,竞相模范,每有一文,京师莫不传诵。……聘于东魏,文章辞令,盛为邺下所称。"[1]可见在入西魏前,庾信在南方和北方(东魏)都已极有文名。其入北后,"世祖(周明帝宇文毓)、高祖(周武帝宇文邕)并雅好文学,信特蒙恩礼。至于赵、滕诸王,周旋款至,有若布衣之交,群公碑志,多相请托,唯王褒颇与相埒,自余文人,莫有逮者"[2]。两位皇帝的赏识,贵族公卿的结交,使庾信之文学才能在北方依然具有极大的施展机会,加之接触北地风物,并深有家国之思,其文风丕变,便在这种蒙恩与交往的氛围中展开了。

像庾信一样由南入北的文人在当时是很多的,《周书·王褒传》载,江陵

---

[1] (唐)令狐德棻等撰:《周书》,中华书局1971年版,第733页。
[2] (唐)令狐德棻等撰:《周书》,中华书局1971年版,第734页。

第一章 诗社渊源与唐前群体性诗学活动的诗学内涵 145

之役后："（王）褒与王克、刘瑴、宗懔、殷不害等数十人，俱至长安。太祖喜曰：'昔平吴之利，二陆而已。今定楚之功，群贤毕至。可谓过之矣。'"①除了这些文人以外，入北的还有：颜之仪、萧撝、萧大圆、姚最、柳虬、明克让、鲍宏、庾季才、姚僧垣等。北来文人加入西魏—北周的文化政治舞台，很大程度上改变了其原有的人才构成比例，同时也使该政权具备了一定的学术文化实力。如何用好这些人并充分发挥其才干，使其既不影响关陇集团的政治力量，又能才有所用，进而对汉族文人产生好的影响，便是一个紧迫而又重要的问题。于是，在明帝宇文毓即位之初，便"集公卿已下有文学者八十余人于麟趾殿，刊校经史，又捃采众书，自羲农以来，讫于魏末，叙为《世谱》，凡五百卷"②。这项学术工程的参加者，大都是包括王褒、庾信在内的由南入北的文人，上引诸人，基本上都有麟趾殿校书的经历。在这些文人中，庾信名望最高。③

庾信作为文人，除本身具有极高的文学才华外，其声誉的取得与最高统治者的推许有莫大关系。他在梁时即与太子萧纲过从甚密，是宫体及"徐庾体"的主力成员。入北后，除周文帝宇文泰外，周明帝宇文毓也对他颇为赏识。宇文毓本人喜爱文学，也有着相当的文学素养，"幼而好学，博览群书，善属文，词彩温丽……所著文集十卷"④。但其作品大都不存，逯钦立《先秦汉魏晋南北朝诗》之《北周诗》卷一仅录其《旧宫诗》一首，感情深挚，笔力沉厚，大不同于南人制作。武帝宇文邕于戎马征战之中，也颇重视文学，他对南来文士大力举用，便进一步形成了右文重教的风气。在这种氛围中，由皇室贵戚赵王、滕王与杰出文士组成的文人群体便会彰显出巨大的号召力和表率作用。

赵王宇文招是周文帝宇文泰第七子。《周书》本传谓其"幼聪颖，博涉群书，好属文，学庾信体，词多轻艳"⑤。他还多有诗文创作，庾信说他"风流盛儒雅，泉涌富文词"⑥。《周书》本传提到他"所著文集十卷，行于世"。如此看

---

① （唐）令狐德棻等撰：《周书》，中华书局1971年版，第731页。
② （唐）令狐德棻等撰：《周书》，中华书局1971年版，第60页。
③ 滕王宇文逌《庾信集序》有云"江陵名士，唯信而已"，谓入北文士中最受周文帝宇文泰赏识的就是庾信。（《全后周文》卷四）
④ （唐）令狐德棻等撰：《周书》，中华书局1971年版，第60页。
⑤ （唐）令狐德棻等撰：《周书》，中华书局1971年版，第202页。
⑥ （北周）庾信：《上益州上柱国赵王诗二首》其一，《北周诗》卷二，逯钦立辑校：《先秦两汉魏晋南北朝诗》，中华书局1983年版，第2356页。

来,宇文招是既爱好文学又多有创作,喜爱庾信文风,并学习其体制风格,故有"轻艳"之讥。今仅存其《从军行》诗一首,其云:"辽东烽火照甘泉,蓟北亭障接燕然。水冻菖蒲未生节,关寒榆荚不成钱。"①虽是残句,但却笔力不凡,格调苍劲。其文则有骈文的藻饰和用典之习,这当为与庾信的文学交往中沾溉的风气,当然,这也是骈文本身的文体要求。

滕王宇文逌是文帝宇文泰第十三子,"少好经史,解属文","所著文章,颇行于世"。②但在权力斗争中和赵王一起于大象二年(580)被杨坚杀害。作为和庾信"布衣之交"的文学侪侣,赵王、滕王仰慕庾信深厚的文学素养和精湛的文学表达技巧,努力向他学习,以求提高自己的文学水平;但他们又具有少数民族的特性,他们均长于武功,具有少数民族将领的卓越军事才干,这是一般南方文士所欠缺的。史载赵王曾"与齐王讨稽胡,招(即宇文招)擒贼帅刘没铎,斩之,胡寇平"③;滕王也参与了征讨稽胡的战争,并"破其渠帅穆友等,斩首八千级"④。这种上马可战,下马修文的秉性和才干,必定会对庾信产生极大的影响。再者,二王与庾信为忘年交,他们都是武帝宇文邕之弟,武帝卒时年三十六,是年(578)庾信已六十六岁,因此,他们的年龄相距在三十岁以上。年轻人的朝气与北方少数民族固有的彪悍骁勇气质亦当对庾信极有影响,这应是促使其文风转变并臻于"老更成"和"凌云健笔意纵横"⑤的一个重要因素。在庾信与赵、滕二王的表率和宣示下,"由是朝廷之人,闾阎之士,莫不忘味于遗韵,眩精于末光,犹丘陵之仰嵩岱,川流之宗溟渤"⑥;"才子词人,莫不师教,王公名贵,尽为虚襟"⑦,产生了巨大的文学辐射力。庾信的改变和成就以及赵、滕二王的躬身实践,使南北文风的融合在新的多民族政权的政治文化生态中得以初步实现,创辟了一条既不保守也不偏执的预示分裂时代文学终结的新道路。

---

① 《北周诗》卷一,载逯钦立辑校:《先秦两汉魏晋南北朝诗》,中华书局 1983 年版,第 2344 页。
② (唐)令狐德棻等撰:《周书》,中华书局 1971 年版,第 206 页。
③ (唐)令狐德棻等撰:《周书》,中华书局 1971 年版,第 203 页。
④ (唐)令狐德棻等撰:《周书》,中华书局 1971 年版,第 206 页。
⑤ 郭绍虞集解:《杜甫戏为六绝句》,人民文学出版社 1976 年版,第 11 页。
⑥ (唐)令狐德棻等撰:《周书》,中华书局 1971 年版,第 744 页。
⑦ (北周)滕王宇文逌:《庾信集序》,《全后周文》卷四,(清)严可均辑:《全上古三代秦汉三国六朝文》,中华书局 1958 年影印本,第 3902 页。

从庾信的文学创作看，反映他和赵王交往的很多，计有《上益州上柱国赵王诗二首》、《奉报赵王出师在道赐诗》、《和赵王送峡中军诗》、《奉和赵王途中五韵诗》（或疑为王褒诗）、《奉和赵王游仙诗》、《奉和赵王隐士诗》[1]、《奉和赵王美人春日诗》、《奉和赵王春日诗》、《北园新斋成应赵王教诗》、《奉报赵王惠酒诗》、《奉和赵王喜雨诗》、《奉和赵王西京路春旦诗》[2]、《和赵王看伎诗》、《正旦蒙赵王赉酒诗》、《奉和赵王诗》、《和赵王看妓诗》[3]。从以上庾信诗来看，全是和赵王的诗，虽是赠和，但反映了他们文学交流的深密。第赵王原作已经不存，但从庾信和诗的名目看，数量应该很多。这便是他们之间的文学交流，对于赵王来讲，作为向庾信学习的晚辈后进，必能从庾信的和诗中学到相关的经验和技巧；而庾信也会从赵王的作品中获得自己未必熟悉的文学质素。这种文学交流，尤其是存在着南北和民族差异的文学交流一定不会是单向的传授，而是双向的师授，是趋同存异和共同进步。这种交流，既使赵王得到了提高，又使庾信实现了他实质性的诗风淬炼而臻于"老更成"的诗学境界。

再看庾信与赵王交往的文章，据严可均《全后周文》卷十，庾信写给赵王的计有：《谢赵王赉丝布等启》、《谢赵王赉丝布启》、《谢赵王赉白罗袍袴启》、《谢赵王赉犀带等启》、《谢赵王赉米启》、《谢赵王赉干鱼启》、《谢赵王赉雉启》、《谢赵王赉马并缴启》、《谢赵王示新诗启》、《赵国公集序》。庾信写与滕王的诗似无，但写给滕王的文章今存四篇：《谢滕王赉巾启》、《谢滕王赉马启》、《谢滕王赉猪启》、《谢滕王集序启》。通过这些文章来看，庾信与赵、滕二王的交往既频繁又深密，既有文学交流，又有日常生活物资的馈遗。他们之间消弭了身份和民族界限的兄弟般的"布衣之交"是维系其文学活动的情感纽带。荀子云："学莫便乎近其人。"[4]在彼此的文学交流中，因情谊深挚而砥砺切磋，互相影响，成了当时文学现象中不可忽视的一股力量。

根据现存文献，赵、滕二王对庾信的文学才能是极为了解的。滕王曾编辑整理了庾信的诗文集，并为其作序。在序文中详细分析了庾信各体文学的成

---

[1] 以上载《北周诗》卷二，逯钦立辑校：《先秦两汉魏晋南北朝诗》，中华书局1983年版。
[2] 以上载《北周诗》卷三，逯钦立辑校：《先秦两汉魏晋南北朝诗》，中华书局1983年版。
[3] 以上载《北周诗》卷四，逯钦立辑校：《先秦两汉魏晋南北朝诗》，中华书局1983年版。
[4] （战国）荀况：《荀子·劝学》，（清）王先谦集解：《荀子集解》，中华书局1988年版，第14页。

就，并将庾信与这些文体的典范作家做比较，做出很高的评价："妙善文词，尤工诗赋，穷缘情之绮靡，尽体物之浏亮。诔夺安仁之美，碑有伯喈之情；箴似杨雄，书同阮籍。"[1]序文还指出庾信勤学不已，涉猎广泛，足为学者楷模。我们从滕王此序中，亦约略可见他的文学素养，也可由此测度庾信对他的提点和指导。滕王在述列庾信的知识谱系时，安知自己和乃兄赵王不是按这个谱系进学修业的呢？滕王还提到自己与庾信的关系是"风期款密，情均缟纻，契比金兰"[2]，庾信将自己的诗文作品交于一个比自己年轻三十多岁的年轻人去整理编辑，若不是出于对这种友谊的信任，是不可能的。这也说明，他们之间没有什么北方皇族与南冠楚囚的区别，也没有什么汉族正统文人与文化后进民族的差池，而是堪比金兰、情均缟纻的纯真友谊。所可"贻范缙绅"[3]的不仅是庾信的文学才华，而是一种消泯了民族差异的共同性构建民族融合的新文学的努力和精神。所以，他们之间的友谊与交流，便少了先前某些文人群体在进行文学活动时所带有的炫才与竞争意味，而充满砥砺切磋与互助共进的意义。这在我国古代少数民族与汉族进行文学交流的历史上，堪称佳话。

再看庾信写给赵王的《谢赵王示新诗启》："某启：郑睿至，奉手教数纸，并示新诗。八体六文，足惊毫翰；四始六义，实动性灵。落落词高，飘飘意远。文异水而涌泉，笔非秋而垂露。藏之山岩，可使云雾郁起；济之江浦，必当蛟龙绕舡。首夏清和，圣躬怡裕。琉璃彤管，鹊顾莺回；婉转绿沉，猿惊雁落。下风顿首，以日为年。犍为舍人，实有诚愿；碧鸡主簿，无由遂心。寂寞荆扉，疏芜兰径。骖驾来梁，未期卜日；遣骑到邺，希垂枉道。"[4]既对赵王新诗多所掖扬，又情至款切，意味深长。不能把庾信对赵王的夸赞仅仅看作是客套。其中诚有鼓励和夸赞的语气，但却是长辈诗人对后进学者的一种期许、鼓励和肯定。其中提到"四始六义"，这本是儒家诗教术语，庾信专门拈出，并配合

---

[1] （北周）滕王宇文逌：《庾信集序》，《全后周文》卷四，（清）严可均辑：《全上古三代秦汉三国六朝文》中华书局1958年影印本，第3902页。

[2] （北周）滕王宇文逌：《庾信集序》，《全后周文》卷四，（清）严可均辑：《全上古三代秦汉三国六朝文》，中华书局1958年影印本，第3902页。

[3] （北周）滕王宇文逌：《庾信集序》，《全后周文》卷四，（清）严可均辑：《全上古三代秦汉三国六朝文》，中华书局1958年影印本，第3902页。

[4] 《全后周文》卷一〇，（清）严可均辑：《全上古三代秦汉三国六朝文》，中华书局1958年影印本，第3933页。

"实动性灵"一同表述,用以肯定赵王新诗,那么,赵王新诗当大不同于南方做派了。而庾信如此表述,也反映了庾信对故主萧纲、萧绎文学思想的反拨。①

相较而言,庾信的文学思想在其《赵国公集序》中就表现得更为鲜明了。该序云:"柱国赵国公②,发言为论,下笔成章,逸态横生,新情挨起,风雨争飞,鱼龙各变。方之珪璧,涂山之会万重;譬似云霞,赤城之岩千丈。文参历象,即入《天官》之书;韵涉丝桐,咸归《总章》之观。论其壮也,则鹏起半天;语其细也,则鹪巢蚊睫。岂直熊熊旦上,增城报日月之光;焰焰宵飞,南斗触蛟龙之气。昔者屈原、宋玉,始于哀怨之深;苏武、李陵,生于别离之世。自魏建安之末,晋太康以来,雕虫篆刻,其体三变,人人自谓握灵蛇之珠,抱荆山之玉矣。公斟酌《雅》、《颂》,谐和律吕,若使言乖节目,则曲台不顾;声止操缦,则成均无取。遂使栋梁文囿,冠冕词林,《大雅》扶轮,小山承盖。"③其中,庾信评价宇文招作品的"论其壮也,则鹏起半天;语其细也,则鹪巢蚊睫。"云者,便实质上是指出其文学做到了"壮"与"细"的统一,这实则是南北文风相互融合的最佳表述。"壮"者,北方粗犷豪放之气;"细"者,南朝柔婉细腻之风。二者在宇文招的创作中统一在一起,诚是南北文风融合的成果。而庾信之作,亦何尝不是如此呢?其"凌云健笔"的风格,本自不生于南朝,而是他接触北方人文风物之后形成的新特点新风格。此外,庾信将屈原、宋玉的"哀怨",苏武、李陵的"别离"和"建安之末"与"太康以来"的"雕虫篆刻"串在一起,称为"三变",实是对西晋以后南方文风的批判。这种观点,与檀道鸾《续晋阳秋》、沈约《宋书·谢灵运传论》和钟嵘《诗品序》的观点是相同的。这种观点的提出,在他参与"徐庾体"的文学实践时,

---

① 萧纲、萧绎并未论及"四始六义",倒有许多与儒家诗教扞格之处。萧纲在其《诫当阳公大心书》中明示:"立身之道与文章异,立身先须谨重,文章且须放荡。"(《全梁文》卷一一)在其《与湘东王书》中对思想正统的裴子野表示不满,并对诗文创作中师法儒家经典的做法进行批评。(参见《梁书》本传)而萧绎则在其《金楼子·立言》中说:"至如文者,惟须绮縠纷披,宫征靡曼,唇吻遒会,情灵摇荡。"(知不足斋本《金楼子》卷四)并未论及诗文创作应有儒家思想的介入。联系萧纲等贵游公子以及庾信前期进行的"徐庾体"的文学实践活动,这里庾信专就"四始六义"发论,正可看出其文学思想的改变。而"动性灵"云者,也反映了他源自南朝的对文学抒情功能的重视,这与刘勰、钟嵘等人是一致的。

② 赵国公亦即赵王宇文招,于周武帝建德三年(574)晋爵为王。

③ 《全后周文》卷一〇,(清)严可均辑:《全上古三代秦汉三国六朝文》,中华书局1958年影印本,第3934页。

是不会提出的。促使其文学思想转变的，便是包括了赵、滕二王在内的北方人文风物和他去国离家的悲慨情怀。

　　同样，庾信称赞赵王能够"斟酌《雅》、《颂》，谐和律吕"，也反映了他在文学思想上对儒家的认可。这与北周经苏绰文学改革后儒家居于正统地位的思想界状况有关。周武帝经过组织辩论，听从卫元嵩的建议，并毁佛、道，选择儒家思想作为治国纲领。这也是促使庾信文学思想发生转变的重要因素。此外，他对宇文招的创作既能细致入微地守明律度，又不失于过分拘谨的做法表示肯定，并认为其作既有《雅》、《颂》之庄重，又有《楚辞》之深情，这些都反映了庾信文学思想的转变，也是融合南北文风的文学思想的一种表述。

　　就庾信而言，在他与赵、滕二王的文学交往中，接触到了北人的习性品格，这有助于他汲取北方的人文质素，完成自己诗风的转变。王国维在《屈子文学之精神》一文中，对南北文学的融合做出详尽论析，可用以分析庾信与赵、滕二王间文学交往的意义。王氏云："由此观之，北方人之感情，诗歌的也，以不得想象力之助，故其所作，遂止于小篇。南方人之想象，亦诗歌的也，以无深邃之感情之后援，故其想象，亦散漫而无所丽，是以无纯粹之诗歌。而大诗歌之出，必须俟北方人之感情与南方人之想象合而为一，即必须通过南北之骑驿而后可，斯即屈子其人也。"①庾信为南人，他也如王国维所说，有着丰富的想象力和高超的文学技能。但入北前，是不曾有"深邃之感情"的。入北后，接触到北地人文风物，尤其是赵、滕二王，他们北人特有的"坚忍之志"和"强毅之气"②便对庾信产生了影响，加之其故园难回，暮年飘零，遂有"深邃之感情"。同样，二王也在庾信那里习学着自己所欠缺的想象力和文学技能。他们共同提高，完成了南北诗风的融合。王国维曾感慨："观后世诗人，若渊明，若子美，无非受北方学派之影响者。岂独一屈子哉！岂独一屈子哉！"③而庾信和赵、滕二王，难道不也是如此吗？他们与屈原、陶潜一样，昭示着中国文学发展在文风融合方面的重要规律，此外，还多了一层民族和睦与文学互助的意义。

---

① 《王国维文集》第一卷，中国文史出版社 1997 年版，第 32 页。
② 《王国维文集》第一卷，中国文史出版社 1997 年版，第 31 页。
③ 《王国维文集》第一卷，中国文史出版社 1997 年版，第 32 页。

前文曾经提到,滕王曾将庾信入北后的诗文作品编纂成集,这对于保存庾信诗文并扩大其影响助益甚多,庾信亦曾作文表示感谢。① 庾信与赵滕二王的文学交流,便是如此,他们互相赠和,又写定序文,都洋溢着深厚的情谊。但就在滕王作《庾信集序》的第二年,二王就与几乎所有周室贵族一起,为外戚杨坚所害,荼毒之烈,可谓空前。庾信也很快逝去,这一文学群体的活动宣告终结。作为具有独特身份的忘年师友,他们组合成的这一文学群体,在当时和后来都产生了很大的影响,彰示着民族融合和南北融合的可能,召唤着能够创造出亲和所有社会成员的新时代、新文学。魏征在初唐写成的《隋书·文学传序》有云:"然(南北)彼此好尚,互有异同。江左宫商发越,贵于清绮;河朔词义贞刚,重乎气质。气质则理胜其词,清绮则文过其意,理深者便于时用,文华者宜于咏歌。此其南北词人得失之大较也。若能掇彼清音,简兹累句,各去所短,合其两长,则文质彬彬,尽善尽美矣。"② 便在理论上明确主张"各去所短,合其两长",融合南北文风了。随即,标志这种融合得以全面实现的唐代文学终于出现在了中国文学的舞台上。而这种理论和实践上的成就,与庾信、赵王、滕王之间的文学交往和表率作用是深有关联的。我们总是重视庾信本人的后期变化,却忽略了庾信和赵王滕王之间的文学交往给这种变化带来的助力,也忽略了这样一个文学群体所能发挥出的表率作用。③

唐前文人群体性文学活动的意义与影响

唐代前期文人群体性文学活动对诗社的产生起到了重要的铺垫与蓄势作用,这主要表现在如下几个方面。

首先,奠定了文人群体性文学活动的基本类型。后世的诗社,也包括没有诗社名号的文人群体性文学活动的基本类型都来自于唐前的几种基本类型。比如兰亭修禊雅集活动,就成了后世文人雅集的样板。唐代白居易的七老会(九

---

① 见其《谢滕王集序启》,《全后周文》卷一〇,(清)严可均辑:《全上古三代秦汉三国六朝文》,中华书局1958年影印本,第3934页。
② 《隋书·文学传序》,(唐)魏征等撰:《隋书》,中华书局1973年版,第1730页。
③ 当时还有以庾季才为核心的文士群体。《北史·庾季才传》:"季才局量宽宏,术业优博,笃于信义,志好宾游。常吉日良辰,与琅邪王褒、彭城刘毅、河东裴政及宗人信等为文酒会。次有刘臻、明克让、柳䛒之徒,虽后进,亦申游矣。"该"文酒会"虽然亦有王褒、庾信等知名文士的参与,但从组成上看,却绝大部分是由南入北的文人,也无异族成员,这同庾信与赵、滕二王组成的文学群体在民族融合和南北融合的意义上是不同的。

老会)、北宋的耆老会虽说主要属于老年诗会的性质，但在非功利性的层面与兰亭雅集相通，而北宋的西园雅集就更为直接地系承兰亭而来。元末的玉山雅集就可谓是历史上规模最大、参与人数最多、作品也最为丰富的雅集活动。此后的群体性的文学活动都与玉山雅集有所关联。① 再如慧远等人僧俗群体类型，唐代白居易的香火社、北宋释省常的西湖白莲社都是这种类型的延续。唐前师门师弟子类型与师友师传类型也在后世延续，虽然更多在学派性质的群体中存在，但也延及到文学群体之中，如韩门师弟子群体、欧门师弟子群体与苏门师弟子群体即是这种情形。元初月泉吟社中方凤一系的文人以师友师传关系形成了一个文学理论和思想延续的脉络，对明初的诗文风气产生了很大的影响。再如以贵戚权臣为核心的文人群体类型，后世的高骈诗社、北宋的洛社七交等群体，虽然诗学意义较唐前要浓厚得多，但基本上还是可以看出建安文人群体、桓温文人群体以及竟陵王西邸群体、萧纲、萧绎群体和庾信与二王群体的影子。而后世的馆阁文人群体也与这种类型有关联。

后世的遗民群体这一时期尚未出现。所谓浔阳三隐也并不能算作是遗民群体，其隐逸性较为突出，但遗民性并不明显。这与林逋诗社以及南宋的江湖诗社群中的诗人群体相似。

唐前文人群体中虽然并无进行文学理论研究的群体，但竟陵王西邸群体是很具有理论探索性质的。到了北宋、南宋之交的江西诗社群诗人群体，其专力进行理论研究与实践的性质就十分突出了。从西邸的永明声律论探索到江西诗社群的诗学建树，诗学理论与群体性活动间的关系就越来越密切了，群体性文学活动对于文学理论发展的积极作用也更多得表现出了良性互动关系。

其次。唐前文人群体性活动的性质也为后世的诗社活动确定了基调。唐前文人群体性活动中的训练性内容，如同题共作以及相互赠答间的诗学交流及训

---

① 雅集类型的文人群体性活动早于诗社，在诗社与诗学关系处于良性互动的时期，雅集在群体性活动中就较少一些，但当诗社与诗学的关系出现疏离甚至悖反，以至形成了习气的时候，雅集作为一种轻松、自如的群体形态又会活跃起来。雅集在诗学史上的贡献不如诗社，也大都没有支撑起什么诗学观念和主张，这盖与其自如轻松的组织方式和活动中的游戏性、娱乐性成分远较诗社浓重有关。到清代，因诗学理论主张间的关系并非剑拔弩张，而是互补性较为突出的整体诗学风气的原因，诗社也表现出了与雅集相似的诸多特点，此期的许多实质上是雅集的群体性活动而冠以诗社名号，诗社遂雅集化了。同时还须提及，老年诗会既有雅集的性质，但还具有一些古礼色彩，在唐前并无专门的老年文人群体活动，宋代出现的老年诗会是在融合整炼前代基础上的一种创造。

练性色彩、竞争性内容和互通有无的活动性质在诗社及群体性文学活动的模式方面具有深远的影响力。建安文人群体在这一方面具有典型的示范意义，其中的赠答与同题共作也一直是后世包括诗社在内的文人群体性活动的主要内容。元初月泉吟社以"四时田园杂兴"征题，共得应征作品两千余卷，可谓历史上规模最大的同题共作活动了。同题共作中所蕴含的竞争因素在后世诗社活动中发展成为评价作品、排定名次的批评活动，到明清时期就成了最为主要的活动内容了。这就说明，唐前文人群体性活动中的基本内容确定了后世诗社的主要诗学活动的方式，并在这种方式中蕴含了交流经验与较量短长的双重职能。

同题共作中所蕴含的训练性色彩一直是后世诗社活动的基本特征。尤其是对于那种以诗学研究为主旨的诗社来讲，这种训练性就更加具有诗学史的意义了。当时，因有的诗社诗学方向的问题，其诗学训练偏于对艺术技巧的片面追求，这样便导致了理论主张的细碎与烦琐。虽然也具有使诗学研究走向深入的积极意义，但因其实践性的缺乏而产生流弊。因为群体性活动本身就具有娱乐性和消遣性，在诗社活动繁盛的时期，其娱乐性内容也会滋长，尤其是当诗社关注诗学的力度减弱，诗学研讨不再成为诗学主要内容的时候，娱乐性、消遣性的程度就会加深。对比江西诗社群与明清诗社，诗学研究与娱乐性内容间的消长关系就很清楚了。

第三，从文学理论的角度看，唐前的文人群体性活动是诗社发展的肇始、酝酿与持续发酵时期。从早期的社日会聚礼俗到其他群聚性活动，从各学派师门群体到师传群体，从以贵戚权臣为核心的文人群体到具有政治斗争性质的文人群体，以及类似僧俗群体以及与贵族子弟为主体的文人群体，这一时期的文学理论意义也渐呈增长态势。从建安文人群体的文学性之彰显到庾信与滕、赵二王文学活动的南北文学交融的理论意义，我们可以看出，随着文学观念的发展，文学理论与文人群体性活动的相互关联越来越密切，其对文学存在与发展的现实意义也越来越突出。二者间的这种关系的发展势头也日益起到催促文学性突出和理论色彩鲜明的文人群体向文人会社型组织跨越的进程。当大一统的政治、经济与文化局面再度出现，文学与附加于文学活动之上的各种功利性诉求的关系趋于谐适的时代来临，文人交游甚至结成群体性组织的机会与氛围更为宽松的时候，诗社型的文人组织便会出现。唐代的文人群体一方面按照此前文人群体性活动的基本模式发展，又在新的时代背景中摆脱了文学性与功利性的各种羁绊，在更高的境界中构成了文学自身特性与功利性兼而有之的谐适关系。文学性与理论性在功利性要求并不以强势进行苛求或干预的情形下，在群体性活动的层面上的为文人们展开活动提供了机会并拓展了空间，形成了相对诗坛而言的小型诗学园地和诗学的舆论空间。文人们在此间可以较为轻松的演练诗学才艺，养成自己的诗学品格，预演着成为诗人的各种必要节目，也完成成为优秀诗人所需的各种功课。唐代的文人群体活动经由了一些可以叫作准诗社的过渡形态向组织齐整、活动规律、成员固定的诗社推进。可以说，没有唐代特有的文学氛围与时代气息，古代的诗社是难以出现的。但从另一方面讲，没有唐前群体性活动的酝酿与铺垫，诗社也是难以出现的。因此，可以说，唐前的文人群体虽然没有出现诗社的名号，但其组成类型与活动模式，以及与文学理论间的良性互动关系是我们辨析诗社性质与发展流程是不能唐突的问题。

第四，唐前群体性文学活动的积极意义非常鲜明，对于后世诗社的影响也更为直接有力。这一时期的群体性文学活动虽有风规习尚，但绝无明代文人群体的不良习气。唐前文人群体性活动的发展，无论其类型怎样，都表现出诗学内涵（包括理论关切及对文学的干预能力）的充实与加强趋势。由建安文人、兰亭修禊及西邸文人群体诗学内涵的发展充实过程就能看出这一点。建安文人共构了被后世广泛称誉的建安风骨，兰亭修禊则透露了山水诗取代玄言诗的诗学消息，西邸文人群体成了创立永明声律论的权舆，这都反映了文人群体性活动中理论内涵充实的趋势。这也充分说明了文人群体性对于文学理论发展的积极作用。及至唐宋，这种作用终于结成硕果。但到明清，因整体文学理论氛围的变化，这种作用趋于弱化，反而生出许多不良风尚，这其中的原因很多，但关键一点在于群体性诗学活动的开放性、包容性受到诗学因素以外的功利性因素影响而大为减损，诗社诗学走向了过去自我充实与取长补短的积极作用的反面。而这种作用曾经催生了许多诗学观念，也培养了许多优秀诗人，欧阳修、尹洙、梅尧臣等人的洛社活动就是如此，江西诗社群、江湖诗社群都是如此。但当诗社本身的利益计较胜过了其诗学理想与目标，其弊端就会妨碍诗社积极作用的发挥。

再者，唐前文人群体性文学活动对于创作风气与理论风气的影响也十分巨大。建安文人、正始文人的创作活动对于当时的文学发展就产生了不可忽视的促进作用。乌衣游会之于诗学授受，庾信与滕、赵二王的文学交流对于新的文学风貌的启示意义都是群体性文学活动积极意义的表现。

所以，唐前虽然没有出现诗社，但其群体性文学活动在诗社发展的流程中起到了极为重要的作用，是诗社发生、发展的脉络链条上的重要环节。其群体性文学活动的类型、性质及内在机制奠定了后世诗社的基本形态与模式，也确定了我们进一步探讨唐代群体性诗学活动的前提与基本研究路数。①

---

① 中唐张籍《祭退之》诗中提到韩愈"养疾城南庄"后，张籍自己也休官，两人"两月同游翔"，至有"自期此可老，结社于其乡"的期许（《全唐诗》卷三八三），但韩愈不久去世，结社事未成，然结成诗社的意识，在中唐已经较为明显了。

第二章　唐代的诗社活动及其诗学内涵

第一节　关于唐代诗社活动的特点及相关问题

唐代是文人群体性活动导致诗社产生的关键时期。因为唐代诗歌创作繁荣，诗人队伍庞大，加之科举中设立了以诗赋取士的科目，诗的地位大大地提高了。文人群体性活动中探讨诗学的内容增长，以群体为基本单位展开的相关诗学活动较此前大为增加，群体也向成员相对固定，活动也较为稳定的方向发展，诗学与文人群体以诗社的名义结合在一起，诗社终于产生了。

总体看，唐代文人的群体性活动有这样几种类型：

政治性、文学性的群体性活动，这种类型是前代延续下来的。如高骈诗社即是此类。高骈为封疆大吏，以他为核心的诗社活动在具有一定政治功利性的同时，也具有其诗学内涵。另外，唐代诗人群体性活动还有官员僚友们组成的诗学群体类型，如沧洲诗社。由僧俗组成的群体在唐代主要是白居易等人的香火社。其群体承东晋庐山慧远组织而来，并对后世产生了很大的影响。此外还有赋闲（或任闲职）的官员组成的诗学组织，裴度、白居易、刘禹锡的绿野堂诗学活动即是此类。这种类型也是官员僚友群体和耆老会性质的老年诗会间的一种形态。另外，因唐代交游风气很盛，士子奔走各地，与各地诗人结成诗友，他们也会随时展开群体性诗学活动。总体上看，唐代诗人们所结成的诗人群体的政治功利性减弱，诗学因素增强。唐代诗人们经常性的诗文酒会不胜枚举，形成了群体性诗学活动的繁盛氛围，但这种仍然具有雅集性质的诗文酒会因其开放性、松散性的缘由，加之参与者的流动性与不确定性，不能作为群体类别来看待。不过这种活动中所含有的诗学竞争、诗学训练以及娱乐色彩则是我们关注唐代文人群体性活动以及诗社活动应该参照的。

唐代群体性诗学活动的内容也与前代相同，但赓和赠答的要比同题共作和拟代多得多。这反映了唐代诗人诗学交流的进一步活跃。唐代联句很多，作为赓和的一种形式，联句中的角力斗胜成分占据重要位置。在联句中，去实现切磋技艺、较量高下的诗学竞争，是唐人在前人基础上的一种发展。总体上看，唐代诗人在群体活动和诗学交流中的竞争性和训练性内容都有很大发展，这与唐代总体的诗学氛围有关。诗学氛围宽松活跃，诗学观点间也不存在针锋相对的斗争性，因而群体性活动中的竞争性并不影响诗人们畅所欲言，并展示出自己的真实水平。故而虽然气氛活跃，却不会有分朋标榜、相互鼓噪的现象。这也同时使得唐代诗人群体界缘不清，虽然群体活动频繁，但无派系斗争，其排他性也并不突出。

另外，唐代群体性诗学活动还反映出了创作训练化、文学游戏化和生活文学化加深的趋势。

所谓创作训练化，是说创作活动未必是真正的有感而发，也不以摅写真实怀抱为创作目的，而是在群体性活动中以某种因由去展开创作活动，或是同题共作，或是赓和联句，其创作更像是在完成一种活动课目。这种创作就表现出了训练的色彩。而创作训练化，就是创作活动中这种训练的色彩表现出行进性的发展和加深趋势。唐代诗人在群体性活动中，不一定是出于现实生活的刺激而创作，他们更多时候是在为了作诗而作诗，或是为了回应别人的诗作而作诗。其作品更多含有的是交际性的内容，包括所写之情，也更像是某种题目。这种创作，总是以彼我二者的潜在对话语境为摅写前提。这种情形下的创作，其训练色彩是很鲜明的，训练的内容包括体验某种感情并练习或熟悉某种艺术技巧。创作训练化可以说伴随着群体性活动的始终，且一直表现出加深和泛化的趋势。这里的原因，或许就是钟嵘《诗品序》中的所谓"嘉会寄诗以亲"[1]了。以诗相亲，便是交际性的交流语境，创作也就有着所谓"当其揖让之时"[2]的相互交际的话语前提，这时的创作不会是诗人对自己心灵的完全摅写，而是蕴含着

---

[1] （梁）钟嵘著，陈延杰注：《诗品注》，人民文学出版社1961年版，第2页。
[2] 《汉书·艺文志》论及"称诗谕志"时语，（汉）班固撰，（唐）颜师古注：《汉书》，中华书局1962年版，第1755页。

浓厚的交际的色彩。唐代创作训练化在新的诗学时代表现出明显的加深趋势。

文学游戏化，是在群体性的文学活动中，文学创作也带有了游戏的色彩，创作活动本身因具有交际性而弱化了创作的真实度，其创作的交流情感，增进情谊的目的性也使得创作的交际符号性质更为突出。并因群体性活动本身往往与诗酒歌舞等艺术展示的氛围相关，此间的创作也被更多地赋予了娱人娱己的娱乐性色彩，也带有了才艺演示与才艺欣赏的娱乐性内容。诗人们于群体性活动中展示自我并欣赏诗友才艺，在交相推许中实现对自身艺术价值的肯定。又因此际之创作主要用于人我交流与自我展示，在活动中又能得到他人的认可，也能以认可他人获得群体性的某种认同。其间的礼仪性质也非常突出。《论语·述而》中孔子说："志于道，据于德，依于仁，游于艺。"①在群体性活动中"志道"者，同道相亲；"据德"者，彼我相敬；"依仁"者，彼此宽容认可；"游艺"者，以共同的交流媒介完善自身，欣赏自我与他人，从而欢洽彼我，增进情谊。我们可以以孔子之说去理解群体性活动中的游戏性内涵。在群体性活动中，从古以来就伴随着游戏化色彩。文人们在诗酒欢会中交流创作，在风景佳胜处或良辰美景之间去展开活动，本身就有"游于艺"的特点。加之其间之诗作，也往往应景而生、乘兴而起，故而一直以来，群体性创作都具游戏化特点。在唐代，这个特点也表现出了深化趋势。

所谓生活文学化，一方面，生活中的事项都能从文学的角度予以观照，都能成为文学的素材而入于作家之眼，并将其再现；另一方面，指作家对待生活的态度，能将生活中各种类型的大事件或小细节纳入创作中，以诗性的心理将其作为文学素材使用。古代文人生活中的一切事项，都可入于诗文视域，都有进行创作的可能。这种情形，在唐宋尤甚。就唐代而言，因为诗歌地位的空前提高，诗人们遂以诗化的心境对待生活。生活中的婚丧嫁娶，亲朋聚散，羁旅行役，人生起伏都入于诗中；种种鸟啼花开，秋风叶落，月出星寥，日影盈缺；或是行蚁上梨，怪禽啼树，或是秋坟鬼哭，空山孤魅，或是暗夜萤飞，惊雁腾空；寒山泉水，夜半漏声，一切物象，皆入于诗。此际诗人，生活在诗化

---

① （魏）何晏注，（宋）邢昺疏，朱汉民整理：《论语注疏》，李学勤主编：《十三经注疏》，北京大学出版社2000年版，第94页。

心态下的审美氛围之中,文人以诗化心态应对一切生活内容:科举高中或是落第凄情,融洽佳景或是苦寒慄慄,病中垂死或是酒酣心驰,大漠孤烟或是烟雨朦胧,细水浮花或是轻尘沾衣……生活中的一切理、事、情①都在诗化的视野中入于诗人心胸,表以为文字,缀以为歌什。生活中处处是诗题,眼中无往而非诗意。白居易在《与元九书》中所说的:"自长安抵江西,三四千里,凡乡校、佛寺、逆旅、行舟之中,往往有题仆诗者;士庶、僧徒、孀妇、处女之口,每每有咏仆诗者。"情形,即是唐代生活文学化的真实写照。唐代诗人沉浸在诗化生活的氛围中,在创作诗歌的主观用意的引导下,即使"口舌成疮,手肘成胝"②,也不退避。或是"夜吟晓不休,苦吟鬼神愁"(孟郊《夜感自遣》)③,或是"一日不作诗,心源如废井"(贾岛《戏赠友人》)④,或是"苦吟身得雪,甘意鬓成霜"(李频《及第后归》)⑤,或是"吟兴忘饥冻,生涯任有无"(刘得仁《夜携酒访崔正字》)⑥,或是要呕出心肝,如痴如狂;或是行为乖张,如醉如醒;刻骨搜句(刘得仁有"刻骨搜奇句"诗,《陈情上知己》)⑦,不计他人侧目;永日沉吟(朱庆余有"永日微吟在竹前"句,《赠韩协律》)⑧,至忘身之所在。这些现象,都是唐人生活文学化的真实写照。这种现象不始于唐代,在唐代则表现出了行进性深化的趋势。

唐代的这种"三化"都表现出程度加深的趋势。诗社活动在其中,既是从动者,又是鼓动者。我们考虑唐代诗社活动及其诗学内涵,应联系"三化"问题予以理解并进行阐释。

一、唐代帝王对群体性诗学活动的表率作用

唐代诗学之盛,与帝王的重视和躬身表率有直接关系。有唐历代帝王多

---

① 叶燮认为客观世界均可以"理"、"事"、"情"予以观照,在诗歌中所表现的也都是经过诗人艺术处理的"理"、"事"、"情"。见其《原诗》。
② (唐)白居易:《与元九书》,顾学颉校点:《白居易集》,中华书局1979年版,第963—964页。
③ (清)曹寅编:《全唐诗》第11册,中华书局1960年排印本,第4203页。
④ (清)曹寅编:《全唐诗》第17册,中华书局1960年排印本,第6626页。
⑤ (清)曹寅编:《全唐诗》第18册,中华书局1960年排印本,第6819页。
⑥ (清)曹寅编:《全唐诗》第16册,中华书局1960年排印本,第6284页。
⑦ (清)曹寅编:《全唐诗》第16册,中华书局1960年排印本,第6291页。
⑧ (清)曹寅编:《全唐诗》第15册,中华书局1960年排印本,第5876页。

好诗,他们也往往参与诗歌的创作和评价活动。太宗、中宗、玄宗、德宗都有较高的诗学素养,宣宗为白居易写挽诗等都是例证。就唐代总体诗学风气,尤其是就其群体性诗学活动的风气来讲,唐中宗李显的倡导和表率作用不容忽视。宋尤袤《全唐诗话》卷一之"中宗"条极为详尽地记述了中宗的诗学活动情况:

(中宗)《九月九日幸临渭亭登高作》云:"九日正乘秋,三杯兴已周。泛桂迎樽满,吹花向酒浮。长房萸早熟,彭泽菊初收。何藉龙沙上,方得恣淹留。"时景龙三年(709)也。序云:"陶潜盈把,既浮九酝之欢;毕卓持螯,须尽一生之兴。人题四韵,同赋五言,其最后成,罚之引满。"韦安石得"枝"字云:"金风飘菊蕊,玉露泫萸枝。"苏瑰得"晖"字云:"恩深答效浅,留醉奉宸晖。"李峤得"欢"字云:"令节三秋晚,重阳九日欢。"萧至忠得"余"字云:"宠极萸房遍,恩深菊酎余。"窦希玠得"明"字云:"九辰陪圣膳,万岁奉承明。"韦嗣立得"深"字云:"愿陪欢乐事,长与岁时深。"李迥秀得"风"字云:"霁云开晓日,仙藻丽秋风。"赵彦伯得"花"字云:"簪挂丹萸蕊,杯衔紫菊花。"杨廉得"亭"字云:"远日瞰秦埛,重阳坐灞亭。"岑羲得"浂"字云:"爱豫瞩秦埛,升高临灞浂。"卢藏用得"开"字云:"萸依珮里发,菊向酒边开。"李咸得"直"字云:"菊黄迎酒泛,松翠凌霜直。"阎朝隐得"筵"字云:"簪绂趋皇极,笙歌接御筵。"沈佺期得"长"字云:"臣欢重九庆,日月奉天长。"薛稷得"历"字云:"愿陪九九辰,长奉千千历。"苏颋得"时"字云:"年数登高日,延龄命赏时。"李乂得"浓"字云:"捧篚萸香遍,称觞菊气浓。"马怀素得'酒'字云:"兰将叶布席,菊用香浮酒。"陆景初得"臣"字云:"登高识汉苑,问道侍轩臣。"韦元旦得"月"字云:"云物开千里,天行乘九月。"李适得"高"字云:"禁苑秋光入,宸游霁色高。"郑南金得"日"字云:"风起韵虞弦,云开吐尧日。"于经野得"樽"字云:"桂筵罗玉俎,菊醴泛芳樽。"卢怀慎得"还"字云:"鹤似闻琴至,人疑宴镐还。"是宴也,韦安石、苏瑰诗先成。于经野、卢怀慎最后成,罚酒。①

---

① (清)何文焕:《历代诗话》,中华书局1981年版,第54—55页。

又载：

  十月，帝诞辰。内殿宴群臣，联句："润色鸿业寄贤才（帝云），叨居右弼愧盐梅（李峤）。运筹帷幄荷时来（宗楚客），职掌图籍滥蓬莱（刘宪）。两司谬忝谢钟裴（崔湜），礼乐铨管效尘埃（郑愔）。陈师振旅清九垓（赵彦昭），忻承顾问侍天杯（李适）。衔恩献寿柏梁台（苏颋），黄缣青简奉康哉（卢藏用）。鲰生侍从忝王枚（李乂），右掖司言实不才（马怀素）。宗伯秩礼天地开（薛稷），帝歌难续仰昭回（宋之问）。微臣捧日变寒灰（陆景初），远惭班左愧游陪（上官婕妤）。"帝谓侍臣曰："今天下无事，朝野多欢，欲与卿等词人，时赋诗宴乐，可识朕意，不须惜醉。"大学士李峤、宗楚客等跪奏曰："臣等多幸，同遇昌期。谬以不才，策名文馆。思励驽朽，庶神河岳。既陪天欢，不敢不醉。"此后，每游别殿，幸离宫，驻跸芳苑，鸣笳仙禁，或戚里宸筵，王门叠席，无不毕从。①

又《全唐诗话》之"上官昭容"条载：

  中宗正月晦日幸昆明池赋诗，群臣应制百余篇。帐殿前结彩楼，命昭容选一篇为新翻御制曲。从臣悉集其下，须臾，纸落如飞，各认其名而怀之。既退，惟沈、宋二诗不下。移时，一纸飞坠，竞取而观，乃沈诗也。及闻其评曰："二诗工力悉敌，沈诗落句云：'微臣雕朽质，羞睹豫章才。'盖词气已竭。宋诗云：'不愁明月尽，自有夜珠来。'犹陟健豪举。"沈乃伏，不敢复争。②

这次诗学活动，除有文士们应制赋诗的创作活动外，还充满了以诗才相竞的色彩，更为有意味的是此次诗会还有评骘活动。上官婉儿认可沈、宋之诗超过其他文士，又认为宋之问之诗超过了沈佺期。她使用的批评方法是比较二

---

① （清）何文焕：《历代诗话》，中华书局1981年版，第55页。
② （清）何文焕：《历代诗话》，中华书局1981年版，第62页。

人诗作的"词气",认为沈诗作到最后,"词气已竭",而宋之问"陟健豪举",在"工力悉敌"的大略相当之中,更为重视作诗的"工力"的基础上,更为认可诗兴的浓郁遒劲及作者驾驭诗作的能力。这种批评完全不同于南朝文士们以浓艳华靡相矜的风气,在陈子昂呼唤"骨气"的基础上,以"豪举"为评诗标准的观点也宣示着盛唐诗风的新兴气象。唐人群体性诗学活动本身就有创作竞争与较量诗艺的活动内容,而同时也往往有具体的批评活动。这是唐代群体性诗学活动的新特点。同时也使得群体性诗学活动涵盖了从酝酿诗兴到具体创作和批评的所有环节,这种活动对作家创作才能的养成和理论批评的深入发展都是有直接的助益的。而作为以皇帝为核心的诗学活动,竟由女性担任"评委",也可见出唐代群体性诗学活动风气的轻松氛围和开放性。这种特点对促进诗人们进行诗学创作、交流和批评的发展是大有助益的。

《全唐诗话》卷一之"李适"条还载有类似的群体性诗学活动资料:

> 初,中宗景龙二年(708),始于修文馆置大学士四员,学士八员,直学士十二员,象四时、八节、十二月。于是李峤、宗楚客、赵彦昭、韦嗣立为大学士;李适、刘宪、崔湜、郑愔、卢藏用、李乂、岑羲、刘子玄为学士;薛稷、马怀素、宋之问、武平一、杜审言、沈佺期、阎朝隐为直学士。又召徐坚、韦元旦、徐彦伯、刘允济等满员。其后被选者不一。凡天子飨会游豫,惟宰相、直学士得从,春幸梨园并渭水祓除,则赐柳圈辟疠。夏宴蒲萄园,赐朱樱。秋登慈恩浮图,献菊花酒称寿。冬幸新丰,历白鹿观,登骊山,赐浴汤池,给香粉兰泽,从行给翔麟马、品官黄衣各一。帝有所感,即赋诗,学士皆属和,当时人所钦慕。①然皆狎猥佻佞,忘君臣礼法,惟以文华取幸,若韦元旦、刘允济、沈佺期、宋之问、阎朝隐等,无他称。景龙二年七月七夕,御两仪殿赋诗。李峤献诗

---

① 有了专门的文学侍从群体,有了几乎制度化的群体性文学活动,甚为世所钦慕,也会被士人所效法,上有所好,下必甚之。步入盛唐时期的诗坛,也在群体性诗学活动方面别开生面。此后唐代各级文士也不断地组织起群体性文学活动。这成了唐代文学不能或缺的一种文学生态现象,对诗社的形成有直接的促进作用。且中宗置修文馆,聚集文人,也属馆阁文人群体性质,在后世的文学发展中,馆阁文人的作用也逐渐重要起来。

云:"谁言七襄咏,流入五弦歌。"(是日李行言唱《步虚歌》)九月,幸慈恩寺塔,上官氏献诗,群臣并赋。闰九月,幸总持,登浮图,李峤等献诗。十月三日,幸三会寺。十一月十五日,中宗诞辰,内殿联句为"柏梁体"。二十一日安乐公主出降武延秀。是月,以婕妤上官氏为昭容。十二月六日,上幸荐福寺,郑愔诗先成,("旧邸三乘辟"是也)宋之问后进。("驾象法三归"是也)立春,侍宴赋诗。二十一日,幸临渭亭,李峤等应制。三十日幸长安故城。十二月晦,诸学士人閤守岁,以皇后乳母戏适御史大夫窦从一。(往来其家,遂有国爹之号)三年元日,清晖阁登高遇雪。宗楚客诗云"蓬莱雪作山"是也,因赐金綵人胜。李峤等七言诗("千钟圣酒御筵披"是也)。是日,甚欢,上令学士递起屡舞,至沈佺期赋《回波》,有"齿录牙绯"之语。晦日,幸昆明池,宋之问诗"自有夜珠来"之句,至今传。二月八日,送沙门玄奘等归荆州,李峤等赋诗。十一日,幸太平公主南庄。七月,幸望春宫,送朔方节度张仁亶赴军。八月三日,幸安乐公主西庄。九月九日,幸临渭亭,分韵赋诗(韦安石先成)。十一月一日,安乐公主入新宅,赋诗。十五日,中宗诞辰,长宁公主满月,李峤诗"神龙见象日,仙凤养雏年"是也。二十三日,南郊,徐彦伯上《南郊赋》。十二月十二日,幸温泉宫,敕蒲州刺史徐彦伯入仗,同学士例,因与武平一等五人献诗,上官昭容献七言绝句三首。十四日,幸韦嗣立庄,拜嗣立逍遥公,名其居曰"清虚原","幽栖谷"。十五日,幸白鹿观。十八日,游秦始皇陵。四年正月朔,赐群臣柏树。五日,蓬莱宫宴吐蕃使,因为柏梁体(吐蕃舍人亦赋)。七日,重宴大明殿,赐綵镂人胜,又观打毬。八日,立春,赐綵花。二十九日,晦,幸浐水。二月一日,送金城公主。三日,幸司农少卿王光辅庄。是夕,岑羲设茗饮,讨论经史,武平一论《春秋》,崔日用请北面,日用赠武平一歌曰:"彼名流兮左氏癖,意玄远兮冠今昔。"二十一日,张仁亶至自朔方,宴于桃花园,赋七言诗。明日,宴承庆殿,李峤等赋《桃花园词》,因号《桃花行》。三月一日,清明,幸梨园,命侍臣为拔河之戏。三日上巳,祓禊于渭滨,赋七言诗,赐细柳圈。八日,令学士寻胜,同宴于礼部尚书窦希玠亭,赋诗,张说为之序。十一日,宴于昭容之别院。二十七日,李峤入都祔庙,徐彦伯等饯之,赋诗。四月一日,幸长宁公主庄。六日,幸兴庆池观竞渡之戏。其日,过希玠宅,学士赋诗。二十九日,御宴,祝钦明为八风舞,诸学士曰:"祝公斯举,《五经》扫地尽矣。"睿宗时,道士司马承祯天台,(李)适赠诗,词甚美,朝士属和三百余人,徐彦伯编为《白云记》。①

可见,凡饮宴、出游、巡幸,逢春秋佳日,或饯祖远行,以皇帝为核心的中枢馆阁文人群体都投身到酬唱赋诗的活动中去,这种活动并不因为有皇帝、贵族和公卿学士的参与而拘谨呆板,其气氛是相当轻松活泼、欢快自由的。中宗、德宗和居于高位的馆阁诗人集团把诗与朝事余暇的闲适生活结合起来,使庙堂生活充满了诗的色彩与情调。由引文可见,他们活动的密度很大,参与者众多,且活动本身充满创作竞争的色彩也含有批评的因素(奖励创作的优胜者需要有一定的分析和批评)。这种最高级文士间群体性诗学活动的盛大状况是早期盛唐诗风的一种反映。更为重要的是,它会对诗风的走势产生巨大的推动作用,上行下效。于是,诗化生活和群体性诗学创作的风气大盛。中层、下层文士们也都用类似方式开展活动。创作训练化、文学游戏化、生活文学化的趋势进一步加深,与此相应群体性的文学活动在规模和频度上也大大增加。可以说,中宗及其修文馆学士群体的这些活动,是唐代群体性文学活动发展变化的一大关捩,是唐代诗学基本风貌形成的重要因由之一。

皇帝倡导在前,大臣随和在后,"赋诗宴乐"成了君臣生活不可须臾或缺的内容,这种君臣赋诗联句的规模超过以往,对盛唐以及中唐的诗学生态发生了极为深远的影响。后来的皇帝如玄宗、德宗、文宗、宣宗等都有类似举措,唐代诗学风气在皇上的倡导与表率下,展开了丰富多彩的画卷。

德宗还亲自参与了对群体性诗学活动诗作的评价活动,尤袤《全唐诗话》卷一之"德宗"条云:"贞元四年(788)九月,赐宴曲江亭。帝为诗,序曰:'朕在位仅将十载,实赖忠贤左右,克致小康。是以择三令节,锡兹宴赏。俾大夫卿士,得同欢洽也。夫共其戚者同其休,有其初者贵其终。咨尔群僚,顺朕不暇,乐而能节,职思其忧,咸若时则,庶乎理矣。因重阳之会,聊示所

---

① 《全唐诗话》卷一,(清)何文焕:《历代诗话》,中华书局1981年版,第69—71页。

怀.'诗云：'早衣对庭燎，躬化勤意诚。时此万岁暇，适与佳节并。曲池洁寒流，芳菊含金英。乾坤爽气澄，台殿秋光清。朝野庆年丰，高会多欢声。永怀无荒诫，良士同斯情。'因诏曰：'卿等重阳宴会，朕想欢洽，欣慰良多，情发于中，因制诗序，令赐卿等一本，可中书门下简定文词士三五十人应制，同用'清'字。明日内于延英门进来。'宰臣李泌等虽奉诏简择，难于取舍。由是百僚皆和。上自考其诗，以刘太真及李纾等四人为上等，鲍防、于绍等四人为次等，张濛、殷亮等二十三人为下等。而李晟、马燧、李泌三宰相之诗，不加考第。"①

德宗不仅亲自作诗，还号召侍臣同作，并亲自论定甲乙，这种引导推动诗学活动的做法在唐代皇帝身上并不鲜见。唐人群体性诗学活动的普及程度和风行程度均大大超过前代。上至皇帝贵幸，下及布衣平民，甚至优伶倡伎，隐者释子，都有群体性诗学活动。也有评定等级的批评活动在其中。因此说，唐代帝王的倡导作用具有一定的宣示意义，对于唐代群体性诗学活动的兴盛是起着极其重大的作用的。

二、唐代群体性诗学活动的基本形式与特征

唐代群体性诗学活动的创作方式，主要有次韵、依韵、用韵等赓和类型。②都是以对诗韵的不同使用方式进行的诗学交流，还有一种融合了创作与竞争的交流方式，即联句。许顗《彦周诗话》云："联句之盛，退之、东野、李正封也。"③韩孟间的联句非常多，联句的规模大，其中竞争性色彩也极为浓厚，他们的《城南联句》更是规制惊人，二人交相出句，层层紧逼，使人目不暇接。《纳凉联句》、《秋雨联句》、《同宿联句》、《沙栅联句》、《雨中寄孟刑部几道联句》、《远游联句》、《遣兴联句》、《赠剑客李园联句》等，各出精彩，各有功力。韩愈与李正封的联句，如《晚秋郾城夜会联句》等，也充分显露出二人的诗学功底④。不过许顗所提到的李正封《从军联句》未见全貌，难睹其详。总

---

① （清）何文焕：《历代诗话》，中华书局1981年版，第57—58页。
② 据宋人刘攽《中山诗话》，（清）何文焕：《历代诗话》，中华书局1981年版，第289页。
③ （清）何文焕：《历代诗话》，中华书局1981年版，第387页。
④ 《全唐诗》卷七九一，（清）曹寅编：《全唐诗》第22册，中华书局1960年排印本，第8902—8915页。

的来看，联句作为一种传统的诗学交流方式，到唐人手中也在群体性诗学活动中扮演着更为重要的角色，对于提高唐代诗人的诗学技艺极有帮助。

唐人唱和诗的形式发展表现为以"意"相和到以韵为主的变化，宋人洪迈《容斋随笔》卷十六之"和诗当和意"条云："古人酬和诗，必答其来意，非若今人为次韵所局也。观《文选》所编何劭、张华、卢谌、刘琨、二陆、三谢诸人赠答，可知已。唐人尤多，不可具载。姑取杜集数篇，略纪于此。高适寄杜公云：''愧尔东西南北人。'杜则云：'东西南北更堪论。'高又有诗云：'草玄今已毕，此外更何言？'杜则云：'草玄吾岂敢，赋或似相如。'严武寄杜云：'兴发会能驰骏马，终须重到使君滩。'杜则云：'枉沐旌麾出城府，草茅无迳欲教锄。'杜公寄严诗云：'何路出巴山，重岩细菊斑，遥知簇鞍马，回首白云间。'严答云：'卧向巴山落月时，篱外黄花菊对谁，跛马望君非一度。'杜送韦迢云：'洞庭无过雁，书疏莫相忘。'迢云：'相忆无南雁，何时有报章。'杜又云：'虽无南去雁，看取北来鱼。'郭受寄杜云：'春兴不知凡几首。'杜答云：'药里关心诗总废。'皆如钟磬在簾，叩之则应，往来反复，于是乎有余味矣。"①洪迈所说的杜甫与高适、严武等人往来酬答之作，是以意之应和往还，不是依韵、次韵之类。但从文学群体性活动角度看，以对原韵的依从相和，较之以内容或曰"意"往还的心灵情感成分固然少了，但彼此间技巧的交流、切磋、竞争方式却多了。这种交流的形式因而也增多了。从中唐开始，这种切韵相和的交流方式成为主流，这也与群体性交流中诗艺成分的增多有关。后世包括诗社在内的文人群体性诗学活动，有时"意"为主，有时"艺"为主，这两个成分在群体性诗学活动中都占有重要的位置，是促成和继承群体性诗学活动的重要因素。

后人对唐代文学交流的赓和与联句也往往持不同观点。元人辛文房在《唐才子传》卷八之皮日休条下加长篇按语表达了对次韵唱酬形式的不满。其云：

　　夫次韵唱酬，其法不古，元和以前，未之见也。暨令狐楚、薛能、元稹、白乐天集中，稍稍开端。以意相和之法，渐废间作。逮日休、龟蒙，

---

① （宋）洪迈：《容斋随笔》，上海古籍出版社1978年版，第210页。

则飙流顿盛，犹空谷有声，随响即答。韩偓、吴融以后，守之愈笃，污漫而无禁也。于是天下翕然，顺下风而趋，至数十反而不已，莫知非焉。夫才情致之不盈握，散之弥八纮，遣意于时间，寄兴于物表，或上下出入，纵横流散，游刃所及，孰非我有，本无拘缚灢泚之忌也。今则限以韵声，莫违次第，得佳韵则杳不相干，龃龉难入；有当事则韵不能强，进退双违，必至窘束长才，牵接非类，求无瑕片玉，千不遇焉，诗家之大弊也。更以言巧称工，夸多斗丽，足见其少雍容之度。然前修有恨其迷途既远，无法以救之矣。①

辛氏认为依韵作诗而展开酬赠活动，改变了传统"以意相和"的原则，使诗作难以"寄兴"和"遣意"，有悖于作家个性和情性在诗作中的传达。其实辛氏此说自然是有道理的，唐人赓和之守于韵度，联句之竞争才华，大都着力在形式技巧方面，这种做法虽不能说完全不能抒发作者感情和张扬个性，但拘于酬赠情境，是难以完全将个性真情与艺术技巧相结合的。不过，唐人之诗学交流，除了有显示作诗驾驭诗歌创作的艺术技巧的能力外，也是诗人的重要训练形式。虽然有"为文造情"的因素，但也是对"诗可以群"本始功能的一种恢复。诗人们在交流中切磋诗艺，使自己把握诗题和运用各种艺术技巧（含用韵、用典、修辞等）的实际操作能力得到提高，对于作家来讲，还是有积极意义的。当作家在不同的生活际遇或人生场景中真正需要抒发真情实感，表达对社会人生的见解之时，在群体性诗学活动中掌握的技巧和艺术表现能力便会大大派上用场，从这个角度讲，唐代群体性文学活动对唐诗的兴盛还是有助力的。②

唐代群体性诗学活动除了分韵作诗式的赓和酬答外，还有诗学活动中的即兴批评的例子。

---

① 傅璇琮主编：《唐才子传校笺》第 3 册，中华书局 1990 年版，第 507 页。
② 洪迈《容斋续笔》卷五之"作诗先赋韵"条云："南朝人作诗多先赋韵，如梁武帝华光殿宴饮连句，沈约赋韵，曹景宗不得韵，启求之，乃得'竞'、'病'两字之类是也。予家有《陈后主文集》十卷，载王师献捷，贺乐文思，预席群僚，各赋一字，仍成韵。上得'盛'、'病'、'柄'、'令'、'横'、'映'、'复'、'并'、'镜'、'庆'十字。宴宣猷堂，得'连'、'格'、'白'、'赫'、'易'、'夕'、'掷'、'斥'、'坼'、'哑'十字，幸舍人省，得'日'、'谧'、'一'、'瑟'、'毕'、'讫'、'橘'、'质'、'帙'、'实'十字，如此者凡数十篇，今人无此格也。"（《容斋随笔》，上海古籍出版社 1978 年版，第 280 页）可见，南朝后期，文学训练因素已十分明显。文学训练在群体性文学活动中所占之比例已经很大了。

关于赓和之类，韦应物之《郡斋雨中与诸文士燕集》诗可以看作是对诗酒之会的生动写照诗云：

> 兵卫森画戟，燕寝凝清香。海上风雨至，逍遥池阁凉。烦疴近消散，嘉宾复满堂。自惭居处崇，未睹斯民康。理会是非遣，性达形迹忘。鲜肥属时禁，蔬果幸见尝。俯饮一杯酒，仰聆金玉章。神欢体自轻，意欲凌风翔。吴中盛文史，群彦今汪洋。方知大藩地，岂曰财赋强。①

在饮酒欢会之际，人们忘形尔汝，慷慨赋诗，"金玉章"云者，正是斯会中所赋之佳什。"理会是非遣，性达形迹忘"则反映了诗人们在燕集中轻松、欢悦的精神状态。这种诗酒之会，是与建安诗人"傲雅觞豆之前，雍容衽席之上"的风气是相同的，不过赋诗之法，或即辛文房所说的，不是"以意相和"而是依韵或次韵、用韵以交相联句作诗的类型。

初唐王勃赋《滕王阁序》的场合也可以使我们理解唐人文会的创作中进行评赏的情形。"王勃著《滕王阁序》，时年十四。都督阎公不之信。勃虽在座，而阎公意属子婿孟学士者为之，已宿构矣。及以纸笔延让宾客，勃不辞让。公大怒，拂衣而起，专令人伺其下笔。第一报云：'南昌故郡，洪都新府。'公曰：'亦是老先生常谈。'又报云：'星分翼轸，地接衡庐。'公闻之，沉吟不言。又云：'落霞与孤鹜齐飞，秋水共长天一色。'公矍然而起曰：'此真天才，当垂不朽矣！'遂亟请宴所，极欢而罢。"②

这个文会，有创作者，有呼报者，有评赏者，是完全融创作与批评为一炉的文学活动。我们亦可据此想见唐代群体性诗学活动中存在的一种创作情形，即刻的评赏对诗学活动的质量来讲，本是一种严苛的要求，评赏与评定甲乙，可以促进诗人们精研诗艺，提高创作水平。但到明代，即刻评赏中多了些吹捧与掖扬，成了鼓噪喧腾、沽名钓誉的诗社习气，在发展中偏离了健康的方向。

---

① （清）曹寅等编：《全唐诗》第 6 册，中华书局 1960 年排印本，第 1901 页。
② （五代）王定保：《唐摭言》卷五，文渊阁《四库全书》第 1035 册，上海古籍出版社 1987 年影印本，第 735 页。

充满竞争色彩也是唐代群体性诗学活动的突出特点。诗人们往往在群体性创作活动中竞相展示才华，争取获得擅场。《唐才子传》卷一"宋之问"条载："（宋之问）甫冠，武后召与杨炯分直习艺馆，累转尚书监丞。后游龙门，诏从臣赋诗，左史东方虬诗先成，后赐锦袍。之问俄顷献，后览之嗟赏，更夺袍以赐。"[①] 这实际上便是赋诗竞争的事例，在最高统治者面前的文学活动自然有施展才华，希求独领风骚的用意。诗人们开展诗歌创作活动，有时是交流切磋，共同探讨诗艺，但这种争奇斗胜内在心理却时常表露出来。在群体性诗学活动中相互竞争的成分绝不在少数。也正是因为有这个原因，诗人们才会下功夫去专研制胜法门，在诗歌的形式技巧方面做出各种的探索，以至从中唐后，专门记述研究心得的诗格类著述极为兴盛，这与群体性诗学活动中的竞争因素有直接关系。

再如《唐才子传》卷三之"王之涣"条载王之涣与王昌龄、高适，畅当为诗友，尝共诣旗亭，有梨园名部继至，昌龄等曰："我辈擅诗名，未定甲乙。可观诸伶讴诗，以多者为优。"[②] 及至最美之伶出，唱"黄沙远上白云间"句及王之涣其他两首绝句，王之涣因此而胜出。这是根据诗作之传播情况来竞争，同样反映了唐代诗人诗友间的竞争心理。《全唐诗话》卷三之"刘禹锡"条云："长庆中，元微之、梦得、韦楚客同会乐天舍，论南朝兴废，各赋《金陵怀古诗》。刘满引一杯，饮已，即成曰：'王濬楼船下益州，金陵王气黯然收。千寻铁锁沉江底，一片降幡出石头。人世几回伤往事，山形依旧枕寒流。而今四海为家日，故垒萧萧芦荻秋。'白公览诗曰：'四人探骊龙，子先获珠，所余鳞爪何用邪？'于是罢唱。"[③] 这亦是诗学活动中的诗学水平的一种较量。

更有竞争激烈且延续多年者。尤袤《全唐诗话》卷三之"徐凝"条云："范摅言：乐天为杭州刺史，令访牡丹，独开元寺僧惠澄近于京师得之，植于庭。时春景方深，惠澄设油幕覆其上。会凝自富春来，未识白，先题诗曰：'此花南地知难种，惭愧僧闲用意栽。海燕解怜频睥睨，胡蜂未识更徘徊。虚生芍药徒劳妒，羞杀玫瑰不敢开。惟有数苞红萼在，含芳直待舍人来。'白寻

---

① 傅璇琮主编：《唐才子传校笺》第 1 册，中华书局 1987 年版，第 86—88 页。
② 傅璇琮主编：《唐才子传校笺》第 1 册，中华书局 1987 年版，第 448 页。
③ （清）何文焕：《历代诗话》，中华书局 1981 年版，第 125 页。

到寺看花，乃命徐同醉而归。时张祜榜舟而至，二生各希首荐，白曰：'二君论文，若廉蔺之斗鼠穴，胜负在此一战也。'遂试《长剑倚天外赋》、《余霞散成绮诗》。试讫解送，凝为元，祜次耳。祜曰：'祜诗有"地势遥尊岳，河流侧让关"，又《题金山寺诗》曰："树影中流见，钟声两岸闻。"虽綦毋潜云："塔影挂青汉，钟声和白云。"此句未为佳也。'凝曰：'美则美矣，争如老夫"今古长如白练飞，一条界破青山色"。'凝遂擅场。祜叹曰：'荣辱纠纷，亦何常也！'遂行歌而迈，凝亦鼓枻而归，自是二生不随乡赋矣。白又以祜宫词四句皆数对，未足奇也。后杜牧守秋浦，与祜为诗酒友，酷吟祜宫词，以白有非祜之论，常不平之，乃为诗以高之曰：'睫在眼前人不见，道于身外更何求。谁人得似张公子，千首诗轻万户侯。'又曰：'如何故国三千里，虚唱歌词满六宫。'杜盛言其美者，欲以苟异于白，而曲成于张也。故牧又著论，言近有元、白者，喜为淫言媟语，鼓扇浮嚣。吾恨方在下位，未能以法治之，斯亦敷佐于祜耳。"①

　　白居易、杜牧对徐凝、张祜的不同评价竟会有那么久远的影响，都源自于徐凝、张祜在白居易前赋诗的"各希首荐"，而白以徐为元，以祜为次。张祜随即以自己得意之句胜于綦毋潜质问，徐凝针锋相对，获得擅场。他们这是在一代诗坛巨匠面前施展才华，以邀美誉。这种心理，促使他们竭力锻炼好自己的作品，倾尽才力去战胜对方，同时也是他们竞争的内在动力。应该指出，唐代诗人们之间的相互竞争有时确是有其政治目的，但更为重要的还是追求艺术造诣方面被人们认可，被时代认可。诗坛竞争中那些追求"擅场"的例子都反映了诗人们还是以诗艺为竞争胜出的最重要标准的。②

　　《唐才子传》卷四"钱起"条下辛文房加按语云："凡唐人燕集祖送，必探题分韵赋诗，于众中推一人擅场者。刘相（刘宴）巡察江淮，诗人满座，而（钱）起擅场。郭暖尚主盛会，李端擅场。缅怀盛时，往往文会，群贤毕集，

---

① （清）何文焕：《历代诗话》，中华书局1981年版，第136—137页。
② 擅场，张衡《东京赋》云："秦政利嘴长距，终得擅场。"（薛综注："言秦以天下为大场，喻七雄为斗鸡，利喙长距者终擅一场也。"）后人用以指高超出众。唐人在诗学竞争中，亦多用以表述在竞争中胜出。尤袤《全唐诗话》卷二"韩翃"条引《南部新书》云："升平公主宅即席，李端擅场。送王相之幽镇，翃擅场。送刘相巡江淮，钱起擅场。"参见（清）何文焕：《历代诗话》，中华书局1981年版，第100页。

觥筹乱飞,遇江山之佳丽,继欢好于畴昔,良辰美景,赏心乐事,于斯能并矣。况宾无绝缨之嫌,主无投辖之困,歌阑舞作,微闻香泽,冗长之礼,豁略去之。王公不觉其大,韦布不觉其小,忘形尔汝,促席谈谐,吟咏继来,挥毫惊座。乐哉!古人有秉烛夜游,所谓非浅,同宴一室,无及于乱,岂不盛也!至若残杯冷炙,一献百拜,察喜怒于眉睫之间者,可以休矣。"①即是指出唐人在群体性诗学活动中自如随意,纵情施展的情形,他们"促席谈谐","挥毫惊座",没有"冗长之礼",少却身份差别,活动中诗性的成分远大于群体性的礼仪成分,更不用说要"察喜怒于眉睫之间"了。

文人们追求擅场是自己获得肯定与表彰所带来的创作动力。而贵戚王公,也往往需要那些为时论所直的诗人们的诗作装点自己的雅致,唐代许多群体性文学活动都具有这样的双赢色彩。高仲武《中兴间气集》卷下"郎士元"条评语云:"自丞相以下,更出作牧,二公(按,指钱起、郎士元)无诗祖饯,时论鄙之。"②"擅场"一词,唐人用之已久。辛氏此处所据,当为李肇《唐国史补》,其云:"郭暧,升平公主驸马也。盛集文士,即席赋诗,公主帷而观之。李端中宴诗成,有荀令、何郎之句,众称妙绝,或谓宿构,端曰:'愿赋一韵!'钱曰:'请以起姓为韵。'复有金埒铜山之句。暧大出名马金帛遗之。是会也,端擅场。送王相公之镇幽朔,韩翃擅场。送刘相之巡江淮,钱起擅场。"③唐代文人之群体性活动,正如辛文房慨叹的那样,人们在宽松自在的氛围中饮酒作诗,争较长短,没有身份的壁垒,也不拘于冗长的礼数,一切都充满了诗意。"宾无绝缨之嫌,主无投辖之困",主宾欢洽,毫无芥蒂;"忘形尔汝,促席谈谐,吟咏继来,挥毫惊座",每个参与活动的人都可完全地展示自己,根本不用去"察喜怒于眉睫之间"④,大家彼此尽情施展才华,挥毫胜出者,自然志得意满;烘托陪衬者,不必失意。每个人都在活动中考量了自己的实际水平,也获得了诗学的训练,提高了诗学的技艺。

除燕集祖饯这样的场合外,在日常生活中,诗人们的交流活动还有切磋

---

① 傅璇琮主编:《唐才子传校笺》第2册,中华书局1989年版,第45—46页。
② (唐)元结、殷璠等选:《唐人选唐诗十种》,上海古籍出版社1978年版,第284页。
③ (唐)李肇、(唐)赵璘撰:《唐国史补 因话录》,上海古籍出版社1979年版,第21—22页。
④ 傅璇琮主编:《唐才子传校笺》第2册,中华书局1989年版,第45页。

诗艺，改定诗句的具体内容。《唐才子传》卷四"章八元"条谓章八元曾从严维学诗事："宗匠严维到驿，见而异之，问八元曰：'尔能从我授格乎？'曰：'素所愿也。'……数岁间，诗赋精绝。"① 可见唐人以交流为学，在交流中师授格法，以图精绝。又，《唐才子传》卷九之"郑谷"条载："齐已携诗卷来袁谒谷，《早梅》云：'前村深雪里，昨夜数枝开。'谷曰：'数枝非早也，未若一枝佳。'已不觉投拜，曰：'我一字师也。'"② 可见，唐人之交流，往往以诗学为媒介，以切磋商量为主要内容，"一字师"者其实正是这种切磋的成果形态。宋人强幼安之《唐子西文录》中也有类似记载。有僧以诗谒皎然，其诗中有句"此波涵圣泽"。皎然谓"波"字未稳，僧不悦而去，俄又返，皎然举手心中之"中"字示之，僧实亦欲以"中"字代"波"字，二人遂定交事③。由此可知，对于诗学的共同兴趣，是唐代诗人间交往的重要原因。这种现象唐前少有，但唐代诗人间这种交往却特色鲜明，开启了后代诗学交往的新面貌。这种交往方式，这种对诗艺的精心讲求与切磋交流的方式是后世诗人间诗学交流的主要内容之一，诗社间的诗学交往也同样含有这方面的内容。

同样，诗人之间互相学习，共同进行诗学训练也是唐代群体性诗学活动中极富特色的新内容。《容斋随笔》卷十五之"二士共谈"条云："《维摩诘经》言，文殊从佛所将诣维摩文室问疾，菩萨随之者以万亿计，曰：'二士共谈，必说妙法。'予观杜少陵寄李太白诗云：'何时一尊酒，重与细论文。'使二公真践此言，时得洒扫撰杖屦于其侧，所谓不二法门，不传之妙，启聪击蒙，出肤寸之泽以润千里者，可胜道哉！"④ 使洪迈感慨的是所谓"二士共谈"，这种交流谈论以进行诗学交流的风气在唐宋都是极为普遍的，也是诗人们非常重视的砥砺切磋的方式。如皇甫冉、皇甫曾兄弟向崔颢、王维学诗。独孤及《唐故左补阙安定皇甫公集序》云："沈、宋既没，而崔司勋颢、王右丞维复崛起于开元天宝之间。得其门而入者，当代不过数人，补阙（按指皇甫冉）其人也。……君母弟殿中侍御史曾，字孝常，与君同禀学诗之训，君有诲

---

① 傅璇琮主编：《唐才子传校笺》第 2 册，中华书局 1989 年版，第 110 页。
② 傅璇琮主编：《唐才子传校笺》第 4 册，中华书局 1990 年版，第 170 页。
③ （清）何文焕：《历代诗话》，中华书局 1981 年版，第 445 页。
④ 《容斋随笔》卷一五之"二士共谈"条，上海古籍出版社 1978 年版，第 199 页。

诱之助焉。"① 其他如灵彻向严维学诗（《唐才子传》卷三"灵彻上人"条），王昌龄、王之涣、辛渐为诗友，王之涣、辛渐向向王昌龄学诗（《唐才子传》卷二"王昌龄"条），包何向孟浩然学诗得其"格法"（《唐才子传》卷三"包何"条）等，都是诗友间的诗学授受，在授受过程中实现互补共进。除了这些诗友间学诗的例子外，他们的诗学训练也在力度和规模上大有特色，也大大超越前代。如元稹与杨巨源为诗友，他们日课为诗，成为互助共进的良友。皎然与颜真卿、张荐、李萼为诗友，在他们的联句中有"大吉"、"小吉"、"馋语"、"醉语"、"滑语"、"粗语"、"恼语"、"狂语"等诗题，这不是具体的文学创作，而是一种诗艺的训练、切磋与较量。这种类型的训练，对于诗人驾驭语言能力的提高，改进文学表现的技巧是很有帮助的。

三、唐代诗友群体崖略

唐人喜好交游，有唐一代，诗人们很少囿于一地，孤兴自作，他们大都有与自己诗学好尚相近的诗友，这是唐代诗学的一个重要现象，也是唐代诗歌创作与诗学生态的一个重要氛围。他们诗友间相互学习，共同训练，也往往相互品赏评骘，促进了诗艺的提高，也使创作风尚和审美趣味趋于同一。唐代的诗友团体数量众多，几乎涵盖了唐代各个时期的重要诗人。

除文章四友外，唐代较有影响的诗友还有：

祖咏、王维为诗友（《唐才子传》卷一"祖咏"条）

李白与孔巢父、韩准、裴政、张叔明、陶沔为竹溪六逸（《唐才子传》卷二"李白"条）

李白与贺知章、李适之、李琎、崔宗之、苏晋、张旭、焦遂为饮中八仙（《唐才子传》卷二"李白"条）

李白、杜甫、高适为诗友（《唐才子传》卷二"李白"条）

王之涣与王昌龄、高适、畅当为诗友（《唐才子传》卷三"王之涣"条）

女道士李季兰与陆羽、皎然为诗友（《唐才子传》卷二"李季兰"条）

王维与丘为、裴迪、崔兴宗为诗友（《唐才子传》卷二"王维"条）

---

① （清）董浩等编：《全唐文》第 4 册，中华书局 1983 年影印本，第 3940 页。

常建、王昌龄、张偾为诗友(《唐才子传》卷二"常建"条)

王昌龄、王之涣、辛建为诗友(《唐才子传》卷二"王昌龄"条)

崔国辅、陆羽为诗友(《唐才子传》卷二"崔国辅"条)①

杜甫与张彪为诗友(《唐才子传》卷三"张彪"条)

鲍防与谢良为诗友(《唐才子传》卷三"鲍防"条)

章八元与严维为诗友(《唐才子传》卷四"章八元"条)

章八元与释清江为诗友(《唐才子传》卷四"章八元"条)

卢仝、马异为诗友(《唐才子传》卷五"马异"条)

朱放与皇甫冉、皇甫曾、皎然、灵彻为诗友(《唐才子传》卷五"朱放"条)

令狐楚、白居易、元稹、刘禹锡为诗友(《唐才子传》卷五"令狐楚"条)

韩愈与张署为诗友(《唐才子传》卷五"韩愈"条)

张籍、王建、贾岛、孟郊、于鹄为诗友(《唐才子传》卷五"张籍"条)

戴叔伦、张仲甫、朱放为诗友(《唐才子传》卷五"戴叔伦"条)

雍陶、贾岛、殷尧藩、徐凝、无可、章孝标为诗友(《唐才子传》卷五"雍陶"条)

储嗣宗、顾非熊为诗友(《唐才子传》卷七"顾非熊"条)

鱼玄机、李郢、温庭筠为诗友(《唐才子传》卷八"鱼玄机"条)

陆龟蒙、皮日休为诗友(《唐才子传》卷八"陆龟蒙"条)

虚中、齐己、郑栖蟾为诗友(《唐才子传》卷八"僧虚中"条)

王驾、齐己、司空图为诗友(《唐才子传》卷八"王驾"条)②

郑谷、许棠、任涛、张蠙、李栖远、张乔、喻坦之、周繇、温宪、李昌符

---

① 带有族亲色彩的诗友群体也是唐人诗人群体的一种常见形态,如:包容与其二子包何、包佶并称"三包"(《唐才子传》卷二"包容"条)辛文房加按语云之:"……历观唐人父子如三包、六窦,('六窦'即窦叔向与其子窦常、窦牟、窦群、窦庠、窦巩,合称'六窦'。尤其是窦氏五兄弟,有《窦氏联珠集》,其中附有与其唱和者韩愈、韦贯之、刘伯翁等人诗,所以'五窦'又与韩愈等人为诗友,见《唐才子传》卷四'窦常'条)张碧、张瀛、顾况、(顾)非熊、章孝标、章碣;公孙如杜审言、杜甫、钱起、钱珝、温庭筠、温宪;兄弟如皇甫冉、皇甫曾、李宣古、李宣远、姚系、姚伦等,皆联玉无瑕,清浊远播。芝兰联芳,重难改于父道;骚雅接响,庶不惭于祖风。四难之间,挥麈之际,亦可以为美谈矣"。

② 司空图《与王驾论诗书》正是诗友间交流的反映。

等为芳林十哲诗友群体（参见《唐才子传》卷九"郑谷"条）①。

张乔与许棠、喻坦之、剧燕、吴罕、任涛、周繇、张蠙、郑谷、李栖远亦有"十哲"之称，为一诗友群体。（《唐才子传》卷十"张乔"条）

沈彬、韦庄、杜广庭为诗友（《唐才子传》卷十"沈彬"条）

廖图、刘昭禹、李宏皋、徐仲雅、蔡昆、韦鼎、虚中为诗友②

郑准与僧尚颜诗友（《唐才子传》卷十"廖图"条）

除了上面提到了僧人外，唐代僧人与诗人（文士）交往也很普遍，仍据《唐才子传》勾勒如下：

灵一与皇甫冉、严维、朱牧、灵彻为诗友（《唐才子传》卷三"道人灵一"条）

（释）广宣与白居易、韩愈、元稹、刘禹锡、李益、张籍、薛涛等为诗友（《唐才子传》卷三"广宣"条）

释栖白与李频、李洞、许棠、曹松、齐己、张蠙、罗邺、李昌符为诗友（《唐才子传》卷三"栖白"条）

释处默与罗隐、郑谷为诗友（《唐才子传》卷三"处默"条）

释栖一与贯休为诗友（《唐才子传》卷三"栖一"条）

释僧鸾与张乔、李洞为诗友（《唐才子传》卷三"僧鸾"条）

释可朋与卢延让为诗友（《唐才子传》卷三"可朋"条）

灵彻与严维为诗友，并向严维学诗。（《唐才子传》卷三"灵彻上人"条）

以上唐人的诗友群体仅就《唐才子传》约略钩索而得，其事实上的交游及赓和与诗学往来的情形远比此丰富得多，总体上也远远胜过了唐前时代③。更

---

① 《唐摭言》卷九、《唐诗纪事》卷七之"张乔"条、《唐才子传》卷十之"张乔"条与此处略异，待考。（清）王士禛原著，（清）郑方坤删补、戴鸿森校点之《五代诗话》卷二据《唐摭言》云："张乔，池州九华人也，诗句清雅，复无与伦。咸通末（873、874）京兆府解，李建州时为京兆参军主试，同时有许棠与乔，及喻坦之、剧燕、任涛、吴罕、张蠙、周繇、郑谷、李栖远、温宪、李昌符，谓之'十哲'。其年府试《月中桂》诗，乔擅场。诗曰：……"似不成为一个群体。应是当时对同时参加科考者的称呼。

② "俱以文藻知名，赓唱迭和。齐己时寓渚宫，相去（廖）图千里，而每诗筒往来不绝，警策极多，必见高致。"诗友间以诗筒往来交流是唐代较为常见的远距离交流方式，是群体性文学活动的一种延伸形态。（《唐才子传》卷一〇"廖图"条）

③ 关于唐人以诗名相齐而共享时誉的情形，也是唐代诗化生活程度加深的一种体现，可参见清人余成教《石园诗话》卷二的论列，载《清诗话续编》，上海古籍出版社1983年版，第1784—1785页。

有意味的是，僧人们大量地参与了与文士们的文学交流活动，他们在精研内学的同时，也以外学获得世俗文士的认可。他们共同钻研诗学，共同在某些诗会的场合开展文学训练，使诗人群体在诗学风貌形成中的作用越来越突出，也对诗学创作和批评的格局与发展走向产生了巨大影响。

四、唐代诗人的群体流派意识

唐代群体性文学活动的新面貌还表现在类似文学流派的文人群体出现。我们现代常常用以表述元稹、白居易等的新乐府派；孟郊、贾岛等的苦吟诗派，韩愈、柳宗元的古文派等虽是后人的追述，但在实际的创作和文学主张以及对文坛的影响方面确有流派的性质。尤其是韩愈及其门生后学，就更具有宗派性质。韩愈门下李汉、李翱、皇甫湜、樊宗师以至来无择、孙樵、刘蜕等在古文创作上分传韩愈衣钵，各有特色。如李翱得其平正，皇甫湜得其瑰奇，樊宗师得其拗捩，都是学界普遍看法。在诗歌创作方面，韩愈对孟郊、贾岛有提点，而郊、岛也对韩愈的奇崛瑰丽诗风各有其理解与发展，也可以看作是韩门诗风的延续与发扬①。后来诗人们普遍学习贾岛，在某种程度上可谓韩愈诗风的巨大影响，以宗派的高度目之，可以说韩愈诗派几乎是唐代影响最大的诗歌流派。②

清人李调元在其为晚唐张为之《诗人主客图》所作之序中说道："所谓主者，白居易、孟云卿、李益、鲍溶、孟郊、武元衡，皆有标目。余有'升堂'、'入室'、'及门'之殊，皆所谓'客'也。宋人诗派之说实本于此。求之前代，亦如梁参军钟嵘分古今作者为三品，名曰《诗品》，上品十一人，中品三十九人，下品六十九人之例……"③

《诗人主客图》将唐代诗人分为六个派别，可以称作广大教化派、高古奥

---

① 韩愈推荐赏识的文士有侯喜、侯云长、刘述古、韦群玉、沈杞、张弘、尉迟汾、李绅、张后余、李翱等人。这些人后来都中进士，预入文坛。据洪迈《容斋四笔》之"韩文公荐士"条。
② 隋时文中子王子通与其门人（魏征、薛收、董昌、程元、贾余、仇璋等）以学行砥砺，兼有文学主张。其实亦俨然为一宗派，不过是略及文学而已。至韩愈出，与其门人弟子既有思想主张，又有文学思想，同时有大量文学创作来实践其文学思想，可以被视为文学派别。至宋代，思想派别与文学派别又分别开来，这与宋代文化思想背景有关。
③ 丁福保辑：《历代诗话续编》，中华书局1983年版，第70页。

逸派、清奇雅正派、清奇僻苦派、博解宏拔派、瑰丽美丽派。张为将派别的主导者称为主，将主要成员以其成就（主要以达到派别主导者的水平程度为标准）分为上入室、入室、升堂、及门等名目。此即所谓主客。对于主客的批评往往用摘句批评的方法①，如广大大化教派之主为白居易，上入室为杨乘，入室为张祜、羊士谔、元稹。升堂为卢仝、顾况、沈亚之，及门有费冠卿、皇甫松、殷尧藩、施肩吾、周光范、祝天膺、徐凝、朱可名、陈标、童翰卿。

张为所列高古奥逸派主是孟云卿，上入室是韦应物，都摘出其流传广的诗句标示其成就。入室为六人，分别为李贺、杜牧、李余、刘猛、李涉、胡幽贞，升堂者是李观、贾驰、李宣古、曹邺、刘驾、孟迟。及门者为陈润、韦楚老。俨然一门庭森严的宗派。

其他如清奇雅正之派，主者为李益。上入室至及门计有苏郁、刘畋、僧清塞、卢休、于鹄、杨洵美、张籍、杨巨源、杨敬之、僧无可、姚合、方干、马戴、任蕃、薛寿、僧良乂、潘诚、于武陵、詹雄、卫準、僧志定、俞凫、朱庆余。

张为所列清奇僻苦派之主为孟郊。成员有陈陶、周朴、刘得仁、李溟。其

---

① 对于影响大的诗人，一般用摘句的形式进行无言的评价。这也说明唐人渐渐重句的风气。诗人们往往以句得名，如"赵倚楼"、"鲍孤雁"之类即是。王湾以"海上生残月，江春入旧年"句张九龄所赏，并"手题于政事堂，每示能文，令为楷式。"（宋人尤袤《全唐诗话》卷一"王湾"条，《历代诗话》，中华书局1981年版，第76页）骆宾王以其句"秦地重关一百二，汉家离宫三十六"被称为"算博士"。（《全唐诗话》卷一"骆宾王"条，《历代诗话》，中华书局1981年版，第67页）韩翃也以其诗句为德宗所称（《唐才子传》卷四"韩翃"条）。许浑因诗中多用"水"字，故有"许浑千首湿"之称。而罗隐因其诗，"篇篇皆有喜怒哀乐心志去就之语，而卒不离乎一身，故有'罗隐一生身'为对。"参见（清）王士禛原编、（清）郑方坤删补、戴鸿森点校：《五代诗话》，人民文学出版社1989年版，第228页。《全唐诗话》卷三之"刘禹锡"条云："（刘）禹锡尝对宾友每吟张博士籍诗云：'药酒欲开期好客，朝衣暂脱见闲身。'对花木则吟王右丞诗云：'兴阑啼鸟换，坐久落花多。'白二十二好余《秋水咏》云：'东屯沧海阔，南漾洞庭宽。'余自知不及韦苏州'春潮带雨晚来急，野渡无人舟自横'。尝过洞庭，虽为一篇，思杜员外落句云：'年去年来洞庭上，白蘋愁杀白头人。'鄙夫之言，有愧于杜也。杨茂卿校书过华山诗曰：'河势昆仑远，山形菡萏秋。'此实佳句也。"参见《历代诗话》，中华书局1981年版，第125—126页。唐人孟棨《本事诗》云："开元中，宰相苏味道与张昌龄俱有名，暇日相遇，互相夸诮。昌龄曰：'某诗所以不及相公者，为无"银花合"故也。'苏有《观灯》诗曰：'火树银花合，星桥铁锁开。暗尘随马去，明月逐人来。'味道云：'子诗虽无"银花合"，还有"金铜钉"。'昌龄赠张昌宗诗曰：'昔日浮丘伯，今同丁令威。'遂相与拊掌大笑。"参见丁福保辑：《历代诗话续编》，中华书局1983年版，第21页。文人互相间以诗为交流口实，这种现象在唐代文人交往交流中很普遍，前代虽亦有重句的现象，但在程度上尤其是在文人活动中的地位与作用，是无法与唐代相比的。这种重句之风，与群体性诗学活动中评诗论句的方式有关，逐渐成为批评风习，影响了后代的锻炼诗句，重视细节的创作与批评活动。

博解宏拔派之主为鲍溶，成员有司马退之和张为自己。其瑰丽美丽派之主为武元衡，成员有刘禹锡、赵嘏、长孙佐辅、曹唐、卢频、陈羽、许浑、张萧远、张陵、章孝标、雍陶、周祚、袁不约。

这些宗派中人的生活时代并不相同，彼此也未必结识，也不一定有在一起的诗学交流活动。张为如此区分，是以诗歌基本风格的相近而列为一处的。因此，唐人这些宗派也属后人追加概括而成。不过，晚唐张为在总结唐代诗歌创作的不同风格流派时反映出的这种"主客"（宗派门庭）意识，恰反映了唐代诗学在晚唐之际，流派意识已经基本实现了自觉。

晚唐诗学家的诗学流派意识，被李调元准确地认识到了。此前未见此类明确归纳诗派的观点。以前如宫体诗、山水诗、讽喻诗等，只是就内容将诗分为一类，称作宫体诗派、山水田园诗派或是边塞诗派以及前代的玄言诗派等，更多地还是从文学文本层面进行分类。因此，张为这种以内容及风格为基础的区分方法，从诗歌内容和风格的角度去归宗立派，其所分之"派"虽不是自觉组成的群体，但反映了诗歌流派意识的发展和趋于成熟。同时也表明，流派意识的发展与诗歌在内容与风格上的继承与延续有关。因此，《诗人主客图》应该被看作是古代诗歌流派意识趋于成熟的标志。这与唐代诗人的群体性活动中所形成的以群体来观照诗人的意识有关。另外，张为所用之"主"与"上入室"、"入室"、"升堂"、"及门"等，也颇类似于社庙中的主位与配飨之法。也很类似于祖宗祭祀的有关位置安排。后世宗派，也都有所谓"宗"的认同。这同时也与诗社的"社"字在语义上有了关联。虽然诗社不同于宗派，也没有那么严格的位置设定，（但评定甲乙的思维方式则与之相似）然而其宗派思想对诗社的确是有影响的。诗社是群体性诗学活动的组织，可以构成宗派，也可能与宗派无关。但就宋代来讲，诗社对宋代最大的诗学流派——江西诗派的产生及延续的作用是很明显的。因此，可以说，《诗人主客图》在思想上对宋代诗社的产生有很大的启示意义。

唐代诗人群体性诗学活动在诗友的范围、数量及活动频度上广超前代，其群体性诗学活动中充满了竞争因素，对诗人们精研诗歌技艺，提高诗歌创作水平从而影响诗学理论方面都有着非常积极的作用。此外，唐代诗歌出现了宗派意识，出现了以苦吟为主要特征的诗学风气。所有这些新的特质都为以后诗社活动准备了充足的条件。在条件成熟的时代背景和诗学生态中，正式的诗社便出现了。

五、关于唐代的结社问题

唐代提到结社的，如《全唐诗》卷三八三之张籍《祭退之》诗有云："公为游豯诗，唱咏多慨慷。自期此可老，结社于其乡。"①指韩愈本期终老于田园，与乡人或同好结社。但此结社不是诗社，而是归于乡社之意。根据唐人对结社一词的使用，还未见有指诗社者。

一般来讲，唐人用结社来表述僧徒所结的宗教组织，类似慧远、雷次宗、刘遗民所成立的宗教组织。正因结社有这样的意义，所以唐人使用该语词时也从僧徒组织和慧远、雷次宗、刘遗民宗教组织这两个层面来使用。

首先，指僧徒为宗教信仰的目的而成立的修行组织。如司空曙《题凌云寺》："云生客到侵衣湿，花落僧禅覆地多。不与方袍同结社，下归尘世竟如何。"②张祜《题苏州思益寺》："会当来结社，长日为僧吟。"③杜牧《送太昱禅师》（或作许浑诗）："结社多高客，登坛尽小师。"④温庭筠《重游圭峰宗密禅师精庐》（或作《哭卢处士》）："暂对杉松如结社，偶同麋鹿自成群。"⑤徐夤《经故广平员外旧宅》："结社僧因秋朔吊，买书船近葬时归。"⑥贯休《寄僧野和尚》："傥然重结社，愿作扫坛人"⑦等处都提到了结社，这里的"社"的组织中是否有诗学活动，主要指创作与批评（通过同题共作、赓和、酬答的方式实现）目前缺乏确凿证据予以落实。不过由此可知，唐代僧人们也组织了一些社团，也吸纳了一些文士参加，如徐夤所谓"广平员外"即是。他们这种融合僧俗的组织虽说不能确定有以"社"为组织形式的诗学活动，但唐代诗僧与文士交往的规模、数量和相关诗学交流大胜于往代。这种叫作"社"的群体活动类型是对诗社直接有启发意义的。故而唐人这种结社活动也缘自他们对惠远、雷次宗、刘遗民僧

---

① （清）曹寅等编：《全唐诗》第 12 册，中华书局 1960 年排印本，第 4301 页。
② （清）曹寅等编：《全唐诗》第 9 册，中华书局 1960 年排印本，第 3319 页。
③ （清）曹寅等编：《全唐诗》第 15 册，中华书局 1960 年排印本，第 5820 页。
④ （清）曹寅等编：《全唐诗》第 16 册，中华书局 1960 年排印本，第 6025 页。
⑤ （清）曹寅等编：《全唐诗》第 17 册，中华书局 1960 年排印本，第 6717 页。
⑥ （清）曹寅等编：《全唐诗》第 21 册，中华书局 1960 年排印本，第 8146 页。
⑦ （清）曹寅等编：《全唐诗》第 23 册，中华书局 1960 年排印本，第 9341 页。

俗组织的仰慕与效仿。不知始于怎样一种情形，也难确证由谁首先如此提及，唐人普遍把慧远组织叫作"社"了。白莲社之得名便与此有关。

在唐人诗作中他们使用结社一词时更多表达了对慧远、刘遗民僧俗组织的仰慕或用以嘉许时人的类似组织。

刘禹锡《赠别约师》："庐山曾结社，桂水远扬舻。"① 刘禹锡《广宣上人寄在蜀与韦令公唱和诗卷因以令公手札答诗示之》："若许相期同结社，吾家本自有柴桑。"② 李山甫《山中寄梁判官》："康乐公应频结社，寒山子亦患多才。"③ 齐己《寄江西幕中孙鲂员外》："簪履为官兴，芙蓉结社缘。"④ 齐己《假山》："红霞中结社，白壁上题诗。"⑤ 齐己《乱后经西山寺》："欲伴高僧重结社，此身无计舍前程。"⑥

这些对结社的使用，充分反映了唐人已经开始频繁且稳定地用以表述由东晋惠远、雷次宗、刘遗民所成立的僧俗组织。随着僧人们越来越多地参与到诗学活动中来，结社这一概念也越来越浓重得沾溉了诗的色彩。诗与社也互相越来越紧密地走到了一处。结社虽无表述上的正式确立，但已经基本具备了其正式确立所需的各种条件。如上引齐己诗中提到的孙鲂，就在南唐与沈彬和李建勋结有诗社。

唐代文人群体活动大盛于前代，可以说贯穿了整个唐代文学的始终，这是此前任何一个时代都不具备的。由初唐四杰、文章四友而王孟而高岑，再由中唐之大历十才子而韩孟而韦柳，由元白而刘白，以及皮陆、温韦等。文人群体之多，唱和之频繁丰富，既大备于时，又远胜前代。唐人诗歌中的唱和、联句、酬赠等交往性文学活动的作品，数量上远大于前代，就联句一类来讲，韩愈、孟郊之《城南联句》、《会和联句》、《斗鸡联句》、《纳凉联句》、《秋雨联句》、《征蜀联句》、《同宿联句》、《莎栅联句》、《雨中寄孟刑部几道联句》、《远

---

① （清）曹寅等编：《全唐诗》第 11 册，中华书局 1960 年排印本，第 4015 页。
② （清）曹寅等编：《全唐诗》第 11 册，中华书局 1960 年排印本，第 4058 页。
③ （清）曹寅等编：《全唐诗》第 19 册，中华书局 1960 年排印本，第 7369 页。
④ （清）曹寅等编：《全唐诗》第 24 册，中华书局 1960 年排印本，第 9472 页。
⑤ （清）曹寅等编：《全唐诗》第 24 册，中华书局 1960 年排印本，第 9531 页。
⑥ （清）曹寅等编：《全唐诗》第 24 册，中华书局 1960 年排印本，第 9553 页。

游联句》、《遣思联句》等①,在数量上都令人叹为观止。同时,也反映了诗人之间的文学交流的竞争性、切磋性的基本内涵。在更为繁密的文学活动中,通过实践性创作活动展露才华,较量短长,同时共同得到教益与提高;也通过这种文学交流活动去取长补短,共同提高文学创作的才能,提升创作实践的能力。

诗社活动在这样一种群体性文学活动大盛的文学生态中终于形成雏形并实现了进一步的成长。故此,唐前群体性文学活动的意义与贡献在于为群体性的诗学活动确立了范式,也在文学游戏化、创作训练化和生活文学化的文学存在与发展的趋势中起到关键性的促进作用。而唐代,这个趋势进一步深化,使诗社这种形式的群体性文学活动趋于规范化和成熟化。所以,文学群体性活动和文人交往的日益扩大与愈加深密便成就了诗社的产生,诗社的产生也促进使群体性文学活动成为文人生活方式中最为重要的组成部分。

第二节 中唐前的诸群体性准诗社活动及其诗学内涵

唐代文人交游唱和风气在前代基础上已臻于极盛,文人群体活动也很多,初唐四杰、文章四友、大历十才子等文人群体层出不穷,这种群体活动的性质、模式和特点我们此前已论及,故进入唐代后,不再述列与诗社无关的唐代文人群体活动(即这种群体如无诗社名号,则不在研究范围中)我们下面先来钩索唐代有关诗社的基本情况。

一、关于相山诗社

根据现存文献,似唐代出现的最早是杜审言为吉州(今江西吉安)司户参军的所结的相山诗社。

雍正《江西通志》卷九云:"相山在府城西,即西原山,平衍幽旷,唐杜审言司户吉州,结相山诗社,宋周必大罢相归与故旧憩息于此,构司户祠。明

---

① 均见于(清)曹寅、彭定求等编:《全唐诗》卷七九一,中华书局1960年排印本。

陈嘉谟辈置西原会所，买田膳来学之士，今废。"又《江西通志》卷三十九"相山诗社"条云："《名胜志》唐杜审言为司户时置，郡西城隍冈一名西原，平衍幽旷，步入令人有林壑思致。"元人李祁《云阳集》卷六《吉安路诗人堂记》云："诗人之有堂旧矣，自杜审言为吉州司户参军，及其既没而后人遂以司户厅为诗人堂。此堂之所由始也。《郡志》'司户厅在州治西南，实今廉访分司之近，其后又寓拜诗人于西原山寺因循且百年……'"①此外清胡友梅辑《庐陵诗存》的序有云："自杜司户创诗社而诗学兴，自宋建诗人堂而诗学盛。"②考新、旧《唐书》及《唐才子传》、《唐诗纪事》等文献，均未提及杜审言为吉州司户时结相山诗社事。据傅璇琮主编之《唐五代文学编年史》考证，杜审言由洛阳贬为吉州司户参军是在武则天圣历元年（698），其归洛阳授著作佐郎是在武则天长安二年（702），共四年时间③。其间又曾经为周季重、郭若讷构陷系狱以及其子杜并刺死周季重等事件。四年的吉州时光，虽可结诗社，但目前来看，杜审言本人之诗文以及他的友人如李峤、苏味道、崔融、宋之问等人并无一字提及，其他《全唐诗》、《全唐文》及唐人笔记中亦无相关消息。因此，所谓相山诗社，亦可能是附会上去的，但杜审言在吉州是有诗学活动的。这便与杜审言之司户厅成为诗人堂联在一起。

明解缙（亦为庐陵人，庐陵即江西吉州，唐武德五年［622］改庐陵为吉州）之《西游集后序》云："自周末有避秦者九人隐于玉笥，多为四言诗，刻之石间，郡人往往效之，而庐陵四言诗始盛。汉封安成王、长沙王，而淮南王宾客多往来，荒祠古冢，镌文俱存。至晋许逊、郭璞、殷仲文辈皆游庐陵，而五七言复盛。唐杜审言为吉州司户，始大兴诗学。而庐陵之律诗尤盛，此吉州诗人堂之作由是肇也。"④而据明人陈谟之《海桑集》卷六之《缙云应仲张西溪诗集序》曾说："君（按指应仲张），缙云人也，宦游江西，司征庐陵，江西诗派祖少陵而庐陵有诗人堂，仲张游衍此堂久矣，其诗之合辙不亦宜

---

① （元）李祁：《云阳集》卷六，文渊阁《四库全书》第1219册，上海古籍出版社1987年影印本，第697页。
② （清）胡友梅辑：《庐陵诗存》，清光绪十三年（1887）木活字本。
③ 陶敏：《唐五代文学编年史·初盛唐卷》，辽海出版社1998年版，第366、393页。
④ （明）解缙：《文毅集》卷七，文渊阁《四库全书》第1236册，上海古籍出版社1987年影印本，第681页。

乎。"① 由此可见，明代诗人堂还存在，或许对应仲张之诗律良有裨益。而诗人堂之有诗学活动，应历来久矣。宋末元初人刘诜（庐陵人）之《正月八日会诗人堂和山谷韵》诗云："涪翁去不返，复此核空空。古寺八泉在，游人百代同。树悬山雨白，门掩佛灯红，诸老诗应好，谁当续旧风。"② 是可见，宋末元初时诗人堂是存在的。刘诜谓"旧风"无续，或因为战乱暂停，故诜有此兴寄。刘辰翁《须溪集》卷四《吉州能仁寺重修记》也曾提及诗人堂。而南宋周必大《文忠集》卷四十五亦提及诗人堂，是诗人堂在南宋一代都是存在的。

另应关注的是《大清一统志》卷二百四十九"诗人堂"条，其云："（诗人堂）在府治西城隍冈内。唐杜审言为司户时置相山诗社，宋卢象建诗人堂，有杨万里铭，周必大箴"，提及杜审言建相山诗社事，再言宋卢象建诗人堂。考宋时似无卢象，中唐有一卢象，《唐语林》提到卢象与崔沆是大中十二年（唐宣宗李忱年号，858）进士同年，还提到他不赴曲江会而携妓盛饰游观，为人所劾事（宋曾慥《类说》卷三十四亦有此记载）。《古今事文类聚》卷十三还有卢象年老官卑，被其妻作诗嘲讽的记载。若卢象为唐人，《大清一统志》以其为宋人则误，但提到卢象建诗人堂（当在杜审言司户祠基础上建），则虽仅见于此，但不一定没有根据，只不过可以搜略的文献没有补足其说而已。而杨万里、周必大之碑箴也未见，不知是否实有。总之，杜审言在吉州作司户参军虽为时不长，但或结交当地文人，交流作诗经验。尤其是审言于诗本精于律诗，其诗学思想必定对当地文人产生影响，后人以为杜审言开启庐陵诗风之说由来久远，应该是有根据的。宋代江西诗人大都精研诗律，讲究诗法，抑或与杜审言在吉州的文学活动及其产生的影响有关。所以，杜审言之相山诗社虽或为后人追加名号，但实际上是聚而吟诗，交流切磋，并产生深远影响的准诗社组织，第时代夐远，文献缺如，难以征实。

也同白莲社一样，在后世诗人的心目中，相山诗社也有着一种榜样和标志性的意义。如明人陈嘉谟在其《郡西能仁寺，唐吉州司户杜审言诗社也，隆庆

---

① （明）陈谟之：《海桑集》卷六，文渊阁《四库全书》第1232册，上海古籍出版社1987年影印本，第611页。

② （元）刘诜：《桂隐诗集》卷三，文渊阁《四库全书》第1195册，上海古籍出版社1987年影印本，第286页。

丁卯（1568）能仁再举惜阴会，予偕凤间子九日入山中迎周罗山、刘见川二先生主席郡邑，缙绅仕而归者暨国学两庠之彦先后来会。安成、两峰先师刘师泉时一枉教焉。久之先辈彫谢，聚首者益落，万历庚辰（1580）秋九月议置会田合馈，兹会复振，凤间子赋诗志喜，予感而和之》诗二首云：

> 旧游早已悲迟暮，重到那堪忆岁年。聚散几陪莲社侣，招邀仍是菊花天。独怜华发羌先进，忍向多歧待后鞭。此日情知难再得，一谈忘食一潸然。当年莲社开诗社，想见唐时亦盛时。异代风流今论学，几人归咏更裁诗。朋来正喜簪频盍，身退原非道可私。龙井石幢禅塌畔，高谈仁义是吾师。①

此二诗律对精严，亦可见陈嘉谟之诗会特色，且其以"当年莲花开诗社，想见唐时亦盛时"句追怀莲社与相山诗社，可见所谓相山诗社在后人心中的位置。

考初唐时文人群体活动频繁，其间亦有理论批评性交流资料②，但本书在唐代主要研究涉及诗社活动以及有诗社名目的文人群体性活动。唐代以前的文人群体性文学活动部分本书已有论述，这里不再论述与诗社（即便是后人追加名号的诗社）无关的群体性文学活动，以避繁复。

二、第一个有诗社表述的准诗社组织沧洲诗社考述

戴叔伦、权德舆等人在鄱阳湖附近的一系列文学活动后被戴叔伦在诗中以沧洲诗社的称谓表达追忆之情。这是文学史上第一个有明确诗社表述的文人群体活动，虽然与后世较为成熟稳定的诗社相较还有不足，但却具有极为深远的意义。

---

① 雍正《江西通志》卷一五五，文渊阁《四库全书》第518册，上海古籍出版社1987年影印本，第598页。

② 如崔融写给李峤的信便是，见《全唐文》卷二二〇之崔融《报三原李少府书》以及杨炯为王勃集所作之序，见《四部丛刊》本《杨盈川集》卷三；陈子昂之《与东方左使虬修竹篇序》，见《四部丛刊》本《陈伯玉文集》卷一等。

如果说杜审言在吉州相山的所谓相山诗社是后人追加的话，那么戴叔伦关于诗社的诗句则是我们所可考见的第一个有诗社表述的诗学活动组织。①虽然这个组织还不同于宋代以后更加规范化、仪式化的诗社，但毕竟是首个有诗社名号的文人群体，并且在许多方面具有了初步成型的诗社形态，因此具有极为深远的意义。兹就与该诗社有关的一些问题考述如下。

《全唐诗》卷二百七十三有戴叔伦所作的《卧病》一诗，其云："门掩青山卧，莓苔积雨深。病多知药性，客久见人心。众鸟趋林健，孤蝉抱叶吟。沧洲诗社散，无梦盍朋簪。"②所谓沧洲诗社，便是明确的关于诗社的表述。从诗意看，戴叔伦在病中表达了对诗社离散，友朋分别的伤感之情。我们虽不能看出戴氏所伤感的便是正式名称上的沧洲诗社，但为论述方便，我们且断章运用他的这一诗句中的语汇，行文中便以沧洲诗社来表述戴叔伦所指的诗社以及相关的文学活动。

沧洲本指濒水之地，谢朓《之宣城郡出新林浦向板桥》有云："既欢怀禄情，复协沧洲趣。"③即以沧洲表示濒水之地。唐人屡用此意，如宋之问《称心寺》之"问予金门客，何事沧洲畔"④、杜甫《曲江对酒》之"吏情更觉沧洲远，老大悲伤未拂衣"⑤。都指濒水之地。戴叔伦生平事迹，据权德舆所作《朝散大夫使持节都督容州诸军事守容州刺史兼侍御史充本管经略招讨制置等使谯县开国男赐紫金鱼袋戴公墓志铭（并序）》⑥载，戴叔伦在贞元五年（789），因疾受代，卒于由容州（在广西容县）北返的途中，年五十八。是可知戴生于732年，即唐玄宗开元二十年。其具体事迹，《新唐书·戴叔伦传》、权德舆《戴公墓志铭》及《唐才子传》卷五都有较详细的记载。戴叔伦是润州金坛

---

① 谢榛在其《四溟诗话》卷三中有谓"譬如天宝间李謩如天宝间李谪仙杜拾遗高常侍岑嘉州王右丞贾舍人相与结社，每分题课诗"云云，李杜高王等人曾有共同的诗学活动，但没有结社名号，谢榛是以明代的诗学现象反观唐人，也反映了明代结社意识的深化程度。参见丁福保辑：《历代诗话续编》，中华书局1983年版，第1185页。
② （清）曹寅编：《全唐诗》第9册，中华书局1960年排印本，第3077页。
③ 逯钦立辑校：《先秦汉魏晋南北朝诗》，中华书局1983年版，第1429页。
④ （清）曹寅编：《全唐诗》第2册，中华书局1960年排印本，第657页。
⑤ （清）曹寅编：《全唐诗》第7册，中华书局1960年排印本，第2410页。
⑥ （清）董浩等编：《全唐文》第5册，中华书局1983年影印本，第5114页。

(今江苏金坛）人，年少时拜萧颖士为师，并"以文学政事，见称萧门"①，"为门人冠"②，"赋性温雅，善举止，能清谈，无贤不肖，相接尽心，工诗"③，与隐于江浙一带的张众甫、朱放友善。二十六岁左右，即至德二、三年间（757、758），因避永王李璘兵乱，随亲族离开润州避地饶州（今江西上饶一带，地濒鄱阳湖）。戴叔伦于贞元三年在抚州任上受谤平反后所作的《抚州对事后送外生宋垓归饶州觐侍呈上姊夫诗》有云："石壁转棠阴，鄱阳寄茅室。淹留三十年，分种越人田。"④意谓自己有三十年经行鄱阳，未能复居乡里⑤。戴叔伦在饶州闲居读书逾十五年，代宗大历七年（772），经刘晏、张继推荐，他步入仕途，入京为广文博士、监察御史、湖南转运留后、转运使河南留后等职，曾随曹王李皋讨伐李希烈。大约在德宗贞元元年前后（785）任抚州（抚州今属江西，在鄱阳湖附近）刺史。贞元四年间授容州经略使，贞元五年卒于由容州北归的路途之中。戴叔伦的生平经历大要如此，可知，其入仕前在鄱阳湖附近之饶州居住了十五年，步入仕途后，主要活动于江西、湖南一带，以在抚州任上时间最长，有较为稳定的三年时光。他在任上制定了《均水法》，解决了郡人争水的问题⑥。综观其经历，与鄱阳湖的渊源最深，且其诗多作于抚州任上，故疑所谓沧洲诗社之沧洲，当指鄱阳湖附近的抚州，包括洪、饶州一带地方（今江西南昌与上饶一带）。又据《卧病》诗意，此诗应非入仕前之作。结合他的仕履历程来看，似应作于抚州受谤暂归润州或由容州北返之时。戴诗中有类似意绪的还有《敬报孙常州二首》云："衰病苦奔走，未尝追旧游。何言问憔悴，此日驻方舟（其一）。远道曳故屐，余春会高斋。因言离别久，得尽平生怀（其二）。"⑦此诗为戴叔伦甫回润州所作，与《卧病》诗很相似⑧。综合来看，

---

① （唐）权德舆：《戴公墓志铭》，（清）董浩等编：《全唐文》第5册，中华书局1983年影印本，第5114页。
② （唐）欧阳修撰：《新唐书》第15册，中华书局1975年版，第4690页。
③ 傅璇琮主编：《唐才子传校笺》第2册，中华书局1989年版，第519—520页。
④ （清）曹寅编：《全唐诗》第9册，中华书局1960年排印本，第3097页。
⑤ 按《汉书·严助传》有云："淮南王安上书谏武帝击南越云：'越人欲为变，必先田余干界中。'"韦昭注云："越邑今鄱阳。"见《能改斋漫录》卷六引。
⑥ 使"抚人饫三年之惠"，见权德舆：《戴公墓志铭》，（清）董浩等编：《全唐文》第5册，中华书局1983年影印本，第5114页。
⑦ （清）曹寅编：《全唐诗》第9册，中华书局1960年排印本，第3097页。
⑧ 陶敏：《唐五代文学编年史·中唐卷》，辽海出版社1998年版，第27页。

戴叔伦所谓沧洲诗社云者，应是他在德宗贞元元年至贞元四年（785—788）间在抚州的诗社活动的总称，而《卧病》、《敬报孙常州二首》等诗，则是他离开抚州对这些活动的追忆。然除《卧病》诗外，戴叔伦再无关于诗社的表述，似其所谓诗社为随意使用之的措辞，并非实有其名目。但无论如何，应对戴叔伦的有关诗学活动考索一番，从而掌握沧洲诗社的具体内容。

结合戴叔伦的生平及仕履历程考察《全唐诗》中戴氏的诗作，与其有诗歌往复的大抵有：郑云逵、卢景亮、怀素、张南史、朱放、张劝（或作张欢）、皇甫冉、皇甫曾、董颋、王纵、卢岳、灵澈、陆羽、耿湋、华上人、李兼、李勉、萧复、虔上人、嵩律师、韦渢、李从训、王纯、李圻、崔载华、李审之、谢夷甫、李纵之、崔峒、陈羽、朱放、孙会、处上人、无可上人、秦系、原上人、张涉、张众甫、骆士责、李纾、辛巢父、胡泛以及方干等人，这些人经历各异，或不可确考，然据有关诗题，这些诗应涵盖了戴氏仕履的不同时地，包括抚州时期。除在京师和任职湖南、河南任转运留后外，在江西与之有交往的诗人有：郑云逵、卢景亮、骆拾遗（名未详）、楚僧方外、崔载华、张涉、秦系、孙会、胡泛、袁长卿、李兼、陆羽等①。那么，在这些诗人中，与戴叔伦在鄱阳湖一带有共同参与文学活动的有那些呢？《唐才子传》卷五之《戴叔伦传》云："叔伦初以淮汴寇乱，鱼肉江上，携亲族避地来鄱阳，肄业勤苦，志乐清虚，闭门却扫，与处士张众甫、朱放素厚，范张之期，曾不虚月。诗兴悠远，每作惊人。"②据《唐才子传》卷三之《张众甫传》，众甫为京口人，隐居不务仕进，与皇甫曾友善。③《唐才子传》卷五之《朱放传》谓放为南阳人，"初居临汉水，遭岁馑，来卜隐剡溪、镜湖间，排青紫之志，结庐云卧，钓水樵山，尝着白接篱鹿裘笋屦，盘桓酒家。时江浙间名士如林，风流儒雅，俱从高义。如皇甫兄弟（按即皇甫冉、皇甫曾兄弟）、皎、彻（即皎然、灵澈）上人，皆山人良友"④。又据《唐才子传》等文献的记载，秦系、方干等人亦隐居于江浙一带地方，是可见早在戴叔伦入仕之前，甚至在来鄱阳之前，便与包括张众

---

① 此处据蒋寅：《戴叔伦诗集校注》（上海古籍出版社1993年版）辑录，戴叔伦名下蒋氏证明为伪作者的酬赠对象不包括在内。
② 傅璇琮主编：《唐才子传校笺》第2册，中华书局1989年版，第524页。
③ 傅璇琮主编：《唐才子传校笺》第1册，中华书局1987年版，第600页。
④ 傅璇琮主编：《唐才子传校笺》第2册，中华书局1989年版，第343—344页。

甫、朱放以及皇甫兄弟和皎然等人在内的名士交往,且与张、朱情谊笃深,如同东汉的范式、张劭。今戴诗中有《酬赠张众甫》与《哭朱放》诗,可以参见他与二人的友情。在鄱阳避居及出仕后也同这些诗人有所过从或联系。但就戴氏所云之沧洲诗社而言,预入者却另有其人,这就必须对有关龙沙会、清风亭故事及玉芝堂诗会等戴叔伦在抚州、洪州等鄱阳湖一带的诗学活动进行考查。

《全唐诗》卷二百七十三有戴叔伦的《奉陪李大夫九日宴龙沙》云:"邦君采菊地,近接旅人居。一命招衰疾,清光照里闾。去官惭比谢,下榻贵同徐。莫怪沙边倒,偏沾杯酌余。"⑤《全唐诗》卷二百七十四还载戴氏《同赋龙沙墅》云:"回转沙岸近,欹斜林岭重。因君访遗迹,此日见真龙。"⑥这里都提到了龙沙会,据傅璇琮主编《唐五代文学编年史》考证,当时唐德宗贞元三年(787)之事。其所依据者,为权德舆所作《暮春陪诸公游龙沙熊氏清风亭诗序》,《全唐文》卷四百九十、《文苑英华》卷七百十六均有此文,该文是寻绎所谓沧洲诗社的重要资料,故迻录于此。其云:

  暮春三月,时物具举,先师达贤,或风于舞雩,或禊于兰亭。所以畅性灵,涤劳苦,使神王道胜,冥夫天倪。吾徒束支体于府署,以簿书为拳桔有日矣,故因休沐之暇,考近郊之胜。郭(按,指江西南昌)北五里有古龙沙,龙沙北下,有州人秀才熊氏清风亭。盖故容州牧戴幼公、前仓部郎萧元植,贤熊氏之业文,尚兹境之幽旷,合资以构之,创名以识之,五年矣。初入环堵,中有琴书,披筐跻石,忽至兹地。鄱章二江,分派于趾下;匡庐群峰,极目于枕上。或澄波净绿,相与无际;或孤烟归云,明灭变化。耳目所及,异乎人寰。志士得之为道机,诗人得之为佳句,而主人生于是,习于是,其修身学文,固加于人一等矣。况其志励于萤雪之下,业成于薪水之余,则甲科令名,如在指顾。是会也,有御史府杨君薛君环列崔君校理魏君,皆以文发身,或再战再克。予与皇甫君,不繇是进,亦陪其欢,虚中旷然,取乐名教。而主人趋隅拜下,敬恭得礼,请酌古道,

---

① (清)曹寅编:《全唐诗》第9册,中华书局1960年排印本,第3091页。
② (清)曹寅编:《全唐诗》第9册,中华书局1960年排印本,第3098页。

遍征歌诗。因曰："自十数年间佐是府者，腾陵杳冥，离会靡常，众君子用牵乎时，未始有极。然异日之适，非今日之适也。至若心同于内，迹吻于外，交臂瞠视，吾丧我于此亭者，一生几何？是不可以不纪。"乃次诗于屋壁，各疏爵里，以为清风亭故事云。①

由此文可见，权德舆与诸人此次龙沙清风亭之会是在暮春时节，所会之年，据《唐五代文学编年史》考证，是在唐德宗贞元七年（791）。序中提到此清风亭为戴叔伦与萧元植②因"贤熊氏之业文"且爱好其景致而合资创建，创建时间应在五年前的贞元二年（787）。熊秀才即熊孺登，《唐才子传》卷四有传，谓其为钟陵（今江西南昌）人，有诗名，元和中始为西川从事。是熊孺登出仕前在当地与戴叔伦、萧元植交往，并受其赏识，共同选定龙沙一带构筑清风亭以便游赏。这里风景优美，权德舆所谓"初入环堵，中有琴书，披篁跻石，忽至兹地。鄱章二江，分派于趾下；匡庐群峰，极目于枕上。或澄波净绿，相与无际；或孤烟归云，明灭变化。耳目所及，异乎人寰。志士得之为道机，诗人得之为佳句"云云，可见这里景致闲雅，且水天交映，视野宏阔，山水胜迹，可一目收览，诚是登高壮观、怡悦情志的去处。而权德舆等人的暮春游赏，因念及曾在此地有登临览观的同道诗侣"腾陵杳冥，离会靡常"，遂作诗作纪，并将诗作与诗人爵里书于屋壁，以志厥会，同时又命权德舆作诗序，以成其事，而所提及的杨君、薛君、崔君、魏君等"以文发身"、"再战再克"云云，是指这些人以文才仕进，在颇具竞争性的赋诗联句中优拔出众。我们于此可窥见所谓"清风亭故事"实为同道诗人的诗学聚会活动。从戴叔伦关于龙沙会的诗作来看，当年构筑清风亭时已有诗会活动，是重阳时节，而当时的参加者，除戴叔伦、熊孺登外，还有权德舆与当时任洪州刺史的李兼等人。上引戴叔伦《奉陪李大夫九日宴龙沙》诗中之李大夫即李兼，戴氏《李大夫见赠因

---

① （清）董浩等编：《全唐文》第5册，中华书局1983年影印本，第5004页。龙沙：《太平寰宇记》卷一〇六"洪州南昌县"条云："龙沙在州北七里一带，旧俗九月九日登高之处。"参见文渊阁《四库全书》第470册，上海古籍出版社1987年影印本，第133页。又《明一统志》卷四九云："龙沙在府城北江水之滨，白沙涌起，堆阜高峻，其形如龙，旧俗为重九登高会。"是南昌当地游览胜地。

② 顾况《华阳集》卷上有《上湖至破山赠文周萧元植》诗，知其亦能诗，但此人生平不详亦无诗留存。

之有呈》、《送李大夫渡口阻风》（见《全唐诗》卷二百七十三）等亦均为赠李兼之诗。李兼应亦能诗，其预入此会，故是因为其宰于是府，也必是因为其才情使然①。权德舆亦有《奉陪李大夫九日龙沙宴会（迟字）》诗，同样应是贞元二年龙沙重阳会所作。诗云："龙沙重九会，千骑驻旌旗。水木秋光净，丝桐雅奏迟。烟芜敛暝色，霜菊发寒姿。今日从公醉，全胜落帽时。"②"千骑驻旌旗"，可见当时会事盛况，以"迟"字为韵，可知当时有拈韵赋诗活动。权德舆后来也有一些诗句忆及龙沙之会，如《奉和许阁老酬淮南崔十七端公见寄》诗，其中有云："忆昔同驱传，忘怀或据梧。幕庭依古刹，缙税给中都。瓜步经过惯，龙沙眺所殊。春山岚漠漠，秋渚露涂涂。"③另外，权德舆《户部王曹长杨考功崔刑部二院长并同钟陵使府之旧因以寄赠又陪郎署喜甚常僚因书所怀且叙所知》云："时节东流驶，悲欢追往事。待月等庾楼，排云上萧寺。盍簪莲府宴，落帽龙沙醉。极浦送风帆，灵山眺烟翠。解颐通善谑，喻指排精义。搦管或飞章，分曹时按吏。雨散与蓬飘，秦吴两寂寥。"④既用到了"盍簪"⑤，又有雨散蓬飘之喻，自然使人联想到戴叔伦《卧病》诗意。而所谓"解颐通善谑，喻指排精义。搦管或飞章，分曹时按吏。"便是他们进行文学活动时的情状，大家欢喜一堂，竞相写作，以所喻之巧和含义之深获得胜场。两诗中都系怀思之作，且都有龙沙会的记述，是我们考索龙沙会的重要线索。其中之许阁老是许孟容，字公范，新旧《唐书》俱有其传，是中唐著名良吏，曾任侍御史、给事中、太常少卿、刑部侍郎、尚书右丞、京兆尹、河南尹、知礼部选事，吏部侍郎等职，他直言切谏，政有嘉声，且"富有文学。其折衷礼法考详训典甚坚正，论者称焉。而又好推毂，乐善拔士，士多归之"⑥，是元和间

---

① 《旧唐书·齐映传》载齐映"(贞元)七年，授御史中丞、桂管观察使，又改洪州刺史、江西观察使。映常以顷为相辅，无大过而罢，冀其复入用，乃掊敛贡奉，及大为金银器以希旨。先是，银瓶高者五尺余，李兼为江西观察使，乃进六尺者，至是，因诞日端午，映为瓶高八尺者以献"。由此，李兼应在贞元七年前离任江西。权德舆与诸人贞元七年之会，李兼无与。
② (清) 曹寅编：《全唐诗》第10册，中华书局1960年排印本，第3649页。
③ (清) 曹寅编：《全唐诗》第10册，中华书局1960年排印本，第3614页。
④ (清) 曹寅编：《全唐诗》第10册，中华书局1960年排印本，第3624页。
⑤ 戴叔伦与权德舆所用之"盍簪"，意即朋友聚合。《易·豫·四爻》云："勿疑，朋盍簪。"即指朋友如发汇于簪般聚在一处。杜甫《杜位宅守岁》云："盍簪喧枥马，列炬散林鸦。"(《全唐诗》卷二二四) 即用此意，戴、权同此。
⑥ (后晋) 刘昫等撰：《旧唐书》第13册，中华书局1975年版，第4103页。

颇有影响的文人官吏。权德舆多有诗文赠之。按上引权德舆诗意，许孟容应参加了贞元二年在龙沙的重阳之会①。权德舆诗中的王曹长、杨考功难以确考，崔端公是崔述的可能性较大。"端公"一词，唐人常用以代指侍御史，据《全唐文》卷五百三所载权德舆《唐故给事郎使持节房州诸军事守房州刺史赐绯鱼袋崔公墓志铭（并序）》载："公讳述，字元明，博陵安平人。……公夷雅温粹，安舒廉静，于座右铭得含元之妙，于政论得理道之奥，以之修身，以之莅官，盖家法积厚，而公能践之之故也。历监察御史、殿中侍御史，再为侍御史，实佐寿、潭、洪三邦车赋之重。……（贞元）十七年（801）秋九月辛酉，感疾捐馆舍，春秋五十七。……建中初（780、781），德舆遇公于九江之西，其后辱安平戴侯之知（按，指崔述仲兄安平公，亦为权德舆妻父），于公获南容之眷。……"②可知崔述曾任侍御史，并"佐寿、潭、洪三邦车赋之重"，故其往来洪州亦属自然。但又据权德舆另一篇文章，似可称为崔端公者亦有他人。《全唐文》卷四百九十八所载权氏所作之《唐故江南西道都团练观察处置等使中散大夫使持节都督洪州诸军事守洪州刺史兼御史中丞骑都尉赐紫金鱼袋赠左散骑常侍崔公神道碑铭（并序）》谓此崔氏（按失名及字），亦"仕至御史中丞洪州刺史江西都团练观察使"，他"始以门荫调河中府参军，历邑丞廷史从事，察视凡南台外，三为殿中侍御史。尝以公事贬台州司马，联帅表于理下，旋以上介入拜侍御史，迁考功员外郎度支吏部二郎中商常二州刺史，以至按部抚封，为太子守臣"。③是此崔氏亦有侍御史的经历，且亦尝担任洪州刺史。那么，权德舆与之忆及龙沙会的崔端公究是崔述或是此公呢？这是考察包括龙沙会在内的沧洲诗社有关活动应予理清的问题。权德舆这篇《神道碑》谓此崔公于元和七年（812）冬十一月某甲子卒于郡舍，享年五十五，还提到他是卒于洪州刺史任上。而贞元二年时并不在洪州。据《旧唐书·权德舆传》，权德舆于贞元

---

① 《旧唐书·许孟容传》："（许孟容）父鸣谦，究通《易象》，官至抚州刺史，赠礼部尚书。孟容少以文词知名，举进士甲科，后究《王氏易》登科，授秘书省校书郎。赵赞为荆、襄等道黜陟使，表为判官。贞元初，徐州节度使张建封辟为从事，四迁侍御史。"参见（后晋）刘昫等撰：《旧唐书》，中华书局1975年版，第4099—4100页。在许孟容贞元初迁侍御史之前，或随其父在抚州，贞元共二十一年，所谓"贞元初"或应在五年左右为宜，如此，则贞元二年龙沙会时，许孟容在场。

② （清）董浩等编：《全唐文》第5册，中华书局1983年影印本，第5120页。

③ （清）董浩等编：《全唐文》第5册，中华书局1983年影印本，第5073页。

初为江西观察使李兼判官，大约在贞元八年（792）因杜佑、裴胄荐举而受召入京，离开江西，据此崔公任职洪州时间较长。又，权德舆《送崔端公赴江陵度支院序》有云："岁十二月，（崔端公）自钟陵抵江陵，驱车即路，不惮冰雪。况骚楚遗韵，枫江远目，在此路也。情如之何？五言诗送别之始，故自戴临川、萧、王二柱史已降，皆征文贶远。字用五而词多楚者，以地理所历，且行古之道也。"①这次文学性的送别活动的参加者有戴叔伦（即戴临川）、萧公瑜、王绍等人，可见这个管理钱粮盐铁赋税的崔端公在戴叔伦在江西时由钟陵出发赴江陵，诸人赋五言诗为之饯行，同样与失名之崔公无涉。《宝刻丛编》卷十三之"唐禹庙诗"条提到唐浙东观察史越州刺史薛萃作《禹庙诗》，"和者盐铁转运崔述等凡十七首"②，这与崔述《墓志铭》及权德舆《送崔端公赴江陵度支院序》的内容相合，故崔端公应是崔述。崔述唐史无传，亦无诗留存，但权德舆与之唱和的作品很多，可见他与权德舆熟知，所以应是有预沧洲诗社活动的重要成员。

龙沙会不仅春秋举行，其他时间也会有类似的文学活动。权德舆有《腊日龙沙会绝句》诗，有句云"宁知腊日龙沙会，却胜重阳落帽时"③，是知腊日亦有龙沙诗会，且此诗并无寥落凄楚之气，似可推断该腊日会当不会在戴叔伦受谤去职及迁去容州之前，戴叔伦也可能参加过腊日之会。④

今戴叔伦诗中往往有赠崔法曹的作品，是戴氏酬赠最多的诗人，此人为崔载华，是沧洲诗社的主要参与者之一。权德舆《萧侍御喜陆太祝自信州移居洪州玉芝观诗序》是很重要的参考资料。其云：

---

① （清）董浩等编：《全唐文》第 5 册，中华书局 1983 年影印本，第 5010 页。
② （宋）陈思：《宝刻丛编》卷一三，文渊阁《四库全书》第 682 册，上海古籍出版社 1987 年影印本，第 393 页
③ （清）曹寅编：《全唐诗》第 10 册，中华书局 1960 年排印本，第 3649 页。
④ 权德舆有《腊日与崔公龙沙宴集序》，是其为腊日龙沙会的诗文集所作之序，云："清祀嘉平，著于三代。盖祭百种以报嗇，表一岁之顺成。故吾徒亦休瀚考胜，用文会友。龙沙古地，大江在下。可以纵远目，可以涤烦襟。况簪裾成列，俎豆备荐，酒酣神王。举手拊节，尽一日之泽，遣百虑如遗。二三子唯今日可以酒狂而不书是无勇也。"参见（清）董浩等编：《全唐文》第 5 册，中华书局 1983 年影印本，第 5008 页。可见此次腊日之会的情景，既以文会友，又有酒佐德；既有诗乐节奏，又有集存诗，了无伤感气息。不会是戴叔伦迁谪故去，也不会有贞元七年会时所谓的"自十数年间佐是府者，腾杳杳冥，离会靡常，众君子用牵乎时，未始有极。然异日之适，非今日之适也。至若心同于内，迹吻于外，交臂瞠视，吾丧我于此亭者，一生几何？是可以不纪"的凄婉心绪，故此次腊日会亦应在贞元二年。

太祝陆君鸿渐（按，陆羽，字鸿渐），以词艺卓异，为当时闻人。凡所至之邦，必千骑效劳，五浆先馈。尝考一亩之宫于上饶，时江西上介殿中萧侍御公瑜权领是邦，相得欢甚，会连帅大司宪李公入觐于王①，萧君领廉察留府，太祝亦不远而至，声同而应随故也。先是尝舍于道观，因复居之，竹斋虚白，湖水在下，春物萌动，时鸟变声，支颐散发，心目相适，萧君悦其所以然也。既展宾主之觌，又歌诗以将之，其词清越，铿若金璧。得诗人之辨丽，见君子之交好。诗既成，而太祝有酬和之作，复往之盛，粲然可观。客有前法曹掾崔君茂实，文场之旧，以六义为己任，攘臂拔笔而为和者，惟三贤师友风骚，迭为强敌。志之所之，发为英声，其于奇正相生，质文相发，若笙磬合奏，组缋交映。君子曰："侍御唱之，太祝酬之，法曹和之，是三篇也，不可以不纪，况合散出处之未始有极耶？"以鄙人尝学于是，俾冠以序，其或继而和者，用先成为次序云。②

这次在洪州玉芝观举行的诗会亦颇为隆盛，参与的人有萧公瑜、陆羽、崔茂实。③戴叔伦诗中经常酬赠之崔法曹应是崔茂实，他也参与了这次玉芝观诗会。④由权德舆序文中的"侍御唱之，太祝酬之，法曹和之"的说法来看，玉芝观诗会的主力是萧公瑜、陆羽和崔载华。戴叔伦可能未能与会。但序文中说"或继而和者，用先成为次序"，是知当时参加者不止以上诸人，且场面隆盛。据戴叔伦诗《新年第二夜答处上人宿玉芝观见寄》有云："阳春已三日，会友闻昨夜"句。当是处上人参加玉芝观诗会后有诗寄赴抚州辩对的戴叔伦，故戴作此诗。陆羽于贞元三年十二月自信州移居洪州⑤，故玉芝观诗会应在十二月间，戴氏未能参加，但参加者应多是其诗友。同时，该会有"文场之旧"的

---

① 李公为李兼，王是曹王李皋，据《旧唐书·李皋传》，李皋贞元三年除襄州刺史、山南东道节度等使，可知此事应在贞元三年之前。
② （清）董浩等编：《全唐文》第5册，中华书局1983年影印本，第5003页。
③ 即崔载华，茂实应为其字，权德舆有《同陆太祝鸿渐崔法曹载华萧侍御留后说得卫抚州报推事使张侍御却回前刺史戴员外无事喜而有作三首》诗，为获悉戴叔伦平反消息而作，可知此间为法曹者是崔载华，戴叔伦平反事当在贞元四年。
④ 蒋寅：《戴叔伦诗集校注》，上海古籍出版社1993年版，第106页。
⑤ 陶敏：《唐五代文学编年史·中唐卷》，辽海出版社1998年版，第435页。

崔载华参加，而参加者又"攘臂拔笔而为和"，可知场面热闹，充满了竞争意味。"惟三贤师友风骚，迭为强敌。志之所之，发为英声，其于奇正相生，质文相发，若笙磬合奏，组缋交映。"便是说萧、陆、崔三人在唱和联句中胜出，他们的作品有质有文，有创新有执守，加之音声和谐、华实交映，的是诗坛盛事。崔载华"以六义为己任"能在此间擅场，他们"音声"、"奇正"和"质文"兼具的作品受到称赞，亦可知当时当地的文学活动在文学思想上的特点。由此可知，龙沙清风亭故事、玉芝观诗会都是贞元初年沧洲地区诗学活动的组成部分。戴叔伦所谓的沧洲诗社是他离开江西，离开鄱阳的时候，念及朋友分别，诗文交流难以继续，加之自己卧病在床，顿生苍凉悲伤的意绪，故作《卧病》时以抒遣斯怀，故所谓的沧洲诗社实是对戴叔伦参加的一些濒鄱阳湖地区的文学活动的宽泛称呼，应包括龙沙会和玉芝观诗会在内。

除了我们提及的沧洲诗社上述成员外，秦系、皇甫冉、皇甫曾等人也应时常是戴叔伦、权德舆等人文学活动的参加者。在易于登高览胜、观赏风景的时节，在鄱阳湖附近任职的官员以及隐居于此的文士或名流才俊都会会聚于包括清风亭、玉芝观在内的亭榭楼阁之中，当有能诗者云游到此，也会举行一些文学性的聚会活动，权德舆《送灵澈上人入庐山回沃州序》(《全唐文》卷四百九十三)便是灵澈路过此间引发的创作活动。此外，送行、饯别也会引发群体性的文学创作活动。《全唐文》卷四百九十二所载权德舆《送许校书赴江西使府序》及《月夜泛舟重送许校书联句序》便可看出这种文学活动的风气。两序中提及许孟容应李皋之邀赴职，由吴地至钟陵，与诸人相见，且欲赴江西使府，诸人送别时赋诗联句，"秋月若昼，方舟溯沿，笑言不哗，引满造适。公范乃握管作三字丽句，仆与二三子联而继之，申之以四五六七，以广其事。如其风烟月露，与行者居者之思，各见于词。"[①]是可见出，即使是小规模的送别活动，也可引出相应的诗学活动，戴叔伦所追忆之沧洲诗社，亦应包括此类文学活动在内。

使戴叔伦追忆的还有在共同相处和一系列文学活动中与诗友们建立起来的深厚友情。戴叔伦蒙冤平反后，萧公瑜、陆羽、崔载华、权德舆等人都非常欣

---

① 《月夜泛舟重送许校书联句序》，(清)董浩等编：《全唐文》第5册，中华书局1983年影印本，第5016页。

喜，《全唐诗》卷三百二十二有权德舆所作《同陆太祝鸿渐崔法曹载华萧侍御留后说得卫抚州报推事使张侍御却回前刺史戴员外无事喜而有作三首》就反映了他们忧感相关的深厚情谊。从戴叔伦、权德舆沧洲诗社的组成成员看，有贵至宰辅的大吏，也有平常的布衣士子。他们在共同的文学活动中相互切磋，提升文学技艺。与此前文人聚会活动相较，表现出更加活泼、更为开放的特点，是在诗学的名义下开展的平等的诗学交流活动。这些预入沧洲诗社的人，在诗学活动中经历着奇文共赏的审美批评活动，并在这个过程中趋于某种共同的审美好尚。既有创作活动开展的事由与氛围，也有可以趋同的审美批评，这就涉及诗社活动对文人诗学才能的培养作用。权德舆诗中有诸如数名诗、星名诗、卦名诗、药名诗、古人名诗、州名诗、八音诗、六府诗、三妇诗、安语、危语、大言、小言等纯粹文学训练性质的诗，我们虽然不能确定这些诗写于权德舆在沧洲时期，也不能遽下结论说权德舆、许孟容等人的文学才能的养成一定与沧洲诗社有关，但从作家创作实践对创作才能的实际存在的训练作用看，诗社是应该发挥很大作用的。司空图《与极浦书》引戴叔伦语曰："诗家之景，如蓝田日暖，良玉生烟，可望而不可置于眉睫之前也。"①可见，戴叔伦对诗歌自身意境塑造上应有的审美特点是有深切的认识的，其论影响深远，为后代诗论家所乐于称述引用。就戴叔伦、权德舆和许孟容等人的文学思想笔者将做专文述论，此不赘列。

同时亦应注意，权德舆、许孟容等人都仕至高位，《新唐书·权德舆传》说他："自始学至老，未曾一日去书不观。……其文雅正赡缛，当时公卿侯王功德卓异者，皆所铭纪，十常七八。虽动止无外饰，其酝藉风流，自然可慕。贞元、元和间，为缙绅羽仪云。"②而《旧唐书·许孟容传》也说："孟容方劲，富有文学。其折衷礼法考详训典甚坚正，论者称焉。而又好推毂，乐善拔士，士多归之。"③他们的号召力、影响力对当时的文人一定会产生影响。尤其是权德舆，《唐诗纪事》卷三十一引杨嗣复为其集所作之序文云："奉诏考定贤良，草泽之士升名者七十七人，及为礼部侍郎，擢进士第者七十有二，鸾凤杞梓，

---

① 祖保泉：《司空表圣诗文笺校》，安徽大学出版社2002年版，第215页。
② （唐）欧阳修撰：《新唐书》第16册，中华书局1975年版，第5079—5080页。
③ （后晋）刘昫等撰：《旧唐书》第13册，中华书局1975年版，第4103页。

举集其门，登辅相之位者，前后十人。"①虽不能遽言权德舆如此宽和地奖掖拔擢后进便是年轻时群体性文学活动所养成的性情②，但在具体活动中，大家彼此相亲，情谊深挚，并无年辈身份之芥蒂，权氏作为晚辈，身有所历，目有所触，对于养成其散朗宽阔的胸襟，应有裨益。且权德舆一系列记、序杂文中都表露了他较为深刻系统的文学理论观点，这亦得力于在包括"沧洲诗社"在内的文学活动中积累的创作经验和批评经验。此外，曾经预入戴叔伦等人文学活动的皇甫兄弟、孙会、朱放、熊孺登、秦系等人都在后来的文学历程中产生了较大的影响，与他们唱和的有刘长卿、白居易、韦应物等人③，他们的创作也会因此辐射开去，并产生影响。

至于陆羽、皎然、灵澈、韦泅等人，虽与戴叔伦或沧洲诗社关系较远，或未尝深切预入有关活动，但在他们的诗歌创作经历中（包括白居易、刘长卿等人），不能不沾溉在鄱阳湖或沧洲诗社中人物的诗学影响，并在其创作与理论中有所体现。所以，沧洲诗社作为一个有了相对固定的场所和相对稳定的人员构成的诗学组织，加之在活动中运用了联句、共作、结集、书写作家爵里诗作于壁等方式，就可以被我们看作是一种准诗社组织了。虽然它与宋元时期比较成熟的诗社相较仍显得随意、简单和缺乏稳定性，但其在文学史上的意义和诗社史上的价值是绝对不容小觑的。从此，诗社名号也渐渐为人们所接受和使用，终于形成了诗社——这一中国古代有关文人生活、文学活动、文学理论批评和文学生态研究中不能忽略的文学事项。戴叔伦等人沧洲诗社的意义就在于此。

三、沧洲诗社在理论上的成果——权德舆文学思想述略

与沧洲诗社有关联的人物之中，权德舆是最突出的一个。他位高权重，又颇孚时望，为"缙绅羽仪"，具有极大的人格辐射力。倘使沧洲诗社对权氏文化素养、文学技能曾起过作用的话，那么，权氏影响后进，便可目作是沧洲诗社对外发挥作用的一种媒介与桥梁。同时，权氏之文学思想在中唐韩愈文学思

---

① （宋）计有功：《唐诗纪事》，上海古籍出版社1987年版，第492页。
② 据新、旧《唐书》本传综合考察，权德舆参与沧洲诗社活动时仅二十四五岁。
③ 权德舆《秦征君校书与刘随州唱和诗序》提到"长卿自以为'五言长城'，而公绪（秦系）用偏伍奇师，攻坚击众，虽老益壮，未尝顿锋"，可见秦用自己的风格与刘长卿在五言绝句的创作上较量短长，成为后人乐于称道的诗坛佳话。

想大盛之前，实为一种先导，与韩愈、柳宗元等人的文学思想相为呼应，共同推毂，影响了中唐文学的走向与文学理论的格局，是中唐文学思想中重要的一环，兹将权氏文学思想的主要观点简述如次。

权德舆的文学思想是较为正统的，但正统中也很有开放性和灵活性。在其《唐故通议大夫梓州诸军事梓州刺史上柱国权公文集序》中云："文之为也，上以端教化，下以通讽喻。其大则扬鸿烈而章缉熙，其细则咏情性以舒愤懑。"① 权德舆以端教化、通讽喻等儒学正统文艺思想为本地来确定文学的基本内核，这是中唐文艺思想的普遍特点。即使是释子皎然，亦曾云："夫诗者，众妙之华实，六经之菁英。虽非圣功，妙均于圣。"② 尤其是权德舆在这里所说的"咏情性以舒愤懑"，虽是为文之细，但从权氏语气可见，这种细是"扬鸿烈而章缉熙"的大的组成部分。由"舒愤懑"、"咏情性"而构成"扬鸿烈"、"章缉熙"，在宗旨上与儒家文学的大义是统一的。而"舒愤懑"云云，则是对儒家"温柔敦厚"③说的突破，与韩愈"大凡物不得其平则鸣"④说竟有异曲同工之妙。

权德舆就为文之道阐发了他的观点。其《醉说》云："予既醉，客有问文者，溃笔以应之云：'尝闻于师曰："尚气、尚理、有简、有通。"能者得之以是，不能者失之亦以是。四者皆得之于全，然后则得之矣。'"其所论及之"气"、"理"、"简"、"通"四个方面，其中"气"、"理"便是基于儒家思想对作家之修养的核心作用而言；而所谓"简"、"通"，则是行文方面的总体要求。这四个方面缺一不可，只有具备了"气"，才具备了一个作家的基本素养。关于养"气"的流程，权德舆于《醉说》中有较为细致地交代，其云："……固当漠然而神，全然而天，混成四时，寒暑位焉；穆如三朝，而文武森然。酌古始而陋凡今，备文质之彬彬。善用常而为雅，善用故而为新。虽数字之不为约，虽弥卷而不为繁。贯通之以经术，弥缝之以渊元。其天机与玄解，若圬鼻而斫轮。岂止文也？以宏诸立身，不如是，则非吾党也，又何足以辩云？"⑤

---

① （清）董诰等编：《全唐文》第5册，中华书局1983年影印本，第5035页。
② 《诗式·序》，载张伯伟：《全唐五代诗格汇考》，凤凰出版社2002年版，第222页。
③ 《礼记·经解》，《礼记注疏》，李学勤主编：《十三经注疏》，北京大学出版社2000年版，第1597页。
④ （唐）韩愈：《送孟东野序》，马其昶校注，马茂元整理：《韩昌黎文集校注》，上海古籍出版社1986年版。
⑤ （清）董诰等编：《全唐文》第5册，中华书局1983年影印本，第5052页。

所谓"漠然而神"云者，是能够陶冶性情，逗引情感的场合与氛围。在作家已然具有儒家素养基础上，在容易逗引作家情感的氛围中，文学思维便即发生。这种带有情感的文学思维之发生除应有儒家素养为之素地和指引外，还应具备一定的历史判断力，在权氏看来，古代之文是胜于后代的。学者应斟酌于"古始"，揣摩把握"用常而为雅"、"用故为新"，达到"文质彬彬"的为文要求，以自己最微妙的精神体验去贯通经术，不以繁约为意，达到立身与为文的统一。权德舆对于古今文学之嬗变是有自己的看法的，大抵是认为古胜于今，后世文学之发展偏离了本身应有的方向，他在《祭李处士秾子文》中说："先王观风，命史陈诗。《雅》、《南》之后，其道日醨。骚、楚怨思，王风浇夷。升降之义，与代相随。"①便是认为《诗经》是至高无上的文学样本，而自此之后，经《楚辞》的参入，文学至于浮薄与浇夷，失去了本身应有的文学职能。其《比部郎中崔君元翰集序》亦云："荀况、孟轲，修道著书，本于仁义，经术之枝派也。迨夫骚人怨思之作，游士纵横之论，刺讥捭阖，文宪陵夷。至汉廷贾谊、刘向、班固、扬雄，司马迁、相如之伦，郁然复兴，有古风烈。"②是其以为楚辞一类的作品之湮坏大雅之风，使儒家文学在传播中不纯粹了。至汉代，刘向、司马迁、司马相如、扬雄、班固等人能够道济《风》、《雅》，以匡斯文，故予以称扬。权德舆的这种观点实际上与中唐儒学复兴的时代背景有关。联系韩愈、柳宗元、白居易等人的观点，这种时代因由是很明显的。其实际目的，并不在于评价古代文学，而是要干预当下文学，以匡正今后文学的发展，使其不至于浮薄与浇夷。其理论指向在于现实和未来，并不是纯粹的文学批评，也不必去计较他对古代文学的评价是否得当。明乎此，就可理解权氏对摅写真实感情和表达作家个性的总体文学态度实际上较为通达的原因了。权德舆还要求作家在创作中应"贯通以经术"，即始终以儒家思想为指导，尽力表现儒学化的思想和性情，故其所谓渊元，虽有灵气、性灵之意，但本质上是儒家思想和作家真实情感的结合，这种灵气，在权氏看来，是使文学作品获得"天机"，即达到天然工巧境界所不可或缺的。

---

① （清）董浩等编：《全唐文》第 5 册，中华书局 1983 年影印本，第 5168 页。
② （清）董浩等编：《全唐文》第 5 册，中华书局 1983 年影印本，第 4997 页。

所以就权德舆《醉说》的文学观点来看，他显然是以儒家思想为根据，融合了一些道家成分统合而成的。也正因如此，他不同于韩愈，而是表现出了一定程度上的灵活性与开放性。其《祭李处士秪子文》中还提到了"由技而道，入于化境"①的观点，这种论调，是正统儒家文学批评观点所不乐道的，显然与老庄思想有关，也符合文学创作的特点。若结合权德舆本人大量的文学创作实践来看，这种"由技而道，入于化境"的观点，同时也是对他自己创作的一种总结，一种由实践而理论的发挥，既可谓心得，又可谓灼见，是权德舆文学观中的一个亮点。

权德舆对文人用心作诗不以利禄萦心的做法表示肯定，这反映了他的文学理论虽严肃正大，但却不至流于迂执保守，甚至有时显得通脱和旷达。在其《送马正字赴太原谒相国叔父序》中有云："（马氏）每过一胜境，得一佳句，则怡然独哂，如获贵仕丰禄，恬于进趋。"②对友人怡然于诗化情境的恬淡心态十分赞赏。其《唐故相散大夫于秘书少监致仕周君志铭》中也有类似话语，其云："（周君）先筑室于崇德里，有崇树修竹，休沐吟咏，以文自娱。每得一佳句，如获官禄，恬于进取，用此故也。"③这样的一种批评，应该说是体会到了文学作品与作家审美化生活情感之间的关系。在相对平和萧散的心境中，寻绎诗意，推敲诗句，以得佳句为最大的内心快慰，以潜心创作为最高精神追求。这种态度，或许是权德舆诸人曾经悦情志于沧洲亭阁，习文章于友朋席案间的一种内心的体现吧。他在写给沧洲诗社之成员秦系的《秦征君校书与刘随州唱和诗序》中说："越部山水，佐其清机……宅遐心于事外，得佳句于物表，不知华缨丹毂之贵者几四十年。"④这实际上也是这种态度的体现。唐代文人诗社的唱和或联句不如此前某些时代的群体性活动带有政治色彩，而更多时候则是表现为一种以作诗、论诗和带有诗学竞争色彩的游戏性活动。其间也对诗歌艺术的规律性问题多有灼见，诗歌佳作与理论成果或多或少都与包括诗社在内的诗学活动有关。因此，权德舆推许这种疏离功利的诗学态度，实际上

---

① （清）董浩等编：《全唐文》第 5 册，中华书局 1983 年影印本，第 5168 页。
② （清）董浩等编：《全唐文》第 5 册，中华书局 1983 年影印本，第 5028 页。
③ （清）董浩等编：《全唐文》第 5 册，中华书局 1983 年影印本，第 5149 页。
④ （清）董浩等编：《全唐文》第 5 册，中华书局 1983 年影印本，第 5003 页。

也是唐代诗社较少直接功利性、较少政治色彩活动特点的一种较为普遍的心态反映。

上文曾论及权氏对屈原楚辞的批评是出于理性地干预当下及未来文学发展的需要。但在论及文学本身的具体问题时，权德舆对屈原是充分肯定的。在《送张校书归湖南序》中有云："亦将参质文于屈宋，详岁时于荆楚。枫树千里，片帆鸟飞，晨征夜泊，无非诗兴。彼湘君帝子之遗迹，江蓠杜蘅之春色，皆落君彀中矣"这是何等宽和的诗学观点，也是唐代诗人于江山胜迹中能够创作出大量佳作的重要原因。在诗兴激扬、文思勃发的时候，创作会灵活自由地展开，这时，严肃的思想教条或评价矩矱是自然逊位于诗兴的，而诗兴便是一种艺术思维普及产生的状态，它自然活泼，灵动亲切，是任何艺术门类都无法排斥的创作动因。权氏对此的理解是极为准确的。

同时，权德舆也较为重视作家感情之真切激烈对创作的重要意义。这是较为通达开朗的文学态度的一种反应。在其《唐故漳州刺史张君集序》中，他对张登之"伟词逸气"甚至"矫枉甚厉，往往过正"的做法表示接受和认可，这就充分反映了权德舆对文学创作，以及文学欣赏活动的丰富性、多样性表现的充分认识。他思想有严肃正大的一面，这与其位列宰辅的政治位望有关，但他的性格通达随和，而且非常了解社会生活与文人心态。其政治地位与个人性格的综合作用，便形成了权德舆文学思想的基本特点与风貌：儒家思想居于主导，又能包容非儒家，但更符合文学自身规律的创作心理及审美风格。这种思想与韩愈相较，其儒家之特性不如韩愈显豁，更不如韩愈激烈，但理论的开放性与包容性却有过之。要之，他对中唐文学思想来讲，是一种积极的存在，也是一种平和的补充，其理论观点介于保守与革新之间；是韩柳古文运动方兴未艾之时的侧翼与助力，也是维系文学总体均衡协调的一种存在力量。就文学创作的总体风貌而言，他与韩柳元白比起来，虽都曾有馆阁经历，也都曾预入群体性的文学活动，但权氏旷达散逸之气却要多出一些。这应与他青年时期参与沧洲诗社等文学活动的经历有关，他的文学风貌的形成，在某种程度上可以看作是沧洲诗社的培养及熏染作用使然。①

---

① 此处部分参考了王运熙：《中国文学批评通史——隋唐五代卷》中权德舆部分，上海古籍出版社1996年版，特此说明。

四、白居易之香火社、九老会等诗学活动考述

唐代文人的群体性交往活动经过盛唐时代更加频繁和丰富，即使经过战乱，经过了各种政治斗争的洗礼，但城市经济进一步发展，文人之间的雅集与文酒之会也更为丰富，几乎唐代著名诗人都参与过各种文酒雅集也都有着彼此唱和的诗学训练。这对提高他们的文学创作水平是有重要作用的。就我们探讨的诗社主题而言，白居易之香火社、九老会等诗学活动及其名目对后世诗人产生了深远影响，并直接催生了后世诗社组织的正式形成。我们接下来，就以香火社及九老会为重点，联系白居易及中唐诗人的有关诗学生活来说明准诗社组织的基本特点以及其在诗社发展史上的实际地位和意义。

白居易的宦情衰落与香火社

元人辛文房《唐才子传》卷六之《白居易传》云："居易累以忠鲠遭摈，乃放纵诗酒。既复用，又皆幼君，仕情顿尔索寞。卜居履道里（在洛阳），与香山（今洛阳龙门山）僧如满等结净社。（《旧唐书·白居易传》作香火社，香火社为定名①）疏沼种树，构石楼，凿八节滩，为游赏之乐，茶铛酒杓不相离。尝科头箕踞，谈禅咏古，晏如也。自号'醉吟先生'，作传。酷好佛，亦经月不荤，称'香山居士'。与胡杲、吉皎、郑据、刘真、卢贞、张浑、如满、李元爽燕集，皆高年不仕，日相招致，时人慕之，绘《九老图》。"②

由此可见其香火社为——谈禅咏古的僧俗文人群体，且多有游赏活动，这是支撑其文学活动的前提条件。其七老会（九老会），又是一个老友间以年齿和文学爱好为纽带组成的文酒雅会，加之活动后之绘图存照，都对后世产生了极为深远的影响。③

虽然白居易与僧如满在香火社中的具体文学活动的情景材料不好指实，但

---

① 《全唐诗》卷四四〇有白居易《与果上人殁时送此诀别，兼简二林僧社》诗，诗中有"本结菩提香火社，为嫌烦恼电泡身"句。且《旧唐书·白居易传》及后人吟咏，多皆用香火社表述，故以香火社为该僧俗群体之名称。

② 傅璇琮主编：《唐才子传校笺》第3册，中华书局1990年版，第12页。

③ 如北宋的一些耆老会以及元末顾瑛等的玉山雅集亦曾绘图存照，明代李攀龙、谢榛、王世贞等后七子中的六人也曾绘《六子图》，参见谢榛《四溟诗话》卷四，丁福保辑：《历代诗话续编》，第1206页。这种做法当始于七老会。

白居易与其他诸老在聚会时的诗作今皆存在，可以推知其文学活动之大体景况。这便是白居易组织并参与的对后世诗社深有影响的两个（两次）准诗社活动，要想发明此问题，还须从白居易致仕居洛的人生经历谈起。

《旧唐书·白居易传》云："居易初对策高第，擢入翰林，蒙英主特达顾遇，颇欲奋厉效报，苟致身于訏谟之地，则兼济生灵。蓄意未果，望风为当路者所挤，流徙江湖。四五年间，几沦蛮瘴。自是宦情衰落，无意于出处，唯以逍遥自得，吟咏性情为事。大和已后，李宗闵、李德裕朋党事起，是非排陷，朝升暮黜，天子亦无如之何。杨颖士、杨虞卿与宗闵善。居易妻，颖士从父妹也。居易愈不自安，惧以党人见斥，乃求致身散地，冀于远害。凡所居官，未尝终秩，率以病免，固求分务，识者多之。大和五年（831），除河南尹，七年（833），复授太子宾客分司。"①因仕途坎坷，且兼济之志难以实现并日渐消磨，白居易仕进之心也索漠衰荼。党争事起，是非排陷使他搅扰不堪，在大和五年除河南尹，大和七年"复授太子宾客分司（东都）"后他一直居于东都洛阳直到唐武宗会昌六年（846）去世，更未去他所，在洛阳期间白居易多有诗学活动。

白居易早在杭州刺史任上离职后便在洛阳营造宅园。《旧唐书·白居易传》云："初，居易罢杭州，归洛阳，于履道里得故散骑常侍杨凭宅，竹木池馆，有林泉之致。家妓樊素、蛮子者，能歌善舞。居易既以尹正罢归，每独酌赋咏于舟中。因为《池上篇》曰……"②《旧唐书·白居易传》提到白居易于穆宗长庆二年（822）七月出任杭州刺史。又据《旧唐书·穆宗纪》，白居易于长庆四年（824）杭州刺史秩满，授太子左庶子分司东都，离开杭州到洛阳。所以他得杨凭宅园应在长庆四年稍后。这时他52岁。但他又于唐敬宗宝历元年（825）由太子左庶子分司东都任上授苏州刺史，离开洛阳，其后又出任秘书监、刑部侍郎等职。

据《旧唐书·白居易传》所引其《池上篇》云："大和三年夏（829），乐天始得请为太子宾客，分秩于洛下，思躬于地上。"可知在大和五年除为河南

---

① （后晋）刘昫等撰：《旧唐书》第13册，中华书局1975年版，第4353—4354页。
② （后晋）刘昫等撰：《旧唐书》第13册，中华书局1975年版，第4353页。

尹前二年，白居易已卜居于洛阳杨凭宅园了。《旧唐书·文宗纪》载："大和七年（833）年四月壬子，以河南尹白居易为太子宾客，分司东都。"①这就是《旧唐书·本传》所说的"复授太子宾客分司"之"复"字的意思。所以，白居易离任河南尹一职是在大和七年。《旧唐书·本传》所谓："居易既以尹正罢归，每独酌赋咏于舟中"②，并作《池上篇》，当在大和七年或稍后。这时白居易六十一岁。以后白居易所任之职除太子宾客外还有太子太傅职，其间还拒赴同州刺史任，都官居清闲，并一直居住在洛阳。由此可见，白居易从始营洛阳宅园的长庆四年到真有隐退之乐的大和七年间的九年时间基本上是仕多于隐，而自不作河南尹后，虽任有官职，但实是以隐为主也。而从大和七年到会昌六年（846）的十三年间，是白居易诗学活动较为集中且频繁的时光。

白居易也同唐代的其他诗人一样，很乐于参加诗学聚会和交流活动，在定居洛阳之前也常常参加各种场合的诗酒之会。但唯有从斗争日渐激烈的官场退避出来后，他的身心才得到了完全的放松，他的诗学活动才显得更为真切和纯粹。白居易之《池上篇》，详尽道出了他的退隐之乐，姑录于此：

都城风土水木之胜在东南偏，东南之胜在履道里，里之胜在西北隅，西闬北垣第一第，即白氏叟乐天退老之地。地方十七亩，屋室三之一，水五之一，竹九之一，而岛树桥道间之。初，乐天既为主，喜且曰："虽有池台，无粟不能守也。"乃作池东粟廪。又曰："虽有子弟，无书不能训也。"乃作池北书库。又曰："虽有宾朋，无琴酒不能娱也。"乃作池西琴亭，加石樽焉。乐天罢杭州刺史，得天竺石一、华亭鹤二以归。始作西平桥，开环池路。罢苏州刺史时，得太湖石五、白莲、折腰菱、青板舫以归。又作中高桥，通三岛迳。罢刑部侍郎时，有粟千斛，书一车，洎臧获之习管磬弦歌者指百以归。先是，颍川陈孝仙与酿酒法，味甚佳；博陵崔晦叔与琴，韵甚清；蜀客姜发授《秋思》，声甚淡；弘农杨贞一与青石三，方长平滑，可以坐卧。大和三年夏，乐天始得请为太子宾客，分秩于洛

---

① （后晋）刘昫等撰：《旧唐书》第 2 册，中华书局 1975 年版，第 549 页。
② （后晋）刘昫等撰：《旧唐书》第 13 册，中华书局 1975 年版，第 4353 页。

下,息躬于池上。凡三任所得,四人所与,泊吾不才身,今率为池中物。每至池风春,池月秋,水香莲开之旦,露清鹤唳之夕,拂杨石,举陈酒,援崔琴,弹《秋思》,颓然自适,不知其他。酒酣琴罢,又命乐童登中岛亭,合奏《霓裳散序》,声随风飘,或凝或散,悠然于竹烟波月之际者久之。曲未竟,而乐天陶然石上矣。睡起偶咏,非诗非赋,阿龟握笔,因题石间。视其粗成韵章,命为《池上篇》云:

十亩之宅,五亩之园。有水一池,有竹千竿。勿谓土狭,勿谓地偏。足以容膝,足以息肩。有堂有亭,有桥有船;有书有酒,有歌有弦。有叟在中,白须飒然。识分知足,外无求焉。如鸟择木,姑务巢安;如蛙作坎,不知海宽。灵鹤怪石,紫菱白莲,皆吾所好,尽在我前。时引一杯,或吟一篇。妻孥熙熙,鸡犬闲闲。优哉游哉!吾将老乎其间。①

从格调意趣方面,这篇《池上篇》很像是陶渊明的《归去来兮辞》。其字里行间洋溢的是对清新淡雅的闲适生活的热爱与陶醉。这便是白居易晚年诗化生活的写照。可见,白居易在得杨凭宅园后,便开始了营造游赏胜地的活动,此后不管居于何职,都在为退隐后的养心娱情的去处做着准备。其馆阁池宅,竹岛桥船,山石书廪,名卉珍禽,共同构成了一个可以展开诗学活动,将诗酒与生活紧密融合在一起的诗化生活氛围,这种氛围中产生的诗情,是白居易晚年生活的核心与灵魂。其参与绿野堂诗会和李珏洛滨修禊活动,和他组织香火社、九老会的内心情志是一致的。

白居易还是仿照陶渊明《五柳先生传》作《醉吟先生传》,其序有云:

性嗜酒,耽琴,淫诗……自居守洛川,泊布衣家,以宴游召者亦时时往。每良辰美景或雪朝月夕,好事者相遇,必为之先拂酒罍,次开诗箧。酒既酣,乃自援琴,操宫声,弄《秋思》一遍。若兴发,命家僮调法部丝竹,合奏《霓裳羽衣》一曲;若欢甚,又命小妓歌《杨柳枝》新词十数章。放情自娱,酩酊而后已。往往乘兴,履及邻,杖于乡,骑游都邑,肩

---

① 朱金城笺校:《白居易集笺校》第6册,上海古籍出版社1988年版,第3705—3706页。

舁适野。舁中置一琴一枕，陶、谢诗数卷……如此者凡十年，其间赋诗约千余首……①

与《五柳先生传》有所不同的是他的闲适生活中诗的成分大大增强，既有陶、谢诗为伴，又"赋诗约千余首"，可见其创作活动的频繁。读诗、作诗，成了白居易居洛后最为主要的生活方式和生活内容。白居易对诗的偏爱还表现在他积极参与到各种场合的诗学活动中，与酒朋诗侣联韵唱酬，在诗句诗意的交流往复中构建诗化、艺术化的桑榆晚景图卷。这是我们理解其香火社、七老会（九老会）活动时应该进行分析的重要问题。

《唐诗纪事》卷三十八引白居易《序洛诗》云："大和二年（1828），诏受刑部侍郎。明年病免，归洛，旋授太子宾客分司东都。居二年，就领河南尹事。又三年，病免，归履道里第，再授宾客分司。自三年春至八年夏，至洛凡五周年，作诗四百三十二首，除丧朋哭子十数篇外，其他皆寄怀于酒，或取意于琴，闲适有余，酣乐不暇。苦词无一字，忧叹无一声，岂牵强所能致耶？盖亦发中而形外耳。斯乐也，实本之于省分知足，济之以家给身闲，文之以舫咏弦歌，饰之以山水风月，此而不适，何往而适哉！兹又以重吾乐也。"②所署日期为"甲寅岁七月十日"，即大和八年，公元834年。可知白居易实自大和三年始定居洛阳，且真能陶冶于诗酒琴书与山水风物之间，其诗学活动也表现出清旷悠闲的情调。这根基于他居洛后万事不关心，唯与诗友往来的诗化生活心态。

白居易的结社诗友与相关诗学活动

白居易退居洛阳前除与元稹多有酬唱外，与裴度——这一居洛期间的重要诗侣间也有唱和联句等诗学活动。白居易居洛之前就常常参加各种诗酒之会，但心态与居洛后很不相同。由傅璇琮主编，吴在庆、傅璇琮所著的《唐五代文学编年史·晚唐卷》之唐文宗大和二年828条有云："白居易、李绛、刘禹锡、庾承宣、杨嗣复、崔群、张籍、贾餗等人游曲江杏园，或醉花阴下，或泛舟春池，当有联句之作。"③根据是《全唐诗》卷七九〇有李绛、崔群、白居易、

---

① 车锡伦：《中国宝卷研究》，广西师范大学出版社2009年版，第2—3页。
② （宋）计有功：《唐诗纪事》，上海古籍出版社1987年版，第576页。
③ 吴在庆：《唐五代文学编年史·晚唐卷》，第22页。

刘禹锡参与的《杏园联句》。据其中白居易、刘禹锡所联之句判定该诗作于大和二年春三月，又判定《全唐诗》同卷之《花下醉中联句》、《春池泛舟联句》、《西池落泉联句》、《蔷薇花联句》参加联句者有李绛、白居易、庾承宣、杨嗣复、刘禹锡、裴度、崔群、贾餗、张籍。在参与联句的这些人中，裴度和刘禹锡是白居易后来居住洛阳后时常一起饮酒联句的诗人。据《旧唐书·裴度传》，唐文宗开成四年（839）上巳，（文宗）"曲江赐宴，群臣赋诗，（裴）度以疾不能赴。文宗遣中使赐度诗曰：'注想待元老，识君恨不早。我家柱石衰，忧来学丘祷。'仍赐御札曰：'朕诗集中欲得见卿唱和诗，故令示此。卿疾恙未瘳，固无心力，但异日进来。春时俗说难于将摄，勉加调护，速就和平。千百胸怀，不具一二。药物所须，无惮奏请之烦也。'"[1]本不以诗称的裴度，因其竭力辅助中央削限藩镇势力，而在士林中极有号召力。他退居洛阳后与白居易、刘禹锡等人的唱和活动影响之大连文宗都希望得到裴度的唱和诗，可见裴、刘、白洛阳酬唱之影响。

《全唐诗》卷七九〇有题为裴度的《西池落泉联句》（联句者为裴度、行式、张籍、白居易、刘禹锡）、《春池泛舟联句》（联句者为裴度、刘禹锡、崔群、贾餗、张籍。其诗有"杯停新令举，诗动彩笺忙"[2]句，为贾餗作，可知诸人饮酒作诗的创作景况）、《首夏清和联句》（联句者有裴度、白居易、刘禹锡、行式、张籍）、《蔷薇花联句》（联句者有裴度、刘禹锡、行式、白居易、张籍，其中张籍句有"惟思欢乐少，长得在西池"[3]句，提到了西池）。而同卷亦有署为裴度的《西池送白二十二东归兼寄令狐相公联句》诗，联句者有裴度、刘禹锡、张籍、行式。其中行式所联之句有"东道瞻轩盖，西园醉羽觞"[4]。可知西池为西园中的池塘，该池塘，据《全唐诗》卷七九〇同样署为裴度的《宴兴化池亭送白二十二东归联句》诗，联句者为裴度、刘禹锡、白居易、张籍，其中裴度有句"东洛言归去，西园告别来"[5]，可知此兴化池即西池，在西园。而白居易亦有诗《宿裴公兴化池亭兼借船舫游泛》诗，亦可由此知晓裴度、白居

---

[1] （后晋）刘昫等撰：《旧唐书》第14册，中华书局1975年版，第4433页。
[2] （清）曹寅编：《全唐诗》第22册，中华书局1960年排印本，第8893页。
[3] （清）曹寅编：《全唐诗》第22册，中华书局1960年排印本，第8894页。
[4] （清）曹寅编：《全唐诗》第22册，中华书局1960年排印本，第8896页。
[5] （清）曹寅编：《全唐诗》第22册，中华书局1960年排印本，第8896页。

易、刘禹锡诸人曾在兴化池（西池）有过较为频繁的联句活动。《全唐诗》卷三三五有裴度《白二十二侍郎有双鹤留在洛下，予西园多野水长松，可栖息，遂以诗请之》，可知裴度之西园亦是一处园林胜景，而亦可推断裴、白、刘之西园诗会当在白居易由杭州刺史离任后之作。西池，或曰兴化池所在之西园在长安，并不在洛阳。但他们的西园雅集却是后来三人在洛阳裴度午桥庄绿野堂进行诗学活动的预演，也是三人诗学交往的真正开始。

据《旧唐书·文宗纪》及《裴度传》，裴度于大和八年（834）由山南东道节度使改为东都留守，居于洛阳。大和九年甘露之变后："中官用事，衣冠道丧。度以年及悬舆，王纲版荡，不复以出处为意。东都立第于集贤里，筑山穿池，竹木丛萃，有风亭水榭，梯桥架阁，岛屿回环，极都城之胜概。又于午桥创别墅，花木万株；中起凉台暑馆，名曰绿野堂。引甘水贯其中，酾引脉分，映带左右。度视事之隙，与诗人白居易、刘禹锡酣宴终日，高歌放言，以诗酒琴书自乐，当时名士，皆从之游。每有人士自都还京，文宗必先问之曰：'卿见裴度否？'"[1]可见，裴度在大和八年，特别是大和九年之后，在洛阳创建了利于游赏的两处园林别墅，一处是在集贤堂里，裴度于此筑山穿池，架构亭榭，这里有水有竹，有亭有岛，是裴度与白居易、刘禹锡等人饮酒赋诗，切磋技艺的场所之一。另一处便是影响很大，同样可以被视作诗人交游唱和、诗酒聚会代表的绿野堂，此处花木繁盛，又因引水入园，更添景趣，裴、白、刘三人多于此处"酣宴终日，高歌放言，以诗酒琴书自乐"，成了一时间名士们极为向往又乐于参与的诗酒集会。文宗开成四年与群臣之曲江诗会，因裴度之缺席而憾恨怅惋，这应该就是裴、白、刘三人诗会的影响所致。

白居易诗有《奉和裴令公新成午桥庄绿野堂即事》、《奉和裴令公绿野堂种花》等诗（《全唐诗》卷四五六）便是在绿野堂雅集时作。尤其是《奉和裴令公新成午桥庄绿野堂即事》诗，更道出了野堂风景与诗酒雅集的景况。诗云：

　　旧径开桃李，新池凿凤凰。只添丞相阁，不改午桥庄。远处尘埃少，闲中日月长。青山为外屏，绿野是前堂。引水多随势，栽松不趁行。年华

---

[1]　（后晋）刘昫等撰：《旧唐书》第14册，中华书局1975年版，第4432页。

玩风景，春事看农桑。花妒谢家妓，兰偷荀令香。游丝飘酒席，瀑布溅琴床。巢许终身稳，萧曹到老忙。千年落公便，进退处中央。①

上文已表述过，裴度、白居易、刘禹锡的诗学交流在长安西园就已开始。其中白居易与刘禹锡的唱和更多。大和五年（831）刘禹锡赴苏州刺史任，途经洛阳，便曾与白居易、李逢吉有唱和。同年，白居易挚友元稹故去后，刘禹锡便成为白居易后来最重要的诗友。六年（832），白居易写信给刘禹锡，告诉他收录二人唱和之作的《刘白吴洛寄书卷》编成（见《白居易集》卷八《与刘苏州书》）。可知白、刘二人唱和开始展开。九年（835）刘禹锡授同州刺史，路过洛阳时，与裴度、白居易、李绅有诗酒之会。《全唐诗》卷七九〇有署名裴度的《喜遇刘二十八偶书两韵联句》、《刘二十八自汝赴左冯，途经洛中联句》②，后一诗中，李绅有句"残雪午桥岸，斜阳伊水濆"③。可知这次诗会是在午桥庄别墅进行的。据《刘禹锡集》卷十六之《同州谢上表》可知刘禹锡授同州刺史是在大和九年十月二十三日，其抵同州赴任是在十二月二日，可以推断刘禹锡参与此次午桥庄聚会在是年十一月间，由李绅句"残雪午桥岸"可以判定。

刘禹锡在同州刺史任上只有一年，第二年，即唐文宗开成元年（836）即由同州刺史迁太子宾客分司洛阳。至此，刘禹锡亦入洛，与裴度、白居易齐聚东都。三人的诗学活动正式开始了④。

《全唐诗》卷七九〇之《刘二十八自汝赴左冯，途经洛中联句》诗中李绅还有句"插羽先飞酒，交锋便战文"⑤，可见，在大和九年冬的聚会时，裴度、白居易、刘禹锡、李绅间以诗酒交往、较量文才的活动情景，自三人都居洛后，这种文酒之会便成为他们共同的精神寄托，同时也是他们友情的见证。

---

① （清）曹寅编：《全唐诗》第 14 册，中华书局 1960 年排印本，第 5164 页。
② 诗题中"左冯"即"左冯翊"，即同州所在。
③ （清）曹寅编：《全唐诗》第 22 册，中华书局 1960 年排印本，第 8895 页。
④ （清）曹寅编：《全唐诗》卷三五七有刘禹锡《罢郡归洛阳闲居》诗，云："十年江海守，旦夕有归心。及此西还日，空成东武吟。花间数杯酒，月下一张琴。闻说功名事，依前惜寸阴。"可知刘禹锡早有隐退之心，加之诗友在洛，故抽簪以闲职隐于市，投入诗友、园林共同构成的诗化氛围中去了。
⑤ （清）曹寅编：《全唐诗》第 22 册，中华书局 1960 年排印本，第 8895 页。

《全唐诗》卷七九〇还有一首《度自到洛中与乐天为文酒之会时时构咏乐不可……因为联句》诗,诗云:

> 成周文酒会,吾友胜邹枚。唯忆刘夫子,而今又到来。(裴度)
> 欲迎先倒屣,亦坐便倾杯。饮许伯伦右,诗推公干才。(白居易)
> 久曾聆郢唱,重喜上燕台。昼话墙阴转,宵欢斗柄回。(刘禹锡)
> 新声还共听,故态复相咍。遇物皆先赏,从花半未开。(裴度)
> 起时乌帽侧,散处玉山颓。墨客喧东阁,文星犯上台。(白居易)
> 咏吟君称首,疏放我为魁。忆戴何劳访,留髡不用猜。(裴度)
> 奉觞承菊蘂,落笔捧琼瑰。醉弁无妨侧,词锋不可摧。(白居易)
> 水轩看翡翠,石径践莓苔。童子能骑竹,佳人解咏梅。(刘禹锡)
> 洛中三可矣,邺下七悠哉。自向风光急,不须弦管催。(裴度)
> 乐观鱼踊跃,闲爱鹤裴回。烟柳青凝黛,波萍绿拨醅。(白居易)
> 春榆初改火,律管又飞灰。红药多迟发,碧松宜乱栽。(刘禹锡)
> 马嘶驼陌上,鹢泛凤城隈。色色时堪惜,些些病莫推。(裴度)
> 涸流寻轧轧,余刃转恢恢。从此知心伏,无因敢自媒。(刘禹锡)
> 室随亲客入,席许旧寮陪。逸兴嵇将阮,交情陈与雷。(白居易)
> 洪炉思哲匠,大厦要群材。他日登龙路,应知免曝鳃。(刘禹锡)[①]

由裴度"唯忆刘夫子,而今又到来"知三人此次聚会在刘禹锡太子宾客分司东都至洛阳后不久,而裴度之所谓"洛中三可矣,邺下七悠哉",白居易"逸兴嵇将阮,交情陈与雷",可见他们三位以友情为纽带,以共同的诗学志趣为基础展开了亲切深密、淋漓酣畅的诗学交流活动。

《全唐诗》卷三六二有刘禹锡《奉和裴令公新成绿野堂即事》诗,当为绿野堂建成时所作,白居易亦有诗咏此事。裴度集贤里庄园,白居易履道里庄园和午桥庄绿野堂都是景致优美的私人园林,遂成了已入暮年的三位在唐代都有很大影响的诗人楷模相聚欢饮,琴书相伴的诗化生活的具体场所,他们在此展

---

① (清)曹寅编:《全唐诗》第22册,中华书局1960年排印本,第8895页。

开联句唱和就成了颇具代表性的诗学活动。

除了在他们的私人园林进行的诗学活动外,裴度、白居易、刘禹锡等人参与的洛滨之禊是一次场面盛大且与会人数众多的雅集盛会。白居易有诗记述过此次盛会。其诗为《三月三日祓禊洛滨(并序)》诗,其序云:"开成二年(837)三月三日,河南尹李待价以人和岁稔,将禊于洛滨。前一日,启留守裴令公。令公明日召太子少傅白居易、太子宾客萧籍、李仍叔、刘禹锡,前中书舍人郑居中、国子司业裴恽、河南少尹李道枢、仓部郎中崔晋、祠封员外郎张可续、驾部员外郎卢言、虞部员外郎苗愔、和州刺史裴俦、淄州刺史裴洽、检校礼部员外郎杨鲁士、四门博士谈弘谟等一十五人,合宴于舟中。由斗亭,历魏堤,抵津桥,登临溯沿,自晨及暮,簪组交映,歌笑间发,前水嬉而后妓乐,左笔砚而右壶觞,望之若仙,观者如堵。尽风光之赏,极游泛之娱。美景良辰,赏心乐事,尽得于今日矣。若不记录,谓洛无人。晋公首赋一章,铿然玉振,顾谓四座,继而和之,居易举酒抽毫,奉十二韵以献。"①由其序可知,参与时任河南尹李珏组织的洛滨修禊盛会的有裴度、萧藉、李仍叔、刘禹锡、白居易、郑居中、裴恽、李道枢、崔晋、张可续、卢言、苗愔、裴俦、裴洽、杨鲁士、谈弘谟等共十五人。其时盛况,所谓"自晨及暮,簪组交映,歌笑间发,前水嬉而后妓乐,左笔砚而右壶觞,望之若仙,观者如堵。尽风光之赏,极游泛之娱。美景良辰,赏心乐事,尽得于今日矣"。同时,由白居易此诗可知,此次修禊,众人也都赋诗助兴。《全唐诗》卷三六二有刘禹锡的《三月三日与乐天及河南尹奉陪裴令公泛洛禊饮各赋十二韵》诗,其中除摹状与会盛况的诗句外,有句云:"历览风光好,沿洄意思迷。棹歌能俪曲,墨客竞分题。"②可知当日众人必多有诗歌创作,曾竞相分题赋咏。所以,裴度、白居易、刘禹锡三人参与的这次盛会,是他们在洛阳诗学活动的一次高潮。从白居易的方面看,他以前与元稹多有唱和,在一起有着非常频繁的诗学交往,后又参与了许多诸如曲江杏园诗学活动、兴化池(西园、西池)诗学活动。退居洛阳后,又与一代名相裴度和诗人刘禹锡唱和,这些活动构成了他从事诗学交流活动的线

---

① (清)曹寅编:《全唐诗》第 14 册,中华书局 1960 年排印本,第 5178 页。
② (清)曹寅编:《全唐诗》第 11 册,中华书局 1960 年排印本,第 4092 页。

索,是中唐诗人诗化生活的典范代表。裴度之绿野堂是他们活动的象征,洛滨修禊是他们,也是当时诗人们向往和乐于参与的诗国盛宴。诗人在这样的诗酒之会中交流着、提高着各自的诗学技艺,在轻松欢快且具竞争气氛的诗酒活动中达到自己诗学的高峰。其诗一似千锤百炼的金铁,在往复酬唱中臻于炉火纯青的境界。这一切连同后来的香火社、九老会等准诗社组织,都成了诗人白居易文学史存在历程的重要节点,通过这样的群体性活动的充分展示和淋漓发挥,白居易成为当时最为脍炙人口的著名诗人。其影响也同元稹为白居易集所作的序中所说的"然而二十年间,禁省观寺、邮候墙壁之上无不书;王公妾妇、牛童马走之口无不道。其缮写模勒、炫卖于市井;或因之以交酒茗者,处处皆是。其甚者有至盗窃名姓,苟求自售,杂乱间厕,无可奈何。……又鸡林贾人求市颇切。自云:'本国宰相,每以一金换一篇,甚伪者,宰相辄能辨别之。'"①甚至白居易卒后,唐宣宗都有"童子解吟《长恨曲》,胡儿能唱《琵琶篇》。文章已满行人耳,一度思卿一怆然"②之句悼之。白居易的诗学活动,也伴随着他的巨大影响而对后世文人产生了难以估量的影响,他参与或倡导的准诗社组织对诗社的形成有直接的催化作用。

裴度卒于唐文宗开成四年(839)。之后白居易、刘禹锡又与牛僧孺、王起等人有唱和,他们在诗化氛围中的诗学活动还在继续。刘禹锡卒于唐武宗会昌二年(842),这年白居易整七十周岁。诗友的相继故去,加之年届古稀,白居易本就十分浓厚的佛学思想就更为活跃起来,他与香山寺的联系就更为密切了。

香火社的基本成员与诗化活动特征

大和五年(831)元稹故去后,白居易为其作《河南元公墓志铭》,白居易于次年,以为元稹所作墓志铭所得之六七十万钱的谢文之赀重修香山寺(见《白居易集》卷六《修香山寺记》)故白居易与香山寺发生关联是在大和六年(832)之后。

据白居易的《修香山寺记》,他发愿修寺是在七八年前,因"楼亭骞崩,佛僧暴露"而慨然许愿。香山寺位于龙门山,《修香山寺记》云:"洛都四野山

---

① (后晋)刘昫等撰:《旧唐书》第13册,中华书局1975年版,第4356—4357页。
② 《吊白居易》,(清)曹寅编:《全唐诗》第1册,中华书局1960年排印本,第50页。

水之胜,龙门首焉。龙门十寺观游之胜,香山首焉。"可知香山寺处于风物佳颐之处,寺修缮完备后"寺僧有经行宴坐之安,游者得息肩,观者得寓目。关塞之气色,龙潭之景象,香山之泉石,石楼之风月,与往来者耳目,一时而新"①。对于本有佛学素养,亦曾于庐山结草庐被山寺萧疏清冷的特殊诗化氛围熏染过,并将文集存于江州东西二林寺(据《旧唐书·白居易传》)的白居易来讲,香山寺便成了他暮年时光中的心灵寄托。

白居易诗中有《与果上人殁时题此诀别,兼简二林僧社》诗,诗云:"本结菩提香火社,为嫌烦恼电泡身。不须惆怅从师去,先请西方作主人。"②其中提到了香火社。但据宋释赞宁《宋高僧传》卷十六之《唐江州兴果寺神凑传》,神凑于大历八年(773)诏配九江兴果精舍。后从僧望移居庐山东林寺。元和十二年(817)九月二十六日坐终于寺。神凑与白居易相善,故去后白居易为之作铭,即为此诗。由此可知,白居易与僧人结社,本不始于暮年在香山寺的香火社,在庐山已有类似活动。(按,此诗又题为《唐兴州兴果寺凑公塔碣铭》)③

按社名香火,本取于香火因缘之意,佛教徒间结社,因香火因缘而成,并非正式的社名,其实是一个佛学组织。林克宗编著的《简明净土宗辞典》谓香火社是唐代出现的一种在家佛教徒团体。主要组织信徒集体修持,如诵经、念佛等,多属净土宗④。白居易晚年宦情寥落,信佛日笃,居洛阳的时日,因有裴度、刘禹锡与之诗酒联欢,其对香山寺的关切,除大和六年出资修香山寺外,其他的活动也似不多。不过,他此时虽未明确自称为香山居士,但已经非常认真的修行佛事了。《全唐诗》卷三六二有刘禹锡所作之《乐天少傅五月长

---

① 朱金城笺校:《白居易集笺校》第6册,上海古籍出版社1988年版,第3689—3690页。
② (清)曹寅编:《全唐诗》第13册,中华书局1960年排印本,第4902页。
③ 《旧唐书·白居易传》载,白居易任江州司马时与庐山诸僧交游甚多,"居易与凑、满、朗、晦四禅师,追永、远、宗、雷之迹,为人外之交。每相携游咏,跻危登险,极林泉之幽邃。至于修然顺适之际,几欲忘其形骸。或经时不归,或逾月而返"。
④ 但白居易与如满所结之香火社应属禅宗。白居易甚至被认为是如满的法嗣与传人,且是唯一传人(《五灯会元》卷四)如满是马祖弟子,是禅宗一脉。葛兆光《中国禅思想史——从6世纪到9世纪》(北京大学出版社1995年版,第293页)一书云:"中国禅思想史上一个重大关节至今仍很少有人给予注意,这便是六祖慧能再传弟子马祖道一(709—788)所创洪州宗一系在中唐的兴盛及其整个禅宗思想史上的影响。"故如满属禅宗一系。明人朱时思《居士分灯录》明确标示马祖道一传——佛老如满禅师传——白居易,所以白居易与如满所结之香火社不同于其他类似名称的僧俗组织,属于禅宗。

斋，广延缁徒，谢绝文友，坐成曛间，因以戏之》诗，其中提到白居易举行佛事时"谢绝文友"，召集信徒，长斋奉佛，"举目皆僧事，全家少俗情。精修无上道，结念未来生。宾合缁衣占，书堂信鼓鸣。戏童为塔象，啼鸟学经声"①。可知白居易礼佛之诚敬恭谨。《全唐诗》卷七九〇之刘禹锡《乐天是月长斋，鄙夫此时愁卧，里闉非远，云雾难披，因以……惊禅》亦记述此事，应是长斋结束后两人重聚联句之作。其中刘禹锡有句云"持论峰峦峻，战文矛戟森"②句，这是刘禹锡对二人诗学交往描述。其间依然有角力斗胜的诗学竞争因素。白居易在这段时间，其实是亦诗亦佛地闲度晚年。

在裴度故去后，白居易与香山寺的联系更为紧密了：唐文宗开成五年（840）九月二十五日，白居易将收集并按校好的五千二百七十卷经籍分成六藏存于新修的香山寺经藏堂。③开成五年十一月二日，白居易将大和三年（829）居洛阳后所作的八百首诗合成十卷（名为《白氏洛中集》）纳于香山寺经藏堂④。唐武宗会昌二年（842），白居易将自己的《写真诗》纳于香山寺经藏堂（据白居易《香山居士写真诗序》），会昌二年刘禹锡卒，白居易之诗学活动又少了一个挚友。会昌二年或三年，白居易与僧如满结香火社。⑤

《全唐诗》卷四五六有白居易《香山下卜居》诗，云："老须为老计，老计在抽簪。山下初投足，人间久息心。乱藤遮石壁，绝涧护云林。若要深藏处，无如此处深。"⑥窥其语意，似在结社前后，且有于山下卜居意。与该诗相较《喜照密闲实四上人见过》诗应作于白居易请罢太子少傅和以刑部侍郎致仕

---

① （清）曹寅编：《全唐诗》第11册，中华书局1960年排印本，第4093页。
② （清）曹寅编：《全唐诗》第22册，中华书局1960年排印本，第8897页。
③ 白居易：《香山寺新修经藏堂记》，（清）董浩等编：《全唐文》第7册，中华书局1983年影印本，第6904页。
④ 大和八年（834）白居易曾将居洛阳五年来的四百三十二首诗编成诗集，但未纳入香山寺。据白居易《香山寺白氏洛中集记》，（清）董浩等编：《全唐文》第7册，中华书局1983年影印本，第6904页。
⑤ 《旧唐书·白居易传》云："会昌中，请罢太子少傅，以刑部尚书致仕。与香山僧如满结香火社，每肩舆往来，白衣鸠杖，自称香山居士。"但其《香山居士写真诗序》称诗作于会昌二年，但只称自己为"香山居士"，也只提到自己"请罢太子少傅"，并没有说自己以刑部尚书致仕。据本传语意，他与如满结社应在了却官员身份之后。故会昌二年，白居易或许还领有刑部尚书一职，所谓"会昌中"，当有据。会昌共六年，故将"中"定为会昌三年较为稳妥。此外，《白居易集》卷三七《刑部尚书致仕》诗云："十五年来洛下居，道缘俗累两何如？迷路心回因向佛，宦途事了是悬车。"从大和三年居洛开始算，到会昌三年（843）正好十五年。此时"宦途事了"，故无朝命羁累，结社便无挂碍。
⑥ （清）曹寅编：《全唐诗》第14册，中华书局1960年排印本，第5170页。

前。该诗云:"紫袍朝士白髯翁,与俗乖疏与道通。官秩三回分洛下,交游一半在僧中。臭帑世界终须出,香火因缘久愿同。斋后将何充供养,西轩泉石北窗风。"① 可见白居易早想脱离尘俗,但仍居官着紫。

与白居易结社之如满具体事迹不详。如满即佛光如满禅师,《景德传灯录》卷六有"佛光如满"条目,记载如满与唐顺宗之间的答问,顺宗听后大悦"益重禅宗"。②

朱时恩《居士分灯录》有谓白居易"久参佛老如满,得心法"。知白居易与如满的交往并不一定起于结社时。白居易有《山下留别佛光和尚》诗,云:"劳师送我下山行,此别何人识此情。我已七旬师九十,当知后会在他生。"③ 白居易七旬时,会昌元年、二年(841、842)左右,应该是与如满结香火社的时期。

不过,我们前文虽有所述及白居易与香山寺的密切关系,但与其结社的如满却并非香山寺僧人。有白居易所作之《佛光和尚真赞》,其云:"会昌二年春,香山寺居士白乐天,命缋以写和尚真而赞之。和尚姓陆氏,号如满,居佛光寺东芙蓉山兰若,因号焉。我命工人,与师写真。师年几何,九十一春。会昌壬戌,我师尚存。福智寿腊,天下一人。灵芝无根,寒竹有筠。温然言语,嶷然风神。师身自假,师心是真。但学师心,勿观师身。"④ 由此可知,如满是佛光寺僧。白居易称香山居士,虽隶名于香山寺,但所结之香火社,史料未提及除了他与如满外还有何人,但如满是马祖道一弟子,当时该派影响极大,以其该系弟子身份而言,当多有徒众,或亦有香山僧人成为该社成员。而后人也屡以香山社称呼香火社,应与白居易纳名香山寺,且如满亦为香山僧有关⑤。

---

① (清)曹寅编:《全唐诗》第 14 册,中华书局 1960 年排印本,第 5137 页。
② 《大藏经》第三十套第九册,中华书局 1960 年版,第 847 页。
③ (清)曹寅编:《全唐诗》第 14 册,中华书局 1960 年排印本,第 5208 页。
④ (清)董浩等编:《全唐文》卷六七七,中华书局 1983 年影印本,第 6916 页。
⑤ 《旧唐书·白居易传》及《唐才子传》都如此表述。故白居易虽与佛光寺关联少见,但不妨碍他以香山寺居士身份与佛光寺如满结社以香山社的名义产生巨大影响。关于香山社的称谓,《海录碎事》卷一二、《太平御览》卷六五四、《古今事文类聚》卷二二、《古今合璧类备要》前集卷四二等都以"香山社"表述白居易与如满所结之香火社。香山寺中之僧人:有振、源、济、钊、操、洲、畅八长老,有比邱众百二十人围绕赞叹其修经藏堂(据《香山新修藏堂记》提及)。有如智大师(《香山寺白氏洛中集记》提及),有清闲上人(《修香山寺记》提及),其他情况均不详。

如满的生平材料除上引几处外，《唐文拾遗》卷四十四，所载录的新罗人崔致远所作的《有唐新罗国故两朝国师教谥大朗慧和尚白月葆光之塔碑铭》（并序）载，白月葆光入唐曾游历佛光寺，"问道如满。满佩江西印，为香山白尚书乐天空门友者，而应对有惭色，曰：'吾阅人多矣，罕有如是新罗子。他日中国失禅，将问之东夷耶？'"①之事。提及新罗僧人白月葆光与如满的一段谈话，提及他与白居易为空门友。《旧唐书·白居易传》载白居易将卒，"遗命不归下邽，可葬于香山如满师塔之侧，家人从命而葬"②。可知二人之情谊。如满之卒早于白居易，当在九老会后不久。

白居易所结之香火社虽然也有较为浓重的佛学色彩，但其中的诗学因素也大为增多。白居易结香火社后又有"疏沼种树，构石楼，凿八节滩，为游赏之乐，茶铛酒杓不相离。尝科头箕踞，谈禅咏古，晏如也。"之事，故知香火社并非单一的佛学组织，而是一种游赏并寄兴，谈禅且咏古的文化艺术组织，其活动亦应多有吟咏。其实应是以佛学为间架，以诗化生活并诗学创作为核心的组织。

香火社（或曰香山社、净社）亦因白居易巨大的传播能量及与如满禅师的佛学理脉的关系而影响深远，再加上如满也参与了同样具有深远影响的九老会（七老会）故而在文学史、诗学史中应予以重视。

九老会的相关情况

白居易有《胡、吉、郑、刘、卢、张六贤，皆多年寿，予亦次焉。偶于敝居合成尚齿之会。七老相顾，既醉深欢，静而思之，此会稀有，因成七言六韵以纪之，传好事者》诗，该诗小序云："前怀州司马安定胡杲，年八十九；卫尉卿致仕冯翊吉皎，年八十六；前右龙武军长史荥阳郑据，年八十四；前惠州刺史广平刘真，年八十二；前侍御史内供奉范阳卢贞，年八十二；前永州刺史清河张浑，年七十四；刑部尚书致仕太原白居易，年七十四，以上七人合五百七十岁，会昌五年三月二十一日，于白家履道宅同宴。"③由此序可知，参加七老会的时间是会昌五年（845）三月二十一日，参加地点在洛阳履道里白

---

① 《唐文拾遗》卷四四，（清）董浩等编：《全唐文》，中华书局1983年影印本，第10867页。
② （后晋）刘昫等撰：《旧唐书》第13册，中华书局1975年版，第4358页。
③ （清）曹寅编：《全唐诗》第14册，中华书局1960年排印本，第5240页。

氏宅邸，参加者除白居易外有：胡杲、吉皎、刘真、郑据、卢真、张浑。他们于此会时亦各有《七老会诗》。通过各人的《七老会诗》，可知这次平均年龄为 83.4 岁的寿星老人们的聚会充分显示了诗化氛围在中唐文人现实生活中的作用，具有独特的诗学风貌和启示意义。

他们七人都饱经人生风雨，也都老成洗练，在期颐之年，都安居洛下以享天年。他们都有仕宦经历，但不管以前的入仕态度怎样，却都能抛却累砢节目，以真率相对，过去的宦海浮沉，彼此的利益瓜葛，全然淡忘了[1]。因此，这种老年人的诗文酒会就不同于青年才子间类似活动那样有着不同程度的浮华色彩，而是多了些沉稳持重，少了些竞进夸饰。他们以文会友，以阅历与年寿相惜相敬。其志趣悠远，平淡中有老健，虽或显衰飒，但毫无枯寂气息。他们是那么知足，又那么健旺，那种磊落潇洒是诗化的老成，是诗歌渐老渐熟的高妙境界，是"但享黄发期"的沉静与干练。

除了年齿上的相似与洒脱闲适等因素外，他们共同的诗学素养也是促成此会的重要因素。在欢聚中，七人之诗，都提到了嘉会时吟咏诗篇，挥毫创作的景况（其诗均名为《七老会诗》）：

　　吟成两句神还王，酒饮三杯气尚粗。（白居易）[2]
　　搜神得句题红叶，望景长吟对白云。（胡杲）
　　飞觥酒到须先酌，赋咏成诗不住书。（吉皎）
　　赏景尚知心未退，吟诗犹觉力完全。
　　闲庭饮酒当三月，在席挥毫象七贤。（刘真）
　　联句每言松竹意，停杯多说古今人。（郑据）
　　对酒歌声犹觉妙，玩花诗思岂能穷。（卢真）
　　垂丝何必坐豁磻，诗联六韵犹应易。（张浑）[3]

---

[1] 比如裴度曾上书谏诅元稹出任显职。《旧唐书·裴度传》还载有裴度所作《论元稹魏宏简奸状疏》，措辞激烈。元白为多年挚友，但裴白间之交谊却并未受到政治意见的影响。七老间应亦如此。

[2] 《胡、吉、郑、刘、卢、张六贤，皆多年寿，予亦次焉。偶于敝居合成尚齿之会。七老相顾，既醉深欢，静而思之，此会稀有，因成七言六韵以纪之，传好事者》，（清）曹寅编：《全唐诗》第 14 册，中华书局 1960 年排印本，第 5240 页。

[3] （清）曹寅编：《全唐诗》第 14 册，中华书局 1960 年排印本，第 5263—5265 页。

他们对酒飞觞,挥毫联句,将诗的意绪与长者情怀在三春美景中淋漓尽致地表现出来,是开启后来长者诗会或各类耆老会、真率会的诗文雅集。

因为这次长寿诗人的诗文雅集对人们产生了重要影响也使参与者难以忘怀,时过不久,李元爽、如满也参加入进来。

据白居易《九老图诗·序》:"其年夏(按:会昌五年[845]夏,七老会后不久),又有二老,年貌绝伦,同归故乡,亦来斯会,续命书姓名年齿,写其形貌附于图右。与前七老,题为《九老图》,仍以一绝赠之。二老,洛中遗老李元爽,年一百三十六,归洛。僧如满,年九十五岁。"①

可知,白居易组织的长者诗会不是三月二十一日一次集会便告终了,而是可以候补进来,再次聚集。我们难以搜理清楚这个七老会或九老会到底活动了多少次,也难以找到他们其他参会吟咏时留下的诗句。但可知晓,这个长者之会不是一次性兴来神到而偶发举行的,是有着至少两次雅集的诗文酒会。这个诗文酒会从参与者来看,可能是唐代唯一的耆老诗会,也是对唐人惯常的类似活动的补充。虽然此会的次年白居易去世,而如满也早于白居易圆寂,但他们以垂暮之年而钟情于诗文之会,更反映了诗在唐人心目中的地位。正是诗的牵引使得包括诗社在内的古代文人活动从此更加兴盛,成了文人生活文学化进程中极为重要的一环。

白居易结社活动的影响

白居易的诗学活动对后世影响很大,其香火社(香山社)、七老会(九老会)屡见于后人题咏。

宋吕本中《赠王周士诸公》(《东莱诗集》卷十四)有句云"共结香火社,同寻文字盟"②,就提到了也效仿香火社成立了相似组织,尤其是文字盟,更说明了后人从诗学层面上对香火社的认识。香火社已由佛学含义向文学含义方面转化,这是在传播、接受过程中发生的含义变迁现象。又如南宋人林光朝《次韵贺丘国镇致仕》(林光朝《艾轩集》卷一)诗有句云"解后却成香火社,好

---

① (清)曹寅编:《全唐诗》第 14 册,中华书局 1960 年排印本,第 5262 页。
② 傅璇琮主编:《全宋诗》第 28 册,北京大学出版社 1998 年版,第 18164 页。

将诗句细商量"①,就更加表明了在宋人心目中,香火社与"商量诗句"之间的关系,也是从诗学层面上接受香火社的。元人释大䜣之《送赵公子去疾侍平章鲁公归蜀》诗亦有"愿结香山社,终陪绿野宾"②句,而元人舒頔亦有句"说与姮娥休负约,香山社里久相期"③,元人朱希晦亦有句"我来欲访香山社,醉酒长吟忆远公"④。明人谢迁有句"香山社会从今始,松竹梅花耐晚芳"⑤,都可看出香火社在后人心目中的影响。更何况后人也屡屡将香火社与慧远之白莲社并论,因为在他们心目中,这是文人文学活动和隐退生活的象征,也是他们诗化生活的见照。宋曾巩《寿圣院昌山主静轩》(《石仓历代诗选》卷一四四)诗句云"应似白莲香火社,不妨篮举客追寻"⑥,吕本中"尚期香火社,文字约遗民"⑦。可以看出,在后世诗人心目中,庐山慧远之白莲社与白居易之香火社都是具有文人雅集性质,并且充溢着澹荡磊落的诗化色彩的诗学组织。在唐代和后世,人们往往以青壮之年奋力进取,以求干预社会并立身扬名,但也常因世事艰难,又对闲适江湖的退居生活心存向往,在如此情感意念纠结中,他们会选择一种进可以获得激励,退可以用以慰藉的人格楷范确立坐标。在这种心态的作用下,慧远也好,白居易也罢,他们本人及其与他们直接相关的诗学组织便起到了这样的典范作用。这种作用也同时促发了文人对同道相惜并交游吟咏的诗化生活的向往。正是这些因素,促使了后人乐于组成各种文人团体,也促成了文人结社、诗人结社的产生。所以,白居易以及前此的一些文人群体活动,虽不是纯粹意义上的诗社,但在后人看来,尤其是有着诗社经历的人看来,其意义本身,实与诗社无异。故此,白居易之诗学活动在文学史上将"白

---

① 傅璇琮主编:《全宋诗》第 37 册,北京大学出版社 1998 年版,第 23069 页。
② (元)释大䜣:《蒲室集》卷三,文渊阁《四库全书》第 1204 册,上海古籍出版社 1987 年影印本,第 541 页。
③ 《月下白莲诗会》,《贞素斋集》卷七,文渊阁《四库全书》第 1271 册,上海古籍出版社 1987 年影印本,第 652 页。
④ 《腊日偕叶东白、蔡伯恭登西岑》,《云松巢集》卷二,文渊阁《四库全书》第 1220 册,上海古籍出版社 1987 年影印本,第 635 页。
⑤ 《两峰言旋叠前韵叙别》,《归田稿》卷七,文渊阁《四库全书》第 1256 册,上海古籍出版社 1987 年影印本,第 96 页。
⑥ 傅璇琮主编:《全宋诗》第 8 册,北京大学出版社 1992 年版,第 5606 页。
⑦ 《赠庄季路》,《东莱诗集》卷一八,傅璇琮主编:《全宋诗》第 28 册,北京大学出版社 1998 年版,第 18202 页。

莲社"的作用更推一步，诗社在文学史上出现的时代越来越近了。至于耆老会性质的诗人聚会，在宋代就层出不穷、蔚为大观了。关于这一问题，我们后文还要论述。

第三节 中晚唐及五代时期的重要诗社活动以及相关诗学问题

一、中晚唐诗人结社考述

唐人亦曾用诗会指称诗人们群体性诗学活动。《全唐诗》卷二七九有卢纶《题贾山人园林》诗云："竹影朦胧松影长，素琴清簟好风凉。连春诗会烟花满，半夜酒醒兰蕙香。五字每将称玉友，一尊曾不顾金囊。长沙流谪君非远，莫遣英名负洛阳。"①

诗中所提及之贾山人暂无考，但由此诗诗意可见，贾山人应与卢纶有过诗酒之会，所谓"连春诗会烟花满，半夜酒醒兰蕙香"，即是对这个诗会的描述。贾山人已谪放长沙，而诗会之所，即贾山人园林尚在，卢纶旧地重游，睹物生怀，因有此作。卢纶为大历十才子之一，他与十才子，尤其是其中的吉中孚、司空曙、苗发、崔峒、耿湋、李端更多诗歌酬赠交流。《唐诗纪事》卷三十云：

  大历中，李端、钱起、韩翃辈能为五言诗，词情健丽，纶作尤工。至贞元末，钱、李诸公凋落，纶为《怀旧诗》五十韵，叙其事曰："吾与吉侍郎中孚、司空郎中曙、苗员外发、崔补阙峒、耿拾遗湋、李校书端，风尘追游，向三十载。数公皆负当时盛称，荣耀未几，俱沉泉下。伤悼之际，畅博士当追感前事，赋诗五十韵见寄，辄有所酬，以申悲旧，兼寄夏侯侍郎。"其历言诸子云："侍郎（吉中孚）文章宗，杰出淮楚灵，掌赋若吹籁，司言如建瓴。郎中（司空曙）善余庆，雅韵与琴清，郁郁松带雪，萧萧鸿入冥。员外（苗发）真贵儒，弱冠被华缨，月香飘桂实，乳溜沥琼

---

① （清）曹寅编：《全唐诗》第 9 册，中华书局 1960 年排印本，第 3166 页。

英。补阙（崔峒）思冲融，巾拂艺亦精，彩蝶戏芳圃，瑞云滋翠屏。拾遗（耿湋）兴难俦，逸调旷无程，九酝贮弥洁，三花寒转馨。校书（李端）才智雄，举世一娉婷，赌墅鬼神变，属辞鸾凤惊。差肩曳长裾，总辔奉和铃，共赋瑶台雪，同观金谷笙。倚天方比剑，沉水忽如瓶。君持玉盘珠，写我怀袖盈。读罢涕交颐，愿言跻百龄。"纶之才思，皆此类也。①

卢纶评述了吉中孚、司空曙、苗发、崔峒、耿湋、李端六人，这些诗人与卢纶多有诗学交流，故卢氏对他们非常了解。此处之贾山人在东都洛阳的园林诗会不知是否也有以上数人的参与，但这个诗会肯定是诗人流连其间，诗酒唱和的雅兴所寄之处。贾山人与卢纶所提及的诗会虽不可考，但结合唐代诗人群体性诗学活动的基本情景可以予以把握，可知"连春诗会烟花满，半夜酒醒兰蕙香"的雅致。

宋人葛立方《韵语阳秋》卷四有云："唐卢纶与吉中孚、韩翃、钱起、司空曙、苗发、崔峒、耿湋、夏侯审、李端皆能诗齐名，号大历十才子。宪宗尤爱纶文，至诏张仲素访其遗稿，故纶集中往往有赠诸人诗，所谓'旧录藏云穴，新诗满帝乡'者，送中孚之诗也。'引水忽惊冰满磵，向田空见石和云'者，寄湋、端之诗也。'拥褐觉霜下，抱琴闻雁来'者，同湋宿旅舍之诗也；'风倾竹上雪，山对酒边人'者，《题苗发竹间亭诗》也；'桂树曾同折，龙门几共登'者，寄端、峒、曙、湋之诗也。司空曙亦有送中孚诗云：'听猿看楚岫，随雁到吴洲。'耿湋寄曙云：'老医迷旧疾，朽药误新方。'李端寄纶云：'熊寒方入树，鱼乐稍离渊。'钱起《答苗发龙池诗》云：'暂别迎车雉，还随护法龙。'又赠夏侯审云：'诗成流水上，梦尽落花间。'诸人更倡迭和，莫非佳句。盖草木臭味既同，则金兰契分弥笃尔。史载郭暖进官，大集名士，李端赋诗最工。钱起曰：'素为尔。请以起姓别赋。'端立献一章，又工于前。起之妒贤徒增愧，而端之捷思为可服也。"②

虽然葛立方所述多是十才子间往来投寄的诗歌作品，并未提及诗会，但唐

---

① （宋）计有功：《唐诗纪事》，上海古籍出版社1988年版，第466—467页。
② （清）何文焕：《历代诗话》，中华书局1981年版，第535页。

人本好在群体性诗学聚会中以作诗竞争，求得擅场的做法实较投寄诗篇式交流为甚，想必卢纶、贾山人以及与他们过从甚密的诗人们（不排除有大历十才子其他成员）在春秋佳日，诗酒啸傲于贾氏园林，他们把这种活动叫作诗会，虽然未用诗社名目，但这种活动形式还应看作是一种准诗社的形式。清人管世铭在其《读雪山房唐诗序例》之"五律凡例"中有云："大历诸子，实始争工字句。"即是说大历十才子开始积极讲求对诗歌创作具体技巧和方法，他们的这种诗学态度应该与他们的诗会活动有关，并且对后世诗学产生了深远的影响。

此外在诗歌中提及诗会的还有孟郊和贾岛。他们用这一措辞表述诗人间的诗学活动，虽出于诗歌创作的行文或是趁韵的需要，也不能说诗会有固定所指，是固定的某些人在某地的诗学活动名称，但反映了诗人们已经开始用词语表述这种在当时极为流行的群体性诗学活动，这也是诗社形成过程中逐渐走向自觉的一种意识（开始表述群体性的诗学活动并为之在总体上用词语做概括性表述，而不流于简单的"夜饮"或"宴集"之类，充分说明了导致形成诗社的群体性意识的逐渐自觉）。

《全唐诗》卷三七九有孟郊的《送陆畅归湖州，因凭题故人皎然塔、陆羽坟》诗，云：

> 森森雪寺前，白苹多清风。昔游诗会满，今游诗会空。孤吟玉凄恻，远思景蒙笼。杼山砖塔禅，竟陵广宵翁。饶彼草木声，仿佛闻余聪。因君寄数句，遍为书其丛。追吟当时说，来者实不穷。江调难再得，京尘徒满躬。送君溪鸳鸯，彩色双飞东。东多高静乡，芳宅冬亦崇。手自撷甘旨，供养欢冲融。待我遂前心，收拾使有终。不然洛岸亭，归死为大同。①

陆畅，《唐诗纪事》卷三十五有记述，其字达夫，吴郡人。为韦皋所厚礼。天宝时李白为《蜀道难》以斥严武，畅更为《蜀道易》以美韦皋。《全唐诗》今有陆畅诗一卷。皎然、陆羽为中唐著名方外诗人，与当时众多诗人均有诗学

---

① （清）曹寅编：《全唐诗》第12册，中华书局1960年排印本，第4252页。

交往，孟郊此处所说"昔游诗会满，今游诗会空"应该指陆畅、皎然、陆羽和孟郊本人共同参与过的诗学集会。这个诗会也是追述时使用的一个措辞，同样不是固定指称，也不能以成熟的诗社形态目之①。

二、高骈与渼陂吟社——第一个时人自名的诗社组织

《全唐诗》卷五九八有高骈《寄鄠杜李遂良处士》诗，诗云："小隐堪忘世上情，可能休梦入重城。池边写字师前辈，座右题铭律后生。吟社客归秦渡晚，醉乡渔去渼陂晴。春来不得山中信，尽日无人傍水行。"②

高骈此诗是思念隐居在山中的处士李遂良，由此也怀念与之在一起的"吟社"生活，所谓"吟社客归秦渡晚，醉乡渔去渼陂晴"便是他们吟社生活的写照。高骈称李遂良是"小隐"，元好问所编并由其门人郝天挺所注的《唐诗鼓吹》注"小隐"为："晋王康琚《反招隐》诗云：小隐隐陵薮，大隐隐朝市，伯夷窜首阳，老聃伏柱史。"③可知李遂良是隐于林薮的隐士，并无其他社会身份。他临池写字，座右题铭，格调高远。然李遂良事迹无考，我们只能约略知其为人。大概他在其栖隐处曾与当时诗人们有过吟社之类的活动，参与过群体性诗学活动，其中也有觞酒助兴，吟诗酬唱之类的内容。高骈对此表达怀念之情，可知他尝预此会。值得注意的是，高骈用吟社称述他与李遂良等人的诗学活动，而吟社实际就是诗社。渼陂在长安西南。李遂良在此隐居之地便是此吟社之所在。

高骈，字千里，幽州人，出身显宦，家世仕禁军，"幼而朗拔，好为文，多与儒者游，喜言道理"④。入仕以来，伐党项羌，收复交州郡邑，又去除交广间河道巨石，使两地连通，舟楫无滞，天子（唐懿宗）嘉其才，迁检校工部尚

---

① （清）曹寅编：《全唐诗》卷五七一有贾岛的《送汲鹏》诗，诗云："淮南卧理后，复逢君姓汲。文采非寻常，志愿期卓立。深江东泛舟，夕阳眺原隰。夏夜言诗会，往往追不及。"此处诗会连属上文，指诗歌兴会神到，下笔时难以把捉的情绪或意象，不是群体性诗学活动。《全唐诗》卷七二〇之裴说的《赠贯休》诗所云"是事精皆易，唯诗会却难"云者，其诗会也指兴会神到的创作状态，同样不是表述诗学活动本身。这说明诗会一词在中唐是还不完全用以指称群体性文学活动。
② （清）曹寅编：《全唐诗》第18册，中华书局1960年排印本，第6917页。
③ 《唐诗鼓吹》卷六，文渊阁《四库全书》第1365册，上海古籍出版社1987年影印本，第463页。
④ （后晋）刘昫等撰：《旧唐书》第14册，中华书局1975年版，第4703页。

书、郓州刺史、天平军节度观察等职,(天平军治所在今山东郓城)颇有政声。又为防御南诏,完茸成都城防,兵压云甫,与南诏讲信修好,使之不致入寇。黄巢起义时拥兵不出,致失兵权,后任职江淮,宠信吕用之,惑于吕用之道术,终致变乱,光启三年(887)九月,死于黄巢叛将秦彦之手。在高骈的经历中,因其"家世仕禁军"①。所以他早年生活在长安,估计是他任勋职前曾于关中结识李遂良,还与其他诗人开展过诗学活动。

高骈能诗,《唐诗纪事》卷六十三之"高骈"条云:"骈好为诗,雅有奇藻。"②《太平广记》卷二百据谢蟠《杂说》云:"唐高骈好为诗,雅有奇藻,属情赋咏,横绝常流,时秉笔者多不及之。故李氏之季,言勋臣有文者,骈其首焉。集遇乱多亡,今其存者盛传于时。"③

清人王士禛著,郑方坤删补《五代诗话》卷一亦云:"唐人重尚文墨,台阁公卿未有不工此者,风格既成,虽藩帅节将,如于頔、高骈之流皆以吟咏自喜。如罗绍威、王智兴则兼逞词翰,当时有'李陵章句右军书'之佞。頔、智兴一字不传,无以验工拙,骈、绍威所作存者信工。"④高骈诗今《全唐诗》存一卷,确实清新雅健,既有文人之韵致,又有武将之遒劲,且寄意深切,格调高远。其《风筝》(一作《题风筝寄意》)诗颇为后人称道。

高骈还有一首诗提到了吟社。《全唐诗》卷五九八有高骈《途次内黄马病,寄僧舍呈诸友人》诗,云:"官闲马病客深秋,肯学张衡咏四愁。红叶寺多诗景致,白衣人尽酒交游。依违讽刺因行得,淡泊供需不在求。好与高阳结吟社,况无名迹达珠旒。"⑤

观此诗语意,似此时高骈官途未达,在路经内黄(今属河南)时因马病寄住僧舍,见红叶烂漫而起诗兴,想起了自己与诸友人的吟社文会,而成此诗。这里所谓的吟社或即为李遂良在渼陂的吟社,但高骈之诗友却难以考证。

---

① (后晋)刘昫等撰:《旧唐书》第14册,中华书局1975年版,第4703页。
② (宋)计有功:《唐诗纪事》,上海古籍出版社1988年版,第950页。
③ 《太平广记》卷二〇〇据谢蟠《杂说》,文渊阁《四库全书》第1044册,上海古籍出版社1987年影印本,第319页。
④ (清)王士禛原编,(清)郑方坤删补,戴洪森校点:《五代诗话》,人民文学出版社1989年版,第32页。
⑤ (清)曹寅编:《全唐诗》第18册,中华书局1960年排印本,第6918页。

高骈诗中的酬赠对象，据其诗《和王昭符进士赠洞庭赵先生》、《依韵奉酬李迪》、《留别彰德军从事范校书》、《笻竹杖寄僧》、《赴安南却寄台司》、《渭川秋望寄右军王特进》、《安南送曹别敕归朝》等来看，其诗友大都不是知名诗人。《依韵奉酬李迪》云："柳下官资颜子居，闲情入骨若为除。诗成斩将奇难敌，酒熟封侯快未如。只见丝纶终日降，不知功业是谁书。而今共饮醇滋味，消得揶揄势利疏。"①

提到李迪"诗成斩将奇难敌，酒熟封侯快未如"，这是诗学活动中诗友间相互竞争的一种情形，只不过不能确定高骈所提到的吟社除他和李遂良以外还有其他什么人参加。李迪事迹除《全唐文》卷四四一的作者小传称其"广德元年官京兆仓曹参军"外无考。然广德为代宗年号，广德元年为762年。距高骈政治军事活动频繁的懿宗、僖宗的年代过远，不能同时，故高骈诗中之李迪不是曾任京兆仓曹参军的李迪。《旧唐书》本传称高骈父高承明曾任"神策虞侯"，且高骈"家世仕禁军"。可知高骈早年时生活在京师长安②。本传又谓高骈"幼而朗拔，好为文，多与儒者游"③。可见他少年时就喜好诗文，且多交游。后高骈亦曾任神策都虞候。党项、羌族叛乱时奉命率禁军戍长武城（在陕西泾川，为隋唐军事重镇，为左神策军的八镇之一），因战功，被懿宗嘉许。吐蕃寇边时，被任命为秦州刺史、本州经略使，从而步入勋贵显宦的行列。以后的仕履历程，再未回到关中。由此，可知高骈、李遂良、李迪等人的吟社活动发生在唐宣宗末年和唐懿宗初年之间，约858—865年间。④

高骈本人也多有创作，且喜招致诗人谈诗作诗。

宋祝穆《古今事文类聚·续集》卷十五据丁用晦《芝田录》（文渊阁《四

---

① （清）曹寅编：《全唐诗》第18册，中华书局1960年排印本，第6918页。
② 由萧涤非、程千帆、马茂元、周汝昌、周振甫、霍松林等参与撰写的《唐诗鉴赏辞典》（上海辞书出版社1983年版，第1408页）之"诗人小传"之高骈条谓高骈生于821年，不知何据。傅璇琮主编的《唐五代文学编年史·晚唐卷》之唐宣宗大中十四年（860）谓本年高骈四十岁，但未提供证明他生年的证据（第454页），而《中唐卷》唐穆宗长庆元年（821）的有关编年中也未提及高骈出生的信息。总之，高骈与李遂良等结吟社在其二十余岁充任神策军虞候时期。
③ （后晋）刘昫等撰：《旧唐书》第14册，中华书局1975年版，第4703页。
④ 《旧唐书》卷一五一《高崇文列传》：高崇文卒于元和四年（809）六十四，其子高成简亦为武人，也历任显宦，故知高骈家族为将门世家，《旧唐书》高骈本传说高骈父为高承明，曾任神策虞候，神策军为唐代后期的主要禁军，成卫长安城及整个关中地区。高骈之仕履起于神策军虞候，这一时期在长安，所以，他与李遂良、李迪等人的诗会（学）活动应在他年轻时开始。

库全书》本）载"薛涛改酒令"事："高骈镇成都命酒佐，薛涛改一字令曰：
'须得一字形象，又须逐韵。'公曰：'口有似没梁斗。'涛曰：'川有似三条
椽。'公曰：'奈何一条曲？'涛曰：'相公为西川节度，尚使一没梁斗，至于
穷酒佐三条椽内一条曲又何足怪？'"①

明人陈耀文所撰《天中记》卷二十六据《五代史补》云："罗隐与顾云同
谒淮南高骈，云为人素雅律重而性傲睨。高公留云而远隐，隐欲归武陵，与宾
幕酌饯于云亭。时盛暑，青蝇入座，高命扇驱之。因谑隐云：'青蝇被扇扇离
席。'隐见白泽图钉在门上，即应声曰：'白泽遭钉钉在门。'盖讥云也。"②这是
罗隐与顾云在高骈处的诗学活动。清人吴景旭《历代诗话》卷十一有云："唐
高骈自渚宫移振扬州，别宴口占《楚辞》云：'悲莫悲兮生别离，登山临水送
将归'。使幕客续之。有一妓进曰：'贱妾感相公之恩，续貂可乎？'即收泪吟
曰：'武昌无限新栽柳，不见杨花以雪飞！'合座赏叹，骈厚赠之。亦可证一
气为句矣。"③

可见高骈本人的生活不似其他武人，而常有诗学活动充于其间。另外如晚
唐小说家裴铏亦曾任职于高骈幕下，其《传奇》或与高骈本人好神仙方术有关④。

高骈以武人身份而爱好诗歌，且其创作亦自有其特色，在唐诗中也不可
埋没。如其《山亭夏日》诗："绿树阴浓夏日长，楼台倒影入池塘。水精帘动
微风起，满架蔷薇一院香。"可谓清新淡雅，意蕴悠长，在平淡之中含有浓郁
的意味，是高骈诗歌的典范作品。再如其《风筝》诗："夜静弦声响碧空，宫
商信任往来风。依稀似曲才堪听，又被移将别调中。"⑤据宋祝穆《古今事文类
聚》续集卷二十二之"听筝占事"条载"高骈镇蜀，以南诏侵暴，筑罗城四十
里，朝廷虽加恩赏亦疑其跋扈，或一日闻奏乐声，知有改移，乃题风筝寄意

---

① 据傅璇琮主编的《唐五代文学编年史·晚唐卷》，薛涛卒于唐文宗大和六年（832）（辽海出版社
1998 年版，第 77 页）是时高骈尚幼，不可能镇成都，故此材料不是事实。不过宋人有此说，定是因高骈
确实好与文士游会有关。
② （明）陈耀文：《天中记》卷二六，文渊阁《四库全书》第 966 册，第 229 页。
③ （清）吴景旭：《历代诗话》卷一一，中华书局 1958 年版，第 114 页。
④ （元）马端临：《文献通考》卷二一六之《经籍考》四十三，文渊阁《四库全书》第 614 册，上
海古籍出版社 1987 年影印本，第 560 页。
⑤ （清）曹寅编：《全唐诗》第 18 册，中华书局 1960 年排印本，第 6921 页。

曰……"①《唐才子传》之记载与之稍异:"骈为西川节度,筑成都城四十里,朝廷疑之。以宴间《咏风筝》……"②《咏风筝》诗格韵悠远,寄意遥深,诚为咏志佳作,亦是被后人广泛称引的作品。

高骈在获得显宦前就尝与李遂良等人有吟社活动,李迪抑或参与其中,在以后任职广州(安南都护)、成都(成都尹、剑南、西川节度使)以及领受李襜任命的江淮盐铁转运使等职时亦于所任多聚集文士从事诗学活动。其诗《对花呈幕中》:"海棠初发去春枝,首唱曾题七字诗。今日能来花下饮,不辞频把使头旗。"③明显是与幕中诗人酬赠唱和的作品。又如《广陵宴次戏简幕宾》:"一曲狂歌酒满分,蛾眉画出月争新。将军醉罢无余事,乱把花枝折赠人。"这亦是高骈仕履中诗学活动中的作品,在戎务清闲的时候高骈与门下客们也应赏花分韵,诗酒唱和,俨然一位诗人而非叱咤风云、神姿飒飒的将军。

其《平流园席上》诗也是如此:"画舸摇烟水满塘,柳丝轻软小桃香。却缘龙节为萦绊,好是狂时不得狂。"④俨然富家翁的闲适生活。高骈在晚唐是举足轻重的封疆大吏,也以爱好结交文士且以诗文创作见称于时,他是文献记载中第一个明确标出有吟社活动的诗人。虽然具体情形难以确考,但毕竟反映了晚唐时期的诗社活动,对于中国文学史影响巨大。对于中国古代文学理论和批评起到巨大影响的诗社终于产生了。李遂良、高骈便是这个诗社的曾经参与者,地点在长安附近李遂良所隐居的某个处所。

上文已有所论述,唐人虽曾提及结社,但却并不是指结诗社。唐人尚未用结社这一措辞来表示或为文人们的群体性诗学活动冠名。故此高骈之吟社便非常有意义了,说明了文人有了固定的场所和参加文学活动的固定的参与者,并有了为这种固定的文学活动选取一个更为切合活动内容的称谓,高骈将其称之为吟社,社中所吟者,便是诗歌,吟社便是诗社。元初月泉吟社则是诗社史上一个极为重要的诗社范例。从这一角度讲,高骈之吟社便是唐代文人生活和文

---

① (宋)祝穆:《古今事文类聚》续集卷二二,文渊阁《四库全书》第 927 册,上海古籍出版社 1987 年影印本,第 416 页。
② 傅璇琮主编:《唐才子传校笺》第 4 册,中华书局 1990 年版,第 70 页。
③ (清)曹寅编:《全唐诗》第 18 册,中华书局 1960 年排印本,第 6921 页。
④ (清)曹寅编:《全唐诗》第 18 册,中华书局 1960 年排印本,第 6922 页。

学活动的极为重要且意义深远的文学活动成果。

三、五代时期孙鲂、沈彬、李建勋的诗社活动

五代时期，南吴及南唐地区曾出现了一个诗社，其成员为孙鲂、沈彬、李建勋。

诗人尤袤在其《江南野史》卷七之《孙鲂传》中云："（孙鲂）与沈彬尝游于李建勋，为诗社。彬为人口辩，每好较人诗句。时鲂有《夜坐》，句美于时辈。建勋因试之，先匿鲂于斋中。候彬至，乃问鲂之为诗何如。彬答曰：'人言鲂非有国风雅颂之体，实得田舍翁火炉头之作，何足称哉？'鲂闻之大怒，突然而出，乃让彬曰：'公何诽谤之甚！而比之田舍翁，言无乃太过乎？'彬答曰：'子《夜坐》句云："划多灰渐冷，坐久席成痕？"此非田舍翁炉头坐而何？'阖座大笑，善彬能近取譬也。"①

王士禛《五代诗话》又据清人吴任臣《十国春秋》也做了类似记载，文字有所不同，兹录于此："孙鲂字伯鱼，性聪敏好学。故唐末都官员外郎郑谷避乱江淮，鲂从之游，尽得其诗歌体法。吴时，文雅之士骈集，鲂遂与沈彬、李建勋为诗社。彬好评诗，建勋尝与彬议，时鲂不在席，以鲂诗诘之，彬曰：'此非有风雅制度，但得人间烟火气多尔。'鲂遂出，让彬曰：'非有风雅固然，而谓得人间烟火气何耶？'彬笑曰：'子《夜坐》句云："划多灰杂苍虬迹，坐久烟消宝鸭香。"非炉上作而何？'一坐大笑。"②

较尤袤所载，此条资料又提到了"吴时，文雅之士骈集"，所引之句又有所不同。但吴任臣本人学风严谨，其《十国春秋·序》云："任臣以孤陋之学，思取十国人物事实而章著之，网罗典籍，爰勒一书，名曰《十国春秋》。"③其所取材的范围非常广博，又"取十国人物事实而章著之"，博于取集，审于判断，是其长处。纪昀在《四库全书总目提要》中评论道："任臣以欧阳修作《五

---

① （宋）尤袤：《江南野史》，傅璇琮等编：《五代史书汇编》第9册，杭州出版社2004年版，第5205页。
② （清）王士禛原编，（清）郑方坤删补，戴洪森校点：《五代诗话》，人民文学出版社1989年版，第134页。
③ （清）吴任臣撰，徐敏霞校点：《十国春秋》第1册，中华书局1983年版，第3页。

史》，于十国仿《晋书》例为载记，每略而不详，乃采诸霸史、杂史以及小说家言，并证以正史，汇成是书。"对其博观约取的学风表示肯定。虽然现存孙鲂、沈彬、李建勋的诗文中并未尝提及过这个诗社，《唐才子传》与《唐诗纪事》中的有关记述中也未尝提到他们结了诗社，但我们以为，孙鲂、沈彬、李建勋等人确曾相约成立了一个诗社，虽然这个诗社的名称无考，但其活动的地点与时间还是可以基本确定的。

该诗社的核心成员即是孙鲂、沈彬与李建勋。孙鲂（887—937）[1]，《五代诗话》据《全唐诗话》云：

> 润州金山寺，张祜、孙鲂留诗，为第一。山居大江中，迥然孤秀，诗意难尽。罗隐云："老僧斋罢关门睡，不管波涛四面生。"孙生句云："结宇孤峰上，安禅巨浪间。"又曰："万古波心寺，金山名日新。天多剩得月，地少不生尘。过橹妨僧定，惊涛溅佛身。谁言张处士，题后更无人。"鲂《夜坐》句云："划多灰渐冷，坐久席成痕。"沈彬曰："此田舍翁火炉头之作尔。"鲂，南昌人。唐末郑谷避乱归宜春，鲂往依之，颇为诱掖，后有能诗声，终于南唐。鲂父，画工也。王彻[2]为中书舍人，草鲂诰词云："李陵桥上，不吟取次之诗；顾恺笔头，岂画寻常之物。"鲂终身恨之。[3]

可知孙鲂因曾向郑谷学诗，才"后有能诗声"。亦曾以《题金山寺》诗与前代诗人张祜之诗较量短长。在李昇篡吴的那一年，孙鲂以郎中致仕而卒。

---

[1] 此处参见傅璇琮主编，辽海出版社1998年版的《唐五代文学编年史》之五代卷"后梁太祖开平元年（907）条及后晋高祖天福二年条（937），即第22页，第295页。傅书以为孙鲂从郑谷学诗在后梁开平元年（907），若以此年孙鲂20岁计，则其生于887年。关于孙鲂之卒，有不同说法。清吴任臣《十国春秋》卷三一之《孙鲂传》有云："烈祖（李昇）召见，授亲正郎，卒。"似乎未到李昇篡吴时。(清吴任臣撰，徐敏霞点校：《十国春秋》，中华书局1983年版，第446页）而宋人尤袤之《江南野史》则谓孙鲂"先主（李昇）受禅，累迁正郎而卒。"是以为孙鲂卒于禅代（李昇篡吴）之后，且有累迁之经历。这两种观点折中来看，将孙鲂之卒置于937年禅代后为宜。尤袤宋人，当有所据。

[2] 王彻，据《旧五代史》卷三二《庄宗纪》六，考中同光三年（925）进士第一。后曾任中书舍人之职，他虽讥评孙鲂，但亦可知孙鲂当时已有名气。

[3] （清）王士祯原编，（清）郑方坤删补，戴洪森校点：《五代诗话》，人民文学出版社1989年版，第133—134页。

沈彬（863—944 或 950）①，《五代诗话》卷三据《全唐诗话》称其"天性狂逸，好神仙之事"曾以三举为约赴进士试未果，因四方多事，南游岭表二十余年，后"回吴中，江南伪命吏部郎中，致仕"②。马令《南唐书》有云："沈彬工诗，而未尝喜名，如《再过金陵》诗云：'《玉树》歌终王气收，雁行高送石城秋。江山不管兴亡事，一任斜阳伴客愁。'又《都门送客》诗云：'岸柳萧萧野荻秋，都门行客莫回头。一条灞水清如剑，不为离人割断愁。'皆盛称于士大夫。"③可知沈彬诗亦有誉当时。《唐才子传》卷十沈彬条云：

> 彬，字子文，筠州高安人（今江西高安）自幼苦学，属末岁离乱，随计不捷，南游湖、湘，隐云阳山（在湖南茶陵）数年，归乡里。时南唐李昪镇金陵，旁罗俊逸，名儒宿老，必命郡县起之。彬赴辟，知昪欲取杨氏，因献《画山水诗》云："须知笔力安排定，不怕山河整顿难。"昪览之大喜，授秘书郎。保大中（保大，南唐元宗李璟年号，即943—957年，此"中"可以理解为950年左右），以尚书郎致仕归，归徙居宜春。初经板荡，与韦庄、杜光庭、贯休俱避难在蜀，多见酬酢……④

陆游《南唐书》卷七评沈彬诗"句法清美"⑤，可知沈彬经历丰富，避难于蜀时就与韦庄、杜光庭、贯休等人唱和。曾隐居于云阳山二十余年，李昪当权镇金陵时广招士人，遂赴辟入吴。他洞见时事，知李昪欲篡吴，遂以诗促之。在保大中以尚书郎归隐宜春。李昪原名徐知诰，为南吴大丞相徐温养子。南吴大和三年（931）以太尉中书令领镇海宁国诸军节度使，出镇金陵。其招徕四方文士当在此时。李昪篡吴在南吴天祚三年（937）。故沈彬献诗在该年前，而李建勋本在吴地任职，故孙、沈、李聚于金陵在大和三年至天祚三年之间

---

① 此处从《唐五代文学编年史·五代卷》的考订，参见其书"后梁太祖开平元年（907）"条及"后晋出帝天福八年"条（943）条，即第32页、第358页。但其卒年应晚于944年。
② （清）王士禛原编，（清）郑方坤删补，戴洪森校点：《五代诗话》，人民文学出版社1989年版，第129—130页。
③ （清）王士禛原编，（清）郑方坤删补，戴洪森校点：《五代诗话》卷三引，人民文学出版社1989年版，第131—132页。
④ 傅璇琮主编：《唐才子传校笺》第4册，中华书局1990年版，第446—454页。
⑤ （宋）陆游：《南唐书》，傅璇琮等编：《五代史书汇编》第9册，杭州出版社2004年版，第5520页。

（931—937）。其结社活动亦应在此间，结社地点当在金陵（今江苏南京）。①

李建勋（873—952）②，为南唐重臣，曾几度任宰相，后罢出镇临川，不久以司徒致仕，赐号钟山公。他"能文赋诗，琢炼颇工"，但"调既平妥，终少惊人之句"③。马令《南唐书》谓其"博览经史，其为诗清淡平易，见称于时"④。

该诗社之盟主应为李建勋，与李相较，沈、孙都欠资历（李建勋数度出相，又是徐温女婿，与李昪有姻亲关系）。⑤《十国春秋》之《李建勋传》谓其"宋齐丘当国，深忌同列，少所推逊，独称建勋曰：'李相清淡，不符润色，自成文章。'"又云："建勋博览经史，少时诗涉浮靡，晚年颇清淡平易，见称于时。"⑥所以李建勋在这个诗社中最有影响力的。其特点是清淡不加润饰。《留青日札》云："(李建勋)解吐婉媚，辞如'预愁多日谢，翻怕十分开'，'空庭悄悄月如霜，独倚阑干伴花立'，如'肺伤徒问药，发落不盈梳。携酒复携筇，朝朝一似忙'。足见得花酒风味。"⑦虽然李建勋诗也有婉媚处，但其语言流丽，并无矫饰，风格柔婉，情调清通。

李建勋的"清淡平易"（马令《南唐书》），又"琢炼颇工，调既平妥，终少惊人之句"⑧。而沈彬则"句法清美"（陆游《南唐书》），孙鲂诗才气淋漓，

---

① 《新五代史》卷六二《南唐世家》云："及昪秉政，欲收人心，乃宽刑法、推恩信，起延宾亭，以待四方之士，引宋齐丘、骆知祥、王令谋等为谋客，土有羁旅于吴者，皆齿用之。尝阴使人察视民间有婚丧匮乏者，往往赒给之。盛暑未尝张盖、操扇，左右进盖，必却之，曰：'士众尚多暴露，我何用此。'以故温虽遥秉大政，而吴人颇已归昪。"孙鲂、沈彬、李建勋等就是因为李昪的亲贤政策而入吴，综合各家材料，当在李昪出镇金陵后，"文雅之士骈集"成就一时文雅之盛。

② 据《唐五代文学编年史·五代卷》，见"后周太祖广顺二年"（952）条，第443页。《十国春秋》卷二一《李建勋传》谓勋"保大十年（952）五月卒，赠太保，谥曰靖。"参见（清）吴任臣撰，徐敏霞校点：《十国春秋》，中华书局1983年版，第303页。

③ 傅璇琮主编：《唐才子传校笺》第4册，中华书局1990年版，第386页。

④ （清）王士祯原编，（清）郑方坤删补，戴洪森校点：《五代诗话》卷三引，人民文学出版社1989年版，第123页。

⑤ 《十国春秋》之《李建勋传》谓其"自开国至昪元五年，犹辅政，比他相最久"。参见（清）吴任臣撰，徐敏霞校点：《十国春秋》，中华书局1983年版，第301页。

⑥ （清）吴任臣撰，徐敏霞校点：《十国春秋》，中华书局1983年版，第303页。

⑦ （清）王士祯原编，（清）郑方坤删补，戴洪森校点：《五代诗话》卷三引，人民文学出版社1989年版，第152页。

⑧ 傅璇琮主编：《唐才子传校笺》第4册，中华书局1990年版，第386页。

又诗法郑谷，而郑谷诗"清婉明白，不俚而切"①。

可知他们三人的诗，都有一个"清"的特点，这个清亦有自然清新之意，所以，他们所结的这个诗社，当以"清"为创作与评诗的宗旨。齐己《闻沈彬赴吴都请辟》诗有云："白日不妨扶汉祚，清才何让赋吴都。"又齐己《寄荆幕孙郎中》有云："诗工凿破清求妙，道论研通白见真。"②齐己对孙鲂、沈彬的诗中都提到了"清"，可知二人之作，诚有清新意味，齐己故有此论。

综上可知，孙鲂、沈彬、李建勋三人于931至932年间在金陵结成诗社，展开了诗学交流活动。这个活动自然包括创作与批评，沈彬本好评价诗句，他在一次诗学活动中评孙鲂诗的排调式譬喻曾赢得一座的认同，可知该诗社在评诗活动中的情形。可能参加此诗社的诗人不只孙、沈、李三人，李位高望重，孙驰名当时，沈也有诗名，他们的诗社活动应是在当时骈集金陵的诗人们所关注且乐于参加的群体性活动。同时，孙、沈、李三人有着相近的创作风格，也会有相似的审美倾向和理论主张，他们的诗社活动上承唐代，下启宋代，既反映了诗社活动所要求的共同审美趋向，也有评论活动。这些都对宋代诗社有很大影响。

综合地看，孙、沈、李诗社是以李建勋为核心和盟主，以诗歌之"清"为共同特征，并聚拢了有才情锐气的孙鲂和善于品评诗作的沈彬，他们以"清"为基本观念展开了诗学活动。这三个人在当时都很有影响，他们的诗社活动在文化繁荣的南唐展开，对宋初以及整个宋代的诗社都产生了极为深远的影响。但遗憾的是，这个诗社是否有什么名称，是否有什么社约，如何活动，活动的具体地点与信息都无从知晓，除有评价孙鲂诗的记载外，不见其他评论，正因资料缺如，不能给出结论。但也可知晓，这个诗社具有从以前群体性诗学活动向正式诗社过渡的性质，宋以后诗社盛行，及至明清达到鼎盛，在考溯其源流，勾画诗社发展的历史时，孙、沈、李的这个诗社是具有特殊的意义的，他似乎起着一个承前启后的作用。

其他与该诗社相关的问题还应予以关注。

---

① 傅璇琮主编：《唐才子传校笺》第4册，中华书局1990年版，第169页。
② 以上见（清）曹寅编：《全唐诗》第24册，中华书局1960年排印本，第9544—9545页。

首先，该诗社的成立，与对惠（慧）远、雷次宗、刘遗民等人的僧俗组织的传统认识有关（即关于莲社的一些认识），也与白居易等人所结之香火社等的认识有关。

作为该诗社中地位最高、名望最大的诗人，李建勋在他的诗歌中往往流露了对上述诗人群体的羡慕与向往。如其《钟山寺避暑勉二三子》诗中有云："清凉会拟归莲社，沉湎终须弃竹林。"其《道林寺》诗有云："无因得结香灯社①，空向王门玷玉班。"再如李建勋《岁暮晚泊，望庐山不见，因怀岳僧呈察判》诗中云："长愧昔年招我入，共寻香社见芙蓉。"②都提到了佛学色彩很浓厚的僧俗组织。可以说，正是以前佛徒与文士们既有佛学性又有文学性的群体活动在历史上所产生的影响和感召力使得李建勋对这种活动非常向往。于是在孙鲂、沈彬等人相继入吴以后，便聚集起来，展开了诗社活动。因此可以明确地认识到，正是在慧远、白居易等人的群体性文学活动的影响下，作为诗社大盛时代到来的风向标，孙鲂、沈彬、李建勋诗社得以形成。

其次，关于对该诗社其他成员的推测。因为孙鲂、沈彬存诗较少，且资料有限，所以我们主要以李建勋诗为依据对可能参加该诗社活动的其他成员做一番推测。

《全唐诗》卷七三九有李建勋《寄魏郎中》、《送王郎中之官吉水》、《送喻炼师归茅山》、《答汤悦》诗，其中提到的"魏郎中"、"王郎中"、"喻炼师"难以遽考为谁，但从诗意看应与李建勋熟识，以诗相寄，便可知这些人亦为其诗友。他们或曾预入该诗社活动。至于《全唐诗》卷七三九中的《夏日酬祥松二公见访》、《闲居秋思呈祥松二公》、《怀赠操禅师》、《病中书怀寄王二十六》等诗，其中所提及的"祥松二公"、"操禅师"、"王二十六"等人，不能确定他们的详细情况，或许与李建勋有诗学往来，但不能确定他们曾参与过诗社活动③。

---

① 香灯社与香火社、莲社含义相似，都指僧俗群体，但也含有文学活动的意味。如齐己《勉诗僧》（《全唐诗》卷八四〇）诗云："还同莲社客，联唱绕香灯。"即将香灯与诗社并举，其所谓"联唱"，则应是联句之类的诗学活动。又如齐己《静院》诗有云："笔砚兴狂师沈谢，香灯魂断忆宗雷。"（《全唐诗》卷八四四）又将香灯与宗炳、雷次宗并举。可知李建勋此处之香灯社也指慧远、白居易等的僧俗群体。
② 上三首诗见（清）曹寅编：《全唐诗》第 21 册，中华书局 1960 年排印本，第 8432—8434 页。
③ 《闲居秋思呈祥松二公》诗中有云："去国身将老，流年雁又来。"应是就自己离开金陵而言，也不排除他们是李建勋出镇抚州临川后的诗友。《病中书怀寄王二十六》中有句云"落叶满山州"不似在金陵，《怀赠操禅师》有句云："秋来得音信，又在剡山东。"不在金陵明矣。

年辈较晚的李中应该参与了孙、沈、李诗社的活动。李中，字有中，陇西人。李中好友孟宾于在为其《碧玉集》所作的序中提到当时是癸酉年，时李中任淦阳（今江西新干）宰，癸酉年是975年①。可知当时李中尚在，那么他参与诗社活动时应值青年时期，属诗社成员的后辈。李中诗《寄赠致仕沈彬郎中》（《全唐诗》卷七四七）、《送致仕沈彬郎中游茅山》（《全唐诗》卷七四七）、《赠致仕沈彬郎中》（《全唐诗》卷七四八）。可知李中与沈彬熟识。李中还存诗《依韵和智谦上人送李相公赴昭武军》诗，其中之"李相公"即是李建勋。李建勋于保大元年（943）罢相，出为昭武军节度使，镇抚州。虽则此时孙鲂已逝，沈彬致仕，但李中与沈彬、李建勋俱熟识可以确定。同时，此诗既为和智谦上人而作，智谦与李建勋熟识也无问题。

虽未预入此诗社活动，但与其成员颇有关系的还有齐己。当时，齐己在江陵隆兴寺，未入金陵，但他与孙鲂、沈彬都很熟悉。现齐己诗中多有寄赠二人的诗作，如：《寄吴都沈员外彬》（《全唐诗》卷八三九）、《闻沈彬赴吴都请辟》（《全唐诗》卷八四四）、《荆门寄沈彬》（《全唐诗》卷八四五）、《逢进士沈彬》（《全唐诗》卷八四六）。可见齐己在沈彬入吴赴辟后一直很怀念他，不能相忘。齐己还有《寄江西幕中孙鲂员外》（《全唐诗》卷八三九）、《酬孙鲂》（《全唐诗》卷八四二）、《寄荆幕孙郎中》（《全唐诗》卷八四四）、《谢孙郎中寄示》（《全唐诗》卷八四四）、《寄孙鲂秀才》（《全唐诗》卷八四四）、《乱后江西过孙鲂旧居因寄》（《全唐诗》卷八四五）、《中秋夕怆怀寄荆幕孙郎中》（《全唐诗》卷八四六）。可见他与孙鲂也很熟识。另外，齐己的《怀金陵知旧》（《全唐诗》卷八四四）、《寄吴园知旧》（《全唐诗》卷八四五）当是寄与孙、沈二人的诗作。其《寄金陵幕中李郎中》当为寄与李建勋的诗作。诗中有云："龙门支派富才能，年少飞翔便大鹏。"与李建勋少年得志的经历有关。而诗中所谓"又从幢节镇金陵"②者，在徐知询镇金陵时，李建勋便佐其幕，后李昪（徐知诰）镇金陵，李建勋出为其副使③。正与诗中所记相合。当是齐己通过孙鲂、

---

① 孟序谓李中为陇西人。参见（清）王士禛原编，（清）郑方坤删补，戴洪森校点：《五代诗话》卷三，人民文学出版社1989年版，第153页。《唐才子传》卷十之"李中"谓其为九江人。

② （唐）齐己：《寄金陵幕中李郎中》，（清）曹寅编：《全唐诗》第24册，中华书局1960年排印本，第9573页。

③ （清）吴任臣撰，徐敏霞校点：《十国春秋》卷七《李建勋传》，中华书局1983年版。

沈彬对李建勋诗作表示款诚。所以齐己是间接参与该诗社活动的诗人。齐己诗很有特点，亦有自己的诗学主张（齐己作有《风骚旨格》），且与郑谷有诗学关联（郑谷是齐己一字师）。孙鲂曾学诗于郑谷，那么他们与该诗社的关联必然会使其诗学主张对该诗社的创作与评论等诗学活动产生影响。而李建勋之创作与李中之创作也各有特点[①]。他们的思想与主张会在该诗社活动中有所反映也会有所融通，会对当时的诗坛发挥作用。至宋代，诗社在诗学理论方面的交流与融通作用就极为突出了，尤其是江西诗社群与江湖诗社群对诗学以致诗坛的总体作用就不能离开诗社活动去简单分析了。

因李建勋好客，又喜清谈，他的诗也较孙、沈等人保存得完备一些。（李中卒于宋初，相隔时代也较远，故在推测本诗社诗作时仍以李建勋的作品为主。李建勋有《李丞相诗集》传世。）

如：《柏梁隔句韵诗》（《全唐诗》卷七三九）（柏梁即柏梁体，是联句式的群体性创作形式，不排除有诗社中作的可能）。

《赋得冬日青溪草堂四十字》（《全唐诗》卷七三九），（诗为"赋得"，是同题共作的一种形式。且诗中有"坐中皆作者，长爱觅分题"句。应该是某次群体性诗学活动中创作的作品）。

《金陵所居青溪草堂闲兴》[②]（《全唐诗》卷七三九）

《尊前》（《全唐诗》卷七三九），诗中有句云："渐老更知春可惜，正欢唯怕客留难"，"莫厌百壶相劝倒，免教无事结闲愁"。（应为在有客将醉时作，或与本诗社有关）

《惜花》（《全唐诗》卷七三九）有句云："心破只愁莺践落，眼穿唯怕客来迟。"（或与诗社有关）

《晚春送牡丹》（《全唐诗》卷七三九）有句："携觞邀客绕朱阑，肠断残春

[①] 孟宾于为李中《碧玉集》所作之序评其诗曰："缘情入妙，丽则可知。"并指出其诗多有奇句，参见（清）王士祯原编，（清）郑方坤删补，戴洪森校点：《五代诗话》，人民文学出版社1989年版，第153页。

[②] 李建勋所居应有名为"青溪草堂"的居所或别墅，结合上列《赋得冬日青溪草堂闲兴》诗，可以揣测，李建勋"青溪草堂"应是此诗社活动的地点之一。诗云："窗外皆连水，杉松欲作林。自怜趋竞地，独有爱闲心。素壁题看尽，危冠醉不簪。江僧暮相访，帘卷见秋岑。"可知此草堂与裴度绿野堂景观相似，且"素壁题看尽"云者，应是就诗客们的作品书于壁上而言。故不排除青溪草堂为本诗社经常开展活动的地点。

送牡丹。"

《惜花寄孙员外》(《全唐诗》卷七三九)诗云:"朝始一枝开,暮复一枝落。只恐雨淋漓,又见春萧索。侵晨结驷携酒徒,寻芳踏尽长安衢。思量少壮不自乐,他日白头空叹吁。"

《阙下偶书寄孙员外》(《全唐诗》卷七三九)诗云:"长安驱驰地,贵贱共悠悠。白日谁相促,劳生自不休。凤翔双阙晓,蝉噪六街秋。独有南宫客,时来话钓舟。"

《赠送致仕郎中》(《全唐诗》卷七三九)

沈彬在李昇篡吴后曾与李璟有过交往,有"俄乞骸骨还山,以吏部郎中致仕"① 此处李建勋所赠之郎中,有可能即是沈彬。诗云:"鹤立瘦棱棱,髭长白似银。衣冠皆古制,气貌异常人。听雪添诗思,看山滞酒巡。西峰重归路,唯许野僧亲。"这或许是沈彬的写照。"重归路"云者,因沈彬归隐宜春,故有此说。

《重戏和春雪宾沈员外》(《全唐诗》卷七三九)诗中有云:"和来琼什虽无敌,且是侬家比兴残。"可知李建勋与沈彬就春雪有诗相和。

《中春写怀寄沈彬员外》(《全唐诗》卷七三九)诗云:"省从骑竹学讴吟,便殢光阴役此心。寓目不能闲一日,闭门长胜得千金。窗悬夜雨残灯在,庭掩春风落絮深。唯有故人同此兴,近来何事懒相寻。"、"近来何事懒相寻"云者,可知此诗虽为寄沈彬,其实沈彬应距李建勋不远,因为沈彬"近来"不曾"相寻",故有此诗,故有此寄。由此而论,前面提到的寄与孙鲂、沈彬的诗作,也不一定是寄与在楚地的二人,也有可能是同在金陵,因不曾聚会,而有所寄。

《和致仕沈郎中》(《全唐诗》卷七三九)诗云:"欲谋休退尚因循,且向东溪种白蘋。谬应星辰居四辅,终期冠褐作闲人。城中隔日趋朝懒,楚外千峰入梦频。残照晚庭沉醉醒,静吟斜倚老松身。"② 可见沈彬致仕,李建勋有此诗相送。

---

① (清)吴任臣撰,徐敏霞校点:《十国春秋》卷二九《沈彬传》,中华书局1983年版,第416页。
② 以上见(清)曹寅、彭定求等编:《全唐诗》第21册,中华书局1960年排印本,第8421—8434页。

沈彬有《金陵杂题》二首（《全唐诗》卷七四三）沈彬由入吴到致仕西归，恰是诗社活动的时期，故沈氏此诗当在金陵期间所作，第不知是否作于诗社活动中。若将李建勋诗与李中诗相参看，发现有如下诗篇作于诗社中。

李建勋有《春日金谷园》（《全唐诗》卷七三九）诗，云："火急召亲宾，欢游莫厌频。日长徒似岁，花过即非春。晚雨来何定，东风自不匀。须知三个月，不是负芳晨。"[①]

李中有《春日作》（《全唐诗》卷七四七），云："和气来无象，物情还暗新。乾坤一夕雨，草木万方春。染水烟光媚，催花鸟语频。高台旷望处，歌咏属诗人。"[②]

同为春日所作，且用韵相同，有可能为诗社中作。与春日作诗的主题相应，吟咏落花者亦有可能与诗社有关。

李建勋有《金谷园落花》（《全唐诗》卷七三九），诗云："愁见清明后，纷纷盖地红。惜看难过日，自落不因风。蝶散余香在，莺啼半树空。堪悲一尊酒，从此似西东。"[③]

李中有《落花诗》（《全唐诗》卷七四八），诗云："残红引动诗魔，怀古牵情奈何。半落铜台月晓，乱飘金谷风多。悠悠旋逐流水，片片轻粘短莎。谁见长门深锁，黄昏细雨相和。"[④]也提到了"金谷"。所以，此诗抑或是诗社中作，是以金谷园为题的诗学活动中的作品。与此相应，李中有《燕》、《莺》（均见《全唐诗》卷七四八）二诗，都是春日常见之物，也与《落花》诗一样都是六言，当作于同一场合，因此，亦应是诗社中作。而李建勋的《蝶》诗也是写春日常见之物，因此应作于他们的某次聚会活动中。

我们大体勾勒了一些或许是孙、沈、李诗社的一诗歌作品，从这些作品情况看，其群体性诗学活动的印记十分鲜明的，即同题共作是活动的主要方式。

南唐文学繁盛，文士麋集，孙、沈、李诗社的主要成员或是地位显赫，或是名扬当时，故此诗社的成立与活动在当时有着巨大的感召力，对后来宋代诗

[①] （清）曹寅、彭定求等编：《全唐诗》第 21 册，中华书局 1960 年排印本，第 8423 页。
[②] （清）曹寅、彭定求等编：《全唐诗》第 21 册，中华书局 1960 年排印本，第 8495 页。
[③] （清）曹寅、彭定求等编：《全唐诗》第 21 册，中华书局 1960 年排印本，第 8423 页。
[④] （清）曹寅、彭定求等编：《全唐诗》第 21 册，中华书局 1960 年排印本，第 8520 页。

社的繁盛是有着直接影响的。尤其是诗社中还有评诗活动,沈彬评孙鲂得意之句虽是以为因取譬之妙而赢得在场者的肯定,诗社中的这种评论诗人诗作的活动内容有着一定的娱乐性成分的,但也会包含一定的理论性,到宋代诗社的理论性内涵就非常突出了。虽然该诗社的具体活动内容只能结合成员作品予以推想,难以就其具体问题做出深入阐发,但作为一个唐宋之间出现的诗社,在诗社发展史上的地位不能忽视,其意义就在于该诗社在唐代的一些准诗社之后,在宋代较为成熟的诗社之前,有着继往开来般的存在与作用价值,甚至可以说,它实际是诗社成熟并臻于大盛的由蘖与前奏。

四、齐己在南楚或有诗学活动

齐己(864—938),据《唐五代文学编年史·五代卷》俗本姓胡,唐潭州益阳人(今湖南宁乡)居长沙通林寺,曾主持上封寺、福严寺。晚年主持荆南龙兴寺,是著名诗僧,也是著名苦吟诗人,有《白莲集》十卷和诗学著作《风骚旨格》一卷。

齐己早年即有重名。卷八之《齐己传》据吴任臣之《十国春秋》云:"(齐己)居长沙道林寺。湖南幕府号能诗者,徐仲雅、廖匡图、刘昭禹辈,靡不声名藉甚,而仲雅犹傲忽,虽王公不避,独见齐己,必悚然,不敢以众人相待。"① 这种特点的形成与他的诗学研究与诗学交往应该均有关系。齐己亦交游广泛,诗友众多。除上述三人外,郑谷、曹松、黄损、沈彬、孙鲂、司空图等都与其有诗学交往,郑谷还是齐己的一字师②。

齐己与诗友们的交往还有诗学研讨的性质。如《唐才子传》卷九之"齐

---

① (清)王士禛原编,(清)郑方坤删补,戴洪森校点:《五代诗话》,人民文学出版社1989年版,第326页。齐己诗的特点是"气调清淡"参见《宋高僧传》卷三〇《齐己传》,中华书局1987年版,第751页。

② 《郡阁雅谈》载:"僧齐己往袁州诣郑谷,献诗曰:'高名喧省闼,《雅》、《颂》出吾唐。叠巘供秋望,飞云到夕阳。自封修药院,别下着僧床。几话中朝事,久离鸳鹭行。'谷览之云:'请改一字,方得相见。'经数日再谒,称已改得诗,云:'别扫着僧床。'谷嘉赏,结为诗友。"(清)王士禛原编,(清)郑方坤删补,戴洪森校点:《五代诗话》卷八,第329页)《十国春秋》载:"齐己有《早梅》诗,中云:'昨夜数枝开'。郑谷为点定曰'数枝非早,不若一枝佳耳。'人以谷为齐己一字师。"[清]王士禛原编,[清]郑方坤删补,戴洪森校点:《五代诗话》卷八之《齐己条》引,人民文学出版社1989年版,第329页)

己"条载:"(齐己)又与郑谷、黄损等共定用韵为葫芦、辘轳、进退等格。"①《缃素杂记》亦云:"郑谷与僧齐己、黄损等,共定今体诗格云:凡诗用韵有数格,一曰葫芦,一曰辘轳,一曰进退。葫芦韵者先二后四,辘轳韵者双出双入,进退者一进一退,失此则谬矣。"②

齐己诗中也有很多对白莲社的景仰之意,其晚年由其弟子西文所编之集即名曰白莲集,可见他对慧远等人结社活动的钦慕。齐己的《远公影堂》诗有云:"陶令醉多招无得,谢公心乱入无方。"《槁简赘笔》将此句录于"莲社十八高贤"名录之后,可见后人对齐己诗意的理解③。

因为是僧人,也是诗人,齐己对莲社十分向往,其诗作中也时常流露此志,如其《荆门送昼公归彭泽旧居》(或疑此诗非齐己作,抑或此"昼公"非皎然)中有句云:"应过虎溪社,伫立想诸贤。"④因"昼公"回彭泽旧居,路经庐山,齐己因提及虎溪社(即莲社),向往之意是很明显的⑤。

正因为对莲社十分向往,齐己也曾表示欲仿效之,其《乱后经西山寺》有句云:"欲伴高僧重结社,此身无计舍前程。"⑥齐己或曾真与一些诗人,包括诗僧有过结社经历,其《送东林寺睦公往吴国》云:"八月江行好,风帆日夜飘。烟霞经北固,禾黍过南朝。社客无宗炳,诗家有鲍昭。莫因贤相请,不返旧山椒。"⑦睦公或因吴国贤相之请而东行,齐己将其比作宗炳、鲍照,认为他的离开,如在庐山短暂逗留的宗炳,其入吴国,便如鲍照在江南了。诗中还表示希望睦公能重返旧山,我们因此可以揣测,这个"睦公"或曾预入了齐己所结之社。若诚如此,同样是赠予睦公的《东林寄别修睦上人》诗也好理解

---

① 傅璇琮主编:《唐才子传校笺》第4册,中华书局1990年版,第186页。
② (清)王士禛原编,(清)郑方坤删补,戴洪森校点:《五代诗话》卷八之"齐己"条引,见第327页。郑谷、齐己、黄损共同改定诗格在后梁太祖开平元年(907)。详见《唐五代文学编年史·五代卷》第18页。
③ (清)王士禛原编,(清)郑方坤删补,戴洪森校点:《五代诗话》,人民文学出版社1989年版,第331页。
④ (清)曹寅编:《全唐诗》第24册,中华书局1960年排印本,第9488页。
⑤ 齐己卒后孙光宪将其《白莲集》携入庐岳附于慧远文帙之末,可见齐己平生以慧远为楷模。他或也有类似慧远的结社活动。见《五代诗话》卷八"齐己"条引孙光宪所作《白莲集序》。
⑥ (清)曹寅编:《全唐诗》第24册,中华书局1960年排印本,第9553页。
⑦ (清)曹寅编:《全唐诗》第24册,中华书局1960年排印本,第9445页。

了，其诗有句云："红叶正多离社客，白云无限向嵩峰。"①此诗与上引之诗当同时而作（"红叶"与"八月"物候相合）。睦公即修睦。修睦俗姓赵，唐昭宗光化间（898—900）任庐山僧正，与贯休、虚中、齐己、处默等人为诗友，多有唱和。

有类似意识的还有《送胤公归阙》有句云："西朝归去见高情，应恋香灯近圣明"，"忍惜文章便闲得，看他趋竞取时名。"②"胤公"应是还俗入阙，博取功名，齐己有此送，"恋香灯"云者，当然可以理解为留恋释子的禅学生活，但也不排除是留恋齐己所结之社的生活。"忍惜文章便闲得，看他趋竞取功名"就透露了这个意思。其《行次宜春寄湘西诸友》有句云："衣钵祖辞梅岭外，香灯社别橘洲西。"③又提到了香灯社，同样不应简单理解为佛徒的生活。

齐己《寄江西幕中孙鲂员外》有云："簪履为官兴，芙蓉结社缘。"④说自己与时在江西幕中的孙鲂有过"结社缘"。是否齐己果然与孙鲂有过同社之谊呢。按孙鲂或在907年左右入宜春幕府僚属⑤。齐己此诗所言之"结社缘"若实有，应在此年之前了。

齐己的《勉诗僧》有句云："还同莲社客，联唱绕香灯。"本诗旨在劝勉诗僧不应奔走于俗宦间，提出"道性宜如水，诗情合似冰"。传道难逢识贤者，故应如水；诗为外学，不应浮浅或秾艳，应如寒冰。最后说"还同莲社客，联唱绕香灯"⑥。可以理解为如慧远、宗炳等人"联唱"于香灯周围，不计地位、名利，唯以佛学和诗为纽带联结在一起。同时也不妨以为，他劝勉诗僧珍惜佛诗合一的生活方式，珍惜或曾有的结社活动。

总的来看，齐己的诗学交往范围很大，并且很有诗学性质。他在创作方面也很有成就，是苦吟风气下成就卓著的诗僧。其诗"清润平淡"、"高远冷峭"甚至超过"其师"郑谷⑦。其句"夜过修竹寺，醉打老僧门"⑧屡为后人称道。其

---

① （清）曹寅编：《全唐诗》第24册，中华书局1960年排印本，第9556页。
② （清）曹寅编：《全唐诗》第24册，中华书局1960年排印本，第9557页。
③ （清）曹寅编：《全唐诗》第24册，中华书局1960年排印本，第9555页。
④ （清）曹寅编：《全唐诗》第24册，中华书局1960年排印本，第9472页。
⑤ 贾晋华：《唐五代文学编年史·五代卷》，辽海出版社1998年版，第32页。
⑥ （清）曹寅编：《全唐诗》第24册，中华书局1960年排印本，第9478页。
⑦ （明）胡震亨：《唐音癸签》，古典文学出版社1957年版，第69页。
⑧ （唐）齐己：《过陈陶处士旧居》，（清）曹寅编：《全唐诗》第24册，中华书局1960年排印本，第9473页。

诗友陈陶、方干也都有清的特点（陈陶被《诗人主客图》归于"清奇僻苦"一路，方干则被归于"清奇雅正"一路）。而齐己本人之诗，也可以说是清新中不乏奇峭。如"鸟乱村林迥，人喧水栅横"①，"岛露深秋石，湖澄半夜天"②，"园林坐清影，梅杏嚼红香"③，"云梦千行去，潇湘一夜空"④，"四边空碧落，绝顶正清秋"⑤，"草上孤城白，沙翻大漠黄"⑥，"高秋初雨后，半夜乱山中。只有照壁月，更无吹叶风"⑦，"春时游寺客，花落闭门僧"⑧等句，都可谓清新中带有奇峭。诚可谓"词韵清润，平澹而意远"并且其中亦有"冷峭"之味了⑨。

齐己诗学经历与交往的辐射面是很大的。徐仲雅有诗赠之曰："我唐有僧号齐己，未出家时宰相器。爱见梦中逢五丁，毁形自学无生理。骨瘦神清风一襟，松老霜天鹤病深。一言悟得生死海，芙蓉吐出琉璃心。闷见有唐风雅缺，敲破冰天飞白雪。清塞清江却有灵，遗魂泣对荒郊月。格何古？天工未生谁知主。混沌凿开鸡子黄，散作纯风如胆苦。意何新？织女星机挑白云。真宰夜来调暖律，声声吹出嫩青春。调何雅？涧底孤松秋雨洒。嫦娥月里学步虚，桂风吹落玉山下。语何奇？血泼乾坤龙战时。祖龙跨海日方出，一鞭风雨万山飞。己公己公道如此，浩浩寰中如独自。一簟松风冷如冰，长伴巢由伸脚睡。"⑩徐仲雅用譬喻与议论综合的方法评价齐己诗的"格古"、"意新"、"调雅"、"语奇"。论述中错杂使用形象喻示的方法予以说明。若不是对齐己诗极为熟悉，对其创作特色了如指掌，是不能做出如此评论的，这是徐仲雅赠予齐己的诗，也是诗人间交流的产物；是赠诗中最直接的评论，也是古代诗人们诗学活动的

---

① （唐）齐己：《江行早发》，（清）曹寅编：《全唐诗》第24册，中华书局1960年排印本，第9474页。
② （唐）齐己：《寄鉴湖方干处士》，（清）曹寅编：《全唐诗》第24册，中华书局1960年排印本，第9441页。
③ （唐）齐己：《夏日草堂作》，（清）曹寅编：《全唐诗》第24册，中华书局1960年排印本，第9441页。
④ （唐）齐己：《归雁》，（清）曹寅编：《全唐诗》第24册，中华书局1960年排印本，第9457页。
⑤ （唐）齐己：《登祝融峰》，（清）曹寅编：《全唐诗》第24册，中华书局1960年排印本，第9489页。
⑥ （唐）齐己：《边上》，（清）曹寅编：《全唐诗》第24册，中华书局1960年排印本，第9505页。
⑦ （唐）齐己：《听泉》，（清）曹寅编：《全唐诗》第24册，中华书局1960年排印本，第9526页。
⑧ 《书古寺僧房》，（清）曹寅编：《全唐诗》第24册，中华书局1960年排印本，第9473页。
⑨ 孙光宪：《白莲集序》，（清）王士祯原编，（清）郑方坤删补，戴洪森校点：《五代诗话》，人民文学出版社1989年版，第328页。
⑩ 《五代史补》，（清）王士祯原编，（清）郑方坤删补，戴洪森校点：《五代诗话》，人民文学出版社1989年版，第327页。

重大成果。(韩愈之《调张籍》也是这样的成果,但韩诗主要论述李杜诗,兼及表达自己的诗学理念。而徐诗则直接评价对方,因此这首诗是很具批评史意义)同样也看出齐己为名士推重的程度。当孙鲂、沈彬、李建勋、李中等人展开诗社活动时,齐己也屡有诗寄至,其实在诗友思念的意义之外,也可理解成对诗社活动的关切。同时,作为诗学家,齐己的《风骚旨格》实际上是他对与诗人们交流中创作与批评进行总结的成果。

齐己实际上是唐末五代诗学群体活动的典范代表,故我们有必要关注齐己诗学的实际内容及其贡献。

五、齐己《风骚旨格》的文学谋略思想及其影响
——兼论齐己诗学活动的贡献

齐己曾受郑谷指导,在诗学上以其《风骚旨格》而自成一家。齐己又是晚唐五代时期苦吟诗人的代表,其《风骚旨格》也可视作是苦吟诗派在诗学上的重大成果。齐己对虚中之《流类手鉴》和徐夤之《雅道机要》都产生了很大影响,其诗学路数也都是深入总结诗歌创作和欣赏的经验,用以指导学人。总体上看,齐己《风骚旨格》在比物讽刺和诗歌创作的谋略思想方面对于其后的诗学理论都产生了极为深远的影响。(关于比物讽刺的内涵,参见后文"由诗格类著述论晚唐五代苦吟诗风的'比物讽刺'内涵及其意义"部分)对于在唐末五代时期群体性诗学活动,甚至是诗社诗学活动中都扮演着重要角色,起着重要作用的诗人兼诗学家的齐己来说,我们有必要深入了解其《风骚旨格》的诗学内容和特点,合理评价其价值所在,阐述清楚该著在中国诗学史上的实际历史地位。

《风骚旨格》[①]从框架上讲,分为"六诗"、"六义"、"十体"、"十势"、"二十式"、"四十门"、"六断"和"三格"八个部分,八个部分看似不相关联,实际上共同作用,构成一个带有谋略性与操作性的诗学系统。齐己并未对理论问题进行具体阐述,在八个部分中也几乎没有辨析论证的具体内容。他在各种类目中都是举出诗句作例证,使读者通过例证来揣摩体会,有的例证旨

[①] (唐)齐己:《风骚旨格》,张伯伟:《全唐五代诗格汇考》,凤凰出版社2002年版。

在"证",意在说明含义;有的例证则旨在"例",其意在提供范式,供学习时参考、仿效。八个部分总体上看是由总纲到细责,揭示的是学诗者应掌握的基本实践要领。这些要领本身和相互间的内在关联中表现出了齐己的诗学理论思想。由"六诗"到"三格"的顺序是分析鉴赏诗歌的顺序;而由"三格"到"六诗"则是创作时的谋略性指导。这部《风骚旨格》似乎是齐己与诗友们谈论诗歌、评赏诗句的经验总结,反映了齐己与诗友们共同的诗学智慧。下面我们结合《风骚旨格》文本进行具体分析。

《风骚旨格》的理论框架:

六诗
大雅 小雅 正风 变风 变大雅 变小雅

六义
风 赋 比 兴 雅 颂

十体
高古 清奇 远近 双分 背非 虚无 是非 清洁 覆妆 阃门

十势
狮子反掷势 猛虎踞林势 丹凤衔珠势 毒龙顾尾势 孤雁失群势
洪河侧掌势 龙凤交吟势 猛虎投涧势 龙潜巨浸势 鲸吞巨海势

二十式
出入 高远 出尘 回避 并行 艰难 达时 度量 失时 静兴
知时 暗会 直拟 返本 功勋 抛掷 腹悱 进退 礼义 兀坐

四十门
皇道 始终 悲喜 隐显 惆怅 道情 得意 背时 正风 返顾 乱道
抱直 世情 匡救 贞孝 薄情 忠正 相成 嗟叹 俟时 清苦 骚愁

眷恋　想像　志气　双拟　向时　伤心　监戒　神仙　破除　蹇塞　鬼怪
纰缪　世变　正气　扼腕　隐悼　道交　清洁

六断
合题　背题　即事　因起　不尽意　取时

三格
上格用意　中格用气　下格用事

"六诗"、"六义"都来自儒家观点，齐己用以作为诗歌创作的纲领。诗歌在发展中本身就具有浓厚的儒家思想，佛徒虽将其视为外学，但他们对于诗歌也同样是十分精通的。佛徒之于诗学，已经遵从了诗歌本身固有的传统，也无意更改长久以来形成的儒家"言志"、"比兴"的诗学纲领。故而齐己亦以之来统领其诗学主张。

"大雅"条，例句云："一气不言含有象，万灵何处谢无私。"（齐己《中春感兴》）"小雅"条，例句云："天流皓月色，池散芰荷香。"关于"雅"，《毛诗序》云："雅者正也，言王政所由废兴也。政有小大，故有小雅焉，有大雅焉。"[①]"雅"在《毛诗序》的作者看来，是政治教化的体现，具有端正风教的实际作用。齐己对大小雅的解读，与《毛诗序》的思路是相同的。

齐己在诗学上曾以郑谷为师，《唐才子传》卷九之"郑谷"条谓其所撰"《国风正诀》一卷，分六门，摭诗联，注其比象君臣贤否、国家治乱之意"[②]。作为齐己之师友，郑谷这种"比象君臣贤否、国家治乱之意"以"摭诗联"的方式加以诠解的做法当对齐己有启示意义。而齐己的另一诗友虚中亦著有《流类手鉴》一卷，其中亦有许多"比象君臣贤否、国家治乱之意"的具体内容，其中之"物象流类"一条，更是将很多诗歌常用物象解释为对政治的隐喻，其

---

① （汉）毛亨传，（汉）郑玄笺，（唐）孔颖达疏，龚抗云等整理：《毛诗正义》，李学勤主编：《十三经注疏》，北京大学出版社2000年版，第20页。
② 傅璇琮主编：《唐才子传校笺》第4册，中华书局1990年版，第170页。

中有云："野花，未得时君子也。""百草，比万民也。"①旧题贾岛所撰之《二南密旨》的诗学思想对齐己的《风骚旨格》颇有影响，《二南密旨》亦应为晚唐贾岛风气流行中诗学观的反映。其中之"论二雅大小正旨"条云："四方之风，一人之德。民无门以颂，故谓之大雅。诸侯之政，匡救善恶，退而歌之，谓之小雅。大雅，如卢纶《兴善寺后池》诗：'月明何年树，抱逢几度春。'小雅，如古诗：'风添松韵好，秋助月光多。'（注：《词府灵蛇》本此处有云：又诗：'天池皓月色，池散芰荷香'）又如钱起诗：'好风能自至，明月不须期。'"②由《二南密旨》所论，似大、小雅之分是依据诗歌政治意义和作用的不同。结合所举诗例来看，"大雅"所举之诗确实较小雅所举诗在含义上要深远丰富许多。"大雅"是不限于一时一地的哲理性情感，而"小雅"之诗则系就一时一地的风物而言，其情感和境界是有所不同的。按《二南密旨》的观点："天地、日月、夫妇，君臣也，明暗以体判用。"③《二南密旨》"论二雅大小正旨"条的大、小雅所引的诗中都有"风、月、松"的意象④。若试以论大小雅所举之"月照何年树，抱逢几度春"（按《全唐诗》卷二七九"抱"字作"花"字，"花"字似更合诗意）若"月"代指君，则"花"为臣。而"树"亦应指臣或民；春，应与君的德泽有关。此诗按这种比物讽刺的思路。其意在于彰显君德对臣民的重要意义，含义深重悠远。而"小雅"所举之诗，都是具体的景致风物，无"大雅"之悠远深致。按比物讽刺的思路，似所称赞的只是某种具体的善政或良好政治文化生态。我们由《二南密旨》对"大雅"、"小雅"的解释，不难理解齐己关于"大雅"、"小雅"诗的意见："大雅"之诗，含意悠远深沉，境界阔大，不纤仄、不单薄，具有哲理性；"小雅"之诗，境界具体，多生动可喜，具有情致，但在深远与博大方向不及"大雅"之诗。用比物讽刺的思路看，"大雅"大抵与天子恩泽相关；"小雅"则与良好的具体政治文化生态以及其中的有关事项相关。

---

① 张伯伟：《全唐五代诗格汇考》，凤凰出版社 2002 年版，第 419 页。
② 张伯伟：《全唐五代诗格汇考》，凤凰出版社 2002 年版，第 314 页。
③ 张伯伟：《全唐五代诗格汇考》，凤凰出版社 2002 年版，第 379 页。
④ 《二南密旨》之"论总例物象"条云："松竹、桧柏，此贤人志义也。松声、竹韵，此喻贤人声偿也。"张伯伟：《全唐五代诗格汇考》，凤凰出版社 2002 年版，第 380 页。

齐己"六诗"之"正风"引齐己自己的《边上》句云:"都来消帝力,全不用兵防。"《二南密旨》中"论风之所以"条云:"君之德,风化被于四方,兹乃正风也。或否塞贤路,下民无告,即正风变矣。"① 齐己诗谓天子治国,以德为本,故不须以兵事平定边患,还是"正风"的精神所在②。

《风骚旨格》之"六诗"所举"变风"例为"当道冷云和不得,满郊芳草即成空"。按虚中《流类手鉴》之说,"野花"指"未得时君子"③,而"当道冷云"应指佞臣④。如此看来,所举之句,指佞臣当道,贤士不用,正合《二南密旨》所谓"否塞贤路,下民无告"⑤之意。因而可见,齐己之"正风"、"变风"之说,亦是从诗歌的政治性主旨而言的。

《风骚旨格》之"变大雅"条所举诗句是"蝉离楚树鸣犹少,叶到嵩山落更多。"此句读来直感秋气肃杀,气调苍凉。虚中《流类手鉴》之"物象流类"条云:"蝉、子规、猿,比怨士也。"⑥《二南密旨》之"论总显大意"条分析李端诗句"盘云双鹤下,隔水一蝉鸣"以为这是"贤人趋进兆也"⑦。故"蝉离楚树鸣犹少"指志士悲心,趋进更难。而"落叶"《二南密旨》之"论总例物象"条云:"黄叶、落叶、败叶,比小人也。"⑧故"叶到嵩山落更多"可以视为小人日益跋扈。因而,全句指小人当道,贤士气沮。《二南密旨》之"论变大小雅"条云:"大小雅变者,谓君不君,臣不臣,上行酷政,下进阿谀,诗人则变雅而讽刺之。言变者,即为景象移动比之。"⑨ 蝉鸣渐少,渐显悲凉;落叶愈多,愈显肃杀。写出了"景物移动"反映了君昏臣佞的政治生态,且悲凉的气氛十

---

① 张伯伟《全唐五代诗格汇考》,凤凰出版社 2002 年版,第 373 页。
② "六诗"之"风"指诗歌对待政治生态的态度和蕴含于其间的关注现实、匡救时弊的精神。而"六义"之"风"则是一种创作上感物抒情的方法,二者含义不同。
③ 张伯伟《全唐五代诗格汇考》,凤凰出版社 2002 年版,第 419 页。
④ 《二南密旨》之"论总例物象"条云:"乱峰、乱云、寒云、翳云、碧云,此喻佞臣得志也。"见张伯伟:《全唐五代诗格汇考》,凤凰出版社 2002 年版,第 380 页。
⑤ 张伯伟:《全唐五代诗格汇考》,凤凰出版社 2002 年版,第 373 页。
⑥ 张伯伟:《全唐五代诗格汇考》,凤凰出版社 2002 年版,第 419 页。
⑦ 张伯伟:《全唐五代诗格汇考》,凤凰出版社 2002 年版,第 381 页。
⑧ 张伯伟:《全唐五代诗格汇考》,凤凰出版社 2002 年版,第 380 页。
⑨ 张伯伟:《全唐五代诗格汇考》,凤凰出版社 2002 年版,第 374—375 页。

分浓重①。"变小雅"举诗句云:"寒禽黏古树,积雪占苍苔",《二南密旨》之"论总显大意"条在分析皇甫冉诗句"同悲鹊绕树,独作雁随阳"时说"此见贤臣共悲忠臣,君恩不及"。②

皇甫冉"同悲鹊绕树"之句与此处"寒禽黏古树"颇相似,应有"君恩不及"之意,而"寒禽"亦可理解为"寒士",因小人当道,寒士噤声,可知时代政治之情形。而"积雪占苍苔"句,"积雪"应指小人对寒士或百姓的酷虐③。

与"变大雅"句比较,也似在纵深与广博的层面上有所不及,故而叫作"变小雅"。因此,"变大雅"与"变小雅"之分别也是从反映出政治生态的实际恶劣程度来分别的。齐己的这种思路也是儒家式的。

要之,齐己的"六诗",是儒家思想影响下的诗学观的反映。齐己认为,诗歌的政治性内涵是分别"六诗"的至关重要因素。要注意,"六诗"之所以有分别并非是艺术手法造成的,而是实际内容(即政治生态的具体情况)决定的。"六诗"涵盖了所有诗歌,因为所有的诗歌,在苦吟诗人和齐己看来,都运用了比物讽刺的方法反映现实,而不同时代的政治性内涵不外是君明臣贤,贤士得用,或君昏臣佞,贤士无路。故而都可用"雅"、"风"或"变雅"、"变风"来分类,所以"六诗"是以诗歌创作完成后显示出的政治实际情形来分类的,是对诗歌内容的分类,而非风格或艺术手法的分类。齐己首列"六诗",其意实在于从诗歌的本质入手(这个本质在齐己看来,是诗歌必须反映现实社会,反映政治生态的实际情形),掌握诗之精神,进而才谈得上诗歌的艺术技巧与实际创作方法。

《风骚旨格》之"六义"

"风",举诗句为"高齐日月方为道,动合乾坤始是心。"④《二南密旨》之

---

① 《流类手鉴》之"物象流类"条云:"朔风、霜霰,比君失德也。秋风、秋霜,比肃杀也。"(张伯伟:《全唐五代诗格汇考》,凤凰出版社2002年版,第418—419页)可以与此相参。

② 张伯伟《全唐五代诗格汇考》第381页,皇甫冉《送人诗》,《全唐诗》卷二四九作《途中送权三兄弟》。

③ 《二南密旨》之."论总例物象"条云:"百草、苔、莎,此喻百姓众多也。"参见张伯伟《全唐五代诗格汇考》,凤凰出版社2002年版,第380页。《流类手鉴》之"物象流类"条云:"苔藓,比古道也。"参见张伯伟:《全唐五代诗格汇考》,凤凰出版社2002年版,第419页。

④ (唐)黄损句,(清)曹寅、彭定求等编:《全唐诗》第21册,中华书局1960年排印本,第8390页。

"论六义"条云："歌事曰风"又云："风者，讽也，即与体定句，须有感，外意随篇自彰，内意随入讽刺，歌君臣风化之事。"①因而"风"是以欲讽谏君主，影响政治生态为"内意"，借物象寄托关于"君臣风化之事"的意见，是一种来自于具体社会生活中的，关于社会政治与君臣理国之道的情感和意见的发表方式。这是一种传统的抒情与作诗方法，也是苦吟派（包括齐己在内）比物讽刺的理论实践方式。

"赋"，举诗句"风和日暖方开眼，雨润烟浓不举头。"（无名氏句，见《全唐诗》卷七九六）《二南密旨》之"论六义"条云："布义曰赋"又云："赋者，敷也，布也。指事而陈，显善恶之殊态。外则敷本题之正体，内则布讽诵之玄情。"②由齐己所举诗看，所用的确实是"指事而陈"的方法。所彰显的应是君明臣贤的良好的社会政治氛围。这种"指事而陈"的直接描绘刻画的方法也来自于传统诗学，是诗歌创作的基本方法之一。

"比"，举诗句为"丹顶西施颊，霜毛四皓须"。（杜牧《鹤》，《全唐诗》卷五二二）《二南密旨》之"论六义"条云："取类曰比"又云："比者，类也。妍媸相类、相显之理。或君臣昏佞，则物象比而刺之；或君臣贤明，亦取物比而象之。"③即直接地援引其他物象做比喻。由齐己所引诗句看，用"西施颊"比喻鹤顶之丹，用"四皓须"比喻鹤之翎羽，确实非常生动恰切。"比"也是我国诗歌传统的写物抒情方法，不过从所引诗句看，似看不出什么"君臣昏佞"或"君臣贤明"来，强调政治寓意，是苦吟派突出的特点，也是对"比"的一种稍显穿凿的理解。

"兴"，所举诗句为"水谙彭泽阔，山忆武陵深"。《二南密旨》之"论六义"条云："感物曰兴"。又云："兴者，情也。谓外感于物，内动于情，情不可遏，故曰兴。感君臣之德政废兴而形于言。"④

由齐己所举诗例看，确实意兴悠远，以山水而谙忆桃源，启人诗思。"兴"是以写物而言情，情溢于物，物濡情思，情的浑厚与强弱，是兴与比的区别。

---

① 张伯伟：《全唐五代诗格汇考》，凤凰出版社2002年版，第372页。
② 张伯伟：《全唐五代诗格汇考》，凤凰出版社2002年版，第372页。
③ 张伯伟：《全唐五代诗格汇考》，凤凰出版社2002年版，第372页。
④ 张伯伟：《全唐五代诗格汇考》，凤凰出版社2002年版，第372页。

"兴"也是我国诗歌传统的表现方法（抒情方法）齐己也继承了这一点，用以要求学诗者掌握创作中处理好情、物关系的能力。

"雅"，举诗句为"卷帘当白昼，移榻对青山"。（修睦《秋日闲居》句）又举例云："远道擎空钵，深山踏落花。"（贾岛《寄贺兰上人》）《二南密旨》之"论六义"条云："正事曰雅。"又云："雅者，正也。谓歌讽刺之言，正君臣之道。法制号令，生民悦之，去其苛政。"[①]《二南密旨》以为"雅"是旨在匡救时弊的作诗行为和方法，本意也是在讽刺，联系齐己所举诗句看，政治讽刺含义不能索解，但诗风悠然从容，意度闲旷，蕴含了坦荡磊落的生活情愫，且直言其事，不迂回曲折，更有洒脱萧散之致。这种抒发悠远之情而成闲雅气度的诗歌抒情路数，应是"雅"的所指。唯天下太平，生民无忧，这种悠远之情与闲雅气度才能落到实处，才能感人。因此，雅的含义应兼有"匡正"与"闲雅"之志。这种诗歌创作路数，也是传统的创作方法。

"颂"，举诗句为"君恩到铜柱，蛮款入交州"。（曹松《南游》句）《二南密旨》之"论六义"条云："善德曰颂"。又云："颂者，美君臣之德化。"[②]"颂"是直接歌颂，当天下太平，君明臣贤，诗便有"颂"的义务。在创作上应予以贯彻。联系齐己所举诗例，"颂"是歌颂德政。但并非直接歌颂，而是类似郑玄释"兴"时所说的"取善事以喻劝之"[③]。在颂的过程中，明显把形象的作用表现出来了。"颂"也是传统的诗歌创作方法。

综合来看，"六义"实际上继承了传统诗学的观点，有浓厚的儒家思想色彩。作为诗僧，齐己在诗学的主旨上实际是儒家的。同时，"六义"是诗歌创作的六种重要方法，任何诗歌的创作，于六种方法之中可以有偏重，但却几乎都要采用。这一创作传统是我国古代诗学的重要成果，也是珍贵遗产，齐己并未以佛学眼光对其进行改造，相反却明确提出，可见其在诗学方面的融通气度。"六义"作为诗歌创作绝难摈弃的方法体系，是成就"六诗"的手段，也是路径。"六义"的使用，诗人综合调动各种手段予以贯彻，便会形成"大

[①] 张伯伟：《全唐五代诗格汇考》，凤凰出版社2002年版，第373页。
[②] 张伯伟：《全唐五代诗格汇考》，凤凰出版社2002年版，第373页。
[③] （汉）郑玄：《周礼·大师》注，《周礼注疏》，李学勤主编：《十三经注疏》，北京大学出版社2000年版，第718页。

雅"、"小雅"、"正风"、"变风"、"变大雅"、"变小雅"等不同主旨类型的诗歌。故而"六义"是一切学诗者都必须熟练掌握的[①]。

再看"十体"[②]。"十体"含：

"高古"，举诗例"千般贵在无过达，一片心闲不奈高。"（齐己《逢进士沈彬》，《全唐诗》卷八四三）

"清奇"，举诗例"未曾将一字，容易谒诸侯。"（齐己《自题》，《全唐诗》卷八四三）

"远近"，举诗例"已知前古事，更结后人看。"（齐己《东林作寄金陵知己》，《全唐诗》卷八三八）

单看"高古"、"清奇"是在讲风格，但若看"远近"所举诗例，尤其是"前古"喻"远"，"后人"喻"近"，则似在谈诗歌在处理语词与描写对象时应如何裁制的问题，它不是在讲风格问题，而是将诗歌分成不同的"体"，这"体"有风格的含义，但列为"十体"则是要求学诗者知道何以成此"十体"。齐己举出例句来说明，要达到某"体"，就要细心揣摩这些成功例句在安排物象和语词上的经验。故而这些"体"既有风格的含义，也有类别界定和诗歌表述上的具体要求之意。不能单作风格看，而应看作是具有某些风格和表述特征的类别与这些类别的特点与要求。举诗例的目的既有说明的意味，也有确立标准的意味。（学者们多以"摘句批评"目此，是不够全面和准确的）具体说，"高古"体的成功例证便是所举齐己《逢进士沈彬》诗句，在表述上以"无过"

[①] 还须指出，"六义"之"风"、"雅"与"六诗"之"风"、"雅"不同，"六义"之"风"、"雅"指创作方法、手段、技巧；而"六诗"之"风"、"雅"则指政治性主旨。在诗学逻辑上，二者所处地位不同，作用也不同。"六义"之"颂"，会在创作表现上融入"大雅"体类，并不形成主旨类型上的"颂"。晚唐诗格类著述都无"颂"体，也可以看出晚唐诗人对时局的普遍失望心态。"六义"之"风"，根据反映现实的内容和讽谏力度的关系，成为"六诗"之"正风"或"变风"。"六义"之"雅"据内容与手段的利用关系，可以成为"大雅"、"小雅"或"变大雅"、"变小雅"。所以说"六义"的使用，会成为"六诗"的不同类型。

[②] 颇受齐己《风骚旨格》影响的徐夤《雅道机要》之"明体裁变通"条基本沿用了《风骚旨格》的"十体"，不过"是非"改为"是时"，"阖门"改为"开阖"。所举例句也基本相似，张伯伟云："《雅道机要》多承齐己、贾岛（按，指旧题贾岛的《二南密旨》），如'明门户差别'、'明联句深浅'、'明势含升降'、'明体裁变迁'诸节，分别袭自《风骚旨格》'四十门'、'二十势'、'十势'和'十体'。"（张伯伟：《全唐五代诗格汇考》，凤凰出版社2002年版，第424—425页）因此《雅道机要》可以与《风骚旨格》互参，帮助我们理解"十体"的含义。

为"达",以"官高不妨心闲"为超然的入仕心态来劝勉沈彬,这种诗句的意旨与格调,则为"高古"。"高古",即超然尘外不以物务缨心的情感与意境类型,欲学"高古"之诗,则可就此句揣摩研习。故而"高古"虽是风格的常属,但实际上齐己在"十体"中标出来,其实含有让学者揣摸其中用思、遣词方面的技巧,从而也能写出"高古"之诗的指导性用意。所以是树立范式的意思,也是指导学诗及创作训练的意思。晚唐诗学家们的摘句诗例,实际上都具有提供范式的意思。

"双分",举诗例"船中江上景,晚泊早行时"。(齐己《送人游南》,《全唐诗》卷八三八)

"船中"、"江上"、"晚泊"、"早行",用相互对应的方位或时间,构成含义的往复错综又统一和谐的意境,此谓之"双分"。

上面已有所述,"体"含有风格、类别与达到所举诗句风格及类别在表述上的要求,应该说,"十体"在诗歌技巧、法式上的要求比"六义"要细,在《风骚旨格》的各部分的逻辑关系上要低于"六义"。"六义"是更高一层的,所有诗歌都需要的技巧方法,而"十体"则是"六义"的具体实施、贯彻所形成诗歌"完形",是可以与"体"标明差别的风格化的技巧方法。

"背非"所举诗例为"山河终决胜,楚汉且横行"①。联系所举诗例来看,"山河"为相对之概念,"楚汉"亦为相对之概念。由相对概念引出诗意,使人读之由对立的概念而生思,扩大了诗歌之视野维度,强化了诗歌意象间的张力。而这个张力并不以诗句之收煞而被弱化,使人读之顿生紧迫之感,此之谓"背非"(或"背分")。

"无虚"所举诗例为"山寺钟楼月,江城鼓角风。"(无名氏句,《全唐诗》卷七九六)"山寺"、"钟楼"与"月"的综合景致,配合江城之风与风中传来的鼓角之声,共同构成一种空灵静寂的风格,此之谓"无虚"。齐己之意,亦在于揭示若欲成"无虚"之体,便亦效法该句,学习如何选择物象如何营造与这种风格所匹配的诗歌氛围(即掌握安排景致,形成意境或氛围的方法)。

---

① 徐夤《雅道机要》要之"明体裁变通"条几乎照搬《风骚旨格》之"十体",然表述为"背分",所举例句相同。

"是非"所举诗例为"须知项籍剑,不及鲁阳戈。"由诗句来看,"是非"可以理解为一种明显的强弱、是非、善恶、高下等的判断,在表述上是直接鲜明的。这种类型的表述方式,读来虽少意蕴,但亦有一种沉着痛快之致,对于诗人来讲有时确乎须要得出明确地判断。杜甫"万姓疮痍合,群凶嗜欲肥"之句即可入于此类。

"清洁"所举诗例为"大雪路亦宿,深山水也斋"。(无名氏句,《全唐诗》卷七九六)此句总体上透露出清俊通脱、清旷洒落的风格。大雪覆盖之路亦可宿,幽邃深山之水亦可斋。雪与深山之水都是清洁的,都无俗世之污浊,这种态度流露出的正是一种清俊高洁的人格。学者欲掌握"清洁"一体的写作技巧,可以从此句中寻绎有益的经验。

"覆妆"所举诗例"叠巘供秋望,无云到夕阳"。(齐己《寄郑谷郎中》,《全唐诗》卷八三九)"覆",遮蔽、掩盖之意。"覆妆"或指虽有妆点、修饰而能以自然出之,使人感受不到"妆点"。抑或指创作时可酌情妆点,然其妆点不能妨害自然。结合诗句来看,放眼望去,山峦层叠,一目尽收;夕阳映衬下,天无纤云,异常明净。这种明净的诗歌表达效果是用工夫精心营造出来的,但却又呈现得丝毫没有雕琢刻画的痕迹。是人工与自然,修饰与平易的辩证统一。同其他的"体"一样,"覆妆"既是风格,也是一种对这种风格构建方式的主张与揭示,是对构建此种风格的技术要领的实际指导。

"阖门"(徐夤《雅道机要》表述为"开阖")所举诗例为"卷帘黄叶落,锁印子规啼"。(贾岛《寄武功姚主簿》,《全唐诗》卷八三九)

"卷帘"为"开","锁印"为"阖"。有开有合的意象安排,使诗句在表述上显得很有张力。而风格上却并不以"力"取胜,表述上的张力消弭于整体的清旷静寂、悠然洒落的主观意绪中。故可理解为"开"是显示张力,"阖"是消弭张力。有纵有收,有放有抑,达到一种审美上的平衡与协适。也可理解为这是一种先纵后收、先扬后抑、先与后取的抒情与写意方式。

颇受《风骚旨格》影响的徐夤《雅道机要》之"明体裁变通"条云:"体者诗之象,如人之体象,须使形神丰备,不露风骨,斯为妙手矣。"[1]徐夤在此

---

[1] 张伯伟:《全唐五代诗格汇考》,凤凰出版社2002年版,第436页。

条几乎挪用了齐己的"十体"说,可以认为徐夤将"体"理解为"体裁"和"诗之象",要求这个象做到"形神丰备,不露风骨"。这便是诗歌在艺术表现上达到的综合效果,是形神风骨俱佳的外在艺术显现,同时也是不同类别的艺术显现。与齐己一样,也具有风格、艺术技巧要求和类别示范的意义。

"十势"徐夤《雅道机要》之"明势含升降"条云:"势者,诗之力也。如物有势,即无往不克。此道隐其间,作者明然可见。"[①]

张伯伟以为齐己之"势"来自于禅宗话头。他引《五灯会元》卷十四《大阳景玄禅师》中的材料,即"曰:'如何是师子频呻?'师曰:'终无回顾意,争肯落平常。'曰:'如何是师子返掷?'师曰:'周旋往返全归父,繁兴大用体无亏。'曰:'如何是师子踞地?'师曰:'迥绝去来机,古今无变异。'"认为此处之"三意"即"三关",亦即"初关、重关、牢关"以禅宗诗学来解释齐己之"势"论[②],但也认为"势"并非禅学一种含义。他说:"'势'的含义颇为复杂,但在诸故训中,以'力'为释最为的当。"认为"势"就是"力",这与徐夤之释相同。张氏又云:"这些名目众多的'势'讲的实际上是诗歌创作中的句法问题。这里讲的句法,指的是由上下两句在内容上或表现手法上的互补、相反或对立所形成的'张力'。"[③]

我们根据齐己的"十势"的分类,应予以说明的是齐己之"势"论来自于我国古代文论中早已存在关于"势"的理解与理论运用。"十势"与《文心雕

---

① 张伯伟:《全唐五代诗格汇考》,凤凰出版社2002年版,第434页。关于"势",张伯伟云:"此书(按,指齐己《风骚旨格》)最引人注意者为其"势"论。《蔡宽夫诗话》云:'唐末五代流俗以诗自名者,多好妄立格法,取前人诗句为例,议论锋出,甚有"狮子跳掷"、"毒龙顾尾"等势。览之每使人抚掌不已。'(《苕溪渔隐丛话》前集卷五五引)即以《风骚旨格》为代表。神彧《诗格》亦有"十势",其中"五势"出于齐己;徐夤《雅道机要》列"八势",亦因袭齐己;佚名《诗评》中"诗有四势",实从齐己"十势"节中稍加变化而来。可见其势论在晚唐五代颇具代表性。"(张伯伟:《全唐五代诗格汇考》,凤凰出版社2002年版,第398页)张伯伟又指出:"齐己'势'论之形成,与禅宗影响直接有关。他本人出自沩仰宗,'仰山门风'特色即在于'有若干势以示学人'(《宋高僧传》卷一二)'分列诸势,游戏无碍'(杨亿《汾阳无德禅师语录序》)故齐己以'势'论诗,正有得于仰山之以'势'接人,如'狮子反掷'势即出自禅宗话头。禅宗有"狮子频呻"、"狮子返掷"、"狮子踞地"三句(见《五灯会元》卷一四《大阳景玄禅师》)'狮子反掷'正属于三关之第二关境界。地水风火,色声相味,尽是本分,皆是菩提,故齐己举'离情遍芳草,无处不萋萋'以明之。"张伯伟:《全唐五代诗格汇考》,凤凰出版社2002年版,第398页。

② 张伯伟:《全唐五代诗格汇考》,凤凰出版社2002年版,第29—30页。

③ 张伯伟:《全唐五代诗格汇考》,凤凰出版社2002年版,第31页。

龙》之"势"也有关系。《文心雕龙·定势》云:"夫情致异区,文变殊术,莫不因情立体,即体成势也。势者,乘利而为制也。如机发矢直,涧曲湍回,自然之趣也。圆者规体,其势也自转;方者矩形,其势也自安:文章体势,如斯而已。"、"势"在文学理论方面,指根据创作过程中的主客观条件,"乘利为制",因地制宜,合理调动主观及客观有利于完成某种类型创作的各种因素,推动创作发展。这里的"势"便是文体要求、内容要求以及修辞技术等创作者在创作时必须尊重的内在规律,是一种制约力。而创作者懂得这些要求并根据自身的才性特点有针对性地予以发挥,表现为驾驭这些文体、内容或修辞技巧的创作能力。这种文体、内容、技术的制约力和作家的能力共同构成了"势"。这样创作出来的作品便具有了张伯伟所说的句法上的"张力",也会具有艺术表现上的感染力。刘勰说的"熔范所拟,各有司匠,虽无严郭,难得逾越"就是这里所说的"制约力",刘勰认为各种文体都有适合这种文体的内容,于是对于创作者来讲,就有了一种内在要求。这种要求也是"势"的要求,他说"是以囊括杂体,功在铨别,宫商朱紫,随势各配。章表奏议,则准的乎典雅;赋颂歌诗,则羽仪乎清丽;符檄书移,则楷式于明断;史论序注,则师范于核要;箴铭碑诔,则体制于宏深;连珠七辞,则从事于巧艳;此循体而成势,随变而立功者也"。认为各种文体都有相应之风格要求,作家必须根据这个特点"循体成势"。这就是对文体(包括这种文体适用的修辞技巧等)的遵循。如不遵循,就会出现"讹势"。刘勰还提出"渊乎文者,并总群势;奇正虽反,必兼解以俱通;刚柔虽殊,必随时而适用"[1]。要求学者必须掌握各种文体的内在规律,根据不同的创作目的和所用的文体灵活地定势,这样才能"兼解俱通"。很明显刘勰要求兼通各势是对作家修养的要求。也是其文学谋略思想的重要内容,甚至是关键内容。[2]而齐己实际上列出"十势",举出句例,其内在意旨,也是要求学者揣摸参悟,掌握构筑某种"势"的方法和技术,这与刘勰是相通的。也就是说,齐己同样是认为诗人必须明白自己之文学创作是出

---

[1] 此处《定势》篇引文均据(梁)刘勰著,范文澜注:《文心雕龙注》,人民文学出版社1958年版,第529—531页。

[2] 参见郭鹏《文心雕龙的文学理论和历史渊源》所附之《"定势",理解〈文心雕龙〉理论体系的重要关捩》部分,齐鲁书社2004年版。

于何种意旨，适用何种手段，不同的诗便有不同的内在要求，这就是"势"。作家有能力按照这些要求去做，按此要求做了就可谓成了"势"，就有了影响力与艺术感召力。

再者，皎然《诗式》卷一"明势"条云："高手述作，如登衡、巫，觌三湘、鄢、郢之盛，萦回盘礴，千变万态。或极天高峙，崒焉不群，气腾势飞，合沓相属；或修江耿耿，万里无波，欻出高深重复之状。古今逸格，皆造其极矣。"①其中"登衡、巫，觌三湘、鄢、郢之盛"、"极天高峙，崒焉不群"是诗歌中应有的动态和博大深厚的气势。而"修江耿耿，万里无波，欻出高深重复之状"则是静态中含有动态的气势，动，在静中蓄势，在静中表现其力度。皎然之"势"，便是要求诗歌中应含有"动"、"静"二者的力的气势。实际上也是对诗歌艺术表现力的要求。

总的来说，"势"有根据的诗歌意旨和表现内容安排句法，排布意象的内在要求，是一种糅合了诗歌内容与表现手段的综合性内在要求。这种要求的内容，直接对诗歌的表现力，感染力负责。而以十种"势"区别分类，也是兼顾诗歌意旨与表现手法的。

"十势"之具体内容：

"狮子反掷势"，举例句云："离情遍芳草，无处不萋萋。"（李冶《送阎二十六赴剡县》，《全唐诗》卷七九六）

"猛虎踞林势"，举例句云："窗前闲咏鸳鸯句，壁上时观獬豸图。"（无名氏，《全唐诗》卷七九六）

"丹凤衔珠势"，举例句云："正思浮世事，又到古城边。"（无名氏，《全唐诗》卷七九六）

"毒龙顾尾势"，举例句云："可能有事关心后，得似无人识面时。"（齐己《寄湘幕王重书记》，《全唐诗》卷八四四）

"孤雁失群势"，举例句云："既不经离别，安知慕远心。"（沈约《夕行闻夜鹤》，《汉魏六朝百三家集》卷八八）

"洪河侧掌势"，举例句云："游人微动水，高岸更生风。"

---

① 张伯伟：《全唐五代诗格汇考》，凤凰出版社2002年版，第222—223页。

"龙凤交吟势",举例句云:"昆玉已成廊庙器,涧松犹是薜萝身。"(陈陶《寄兵部任畹郎中》,《全唐诗》卷七四六)

"猛虎投涧势",举例句云:"仙掌月明孤影过,长门灯暗数声来。"(杜牧《早雁》,《全唐诗》卷五二二)

"龙潜巨浸势",举例句云:"养猿寒嶂叠,擎鹤密林疏。"

"鲸吞巨海势",举例句云:"袖中藏日月,掌上握乾坤。"

诗人在抒发情意、安排物象、构筑意境时,表现出了一种动人之力;在情感、意象以及语词的综合美学中蕴含着一种待发之"势",是一种支持感染力的强大能量。它可以形成一种动态的力,也可以表现为一种静态的"势"。总的来讲,诗歌表现反映出世界运动变化的本质。"十势"各体,有的表现为动态的力,有的则是一种静态的类似"势能"的张力。这些"势"或"力"是诗歌感人心魄的原因。(这是从诗歌表现层面上来谈"势",实际上势的含义还要复杂一些,上文已有所论述)就"十体"来说,"狮子反掷"是静态的"势",诗人感情在无边芳草中蕴蓄着,使人读之则易感知其情。"掷",跳也。狮子反跳,即倒转方向跳过来,其势在于顾盼之间的腾腾杀气。这种反身跳还的气势,足以使人惊心动魄,虽则字面上理解"狮子反掷"是动态的,但若限于"反掷"本身,绝不如狮子扑前而跳的骄厉气势,这种"势"的特点在于"反掷"后显现的惊悚人心的使人感到无法逃脱的深厚气势,而不在动作本身,是动作之后的杀机使人惊悚。故而,联系齐己所引诗句看,离别情,使人沉浸其中,无处可逃,恰如碰到"反掷"的狮子一样,绝无侥幸逃脱的可能。一如离情之伤感使人无从逃避的感觉一般。"孤雁失群"也是静态的,所举诗句表现了人们在社会中永远挥抹不去的永恒孤独感。"龙凤交吟",亦为静态之"势",所举诗句给人一种生机盎然,触处生春的感觉,反映了生活的丰富性与建旺的生机。"鲸吞巨海"是动态的势,所引诗句具有一种涵盖乾坤之力度,它无所不包,极其博大,使人心惊魄动,受到了强烈的震撼。"丹凤衔珠"也是静态的势。"丹凤"与"珠"都是世间珍奇。凤,象征祥瑞。《二南密旨》中"论总例物象"条云:"百鸟,取贵贱,比君子、小人也。"凤为鸟中之至贵,实非一般"君子"可比,当为祥瑞。此条又云:"金玉、珍珠、宝玉、玫瑰,此喻仁义光华也。"① 就齐己所举诗句看，"凤"与"珠"并至目前，使人顿感祥云顿至，浊晦立消，呈现出社会生活中的亮色调，是迷途沉陷者的航向与希望。给人以信心与信念和克服艰难险阻的勇气与力量。"毒龙顾尾"势，从所举其诗例看，寓有深刻的哲理。人生事业之本，在于一往无前，顾后则无益，踟躇则事事牵绊。龙，本应腾霄而上，顾尾则絷，这样的"势"，在于所寓言的哲理性的理性力量。"猛虎踞林"势亦是静态之势。结合所引诗句看，"窗前闲咏鸳鸯句"是静，而"壁上时观獬豸图"则含有丰富的动的意味。獬豸为猛兽，虽则绘于画中，但其凶悍之态可以想见。猛虎踞于林中，或咆哮生风，或跳掷玩戏，但骄厉之势足以骇人。即使虎或隐憩，或难觅其踪，然林中有虎，其王者之气，便隐然广被其境，虽不见虎影，但无不有虎威溢于其间，可见"猛虎踞林"是要求静中藏动，在动静之间，以"静"来衬托"动"，造成一种审美感官上的鲜明印象与震撼力。

"洪河侧掌"势似属动的范围，结合诗句来看，是由小动而届于大动。游人所动之水，非自然界水势本身之动，也非风水相摩相荡之动，必为微澜；而高岸生风必不同于平旷之处，其有力则无疑，这种风所激之水，决非微澜了。可见，此"势"是要求在表现"力"的运动的，要有递进，才可给人留下深刻印象。试想侧掌于涓流，不会感到水势，唯有于洪河水中的侧掌，才能感到水流的郁勃之力，因而这种"势"在表现上还有延续性"力"的要求。

"龙潜巨浸"是静态的势，是繁华消尽的"大清明"境界。结合诗句来看"惊鹤密林疏"并不因"惊鹤"之骤戾而能打破林中之寂静，相反，更凸显了周遭的一切实际都沉浸在无边的静穆冷寂之中。"动"彰显了"静"，以"动"写"静"，使"静"给人留下更为鲜明的印象。

"猛虎投涧"是动态之势，从字面上理解，以猛虎之迅厉，驰入山间，其势必矫健迅捷，无可比拟。结合所举之句："仙掌月明孤影过，长门灯暗数声来。"静寂之山峰，明月临空，孤雁之影骤然划过夜空，使人陡然一惊；长门之寂，暗夜无边，有数盏残灯映照，则令人生出无尽悲凉之意。孤雁之孑然影像，在夜空中似被放大了；长门宫之残灯，在冷僻寂寥中犹如一个特写镜头似

---

① 张伯伟：《全唐五代诗格汇考》，凤凰出版社2002年版，第380页。

地映入眼帘，被突出了。这种感觉，恰如行于山野，忽见猛虎驰入山涧时的突兀感觉，使人为之一震，从而留下鲜明印象。

所以"十势"是诗歌要表达的"力"，是给读者留下鲜明而又深刻的印象的表现力与感染力。齐己用"十势"来要求诗歌必须具有深厚的艺术内蕴与强大的表现力。这是诗歌艺术本质上的一种要求。与"体"不同，"体"是关注诗歌应成为何种"类别"的表现（创作）的完形，而"势"是完形前应该考虑的强化表现力的对策。简言之，"体"是诗歌完形时具有"类别"特点的实在具体化的东西，犹如人，应四肢、躯干、头面一应俱全方成为人，而徒有四肢、躯干、头面不一定为人，或为土偶。而"势"则如人的"精神"，精神才能使人之形成为真正鲜活的人。所以也不妨将"势"理解为诗之"精神"与"生命力"，不过这个"精神"或"生命力"更偏重于对诗歌如何去表现精神与生命力的形式美范畴，也是安排意象，增强表达效果的谋略与智慧的一种力量。

同时，结合"十势"的四字语汇和所举诗句，似乎齐己意在处理自然与社会中无法规避的"动"、"静"问题，他在考虑诗歌应怎样反映"动"、"静"才能更有表现力。万物都在运动变化之中，但"静"往往以更为恒久的面目表现其形态，尤其对于释子佛徒而言更是深刻地领悟其意，但"动"也异彩纷呈地在大千世界中展示着自己的存在。"动"、"静"二者又常常相互联系，相互依存。如何处理二者关系，是任何一个诗人都应深入思考的问题。齐己运用类似禅语的"口诀"，在总结自己和其他人经验的基础上，指导后学如何掌握一定的方法去处理二者关系以增强诗歌的表达效果。掌握的方法，便是熟读揣摩所举诗句，由效仿而领会，从规仿而化为己有。早于齐己的皎然曾说过："静，非如松风不动，林狖未鸣，乃谓意中之静；远，非如渺渺望水，杳杳看山，乃谓意中之远。"[①]其实已接触到了动、静问题。苏轼《送参寥师》有云："欲令诗语妙，无厌空且静。静故了群动，空故纳万境。阅世走人间，观身卧云岭。咸酸杂众好，中有至味永。诗法不相妨，此语当更请。"就更好地总结了"动"、"静"二者的辩证关系。但齐己讲的已经很为深入，也很有实践上指导性了，

---

① （唐）皎然：《诗式》卷一，张伯伟：《全唐五代诗格汇考》，凤凰出版社2002年版，第242页。

不过理论上未明确表述罢了。

因而，齐己"十势"就艺术技巧和谋略两方面看，含有在创作中如何处理好"动"、"静"关系问题的理论思考之意。其主旨便在于，无论是写"动"还是写"静"，都要综合考量，在表现力方面凸显"动"或"静"的力度，要写出气势，并足以给读者留下鲜明的印象，从而使诗歌具有强烈的艺术感染力。应该说，齐己"十势"含有非常高妙的艺术辩证法思想。

关于"二十式"："二十式"（"式"，当为法式、范式和榜样的意思）

（1）"出入"，例："雨涨花争出，云空月半生。"（无名氏，《全唐诗》卷七九六）

（2）"高逸"，例："夜过秋竹寺，醉打老僧门。"（齐己《过陈陶处士旧居》，《全唐诗》卷八四〇）

（3）"出尘"，例："逍遥非俗趣，杨柳护春风。"（齐己《送孙逸人归庐山》，《全唐诗》卷八四三）

（4）"回避"，例："鸟正啼隋柳，人须入楚山。"（无名氏，《全唐诗》卷七九六）

（5）"并行"，例："终夜冥心坐，诸峰叫月猿。"（齐己《寄山中诸友》，《全唐诗》卷八四三）

（6）"艰难"，例："觅句如探虎，逢知似得仙。"（齐己《寄郑谷郎中》，《全唐诗》卷八四〇）

（7）"达时"，例："高松飘雨雪，一室掩香灯。"（齐己《除夜》，《全唐诗》卷八三八）

（8）"度量"，例："应有明心者，还寻此境来。"（齐己《山寺喜道者至》，《全唐诗》卷八三九）

（9）"失时"，例："高秋初雨后，夜半乱山中。"（齐己《听泉》，《全唐诗》卷八四三）

（10）"静兴"，例："古屋无人到，残阳满地时。"（齐己《落花》，《全唐诗》卷八三九）

（11）"知时"，例："前村深雪里，昨夜一枝开。"（齐己《早梅》，《全唐

诗》卷八四三）

（12）"暗会"，例："重城不锁梦，每夜自归山。"（齐己《城中示友人》，《全唐诗》卷八三九）

（13）"直拟"，例："禹力不到处，河声流向西。"（周朴《董岭水》，《全唐诗》卷六七三）

（14）"返本"，例："又因风雨夜，重到古松门。"（齐己《寓居岳麓谢进士沈彬再访》）

（15）"功勋"，例："马曾金镞中，身有宝刀痕。"（贾岛《赠王将军》，《全唐诗》卷五七二）

（16）"抛掷"，例："琴书留上国，风雨出秦关。"

（17）"腹悱"，例："越人自贡珊瑚树，汉使今劳獬豸冠。"（张谓《杜侍御送贡物戏赠》《全唐诗》卷一九七）

（18）"进退"，例："日午游都市，天寒住华山。"（贾岛《送僧》，《全唐诗》卷五七三）

（19）"礼义"，例："送我杯中酒，与君身上衣。"（方干《中路寄喻凫先辈》，《全唐诗》卷六四八）

（20）"兀坐"，例："自从青草出，便不下阶行。"（智远《全唐诗》卷八五〇）

"式"，为"法式"、"范式"之意。从名目看，是直接与诗歌内容相关的，根据诗歌内容分出来的类。要求写这种内容的诗，就应向所举之诗例学习，以其为范式，取法其城中经验，从而掌握创作要领。故而，"式"不同于"势"或"体"，"式"偏重于诗歌内容，而"势"与"体"则兼及内容与表现谋略以及具体表现技巧方面。但都列出例句以便将指导性用意突出出来。从"二十式"的名目上看，其内容是人生态度，齐己用"式"来区别不同的人生态度，用写某种态度成功的诗句作为具体例证，发挥其"示范"意义，使后学可以学习效法。但"二十式"并不能涵盖全面的生活，故而齐己又标出"四十门"用以分门别类地对初学者进行指导。

"四十门"，"门"即门类，是诗歌反映的社会生活或情感的分类。在每一种门类的条目下，齐己亦举出例句，使学诗者在创作反映此种社会生活或情感时可以效法、参考、模拟。

徐夤《雅道机要》之"明门户差别"条云:"门者,诗之所通也。如人门户,未有出入不由者也。明者如月在上,皎然可观。"① 这是就门类与所选诗句的示范作用而言的,因而,门也有"径"的意思。入门问题是创作中的初级阶段问题。作者可根据意欲创作的诗歌内容去找到相应的门,再根据例句去模拟、练习,从而进入下一步阶段。

"四十门":

皇道 始终 悲喜 隐显 惆怅 道情 得志 背时 正风 返顾
乱道 抱直 世情 匡救 贞孝 薄情 忠正 相成 嗟叹 俟时
清苦 骚愁 眷恋 想像 志气 双拟 向时 伤心 鉴戒 神仙
破除 蹇塞 鬼怪 纰缪 世变 正气 扼腕 隐悼 道交 清洁

如"皇道门"举诗句"明堂坐天子,月朔朝诸侯"。(王昌龄《放歌行》,《全唐诗》卷二〇)

"悲喜门"举卢纶《夜中得循州赵司马侍郎书因寄回使》诗句云:"两行灯下泪,一纸岭南书。"(《全唐诗》卷二七八)

"惆怅门"举戴叔伦《早行寄朱山人放》诗句云:"此别又千里,少年能几时。"(《全唐诗》卷二七三)

"薄情门"举高蟾《宫词》句云:"君恩秋后薄,日夕向人疏。"(《全唐诗》卷六六八)

"嗟叹门"举崔峒《江上书怀》句云:"泪流襟上血,发白镜中丝。"(《全唐诗》卷二九四)

"骚愁门"举郑谷《通川客舍》句云:"已难消永夜,况复听秋霖。"(《全唐诗》卷六七四)

都反映了所属之门的内容特点。学诗者根据所要表达的情感类型或诗歌反映的社会生活内容的特点,依所属之门而参究其所举之句,从而掌握这种

---

① 张伯伟:《全唐五代诗格汇考》,凤凰出版社 2002 年版,第 426 页。

题材的书写方式，以此为门径进入创作过程的更进一步阶段。根据齐己所列之"门"可以发现这些门还是涵盖了人的"七情"（当然是社会生活影响于人而成的"七情"），即所谓"喜"、"怒"、"哀"、"惧"、"爱"、"恶"、"欲"。作家在创作时根据"情"的特点，按门而入，通过学习例句，掌握方法技巧，进入诗学苑囿，这种思维路数，亦可说是"驭文之首术，谋篇之大端"（《文心雕龙·神思》）。其实也属于文学谋略论的范畴。

"六断"即根据内容确定题目，也是确定如何开展创作的方法，从而找到开展创作的切入点。

（1）"合题"，例："可怜半夜婵娟月，正对五侯残酒卮。"（齐己《中秋月》，《全唐诗》卷八四六）

（2）"背题"，例："寻常风雨夜，应有鬼神看。"（齐己《古松》，《全唐诗》卷八三九）

（3）"即事"，例："翻嫌易水上，细碎动离魂。"（齐己《剑客》，《全唐诗》卷八三八）

（4）"因起"，例："闲寻古廊画，记得列仙名。"（齐己《宿简寂观》，《全唐诗》卷八四三）

（5）"不尽意"，例："此心只待相逢说，时复登楼看远山。"（齐己《咏怀寄知己》，《全唐诗》卷八四五）

（6）"取时"，例："西风起边雁，一一向潇湘。"（齐己《边上》，《全唐诗》卷八四二）

这亦属"驭文之首术，谋篇之大端"（《文心雕龙·神思》）的文学（创作）谋略范畴，作家在创作前，要决断如何去表情达意。是合乎题材主旨顺着作，还是反其意而用之；是就事论事，还是去着力表现言外之意；是因循题意，还是去渲染衬托。作家不能不加思量去率尔搦翰，而应综合考察，细细琢磨之后做出决断。这一步工作完成了，才可根据题材门类去选择模仿参照的对象，从而进入实质性的创作阶段，即"四十门"。再结合抒情达意的特点确定对题材的处理方法，这即"二十式"。接下来的工作就是运用适当句法或其他修辞方法，合理安排意象，造就内容和表现上的"张力"，即"十势"。由此便渐成风格,即"十体"。接近完形并表现出创作方法以及有关的伦理化导向,即"六义",最后成诗。所成之诗便会是"六诗"之一。会表现出诗歌的社会生活价值取向及作用。至此,创作就趋于完形了。

"三格",即"上格用意"、"中格用气"、"下格用事"。是作家根据自身所欲抒发之情和欲表达之意的具体特点来确定创作是欲"用意"、"用气"还是"用事"。"意"、"气"、"事"都是作家要在创作中予以传达或表现的,主用什么,以什么为主要传达对象对诗歌最终依什么思路,用什么方法,成为怎样的诗,都是具有先导性决定作用的。"意",指创作主旨。所谓"上格"之"上",是认为以"意"为主的诗是高于以"气"为主和以"事"为主的诗作。好的诗歌作品,作家能以己志驱驾气势,排布物象,从而具有强烈的艺术感染力。"气",指作家的情感或志气,它是个性化的作家气质、意志和情感。但以"气"为主诗作,在对诗歌物象的控驭上缺乏深刻的理性力量。在一气呵成之际,个性有余而意蕴不足,虽则亦具有很强的感染力,但比起意旨丰富,含义深刻的作品来,终缺耐人回味的力量和韵味。"事",或指作品所反映的客观事件,也指诗作中所用之事,所使之典。作家反映事件,若只是讲清始末,而缺乏鲜明的态度或情感取向,或在诗作中使事用典,会削弱作品的艺术表现力,影响感染力的强化。从而使诗歌的表达效果打了折扣。因而齐己认为"用事"为主的作品不如以"用意"、"用气"为主要创作主导的作品。

"三格"对于诗人安排创作路线,掌握创作方法,驾驭创作过程同样是非常重要的。"用意"者,如讽喻之类,意旨鲜明,旨在引起当权者注意;"用气"者,如浪漫主义诗歌,逸兴高致,以己意出之,不受其他主客观因素制约,会生成元气淋漓,大气凛然,个性鲜明的诗作;而诗人在反映现实或书写一些难以明说的情愫时,"用事"便会有其优势:或直叙事情,不作判断;或典实代言,使读者思而得之,都会有良好的表达效果。所以"三格"是诗人在创作前期,对自己创作目的并依据题材特点所进行的选择,不同之"格"会有不同的创作路线和成诗程序,因而确定自己的创作应按哪种"格"展开,这一点,诗人在创作前必须做出的选择。所以,确定"三格"问题,亦属文学谋略论范畴。齐己的"三格"说是非常有道理的,是他对诗歌分析研究的成果,也是对古代诗歌创作经验，尤其是谋略经验的总结①。

我们认为齐己在《风骚旨格》中表露的是他对诗歌创作的各个步骤的统筹考虑，各部分均统一在诗歌创作的推进过程中。整体上，属文学谋略范畴。这也是我们古代文学理论的一个鲜明特点。而齐己本来多有文学活动，其《风骚旨格》有可能是他与诗友们在交流过程中逐渐形成并使之完善的。从所引诗句看，除齐己外，还有黄损、杜牧、修睦、曹松、贾岛、李冶、陈陶、周朴、方干、智远、王昌龄、卢纶、戴叔伦、李频、张籍、高蟾、郑谷、无远、贯休、周贺、杜甫、卢照邻、李白等人诗句。除去一些前辈诗人外，大多数为苦吟诗人，且多数是齐己诗友，这也反映出齐己参与群体性活动可能与《风骚旨格》的内容与成形有关。而在所引诗句中，以齐己本人为多，占到一半以上。故而我们可以揣测，他自负其诗才，在与诗友们进行群体性诗学活动时会以己诗为口实，以自己之诗论自证其诗，也以此为示范和表率，以启示他人。应该说，以齐己这样具有一定理论建设意识的诗人参与群体性诗学活动，对于古代诗学理论的深入发展和一个特殊时期诗坛风气的形成，具有积极的推动意义。

我们说齐己之《风骚旨格》是对诗歌创作的全盘谋划，那么我们试按照诗歌创作的顺序来观照其谋划的特点和具体过程。

如，意图反映现实，表达对某种弊政的改革意见，那么，可以按照齐己在《风骚旨格》中暗示出的创作流程来进行。

（1）立格，选"用意格"（从"三格"中确定）

（2）决断，选"即事"（从"六断"中确定）

（3）入门，选"鉴戒门"（从"四十门"中确定）

（4）立式，选"艰难式"（从"二十式"中确定）

（5）定势，选"猛虎投涧势"（从"十势"中确定）

---

① 齐己"上格用意"举例为"那堪怀远道，犹自上高楼。"与"九江有浪船难济，三峡无猿客自愁"、"中格用气"举例为"直饶人买去，还向柳边栽。"（修睦《卖松者》，《全唐诗》卷八四九）"四海鱼龙精魄冷，三山鸾凤骨毛寒。"（齐己《中秋十五夜寄人》，《全唐诗》卷八四六）"下格用事"举例为"片石犹临水，无人把钓竿。"、"一轮湘渚月，万古独醒人"（贯休《晚泊湖江作》，《全唐诗》卷二九）"上格"，意旨鲜明，情在意中。"中格"，以气言情，气大于情，情使于气。"下格"，就景言景，就事言事，情在其中。

(6) 定体,选"是非体"(从"十体"中确定)

(7) 立义,选"赋"(从"六义"中确定)

(8) 成诗,成"正风"(形成"六诗"之一)

即按照:"格"→"断"→"门"→"式"→"势"→"体"→"义"→成诗的脉络一步步落实创作谋划,最后成诗,每一个步骤都前后关联,都须依从全盘的创作谋划。各环节步骤间实际相互制约,又相互关联,统一在整体创作意旨的前提与主导下。若按照上面这个脉络进行谋略安排,实施创作,所成之诗,就会是类似于《卖炭翁》、《新丰折臂翁》、《杜陵叟》、《三吏》、《三别》之类的讽喻诗。①

若将此流程倒置,应该就是诗歌的分析过程,用这样的流程分析,也会尽可能细致地筛选出其中的精华,获得创作上的教益。

可以想见,在齐己与其诗友们的清谈讨论中,用这样的框架谈诗、写诗,既可以获得经验,也可以指导后学,从而使他们的群体性诗学活动的讲谈内容更有意趣,也更有钻研、探讨的余地。能够使谈者、学者均能从中受到教益。因此,像《风骚旨格》这种诗格类作品是有其理论意义的,这类作品的内容及理论意义学者们关注得较少,不少学者对这类诗学著作抱有偏见。如清人薛雪在其《一瓢诗话》中说:"唐释齐己作《风骚旨格》,六诗、六义、十体、十势、二十式、四十门、六断、三格,皆系以诗,不减司空表圣。独是'十势'立名最恶,宛然少年棍谱,暇日当为易去乃妙。"②薛雪之评,认为"十势"立名不当,他肯定"六诗"、"六义"、"十体"等,是从"皆系以诗"方面肯定齐己会选诗,选得好,就如同司空图在《与李生论诗书》中论及的佳句一样。但未看出这些类别之间的关联。其实,若我们了解古代文学理论中多有文学谋略论色彩,再看包括齐己《风骚旨格》在内的唐五代诗格类作品,就应该不会草率武断地予以否定了。诗格是我国古代重要的诗学成就,其中蕴含着丰富的诗学理论,尤其是诗学的统筹观和谋略论。我们此处暂以《风骚旨格》来简要说

---

① 同样,若依此流程,选"用事格"→"不尽意"→"惆怅门"→"暗会式"→"孤雁失群势"→"无虚体"→"兴",就会形成"六诗"之"变小雅"之类的诗篇。如此创作出来的诗,便会是类似李商隐"无题"诗,阮籍"咏怀"诗之类的诗篇。

② (清)丁福保辑:《清诗话》,上海古籍出版社1999年版,第707页。

明了其中的有关内容，以后还会就诸如"诗格诗学"做专题研究。还须说明一点，包括《风骚旨格》之类的诗格类著述很多意在指导后学读诗、学诗和作诗，故而其中很多内容对于总结我国古代诗学经验，传承诗学传统，形成一定时代的创作风气，都是很有积极作用的。因为齐己本人在唐末五代的群体性诗学活动中的特殊地位，我们且以《风骚旨格》为例对诗格类的诗学问题尝试作粗浅探研，其实"诗格诗学"是我们马上应该重视起来的诗学问题。限于篇幅留待以后再予深入研究。

总之，齐己活跃在唐末五代的群体性诗学活动、甚至是诗社活动中，他本人也是很有成就的诗人，其影响力不同一般。加之其《风骚旨格》在当时的诗格类著述中颇具影响也颇具代表性，而且很有可能与其群体性诗学活动密切关联。所以，我们予以专题讨论。其他的诗格类作品也或许与群体性诗学活动有关，但其作者并不像齐己那样或曾预入诗社活动，我们姑且不予评述。

由诗格类著述论晚唐五代苦吟诗风的比物讽刺内涵及其意义

晚唐五代苦吟诗风在诗学上的成就实际上就是当时的诗格类著述。对这些文献进行专门的文本分析，发现苦吟本身还具有通过对诗歌意象的比物讽刺式解读去寻绎作者对现实政治的关切的内在用意。而一般对苦吟的理解多从推敲琢磨诗句的技术层面考虑，虽然已经把握了苦吟本身具有玩味前人诗作以启发诗思和指导创作的内涵，但却忽略了苦吟实际上也有对现实政治生态深切关注的更深层含义。诗格类著述在剖析诗歌意象所对应的政治内涵的同时，要求学者运用比物讽刺的方式去表达对现实政治的意见。还应注意，在苦吟风气下形成的诗格类著述实际上反映了诗学研究由外部诗歌文体职能向具体而微的细节问题转化的趋势，除摘句批评、章法理论之外，其比物讽刺观点其实是对古代诗学比兴传统的隐性张扬。

苦吟是从中唐开始经晚唐五代以至宋初都非常普遍的诗学现象。从孟郊、贾岛及稍后的方干、李频、李贺、朱庆余、刘得仁等人开始，至晚唐李洞、韦庄、罗隐、周朴、韩偓、陆龟蒙、杜荀鹤、李山甫、卢延让、马戴、贯休、齐己、郑谷等许多诗人都是苦吟诗人，他们均有大量诗作反映自己的苦吟生活。可以说，从中唐开始延至宋初的诗坛是以苦吟为主流和基本特色的。这个时期的苦吟也成为中国诗学史上一个非常值得关注的问题。一般认为，苦吟有两种情况,即"反映苦寒生活"和"苦于吟诗"。吴庚舜、董乃斌在《唐代文学史》中说:"贾岛为诗,曾受教于韩愈、孟郊,是韩孟硬体诗派的诗人。但贾岛之苦吟,是努力追求纯粹的诗歌艺术,这与孟郊不同……他希望人们欣赏的是他的诗歌艺术,不像孟郊那样是要以在生活中感到的痛苦去感动鬼神。因此,如果说孟郊的苦吟是为人生的,则可说贾岛的苦吟是为艺术的。"认为孟郊诗反映其苦寒生活,是苦中吟诗,即"为人生的";而贾岛则是苦于吟诗,"主要是表现他奇特的才思,更多的是要引起人们对他的艺术的赞叹"①,即"为艺术的"。实际上将苦吟分为"为人生的"和"为艺术的"两种情况。李定广亦指出:"最早将苦吟与诗歌联系在一起的是孟郊和刘禹锡,分别代表了中唐以后两种不同的苦吟观念:孟郊所谓的苦吟立足在'苦'字,而刘禹锡所谓的苦吟立足在'吟'字。"李定广认为,孟郊之苦吟是指"在苦心推敲的同时,反复出声地吟咏。言作诗或改诗之专注与艰辛。"②而刘禹锡的苦吟,是指"在反复吟咏中欣赏玩味他人的好句、警句。言鉴赏之快乐与陶醉",认为对后世的影响,前者要大得多③。这种对苦吟风气的分析将问题本身置于学界视野之中,阐发其中深意,进一步使该问题受到普遍关注,是非常有贡献的。作为苦吟诗风在诗学上的成就,晚唐五代的诗格类著述有助于我们深入了解苦吟的诗学意义。通过对这类文献的深入研读,笔者发现苦吟并非只有以上的内涵,实际上还存在着深入究诘诗人(主要是苦吟诗人)诗歌意象内在政治含义的苦吟用意,虽然表面上类似于李定广所指出的刘禹锡式的苦吟,但却不只限于在艺术层面的"欣赏玩味",而是重在探赜索隐,找到诗歌意象背后的政治讽喻内涵,这就是苦吟的比物讽刺内涵。

比物讽刺的内涵

比物讽刺之说见于晚唐诗僧虚中之《流类手鉴》。其云:"(齐)己诗:'瑞器藏头角,幽禽惜羽翰。'此比物讽刺也。"认为所引齐己的这句诗是比物讽

---

① 吴庚舜:《唐代文学史》,人民文学出版社1995年版,第328—329页。
② 李定广:《论唐末五代的"普遍苦吟"现象》,《文学遗产》2004年第4期。
③ 李定广引孟郊《夜感自遣》和刘禹锡《金陵五题序》来说明关于苦吟的这两种情况,虽对孟郊苦吟的理解与吴庚舜、董乃斌二不同,但用以和刘禹锡之苦吟做区别则是可行的。同样可见,在吴、董二所分之外,还有类似刘禹锡那样的"欣赏"、"玩味"的含义。详见李定广《论唐末五代的"普遍苦吟"现象》一文。

刺。虚中在接下来的论述中具体表露了其比物讽刺的实际含义："马戴诗：'广泽生明月，苍山夹乱流。''苍山'比国，'乱流'，比君不正也。"、"阆仙诗：'白云孤出岳，清渭半和泾。''白云'比贤人去国也。"、"阆仙诗：'萤从枯树出，蛩入破阶藏。'此比小人得所也。"、"（齐）己师诗：'园林将向夕，风雨更吹花。'此比国弱也。"、"无可诗：'听雨寒更尽，开门落叶深。'此比不招贤士也。"、"（齐）己诗：'影乱冲人蝶，声繁绕堑蛙。'此比小人也。"、"阆仙诗：'古岸崩将尽，平沙长未休。'此比好事消，恶事增也。"、"马戴诗：'初日照杨柳，玉楼含翠阴。'此比君恩不及正人也。"、"孟东野诗：'闻弹玉弄音，不敢林上听。'此比圣君德音也。"[1]虚中所列的马戴、贾岛、齐己、无可等人，都是中唐以下的苦吟诗人。他对这些诗人诗句的解读，虽然也运用了摘句批评的方法，但并不是从诗歌艺术层面去分析唐人习惯用以论诗的"兴象"、"韵味"，也不去分析这些写景佳句如何不同凡俗；不是去分析意境与风格，而是着力从中挖掘意象中所隐含的政治讽喻意义。关注的是君是否"正"，贤人际遇之否泰之类的政治环境问题——这就所谓的比物讽刺。其基本思路，就是认定诗歌是以比兴发凡，在表面写景状物的背后，蕴寓了诗人对现实政治的基本意见。读者应对此类诗歌意象的内涵进行细致入微的参究与揣摩，并进而掌握其托物起兴以讽喻现实的作诗方法。虚中的比物讽刺观点在诗格类著述中是十分普遍的，从比物讽刺出发所解读的诗句也大都出自苦吟诗人。这就意味着，在晚唐五代时期，由中唐诗人开始的苦吟已经在很大程度上由玩味鉴赏、探寻诗艺转变为探求诗歌意象中蕴含的政治讽喻内容的比物讽刺式的苦吟了[2]。

我们从大多数晚唐五代的诗格作品中都能找到以比物讽刺的思路入手解析诗句隐含政治含义的例证，除上引《流类手鉴》之例外，《风骚要式》之"创意门"则举贾岛、薛能、郑谷、周朴等苦吟诗人的诗句来进行比物讽刺式的解读。其云："贾岛《题李频山居》诗：'暂去还来此，幽期不负言。'此小人将退也。薛能《题牡丹》诗：'见欲栏边安枕席，夜深闲苦说相思。'此贤人复得

---

[1] 张伯伟：《全唐五代诗格汇考》，凤凰出版社2002年版，第421—423页。
[2] 诗格类作品对诗歌艺术层面的种种理论与要求也很多，但解读诗句中的比物讽刺的例证更多，这种现象本身是值得关注与思考的。在某种程度上可以认为，诗格中解读比物讽刺含义的做法反映了苦吟风气的追随者对诗格政治内容和政治文化生态的关注。

相逢也。贾岛《夕思》诗:'会欲东浮去,将何可致君。'此贤人思欲趋进也。郑谷《维舟江》诗:'更共幽云约,秋随绛账还。'此言贤人在位也。周朴《秋深》诗:'巷有千家月,人无万里心。'此比物可封也。刘长卿诗:'自恨长沙谪去,江潭春草凄凄。'此小人纵横也。贾岛《感令狐相公赐衣》:'即入调商鼎,期分是与非。'此刺时之不明也。刘得仁《秋望》:'西风蝉满树,东岸有残晖。'此小人争先而据位也。"再如《风骚要式》之"琢磨门"云:"夫用文字,要清浊相半。言虽容易,理必求险。句忌凡俗,意便质厚。如郑谷《送友人》诗:'流年俱老大,失意自东西。'此君子离位也。郑谷《涉荒》诗:'日暮前心速,愁闻孤雁声。'此前人他适也。齐己《落照》诗:'夕照背高台,残钟残角催。'此君昏而德音薄矣。郑谷《冬日书情》:'云横汉水乡魂断,雪满长安酒价高。'此佞臣横行也。郑谷《春晓书情》:'莺春雁夜长如此,赖有幽房近酒家。'此失志而自销愁也。齐己《静院》诗:'浮生已向空王了,箭急光阴一任催。'此句凡君子思退也。郑谷《杭州城楼》诗:'岁穷归未得,心逐片帆还。'此比君子舍此适彼。李建勋《留别钟山》:'偏寻云壑重题石,欲下山门更倚松。'此忧国之情未废也。虚中《寄司空图》:'岂思为邻者,西南太岳青。'此未忘臣节也。今之词人循依此格,则自然无古无今矣。"[①]徐衍所谓的创意,便是要学习贾岛、薛能等人用诗歌反映现实政治生态的主观用意,并用这种主观用意指导创作。其所谓琢磨,就是从比物讽刺的角度出发,去琢磨前人诗句中的政治讽喻意义。他所举的这些诗人都是苦吟诗人,所举诗句,未必有那么具体的讽喻意味,但我们如果仅以牵强穿凿目之,就失落了这种创意和琢磨在诗学史上的意义。在苦吟派诗学家看来,诗人认真细致地将政治讽喻内涵和具体可感的意象结合起来,用比物讽刺的方式去摅写志意,反映现实,其诗自会凝重蕴藉,不同凡俗。这就要求诗人在创作时下苦功夫去选择意象,排布意象顺序以传达其中的讽喻含义。如徐夤《雅道机要》之"叙分剖"条就指出:"凡为诗,须能分剖道理,各得其所,不可凝滞。至于一篇之内,善能分剖,方为作者。不能分剖,不识旨趣,自多凝滞。或设彼人问,杜口无对,实堪伤之。岂非学无凭据,道不通贯,不遇至公,不视奥论,逐浪随风,迷途昧

[①] 张伯伟:《全唐五代诗格汇考》,凤凰出版社 2002 年版,第 452—454 页。

理,焉可不决择,泛然为之!"① 所谓"分剖道理",就是要解读前人诗歌意象中比物讽刺的深层含义,认为只有能"分剖道理"才能避免学诗作诗时出现"迷途昧理"的现象。因此,苦吟派诗学家们的苦吟,既是比物讽刺的创作思维本身在选择安排意象方面的"苦",也是细心究诘诗歌意象背后政治讽喻内涵的"琢磨"之"苦",其"苦"便缘于"分剖道理"时的窒碍与艰辛。

比物讽刺与苦吟的内在关联

相应的,以比物讽刺的方式去索解古人诗意的读诗活动,便会形成对诗歌意象所对应的政治含义的明确见解或认识,能够推导出意象本身含有怎样的政治讽喻内容。诗格类著述中表述此类见解的资料颇多。如旧题贾岛所作之《二南密旨》②中的"论篇目正理用"条云:"梦游仙,刺君臣道阻也。水边,趋进道阻也。白发吟,忠臣遭佞,中路离散也。夜坐,贤人待时也。贫居,君子守志也。看水,群佞当路也。落花,国中正风隳坏也。对雪,君酷虐也。晚望,贤人失时也。送人,用明暗进退之理也。早春、中春,正风明盛也。春晚,正风将坏之兆也。夏日,暴君也。夏残,酷虐将消也。秋日,变为明时,正为暗乱也。残秋,君加昏乱之兆也。冬,亦是暴虐也。残冬,酷虐欲消,向明之兆也。……"③ 这里所列出的象征政治内容的意象有"梦游仙"、"水边"、"白发吟"、"夜坐"、"贫居"、"落花"、"对雪"、"晚望"、"送人"、"早春"、"中春"、"春晚"、"夏日"、"秋日"、"残秋"、"登高野步"、"游寺院"、"题寺院"、"春秋书怀"、"题百花"、"牡丹"、"鹧鸪"、"观棋"、"风雷"、"野烧"、"赠隐者",等等。这些意象又都是诗歌中非常常见的意象。在《二南密旨》的作者看来,这些意象都是含有明确的政治讽喻意义的,而不仅仅是单纯的物象、时序或情景。这样去阐释意象的含义,其出发点,便在于对其中政治讽喻内容的关注。颇受《二南密旨》影响的《流类手鉴》中也有许多这方面的表述,其"诗有二宗"条云:"巡狩,明帝王行也。日午、春日,比圣明也。残日、落日,比乱

---

① 张伯伟:《全唐五代诗格汇考》,凤凰出版社2002年版,第448页。
② 张伯伟认为《二南密旨》未必为贾岛所作,但应是贾岛诗风流行的产物,并且与贾岛诗学相通,其所产生的时代,当在贾岛身后不久。参见张伯伟:《全唐五代诗格汇考》,凤凰出版社2002年版,第371页。
③ 张伯伟:《全唐五代诗格汇考》,凤凰出版社2002年版,第378页。

国也。昼，比明时也。夜，比暗时也。春风、和风、雨露，比君恩也。朔风、霜霰，比君失德也。……"①徐衍之《风骚要式》中同样也多有此类表述。其"兴题门"云："登高望远，此良时也。野步野眺，贤人观国之光也。平原古岸，帝王基业也。病中，贤人不得志也。病起，君子亨通也。"②这同样是以诗歌常用的意象比附政治讽喻内涵的做法，亦属比物讽刺式的解诗路数，其方法即徐夤所谓分剖道理。如果说《二南密旨》和《风骚要式》反映了贾岛一派的诗学观念的话，那么我们则可由此推知，中晚唐常常苦吟的诗人们不只在格律技巧上深入钻研使诗作精湛的方法和技巧，他们还深入地探讨诗歌意象背后的政治讽喻内容以及用怎样的意象去传达相对应的政治讽喻内容。他们这种读诗和解诗的方法正是建立在承认诗歌都是比物讽刺的产物的基础之上的。我们同时也可以认为，比物讽刺观念和分剖道理的解诗方法是促成诗人们投入苦吟的重要原因。这种力求寻绎诗歌意象本身政治讽喻内涵的读诗思路与相应的细致揣摩和反复品味的分剖道理行为一起，应该是苦吟现象的深层含义。其中比物讽刺是基本观念和出发点，而分剖道理则是阐释比物讽刺内容的研读方法和实际行为。具有这方面内容的诗格作品除《流类手鉴》和《二南密旨》外，还有徐夤《雅道机要》、徐衍《风骚要式》、王玄《诗中旨格》等，都是较为重要的诗格作品，这种对诗歌意象的政治讽喻内涵的解读是晚唐五代乃至宋初的各种诗格的普遍内容。其理论的主旨，便在于要求诗人在创作时先须明白意象具体的政治讽喻含义，进而对其进行精当的选择与安排，更好地去传达诗歌的政治讽喻内容，这应是苦吟的深层内涵所在。所以，苦吟并不只是在诗歌的艺术层面的精益求精，其中实际蕴含着诗人对现实政治的敏锐关注——这种思维方式和读诗方法或失于机械和僵化，也往往非常牵强，但毕竟是对诗歌现实内容的一种强调，但是这种强调的诗学意义长期以来都被忽略了。

比物讽刺的诗学意义

中唐后期直到宋初的诗人们的苦吟，如果真有选择安排意象以表达政治讽喻内容的用意的话，那么，这种用意就应该来自于他们认为前辈苦吟诗人在创

---

① 张伯伟：《全唐五代诗歌汇考》，凤凰出版社 2002 年版，第 418—419 页。
② 张伯伟：《全唐五代诗歌汇考》，凤凰出版社 2002 年版，第 452 页。

作诗歌时确实是以比物讽刺的观念去指导创作的。于是，为了步趋前辈，他们便会以比物讽刺的思维逻辑去指导自己的创作活动，也会将这种读诗与作诗的经验记载下来以指导后学。保留在诗格类著述中的这类的例证很多，如《二南密旨》的"论总显大意"条就指出："大意，谓一篇之意。如皇甫冉送人诗：'淮海风涛起，江关幽思长。'此一联，见国中兵革，威令并起。'同悲鹊绕树，独作雁随阳。'此见贤臣共悲忠臣，君恩不及。'山晚云和雪，门寒月照霜。'此见恩及小人。'由来濯缨处，渔父爱潇湘。'此见贤人见机而退。李嘉祐《和苗员外雨夜伴直》：'宿雨南宫夜，仙郎伴直时。'此见乱世臣节也。'漏长丹凤阙，秋冷白云司。'此见君臣乱暗之甚。'萤影侵阶乱，鸿声出塞迟。'此见小人道长，侵君子之位。'萧条吏人散，小谢有新诗。'此见佞臣已退，贤人进逆耳之言。"①此处所举皇甫冉、李嘉祐的诗未必真有那样的政治讽喻含义，但《二南密旨》的作者却按句分析，深入解读，详尽发明，其用意正在于指导学者读诗与作诗②。我国古代诗歌本多以比兴方法表达作者对现实政治的关切和批判，故此，比物讽刺的观念也不是无源之水，而是有着深远的诗学渊源。皇甫冉、李嘉祐和被苦吟诗人所推崇的贾岛都是中唐诗人，而贾岛本人更是苦吟诗人的典范，他们的创作活动是否真的是在精心选择安排有关意象，组成意象群，以表达他们对现实政治环境的意见，我们难以遽下结论，但作为苦吟诗人的追随者们的诗格作者的确是这样解读诗句的。而此处所引《二南密旨》所谓的诗歌大意，就是以比物讽刺式的作诗方式去表达诗人对现实政治的态度，这种主观态度，是全诗立意的总纲与脉络。

因此，苦吟作为一种诗学现象，其实包括对创作构思和阅读接受的具体细节进行钻研和琢磨两方面的内容，而联结这两方面的动因，便是苦吟诗人及诗格类著述的作者对诗歌政治讽喻内容的强调与重视。其理解或许不实，但重视诗歌讽喻意义的态度却是实在的。故此，历来文学史不认可苦吟风气具有现实意义的态度是有失公允的。苦吟现象中的比物讽刺观念的诗学意义其实就在于它真实反映了晚唐五代时期最为流行的诗风背后，蕴含着对现实政治环境的深

---

① 张伯伟：《全唐五代诗歌汇考》，凤凰出版社 2002 年版，第 381—382 页。
② 此处所引皇甫冉诗见于《全唐诗》卷二四九，题为《途中送权三兄弟》；李嘉祐诗《全唐诗》卷二〇六作《和都官苗员外秋夜省直对雨简诸知己》，与所引文字小异。

切关注，所以，在我国古代写实主义文学思想史中理应有苦吟派诗学的位置。

因此诗格中所提出的比物讽刺观念实际上反映了晚唐五代的苦吟诗人和诗格作者艰难发掘诗歌内在政治含义的诗学实践态度。他们之所以如此做的原因，就在于苦吟诗人的诗歌创作和诗学研究是深切地关注着现实政治的。他们都有漂泊江湖或栖隐世外的经历，但其内心却未尝出离于现实之外，他们依然关注着国家的政治命运，对国势尚存幻想。他们的创作，虽未必直接反映具体的现实政治，但却有着现实政治的痕迹，虽然这些痕迹并不像诗格作家们解读得那么具体直白。然其中真正的问题在于，苦吟诗人们的诗句为什么会被诗格的作者们去做比物讽刺式的解读？为什么他们还要将比物讽刺当成学诗的密旨以教后学？这些其实正是苦吟风气和诗格类著述在诗学史上最有价值的层面。诗格作者们对苦吟诗人的诗歌意象所含现实政治信息的解读是极为细致认真的，认真到用苦吟琢磨的方法去分剖道理，甚至认为"善能分剖，方为作者"，否则就是"不视奥论"、"不识旨趣"。①他们或许郢书燕说，或许缘木求鱼，存在误读是无须质疑的，但不能否认，苦吟前辈们的诗作在后学眼中成了他们最为重要的精神食粮，即使是僧人，也愿意去发掘本与他们的信仰无涉的现实政治含义。苦吟的后继者们不厌其烦地深入揣摩前辈诗句，如同按图索骥式地力求破解这些诗句中隐含的政治密码，并甘于沉浸其中，苦中作乐且乐此不疲，还自信到要以"机要"、"密旨"、"要式"等名称标示其著述，可见他们是何等的珍视自己探索出的成果。想来他们在自己进行创作的时候也会用这种方式去对号入座般地排布意象以抒发自己对现实政治环境的意见吧。②诗格作者们的这种诗学理路在诗学史上实际是对由《诗》、《骚》比兴观念的一种扭曲的发扬，也是一种不恰当的强调。同时也是对元白意激而言质式的政治讽喻诗的一种修

---

① （唐）徐夤：《雅道机要》之"叙分剖"条，张伯伟：《全唐五代诗格汇考》，凤凰出版社2002年版，第448页。

② 徐夤《雅道机要》之"叙搜觅意"云："凡为诗须搜觅，未得句，先须令意在象前，象生意后，斯为上手矣。不得一向只构物象，属对全无意味。凡搜觅之际，宜放意深远，体理玄微，不须急就，惟在积思，孜孜在心，终有所得。古人为诗，或云得句先要领下之句，今之欲高，应须缓就，若阆仙经年，周朴盈月可也。"参见张伯伟：《全唐五代诗格汇考》，凤凰出版社2002年版，第445—446页。这段表述，正可看出苦吟诗人之创作，是要以意为先，象在意后，所谓"不得一向只构物象"云者，正说明"意"对"象"要起决定作用。联系《雅道机要》中关于比物讽刺的诸多例证可以推知，徐夤之所谓"意"，其中便含有政治讽喻的内容。

正与调整。①所以,诗格类著述在讲求诗歌的章法、句法和各种抽象的"势"的背后,其实有着丰富的政治讽喻内涵。那种认为诗格类著述的诗学观点琐细饾饤,只流于表层,缺乏深意的见解是失当的。罗根泽曾指出:"大概晚唐五代的诗人,虽躲在'象牙之塔',创作消遣玩味的文艺,而社会丧乱的感发刺激,诗主美刺的传统见解,使他们不能完全忘世。既不能完全忘世,又惩于元白讽刺诗的遭忌受祸,由是想出种种的微妙的讽刺法。《风骚要式》固然如此,《流类手鉴》又何尝不然。从结果言,此种讽刺法幽隐难明,难生实效;从动机言,则已大费苦心了。"②其观点,可谓深入诗格类著述的腠理,得其深旨。但并没有引起应有的重视。③

还应指出,诗格作者们运用比物讽刺的诗学思路去解读诗作和指导创作的理论向度,其实是我国古代诗学讲求授受的一种反映,当这种讲求授受的诗学思路和做法被时代所接受的时候,对诗歌审美特点和创作规律的研究才能从僵化、琐细或是不当、失误中走向灵动与允当。正是我国古代诗学讲求授受的传统使诗格类著述成为可能,也正是这类诗学著作才孕育、催生了如《沧浪诗话》、《原诗》等高水平的诗学著作,从这个意义上,罗根泽所认为的诗话是对诗格的革命,诗话的兴起,就是诗格的衰灭云云④,对诗格在诗学史上的历史贡献,以及诗格对诗话的涵毓甄陶之功来说,就显得有些苛刻了。

---

① 晚唐诗人多不好元白诗,司空图在《与王驾评诗书》中甚至以"都市豪估"称之。祖保泉:《司空表圣诗文集笺校》,安徽大学出版社 2002 年版,第 190 页。

② 罗根泽:《中国文学批评史》第二册,古典文学出版社 1957 年版,第 195 页。

③ 历代对诗格类著述的比物讽刺式诗学思维多有诋诃,清人贺贻孙说:"梅圣俞有《金针诗格》,张无尽有《律诗格》,洪觉范有《天厨禁脔》,皆论诗也。即观三人所论,皆取古人之诗穿凿扭捏,大伤古作者之意。三书流传,魇魅后人,不独可笑,抑复可恨。不知诗人寄托之语,十之二三耳,既云托寄,岂使人知?若字字穿凿,篇篇扭捏,则是诗迷,非诗也。"(贺贻孙:《诗筏》,《清诗话续编》本,上海古籍出版社 1983 年版,第 144 页)相比较而言,吴乔的观点就没有贺贻孙这样偏激了。其《围炉诗话》卷三有云:"《古今诗话》云:'王右丞《终南》诗,讥刺时宰,其曰:"太乙近天都,连山接海隅"言势位盘踞朝野也。"白云回望合,青霭入看无"言有表里也。"分野中峰变,阴晴众壑殊"言恩泽遍及也。"欲投何宿处,隔水问樵夫"言托无足地也。'余谓唐诗常须作此想,方有入处。而山谷又曰:'喜穿凿者弃其大旨,而于所遇林泉人物,以为皆有所托,如世间商度隐语,则诗委地矣。'山谷此论,有不可不知也。"吴乔既承认比物讽刺在唐诗中的合理性存在,又引用黄庭坚观点不主张过于去穿凿诗句,其观点,颇为平允。参见《围炉诗话》卷三,《清诗话续编》本,上海古籍出版社 1983 年版,第 556 页。

④ 罗根泽:《中国文学批评史》第二册,古典文学出版社 1957 年版,第 220 页。

附论：关于五代时期廖融、任鹄，凌蟾（当为陆蟾）、王正己、王元结诗社的问题

雍正《江西通志》卷九十四载廖融、任鹄，凌蟾（当为陆蟾）、王正己、王元共结诗社。今略述如次。

廖融自号衡山居士，《五代诗话》卷七有传，云："廖融，字元素，隐于衡山，与逸人任鹄、王正己、凌蟾（当为陆蟾）、王元皆一时名士，为诗相善。"① 并未提及他们结有诗社事。

任鹄《五代诗话》卷七有传，云："任鹄字射己，富有学问。"②

王元《五代诗话》卷七有传，谓其字文元，桂林人，"贫病苦吟"③。

陆蟾《五代诗话》卷七有传，云："陆蟾离居攸县司空山，好神仙，辟谷累月……"④

这些记载都很粗略提到的生平事迹很少，多是举例其名句佳句，并未提及其结社事。

《海录碎事》卷十三载："廖融赠僧诗甚多，常曰：'僧是诗家奴，一人赠一篇。'"⑤ 可知廖融也多与僧有诗相赠。

《十国春秋》卷七十五云："廖融字元素，隐于衡山，与逸人任鹄、王正己（当为王正己）、凌蟾、王元游，所著《梦仙人》、《题桧》、《退居宫妓》（按《全唐诗》卷七六二作《退宫妓》）诸诗，啧啧一时，当武穆、（'武穆'为十国之楚武穆王马殷，907—930年在位）文昭（'文昭'为楚文昭王马希范 932—947年在位）二王时，避乱不仕，竟终于南岳。"⑥ 亦未提及结社事。

《粤西丛载》卷十一之"石仲元"条谓石仲元能诗，学者不远千里而来，

---

① 《郡阁雅谈》，(清) 王士禛原编，(清) 郑方坤删补，戴洪森校点：《五代诗话》，人民文学出版社1989年版，第271页。
② 《雅言杂载》，(清) 王士禛原编，(清) 郑方坤删补，戴洪森校点：《五代诗话》，人民文学出版社1989年版，第272页。
③ 《郡阁雅谈》，(清) 王士禛原编，(清) 郑方坤删补，戴洪森校点：《五代诗话》，人民文学出版社1989年版，第273页。
④ 《雅言杂载》，(清) 王士禛原编，(清) 郑方坤删补，戴洪森校点：《五代诗话》，人民文学出版社1989年版，第281页。
⑤ 《海录碎事》卷一三，文渊阁《四库全书》第921册，上海古籍出版社1987年影印本，第658页。
⑥ (清) 吴任臣撰，徐敏霞校点：《十国春秋》，中华书局1983年版，第1030页。

"有南岳处士廖融者亦至"①。可知廖融曾向石仲元学过诗。

宋释契嵩《镡津集》卷十六有陆蟾传，云："陆蟾，藤州镡津（今广西梧州藤县）人也，以能诗名于楚越间……客死于攸县之司空山（今在湖南）。予少时游衡山，会隐者高阆谓予曰：'昔陆先生，子之邑人也。方国初时，廖氏家以诗盛，而四方诗人慕廖氏者来衡山颇众。独先生陆某诗多警句，虽慕廖融亦相推高。然生不止能诗而已矣。颇知王霸大略，亦俟有所遭遇。'"②

可知廖融在衡岳时，四方多人诗人慕名而来，陆蟾亦然，王正己、王元、任鹄或亦然，他们多有诗学交流，在当时有一定影响，文献中除《江西通志》外，提到他们相友善者很多，如《十国春秋》卷七十五、《湖广通志》卷五十八、《蝉精隽》卷十六、《氏族大全》卷十八、《全闽诗话》卷二等，都只是说他们"相友善"，都未尝提及他们结诗社，故而《江西通志》或许是附会而言之。要之，廖融等人的诗学活动或许有之，但未必有诗社。③

又《五代诗话》卷八之"法辉"条云："泉州开元寺法辉禅师，禅余颇以诗自娱，与吕缙叔、石声叔、陈原道、释居亿、居全为同社，尝题宪师壁曰：'远浸溪光碧，寒生松桧阴。渔舟惊暮雨，高吹入秋林。此境长年在，吾师静隐心。'"④

梅尧臣《宛陵集》卷五十三有诗《吕缙叔云永嘉僧希用隐居能谈史汉书讲说邀余寄之》诗，卷五十九有《和王景彝寄吕缙叔》诗，知吕缙叔与梅尧臣为同时之人。而欧阳修在《赛阳山文》（见《文忠集》卷一百四十三）中提到了吕缙叔曾与宋子京、王景彝、刘仲更、梅尧臣等同修《唐书》，此文作于宁熙四年（1071）二月十五日。文中说吕与宋、王、刘、梅五人已逝，故吕缙叔为

---

① 《粤西丛载》卷一一，文渊阁《四库全书》第1467册，上海古籍出版社1987年影印本，第515页。
② （宋）契嵩撰：《镡津集》，明复主编：《禅门逸书》初编第3册，台湾明文书局股份有限公司1981年版，第173页。
③ 廖融恐入宋，《诗话总龟》卷二六载："兴国中潘若冲罢桂林，经南岳，留鹤一只与廖融，赠诗"云云。"兴国"及太平兴国，宋太宗赵匡义年号（976—984）。廖融若入宋，而宋人未载廖融与结社事，可见结社事或为乌有。而前文所述之孙鲂、沈彬、李建勋等人结社事应该实有，宋人已有记载。如宋人尤袤之《江南野史》卷七、马令之《南唐书》卷一三都有明确提到他们结诗社，宋承五代而来，相去不远。这种记载应该可信。与之相较，提及廖融结社的《江西通志》之记载为孤证，恐不足信。
④ 据《闽书》，（清）王士祯原编，（清）郑方坤删补，戴洪森校点：《五代诗话》，人民文学出版社1989年版，第335页。按，法辉本人情况不详，但若诚与吕缙叔等人结社，也应当是宋初时期了。清人厉鹗就将此材料收入《宋诗纪事》卷九一。

梅、欧同时之人。而北宋郭祥正《青山集》卷十八有《和石声叔留题居仪基石亭二首》，也可知石声叔为北宋人。那么，与吕缙叔曾有诗社活动的法辉等人也应为宋初诗人无疑。故该诗社姑命之曰"法辉、吕缙叔诗社"，实为宋代诗社。

总之，五代十国时期的群体性文学活动最有价值之处在于产生了受到公认的第一个诗社，即孙鲂、沈彬、李建勋诗社（我们以为这并不是第一个。戴叔伦、白居易、高骈甚至齐己等人或已有结社活动，在唐代，已经出现了诗社式的群体性诗学活动。但孙鲂等人的诗社一直以来被认为是第一个）。其间群体性诗学活动并没有因为战乱频繁，割据势力繁多而减弱，在很多地区，文学活动还延续了唐代的繁荣境况，但在活动方式与内容上则并未显现出与唐代有明显的不同之处。同时，此期的文学创作与有关理论也实际上是按照晚唐—唐末的路数发展着，表现为苦吟的延续和诗格类诗学作品的兴盛。"诗格"类作品是一种特殊形式的诗学作品，实际上是苦吟诗风在诗学上的成果。它虽烦琐驳杂，但却是当时诗人们苦心钻研诗歌创作与欣赏规律得出的结论，与群体性诗学活动的琢磨推敲有关，也有着一定的指导性和实践性，是我国古代文学理论总体的谋略性体系构架的一个重要组成部分，对后世此类著作的繁盛实际有导夫先路之功。也使我国古代文学理论在以后的发展过程中谋略性内容不断完善并充实了起来。从这一角度看，五代十国在诗学史上是应该占有一席之地的。同时，从诗社活动的发展链条上看，这一时期，也表现出由唐而宋的过渡状态。宋代诗社兴盛，不能说没有这一时期群体性文学活动的铺垫与蓄势作用。

进入宋代以后，中国文学，尤其是诗学，就与诗社有着不可分割的密切关系了。诗社活动对诗学理论的发展变迁，对诗歌创作的影响都发挥着越来越大的作用。同时，诗社活动脱胎于诗人们的群体性活动，宋代以后也一直是群体性诗学活动的主要形式。另外，诗社活动也与更频繁出现的诗歌流派有很大关系。对此欧阳光说："诗社活动与诗歌流派的关系首先表现在，诗歌流派的形成与文人交游唱和的风气有着密切的关系，而诗社活动从本质上说，即是文人交游唱和的一种形式。只不过诗社活动较之一般的交游唱和更具组织性，更有规律性，其成员之间的联系也更为密切。因此，当一个诗社将钻研诗艺切磋句法作为自己的活动主旨的时候,就极易达到美学主张的趋同,从而对诗歌流派的产生及壮大起到催化和促进作用。"①欧阳光此处所说,将诗社活动与诗歌流派的关系讲得十分透彻,将诗社活动与诗歌流派的理论主张间的关系也表述得十分详尽。当诗社在宋代开始兴盛的时候,诗社与文人群体性诗学活动,与诗歌流派中的创作及理论建设等的关系也十分密切地联系在了一起。

经过长期的群体性诗学活动的积累,经过"零星"的诗社活动的准备,到了宋代,诗社便进入了一个全新的发展阶段,在组织形式、活动内容、诗法授受与创作和理论建设上都可谓别开生面,进入了蓬勃兴盛、异彩纷呈且贡献突出的发展阶段。对我国以后的诗歌创作与理论发展都起到了积极的建设性作用。

---

① 欧阳光:《宋元诗社研究丛稿》,广东高等教育出版社1996年版,第3—4页。

中编
诗社的成熟与深化发展阶段
——两宋时期

第一章　北宋诗社及其诗学内涵

宋代的诗社活动在晚唐五代有关诗社活动的基础上进一步发展，终于臻于完备；并在与诗学的关系层面上，达到了最佳耦合状态，使二者间相互促进、彼此支撑的良性互动关系发挥出了最佳效能。使诗社活动达到了一个高峰，也使与诗社有关的诗学构建达到空前的水平。

关于宋代的诗社活动，首先需要关注的是诗社的普遍化趋势持续加深。参加诗社活动的文人涉及社会的各个阶层，有权贵显宦，也有地方官员；有江湖谒客，也有隐士僧道，甚至还有市民阶层或工商业者。可以说，宋人参加诗社活动是一种普遍风气，也是他们普遍的爱好。各阶层的诗学爱好者都可在诗社形式的群体性活动中展露才华或是交结同道，在其间受到训练或是相互促进诗艺，诗社对宋代总体的诗风和诗学的发展作用甚巨。宋代诗社很多且分布很广。北宋时期的京师汴梁、西京洛阳、北京大名府都存在过对宋代乃至后世文学理论产生了重大影响的诗社活动。南渡以后，临安一带，尤其是西湖等地诗社纷杂，包括诗社在内的各种会社都呈现出繁盛面貌，诗社更是播散各地，也多有诗学建树。

其次，宋代诗社的形式也很多样。宋代诗社在基本类型上主要是延续前代，尤其是仿效白居易七（九）老会的各种老年诗会，如耆英会、真率会等形式的诗学活动很多。还有同年会一类的与科举有关的文人群体。更为有价值的是宋代具有诗学研究性质的诗社大量出现，江西诗社群中的一些诗社，比如黄庭坚等人的北京大名府诗社、徐俯等人的豫章诗社等，还有江湖诗社群中也有一些诗社的诗学研究性很突出，如严羽等人的昭武诗社即是。（欧阳修、梅尧臣等人的洛社群体虽有意影响并干预诗文风气，但研究性质没有江西、江湖群体突出）这种诗学研究性质的诗社出现，说明诗社作为一种文人群体性活动形式对诗学的作用、对诗坛的作用以及对一代诗风的作用都充分发挥出来，两宋诗社的这种作用机制在中国文学史上是最为显著的。

同时，诗社作为文人交流和展开文学活动的平台，对文学思想的沟通、趋同与聚合成足以干预诗文风气的作用模式与机制也在宋代成熟并确立下来。这种模式机制的作用效能与文学理论领域的理论交锋状况和文人间的亲和程度以及文学创作与批评的总体风气都有密切关系。这些因素的匹配状况和共同作用的效果也决定了诗社对诗学的作用效能。宋代上述因素达到了耦合状态，诗社成为诗学理论酝酿发展的根据地，诗学既影响了诗社的诗学内容，又受诗社诗学水平的影响，共同作用于整体诗风，并策动、引导其发展。故而，诗社在诗学语境下的作用模式发挥了出来。因此，不只从诗社本身讲，从诗学理论发展的角度看，宋代的诗社也是极有成就和理论价值的。

第三，宋代出现了有共同诗学主张为纽带的诗社群，即江西诗社群与江湖诗社群。这两个诗社群既有共同的诗学主张，也形成了共同的创作力量，被后人称之为诗派。虽然诗社与诗派并不等同，所适用的范畴也不一样，但在宋代，诗派与诗社群则达到了契合。其间的主要原因，正在于共同的诗学思想和相近的创作风格。这也是宋代诗社与诗学发展过程中出现的一个特别现象。其他时代的诗社，或与诗学有关，但诗学建树并不突出，诗社的诗学研究性质更无法与宋代相比，其活动虽有诗学训练的性质，但娱乐性与消遣的色彩更为明显，再也没有出现类似江西诗社群、江湖诗社群这样的与诗学有如此密切的关系者。

第四，在宋代文人的日常生活中，诗社活动成为重要内容。他们在诗社中交流诗学观点，共同展开创作与批评活动，其间的诗作或有辑录，其中的诗学交流言语或零散的观点主张也或以诗话的形式存录下来。宋代是诗话类著述勃兴的时期，这类诗学著述的大量出现应该与诗社活动有关。今宋人诗话中与诗社关系密切的就是江西与江湖诗人，尤以江西诗人为多。诗话作为宋代诗学理论的载体，其实也是宋代诗学发展的一种成就，这一成就的取得，即与诗社相关。

在两宋时期，"三化"程度进一步加深。其中生活文学化的直接表现就是宋代诗人与诗作数量大大超过了此前所有朝代的总和。仅陆游一人就留下了近万首诗作，刘克庄也曾有意追步。南宋诗人非常在意诗作数量，作品繁多，佳作迭出。宋诗的题材亦极为广泛，在诗人们的创作生涯中处处有诗，任何题材都可入诗，从哲理思维到山崖水驿，从古庙禅堂到瓦舍歌楼；宦途浮沉，江湖寥落，亲朋阻隔，故人离世。意象纷总，诗料广阔，亦为一最。诗化精神沁入生活的每一个细节，分布在诗人生命历程的每一个时刻。在诗社活动中，为了训练和实践某种诗学理念的目的，他们甚至以诗为日常课业，娱乐色彩总体上不如诗学色彩浓厚。创作活动中的实践性与游戏性兼备，"诗可以群"的交流作用与个性摅写并行。在唐代的基础上，宋代诗学的各方面都有发展，这种发展与取得的成效是宋代诗学总体格局的成因之一。

另外，在金与南宋对峙时期，北南双方的文学交流并未因政权的敌对关系而终止，将其间的文学交流情况做一番考镜，对于把握古代分裂时期的文学交流以及文人的群体性活动都有典型意义。在金代灭亡的一段时期，北方出现了在诗社史上最早的影响巨大的遗民诗社，这对后世相似历史背景中的诗社活动产生了深远的影响。我们在研究过程中，也会就其诗社进行专门的考述与分析。

第一节　北宋若干较重要诗社的诗学活动及其诗学内涵

一、释省常的西湖白莲社与相关诗学问题

宋太宗淳化元年（990），杭州昭庆寺僧省常（圆净大师）结白莲社（又称净行社），召集僧侣及公卿文士入社。这是北宋成立较早的诗社，其涉及面广且人物众多，影响很大，揭开了宋代诗社的兴盛的序幕，也对宋代文学思想的发展起到了一定的推动作用。现就省常的西湖白莲社及其对诗学思想发展的影响考述如次。

关于结社本事，宋白《大宋杭州西湖昭庆寺结社碑铭（并序）》有详细记述：

太宗在宥之大宝，淳化纪号之元年，天象高明，七政齐而璇玑定；人时上瑞，五稼登而玉烛和。车书混一于寰中，玉帛骏奔于天下，俗跻仁寿，运洽升平。将相名臣，精通文武之教，缁黄上士，勤行道释之宗。由宝命以惟新，致彝伦之欣叙。苾刍盛事，简册宜书。杭州昭庆寺僧曰省常，身乐明时，心发洪愿，上延景祚，下报四恩，刺血和墨，书写真经。书之者何？即《大方广佛华严经·净行》一品也。每书一字，必三作礼，三围绕，三称佛名。良工雕之，印成千卷，若僧若俗，分施千人。又以栴檀香造毗庐像，结八十僧同为一社。再时经象成，乃膝地合掌，作是言曰："我与八十比丘，一千大众，始从今日发菩提心，穷未来际，行菩萨行，愿尽此报，已生安养国，顿入法界，圆悟无生，修习十种波罗蜜多，亲近无数真善知识。身光遍照，令诸有情得念佛三昧，如大势至；闻声救苦，令诸有情获十四无畏，如观世音；修广大无边行愿海，犹如普贤；开微妙甚深智慧门，犹如妙德；边际智满，次补佛处，犹如弥勒；至成佛时，若身上土，如阿弥陀。八十比丘，一千大众转次授记，皆成正觉。我今立此愿，普为诸众生，众生不可尽，我愿亦如是。"伟矣哉，上人之言如是，志如是！……乃有朝廷缙绅之伦，泉石枕漱之士，猗顿豪右之族，生肇高洁之流，皆指正途，趋法曹，如川赴海，如鳞宗龙，贲然来思，其应犹响。非夫励精素志，奋激清心，入金仙之室，游古佛之门者，孰能感人心，隆大教若斯之盛也！上人姓颜氏，字造微，钱塘人也。母孙氏，始梦梵僧，终证法器。年方龆龀，性绝荤茹。七岁舍家，十五落发，礼菩提等吴越副僧统圆明大师志兴为师。十七受具戒，二十通性宗，二十一抗牧翟守素请讲《大乘起信论》，二十五金师钱俨上表奏赐紫方袍。又逢五云大师志逢传唯心法门。雍熙中（按，985、986年左右），梦感神僧示文殊像，由是化四众以造成，拟五台之相好。次则慕远公启庐山之社，易莲华为净行之名，福无唐捐功，已成就内学之外，为诗甚工，汤休、皎然不相上下。噫！昔慧远当衰季之时，所结者半隐沦之士；今上人属升平之世，所交者多有位之贤，方前则名氏且多，垂裕则津梁无已。道光远裔，行冠前修，此而不书，将遗巨美。白望风金地，恭职玉堂，遥贽斯文，以备僧史。凡入社之众，请勒名石阴。

铭曰：

牛斗之下，吴越之区。山辉韫玉，川媚含珠。公王奥壤，神仙下都。名闻北阙，佥曰西湖。中有精蓝，斯为胜境。云霞晓光，松篁翠影。水象龙宫，峰侔鹫岭。云谁居之，颜僧曰省。有大智慧，有大声名。层冰性洁，皓鹤神清。据彼灵刹，高开化成。刳香为像，墨血书经。乃募时贤，乃招净者。无论玄素，不限朝野。似《华严品》，结莲华社。龙必登门，燕皆贺厦。惟上良缘，惟兹福田。如豫出地，如翰戾天。深通实际，顿悟真筌。慧灯相照，法印相传。八十比丘，一千大众。题名宝方，随喜香供。金磬成音，天华浮动。如彼云韶，来仪威凤。猗与上人，拟人于伦。取诸名士，非止遗民。璨如圭璧，和若阳春。英声冠古，令范长新。不刊不刻，孰彰名德？非颂非歌，宁宣懿绩？将辉佛乘，宜镌乐石。善利能仁，流芳万亿。①

由宋白这篇碑文可知，释省常于淳化元年（990）在杭州西湖畔的昭庆寺仿东晋慧远故事结社。之前他曾"刺血和墨"，书写《大方广佛华严经·净行》一品。以极其虔诚的态度完成书写，将写好之经雕印成千卷，分施僧俗。又以栴檀香造毗庐像。入社之人很多，"八十比丘，一千大众"。且无论玄素，愿入社者均不拒斥。其中入社者也有诸如"朝廷缙绅之伦"、"泉石枕漱之士"、"猗顿豪右之族"、"生肇高洁之流"，各色人等，"无论玄素，不限朝野"，是一个融合了僧俗的佛学组织，也是净土宗在宋代繁盛的一个标志。

省常俗名颜造微，生于959年，卒于1020年。被称为净土宗"第七祖"。在净土宗传播过程中起到了巨大的推毂作用。他后来也被称作"圆净大师"，或"钱塘白莲社祖"。（《佛祖统记》卷二十六，《庐山莲宗宝鉴》卷四）因所结之社为净土宗组织，也被称作净行社。省常结社时已"大有名声"，"所交者多有位之贤"。他所成立的西湖白莲社便自然产生了很大的感召力。也因诗人们的参加而有了些诗学的色彩。

值得注意的是人们入社的方式。丁谓在宋真宗景德三年（1006）曾作《西

---

① 曾枣庄主编：《全宋文》第3册，上海辞书出版社、安徽教育出版社2006年版，第410—411页。

湖结社诗序》，提到了文士们寄诗入社以为入社盟文的情形。其序云：

> ……钱塘山水，三吴、百越之极品，而西湖之胜又为最。环水背山二百寺，据上游而控胜概者，今常师所栖之寺曰昭庆者也。开阐物表，出入空际，清光百汇，野声四来，云木之状奇，鱼鸟之心乐，居处有遥观，游者踌躇，岂非万类之净界，达人之道场乎？师励志学佛，而余力于好事，尝谓："庐山东林由远公白莲社而著称，我今居是山，学是道，不力慕于前贤，是无勇也。"由是贻诗京师，以招卿大夫。自是，贵有位者，闻师之请，愿入社者十八九。故三公四辅，宥密禁林，西垣之辞人，东观之史官，泊台省素有称望之士，咸寄诗以为结社之盟文。自相国向公而降，凡得若干篇，悉置意空寂，投迹无何，虽轩冕其身，而林泉其心。噫！作诗者其有意乎？观其辞，皆若绩画乎绝致，飞动乎高情，往心东南，如将傲富贵，趣遗逸。朝夕思慕，飘飘然不知何许之为东林也。孰氏之为远公也，宗雷之辈，果何人也。远公之道，常师之知；宗雷之迹，群公悦之，西湖之胜，天下尚之。则是结社之名，亦千载之美谈也。……景德三年春三月十日序。①

此序中提到，省常仰慕慧远等人成立僧俗组织的风范，结白莲社，且"贻诗京师"，召集公卿大夫入社。宋白的碑文中提到省常"为诗甚工，汤休、皎然不相上下"。他作诗相邀，使文人在对慧远、宗、雷的向往心情中也附加上了对诗的爱好。于是就"咸寄诗以为结社之盟文"。这些诗歌的意思，据丁谓描述，是"置意空寂，投迹无何，虽轩冕其身，而林泉其心"。其词意则"若绩画乎绝致，飞动乎高情，往心东南，如将傲富贵，趣遗逸"。是置身物外，表达高逸之情的作品。因此可知，省常虽为高僧，但精通外学，其诗歌有较高的造诣，因而能与朝廷文士在诗的维度上沟通。文士们入社，也同样是仰慕远公与宗雷之行事。因此可以说，西湖白莲社是一个以净土信仰为纽带，以诗歌和对远公诸人高行的景慕心理来维系的一个僧俗佛学—诗学组织。丁谓所辑之

---

① 《续藏经》第二编第八套第五册《圆宗文类》卷二二。

《西湖结社诗序》，《宋史·艺文志》已无著录，当早已亡佚，惜乎难睹这些入社诗的面貌了。不过以诗为入社之盟的做法倒是对宋代诗社活动的开展很有启发意义。宋代及后来的许多诗社都有以诗入社的做法，不同之处在于入社诗不一定要有盟誓性质，都是较单纯的诗学性质，即入社诗须达到社内诗人的赞许与肯定，才能吸纳诗人进入诗社。

历来对西湖白莲社成立时间的认识存在分歧。欧阳光在研究宋元诗社方面有着很高的成就。他的《宋元诗社研究丛稿》中有专篇介绍西湖白莲社的内容，但他依据丁谓之序中"景德三年"的内容将此社成立时间定为1006年。其实这是丁谓编辑入社诗为诗集的年份，并非此社成立的年代。实际上丁谓编辑入社诗的行为开始得很早，在孙何作《白莲社记》时就已提及（详后）。祝尚书的《宋初西湖白莲社考论》[①]对该社的成立，包括时间与参加人员等问题都做了详细考索，内容详实可靠。祝尚书依据宋白碑文定为淳化元年（990）是正确的。其实关于结社时间的分歧早已有之。明人吴之鲸在《武林梵志》卷五中说："天禧初有圆净法师学庐山慧远结白莲社，缙绅之士与会者二十余人。"[②]"天禧"为宋真宗后期年号，始于1017年，终于1020年。即使将"天禧初"理解为1017年，那么较该社成立的时间晚了27年。这个误差就很大了。但《武林梵志》卷十又云："宋省常，钱塘人，七岁出家，淳化中住昭庆，慕庐山之风结净行社于西湖，士夫与会者百二十人，而王文正公旦为之首，比丘亦千人焉。"[③]又将成立时间定为"淳化中"（淳化从990—994）。可见西湖白莲社之成立时间的分歧由来已久。我们依据宋白之碑文可以断定，西湖白莲社应该成立于淳化元年（990），这距北宋建国仅三十年，然却很可能就是宋代诗社繁盛期出现的第一个诗社，虽然它的佛学色彩依然较为浓厚。

该诗社成立的地点在杭州西湖边上的昭庆寺。《武林梵志》卷五介绍了该寺的历史。其云：

> 昭庆律寺，晋天福间吴越王建。宋乾德二年（964）重修。太平兴国

[①] 祝尚书：《宋初西湖白莲社考论》，《文献》1995年第3期。
[②] 《武林梵志》卷五，文渊阁《四库全书》第588册，上海古籍出版社1987年影印本，第94—95页。
[③] 《武林梵志》卷十，文渊阁《四库全书》第588册，上海古籍出版社1987年影印本，第240页。

三年（978）建戒坛于寺中，每岁三月三日海内缁流云集于此，推其长老能通五经诸典者登坛说法，敷陈具戒，其徒跪而听之，名曰受戒，至今行之。天禧初（1017、1018），有圆净法师学庐山慧远结白莲社，缙绅之士与会者二十余人。运使孙何为之记。南渡后以其地为策选锋军教场，寻复为寺，元末毁。洪武间重建，成化间毁。云水僧广慎复营之。嘉靖间毁于海寇。都御史胡宗宪重创殿宇，隆庆间复毁。新都汪道昆募建。万历二十五年敕赐银一千两助建。内有万善戒坛、藏经阁、千佛阁、绿野堂、观音井、碧玉轩、四观堂、看山亭、卧牛石、放生池。宋陈尧佐诗："湖边山影里，静景与僧分。一榻坐临水，片心闲对云。树寒时落叶，鸥散忽成群。莫问红尘事，林间肯暂闻。"王元之（按王禹偁字元之）诗："梦幻吾身是偶然，劳生四十又三年。任夸西掖吟红叶，何似东林种白莲。入定雪龛灯焰直，讲经霜殿磬声圆。谪官不得余杭郡，空寄高僧结社篇。"①

可见昭庆寺前后也几经毁圮。又几度重修。其中有堂名"绿野"，显系受裴度、白居易等人"绿野堂"诗会的启发。

其中提到寺内构建，当有所据。《咸淳临安志》卷七十九之"大昭庆寺"条云："乾德五年（967）钱氏建。旧名菩提，太平兴国七年（982）改赐今额。太平兴国三年（978）建戒坛。天禧中，圆净大师创白莲社（按，此误，非天禧中建），有堂二，曰绿野，曰白莲，轩二曰碧玉，曰四观。古刻有《白莲堂诗》、《文殊颂》、《菩提寺记》，皆毁于火。南渡初，以其地为策选锋军教场，惟存戒坛数间而已。自嘉定至宝庆初渐复旧观。"② 由此可知，昭庆寺本有白莲堂、绿野堂，其受慧远、宗炳等人的僧俗组织及裴度、白居易、刘禹锡的诗会活动之影响不言而喻。因此说，省常之西湖白莲社是兼具佛学与诗学的诗社性组织。在诗社发展史中，具有典型的佛诗结合性质，同时也具有一种向纯粹诗

---

① 《武林梵志》卷五，文渊阁《四库全书》第588册，上海古籍出版社1987年影印本，第94—95页。此二诗当为陈尧佐与王禹偁之入社诗，详者。陈尧佐有诗《游湖上昭庆寺》云："湖边山影里，静景与僧分。一踏坐临水，片心闲对云。树寒时落叶，鸥散忽成群。莫问红尘事，林间肯暂闻。"此诗未必遽可看作为入社诗，但与昭庆寺有关，且陈在杭州时西湖白莲社已成立，故而此诗当与寺和社有所关联。

② 《咸淳临安志》卷七十九，文渊阁《四库全书》第490册，上海古籍出版社1987年影印本，第821页。

学性诗社的过渡性特点。

《咸淳临安志》卷七十九之"大昭庆寺"条后附有孙何所作《白莲社记》一文,该文是了解此诗社的重要文献,兹录于此:

达人之大观也,经非纸上,讵假乎贝叶之文;佛在心中,宁劳乎旃檀之象。而情由化革,识乃悟新,非言语无以证四禅,非相好无以示三昧。鸿渐性海,假乎筌蹄。西湖者,余杭之胜游;净行者,华严之妙品。境与心契,人将法俱。浮图首常(按,此处误,当为"省常")结社于此。举白莲以喻其洁,依止水以方其清。栋梁飞动乎溪光,云木参差乎山翠。追道安之故事,则我在圣朝;蹑惠远之遗踪,则彼无公辅。尔乃镂香为玉毫之状,洒血缮金口之文。八十高僧,一千大众,受持正觉,劝导迷途。故参与苏贰卿序之于前,今承旨宋尚书碑之于后。仍(按,疑当为"乃")贻丽句以赞真宗,辉映士林,蔚为唱首。于是乎钧台上列,宥密近臣,文昌名卿,玉坄内相,琐闼夕拜,谏垣大夫,纶阁舍人,卿寺少列,郎曹应宿,仙馆和铅,曲台礼乐之司,延问著述之士,殿省春坊之俊,幕府县道之英。凡若干人,莫不间发好辞,演成盛事,摘锦布绣乎堂上,合璧连珠于牖间。峡路运使史馆丁刑部顷岁将命瓯闽,息肩乡里,复又写山林之幽胜,集群彦之歌诗,作为冠篇,鼎峙兰若,虽梁萧再出,裴休复生,一字千金,无以增捐,况何之固陋乎。今所叙者,始以枢机大臣,台阁名士,闻法随喜之岁月,寄诗入社之后先,辨其官班,列其名氏,至夫义利交战,道胜者为至人;爱恶相攻,德成者为君子。若乃混韦布乎公衮,等林泉于市朝。身在庙堂,心在江湖。以王谢之名位,慕宗雷之风猷者,则有相国河内向公,贰卿长城钱公在密地日,参政太原王公,夕拜东平吕公在纶阁日,密谏颖川陈公,度支安定梁公任省倅日,尚书琅琊王公,夕拜清河张公在余杭日,侍读学士东平吕公任司谏日,工部侍郎致仕沛国朱公在翰林日,大谏始平冯公任翊善日,紫微郎赵郡李公,安定梁公,洪农梁公在史馆日,故邓帅陇西李公在秘阁日,故副枢广平宋公在翰林日,故阁老太原王公在扬州日。皆文为国华,望作人杰,仰止师行,发为声诗。丽句披沙,孰谓布金之地;英辞润石,郁为群玉之山,大矣哉!朝野欢娱,车书混一。禅扉接影,将府署以争辉;鱼梵交音,与颂声而间作。常公定力坚固,有自诚而明之心;法性圆通,有为善最乐之喻。欲使人修净行,家习净名,睹相起慈悲之缘,披文生利益之意。转置热恼之众,延集清凉之乡。足以发挥后来,启迪先觉。住第一义谛,入不二法门。岂徒夸阳春白雪之词,衔螭首龟趺之作。鹥飞乌企,壮兜率之斋宫;凤跋龙挐,书竺乾之梵夹而已。咸平四年(1001),常公远自澜水来乎姑苏,旅寓半年,以碑阴为请,且就他山之石,将刊不朽之名,何厕儒家流,领太史氏,受承旨尚书之顾,三读为荣;悉武功参与之知,九原未报。丁刑部言扬事举,既接科名,心照神交,实由道契。依经作传,敢萌左氏之辞,相(质披)丈(按,疑为"文"),但愧陆机之说,与我同志,无多诮焉。①

此文中"故参与苏贰卿序之于前"(贰卿即侍郎),"苏贰卿"即苏易简,他作有《施华严净行品》,云:"辛卯岁(淳化二年,991年)有荥阳郑生自会稽至,以《方广华严净行品》一篇示予……以予乐在名教,早勤熏修,求为序引,以示来者。予闻是言,即摄衣稽颡而报之曰:'彼上人者果能立是见解,成是功德,予当布发以承其足,剜身以请其法,犹无恨,何况陋文简学,而有吝惜哉!即时预千人之受持,同诸佛之赞叹。"②由此可知,苏易简当在淳化二年便入社了。孙何记文中还提到"峡路运使史馆丁刑部顷岁将命瓯闽,息肩乡里,复又写山林之幽胜,集群彦之歌诗。"据《宋史·丁谓传》,丁谓淳化四年(994)直史馆,以太子中允为福建路采访。可知在省常淳化元年(990)发起组织白莲社到丁谓淳化四年收集群彦的入社的四年间,是士人们寄诗入社的高峰。以后当也陆续有人投诗入社,直至1006年丁谓集入社诗成《西湖结社诗》便蔚为大观了。丁谓本人与孙何关系很好,又都受到王禹偁的极力奖掖,二人并称"孙丁"③。且孙何与丁谓都是白莲社成员,并且都

---

① 《咸淳临安志》卷七九,文渊阁《四库全书》第490册,上海古籍出版社1987年影印本,第821—822页。
② (宋)苏易简:《施华严经净行品序》,曾枣庄、刘琳主编:《全宋文》第8册,上海辞书出版社、安徽教育出版社2006年版,第313—314页。
③ (元)脱脱等著:《宋史》卷二八三,中华书局1977年版,第27册,第9566页。

保存了重要文献。他们与王禹偁及名高望重的王旦、宋白等人实际上是一个具有师生关系及政治利益性质的文人团体。而其中王禹偁与丁谓、孙何还是在宋代较早倡导古文和为诗宗杜的作家。他们在诗歌理论与实践上也都为宋诗走出五代诗风，别开生面做出了贡献。

孙何记中说到咸平四年（1001）省常旅寓姑苏半年，其间请孙何作为此记，故知孙何此文，作于是年。以该年为限断，此记文中提到的以寄诗入社为先后的文人共有十九人。加上丁谓、孙何共二十一人。省常卒后，其徒智园作《白莲社主碑文》，说省常与宰衡名卿三十年为莫逆之交。估计在省常在世日，不断有文人（当然不只是公卿名士）入社。故《武林梵志》等文献有与会者二十人之说。关于孙何此文中提及的入社之人，据祝尚书考证：

"故参与苏贰卿"即苏易简（958—996），字太简，"贰卿"即侍郎。苏易简尝以礼部侍郎出知邓、陈二州。苏易简当为最早入社之卿大夫。

"今承旨宋尚书"即宋白（936—1012），字太素。曾任翰林承旨、刑部尚书。至道元年（995）仁翰林承旨，二年（996）任刑部尚书。四年（998）以工部尚书致仕①。宋白为宋初名臣，曾与李昉等编纂《文苑英华》一千卷。在任礼部侍郎时，凡三掌贡士，拔擢苏易简、王禹偁、胡宿、李宗谔等人。本传亦称他"后进之有文艺者，必极意称奖"②，是士林敬仰的对象。宋白入社当极有号召力。

"相国河内向公"即向敏中（946—1020），字常之。宋真宗咸平四年（1001）任平章事，故孙何谓其为相国。

"贰卿长城钱公"为钱若水（960—1003），字澹成③。

"参政太原王公"即王旦（957—1017）。据《宋史》本传，王旦于咸平四年（1001）以工部侍郎参知政事。故孙何云"参政太原王公"。王旦位高望众，

---

① 《续资治通鉴长编》卷六七，文渊阁《四库全书》第315册，上海古籍出版社1987年影印本，第91—92页。
② （元）脱脱等著：《宋史》卷四三九，中华书局1977年版，第37册，第12998—12999页。
③ 祝尚书认为孙何此文作于丁谓《西湖白莲社诗序》后不久。（见其《宋初西湖白莲社考论》一文，载《文献》1995年第3期。下文所引祝尚书观点均出此文，不再说明）非是。由上文可知，孙何此文作于真宗咸平四年（1001），祝先生认为钱若水条前脱"故"字，亦恐非是。据《宋史》本传，"真宗即位，（钱若水）加工部侍郎"，侍郎又称"贰卿"。故孙何谓之"贰卿长城钱公"。

颇受真宗器重。乾兴初（1022），诏配享真宗庙廷。仁宗号之约"全德老人"。王旦入社后，与宋白一样，在士林中都是极具号召力的。

"夕拜东平吕公"祝尚书认为"未详"。孙何原文曰"夕拜东平吕公在纶阁日"。"纶阁"为中书省，即此吕公在中书省任职时加入白莲社。然考诸史乘，完全符合条件者似阙知。唯吕端略近之。吕端（939—999），亦为宋初名臣。然吕端未尝正式在中书省任职。但吕端任相时已是太宗后期，太宗曾出手札戒喻："自今中书事必经吕端详酌，乃得闻奏。"① 后真宗咸平二年（999）夏又曾"就中书视事"，至十月乃卒。吕端位望很高，但据现在资料，认定他曾入社尚有未安。然宋初台阁诸吕均不符合条件。孙何此记实应省常要求而作，所列者亦都是当时名臣，此处吕公究竟为谁，尚待榷考。

"密谏颍川陈公"或为陈尧佐。陈尧佐曾任秘书省校书郎，后为两浙转运副使。曾题诗于昭庆寺（见前文引）。陈尧佐与省常、丁谓等人时代相同，在杭时又为丁谓副手，估计也曾入社②。

"度支安定梁公"为梁鼎（955—1006），字凝正，宋真宗时为度支使。至道初（995—996年左右）曾任都官员外郎，江南转运副使。估计梁鼎入社，在任江南转运副使时。（"倅"即为副职意）

"尚书琅琊王公"即王化基（944—1010）字永图。淳化四年（993）以工部侍郎知杭州。至道三年（997）拜参知政事。真宗时任礼部尚书。故标明职位为"尚书"。所以王化基入社在993年以后。又因梁鼎在995年或996年入社，所以王化基入社要稍后一些。

"夕拜清河张公"即张去华（938—1006）字信臣，他在至道三年（997）知杭州。真宗时又以给事中知杭州。他入社应在第一次知杭州期间。

---

① （元）脱脱等著：《宋史》卷二八一，中华书局1977年版，第27册，第9515页。
② "密谏颍川陈公"还有可能是陈尧叟（961—1017）。尧叟为尧佐兄，约在咸平三、四年间由交州回京后加刑部员外郎，充度支判官。旋安抚广南东西路。又拜主客郎中、枢密直学士。咸平五年（1002）进给事中。由此看来，陈尧叟在咸平四年（1001）孙何作记时正任主客郎中、枢密直学士。"密谏"云者，便符合了。陈尧叟亦为当时名臣，颇有政绩。他与当时文士也有往还。今陈尧叟诗中的《题义门胡氏华林书院》一诗，宋白、宋湜、李至、向敏中、钱若水、朱昂、吕祐之均有同题之作（钱若水作《咏华林书院》），当为诸人文学游会时的作品。宋白、宋湜还有《送陈尧叟赴广西漕》诗，可知陈尧叟与这些诗人有着文学上的关系。但若以陈尧叟在咸平三、四年间任枢密直学士的话，那么他入社的时间似与孙何罗列诸人的顺序不合。究竟此"密谏颍川陈公"为尧叟、尧佐，抑或其他陈氏，待考。

"侍读学士东平吕公"即吕祐之（947—1007），字元吉。所谓"任司谏"，盖因吕祐之在至道年间曾任右谏议大夫。所以他入社在至道年间（至道始于995，终于997年）任右谏议大夫前后。若结合上述诸人的入社顺序，吕祐之入社应在997年左右。

"工部侍郎致仕沛国朱公"即朱昂（925—1001）。朱昂在咸平二年（999）任翰林学士，三年（1000）以工部侍郎致仕。孙何此文作于四年（1001）故云。祝尚书既认为孙何此文作于丁谓序后，故考订官职时往往以丁谓作序之年为参照，因而稍有微瑕。此处祝先生认为朱昂应在太宗时任翰林，而昂在太宗时未尝任职于翰林，故祝氏认为孙何所说原因未详。现在可以凿实了，即朱昂入社，应在咸平二年（999），这也符合以入社年代排列的上述顺序。

"大谏始平冯公"即冯沆，淳化至道间（994、995年左右）任太子中允（即"翊善"）。真宗时迁殿中侍御史。联系上文顺序，冯沆入社，亦应在999年左右。

"紫微郎赵郡李公"，祝尚书认为未详。紫微侍郎即中书舍人。今考诸史乘，认为此"李公"为李沆的可能性较大。李沆（947—1004），字太初。宋太宗常谓"李沆、宋湜皆嘉士也"①。雍熙四年（987）与宋白同知贡举。宋湜与宋白都入社，宋湜稍后一些。李沆淳化二年（991）判吏部铨。淳化三年拜给事中，参知政事。真宗即位，迁户部侍郎，参知政事。咸平初（咸平元年为998），以本官平章事，监修园史，改中书侍郎。但中书侍郎是否能够称为"紫微郎"尚待详考。但李沆之交游与任职都较符合条件，姑定李沆便是此处之"李公"，其入社抑或在999年或稍后。李沆亦曾为相，王旦为参知政事。在西夏、契丹边患问题上，李沆时有高见。王旦叹曰："李文靖真圣人也。"当时遂有"圣相"之称。李沆入社，也足以点缀其事，在士林中也产生了巨大的影响。

"安定梁公"或为梁颢。梁颢字太素，曾受王禹偁称赏。梁颢与梁湛在雍熙四年并召为右拾遗，直史馆，后因事知鱼台县，不久复职史馆。又任开封府

---

① （元）脱脱等著：《宋史》卷二八二，中华书局1977年版，第27册，第9537页。

推官、三司关西道判官，太常博士等职。此处两梁公任职史馆日早于真宗初年，或一直兼任史馆之职。然除此亦似无人。姑从祝先生之论。

"故邓帅陇西李公"即李至（947—1001）字言幾。宋真宗咸平元年（998）授武信军（一作武胜军）节度使。邓州在武胜军节度之下，故曰邓帅。李至虽与邓帅符，然"在密阁日"却颇令人费解。因《宋史》本传说他在雍熙初（984或985）加给事中。"会建秘阁，命兼秘书监，选三馆书置阁中，俾至总之。每与李昉、王化基等观书阁下，上必遣使赐宴，且命三馆学士皆与焉。至是升秘阁，次于三馆，从至请也。"① 后又兼判国子监。至道初又与李沆并兼宾客。真宗即位，拜工部尚书，参知政事。按以上诸人之排列次序，估计李至②在秘阁兼职时间较长，其入社，当在真宗即位以后的999年或1000年。

"故副枢广平宋公"即宋湜（950—1000），字持正。至道元年（995）任翰林学士，知审官院，三班，又兼修国史，刺昭文馆事，加兵部郎中。咸平元年冬改给事中，充枢密副使。盖宋湜于995至998年间任职翰林。其入社在998年充枢密副使后。宋湜亦颇孚人望。《宋史》本传谓湜"当世士流，翕然宗仰之"。故而宋湜之入社，也会具有极强的号召力。

"故阁老太原王公"即王禹偁（954—1001），字元之，曾任礼部员外郎。至道二年（996）知扬州。真宗即位（998）后再召入都，复任知制诰，参与撰修《太宗实录》。因直书史事，引起时宰不满，又遭谗谤，咸平二年被贬至黄州、蕲州等地，卒于蕲州。其在扬州日，当在至道元年至咸平元年间。王禹偁有《寄杭州西湖昭庆寺华严社主省常上人》诗，当为他的入社诗。诗中提到他当时四十三岁。所以王禹偁之正式入社当在至道二年作入社诗到咸平初离开扬州之间。王禹偁在当时以介直称，在礼部任上曾大力举荐孙何、丁谓等人。再加上王禹偁力主古文，并倡导杜甫、白居易诗风。所以王禹偁③之入社，使该诗社在诗文理论方面具有了特殊的意义。

综上，西湖白莲社的成员中位望高重的名臣很多，他们相互激荡，相互鼓舞，在一个佛学的平台上融入了许多诗学的因素。

---

① （元）脱脱等著：《宋史》卷二六六，中华书局1977年版，第26册，第9176页。
② 李至与李昉多有诗作往来，曾编有《二李唱和集》一卷，因此李至也可谓以诗名为时人所知了。
③ 然将王禹偁置入此处似与所谓"寄诗入社之先后"的顺序安排抵牾，姑存待考。

西湖白莲社主省常以诗相寄，邀请当时知名文士入社，从佛学上讲是为了扩大净土宗的影响，而这些位居显宦且拥有重名的文士参加，除有佛学上的考虑外，对于慧远等人的僧俗组织（他们认为慧远等人所结之组织亦为白莲社）的向往，对裴度、白居易、刘禹锡的绿野堂诗会的追慕也都是主要原因。从这个角度上讲，省常的西湖白莲社的诗学意义较慧远之社要浓重得多。此外，入社的文士们都具有较高的文学素养。宋白、苏易简曾参与编纂《文苑英华》，宋白还参加了编纂《太平广记》的文化工程。丁谓后来则有预《册府元龟》的编纂。他们在文坛上的地位也使他们的入社在文学上扩大了西湖白莲社的影响。尤其是王禹偁的入社就更具有文学史与文学批评史的意义了。但我们也应知晓，这些入社文人本身就有一定的群体性色彩，入社也是他们群体性的一种表现方式。宋白、王旦均曾为相，察举多人。宋白还尝三掌贡士，举进了苏易简、王禹偁。而王禹偁又在礼部侍郎位上大力举进了孙何、丁谓。这种特殊的关系也使得他们在政治上有了一种利益共同体的特点①。同时，也应指出，该社在文学上并未有过多的创作活动。丁谓在 1006 年编纂《诗集》时距该社成立已有十六年，但他编入的还都是些入社诗。我们遍考这些诗人的存诗，已经难以发现其中有关乎西湖白莲社的诗篇。在这些文人们入社之后，他们也未有什么经常性的与诗有关的活动，也没有出现像唐代诗人群体性诗学活动中常有的联句、依韵、和韵、次韵或同题共作的篇什。故而，西湖白莲社从成员上讲虽是融合僧俗，但除了以诗为纽带促成了这些文人们入社和编有诗集之外，其

---

① 李至曾师事徐铉，手写铉及弟错集，置于几案。徐铉曾参编《文苑英华》和《太平广记》，因为这一层关系，李至当与王旦、苏易简等人有过从。这也可看作是入社文士这一群体结合在一起的一种纽带。文士们的入社，也多少带有这种师门群体性派系行为的色彩。明吴之鲸《武林梵志》卷八载：王旦于卒前一日"嘱翰林杨亿曰：'吾深厌劳生，愿来世为僧，宴坐林间，观心为乐。'常（尝）与昭庆寺省常禅师游，因师刺血写《华严经·净行品》，结净社于西湖，士大夫与会有百二十人，旦为之首。而翰林苏易简作《净行品序》曰：'余常布发以承其足，剜身以讲其法。犹尚不辞，况陋文浅学而有惜哉？'"（文渊阁《四库全书》第 588 册，上海古籍出版社 1987 年影印本，第 161 页）王旦为入社士大夫之首，他可能动员了其他士人参与了白莲社，苏易简入社也与王旦一样，是有着佛学因由的。除了他们两位明确表示因佛缘而入社，其他似无这种表述。因入社诗已佚，我们也难以阐明他们的佛学动因到底在多大程度上起了作用。而王禹偁是有反佛思想的，他的入社，也或许是屡遭贬谪而产生的一种特殊心态使然。总之，士大夫入社，其实佛学、诗学与政治上的派系性都起了一定的作用。虽然他们的政治派系不完全相同，各人的仕途遭遇也不一样，但因有师门关系或个人交往的因素，所以他们入社在政治上还是具有某些共同利益的。

诗学本身的意义并不十分突出①。

但因王禹偁曾入社，故而亦须对王禹偁入社的意义做一个简要的论述。

王禹偁参加西湖白莲社的诗学意义：

王禹偁在创作上，一改唐宋五代旧习，是宋初诗文革新运动的先行者，有导夫先路之功。《四库全书》之《小畜集》提要有云："宋承五代之后，文体纤俪，禹偁始为古雅简淡之作。"不仅在散文创作上，在诗歌创作上他也别开生面，有别于唐末五代和宋初其他馆阁大臣之作。而他又曾举荐孙何、丁谓等人，与入西湖白莲社的其他文士多有文学往还。这便形成了他文学影响力的一个作用场。借着西湖白莲社的巨大影响，他的主张也会相应地辐射出去，从而对宋代诗风、文风的变革起到推动作用。

王禹偁诗学思想简述：

王禹偁不满五代及时下诗风，在《送孙何序》中清楚地表露了他改革文风的意见。其云：

> 天之文，日月五星；地之文，百谷草木；人之文，六籍五常。舍是而称文者，吾未知其可也。咸通（按，"咸通"为唐懿宗李漼年号〔860—874〕，此处代指晚唐）以来，斯文不竞。革弊复古，宜其有闻。国家乘五代之末，接千岁之统，创业守文，垂三十载，圣人之化成矣，君子之儒兴矣。然而服勤古道，钻仰经旨，造次颠沛，不违仁义，拳拳然以立言为己任，盖亦鲜矣。富春孙生有是夫……会有以生之编集惠余者凡数十篇，皆师戴六经，排斥百氏，落落然真韩柳之徒也。……观其气和而壮，辞直而温，与夫向之著述者相为表里，则五事之言貌，四教之文行，生实具焉！②

认为自咸通以后，文风不竞，这就是指晚唐五代诗文风气的纤弱佻巧，局

---

① 入西湖白莲社的文人也屡有群体性诗学活动。苏易简、王旦、钱若水、吕祐之的诗作中都有《禁林宴会之什》应是他们入值内阁时的一次聚会中的同题共作作品。但在这些人的现有诗作中，已经找不到与"西湖白莲社"有关的诗篇。所以，诗，只是使他们入社的一个介质，却不能说是该社在成立以及以后的活动中有多少诗的因素。从这个角度讲，西湖白莲社的诗学纯度还是偏低的。

② 《小畜集》卷一九，曾枣庄主编：《全宋文》第 7 册，上海辞书出版社、安徽教育出版社 2006 年版，第 424 页。

促气短的作风而言。认为应立即"革弊复古"。因为这个原因,他推崇孙何的"师戴六经,排斥百氏",认为得韩柳之精神。可见他是要在思想上恢复强化儒家正统地位。在文风上革除晚唐而下过于重视形式而忽略文学内涵的偏差。可见王禹偁之革新,其实也是以文学改革迎合思想领域的整体复兴儒家传统的一个环节。王禹偁一直以儒家思想立身行事,其《吾志》诗云:"吾生非不辰,吾志复不卑。致君望尧舜,学业根孔姬。"①他自己表述其为文为诗是"篇章取李杜,讲贯本姬孔。古文阅韩柳,时策开晁董"②。还因自己的诗作被认为与杜甫诗"语意颇有相类"而高兴,作诗有句云:"本于乐天为后进,敢期子美是前身。"③明确表示了自己在诗歌方面对杜甫、白居易的仰慕。他的很多诗作,也都继承了杜甫、白居易关注民生疾苦,揭露黑暗现实的传统。如《对雪》、《感流亡》等诗作就是如此。值得注意的是,他对孙何、丁谓的推举,也多是以儒家的思想文化与主张为基本依据的。

王禹偁任职礼部期间,曾秉持儒家文学思想对孙何、丁谓大力肯定,除上文《送孙何序》表示对孙何诗文的推举外,在《荐丁谓与薛太保书》中,他依然以韩柳、杜甫等的文学创作为标准对丁谓予以肯定:"有进士丁谓者,今之巨儒也。其道师于六经,泛于群史,而斥乎诸子。其文类韩柳,其诗类杜甫。其性孤特,其行介洁,亦三贤之俦也。"④认为丁谓之文似韩愈、柳宗元,其诗似杜甫。这便明确表明了对韩柳之文与杜甫之诗的推崇态度。诚乎王禹偁是诗文革新运动的先声。他对杜甫的推举,更可谓渐开有宋代诗歌创作与批评的主流风气。

在《送丁谓序》中,王禹偁有云:"去年得富春生孙何文数十篇,格高意远,大得六经旨趣。仆因声于同列间。或曰:'有济阳丁谓者,何之同志也。其文与何不相上下',仆未之信也。会有以生之文示仆者,视之则前言不诬矣。

---

① 傅璇琮主编:《全宋诗》第2册,北京大学出版社1991年版,第658页。
② 《寄题陕府南溪兼简孙何兄弟》,傅璇琮主编:《全宋诗》第2册,北京大学出版社1995年版,第656页。
③ 《前赋春居杂兴诗二首间半岁不复省视因长男嘉祐读杜工部集见语意颇有相类者咨于予且意予窃之也予喜而作诗聊以自贺》,傅璇琮主编:《全宋诗》第2册,北京大学出版社1995年版,第733页。
④ 《小畜集》卷一八,曾枣庄主编:《全宋文》第7册,上海辞书出版社、安徽教育出版社2006年版,第385页。

是秋,何来访仆,既与之交,又得生之履行甚熟,且渴其惠顾于我也。今春生果来,益以新文二编为书以投我,其间有律诗、今体赋、文非向所号进士者能及也。其诗效杜子美,深入其间。其文数章,皆意不常而语不俗,若杂于韩柳集中,使能文之士读之不之辨也。由是两制间咸愿识其面而交其心矣。"①

可见,因丁谓与孙何一样,文似韩柳,诗学杜甫而受到王禹偁的大力掖扬,并为其延誉。这也可知,王禹偁与孙何、丁谓在文学思想的宗尚方面,实际上是一致的。王禹偁在宋代应是最早倡导韩柳者,后来欧阳修等人的"诗文革新运动"应受其影响。也就是说,王禹偁开启了宋初"诗文革新运动"的先声②。

在王禹偁的《小畜集》中与孙何、丁谓有关的诗文还有:

《寄题陕府南溪兼简孙何兄弟》(《小畜集》卷三)

《暴富送孙何入史馆》(《小畜集》卷四)

《闻进士孙何及第因寄》(《小畜集》卷八)

《寄陕府通判孙状元(何)兼简令弟秀才(仅)》(《小畜集》卷九)

《将乃陕郊先寄孙状元》(《小畜集》卷九)

《书怀简孙何丁谓》(《小畜集》卷十)

《送江州孙膳部归阕兼寄承旨侍郎》(《小畜集》卷十一)

《送丁谓之再奉使闽中》(《小畜集》卷十一)

《扬州道中感事兼简史馆丁学士》(《小畜集》卷十一)

---

① 《小畜集》卷一九,曾枣庄主编:《全宋文》第7册,上海辞书出版社,安徽教育出版社2006年版,第425页。厉鹗《宋诗纪事》卷五《孙何小传》后引《涑水纪闻》:"孙何、丁谓举进士第,未有时名,王禹偁见其文大赏之,赠诗云:'三百年来文不振,直从韩柳到孙、丁。如今便好令修史,二字文章似六经。'二人由此时名大振。"见《宋诗纪事》卷五。厉鹗又举《历代吟谱》云:"孙何曾作《两晋名贤赞》并诗三十篇。王禹偁延誉之曰:'丁谓与孙何,便可白衣修撰。'"这也是王禹偁对孙何、丁谓的掖扬。

② 《宋诗纪事》卷四王禹偁小传后引晁以道《与三泉李奉议书》云:"本朝王元之之后晏公,晏公之后欧阳公,欧阳公之后东坡,皆号一代龙门。其门下洒扫应对之士后为名公卿将相者不可胜数也。"认为王禹偁、晏殊、欧阳修、苏轼在宋代文学发展中有巨大影响,受其影响而有成就的人也很多,这说明了王禹偁在宋人心目中崇高的地位。欧阳修《书韩文后》云:"予少家汉东,有大姓李氏者,其子尧辅颇好学。予游其家,见其蔽箧贮故书在壁间,发而视之,得唐《昌黎先生文集》六卷,脱落颠倒无次序,因乞以归读之。是时,天下未有道韩文者。予亦方举进士,以礼部诗赋为事。后官于洛阳,而尹师鲁之徒皆在,遂相与作为古文。因出所藏《昌黎集》而补缀之。其后,天下学者亦渐趋于古,而韩文遂行于世。"其实王禹偁倡导韩柳古文,并选拔丁谓、孙何这样的后进,亦是对韩柳古文的一种倡导。但他们却未像欧、尹一样在创作上表现出足以扫荡当时流行的太学体的力度,故而对宋文革新产生实质性的影响限于开导的意义上。

《皇华集序》(丁谓使闽越，朝臣文士赋诗送之，其诗编为《皇华集》)

从这些写与孙何、丁谓的作品看，孙、丁二人与王禹偁可谓文学上的知己。他们在西湖白莲社中会形成一个文学思想和创作上的小团体。会对入社其他文人多少产生影响。(在《小畜集》中也有与王旦、苏易简有关的诗文，但王禹偁与王、苏二人之交，不会比他与孙、丁二人深挚)同时，他们三人的诗文主张，也会借西湖白莲社这样一个僧俗佛学—诗学组织产生影响。

不过，从现存文献看，西湖白莲社除已佚的《西湖白莲社结社诗》和王禹偁、陈尧佐的有关诗作外，此社似乎较少牵涉到创作与批评。该社的组织成立是以寄诗入社的方式进行，但也无文献可证实该社的活动与诗的创作或批评有多大关系。也就是说，西湖白莲社较之慧远等人的僧俗群体在诗的因素上是较多一些，但并非我们所界定的诗社。甚至比起文人们不定期的文会诗会来说，文学因素都是较少的。但是士人入社，并且是有较高文学素养的士人入社应该说在某种程度上增加了西湖白莲社的影响力，也增加了其在文学史上的影响。尤其是王禹偁、孙何、丁谓这些继承韩柳文统和喜好学习杜诗的文士入社，也会凭借该社的影响力，将他们的主张置于一个较高的传播源点之上[①]。他们在对社友产生影响的同时，也会借助该社在社会上的影响力使他们的主张播散开来，从而对北宋诗文革新运动的发生产生作用。但就从诗社这个角度讲，他们的意义则就在结社活动中和以诗结社的方式本身的影响力方面。这就是西湖白莲社在宋代诗社活动史中的存在意义。我们也只有从诗社活动史这个角度，方能较为客观地评价西湖白莲社的历史意义。(至于对净土宗传播的影响，不是本课题讨论的范畴)

二、林逋历阳诗社考述

在北宋的诗社活动史上，林逋以及与其有关的历阳诗社是一个值得注意的问题。

[①] 《宋诗纪事》卷四之王禹偁诗《别诸生》后引《渑水燕谈录》云："王元之初知制诰，上书雪徐铉，贬商州，召入为学士，坐辨孝章皇后不实谪滁州，复召知制诰，撰《太祖尊号册》，坐轻诬谪黄州，作《三黜赋》，以自述。时苏易简适放榜，奏曰：'禹偁翰林名儒，今将全榜诸生送于郊上。'可其奏。诸生别元之占一绝，付状元孙何，曰'为我多谢苏易简'云。"可见王禹偁在当时士林中的巨大影响力。

林逋诗《寿阳城南写望怀历阳故友》云："楚山重叠矗淮濆，堪与王维立画勋。白鸟一行天在水，绿芜千阵野平云。孤雁拂阁晴先见，极浦渔舟晓未分。吟罢骚然略回首，历阳诗社久离群。"①此诗写于寿阳（今安徽寿县），为怀念历阳故友之作。其中"吟罢骚然略回首，历阳诗社久离群"，显系追思历阳诗社，以自己已离此社不能参与其群为憾。历阳是今天的安徽和县，唐为和州。刘禹锡贬谪和州时的陋室即在于此。然而历阳诗社历来却少关注，可征引的文献亦不足，故仅能依凭现有资料略窥一二。

林逋（967—1028）字君复，浙江钱塘人。《宋史·林逋传》谓其少孤，不修章句之学，不参加科举考试，不趋慕荣利"性恬淡好古，弗趋荣利，家贫衣食不足，晏如也。"具有特立独行的人格。他"初放游江、淮间，久之归杭州，结庐西湖之孤山，二十年足不及城市"。可知林逋在归隐孤山之前，曾有较长时间的"放游江、淮间"的生活。林逋归隐后获重名，知名文士与当地官员亦多与之交。真宗下诏书诏赐其粟帛，并诏长吏岁时劳问。薛映、李及在杭州任上，常造其庐，与之清谈终日而去。林逋生命的后二十年并未出游，亦不入城市。其卒，被仁宗赐谥号和靖先生。林逋的历阳诗社活动，应该是在他三四十岁间游历江淮时期参与过的一个诗人群体组织。《宋史·林逋传》谓林逋"喜为诗，其词澄泬峭特，多奇句。既就稿，随辄弃之。或谓：'何不录以示后世？'逋曰：'吾方晦迹林壑，且不欲以诗名一时，况后世乎？'然好事者往往窃记之，今所传尚三百余篇。"②可知他好诗但不喜存诗，原因则在于他弃绝功名。今《林和靖集》中的诗作大多数是归隐孤山后的作品，作于江淮间的不多，但也有一些此期的作品，也提及一些放游江淮时的故交，可以帮助我们了解历阳诗社的有关情况。

今《林和靖集》中的《寄题历阳马仲文水轩》诗或与历阳诗社有关："构得幽居近郭西，水轩风景独难齐。烟含晚树人家远，雨湿春蒲燕子低。红烛酒醒多聚会，粉笺诗敌几招携。旅游今日堪搔首，摇落山程困马蹄。"③由此最后一句看，不似在孤山时作。或为林逋离于某山城时得知马仲文建成了水轩，遥

---

① 沈幼征校注：《林和靖集》，浙江古籍出版社1986年版，第124页。
② 沈幼征校注：《林和靖集》，浙江古籍出版社1986年版，第191页。
③ 沈幼征校注：《林和靖集》，浙江古籍出版社1986年版，第117页。

以此诗为寄。诗作的第三联之"红烛酒醒多聚会,粉笺诗敌几招携"云者,当是林逋对可能在此水轩开展的群体性诗学活动的描绘。这种描绘的因由,可能是林逋与马仲文都参与过类似的活动,对相聚吟诗活动的怀念,而"粉笺诗敌几招携"则是对诗学竞技的一种表述。因而,马仲文可能便是林逋所说的历阳诗社中的诗友之一。

另外,林逋《春日怀历阳后园游兼寄宣城天使》诗,亦应是林逋后期怀念历阳时期的作品,也或许与历阳诗社有关。诗云:"昔年行乐伴王孙,事尽清狂是后园。一榻竹风横懒架,半轩花月倒顽盆。佳人暗引莺言语,芳草闲迷蝶梦魂。今日凄凉旧春色,可堪烟雨近黄昏。"①从林逋描述的情况看,他所怀的历阳后园中曾有过文人雅集之类的群体性文学活动,其间亦不乏贵族的参加,也应同一般的文人雅集一样,有酒与佳人的点缀。只不过林逋所寄的这位宣城天使实难确考了。

林逋还有《和朱仲方送然社师无为还历阳》一诗,诗云:"归路过东关,行行一锡间。破林霜后月,孤寺水边山。顶笠冲残叶,腰装歇暮湾。香灯旧吟社,清思逐师还。"②这位然社师要回历阳,林逋因有此赠。所谓"香灯旧吟社,清思逐师还"似谓己曾有预旧吟社之活动,而在然社师离别林逋归去历阳之时,林逋自己的清思亦好像随着他回到了当时的吟社之中。若如此看,结合一般僧俗的群体性组织的特点,我们可以推测,历阳诗社也有释子参加,应该与前代的僧俗组织相似(如西湖白莲社),是一个有僧俗参与的诗学组织,其诗学的内容应该很多。这由上文所引林逋对其的直接或间接描述就可以看出。

这位然社师(无为)在林逋诗中数次出现,应该是历阳诗社成员。《和西湖霁上人寄然社师》云:"竹下经房号白莲,社师高行出人天。一斋巾拂晨钟次,数礼香灯夜像前。瞑目几闲松下月,净头时动石盆泉。西湖旧侣因吟寄,忆着深峰万万年。"③

林逋诗中所谓社师,当指以净土宗为根基的寺庙内有一定身份的僧人。因净土宗往往夸饰白莲社之说,故以社师来称谓此宗僧人。林逋称然社师为旧

---

① 沈幼征校注:《林和靖集》,浙江古籍出版社1986年版,第126页。
② 沈幼征校注:《林和靖集》,浙江古籍出版社1986年版,第26页。
③ 沈幼征校注:《林和靖集》,浙江古籍出版社1986年版,第119页。

侣，或是因为他们在历阳时曾以诗结缘。此诗是林逋隐于西湖孤山时所作，所以诗中自称西湖旧侣。但这位然社师基本之生平事迹无考，也无诗作留存，难以借此了解其人，也难以了解他所记述过的历阳诗社情况了。①

林逋还有《送然上人南游》一诗，诗云："囊携琴谱与诗稿，寄卧船窗一榻深。莫向云中认江树，等闲惊起故园心。"②诗中谓然上人背着琴谱和诗稿，可知其为诗僧。且云南游，当因其故乡或在杭州一带。历阳在杭州西，因而揣测此诗为林逋在杭时送其出游之作。

林逋集中还有一诗为《喜灵皎师见访书赠》，其中有云："旧社久抛魂梦破，近诗才举骨毛寒。"③似因久不在诗社，作诗之技荒疏，因而言"近诗才举骨毛寒"。不过这位灵皎师为谁亦不可知。

林逋"放游江淮"所经之地据其诗看，大抵有历阳（今安徽和县）、寿阳（今安徽寿县）、含山、芜湖、无为军（北宋太平兴国三年［978］置，治所在今安徽无为，领巢县、庐江二县）、曹州（今山东菏泽）、彭城（今江苏徐州），舒城、盱眙等地；游历时间长短不一。在历阳还参与了诗社活动，应有不少诗作于此间，但林逋不喜保留诗稿，以至于他参加的历阳诗社的资料存量很少，使我们难以把握该诗社的具体情况。《隆平集》卷十五有云："逋少孤，嗜学，景德中游江淮。"景德为宋真宗赵恒年号，共四年（1004—1007）。林逋若果为该期间游历上述诸地，他归而结庐于杭州孤山至卒世，正好是"居西湖二十年"。④因而他可能在历阳的时间不是很长。历阳诗社的成员有希然、朱仲方等，也有一些贵族王孙，但成立于何时，延续多长时间，有过怎样的诗学活动都难知晓。

---

① 林逋还有一诗《秋日含山道中回寄历阳希然山人》，其中希然山人很有可能就是然社师或希社师。诗云："村落人家总入诗，下驴盘薄立多时。霜陂一掬清于鉴，漱着牙根便忆归。"其中村落人家的风景搅动林逋诗思，清冽山泉又触动怀念，这种情愫与希然山人分享，应该说希然山人是懂得林逋这种情怀的。但希然山人的情况也无法掌握。他有可能法名叫做希然，林逋诗中的然社师或希社师是一个人。（林逋诗中与社师有关者，如《和陈湜赠希社师》诗题中也提到了希社师）

② 沈幼征校注：《林和靖集》，浙江古籍出版社1986年版，第167页。诗题四库本作"送然上人南还"，联系诗中"等闲惊起故园心"句，似应以"南还"为是。

③ 沈幼征校注：《林和靖集》，浙江古籍出版社1986年版，第107—108页。

④ 《隆平集》卷一五，文渊阁《四库全书》本。《隆平集》作者历来有争议，或疑为是曾巩。文渊阁《四库全书》第371册，上海古籍出版社1987年影印本，第153页。

林逋的诗友很多。虽然他在咸平景德间"已有大闻"（见梅尧臣《林和靖诗集序》）。但与其交往的仍多是草泽之士。后来他隐居孤山，名望更重。一些任职于杭越的官员才多与之交往。如李及、王随、王禹偁、丁谓、范仲淹、梅尧臣、李建中、黄亢等人亦多是隐居后林逋的诗友（据《林和靖集》，集中多有赠予上述诸人之诗）。

除宋庠外（《宋史》卷二百八十四有传），林逋诗中提到的大多数人，如冯彭年、朱仲方、胡介、张元礼、赵时、法相大师、虚白上人、长吉上人、岑迪、任懒夫、傅霖、遵式、思齐上人、闵师、机素、交师、昱师、明上人、朱仲敏、崔少微、张绘、智圆、贾汝弼、潘阆等人大都难确考清楚。（贾汝弼《宋诗纪事》卷九有传。智圆《宋诗纪事》卷九十一有传。龚宗元《宋诗纪事》卷十一有传。遵式（《西湖游览志余》卷十四有传）与之交往的还有诸葛世，因善制笔，还给林逋十余筒，林逋有咏。

林逋还有一个门生叶曙（字杲卿）（据《海塘录》卷九）。然这些人大都是林逋隐居后与之交往的诗友，宋庠比林逋小了近三十岁，是林逋晚年的诗友。在这些人中当然不排除其中有在历阳诗社中时的故友。我们因文献资料缺乏，难以确定除朱仲方、希然之外，还有什么人参与过历阳诗社的活动。

林逋在当时极有重名，但也不乏对其揶揄者如王济（《西湖游览志余》卷二十一），嘲讽者如徐洞（《古今事文类聚》前集卷三十三）。但他的生前身后，都因其真隐之节操与诗书画兼善的才能为人所称。欧阳修欣赏他的诗句"草泥行郭索，云木叫钩辀"，又极力推荐他的《山园小梅》，使他在古代诗史中也占有重要的位置。《宋史》本传谓其"澄浃峭特，多奇句"[①]。《四库全书总目提要》谓其诗："澄澹高逸，如其为人。"[②]《隆平集》卷十五谓其诗"孤峭清淡"[③]。这种风格的形成，直接来自于他长期的隐居生活。但他在诗歌技艺上的成就，则与他喜好创作，精心探研诗艺有关。在此过程中，历阳诗社或许曾起过作用。林逋擅长律诗，其诗集中以五律、七律为多。律诗对诗歌形式技巧方面的要求要多一些，这就需要一定的训练。因此，林逋的诗社经历应该对其诗艺的

---

① 沈幼征校注：《林和靖集》，浙江古籍出版社1986年版，第191页。
② 沈幼征校注：《林和靖集》，浙江古籍出版社1986年版，第190页。
③ 《隆平集》卷一五，文渊阁《四库全书》第371册，上海古籍出版社1987年影印本，第153页。

养成有过一定的作用。但须指出，林逋的隐逸，其实并非道隐（即以道家思想为基础的隐逸），也非是佛隐，而是儒隐①。

梅尧臣所撰写的《林和靖诗集序》是理解林逋的文学思想的参考文献，兹引录于兹：

> 天圣中闻钱塘西湖之上有林君，崭崭有声，若高峰瀑泉，望之可爱，即之愈清，挹之甘洁而不厌也。是时，余因适会稽还，访于雪中。其谈道，孔孟也；其语近世之文，韩李也。其顺物玩情为之诗，则平澹邃美，咏之令人忘百事也。其词主乎静正，不主乎刺讥，然后知其趣向博远，寄适于诗尔。君在咸平景德间已大有闻，会朝廷修封禅未及诏聘，故终老而不得施用于时。凡贵人巨公，一来语合，慕仰低回，不忍去。君既老不欲强起之，乃令长吏岁时劳问，及其殁也，谥曰和靖先生。先生少时多病，不娶无子，诸孙大言能掇拾所为诗，请余为序。先生讳逋，字君复，年六十二，其诗时人贵重甚于宝玉，先生未尝自贵也。就辄弃之，故所存者，百无一二焉。于戏，惜哉！皇祐五年（1053）六月十三日太常博士梅尧臣撰。②

在此序中，梅尧臣提及他与林逋会面谈论诗文的情况，"其谈道，孔孟也；其语近世之文，韩李也。其顺物玩情为之诗，则平澹邃美，咏之令人忘百事也。"（按，韩李疑应为韩柳，宋人一般韩柳并称，未尝见称韩李的，然李翱文也为后世所称，言韩李亦有其理。抑或为韩非、李斯，盖谓其文指摘入理，气势浑厚矫厉而言）从他的思想来看，是以孔孟思想为根基的，其文学主张亦属韩柳一路，或是文以明道，或是文以贯道，而其诗，则确乎平澹邃美，也

---

① 《西湖游览志》卷二一云："林逋隐居西湖，朝廷命守臣王济体访之。逋投一启，其文则俪偶声律之式也。济曰：'草泽之士，不友王侯，文须格古；功名之事，候时致用，则当修辞立诚。今逋两失之矣。'乃以文学保荐，诏下，赐粟帛而已。又逋尝傲许洞，洞作诗嘲逋云：'寺里啜斋饥老鼠，林间咳嗽病狖（按，应为"狝"）猴，豪民送物鹅伸颈，好客临门龟缩头。'则逋在当时亦不满于舆论甚矣，贤才处士之难比。"（文渊阁《四库全书》第585册，上海古籍出版社1987年影印本，第565页）正因林逋有儒家希求世用的思想，才会干进于王济。正因儒家"游必择乡"，"居必就士"的思想，才会隐于孤山，甘受颜回之忧，原宪之贫，而傲乎狷狭者如许洞之流。所以，林逋之隐，不同于避世嘉遁之隐。

② 朱东润校注：《梅尧臣集编年校注》，上海古籍出版社1980年版，第1150页。

诚如苏轼所评:"诗如东野不言寒。"①清新冷峻,但没有凄寒之意。范仲淹《寄赠林逋处士》评林曰:"风俗因君厚,文章至老淳。"②其称许亦不乏儒家色彩,谓其诗"淳",则显系对其诗风清新的一种称许。僧智圆的《赠林逋处士》云:"深居猿鸟共忘机,荀孟才华鹤氅衣。"③赞其才华如荀孟,亦出于对其儒家思想的判断。

林逋是一个苦吟诗人。吴景旭《历代诗话》卷三十八之"律细"条有云:"皇甫百泉曰:'杜甫晚于律细,故林逋谓诗应细评,然又须玩理于趣中。逆志于言外。'若谓谏草非献君之物,鸣钟岂夜半之时,则是明月不独照乎《巴川》,而周民诚无遗种于《云汉》矣。"④林逋其语已佚,但此处所录大意甚明,细细品味诗作之意,既要把握诗何以有意趣的内在规律,还要善于把握语言之外的诗意。这种思想主张是勤于钻研诗学才能得出的见解。林逋诗友很多,又尝参与历阳诗社,其评诗论句的资料虽不可见,但这里的概括却十分精辟,没有群体性交流的作诗、论诗的实践,是难以得出这种认识的⑤。

林逋诗《诗魔》有句云:"只缘吟有味,不觉坐劳神。寄远情无极,搜奇事转新。"⑥其实就是苦吟为诗的精神写照。久坐劳神而不避,只因沉浸于诗味之中;诗有新意,正在于诗思放旷无极。这种心得体会,真是久于诗场淬炼出的心得体会。故《徐氏笔精》卷三曰:"此非深于诗者不能道也。"⑦因而我们也可以说,林逋不入吴市,梅妻鹤子,从思想根源上讲是有儒家色彩的。但在诗史上,我们何尝不能理解为一种"诗隐"呢。他隐居于风景殊胜的西湖孤山,以梅为妻,以鹤为子,沉浸在一种完全诗化的境界中。虽然多与朝官往来,也多与僧人交往,却不入纷扰喧嚣的城市,不受世俗的濡染。这其实真与"浴乎沂,风乎舞雩"的境界类似了。

---

① 《书林逋诗后》,傅璇琮主编:《全宋诗》第14册,北京大学出版社1993年版,第9362页。
② 《寄赠林逋处士》,傅璇琮主编:《全宋诗》第3册,北京大学出版社1991年版,第1885页。
③ 傅璇琮主编:《全宋诗》第3册,北京大学出版社1995年版,第1514页。
④ (清)吴景旭:《历代诗话》卷三八,中华书局1958年版,第352—353页。
⑤ 李及知杭州时与林逋"清谈至暮"的典故多为后人称引,其所谈者,应有诗艺的内容在。因而说林逋所谓"诗应细评","又须玩理"云云是有诗社的影响因素在其中的。
⑥ 傅璇琮主编:《全宋诗》第2册,北京大学出版社1991年版,第1206页。
⑦ (明)徐𤊹:《徐氏笔精》卷三,文渊阁《四库全书》第856册,上海古籍出版社1987年影印本,第489页。

林逋隐居后并未发起成立什么诗社,也未见他参加了什么诗社活动。当时的西湖白莲社也还存在,但也不曾见他有入社的举动。他虽然怀念历阳诗社,但晚年的诗化生活已经是足够他完全融入一种美妙的诗境中了。他的这种诗境可以使自己的诗学素养完全展示出来,也能够在与到访者交流中展示他的素养。因此,他不需要用诗社的形式改变他业已拥有的诗化生活境界了。这就是他晚年不再成立或加入诗社的原因。其实对于诗史中大多数有过诗社经历的诗人来讲,诗社对他们所起的作用往往表现为一种诗学素养的训练和诗学交往圈子的固化作用,这对诗人的成长极有帮助。这些诗人们因赴举或迁任别处后,诗社的作用会浸入他们的诗学肌体中而潜移默化地起作用。此外,他们在诗社中与社友的交流和相互促进作用也使他们在诗坛上多了些知音和援应,从而有利于他们发挥出更大的诗学作用。这是诗社在诗史上存在的意义之一。

　　林逋有一组很有诗学色彩的诗,虽然我们不能说这些诗与历阳诗社有关,但可以看出林逋对诗学或诗学现象是有深刻见解的。即林逋诗集中他赠予张绘的《赠张绘秘教九题》,分别写了"诗笔"、"诗壁"、"诗家"、"诗将"、"诗匠"、"诗狂"、"诗魔"、"诗牌"、"诗筒"等题。这些诗反映了林逋对文人诗化生活,包括群体性诗学活动的基本认识,也反映了林逋有关的诗学思想,故迻录于此,并做简要分析。

　　《诗笔》:"青镂墨淋漓,珊瑚架最宜。静援花影转,孤卓漏声迟。题柱吾无取,如椽彼一时。风骚兼草隶,千古有人知。"①

　　林逋这里要求将诗的内涵和书写工具以及书写艺术完美结合。"静援花影转,孤卓漏声迟"更是以诗笔书写诗心的诗化写照。所谓"风骚兼草隶,千古有人知",则是将诗艺与书法艺术并提,二者只有相合相契,才可流名千载。林逋本人擅长书法。黄庭坚曾认为:"林和靖字画尤工,笔意殊类李西台(李建中)而清劲处尤妙。"②谢升孙在看过林逋手迹二帖后云:"观其笔势遒劲,无一点尘俗气,与'暗香疏影'之句标致不殊,此老胸中深有得梅之清,故发之文墨者类如此。"③宛陵诸葛世擅长制笔,林逋得其笔后曾有云:"每用之,如麾

---

① 傅璇琮主编:《全宋诗》第2册,北京大学出版社1991年版,第1206页。
② 《书录》卷中引,文渊阁《四库全书》第814册,上海古籍出版社1987年影印本,第296页。
③ (明)朱存理编:《珊瑚木难》卷三,文渊阁《四库全书》第815册,上海古籍出版社1987年影印本,第84页。

百胜之师横行于纸墨间，所向无不如意。"① 对于追求诗化境界的人来讲，对作诗之笔是有一种特殊认识的。因为笔是传输诗化心灵和通过书法艺术创作诗篇的津梁与纽带，也是文人在群体性诗学活动中展露才华，制胜诗场的矛戟。

《诗壁》："数题留粉堵，还胜在屏风。坐读棋慵下，眠看酒恰中。僧房秋色冷，山驿晚阳红。更有栖迟句，家徒一亩宫。"

以诗题壁是古代诗人们经常采用的作诗方式。林逋云："数题留粉堵，还胜在屏风。坐读棋慵下，眠看酒恰中。"更是反映了文人诗酒雅集时读取壁上之诗和悠游适会，诗酒娱情的情景。在林逋眼中，以诗题壁，读壁上诗，亦是诗化生活不可或缺的生活内容。我们由林逋此诗，也可想见古代文人进行群体性文学活动时那种挥毫题句于壁，大家互评共赏的情景。

《诗家》："风月骚人业，相传能几家。清心长有虑，幽事更无涯。隐奥谁知到，陵夷即自嗟。千篇如可构，聊拟当豪华。"

认为诗人要做到以诗名家须要长期钻研诗歌创作的方法技巧。然事实上又颇为不易，故曰："清心长有虑，幽事更无涯。隐奥谁知到，陵夷即自嗟。"作诗应在艰苦地探索中积累经验，并在训练中获得其中隐奥的精髓。但此中之艰苦，除了须要长期的积累与训练外，还与人们的才性与生活内容有关。所以虽然作家积极探索，冥心苦想，但有时却与目的渐行渐远。"陵夷即自嗟"，无法避免会有不成功诗作的现象。这里林逋主要强调的是艰苦训练和积累对于以诗成家的艰难。不是深有所感，是难以道得此语的。

《诗将》："风骚推上将，千古耸威名。子美登坛拜，昌龄合按行。笼纱疑旆影，击钵认金声。唱和知谁敌，长驱势已成。"

诗将，指有雄厚实力的诗人，也足可以是人们学习的对象、领袖诗坛的诗人。林逋肯定杜甫、王昌龄在诗坛的崇高地位。认为他们犹如三军之将一样可以号令万众。林逋《和皓文二绝》诗（《林和靖诗集》卷四）有云："李杜风骚少得朋，将坛高筑竟谁登。"肯定李白、杜甫的诗坛地位。李、杜及王昌龄就是所谓的诗匠。林逋实际上是认为作诗除了要一师心匠之外，还要有参照模拟

---

① 《予顷得宛陵葛生所茹笔十余筒，其中复得精妙者二三焉，每用之，如麾百胜之师横行于纸墨间所向无不如意，惜其日久且弊，作诗二篇以录其功》，傅璇琮主编：《全宋诗》第 2 册，北京大学出版社 1991 年版，第 1235 页。

效法的对象，并依照参照效法对象去揣摩训练，以成就自身的诗学品格。这种诗学思路是有宋一代的主流，也是诗学渐趋成熟的必然体现。林逋标举李白、杜甫、王昌龄的做法，实际上是肯定以他们为代表的盛唐诗风，这在晚唐五代诗风流行的宋初是较有见识的。后来宋人在盛唐诗人中选择杜甫为师，一切诗学都实际上成为杜诗的诗法阐释学。这种诗学路数，其实正可认为是林逋此处诗将思路的延伸。因此，诗将的诗学思想，也具有对宋代诗学的理论启示意义。

《诗匠》："诗流有匠手，万象片心通。山落分题月，花摇刻句风。劳形忘底滞，巧思出樊笼。唐律如删正，斯人合立功。"

林逋认为，作诗须精心结撰，用匠心经营其中，下功夫琢磨作诗的规律技巧，方能以"片心"役"万象"，从而达到从容回旋，无施不可的诗学境界。这种过程，离不开长期的训练和积累。所谓"山落分题月，花摇刻句风"，在诗学活动中分题赋诗，潜心研究用句用字的技巧，进而以"劳形"克服诗思的"底滞"，方能孕育出"巧思"，从诗思的困窘状态（即"樊笼"）中突围而出。他认为，诗人若能如此，实可凌驾于唐人之上，度越唐人。林逋此处的诗学思路，是认真钻研诗歌的创作技巧，把握规律，不避艰险，以刻苦功夫臻于诗学的最高境界的思想脉络。学者从苦吟入，从巧思出，经过长期艰苦的训练，便可超乎唐人诗歌水平之上。这种思路，其实与后来江西诗派的诗学主张有近似之处。应该说，是宋代诗人开始研究唐诗，追求超越唐诗的诗学主流风气的先声。其"诗流有匠手，万象片心通"，"劳形忘底滞，巧思出樊笼"的见解，更是极为精辟地道出了诗歌创作的奥秘所在，不流于空虚浮泛的言说，也不做写心即可的英雄欺人之语，而是将工夫学力与诗学路径联系在一处，讲究的是艰苦的追求与勤学苦练。这种思想亦是诗学成熟期的一个基本特点。

《诗狂》："岸帻都旁若，穷搜无遁形，写嫌僧阁窄，吟怕酒船停。绝顶寒曾上，闲门夜不扃。兴阑犹拍髀，毫末视青冥。"

沉浸在苦苦思索诗艺中的诗人，看似痴狂，但他们心无旁骛，唯穷搜苦揽，苦吟不休。诗思到时或拊髀大呼，欣喜若狂；诗思不到，则彻夜不眠，或是嫌怨所处之空间不广阔，或是害怕酒船之停会沮扰诗思。这些诗句的描述，让人感到"夜吟晓不休，苦吟鬼神愁"的贾岛，或是联想到追逐吟错自己诗句之人，并当面予以纠正的周朴。总之诗狂是苦吟诗人的写照，也可能是林逋自己的写照。是诗成为专门之学后具有诗学自觉精神的诗人们都曾经历的诗学阶段。唯有此狂,才促成了诗艺之精;唯有此狂,才使他们甘于避开烦嚣,沉浸在有利于激发诗思的创作环境之中。这种狂是对诗艺的痴迷,是推动诗学走向深入走向具体的精神力量。

《诗魔》:"花照湿睛春,秋灯落烬频。只缘吟有味,不觉坐劳神。寄远情无极,搜奇事转新。此魔降不到,珍重五天人。"

为诗而着魔,除诗之外他事不入于心者谓之诗魔。他们较诗狂更进一步,到了几乎着魔的程度。"只缘吟有味,不觉坐劳神",劳神苦思,忘饥忘疲,或寄辽远诗思于无极之处,或搜奇思妙想再窅冥之间,或推敲,或琢磨,自受其苦,又自得其乐。白居易曾云:"自从苦学空门法,销尽平生种种心。唯有诗魔降未得,每逢风月一闲吟。"① 林逋之诗应本于此,又更多些苦吟的意味。同样,没有切实的体验,也难道得此语。这种诗思状态,也是久沉诗场的诗人普遍的一种心理经验。宋代群体性文学活动,尤其是诗社、文社等大量出现,会使更多的人体验经受这种着魔的状态。同时,对诗艺的积极探讨也会促成更多的诗人在群体性文学活动中品尝个中滋味。"寄远情无极,搜奇事转新",上下求索,才能出奇出新;勤于琢磨,方可制胜诗苑。这种思路,也是包括江西诗派在内的宋代诗学的主流思路。

《诗牌》:"矗方标胜概,读处即忘归。静壁悬虚白,危楼钉翠微。清衔时亦有,绝唱世还稀。一片题谁作,吾庐水石围。"

将做好的诗题于竹牌之上,悬于室间或壁上,供参与诗会的人阅读,品味,这是诗学活动的一种形式。参与者可以根据题于诗牌之诗来赓和或依韵、次韵为诗,这是古代群体性诗学训练活动的一种常用形式。林逋应该参与过类似的诗会,或许历阳诗社中就有过这样一种观诗,读诗,作诗的交流和训练方式。林逋用诗的语言予以描述出来,便于我们了解当时群体性诗学活动的普遍方式。

《诗筒》:"唐贤存雅制,诗笔仰防闲。递去权应紧,封回债已还。带班犹恐俗,和节不妨山。酒箧将书籖,谁言季孟间。"②

---

① 《闲吟》,朱金城笺校:《白居易集笺校》,上海古籍出版社1988年版,第1052页。
② 沈幼征校注:《林和靖集》,浙江古籍出版社1986年版,第51—55页。

白居易与元稹间多用诗筒交流，这是文人间以诗交流的一种形式。当诗人不在一处，便常常用诗筒寄诗的形式进行交流。交流往复之间有情谊存问，也有较量诗艺的因素。林逋本人的诗集中也多有寄与别人者。这种形式是他应该经常采取的一种交流手段。在文人生活日趋诗化的时候，这种方式是实现诗学沟通的一种主要形式。

林逋这一组诗，是生活于诗化境界的诗人们常常会遇到的现象。可以说是诗人们诗化生活的体现与象征。林逋用诗的语言，五律的形式予以形象化摹状，将他们所熟知的诗化生活的象征物展示于我们面前，我们可以借此较为直观地感受到古人的诗化生活（包括群体性诗学活动及诗社活动）的一些普遍情形。其中还体现着林逋的诗学思想和他关于诗的一些主张。这些主张在宋初承继五代苦吟诗风的氛围内，明显地以杜甫、李白等人为诗法对象，从而走上了与其他苦吟诗人着力模仿贾岛等人或武功体的不同道路，对宋代诗学的持续发展和有宋一代诗学品格的养成都有启示意义。林逋并非是大诗人，其影响也有限，但他的诗学主张确是我们应充分予以关注的。虽然我们尚不能说这一组诗产生于类似历阳诗社这样的群体性诗学活动中，但林逋之所以能写出这样的诗作并深入地反映诗学生活的情实与他曾参与过群体性诗学活动很有关系。张绘事迹无考，也不知他是否有回赠诗与林逋讨论相关问题，但张绘一定是林逋的诗友之一，他也一样熟悉以上的诗题，也同林逋一样，有参加群体性诗学活动的经历。

历阳诗社因为有林逋的参加，也使其在诗学内涵方面表现出一定的意义和价值。此诗社的时间应晚于西湖白莲社，但在宋代亦是早期的诗社之一。

三、王安石、杨畋的诗社活动

王安石诗中曾提及杨畋参与了诗社活动，并对杨畋之诗社活动的表示向往。王安石有《和杨乐道见寄》诗，有云："宅带园林五亩余，萧条还似茂陵居。杀青满架书新缮，生白当窗室久虚。孤学自难窥奥密，重言犹得慰空疏。相思每欲投诗社，只待春蒲叶可书。"[①] 从诗意看，似王安石对杨畋（字乐道）

---

① （宋）王安石撰：《临川先生文集》，中华书局1959年版，第265页。

斋居生活中的情致及其诗社活动的羡慕。他勾勒出了一个在闲雅况味中读书作文,颐养清和之气的诗人形象。而所谓"相思每欲投诗社,只待春蒲叶又书",则系对杨乐道的诗社活动表示向往。

杨畋,字乐道,为北宋中期文武双全的名臣。《宋史》卷三百有传。他进士及第后曾任秘书省校书郎、并州录事参军、大理寺丞,知岳州。庆历三年(1043),湖南徭人唐和等劫掠州县,杨畋擢殿中丞、提点本路刑狱,专职平定徭乱。乱平后改尚书屯田员外郎、直史馆、知随州。后又任起居舍人、知谏院、广南东西路体量安抚、经制盗贼。因平乱不利,贬官。又知谏院,出知鄂州,再降为屯田员外郎,知光化军。后又入为三司户部副使,迁吏部员外郎,进龙图阁直学士,卒赠右谏议大夫。

王安石作有《新秦集序》(《临川文集》卷八十四)一文,序中提到了杨畋于嘉祐七年(1062)四月某日甲子卒官,并交代了杨畋生平。而苏辙作有《杨乐道龙图哀辞并叙》(《栾城集》卷十八)一文。该文提到杨畋卒时年59岁,知杨畋生于宋真宗景德元年(1004),正值北宋中前期。此时文坛正经历欧阳修、梅尧臣的诗文革新运动的洗礼,然北宋诗文发展的高潮尚未到来。王安石、苏轼等人都处于头角甫露的阶段。这个时期的文学活动虽比以前大为繁盛,但亦不如北宋后期及南宋的局面。而杨畋本人之仕宦经历亦多经世事,并数次戎马征战。他的诗社活动当为繁忙之余的文学活动。然杨畋本人能诗,有《新秦集》传世[①]。

王安石评杨畋文"庄厉谨洁,类其为人",并说他"尤好为诗,其词平易不迫,而能自道其意,读其书,咏其诗,视其平生之大节。"[②]

与杨畋有诗学交流的诗人有:蔡襄(《因书答河东转运杨乐道》,《端明集》卷六;《过杨乐道斋西桃花盛开》,《端明集》卷八)、王珪(《留题吴仲庶省副北轩画壁兼呈杨乐道谏院龙图三首》,《华阳集》卷二)、欧阳修(《又和并寄杨乐道》,《传家集》卷三)、沈遘(《赠杨乐道建茶》、《和杨乐道省中述怀》,均载《西溪集》卷一)、梅尧臣(《次韵和杨乐道待制咏雪》,《宛陵集》卷十九;

---

① 《文献通考》卷二三四载其文集为《杨乐道集》二十卷,当与王安石所谓《新秦集》为一本。
② (宋)王安石:《新秦集序》,《临川先生文集》,中华书局1959年版,第880页。

《杨乐道留饮席上客置黄红丝头芍药》,《宛陵集》卷五十七)、韩琦(《次韵答运使杨畋舍人》,《安阳集》卷七)等。

王安石诗中与杨畋有关联者较多。《临川文集》卷十八有《次杨乐道韵六首》、《奉酬杨乐道》;《临川文集》卷二十二的《次韵杨乐道述怀之作》和《和杨乐道见寄》等。杨畋在京师及洛阳均应与当时在这些地方为官的诗人们有过交往唱和,他或在洛阳有过诗社活动。韩维(字持国,韩琦子)有《览杨乐道洛下诸诗》(《南阳集》卷八),诗云:"昔驱羸马望嵩云,正值嵩阳踯躅春。千古废兴都邑地,百年劳苦宦游身。曾耽胜事留连久,忽见新诗叹息频。君欲买山能遂否,它时愿作社中人。"①似乎杨畋曾欲在洛阳买山筑园,闲居养老。韩维在读过他在洛阳所作的诗后因有此作。所谓"它时愿作社中人",不应指佛学活动,结合王安石之"相思每欲投诗社"句,应指诗社活动。但杨畋之诗社却难以确定是在汴京还是在洛阳。

王安石《次韵杨乐道述怀之作》(《临川文集》卷二十二)中有云:"尚有故人能慰我,诗成珠玉每相投"句,可知杨畋与王安石间有较为频繁的诗学交流。王安石《奉酬杨乐道》(《临川文集》卷十八)则似与杨乐道初相识时作。诗云:"邂逅联裾殿阁春,却愁容易即离群。相知不必因相识,所得如今过所闻。近代声名出卢骆,前朝笔墨数渊云。与公家世由来事,愧我初无百一分。"似乎杨畋在当时早已有诗名,王安石对其深表敬仰。

综合来看,杨畋虽生于将家,但亦颇有文才。《宋史》本传称其"折节向学问,为士大夫所称"。他生当北宋诗文革新运动蓬勃发展的时期,与欧、梅等人也有文学交往,又与王安石有较多交流。据苏辙《杨乐道龙图哀辞并叙》(《栾城集》卷八十),他曾款接苏辙,毫无涯岸,及其去世,"世大夫相与痛惜其不幸"。是一位深得时望的老成持重之人。他的创作已不可见。他对后生晚辈的汲引也不如欧阳修、苏轼等人影响大。但他的诗社活动在当时应产生过一定影响。不过,其诗社可能是一些高级官僚在闲暇之余的一种休闲唱和的娱乐性质的组织,诗学意义要淡一些。杨畋诗社的存在,或许对王安石、苏轼等人产生过一些影响。而杨畋诗"庄厉谨洁,类其为人"的文风及其"平易不迫,

---

① 傅璇琮主编:《全宋诗》第 8 册,北京大学出版社 1992 年版,第 5212 页。

而能自道其意"的诗风均对王安石本人的创作有一定的影响。

王安石诗学的成就很高,历来学者都予以高评:"王安石诗宗杜、韩而自出机杼,比梅、苏、欧阳更多地表现出宋诗的面目。"①其诗工于法度,精于技巧。在对语、炼字间颇见功力。其诗风格,以逋峭谨严,雄健劲直见长。陈师道《后山诗话》曾云:"公平生文体数变,暮年诗益工,用意益苦。"对江西诗学产生了很大的影响。梁启超指出:"山谷为江西派之祖,其特色爱拗硬深窈,生气远出,然此体实开自荆公。"②

王安石在诗社发展较快的时候进行文学活动,受到风气濡染自不足为怪。他的诗风、文风既是时代风气的反映,又反作用于时代风气。以其位望,他的创作又影响到了时代风气。诗社与时代风气本身就有密切的关系。而诗社风气亦往往是时代风气的反映。王安石、苏轼等人虽然未必躬自组织或参加过诗社活动,但是他们对诗社风气以及时代风气的影响是极巨大和深远的。

另,苏轼亦曾在自己的诗中提到了诗社。其《次前韵答马忠玉》诗云:"坡陀巨麓起连峰,积累当年庆自钟。灵运子孙俱得凤,慈明兄弟孰非龙。河梁会作看云别,诗社何妨载酒从。只有西湖似西子,故应宛转为君容。"③就诗意来看,马忠玉有诗社活动,苏轼故有"诗社何妨载酒从"句。此诗为苏轼元祐四年(1089)出知杭州后作。宋黄䵻《山谷年谱》卷二十六提到:"元祐五年(1090)六月已未右宣德郎马瑊提点淮南西路刑狱,又八月戊戌以淮南西路提点刑狱马瑊为两浙路提点刑狱。"④此马瑊,即马忠玉。《次前韵答马忠玉》诗注云:"马忠玉,《咸淳临安志》:'元祐五年八月宣德郎马瑊提点淮南西路刑狱改两浙路提刑。'《黄山谷年谱》'马瑊,茌平(今山东聊城)人'。"⑤马瑊事迹散见于《续资治通鉴长编》及上引资料⑥。我们可以综合判定,马瑊元祐元祐五年八月以淮南西路刑狱改两浙路提刑。较苏轼晚一年到杭州。苏轼提及了马

---

① 孙望主编:《宋代文学史》上册,人民文学出版社1996年版,第221—222页。
② 《王安石评传》,以上孙望主编:《宋代文学史》上册,人民文学出版社1996年版,第221—222页。
③ (清)王文诰辑注,孔繁礼点校:《苏轼诗集》卷三三,中华书局1982年版,第1761页。
④ 郑永晓:《黄庭坚年谱新编》,社会科学文献出版社1997年版,第236页。
⑤ (清)王文诰辑注,孔繁礼点校:《苏轼诗集》卷三三,中华书局1982年版,第1761页。
⑥ 据《续资治通鉴长编》卷二七一、二七三、二七四、二八八,知其于熙宁中权熙河路转运判官,提举永兴、秦凤等路常平公事,于元祐五年(1090)任两浙路提刑。其预入西湖一带的诗社活动亦应在此际。不过这里诗社的主盟者及成员情况难以确考。

珹的诗社活动,表示自己亦愿预入其中。但马珹在西湖的诗社活动具体情况无法考实。不过可以断定,在南宋西湖一带诗社活动繁盛之前,已经有了诗社形式文人群体活动①。

与王安石的情况类似,苏轼虽未参加诗社活动,但他们均在诗社影响逐渐加大的时代发挥着自己的诗学作用,当时文人的群体性文学活动已成生活的一个部分,成为一种日益普遍活动形态。他们不会逃离于风气之外,却会以各种形式干预着这种风气,他们的有关诗作都表现出了对诗社的向往,这就会对诗社的进一步发展产生积极作用。他们的诗学理论对后来江西诗社群的诗学风尚和有关理论都产生了极大的影响。从这个意义上看,诗社风行时代的文学巨匠的存在,是不能与时代风尚绝缘的。他们的影响表现在内在的深层次方面。苏轼对四学士及其他苏门人士的影响成为一种影响诗社活动的动力因子。而王安石诗风则影响了后来诗社活动的内在诗学理论主张。因此,我们在论及宋代诗社活动时,王安石与苏轼的作用是不能忽视的。②

四、强至诗社考述

北宋强至亦曾有参与诗社活动的经历。其《依韵和李评文思》诗云:

> 我心炯炯君应识,万事都慵独吟癖。二年客眼看京华,可见无媒进无益。势门所喜在佞豪,直语空拳无一怿。君爱挺拔生贵家,不学庸儿醉朱碧。两提试笔赋翰林,落落金声天上掷。改丞殿省头不回,直把群经重研撼。相逢怜我犹滞濡,四十金闺未通籍。势门宜不容此身,赖有君家好投迹。书斋延坐开新编,光焰文章追祖白。更邀诗社同襟期,脱略形骸一疏

---

① 苏轼《次前韵答马忠玉》诗前一首为《次韵刘景文西湖席上》诗,亦为苏轼元祐四年出知杭州后在西湖所作。刘景文即刘季孙,据苏轼《乞赠刘季孙状》(《东坡全集》卷六三)、《东都事略》卷一一〇之《刘平传》,刘季孙为开封人,于元祐中以左藏库副使为两浙兵马都监,也在杭州。他亦常与苏轼等人参与西湖一带的诗社活动。刘景文与黄庭坚唱和颇多,是苏黄的诗友。西湖一带的诗社活动从释省常开始,经苏轼等人的作用,至南宋时,因临安为人文渊薮,这里的诗社活动就更为兴盛了。

② 苏轼、王安石等人的巨大影响会通过诗社,尤其是由下层文人组成的诗社传布开来,并影响到了文学创作与文学批评。这种由大文学家经诗社再影响基层的模式成就了诗社的一种传播学意义。同时,诗社活动也会培养并造就某一时代的大文学家,诗社与诗史的互动关系也表现在这一点上。

戚。公侯必复君勿迟，志士由来轻尺璧。①

强至（1022—1076），字幾圣，钱塘人，《宋史》无传。《四库全书》之《祠部集》提要云："其历官本末未见于集（按，指强至《祠部集》）中者，大约登第后谒选得泗掾，以荐令浦江、东阳、元城诸邑，又尝入为京曹。从韩琦辟入陕西幕府。其《上河北都运元给事书》所云：'四历州县，三任部署'者，可以见其生平大概。"曾巩所作之《祠部集序》谓其终于尚书祠郎中。强至今传《祠部集》三十五卷，据《祠部集》提要，其集原四十卷，后散佚。四库馆臣从《永乐大典》各韵部中裒集编缀得三十五卷，即今《四库》本《祠部集》。强至长于诗文，在韩琦幕府，多代韩琦作文，其代韩琦所作之反对青苗法的奏疏为人所称。其政治立场大抵是保守的。《祠部集》提要谓："（强）至为大贤所嘉契，其才品卓有可称，而所作奏牍之文，曲折疏罄，切中事情，尤为有裨世用。"其文多是一些政论或应用文字。其诗"沉郁顿挫，气格颇高，在北宋诸家之中，尤可别树一帜"。有一定的成就，风格也不同于晚唐五代及西昆格调。强至亦有力于恢复古代文学之传统。《提要》云："观所作《送邵秀才序》称初为乡试举首，赋出四方皆传诵之。既得第，耻以赋见称，乃专力《六经》，发为文章。有誉其赋者，辄颈涨面赤，恶其薄己。是其屏斥时好，力追古人，实有毅然以著作自命者。宜其根柢之深厚若此也。"②今观其文，大抵质朴无华，而机锋锐利，观点鲜明，层次清楚，绝无浮艳靡丽气象。可知强至在创作上，实与诗文革新运动的主流精神是相契合的。曾巩《强幾圣文集序》谓其文："必声比字属，曲当绳墨，然气质浑浑，不见刻画，远近多称诵之。"并谓其"尤工于诗，句出惊人，世皆推其能。……魏公（韩琦）喜为诗，每合属士大夫宾客多与游，多赋诗以自见。其属而和之者，幾圣独思致逸发，若不可追蹑，魏公未尝不叹得之晚也。"③可知强至之诗文都很有造诣，在当时也很有影响。

强至上引诗中所提及之李评，《宋史·李端愿传》附有李评传。李评以父告老，授西上阁门使，为枢密都承旨。出使陕西、河东。但他"天资刻薄，招

---

① 傅璇琮主编：《全宋诗》第 10 册，北京大学出版社 1992 年版，第 6918 页。
② 《祠部集》提要，文渊阁《四库全书》第 1091 册，上海古籍出版社 1987 年影印本，第 2 页。
③ 陈杏珍点校：《曾巩集》，中华书局 1984 年版，第 202—203 页。

权不忌，多布耳目，采听外事自效以为忠。"又载其"少涉书传，尝以公主遗奏召试学士院，改殿中丞，意不满，辞之。后二年再召试，复止迁一官，愈不悦，至上书辩论。及卒，人无怜者。"①似其人心胸狭隘又颇狡狯，不为时论所许。强至诗中所谓"改丞殿省头不回"云者，似指李评"改殿中丞，意不满"事。联系强至诗意，似是他在入仕之前（强至于庆历六年即1046年中进士）在京师时曾有蹭蹬不遇的一个时期。他在此际得李评礼遇，因有诗社活动。然参与此诗社的人除强至与李评外，其他成员难以凿实。但是，从强至本人之诗文特点及影响来看，亦可归属到诗文革新运动中来。强至本人的诗文创作以在韩琦幕府中为多，但其才性在诗社中或许已略显端倪。也可以揣测，在诗文革新运动势力正盛的庆历时期，他在京师的诗学活动本身就不能规避当时盛行的文学风气。不过与欧阳修等人的洛社活动比起来，强至、李评之诗社，只能是涓流，而洛社则可以说是江海了。

　　强至是苦吟诗人。苦吟实际也是促成宋代诗社繁盛的一个重要原因。宋代早期出现的诗社，多与喜好苦吟的诗人有关。也就是说，苦吟是诗学自觉和诗学研究专门化的一种反映。而诗社与诗学亦有直接关系，有的诗社诗学研究的性质就很突出。强至《对雪六首》有云："全家愁坐外，寄命苦吟中。"（《祠部集》卷五）②《甲寅二月罢户部勾院移群牧判官待次数月乙卯春复自请罢群牧》云："渐老可无诗过日，连年唯有闷偿春。"（《祠部集》卷十）③《客有貌吾陋容者以诗谢之》云："正色未尝移势位，苦吟自觉远风尘。"（《祠部集》卷十）④《立春》云："多病强倾春日酒，苦吟还接暮冬诗。"（《祠部集》卷六）⑤《依韵答公节》云："苦吟邀郢客，妙唱听吴娃。"（《祠部集》卷十一）⑥在北宋中期，虽诗文革新运动影响很大，诗人力求诗歌关乎世用，但对于诗艺本身的探讨，风气也很盛。在诗的外部作用和内在创作规律技巧方面，宋代人是并重的。诗文革新运动的发起者梅尧臣本来就是一个苦吟诗人，强至也是一样。可以说，对

---

① （元）脱脱等著：《宋史》卷四六四，中华书局1977年版，第39册，第13571—13572页。
② 傅璇琮主编：《全宋诗》第10册，北京大学出版社1992年版，第6959页。
③ 傅璇琮主编：《全宋诗》第10册，北京大学出版社1992年版，第7034页。
④ 傅璇琮主编：《全宋诗》第10册，北京大学出版社1992年版，第7033页。
⑤ 傅璇琮主编：《全宋诗》第10册，北京大学出版社1992年版，第6967页。
⑥ 傅璇琮主编：《全宋诗》第10册，北京大学出版社1992年版，第7041页。

诗歌技艺的认真与执着和诗赋在科举中的非凡作用，是促使生活文学化的重要原因。强至的苦吟也是当时风气的反映。

虽然强至所提及的诗社难以落实，但我们依然可以从现存强至的诗歌中找到一些他参与的群体性诗学活动的情况。其诗中有《丙午寒食厚卿置酒压沙寺邀诸君观梨花独苏子由不至以诗来邀席客同作予走笔依韵和之》诗（《祠部集》卷三）。丙午即宋英宗治平三年（1066）。强至已在当时留守大名府的韩琦幕，尚未入陕。压沙寺在大名府（今河北大名），当时强至应在此地，压沙寺赏梨花也是当时颇有雅致的事情。这年与强至有关诗会似有多次。诗题中之"厚卿"为安焘（1030—1104），开封人，仁宗嘉祐四年（1059）进士。以欧阳修举荐，为秘阁校理。应是欧阳修赏识的青年后进。《宋史》卷三二八有传。从此处诗题来看，苏辙亦为强至诗友。这次寒食压沙寺诗会他虽未参加，却为之作诗。

强至诗中还有《寒食安厚卿具酒馔邀数君子游压沙寺观梨花独苏子由不至诗来命座客同赋予既次韵和之明日上巳安复置酒招予与苏又明日清明予屈二君为射饮之会而苏君仍用前韵作诗见及予亦复和》诗（《祠部集》卷三）。从诗题看，安焘在上巳日压沙寺诗会后又置酒作诗会。及清明日，强至又招安焘与苏辙为射饮之会，是接连举行了三次诗会。诗中可以看出这个诗会的一些情景：

> 花前烂醉如泥淤，犹恐花过嗟空株。压沙梨开百顷雪，春晚未赏计已疏。厚卿置酒趁寒食，蜂喧蝶闹人意苏。林间把盏谁我侑，鸟歌声滑如溜珠。魏都风流重行乐，艳妆丽服明郊墟。我初闻招便勇往，恨不插翼附骏驹。峨眉夫子（应为苏辙）趣独异，静坐幕府烦邀呼。车公不到座寂寞，大句落纸来须臾。樽边弄笔辄强和，布鼓乃敢当雷车。主人明朝复命客，是日禊事修被除。日涵花气暖不散，酒力易着起要扶。清明予亦饮射圃，罚觯屡困辞不辜。杯盘一饱藉脱粟，那有白饭余君奴。梨花好在期共醉，功名身外终何如。①

---

① 傅璇琮主编：《全宋诗》第 10 册，北京大学出版社 1992 年版，第 6926 页。

强至的《和司徒侍中清明会压沙寺诗》(《祠部集》卷九)、《和司徒侍中壬子寒食会压沙寺诗二首》、《和司徒侍中上巳会兴庆池韵》(《祠部集》卷八)、《和司徒侍中同赏梨花》(《祠部集》卷九)等诗也是他参加群体性诗学活动的记录。这些诗也有的关涉到压沙寺赏梨花,可见强至在大名府的诗学活动是较为频繁的①。

从强至现存诗歌来分析,与其有所交往的诗人大抵有苏轼、苏辙(有关诗作不多,苏轼一首,苏辙两首)、安焘、杨蟠(字公济)、蒋堂(字希鲁)、赵君锡(字无愧),范铍等人。二苏与强至之交往并不多,但杨蟠却是连接他们的纽带。杨蟠(约1017—1106),别号浩然居士,庆历六年(1046)进士。与强至同年。不知强至《依韵奉和留守尚书会六同年感旧诗二首》之六同年是否有杨蟠。杨蟠后与苏轼诗学交流颇多。元祐四年(1089),苏轼任杭州太守,杨蟠为杭州通判,二人多有唱和。苏轼集中和杨蟠的梅花诗达二十首,可知他亦能诗。其人品与诗文得到了欧阳修、苏轼、王安石等人的赏识,是有一定成就的。其他与强至有诗作往来的还有很多,但大都难以考实。总之,强至之诗友虽不乏当时较有名气者,但大都名声不显,是诗文革新运动的暗流。

强至的诗文理论及主张我们仅能从其诗作中搜略一二。他有《读尹师鲁集》诗云:"章句横行古道堙,先生笔力障颓津。高文简得春秋法,大体严如剑佩臣。冰铁刚颜低狱吏,云风壮略疏边人。谪官竟死空名在,一读遗编泪满巾。"(《祠部集》卷九)②可见他肯定尹洙之笔力和冷峻劲直的文风。其《经和

---

① 强至于熙宁五年(1072)召判户部勾院,迁群牧判官,离陕归京,又参与了一些诗会活动。这些与司徒侍中有关的作品则不一定在韩琦幕时所作。因第二首诗题的壬子年就是熙宁五年(1072),已是丙午诗会的六年以后了。因此这些诗也提及压沙寺赏梨花,并不是丙午年间之事。此司徒侍中疑为司徒昌运,但目前还难以凿实,待考。《畿辅通志》卷五二之大名府有云:(压沙寺)"在府城东旧城内,始建莫考,中有梨千数。宋韩琦留守大名,每花时,辄造树下游赏,因命僧创亭花间曰雪香亭。"韩琦有《壬子寒食会压沙寺二首》(《安阳集》卷一七),壬子年为熙宁五年(1072),此年寒食诗会,强至(及司徒侍中)曾参加。《安阳集》卷一四、卷一五分别有《会压沙寺观梨花》及《压沙寺梨》诗,当亦作于该年。而前文所引强至之《丙午寒食厚卿置酒压沙寺邀诸君观梨花独苏子由不至以诗来邀席客同作予走笔依韵和之》诗是英宗治平三年(1066)事。时强至应在大名府元城县(今河北大名)任职。而苏辙于治平二年(1065)出任大名府推官,治平三年应在大名府。压沙寺赏梨花为北宋诗坛较为有名的诗学活动。黄庭坚之《压沙寺梨花》诗更为脍炙人口。虽目前不能确定强至与李评所言之共开诗社究在何处,但可以看出强至已有较为鲜明的诗社概念。开诗社招诗友展开彼此都喜爱的诗学活动已成宋人的普遍心理。

② 傅璇琮主编:《全宋诗》第10册,北京大学出版社1992年版,第7021页。

靖林先生旧隐》诗称林逋"能诗秀骨应无朽"。(《祠部集》卷六)① 可见对林逋冷峻诗风的推崇。今观强至诗,亦简约质朴,冷隽清简,绝无西昆雕饰铺排的特点②。他在当时没有什么诗名,但是交游较广,又参与了众多诗学活动,其诗已摆落西昆风气,可见诗文革新运动的切实成果。

另外,值得注意的是强至诗中已有化用唐人语意以成就自己诗句的例子。如《景山无思二大师垂和鄙诗复依前韵奉答》(《祠部集》卷五)之"山暝忆猿吟"化用孟浩然"山暝听猿愁"(《宿桐庐江寄广陵旧游》)。其《九日陪两制诸公燕赵氏园亭》(《祠部集》卷十)之"筋力追欢胜去年,不应吹帽愧华颠"语意出自杜甫《九日蓝田崔氏庄》的"羞将短发还吹帽,笑倩旁人为正冠"。强至《依韵奉和司徒侍中辛亥三月十八日游御河二首》(《祠部集》卷九)之:"明年盛会知难再,行看还朝百辟先"出自杜甫《九日蓝田崔氏庄》之"明年此会知谁健,醉把茱萸仔细看"。其他还有,这里不再列举。这种化用的做法,在欧梅诗中并不突出,因此,强至的这种化用,可以看出是诗文革新运动的一种不自觉间产生的一种新风貌。为求革除浮靡诗风,又不愿落入质木无华一路,于是借古人语意以成典雅之格,便可在质朴——浮靡,典雅——雍容中找到一种合乎中和之传统观点的折中方法。这个趋势在江西诗学的夺胎换骨与点铁成金的理论中达到至高点,成了时代诗风的重要特色。这是诗文革新运动的"意外收获",也是宋人对诗歌艺术的一种探索性成果,自有其不可抹杀的理论意义和批评史价值。强至则是这种风气的较早实践者。

五、韦骧诗社考述

在欧阳修等的洛社活动发生巨大影响的过程中,韦骧等当时不算知名的一些诗人们也展开了诗社活动。他们的诗社活动虽不能与洛社活动相提并论,但也可看作是诗文革新运动的支流。

韦骧(1033—1105),(据《咸淳临安志》卷六十六及《续资治通鉴长编》卷四十七)原名让,后改为骧,字子骏。本籍衢州(今属浙江),因其父徙钱

---

① 傅璇琮主编:《全宋诗》第 10 册,北京大学出版社 1992 年版,第 6965 页。
② 《四库全书》之《祠部集》提要谓强至诗文"气质浑深,不见刻画"。这也是强至诗的突出特点。

塘（今浙江杭州），遂为钱塘人。宋仁宗皇佑五年（1053）进士及第，任睦州寿县（今浙江杭州建德寿昌）尉，以母丧不赴。服阕后官兴国军（治所在今湖北黄石）司理参军。历知婺州武义县（宋人亦称武州，今浙江金华武义）、袁州萍乡县（今江西萍乡）、通州海门县（今江苏南通海门），通判滁州（今属安徽）、楚州（今江苏苏州楚州）。入为少府监主簿。宋哲宗元祐元年（1086），擢利州路（今四川广元）转运判官。元祐七年（1092），召为主客郎中。久之，出为夔州路（今四川奉节）提点刑狱，知明州（今浙江宁波）。晚年提举杭州洞霄宫。宋徽宗崇宁四年（1105）卒。但《宋史》未为韦骧作传。《浙江通志》卷一百六十七引《武林纪事》云："（骧）字子骏，钱塘人，皇佑五年进士，以荐擢利州路运判，移福建路（今福建福州）。年饥，不俟奏闻，亟发仓廪赈活甚众。闽盗炽，骧设方略捕获诛之，召为主客郎中，出知明州乞祠。"《福建通志》卷二十九亦有相似记载。我们可以根据这些材料而知韦骧之生平大概。《四库全书》之韦骧《钱塘集》提要有云："骧少以词赋知名，王安石最称其《借箸赋》。"可知韦骧之诗文才华。《宋史·艺文志》谓韦骧有赋二十卷，然已亡佚。今存《钱塘集》十四卷。《四库提要》谓云："观其气格，大抵不屑屑于规抚唐人，而密咏恬吟，颇有自然之趣。杂文多安雅有法，而四六表启为尤工。其精丽流逸已阙（按，疑为辟）南宋一派，虽未能接迹欧梅，要亦一时才杰之士也。"可见，韦骧之诗"颇有自然之趣"，其文则长于四六和杂文。他在诗文方面虽不能与欧梅并论，但亦有其特出的成就，在宋代文学中有其独到之处与特殊品格。

韦骧参加的诗社活动

关于韦骧参加诗社活动，《钱塘集》卷二有其《公闲念诗社之废寄陶贾二同僚一首》，诗云："地僻少将迎，溪山一概清。秋深孟嘉宅，岁古阖闾城。吏隐全输我，诗豪半属卿。社坛何冷落，濡笔请寻盟。"①《钱塘集》卷二还有《董公肃都官被命倅南海以当分符之寄南归道中觇书因以诗为寄一首》，其中有句云："诗社荒凉怀旧将，不知何日可寻盟。"②《钱塘集》卷三有《和朱伯英新州

---

① 傅璇琮主编：《全宋诗》第 13 册，北京大学出版社 1993 年版，第 8447 页。
② 傅璇琮主编：《全宋诗》第 13 册，北京大学出版社 1993 年版，第 8451 页。

诗见寄二首》云：

"武川当日一分襟，会合乖期向武林。从此参辰不相比，由来岁月渐加深。书邮远道烦新寄，诗社前盟约再寻。何以报君双白璧，南楼高处独萦心。"（其一）

"吏冗拘人好思悭，怜君远远发昏顽。梅花岭外题诗寄，萍实江边继韵还。数幅密缄迢递去，寸诚都写别离间。翻思旧日赓酬乐，鼓噪当时更有颜。"（其二）①

这些诗中都明确提到了诗社，涉及的人物有"陶、贾二同僚"，董肃和朱伯英及颜。

从前引的《公闲念诗社之废寄陶贾二同僚》中所谓"秋深孟嘉宅，岁古阖闾城"，孟嘉宅，据《大清一统志》卷二百五十九，在兴国州西南一百十里。阖闾城或在苏州，或在无锡，联系韦骧仕履经历来看，当时他离任兴国军（今湖北黄石）司理参军后，或是在任婺州武义县（今浙江金华武义）时，念及诗社之废而慨然兴感之作。亦可推断，韦骧与"陶贾"在湖北黄石或曾有诗社活动。此"陶"已不可考。《钱塘集》卷二有《剪金花一首和陶掾韵》、《和陶掾同登小亭》、《陶掾书斋小饮》及《和陶掾见寄》。但陶掾究为谁，诚难确考。而韦骧所说的贾，应是贾庆甫。《钱塘集》卷二有《贾庆甫示山中梅诗因继成》、《庆甫借棋子》、《贾尉见迫给廪因以诗戏》、《和贾尉女真花》、《昨暮会饮庆甫署观女真花因求一二诺以厌明至期不至遂戏成一首》、《贾庆甫以局事乘小船犯风波感其危而为诗且以相示仆亦于舟字韵和其卒章言有俟以慰贤劳之叹也》等涉及了贾庆甫。然《钱塘集》卷二又有《贾中甫送庆甫弟来尉永兴久之告归仆多其来而重其去乃以诗送之》，知庆甫为中甫弟，但所谓来尉永兴亦难索解。因古代叫永兴之地名很多，若理解为永兴军，则在陕西延州、鄜州一带。若理解为县，则可通。《宋史》卷八十八载太平兴国二年（977）以鄂州永兴县（今湖北阳新）置永兴军，属兴国军。可知永兴县为兴国军所辖之地。而贾庆甫来永兴县为县尉，与其时任职兴国军司理参军的韦骧和难以索考的陶掾曾成立诗社，并展开活动。

---

① 傅璇琮主编：《全宋诗》第13册，北京大学出版社1993年版，第8494页。

《董公肃都官被命倅南海以当分符之寄南归道中贶书因以诗为寄一首》中所谓"诗社荒凉怀旧将，不知何日可寻盟"，可知董肃亦曾参与诗社活动，并被韦骧以诗将目之。此诗中亦有句云"脂辖近离双凤阙，拜恩新倅五羊城"[①]，可知董公肃不久前由京师来，又被任命赴广州任职，在驻留期间参与诗社活动。《钱塘集》卷二有《得董都官书因为寄四首》其一有句云："晚来音驿拜勤渠，咫尺拘挛万里疏。却羡浔阳堤上柳，长条往往拂贤车。"[②]此当是"董公肃"在南海寄与韦骧诗中有咏浔阳堤柳之句，韦骧因其意而言之。卷二还有《和董公肃十日菊二首》，当是在兴国军时与董公肃间的诗学交流。但韦骧在兴国军的诗社成员，贾庆甫（以及贾中甫）及"董公肃"都不可考，当时地位不显或成就不高而致使文献散佚所致。

《钱塘集》卷二之《秋日即事呈同僚》诗，或是韦骧在兴国军任职时的感怀之作，可以帮助我们了解他作为一个有相当诗学素养的下层官吏抑郁不得志之情怀。其诗如下：

潇洒临霜夕，清居守决曹。严城吹角罢，隔垅听猿号。警卒持更切，呼囚报钥牢。讼庭澄一水，尘事戢千毛。担阒蚊雷绝，池虚蛙吹逃。逍遥静襟虑，抖擞散祇裯。树木雕零尽，星辰气焰豪。月微棕影薄，风急雁声高。忆昔随群学，当时髡二髦。读书图皦皦，感古动切切。意趣青云近，辉光白玉韬。百钱宁问卜，一钓冀连鳌。直谅谋相与，回邪欲尽鏖。自期非干蛊，幸遇岂屯膏。翻愧雕文陋，难逢异数褒。葳蕤从末宦，洟洟着青袍。敛翅鹰栖臂，垂头骥伏槽。安能枉寻尺，犹得饱藜蒿。但恃心如砥，那矜目察毫。穷通任甄汰，险恶远波涛。养浩虽潜孟，折腰诚愧陶。常嗤强蛇足，敢叹抑牛刀。衮衮途泥里，悠悠日月慆。居然成俗态，何足谓贤劳。贫贱非无赖，清平况凤遭。边隅虚障堠，弓矢载鞬櫜。途易家音数，官闲坐食叨。人皆讥野僻，我独固持操摻。寂寞几尘甑，包并或铺糟。趋时聊勉勉，乐道每嚣嚣。肺腑兹尤慰，朋从义不慆。相逢甚优渥，得兴且

---

① 傅璇琮主编：《全宋诗》第 13 册，北京大学出版社 1993 年版，第 8451 页。
② 傅璇琮主编：《全宋诗》第 13 册，北京大学出版社 1993 年版，第 8435 页。

游遨。胜赏当随地，秋郊况附壖。山嶾正堪展，溪曲尚容舠。莫计空清俸，须令贯浊醪。菊香分嚼蕊，蟹美共持螯。谈席争挥麈，诗坛让拥旄。纵横新义论，嗣续旧风骚。气锐千戈立，词抽万茧缫。功名休挂齿，志业本夔皋。①

由诗意看，似是韦骧后来任夔州路提点刑狱时所作。诗的前半部是述怀，后面又描绘了群体性诗学活动的情景。这实际上反映了韦骧本人诗学活动的一个特点。他在任职历程中，总是与任职衙署中的同僚有群体性诗学活动。而由此诗也可看出一个很重要的问题，即韦骧在写给同僚（很有可能是他的诗友）的诗中，并不是同题共作或唱和主题，而是一种真诚的述怀。他们在进行文学交流时，并未失却由阮籍之咏怀和陈子昂之感遇那样的写心言志传统，在群体性诗学活动日益应酬化的时候，韦骧这样的作品是很可贵的。

韦骧在婺州武义县知县任上亦有诗社活动。前文所引《和朱伯英新州诗见寄二首》之"武川当日一分襟"即表明他们在武川（今浙江金华武义）曾有交往。而第二首中的"梅花岭外题诗寄，萍实江边继韵还"云者，应是韦骧在袁州萍乡（今江西萍乡）任上得到朱伯英自岭南某地所寄诗而言，是对在武义诗学活动的怀念。其另一首所谓"诗社前盟约再寻"便有重结诗社之意。而第二首所谓"翻思旧日赓酬乐，鼓噪当时更有颜"则又提到了参加了在武川时期诗社活动的另一成员颜复（即《和朱伯英新州诗见寄二首》其二中"鼓噪当时更有颜"的"颜"）。在《钱塘集》卷三中有《闻诏士呈同僚朱伯英》、《和伯英初霁》、《和朱伯英后囿见招》、《和朱伯英迓送还示》、《谢朱伯英遗诗》、《和朱尉示亲老生日》、《和朱伯英元夕》、《和朱尉首夏偶书见寄》、《和伯英再赋》、《同朱尉游普宁僧舍》、《端午雨饮伯英池馆》、《和伯英以诗庆将代》及《再和》（其中有"区区邑落四逢秋"句，应是指自己在武义有四年，而朱伯英将移往他任，故韦骧以诗相送）但朱伯英事迹无考。盖亦因身处下僚且诗作不甚超拔以致文献散佚。颜复则《宋史》有传。颜复（1034—1090），字长道，是颜子四十八世孙。嘉祐六年（1061），诏郡国敦访遗逸，因试于中书者，由考

---

① 傅璇琮主编：《全宋诗》第 13 册，北京大学出版社 1993 年版，第 8449 页。

官欧阳修奏为第一。赐进士，为校书郎，知永宁县（今河南洛宁）。熙宁中为国子直讲。元祐初为太常博士，迁礼部员外郎，兼崇政殿说书，进起居舍人兼侍讲，转起居郎。又拜中书舍人兼国子监祭酒。元祐五年（1090）改天章阁待制，未拜而卒，年五十七。颜复进士中第后似未有在武义一代为官的历程，但韦骧与之往还之诗多在武义。因而可以推知颜复在入仕途前，应在武义一带驻留。韦骧诗中与颜复有关者颇多。如《钱塘集》卷三中有《戏别颜令》、《离邑寄颜长道》、《和颜令见寄》、《试士毕同长道东归》、《和颜长道见寄》、《和长道寄三首》、《次韵和颜令见寄》、《假道南康长道语今夕中秋正故岁聚并喜乐时也遂留以夜饮饮半和所示诗》、《回长道中论》、《和长道交道释见招同趋府》、《同长道游惠僧翠樾堂》等①。当然，他与颜复往还的作品不全在武义作，但他们在武义的诗学活动使他们成为诗友，在后来的经历中，有诗以邮传往来便很自然了。所谓颜令当是颜复入仕途后任永宁知县后对他的称呼。《和颜长道见寄》诗中有云："东邻幸有颜明府，清旷襟怀且共吟。"②颜复当时位望不显，与韦骧推诚交往，共同吟咏篇什。可谓"清旷襟怀"，亦是君子之交淡如水之意。韦骧的《阅武川倡酬》诗系在武义时作，与颜复、朱伯英或许有关。诗云："往还赓唱百余篇，草草编联后或前。语气有时凌夜月，词源何啻泻春泉。须知吏隐能遗俗，不独山溪解乐天。屈指代期秋信逼，封人莫厌屡驰笺。"③可见他们曾将往返唱酬之作编缀成册，并以吏隐相许，追求一种不以吏务缨心，超然事外的脱俗生活。这是韦骧在武川诗社活动的特点。是诗歌创作和交流使他们的吏隐成为可能，也使他们成为感情深厚的诗友。可惜他们唱酬之诗集已佚，不能看到武川诗社活动的状貌。后来韦骧与朱伯英又提起重新开始诗社活动，既是出于对武川诗社活动的怀念，也可见出他们友情的深挚。但因他们不同的仕履历程，这个诗社并未再次结成。这与韦骧与陶、贾及董公肃等人在兴国军的诗社一样。

---

① 《钱塘集》卷四有《和淮阳颜长道见寄》及《再和颜长道见寄》。从这些韦骧与朱伯英、颜长道相互唱和的诗可以看出，韦骧与他们在武义曾有诗社活动，但他们在活动中具体情形已难确知，却是韦骧诗社活动的第二次高潮。
② 傅璇琮主编：《全宋诗》第13册，北京大学出版社1993年版，第8472页。
③ 傅璇琮主编：《全宋诗》第13册，北京大学出版社1993年版，第8472页。

在韦骧仕于滁州时,又展开了很为兴盛的诗学活动。在滁州任职时,他又与孙叔康及潘通甫唱和甚多。今《钱塘集》中与孙叔康和潘通甫唱和诗颇多。卷四有《寄橙与孙叔康》、《按水旱之灾将毕呈叔康太守》、《和孙叔康九日三首》、《和叔康侍亲游琅山》①、《和孙叔康以诗寄字》、《又和孙太守琅山席上》、《寄孙叔康》、《和孙叔康探梅二十八韵》、《和叔康席上》、《和孙叔康中秋寄运判胡秘丞》、《又借韵寄太守叔康》、《和太守叔康以诗答桃》、《孙太守席赋催妆》、《和孙叔康寄示上元》、《太守孙叔康下车》、《别叔康》、《复用叔康送篇韵和答》、《京口别叔康》、《和叔康首夏书怀五首》。孙叔康难以确考。据《别叔康》等诗的信息(如《别叔康》中云:"数年为邑幸焉依"句),知孙叔康曾任邑宰数年,韦骧依附于他②。

又据《和叔康首夏书怀五首》其五所云之"诗坛老将气桓桓,召集同盟插(疑为歃)未干。句险直从天上落,辞清能使座中寒。勇挥健笔蛟生角,旋劈华笺凤破团。更爱一时皆善和,声声严鼓中隤丸"③。可知他们间在滁州的诗学活动也很热烈丰富。

在韦骧与孙叔康诗学活动的同时,也一样与潘通甫有许多诗学交流活动,今《钱塘集》卷四中韦骧与潘通甫唱和之作颇多,这里且不罗列了。遗憾的是潘通甫事迹无考,应亦属影响不大的下层官吏。

在滁州期间,韦骧还与陈绎展开了内容丰富也较有规模的诗学活动。陈绎(1021—1088),《宋史》有传,字和叔,开封人。进士及第,为馆阁校勘、集贤校理,又任实录检讨官。神宗立,为陕西转运副使,入直舍人院、修起居注、知制诰,拜翰林学士,以侍讲学士知邓州。因事出知滁州,又任秘书监、集贤院学士。元丰初,知广州。又贬建昌军,后复太中大夫以卒,年六十八。韦骧与之交往,当在他出知滁州之时。今《钱塘集》卷四中有《雪后游琅琊山联句》,卷四的《坐中闻击鼓殴傩声戏联数韵》即是与陈绎的联句诗。卷五

---

① 此琅山即琅琊山,在滁州。故韦骧与孙叔康、潘通甫的诗学活动当在滁州展开。
② 《钱塘集》卷四中《次韵和孙世则以诗送别》中之孙世则即有可能是孙叔康,盖诗中有:"解印踰旬君已知,新诗相寄重相违。由来从宦无期定,不得同时受代归。揽辔益嗟贤谊远,异乡况是故人稀。宜春台外空回首,独整区区倦翼飞。"从诗中所显示的孙世则之官况看,与孙叔康较为相似。然孙叔康抑或为孙召。王安石有《送孙叔康赴御史府》诗,此孙叔康即为孙召。
③ 傅璇琮主编:《全宋诗》第13册,北京大学出版社1993年版,第8472页。

《上元后南溪泛舟联句》、《滁上间日阴晴联句》、《雨后城上种蜀葵效辘轳体联句》、《画舫泛春偶联一绝》等也都是与陈绎间的诗学交流资料,陈绎非以诗显著,但韦骧与他在滁州展开了规模较大且频度较高的诗学交流活动。这些活动在韦骧看来,也属其诗社活动的一部分。

韦骧亦有诗写出了自己与诗友诗酒相会的情景:《钱塘集》卷三《再和所酬》:"苌弘灭迹已绵久,谁于二月为隆冬。相逢诗酒得贤侣,遽使炎燠生吾胸。饮酣真趣不可坏,诗狂险韵皆能从。殷勤鄙句复叩激,自喜牙琴还遇神。"① 诗酒相会,以诗艺较量,迭出险韵,又迭起应之,诗人们在此种过程中感到其味无穷,致使寒意顿退。真可看出宋人以生活为诗,以诗为生活,并且喜好以险韵胜出的诗化感受。诗社这种形式对于推进宋人诗学的繁盛和宋诗好走险径的特色形成均起了很大作用。《钱塘集》卷四《再用前韵谢和诗二首》(和孙正甫)云:"虽知自古有言酬,倍获佳篇却重留。袭璞固宜资一笑,报瑶何意足多求。词源浩若江河注,笔力成如造化秋。洵度余闲吟咏作,岂非夫子德公休。"② 诗友以"袭璞"之作为赠,便即报以琼瑶之篇,往来诗什或如江河倾泻,其中兴味,便是文人们乐于进行群体性诗学交流的乐趣所在。

他们在诗社活动中也存批评活动,也会在创作中精心琢磨,以求擅场。如《钱塘集》卷五《戏呈吴伯固同年》诗中所云:"评文我辨异同字,由义君持难易权。"③ 言及评文。卷四《示黄彦发欧阳勉甫道旧》之"当年论事皆陈迹,此日评文亦浪名"④,亦言及论诗。卷五《再和答篇》之"清谈亹亹忘尘役,酾酒深深战暮秋"⑤,以诗为战,可见诗社中创作争胜的风气。胜出者为擅场,为诗将。《钱塘集》卷二之《和叔康首夏书怀五首》之五的:"诗坛老将气桓桓,召集同盟歃未干。句险直从天上落,辞清能使座中寒。勇挥健笔蛟生角,旋劈华笺凤破团。更爱一时皆善和,声声严鼓中隤丸。"⑥ 也可概见入盟时的严肃庄重和诗社活动中力求胜出的风气。诗人渐渐习惯于、热衷于这样的诗社活动,他

---

① 傅璇琮主编:《全宋诗》第 13 册,北京大学出版社 1993 年版,第 8485 页。
② 傅璇琮主编:《全宋诗》第 13 册,北京大学出版社 1993 年版,第 8504 页。
③ 傅璇琮主编:《全宋诗》第 13 册,北京大学出版社 1993 年版,第 8561 页。
④ 傅璇琮主编:《全宋诗》第 13 册,北京大学出版社 1993 年版,第 8560 页。
⑤ 傅璇琮主编:《全宋诗》第 13 册,北京大学出版社 1993 年版,第 8542 页。
⑥ 傅璇琮主编:《全宋诗》第 13 册,北京大学出版社 1993 年版,第 8521 页。

们既能尽己所能求得擅场，也会针锋相对，展示才华。这种风气对于有宋代及后世诗社中的文学创作和文学批评都会有影响。

在韦骧后来的仕履历程中，与其有诗学交流活动的还有游烈（字晋老）、吕景纯、曹子方、黄伸（字彦发）、舒亶字（信道）、张从道、王叔重、李世美①、刘公仪等人。虽说其中有位望显著者（如舒亶），但大多数是下层官吏，也不以能诗留名，而是"以吏隐期期"，约为同道。但这也反映出北宋中期诗学活动和诗社形式的活动已经成为普通风气。韦骧本人就是一个很具代表性的例子。他一生官位不高，多在各地流任，却乐于参加诗社活动。在兴国军、武义和滁州（也包括后来在四川、福建等地）的仕履过程中，都积极展开诗社活动。这便足以证明，诗社这种组织形式已经成为被人们普遍接受和欢迎的一种群体性文学活动形式了。

另外值得关注的是韦骧在自己的诗中也常常提及诗盟。订立盟约结成诗社，再依据盟约来进行诗学活动，是宋代出现的新现象，而元代以后就成为诗社活动的常态化程序了。韦骧的有关诗作便充分反映了这种变化。如上文所引《钱塘集》卷二之《董公肃都官被命倅南海以当分符之寄南归道中觇书因以诗为寄一首》之："诗社荒凉怀旧将，不知何日可寻盟。"②卷五之《和叔康首夏书怀五首："诗坛老将气桓桓，召集同盟插（疑为歃）未干。"③卷六之《凌晨马上得惠诗再次元韵（和岑岩起之作）》（其三）之："自今酬唱不宜稀，所恨诗盟结已迟。两阵辞锋谩交战，一坛将钺敢争持。"此亦提及诗盟，也提到诗社活动中的争胜风气。而该诗其一之："诗筒方讶惠音稀，击钵来篇果不迟。定欲擅场专独胜，岂容遗幅久相招。"④则可知诗人以诗筒邮传诗篇的方式延续着诗社的交流，在交流呢中同样欲求擅场，还将创作竞争比作两阵的战场交锋。这些都可以帮助我们揣测其诗社活动的一些特点，这些特点反映诗社发展的重要信息，可以看出宋代诗社从组织召集和社中活动的一些基本要素。这类要素在

---

① 韦骧与李世美之交往，当为韦骧在福建时。《钱塘集》卷一《别李世美》诗中有云："隔州移粟赈疲甿，指日殴兵斩狂贼"，与韦骧在福建事合，韦骧在福建时亦当有诗社活动。
② 傅璇琮主编：《全宋诗》第13册，北京大学出版社1993年版，第8451页。
③ 傅璇琮主编：《全宋诗》第13册，北京大学出版社1993年版，第8521页。
④ 傅璇琮主编：《全宋诗》第13册，北京大学出版社1993年版，第8572页。

诗社活动中是极为重要的，后世诗人成立诗社并展开活动的均采用了这些活动要素，成为诗社（包括雅集之类的诗会活动）的普遍活动内容。因而从这个意义上讲，韦骧诗社可谓标志着宋代诗社的成熟。

关于韦骧诗社的诗盟与诗筒

在韦骧的诗社活动中，还有一个值得注意的现象，即他屡屡提及的诗筒。在聚集性的诗社活动中，他们诗酒唱和，共同切磋琢磨，较量诗艺。在因调任而分开后，他们之间的诗学交流活动其实并未终止，往往借助诗筒的传递来继续进行。以诗为信在我国古代起源很早（东汉秦嘉的《赠妇诗》、苻秦苏蕙、窦涛的织锦回文诗、北魏陆凯的《赠范晔》等都是具有寄赠性质的诗歌创作。以诗为寄可以追溯到百里奚之妻的"百里奚，五羊皮，忆别时，烹伏雌"之歌（《乐府诗集·琴曲歌辞四·秦百里奚妻琴歌》），但未必实有。《诗经》中的一些作品，如《邶风·击鼓》、《卫风·伯兮》、《卫风·木瓜》、《王风·采葛》、《郑风·将仲子》、《郑风·狡童》、《郑风·子衿》、《魏风·采苓》、《秦风·渭阳》、《曹风·匪风》、《豳风·九罭》等多少也都带有寄赠性质。后世的许多赠诗也或是寄诗。至唐代，寄赠诗歌这种现象就很普遍了，如白居易与元稹间不只往来赠答的诗很多，而且往往以诗筒①相寄。诗筒就是古代传递书信的竹筒，若专门用以寄赠诗篇，就称之为诗筒了。除元白外，唐人往往也提到诗筒②。至韦骧，因他的诗社活动使其多有诗友，又因平生多为下僚，故而漂泊不定，那么诗筒这种诗学联系的方式就成了这些诗友间保持交流的一种专门方式。

如《钱塘集》卷四之《再和颜长道见寄》所云："行役牵挛好思悭，诗筒旬浃未能还。驱驰东国黄尘路，梦想南乡碧玉山。顾我俗情方滚滚，爱君佳

---

① 白居易《醉封诗筒寄微之》云：一生休戚与穷通，处处相随事事同。未死又怜沧海郡，无儿俱作白头翁。展眉只仰三杯后，代面唯凭五字中。为向两州邮吏道，莫辞来去递诗筒。其《与微之唱和，来去常以竹筒贮诗，陈协律美而成篇，因以此答》云：拣得琅玕截作筒，缄题章句写心胸。随风每喜飞如鸟，渡水常忧化作龙。粉节坚如太守信，霜筠冷称大夫森。烦君赞咏心知愧，鱼目骊珠同一封。其《除官赴阙，留赠微之》云：去年十月半，君来过浙东。今年五月尽，我发向关中。两乡默默心相别，一水盈盈路不通。从此津人应省事，寂寥无复递诗筒。

② （元）辛文房《唐才子传》卷八记载："鱼玄机，长安人，女道士也。性聪慧，好读书。及笄，为李亿补阙侍宠，夫人妒不能容……与李郢端公同巷，居止接近，诗筒往返。"可知鱼玄机和李郢的诗筒往来也是通过诗筒传递。《唐才子传》卷七云："廖图，字赞禹，虔州虔化人。文学博赡，为时辈所服。……齐己时寓渚宫，与图相去千里，而每诗筒往来不绝，警策极多，必见高致，集二卷，今行于世。"可见廖图与齐己间亦多诗筒往来。

句独班班。再吟再和都缄寄,幸有冥鸿羽翼间。"①在与颜复分别后,诗筒往来,成了他们之间诗学交流的唯一形式。"再吟再和都缄寄,幸有冥鸿羽翼间。"可知他们往来传递的频繁和对这种形式的依赖。再如卷五之《送别回作》:"自怜无以纾诚恋,唯有诗筒殆庶几。"②卷五之《近元夕怀景纯少卿》:"驰情只有清辉共,更走诗筒代寄声。"③卷六之《将到富沙寄世美同事》:"近事欲祈去蔽塞,新吟应许和清纯。富沙此去无多地,先走诗筒致所陈。"④都表述了韦骧与诗友间凭借诗筒进行交流情景。《钱塘集》卷二《谢董都官见寄》:"谈席方忻接余论,诗筒多谢遗佳言。辞源浩若江河泻,文意过于布帛温。"⑤诗筒传诗,正是座论品诗论诗的延续。故而诗筒的作用逐渐增强,是诗社文学功能增强的反映。《钱塘集》卷五《近元夕怀景纯少卿》:"驰情只有清辉共,更走诗筒代寄声。"⑥卷六《凌晨马上得惠诗再次元韵》其一云:"诗筒方讶惠音稀,击钵来篇果不迟。"既提及诗筒,又提及诗盟,将韦骧诗社活动的特点反映得更为充分了。

韦骧本人之诗"颇有自然之趣","不屑屑于规抚唐人",是较有诗学上的独立品格的。其诗友所作之诗作因资料缺乏,不知是否与他有共同特点。但从他们结诗盟、立诗社和展开为数不少的诗学活动来看,他们的主张应有一致之处。韦骧与陈绎的一组联句,虽说不一定能代表他们的特点,反映他们的主张,但也可以看出他们是有着基本相似的诗学对话口径的。韦骧从宦历程很长,诗社活动绵延的时间也较长,无论是在兴国军、武义还是滁州,都形成了以他为核心的诗学群体。他的"不规抚唐人"的诗学品格也获得了众多诗友的接受和认可,这说明宋代诗人对不简单模仿唐人的诗学观点有了一般性的共识,也是当时的潮流性的倾向。他们不仅聚会在一处时相互切磋,交流创作经验,分开后又凭借诗筒延续着他们之间的交流,从而使诗社在某种程度上超越了空间的限制,具有了更为强大的组织力量。在后来的诗社发展中,诗盟与诗筒都是诗社所普遍具有的活动特点。韦骧已经表现出了这些特点。而《钱

---

① 傅璇琮主编:《全宋诗》第 13 册,北京大学出版社 1993 年版,第 8506 页。
② 傅璇琮主编:《全宋诗》第 13 册,北京大学出版社 1993 年版,第 8535 页。
③ 傅璇琮主编:《全宋诗》第 13 册,北京大学出版社 1993 年版,第 8548 页。
④ 傅璇琮主编:《全宋诗》第 13 册,北京大学出版社 1993 年版,第 8587 页。
⑤ 傅璇琮主编:《全宋诗》第 13 册,北京大学出版社 1993 年版,第 8444 页。
⑥ 傅璇琮主编:《全宋诗》第 13 册,北京大学出版社 1993 年版,第 8548 页。

塘集》卷四的《和孙叔康寄示上元》有句："谩将鄙句追高会,已负当时白玉船。"① 又反映了投诗入社("谩将鄙句追高会")的情况。而投诗入社是后来加入诗社的诗人往往要做的事情。韦骧之诗也反映了诗社活动的这个特点。

韦骧诗社的相关诗学问题

韦骧是苦吟诗人,他精心钻研为诗技艺。《钱塘集》卷一之《和彦常看月》诗云:"追思李杜篇章妙,亦有狂语时相兼。"② 追思李杜,便是他取效唐人之处。而"亦有狂语"即是《四库提要》所谓"不屑屑于规抚唐人"。《钱塘集》卷三《回长道中论》中有:"吾子文章有本根。"③ 卷三《和东美见寄》有云:"评文酷爱胸襟远,坐邑还忧事业荒。"④ 看来韦骧以为作诗须有本根出处,论诗则重悠远放旷。要求诗歌创作要有学问根柢,还要能脱出前人窠臼,这种诗学观点,就导致了韦骧本人的苦吟态度。正因为如此,韦骧对自己的诗艺有着很高的期许,所以他严肃对待自己的诗歌技艺。苦吟是勤于练习,苦于琢磨。在《钱塘集》卷一的《行役一首(离建宁县,宿缘心院)》诗中云:"气弱不耐饮,诗多常累纸。一吟聊破闷,再咏渐臻理。以及百千言,往往不能已。且以养情性,固非争绮靡。此乐非丝竹,美听不在耳。纡郁得以纾,易直油然起。所以驱驰中,冥搜未尝弛。今宵幸夷旷,似非尘纷迩。悠悠万感集,销炼欲何以。遂为行役篇,篇成姑自喜。挥毫复吟讽,若欣嘉宾比。"⑤

认为作诗是养性情而非争绮靡,它胜过了音声之悦耳,而且有纾泄郁闷的巨大作用。因此韦骧自己不避艰仄,"冥搜未尝弛"于苦吟之事乐而不疲。由韦骧之表述亦可见宋人之苦吟已有颐养性情之意,已经不像晚唐五代人那样试图索解诗歌背后的政治文化生态密码的艰苦用意了。《钱塘集》卷一《别李世美》诗中有云:"搜罗绝景穷造化,铺写幽情露胸臆。"⑥ 力图追求造化之工而"搜罗绝景",追求诗艺的纯熟精湛,正是韦骧苦吟的原因所在。韦骧之苦吟自然不排除在诗社活动中力求擅场的用意,但不可否认,对艺术本身的严格要求

---

① 傅璇琮主编:《全宋诗》第 13 册,北京大学出版社 1993 年版,第 8517 页。
② 傅璇琮主编:《全宋诗》第 13 册,北京大学出版社 1993 年版,第 8422 页。
③ 傅璇琮主编:《全宋诗》第 13 册,北京大学出版社 1993 年版,第 8476 页。
④ 傅璇琮主编:《全宋诗》第 13 册,北京大学出版社 1993 年版,第 8483 页。
⑤ 傅璇琮主编:《全宋诗》第 13 册,北京大学出版社 1993 年版,第 8426 页。
⑥ 傅璇琮主编:《全宋诗》第 13 册,北京大学出版社 1993 年版,第 8427 页。

和发自心灵深处的探索精神是其苦吟的重要原因。

《钱塘集》卷二之《秋日即事》云："谈席争挥麈，诗坛让拥旄。纵横新义论，嗣续旧风骚。气锐千戈立，词抽万茧缲。功名休挂齿，志业本夔皋。"[①]诗学聚会上，诗人们针锋相对，竞效诗伎，即使酝酿诗思如抽丝般艰仄，也在所不避。这也是诗学与生活艺术化融合在一处之后的诗化心理的体现。故而韦骧的苦吟，是对这种诗化心理的客观体认。

《钱塘集》卷二《和聂充甫水南见寄》诗有云："强酬佳句思难抽。"[②]只有力求诗艺精湛，才会有诗思难抽之感。同卷《和苦吟二首》云："夫子吟何切，辞源泻不枯。秋山凿寒玉，夜蚌抉明珠。感叹通前古，风情满五湖。只忧长寡和，白雪本高孤。"（其一）"骧也饶诗癖，才疏思每艰。持毫欲临纸，逐兽不知山。着意穷三百，唯时见一斑。羡他唐老杜，气格独优闲。"（其二）[③]"秋山凿寒玉，夜蚌抉明珠。"只有艰辛地思索琢磨，才能思而有得，搜绎到好的诗意或措辞，作出意、辞融洽的佳篇。而韦骧自己则穷课《诗经》，精研前人诗篇，更喜杜甫之气格，自当承继杜甫"语不惊人死不休"的作诗品格。从这个层面上看，韦骧之苦吟，实在是具有诗学意义上的深厚内涵。他不只为博得拥旌诗将之名，不仅仅为了擅场而"夜吟晓不休"，他还对诗学本身的深入考究，对作诗的内在规律的深切关注。这也是他之苦吟有别于唐五代苦吟的地方。宋人之苦吟，尤其是江西诗派的苦吟，其实与韦骧之苦吟精神比较接近。

《钱塘集》卷五之《夜宿淤丘》有云："予心欲道从谁语，只有清宵一苦吟。"[④]这种苦吟境况不同于诗社活动中为了追求诗艺精湛而苦苦琢磨似的苦吟。它是诗人面对自己内心时的一种发自内心地、自发地对诗艺的探求，也是对作诗时具体环境——那种孤苦境况的反映。此种苦吟之内涵有别于群体性诗学活动的苦吟。它既有古代咏怀、感遇传统特点，也同时有着对诗艺的自觉要求，对晚唐五代诗人苦吟的这种发展，应被看作是宋代诗学的成就：当晚唐五代诗人对回到汉儒老路，去纠结于诗歌的政治生态信息的时候，宋人对诗艺本身的

---

① 傅璇琮主编：《全宋诗》第 13 册，北京大学出版社 1993 年版，第 8449 页。
② 傅璇琮主编：《全宋诗》第 13 册，北京大学出版社 1993 年版，第 8433 页。
③ 傅璇琮主编：《全宋诗》第 13 册，北京大学出版社 1993 年版，第 8443 页。
④ 傅璇琮主编：《全宋诗》第 13 册，北京大学出版社 1993 年版，第 8537 页。

重视，以及因此而进行的苦吟，就又起到使诗学回归艺术本身的作用。这种现象到江西诗派时终于汇成了一股诗学洪流，自然具有不同凡响的时代意义。

就宋代来看，诗社活动与诗人之苦吟风气有着密切的关系。一方面，宋代诗人纠正了晚唐五代诗人之比物讽刺式苦吟的做法，另一方面，诗学活动日益表现出群体性，诗人们须要精心钻研诗歌的做法和具体艺术规律，以求在群体性诗学活动中取得擅场，从而崭露头角，赢得时誉。由韦骧来看，诗社活动中存在着很浓厚的竞争色彩，他往往将其比作两军对垒，其间创作水平突出者，号之诗将。诗将间以诗为阵地展开较量，所比拼者，便是诗艺之高低。因而可以说，群体性诗学活动中诗人的角色成了宋代诗人们十分在意的东西，他们的苦吟固然有探研诗艺本身的用意，但目的还在于意图借助苦吟来提高诗艺，提升水平，在群体性诗学活动的诗战较量中赢得尊重。所以，承接晚唐五代而来的苦吟风气在宋代促进了诗社的发展，而诗社的发展又使苦吟风气更加兴盛了。不过，韦骧之诗社活动的成员大多是他的同僚，也并不是成就很高的诗人，他们的诗社还没有明确的理论主张，也并未依从这种主张有意识地展开创作活动，包括创作训练；同样他们也没有借助诗社的诗人群体形成可以干预诗坛诗风的创作力量。他们的诗学活动，虽有诗盟出现，却无由得见，也未必有什么明确的理论盟约的性质，其实质上还是这些诗人们在其仕宦过程中在公事之暇的一种诗化生活方式的反映。与韦骧诗社相比，江西诗社群便可以说是内容丰富，意义重大的理论实践性诗社的代表了。

此外，诚如《四库提要》所指出的那样，韦骧本人可以接迹欧梅，不规模唐人，有自己独立的诗学品格。他还与其他身处下僚的诗人们一起，以自己的创作活动丰富了诗文革新运动，也在某种程度上成了诗文革新运动的基层力量。考察宋代文学史及宋代文学批评史的时候，这种基层力量对文学走势的影响是不容忽视的。

彭汝砺诗社考述

北宋彭汝砺亦曾有诗社活动。彭汝砺（1042—1095），字器资，饶州鄱阳（今江西鄱阳）人。少时师事胡瑗学生桐庐倪天隐。英宗治平二年（1065），举进士第一。历保信军（今安徽巢湖庐江）推官、武安军（今湖南长沙）掌书记、潭州（今湖南长沙）军事推官。以其《诗义》为王安石称誉。补国子直讲，擢太子中允，又为监察御史里行。元丰初（1078、1079 年左右），以馆阁校勘为江西转运判官，代还，提点京西刑狱。元祐二年（1087），召为起居舍人。三年（1088）迁中书舍人。后又加集贤殿修撰，入权兵、刑二部侍郎。哲宗躬听断，进权吏部尚书。又言其尝附会刘挚，以宝文阁直学士知成都府。未行，又降待制、知江州（今江西九江）。至郡数月而病去。朝廷方以枢密都承旨命之而已卒，年五十四。史称彭汝砺"词命雅正，有古人风"。又谓其"读书为文，志于大者，言动取舍，必合于义，与人交，必尽诚敬。"著有《易义》、《诗义》、诗文五十卷。现存其著《鄱阳集》十二卷。①（据《宋史》本传，彭汝砺在台时，"论吕嘉问事，与（蔡）确异趣，徙外十年"。彭汝砺论吕嘉问市易聚敛非法事在其任监察御史任上。故所谓"在外十年"，即指在江西转运判官任上有十年之久。如此一来，其代还，任提点京西刑狱当在元祐二年（1087），即将本传"元丰初，以馆阁校勘为江西转运判官"之"元丰初"理解为元丰元年，即 1078 年。

今《鄱阳集》卷十有《与梅秀才游安师池亭赋诗》诗云："炎天自欲沉朱李，诗社初欣见素梅。绿柳荐风消酷暑，青荷飞雨濯尘埃。墙头竹影纷纷出，水面菱花细细开。拍手浩歌情不尽，笑君佳句泥流杯。"②题中所谓"梅秀才"不详，"安师池亭"亦难详考究在何地。不过，《鄱阳集》卷十之《送吴子正赴召（并序）》却透露出可以帮助我们索解"安师池亭"的信息。该诗序云：

> 熙宁六年（1073）仲春之月，吴子正赴召而运判太傅、通判职方七人饯别于开福寺，退登禅悦堂，观白莲池，道明心亭，出游嘉会、会春二园。至流杯亭，泛舟出史湖而窃嗟叹方马氏盛时，其意气之骄，遂欲以力穷极天下之奢侈，而百年之间，废弃殆尽。相与嗟叹久之，薄晚饮使光亭，酬酢欢甚，然终不及醉。太傅言："吾侪平时役于簿书，而开福、会春嘉会皆长沙盛观，盖未尝一到，而今日之游，乃实得于邂逅之间，岂不幸哉？"请赋会春送别吴子正。分题字为韵，探得吴字。③

---

① 以上均见（元）脱脱等著：《宋史》卷三四六，中华书局 1977 年版，第 32 册，第 10976 页。
② 傅璇琮主编：《全宋诗》第 16 册，北京大学出版社 1995 年版，第 10604 页。
③ 傅璇琮主编：《全宋诗》第 16 册，北京大学出版社 1995 年版，第 10594 页。

提到了长沙开福寺为盛游之地，其中花木繁盛，有禅悦堂、白莲池、明心亭和嘉会、会春二园，还有流杯亭，并有水路通史湖，确实风景嘉胜，为游览胜地。此寺为五代楚国马氏避暑之地，南宋张栻的《题长沙开福寺》有云：

> 长沙开福兰若，故为马氏避暑之地，所谓会春园者，今荒郊中时得砖甓皆为鸾凤之形，而奇石林立，二百年来传城中官府及人家亭馆之玩，何可数计，而蔽于榛莽，卧于泥池者，尚多有之。……今湘岸有淫祠，江中有誓洲，及其交兵，诅誓之所，小家自为蛮触，只足以发千载之一笑。寺之西，被禊亭下，临湖光，举目平远，自为此邦登览胜处，不足用马氏为污也。①

马氏曾经之避暑胜地，至宋时已成嘉会游赏之所，并有修禊活动，所为谓流杯亭，当于修禊活动有关，彭汝砺诗中的"笑君佳句泥流杯"，或与修禊有关。我们可以推测，彭诗中的安师池亭或即开福寺中的白莲池、流杯亭。至于安师，或是寺中时有一僧人被称作安师。若果是如此，那么，彭汝砺与梅秀才诗中所说的诗社，是彭汝砺在长沙时曾参与过的诗社活动。即彭汝砺任武安军掌书记、潭州军事推官时期。但彭汝砺所提及之诗社的成员，却不能确考。

从《鄱阳集》的情况来看，彭汝砺的诗学交往很多，有宋履中、李佖（与苏轼有诗歌交往）、蒋颖叔（字子奇，其书法启发苏黄，并与苏轼有诗学交往，曾与钱勰、苏轼、王仲至并称"元祐四友"）、邵饰（字去华）、张景修（字敏叔）、叶亨仲、晁瑞彦（字美叔）、孔彦常（字明叔）、赵挺（字正夫）、周正儒（与苏轼、文同有诗歌交流）、黄伯钧、孔顽、孙朴（字元忠）、毛渐（字正仲，与苏轼有诗学交流）、刘挚（字粹老）、吕睦仲、杨蟠（字公济）、张子直（与二程有交往）、宋匪躬（杨彦龄《杨公笔录》载彭汝砺年六十为侍郎，娶宋匪躬女。按，彭汝砺终年五十四，六十娶宋匪躬女事未必实为六十岁时，但彭汝砺有可能曾娶宋女）、程筠（字德林，与苏轼有交往）、汪汾（字汝道）、刁璆

---

① 《南轩集》卷三五，文渊阁《四库全书》第1167册，上海古籍出版社1987年影印本，第712页。

(字去华)、陈师道、佛印（与苏轼、黄庭坚均有交往），等等。其他还有很多，但大都不能确考。

看来彭汝砺是一个喜好诗学交往的诗人。他所交往之人，大都不是当时成就显著，为人称道如苏、黄与王安石者。其间抑或有与苏黄有交往的人，但于彭汝砺而言，因仕宦经历的关系，其所与交往的诗人多是同僚抑或偶然相识的朋友。彭汝砺在合肥曾有过使他记忆深刻的诗学活动。《鄱阳集》卷七有《送梁晦之（并序）》，其序云：

> 治平、熙宁中，某以职官事张侍读、传（按，当为傅，《鄱阳集》卷九有《上合肥太守侍读傅公》诗，"侍读"即"侍读学士"，故而"传学士"应为"傅学士"，"传"与"傅"形近而误。）学士、宋大监于合肥与程公权（嗣隆）、王汝道（汾）、俞诚之（希旦）、钱穆甫、梁晦之、俞君玉（珹）、刁德华（璆）为僚，倪天隐学士治学，其游甚乐也。而六七年间，学士有母之忧，宋致政，张程倪三公亡。汝道、德华贬官，惟诚之、穆甫出使京浙，君玉领麾在万里之外，晦之得忠州不赴，屈临陕府米仓，某方起外艰，调官走京师，其形容苍然，已非昔时人矣。见晦之相与道旧，语及存殁忧患之际，怆然久之……①

由该序可知，当彭汝砺任保信军推官时，与合肥幕僚程公权（嗣隆）、王汝道（汾）、俞诚之（希旦）、钱勰（穆甫）、梁晦之、俞珹（君玉）、刁璆（德华）等有群体性诗学活动。后来人事纷扰，诗友离散，彭汝砺再见梁晦之，二人共同追及昔年旧游景况，生出怆然之感②。

而《鄱阳集》卷九之《在合肥幕中有作》诗，也涉及了他们当时进行诗学活动时的景况。诗云："幕府开雄盛，朋游望俊髦。双松斗冰雪，一鹗出蓬蒿。春雨吟花蒂，秋霜擘蟹螯。山川留翰墨，天地入风骚。感慨惊多变，微生病一号。酒卮余寂淡，诗笔惠英豪。忧思生心腑，尘埃上鬓毛。簿书今日困，道路

---

① 傅璇琮主编：《全宋诗》第 16 册，北京大学出版社 1993 年版，第 10542 页。
② 《鄱阳集》卷六有《合肥府学中赓诸公韵和正寺翔甫总翠亭》诗（文渊阁《四库全书》第 1101 册，上海古籍出版社 1987 年影印本，第 239 页），亦是彭汝砺在合肥时的群体性诗学创作的反映。

此身劳。小雨开濡滞，清飙散郁陶。小亭山可见，由此欲登高。"①又《鄱阳集》卷六有《累承见酬因谢之》，亦对诗会情景有形象描绘，诗云："千夫拱默看文阵，百战纵横及醉乡。齐晋亦当忧鲁弱，韩吴终是怯秦强。威容敌国矜豪迈，气压赢兵急遁藏。他日相期坐帷幄，为君穷力破戎羌。"②诗文酒会中，文人针锋相对，竞展才华，旨在压倒对手，取得擅场。这是由唐代而来的诗学竞争气氛。这种气氛在宋代更盛，几乎所有文人都参与过，较量过，尤其是唐宋时期的诗人们往往用两军对垒来况喻文学竞争，更凸显出逞才竞胜在群体性诗学活动中的鲜明色彩。这种争强好胜对文学反映现实人生，充实表现真实的社会内容并抒发真切的情感角度来讲是不利的，但其间也含有探讨文学技艺，从而提高文学表现手法的积极内容。同时，文学竞争中还含有炫耀博学的色彩。这种做法也使宋代诗文风气中有了重视使事用典，甚或"以文字为诗"，"以学问为诗"的流行风尚，对宋代文学总体风貌的形成有一定的作用。就彭汝砺本人来看，其诗总体清通简要，其实并无宋诗瘦硬杌陧或是艰涩的特点。这说明，他虽然参加了群体性文学活动，但并未沾染当时已渐成风尚的诗坛风气。彭汝砺是宋代诗坛的偏师，也或许是因为这个原因，他并不以诗显于当时，也并不像苏黄及王安石那样可以号召诗坛，引领风尚。但与宋人作诗的一般习惯一样，彭汝砺也是苦吟诗人。其《鄱阳集》卷六有《苦吟》诗，诗云："苦吟遂见诗锋锐，独乐宁思饮社豪。别去性情生淡泊，老来风致长清高。纷纷行李君休叹，琐琐乘田吾正劳。争似扁舟碧江上，几回风物入秋毫。"③诗锋正从苦吟而出。而所谓"饮社"就是诗社中的饮酒赋诗活动。苦吟与诗社活动在争取胜出的是学竞争层面上，发生关联。他认为独自苦吟，有助于在"饮社"中去冲锋陷阵，出奇制胜，去显示诗锋之锐利的锋芒。宋人之苦吟的内在心迹，正在于此。苦吟除有探讨诗歌创作的规律和方法的意义之外，还暗含着在诗学竞争中努力胜出的用意。但我们还是难以确考彭汝砺参加的诗社究竟景况如何。《鄱阳集》卷十《平居多忧多病间从诗酒自乐即席为诗呈诸友且寓一时之怀》有云："不惜千金换酒醪，为君穷力赋《离骚》。乾坤尽入

---

① 傅璇琮主编：《全宋诗》第 16 册，北京大学出版社 1993 年版，第 10592 页。
② 傅璇琮主编：《全宋诗》第 16 册，北京大学出版社 1993 年版，第 10532 页。
③ 傅璇琮主编：《全宋诗》第 16 册，北京大学出版社 1993 年版，第 10527 页。

双吟眼,日月都归一醉毫。"①提到在"诗酒自乐"中"即席为诗",然其创作过程却是穷竭心力(穷力)。可见,即使是即时性的创作,也要以穷力苦吟的态度去对待。

其《鄱阳集》卷十《和济叔小饮韵》:"岛屿风回北,沧溟月上东。苦吟诗眼碧,小酌病颜红。城近更筹数,天寒斗柄中。且安颜巷陋,无泣阮途穷。"②此亦为与诗友的即席创作,也同样是苦吟。苦吟之作,用工深切,字不轻发,此诗即可见彭汝砺之诗学态度。再如《鄱阳集》卷十之《和润之苦吟韵》:"诸公敏酬唱,顷刻听诗成。夜月留寒影,春花落细英。更须洗尘滓,莫使污晶明。君看少陵格,篇章句句新。"③苦吟是诗人"洗尘滓"而臻于"晶明"的必然过程。彭汝砺此处推崇"少陵格",认为杜诗"句句新"。他们推崇杜诗成就,其实也包含着推崇并继承杜甫"语不惊人死不休"的自觉的为诗精神。可见彭汝砺虽苦吟,但与诗友们沉浸在诗酒唱和的艺术氛围之中的诗化生活态度。《鄱阳集》卷四《和彦常学士》:"酒樽更有论文乐,一笑令人万事忘。"④诗文酒会的艺术氛围使陶醉于其间并乐此不疲的诗人们觉得快乐。《宋史》本传谓彭汝砺"词命雅正,有古人风,而诗笔亦谐婉可讽"⑤。《四库全书》、《鄱阳集》提要谓瞿佑《归田诗话》极推其"情致缠绵",而彭汝砺也正是以其苦吟的诗学态度,结合自己生活经历,达到"谐婉可讽"、"情致缠绵"⑥的成就的。

《鄱阳集》卷六有《和济叔看花诗》:"灯花一点照花枝,今夕相看孰是非。冷艳几时开密室,春光半夜到重闱。稚儿戏蹙寒心落,羁妇争持喜信归。寄语帘风莫催促,冷吟赢得看芳菲。"⑦再如《鄱阳集》卷五之《清江闻提举承议先行驰寄小诗》:"一水相忘复此时,世情岂故与人违。江湖雨涨潜鳞去,霄汉云深画鹝飞。晓月正思公共载,春风好与我同归。别来道味知何似,丹灶黄芽想更肥。"⑧

---

① 傅璇琮主编:《全宋诗》第16册,北京大学出版社1993年版,第10605页。
② 傅璇琮主编:《全宋诗》第16册,北京大学出版社1993年版,第10606页。
③ 傅璇琮主编:《全宋诗》第16册,北京大学出版社1993年版,第10607页。
④ 傅璇琮主编:《全宋诗》第16册,北京大学出版社1993年版,第10497页。
⑤ (元)脱脱等著:《宋史》卷三四六,中华书局1977年版,第10975页。
⑥ 《鄱阳集》提要,文渊阁《四库全书》第1101册,上海古籍出版社1987年影印本,第173页。
⑦ 傅璇琮主编:《全宋诗》第16册,北京大学出版社1993年版,第10529页。
⑧ 傅璇琮主编:《全宋诗》第16册,北京大学出版社1993年版,第10521页。

从此二诗看，确乎情致缠绵，但又不失清简淡泊，情在其中，于清简处显缠绵，于淡泊处见工致，这种诗学特色，正与彭汝砺之苦吟有关。

彭汝砺所处的时代，诗人们已经开始大力推崇并效法杜诗了。《鄱阳集》卷十之《次皇甫子仁老杜诗韵》云："少陵气忠勇，毫发见声诗。卫稷心丹破，穷途鬓雪垂。兵戈灵武道，风雨耒阳时。不及明君用，空余后学悲。"① 彭汝砺对于杜甫的推崇，并不仅在"篇章句句新"的艺术层面，而是对杜甫一生忠荩与高节的高度赞许和对他凄凉遭遇的深切同情。这种意见是北宋中期后的诗学主流意见。宋人正是在崇敬杜甫高尚伟大人格的同时，精心钻研杜诗之匠心与技巧。彭汝砺并非当时诗坛主将，但他的诗学意见清楚地反映了宋代诗坛的这个动向②。

彭汝砺的诗作中，多有与君时弟的往还之作，但君时弟为谁，目前还不能定论。《鄱阳集》卷十有《和大名掾舍弟君时》诗，谓君时为舍弟。然《宋史·彭汝砺传》载彭汝砺弟为彭汝霖、彭汝方。汝霖字岩老，汝方字宜老。汝霖第进士，以曾布荐，为秘书丞，擢殿中侍御史。后曾布失位，彭汝霖罢知泰州，又谪濮州团练副使，后以显谟阁待制卒。彭汝方以汝砺荫为荥阳尉、临城主簿。汝砺卒，彭汝方弃官归葬。宣和初（1119、1120 年左右）通判衢州，擢知州事。方腊起义军至衢州，彭汝方城陷而死。彭汝砺的这两个弟弟并无任大名掾事，或君时弟非其胞弟，抑或史籍失载。在彭汝砺诗集中，与君时之诗占到他与别人赠诗的四分之一左右，数量很多。可知君时亦能诗，也有相当的诗学造诣。今《鄱阳集》卷九有《试诸葛生笔因书所怀寄诸弟》组诗共二十首。这里的诸弟应包括彭汝霖、彭汝方，甚至君时弟。诗中深切怀念了故乡的山水风物："尘事朝朝在，乡心夜夜归。岁时如故国，忆戏老莱衣。"（其一）也有对诸弟的勉励："后生戒轻侮，初学慎嬉游。亲膝今霜鬓，家风只布裘。诗书起门户，文字取公侯。十上才犹拙，知音为汝忧。"（其三）又"颜渊一箪食，

---

① 傅璇琮主编：《全宋诗》第 16 册，北京大学出版社 1993 年版，第 10605 页。
② 宋代诗社中的诗学活动多有探讨杜诗的技法，品骘包括杜甫在内的前代诗人诗作的诗学内容。杜甫成为宋代诗学的标杆与学诗的鹄的。虽然主要从黄庭坚的提倡开始，但其主张的产生亦非是横空而至，他之前，包括彭汝砺在内的诗人已经在这样做了，诗社中对诗艺的探讨活动往往指向地负海涵，功力弥满的杜诗，这既取决于杜诗自身的成就，亦与群体性的诗学探研活动的理论关注方向有关。

惠子五车书。勉就先生学，文章或起予。"（其五）①思亲之意，诚弟之心，溢于言表。该组诗从第七首至第二十首（后还有一首《又忆东林》）全是对东林的怀念。写到了桧、竹、橘、菊等植物，也写到了宽泛的东林景、东林胜、东林侧、东林畔、东林秀、东林地、东林北、东林静。鄱阳地接庐山，不知彭汝砺与诸弟熟悉的东林是否东林寺，但从这些诗的诗意来看，不能遽下结论认为是东林寺景致。但东林却一定是彭汝砺与弟兄（及友人）们常常游赏之地。他们在此吟咏、流连，使宦游在外的彭汝砺不能忘怀。彭汝砺本人能诗，然其诸弟却不以诗显，也未能留下篇什。不过我们能从彭氏兄弟的诗歌交流印迹中看出北宋江西一带诗歌创作的普遍特点。江西诗歌创作之盛由唐代杜审言开始，至宋代江西诗派兴起蔚为壮阔之诗坛风气，这个过程是经由数十辈诗人们共同努力的结果，也是诗风广被，诗学活动频繁所出现的合逻辑的结果。江西诗社群之兴起，必有前期充分之铺垫与积累。欧阳修、王安石都是江西人，他们跻身诗坛之高峰，也必然会影响乡邦之诗学空气。因而，专门研究前江西诗社的江西乡邦诗坛也是极有意义的事情。

　　总之，彭汝砺虽在北宋中期诗坛上名不甚彰，但他确有参与过诗社活动的诗学经历。其诗社活动的经历对于彭氏有怎样的具体影响，其在诗社活动中是否也会结交一些与他有共同诗学崇尚的诗友不可确知。同时，彭氏情致缠绵的诗风形成与诗社活动究竟有怎样的关系也不可知，但彭氏作为在政治上有影响的诗人，其苦吟为诗的态度和宗杜的基本倾向是颇有代表性的。宋代诗坛至彭汝砺的时代，苦吟早已成为普遍的为诗态度，宗杜也是诗人们普遍认同的。北宋中期的诗社，正是在这样的诗学背景中存在并展开活动，也是在这种诗学风气中渐次增多，如雨后春笋般遍地开花，使苦吟与宗杜更为有力地影响着几乎所有的诗人。也浸入到几乎所有的群体性诗学活动中，这种风气终于因江西诗社群的兴起而大盛于天下。在这个过程中，彭汝砺之诗与诗社活动，恰可以作为一个具有典型意义的代表（其实也是更为宽泛意义上的江西诗社群的组成部分之一）。

---

① 傅璇琮主编：《全宋诗》第16册，北京大学出版社1993年版，第10584—10585页。

六、宋代诗社的一种非正式形态耆英会简述

宋代的诗社发展，虽形成了正式诗社，但还有一种形式的类似组织，即以老年诗人为主体，模仿白居易等的九老会而成立的群体性诗学组织。因周密《齐东野语》卷二十将之称为耆英诸会。因此，我们就用耆英会来称谓这种老年诗人的群体性组织。宋代出现了许多这样的组织，但这种组织从成立、成员到活动时序以及评论、创作等方面，都与诗社有较大差异，其实质更接近于过去的诗会或雅集。因其与诗社活动同期，与诗社也有一些相关联系，所以我们也对其基本情况进行一番梳理，可以作为我们了解宋代诗社活动的诗学背景的一种参照。

李昉的汴京九老会

在我们考察宋代诗社活动的时候，还应该关注一下李昉的汴京九老会。《宋史·李昉传》："昉所居有园亭别墅之胜，多召故人亲友宴乐其中。既致政，欲寻洛中九老故事，时吏部尚书宋琪年七十九，左谏议大夫杨徽之年七十五，郢州刺史魏丕年七十六，太常少卿致仕李运年八十，水部郎中朱昂年七十一，庐州节度副使武允成年七十九，太子中允致仕张好问年八十五，吴僧赞宁年七十八，议将集，会蜀寇而罢。"李昉年七十时以司空致仕。是年为淳化五年（994）。王禹偁《小畜集》卷二十《左街僧录通惠大师（赞宁）文集序》亦有云："先是故相文贞公（按，李昉卒后谥号文贞）悬车之明年，七十一，思继白少傅九老之会。"其后所列参加者与《宋史·李昉传》同，"将宴于家园，形于绘事，以声诗流咏，播于无穷，会蜀寇作乱，朝廷出师不果而罢。"[1]其中提到的时间是"悬车之明年"，李昉七十一岁时，即至道元年（995）。参加者为李昉、宋琪、杨徽之、魏丕、李运、朱昂、武允成、张好问、赞宁九人。组织此会的动因是"欲寻洛中九老故事"、"思继白少傅九老之会"，即模仿白居易的（七）九老会故事，并也一样作诗、绘图。但此会也是以李昉为召集人的一个未果之会。虽然参加者和参加地点都已选好，也设计好了活动方式和内容，

---

[1] 《左街僧录通惠大师文集序》，曾枣庄主编：《全宋文》第8册，上海辞书出版社、安徽教育出版社2006年版，第28页。

但终究未能实际地活动起来。不过此会是宋代较早的一个与诗有关的群体性诗学活动动议。也可透露出宋王朝建立后,随着社会的安定和发展,文人们对于群体性文学活动的态度也渐渐地积极起来。李昉之九老会和西湖白莲社一样,都是模仿前人。但实际上拉开了宋代诗社活动的序幕。宋代诗社,也正是在模仿前人的基础上展开了它的活动。

七、马寻的吴兴六老会

吴兴,在今浙江湖州。周密《齐东野语》卷二十有"耆英诸会"条,有云:"吴兴六老之会,则庆历六年(1046)集于南园。郎简(工部侍郎,七十七)、范锐(司封员外,六十六)、张维(卫尉寺丞,九十七,都简张先之父)、刘余庆(殿中丞,九十二,述仲之父)、周守中(大理寺丞,九十,颂之父)、吴琰(大理寺丞,七十二,知幾之父)。时太守马寻主之,胡安定教授湖学,为之序焉。"①

其参加人员,除太守马寻为东道外,成员有六人,故曰吴兴六老。马寻应不能算作六老会成员。参与之人,由六十六至九十二,确乎为老年诗会。但周密《齐东野语》卷十五之"张氏十咏图"条提及此会的人员名字、年龄与卷二十略有出入。如范锐作范说。刘余庆作刘维庆,张维与会之年为九十一,周守中则为九十五。今考诸文献,认为以范说、刘余庆为是。《全宋文》卷四二〇有宋庠《太常博士集贤校理知台州范说可尚书祠部员外郎国子博士通判陈德军陈及可尚书虞部员外郎右赞善大夫知汝州梁县吕师简可殿中丞制》一文,范锐事既不可考,而此处出现范说,又与宋庠同时,故六老会之范锐当为范说。

同样,《全宋文》卷三三五有夏竦《屯田员外郎同判池州萧玠可都官员外郎余如故虞部员外知蔡州张用可比部员外郎余如故虞部员外郎知慈州刘余庆可比部员外郎余如故殿中丞同判镇戎军曰士享可国子士制》提及刘余庆。而刘维

---

① (宋)周密撰,张茂鹏点校:《齐东野语》,中华书局1983年版,第368页。郎简《宋史》卷二九九有传,知其字叔廉,杭州临安人。本传称其"性和易,喜宾客。即钱塘城北治园庐,自号武林居士。"马寻,《宋史》卷三百有传,谓其须城(山东东平)人,举《毛诗》学究,累制大理寺,以明习法律称,终司农卿。张维事见《齐东野语》卷一五,知其为张先父,平居好诗,浮游闾里,上下于溪湖山谷之间,以吟咏自娱,率尔成章,不事雕琢之巧,而雅意自得。

庆则不可考。刘余庆应为六老会成员。

周密耆英诸会所说的"胡安定教授湖学,为之序焉"的胡安定即胡瑗,为北宋著名学者,因世居陕西安定堡,人称安定先生。他曾长期教学于湖州,只不过其序已不可见。但周密《齐东野语》卷十五的"张氏十咏图"条,提及《十咏图》乃张先图其父维平生之诗,有十首,其中之一即《马太卿会六老于南园》,诗云:"贤侯美化行南园,华发欣欣奉宴娱。政绩已闻同水薤,恩辉遂喜及桑榆。休言身外荣名好,但恐人间无此会。他日定知传好事,丹青宁羡洛中图。"①

张先在熙宁五年(1072)请人将张维生平所喜爱的自己的十首诗绘于绢上,成为绢画,了却了其父生前心愿。

孙觉,字莘老,时知吴兴,得知此事,便作《张维〈十咏图〉序》(《全宋文》卷一五八五)提及张维参加此会时年九十一,并谓此序作于张维卒后十八年。若我们以六老会举行的那一年算,那么孙莘老作序之年为1074年。但可惜的是孙序中并未交代六老会的情况。

南宋后期陈振孙作有《张维〈十咏图〉跋》,其文曰:"庆历六年(1046),吴兴郡守宴六老于南园。酒酣赋诗,安定胡先生瑗教授湖学,为序其事。六人者:工部侍郎郎简,年七十九;司封员外郎范说,年八十六;卫尉寺丞张维,年九十一,俱致仕。刘余庆,年九十二;周守中,年九十五;吴琰,年七十二,皆有子弟列爵于朝。"②陈振孙提到的与会人物及年龄应是正确的。但此"吴兴六老会"诸人均只有少数诗文存世,此会中除张维诗之外,亦无其他篇什留存。就其活动性质看,耆老聚会,畅叙晚情的意味突出,诗学性的因素并不浓厚,但其中之孙觉对黄庭坚的诗学影响很大。

八、徐祐苏州九老会

徐祐苏州九老会事见龚明之《中吴纪闻》卷二之"徐都官九老会"条,其云:"徐祐,字受天,擢进士第。为吏以清白著声。庆历中,屏居于吴,日涉

---

① 傅璇琮主编:《全宋诗》第2册,北京大学出版社1991年版,第827页。
② (宋)周密撰,张茂鹏点校:《齐东野语》,中华书局1983年版,第279—280页。亦见曾枣庄主编:《全宋文》第333册第311页,作《张子野〈十咏图〉跋》。

园庐以自适。时叶公参亦退老于家,同为九老会。晏元献、杜正献皆寓诗以高其趣。晏之首题云:'买得梧宫数亩秋,便追黄绮作朋俦。'杜之卒章云:'如何九老人犹少,应许东归伴醉吟。'时与会者才五人,故杜诗及之。享年七十有五,终都官员外郎。"① 龚明之说是五人,但上述引文仅提及四人,为徐祐、叶参、晏殊、杜衍②。

徐祐这个苏州九老会因参会人员不多,且并无足够文献留存,加之本身为老年诗会性质,故与文学批评及文学本身的发展与有关思潮、流派的形成均无多大关系。

九、杜衍睢阳五老会

王辟之《渑水燕谈录》卷四有云:"庆历末(1047、1048年左右),杜祁公告老,退居南京(宋时睢阳亦称"南京",今河南商丘),与太子宾客致仕王涣、光禄卿致仕毕世长、兵部郎中分司朱贯、尚书郎致仕冯平,为五老会。吟醉相欢,士大夫高之。"③

《宋诗纪事》引《古今事文类聚前集》之"睢阳五老会诗"条引杜衍诗如下:"五人四百有余岁,俱称分曹与挂冠。天地至仁难补报,林泉幽致许盘桓。花朝月夕随时乐,雪鬓霜髯满座寒。若也睢阳为故事,何妨列向画图看。"④

其他数人之诗也大都是感怀高寿,吟咏致仕情怀,并无文学理论价值。(这种耆英会除在风气上对诗坛有影响外,一般在内容上,并无多大理论意义与批评史价值)

章岵苏州九老会⑤

欧阳光据《正德姑苏志》卷三《职官志》所载之章岵以元丰元年(1078)

---

① (宋)龚明之撰,孙菊园校点:《中吴纪闻》,中华书局1986年版,第49页。
② 其中晏殊位高望重,对文坛、诗坛颇有影响。《郡斋读书志》卷一九评尚晏殊曰:"性刚毅,功孤笃学,为文温纯应用,尤长于诗,抒情寓物,辞多旷达,当世贤士,如范文正、欧阳文忠皆出其门。"晏殊诗文雅醇厚,大有承平气象。他的诗文风气会对包括范仲淹、欧阳修在内的文士产生广泛的影响。但就其参加本会来讲,其影响并不借这次会中的创作产生。
③ (宋)王辟之、欧阳修撰,吕友仁点校:《渑水燕谈录归田录》,中华书局1981年版,第47—48页。
④ (清)厉鹗:《宋诗纪事》,上海古籍出版社1983年版,第186页。
⑤ 本部分主要参考欧阳光《宋元诗社研究丛稿》一书的相关部分,部分地方作了增补与考述。

到任，任期三载，故而九老会的活动当在此期间（1078—1081）。龚明之《中吴纪闻》卷四之"徐朝议"条具载此事。参加者除章岵外，还有徐师闵、元绛、程师孟、闾丘孝终、王琬、苏湜、方子通八人。还有一人不详。《中吴纪闻》之"徐朝议"即徐师闵，因其曾官正议大夫故有此称谓。本条有云"因相与继会昌洛中故事"①，则知他们在会中所作之诗，但都与其他耆英会（老年诗会）的诗无异，并无文学批评史价值。

章岵本人还参加了所谓十老会，时间当在九老会之后不久。地点仍在苏州。周密《齐东野语》卷二十载有此事，参加者有卢革、黄挺、程师孟、（九老会参加者）、郑方平、闾丘孝终（九老会参加者）、徐九思、徐衍、崇大年、张诜共十人。米芾为之序。序中除夸赞与会者"清德杰气，为时老成，高谊劲节，缙绅所仰"外，还提到会中情形是"于是羽觞屡酬，雅章迭作，叙怀感遇，乐时休明……"②我们由此可知，这个十老会的内容不外是"叙怀感遇，乐时休明"一路。章岵及其九老会、十老会的参加者在文坛、诗坛上的影响并不大，对于文学理论批评的影响仅在于他们举行诗会活动本身会对诗社活动起到推波助澜的作用。

文彦博的洛阳耆英会及其他老年诗会组织

北宋元丰年间，一批退居洛阳的文士积极创办参与了数量很多的老年诗会组织，其中以文彦博的洛阳耆英会最为知名，可以作为这一类组织的代表③。

司马光《洛阳耆英会序》中有云："宋兴，洛中诸公继而为之者再矣，皆图形普明僧舍。"④提到在元丰中（当为元丰四即1081年）文彦博组织"耆英会"活动前人们参与过类似"耆英会"的活动，并绘图于普明僧舍。王柏《题九老图后》有云："唐有《洛阳九老图》，传于世矣。我朝洛之诸公继者凡三，其二

---

① （宋）龚明之撰，孙菊园校点：《中吴纪闻》，中华书局1986年版，第93页。
② （宋）米芾：《宝晋英光集》卷六，文渊阁《四库全书》第1116册，上海古籍出版社1987年影印本，第123页。
③ 《宋史·文彦博传》云："其在洛也，洛人邵雍、程颢兄弟皆以道自重，宾接之如布衣交。与富弼、司马光等十三人，用白居易九老会故事，置酒赋诗相乐，序齿不序官，为堂，绘像其中，谓之洛阳耆英会，好事者莫不慕之。"（《宋史》卷三一三，中华书局1977年版，第29册，第10263页）可知文彦博之耆英会的巨大影响。
④ 曾枣庄主编：《全宋文》第56册，上海辞书出版社，安徽教育出版社2006版，第222页。

图形于普明僧舍，盖乐天之故第也。元丰中，又集于韩富公之第，凡十有一人，图形与妙觉僧舍，时人谓之《洛阳耆英图》。此则普明之本，亦九人，对弈者文潞公、司马温公；观者富郑公，舞者赵公正南，讳丙；回视持书人则王公君贶，讳拱辰也。余则忘其姓名矣。"[1]

欧阳光考证，王柏所说是文彦博耆英会前一次规模较大、规格也较高的诗会活动。参加者中有文彦博、司马光、富弼、赵丙、王拱辰等。这种活动也出于模仿白居易故事。结束后也模仿白居易等人的做法，要绘出图画。除元丰四年（1081）文彦博等的诗会绘图于妙觉寺外，王柏提到其余两次都绘于普明僧舍。所绘之图的内容很有意味：有文彦博与司马光在对弈，有富弼在观棋，还有慷慨起舞者（赵丙）和持书回视的王拱辰。这个图画很生动地描绘出本次诗会的情景。他们无拘无束，逍遥自得，沉浸在诗的情境之中。后来的雅集活动也往往继承了绘图存照的做法，元末影响很大玉山雅集也有这种活动。

文彦博的洛阳耆英会是宋代耆英会中参与人员级别最高，文坛影响力最大的诗会，其中有许多内容对诗坛的组织与活动方式有很大影响。关于此会，司马光《洛阳耆英会序》一文有较为具体的记载，其文曰：

> 昔白乐天在洛，与高年者八人游，时人慕之，为《九老图》传于世。宋兴，洛中诸公继而为之者凡再矣，皆图形普明僧舍。普明，乐天之故第也。元丰中，潞国文公留守西都，韩国富公纳政在里第，自余士大夫以老自逸于洛者，于时为多。潞国谓韩国公曰："凡所为慕于乐天者，以其志趣高逸也，奚必数与地之袭焉。"一旦，悉集士大夫老而贤者于韩公之第，置酒相乐，宾主凡十有一人，既而图形妙觉僧舍。时人谓之"洛阳耆英会"。孔子曰："好贤如《缁衣》，取其敝，又改，为乐善无厌也。"二公寅亮三朝，为国元老，入赞万机，出绥四方，上则固社稷，尊宗庙；下则熙百工，和万民，天子腹心股肱耳目，天下所取安，所取平，其勋业宏大显融，岂乐天所能庶几？然犹慕效乐天所为，汲汲如恐弗及，岂非乐善无厌者欤？又洛中旧俗，燕私相聚，尚齿不尚官，自乐天之会已然。是日复

---

[1] 曾枣庄主编：《全宋文》第338册，上海辞书出版社、安徽教育出版社2006版，第186页。

行之，斯乃风化之本，可颂也。宣徽王公方留守北都，闻之，以书请于潞公曰："某亦家洛，位与年不居数客之后，以官守不得执卮酒在座席，良以为恨，愿寓名其间，幸无我遗！"其为诸公嘉羡如此。光未及七十，用狄监卢尹故事，亦预于会，潞公命光序其事，不敢辞，时元丰五年正月壬辰，端明殿学士兼翰林侍读学士太中大夫提举崇福宫司马光序。①

序中提到文彦博与富弼"寅亮三朝，为国元老"，在士林中有领袖作用。其"尚齿不尚官"的做法，又超出世俗狭隘视野，在诗化境界中，回归诗歌艺术本身，在诗的创作、交流与欣赏中体味人生存在的价值。所以司马光说"斯及风化之本，可颂也"。再加上富弼府第园林佳胜，堪与诗的意蕴契合，所以他们的"耆英会"是一次景与诗，人与诗的完美交融，宜乎为当时及后世所羡，诗社活动也不例外。

由此文字，可知洛阳耆英会亦系仿效白居易九老会故事。发起人是文彦博与富弼。他们慕白居易"志趣高逸"而积极组织。序文还交代了参与者除文彦博、富弼、席汝言、王尚恭、赵丙、刘几、冯行己、楚建中、王谨言、张问、张焘，与会者实十一人。再加上参加此会但时年六十四的司马光和后来诣书文彦博表示愿意入会的王振辰，图像中共有十三人。此会的时间，司马光序文中明言是元丰五年（1082）正月壬辰，地点在富弼府第。活动内容与大多数老年诗会一样，诗酒唱和，歌颂时代的清平与自在的晚年生活。今《说郛》卷七十五后有《洛阳耆英会》诗一卷，载录了此会的有关创作。

应该注意，司马光此序虽作于元丰五年正月，但洛阳耆英会的时间应在元丰四年（1081）春二月、三月间。《说郛》卷七十五下的《洛阳耆英会》诗中刘几的诗，其中有句"偶以暮年陪盛宴，喜将白发照青春"。而张昌言诗中有"尊酒椒香绕过节，池塘草色已催春"。而文彦博之诗就更明显了，其中有句"二月三月春融融，千花万花红灼灼"句。司马光则有"经春无事连翻醉，彼此往来能几家"②。若以元丰五年正月来看，物候全然不似。洛阳正月，不至温

---

① 曾枣庄主编：《全宋文》第 56 册，上海辞书出版社、安徽教育出版社 2006 版，第 222—223 页。
② （明）陶宗仪纂：《说郛》卷七五下，文渊阁《四库全书》第 880 册，上海古籍出版社 1987 年影印本，第 757 页。

煦如此，故应将洛阳耆英会①的时间定为元丰四年（1081）春二三月之际。

洛阳耆英会在富弼府第进行，其地风景殊胜，颇具诗情画意，为洛阳名园。李格非《洛阳名园记》对富弼家中的园林曾有细致描述，其云：

> 洛阳园池多因隋唐之旧，独富郑公园最为近辟而景物最胜。游者自其第东出探春亭，登四景堂，则一园之景胜可顾览而得。南渡通津桥，上方流亭望紫云堂而还，右旋花木中有百余步；走荫樾亭、赏幽台抵重波轩而止。直北走土筠洞，自此入大竹中，凡谓之"洞"者，皆斩竹丈许，引流穿之而径其上，横为洞一，曰"土筠"；纵为洞三，曰"水筠"、曰"石筠"、曰"榭筠"。历四洞之北，有亭五错列竹中，曰"丛玉"、曰"披风"、曰"漪岚"、曰"夹竹"、曰"兼山"。稍南有梅台，又南有"天光台"，台出竹木之杪。遵洞之南而东还，有卧云堂，堂与四景堂并南北左右二山，背压通流。凡坐此则一园之胜可拥而有也。郑公自还政事归第，一切谢宾客，燕息此园，几二十年，亭台花木，皆出其目营心匠，故透迤衡直，闿爽深密，皆曲有奥思。②

通过此段记述可见，富弼的府第，轩堂错落，竹林葱茏，曲径回廊，洞台时现，诚可谓"透迤衡直"、"闿爽深密"，是融合人工美与自然美，充满了诗情画意的诗化境界。耆英诸老游憩于此，唱和于此，正是对文人诗化生活的充分阐释。观读诸老所作之诗，对这种诗化生活和其间的心态也表达得很透彻。因此说，这个耆英诗会，有两个重要因素，既是摆脱一生仕宦羁束的诗人与诗的融合，也是有近似经历的诗人在诗学纽带上的一次默契的合奏。更为有意义的是，洛阳耆英会在很多方面直接影响了诗社活动，这表现在：

---

① 此会据司马光的序称，同样是序齿不序官，这也是追拟白居易（七）九老会之所为。因为与与会者走出了官场的利害纠纷，走出了不同施政观点带来的壁垒，只论年齿，不计官班。于是大家以高寿相期，共同徜徉闲适恬淡的晚年生活。也正因为这个原因，后来的这种老年诗会有时也叫作真率会。

② （明）陶宗仪纂：《说郛》卷六八下（文渊阁《四库全书》第879册，上海古籍出版社1987年影印本，第674页），题为李廌，误，应为李格非。

（一）制定了明确的会约。《说郛》卷七十五下载有洛阳耆英会会约，如下：

序齿不序官。

为具务简素。

朝夕食不过五味。

菜果脯醢之类各不过三十器。

酒巡无算深浅自斟，主人不劝，客亦不辞，逐巡无下酒时作菜羹不禁。

召客共用一简，客注可否于字下，不作别简，或因事分简者，听会日早赴，不待促。

违约者每事罚一巨觥。①

兰亭之会时也有会约一类的活动规则，但洛阳耆英会的这个会约更为详细具体。其中涉及参与者的告知与回应方式，饮食方面的具体规定，主客敬酒与饮酒的规则和相关"处罚"办法。并明确规定落座和饮酒赋诗等活动的礼节和顺序，以"序齿不序官"为基本秩序，以诗酒唱酬和观赏胜景主要活动内容。在确定了主要事项后展开活动②。

参加活动时富弼年七十九，最尊，其诗排在首位。张问（昌言）年七十，排在正式与会者最末。（另未正式与会者司马光亦有诗）在洛阳耆英会的活动中，会长应是富弼，他本是发起人，又是东道，在与会诸人中又年龄最长，在群体性赋诗活动中，富弼应是其中的主导者。如王尚恭所赋诗中有"二公笑语增和气，夜久盘花旋放春"。（下有注云："烛下盘花开，公即指目焉"的文字。这是出题共作的活动内容）王拱辰所赋诗最后一句是"未许解绂披荷衣，长篇不令负花约"，下有注云："公贻'莫负花前约'之句。"③但在富弼的诗中未见此句，应该说，现在我们看到的《洛阳耆英会诗》经过一些校订整理。总的看，在活动中作诗的选题、择韵等规则也是由富弼确定的。

---

① （明）陶宗仪纂：《说郛》卷七五下，文渊阁《四库全书》第880册，上海古籍出版社1987年影印本，第757页。

② 今见《说郛》卷七五下所录之"洛阳耆英会"诗，其排列顺序便是"序齿不序官"，以年龄顺序，由长而少依次排列。这亦是古代"乡饮酒礼"的做法。后世诗社活动中多有会约，月泉吟社的征诗活动就制定得非常详细。明清诗社活动的会约更为具体细致，也更为格式化了。

③ （明）陶宗仪纂：《说郛》卷七五下，文渊阁《四库全书》第880册，上海古籍出版社1987年影印本，第256页。

（二）洛阳耆英会的意义还在于活动后有专人校诗评诗。

列名洛阳耆英会中的王拱辰当时并不在洛阳，而是在"检校太尉，判大名府"任上。正留守北京。曾作书信要求入会。根据《洛阳耆英会诗》中王拱辰的诗看，他的诗应是会后补入。王拱辰的诗先是称颂洛阳风景人物为天下之奇，继而有称赞富弼与文彦博等人的政绩："公当缓带名三镇，悬赤继轺承保釐。追推契遇最深旧，加复雍孟交旌麾。仁皇一庄龙虎榜，桂堂先后攀高枝。宦游出处五十载，鸾台骥路俱腾夷。三公极位固辽隔，五年以长犹肩随。公今复主凤门钥，仆亦再抚铜台圻。二京相望阻河广，三径不克陪游嬉。忽闻千步踵门至，挍（一作"投"。"挍"同"校"，《说郛》作"挍"）我十二耆英诗。整冠肃貌讽章句，若坐宝肆罗珠玑。为言白傅有高躅，九君结社真可师。欲令千载著风迹，亟就僧馆图神姿。词宗端殿序篇目，滂洒大笔何淋漓。眷言履道靡充诎，菟裘近邑将营归。敢云绘素得精笔，愿列霜壁如唐规。"提到是有人将耆英会与会者十二人的诗送到王振辰处，并提及绘图僧舍事，明言是追步白居易七（九）老会故事，同时也指出是依仿唐规。其诗中又有云："既蒙月品定人物，不敢循避违风期。"王拱辰是感念耆英会组织者对自己的信任与厚爱，才作此长诗的。诗中还有云："顾方北道倚烦剧，未许解绂披荷衣。长篇不令负花约，为指风什歌式微。……聊摭短引谢招隐，肯使猿鹤常惊啼。"①王振辰显然未预"耆英会"，但是他收到了十二人与会时所作的诗，并且萌生了入会之想，于是以此长篇，既评其人，又评其事，还评了作于其中的诗，同时又将此诗作为入会之诗寄到洛阳，被司马光置于《洛阳耆英会诗》中。司马光应是这些诗的整理者。但王振辰以诗入会和以诗评会的做法，是后世诗社活动一贯采用的。同时，这种在诗会结束后，委派专人整理有关篇什并编辑成集的做法，虽非首创（西湖白莲社已有先例），但对后世诗社活动也产生了巨大的影响。

在参加洛阳耆英会的诸老中，以司马光成就最高。他在史学方面的建树自不必说，在文学思想上也有鲜明的特点。他基本的文学思想是"文以明道"。其《迂书·文害》有云："君子有文以明道，小人有文以发声。夫变白以为黑，

---

① （明）陶宗仪纂：《说郛》卷七五下，文渊阁《四库全书》第880册，上海古籍出版社1987年影印本，第256页。

转南以为北，非小人有文者，谁能之。"①

司马光之所谓"道"，不同于韩柳，而更多在治世之道。他认为这个道并不抽象，也不是空架子，而是可以"利斯民"的思想和措施②。这个道不是韩愈的"道统"，也不是柳宗元的带有辩证法色彩的"道"，而是有根据渊源，有道德指归，也可经世致用的现实的道，其对道的理解，便自然不同于古文家、哲学家了。在《答陈兖秘校书》中司马光说："孔子自称述而不作，然则孔子之道，非取诸己也，盖述三皇、五帝、三王之道也。三皇、五帝、三王，亦非取诸己也，钩探天地之道，以教人也。故学者苟志于道，则莫若本之于天地，考之于先王，质之于孔子，验之于当今，四者皆冥合无间，然后勉而进之，则其智之所及，力之所胜，虽或近或远，或大或小，要为不失其政焉。舍是而求之，有害无益矣。"③

这显然是以儒家的社会人文理想为依据，要求务切实用，有补于世，这应是出于一个政治家对社会现实的关切而提出的意见。与司马光一起参与耆英会的诸老，大都是权位很重的政治家，他们在司马光的这种思想上应该有一致之处。另外，在"耆英诸老"的诗学观念上，也以司马光最有成就。他著有《温公续诗话》，称作"续"者，系承继欧阳修《六一诗话》而来。在《温公续诗话》中，我们可以了解司马光关于诗歌的创作、批评以及传播接受方面的一些观点。

基于司马光的儒家思想，他比较重视诗歌的现实讽喻意义。在《温公续诗话》中，他称赞魏野《啄木鸟诗》中之句"千林蠹如尽，一腹馁何妨"和《竹杯珓诗》中句"吉凶终在我，反覆谩劳君"为"有诗人规戒之风"，但他又不过分执拗于"规戒"。他称赞魏野诗句"妻喜栽花活，童夸斗草赢"句是"真得野人之趣"。对诗歌表现朴素的生活情趣持肯定态度。此外，司马光还强调诗歌的"气味"，"仲先（魏野字）诗有'烧叶炉中无宿火，读书窗下有残灯'。仲先既没，集其诗者嫌'烧叶'贫寒太甚，故改'叶'为'药'，不惟坏此一

---

① 曾枣庄、刘琳主编：《全宋文》第56册，上海辞书出版社、安徽教育出版社2006年版，第206页。
② 《与薛子立秀才书》，曾枣庄、刘琳主编：《全宋文》第55册，上海辞书出版社、安徽教育出版社2006年版，第342页。
③ 曾枣庄、刘琳主编：《全宋文》第56册，上海辞书出版社、安徽教育出版社2006年版，第5页。

字，乃并一句亦无气味，所谓求益反损也。"①这里的"气味"指诗歌诗句和意象所传达出的生活感受和意蕴，是诗歌反映在读者接受心理过程中的一种情愫氛围，也是诗歌艺术的精髓。可见，司马光对诗歌艺术是有清晰认识的。他还称赞林逋写的"疏影横斜水清浅，暗香浮动月黄昏"句，能"曲尽梅之体态"。称赞寇准诗"才思融远"。这些话语，显而易见，是对诗歌艺术有着清晰认识的。

最为难能可贵的是司马光还继承了钟嵘"文已尽而意有余"以及皎然、司空图等人的有关诗学观点，提出了"意在言外"说。其云："《诗》云：'牂羊坟首，三星在罶。'言不可久。古人为诗，贵于意在言外，使人思而得之，故言之者无罪，闻之者足以戒也。近世诗人，惟杜子美最得诗人之体，如'国破山河在，城春草木深。感时花溅泪，恨别鸟惊心'。'山河在'，明无余物矣；'草木深'，明无人矣；花鸟，平时可娱之物，见之而泣，闻之而悲，则时可知矣。他皆类此，不可遍举。"②诗歌贵在用意象表现生活，传达作者情感，而不贵一语道尽，意尽言止，要把欣赏的主动权交给读者，使读者在接受过程中，自己体会诗歌的言外之意，味外之旨。司马光的这个观点在前人基础上更进一步，所谓"思而得之"，更带有一种接受美学的意味，与刘勰"夫惟深识鉴奥，必欢然内怿"③之说有相似之处。而他对杜甫的推崇，也透露出宋代杜诗学大盛的先机。

此外，作为一个史学家，司马光还很注意挖掘历史上虽存在，却未引起主流接受视野关注的诗人。在《温公续诗话》中，他指出："唐之中叶，文章特盛，其姓名湮没不传于世者甚众。如河中府鹳雀楼有王之涣、畅诸诗，畅诗曰：'迥临飞鸟上，高谢世人间。天势围平野，河流入断山。'王诗曰：'白日依山尽，黄河彻海流。欲穷千里目，更上一层楼。'二人者，皆当时贤士所不数，如后人擅诗名者，岂能及之哉！"④他不拘于主流接受观念，对名气不彰的古代诗人加以挖掘和公正评价，正可看出司马光在诗学批评方面的卓见。王之

---

① （清）何文焕：《历代诗话》，中华书局1981年版，第276页。
② （清）何文焕：《历代诗话》，中华书局1981年版，第277—278页。
③ （梁）刘勰著，范文澜注：《文心雕龙注》，人民文学出版社1958年版，第715页。
④ （清）何文焕：《历代诗话》，中华书局1981年版，第278页。

涣在今天已人人熟知，不知是否因司马光的此处发现才改变了他在接受史中的际遇呢？

不过，因司马光参加洛阳耆英社时已经六十四岁，其文学观念业已成熟，这个诗会并未对他的文学观念起到培养作用。但参加如此之诗会，进行创作和交流实践，一定有助于他走出官场的呆板氛围，接触到诗化的情景、言语和生活中的各种物事，便于他更深入地理解诗学本身，所以洛阳耆英会虽然对司马光文学思想影响不大，但不能说没有关系。必须客观地讲，洛阳耆英会在诗社史中是属于高级士人僚友间的诗会群体这一类型的，其间没有形成对现实的关注，也未形成对文学本身的明确态度，也没有提出统一的诗学纲领，是诗学成分并不突出的文人群体。其影响本身还在于对宋代诗人结成诗社的风气起到了推波助澜的作用。因为富弼、文彦博、司马光在文坛的影响力，他们的结社，自不同于其他耆英会活动。此外，文彦博、司马光还组织过同甲会、真率会活动，性质与耆英会同，但规模与影响则无法与耆英会相比。①

宋代这种类型的耆英会还有：

赵鼎的真率会，程俱的衢州九老会，朱翌的真率会，李光的昌化真率会，史浩的四明尊老会，等等。

这些老年诗会都系追仿白居易（七）九老故事而成立，其举行活动的方式也与文彦博之洛阳耆英会相似，活动中也有创作活动，但规模、影响远不及洛阳耆英会，也并没有多少有价值的文学创作和理论观点产生。同时，洛阳会后的这些老年诗会已属于宋代群体性诗学活动的附庸。我们以洛阳耆英会②为代表介绍了宋代初期的一些老年诗会，因为这些诗会与宋代诗社相互推毂，共同促进，待诗社数量较多时，我们的研究就不必要驻留在老年诗会之类的内容单一且，活动频次仅限于一次两次的诗会活动了。

---

① 参见欧阳光：《宋元诗社研究丛稿》，广东高等教育出版社 1996 年版，第 178、179 页。此处不再论述。

② 耆英会之类的创作，继承了中国诗学史上古已有之的"雅"、"颂"传统。生当承平之世，在宦途可以画上句号的时候，退老于名胜之郡，与知己好友以诗啸傲，其创作可谓"治世之音安以乐"，故可视为对"雅"、"颂"传统的继承。而乱世之诗社，人们或志趣相投，或心存怨怼，结而为社，其创作，如不专拟题目，则更多表现出"风"的特色。

第二节　洛社七交与道山诗社

一、欧阳修、梅尧臣等人的洛社交游活动及其对北宋诗文革新运动的策动

北宋仁宗天圣、明道之际，欧阳修、梅尧臣等人在西京洛阳任职，此间他们同一些在洛阳任职的文士展开了在北宋颇有影响的群体性文学活动，欧阳修、梅尧臣诗中往往以洛社来称谓这一活动。该活动的组织实体是以共同的诗文理论和创作来维系彼此，并对宋代诗文格局产生巨大影响的文人群体。虽然并无充分材料显示他们有明确的诗社表述，但其洛社称谓亦表明该文人群体的组成具有结社性质。欧阳修与梅尧臣的诗文中屡屡使用洛社来标目此群体。因而我们亦将其视为诗社。事实上，与该群体有关的诗在数量上远大于文。故此我们在研究宋代诗社时，将其视为诗社是符合实际的。该社在诗文领域均对北宋的诗文革新运动的发生具有极大的策动作用，也关乎宋代整个文学品格的生成，应对其进行专门研究①。

欧阳修在自己的诗中屡屡提及洛社，如《罢官后初还襄城弊居述怀十韵回寄洛中旧寮》诗，有云："言谢洛社友，因招洛中愚。"②其《酬孙延仲龙图》诗有句云："洛社当年盛莫加，洛阳耆老至今夸。"③《寄圣俞》诗有句云："山阳人半在，洛社客无聊。"④《忆龙门》诗有句云："遥知怀洛社，应复动乡吟。"⑤《答梅圣俞寺丞见寄》诗亦有云："文会忝予盟，诗坛谁子将。谈精锋愈出，饮剧

---

① （宋）邵伯温《邵氏闻见录》卷八所载："天圣、明道中，钱文僖公自枢密留守西都，谢希深为通判，欧阳永叔为推官，尹师鲁为掌书记，梅圣俞为主簿，皆天下之士，钱相遇之甚厚。一日，会于普明院，白乐天故宅也，有唐九老画像，钱相与希深而下，亦画其旁。"指出，这是钱惟演、谢绛、欧阳修、尹洙、梅尧臣等人因仰慕白居易九老会故事而绘画于普明院的故事，但不知绘前是否举行过诗会活动，但他们却与洛社七交的活动有直接关系，或许是洛社七交的诸多活动之一。
② 李逸安点校：《欧阳修全集》第3册，中华书局2001年版，第732—733页。
③ 李逸安点校：《欧阳修全集》第3册，中华书局2001年版，第809页。
④ 李逸安点校：《欧阳修全集》第3册，中华书局2001年版，第797页。
⑤ 李逸安点校：《欧阳修全集》第3册，中华书局2001年版，第799页。

欢无量。"①《和应之同年兄秋日雨中登淦爱寺阁寄梅圣俞》诗中有云："经年都洛与君交，共许诗中思最豪。旧社更谁能拥鼻，新秋有客独登高。"②文会与旧社都指洛社而言。在梅尧臣的诗中，也屡提及洛社，其《寄题滁州丰乐亭》诗有句云："欲问淮南趣，还思洛阳社。"③因而我们对欧阳修在洛阳的仕宦经历予以考查。欧阳修于天圣八年（1030）进士及第，初仕西京留守推官，景祐元年（1034）由王曙荐召试学士院，入朝为馆阁校勘。据欧阳修《洛阳牡丹记》，他于天圣九年（1031）三月始至洛阳，履西京留守推官之任，然未见牡丹之盛，只"见其晚者"④。景祐元年以留守推官岁满解去，并云因离任较早，未及牡丹极盛之状，时间应早于三月，当在一、二月间，故而欧阳修任职洛阳在1031年三月至1034年的一、二月间，共三年的时间。《宋史》本传谓欧阳修任西京留守推官期间"始从尹洙游，为古文，议论当世事，迭相师友，与梅尧臣游，为歌诗相唱和，遂以文章名冠天下。"⑤欧阳修以二十五岁的年龄，在西京洛阳参与了洛社之会，并结交了尹洙、梅尧臣等诗文名家，开始了自己卓尔不凡的文学生涯。

据欧阳修、梅尧臣的有关诗文，洛社的成员当有七人，即所谓七交。梅尧臣《次韵奉和永叔谢王尚书惠牡丹》有云："尝忆同朋有七人，每失一人泪缘睫。唯我与公今且存，无复名园共携槛。"⑥其《送张山甫武功簿》有云："洛阳旧交有七人，五人已为泉下尘。"⑦接下来，我们就七交的基本情况做一番考述。

洛社的核心七交的基本情况及其外延人员

欧阳修有《七交诗》，分别用诗的形式描绘了包括欧阳修自己在内的七个人的性情特点，兹录如下：

《七交七首·河南府张推官》（张尧夫）

尧夫大雅哲，禀德实温粹。

---

① 李逸安点校：《欧阳修全集》第 3 册，中华书局 2001 年版，第 745 页。
② 李逸安点校：《欧阳修全集》第 2 册，中华书局 2001 年版，第 158 页。
③ 朱东润校注：《梅尧臣集编年校注》，上海古籍出版社 1980 年版，第 379 页。
④ 《洛阳牡丹记》，李逸安点校：《欧阳修全集》第 3 册，中华书局 2001 年版，第 1097 页。
⑤ （元）脱脱等撰：《宋史》卷三一九，中华书局 1977 年版，第 30 册，第 10375 页。
⑥ 朱东润校注：《梅尧臣集编年校注》，上海古籍出版社 1980 年版，第 1006 页。
⑦ 朱东润校注：《梅尧臣集编年校注》，上海古籍出版社 1980 年版，第 1098 页。

霜筠秀含润，玉海湛无际。
平明坐大府，官事盈案几。
高谈遣放纷，外物不能累。
非惟席上珍，乃是青云器。
《七交七首·梅主簿》(梅圣俞)
圣俞翘楚才，乃是东南秀。
玉山高岑岑，映我觉形陋。
《离骚》喻草香，诗人识鸟兽。
城中争拥鼻，欲学不能就。
平日礼文贤，宁久滞奔走。
《七交七首·王秀才》(王幾道)
幾道颜之徒，沉深务覃圣。
采藻荐良璧，文润相辉映。
入市羊驾车，谈道犀为柄。
时时一文出，往往纸价盛。
无为恋丘樊，遂滞蒲轮聘。
《七交七首·杨户曹》(杨子聪)
子聪江山禀，弱岁擅奇誉。
盱衡恣文辩，落笔妙言语。
胡为冉冉趋，三十滞公府。
美璞思善价，浮云有夷路。
大雅恶速成，俟命宜希古。
《七交七首·尹书记》(尹师鲁)
师鲁天下才，神锋禀豪隽。
逸骥卧秋枥，志在骙骙迅。
平居弄翰墨，挥洒不停瞬。
谈笑帝王略，驱驰古今论。
良工正求玉，片石胡为韫。
《七交七首·张判官》(张太素)

洛城车隆隆，晓门争道入。

连袂纷如帷，文者岂无十。

壮矣张太素，拂羽择其集。

远慕邺才子，一笑欢相挹。

虽有轩与冕，攀翔莫能及。

人将孰君子，盍视其游执。

《七交七首·自叙》

余本漫浪者，兹亦漫为官。

胡然类鸥夷，托载随车辕。

时士不俛眉，默默谁与言。

赖有洛中俊，日许相跻攀。

饮德醉醇酎，袭馨佩春兰。

平时罢军檄，文酒聊相欢。①

欧阳修此处所说的七交，就是他在洛阳任西京留守推官时常常与之进行诗酒文会的好友，实是洛社的骨干力量与核心。

下面分别简要介绍其余六人情况。

张尧夫，据欧阳修《河南府司隶张君墓表》名汝士，字尧夫，南阳人②。明通二年（1033）八月壬寅卒于官，年三十七岁，故知其生于997年，长欧阳修十岁。汝士诗文散佚不存，《河南府司隶张君墓表》还有云："初天圣、明道之间，钱文僖公（钱惟演）守河南，公王家子，特以文学仕至贵显，所至多召集文士，而河南吏属，适皆当世贤材知名士，故其幕府号为天下之盛，君其一人也。文僖公善待士，未尝责以吏职，而河南又多名山水竹林茂树奇花怪石，其平台清池上下荒墟草莽之间，余得日从贤人长者赋诗饮酒以为乐。而君为人静默修洁，常坐府治事省文书，尤尽心于狱讼。初以辟为其府推官，既罢又辟司隶。河南人多赖之，而守尹屡荐其材。君亦工书，喜为诗。间则从余游，其语言简而有意，饮酒终日不乱，虽醉未尝颓堕。与之居者，无不服其德。故师

---

① 李逸安点校：《欧阳修全集》第3册，中华书局2001年版，第725—726页。

② 欧阳修《张子野墓志铭》中有："南阳张尧夫"之语，知其为南阳人。参见李逸安点校：《欧阳修全集》第2册，中华书局2001年版，第410页。

鲁志之曰：'饬身临事，余尝愧尧夫，尧夫不余愧也！'"

可知，张汝士曾任河南府推官，欧阳修作《七交诗》时，张汝士正在推官任上。后任河南府司隶，并卒于任上。欧阳修该墓表作于张汝士卒后二十五年。欧阳修亦借作此墓表之际抒发对昔年诗友凋零的伤逝之情："自君卒后，文僖公得罪贬死。汉东吏属亦各引去，今师鲁死且十余年，王顾者死亦六七年矣，其送君而临穴者及与君同府而游者十盖八九死矣，其幸而在者，不老则病，且衰如予是也。呜呼，盛衰生死之际，未始不如是，是岂足道哉！"①

张汝士卒后二十五年，其子张吉甫、张山甫将其改葬伊阙之教忠乡，欧氏因有此作。我们亦可由此而知钱惟演任河南尹，其僚属多一时才俊。欧阳修等"七子"即为其幕中属吏。其文学活动之洛社，便在钱公的善待中得以展开。但张汝士年寿不永，在明道二年（1033）欧阳修尚未离开洛阳时即已去逝，是七交中最先离世的成员。

梅尧臣，字圣俞（1002—1060），宣州宣城人（今属安徽）。因宣城古称宛陵，故梅尧臣亦称作梅宛陵、宛陵先生。初试不第，以荫补河南主簿。皇祐三年（1051）赐同进士出身。尧臣多历下层官吏，曾任德兴县令、知建德、襄城县，监湖州税，签书忠武、镇安判官，监永丰仓。因欧阳修推荐，为国子监直讲，累迁尚书都官员外郎，故世称"梅直讲"、"梅都官"。注《孙子》十三篇，撰《唐载记》二十六卷、《毛诗小传》二十卷、《宛陵集》四十卷。《宋史·梅尧臣传》有云："钱惟演留守西京，特嗟赏之，为忘年交，引与酬倡，一府尽倾。欧阳修与为诗友，自以为不及。尧臣益刻厉，精思苦学，繇是知名于时。宋兴，以诗名家为世所传如尧臣者，盖少也。"② 在"洛社"七交中，梅尧臣与欧阳修年龄较小，但都是最具文学才华的青年新锐。二人基本的诗文创作风貌都由蘖于此，在后来的发展中也都取得巨大成就。宋代诗文之别开生面，便由欧、梅二人为主要领军人物。同时，在洛社七交中，二人间的诗文往来也最多最频繁，实是洛社的中枢与核心。还须指出，二人间共同切磋诗文技艺，相互砥砺披扬，使其诗文主张借着洛社与七交的高位影响而推扬开去，遂致影响了

---

① 以上均见《河南府司隶张君墓表》，李逸安点校：《欧阳修全集》第2册，第386页。
② （元）脱脱等撰：《宋史》卷四四三，中华书局1977年版，第37册，第13091页。

一代诗文风气①。

　　王幾道即王复,字幾道。欧、梅诗中多有涉及王复(幾道)者。其生平事迹可资考鉴的不多。欧阳修有《与王幾道(复)·景祐元年(1034)》书简(《文忠集》卷一五〇),苏舜钦有《寄王幾道同年》诗(《宋诗钞》卷五)。苏舜钦于景祐元年(1034)进士及第。若苏舜钦与王幾道同年,则王亦于该年进士及第。欧阳修《与王幾道复一通·景祐元年》云:"某顿首白幾道先辈足下,段氏家人至,蒙示书及诗,并子聪、圣俞书与诗。后于东山处,又见诗,何其勤而周也。圣俞得诗大喜,自谓党助渐炽,又得一豪者,然微有饥态。幾道未尝为此诗,落意便尔清远,自古善吟者益精益穷,何不戒也,呵呵……"②看来,应是王复中第后亦任职河南幕,得与欧、梅等游。其预七交之列,便当在景祐元年(1034)。故梅尧臣说"党助渐炽,又得一豪者"。他们在诗文方面应有共同主张,且志趣相投,所以欧、梅对王复的加入都感到高兴。从欧阳修称其为"前辈"的措辞看,他应年长于欧阳修。王复也参加了一些七交的诗会活动,欧、梅诗中多有提及③。

　　欧阳修在《集古录跋尾六——唐韩覃幽林思》中提到自己在洛阳时两次登嵩岳,一次是和梅尧臣、杨子聪一起,另一次是与谢绛、尹洙、王幾道、杨子聪一起④。到他作该文的嘉祐八年(1063)时,游嵩六人,独欧阳修自己健在。又,欧阳修为七交的外延人员张应之所作的《尚书屯田员外郎张君墓表》中说在至和二年(1055)时,当年在洛阳一起参与游会的"少壮驰骋者"已"丧其十之八九"⑤。不知其中是否有王复。再者,欧阳修在嘉祐五年(1060)梅尧臣故去后为其所作的《祭梅圣俞文》中有云:"念昔河南,同时一辈,零落之

---

① 欧阳修主持礼部试,以其诗文标准遴选晚辈学人,使其诗文主张在人才储备方面得以落实。这也是促成宋代诗文品格形成的一个重要原因。
② 李逸安点校:《欧阳修全集》第 6 册,中华书局 2001 年版,第 2483 页。
③ 王复正式预洛社七交之列或是在景祐元年(1034),但两年前他就曾与七交成员中的谢绛、欧阳修、杨子聪、尹师鲁等人游历嵩山。谢绛《游嵩山寄梅殿丞书》中详细记述了此次游会。这实是洛社七人最为重要的一次游会。欧、梅诗中都有记述。谢绛在文中提到了在诸人中欧阳修"最少",张尧夫亦长于欧氏,张太素虽不祥,但也可能比欧阳修年龄大。综合起来考察,王幾道可能正式被接纳为七交成员,是在景祐元年(1034),但他与欧、梅、尹、谢诸人的文学活动要早一些。
④ 李逸安点校:《欧阳修全集》第 5 册,中华书局 2001 年版,第 2208 页。
⑤ 李逸安点校:《欧阳修全集》第 2 册,中华书局 2001 年版,第 381 页。

第一章 北宋诗社及其诗学内涵

余，惟予子在。子又去我。"① 故而可粗略判断，王幾道长于欧阳修，其卒可能在 1055 年前，最迟亦在梅尧臣故去之 1060 年前②。

杨子聪，名或作愈，子聪为其字③。

欧阳修有《送杨子聪户曹序》。此序作于明道二年（1033）。其中有云：

> 户曹参军杨子聪居府中，常衣青衫，骑破虎鞯，出入府门，下人固辈视而慨易之。居一岁，相国彭城公荐之，集贤学士谢公又荐之，士之有文而贤者尽交之，其能出其头角矣。若去而之他州郡，不特顾然而出矣。遂将杰然以独立也。子聪南人，乐其土风，今秩满调于吏部，必吏于南也。吾见南之州郡有杰然而独出者，必杨子聪也。④

由此可知，杨子聪为南人，在河南府任户曹参军，秩满因荐而调于吏部，可能会调赴南方任职。欧阳修与杨子聪很熟，知道他的才能会"杰然独出"，且其人真率轻简，不造作矫饰，又常常参与欧、梅文酒之会，与欧阳修等两次游嵩山，情谊颇洽。欧、梅诗中亦多有涉及杨子聪者。欧阳修作于嘉祐八年（1063）之《唐韩覃幽林思》一文中有云："当发箧见此诗以入集时，谢希深（谢绛）、杨子聪已死，其后师鲁、幾道、圣俞相继皆死"之句。其所谓"发箧见此诗"之诗，据此文，为欧阳修游嵩山时所作得之唐武后时庐山林薮人韩覃所撰之《幽林思》诗。欧阳修此文中说："（游嵩山后）后十余年始集古金石之文，发箧得之（即《幽林思》诗），不胜其喜。"⑤ 欧阳修在文中还交代了游嵩得诗之年是天圣十年，即 1032 年。其后十余年，即 1042 年后。谢绛卒于 1039 年，

---

① 李逸安点校：《欧阳修全集》第 2 册，中华书局 2001 年版，第 701 页。
② 欧阳修作于嘉祐八年（1063）之《唐韩覃幽林思》一文中有云："当发箧见此诗以入集时，谢希深（谢绛）、杨子聪已死，其后师鲁、幾道、圣俞相继皆死"之句。可以据此判断王复卒年，尹洙卒于 1042 年，梅尧臣卒于 1060 年。王复之卒年或在此间。也可认为，其卒不会早于 1047 年，但也不会晚于 1060 年。
③ 陈斌《天圣、明道间欧阳修洛阳交游考述》言其名愈，但未列文献依据，载《郑州大学学报》2008 年第 3 期。梅尧臣有诗《酬杨愈太丞之寿州见别》，有云："畴昔西州谢法曹，声名籍甚我徒劳。"似杨愈亦有在洛阳的经历，但欧、梅诗中很多直接表述为杨子聪，此处仅言杨愈，不便遽下判断说杨愈就是杨子聪。
④ 李逸安点校：《欧阳修全集》第 2 册，中华书局 2001 年版，第 964 页。
⑤ 《唐韩覃幽林思》，李逸安点校：《欧阳修全集》第 5 册，中华书局 2001 年版，第 2208 页。

因而可推断杨子聪之卒年，应在 1042 年左右，亦即欧阳修"发箧得之"以前。谢绛说他们登嵩山时欧阳修最年轻，时杨子聪亦在，故可推断杨子聪年长于欧阳修①。

尹师鲁，即尹洙，（1001—1047）师鲁为其字。河南人（今洛阳）人。天圣二年（1024）进士。据欧阳修《尹师鲁墓志铭》，尹洙曾任绛州正平县主簿、河南府户曹参军、邵武军判官、山南东道掌书记、知伊阳县等职②。其与洛社七交，当在任职河南府户曹参军任上。尹洙亦为宋代诗文革新运行的先驱人物。欧阳修在诗文主张上将其援以为知己。其《祭尹师鲁文》称尹洙"尤于文中，焯若星日，为后世师法。"③尹洙文的成就远大于诗。在七交诸人中，与欧阳修的关系不及梅尧臣，但对欧阳修的散文主张影响很大。他亦曾参与了欧阳修、谢绛等天圣十年（1032）的嵩山之会。其文学思想和散文创作的成就是洛社的主要成果，但就诗学而言，他在洛社中起到的作用不及欧、梅，但远高于其他诸人。

《宋史·尹洙传》有云："洙为人，内刚外和，能以义自守。"④可知其人实为原则性极强之人，但并无险峻之涯岸，而是以"和"待人。尹洙殁后，欧阳修为撰墓志，韩琦为作墓表，而范仲淹为其《河南集》作序，可见其巨大的影响力。《四库全书》本《河南集》提要亦高度评价尹洙之文："至所为文章，古峭劲洁，继柳开、穆修之后，一挽五季浮靡之习，尤卓然可以自传。"提要还引邵伯温之《邵氏闻见录》认为欧阳修始学韩愈文风，出于尹洙所启发，其云："邵伯温《闻见录》称钱惟演守西都，起双桂楼，建临园驿，命欧阳修及洙作记。修文千余言，洙只用五百字，修服其简古。又称修早工偶俪之文，及官河南，始得师鲁乃出韩退之之文与之学，盖修与师鲁于文虽不同，而为古文则居师鲁后也云云。盖有宋古文，修为巨擘，而洙实开其先，故所作具有原本。自修文盛行，洙名转为所掩，宋之史官遂谓洙才不足以望修，殊非公论矣。"⑤

---

① 梅尧臣有《依韵和子聪见寄》、《依韵和子聪夜雨》，分别见《宛陵集》卷六、卷一，知梅杨间有唱和活动。
② 李逸安点校：《欧阳修全集》第 2 册，中华书局 2001 年版，第 432 页。
③ 李逸安点校：《欧阳修全集》第 2 册，中华书局 2001 年版，第 694 页。
④ （元）脱脱等撰：《宋史》卷二九五，中华书局 1977 年版，第 28 册，第 9838 页。
⑤ 《河南集》提要，文渊阁《四库全书》第 1090 册，上海古籍出版社 1987 年影印本，第 1—2 页。

邵伯温《闻见录》所谓尹洙与欧阳修在洛阳同学韩愈文是有依据的。欧阳修《记旧本韩文后》详细记述了他推崇韩文到韩文蔚为风气的过程，兹录如下：

予少家汉东，汉东僻陋无学者。吾家又贫无藏书，州南有大姓李氏者，其子尧辅（一作彦辅）颇好学，予为儿童时，多游其家，见有弊筐贮故书在壁间，发而视之，得唐《昌黎先生文集》六卷，脱落颠倒无次序，因乞李氏以归。读之，见其言深厚而雄博，然予犹少，未能悉究其义，徒见其浩然无涯，若可爱。是时天下学者杨刘之作号为时文，能者取科第擅名声，以夸荣当世，未尝有道韩文者。予亦方举进士，以礼部诗赋为事，年十有七试于州，为有司所黜，因取所藏韩氏之文复阅之，则喟然叹曰："学者当至于是而止尔。"因怪时人之不道而顾己亦未暇学，徒时时独念于予心，以为方从进士，干禄以养亲，苟得禄矣，当尽力于斯文以偿其素志。后七年，举进士及第，官于洛阳，而尹师鲁之徒皆在，遂相与作为古文。因出所藏昌黎集而补缀之，求人家所有旧本而校定之。其后天下学者亦渐趋于古，而韩文遂行于世。至于今盖三十余年矣，学者非韩不学也，可谓盛矣。①

其中提到在洛阳与尹洙等人"相与作为古文"，再补缀校定韩集。可知尹洙在七交中，与欧阳修相互砥砺，遂继柳开、穆修之后，变革五代浮靡文风，开启了宋文的新局面②。加之后来欧阳修又奖掖苏洵、苏轼、王安石、曾巩等人，使其散文主张延续下去。也使尹、欧之散文理论得以充实发扬。在这个理论与创作风气丕变的流程中，尹洙的作用是显而易见的。因此说，在洛社七交中，尹、欧影响了宋代之文，而欧、梅则影响了宋诗。洛社在宋代文学中的地位可见一斑。

---

① 李逸安点校：《欧阳修全集》第3册，中华书局2001年版，第1056—1057页。
② 范仲淹《河南集序》云："洛阳尹师鲁，少有高识，不逐时辈，与穆伯长游，力为古文。而师鲁深于《春秋》，故其文谨严，辞约而理精，章奏疏议，大见风采，士林方耸慕焉。复得欧阳永叔从而大振之，由是天下大之文一变而正，是大有功于道也，其吾儒之盛欤。"因得到欧阳修之援应，尹洙的古文追求才能发挥出巨大的作用，这与欧阳修的记述相合，他们的文学交流和古文倡举亦是在洛社时期展开的。

张太素，太素为其字，名不详。欧阳修任西京留守推官时，张太素应任判官一职。梅圣俞有《张太素之邠幕》诗，似张太素曾任职于邠，其他事迹无考。他也并未曾参与两次嵩山游会。其诗文已不传，但既位列七交之一，亦在诗文方面有一定的造诣，得到欧、梅等人的认可。

洛社的外延文士

除洛社七交外，还有一批文士也常常与欧、梅诸人一起诗酒欢会，共同渲染了洛阳文人群体的壮大声势。欧、梅等人的诗作中，也经常与这些外延文士一起怀念当时大家流连诗酒，沉醉在文学浓郁氛围中的生活。

钱惟演，北宋初期著名诗人，西昆体主力。他于天圣九年（1031）判河南府，任西京留守。明道二年（1033）移职镇随州。他本人文学成就很高，在当时文苑极具号召力，又喜召集文酒之会，在洛时为政简易，悉以政事委任当时任河南府通判的谢绛。正是在他的倡导庇护之下，洛社文人才可以放旷恣肆地展开气势浩大的文学活动。钱氏为西昆体代表，能够包容甚至认可幕府僚属们不同甚至相左的文学主张，确实度量弘深，于宋代诗文发展功不可没。欧阳修《送徐生之渑池》诗中有云："我昔初官便伊洛，当时意气尤骄矜。主人乐士喜文学，幕府最盛多交朋。"[①]主人即谓钱惟演而言，亦可知洛社之成立，钱氏有力与焉。

洛社诗人们也常常有涉及钱氏之作。对其贬死亦多有叹惋。他对洛社的成立与相应的文学创作活动是很有助力的。

释文莹《湘山野录》卷中载："钱思公镇洛，所辟僚属尽一时俊彦。时河南以陪都之要，驿舍常阙。公大创一馆，榜曰'临辕'。既成，命谢希深、尹师鲁、欧阳公三人者各撰一记，曰：'奉诸君三日期，后日攀请水榭小饮，希示及。'三子相掎角以成其文，文就，出之相较。希深之文仅五百字，欧公之文五百余字，独师鲁止用三百八十余字而成之，语简事备，复典重有法。欧、谢二公缩袖曰：'止以师鲁之作纳丞相可也，吾二人者当匿之。'丞相果召，独师鲁献文，二公辞以他事。思公曰：'何见忽之深，已砻三石奉候。'不得已俱纳之。然欧公终未伏在师鲁之下，独载酒往之，通夕讲摩。师鲁曰：'大抵文

[①] 李逸安点校：《欧阳修全集》第 1 册，中华书局 2001 年版，第 85 页。

字所忌者，格弱字冗。诸君文格诚高，然少未至者，格弱字冗尔。"①

这是谢绛、尹洙、欧阳修在洛社的一次文学活动。他们之间相互切磋，并交流创作经验。尹洙讲述自己对散文创作的意见于谢、欧，谢、欧亦推诚师于尹，（欧阳修与尹洙之"通夕讲摩"者即是。）这种交流方式是洛社成员之所以能掀起诗文革新巨澜的原因。无猜忌与沮扰，而是推诚置腹地师法学习。本条记载虽未必实有，但此类活动当是洛社活动常有的内容。

又，潘永因《宋稗类钞》卷五与此记述略异：

> 钱思公镇洛，所辟僚属，尽一时俊彦。时河南以陪都之要，驿舍常缺，公大创一馆，榜曰"临辕"。既成，命谢希深、尹师鲁、欧阳公三人各撰一记，期以三日后宴集赏之。三子相掎角以成。文就，出之相较，希深之文仅五百字，欧公之文五百余字，独师鲁止三百八十余字，而语简事备，复典重有法．欧谢二公缩袖曰："止以师鲁之作纳，吾二人者当匿之。"丞相果召，独师鲁献文。思公曰："何见忽之深？已砉三石奉候。"不得已，俱纳之。然欧公终未服在师鲁之下，独载酒往，通夕讲摩。师鲁曰："大抵文字所忌者，格弱字冗，诸君文诚高，然少未至者，格弱字冗尔。"永叔奋然持此说别作一记，更减师鲁文廿字而成之，尤完粹有法。师鲁谓人曰："欧九真一日千里也。"思公兼将相之位师洛上，止以宾友遇三子，创道服，筇杖各三，每府园文会，丞相则寿巾紫褐，三人者羽氅携筇而从之。②

两材料当出于一源，不过《宋稗类钞》又加入了一些竞争的因素。尹洙指导谢、欧的语言颇为地道，谢、欧亦当于尹洙处得古文创作的经验。

谢绛（994—1039），字希深，谢涛子。因祖父谢懿文曾任杭州盐官县令，葬富阳，遂为富阳人。谢绛以父任试秘书省校书郎，举进士，授太常寺奉礼郎，知汝阴县，善议论，较关注社会民生。天圣中，因父谢涛官西京，且年

---

① （宋）文莹撰，郑世纲、杨立扬点校：《湘山野录续录 玉壶清话》，中华书局1984年版，第38页。
② （清）潘永因：《宋稗类钞》卷五，书目文献出版社1985年版，第371页。

老，谢绛请便养，于是任河南通判。其在河南通判任上，与欧、梅等洛社七子交往甚密，他虽非七子中人，却是洛社盟主。后又任开封府判官。父忧服除后，擢知制诰，判吏部流内铨、太常礼院。使契丹，还，请知邓州，兴修水利，旨在利民，然未就而卒，年四十六。（据《宋史》本传）谢绛在洛时，正值四十岁左右，与七子相较，其年稍长，但他"以文学知名一时，为人修洁酝藉，所至大兴学舍"，在河南修国子学，教诸生，远近有数百人至焉。又"喜宾客"，所以成为颇孚众望的领袖人物。他亦能诗文，《宋史》本传谓他有文集五十卷，惜大都散佚。

谢绛出于世族，性情开朗，喜接遇宾客，任河南府通判时，上有轻简之钱惟演，下有新进之文学才子，他们同气相应，济济一堂，在山水胜迹遍布的洛阳古都，展开了文学性和理论性都意义非凡的洛社游会。谢绛在此间的位置绝非小可。梅尧臣《依韵和答王安之因石榴诗见赠》诗云：

> 当年仕宦忘其卑，朝出饮酒夜赋诗。伊川嵩室恣游览，烂熳遍历焉有遗。是时交朋最为盛，连值三相更保厘。谢公主盟文变古，欧阳才大何可涯。我于其间不量力，岂异鹏抟蒿鹗随。见君弟兄入太学，俊誉籍籍闻一时。而今两鬓各已白，偶因赠酬言及斯。升沉是非休要问，百岁欢乐谁能期。①

其中提及洛中交游景况，"朝出饮酒夜赋诗"，是何等的豪放自恣，他们聚于一处，遍游伊川嵩室，处处充满诗情，是诗的盛会，是诗的理想国。其中所说"谢公主盟文变古"便谓谢绛为盟主，倡导了洛社以复古论调革除文弊的创作路线。

梅尧臣说欧阳修之大才不可窥校，说自己在其间犹如蒿蓬中之斥鷃追随大鹏一般，这实为自谦。其实他与欧阳修才是其中的主力干将，在《依韵和王平甫见寄》中，梅尧臣又云："谢公唱西都，予预欧尹观。乃复元和盛，一变将为难。"②

---

① 朱东润校注：《梅尧臣集编年校注》，中华书局1980年版，第1049页。
② 朱东润校注：《梅尧臣集编年校注》，中华书局1980年版，第833页。

又提及谢公为西都之"唱","唱"者"倡"也,意为谢绛为其群体的盟主,还提到了尹洙。其实在"洛社"文人群体中,以欧阳修、梅尧臣,尹洙成就最高。其间,谢绛积极倡导,为盟主。尹洙在对时下文风的变革上,为欧梅之领路人,有导夫先路之功,而以欧、梅为大成。欧之成在以古人峭劲之气扫荡浮靡文风,梅之成则在从西昆派的诗学氛围中突围而出,开启了宋诗的新面貌。

谢绛与欧阳修诸人情谊十分深挚,欧梅在诗文中屡屡道及。欧阳修为作墓志铭,并作挽词,情亲之意,溢于言表。且看欧阳修《尚书兵部员外郎知制诰谢公墓志铭》,其中云:"公为人肃然自修,平居温温不妄喜怒,及其临事敢言,何其壮也。虽或听或否,或论高而不能行,或后果如其言,皆传经据古,切中时弊。三代已来文章盛者称西汉,公于制诰,尤得其体,世所谓常杨元白,不足多也。公既以文知名,至于为政,无所不达。自汝阴已有能名,佐常州,至今常人思之,钱思公(钱惟演)守河南悉以事属之……"①从此可见谢绛之文格风范。他"温温不妄喜怒",人便可以近之;他"临事敢言",又直率果敢,透出挚诚,人便能与之深交。在文学上他负有盛名,长于制诰,往往切中时弊。尹洙、欧阳修等人亦是如此,或许是受到谢绛的影响。欧阳修所作之《墓志铭》中提到谢绛故去后,"河南人闻公丧皆出涕,诸生画像于学而祠之",谢绛之影响如此,可知他在德、才、识以及在舆论上的不凡表现,成为众人景仰的对象,因而成为盟主②。

张应之(997—1055),名谷,本字仲荣,后改为应之(据《张应之字序》,《文忠集》卷六十四)据欧阳修《尚书屯田员外郎张君墓表》(《文忠集》卷

---

① 李逸安点校:《欧阳修全集》第2册,中华书局2001年版,第408页。
② 《文忠集》卷一〇三之《试笔》还载有一条谢绛的论诗资料:"往在洛时尝见谢希深诵'县古槐根出,官清马骨高。'又见晏丞相常爱'笙歌归院落,灯火下楼台。'希深曰:'清苦之意在言外而见于言中。'晏公曰:'世传寇莱公诗云:"老觉腰金重,慵便枕玉凉。"以为富贵,此特穷相者尔。能道富贵之盛则莫如前言。'亦与希深所评者类耳。二公皆有情味而善为篇咏者,其论如此。"这是在洛中时,谢绛论诗资料。其所谓"意在言外而见于言中",与梅尧臣"含不尽之意见于言外"有异曲同工之妙,也是深得诗学要领的论断。可见谢绛本人于诗亦多有见。所以洛社中人的聚合,是有一定诗学理论作为基础的。另,谢绛子谢景初(字师厚)为黄庭坚岳父。黄庭坚任北京大名府国子监教授时,曾与谢景初及其子结成诗社并有诗学活动。故而由谢绛而谢景初而黄庭坚,洛社的影响亦延及开去,甚至对江西诗社群的形成都起到了一定的作用。

二十四),知其为开封尉氏人,因父张炳曾任郑州原武县主簿,遂留家于此,因为原武人,举进士及第,为河阳、河南主簿,苏州观察推官,开封府士曹参军,累迁屯田员外郎,复知阳武县,因疾致仕卒,享年五十九岁。此墓表中提到:

> 其在河南时,予为西京留守推官,与谢希深、尹师鲁同在一府。其所与游,虽他椽属宾客多材贤少壮,驰骋于一时而君居其间,年尚少;独苦羸病,肺唾血者已十余年。幸其疾少间,辄亦从诸君饮酒。诸君爱而止之,君曰:"我岂久生者邪?"虽他人视君亦若不能胜朝夕者。其后同府之人皆解去,而希深、师鲁与当时少壮驰骋者丧其十八九,而君癯然唾血如故。后二十年始以疾卒。①

可知张应之在洛阳时亦时时与欧、梅、尹等人共同游会。他性情放达,不以羸病为怀,与同僚诗酒欢会,助成厥美。

张应之在洛阳治东斋,政务闲暇时便优游斋内,他虽病,但力自为学,每体不康,则取六经百氏与古人述作之文章诵之,"爱其深博闳达,奇富伟丽之说",认为如此则"不知疾之在体",因取古书文字贮斋中。斋旁有小池竹树环绕,张应之"时时引客坐其间,饮酒言笑,终日不倦"②。欧阳修诗《和应之同年兄秋日雨中登淯爱寺阁寄梅圣俞》中极为深切地怀念洛社生活,诗云:"经年都洛与君交,共许诗中思最豪。旧社更谁能拥鼻,新秋有客独登高。径兰欲谢悲零露,篱菊空开乏冻醪。纵使河阳花满县,亦应留滞感潘毛。"③此诗是欧阳修与张应之、梅尧臣共同追忆洛社生活的作品,所谓"旧社更谁能拥鼻"。梅尧臣则有诗云:"京洛多游好,相与岁月深。"④据欧阳修《哭圣俞》诗:"昔逢诗老伊水头,青衫白马渡伊流。汉声八节响石楼,坐中辞气凌清秋。一饮百盏不言休,酒酣思逸语更遒。河南丞相称贤侯,后车日载枚与邹。我年最少力

---

① 李逸安点校:《欧阳修全集》第2册,中华书局2001年版,第381页。
② (宋)欧阳修:《东斋记》,李逸安点校:《欧阳修全集》第3册,中华书局2001年版,第935页。
③ 李逸安点校:《欧阳修全集》第2册,中华书局2001年版,第158页。
④ 《依韵和张应之见赠》,朱东润校注:《梅尧臣集编年校注》,中华书局1980年版,第282页。

方优,明珠白璧相报投。诗成希深拥鼻讴,师鲁卷舌藏戈矛。三十年间如转眄,屈指十九归山丘。"①指在诗会时,谢绛拥鼻讴吟欧阳修诗的情景。这种以诗作交流吟哦的情景应给洛社成员们留下了深刻的印象。想必张应之亦对当时诗会的情景十分熟悉,也对谢绛吟讴他人诗作的略带喜剧性的赏诗评诗场面印象深刻,故而欧阳修和诗提及于此。可惜张应之诗文大都散佚,他在洛社中的具体表现我们很难知晓了。

富弼(1004—1083),字彦国。他后来位望隆显,为北宋名相。富弼曾任河南判官,估计他参与洛社游会当在此任上时。欧、梅诗中屡屡提及他参加诗会的情景。如梅尧臣《忆洛中旧居寄永叔兼简师鲁彦国》诗有云:"君同尹与富,高论曾莫攀。"既是忆及洛中,又提到"高论曾莫攀",可见富弼于其间的谈吐状况。接下来诗又云:"开吐仁义奥,傲倪天地间。以此为朋乐,衡门未尝关。"②可知富弼与尹洙、欧阳修、梅尧臣等在当时均系少壮,也在文酒诗会中过从甚密。

富弼享年较永,在洛阳时间并不长,虽然欧、梅记述很多,但富弼本人诗文中却鲜提及。不过,洛社经历一定会对富弼的文学创作发生影响,也会对他参与群体性诗学活动有良好的示范作用。他晚年积极参与耆英会活动,或许也同欧、梅一样,对洛社生活有着十分美好的记忆吧。

张先(992—1039),亦字子野,开封人,天圣二年(1024)进士,任河南法曹参军时曾预洛社之会。欧阳修《张子野墓志铭》云:"初,天圣九年,予为西京留守推官,是时陈郡谢希深、南阳张尧夫与吾子野尚皆无恙,于时一府之士皆魁杰贤豪,日相往来,饮酒歌呼,上下角逐,争相先后,以为笑乐。而尧夫、子野退然其间,不动声气,众皆指为长者。予时尚少,心壮志得,以为洛阳东西之冲,贤豪所聚者多为适然耳。其后去洛来京师,南走夷陵并江汉,其行万三四千里,山砠水崖,穷居独游,思从曩人,邈不可得。然虽洛人,至今皆以为无如向时之盛。然后知世之贤豪不常聚而交游之难得,为可惜也。初在洛时,已哭尧夫而铭。其后六年又哭希深而铭之,今又哭吾子野而铭于

---

① 李逸安点校:《欧阳修全集》第1册,中华书局2001年版,第133页。
② 朱东润校注:《梅尧臣集编年校注》,中华书局1980年版,第55页。

是，又知非徒相得之难而善人君子欲使幸而久在于世，亦不可得。呜呼，可哀也。"可知张先也参加了洛社之会，不过他不善言辞，有长者之风。此文又云："子野为人，外虽愉怡，中自刻苦，遇人浑浑不见圭角，而志守端直，临事敢决。平居酒半，脱冠垂头，童然秃且白矣。"① 可知他在酒中，亦能脱落形骸，去除矫饰，这也正是谐洽深挚的文酒之会的宽松气氛使然。欧阳修有诗亦论及子野在文酒会上的形态，可知他亦为外延人员中较重要的一位。

王汲与王尚恭、王尚喆父子

据欧阳修《太子中舍王君墓志铭》，王汲字师黯，有子三，为王尚恭、王尚喆、王尚辞。其中有云："初，天圣明道之间，予为西京留守推官，时王君寓家河南，其二子始习业国子学，日从诸生请学于予。较其艺，常为诸生先，而尚恭尤谨饬，俨然有儒者法度。予固奇王君之有是子也，以故与君游。"② 可知欧阳修与王汲、王尚恭、王尚喆父子三人有过交往，他尤其欣赏王尚恭之才华。王汲父子三人应为洛社活动的外延人员。欧阳修似与王氏三父子中王尚恭之交往稍多一些。今欧阳修诗中有《送王尚喆三原尉》、《送王尚恭隰州幕》诗，可推测王尚恭的一些仕履情况③。

另外可以看出是洛社外延人员的还有陈经、王顾等人。

陈经（1019？—1079），字子履。据刘德清《陆经诗文酬唱及对宋代文学的贡献》④一文考证，陈经就是陆经。（据李焘《续资治通鉴长编》卷一三四庆历六年十二月庚寅纪事附注所云，陈经本姓陆，其母再嫁陈见素，因氏焉，见素亡故，经复本姓。）刘德清认为，陈经（陆经）在天圣八年（1030）于管城（今河南郑州）结识欧阳修，明道元年（1032）又自冯翊（今陕西大荔）来洛与欧阳修聚会。并与欧阳修、杨子聪、张应之共游龙门。欧阳修有《送陈经秀才序》，有云：

---

① 李逸安点校：《欧阳修全集》第2册，中华书局2001年版，第410—411页。
② 李逸安点校：《欧阳修全集》第2册，中华书局2001年版，第412页。
③ 刘敞、刘攽兄弟，江西新喻（今江西新余）人，与其内兄王尧臣都与洛社有关联。尤其是刘敞。敞，字原父，亦作原甫，（1019—1068）庆历六年（1046）进士，以大理评事通判蔡州，迁太子中允、直集贤院，至和元年（1054）迁右正言，知制诰，曾使契丹，归，出知扬州，知郓州，兼京东西路安抚使。后又改集贤院学士，判南京留守司御史台。熙宁元年（1068）卒于官。刘敞似与欧、梅在洛时无交往，但后来与欧，尤其是梅多所唱和，是欧梅古文运动的主要创作力量之一。
④ 刘德清：《陆经诗文酬唱及对宋代文学的贡献》，《江西社会科学》2007年第1期。

然洛阳西都，来此者多达官尊重，不可辄轻出。幸时一往，则驱奴从骑，吏属遮道，唱呵后先，前候旁扶，登览未周，意已怠矣。故非有激流上下，与鱼鸟相傲然徙倚之适也。然能得此者，惟卑且闲者宜之。修为从事，子聪参军，应之主县簿，秀才陈生旅游，皆卑且闲者，因相与期于兹。夜宿西峰，步月松林间，登山上方，路穷而返。明日，上香山石楼，听八节滩，晚泛舟，傍山足夷犹而下，赋诗饮酒，暮而归。后三日，陈生告予且西。予方得生，喜与之游也，又遽去，因书其所以游以赠其行。①

可知陈经亦参与了洛中游会活动。刘德清考证陈经（陆经）卒于元丰二年（1079），时年未足六十，可知他参与此次游会时年齿尚幼，但欧阳修重之如此。两年后，陈经举（张唐卿科）进士，步入仕途，曾知绛州（欧阳修有《送陈子履赴绛州翼城序》）。又于康定元年（1040）赴京任大理评事，预修《崇文总目》，与欧阳修同事，参与了其间欧、梅的诗文活动。后庆历五年（1045）陷于苏舜钦"奏邸之狱"，责授袁州别驾（江西宜春）。后遇赦返京，官集贤校理。与欧阳修多有唱和。嘉祐元年（1056）梅尧臣返京，陈经（陆经）与欧、梅多有吟咏活动（诗歌交流活动）。这个活动规模很大。刘敞、王安石、王安国、苏洵、范镇、王洙、蔡襄、王令、江休复、王拱辰等多人都参与其中，蔚为壮观。次年八月，陈经（陆经）又出判宿州，离开京师，知苏州，知颍州（安徽阜阳）。熙宁四年（1071）回京，任太常寺，八年（1075）出知河中府，元丰二年卒②。

---

① 李逸安点校：《欧阳修全集》第3册，中华书局2001年版，第962页。
② （宋）魏泰《临汉隐居诗话》："晏元献作枢密使，一日雪中退朝，客次有二客，乃永叔与学士陆经。元献喜曰：'雪中诗人见过，不可不饮酒也。'因置酒共赏，即席赋诗。是时西师未解，永叔句有'主人与国同休戚，不惟喜乐将丰登。须怜铁甲冷透骨，四十余万屯边兵。'元献怏然不悦。后尝语人曰：'裴度也曾宴宾客，韩愈也曾做文章，但云"园林穷胜事，钟鼓乐清时"，却不曾恁地作闹。'按《潘子真诗话》云：'永叔颇闻元献因《赋雪诗》有语。其后欧守青社，晏亦出镇宛邱，欧乃作启，叙平生出处，以致谢恺。其略曰："伏念曩昔，相公始掌贡举，修以进士而被选抡；及当钧衡，又以谏官而蒙奖擢。出门馆不为不旧，受恩知不为不深。"晏得书，即于书尾作数语，授掌记誊本答之，甚灭裂。坐客怪而问焉，晏徐曰："作document知举时一门生也。意终不平"'云云。考之《侯鲭录》，因欧公此诗，明日蔡襄遂言其事，晏坐此罢相，固宜有'作闹'之语，并如子真所云也。"（《历代诗话》，中华书局1981年版，第329—330页）此事为欧阳修、陆经共同经历的一件关于晏殊矫揉作雅趣，淡漠于现实的事件。

陈经（陆经）可谓稍预洛社之会，他与欧梅的诗文交流主要在他们都离开洛阳以后①。他少年时以才华受欧阳修赏识，在后来的文学活动中亦多与欧梅相关，是与刘敞、王安石、苏洵、苏轼、曾巩等人同样受欧阳修提携奖掖的文学新进。其诗文大都散佚，诗存六篇，文仅存三篇。但从欧梅诸人涉及他的作品来看，他亦应是诗文革新运动的主要力量组成成分。洛社活动使他了解了欧阳修，也使欧阳修了解了他，这对于以欧阳修为核心的诗文革新运动的发展和他们的文学历程都是有影响的。关于陈经（陆经）对于诗文革新运动的影响，刘德清已详细论及，此不赘述。

王顾，字公慥，当时任河南府判官，亦参与洛社活动，欧阳修诗文中亦多次涉及，是洛社外延人员。他诗文存世颇少（无诗，文一篇）。难以评述其作用。

张洞，字仲通。欧阳修与曾任河南府司隶的张洞追忆洛社活动情景。据《宋史》本传，张洞为开封祥符人。自幼开悟，卓然不群。颇具文学才华，"为文甚敏"，举进士中第，调涟水军判官，遭亲丧去，再调颍州推官。为晏殊所深敬，改大理寺丞，知巩县。晏殊留守西京，复奏知司隶。《宋史》本传谓其"平居与（晏）殊赋诗饮酒，倾倒无不至。"②然晏殊留守西京时，已是至和元年左右，故张洞与之游，当在此间。英宗即位，因对便殿称旨，英宗欲进用，大臣忌之，出为江西转运使，转工部郎中，未几卒，年四十九岁。英宗共在位四年（1064—1067），以 1067 年卒，张洞当生于 1018 年，与陈经（陆经）年龄相当。

梅尧臣诗中有《张仲通追赋洛中杂题和尝历览者六章》诗，当是张洞与梅尧臣交往，十分向往洛中生活，或他随晏殊任职洛阳时，慕洛社故事，作诗效之。梅尧臣因有此作。六首诗分别描绘了：伊川、洛州、潜溪、石楼、大字寺、蕲竹③。这当是昔日"洛社"及"七交"诗人们常常流连，难以忘怀的。可见梅尧臣本人对"洛社"的怀念，亦可见"洛社"对青年一代诗人们产生的影响。

---

① 欧阳修《仁宗御书飞白记》《文忠集》卷四〇，李逸安点校：《欧阳修全集》第 2 册，中华书局 2001 年版，第 587 页）谓"予将赴亳，假道于汝阴，因得阅书于子履之室。"见仁宗御书飞白事，可知欧阳修与陆经后来亦有交往。
② （元）脱脱等撰：《宋史》卷二九九，中华书局 1977 年版，第 28 册，第 9933 页。
③ 《张仲通追赋洛中杂题和尝历览者六章》，朱东润校注：《梅尧臣集编年校注》，中华书局 1980 年版，第 1030—1033 页。

另外，据欧阳修《书怀感事寄梅圣俞》诗，参与洛社游会的还有杨谐。诗中有云："次公才旷奇，王霸驰笔端。"①次公为杨谐字。据《宋史》本传，谐为坊州中部（今陕西黄陵）人，举进士，释褐坊州军事推官、知汧源县，再调汉州军事判官。后历任永兴军节度推官、秘书省著作佐郎、太常博士，河东都转运使等职。年老以尚书工部侍郎致仕，特赐宴。本传还谓其："性刚而忠朴，敢为大言。"②这与欧阳修所谓"次公才旷奇，王霸驰笔端"合。然杨谐入仕后似未尝职于洛阳，应是他未仕时曾游历于洛，预入"七交"之会。在欧阳修追忆洛社时居然留下一笔③。

此外还有侯孝杰④。梅尧臣有《送侯孝杰殿丞签判潞州》诗，有云："同在洛阳时，交游尽豪杰。倏忽三十年，浮沉渐磨灭。惟余一二人，或位冠夔离。"⑤

尹源亦曾参与洛社活动。尹源为尹洙之兄，字子渐。欧阳修《书怀感事寄梅圣俞》诗中有云："子渐口若讷，诵书坐千言。"⑥据《宋史》本传载，尹源与其弟尹洙皆以文学知名。洙议论明辨，果于有为；源自晦，不矜饰，有所发即过人。这与欧阳修所云"子渐口若讷，诵书坐千言"是一致的。尹氏兄弟参与洛社，尹洙为主要成员，尹源因"自晦"，不长于表现自己，但他胸有经纶，亦具才识，在洛社活动中，"诵书千言"，亦当有不错的发挥。也对洛社的文学活动有着自己的作用。

楚建中亦曾参与了洛社之会。

欧阳修《送楚建中颖州法曹》诗云："冠盖盛西京，当年相府荣。曾陪鹿鸣宴，遍识洛阳生。共叹长沙谪，空存许劭评。堪嗟桃李树，何日见阴成。"⑦系忆及与建中在洛阳共预钱惟演文会的情景。洛社活动包括了当时群集洛阳的下层文员或文士们在钱惟演幕府任上展开的文酒诗会活动。楚建中应是其中之

---

① 李逸安点校：《欧阳修全集》第3册，中华书局2001年版，第730页。
② （元）脱脱等撰：《宋史》卷三〇〇，中华书局1977年版，第28册，第9956页。
③ 同时又有杨杰亦字次公，然考诸《宋史》本传，与欧阳修所表述的"次公"性情不合，应以杨谐为是。
④ 侯孝杰生平事迹无考。清黄宗羲《宋元学案·附录》有云："侯绍曾，字孝杰，怀州（今河南沁阳）人。"谓其为邵雍门生。曾助邵雍在洛阳买宅。他应曾居于洛，并有预洛社的经历。
⑤ 朱东润校注：《梅尧臣集编年校注》，中华书局1980年版，第1102页。
⑥ 李逸安点校：《欧阳修全集》第3册，中华书局2001年版，第730页。
⑦ 李逸安点校：《欧阳修全集》第2册，中华书局2001年版，第163页。

一。《宋史·楚建中传》载:"楚建中,字正叔,洛阳人。第进士,知荥河县。又主管鄜延经略机宜文字。历夔路、淮南、京西转运使、陕西都转运使,知庆州、江宁、成德军。元祐初年卒,年八十一。"①生年当与欧阳修相近。但楚建中参与洛社活动应在他入仕之前,因是洛阳人,以书生身份参与洛社活动,故欧阳修说"遍识洛阳生"。他与陈经(陆经)一样,是以普通书生身份得到洛社成员赏识而有机会预入洛社活动的。也可见洛社的开放性②。

另,梅尧臣诗中有《送臧尉》一首,其中有云:"同为洛阳客,今日故人稀。"③似此"臧尉"亦参与过洛社活动,但其人为谁,已难确指。

当时曾参与洛社活动的还有孙祖德。祖德字延仲,潍州北海(今山东潍坊)人。举进士及第,调濠州(今安徽凤阳)推官、校勘馆阁书籍。改大理寺丞、知榆次县,以尚书屯田员外郎通判西京留守。本传云:"方冬苦寒,诏罢内外工作,而钱惟演督修天津桥,格诏不下。祖德曰:'诏书可稽留耶?'卒白罢役。"可知孙祖德任职西京时,正在钱惟演处。他应参加了此间的洛社活动④。欧阳修诗中有《酬孙延仲龙图》诗有云:"洛社当年盛莫加,洛阳耆老至今夸。死生零落余无几,齿发衰残各可嗟。"⑤当系与孙祖德共忆洛社之什。且可看出,欧、孙二人年齿相当,在欧阳修作此诗时,孙正任龙图阁直学士,据本传,当系其晚年。孙祖德诗文存世不多,他不是洛社主力,而是外延人员。

洛社既有才高八斗的文坛耆宿,也有志向高远的青年才隽。他们或为新入仕途的官员,或为游方至此的秀才,层次虽不同,但都喜爱文学,喜好文酒

---

① (元)脱脱等撰:《宋史》卷三三一,中华书局 1977 年版,第 30 册,第 10667 页。
② 洛社具有较强的情感维系性,也在文学思想上有共识,其活动具有开放性,吸纳了一些未入仕的年轻文士的参加。这对于促进文学交流活动,形成风气,培养诗文的后进力量是很有作用的。
③ 朱东润校注:《梅尧臣集编年校注》,中华书局 1980 年版,第 32 页。
④ 欧阳修有《送孙屯田(字延仲)序》中有云:"故今兹屯田孙公,始以尚书郎来贰洛政。未逾岁,则复乘两马之东上,将冠惠文以肃台宪。居不皇暖席,行不及具驾,盖被知者之用,且祗君命之速也。御史本为秦官,出入殿中,督察监视,事无大小皆得以法绳之。……故于是选,必要以文儒,沉正闳达大体,然后骞骞王廷,为天子司直之臣。况乎白笔霜筒,君家旧物,握兰卧锦,为世名郎,缘饰以儒雅,济之以文敏。余知夫振颓纲,举旧典,嗣先声,扬休闻,在此行也。而洛之士君子,故相与翘足企耸,东向而望,俟闻凛然之余风矣……"《文忠集》卷六六,李逸安点校《欧阳修全集》第 2 册,中华书局 2001 年版,第 968 页)查其文意,似孙延仲曾任职于洛,又将赴御史之任。其在洛阳的时间似未足一年。但后来欧阳修与之怀念洛中生活,似孙延仲在洛,亦曾有预洛社生活。
⑤ 李逸安点校:《欧阳修全集》第 2 册,中华书局 2001 年版,第 386 页。

诗会。其中的主力,是欧、梅、尹等人。他们不满五代宋初的浮靡文风,有志矫之,意欲革之。在他们一系列的文酒诗会活动中,渐渐形成了一个核心力量——"七交"群体,以此群体带动了整个洛阳的群体性文学活动,并以革除浮靡诗文风气的主导思想贯穿其间。他们不只收获了深挚的友谊,也在群体性文学活动中砥砺切磋,共同促进,终于蔚成风气,开启了诗文革新运动的先声。在洛社中,他们以创作实践的训练提高了创作水平,在交相论诗中达成了共识。他们带着这样的共识各自走上自己的仕宦,也从新的起点上开始了文学生涯,并将其传播开来,引纳了更多的文人们参与到后来的一些群体性活动中来。比如欧、梅、刘敞、陈经(陆经)等在京师的活动,间次培养了一大批文人。梅氏之于三韩兄弟,欧氏之于苏、王、曾等新进文士,都传播了形成于洛社的诗文理念。因此,洛社在宋代文学史上的作用是十分重要的。

与七交很有关联的还有在洛阳文人群体中还有"八老"之说。

所谓"八老",即尹洙"辩老"、杨子聪"俊老"、王复(幾道)"循老"、张汝士(尧夫)"晦老"、张先(子野)"默老"、梅尧臣"懿老"、欧阳修"逸老"(或"达老")、王顾(公慥)"慧老"。与七交相比,多了张先(子野)和王顾(公慥),少了张太素。王顾亦曾任职河南府判官,也有预洛社活动。王顾生平可考者很少。据欧阳修《河南府司录张君(尧夫)墓表》知其为太原人。张尧夫卒,尹洙为之作墓志,欧阳修为之作墓铭,得金谷古砖,"命太原王顾以丹为隶书,纳于圹中"①。又据欧阳修上文,欧阳修为张尧夫作此文之时是1058年。("盖君[张尧夫]之卒距今二十有五年矣",张尧夫卒于1033年。)而此时"王顾者死亦六七年矣",可知王顾卒于1051、1052年左右。《全宋文》卷九八九有王顾所作《永州淡山岩奉安御书颂》一文。《宋史》卷二百五《艺文》载王顾有《老子道德经疏》四卷,但其生平事迹难详。

关于八老之说,欧阳修作于明道元年(1032)的两封与梅圣俞的书信透露了信息。也可使我们知晓洛社文人们的文学活动中有品评人物的内容,这便与批评相关了。《欧阳修全集》载有这两封信,兹录如下。

《与梅圣俞》(二)明道元年(1032)

---

① 李逸安点校:《欧阳修全集》第3册,中华书局2001年版,第809页。

某启。药简再至,两承示喻。八老之名,诚一时美事,然某本以寒乡下流,后进初学,诸君子不知其驽下,业已致之交游。一旦坐评贤否,欲求纯雅沉实之名,终不可得,而乃特以"轻隽"裁之,是知善誉者不能美无盐矣。子之评人,正如是矣。夫《大雅》之称"老成人重于典刑",而仲尼谓"三十而立"。某年二十有六,尚未能立,敢当老邪?又,今日不在会中,自可削也。夫人之美恶,待其自然之誉乃见其实,今纵求而得之,是诸君待我素浅可知也。所以孜孜不能默受者,诸君当世名流,为人所重。一言之出,取信将来,使后世知诸君子以'轻逸'名我,复自苦求,方以美称借之,益重某之不可也。削之益便,某再拜七老。

第一封信,似欧阳修对其他七位诗人对自己的评价,即"轻逸"(包括"轻隽")不满。他希望的是"纯雅沉实"之名。欧阳修未及参与其他七老之会,在自己不在场的情况下被评为"轻逸"很是恼怒,竟希望将自己从八老中消名。可见当时洛社文人之间互相品评的风气以及这种品评的影响力。

《与梅圣俞》(三)明道元年(1032)

某启。捧来简,释所以名"老"之义甚详。某常仰希隽游所望正在规益,岂敢求辩博文才之过美哉?前承以"逸"名之,自量素行少岸检直,欲使当此称,然伏内思平日脱冠散发,傲卧笑谈,乃是交情已照,外遗形骸而然尔。诸君便以"轻逸"待我,故不能无言。今若以才辩不窘为"逸",又不足以当之也。师鲁之"辩",亦仲尼、孟子之功也。子聪之"俊",《诗》所谓"誉髦"之士乎?公慥之"慧",亦《大雅》之明哲。幾道之"循",有颜子之中庸;尧夫之"晦",子野之"默",得《易》之"君子晦明,语默之道"。圣俞之"懿"是尤为全德之称矣。必欲不遗,"达"字敢不闻命,然宜焚往来之简,使后之人以诸君自以"达"名我,非苦求之也。①

---

① 两封信见李逸安点校:《欧阳修全集》第6册,中华书局2001年版,第2444—2445页。

看来欧阳修对其他人的品评结论是认可的,但对自己"逸老"的评价,是不赞同的。他希望能以"达"的措辞品评自己①,并希望梅圣俞为自己所争取之"达"保密。看来,洛社成员间的品评在他们看来是非常重要的,以致欧阳修对此如此挂怀。从七交到八老,我们从中可看到洛社成员在诗学交往和月旦品评方面的一些活动内容,也可看到洛社成员间的交往逐渐吸纳了一些七交之外的文人进入活动中心。但与七交比起来,八老是附带在某些专门品评活动的一个文人圈子,且欧阳修本人并未参与其中。因此,八老附属于七交,是洛社活动的一个附带环节。

洛社文学活动的巅峰与典范——嵩山游会

在经常为洛社成员所提及的文学活动中,嵩山游会是其中最为重要的活动,也可以认为,嵩山游会活动,达到了洛社活动的巅峰。据欧阳修《集古录跋尾》六之《唐韩覃幽林思》所谓:"余在洛阳,凡再登嵩岳。其始往也,与梅圣俞、杨子聪俱。其再往也,与谢希深、尹师鲁、王幾道、杨子聪俱。"②可知,洛社之游嵩山,有两次,第一次有梅尧臣、杨子聪、欧阳修。第二次有谢绛、尹洙、王幾道、杨子聪和欧阳修。其中以第二次最为盛事。欧阳修也在此文中指出第二次是在天圣十年(亦即明道元年,1032年)。当时,这批新进文士初涉文坛,慷慨磊落之气充盈,他们齐聚一处,共登嵩岳,成了洛社中最为著名的活动。虽然作为七交来讲,没有梅尧臣、张汝士与张太素,但却能够代表七交的生活。

谢绛参与了天圣十年的嵩山之游,因此次梅尧臣未能参加,故而谢绛特地作《游嵩山寄梅殿丞(明道元年九月)》为其具道本来。这是记述洛社成员嵩山之会的重要资料,兹录如次:

圣俞足下。近有使者东来,付仆诏书并御祝封香。遣告嵩岳,太常移

---

① 欧阳修在《书怀感事寄梅圣俞》(《文忠集》卷五二)诗中云:"惟予号'达老',醉必如张颠。"(李逸安点校:《欧阳修全集》第 2 册,中华书局 2001 年版,第 730 页)他在此诗中描绘了尹洙、尹源、王复、张先等洛社中人在文酒诗会中的活动情形,并以"达老"自谓。可知他希望自己被诗友们评为"达老"。

② 李逸安点校:《欧阳修全集》第 5 册,中华书局 2001 年版,第 2208 页。

文，合用读祝捧币二员，府以欧阳永叔、杨子聪分摄。会尹师鲁、王幾道至自缑氏，因思早时约圣俞有太室中峰之行，圣俞中春时遂往，仆为人间事所窘，未遑也。今幸其便，又二、三子可以为山水游侣，然亟与之议，皆喜见颜色，不戒而赴。十二日昼漏未尽十刻，出建春门，宿十八里河。翌日，过缑氏，阅游嵩诗碑，碑甚大字而未镌。上缑岭，寻子晋祠。陟辇辕道，入登封，出北门，斋于庙中。是夕寝既兴，吏白五鼓有司请朝服行事，事已，谒新治宫，拜真宗御容。稍即山麓，至峻极中院，始改冠服，却车，徒从者不过十数人，轻赍遂行。是时秋清日阴，天未甚寒，晚花幽草，亏蔽岩壁，正当人力清壮之际，加有朋簪谈燕之适，升高蹑险，气豪心果。遇盘石，过大树，必休其上下，酌酒饮茗，傲然者久之。道径差平，则腰舆以行；崭崒陡甚，则芒蹻以进。窥玉女窗、捣衣石，石诚异，窗则亡有。迤逦至八仙坛，憩三醉石，遍视墨迹，不复存矣。考乎三君所赋，亦名过其实。午昃，方抵峻极上院，师鲁体最溢，最先到，永叔最少最疲。于是浣漱食饮，从容间跻封禅坛，下瞰群峰，乃向所跻而望之，谓非插翼不可到者，皆培塿焉。邑居、楼观、人物之伙，视若蚁壤。世所谓仙人者，仆未知其有无，果有，则人世不得不为其轻蔑矣。武后封祀碑故存，自号大周，当时名贤皆镌姓名于碑阴，不虞后代之讥其不典也。碑之空无字处，睹圣俞记乐理国而下四人同游，镌刻尤精。仆意古帝王祀天神，纪功德于此，当时尊美甚盛，后之君子不必废之坏之也。又寻韩文公所谓石室者，因诣尽东峰顶，既而与诸君议，欲见诵《法华经》注僧，永叔进以为不可，且言圣俞往时尝云斯人之鄙，恐不足损大雅一顾。仆强诸君往焉，自峻极东南，缘险而径下三四里。法华者，栖石室中，形貌，土木也；饮食，猿鸟也。叩厥真旨，则软语善答，神色睟正。法道谛实，至论多矣，不可具道，所切当云："古之人念念在定，慧何由杂；今之人念念在散，乱何由定。"师鲁、永叔扶道贬异，最为辩士，不觉心醉色怍，钦叹忘返，共恨圣俞闻缪而丧真甚矣。是夕，宿顶上，会几望，天无纤翳，万里在目，子聪疑去月差近，令人浩然绝世间虑。盘桓三清，露下，直觉冷透骨发，羸体将不堪可。方即舍，张烛，具丰馔醇醴，五人者相与岸帻褫带，环坐满引，赋诗谈道，间以谑剧，然不知形骸之累、利欲之萌为何物也。夜分,少就枕以息。明日,访归路,步履无苦,昔鼯鼠穷伎能上而不能下,岂近此乎?午间,至中院,邑大夫来逆,其礼益谨。申刻,出登封西门,道颍阳,宿金店。十六日晨发,据鞍纵望,太室犹在后,虽曲,南西则但见少室。若夫观少室之美,非由兹路则不能尽,诸邑人谓之冠子山,正得其状。自是行七十里,出颍阳北门,访石堂山紫云洞,即邢和璞著书之所。山径极险,扪萝而上者七八里,上有大洞,荫数亩,水泉出焉。久为道士所占,爨烟熏燎,又涂墍其内,甚渎灵真之境。已戒邑宰,稍营草屋于侧,徙而出之。此间峰势危绝,大抵相向,如巧者为之。又峭壁有若四字,云"神清之洞",体法雄妙,盖薛老峰之比。诸君疑古苔藓自成文,又意造化者笔焉,莫得究其本末。问道士及近居之民,皆曰向无此异,不知也。少留数十刻,会将雨而去。犹冒夜行二十五里,宿吕氏店。马上粗若疲厌,则有师鲁语怪,永叔、子聪歌俚调,幾道吹洞箫,往往一笑绝倒,岂知道路之短长也。十七日,宿彭婆镇,遂缘伊流陟香山,上上方,饮于八节滩上。始自峻极中院未及此,凡题名于壁于石于树间者,盖十有四处。大凡出东门极东而南之,自长夏门入,绕松镮一匝四百里,可谓穷极胜览。切切未满志者,圣俞不与焉。今既还府,恐相次便有尘事侵汩,故急写此奉报,庶代一夕之谈。不宣,绛顿首。①

此游自九月十二日始,十七日由伊流而登香山,后从长夏门还,因惜梅尧臣未能与游,故谢绛"急写此奉报,庶代一夕之谈"。急欲将此次游览之行程与意趣告诉梅氏。登嵩山时"秋清日阴,天未甚寒,晚花幽草,亏蔽岩壁,正当人力清壮之际,加有朋簪谈燕之适,升高蹑险,气豪心畅"。雄伟壮丽的嵩岳,天高气清的秋景,刺激着游会诸人的逸兴。他们徜徉清景,摆落形骸,完全归依于这秋山丽景之中,陶醉在如诗的时空境界之域。迨及登顶,他们有在山巅体验人与自然在诗的氛围中的融合,"是夕,宿顶上,会几望,天无纤翳,万里在目,子聪疑去月差近,令人浩然绝世间虑。盘桓三清,露下,直觉冷透骨发,羸体将不堪可。方即舍,张烛,具丰馔醇醴,五人者相与岸帻褫带,环

---

① 李逸安点校:《欧阳修全集》第 6 册,中华书局 2001 年版,第 2716—2718 页。

坐满引,赋诗谈道,间以谑剧,然不知形骸之累、利欲之萌为何物也"。确乎他们已超出利欲之牵萦,归于自由的艺术境界了。此时个人之性情与天地之浩邈并秋夜朗月之兴象融而为一,构筑成了朗彻旷迈的纯美氛围,宜乎洛社中人对此念念不忘了。在归途的马上,稍有疲厌之时,"则有师鲁语怪,永叔、子聪歌俚调,幾道吹洞箫,往往一笑绝倒,岂知道路之短长也。"想来他们泛驾归途,在充满诗意的气氛中,也饱含快意与惬适。诗人们没有任何矫饰,彼此间纯以真率相对,或语怪,或歌俚调;这些竟出于士大夫之口,他们超越功利世界的艺术化生活取向,于此可见。

梅尧臣收到谢绛此信后,被这种充满诗情与意趣的游会历程所吸引。他靠着自己的想象,将此历程用诗的形式描摹出来,将他们的游会历程与自己的诗思想象结合了起来,可谓神游。其《希深惠书言与师鲁永叔子聪幾道游嵩因诵而韵之》诗云:

闻君奉宸诏,瑞祝疑灵岫。山水聊得游,志愿庶可就。岂无朋从俱,况此一二秀。方蕲建春陌,十刻残昼漏。初经缑氏岭,古柏尚郁茂。却过轘辕关,巨石相撑斗。夕斋礼神祠,法衮被藻绣。毕事登山椒,常服更短后。从者十数人,轻赍不为陋。是时天清阴,力气勇奔骤。云岩杳亏蔽,花草藏洞窦。旁林有珍禽,惊眂若避彀。盘石暂憩休,泓泉助吞漱。上窥玉女窗,嶄绝非可构。下玩捣衣砧,焜耀金纹透。尹子体雄佼,攀缘愈习狃。欧阳称壮龄,疲软屡颠碚。竟欢相扶持,芒屩恣践蹂。八仙存故坛,三醉孰云谬。鄙哉封禅碑,数字昔镌镂。偶志一时事,曷虞来者诟。绝顶瞰诸峰,隘然轻宇宙。遥思谢尘烦,欲知群鸟兽。韩公传石室,闻之固已旧。当时兴稍衰,不暇苦寻究。东崖暗壑中,释子持经咒。于今二十年,饮食同猿狖。君子聆法音,充尔溢肤腠。尝期蹑屐过,吾侪色先怵。遂乖真谛言,兹亦甘自咎。中顶会几望,凉蟾皓如昼。纷纷坐谈谑,草草具觞豆。清露湿巾裳,谁人苦羸瘦。便即忘形骸,胡为恋缨緌。或疑桂宫近,斯语岂狂瞀。归来游少室,嵺峷殊引胆。石室迢递过,探访仍邂逅。扪萝上岑邃,仙屋何广袤。乳水出其间,涓涓自成溜。凡骨此熏蒸,灵真安可觏。霞壁几千寻,四字伴篆籀。咸意苔藓文,诚为造化授。标之神清洞,民俗未尝遘。忽觉风雨冥，无能久瞻扣。匆匆遂宵征，胜事皆可复。俚歌纵喧讲，怪说多鲛糅。凌晨关塞阳，追赏颜匪厚。穷极四百里，宁惮疲左右。昨朝书报予，闻甚醉醇酎。所嗟游远方，心焉倍如疚。①

可以看出，梅尧臣在读了谢绛对游历过程的描述后，凭借想象，神游了嵩山，并且是追随与谢绛、欧阳修等人的行迹神游嵩山。风景之神趣，其实不在于风景佳胜，而是在于能与志同道合的真正朋友们共同感受那种风景。这是诗化生活和生活诗化的本质反映。梅尧臣的《河阳秋夕梦与永叔游嵩避雨于峻极院赋诗及觉犹能忆记俄而仆夫自洛来云永叔诸君陪希深祠岳因足成短韵》诗，由诗题看，对第一次游嵩的记忆已成梅氏梦寐中的深痕，并且巧在他竟梦感到谢希深等人的第二次游嵩活动，这些心理实际都源于对俦侣嵩山之游的深深系念。

此外，梅尧臣的《和希深避暑香山寺》(《宛陵集》卷二)、《和希深晚泛伊川》(《宛陵集》卷二)、《和谢舍人洧震》(《宛陵集》卷六)、《和谢舍人新秋》(《宛陵集》卷六)、《和谢希深会圣宫》(《宛陵集》卷一)等诗也有同样的情感流露。

欧阳修有《和谢学士泛伊川浩然无归意因咏刘长卿佳句作欲留篇之什》(《文忠集》卷五十一)、《黄河八韵寄呈圣俞》(《文忠集》卷十)、《嵩山十二首》(含"公路涧"、"拜马涧"、"二室道"、"自峻极中院步登太室中峰"、"玉女窗"、"玉女捣衣石"、"天门"、"天门泉"、"天池"、"三醉石"、"峻极寺"、"中峰"十二题②) 亦为记述游嵩之作。

梅尧臣有《同永叔子聪游嵩山赋十二题》诗，含"其一公路涧"、"其二拜马涧"、"其三二室道"、"其四自峻极中院步登太室中峰"、"其五玉女窗"、"其六玉女捣衣石"、"其七天门"、"其八天门泉"、"其九天池"、"其十醉石"、"其十一登太室中峰"、"其十二峻极寺"③。这当是欧阳修所说的天门第一次登嵩山的纪行诗，亦属洛社活动之一。

欧阳修《游龙门分题十五首》(含"上山"、"下山"、"石楼"、"上方阁"、

---

① 朱东润校注：《梅尧臣集编年校注》，中华书局1980年版，第36—37页。
② 李逸安点校：《欧阳修全集》第3册，中华书局2001年版，第718—720页。
③ 朱东润校注：《梅尧臣集编年校注》，中华书局1980年版，第42—45页。

"伊川泛舟"、"宿广化寺"、"自菩提步月归广化寺"、"八节滩"、"白傅坟"、"晚登菩提上方"、"山槎"、"石笋"、"鸳鸯"、"鱼罾"、"鱼鹰"①）也应是嵩山游会中的作品。欧阳修《与谢三学士唱和八首》（含"和国庠劝讲之什"、"和游午桥庄"、"和龙门晓望"、"除夜偶成拜上学士三丈"、"陪饮上林院后亭见樱桃花悉已被谢因成七言四韵"、"昨日偶陪后骑同适郊谨成七言四韵兼呈圣俞"、"和八月十五日斋宫对月"、"送学士三丈"②）亦是洛中所作。

梅尧臣之《希深洛中冬夕道话有怀善慧大士因探得江字韵联句》、《希深所居官舍新得相府蔬圃以广西园》、《依韵和希深立春后祀风伯雨师毕过午桥庄》、《依韵和希深新秋会东堂》、《依韵和希深游大字院》、《依韵和希深游府学》、《依韵和希深游乐园怀主人登封令》、《依韵和希深雨后见过小池》、《依韵和永叔同游上林院后亭见樱桃花悉已披谢》、《依韵和永叔子履冬夕小斋联句见寄》、《依韵和张应之见赠》、《醉中留别永叔子履》等应为梅尧臣在洛社中的作品。

从欧梅二人作于洛社的作品来看，其与一般群体性文学活动中常见的作品类型没有什么差别，也都是赠和唱答或共拟一类。宋代出现了严格意义上的诗社，但在创作方面，基本上还是延续了传统群体性文学组织的创作（作品）类型。洛社也是这样。后来规模巨大，影响深远的各类诗社在组织和创作上也是这个特点③。

---

① 李逸安点校：《欧阳修全集》第 1 册，中华书局 2001 年版，第 5—8 页。
② 李逸安点校：《欧阳修全集》第 3 册，中华书局 2001 年版，第 790—792 页。
③ 欧阳修有《答端明王尚书见寄兼简景仁文裕二侍郎二首》，载李逸安点校：《欧阳修全集》第 3 册，中华书局 2001 年版，第 828 页。
其一云："日久都城车马喧，岂知风月属三贤。唱高谁敢投诗社，行处人争看地仙。酒面拨醅浮大白，舞腰催拍趁繁弦。与公等是休官者，方把锄犁学事田。"
其二云："多病新还太守章，归来白首兴何长。琴书自是千金产，日月闲销百刻香。尚有俸钱酤美酒，自栽花圃趁新阳。醉翁生计今如此，一笑何时共一觞。"
从两首诗的语意看，似是欧阳修晚年（于熙宁元年，1068）上表乞致仕之后在熙宁三年（1070）更号"六一居士"之前的作品。虽欧之乞致仕不被许可，但他亦以休官自适，故有"与公等是休官者"之语。其中的"景仁"是范镇的字，"文裕"是张揆的字，"端明王尚书"应是王拱辰。
范镇（1008—1089），成都华阳人（今成都双流），字景仁，举进士，调新安主簿，累擢起居舍人，知谏院。因屡次上书劝仁宗立嗣被罢谏职，改集贤殿修撰，纠察在京刑狱。英宗立，迁翰林学士，后出知陈州（今河南淮阳）。神宗立，复为翰林学士。熙宁二年（1069），因上疏反对王安石变法，以户部侍郎致仕。欧阳修此诗所指，亦为此际。《宋史》本传（《宋史》卷三三七，中华书局 1977 年版，第 31 册，
（接上页）第 10790 页）谓范镇与司马光相得甚欢，议论如出一口。又谓其遇人必以诚，口不容人过。学本《六经》，不道佛老申韩之说。少时赋《长啸赋》，却胡骑，使辽，有"长啸公"之誉。但其诗无传。

洛社成员对洛社的怀念——兼论洛社成员间的深挚情谊与共同的文学意见

洛社对于欧、梅等人的文学创作倾向的形成和其诗文革新运动的理念形成起了一个基础性作用，为他们锻炼自己的思想意识起到了一个组织空间、活动空间和实践空间的作用。在欧、梅等人的许多诗文作品中，都表露了对洛社的深深怀念，这实际上反映了洛社在这些诗人们心理所占有的位置和起到的影响作用。洛社的形成，本就与当时在河南幕府中的新进文士在文学上具有相同或相近的主张。他们在洛社中展开的一系列活动又增进了这种关于文学的意见或主张，对他们的文学思想与审美追求产生了一种趋同作用。这种趋同作用也于他们之间深挚的情谊扭结在一起，既在创作上形成了一种新锐力量，也因这个群体中有尹洙、梅尧臣与欧阳修等创作水平很高的作家的作用，产生了极大的影响。后来"洛社"中人各奔东西，但他们在创作上也遥相呼应，使他们较为一致的文学主张弥漫开来，形成了遍地开花的局面，从而进一步使诗文革新运动的初步成果传播至各地，客观上增强了这个运动的影响力。

欧阳修的诗文中，对洛社及洛阳时期各种文学活动和昔日友朋的怀念比比皆是。其《病中代书奉寄圣俞二十五兄》有云："昔在洛阳年少时，春思每先花乱发。萌芽不待杨柳动，探春马蹄常踏雪。"[①] 这是欧阳修三十九岁时忆及洛中生活和洛社活动所流露出的怀念之情。其《酬孙延仲龙图》诗更明显表露了对洛社的怀念。诗云："洛社当年盛莫加，洛阳耆老至今夸。死生零落余无几，

张揆（996—1074），据《宋史》本传（《宋史》卷三三三，中华书局1977年版，第31册，第10699页），字文裕，齐州历城人。举进士，知益都县。明道中（1032左右），知莱州掖县（今山东莱州）。诏除登、莱锐，通判永兴军，为集贤校理，四迁为龙图阁直学士，知成德军。英宗时，入判太常，累官至户部侍郎致仕。熙宁七年（1074）卒。其以户部侍郎致仕。其诗今仅存七首。

王拱辰（1012—1085），字君贶，开封咸平（今河南通许）人。十九岁举进士第一，通判怀州，入集贤院，历监铁判官，修起居注，知制诰。后又知开封府，拜御史中丞。至和三年（1056），复拜三司使，聘契丹，除宣徽北院使，又以端明殿学士知永兴军。历泰定二州，河南大名府，积官至吏部尚书。哲宗时，徙节彰德，加检校太师，卒。

由欧阳修语意来看，似王拱辰、范镇、张揆曾有群体性诗学活动。欧阳修并未参与，故曰："唱高谁敢投诗social"，表示对王、范、张"三贤"的崇仰。但此三人间文学交流的史料太少，不足以发明其诗社的具体情况，只可略知他们的活动应在熙宁初年（1068、1069左右）进行，地点在京师汴梁。同时，这个诗社未必实有其名，应该是欧阳修对于这个"三贤"文学群体的称呼，其意义远不能与洛社相比。因欧阳修诗中有所提及，故略论述于此。

① 李逸安点校：《欧阳修全集》第1册，中华书局2001年版，第30页。

齿发衰残各可嗟。北库酒醵君旧物，西湖烟水我如家。已将二美交相胜，仍枉新篇丽彩霞。"①洛阳士子的诗酒生活名动洛阳，以至已成为"耆老"的洛阳人都乐道于此。欧阳修《初至夷陵答苏子美见寄》诗有句云："须知千里梦，长绕洛川桥。"②其《答梅圣俞寺丞见寄》诗有云："忆昔识君初，我少君方壮。风期一相许，意气曾谁让。交游盛京洛，樽俎陪丞相。骐骥日相追，鸾凰志高飏。词章尽崔蔡，论议皆歆向。文会忝予盟，诗坛推子将。谈精锋愈出，饮剧欢无量。贾勇为无前，余光谁敢望。兹年五六岁，人事堪凄怆。南北顿暌乖，相离独飘荡。……一别各衰翁，相见问无恙。交情宛如旧，欢意独能强。……"③这是欧、梅二人晚年时对昔日洛阳游会的怀念。提到在钱惟演的主导下，年轻文士们群集一处，大展文学才华，"词章尽崔蔡，论议皆歆向"，他们率意搠翰，纵情诗章，各驰其意。在其中梅氏诗被誉为"将"，可见在活动中他所展示的实力。④

他们或议论评骘，或剧饮恣肆，把生活于文学融合一处，在诗酒文会中达到了生活文学化，文学生活化的圆融境界，蕴蓄出了足以摧五代之枯，拉宋初之朽的壮丽文风，使宋初诗文革新运动具有了狂飙突进般的力量。然而后来诗人们流散东西，或零落陨逝，或齿发衰残。两位昔日的文学干将忆及昔日之壮丽，慨叹时下之酸辛，摅写依依怀恋之情，感人至深。

欧阳修《代书寄尹十一兄杨十六王三》诗有云："京师天下聚，奔走纷扰扰。但闻街鼓喧，忽忽夜复晓。追怀洛中俊，已动思归操。为别未期月，音尘

---

① 李逸安点校：《欧阳修全集》第 3 册，中华书局 2001 年版，第 809 页。
② 李逸安点校：《欧阳修全集》第 2 册，中华书局 2001 年版，第 170 页。
③ 李逸安点校：《欧阳修全集》第 3 册，中华书局 2001 年版，第 745 页。
④ 欧阳修《与梅圣俞·明道元年（1032）》《文忠集》卷一四九）云："某再拜圣俞二哥，昨日贤弟至，辱寄书并前所寄二书及梦中诗，又五百言诗，频于学士处见手迹。每一观之，便如相对。别后虽尹氏弟兄王三并至，然幕中事比圣俞在此时差多。盖东都兴造，日有须求，仓卒供办，未尝暂休息。职此，未尝得从容聚首，独游万事一盛耳。然而历览中春之游，山水之状皆如故。独昔之青林翠甃，今为槁叶。又目前不见圣俞面，回忆当时之事，未一岁间再至，寻见前迹，已若梦中。又河海咫尺，顾足下若万千里。又曩日根不得同者尹十二、王三，今反俱游。而圣俞独不至。人生不一岁，参差遂如此。因思百年中，升沉生死，离合异同，不知后会复几人得同不得同也。自足下去后，未尝作诗，前佳制未及和。尹十二去，应能尽说，此中事故，略不论。知与师鲁相见，少酒为欢，值无酒寄去，奈何。渐寒，千万自爱。不宣，某白。"参见李逸安点校：《欧阳修全集》第 6 册，中华书局 2001 年版，第 2443—2444 页。从欧阳修的话语中可真切感到他们之间情谊的深洽。

一何杳。因书写行役,聊以为君导。"①因各人仕履的不同他们分开,但欧阳修在分开一个月时就念及故人,忆及洛中诗会,诚可见洛社在他心中的地位。

前文曾引述欧阳修《和应之同年兄秋日雨中登淦爱寺阁寄梅圣俞》诗云:"经年都洛与君交,共许诗中思最豪。旧社更谁能拥鼻,新秋有客独登高。径兰欲谢悲零露,篱菊空开乏冻醪。纵使河阳花满县,亦应留滞感潘毛。"②

欧阳修《寄圣俞》有云:"忆在洛阳年各少,对花把酒倾玻璃。二十年间几人在,在者忧患多乖睽。"③由其语意不难看出洛社在欧梅心中,实是他们人生最快意的时光。

《禁中见鞓红牡丹》云:"盛游西洛方年少,晚落南谯号醉翁。白首归来玉堂署,君王殿后见鞓红。"④梅尧臣也作了和诗表达怀念之情(见后文)。

其《乞药有感呈梅圣俞》诗云:"因嗟与君交,事事无不同。忆昔初识面,青衫游洛中。高标不可揖,杳若云间鸿。不独体轻健,目明仍耳聪。尔来三十年,多难百忧攻。……"⑤初入仕途的昂扬意气,初涉文坛的豪情壮志,促成了他们盛极一时的洛社活动。随着仕途险恶的频繁出现,随着人生的步履维艰,他们经常经受着生活的磨砺,也经历着对文学本身认识的加深。诗文革新运动有着壮丽雄伟的推动力,也有着沉着老道的深厚底蕴,这个底蕴应不只是欧阳修一再提及的"道",还有洛社以后各个时期不断促成的他对文学认识的深入体会与了悟。这些综合起来,淬炼成了诗文革新运动的全部内容。欧阳修"非诗之能穷人,殆穷者而后工也"⑥的文学思想与他洛社后的仕途生涯和文学实践都有着极为密切的关联。这个主张应该被看作是诗文革新运动在理论方面的内容之一,而这一点,被我们遗漏了。

欧阳修《圣俞会饮》诗云:"倾壶岂徒强君饮,解带且欲留君谈。洛阳旧

---

① 李逸安点校:《欧阳修全集》第3册,第727页。尹十一,尹洙;杨十六,杨子聪;王三,王复。
② 李逸安点校:《欧阳修全集》第2册,第158页。"拥鼻",《晋书·谢安传》:"安本能为洛下书生咏,有鼻疾,故其音浊,名流爱其咏而弗能及,或手掩鼻以效之。"(《晋书》,中华书局1974年版,第2076页)此诗中之"拥鼻"既指吟诗时的作为雅音,也或有故作促狭谐谑的吟诗神情。
③ 李逸安点校:《欧阳修全集》第1册,中华书局2001年版,第81页。
④ 李逸安点校:《欧阳修全集》第2册,中华书局2001年版,第220页。
⑤ 李逸安点校:《欧阳修全集》第3册,中华书局2001年版,第771页。
⑥ 李逸安点校:《欧阳修全集》第2册,中华书局2001年版,第612页。

友一时散，十年会合无二三。"① 对洛社旧友不能聚在一处时时表示叹惋。欧阳修《书怀感事寄梅圣俞》诗中更是细致描绘了洛社文学活动时的情景，并表露了对昔日诗友的深切怀念，诗云：

相别始一岁，幽忧有百端。乃知一世中，少乐多悲患。每忆少年日，未知人事艰。颠狂无所阂，落魄去羁牵。三月入洛阳，春深花未残。龙门翠郁郁，伊水清潺潺。逢君伊水畔，一见已开颜。不暇谒大尹，相携步香山。自兹惬所适，便若投山猿。幕府足文士，相公方好贤。希深好风骨，迥出风尘间。师鲁心磊落，高谈羲与轩。子渐口若讷，诵书坐千言。彦国善饮酒，百盏颜未丹。几道事闲远，风流如谢安。子聪作参军，常跨破虎鞯。子野乃秃翁，戏弄时脱冠。次公才旷奇，王霸驰笔端。圣俞善吟哦，共嘲为阆仙。惟予号达老，醉必如张颠。洛阳古郡邑，万户美风烟。荒凉见宫阙，表里壮河山。相将日无事，上马若鸿翩。出门尽垂柳，信步即名园。嫩箨筠粉暗，渌池萍锦翻。残花落酒面，飞絮拂归鞍。寻尽水与竹，忽去嵩峰颠。青苍缘万仞，杳霭望三川。花草窥涧窦，崎岖寻石泉。君吟倚树立，我醉敧云眠。子聪疑日近，谓若手可攀。共题三醉石，留在八仙坛。水云心已倦，归坐正杯盘。飞琼始十八，妖妙犹双环。寒簧暖凤嘴，银甲调雁弦。自制白云曲，始送黄金船。珠帘卷明月，夜气如春烟。灯花弄粉色，酒红生脸莲。东堂榴花好，点缀裙腰鲜。插花云髻上，展簟绿阴前。乐事不可极，酣歌变为叹。诏书走东下，丞相忽南迁。（谓钱惟演）送之伊水头，相顾泪潸潸。腊月相公去，君随赴春官。送君白马寺，独入东上门。故府谁同在，新年独未还。当时作此语，闻者已依然。②

本诗形象生动地再现了洛社活动的场景，他们欢饮一处，吟诗评句。钱惟演之敬客，谢绛之磊落风骨，都不同凡响；尹洙之高论，子渐（即尹源）之博学，口虽讷然不妨悬河；富弼之豪饮，饮虽百盏而不醉；王复之悠然意兴，得

---

① 李逸安点校：《欧阳修全集》第 1 册，中华书局 2001 年版，第 18 页。
② 李逸安点校：《欧阳修全集》第 3 册，中华书局 2001 年版，第 730—731 页。

魏晋神韵；杨子聪之脱落形骸，实特立而独行。张先虽头童，然意兴酣畅，毫无矫饰。次公（杨谐）才华横溢，笔势旷迈。梅尧臣之苦吟，欧阳修之放达都跃然纸上。他们游历洛阳之山水名胜，或倚树吟诗，或酣眠欹云。竟有以手揽日，似要挽留这充满文学情趣的美好时光。然而钱惟演之贬去，对洛社影响甚大，故云："乐事不可极，酣歌变为叹。"虽王曙继任，洛社并未遽止，但已大不如前了。加之张尧夫早逝，同社诗人纷纷迁离，洛社便永远留在欧、梅诸人的深切怀念中了。

这是欧诗中最为全面地反映洛社生活情景并表达深切怀念之情的诗作。其中提到了谢绛、尹洙、尹源、富弼、王复、张先、杨子聪、杨谐（次公）、梅尧臣在洛社活动中的表现。即"希深好风骨，迥出风尘间。"（谢绛）"师鲁心磊落，高谈羲与轩。"（尹洙）"子渐口若讷，诵书坐千言。"（尹源）"彦国善饮酒，百盏颜未丹。"（富弼）"几道事闲远，风流如谢安。"（王复）"子聪作参军，常跨破虎韗。"（杨子聪）"子野乃秃翁，戏弄时脱冠。"（张先）"次公才旷奇，王霸驰笔端。"（杨谐）"圣俞善吟哦，共嘲为阆仙。"（梅尧臣）

而欧阳修自己则是"惟余号'达老'，醉必如张颠。"这些新进文士在洛社活动中可谓各展个性，毫无矫饰，尽展个人才华，促成了一场高质量文会的壮举。"诏书走东下，丞相忽南迁"（按，指钱惟演罢河南府事），洛社活动离开了爱好文学且为文坛泰斗的钱相为庇荫和依托。随着钱惟演的离任，昔日幕下僚属也各有所迁，洛社活动进入了尾声阶段。

欧阳修《送徐生之渑池》诗中有云："我昔初官便伊洛，当时意气尤骄矜。主人乐士喜文学，幕府最盛多交朋。园林相映花百种，都邑四顾山千层。朝行绿槐听流水，夜饮翠幙张红灯。尔来飘流二十载，鬓发萧索垂霜冰。同时并游在者几，旧事欲说无人应。"[1] 在怀念中流露出无法消除的伤感与悲慨之气。

欧阳修《再至西都》云："伊川不到十年间，鱼鸟今应怪我还。浪得浮名销壮节，羞将白发见青山。野花向客开如笑，芳草留人意自闲。却到谢公题壁处，向风清泪独潺潺。"[2] 以及《送张屯田归洛歌》等也都表达了他对洛社的

---

[1] 李逸安点校：《欧阳修全集》第1册，中华书局2001年版，第85页。
[2] 李逸安点校：《欧阳修全集》第2册，中华书局2001年版，第176页。

怀念。

欧阳修《尚书屯田员外郎张君墓表》、《河南府司隶张君墓表》、《张子野墓志铭》、《尹师鲁墓铭》、《太子中舍王君墓志铭》、《梅圣俞墓志铭》、《祭梅圣俞文》、《东斋记》、《洛阳牡丹记》、《记旧本韩文后》等文章均不同程度表露了对洛社或洛社故交的怀念。总之，欧阳修对洛阳时代的洛社生活念念不忘，洛社生活从内容到组织成员在欧阳修后来的文学交游及创作中都留下了深刻的印记①。

应该说，在欧阳修八百余首诗作中，对洛阳（洛社）的怀念题材占的比重很大。这从一个侧面反映了在欧阳修的文学生涯中，洛社的重要意义。因为洛社不只促成了欧阳修文学思想的形成，也使他结交了一批在文学上有共同见解、共同主张的友朋，他们在一起的一系列文学活动和彼此间深挚的情谊给欧阳修留下了深刻的印象，成为他一生挥抹不去的心灵印迹。可以说，洛社的经历在某种程度上成就了欧阳修，成就了宋代的诗文风气。在宋代文学史和宋代文学批评史中，洛社也留下了深著的一笔。②

梅尧臣在其诗文中也时常流露了对洛社的怀念之情。其《次韵奉和永叔谢王尚书惠牡丹》诗有云："尝忆同朋有七人，每失一人泪缘睫。唯我与公今且存，无复名园共携榼。"③对洛社成员相继离世表示叹惋。其《和应之还邑道中见寄》诗有云："向老思旧交，欲见恨无翅。前时君来都，欣喜乃一至。亦既勤我怀，酌酒去拘忌。自从离洛阳，此会无三四。谢尹最贤豪，已嗟存没异。因酬马上篇，遂写相逢意。"④当是谢绛逝后，梅尧臣与张谷（张应之）对洛社生活一起表示怀念之作。其《和永叔六篇其四禁中鞓红牡丹》诗云："与公同是洛阳客，今日论年皆作翁。一见此花知有感，衰颜不似旧时红。"⑤其《和永叔中秋夜会不见月酬王舍人》诗中有句云："更爱西垣旧词客，共将诗兴压曹

---

① 欧阳修词《夜行船》一（《文忠集》卷一三三，李逸安点校：《欧阳修全集》第 5 册，中华书局 2001 年版，第 2043 页）有云："忆昔西都欢纵，自别后，有谁能共。伊川山水洛川花，细寻思，旧游如梦……"亦系怀念洛阳之作。其他欧阳修词中亦多有抒发怀念洛阳的作品，此处不再赘录。

② 与前代群体性文学活动不同之处，还有洛社成员在洛社中固然有表现才华的方面，但以之求名的因素显然少了。文学创作与主张的针对性即有意识地革除诗文弊病的因素明显增强了。更具理论性的动机与干预性的实践活动。

③ 朱东润校注：《梅尧臣集编年校注》，中华书局 1980 年版，第 1006 页。

④ 朱东润校注：《梅尧臣集编年校注》，中华书局 1980 年版，第 443 页。

⑤ 朱东润校注：《梅尧臣集编年校注》，中华书局 1980 年版，第 1081 页。

刘。"①"西垣词客"对梅圣俞而言也于欧阳修一样，是印象十分深刻的。《送韩持国》所云："三四洛阳友，过半已成丘。"②亦是对凋落之"洛社"诗友的怀念。《送任太博归省西都》之"我负洛阳山水久，试因行色寄嵩云"③则表达了对洛阳的怀念。而其《送信安张从事吉甫兼寄白使君》诗中所云："西洛故人少，世家今亦稀。"④亦是此意。其《送杨子充（按，当为杨子聪）知资阳县》中所谓："当时同洛阳，过半作丘墓。屈指今所存，无如君最故。"⑤当时梅尧臣与杨子聪二人忆及洛社时光与昔日故友，而生出的拳拳怀思。其中亦有对洛社故友的伤逝之意。

与欧阳修不同的还有梅尧臣在追怀洛社时更多表露了伤逝之意。虽然欧阳修这方面的诗作也不少，但梅尧臣更多。这与他后来的仕途经历远较欧阳修坎坷有关。其《送张山甫武功簿》诗可以看出此意。诗中有云："洛阳旧交有七人，五人已为泉下尘。"⑥在梅尧臣作此诗时，洛社旧友已陨落五人。过去的豪纵于诗酒的美好时光既所共历，而今所共历之人已为隔世，渐及老年之诗人抚今追昔，怎能不伤怀惨恻。过去洛社中的自由创作，培养了诗人们基本的文学创作素质与技能，也在他们心里留下了象征最美好神圣的文学殿堂的记忆。当世事变迁，坎坷迭至，这种美好的记忆与现实的冷峻衰飒相较，成为一个既冰冷又真实的巨大反差，同时也提供了一个真切深刻的创作题材。欧阳修有这种体验，梅尧臣更有这种体验。欧阳修说梅尧臣的诗是"愈穷愈工"⑦。其实是两个人共同创作反映出的实际情况，也是他们共同心理历程的真实写照。此外，梅尧臣《王祁公北园》之："洛阳城中亦有园与宅，常同欧阳翰林携酒游。……强骑瘦马往城北，二十三年如转头。"⑧也一样是表示怀念。另外，我们前文引述的《依韵和答王安之因石榴诗见赠》与《依韵和王平甫见寄》都不只回忆了"洛社"活动的情景，还在回忆中充分表达了那种因难忘而愈挚的感情活动。

---

① 朱东润校注：《梅尧臣集编年校注》，中华书局1980年版，第466页。
② 朱东润校注：《梅尧臣集编年校注》，中华书局1980年版，第417页。
③ 朱东润校注：《梅尧臣集编年校注》，中华书局1980年版，第615页。
④ 朱东润校注：《梅尧臣集编年校注》，中华书局1980年版，第593页。
⑤ 朱东润校注：《梅尧臣集编年校注》，中华书局1980年版，第700页。
⑥ 朱东润校注：《梅尧臣集编年校注》，中华书局1980年版，第1098页。
⑦ 李逸安点校：《欧阳修全集》第2册，中华书局2001年版，第612页。
⑧ 朱东润校注：《梅尧臣集编年校注》，中华书局1980年版，第901页。

而其《依韵和永叔雪后见寄兼云自尹家兄弟及幾道散后子聪下县久不得归颇离索之叹》(《宛陵集》卷二,按:"尹家兄弟",尹洙,尹源;"子聪",杨子聪)诗云:"常欲登芒岭,无由见洛桥。雪飞关戍迥,人忆剡溪遥。广隰嘶征雁,长河起怒飚。遽言欢友散,能使去魂销。晚日穷幽蔼,愁云瞑沉寥。纵令佳约在,载酒定何邀。"虽诗人们不得已而离分,但梅尧臣一直在想象能够重新聚在一起,再温充满自由和豪情的诗文之会。

这种思念也是建立在深挚的友情之上的。梅尧臣《依韵和张应之见赠》有云:"京洛多游好,相与岁月深。"这是梅尧臣与张谷同忆洛社之作①。

另外,梅尧臣有《张尧夫寺丞改葬挽词》(有三首,见《宛陵集》卷五十三)、《张仲通追赋洛中杂题和尝历览者六章》(《宛陵集》卷五十八)等,亦属对洛社旧友和洛社活动的追忆。

在梅尧臣诗中,对洛社的思念表达得最为深切和充分的是《永叔内翰见索谢公游嵩书感叹希深师鲁子聪幾道皆为异物独公与余二人在因作五言以叙之》诗,兹录于此,一方面可以展现洛社活动中之最著者——嵩山之游,一方面可以略见诗人对洛社及旧日诗友的怀念。

昔在洛阳时,共游铜驰陌。寻花不见人,前代公侯宅。深堂锁尘埃,空壁斗蜥蜴。楸阴布苔绿,野蔓缠石碧。池鱼有偷钓,林鸟有巧射。园隶见我来,朱门暂开辟。园妇见我来,便扫车马迹。何以扫马迹,实亦畏他客。我辈唯适情,一叶未尝摘。他人或所至,生斗不得惜。又忆游嵩山,胜趣无不索。各具一壶酒,各蜡一双屐。登危相扶牵,遇平相笑噱。石捣云衣轻,岩裂天窗窄。上饮醒心泉,高颠溜寒液。下看峰半雨,广甸飞甘泽。夜宿岳顶寺,明月入户白。分吟露气冷,猛酌面易赤。明朝寻归途,两胫痛苦刺。日旱就马乘,香草路迫厄。却望峻极居,已与天外隔。薄暮投少林,漱濯整冠帻。碑观巡幸僧,指古定空壁。暂将新咏章,灯前互诋摘。杨生(应为杨子聪)护己短,下字不肯易。明年移河阳,簿书日堆积。忽得谢公书,大夸游览剧。自嵩历石堂,藓花题洞额。其文曰神清,

---

① 梅尧臣有《忆洛中旧居寄永叔兼简师鲁彦国》亦系怀念洛社的作品。

固非人笔画。乃知二公贵,逆告意可赜。遂由龙门归,里堠环数驿。我时诗以答,或歌或辨责。责我不喜僧,性实未所获。凡今三十年,累冢拱松柏。唯与公非才,同在不同昔。昔日同少壮,今且异肥瘠。昔日同微禄,今目异烜赫。昔同骑破鞯,今控银辔革。昔同自讴歌,今执乐指百。死者诚可悲,存者独穷厄。但比死者优,贫存何所益。①

诗中既描绘了梅尧臣与洛社旧友在洛阳的诗化生活,又在结尾部分反复用今昔对此的手法抒发了对往日洋溢着自由创作精神和欢洽惬意气氛的群体性文学活动的怀恋。正是这种文学化、个性化的生活,使他们在后来艰难的生活历程中加深了对文学的认识。所以"洛社"文学活动不仅是后来诗人们怀念的对象,也积淀成了他们内心深处对文学、对友情的心理意识。这种意识使他们对文学的认识不同于同时代的人,也使他们得以在日益困苦的仕履生涯中形成一种向往彼岸似的对文学化生活的趋近力。一方面使他们被动地践履了"愈穷愈工"的理论谶语;另一方面,实际根植了他们高出当时时代风气的理论株苗。后来他们的创作便是这个株苗的长成,其结果,便是形成了诗文革新运动的狂波巨澜。这个巨澜的核心,是"道";这个巨澜的力量是"愈穷愈坚"、"愈坚愈执"和"愈执愈工"——即欧阳修评梅尧臣的"愈穷愈工"。这与韩愈之"不平则鸣"遥相呼应。正如欧阳修之"道"诗对韩愈"道"的一种继承一样,这个"愈穷愈工"也是韩愈"不平则鸣"的一种发展。与韩愈等人不同的是,欧阳修、梅尧臣等人对于"穷"与"工"的关系,对于和平顺遂与艰难苦恨的巨大反差体会得要深刻得多。他们的理论成长于洛社,成熟于他们人生中"穷"的历程中。所以洛社可以说是诗文革新运动的基本组织和力量源泉。也是该运动的由蘖和兆端。因此,洛社在宋代文学史和宋代文学批评史中的地位是极其重要的。

洛社活动中的文学理论内容评述

虽然现在我们初步判断洛社成员在洛阳的作品与传统的群体性文学活动的创作基本类同,但可以肯定的是,洛社的产生是有一定的文学理论为主导或作

---

① 朱东润校注:《梅尧臣集编年校注》,中华书局1980年版,第1018—1019页。

为宗旨的。我们上文曾经引述了欧阳修《记旧本韩文后》中提及欧阳修喜爱韩愈文章，但因要参加科举考试，未能尽力去钻研揣摩韩文的创作特点。及至进士及第，仕于洛阳，方得与尹洙等人"相与作为古文"，并一起补缀校定韩集，大倡韩愈之文风（以及其古文思想），终于使韩文大盛于世①。这是在散文方面洛社的共同主张产生的巨大效应②。关于欧阳修古文理论，我们稍后还要论述。

因为不满当时流行的诗文风气，在洛社中，欧梅也常常讨论唐人的创作。这实际反映了他们力图以唐风校正时弊的理论取向。欧阳修《书梅圣俞稿后》（《文忠集》卷七十三）云：

> 盖诗者，乐之苗裔与。汉之苏李，魏之曹刘，得其正始，宋齐而下得其浮淫流佚，唐之时，子昂李杜沈宋王维之徒，或得其淳古淡泊之声，或得其舒和高畅之节。而孟郊贾岛之徒，又得其悲愁郁堙之气。由是而下，学者时有而不纯焉。今圣俞亦得之，然其体长于本人，情状风物，英华雅正，变态百出。哆兮其似春，凄兮其似秋，使人读之可以喜，可以悲，陶畅酣适，不知手足之将鼓舞也。斯固得深者耶？其感人之至，所谓与乐同其苗裔者邪。余尝问诗于圣俞，其声律之高下，文语之疵病，可以指而告余也。至其心之得，不可以言而告也。余亦将心得意会而未能至者也。圣俞久在洛中，其诗亦往往人皆有之，今将告归，余因求其稿而写之，然夫前所谓心之所得者，如伯牙鼓琴，子期听之不相语而意相知也。余今得圣俞之稿，犹伯牙之琴弦乎？③

---

① 欧阳修学习韩愈文章，并在创作中多有反映。孙奕《履斋示儿编》卷七云："欧阳文忠公初得昌黎文，尝曰：'苟得禄矣，当尽力于斯文以偿予素志。'居无几何，公以文章独步当世，而于昌黎不无所得。又见其词语丰润，意绪婉曲，俯仰辑逊，步骤驰骋，皆得韩子之体。故《本论》似《原道》，《上范司谏书》似《谏臣论》，《书梅圣俞诗稿》似《送孟东野序》，《纵囚论》、《怪竹辨》断句皆拟《原人》。盖其横翔捷出，不减韩作，而平澹详瞻过之。"看出了欧之所得于韩，亦所成于韩的事实。

② （宋）杨渊道《云庄四六余话》亦云："本朝四六以刘筠、杨大年为体，必仅以四字、六字律令，故曰四六。然其弊类俳，欧阳公深疾之，曰：'今世人所谓四六者，非修所好，少为进士不免作，自及第，遂弃不作。在西京佐三相幕，于职当作，亦不为作也。'"可知欧阳修本不满骈风，然因制举，不得已而作，但一及第，即不再作之。在洛社时，已开始了古人创作的实践。这当然与尹洙等的援应也不无关系。他们在古文创作上是志同道合的挚友。

③ 李逸安点校：《欧阳修全集》第3册，中华书局2001年版，第1048—1049页。

欧梅之间既有深挚的友谊,也有于诗学上的心照不宣。欧阳修指出他们之间犹如伯牙子期一般。这其实不是夸张,自洛社结识并开始文学活动后,他们的诗学交往与友谊一致延续,并愈久愈挚,成了开展诗文革新运动的牢固盟友。《六一诗话》中载:"当时文方盛之际,(陈从易)独以醇儒古学见称,其诗多类白乐天。盖自杨刘唱和,《西昆集》行,后进学者争效之,风雅一变,谓'西昆体'。由是唐贤诸诗集几废而不行。陈公时偶得杜集旧本,文多脱误,至《送蔡都尉诗》云:'身轻一鸟',其下脱一字。陈公因与数客各用一字补之。或云'疾',或云'落',或云'起',或云'下',莫能定。其后得一善本,乃是'身轻一鸟过'。陈公叹服,以为虽一字,诸君亦不能到也。"①这说明西昆体盛行,研讨杜诗者很少,故而陈从易学白居易又与他人研讨杜诗竟成特出之例。②

《六一诗话》云:"唐之晚年,诗人无复李杜豪放之格,然亦务以精意相高。如周朴者,构思尤艰,每有所得,必极其雕琢,故时人称朴诗月锻季炼,未及成篇,已播人口。其名重当时如此,而今不复传矣。余少时犹见其集,其句有云:'风暖鸟声碎,日高花影重。'又云:'晓来山鸟闹,雨过杏花稀。'诚佳句也。"③对晚唐诗人也同样多有肯定。这亦流露了欧阳修对唐代诗风的嘉许意见。

《六一诗话》中还记载了一些欧阳修与梅尧臣间论诗的资料,虽然这些资料本身并不一定是洛社中交流的记载,但欧梅诗风以及主张基本形成于洛社,故而也与洛社有一定的因缘关系。将其引述如下:

> 圣俞尝谓予曰:"诗家虽率意,而造语亦难。若意新语工,得前人所未道者,斯为善也。必能状难写之景,如在目前,含不尽之意,见于言外,然后为至矣。贾岛云:'竹笼拾山果,瓦瓶担石泉。'姚合云:'马随

---

① (清)何文焕:《历代诗话》,中华书局1981年版,第266页。
② 欧阳修有诗:"翰林风月三千首,吏部文章二百年。"推崇李白、韩愈。《石林诗话》则有谓:"欧公矫昆体,专以气格为主。"可见欧阳修是以李白、韩愈的"气格"去疗救西昆的靡弱。《石林诗话》载:至和、嘉祐间(1056左右)"场屋举子,为文常奇涩,读或不成句,欧公力欲革其弊,既知员举,凡文涉雕刻者皆黜之。"(何文焕:《历代诗话》,中华书局1981年版,第429页)可知欧阳修对浮靡文风的斗争是长期而持久的。
③ (清)何文焕:《历代诗话》,中华书局1981年版,第267页。

山鹿放,鸡逐野禽栖。'等是山邑荒僻,官况萧条。不如'县古槐根出,官清马骨高'为工也。"余曰:"语之工者,固如是,状难写之景含不尽之意,何诗为然?"圣俞曰:"作者得于心,览者会以意,殆难指陈以言也。虽然,亦可略道其仿佛。若严维'柳塘春水慢,花坞夕阳迟',则天容时(一作'物')态,融和骀荡,岂不如在目前乎?又若温庭筠'鸡声茅店月,人迹板桥霜'。贾岛'怪禽啼旷野,落日恐行人',则道路辛苦,羁愁旅思,岂不见于言外乎?"①

虽说这次欧梅间谈诗的内容未必出于在洛中时,但可以推测,当他们聚于洛阳,朝夕游处时,这种谈论诗歌的文学活动应该是少不了的。

又《六一诗话》载:"圣俞尝云诗句义理虽通,语涉浅俗而可笑者,亦其病也。如有'赠渔父'一联云'眼前不见市朝事,耳畔惟闻风水声'。说者云患肝肾风。又有咏诗者云:'尽日觅不得,有时还自来。'本谓诗之好句难得尔,而说者云:'此是人家失却猫儿诗。'人皆以为笑也。"②

梅尧臣之诗论于此二条材料可见大概。"状难写之景如在目前,含不尽之意见于言外"云者,是对我国意境理论和诗歌之审美意蕴的高度概括,继承了以前司空图的"近而不浮,远而不尽,然后可以言韵外之致"③的观点,将意境理论表述得更为具体,对创作也更有指导性。而第二则材料则亦可见梅氏主张诗歌应义理贯通,但不可涉入浅俗。从欧阳修的记述来看,他们之间关于诗学的探讨既具理论性,也颇有意趣,诚是亲密友朋间的高雅叙谈,但也都是诗学中的中的之论。《六一诗话》载:"退之笔力无施不可,而尝以诗为文章末事,故其诗曰:'多情怀酒伴,余事作诗人'也。然其资谈笑,助谐谑,叙人情状物态,一寓于诗,而曲尽其妙,此在雄文大手,固不足论,而予独爱其工于用韵也。盖其得韵宽,则波澜横溢,泛入傍韵,乍还乍离,出入回合,殆不可拘以常格,如'此日足可惜'之类是也。得韵窄,则不复旁出,而因难见巧,愈险愈奇,如《病中赠张十八》之类是也。余尝与圣俞论此,以谓譬如善驭良马

---

① (清)何文焕:《历代诗话》,中华书局1981年版,第267页。
② (清)何文焕:《历代诗话》,中华书局1981年版,第268页。
③ 《与李生论诗书》,祖保泉:《司空表圣诗文集笺校》,安徽大学出版社2002年版,第194页。

者，通衢广陌，纵横驰逐，惟意之所之；至于水曲蚁封，疾徐中节，而不少蹉跌，乃天下之至工也。圣俞戏曰：'前史言退之为人木强，若宽韵可自足而辄傍出，窄韵难独用而反不出，岂非其拗强而然软？'坐客皆为之笑也。"①这是欧阳修所记述与梅尧臣交流对韩诗的意见，切中韩诗特征。我们亦可由此窥见，欧梅之诗学交流，有很浓厚的探研性质，也很有深度。他们在宋诗史中能取得巨大成就，并形成自身特色并影响于一代之诗风，是建立在对诗和诗学本身具有深刻了解的基础上的。欧梅几乎是一生的诗友，他们之间的这种诗学交流从青年绵延至暮年，是洛社中的知音遇合和一系列的诗学活动将他们扭结在一起，使这两个具有理论自觉意识的大诗人终于结成了当时诗学的中坚力量。他们此呼彼应，互相勉励，互相促进，使宋代终于告别了五代诗风，开启了具有自己独到个性的新时代，在中国文学史上留下了浓重而深刻的一笔。

从洛社开始，欧梅间的诗学交流并未中断，而是时时都在进行。不管仕于何地或重聚于京师，他们的交流，都是密切和频繁的，二人间的赠诗很多。有的就很充分地表露了知己间的深挚情谊（这种深挚的情谊是诗社的重要特征，后来的各种诗社，其成员间大都能维持长期而深挚的情谊）。

欧阳修和梅尧臣的仕途并不顺利，在他们的仕履与文学生涯中，他们逐渐加深了对于诗学的认识。梅尧臣有云："少陵失意诗偏老，子厚因迁笔更雄。"② 欧阳修所谓"穷而后工"（《梅圣俞诗集序》）说的提出，都是在后来的创作生活中体验出的诗学真谛。③

这种观点的提出，与洛社的经历虽无直接关系，但洛社的豪纵恣肆所形成的心理落差促使他们深入地思考，才能有此发现。因而洛社之"泰"与后来之"否"的对照作用，促使了他们的诗学观趋于老成与深沉。

梅尧臣《永叔寄诗八首并祭子渐文一首因采八诗之意警以答》便是表达知

---

① （清）何文焕：《历代诗话》，中华书局1981年版，第272页。
② 《依韵和王介甫兄弟舟次芜江怀寄吴正仲》，朱东润校注：《梅尧臣集编年校注》，中华书局1980年版，第901页。
③ 梅尧臣《读邵不疑学士诗卷杜挺之忽来因示之且伏高致辄书一时之语以奉呈》《宛陵集》卷四六）云："作诗无古今，唯造平淡难。譬身有两目，子然瞻视端。邵南有遗风，源流应未殚。所得六十章，小大珠落盘。光彩若明月，射我枕席寒。含香视草郎，下马一借观。既观坐长叹，复想李杜韩。愿执戈与戟，生死事将坛。"对诗的认识也更为老成，没有沉厚的创作积累与心的体会，是不能得出"作诗无古今，唯造平淡难"这样深刻的见解的。

己之情与穷通之感的作品,诗云:

> 昔闻退之与东野,相与结交贱微时。孟不改贫韩渐贵,二人情契都不移。韩无骄矜孟无腼,直以道义为己知。我今与子亦似此,子亦不愧前人为。北都健儿昨日至,叩门乃得所遗诗。上言病中初有寄,下言我咏蟠桃枝。盛衰开落感残杏,暮春无事羡游丝。班班鸠鸣忽怀念,一扫十幅无闲辞。洛川花图多品目,斗新争巧始可疑。读书又忆石夫子(按,指石介),似蚕作茧诚有之。镇阳归梦北潭北,吟此八章谁谓痴。最后有文吊尹子(尹洙),寿夭难问信所悲。共书大轴许传玩,一日百展曾忘疲。报君亦欲斋满轴,恐费纸墨令人嗤。①

将欧阳修比作韩愈,自己则是贫困寂寥的孟郊,二人之交,也一如韩孟,其情谊也同韩孟,其诗充溢着浓浓的知己之情,令人读之叹惋不置。

还应提及的是,欧阳修是具有非常自觉的理论意识的诗人。他的《六一诗话》是第一部以"诗话"名篇的诗学作品。同时,欧阳修也作有很多论诗诗,这在宋代诗学中,是具有先驱意义的。其《读蟠桃诗寄子美》诗:

> 韩孟于文词,两雄力相当。篇章缀谈笑,雷电击幽荒。众鸟谁敢和,鸣凤呼其凰。孟穷苦累累,韩富浩穰穰。穷者啄其精,富者烂文章。发生一为官,揫敛一为商。二律虽不同,合奏乃锵锵。天之产奇怪,希世不可常。寂寥二百年,至宝埋无光。郊死不为岛,圣俞发其藏。……安得二子接,挥锋两交铓。我亦愿助勇,鼓旗噪其旁。快哉天下乐,一醨宜百觞。乖离难会合,此志何由偿。②

亦在大力推崇韩孟之交谊与其诗风的理论语境中将梅尧臣比作孟郊,自己似亦有自比韩愈之意。欧梅确与韩孟有诸多相似之处。亦可由此看出,欧阳修

---

① 朱东润校注:《梅尧臣集编年校注》,中华书局1980年版,第287页。
② 李逸安点校:《欧阳修全集》第1册,中华书局2001年版,第36—37页。

的诗学宗旨正是以"文起八代之衰,道济天下之溺"①的韩愈为模范而力图承继其精神,建立可以延续唐代文学伟业的宋代文学新格局、新面貌。其他如《水谷夜行寄子美圣俞》、《感二子》评苏舜钦、梅尧臣的诗歌创作。《堂中画像探题得杜子美》评杜甫诗歌成就,都反映了他们基本诗学观点。梅尧臣《答韩三子华韩五持国韩六玉汝见赠述诗》更是人所共知的论诗诗,这里也无须评述了。《四库全书总目·宛陵集》云:"宋初诗文,尚沿唐末、五代之习,柳开、穆修欲变文体,王禹偁欲变诗体,皆力有未逮。欧阳修崛起为雄,力复古格。于时曾巩、苏洵、苏轼、苏辙、陈师道、黄庭坚等皆尚未显。其佐修以变文体者尹洙;佐修以变诗体者,则尧臣也。"②梅尧臣对欧阳修诗文思想的巩固壮大与传播流布所起的作用是非常巨大的。

关于洛社的影响

洛社的影响,一是在其中主要成员的文学历程中产生的培养与促进作用。其中欧阳修、梅尧臣、尹洙在洛社中,通过一系列创作活动,使自己的文学主张得以凿实,并成为他们以后轰轰烈烈的文学创作的根本性的指导与发端。欧阳修与尹洙对韩文的钻研,欧阳修、梅尧臣对五季、宋初文风的扫荡,都离不开洛社对他们的作用。尤其是欧阳修,他实际是五代、宋初板滞浮靡文风的终结者,也是宋代一代文风的开创者。他的文学思想和文学创作的基本风格的形成,应该说得力于在洛社时期志同道合的文学友朋们的相互促进和推扬。正是在洛社中,欧阳修体会到了群体性文学活动的巨大力量,使他本人对群体性文学活动的意义有了深刻的认识。他后来颇好文学交游,与刘敞、范镇等多人都有文学交往,也扶持了他们影响了他们。在主礼部试时,又提携了苏轼、苏洵、王安石、曾巩等文学新进,并在文风上有意选择与诗文革新运动相合者予以拔擢,这样就使新的文学主张得以在人才层面上延续并传播下去。③

---

① 苏轼:《潮州韩文公庙碑》,孔繁礼点校:《苏轼文集》卷一七,中华书局1986年版,第508页。
② 《宛陵集》提要,文渊阁《四库全书》第1099册,上海古籍出版社1987年影印本,第5页。
③ 《诗源辨体》卷三四云:"诗与文章,正、变一也。宋至和、嘉祐间,场屋举子为文尚奇涩,读或不成句。欧阳公既知贡举,凡文涉雕刻者皆黜之。及得苏子瞻第二,子由及曾子固亦在选中,一时有声者皆不录,士论汹汹,然迄今六百年来,世传文章,惟欧、苏、子由、子固而已。当时雕刻者安在耶?乃知诗文千古之业,断不可要誉一时也。"又,欧阳修《与梅圣俞书》(三)《欧阳文忠集》卷一四九)云:"读轼书,不觉汗出,快哉快哉!老夫当避路,放他出一头地也,可喜可喜。……"以欧阳公之文坛地位,而云放苏轼一头地,是何等胸怀,他汲汲进贤,务求人才,这正是他与梅尧臣之文学思

欧阳修在宋代文学史上所起的作用与中唐韩愈颇为相似。梅尧臣《依韵和永叔澄心堂纸答刘原甫》诗云：

> 退之昔负天下才，扫掩众说犹除埃。张籍卢仝斗新怪，最称东野为奇瑰。当时辞人固不少，漫费纸札磨松煤。欧阳今与韩相似，海水浩浩山嵬嵬。石君苏君比卢籍，以我拟郊嗟困摧。公之此心实扶助，更后有力谁论哉。禁林晚入接俊彦，一出古纸还相哀。曼卿子美人不识，昔尝吟唱同樽罍。因之作诗答原甫，文字驶稳如刀裁。怪其有纸不寄我，如此出语亦善诙。往年公赠两大轴，于今爱惜不辄开。是时有诗述本末，值公再入居兰台。崇文库书作总目，未暇缀韵酬草莱。前者京师竞分买，罄竭旧府归邹枚。自惭把笔粗成字，安可远与钟王陪。文墨高妙公第一，宜用此纸传将来。①

苏轼为欧阳修《文忠集》所作之序更深入全面地论述了欧阳修在北宋中期文学上的重大意义。苏轼《居士集序》有云：

> 自汉以来，道术不出于孔氏而乱天下者多矣。晋以老庄亡，梁以佛亡，莫或正之。五百余年而后得韩愈，学者以愈配孟子盖庶几焉。愈之后，三百有余年而后得欧阳子，其学推韩愈、孟子以达于孔氏，著礼乐仁义之实以合于大道。其言简而明，信而通。引物连类，折之于至理以服人心，故天下翕然师尊之。自欧阳子之存，世之不说者哗而攻之，能折困其身而不能屈其言。士无贤不肖不谋而同曰："欧阳子，今之韩愈也。"宋兴七十余年，民不知兵，富而教之，至天圣景祐极矣。而斯文终有愧于

想得以延续的重要原因。胡应麟《诗薮》杂编卷五云："宋世人才之盛，亡出庆历、熙宁间，大都尽入欧（阳修）、苏（轼）、王（安石）三氏门下。王平甫（安国）、王晋卿（诜）、米元章（芾）、张子野（先）、滕元发（甫）、刘季孙、文与可（同）、陈述古（襄）、徐仲车、张安道、刘道原（恕）、李公择（常）、李端叔、苏子容、晁君成（端友）、孔毅父（平仲）、杨次公、蒋颖叔等，皆与子瞻善者。正是欧阳修的表率作用，才促成了庆历、熙宁之际人才腾涌的盛况，这种以科举过程中形成的师生关系来介入诗文领域的传统虽然不始于欧阳修，但就宋代来讲，形成风气并发挥出巨大作用的应是欧阳修。

① 朱东润校注：《梅尧臣集编年校注》，中华书局1980年版，第800—801页。

古。士亦因陋守旧,论卑而气弱。自欧阳子出,天下争自濯磨以通经学古为高,以救时行道为贤,以犯颜纳谏为忠。长育成就,至嘉祐末,号称多士。欧阳子之功为多。呜呼,此岂人力也哉!非天其孰能使之?欧阳子没十有余年,士始为新学,以佛老之似乱周孔之真。识者忧之。赖天子明圣,诏修取士法,风厉学者,专治孔氏,黜异端,然后风俗一变。考论师友渊源所自,复知诵习欧阳子之书。予得其诗文七百六十六篇于其子棐。乃次而论之曰:"欧阳子论大道似韩愈,论事似陆贽,记事似司马迁,诗赋似李白。此非予言也,天下之言也。"①

苏轼此处所序,既提及宋初之"斯文终有愧于古。士亦因陋守旧,论卑而气弱",而欧阳修力矫其风,其"论大道似韩愈,论事似陆贽,记事似司马迁,诗赋似李白",在论道与诗赋方面的文学思想,实应奠基于洛社。②

而其"论事"、"记事"的功力,应与其以后的仕宦经历和编纂《五代史》的锻炼有关。曾巩《上欧阳修学士第一书》云:

巩自成童,闻执事之名,及长,得执事之文章,口诵而心记之。观其根极理要,拨正邪僻,掎挈当世,张皇大中,其深纯温厚,与孟子、韩吏部之书为相唱和,无半言片辞蹉驳于其间,真六经之羽翼,道义之师祖也。既有志于学,于时事万亦识其一焉。则又闻执事之行事,不顾流俗之态,卓然以丰道扶教为己务。往者推吐赤心,敷建大论,不与高明独援摧缩,俾蹈正者有所禀法,怀疑者有所问,执义益坚,而德益高,出乎外者

---

① 李逸安点校:《欧阳修全集》第6册。中华书局2001年版,第2756页。
② 陈亮《欧阳文忠公文粹后叙》(《龙川文集》卷三)亦谓欧公之前:"而学士大夫其文犹袭五代之卑陋,中经一二大儒起而麾之,而学者未知所向,是以斯文独有愧于古。天子慨然下诏书,以古道伤天下之学者,而公之文遂为一代师法。未几,而科举禄利之文,非两汉不道,于是本朝之盛极矣。"其说本于苏轼,可知宋人对欧公的影响和意义是有共识的。《宋史·欧阳修传》有云:"宋兴且百年,而文章体裁,犹仍五季余习。锼刻骈偶,淟涊弗振,士因陋守旧,论卑气弱。苏舜元、舜钦、柳开、穆修辈,咸有意作而张之,而力不足。修游随,得唐韩愈遗稿于废书簏中,读而心慕焉。苦志探赜,至忘寝食,必欲并辔绝驰而追与之并。"又云:"(欧阳修)举进士,试南宫第一,擢甲科,调西京推官,始从尹洙游,为古文,议论当世事,迭相师友,与梅尧臣游,为歌诗相唱和,遂以文章名冠天下。"既肯定了欧阳修对扭转诗文风气所起到的重要作用,也肯定了欧阳修"迭相师友"对其诗文主张发挥功效所起的作用。这些实际上都离不开他洛社师友所起到的酝酿发酵与熔炼整合作用。

合乎内，推于人者诚于己，信所谓能言之能行之，既有德而且有言也。韩退之没，观圣人之道者，固在执事之门矣。天下学士有志于圣人者，莫不攘袂引领，愿受指教，听诲喻宜矣。窃计将明圣人之心于百世之下者，亦不以语言退托而拒学者也。①

可见欧阳修对青年学者的巨大影响，从洛社而来的文学思想与创作路线终于借着欧阳修在青年学者中的巨大作用放射开来，产生影响宋代一代之文学的力量。苏洵《上欧阳内翰第一书》指出欧阳修之文："纡余委备，往复百折，而条达疏畅，无所间断，气尽语极，急言竭论，而容与闲易，无艰难劳苦之态。"②认为能与孟子、韩愈平列而三。苏轼《钱塘勤上人诗集序》（《苏文忠公全集》）谓"故太子少师欧阳公好士，为天下第一。士有一言中于道，不远千里求之，甚于士之求公。以故尽致天下豪俊，自庸众人以显于世者固多矣。"③多士好贤的亲和力使诗文革新运动后继有人，使其磅礴之势得以延续。这种好举人之善，好掖进后学的性格，实与洛社及七交的经历有关。

但作为一个卓有成效的文坛泰斗，欧阳修在洛社的文学活动对他后来的创作不会没有影响力，不过其影响主要在诗文方面。④

因此洛社对于北宋文学，尤其是诗文革新运动的开展，起了很大的作用。正是洛社中人的年轻气盛与豪纵风格，使得"诗文革新运动"的帷幕渐渐拉开。其主力干将尹洙、梅尧臣与欧阳修正是在洛社得到了文学思想和创作上的有力援应，使他们得以充分地将文学才华施展开来，从而策动了整个运动的展开。后来他们的仕履经历又使他们对于文学的认识进一步加深，提出了"状难写之景如在目前，含不尽之意见于言外"以及"穷而后工"之类的老成意见。在这个理论发展的脉络中，洛社都起到了重要的作用。所以，作为一个高水平

---

① 陈杏珍、晁继周点校：《曾巩集》，中华书局1984年版，第232页。
② （宋）苏洵著，曾枣庄、金成礼笺注：《嘉祐集笺注》，上海古籍出版社1993年版，第328—329页。
③ 孔繁礼点校：《苏轼文集》，中华书局1986年版，第321页。
④ （明）王志坚《四六法海》卷三云："宋兴百年，文章体裁犹仍五季余习，镂刻骈偶，洇涩弗振。柳开、穆修、苏舜钦志欲变古而力弗逮。自欧公出，以古文倡，而王介甫、苏子瞻、曾子固起而和之，宋文日趋于古。欧公之诗力矫杨、刘西昆之弊，专重气格，不免失于率易，而四六一体实自创为一家，至二苏而纵横曲折，尽四六之变，然皆本之于欧公。"其实在骈文的创作方面，欧阳修也颇有成就，他变创传统骈文风气，加入散文笔法，形成了兼具骈散特色的独特风格，王志坚此处所说，即是此意。

的文人群体组织，其集中开展活动的时间虽很短，但伴着诗友们的情谊，其延续的时间很长。因该诗社孕育了深刻全面的诗文理论和具有针对性的创作实践，所以起到的作用也十分巨大。在宋代诗社中，能对文学史和文学批评史起到如此巨大作用的，除江西诗社群外，当属洛社。

二、北宋林宋卿道山诗社及相关诗学问题的考述
——以李之仪、韩驹、吴可的诗学活动为中心

《福建通志》（四库本）卷六十八提及北宋林宋卿有《道山诗社集》一卷。但是历代书目却都不见著录。应是久已亡佚。林宋卿，《宋史》无传。宋赵与泌、黄岩孙编撰的《仙溪志》中有林宋卿的详细记载。林宋卿字朝彦，仙游人（今属福建，仙游林氏为闽中大族，自唐代由莆田迁入后，便发展壮大起来。），崇宁五年（1106）登进士第第三。除睦亲北宅宗学博士，召试秘书省正字。除暂权直翰林学士院出知恭州（今重庆一带），上书谏阻泸南帅司请开溪费州（今重庆涪陵一带）置一州二县之奏，其上疏"反覆数千言，词气忠愤"，认为"生夷惑，别致生事"，不利辖区少数民族地区的稳定。又兼提举夔、潼二州（重庆奉节、四川三台一带）府路兵马都监司公事，仍知恭州。奏请蠲免夔州路充燕山军的十万缗，使恭州百姓十分感念。官满，部署乞再任，徽宗许之，并又蠲恭州赋。百姓"家绘坐祠以奉之"。靖康中以烦言去职，乔寓涪陵之韩亭，歌咏自适，与吴敏、邓雍唱和，有《涪陵集》，已佚。建炎三年（1129）任湖南帅司参议，后又任张浚都督府稟仪。后张浚又欲以宣抚判官辟之，林宋卿以家累辞。后东归故里，终朝请大夫，汪叔詹为其作行状（已佚，汪叔詹与林宋卿弟宋臣、宋弼为同时登第的进士）。《仙溪志》传中还提及林宋卿尝从杨时学。杨时亦为闽人，曾从二程学，被称为"程氏正宗"，是接续二程，开启朱子的著名理学家。杨时禀性耿直，敢于与权臣针锋相对地斗争，这对林宋卿影响很深。他曾夸奖林宋卿谏阻开溪费州事是"百炼刚"。林宋卿中进士后不久还从当时另一直臣陈瓘学。陈尝以"头项直"赠之。陈瓘亦以反对权臣著称。所以《仙溪志》传有谓："先生立朝行己，多遵二先生之矩矱。"此外，该传还载林宋卿在涪陵时，涪之士夫认为他才学出处与曾任职于涪的黄庭坚相先后，号为"小涪尹公"。可知林宋卿之才学绝非等闲。《仙溪志》传中载林宋卿

任秘书省正字时，"与张朴见素、韩驹子苍等二十六人为诗社，公为之序引，有《道山诗社》一集"①。张朴（字见素）无传，难以考考，《全宋诗》有其诗二首，均为律诗。诗风清丽工致。

  韩驹（1080—1135）则名气不凡，字子苍，号陵阳先生，列名于江西诗社宗派图中，在南北宋之交的诗学格局中起着重要作用。韩驹的诗学思想还见载于范季随所记录的《陵阳先生室中语》中。韩驹约在政和初以献赋召试舍人院，赐进士出身，除秘书省正字。政和元年为1111年，林宋卿此时抑或在秘书省任上，而张朴也或许亦在此任。包括他们三人在内共二十六人组成了道山诗社，时间应在政和初，地点应在京师。然亦须辨析，"道山"并非地名，今福州有道山，亦名乌山或乌石山。曾巩《道山亭记》之道山即为在闽之道山。韩驹并无任职（或游处）于闽的经历，而《宋元方志丛刊·仙溪志》之《林宋卿传》在提及二十六人成立道山诗社时是在叙述林宋卿任秘书省正字和出知恭州之间。赵与泌、黄岩孙距林宋卿时代相近，所言应当有据。故而，所谓道山诗社之"道山"②，并非是地名，而是文人汇聚之处的意思。

  因林宋卿、韩驹、张朴等任职于京师，又属同僚，且多为新进士子，众人相聚，一时人文荟萃，因而便以"道山"冠名其诗社。该诗社成员大多不可考，但其领袖，应是林宋卿。《宋元方志丛刊·仙溪志》之《林宋卿传》亦谓林宋卿娶郑侠孙女，常以所获廪资赒予寒畯出京的士人，时论颇高之。故而他具有较强的号召力。他组织一批士人组建诗社，是很有可能的。此外，该诗社还将诗社活动的篇章编辑成帙，并由林宋卿作序引，可见其正规和自觉性。这是历史上第一个编有诗社诗集的诗社组织，同时也是主要由馆阁文人组成的诗社群体③。但十分可惜，该集已不可见，当散佚于靖康之难时。我们现在无法

---

  ① 以上均见《仙溪志》，《宋元方志丛刊》第八册，中华书局1990年影印本。

  ② "道山"通常用以称指儒林、文苑。《后汉书》卷二三《窦融列传》所附之窦章传有云："是时学者称东观为老氏藏室、道家蓬莱山。"（《后汉书》，第821页）东观本为东汉朝廷贮藏档案、典籍并为学者提供校书、著述等学术活动的处所，盖因东观为学术中枢机构，又学者云集，故而后人往往用以为学士群体的雅称。林宋卿之"道山"应此义。

  ③ 在崇宁、大观、政和初年有秘书省任职经历的文人，就有可能属于道山诗社的二十六人群体。现知，陈师道在徽宗时曾任职秘书省正字。曹辅，字载德，政和二年（1112）以通仕郎中词学兼茂科，历秘书省正字。孙傅，字伯野，亦此际任秘书省正字。俞栗，字祗若，此际任秘书省正字。滕康，崇宁进士，亦约于此际任秘书省正字。（以上均据《宋史》本传）

读到林宋卿的诗,难以知晓他的诗歌创作特点,也不能窥测其诗学思想,但他受学理学大师和耿直名臣,其诗在主旨上应亦如是。他被人们认为与黄庭坚相先后,其社友韩驹又受到苏辙称赞,认为是诗风似储光羲,可见其诗风清新秀整。① 刘克庄谓韩驹诗:"有磨淬剪裁之功,终身改窜不已。有已写寄人数年,而追取更易一两字者,故所作少而善。"② 道山诗社并不一定是以相同诗学主张相号召而成立的诗社。但这些诗人们一起展开诗学活动,相互影响促进,并编集付梓,以诗传世,还是有相同创作特点和主张的。韩驹谨严刻厉,纤毫不让的诗学态度和"磨淬剪裁之功",林宋卿抑或近之。

今考诸韩驹《陵阳集》及《全宋文》中辑录的韩驹文,还有一些诗话、笔记中的有关资料,仍无法落实道山诗社的有关情况。甚至张朴(元素)都不能落实。因此尚无法具体阐述道山诗社的成员和活动内容。其诗学主张可以根据韩驹主张约略断定。吴可《藏海诗话》中多有韩驹谈及诗歌艺术的资料,《陵阳先生室中语》亦可参酌。韩驹学于苏门,也因党争被外放,但他的理论主张更近黄庭坚一派,被列名于吕本中所作之《江西诗社宗派图》中。③

若以韩驹主张基本恒定,在一生中都变化不大的话,那么道山诗社就很有可能是以江西一路的诗学主张为主旨的。我们可以将道山诗社视为江西诗派诗社群中的一个。

以韩驹诗风与诗学主张较为稳定为前提,我们可以根据韩驹的诗学观点来揣测道山诗社的诗学活动内涵。范季随学诗于韩驹。著有《藏海诗话》和《藏海居士集》的吴可多与韩驹有涉。我们以《陵阳先生室中语》和《藏海诗话》为线索,通过韩驹之观点,试分析道山诗社可能的诗学主张。

---

① 苏辙《题韩驹秀才诗卷》云:"唐朝文士例能诗,李杜高深得到希。我读君诗笑无语,恍然重见储光羲。"苏辙之所以认为韩驹诗似储光羲,是"见其行针布线似之"(见曾季貍《艇斋诗话》,丁福保辑:《历代诗话续编》,中华书局 1983 年版,第 321 页)可见韩驹之诗,虽"高处似陶渊明,平处似王摩诘"(苏籀《栾城遗言》),但其清新秀整,实有艰苦的磨砺淬炼功夫和"细针密线"的精心安排而达到的诗学境界。

② 《江西宗派小序》,丁福保辑:《历代诗话续编》,中华书局 1983 年版,第 479 页。

③ 《四库全书》之《陵阳集》提要有云:"驹学出苏氏。吕本中作《江西宗派图》列驹其中,驹颇不乐。然驹诗磨淬剪裁,亦颇涉豫章之格。其不愿寄黄氏门下,亦犹陈师道之瓣香南丰,不忘所自尔。非必其宗旨之迥别也。陆游跋其诗草,谓反复涂乙,又历疏属所从来,诗成既与予人,久或累月,远或千里,复追取更定,无毫发恨乃止。亦可谓苦吟者矣。"(文渊阁《四库全书》第 1133 册,上海古籍出版社 1987 年影印本,第 763 页)

江西诗派的共同主张,就是宗法杜甫。《陵阳先生室中语》第九条"劝人熟读少陵诗"云:"尝有一少年请益,公喻之,令熟读杜少陵诗,后数日复来,云少陵诗有不可解者,公曰:'且读可解者。'"① 从"可解者"始,领悟杜诗精湛的技艺,渐次会解悟"不可解"者,从而能充分学习到杜甫诗歌之精髓。韩驹对杜诗非常熟悉,因而对人们不善于学杜也有所批评。《陵阳先生室中语》第十条"学杜近体之病"云:"杜少陵作八句近体诗,卒章有时而对,然语意皆卒章之辞。今人效之,临了却作一景联,一篇之意无所归,大可笑也。"② 江西诗人们宗法杜甫,其实并不是一种无条件的膜拜,而是有分析有选择的。韩驹也是持这种较为严谨的诗学观点的。吴可《藏海诗话》有云:"有大才作小诗辄不工,退之是也,子苍然之。刘禹锡、柳子厚小诗极妙,子美不甚留意绝句,子苍亦然之。子苍云:'绝句如小家事,句中著大家事不得。'"③ 认为杜甫在绝句类小诗的创作上未能达到登峰造极的艺术境界,并以"小家事"、"大家事"为例来讲述这一道理,看到了诗人禀材不同,所擅各异,难以兼备的诗学实际④。这是很有见地的。他能指出杜甫在小诗创作上的缺憾(这种缺憾的合理与否可暂不论),可见他其实在宗法杜甫的大主旨,大前提下,是有分析和具体考虑的。⑤

再如吴可《藏海诗话》云:

> 杜牧之《河湟》诗云:"元载相公曾借箸,宪宗皇帝亦留神。"一联甚陋。唐人多如此。或作云:"唯老杜诗不类此格。"仆云:"'迁转五州防御使,起居八座太夫人。'不免如小杜。"子苍云:"此语不佳。杜律诗中虽有一律惊人,人不能到;亦有可到者。"仆云:"如《蜀相》诗第二联,人亦能到。"子苍云:"第三联最佳。'四更山吐月,残夜水明楼。'此一联

---

① (宋)魏庆之编:《诗人玉屑》,上海古籍出版社1959年版,第115页。
② (宋)魏庆之编:《诗人玉屑》,上海古籍出版社1959年版,第115页。
③ 丁福保辑:《历代诗话续编》,中华书局1983年版,第337页。
④ "小家事"、"大家事"的意见受到纪昀的肯定,见《藏海诗话》的提要(文渊阁《四库全书》第1479册,上海古籍出版社1987年影印本,第7页)。
⑤ 虽然韩驹亦不甚推许杜甫小诗,但仍肯定其有"写物之工"。《陵阳先生室中语》第二条就认为杜甫"两个黄鹂鸣翠柳,一行白鹭上青天"句与王维"漠漠水田飞白鹭,阴阴夏木啭黄鹂"句是"极写物之工"。可见,韩驹在分析前人诗作时并不失于简单武断,而是细致分析,以做出公允评价的。

后,余者便到了。"又举"三峡星河影动摇"一联,仆云:"下句胜上句。"子苍云:"如此者极多。小杜《河湟》一篇第二联'旋见衣冠就东市,忽遗弓剑不西巡',极佳。为'借箸'一联累耳。"①

从吴可与韩驹讨论杜甫与杜牧的诗作来看,分析的态度与方法,并无不同,也没有那种顶礼膜拜式的推崇,也没有毫无分析的夸赞,一切都有理有节,论述的意见,也很有说服力。

江西诗派极为重视汲取前人创作经验。韩驹甚至用"蹈袭"这个略带贬义的词汇去正面表示自己继承前人经验的诗学态度。他曾说:"目前景物,自古及今,不知凡经几人道。今人下笔,要不蹈袭,故有终篇无一字可解者,盖欲新而反不可晓耳。"②这实际上是主张学习规摩古人,去以熟生新。江西诗人肯定创作,但主张创新从继承中来,反对为新而新。值得注意的是,江西诗人在规摹继承前人的问题上,口径并不单一狭隘。他们是要求广撷前人有益经验,以成就自身特色的。如《陵阳先生室中语》第二七条"重厚之论"载:

> 公(韩驹)尝曰:"白乐天诗今人多轻易之,大可悯矣。大率不曾道得一言半句,乃轻薄至于非笑古人,此所以不远到。"仆(范季随)曰:"杜子美云:'杨王卢骆当时体,轻薄为文哂未休',正公之意也。"公曰:"当时人已如此。"③

因不能广泛汲取前人经验,甚至"轻易"白居易这样有成就的诗人,因而不能"远到"。韩驹也肯定白居易诗有"含蓄不尽之意"④,便是他不为流俗所囿,善于发现前人成就的诗学眼光的反映。

在广收博取的问题上,韩驹也不像其他宋人立论时轻贱晚唐诗风。他甚

---

① 丁福保辑:《历代诗话续编》,中华书局1983年版,第335—336页。
② 《陵阳先生室中语》第二三条,(宋)魏庆之编:《诗人玉屑》,上海古籍出版社1959年版,第190页。
③ (宋)魏庆之编:《诗人玉屑》,上海古籍出版社1959年版,第346页。
④ 《陵阳先生室中语》第三十一条,程毅中主编:《宋人诗话外编》,国际文化出版公司1996年版,第277页。

至说:"唐末人诗,虽格致卑浅,然谓其非诗则不可。今人作诗,虽句语轩昂,但可远听,其理略不可究。"认为晚唐人诗,在"格致卑浅"之外,自有其可取之处(虽未明言,但晚唐诗人造语之工,善用物象即是)。包括韩驹在内的江西诗人实际上对前代诗歌是下过大功夫去钻研的。如韩驹评价何逊、阴铿,评价江淹与陶渊明等,都可知他对诸人诗作艺术特征是十分了解的。① 其实江西诗人学杜,是以杜为主要学习对象,同时兼取他人所长,以熔炼成自身诗学品格。吴可《藏海诗话》中有云:"学诗当以杜为体,以苏黄为用,拂拭之则自然波峻,读之铿锵。盖杜之妙处藏于内,苏黄之妙发于外,用工夫体学杜之妙处恐难到。用功多而效少。"② 要求广参前人,由苏黄而杜,最终期于形成自己的特色。《陵阳先生室中语》一四"自成一家"条云:"学诗须是有始有卒,自能名家,方不枉下功夫。如罗隐、杜荀鹤辈,至卑弱,至今不能泯灭者,以其自成一家耳。"当时诗人大体上是不认可晚唐诗人的,但因他们能"自成一家",则获得了肯定。可见"自成一家"是诗人是否有成的重要标志。韩驹这里的表述,可以使我们知道江西诗人们力主师法前人,并非是要取消作家自身的个性,而是要在更宽广的视野中,广泛吸取成功经验,涵毓自身诗学品格,成就自身的诗歌个性。

韩驹也十分强调作诗以学问为本,用知识与学养作为作诗的基础。《陵阳先生室中语》第十一条:"诗本于学"云:

> 范季随尝请益曰:"今人有少时文名大著,久而不振者,其咎安在?"公曰:"无他,止学耳。"初无悟解,无益也;如人操舟入蜀,穷极艰阻,则曰吾至矣。于中流弃去篙榜,不施维缆,不特其退甚速,则将倾覆矣。如人之诗,止学也。③

学问之于诗,不只是不进则退的问题,而是关乎作诗成败的根本所在。重

---

① 《陵阳先生室中语》第三、第四条,(宋)胡仔纂集,廖德明校点:《苕溪渔隐丛话》前集卷六、卷四,人民文学出版社1962年版。
② 丁福保辑:《历代诗话续编》,中华书局1983年版,第331页。
③ (宋)魏庆之编:《诗人玉屑》,上海古籍出版社1959年版,第118页。

视学问，以学问为作诗的根本，是江西诗派的基本观点。黄庭坚认为韩愈、杜甫作诗"无一字无来处"。实际上便是对以力学成就诗材的强调。这个观点实际上被江西诗人们普遍认同并时常加以强调。

韩驹也十分注意对作诗具体方法的把握，如《陵阳先生室中语》第十五条云："凡作诗须命终篇之意，切勿以先得一句一联，因而成章；如此则意多不属。然古人亦不免如此。如述怀、即事之类，皆先成诗，而后命题者也。"① 就"命意"问题，实认为应先确立诗歌主题，再排布成章，不能以句谋篇，以偶得之句来拼凑成章，这应是针对当时作诗重句不重篇风气而言的。但是他论述"立意"问题时并不失于简单，而是承认古代亦存在先有篇后有题的现象，认为古人述怀、即事之作则先有其事，或有其情，发以为篇，再命其题。先篇后题的作诗成例，是古人留下的传统，但后人往往把"题"与"意"的内涵理解错了。后命"题"并非后命"意"，二者之区别，实际便在于是以情、事为主，还是以文辞为主的区别。宋人沿袭唐人重句胜于重篇的习气，或无意或有意混淆了命"题"与命"意"的区别，这对于创作出情、事、辞交融无间又主次分明的诗作是不利的。韩驹此处之观点是有针对性的。对于作诗经常遇到的"迁意就韵"问题，韩驹亦有明确的观点。《陵阳先生室中语》第十六条云："作诗必先命意，意正则思生，然后择韵而用，如驱奴隶；此乃以韵承意，故首尾有序。今人非次韵诗，则迁意就韵，因韵求事；至于搜求小说佛书殆尽，使读之者惘然不知其所以，良有自也。"② 所谓"迁意就韵"，即指作诗者为求一韵之奇，不惜改变"意"来迁就其韵，这样便有伤诗歌主旨的表达。韩驹认为，作诗应先确立主旨（此主旨亦应会有诗歌创作的具体策略和对有关抒情或叙述步骤的考究方面的含义），主旨既确立，则可择韵而用，那么其他如用字、用事等问题便有根底，便可"逞材效伎"，有了实施的方向和服务的目标，也可使诗作"首尾有序"，圆融完备。韩驹不满时下诗人"迁意就韵，因韵求事"，以至搜奇猎异，以艰深文其浅陋，因而阐发他关于"意"与"韵"的思想和主张。这个观点，实际也是对当时诗风的一种批评。我们由此也可看出，江西诗

---

① （宋）魏庆之编：《诗人玉屑》，上海古籍出版社1959年版，第127页。
② （宋）魏庆之编：《诗人玉屑》，上海古籍出版社1959年版，第127页。

派之诗论,并非纸上谈兵,而是有现实针对性的具体含义的。他们的理论并非就诗论诗,专注于诗法,而是在对诗学实践进行批评和理论关注基础上的总结与概括。其实践指导意义也并非只在于传授作诗技法,还有干预诗学现实,进行具体批评的内容。

韩驹在反对"迁意就韵"诗风的话语中提到了"以韵承意"可以使诗作"首尾有序"。这其实也是江西诗派重视诗歌整体上应圆融完备的思想的反映。《陵阳先生室中语》第十二条"诗意贵开辟"云:"凡作诗,使人读第一句知有第二句,读第二句知有第三句,次第终篇,方为至妙。如老杜'莽莽天涯雨,江村独立时。不愁巴道路,恐湿汉旌旗'是也。"①这就是认为,诗歌应前后连贯,语意承接,主脉清晰,无芜蔓纷错之弊。这个观点使我们想到《文心雕龙·章句》篇"启行之辞,逆萌中篇之意;绝笔之言,追媵前句之旨"②的观点,这从浅层讲是行文章法的问题,往深处说,则是要求文学作品有内在完整的脉理和体系。如人的生命结构特征一样,必须毫发腠理与心血气脉紧密关联,才可成为一个作品的完形。同样,《陵阳先生室中语》第十三条之"诗要联属"所表达的也是这一层意思,其云:"大概作诗,要从首至尾,语脉联属,如有理词状。古诗云:'唤婢打鸦儿,莫教枝上啼。啼时惊妾梦,不得到辽西。'可为标准。"③"语脉联属"是以抒情达意为主旨,去驾驭操控文辞和书写顺序,这样才能使诗作圆融完备,主脉分明。江西诗派的一系列观点,尤其是关于用字、用韵、用事方面都服从于这种要求语意联属的创作指导思想。其实并不是拉杂琐碎地舍本逐末,而是有其内在的理论脉络的要求和逻辑上的指导意义的。

韩驹还常常论及一些具体而微的诗学问题,如《陵阳先生室中语》第十八条论"下字之法":

> 仆尝请益曰:"下字之法当如何?"公曰:"正如弈棋,三百六十路都有好着,顾临时如何耳。"仆复请曰:"有二字同意,而用此字则稳,用彼字则不稳,岂牵于平仄声律乎?"公曰:"固有二字一意,而声且同,可

---

① (宋)魏庆之编:《诗人玉屑》,上海古籍出版社1959年版,第121页。
② (梁)刘勰著,范文澜注:《文心雕龙注》,人民文学出版社1958年版,第570—571页。
③ (宋)魏庆之编:《诗人玉屑》,上海古籍出版社1959年版,第121页。

用此而不可用彼者。《选》诗云：'庭皋木叶下'、'云中辨烟树'，还可作'庭皋树叶下'，'云中辨烟木'。至此，唯可默晓，未易言传耳。"①

可见韩驹的诗学用意已到了临文用字的精深层面。江西一派之理论，都是建立在对诗歌创作的精深运思基础上的，实际是对诗学批评实践的一种谋略性的发扬与归纳。

其他，韩驹还论到了用事应"使事要事自我使，不可反为事使"②。还论到了诗歌熔炼意境的问题。如他评吕本中《春日即事》诗句"雪消池馆初春后，人倚阑干欲暮时。"是"自可入画"，认为该句达到了"人之情意，物之容态，二句尽之"③。可知他诗学思想的全面和丰富。总之，作为江西诗社诗人，他虽与苏辙有诗学渊源，但的确是在诗学精神层面上更表现出江西诗学的特点④。但可惜我们不能确定记述他诗学思想的范季随和吴可也预入了道山诗社。只能暂凭韩驹之诗学思想，去揣测道山诗社的理论倾向和主张。但其主张应与韩驹所论较近，可以算作是江西诗社的外延诗社，或曰江西诗社群中的一个。

关于吴可，实是一个应予关注的诗论家。他的诗文作品久佚。《四库》馆臣从《永乐大典》辑出《藏海居士集》二卷和《藏海诗话》一卷。《四库全书·藏海居士集》提要依据吴可之诗作，对其生平做了简要勾索："考《集》中年月当在宣和之末，其诗有'一官老京师'句，又有'挂冠养拙'之语，知其尝官于汴京，复乞闲以去。又有'往时家分宁，比年客临汝'及'避寇湘江外，依刘汝水旁'句，知其尝居洪州。建炎以后转徙楚豫之间。"⑤认为他可能在乾道、淳熙间尚在。吴可集中的酬答对象，如王安中、赵令畤、朱友仁都是南北宋之间的文士。其《藏海诗话》追忆元祐间参与荣天和诗社事，提到了"屈指当时社，六十余载，诸公佳句，可惜不传"。元祐间究为何年，难以

---

① （宋）魏庆之编：《诗人玉屑》，上海古籍出版社1959年版，第139页。
② （宋）魏庆之编：《诗人玉屑》，上海古籍出版社1959年版，第156页。
③ （宋）魏庆之编：《诗人玉屑》，上海古籍出版社1959年版，第52页。
④ 《玉林诗话》之"方北山"条云："方北山（丰之），绍兴名士也。有《绝句》云：'舍人早足江西派，句法须将活处参。复取陵阳正法眼，寒花乘露落毵毵。'舍人即吕居仁，陵阳正法眼，即韩子苍《夜泊宁陵》一诗也。"韩驹列名于《江西诗社宗派图》，且在时人看来，他与江西诸人属于同调，在诗学精神上也相通。参见郭绍虞辑：《宋诗话辑佚》，中华书局1980年版，第508页。
⑤ 《藏海居士集》提要，文渊阁《四库全书》第1135册，上海古籍出版社1987年影印本，第783页。

凿实。元祐，哲宗年号，1086年至1094年，以1090年为准的话，六十年后，为高宗绍兴二十年，即1150年。可知《藏海诗话》大约成于绍兴二十年左右。然《藏海诗话》中与韩驹论及童德敏《木笔诗》（按今本《藏海诗话》中无，四库馆臣所据为《永乐大典》中收录者）。《四库》提要作者认为洪迈《容斋三笔》载有此诗，认为童德敏与洪迈同时。并认为吴可在乾道、淳熙间（1173、1174间）尚在。但这不符合《藏海诗话》最后一条追忆荣天和诗社的时间。吴可曾说他少从荣天和学诗。荣天和元祐间于金陵结诗社。以吴可从荣氏之年为十五岁，那么到六十年后，以1050年计算，已七十五岁。若依《四库》提要作者认为的乾道、淳熙间来看，则吴氏应已九十五六岁了。且韩驹卒于绍兴五年（1135），洪迈生于1123年，卒于1202年。童德敏若与洪迈年辈相当，即使《木笔诗》作于韩驹在世的最后一年，即1135年，其人仅十二岁，这显然与情理不合。所以，以《木笔诗》来判断吴可卒年是不恰当的。

由上述可知，韩驹关于诗学的一些见解和观点多见载于吴可著述。吴可与韩驹的诗学交往便显得较为重要了。实际上，吴可不只与江西派成员韩驹的交往多有诗学色彩，他本人的诗学生涯，实可看作是宋代诗社活动与文人诗学生活的一个典型代表。兹就吴可之诗学活动做一番简要考述。

吴可，据《诗人玉屑》卷一，字思道，金陵人，曾依附号为六贼之一的宦官梁师成（据《浮溪文粹》附录之孙觌《汪公（汪藻）墓志铭》）。宣和末，梁师成败，吴可被黜。南渡后流离东南而终。元《至正金陵新志》卷一三有记述，但很简略。吴可生平资料较少，因而《四库全书》之吴可《藏海居士集》提要说他"事迹无考"。但又据吴可有关诗句认为他曾官于汴京，又避寇居于洪州，建炎以后转徙楚豫之间。又据《藏海诗话》中吴可与韩驹论诗之语中提到童德敏《木笔诗》一条，以《容斋三笔》曾载童德敏《湖州题颜鲁公祠堂诗》认为童德敏与洪迈同时。而吴可亦因而至乾道、淳熙间尚在。这是不确实的。今检看李之仪《姑溪居士集》，发现许多关于吴可的资料，可以补充对吴可生平的认知。

先看李之仪的情况（李之仪与吴可交流甚密）。李之仪生平，王明清《挥麈后录》卷六有详细记载：

李端叔之仪,赵郡人(此处王明清据李之仪郡望言之,李实为沧州无棣人,《四库全书》《姑溪居士集》提要辨李籍贯甚详),以才学闻于世。弟之纯(《宋史·李之纯传》谓李之纯为之仪从兄),亦以政事显名,为中司八座。兄弟颉颃于元祐间。端叔于尺牍尤工,东坡先生称之,以为得发遣三昧。东坡帅定武(今河北定县),辟为签判以从,朝夕酬唱,宾主甚欢。建中靖国初为枢密院编修官。曾文肃荐于祐陵,拟赐出身,擢右史。成命未颁,而为御史钱遹论列报罢。去国之后,暂泊颍昌(今河南许昌一带),值范忠宣公疾笃,口授其指,令作遗表。上读之,悲怆之余,称赏不已,欲召用之,而蔡元长入相,时事大变。祐陵裂去御书'世济忠直'之碑。及降旨御书院书碑指挥更不施行,且兴狱治遗表中语。端叔坐除名,编管太平州。会赦复官,因卜居当涂,奉祠著书,不复出仕。适郭功父祥正亦寓郡下,文人相轻,遂成仇敌。郡娼杨姝者,色艺见称于黄山谷诗词中。端叔丧偶无嗣,老益无惮,因遂畜杨于家。已而生子,遇郊禋,受延赏。会蔡元长再相,功父知元长之恶端叔也,乃谋豪民吉生者讼于朝,谓冒以其子受荫,置鞫受诬,又坐削籍。亦略见《徽宗实录》。杨姝者亦被决。功父作俚语以快之云:"七十余岁老朝郎,曾向元祐说文章。如今白首归田后,却与杨姝洗杖疮。"其乐不可知也。初,端叔尝为郡人罗朝议作墓志,首云:"姑熟之溪其流有二,一清而一浊。"清者谓罗公也。盖指浊者为功父。功父益以怨深刺骨焉。久之,其甥林彦振擢执政,门人吴可思道用事于时相,予讼其冤,方获昭雪,尽还其官与子。端叔终朝议大夫,年八十而卒。代忠宣之表今载于此。(其表此处略)……绍兴中,赵元振作相,提举重修《太陵实录》,书成加恩。吕居仁在玉堂取其中一对云:"惟宣仁之诬谤未明,致哲庙之阴灵不显。"于麻制中,时人以为用语亲切,不以蹈袭为非也。端叔自号姑溪老农,文有集六十卷,与先人往还者为多,今尚有其亲笔藏于家。杨生之子名尧光,坠其家风,止于选调。家今犹在宛陵姑熟之间村落中。明清前年在宣幕亦尝令访问,则狼狈之甚,至有不可言者。盖称端叔正始之失,使人惋叹。①

---

① 《挥麈后录》卷六,文渊阁《四库全书》第1038册,上海古籍出版社1987年影印本,第482页。

由王明清之记述，可以知晓如下几点：

李之仪与李之纯在元祐间曾有名声，李之仪尤工尺牍，为苏轼称赏，认为得其中发端遣词的"三昧"。

苏轼帅定武时曾辟李之仪为签判，二人朝夕酬唱，宾主甚欢。

建中靖国（按，即 1101 年，建中靖国仅一年，苏轼卒于是年）初，李之仪任枢密院编修官。曾布（即"曾文肃"，曾布谥"文肃"）荐之仪于徽宗（即"祐陵"，徽宗葬祐陵），拟赐出身，未果。（民国《无棣县志》卷八谓李之仪为神宗熙宁元年（1073）进士，似不确）去国之后，暂泊颍昌。

李之仪为范纯仁（即"范忠宣"，范纯仁谥"忠宣"）代作（或代述）其遗表。徽宗读之悲怆，但惹怒了蔡京（字元长），因获罪，编管太平州（太平州辖当涂、芜湖、繁昌，治所在当涂，当涂南有姑孰溪，亦作姑溪）。后遇赦复官，卜居当涂姑溪（今安徽马鞍山），不复出仕。

李之仪在姑溪与郭祥正（字功父）不谐，因纳杨氏，并以其子受延赏事为郭祥正、吉生诬陷获罪。郭祥正作诗嘲之，有"七十余岁老朝郎"语，知是时李七十岁左右。郭祥正卒于政和三年（1113），知李之仪被诬陷在此之前。

李之仪甥林摅执政，门人吴可亦用事于时相，二人讼其冤，李之仪获昭雪，其官职及与杨氏所生之子（当被籍没于官）亦被归还。李之仪自号"姑溪老农"，终朝议大夫，年八十而卒。

王明清距李时代不远，且李之仪与其父多往还，王又亲自访问李之仪之子李尧光，知其家景况。其所记述，当为可信。我们依据李之仪本人的记述，结合王明清的记述，可以基本清楚李之仪生平。此处亦颇应注意，王明清称吴可为李之仪门人。李之仪在吴可诗学生涯中起的作用很大。当将其生平景况予以釐清李之仪与苏门渊源颇深，又在吴可诗学生涯中起过很大的作用，距吴可时代甚近的王明清在《挥麈后录》卷六之《李之仪传》中又称吴可为李之仪门人。故而李之仪对吴可诗学观点的形成应起过很大作用。李之仪与吴可间之文学往来又很繁密。此外，李之仪之《姑溪居士集》中所屡次提到的"吴师道"若实为"吴思道"的话，亦即是吴可。这些资料，又是我们了解吴可之诗学活动中往往遗漏了的。故而我们为了了解吴可生平，亦须对李之仪生平做一番梳理。现以《姑溪居士集》为主，结合其他有关资料，对李之仪的生平情况做一番考述。

第一章 北宋诗社及其诗学内涵

关于李之仪的生卒年，今检看其《姑溪居士前集》及《后集》，其中明确标明年代最晚的是《姑溪居士前集》卷三五之《禅英上人字序》。该文最后题署为"戊戌三月六日姑溪老农书"。戊戌年为政和八年，即1118年。王明清《挥麈后录》卷六之《李之仪传》谓李享年八十而卒。故可推断李之仪卒当在政和八年后一两年，因而其生年在1038、1039年左右。《姑溪居士前集》卷二十一有"上时宰"手简四条，其二云"某自彻声迹，濒二十年"语，若以李之仪黜当涂之崇宁二年，即1103年计，故李之仪之卒年，仍当以政和八年略后为宜。

李之仪之籍贯当为沧州无棣，即今山东无棣。盖因赵郡为李氏郡望，故李之仪亦往往署为赵郡人。《东都事略》卷一百十六谓李之仪为姑熟人，盖因李自谓"姑溪老农"、"姑溪居士"、"姑溪道人"而误。（李之仪亦有时署为"姑溪李之仪"，当为致误原因）据李之仪所作《姑溪居士妻胡氏文柔墓志铭》（《姑溪居士前集》卷五十）谓其与妻胡文柔有四十年伉俪之情。胡氏卒于崇宁四年（1105），可知李之仪于1065年左右与胡文柔成婚，时当二十七八岁左右。

李之仪始入仕之历程不可考。元祐末，始从苏轼游，入定州幕。《姑溪居士前集》卷三十八之《跋戚氏》有云："……元祐末，东坡老人自礼部尚书以端明殿学士加翰林院侍读学士为定州安抚使，开府延辟，多取其气类，故之仪以门生从辟……"①他们朝夕唱和，相得甚欢。苏轼很是推崇李之仪之才学，认为他的简牍得其中"三昧"。并在《夜直玉堂携李之仪端叔诗百余首读至夜半书其后》诗中云："暂借好诗消永夜，每逢佳处辄参禅。"②认为李诗佳处，可以解会禅悟③，是很高的评价。后人每每论及诗禅关系时都会引到此句④。

---

① 《姑溪居士前集》卷三八，文渊阁《四库全书》第1120册，上海古籍出版社1987年影印本，第574页。

② （清）王文诰辑注，孔凡礼点校：《苏轼诗集》，中华书局1982年版，第1616页。

③ 吴可诗有禅意，其以禅论诗，或是受李之仪影响。

④ 《四库全书·姑溪居士集·提要》（文渊阁《四库全书》第1129册，上海古籍出版社1987年影印本，第392页）有云："之仪在元祐、熙宁间，文章与张耒、秦观相上下。王明清《挥麈后录》称其尺牍最工。然他作亦皆神锋俊逸，往往具苏轼之一体。盖气类渐染，与之化也。"又云："（李之仪）虽魄力雄厚，不足敌轼；然大抵轩豁磊落，实无郊、岛钩棘艰苦之状。"南宋吴芾《姑溪居士前集序》有云："二苏于文章少许可，尤称重端叔，殆与黄鲁直、晁无咎、张文潜、秦少游辈颉颃于时。"将李之仪与其他名声显赫的苏门弟子相提并论，可见李之仪具有超拔的文学才能，也可看出他出身苏门，并受"渐染"，与苏轼诗文相融相化的特征。这些都应对吴可有影响。

李之仪说自己"以门生从辟",是认为自己入了苏门。他后来亦往往提及自己与苏轼的交往。他的诗歌创作及诗学观点亦多受苏轼影响。可知李之仪与苏轼的文学交流对他的影响很大。而吴可亦从李之仪处吸取了苏门的这个特点,形成了自己禅意浓厚的诗学主张。

在徽宗建中靖国当年(1101)李之仪为枢密院编修官,新党曾布执政,于徽宗前荐李之仪,拟赐进士出身,为钱遹所沮,亦当因李之仪游于苏门的缘故。李之仪离开京师,居于颖昌。值范纯仁疾笃,李之仪记其口述意旨作遗表。触怒蔡京,因而获罪。此当为崇年二年(1102)事。(据《上执宰》手简八篇之三(《姑溪居士前集》卷二十)及《姑溪居士妻胡氏文柔墓志铭》(《姑溪居士前集》卷五十))并下狱,其妻自颖昌来至京师,手自执爨,具狱中饭。旋被黜南迁,编管太平州,至当涂。自此一直居于此地。其间几经波澜,然文学交流活动却极为频繁,今其集中作品亦多作于此间。①

李之仪在当涂姑溪时的文学交流活动颇应注意的有以下几方面:

首先,李之仪与荣天和的诗学交流活动:

荣天和生平事迹无考,但他却在宋代诗社史上占有一席之地。(《全宋诗》荣天和小传据《金陵诗征》卷五认为其名倪,字天和,谓其哲宗元祐间客金陵,僦居清化市,为学馆,吴可等人都曾从其学诗。)吴可《藏海诗话》云:"凡作诗如参禅,须有悟门。少从荣天和学,尝不解其诗云:'多谢喧喧雀,时来破寂寥。'一日于竹亭中坐,忽有群雀飞鸣而下,顿悟前语,自尔看诗无不通者。"②可知吴可尝从荣天和学,并于荣诗中领略了作诗如参禅的思想。《藏海诗话》还提到:"元祐间,荣天和先生客金陵,僦居清化市为学馆。质库王四十郎、酒肆王念(按,即"廿")四郎、货角梳陈二叔皆在席下,余人不复能记。诸公多为平仄之学,似乎北方诗社。王念四郎名庄,字子温,尝有《送

---

① 《姑溪居士前集》卷三五之《张觉夫字序》(文渊阁《四库全书》第1120册,上海古籍出版社1987年影印本,第560页。)题署为"崇宁五年姑溪居士序",似是李之仪自称"姑溪居士"最早的记录。崇宁五年即1106年,是李之仪黜于当涂的第三年。在姑溪与李之仪有文学交流的有秦处度(秦湛,字处度)、储子椿(不详)、葛大川(不详)、惠洪、蔡启、龚平国(不详)、杨彦济、胡渊明(不详)、吴禹功、董无求(不详)、丁希韩(不详)等人。其中惠洪与蔡启都颇通诗学,并著有诗学著作,即《冷斋夜话》与《蔡宽夫诗话》。但这些文人大都名声不显,难窥其诗学主张。所以李之仪到姑溪后的交流活动,实以与荣天和、吴可为最有诗学意义。

② 丁福保辑:《历代诗话续编》,中华书局1983年版,第340—341页。

客》一绝云:'杨花撩乱绕烟衬(按,疑为"村"),感触离人更断魂。江上归来无好思,满庭风雨易黄昏。'王四十郎名松,字不凋。仆寓京师,从事禁中,不凋寄示长篇,仅能记一联,云:'旧菊篱边又开了,故人天际未归来。'陈二叔,忘其名,金陵人,号为'陈角梳',有《石榴》诗云:'金刀劈破紫穰瓢,撒下丹砂数百粒。'诸公篇章富有之皆曾编集。仆以携家南奔避寇,往返万余里,所藏书尽厄于兵火。今屈指当时诗社六十余载,诸公佳句可惜不传。今仅能记其一二以遗宁川(今在江西抚州)好事者,欲为诗社,可以效此,不亦善乎?"①

由吴可之记述可知,荣天和不是金陵人,但曾客于金陵。他居于清化市为书馆,很多下层文人,如王四十郎(王松,字不凋)、王念四郎(王庄,字子温),陈二叔等人,或为酒肆老板,或为贩梳商人,曾学于荣天和。吴可亦尝学于荣氏。他们所学,多为平仄之学,即诗歌创作的基本技巧。吴可说这种学习内容,"似乎北方诗社"。可知当时北方的诗社活动,亦多有包括平仄之学在内的诗歌基本创作技能的传授内容。而荣天和的所谓"学馆",从性质上说,实际上是诗社。其参与者是没有限制的。一些社会基层的诗歌爱好者都可参加,也都能从中学习诗歌创作的基本方法和技巧,也都有创作,并且曾编成诗集。可惜毁于兵火,今天也不能读到了。吴可想必也参加了荣天和在金陵清化市的"学馆"诗社。在六十余年后,身在宁川的他还希望在宁川有这样的诗社活动②。而金陵荣天和诗社的开放性、包容性和诗学上的普及意义对吴可的影响很深。使他在六十多年后还希望再次参与此类活动。虽不知宁川士人是否响应了吴可,但荣天和之诗社对吴可的影响是深刻的。而李之仪在退居距金陵不远的当涂后,与荣天和之间的确是有一些文学交流活动的。

《藏海诗话》还有云:"幼年闻北方有诗社,一切人皆预焉。屠儿为《蜘蛛》诗,流传海内,忘其全篇,但记其一句云'不知身在网罗中'亦足为佳句也。"可见,在吴可幼年时(吴可为金陵人,荣天和客于金陵为元祐间,而吴可谓"少从荣天和学"③,可知元祐间,吴可尚少。他所谓幼时闻北方有诗社,

---

① 丁福保辑:《历代诗话续编》,中华书局1983年版,第341页。
② 元祐共九年,即1086—1094,若以元祐五年(1090)为吴可所说的"元祐间",则吴可可追忆此事在绍兴二十年,即1150年。可以揣知《藏海诗话》成于该年稍后。
③ 丁福保辑:《历代诗话续编》,中华书局1983年版,第341页。

应在元祐初年间，即 1086、1087 年左右。）此时之北方诗社当不专指一家，但所谓"一切人皆预焉"，可见北宋后期的诗社，大都是具有开放性与包容性，一般人士，只要喜欢诗歌，欲学习诗歌创作的基本方法，都可参与诗社活动，也都能在诗社活动中进行自己的创作。而屠儿，身份低微，也正是诗社使其学会了创作，并创作出了流传海内的《蜘蛛》诗。由此，诗社对于普及诗学，推动我国古代诗歌创作的繁荣发展是起了很大作用的。这也是诗社对于扩大创作力量，传播诗学知识所起的一种实际作用。由此亦可见，此时的诗社，已不同于过去的隐居诗人的遣兴解闷性质的诗社，也不同于退居二线的官员诗人们的诗学活动性质的诗社，更不同于研究诗学理论并提出明确主张（如江西诗社）之类的研究型诗社，而成了广泛吸纳市民群众，以学习诗艺技巧与练习创作为主要内容的市民诗学修习型诗社。这种形式的诗社便形成于北宋后期，以后也一直存在。它对于传播诗歌创作知识，引导人们学诗写诗，起了很大的作用。同时在诗学的推广与普及上也丰富了我国古代诗学传播的途径与形式，还在一定程度上干预了我国古代诗歌理论批评格局的形成。此外，这种诗社的存在也反映了创作训练化、生活文学化的深化程度。

荣天和生平虽难以确考，但与李之仪的文学交往是很频繁的，在他们二人的交往过程中，吴可奔走其间，起了很大的作用。

其次，李之仪与吴可间的诗学交流：

在李荣二人的交往中，往往提及吴可，吴可曾学诗于荣天和，然他与李之仪亦交谊深厚。《姑溪居士前集》卷三十六有《吴思道藏海斋记》，可见李之仪对吴可的思想与品性十分了解，也非常赞赏。兹录如下：

> 昔之隐者，有大隐有中隐有小隐。而大隐则不离朝市，盖隐者非岩居穴处与猿鸟麋鹿游然后为隐也。利害不藏于中，纷华不役于外。谓我为牛，则与之为牛；谓我为马，则与之为马。随所遇而安，因所得而胜，惟我之疏密，而忘彼之厚薄，至于峨冠重绶，从容廉陛之间，可进否退，密勿君臣之际，而绰然有余裕，夫是之谓能隐。余以是泛观于世，后知隐者之为难也。东坡老人云："惟有王城最堪隐，万人如海一身藏。"信矣，其能知隐者。尝试言之，隐无不可也，能定则能隐矣。苟或未定，则岩居穴

处,侣猿鸟而游麋鹿,亦不得而隐。故知是之隐,则知朝市之隐;知朝市之隐,则无所不为隐。要之,固有渐焉。既能藏,则能觉;既能觉,则能定,能定则能隐,以都城之浩穰而寄一身之微渺,初固以是而藏,既藏矣,触境而觉;既觉矣,则能定,久之自然而隐矣。为其处之久而后知其然,则东坡之语,乃吾师也。吾友吴师道寓都累年,其职事在秘殿,其所闻见,皆一时盛事,乃于所舍则名之曰"藏海"。卓哉能师东坡之语而知朝市之隐也。余与师道游久矣,一日谒告归,余察其颜色,观其词气,殆不类处严近而寓繁会者。一日举如是,则岂特隐而已乎?凭陵八极,超出三界,不离座而照了一切矣。余尝谓东坡乃佛菩萨位中来,以所示见而寓报缘,接物利生,期于成等正觉。师道以文章节义名之时,终日翰墨议论间未尝辄间断,而又所托乃如是,非东坡一会中来,讵能尔耶?政和五年(1115)四月二十四日姑溪老农李之仪记。①

在此篇文章中,李之仪阐述了"隐"的含义,并引苏轼句"惟有王城最堪引,万人如海一身藏"的诗句来解释吴可"藏海斋"的含义。文中提到吴可寓居京师累年,任职秘殿,其实亦正是吴可在京,依附梁师成的时间②。此文写于政和五年,据王明清《挥麈后录》卷六之《李之仪传》,正是李之仪甥林摅

---

① 《姑溪居士前集》卷三六,文渊阁《四库全书》第1120册,上海古籍出版社1987年影印本,第563页。按,四库本《姑溪居士集》时常出现"吴思道"与"吴师道",其实均应为"吴思道",即吴可。该文四库本即作"吴师道藏海斋记",可知"师道"为"思道"之讹。商务印书馆的《丛书集成初编》本即做了更订。

② 此处应注意,吴可党于梁师成,亦与梁师成推崇苏轼,广招后进有关。《宋史·梁师成传》谓:"政和间,(梁师成)得君贵幸,至窜名进士籍中,积迁晋州观察使、兴德军留后。建明堂,为都监,既成,拜节度使、加中太一、神霄宫使。历护国、镇东、河东三节度,至检校太傅,遂拜太尉、开府仪同三司,持节淮南。时中外泰宁,徽宗留意礼文符瑞之事,师成善逢迎,希恩宠。帝本以隶人畜之,命入处殿中,凡御书号令皆出其手,多择善书吏习仿帝书,杂诏旨以出,外廷莫能辨。师成实不能文,而高自标榜,自言苏轼出子。是时天下禁诵轼文,其尺牍在人间者皆毁去,师成诉于帝曰:'先臣何罪?'自是轼之文乃稍出。以翰墨为己任,四方俊秀名士必招致门下,往往遭点污。多置书画卷轴于外舍,邀宾客纵观,得其题识合意者,辄密加汲引。执政、侍从可阶而升。王黼父事之,虽蔡京父子亦谄附焉,都人目为'隐相'。"可知吴可应为"四方俊秀名士"而被梁师成招致者。因李之仪出苏门,而梁师成又自谓苏轼出子,在徽宗前曾为苏轼开脱,因而苏轼之文才能"稍出"。在这种背景下,吴可替李之仪诉冤才能取得成效。但梁政和间"得君贵幸",时代略晚于林摅用事之年,合理的解释便是林摅用事至梁师成得贵幸这个时段上,李之仪因林摅、吴可的作用,得以平反。在这个时期,直至政和五年,吴可在京,有建"藏海斋"之举,并邀李之仪作文记之。

用事时。门人吴可予讼其冤,才使李之仪得到平反。据《宋史·林摅传》,林摅因党于蔡京,自大观元年春至大观二年五月(1107—1108),由朝散大夫九迁至右光禄大夫,其"九迁"含任兵部尚书、知枢密院、任尚书左丞,中书侍郎等职位。故林摅用事,在大观元年、二年间。是时吴可应亦在京任职,他们共同讼李之仪冤情,因而使李之仪获得平反。至政和五年李之仪作此文时,故可谓之"累年"。①

李之仪黜放当涂姑溪,地近金陵,此时荣天和亦应客居于金陵,二人便开始了文学交流活动。从李之仪的有关资料看,此时之荣天和已为老年。《姑溪居士前集》卷六有《赠金陵荣天和诗》,诗云:

"生涯已定不干时,收拾工夫且作诗。濑水方来吊东野,同安初喜识丘迟。兼将佛事资三昧,又喜风骚出一枝。投老相逢能几许,何堪得句每相期。"②

所谓"投老相逢",便是李之仪与荣天和老年相期,可知二人相逢时都已界老年。

《姑溪居士前集》卷二十三有李之仪所作《与荣天和》六篇手简。其二直称荣氏为老友,并有云:"晚日自是一种境界,须得气味同者乃能倾泻,况的悉信厚,昔所畏仰者哉?"李之仪所"畏仰"的,应是年辈高于自己的"的悉信厚"之士,故知荣天和之年辈应高于李之仪,为李所"畏仰"。又,这六篇手简之三云:"辱乎示并枉佳句,读之耸然高绝,固以钦畏,而思道(吴可)旧相博约,是真相知,更得老先生表发敦勉,为其欸助,定在华显矣。"③称荣天和为"老先生",说吴可是自己的"真相知",为吴可得荣氏"敦勉"而

---

① 另,又据《姑溪居士前集》卷五〇之《姑溪居士妻胡氏文柔墓志铭》,胡氏于大观四年(1110)十一月十八日与李之仪父母一同改葬于当涂县藏云山之致两峰下。当时李之仪已复官,其母、妻也得到了封号。同卷之《李氏归葬记》,李之仪奉其父母改葬时的大观四年,李之仪与胡氏所生之子尧光四岁,可知李之仪纳杨氏当在五年前左右。其受郭祥正、吉生诉陷当在三年之内。据《姑溪居士前集》卷二〇之《上执宰》手简八篇之三,李之仪提到诉陷者"系风捕影,巧为讼端,一堕横逆,又复五年",其间父子生离,可知李之仪与杨氏甫有尧光,便遭诉陷。其间杨氏与尧光应被籍没于官。但在大观四年李之仪迁葬父母和胡氏时,尧光在场。可知在大观四年改葬事前,李之仪已获平反。其所谓"一堕横逆,又复五年"当指写此篇距诉陷事发是五年时间,并不是指他从被诉陷至平反超过了五年。此处判断李之仪平反,应以迁葬之年为主要依据。

② 亦见傅璇琮主编:《全宋诗》第17册,北京大学出版社1995年版,第11181页。

③ 《姑溪居士前集》卷二三,文渊阁《四库全书》本,第1120册,上海古籍出版社1987年影印本,第501页。

欣慰。可见荣天和实有重名，其奖掖吴可，使李之仪大慰所望。但我们若联系吴可在《藏海诗话》中所说的"元祐间，荣天和先生客金陵，僦居清化市为学馆"事，并有谓自己"少从荣天和学"，似吴、荣亦早已相识，但因三人在李之仪黜于当涂后，关系更洽，李之仪对吴亦期许很高，荣氏"敦勉"吴可，亦足以使李之仪喜出望外①。

李之仪与荣天和结识后，二人之间的文学交流活动随即展开。《姑溪居士前集》卷八有《同荣天和游石城诗》，其中还提到了"结社"。诗云：

"兹游久寂寞，胜士偶陪随。竹暗笋初熟，江深鲈正肥。但须频结社，何必访题诗。会有重来日，还应记此时。"②

似乎在说结社可以不必为寻觅诗题而寻访景致。但不知李之仪与荣天和在崇宁二年（1103）后的相识，是否有诗社活动展开。倒是吴可后与李之仪曾结有诗社。周紫芝（1082—1155）在其《太仓稊米集》卷五之《次韵吴思道赠姑溪道人》诗中有云："闻与道人新结社，懒云今不是常参。"③可知吴可与李之仪在姑溪结有诗社。吴可后入京师，并不常回金陵，我们似可推知吴可与李之仪结社，在吴可入京师之前，此时荣天和不知是否参与了这个诗社。

《姑溪居士前集》卷二十四有《与荣天和》手简八条，其六云："蒙手示，具领厚意，疏文极工，必有副本，姑留为矜式，苟不屑行，当展翰之，早晚上谒。"提到了荣氏"疏文极工"，并留之以为矜式。可知李荣间交流的文学性内容。其七云："竟未得卜一胜处为终日之会，未始忘怀也。"④李之仪以未能找到可与荣天和"终日之会"的地方而遗憾。可见他们有过相与展开文学交流

---

① 《姑溪居士前集》卷四〇有《跋吴思道诗》云："东坡常谓余曰：'凡造语贵成就，成就则方能自名一家。如蚕作茧，不留罅隙矣。'子华韩致光所以独高于唐末也。吴君诗咄咄殊逼近，时人未易接武。余虽未识其面，呻吟所传，感叹不已。聊摘其警策，以实来索。姑溪李之仪。"可知李之仪在姑溪之初（未属为"姑溪居士"或"姑溪老农"），并不识吴可，但已读过吴可之诗，并为其诗作跋。与吴可结识，应稍后于此跋所作之时，而吴可亦已学诗于荣天和，故李、荣、吴之交往，当是在李之仪居姑溪一段时间之后，逐渐与当地诗人有了往来，渐渐融入当地文人圈之后的事。吴可以怎样的机缘成了李之仪的门人，难以知晓，或因李氏出于苏门，又长于诗文，吴可愿属身李之仪门下。若如此，则可以概见，李、荣、吴之交往，文学在其中起了很重要的纽带作用。
② 傅璇琮主编：《全宋诗》第 17 册，北京大学出版社 1995 年版，第 11193 页。
③ 傅璇琮主编：《全宋诗》第 26 册，北京大学出版社 1995 年版，第 17114 页。
④ 《姑溪居士前集》卷二四，文渊阁《四库全书》第 1120 册，上海古籍出版社 1987 年影印本，第 502 页。

的心愿。

在李之仪与荣天和的交往过程中，吴可奔走于当涂与金陵之间，为二人的交流活动充当着联络媒介的信使作用。如《姑溪居士前集》卷二十三之《与荣天和》之四有云："碑刻荷珍示，俟见思道问仔细，然衰退岂能自托于胜游之末，但深惭负尔。"①李之仪在姑溪，吴可往来金陵与姑溪之间，按此简文之意，似吴可与荣天和有"胜游"之事，并将所见某碑文字录出寄予李之仪，李希望见到吴可再仔细了解有关情况。

又《姑溪居士前集》卷二十四之《与荣天和》手简八条之八有云："多日不接语，每见吴思道即问动静……少年膺此重任，能尽瘁体国，则亲党与荣焉。畴昔固可观也，几日有太平之行，前此略相顾，幸甚！"②按文意，当知吴可任职京师后，李荣二人议及此事而有发，谓吴可为少年，可知在崇宁、大观间吴可的年岁并不大，也可推知吴可从荣天和学诗的时间，不应在元祐时期。《藏海诗话》追忆荣天和元祐间在金陵学馆教人作诗事，也不能说明吴可当时就从荣氏学。其师从荣天和，当在其后。且可推知，荣天和在元祐间"客居金陵"后，一直在金陵，后得与李之仪相交。

总之李之仪与荣天和进行文学交流活动时都已届老年，而吴可还年轻。他奔走于二人之间，既学诗于荣，又瓣香于李，得到了二位师长的教益。荣天和诗学特点难以全面了解，但据吴可《藏海诗话》所说，荣天和是非常精于诗歌创作的技巧方法的。他于金陵清化市开学馆型诗社，广招成员，并以"平仄之学"普及开来，使各种身份和职业的成员都掌握了作诗的基本方法。这可约略看出荣天和的诗学，实旨在推广与普及作诗的技巧与要领。普及性的作诗方法的授受是宋代诗学的一个显著特点，这在荣天和金陵诗社中便可看出。而李之仪则出于苏门，受苏门诗风浸染颇深，吴可与之交往，并列为李门门生，必当与此间受到苏门风气的影响。这对吴可诗学观的最终形成应有很大作用。吴可后来又与韩驹游，得江西路数，又转而以禅喻诗，形成自己特点，开严

---

① 《姑溪居士前集》卷二三，文渊阁《四库全书》第1120册，上海古籍出版社1987年影印本，第499页。

② 《姑溪居士前集》卷二四，文渊阁《四库全书》第1120册，上海古籍出版社1987年影印本，第502页。

羽先声。

李之仪与吴可的交流还是延续下来了。在吴可入京为官后，或曾寄自己的朝服画像于李之仪。李之仪作有《吴思道朝服画像赞》，云："可畏而亲，不扶而直，艺表士林，望高王国，如在广廷，鹄立柱石，翼翼眉间，尝满黄色。"（《姑溪居士前集》卷十二）其后有《道服赞》，云："浓眉深眼，出尘之相。幅巾燕服，经世之状。有时收沙界于一粒粟，忽然乘长风破万里浪，固知透过六轮，可谓森罗万象。本谁鼻端挥斤，先生信是神匠。"这应是吴可身着僧服的画像，李之仪因为之作赞。①

《姑溪居士前集》卷三十之《与吴思道》手简十二条就更能看出李之仪与吴可间交流的文学性质了。

其一云："改月，伏惟起居佳胜，久欲相款，到此遂获自慰，而果辱见顾，评诗论文，备尽相予之意，既深开警，又加知超然特立，不愧所闻，为钦幸也。方图造谢，遽被书问，感佩无已，乍远更新，善自保护。"

提到与吴可"评诗论文"，谓吴可"深开警"，"知超然"。可见李之仪颇为赏识吴可的文学才华。其二人间亦多"评诗论文"的活动。

其二又有谓吴可"佳词尤长风味"。李之仪也对吴可的词体创作寄予厚望。我们下文还要论及。

其三有云："倦游落莫，求深夜论诗，清话展转，一时之胜，了不可得。但常颂秀句，以耸动吴越我辈中人。"可知李吴二人曾多有"深夜论诗，清话展转"的活动。李之仪说自己将会常常吟诵吴可诗句，以飨吴越诗人，替他扬誉士林。

其四有云："……此来诗句必愈工，尝作小词否？不妨传寄，使颓堕得以击节振起也。故都春物渐侈，登览之胜，不与他处等。定应不乏追随吟啸之适。陋邦老病，无异冻蝇，身世所值乃尔，故人当为我一叹也。"

---

① 《姑溪居士前集》卷三〇之《与吴可手简》其六有云："近来职事必多休暇，新诗佳阕，想已盈箧，时章流布，使我得拭目为荣，何慰如之。"（文渊阁《四库全书》第1120册，上海古籍出版社1987年影印本，第533页）李之仪党于苏氏，受新党打压，废居姑孰，然观其与执宰诸篇（见卷二〇）及此处与吴可之篇，他已颇然敛却锋芒。明知吴可依附梁师成，也未见芥蒂，似不挂怀。他已不干政事，甘隐田园，再无进入斗争中心之意。也由此可见，李之仪与吴可等人的文学交往活动，有一种淡泊政治斗争，唯以文学为事的意味。这个特点，也是宋代诗社活动的一个较为明显的特征。

其六有云："……近来职事必多休暇，新诗佳阕，想已盈箧，时章流布，使我得拭目为荣，何慰如之。"

其七有云："……每逢来者，道琢句愈工，作字不辍追袭，某又朝夕往还谈笑，恨不得从容其间，以奉胜致。"以不能与吴可"朝夕往还谈笑"为憾。

第十一条有云："窃观笔力愈劲丽，钦叹不已。"并说自己对于吴可的"新诗佳阕"、"想朝夕于是咨请。"①

这些都是李、吴间带有文学交流性质的资料，可知吴可于李之仪处常常得到鼓励，李之仪更是极为赏识他。在文学批评方面，李之仪也对吴可的诗（也有词）都做了很高的理论评价。上文所引《姑溪居士前集》卷四十之《跋吴思道诗》，其中李之仪就说吴可诗"咄咄殊逼近"了"造语贵成就"的诗歌创作境界，并言吴诗"时人未易接武"，评价已是很高。此诗后又有一跋，当为后来对吴可再作之诗的评论。其云：

文章要当先凌历（按，原文如此，"历"应为"厉"）而后收敛，正如坐而后立，立而后走也。岂遂以得坐立间者便期于行走，自下图高，固余所病。而嘉甫（李之仪自注："张大亨字嘉甫"）乃以是置定论于予，不其虚哉？思道近诗度越唐人多矣，岂融、偓所能仿佛？其妙处略无斧凿痕，而字字皆有来历。论诗如舒王，方可到剧挚之地，编四家诗从而命优劣，兹可见也。②

此跋作于政和五年（1115），应是李之仪又读到吴可诗后（或是重读，或是吴可又有诗编成集）对吴可诗歌的评价。认为吴可诗已超越唐人很多，更是唐人崔融、韩偓所不能比拟的。还说吴可诗"妙处略无斧凿痕，而字字皆有来历"，"无斧凿痕"，是说吴可诗在遣词用语及意境塑造上的化境，联系吴可尝以禅论诗，知其得力于对禅趣、禅意的领会；而"字字皆有来历"，则似江西

---

① 《姑溪居士前集》卷三〇，文渊阁《四库全书》第1120册，上海古籍出版社1987年影印本，第534页。

② 《姑溪居士前集》卷四〇，文渊阁《四库全书》第1120册，上海古籍出版社1987年影印本，第580页。

诗学之路数。不知是否可以约略揣测，此时吴可或与韩驹有了交往切磋。林宋卿、韩驹等人的道山诗社活动开展的时候，正是政和初年，此时吴可亦正在京师，抑或曾参与了道山诗社活动，并开始与韩驹交往。吴可与韩驹的交往，亦影响他此后的诗学道路，以至《藏海居士集》与《藏海诗话》中多有引述韩驹观点。故而，吴可与韩驹之交是吴可与荣天和、李之仪之后又一个重要的诗学事件，甚至吴可有可能参与了韩驹、林宋卿等人道山诗社的活动，成为其中二十六人中的一员。

李之仪对吴可的词作成就也给予高度评价。《姑溪居士前集》卷四十有《跋吴思道小词》，也可以看作是李之仪关于词的理论，当然也有他对吴可词的具体评价。该跋云：

> 长短句于遣词中最为难工，自有一种风格，稍不如格（按，疑此"格"字为衍），便觉龃龉。唐人但以诗句，而不用和声，抑扬以就之，若今之歌《阳关》是也。至唐末，遂因诗之长短句而以意填之，始一变以成音律。大抵以《花间集》中所载为宗，然多小阕。至柳耆卿，始铺叙展衍，备足无余，形容盛明，千载如逢当日，较之《花间》所集，韵终不胜。由是知其为难能也。张子野独矫拂而振起之，虽刻意追逐，要是才不足而情有余。良可佳者，晏元献、欧阳文忠、宋景文，则以其余力游戏，而风流闲雅，超出意表，又非其类也。嚼味研究，字字皆有据，而其妙见于卒章，语尽而意不尽，意尽而情不尽，岂平平可得仿佛哉？思道弹思精诣，专以《花间》所集为准，其自得处未易咫尺可论，苟辅之以晏、欧阳、宋而取舍于张、柳，其进也将不可得而御矣。①

这是一篇很重要的词学论文。李之仪于文中解释了词体文学的起源，并描绘了发展的基本脉络。他认为词体盖源于唐人于诗中用和声以使音声抑扬婉转的做法，将和声衬字处以意填之，变为音律，词体文学便形成了。晚唐五代词

---

① 《姑溪居士前集》卷四〇，文渊阁《四库全书》第1120册，上海古籍出版社1987年影印本，第580页。

以《花间集》所辑录者为成就最高，但都规制较小。张先虽力求改变，但才力不足，李之仪认为张先词刻意追步《花间》，却"才不足而情有余"，实是要求以才抒情，情才结合。至柳永则多有长调创作，他的词内容丰富，铺叙详尽，却在韵致上不如《花间》所载。北宋晏殊、欧阳修、宋景文（宋祁，"景文"为其谥号）虽不专力作词，但于词作的情致与表现力方面均有突出成就。李之仪还认为他们的词"字字皆有据"，即功力深厚，字不轻出之意。还认为他们的词作"语尽而意不尽，意尽而情不尽"，这可谓李之仪对词学理论的一个贡献。他上承钟嵘"文已尽而意有余"之说（钟嵘《诗品序》释"兴"），下启严羽"言有尽而意无穷"之论（《沧浪诗话·诗辨》）。发明了词作在含蓄深婉的艺术表现力发明的创作要求，实为卓见。李之仪肯定了吴可词"以《花间》所集为准"的作风，认为应再参考晏、欧等人"风流闲雅"，"字字皆有据"的长处，并斟酌取舍于柳永、张先，从而在词体创作方面有宗有趣，集诸家之长，形成自己的特色。

虽然李之仪此处诗在论词，但这种以历史视野为理论维度，以发展脉络为关注参照，并注重总结影响词体发展的典型成就为叙理重心的做法，实是一种很具实践意义的理论分析方法。李之仪的诗论我们不见有较全面者，但此处之词论可以使我们约略窥测他的诗论情形。他出于苏门，应得苏门轻灵爽利的诗学长处，又有江西诗学重视学问功夫的思想因素，其诗论应也有其宏阔的历史视野和清晰准确的脉络理路。他对诗的见解，想必也会主张"闲雅"、"风流"，也会强调才、情的结合。并有要求字字有据和转益多师的观点。他之影响于吴可，也应在这几个方面。唯其诗论不见似此跋这样全面者，殊为遗憾。李之仪本人之词作亦卓有成就，读之轻便婉转，自有特别的情致，其间更有一种吴歌式的清新格调，如脍炙人口的《卜算子·我住长江头》，更是流传深远。他的这些特点，综合起来，会对吴可产生深刻的影响。

李之仪诗歌创作是很有成就的。他在元祐间诗歌本与张耒、秦观相颉颃，又浸染了许多苏轼诗风，并多有禅趣。《四库全书·姑溪居士集·提要》说他："虽魄力雄厚，不足敌轼；然大抵轩豁磊落，实无郊、岛钩棘艰苦之状。"①

---

① 《姑溪居士前集》提要，文渊阁《四库全书》第1120册，上海古籍出版社1987年影印本，第392页。

是为中的之评。苏轼称赞他的诗歌，也是有充足理由的。他晚年退居当涂姑溪，"蒿目以游于世，铁心以践其志"①。生活在疏野萧旷的田园境况之中，或躬身耕作，或乘兴出游，"偶乘扁舟，一日千里，若遇胜境，终年不移"②，流连于山水之中，渐渐退出了诗学中心，却广交诗友③。储子椿、赵德孺及荣天和、吴可等都与他有着频繁的交流活动。

其中，荣天和于金陵成立诗社，而吴可亦曾向荣天和学诗，并十分了解荣天和诗社的一些情况，他后来结识了江西派的韩驹，游走在苏门与江西诗人间，又积极提倡诗社活动，成了联络苏门与江西的诗学信使，也在诗社活动史上联结起了北宋与南宋。吴可应为宋代诗社活动的典范与代表，而李之仪的诗学经历也反映了严酷的政治斗争使得一批文人从政治中心向乡野草莱流动，北宋后期的党争使得相当数量的文士渐渐远离了朝堂都市，退避到江湖之中，成为散步在各处的诗学力量，也成为南宋江湖诗人大量出现前的先几或暗流。李之仪的经历可以说明诗学格局与运动的演化方向。

吴可在靖康之难中携家逃难，或于分宁，或于楚豫间，亦曾结交诗友，有过不少文学交流活动。如其《藏海居士集》卷上有《赠连楚狂》诗，诗云："谁有画鱼癖，诗社寻楚狂。真成戏新荷，径欲穿垂杨。余生堕辙中，恍然得濠梁。寓兴亦差乐，江湖庶相忘。"诗中提到此"连楚狂"有画鱼之癖，又参与诗社活动，但不好推知吴可是否亦尝参与到"连楚狂"所参加的诗社中来。

---

① 《姑溪居士后集》卷一四之《姑溪自赞》其一，文渊阁《四库全书》第1120册，上海古籍出版社1987年影印本，第690页。
② 《姑溪居士后集》卷一四之《姑溪自赞》其二，文渊阁《四库全书》第1120册，上海古籍出版社1987年影印本，第690页。
③ 李之仪在当涂姑溪之交游：郭祥正（即郭功甫，后为仇敌）、罗彦甫、秦处度、葛大川、惠洪、蔡启、龚平国、胡渊明、吴禹功、董无求、丁希韩等人。其中惠洪与蔡启都有诗学著作（即《冷斋夜话》与《蔡宽夫诗话》）。《姑溪居士前集》卷四一之《跋〈古柏行〉后》除对诗学发表意见外，还记述了一次诗学交游活动。兹引如下："作者苟能周旋于其命意造语之际，于诗于履践，皆可追配昔人，不当止谓之诗而易之，盖自《风》、《雅》之后，正宜有取于此。世无孔子，故单见浅闻有所分别，良可叹也。政和元年（1111）十二月二十二日，积雪初霁，希韩、德循携茶相期于天宁圆若虚首座之天竺轩，希韩出此纸见邀作字，辄以为应之，既终，二君又作《山药》、《芋头》、《萝卜》、《晚菘》，号为'甜羹'，为润笔，真一跋佳事。会者天宁庆西庵琳禅、鉴仁、姑溪老农。"认为诗人应在"命意造语"间将切经历融入其中，用心作诗，便可追步古人。政和元年冬的这次诗会，由读杜甫《古柏行》始，终之于训练性的文学创作，可见当时其诗学活动的内容，既有评赏古代佳作，又有训练与创作，将评与作结合起来，其间体现某种诗学主张，这种活动，应该也是诗社中普遍采用的方式。

在《藏海居士集》卷上还有一首《送李四清》诗,其诗有云:"连侯爱画鱼,李侯爱画山。诗情动幽怀,摹写不少闲。骚雅移丹青,妙寄云水间。……敌骑践江浙,少长奔荆蛮。却行虎狼区,益知行路难。乱来战未息,老去食转艰。前年治南亩,颇喜人生安。……安得两玉人,邻曲相追攀。真赏会心处,应当谢毫端。长哦洗兵马,随意罗杯盘。伯雅要倾倒,莫厌数往还。愿如三径松,余生同岁寒。"[①] 由此诗语意看,当时吴可躲避战火,在楚地暂安时,结识的邻居,他们长于绘画,也能诗,其中之"连侯"喜好画鱼,应即是《赠连楚狂》诗中之"连楚狂"。但此"连楚狂"却与"李四清"都不能确考,不知其人具体情况。不过吴可喜爱诗社这种诗人间的活动形式,他也在《藏海诗话》中予以提倡过,因此也不排除"连楚狂"所参加的诗社就是吴可在避居地组织起来的。而像"连楚狂"、"李四清"这样长于诗画的士人,或因战乱,或因际遇,沉抑乡曲,未得显名,致使史籍无载,也殊为遗憾。再者,吴可所喜爱之诗社形式,本就是不限地位的开放性诗学组织。这种形式的诗社,诗学的作用是很明显的。它招纳不同身份、不同职业的诗歌爱好者参加,并以各自的创作成为能诗者,成为诗人,诗社式的诗学活动成了诗人的一种存在与生活方式,其意义远不止于训练、游戏或是娱乐。宋代诗社多数都有这种开放性。它一方面使诗学普及,扩大了诗人与诗学的队伍;另一方面,又使宋人的诗化生活多了一个具体、活泼、开放的组织形式。在这个过程中,吴可的作用,是非常突出的。

吴可一生的诗学经历是很丰富的。他先是从荣天和学诗,并参与了荣天和金陵清化市诗社的活动,结识了一些市民诗人。这对他一生的诗学活动都产生了很大的影响。在李之仪黜于当涂姑溪,吴可又结识了出身于苏门、颇受苏轼诗风浸染的李之仪的影响。据周紫芝诗来看,他们或曾结有诗社。他从李之仪处又受到了诗学的教益,间接接受了苏门诗风的影响。后来入京为官,又结识了江西诗派成员韩驹,也或曾参与了韩驹、林宋卿等人的道山诗社。在此过程中,又接受了江西诗论的影响。金人入侵,宋室南渡,吴可在干戈扰攘之际,漂泊江湖,又结识了一些下层文人,也或成立了一些诗社。同时,他又积极提倡开放性、灵活性的诗社活动形式,肯定了诗社教授平仄之学的诗学普及性活

[①] 以上均见傅璇琮主编:《全宋诗》第 19 册,北京大学出版社 1995 年版,第 13014 页。

动。因此亦可概见，吴可参与的诗社应多具有普及性特征。因为入社者多为社会下层，成员纷杂，这种普及性的活动内容便符合逻辑地成为必要课目。从这个意义上看，宋代此类诗社的积极意义是很明显的。

从诗学不同流派的交流与融通的角度看，吴可所初学之荣天和诗风清简，不同于苏派之机趣，也不同江西之勤苦，倒似颇有禅趣一路。他与李之仪的交往以及与韩驹的诗学活动，使他能在一定程度上更加深入领会苏门与江西诗学特征，有助于打破不同流派的诗学壁垒，形成自己的意见。他的三首以禅论诗的诗歌，便充分反映了他诗学观点的独到之处。如第一首之"等闲拈出便超然"，便是希望作诗要化功力于清简之中，同时又不否定功力的作用。"竹榻蒲团不计年"，实际是说实践钻研与训练的诗学功夫在诗歌创作中的作用。这样的功夫积累到一定程度，便应达到厚积薄发，"工夫深处却平夷"①的诗学境界。而第二首之"学诗浑似学参禅，头上安头不足传。跳出少陵窠臼外，丈夫志气本冲天"句则显然是对江西诗学讲求师承宗法的一种反拨与调整。第三首之"自古圆成有几联"②，则是要求诗人将诗学功夫用于精心结撰出诗歌之警策语，使功夫落到实处，不蹈袭前人，形成自己的足以流传后世的诗学名片。故而，游走于不同的诗学路数之间，参与各种诗社活动，使吴可视野开阔，思维活跃，形成了不囿于一家之解，打通学派局限的诗学胸襟。这应是诗社活动对吴可诗学观形成所起到的一种积极作用。

从吴可的诗学生涯可以看出交流的积极作用，还可看出宋代诗社的开放性、灵活性与普及性。加之吴可本人既有创作，又有理论，其创作固然略近江西（《四库全书·藏海居士集·提要》说吴可诗："大致清警，与谢薖兄弟气格相近。"），但亦有清通简要的特点，无蹇涩拗苦的江西弊端。其理论出入江西，并开以禅论诗的风气，他的诗学成就，应与其屡次参与诗社活动，得到多方面教益有关。因此，吴可可以被看作是宋代诗社影响诗学，反映诗社实际状况和特征的一个典型。吴可于宋代诗社活动发展历史中的意义正在于此。

---

① （宋）陆游：《七律·追怀曾文清公呈赵教授赵近尝示诗》，傅璇琮主编：《全宋诗》第39册，北京大学出版社1995年版，第24298页。

② （宋）吴可：《学诗》三首，傅璇琮主编：《全宋诗》第19册，北京大学出版社1995年版，第13025页。

第二章 江西诗社群、南宋江湖诗社群及其相关诗学问题

第一节 江西诗社群

如果说江西诗派的最初形态是一个有共同诗学主张和相似创作风范的文学群体的话，那么在吕本中作《江西诗社宗派图》之前，在诗学史上出现的一些规模较小的诗社实际可以作为江西诗社群的组成部分来看。在当时诗学家心目中，所谓江西诗派本身就是被作为诗社来看待的。它实际是由散布在各地，又相互联系的诗社组成的一个诗社群。这个诗社群本身含有许多诗社，是一系列诗社的集成。因而我们研究江西诗社，主要从与该诗社有关的一些诗社活动入手，去研究该诗社群体中的有关诗社及其活动，而规避一般文学史、诗学史中将江西诗社主要作为一个诗派去研究其成员和一般创作及批评的问题。在江西诗社群成型之前，作为江西诗学精神核心的黄庭坚就曾有过诗社活动的经历，兹予以简要考述。

一、黄庭坚之北京大名府诗社活动考述

黄庭坚《山谷集·外集》卷十六有《和世弼中秋月咏怀》诗，该诗云：

> 一年中秋最明月，也照贫家门户来。清光适从人意满，壶觞政为诗社开。秋空高明万物静，此时乃见天地性。广文官舍非吏曹，况得数子发嘉兴。千古风流有诗在，百忧坐忘知酒圣。露华侵衣寒耿耿，绝胜永夏处深甑。人生此欢良独难，夜如何其看斗柄。王甥俊气横九州，樽前为予商声

讴。松烟洒落成珠玉，溪滕卷舒烂银钩。北门楼卤地险壮，金堤浊河天上流。离宫殿阁碍飞鸟，霸业池台连秃鹙。当日西园湛清夜，冠盖追随皆贵游。使臣词句高突兀，慷慨悲壮如曹刘。我于人间触事懒，身世江湖一白鸥。空余诗酒兴不浅，尚能呻吟卧糟丘。偶然青衫五斗米，夺去黄柑千户侯。永怀丹枫树微脱，洞庭潇湘晚风休。晴波上下挂明镜，棹歌放船空际浮。不须乞灵向沈谢，清兴自与耳目谋。江山于人端有助，君不见至今宋玉传悲秋。期君异时明月夜，把酒岳阳黄鹤楼。①

从诗意看，当是一次诗友聚会，一次饮酒赋诗的活动。诗中提到了"壶觞正为诗社开"，可见这应是一次诗社聚会活动。诗题中的"世弼"，黄火䎃《山谷外集诗注》卷二之《呻吟斋睡起五首呈世弼》诗注云："王世弼名纯亮，山谷妹夫，所谓王郎者。"②《山谷集·山谷年谱》卷六之熙宁八年乙卯（1075）条的《呻吟斋睡起五首呈世弼》亦云："'世弼'名纯亮，即先生妹夫。"③黄庭坚诗中与"王世弼"、"世弼"或王郎有关的诗有十五首。可见王纯亮与黄庭坚的交往是很频繁的。又据《山谷集》中的《山谷年谱》，该《和世弼中秋月咏怀》诗，亦作于熙宁八年（1075）。黄庭坚涉及王世弼的诗大都作于熙宁八年，也有作于元丰元年（1078）。而《留王郎》与《送王郎》（《山谷内集》卷一）均作于元丰七年（1084）。当时黄庭坚任北京大名府国子监教授。黄庭坚在北京共七年（熙宁五年到元丰元年，1072—1078年）。王纯亮当在熙宁八年去探望黄庭坚，与他有一些诗学往来。黄庭坚之《和世弼中秋月咏怀》提到的诗社有可能是黄庭坚在北京任国子监教授时与当时在此地的一些诗人组成的诗学组织。

黄庭坚在任大名府教授的七年间，与其有诗学交往的诗人有谢子高、李伯夷（字子真，黄庭坚同年进士）、谢景初（字师厚）、谢愔（字公静）、谢悰（字公定）、谢景温（字师直）、李明叔、吴彦、晁端仁（字尧民）、晁端礼（字

---

① 刘琳、李勇先、王蓉贵点校：《黄庭坚全集》第3册，四川大学出版社2001年版，第1237页。诗中之"王甥俊气横九州"之"王甥"即王世弼。《山谷内集诗注》卷一引《尔雅》"姊妹之夫为甥"。
② 刘琳、李勇先、王蓉贵点校：《黄庭坚全集》第2册，四川大学出版社2001年版，第1057页。
③ 郑永晓：《黄庭坚年谱新编》，社会科学文献出版社1997年版，第61页。

次膺)、晁补之(字无咎)、张询(字仲谋)、李原(字彦深)、李师载、廖正一(字明略)等人。在这些诗人中，颇应关注谢氏家族与晁氏家族的诗人与黄庭坚的交流情况。黄庭坚所提及的王纯亮诗社，很有可能就是与包括谢氏、晁氏诗人群体在内的一个在大名府活动的诗学组织。此外，谢景初对黄庭坚诗学品格的形成起了重大的作用。早在嘉祐六年（1061）黄庭坚结识了孙觉（字莘老），受其影响，才明白了杜诗的不同凡响。范温《潜溪诗眼》谓黄庭坚"因莘老之言，遂晓杜诗高雅大体。"[①] 后来黄庭坚还娶了孙莘老之女。但此女不幸于熙宁三年（1070）病逝。黄庭坚任大名府国子监教授，结识谢景初。谢景初亦学杜甫。黄庭坚与景初好尚相同。文渊阁《四库全书》之《渔隐丛话》前集卷二十八载引《王直方诗话》云：

  山谷对余言："谢师厚七言绝类老杜，但人少知之耳。如'倒着衣裳迎户外，尽呼儿女拜灯前'，编之《杜集》无愧也。"师厚方为其女择对，见庭坚诗乃云："吾得婿如是足矣。"庭坚因往求之，然庭坚之诗竟从谢公得句法。故尝有诗曰："自往见谢公，论诗得濠梁。"[②]

黄庭坚认为于谢景初论诗，有如庄惠的濠梁之乐，似得运斤斫垩般的莫逆，真正找到了诗学上的知音。又因谢景初是黄庭坚岳父，故而他们之间的诗学交往又具有非常便捷的条件。

---

 ① 《山谷内集诗注》卷一一之《出城送客过故人东平侯赵景珍墓》诗之"朱颜苦留不肯住，白发正尔欺人"句下之注引《王直方诗话》云："鲁直尝言少时曾诵薛能诗云：'青春背我堂堂去，白发欺人故故生！'孙莘老问曰：'此何人诗？'对曰：'老杜！'莘老云：'杜诗不如此！'后公云庭坚因莘老之言遂晓老杜诗高雅大体。此句乃所以针薛能之膏肓尔。"这则论诗材料对黄庭坚把握杜诗特征很有认识价值。然《宋诗话辑佚》本《王直方诗话》无此条，此条出自《潜溪诗眼》之"杜诗体制"条，见郭绍虞辑：《宋诗话辑佚》，中华书局1980年版，第327页。又，《潜溪诗眼》之"山谷论诗文优劣"云："孙莘老尝谓老杜《北征诗》胜退之《南山诗》，王平甫以谓《南山》胜《北征》，终不能相服。时山谷尚少，乃曰：'若论工巧，则《北征》不及《南山》；若书一代之事，以与《国风》、《雅》、《颂》相为表里，则《北征》不可无，而《南山》虽不作未害也。'二公之论遂定。时曾子固曰：'司马迁学《庄子》，班固学《左氏》，班、马之优劣，即《庄》、《左》之优劣也。'公又曰：'司马迁学《庄子》既造其妙，班固学《左氏》，未造其妙也。然《庄子》多寓言，架空为文章；《左氏》皆书事实，而文调亦不减《庄子》，则《左氏》为难。'子固亦以为然。"见郭绍虞：《宋诗话辑佚》，中华书局1980年版，第327页。

 ② 郭绍虞：《宋诗话辑佚》，中华书局1980年版，第16页。

《后山诗话》云:"唐人不学杜诗,惟唐彦谦与今黄亚夫庶、谢师厚景初学之。鲁直,黄之子,谢之婿也。其于二父犹子美之于审言也。"①亦是肯定了谢景初(以及黄庭坚父黄庶)对其诗学主张的影响②。而谢景初本人亦沾溉了当时其他士人的创作品格,使黄庭坚也得以通过他更好地去融会贯通前人的创作经验。《渭南文集》卷二十九有《跋谢师厚书》,有云:

> 谢师厚早岁与欧阳兖公、王荆公、梅直讲、江记注诸人游,名甚盛。晚更蹭蹬,居穰下二十余年,学愈进,文章愈成,独后诸公死,子悕、惊、甥黄鲁直皆知名天下,然年运而往,士大夫鲜能知师厚者。今观吾友傅汉孺所藏其上世墓刻,实师厚遗文。至《送行诗》杂之宛陵诗中殆不可辨,字则宋宣献父子之流亚也,为之太息。③

可知谢景初与欧阳修、梅尧臣、王安石等人均有交往。他亦能诗,在书法上也有相当造诣,在北宋后期是很有声望的。黄庭坚在北宋大名府任职期间的诗歌创作中,涉及谢景初的很多,数量上远大于其他人。如《外集》卷三的《陪师厚游百花洲盘礴范文正祠下道羊昙哭谢安石事因读生存华屋处零落归山丘为十诗》、《和师厚接花》、《和师厚栽竹》、《次韵师厚雨中昼寝忆江南饼曲酒》、《次韵师厚萱草》、《次韵谢外舅病不能拜复官夏雨眠起之什》、《次韵师厚病间十首》。《外集》卷四之《和师厚秋半时复官分司西都》、《和师厚郊居示里中诸君》、《寄南阳谢外舅》、《和外舅夙兴三首》、《和答师厚黄连桥坏大木亦为秋雹所损》、《次韵师厚食蟹》、《次韵谢外舅食驴肠》、《次韵师厚答马著作屡赠诗》、《竹轩咏雪呈外舅谢师厚并调李彦深》。《外集》卷五之《次韵师厚五月十六日视田悼李彦深》等诗。从这些诗歌题目来看,黄庭坚与谢景初的诗学交

---

① (清)何文焕:《历代诗话》,中华书局1981年版,第307页。
② 谢景初祖父谢涛,父谢绛都能诗,且谢绛曾为欧阳修、梅尧臣等人洛社文学活动的主力成员之一,对扶掖诗文革新运动主力颇多,谢景初又从谢绛处受到这种革新精神的影响,并将这种精神延及黄庭坚。黄庭坚本身家庭亦有相当的诗学素养,故而大名府诗社中的诗学实际是谢黄家族诗学的一种融合,也是诗文革新运动的一个播散脉络。
③ (宋)陆游:《渭南文集》卷二九,文渊阁《四库全书》第1163册,上海古籍出版社1987年影印本,第536—537页。

往是很密切的。涉及了生活中诸多琐细层面。他们间论诗的资料不多见,不过黄庭坚说有濠梁之趣,应是有根据的。范纯仁《谢师厚寄同黄婿鲁直唱和》诗云:"忽得穰郊信,翛然病魄醒。怀贤心独在,感旧涕偏零。南斗占神剑,西豪聚德星。卧龙看复起,失马顾曾经。冰玉清相照,芝兰远更馨。微官应念我,白首候戎亭。"①其中"冰玉清相照,芝兰远更馨",正是说谢黄二人之交契。这可看出谢景初与黄庭坚的诗学交往是深层次的,有共同美学主张为基础的。黄庭坚当从这位前辈诗人那里获得了极为有益的创作思想和实践方面的经验。尤其是此时黄庭坚尚未入苏门,他的这种交游经历,对其诗学水平的提高是起了很大作用的。

因黄庭坚与谢景初的姻亲关系,他与谢景初二子谢愔、谢悰亦颇多交流。据上文所引陆游之《跋谢师厚书》,谢愔、谢悰亦当有诗名。谢愔字公静。《山谷集·别集》卷十一有《论谢愔》一文,云:"谢愔字公静,才气过人远甚。初举贤良,而值罢贤良;平生治《春秋》,胸中甚落落,而值罢《春秋》;晚作邓州职事官,值看详诉理所言。愔元祐中诉父无罪被黜,褫其官弃之。士生而三不遇,白发苍颜,亦可以安林泉而不得罪于不仕无义之论矣。"②可见谢愔生平事迹。谢悰字公定。黄庭坚有些诗中将其与王世弼并提,如《外集》卷八之《次韵公定世弼登北都东楼四首》及卷十二《次韵谢公定王世弼赠答二绝句》。其一云:"何用苦吟肝肾愁,但知把酒更无忧。声名本不关人事,看取青门一故侯。"其二云:"酒因咀嚼还知味,诗就呻吟不要工。王谢风流看二妙,病夫直欲卧墙东。"③第一首所谓"何用苦吟肝肾愁"云云,似谢悰与王世弼为诗有苦吟习气,黄庭坚语带诫勉。其二称道"王谢风流",将他们还称作"二妙",可见二人都有才华。黄庭坚时任北京国子监,与谢氏父子游处。王世弼亦预入他们的活动。故而黄庭坚之《和世弼中秋月咏怀》诗中所提到的诗社,就应包括谢氏父子、黄庭坚和到此处探望黄庭坚的王世弼。因此可以初步判断,在黄

---

① 《御选宋金元明四朝诗·御选宋诗》卷五八,傅璇琮主编:《全宋诗》第11册,北京大学出版社1995年版,7411页。

② 刘琳、李勇先、王蓉贵点校:《黄庭坚全集》第3册,四川大学出版社2001年版,第1682页。《外集》卷三有黄庭坚作《催公静碾茶》、《用前韵戏公静》、《对酒歌答谢公静》等诗,可见黄庭坚与谢愔间亦有诗学交流。

③ 刘琳、李勇先、王蓉贵点校:《黄庭坚全集》第2册,四川大学出版社2001年版,第1156页。

第二章　江西诗社群、南宋江湖诗社群及其相关诗学问题　431

庭坚预入苏门并取得显赫名声之前，他在北京大名府曾组织或参加了包括谢景初、谢惰、谢悰和王世弼在内的诗社活动。这个诗社活动，对于黄庭坚宗杜重法，讲求学问功力的诗学主张的形成是有积极作用的。同时，黄庭坚在北京大名府的诗社活动也为他提供了实践自己诗学主张，提升诗作创作水平的重要机遇。这个诗社，应该被看作是江西诗社群中早期的一个，是江西诗社前发生阶段的诗学系列活动之一，也是在江西诗派产生过程中起过极大推动作用的诗社组织①。

黄庭坚在北京大名府的诗社活动中还有巨野晁氏叔侄的参与。这对于黄氏形成自己稳定的诗学主张和扩大该主张也有一定影响②。

《外集》卷三有黄庭坚所作《次韵答尧民》诗，诗云：

> 君闻苏公诗，疾读思过半。譬如闻韶耳，三月忘味叹。我诗岂其朋，组丽等俳玩。不闻南风弦，同调广陵散。鹤鸣九天上，肯作家鸡伴。晁子但爱我，品藻私月旦。官闲乐相从，梨栗供杯案。门静鸟雀嬉，花深蜂蝶乱。忽蒙加礼貌，斋戒事撋盥。问大心更小，意督词反缓。君材于用多，舞选弓矢贯。聪明回自照，胜己果非懦。我如相绘事，素质施朽炭。古来得道人，非独大庭馆。晁子已不疑，冬寒春自暖。系表知药言，择友得荀粲。③

"尧民"即晁端仁，为巨野晁氏家族的成员。登治平进士第。其生平见其侄晁补之《朝请大夫致仕晁公墓志铭》及晁说之《汝南主客文集序》。晁端

---

① 从该诗社的组成人员看，谢景初为黄庭坚岳父，谢惨、谢愔为黄庭坚妻兄（或弟），王世弼则为黄庭坚妹夫。这一诗社也因而具有家族诗社的性质。不过该诗社成员却不仅限于谢、黄、王姻亲家族，它还有其他成员。

② 晁冲之，字叔用，晁氏其家族为北宋文学甲族。其高祖晁迥、曾祖晁宗悫、祖父晁仲衍、父晁端方都是文学家且除端方未仕处，且都仕至高位，颇有声望。晁氏家族颇富藏书，有极好的文学家风。山东巨野为晁氏贯属，但他们世居京师昭德坊，多与在京的文士交游。晁冲之之兄弟行辈中，补之、说之、咏之、载之都富有文学才华，说之为苏门六君子之一，冲之亦列名江西。载之也尝与黄庭坚交往。晁冲之又受知于陈师道。（《风月堂诗话》卷上载朱弁与晁冲之论诗，晁冲之举陈师道关于杜诗观点事。参见《风月堂诗话》，中华书局1988年版，第99页）也可知这一家族与苏黄亦有密切关联，对后来的江西诗社群的影响也很大。

③ 刘琳、李勇先、王蓉贵点校：《黄庭坚全集》第2册，四川大学出版社2001年版，第913页。

仁曾两次出任河北籴使司,他应在任职河北时在大名府与黄庭坚结识。从黄庭坚上诗看,晁端仁对黄氏颇为看重,"晁子但爱我,品藻私月旦。官闲乐相从,梨栗供杯案"。他们相从游处,应是很为频繁的。甚至晁端仁将黄诗与苏诗相提并论,使黄庭坚感到难以为意。《汝南主客文集序》是其侄晁说之为其《汝南主客文集》所作之序,其中亦提到晁端仁"与豫章黄鲁直同旅而唱和多矣"①。而晁补之所作之《朝请大夫致仕晁公墓志铭》中亦说他"儿童知学问如成人,通《易》、《春秋》,洞达世务,尤妙于词赋,睟然为山东名进士。"并云:"江南黄庭坚有美名,尤厚公。其诗曰:'殷勤均骨肉,四海一尧民。'黄亦不妄与人者也。"②可知晁端仁之学问素养与黄庭坚对他的批评。或是因为晁端仁的关系,黄庭坚与端仁弟端礼亦有交往。端礼字次膺,熙宁六年(1073)进士,长于词,宣和时曾入大晟府,其生平事迹见李绍玘《晁次膺墓志铭》(《乐静集》卷二十八)《外集》卷七有黄庭坚所作之《赠答晁次膺》诗,为次膺左迁酒官鸣不平。最应关注的是黄庭坚与晁补之的交往。晁补之,字无咎,后入苏门,与黄庭坚等有苏门四学士之称。晁端礼为晁补之族叔。今黄庭坚诗中作于大名府的诗中有《定交诗效鲍明远体呈晁无咎》诗,诗中有云:"平生晁公子,政用此时来。定交无一物,秋月以为期。"③当是晁补之来到北京,结识黄庭坚,因而有交。黄庭坚此时还作有《二十八宿歌赠别无咎》、《赠无咎八音歌》(黄庭坚有《八音歌赠晁尧民》两首,当与赠晁补之之诗作于同一场合)、《次韵无咎阎子常携琴入村》、《次韵晁补之廖正一赠答诗》、《答明略并寄无咎》、《再次韵呈明略并寄无咎》等。"明略"即廖正一,明略其字也。《全闽诗话》卷二谓:"元丰间(廖正一)与晁补之同榜,晁赠廖诗云:'十年山林廖居士,今随诏书称举子。文章弘丽学西京,新有诗声似侯喜。'山谷诗云:'廖侯言如不出口,铨量今古大如斗。度越崔张与二班,古风萧萧笔追还。'有诗号《白云集》。元祐中召试馆职,除正字,东坡大奇之,叹赏其策,

---

① (宋)晁说之:《景迂生集》卷一七,文渊阁《四库全书》第1118册,上海古籍出版社1987年影印本,第335页。

② (宋)晁补之:《朝请大夫致仕晁公墓志铭》,《鸡肋集》卷六七,载曾枣庄、刘琳主编:《全宋文》第127册,上海辞书出版社,安徽教育出版社2006年版,第124页。

③ 刘琳、李勇先、王蓉贵点校:《黄庭坚全集》第2册,四川大学出版社2001年版,第990页。

每以密云龙茶饮之。时黄、秦、晁、张号苏门四学士，故名亦得亚于四学士，后入元祐党。"①廖正一与晁补之也参与了黄庭坚等在大名府的诗学活动，预入诗社。黄庭坚于元丰元年（1078）向苏轼投赠《古风》二首，得以与苏轼定交，入苏门。而晁补之亦曾在熙宁六年（1073）成苏轼门生。晁补之与黄庭坚便因同门之谊订交，并展开诗社活动。因此，在苏门学士们在元祐间的活动高潮之前，黄、晁已有相关交流活动，因而活动的开展很有可能与黄庭坚与谢景初父子、王世弼等人的诗社活动有关联。而晁补之从弟晁冲之、晁说之、晁咏之均有诗名，尤其是晁冲之，还列名于《江西诗社宗派图》内。他学诗于陈师道，很受黄庭坚影响。或许冲之亦因补之的关系仰慕黄庭坚之诗学造诣而追仿其诗。作为江西诗派的成员，黄庭坚对晁氏家族文学的影响与苏轼一样巨大。在晁冲之身上，可以看出黄庭坚与晁氏叔侄们的交往，在晁冲之及江西诗社成员们那里产生了深远的影响。②

总之，黄庭坚在大名府的诗学活动中，除了谢氏父子外，还有晁氏叔侄的参加。这个诗社的存在于活动虽然从文献资料上看仍较模糊，但它却对江西诗派的形成起了很大的作用。这是我们讨论江西诗社群时绝对不应忽略的。

二、黄庭坚所提及的其他诗社活动

黄庭坚的诗学历程中曾有多次诗社活动，这些活动尤以他在北京大名府任国子监教授时的活动内涵最为丰富，参与的人也最多。但实际上在他赴北京任职前，还有过两次诗社活动。一次是在黄庭坚治平四年（1067）第进士后任职汝州叶县（在今河南省）尉期间。一次是在京师将赴职北京的短暂时期。黄庭坚作为江西诗派的领袖人物，我们在研讨江西诗社群前应将他的这两次诗社活动做一个简要论述。

《山谷集·外集》卷十七有《孙不愚引开元故事请为移春槛因而赠答》诗，诗云："南陌东城处处春，不须移槛损天真。鬓毛欲白休辞饮，风雨无端只

---

① （清）郑方坤：《全闽诗话》卷二，文渊阁《四库全书》本。
② 黄庭坚与晁端仁、晁端礼以及晁补之的交往势必会对晁冲之产生影响。他作诗学习黄庭坚也是十分自然的事。黄庭坚论诗重学问淹博，而晁冲之之子晁公武便是著名藏书家，这当然与晁氏家族的家门风气有关。但也不排除黄氏的影响。

误人。鸟语提壶元自好,酒狂惊俗未应嗔。稍寻绿树为诗社,更藉残红作醉茵。"① 其中提及诗社,这是黄庭坚参与了孙不愚诗社的表述。诗中有"鬓毛欲白休辞饮"句,黄氏任职叶县时,不足三十岁,故而应指孙不愚而言。黄庭坚诗中与孙不愚有关的凡四首,为《和答孙不愚见赠》(《山谷集·外集》卷九)、《同孙不愚过昆阳》(《山谷集·外集》卷十七)、《孙不愚索饮九日酒已尽戏答一篇》(《山谷集·外集》卷十八),以及上文引的那一篇。

《同孙不愚过昆阳》,此诗如下:"田园恰恰值春忙,驱马悠悠昆水阳。古庙藤萝穿户牖,断碑风雨碎文章。真人寂寞神为社,坚垒委蛇女采桑。拂帽村帘夸酒好,为君聊解一瓢尝。"后黄䇹注云:"按《舆地广记》,昆阳正属叶县,即光武破王寻之地。"② 黄䇹将此诗与《和答孙不愚见赠》、《孙不愚引开元故事请为移春槛因而赠答》都系作于熙宁三年(1070)③。由《同孙不愚过昆阳》诗意看,当作于熙宁三年春。而《和答孙不愚见赠》诗有云:"且凭诗酒勤春事",可知此诗亦作于春季。而提到诗社的《孙不愚引开元故事请为移春槛因而赠答》亦明显为春季所作。唯《孙不愚索饮九日酒已尽戏答一篇》为秋季所作。而黄庭坚原配孙兰溪氏于熙宁三年七月初二日去世。则《孙不愚索饮九日酒已尽戏答一篇》放于熙宁三年不太合适,或应在熙宁二年(1069)九月。黄庭坚与孙不愚的这些诗实际上较为集中地作于熙宁二、三年间,所以孙不愚之诗社就应在熙宁二、三年间,活动地点在汝州叶县④。这应是与黄庭坚有关的最早的诗社活动。

黄庭坚在叶县任职三年,熙宁五年(1072)正月,朝廷举行学官考试,黄庭坚赴京应考中试,并授北京大名府国子监教授。他在京逗留的时期,还曾参与过诗社活动,并有"诗社酒徒"之名。《山谷集·外集》卷十八《次韵景珍酴醾》诗⑤,云:"莫惜金钱买玉英,担头春老过清明。天香国艳不著意,诗社酒徒空得名。及此一时须痛饮,已拚三日作狂酲。濠州园里都开尽,肠断萧

---

① 刘琳、李勇先、王蓉贵点校:《黄庭坚全集》第 3 册,四川大学出版社 2001 年版,第 1281 页。
② 刘琳、李勇先、王蓉贵点校:《黄庭坚全集》第 3 册,四川大学出版社 2001 年版,第 1278 页。
③ 史荣认为提及孙不愚的四首诗都系于熙宁四年(1071)作。
④ 黄庭坚于熙宁五年正月试中学官,除北京国子监教授。熙宁四年仍在叶县,故他与孙不愚的诗社活动或许熙宁四年也有。孙不愚事迹不详,应是黄庭坚在叶县任职时的同僚或友人。
⑤ 《王直方诗话》云:"酴醾,本酒名也,世以其开花颜色似之,故以取名。山谷所以有'名字因壶酒,风流付枕帏'之句。"见郭绍虞辑《宋诗话辑佚》,中华书局 1980 年版,第 9 页。

第二章　江西诗社群、南宋江湖诗社群及其相关诗学问题

萧雨打声。"①"景珍"即赵令蟾，字景珍，为宋室宗室。杨杰《无为集》卷十四《宗室金紫光禄大夫检校太子宾客右武卫大将军秀州团练使赠郓州观察使追封东平侯赵公行状》载赵令蟾生于皇祐元年（1049），治平四年（1067）封右武卫大将军使持节濠州诸军事濠州（在今安徽凤阳）刺史。熙宁十年（1077）改左武卫大将军使持节秀州（在上海松江）诸军事，秀州刺史。元丰八年（1082）卒，得年三十四岁。该文称赵令蟾"天资信厚，出就外傅，日诵千言。诸父兄以成人期之，及长，博览载籍，尤专诗书，通和风教职本，间为篇章，歌咏皇化，有文集三卷。"可知赵令蟾颇有文学素养。《山谷集·山谷年谱》卷六将《次韵景珍酴醾》、《道中寄景珍兼简庚元镇》、《景珍太博见示旧唱和葡萄诗因而次韵》等诗均考订为熙宁五年（1072）作。黄庭坚熙宁五年在京师时赵令蟾二十四岁，黄庭坚二十八岁。他们结识后，应有放情诗酒的快意生活，或有诗社名目，致黄庭坚有"诗社酒徒"之名。黄庭坚的这个经历对追随他的江西后学影响很大，与其在北京的诗社活动一道，影响了吕本中所谓江西诗社宗派观念的提出，并对江西诗社群的生成有直接作用。②

除赵令蟾外，参与了他们诗社活动的还有另一宗室赵令寿。黄庭坚亦有《以金沙酴醾送公寿》、《寄怀公寿》、《道中寄公寿》等诗。《山谷集·山谷年谱》亦将这些作品系于熙宁五年，并注云："公寿景珍皆仕于京师，故附于是岁入京之时。盖元祐间先生馆中则有《过故人东平侯赵景珍墓》诗，又先生有《跋自所书于宗室景道》云：'往余与公寿、景珍游，景道方为儿嬉戏，今颓然在朝班。思公寿、景珍不得见，每见景道，尚有典刑'云云……"③

---

① 刘琳、李勇先、王蓉贵点校：《黄庭坚全集》第3册，四川大学出版社2001年版，第1294页。
② 《藏海诗话》载"蔡天启坐有客云：'东湖（徐俯）诗叫呼而壮。'蔡云：'诗贵不叫呼而壮。'此语大妙。'擘开苍玉岩'、'椎破铜山铸铜虎'，何故为此语？是欲为壮语耶。'弄风骄马跑空去，趁兔苍鹰掠地飞。'山谷社中人皆以为笑。坡暮年极作语，直如此作也。"（丁福保辑：《历代诗话续编》中华书局1983年版，第335页）这里的"山谷社中人"未必是与黄庭坚一起参加过诗社活动的人，但有可能指效法黄庭坚的江西诗社群中之人，但"山谷社中人"的提出，可见当时以以同一诗社称呼这些诗人的现象。按"弄风骄马跑空去，趁兔苍鹰掠地飞"苏轼《祭常山回小猎》中句，"跑空去"应为"跑空立"。吴可记录此材料，反映了宗法黄庭坚的"山谷社中人"对苏轼诗风的某种意见，或即是对所谓"叫呼"作风的不满，这与黄庭坚认为苏轼诗"短处在好骂"（《答洪驹父书》）的看法相通，因此，所谓"山谷社中人"很有可能就是吕本中《江西诗社宗派图》中三洪等与黄庭坚更近一些的诗人。吴可时代与吕本中仿佛，也可从侧面提示我们，关于吕本中的《宗派图》诚有可能是《江西诗社宗派图》。
③ 郑永晓：《黄庭坚年谱新编》，社会科学文献出版社1997年版，第56页。

《山谷集》卷二十五《书赠宗室景道》、《山谷集》卷二十九《跋自所书与宗室景道》都提及与景珍、公寿的"文酒之乐"。可知他们在京师曾有过诗社活动。

与《次韵景珍酴醿》诗相关联，黄庭坚之《以金沙酴醿送公寿》诗亦应作于他与这两位宗室贵族的诗社活动之时。而《道中寄景珍兼简庾元镇》（《山谷集·外集》卷十八）（按：赵令蠙于治平四年（1067）被任濠州刺史，见杨杰为其所作之《行状》，《无为集》卷十四。然令蠙或因事回京，得与黄庭坚相识）应作于他离开京师赴任北京途中，诗云："传语濠州贤刺史，隔年诗债几时还。因循樽俎疏相见，弃掷光阴只等闲。心在青云故人处，身行红雨乱花间。遥知别后多狂醉，恼杀江南庾子山。"①（"濠州刺史"即赵令蠙）而《寄怀公寿》亦当作于黄庭坚离开京师之后，诗云："好赋梁王在日边，重帘复幕锁神仙。莫因酒病疏桃李，且把春愁付管弦。愚智相悬三十里，荣枯同有百余年。及身强健且行乐，一笑端须直万钱。"②（《山谷集·外集》卷九）二诗都寄寓着黄庭坚对在京师贵游生活的怀恋，他在逗留京师的几个月间，应与赵令蠙与赵公寿度过了一段极为恣纵放旷的诗酒生活。《宋诗纪事》卷三十三在黄庭坚《记梦》诗后引《洪驹父诗话》云："余尝问山谷，云，此记一段事也。尝从一贵宗室携妓游僧寺，酒阑，诸妓皆散入僧房中，主人不怪也。"③所言之事或是在京师与二宗室游处时的一个插曲，可见他们的旷浪不羁。黄庭坚"诗社酒徒"之名，应与此时的贵游生活有关。黄庭坚《宗室公寿挽词》（二首其一）（《山谷集》卷六）则表达了对公寿和对昔日诗酒贵游生活的怀念，诗云："昔在熙宁日，葭莩接贵游。题诗奉先寺，横笛宝津楼。天网恢中夏，宾筵禁列侯。但闻刘子政，头白更清修。"④同样其《出城送客过故人东平侯赵景珍墓》（《山谷集》卷五）亦表达了对景珍故去的深深惋惜。诗云："朱颜苦留不肯住，白发政尔欺得人。婵娟去作谁家妾，意气都成一聚尘。今日牛羊上丘垄，当时近前左右嚬。花开鸟啼荆棘里，谁与平章作好春。"⑤而黄庭坚在《书赠宗室景道》与

---

① 刘琳、李勇先、王蓉贵点校：《黄庭坚全集》第 3 册，四川大学出版社 2001 年版，第 1294 页。
② 刘琳、李勇先、王蓉贵点校：《黄庭坚全集》第 2 册，四川大学出版社 2001 年版，第 1080 页。
③ （清）厉鹗：《宋诗纪事》，中华书局 1983 年版，第 813 页。
④ 刘琳、李勇先、王蓉贵点校：《黄庭坚全集》第 1 册，四川大学出版社 2001 年版，第 146 页。
⑤ 刘琳、李勇先、王蓉贵点校：《黄庭坚全集》第 1 册，四川大学出版社 2001 年版，第 108 页。

《跋自所书于宗室景道》两文中也对他与景珍、公寿的自恣游处生活表示怀念。

黄庭坚熙宁五年（1072）在京师的诗社活动为期不长，有关创作也不多，却是非常快意的。他沉浸在中试后的轻松快慰之中，在诗酒贵游生活中展现真实的文学才能，得到了"诗社酒徒"的名号。后来他在北京大名府也有诗社活动。——这三个诗社活动对于江西诗社群的形成应该说是起了直接性的开导作用的。黄庭坚元祐中在京师与苏轼及其他苏门诗人多有交游唱和，但似无诗社名号。而在黄庭坚追随者看来，他作为"一祖三宗"之一，自有与苏轼诗风显著不同的地方。黄庭坚年轻时的三次诗社活动也会以各种形式对黄庭坚的追随者们产生影响。这种影响也包括以诗社形式开展的诗学活动在内。故而我们在论及江西诗社群时，黄庭坚的三次诗社活动是极为重要的诗学线索。[①]此后，江西地区一系列诗人们也经由各种诗社活动总体上汇成了一个规模庞大，地域分散，参与人员众多的诗社群。将他们归结到一处，便有了总体的诗社称号——江西诗社。并因有稳定的诗学观念和创作风格，被后人称作江西诗派。[②]诗社形成了诗社群，又形成了诗派，在中国文学史上产生了巨大而深远的影响。[③]

三、欧阳澈诗社考述

欧阳澈（1097—1127），字德明，抚州崇仁人（今属江西）。平居善谈世事，尚气节。靖康初金军压境，欧阳澈上"保邦御俗之方，去蠹国残民之贼者十事"，陈"安边御敌十策"及其他建议共三十余事，为三巨轴，州将为选力士以行。金军围汴，欧阳澈闻，语人曰：'我能口伐金人，强于百万之师，愿

---

① 黄庭坚喜好交游，他参加诗社活动亦是这种性格的反映。《宋诗纪事》卷三三引《苕溪渔隐丛话》黄庭坚佚句，有"人得交游是风月，天开图画即江山"语，可知交游对黄庭坚的影响。他论诗重学力，重遣词用语的出处，这些诗学品性，或是与交游中的隐性竞争氛围有一定关系。

② 关于江西诗社群，江西中人亦自认为其有诗社群形式的活动。如日本中《童蒙诗训》第 43 条 "学诗文法"云："学退之不至：李翱皇甫湜，然翱、湜之文足以窥测作文用方处。近世欲学诗，则莫若先考江西诸派。"所谓江西诸派即是江西诗社群。（郭绍虞辑：《宋诗话辑佚》，中华书局 1980 年版，第 597 页）

③ 江西诗社群由小而大，由散而整，诗社演变为诗派的过程也在一定程度上反映了诗社与诗派的不同：诗社以活动为主，诗学观念与创作批评等活动和诗人们的交游相处等具体活动相关。而诗派则就历史文本性的作品而言，是文学史学的认知结果；诗社是文学活动范畴的问题，而诗派则更多地属于文学史研究范畴的问题。诗社趋于稳定的主张和风格会导致诗社在文学史上以诗派的面目出现。但诗派则有时须要诗社活动去支撑。诗社活动不一定形成诗派，而诗派中的诗人们当时不一定有群体意识，诗派也不一定必须有诗社活动去支撑。一个时代的诗人们在创作与批评上有共同特点，就易于被后人称之为诗派。

杀身以安社稷。有如上不见信，请质子女于朝，身使穹庐，御亲王以归。'"赵构即位南京，欧阳澈徒步赴行在，伏阙上封事，因触怒权奸黄潜善、汪伯彦，被其诬以罪名，与同时上书的太学生陈东同时被处死，事在建炎元年（1127）。绍兴四年（1134）宋高宗为其恢复名誉，追赠欧阳澈为秘阁修撰，因有欧阳修撰之称。（此处据《宋史》本传及《欧阳修撰集》文渊阁四库全书本中卷五的欧阳�《上书始末》、邓世铭《墓表》、许翰《哀词》、周必大《跋欧阳君遗事》等文献）文渊阁《四库全书》本《欧阳修撰集》含绍兴二十六年（1156）吴沆所次并作序之欧阳澈所撰《飘然集》及后人不断增入诗文事迹共七卷。这是我们探讨欧阳澈诗社活动的基本资料依据。

欧阳澈所撰《欧阳修撰集》中提到"世弼"之处很多，但并未提及此人姓氏。不知是否王纯亮。不过欧阳澈曾参与过的诗社活动，与此"世弼"有关，故而考述如下。

"世弼"在《欧阳修撰集》出现多次，如卷四之《和世弼醉题显道筼轩》、《和世弼蓼花》、《和世弼鸡冠花》、《宿世弼书馆》、《招显道世弼饮》，卷五《重九日醉中与世弼游华严寺》、《和前韵纪登高醉中景示世弼诸友》、《世弼再和见赠又次韵复之其词皆辟其诗中之语》二首、《世弼和酬因继韵以赠之》、《是日天气乍晴颇快人意因和韵拉世弼谒傅岩》二首、《世弼读白乐天放言诗仿其体依前韵作数首见寄因和答之亦仿乐天之体》（四首）、《世弼原上晚望和韵见寄因复之》、《明堂赦降改名者例许入学世弼和前韵贺余次韵答》、《显道世弼过弊庐小酌醉中显道以诗见教和谢》等。不知此"世弼"是否王姓，但也不排除是黄庭坚妹夫王纯亮。他或返回江西原籍，与年辈远小于自己的欧阳澈结交。但不管怎么说，欧阳澈《宿世弼书馆》中的"淋浪樽酒狂摘句，点闪檠灯伴论禅。"①及《世弼再和见赠又次韵复之其词皆辟其诗中之语》其一中之"潜心深造诗书府，摘句蕲惊翰墨流"②之句，联系欧阳澈与之往还之诗的情况看，此世弼是一位能诗也好谈禅的诗人。他与欧阳澈的诗社多有关联，是其诗社的成员之一。③

---

① 傅璇琮主编：《全宋诗》第 32 册，北京大学出版社 1997 年版，第 20668 页。
② 傅璇琮主编：《全宋诗》第 32 册，北京大学出版社 1997 年版，第 20669 页。
③ 《欧阳修撰集》卷六之《和元诗末篇之意二绝寄友人》诗有句云："酒圣会须中北海，机锋谁敢触曹溪。"下自注云："朝宗坐多谈禅。"（文渊阁《四库全书》第 1136 册，上海古籍出版社 1987 年影印本，第 408 页）可知这一诗社的诗人中有喜好参禅者。这种风气亦当对其诗学主张产生影响。

第二章　江西诗社群、南宋江湖诗社群及其相关诗学问题

《欧阳修撰集》卷四《朝宗以诗见赠叙从游之乐广其意作古诗谢之并简敦仁德秀》诗是欧阳澈诗社活动的重要资料，诗中更是直接提及"诗社"："樽酒结诗社，卓荦俱樊川"①。其《建中觅菊于希哲因戏作四韵寄云》(卷四)有句："拟携赓唱社中侣，来伴沉酣市上眠。"②而《陈钦若时寓盘龙作诗寄之因纪吟咏之美》(卷四)诗云："凛凛冰霜嚼齿牙，沉沉清夜咏檐花。摩云气逸干星斗，落纸词妍带绮霞。醉扫麝煤奔渴骥，困纾象管引秋蛇。拟寻红树赓诗社，却日挥戈不许斜。"③此诗为寄予友人陈钦若之作，其中道及自己的"吟咏之美"，并提及诗社。《欧阳修撰集》卷五《和前韵勉子贤学诗》中有："诗社获公添一瑞，苦思须拍阆仙肩。"④也提到了诗社。可见欧阳澈在靖康事变前的诗酒放旷的生活。而同卷之《朝宗见和复次韵谢之》(为前一诗《诸友乘兴拉谒吴朝宗因次韵》的继作)有句云："何时红树寻诗社，琢句令倾潋滟樽。"⑤而卷六之《狂吟红树》诗云："生涯随分便萧散，斗草挼蒲心绪懒。尚余诗僻穷愈工，醉吟跌宕挥金碗。爱携佳客懒寻春，残红枝下细论文。搜罗万象攒胸臆，笔端扫出春空云。"⑥似乎"红树"与欧阳澈诗社活动有很大关联。所谓"爱携佳客懒寻春，残红枝下细论文"云者，似可知是春季时分，欧阳澈与友人在"残红树下"有诗社活动。若如此，则此诗社为季节性雅集活动，活动地点当在抚州崇仁家乡的有"红树"(实为"红松柏"，详后文)的地方。活动表现为季节性，在春季。欧阳光曾将该诗社称为红树诗社是很有道理的。⑦

欧阳澈诗社活动的内容是丰富的，或是朋友相聚时的吟咏述怀，或是与其诗社成员的交流唱和，抑或是共同游历，都会有相关诗社活动。他们的活动也是相当频繁的。今《欧阳修撰集》中的卷四、卷五、卷六等的诗作中，实际上大都与该诗社有关。⑧

---

① 傅璇琮主编：《全宋诗》第 32 册，北京大学出版社 1997 年版，第 20663 页。
② 傅璇琮主编：《全宋诗》第 32 册，北京大学出版社 1997 年版，第 20670 页。
③ 傅璇琮主编：《全宋诗》第 32 册，北京大学出版社 1997 年版，第 20665 页。
④ 傅璇琮主编：《全宋诗》第 32 册，北京大学出版社 1997 年版，第 20679 页。
⑤ 傅璇琮主编：《全宋诗》第 32 册，北京大学出版社 1997 年版，第 20666 页。
⑥ 傅璇琮主编：《全宋诗》第 32 册，北京大学出版社 1997 年版，第 20668 页。
⑦ 欧阳光：《宋元诗社研究丛稿》，广东高等教育出版社 1996 年版，第 205 页。
⑧ 我们认为欧阳澈之诗社或得名于春季红树畔的聚会，但我们在研究时，为了更好地把握其活动内容及诗学意义，一般把围绕春季红树诗会的诗作也看作该诗社的作品。因为成员与成员彼此间交流的诗作都与所谓红树诗社有关联。

《欧阳修撰集》卷四《七夕后一日寄陈巨济（并引）》诗应为与其诗社活动有关的资料。其《引》云："去年七夕，待试临川。二三友从游于巽溪阁。江山气象如在冰壶玉鉴中。汝川胜概一目而尽。酒酣发兴，视脱尘埃，如弃敝屣。舒笺点翰，争赋新诗，以摅逸气。今年七夕，忧患沮丧，胸意结约，强追谈笑，会诸友饮于遽轩。眼对景物，约略昔时，缅怀旧事，怆然惊怛。黎明欲遣人问巨济动静。戏作古诗以供捧腹。"这是七夕之夜与友朋聚会，因忆及昔年诗会场景而作。卷四之《和答德秀长句》亦为记述了一次诗社活动的资料。诗云："摩云标格儒林秀，濯濯美如春月柳。毫颠文阵轰雷槌，字势龙蛇翻天矫。才名藉甚烛景星，卓然可独尊南斗。缔交云路许攀鳞，谈我谆谆不离口。层楼长记耸诗肩，吟苦任渠嘲太瘦。惊人险语骨毛寒，元白危坛俱压倒。读之真恐化雄虹，按剑徘徊方敢造。六丁收拾富巾箱，贪夫探得人间宝。暗中轻掷道途人，相视谁论琼玖报。强搜斐句答殷勤，当恕人才有能否。"①诗中记述了欧阳澈与"德秀"（或许还有其他诗社成员）间的诗酒聚会的洒脱写作与创作角力。因为竞争激烈，故诗思愈险，抽思愈难，所谓"吟苦任渠嘲太瘦。惊人险语骨毛寒，元白危坛俱压倒。读之真恐化雄虹"，即反映了这次诗社活动的实际情景。

《欧阳修撰集》卷四之《梦仙谣（并引）》亦为反映该诗社活动的资料。其《引》云："良臣拉仆醉于临川巽溪阁，江山胜概一目殆尽，满饮巨觞，惟恐告竭。酒酣兴发，猖狂不知所如，往烂游花柳，适有奇遇，洒然非尘土之境。醒而思之，恍如梦觉，噫，浮生荏苒，特一梦耳。而于梦之中适有好梦焉。岂容于默默作《梦仙谣》以纪其盛事云，知其梦者，按汝凤藻以继韵否。"此诗当为欧阳澈赴临川与游良臣等人举行的一次诗会活动。其活动性质亦为登高览胜的游历性诗会。而同卷之《朝宗以诗见赠叙从游之乐广其意作古诗谢之并简敦仁德秀》诗则直接与诗社活动有关。诗云：

延陵有伟人，遗我锦绣篇。粲粲荡醉眼，的的争春妍。卷阿细考核，字字皆青钱。知公太瘦生，苦吟希阆仙。丹煅复精炼，落纸人争传。亦常

---

① 傅璇琮主编：《全宋诗》第32册，北京大学出版社1997年版，第20659页。

第二章　江西诗社群、南宋江湖诗社群及其相关诗学问题　441

慕坡翁，汗漫如涌泉。有时醉风月，健笔挥云烟。冷饮味古昔，诗话珍盈编。嗤点寓深旨，读之心洒然。公才本瑰玮，那复加雕镌。耻与俗吏偶，杜门宗圣贤。岂意阘茸辈，辱公倒屣延。倾盖顿忘形，披雾呈青天。襟怀未易测，醉中颇逃禅。间亦不自揣，效颦西子前。骅骝超逸足，驽骀乌能先。但欲偷格律，引玉时抛砖。每荷不鄙斥，珠玑贻我偏。樽酒结诗社，卓荦俱樊川。风流王世子，远拍贞曜肩（按，"贞曜"为孟郊，孟郊号为贞曜先生）。食荼肠亦苦，志操不少迁。季子金闺彦，高吟常醉眠。四明有狂客，解龟须见怜。伟我三二友，才名足联翩。休歌出无车，休咏寒无毡。得钱即相觅，烂醉清平年。排闷强裁句，摆脱尘中缘。风云会遇自有日，骊珠不到终沉渊。公不见新丰旅人时未偶，鸢肩沽酒浇尘垢。谋猷一旦重朝廷，始信男儿暂奔走。①

由此诗可见，"朝宗"、"敦仁"、"德秀"等人都与欧阳澈有诗学交往。他们的"从游之乐"是充满诗学意义的。所谓"冷饮味古昔，诗话珍盈编。嗤点寓深旨，读之心洒然"即可说明该诗社有诗学研究的内容。正是在嗤点品评之中，孕育关于诗学的深层见解。此外"诗话珍盈编"倒似他们谈诗论文之语有著之于册之事。② 吴沆所作之《欧阳修撰集序》（原为《飘然集序》）云："予为儿时闻德明欧阳公日记数千言，落笔便有可观。虽坐客十辈，随事泛应，捷若发机。意其胸奇气逸，必有异于人者。比于其弟国平家得其遗文一编，大抵咳唾挥斥之余，十百不存一二，读之飘然皆有不群之思迹。其盛气愤蓄，如万钧强弩，引满向敌，虽未能保其必中，势必一发而后已。稽诸前人，抑太白之流乎？"欧阳澈年少气盛，于诗文亦有己见。他在友朋聚会之时，时时发以为议论。其诗亦豪壮磊落，被吴沆称作有太白之气。但其议论及诗篇存留者却"十百不存一二"，已不能全面把握其诗学思想了。但可贵的是，我们从此《朝

---

① 傅璇琮主编：《全宋诗》第32册，北京大学出版社1997年版，第20663页。
② 从诗社中关于诗的话语评论，演化成文本形态的诗话，是诗社活动的一大成果。《王直方诗话》载："刘咸临醉中尝作诗话数十篇，既醒，书四句于后曰：'坐井而观天，遂亦作天论。客问天方圆，低头惭客问。'盖悔其率尔也。"（郭绍虞辑：《宋诗话辑佚》，中华书局1980年版，第34页）在诗社活动中，在酒兴方酣之际畅而论诗，或言而无征，或语过其实，但都是一种批评的形态。在宋人的群体性诗学活动中，这样借酒言诗的"诗话"，便或是现在读到的"诗话"的原始内容。也应是诗社活动中的一种原始记录。

宗以诗见赠叙从游之乐广其意作古诗谢之并简敦仁德秀》诗中得知了欧阳澈诗社的诗学活动中有创作，有议论，有记述议论（诗中用"诗话"来称呼其间论诗评文之语）的简编，是一个诗学意义十分浓厚的诗社。①

卷四之《良臣聚饮梅仙庄和多字韵》亦为诗社活动的记录。诗云："牛羊茁处绿骈罗，几载鸥夷得趣多。麈尾谈清争嚼麝，笔头草小换笼鹅。杯行自鄙红裙饮，咏罢人传白雪歌。采摘溪山凭句法，倚风拾得只长哦。"②诗中有挥麈清谈的描述，有对作诗书法技艺的夸赞（"换鹅"系用王羲之事）。更值得注意的是其中之"采摘溪山凭句法"句中提及了"句法"。可见欧阳澈诗社中有自觉探讨"句法"的因素。应该说宋人自江西诸人腾涌诗坛前后，讲求诗法实为一种风尚。诗歌的句法、用字等形式技巧问题在诗社活动中成了大家彼此探讨交流的话题。也可知，在宋人诸多诗法中，实有许多诗法实是社活动的结果，是诗社诗人集体智慧的成果。

《欧阳修撰集》卷四之《诸友乘兴拉谒吴朝宗因次韵》诗中有云："吟行牛渚裁佳句，坐对鸡窗嗜古文。淡泊交情俱耐久，几多潇洒寄琴樽。"③亦是诗社讲求诗法，具有自觉探讨诗艺的理论行为的表述。

《欧阳修撰集》卷五之《和韵戏索建中和诗》云："功名未遂冠凌烟，琢句投囊学阆仙。韫玉要令神物护，探珠岂待老龙眠。宾王颇欠新诗债，子美回偿旧酒钱。自古逸才多涤器，醉来宜洒夺袍篇。"④该诗中所谓"琢句投囊学阆仙"似谓诗人有诗法贾岛的训练，从诗中也可看出欧阳澈诗社中多位居社会下层，但以高致相勉，以可赋夺袍之篇相期，其文学志向亦由其中可见。

卷四之《和显道借韵书怀》诗中有云："落纸诗才增绮丽，挥犀禅语愈玄微。"⑤卷四之《宿世弼书馆》中有云："淋浪樽酒狂摘句，点闪檠灯伴论禅。"

---

① "樊川"即杜牧，此诗提及杜牧及孟郊，以诗社成员拟之，可以推想该诗社的遵从对象。欧阳澈反映诗社活动的作品中也有对诗社成员的推许与赞扬，如《欧阳修撰集》卷四之《寄周居安》云："周郎辞气带烟霞，凛凛秋霜嚼齿牙。麈尾动思谈吐屑，笔头遥想梦生花。三年幸获从游款，一别那知岁月赊。远辱飞奴传翰墨，颜筋柳骨俨秋蛇。"（文渊阁《四库全书》第1136册，上海古籍出版社1987年影印本，第392页）除有对周居安诗艺的赞许，还对其书法推崇备至。

② 傅璇琮主编：《全宋诗》第32册，北京大学出版社1997年版，第20666页。

③ 傅璇琮主编：《全宋诗》第32册，北京大学出版社1997年版，第20666页。

④ 傅璇琮主编：《全宋诗》第32册，北京大学出版社1997年版，第20671页。

⑤ 傅璇琮主编：《全宋诗》第32册，北京大学出版社1997年版，第20667页。

第二章　江西诗社群、南宋江湖诗社群及其相关诗学问题　443

可见该诗社中亦有以禅论诗的现象。这种现象，亦是宋诗的一种风气。在欧阳澈等名位不显，且多为下层文人的诗社活动中已是如此，此际其他诗社活动中，亦应有以禅论诗，将参究禅理和对诗艺的探研结合起来的做法。

卷四之《显道辞中以诗示教因和韵复之》诗可见欧阳澈诗社中还有点拨诗艺这样的诗学内容。诗云："抛砖斐句试相招，远辱高轩过寂寥。教约荷公能发瓿，功名蕲我效题桥。谈霏玉屑惊人听，歌和阳春满坐谣。投辖苦留留不住，归时明月挂璇霄。"这应是欧阳澈与"显道"间的诗学切磋的记录。此人对欧阳澈多所推许，希望他能有司马相如题桥明志那样的抱负和作为，欧阳澈也期望通过他的披扬而有"发瓿"被时人认可的机遇。诗题中说到自己曾以诗招"显道"，并得到了对方的屈尊回访。在彼此的交流中有不凡的见解，有精彩的创作，使欧阳澈受益匪浅。

《欧阳修撰集》卷五之《世弼读白乐天放言诗仿其体依前韵作数首见寄因和答之亦仿乐天之体》（四首），从诗题看，是诗社中的训练活动，但诗中也有写怀述志，反映出诗社成员相互勉励，以名节相期的情感内容。如其二有句"索瘢洗垢从教谤，澡雪襟怀与道邻"，其四之"言行枢机宜慎发，利名缰锁苦萦身；无非入市攫金客，谁似临畦抱瓮人"。①他们立志高洁不以名利为念；以志气相感，意在养成高洁的品性。后来欧阳澈为国成仁，应与其诗社活动的伦理内涵有关。

欧阳澈本为布衣，其生活清贫，虽有志于天下，却无由施展才学。于是在内心也会有坎壈不遇的怨望和抑塞不平的情绪。他有时以贾岛、郑谷自许，也或将自己比作操守峻洁的严子陵。这种内心情绪，在他反映诗社活动的诗篇中时有流露。如《欧阳修撰集》卷五之《世弼原上晚望和韵见寄因复之》（二首），其二云："鸠杖吟行笑拨云，我疑贾岛是前身。名高郑谷耕烟叟，乐过严滩钓月人。俯听鸣蛩争唧唧，潜窥宿鸟各亲亲。田家有秫俱篘酒，乘兴何妨遍访邻。"②今《欧阳修撰集》前附有明永乐十五年（1417）崇仁知县王克义所作之序，称欧阳澈诗"冲澹俊逸，抑扬顿挫，有唐人气味，非流连光景者也"，

---

① 参见傅璇琮主编：《全宋诗》第32册，北京大学出版社1997年版，第20671页。
② 傅璇琮主编：《全宋诗》第32册，北京大学出版社1997年版，第20672页。

其评价是很准确的。他的"冲澹俊逸","抑扬顿挫",实与其内心情感相应。也可推断,欧阳澈诗社活动中的作品亦多属这种风格基调①。

与欧阳澈交往的诗人也大都尚气慷慨,富有诗才,他们也期许甚高,在诗酒狂放之中,有睥睨天下的豪迈胸襟。如《欧阳修撰集》卷五之《显道和前韵见赠因复之》(二首)其一云:"咳唾珠玑世所优,执鞭愿我幸从游。琼枝不弃兼葭倚,鲸海能容沟渎流。月夜狂吟挥象管,花时烂醉泛兰舟。锦囊辱掷新诗格,高压唐朝李杜头。"②对诗友的推许之高,实令人惊诧。但诗社活动中这样的鼓励是很正常的。他们沉浸在作诗、品诗、评诗的快意中,在志同道合的诗人群体形成的诗化氛围中,壮大了自身声势,激扬起了诗学的豪迈意趣③。这种高自期许的活动风气,相互推重的彼此认可,还是与明代之"诗社习气"大不相同的④。

《欧阳修撰集》卷五之《寄题章泽民快轩二首》其二的"麈挥捷辩重冯席,笔洒新诗夺宋袍"⑤也是在竞争中反映出推许与鼓励的因素。诗社活动中诗人们的创作训练中蕴含着竞争因素,也营造出一种诗化的情境与氛围。这对于诗人们结成某种有共同创作风格的群体组织,并在创作与批评的活动中提炼出某种具有共同性的诗学主张是有助益的。历史上许多诗学主张与创作风气的形成,都与这种普通诗人层面的群体性活动有关。⑥

---

① 南宋人邓世铭所作的《墓表》谓欧阳澈"年少美须眉,善谈世事,其胸中耿耿。"又云:"君尚气大言,慷慨不少屈,而忧国悯时,出于天性。"(《欧阳修撰集》卷七)这种性格与伦理道德情操在其诗社活动中也多有表现,其诗社成了他述情表意,又愈加使情意操守更为坚笃的诗学苑圃。对他品格志向的确立和最终慷慨上书,终于成仁的行为是有一定作用的。

② 傅璇琮主编:《全宋诗》第32册,北京大学出版社1997年版,第20672页。

③ 卷六之《和答国镇五绝》其一评陈国镇诗有句云:"哦就新篇神物护,未饶禹锡擅诗豪。"认为陈国镇诗几可媲美刘禹锡,显然是一种激励。另如《欧阳修撰集》卷六之《绝寄陈国镇五》其一评陈国镇诗云:"德香熏郁书银笔,句法清新夺锦袍。"亦是对诗法的重视。也可看出对修身素养方面的道德要求。

④ 后者旨在以诗社中的鼓噪披扬博取诗名,获得时誉以邀功名,功利色彩较为浓重,与宋代诗社中的相互勉励、共促诗艺的做法是不相同的。

⑤ 傅璇琮主编:《全宋诗》第32册,北京大学出版社1997年版,第20673页。

⑥ 欧阳澈诗社可以当作江西诗社群中的一个来看待。欧阳澈诗社的诗学批评(含有理论主张)的因素,与江西诗人具有自觉探讨诗学内在规律的风气是相通的。不过,从今《欧阳修撰集》的诗作来看,多是清淳简要纤淳淡雅之类的作品,有时还间有豪放奔纵之风,与江西诗人们较为普遍的瘦硬拗拔诗风并不相同。但作为江西诗风大行时代的诗社组织,其诗社活动地点又恰恰在江西崇仁,故而在此处且加以论述。

再比如《欧阳澈撰集》卷五之《读余逢辰旧唱和诗》中评余逢辰诗："雕镌丽景春工巧，锻炼佳词武库张。字字泓澄清妒月，篇篇耿介烈含霜。"①从此评价中可见，欧阳澈本人对以功夫为诗，竭力讲求用意遣词的"工巧"是肯定的。而"锻炼佳词武库张"者，也可见强调博学与精研意词的意旨。所谓"字字泓澄"则是要求以清简平淡之语出之，将深厚的构思命意蕴寓其中。这与陆游"功夫深处却平夷"（陆游《追怀曾文清公呈赵教授近尝示诗》），梅尧臣"作诗无古今，惟造平淡难"（梅尧臣《读邵不疑学士诗卷杜挺之忽来因出示之且伏高》），苏轼"渐老渐熟，乃造平淡"（苏轼《与侄书》），以及其评陶诗的"质而实绮，癯而实腴"（《与苏辙书》）的观点相合。可见，认为清简中含功夫，平淡间蕴丰富也是宋人普遍的主张。

《欧阳澈撰集》卷五的《秋日山居八事》分《读书》、《治圃》、《洗竹》、《种松》、《早起》、《晚望》、《昼眠》、《夜饮》八题，吟咏秋季的山居生活。这样的组诗，或许就是诗社中的诗题，不过其他诗友之诗已不可见，难以窥其端倪。类似的还有卷五的《和友人春日山中即事》（二首）、《和友人同游普安》及《拉友人游普安追和前韵》等诗。最后一首中有"支郎况颇能诗话，涤濯吟魂为少留"②句，所谓"能诗话"者，即能评论诗歌，并能阐发关于诗学的主张。因而可见欧阳澈诗社的诗学因素。也由此可知"能诗话"在当时诗学活动中的意义是要高于作诗的水准要求的，它可使人领悟要旨，以"涤濯吟魂"，且人们也愿意驻思于此。这种较为自觉的研究诗歌创作规律的内容在当时诗社活动（以及未必有诗社组织的群体性诗学活动）中是很有诗学意义的，也可使我们从一个侧面知道在北宋、南宋之交，在江西诗风盛行的大诗学背景中，探研诗法是一种颇受时人赏誉的风气。此外卷五的《小生日因与友人作文字饮醉中走笔》诗中有"写景锦囊同摘句，摇风玉麈细论文"，亦是反映欧阳澈诗社中诗学活动的例证。而诸如《督德秀还酒会》、《夜过谢池小酌戏继前韵示诸友》、《德秀和韵见酬因复之》、《继前韵督敦仁和诗》也都从不同侧面反映了欧阳澈的诗学活动情景。

---

① 傅璇琮主编：《全宋诗》第 32 册，北京大学出版社 1997 年版，第 20674 页。
② 傅璇琮主编：《全宋诗》第 32 册，北京大学出版社 1997 年版，第 20677 页。

上文已说过，欧阳澈的诗大多数都可看作是诗社中作，是其诗社生活的记录与反映。欧阳澈与诗友们以诗往还，以诗写怀，又常常评论诗文。他们都名位不显，却都是志趣高洁有操守的诗人；虽然他们诗酒寄兴，有时狂放不羁，但都具有清节自守的品性。

《欧阳修撰集》卷五之《轩前菊蕊将绽因书四韵示希喆约九日聚饮于此》诗云："菊英装点近芳辰，风掠清香已袭人。端的樊川携玉液，来同靖节赏金尘。藏阄戏赌杯中物，投辖坚留座上宾。恶客不容污我社，摘云要扫笔锋神。"①因秋菊将绽，邀同社诗人于重九日聚饮。又以杜牧、陶渊明相拟，得诗人之趣与高洁之风。至于"恶客不容污我社，摘云要扫笔锋神"云者，可见该诗社的伦理标准与诗学向度。势利小人与浮薄之士是无由得预其社的。这反映出该诗社虽由下层文士组成，但实无名缰利锁的羁绊，实是以诗文会友，旨在佐辅道德与诗艺的诗友群体，也是一个树志与诗学并重的诗学组织。树志的伦理性色彩突出，一般来讲，在易代之际的诗社组织中是较为鲜明的，但欧阳澈诗社已有此特点了。正是因为这个诗社有这样拒斥恶客，感召气节的内容，欧阳澈才仗义进谏，成就了其千古英声，是否我们可以说，是其诗社培养并造就了他呢？

《欧阳修撰集》卷五之《和前韵勉子贤学诗》就可以看作是欧阳澈提出的较为鲜明的学诗要领，诗云："雕镌风月摘佳篇，落笔尤宜法古贤。淬砺要如砻宝剑，清新蕲似冽寒泉。会同白句吟披锦，冷笑邕文卖得钱。诗社获公添一瑞，苦思须拍阆仙肩。"②从诗题看，当时欧阳澈教子贤学诗的内容。他告喻子贤，在学诗时要有"雕镌风月"的探研态度，如陆机所谓"抱景者咸扣，怀响者毕弹"③。对待作诗，不能马虎唐突，要有雕琢工巧，如治玉一样反复切磋琢磨的精神才行。而在具体方法上，则要"法古贤"，多汲取前人创作经验，以熔炼自己的基本素养。要做到去粗取精，做到炉火纯青，犹如磨砺宝剑一样，反复拿捏，认真推敲，同时将构思与锻炼词句的工夫融为清通简要的诗歌风格，将工夫蕴蓄其中，将精彩隐藏到词语和诗意的深层。要像白居易一样简要

---

① 傅璇琮主编：《全宋诗》第 32 册，北京大学出版社 1997 年版，第 20679 页。
② 傅璇琮主编：《全宋诗》第 32 册，北京大学出版社 1997 年版，第 20679 页。
③ 张少康：《文赋集释》，人民文学出版社 2002 年版，第 60 页。

切直，在语言上洗净铅华。同时又告诫子贤，学诗，作诗都要有非功利的主观用意。蔡邕多为碑文以取润笔之资的做法是与诗歌必须非功利的本质要求是相矛盾的。欧阳澈的这些意见，并不像是一个年轻人道得出的，显得非常老成持重。这反映出他非常深厚的诗学的素养与造诣。其讲求用功作诗，讲究诗法古人，并要求像贾阆仙一样苦吟。这些都与江西诗论相近，应是当时为诗人们普遍接受的观点。北宋诗人们自觉精研诗歌创作规律及技巧的态度亦于此可见一斑。诗中也提到"诗社获公添一瑞"，可知子贤应甫入诗社，欧阳澈此诗便是在对其进行入社教育。似乎我们可以这样认为，欧阳澈此诗实为其诗社共同的纲领性主张。同时我们也可知，欧阳澈之诗虽清通简适，但应为苦吟所得。他屡次提及贾岛，正可说明他亦为苦吟诗人。苦吟是诗学自觉的标志：诗是要学的，不仅仅只在于性灵；诗是有法的，不单单是率尔为之便可称工。

同样反映欧阳澈诗社中诗学交流的还有《欧阳修撰集》卷六之《琼上人留意学诗，惑于多岐，未明厥趣，作四韵寤之。了此一话，则能诗三昧，不出个中矣》诗，此诗极为重要。从题意看，此诗为欧阳澈对"琼上人"的学诗路数进行的规诫，是他诗学主张的直接表述。诗云："襟怀磊落富诗情，琢句端明法颂声。格健要除蔬笋气，语工须带雪霜清。碧云矜式存风雅，黄卷沉潜学老成。锻炼更能师岛可，禅林无患不知名。"①作诗不能忽视琢句功夫，要能锤炼出精当准确的词句。同时还要讲求声律之美。诗歌要有健朗的格调，不能衰茶疲弱。僧人之诗尤要避免枯寂平淡、缺乏蕴藉况味的"蔬笋气"。语言要整练工致，又不能失于靡缛，要反映出凛若冰霜的高尚节操。学诗要取式风雅，规模老成，不避勤苦功夫。这方面贾岛与无可上人那样的苦吟诗人是可尊法的对象。（其避"蔬笋气"之说应受到苏轼的影响，见苏轼《赠僧道通诗》及其自注。但贾岛、无可之诗不能说无"蔬笋气"，合理的解释是欧阳澈对待僧诗的态度要比苏轼的包容性强一些。及至元好问，则明确认可了僧诗要具有区别于其他类诗人的"蔬笋气"，见其《木庵诗集序》）

从欧阳澈此诗中，可见他以功夫为诗的积极诗学态度。而这也是宋代诗学，包括江西诗学的主要特色。也可窥见欧阳澈诗社的主要诗学取向。该诗社

---

① 傅璇琮主编：《全宋诗》第32册，北京大学出版社1997年版，第20681页。

的基本诗学态度是苦力为诗,讲求句法,也主张师尊古人,尤其是贾岛等苦吟诗人。这与江西不尽相同。江西诗人并不看好中晚唐那种缺乏骨力的诗风。但在苦心孤诣,精研诗歌创作方法技巧的诗学精神方面,则与贾岛及晚唐诗人相一致。欧阳澈诗社的这种态度固然不如江西诗论宏阔高远,成就亦远不能与江西匹敌,但他们在精神层面上的相似,可以作为江西诗社群的旁生诗社看待。

欧阳澈诗社中这种批评兼鼓励的诗句是很多的。如《欧阳修撰集》卷六的《寄游良臣五绝》其三评游良臣诗云:"壮浪年来笔有神,诗如开府顿清新。"①将游良臣诗比作庾信。同卷《饮中示子贤诸友七绝颇愧狂斐》诗其二有句云:"锻炼新诗数百篇,郊寒岛瘦慕前贤。"②以孟郊、贾岛为钦慕对象,讲求对诗歌创作的精心苦研。

《欧阳修撰集》卷六之《游春八咏(并引)》则较为细致地反映了欧阳澈诗社的诗酒生活。其引云:"清明日与二三友乘舆联袂,选胜寻芳。蹑磴卧翠,眠红松柏阴中③。溪山佳处,即藉草飞觞,藏钩赌酒,美花媚人,好鸟劝饮,融融怡怡,荡荡默默,醒者忽醉,醉者复醒。如邀狂客,泛一叶于鉴湖;似对谪仙,扫寸毫于云梦。狂吟怪石,窃窥靖节之优游;长笑筠林,自得子猷之标致。咀西山之妙剂,疑羽翼之潜生。煮北苑之研膏,觉风流之战胜。典衣换酒,清欢不减于少陵;蜡屐登山,伟迹可夸于灵运。望芙蓉于日下,逸气飘扬;指仙掌于云间,烦襟雪释。于是留情寓景,命意成诗,不觉累成篇什。泊归探囊,因得八首,总其目曰'游春八咏'。言虽无叙,聊记一时胜概,以资异时抚掌云耳。"④清明时分,春日融熙,欧阳澈与诗友来至红树下,在如画景色中飞觞吟咏,完全沉浸在诗化生活氛围中。怪石林泉,竹林翳翳,红树生辉,一切诗国前辈,都似来于前,欧阳澈不觉与诗社诗友一道,沉浸其中。诗与生活、生活与诗完全融合在一起,凝结在锦囊中的诗篇里。这篇《引》是该诗社活动的生动记录,虽然文中未提及评赏诗句、月旦作品的活动,但想必这些活动已经在吟咏沉醉之间,充斥进了诗人们的创作活动中了。这篇《游春八

---

① 傅璇琮主编:《全宋诗》第 32 册,北京大学出版社 1997 年版,第 20686 页。
② 傅璇琮主编:《全宋诗》第 32 册,北京大学出版社 1997 年版,第 20686 页。
③ 其所谓"红树"实为红松。
④ 傅璇琮主编:《全宋诗》第 32 册,北京大学出版社 1997 年版,第 20687 页。

咏》的八个题目是《轻风破暖》、《宿雨新晴》、《娇莺唤友》、《杜宇啼红》、《狂吟红树》、《醉眠芳草》、《扪松长啸》、《步日晚归》。其中《狂吟红树》云："生涯随分便萧散，斗草挼蒲心绪懒。尚余诗僻穷愈工，醉吟跌宕挥金碗。爱携佳客懒寻春，残红枝下细论文。搜罗万象攒胸臆，笔端扫出春空云。"① 可知这次诗社活动中有细论文的评赏活动，也有搜罗万象的创作活动。是一次诗学内涵很丰富的诗学实践和训练、提高参加者诗学水平的群体性诗学活动。

又其《步日晚归》云："风烟触处欢无限，倒着接䍠归去晚。林梢璧月弄清辉，头插山花笑而莞。华堂秉烛竞飞觞，浪语清狂胜弦管。探囊争出锦段新，灿灿珠玑光溢眼。"② 由诗意看，这次红树诗会一直延续到欧阳澈等人回去之后，于时柳梢月映，山花犹香，诗人们秉烛飞觞，笑语连连。从锦囊中取出日间诗会时的诗作，再细细论赏，使本次诗社活动在诗学意义上得以完备。综合来看，这次清明时节的红树诗会可以视作是欧阳澈诗社活动的典型代表。其序引和诗篇，生动详尽地反映了该次诗社活动的内容。在欧阳澈身蒙国难，因权奸诬陷而杀身成仁之前，这样含义丰富的欢会亦成了欧阳澈诗社诗学活动的最高峰。

概言之，欧阳澈诗社活动时间不是很长，当以靖康元年国家蒙难，自己愤而上书为其终结。活动地点当在其崇仁家乡。其诗社活动中有较为鲜明的诗学倾向，反映出比较宽泛的师法对象范围和积极探索诗歌创作内在规律及表现技巧的积极诗学态度。在江西诗学影响巨大的时代背景下，这种诗学方面的倾向性既表现出与江西不同的特点，又在重视诗法，讲求苦吟的方面与之相近。加之活动地点在江西抚州，故而我们将其定位为江西诗社群的旁系诗社。这个诗社虽然活动时间不长，其成员亦不以诗名闻于当世，但可作为此间下层文士诗社活动的一个缩影，它对于普及诗歌创作方法，传布当时主流诗学主张起了很大的作用。诗社的这种作用，是我们以名家巨擘为核心勾勒文学史时不应忽略的。名家巨擘对某一时代文学的影响，其实正是通过这种基层的诗学活动而产生并得以扩大，从而形成诗学力量的。基层的文学活动传布主流诗学，使文学

---

① 傅璇琮主编：《全宋诗》第 32 册，北京大学出版社 1997 年版，第 20688 页。
② 傅璇琮主编：《全宋诗》第 32 册，北京大学出版社 1997 年版，第 20689 页。

创作与理论主张汇成巨大的发展力量，推动文学不断推陈出新，向前发展。

从《欧阳澈撰集》中亦可发现，与欧阳澈有过诗学交往的人大抵有：陈巨济、德秀、游良臣、陈国镇、吴朝宗、刘若川、敦仁、王世子、子贤、严叟、元容、余逢辰、秀美、周居安、吴公美、裴季骖、陈钦若、傅岩居士、建中、希哲（诗中多次作"希喆"）、章泽民、仲宝、琼上人等。但除"世弼"究竟是否王世弼尚存疑外，其他诗人已然无考，当是欧阳澈在崇仁时的乡邻诗友。这些与欧阳澈相互唱和的诗人中，就有可能参与了欧阳澈诗社的活动。这些人大抵数目并不少，反映了北宋末期江西一带诗人的众多和诗风的浓郁。他们也应在诗社活动中丰富了自身的诗学阅历，提高了诗学水平。却旋因靖康之乱，他们的诗社活动应即告终。遗憾的是他们的作品并未传下来，我们也无由窥见其创作的基本面貌。

四、论《江西诗社宗派图》与江西诗社群在诗社活动史上的意义

关于吕本中作《江西诗社宗派图》的问题，谢思炜认为"至于《宗派图》的名称，当从范季随、曾季貍、胡仔等人所记，为《江西宗派图》，后代称引，往往作'江西诗社宗派图'。'诗社'二字，首先见于陈岩肖《庚溪诗话》。《宗派图》中人确实常常诗酒酬唱，但并未在一起正式组成过一个统一的'诗社'。"① 实际上，尽管吕本中所作之谱中的诗人们并未组成过一个统一的，包括了所有成员在内的江西诗社，但这些成员又分为不同的群体，组成过一些规模较小，活动时间也不长的小诗社，而"宗派图"正是在诗社活动频繁的历史背景下，将这些人和与这些人相关的一系列小诗社统而观之，整而合之形成的一个全国性的诗人群体。这个诗人群体包含了很多小的诗社，因而我们可以"江西诗社宗派图"目之。至于究竟吕本中所作究竟为"江西诗社宗派图"还是"江西宗派图"，笔者认为，考虑到图谱中的成员多有诗社活动的经历，宗派图群体又涵盖了一些小的诗社，故而以原名为"江西诗社宗派图"的可能性为大。兹将与吕本中图谱有关的诸如图谱成书时间，图谱名称和"江西诗社群"的基本情况以及该诗社群在诗社活动史上的意义论述如下：

---

① 谢思炜：《吕本中与〈江西宗派图〉》，《文学遗产》1985 年第 3 期。

关于吕本中图谱的成书时间

判定图谱为"少时戏作"的依据主要是曾季貍《艇斋诗话》和范季随《陵阳先生室中语》中的有关记述。《艇斋诗话》云："东莱作《江西宗派图》本无诠次，后人妄以为有高下，非也，予尝见东莱自言少时率意而作，不知流向人间，甚悔其作也。"①曾季貍为吕本中门生，他说自己亲见吕本中述说图谱为"少时戏作"，吕本中"少时"以三十岁前为宜。吕本中生于元丰八年（1085），三十岁时为政和四年（1114）。而范季随《陵阳先生室中语》载"家父尝具饭，招公（韩驹）与吕十一郎中昆仲，吕郎中先至，过仆书室，取案间书读，乃《江西宗派图》也。吕云：'安得此书？切勿示人，乃少时戏作耳。'他日，公（韩驹）前道此语，公曰：'居仁却如此说。'《宗派图》本作一卷，连书诸人姓字。后丰城邑官开石，遂如禅门宗派，高下分为数等。初不尔也。"范季随为韩驹门人，他亲耳听到吕本中说是"少时戏作"。但两条材料相互印证，似可证明《宗派图》果真是作于政和四年前的"少时"。但仍有疑点。吴曾《能改斋漫录》的记载便与曾、范二人之说截然不同。该书卷十云："已而居仁自岭外寄居临川，乃绍兴癸丑之夏，因取近世以诗知名者二十五人，谓皆本于山谷，图为江西宗派，均父（按，即夏倪，其字均父）其一也。"、"绍兴癸丑"为绍兴三年，即1133年，后于政和四年几二十年，出现了明显的偏差。那么究竟哪一种说法更合理呢？

关于"江西宗派图"与"江西诗社宗派图"

有的学者认为"江西诗社宗派图"是"江西宗派图"之讹，其实在诗社活动已经较为普遍，且图谱中人许多都有诗社活动经历的背景下，吕本中是有可能以"江西诗社宗派图"来归拢这些诗人们的。如谢思炜就曾说过"至于《宗派图》的名称，当从范季随、曾季貍、胡仔等人所记，为《江西宗派图》，后代称引，往往作'江西诗社宗派图'。'诗社'二字，首先见于陈岩肖《庚溪诗话》，《宗派图》中人确实常常诗酒酬唱，但并未在一起正式组成过一个统一的'诗社'。"②后伍晓蔓在其博士论文《江西宗派研究》③中亦取谢说。确实《苕

---

① 丁福保辑：《历代诗话续编》，中华书局1983年版，第296页。
② 谢思炜：《吕本中与〈江西宗派图〉》，《文学遗产》1985年第3期。
③ 伍晓蔓：《江西宗派研究》，四川大学博士学位论文，2004年。

溪渔隐丛话》（前集卷四十八）、吴曾《吴改斋漫录》（卷十）以及范季随《陵阳先生室中语》中都是以"江西宗派图"称述吕本中列出的诗人群体，但人们把吕本中归纳的这二十五人群体称作"诗社"确是早已有之，江西诗社的称谓也并不始于陈岩肖《庚溪诗话》。

关于陈岩肖《庚溪诗话》的成书年代，《四库》本的提要中曾做了考证。其云："书中称高宗为太上皇帝，孝宗为今上皇帝，光宗为当今皇太子，则成书当在淳熙中。"按宋高宗于绍兴三十二年（1162）退位，为太上皇，孝宗赵昚即位，而光宗赵惇则于乾道七年（1171）立为皇太子。书中称高宗为太上皇，而不称作"先帝"，则该书作时高宗赵构仍健在。故综合起来判断，该书应作于乾道七年光宗为皇太子至淳熙十四年（1187）高宗赵构卒期间。四库馆臣认定作于淳熙中是恰当的。（淳熙，宋孝宗赵昚年号，由1175至1189年）《庚溪诗话》卷下有云："本朝诗人与唐世相亢，其所得各不同而俱自有妙处，不必相蹈袭也。至山谷之诗，清新奇峭，颇造前人未尝道处，自为一家，此其妙也。至古体诗，不拘声律，间有歇后语，亦清新奇峭之极也。然近时学其诗者或未得其妙处，每有所作，必使声韵拗捩，词语艰涩，曰江西格也，此何为哉？吕居仁作《江西诗社宗派图》，以山谷为祖，宜其规行矩步，必踵其迹。今观东莱（按，吕本中）诗，多浑厚平夷，时出雄伟，不见斧凿痕，社中如谢无逸之徒亦然，正如鲁国男子善学柳下惠者也。"① 其中论及黄庭坚之诗学特点，又明确提及《江西诗社宗派图》，还以社中称谓宗派图中的其他诗人，并以鲁国男子效法柳下惠比况社中诗人学习黄庭坚，可见在陈岩肖看来，《宗派图》中的诸人，俨然是一个有精神核心与共同好尚的诗学群体。后来，成书于开禧二年（1206）的《云麓漫钞》卷十四亦明确说是"吕居仁作《江西诗社宗派图》"。都是以《江西诗社宗派图》的名称来称述吕居仁之"图谱"。实际上《江西诗社宗派图》之得名，应与江西诗社结合起来理解。其实在南宋初期，人们已经通常使用江西诗社来表述吕本中"宗派图"里的诗人了。如倪朴约作于绍兴末（也可能在隆兴及乾道初，1164—1165年左右）的《筠州投雷教授书》（《倪石陵书》，《四库》本）中有云："……其他能以诗

---

① 丁福保辑：《历代诗话续编》，中华书局1983年版，第182页。

名如谢无逸、潘邠老、汪信民诸公号'江西诗社'者，又不可以一二数。"亦有"江西诗社"之名，与倪朴所作相先后，则又有葛立方《韵语阳秋》中的称述。《韵语阳秋》卷一有云："近世论诗者皆谓对偶不切则失之粗；太切则失之俗。如江西诗社所作虑失之俗也，则往往不甚对，是亦一偏之见尔。"①据《韵语阳秋》之葛立方原序，其书成于隆兴甲申年，即1164年，可知江西诗社之称谓，比陈岩肖《庚溪诗话》中所称述的时间要早。还要比倪朴、葛立方早的称江西诗社的例子也有。如周紫芝《太仓稊米集》卷四十的《吊陈相之侍郎》诗中有云："长鸣本是空群马，入社犹为漏网鱼。"诗后自注云："相之诗甚工，而名不在江西诗社中，故有'漏网鱼'之句。"②据徐梦莘《三朝北盟会编》卷二百十九，绍兴十一年（1141）十一月陈相（字相之）曾使金贺生辰。又据《建炎以来系年要录》卷一百六十一、一百六十二及一百六十三，陈相为合肥人，曾任户部员外郎，枢密院检详诸房文字及尚书左司员外郎、权吏部侍郎等职。《建炎以来系年要录》卷一百六十六提到绍兴二十四年（1154）"六月乙未，权尚书吏部郎陈相卒"。陈相卒于1154年，周紫芝与陈相间诗学交往见于他的数篇诗作，对陈相的诗学造诣很了解，因而对其不入江西诗社表示遗憾。由此可知周紫芝《吊陈相之侍郎》诗应作于陈相去世的1154年或稍后。而周紫芝的吊文中已然提及了江西诗社，并为其"而名不在江西诗社中"表示遗憾。我们是否可以据此大胆推测，陈相生时或有入名江西诗社的可能，而终未入社。是否入社与不入社的事情当在陈相卒前一段时间发生，否则周紫芝不会有这种遗憾呢？

应该说，吕本中作《宗派图》是有原名为《江西诗社宗派图》的可能的。首先，以黄庭坚在北京大名府参与诗社活动为先导，江西诗人们，尤其是被吕本中列入"宗派图"中的诗人就多有诗社活动。如韩驹、吴可、李之仪等的诗社活动。徐俯、张元幹的豫章诗社活动。（后文详述）以及临川四友（谢逸、汪革、饶节、谢薖）、南康诗人（李彭、祖可、善权）、淮南诗人（潘大临、潘大观、何顗）及开封诗人（王直方、晁冲之、江端本、李錞、夏倪、李符、高

---

① （清）何文焕：《历代诗话》，中华书局1981年版，第486页。
② 诗及注均见傅璇琮主编：《全宋诗》第26册，北京大学出版社1995年版，第17427页。

荷等）。他们的诗人群体中亦存在诗社活动的因素。这些都是与诗社有关的信息。在吕本中看来，他面对的是一个以黄庭坚诗学为法嗣，有着共同诗学主张的诗人群体，他们诸多诗社活动可在共同的诗社名目下，被作为一个整体予以观照，也可以将其叫作诗社群。虽然"江西诗社"并非一个统一形态的诗社，但是这些诗人群体和诗社群已经在很大程度上可以被整合到一起并以一个共同的诗社名称来称述了。诚如杨万里在《江西宗派诗序》中所说的："江西宗派诗者，诗江西也，人非皆江西也。人非皆江西而诗曰江西者何？系之也，系之者何？以味不以形也。"① 正是因为是有共同"系之"的"诗味"，才使吕本中的二十五名诗人群体可以被归于一类，又因他们生活在诗社形式的文学活动已日渐普及的时代，且他们之中的许多诗人都曾有过诗社活动，才可以被以诗社名目归于一类。故而，所谓《江西诗社宗派图》的称述，实际优于《江西宗派图》的称述。

总之，关于这个问题，还有待进一步深入研究，至少以下三个问题目前还尚无具有十足说服力的解释：

首先，吕本中作《宗派图》缘何不列自己进去。受黄庭坚影响很大的陈与义亦不列入。与吕本中同龄的曾几亦不列入。

其次，吕本中及《江西宗派图》中之人在诗作存留中或交往中（以现存作品为例）都不见提及"宗派图"者；若果为"少时戏作"，仅以作好后未刊行做解释，似不充分。

第三，关于宗派图之次第，存在内在矛盾：若以有次第言，则其人尚存，其文不定，所列次第无定准；若无次第，又不符合"宗派"之说。虽然有"戏作"之称，但亦不致如此荒悖。

究竟是《江西诗社宗派图》，还是《江西宗派图》，应再详加辨证。即使为谢思炜所说，未有一个统一诗社，但诗社成员诚有许多诗社活动，诗社成了人们心目中联结同道，进行诗学交流的重要方式。较为合理的解释是，吕本中晚年，因其他江西诗人多已过世，自己作《宗派图》，一方面是对这些诗人的诗学活动做总结，另一方面，也有自己表达对他们的怀念和追思，关于这一点，

---

① 辛更儒笺校：《杨万里集笺校》，中华书局 2007 年版，第 3230 页。

我们下文还将予以分析。综合地看，吕本中所作之图叫作"江西诗社宗派图"是很有可能的。

关于江西诗人群体，吕本中亦曾以"江西诸派"予以指称。《童蒙诗训》第43条有"学诗文法"条云："学退之不至：李翱、皇甫湜，然翱、湜之文足以窥测作文用力处。近世欲学诗，则莫若先考江西诸派。"① 吕本中还用"江西诸人"指称这个诗人群体。其《东莱吕紫微师友杂志》有云："徐俯师川少豪逸出众，江西诸人皆从服焉。崇宁初见予所作诗，大相赞赏，以为尽出江西诸人右也。其乐善过实如此。"（《十万卷楼丛书》本）其他如《紫微诗话》亦有云："江西诸人诗，如谢无逸富赡，饶德操萧散，皆不减潘邠老大临精苦也。"② 等等。伍晓蔓指出："在为江西宗派命名时，吕本中或许有意识地折中了以江西人为宗和以江西人为主体、'江西诸派'和'江西诸人'等概念，以笼统的'江西'二字，糅合了江西籍贯、江西地域、江西诗人这样的含义，指谓北宋末出现的以黄庭坚为宗、以江西诗人为主体的一个文学流派与诗人群体。"③ 然笔者认为"江西诸人"既多有诗社活动的经历与背景，并不一定须要去"折中"，而是更有可能去概括这一有共同诗学倾向的诗人群体，所以是存在以"江西诗社宗派"来称述他们的可能的。

但问题是，吕本中或用"江西诸人"或用"江西诸派"称述"宗派图"这一诗人群体。但在除《苕溪渔隐丛话》、《云麓漫钞》及《诗人玉屑》等书外，并不见有"宗派图"之称。倒是常见江西诸人间多提及诗社。是否可以推断"宗派图"作于吕氏晚年。因此，并不见图中的人们提及什么"宗派图"，也未见他们对"宗派图"中的排序有过直接的书面异议④。

五、关于江西诸人所提及的诗社⑤

今检看江西诸人诗作，其中有许多涉及他们参与的诗社活动，这既反映了

---

① 郭绍虞辑：《宋诗话辑佚》下册之"附辑"部分，中华书局1980年版，第597页。
② 何文焕：《历代诗话》，中华书局1981年版，第363页。
③ 伍晓蔓：《江西宗派研究》，四川大学博士学位论文，2004年，第14页。
④ 韩驹之有异议，出于他人转述。
⑤ 韩驹等人曾有道山诗社活动，前文已经论述。

江西诗社群成员多参加过诗社活动,也反映了诗社作为诗人们诗学交往的平台在北宋南宋之交实际上是较为普遍的。

陈师道《后山集》卷六《寄亳州何郎中二首》之"欲入帝城须帝力,且寻诗社著诗勋"①。我们暂不考述陈师道的诗社活动,其"且寻诗社著诗勋"云者,可以看出当时诗人们的一种心态,以诗社作为得名立勋的平台(舆论阵地),也以之作为提升自己诗学能力的课堂。这种心理应该是北宋南宋之交的一种时代心理。而这种时代心理的产生,与诗社有很大的关系。诗社,已成为影响诗坛和影响人们诗学心理的一种重要因素。在宋代诗学史上,诗社的存在起到的作用实际上胜过了后代,也超过了前代。

饶节《豫章宝智上人持高子诗求和》诗中有云:"高子我旧游,伉侠不易得。忆昔京城隅,王郎古遗直。当时会合地,烂漫存辙迹。絷君入社晚,感事一嗟惜。安得赋归堂,寻盟合琮璧。"②所谓"高子"即高荷,饶节忆及在王直方汴京的家中与诸人"会合"活动的情景,在王直方处常常举行活动的有陈师道、谢逸、谢薖、洪朋、洪刍、饶节、杨符、李錞、夏倪等人③。而饶节以宝智上人未预王直方之会为憾,所谓"絷君入社晚"云者,是以"社"称谓他们的聚会活动。可见在饶节心里,江西诸人在王直方家中的聚会是诗社性质的群体性文学活动。饶节又有"炉烟跌坐对终日,旧社知音去不辞。"④(《答惇上人七首》其七,《倚松诗集》卷二)其"旧社知音"或亦指与其有交往的江西诸人,是又以"诗社"称述这一诗人群体的例子。

李彭《奉同伯固驹甫师川圣功养直及阿虎寻春因赋问柳寻花到野亭分得野字》诗中亦有云:"他时倘重来,更结离骚社。"⑤(李彭《日涉园集》卷一)李彭《寄甘露灭》诗中有云:"戏逃苏晋禅,时赴拾遗社。念我眼中人,十烛九已灺。"⑥其中"时赴拾遗社"句,似指白居易与裴度等人之绿野堂诗会而言。

---

① 傅璇琮主编:《全宋诗》第19册,北京大学出版社1995年版,第12706页。
② (宋)饶节:《倚松诗集》卷一,文渊阁《四库全书》本。傅璇琮主编:《全宋诗》第22册,北京大学出版社1995年版,14554页。
③ 伍晓蔓博士学位论文《江西宗派研究》对此有详细论述,参见第226页。
④ 傅璇琮主编:《全宋诗》第22册,北京大学出版社1995年版,第14588页。
⑤ 傅璇琮主编:《全宋诗》第24册,北京大学出版社1995年版,第15851页。
⑥ 傅璇琮主编:《全宋诗》第24册,北京大学出版社1995年版,第15885页。

第二章　江西诗社群、南宋江湖诗社群及其相关诗学问题　457

应该也是以诗社标目江西诗人群体的一个例子。而《日涉园集》卷五之《题卢鸿草堂图》亦有云："眼明见此社中客，尽谢东阡与西陌。"①其中"诗中客"抑或指称的是诗社活动。

李彭《日涉园集》卷七之《戏赠》云："王谢风流在，星星映角巾。属文无少尽，结社有迁轮。颇作餐霞侣，愿充观国宾。径须呼伯雅，且入醉乡春。"②其所赠对象不能确指，但结社，应该亦指群体性的诗学活动而言，而《日涉园集》卷八之《用师川题驹甫诗卷后韵》，则更提到了诗人们间的同盟关系。诗云："梦中逐客幻中归，荆楚瓯闽好赋诗。谁谓涪翁呼不起，细看宅相力能追。太冲文价轻皇甫，籍也辞源怯退之。丘壑同盟从已定，莫令鬼祟作愁眉。"③诗作本身关涉到徐俯与洪刍，也将同盟间的关系比作皇甫谧与左思以及韩愈和张籍，其"同盟"之含义大于诗盟，也含有同道进退的出处态度之意。这是江西中人把他们的群体目为同盟组织（自然含有诗社组织的意思）的一个明显的例子。

吕本中《问晁伯宇》（《紫薇诗集》卷八）诗中有："误寻文字盟，秣马当百战"句，亦提及吕本中与江西诸人的文学交往，诚如研究者们所指出，吕本中实是联结当时散布在豫章、临川、南康、淮南等地各诗人群体的纽带。他的所谓"文字盟"宽泛一点说，实可指称这些大大小小的诗人群体而言。而吕本中《海陵杂兴》八首其五云："曾子不复见，斯人绝可怜。梦回千嶂里，气夺万夫前。异日文章社，平生香火缘。高楼更南望，霜落倚江天。"④这是吕本中悼念友人之作，其所谓"异日文章社"云者，可见他把自己和友人间的文学交往，视为结社活动，是可见结社或诗社是吕本中心里业已具有的一种意识。在结社风气已经很盛的北宋、南宋期间，他在总结江西诸人或曰江西诸派的诗社活动时，是有可能带入结社意识的。与此相似的还有《东莱诗集》卷九之《次韵尧明见和因及李萧远五诗》其二的所谓"交游潦倒漫虚名，误结他生文字

---

① 傅璇琮主编：《全宋诗》第 24 册，北京大学出版社 1995 年版，第 15904 页。
② 傅璇琮主编：《全宋诗》第 24 册，北京大学出版社 1995 年版，第 15920 页。
③ 傅璇琮主编：《全宋诗》第 24 册，北京大学出版社 1995 年版，第 15936 页。
④ 诗后自注："时曾元似新物故"，按，当为"嗣"，据《紫微诗话》之曾元嗣续政和间尝作《十友诗》事，见《历代诗话》，中华书局 1981 年版，第 365 页。

盟"①亦以结盟代称交游,而诗社亦往往有结盟立约的举措,可见吕本中的心里对江西诸人或诸派是作为一个群体(或"江西宗派"或"江西诗社")看待的。

而《东莱诗集》卷十三之《次韵吉父见寄新句》则更从诗学内在的特征表达出对与自己交往的诗人的看法。诗中有云:"词源久矣多岐路,句法相传共一家。"因诗人创作多不由径路,而对此表示不满,又提及自己与曾几"句法相传共一家"。按曾几曾学诗于吕本中,二人亦本有相似的诗学主张②。故吕本中说"句法相传共一家"。因江西诸人大要均学于黄庭坚,于黄氏得诗法,所以吕本中以"句法相传共一家"的名义来统摄这个诗人群体便是自然而然的事情。《东莱诗集》卷十三之《再用前韵奉和》诗中亦有"饱知时态病良已,心喜故人盟未寒",亦提及盟约。而《东莱诗集》卷十四之《赠王周士诸公》则直接将"社"与"盟"并提,诗中有云:"共结香火社,同寻文字盟。"③香火社,以白居易所结之香火社为话头,用以指吕本中与友人间的诗学交谊关系。文字盟则盖指诗人订交为诗友并展开诗学交往的意思。可见在吕本中心里,与他有交往的江西诸人之间以及他们与吕本中之间,未始不被吕氏视为具有文字盟和香火社性质的意义。虽然香火社有佛学意义,但诗社本来就与僧俗间所交结成的这种独特的群体活动类型有关,因而吕氏本人具有以"社"、"盟"看视江西诸人、江西诸派的可能性的。《东莱诗集》卷十七之《简李巽伯》中有"荒城时过我,长句屡寻盟"④,亦指订立盟约而为诗友之意(诗友或有可能成为诗社诗友)而《东莱诗集》卷十八之《寄京口使君》诗亦直谓"诗律有同社,溪山聊主盟"⑤,亦以诗学为纲,将"社"与"盟"并在一处⑥。

可见在吕氏心中,与之有交往的江西中人的存在性质——即他们与吕本中的交往是以"社"、"盟"与诗学的实际内容的相近而被吕氏归结为一处,在认

---

① 傅璇琮主编:《全宋诗》第 28 册,北京大学出版社 1998 年版,第 18116 页。
② 详见曾几所作《东莱诗集后序》,文渊阁《四库全书》第 1136 册,上海古籍出版社 1987 年影印本,第 770 页。
③ 傅璇琮主编:《全宋诗》第 28 册,北京大学出版社 1998 年版,第 18164 页。
④ 傅璇琮主编:《全宋诗》第 28 册,北京大学出版社 1998 年版,第 18188 页。
⑤ 傅璇琮主编:《全宋诗》第 28 册,北京大学出版社 1998 年版,第 18198 页。
⑥ 吕本中其他与诗社有关的表述还有《东莱诗集》卷一八之《雪夜》有云:"知有故人来问道,久无佳兴与寻盟。"(《全宋诗》第 28 册,第 18203 页)同卷之《次韵曾宏甫木犀》诗中亦有云:"他日出门寻旧约,未嫌疏懒作人不。"《全宋诗》第 28 册,第 18206 页)

可诗社的基础上,再以"宗派图"的名目标出的①。

更为值得注意的是,吕本中在提及诗盟时往往与其晚年的怀旧情绪有关。如《东莱诗集》卷二十之《送晁侍郎知抚州》诗,其云:"与君相从四十载,老病昏昏君不怪。交游大半在鬼录,一时辈行惟君在。前年簪笔侍明光,论议风流传梗概。尔来同住此荒城,笑语澜翻绝机械。薄酒重寻他日盟,新诗未了平生债。今君奉诏作邻郡,共喜朝廷有除拜。定知惠政及斯民,一洗从来州郡隘。瓮头春色早晚熟,远寄还须例沾丐。为君试草德政碑,萧何自昔文无害。"②此"晁侍郎"即晁谦之(1090—1154),绍兴十年(1140)任工部侍郎,绍兴十五年(1145)知抚州。(吕本中卒于是年,此诗当是吕本中卒前不久所作)晁谦之亦为巨野晁氏一员,与冲之同辈。晁家一门家学深厚,从高祖晁迥、曾祖晁宗悫、祖父晁仲衍而下,代有文学,世居汴京昭德坊,谦之与补之、说之、冲之、咏之、载之等多蒙浸染,亦长于诗文。吕本中与之交往,是他与晁冲之等交往的自然波及。诗中提及自己的诗友多已亡故,入"鬼录"之中。而"薄酒重寻他日盟"云者,亦可看作是对昔日群体性诗学活动的怀念。《东莱诗集》卷十九之《即事六言七首》亦有云:"点检平生旧交,几人曾是同盟。"③(其七)可见吕本中在忆及畴昔旧交时,是把他们当作一个"同盟"诗人群体看待的。吕本中晚年颇为怀旧,《东莱诗集》卷十五之《闲居感旧偶成十绝乘兴有作不复诠次》就深挚地怀念了汪革、谢逸、高茂华、关沼、饶节、夏倪、唐广仁、夏侯髦、晁载之、晁咏之、晁贯之、晁谓之、晁冲之、曾续等人。该组诗其五有云:"万里飘然不系舟,老来专忆旧交游。"④则可看出他对旧交的怀念。《东莱诗集》卷十七之《山城》亦有云:"我能知子贤,子亦怜我昔

---

① (元)马端临《文献通考》卷二四九有《江西续派》诗十三卷,为曾纮、曾思父子作。雍正《江西通志》卷一六〇则又云:"吕居仁作《江西传衣宗派图》以山谷为祖,列陈无己等二十五人为法嗣。"当是后人据《苕溪渔隐丛话》前集卷八十四之"吕居仁近时以诗得名,自言传衣江西,尝作《宗派图》"之语附会而来。未必有"传衣诗派图"的版本依据。曾纮(一作绂)、曾思(一作恩)父子,是曾巩的侄子和侄孙。陈振孙《直斋书录解题》卷二〇载"绂父子皆有官而皆高亢不仕"。可略知其人之风操。曾纮有《临汉居士集》(七卷),曾思有《怀岘居士集》(六卷),现已不存。(陈振孙《直斋书录解题》)二人之《江西续宗派诗集》二卷,亦不存。(《宋史·艺文志》)八。这些也可看出在南宋当时及后人心里江西宗派诗人的群体性和他们诗学同盟的性质。
② 傅璇琮主编:《全宋诗》第28册,北京大学出版社1998年版,第18222页。
③ 傅璇琮主编:《全宋诗》第28册,北京大学出版社1998年版,第18215页。
④ 傅璇琮主编:《全宋诗》第28册,北京大学出版社1998年版,第18173页。

老。旧交半鬼录,在者迹已扫。慨然念平生,令人恶怀抱。"①卷十七还有《寄临川亲旧十首意到辄书不复次序》十首,也属怀旧之作。正是因为吕本中历经丧乱后慨叹亲友凋零,即所谓多入"鬼录",或是因为惧怕这些已入鬼录者湮灭于历史潮流之中,他才有可能从诗学、交游的角度去作《宗派图》,而图中人之次序,或也是"意到辄书,不复次序"。因为是追忆,便有了年辈与亲疏的差别,表现为《宗派图》的现有次第,倒不一定就有什么优劣诠次之类的内在用意。这一点曾季貍之《艇斋诗话》的说法是可信的②。

作为传播和接受整体的江西诗社

元刘壎《隐居通议》卷六之"象山评论江西诗派"条又可见出陆九渊对江西诸人因诗学上的原因和创作上的共同主张而将其视为一体的情况,也可使我们了解正是共同的诗学主张和创作风尚使后人们愿意以一个统一的诗社来看待这一诗人群体。其云:

象山先生有谢程帅惠《江西诗派》一书③论古今诗体甚备,其书曰:"蒙贶《江西诗派》一部二十家,异时所欲寻绎不能致者,一旦充屋盈几,应接不暇,名章杰句,焜耀心目,诗亦尚矣,原于赓歌,委于风雅。风雅之变,拥而溢焉者也。湘累之骚,又其流也。《子虚》、《长杨》之赋作而骚几亡。黄初而降,日以澌薄。惟彭泽一原来自天稷,与众作殊趣,而淡泊平夷,玩嗜者少。隋唐之间,否亦极矣。杜陵之出,忧君悼时,追躅骚雅,而才力宏厚,足镇浮靡。诗家为之中兴。自此以来,作者相望,至豫章而益大肆其力,包含欲无外,搜抉欲无秘,体制通古今,致思极幽渺,贯穿

---

① 傅璇琮主编:《全宋诗》第28册,北京大学出版社1998年版,第18192页。
② 《艇斋诗话》有云:"东莱作《江西宗派图》本无诠次,后人妄以为有高下,非也,予尝见东莱自言少时率意而作,不知流向人间,甚悔其作也。然予观其序,论古今诗文,其说至矣尽矣,不可以有加矣。其图则真非有诠次,若有诠次,则不应如此紊乱,兼亦有漏落。如四洪兄弟皆得山谷句法,而龟父不预,何邪?"(丁福保辑:《历代诗话续编》上,第296页)其实,"宗派图"有可能作于南渡后,甚至是江西诸人大都下世后。韩驹卒于绍兴五年,即1135年,他所看到者或许是吕本中草拟之底稿。然却因某种因由,被书商获取流向世间,吕本中遂以少年率意而作为托词,故韩驹表示不能置信。就范季随《陵阳先生室中语》中所载看,正因对吕氏之说辞不置信,所以韩驹才会说:"居仁却如此说。"
③ 按,程师即程叔达,据杨万里《诚斋集》卷七九之《江西宗派诗序》(辛更儒笺校:《杨万里集笺校》,中华书局2007年版,第3230页),该序作于"淳熙甲辰",即1184年,《江西诗派》诗集之编成约在此时。

驰骋，工力精到。一时如陈徐、韩吕、三洪、二谢之流，翕然宗之，江西遂以诗社名天下，虽未极古之原委，而其植立不凡，斯亦宇宙之奇诡也。"①

陆九渊是从诗学史上江西诗派的实际作用来判断的。并明确其称为诗社。这是对江西诗人们共同的诗学主张和形成共同创作风尚的诗学地位的认可。

又，王庭珪《雷秀才尝学诗于吕居仁能谈江西宗派中事辄次居仁韵二绝赠行》其一云："逐客归寻溪上居，钓竿犹挂洞庭湖。忽逢雷子谈诗派，传法传衣共一途。"②"逐客"云者，知此诗作于王庭珪放逐期间。然此"雷秀才"不知为谁，他曾与吕本中游处，知江西宗派中事。③但具体是知吕本中《宗派图》之详细，还是听闻吕本中谈及过关于江西诸人的一些事迹和有关其他诗学情况则不能确知。不过由"传法传衣共一途"句，则可知他是从诗学主张和创作风尚方面由吕本中那里知晓江西宗派的。王庭珪字民瞻，庐陵（今江西吉安）人，政和八年（1118）进士，调茶陵（今属湖南株洲）丞，因与上官不合而弃官隐居。胡铨上札子触怒秦桧，谪岭南。王庭珪以诗送之，又逆当权者，后亦流岭南。④孝宗朝召对，赐国子监主簿，乾道六年（1170）复除直敷文阁，年九十三

---

① （元）刘壎：《隐居通议》卷六，文渊阁《四库全书》第 866 册，上海古籍出版社 1987 年版，第 64 页。
② （宋）王庭珪：《庐溪文集》卷二四，傅璇琮主编：《全宋诗》第 25 册，北京大学出版社 1995 年版，第 16858 页。
③ 杨万里《江西续派二曾居士诗集序》（辛更儒笺校：《杨万里集笺校》，中华书局 2007 年版，第 3244 页）提及曾几的两位族子，即曾几从兄弟曾卓之子曾纮，字伯容，及曾纮之子曾思，字显道。他们的诗"源委山谷先生"。而曾纮曾放浪江湖间与夏倪诸诗人游处唱和。故被杨万里认为是"江西续派"。而杨万里于此序中又提到是雷朝宗寄给自己《二曾诗集》。遂将此二曾称为"江西续派"。而雷朝宗（雷潭）之于曾思，"如李汉之于退之"，是曾思门生。不知周紫芝之"雷秀才"是否雷潭（朝宗）。在杨万里心里，雷朝宗当亦属于"江西续派"。雷潭与杨万里有交往，又与曾纮、曾思交情深挚，有师友渊源。雍正《江西通志》卷九一谓其为建昌人，胡铨一见大嘉赏，张栻尤推重之。《湖广通志》（《四库》本）谓其为长沙人，知宜章县，创县治修学校，礼士爱民，其为政有声。加之又与江西外延诗人有交往，故而周必大所说的"雷秀才"有可能是雷潭。
④ 《庐溪文集》之杨万里序称是流夜郎，又窜岭南。胡铨忤秦桧在绍兴八年（1138），被黜四年（1142），又谪岭南。杨万里《〈庐溪先生文集〉序》（辛更儒笺校：《杨万里集笺校》，中华书局 2007 年版，第 3241 页）称王庭珪作诗送胡铨时年已七十。可知，王庭珪生于 1072 年左右。而乾道六年（1170）除直敷文阁时，若王庭珪尚在，已九十八岁。故疑"乾道六年"当为"乾道元年"之讹。是年王庭珪九十三岁。其卒正在是年。杨万里序称"上践阼初召除国子监再召除直敷文阁，年余九十……"云云，可以参考。

卒①。是南北宋之交年辈较高,也颇具名望的耿直之士。他从雷秀才处知江西宗派事,因有上引之作。从中也可看见江西宗派之事在当时已颇具影响,成为士林话题。

因江西宗派的诗社活动以及吕本中所作图谱和《江西诗派集》的刊行,到南宋后期,江西诗社或江西社的名称就几乎与江西宗派或江西诗派一样为人们所乐道。其实质上都是指江西诸人或江西诸派。具体就是吕本中收入图谱中的诗人群体。如王庭珪《庐溪文集》卷四十八之《跋刘伯山诗》②诗云:"刘伯山诗调清美,不减其父升卿,其源流皆出于江西。近时学诗者悉弃去唐五代以来诗人绳尺,谓之江西社。往往失故步者有之。鲁直之诗,虽间出险绝句而法度森严,卒造平淡。学者罕能到。传法者必于心地法门有见乃可参叩。伯山方少年,如骏马驹,日欲度骅骝前。异时于江西社中横出一枝,为鲁直拈一瓣香可乎。"从王庭珪此语可见,他已从诗学发展的角度认识到江西诗人们对晚唐五代的摒弃。但也开始有了弊端。"往往失故步者有之",盖因扬弃晚唐习气过厉,后来或有以险绝为诗,不能像黄庭坚那样"卒造平淡"。他赞扬刘伯山之诗,便是出于对江西诗学与学者学习江西之诗而产生的误解有了一定认识才如此说。他对该派的分析总结远早于刘克庄,也把握到了江西诗社群的影响中的重要问题。

再者,周必大之《胡季怀有诗约群从为秋泉之集辄以山果助筵戏作二叠》二首,其一有"近诗通谱江西社,新酿才先天下秋"句诗题后自注云:"乙酉六月九日"③,即乾道元年(1165)。可见此时"江西社"在人们的认识上已经很普遍了。然胡季怀(注:雍正《江西通志》卷十六载:"胡维宁,字季怀,庐陵人。绍兴乡举。闭门著书,有《易筌蹄》、《诗集善》、《春秋类例》及《周官》、《左氏类编》传世。"周必大于乾道八年(1172)作有《祭胡季怀文》(《文忠集》卷三十八)。其中提到与胡季怀交谊颇深,"相从二纪,浃洽侪俪"。

---

① 杨万里曾从之游,谓其诗出自杜甫、韩愈。王庭珪评说"传法传衣共一途"的江西一派,实亦反映了他本人的主张。(此处据文渊阁《四库》本《庐溪文集》提要)

② 刘伯山与江西后学赵蕃多有交往。

③ (宋)周必大:《文忠集》卷三,傅璇琮主编:《全宋诗》第43册,北京大学出版社1998年版,第26703页。

《文忠集》中与胡有关的诗也很多。周必大本亦为江西庐陵人，但年辈晚于江西诗社群主要成员。与杨万里、陆游同时。不知他谓胡季怀"通谱江西社"是否指参与了一些与江西诗社群成员有师友渊源的诗人们的群体活动，详细情形待考。）之诗"通谱江西社"，是否认为其创作与江西同一宗趣，还是被一个实体性质的，后于江西诗社群的其他"江西社"认可而入谱，现在仍不能确知。但却可知，早在乾道元年时，"江西社"或一个实体性质的江西社已经活跃在人们的诗学视野中了。

又曾丰《邀肇庆府卓司法杰》诗中有云："江西社冷况岭南，喜得君来与磨磋。"①曾丰为乾道五年（1169）进士，该诗提及之江西社未必指吕本中之宗派图，也未必与江西诗社有关。但应是自己在江西时与别人之诗会活动的借称。因此可见，江西诗社或江西社在南宋已渐用以指称诗会活动，成了群体性诗学活动的象征。

杨万里则更以自觉的意识积极以江西社称谓江西诗社群。②如《诚斋集》卷二之《和萧伯振见赠》有句云："雨荒山谷江西社，苔卧曹瞒台底砖。"③又其《和周仲容春日二律句》其二云："今晨晴颇懒，昨夜雨犹声。欲社燕先觉，半春莺未鸣。诗非一字苦，句岂十分清。参透江西社，无灯眼亦明。"④虽则杨万里曾焚其少作，表面看来是脱离江西诗风，但从诗学理论上，实是对江西诗学的提高和升华。又《诚斋集》卷六有《送彭元忠司户二首》其一有云："诗入江西社，心传肘后方。"⑤以彭元忠之诗能入"江西社"相推许。足见在诚斋心里，江西一派的地位。

他对江西诸人毕生崇敬。不过他堂庑宽广，取资广泛，不隘于江西诗法而已。他这里对"江西社"的描述，实是自身学诗的体认。其《荆溪集自序》（《诚斋集》卷八十）有云："予之诗，始学江西诸君子，既又学后山五字律，

---

① 傅璇琮主编：《全宋诗》第48册，北京大学出版社1998年版，第30195页。
② 杨万里本人或亦有诗社活动，《诚斋集》卷六有《乙未和杨谨仲教授春兴》（辛更儒笺校：《杨万里集笺校》，中华书局2007年版，第378页）诗，其中有云："忽逢社里摧诗句，安得花边对举觞。"可见在杨万里的时代，诗社活动已经非常普及。
③ 辛更儒笺校：《杨万里集笺校》，中华书局2007年版，第133页。
④ 辛更儒笺校：《杨万里集笺校》，中华书局2007年版，第168页。
⑤ 辛更儒笺校：《杨万里集笺校》，中华书局2007年版，第376页。

既又学半山老人七字绝句，晚乃学绝句于唐人。学之愈力，作之愈寡"，终于"辞谢唐人及王、陈、江西诸君子，皆不敢学，而后欣如也。"① 正是舍筏达岸，陶铸各家才成就了自己独特的诗学风格。但在杨万里之前，江西诗学其实已经发展成熟，杨万里能够在此基础上度越前人，成就自己的诗学品格。

曾季貍《艇斋诗话》有云："后山（陈师道）论诗说换骨，东湖（徐俯）论诗说中的，东莱（吕本中）论诗说活法，子苍（韩驹）论诗说饱参，入处虽不同，然其实皆一关捩，要知非悟入不可。"② 便是勾绘出了江西诗学内部的发展线索。

陈师道之"学诗如学禅，时至骨自换"③。吕本中之"规矩备具而又能出规矩之外，变化不测而又不悖于规矩。"（《夏均文集序》）韩驹"学诗当如初学禅，未悟且遍参诸方。一朝悟罢正法眼，信手拈出皆成章。"④ 徐俯"中的"说原话如何，已不可知，然徐俯曾说过"诗岂论多少，只要道尽眼前景致耳。"⑤ 并在回答别人询问作诗法门时说："即此席间杯盘果蔬使令以至目力所及，皆诗也。但以意剪裁之，驰骤约束，触类而长，皆当如人意，且不可闭门合目，作镌空妄实质想了。"⑥ 伍晓蔓认为"中的"就是恰到好处⑦。可见，江西诗学自身的发展演化和日益完善周备。

杨万里实是在诸人观点基础上，融合各家意见，成就自己的诗风。可以说他由江西而入，又出于江西。但其诗学之渊源脉理，实与江西诗学并不相悖。他又为《江西诗派集》和《江西续派诗集》作序，又多次称过江西社，可知他对江西一路的诗学是非常认可的。杨万里曾学于王庭珪与胡澹庵（胡铨）。王、胡二人本江西籍，虽不属江西一路，但其诗却与江西诗风相似。故而其学诗历程至绍兴壬午（即杨万里尽焚诗稿之年，1162年）前，多受江西诗风濡染。是年诚斋已三十九岁。后虽学王安石，学唐人绝句，但其基本诗风已然确立。故

---

① 辛更儒笺校：《杨万里集笺校》，中华书局2007年版，第3260页。
② 丁福保辑：《历代诗话续编》，中华书局1983年版，第296页。
③ 陈师道：《次韵答秦少章》，傅璇琮主编：《全宋诗》第19册，北京大学出版社1995年版，第12652页。
④ 韩驹：《赠赵伯鱼》，傅璇琮主编：《全宋诗》第25册，北京大学出版社1995年版，第16588页。
⑤ 《童蒙诗训》引，郭绍虞辑《宋诗话辑佚》，中华书局1980年版，第592页。
⑥ （宋）曾敏行：《独醒杂志》卷四，《丛书集成》本。
⑦ 详见伍晓蔓：《江西宗派研究》，四川大学2004年博士论文，第169页。

第二章 江西诗社群、南宋江湖诗社群及其相关诗学问题

而杨万里实为出入江西,自铸伟辞的诗人。所以刘克庄《江西诗派小序》云:"后来诚斋出,真得所谓活法,所谓流转圆美如弹丸者,恨紫薇不及见耳。"①即是指出杨万里能由江西而成就其圆转自如之诗风。

还应注意杨万里的《北窗集序》,其云:

> 北窗先生邹公和仲绍兴丙子(1156)为章贡观察推官,予时为户曹掾,以乡邻故,相得欢甚。每见必论诗,未尝不移日也。公之诗祖山谷,记其诵所作,如《久霖》云:"劝雷且卧鼓"。如《读人诗卷》云:"声名蔼作紫兰馥,诗句清于黄菊秋。"若置之江西社,不知温似越石乎?越石似温乎?今其外孙曾叔遇尽得公之诗文若干卷,将刻板以传于学者。岂惟学者之幸,抑亦予之幸。庆元庚申(1200)六月二十七日诚斋野客杨万里书。②

这是杨万里晚年所作的序文。从中亦可见江西社在他的诗学批评视野中,是诗作有特色和有成就的象征。他虽由江西而熔炼成自己的独特风格,但始终未诋毁、贬抑江西风格。另外,杨万里此评,也可见出江西风格在当时诗学范围中的崇高地位。

该时期章甫《送谢王梦得监税借示诗卷兼简王佥》(二首),其一有云:"人入江西社,诗参活法禅。"其二有云:"岁月易飘忽,文章空怪奇。"③相参而言,可知章甫所谓"人入江西社"是指在诗风上浸染了江西诗人们的瘦硬艰仄,骨力峻峭之风。这种诗风,可以用"怪奇"称呼。由此可知,所谓入社这样的措辞,在当时亦有可能指诗风与江西的相近而言。这也从一个侧面反映了江西诗风以及江西诗社在当时所产生的巨大影响。这当然也是吕本中《宗派图》的影响。

韩淲《次韵昌甫所赋癞可瘦权且言去岁到白鹿洞》二首其一云:"踏雪

---

① 丁福保辑:《历代诗话续编》,中华书局1983年版,第486页。
② 《诚斋集》卷八三,辛更儒笺校:《杨万里集笺校》,中华书局2007年版,第3359页。
③ (宋)章甫:《自鸣集》卷四,傅璇琮主编:《全宋诗》第47册,北京大学出版社1998年版,第29069页。

寻僧已是诗,更将书册试同披。名高直隐江西社,五字非君熟和斯。"① 该诗咏《宗派图》中之祖可善权,所谓"名高直隐江西社",亦是以诗社目该诗人群体,至于善权、祖可是否"隐"于这一诗人群体,并不重要,不过,这个表述倒是反映了南宋时人对于江西诗社群及《宗派图》成员的一种认识。诗社成了江西宗派的名称,与宗派一样,已经深入人心,成了诗家的谈论口实。

而江西诗社其实也在北方金人那里产生了影响。金人李俊民《戏嘲》诗云:"江西社里几诗流,咏月嘲风未肯休。得句不能当竞病,措辞那敢向春秋。笑翻王氏三株树,惊倒张家五凤楼。……"(李俊民《庄靖集》卷二)李俊民所提及之江西社于上引南宋诸人一样,是江西宗派图中诗人的象征。可见江西诗社群以及吕本中《宗派图》的影响不只在南宋。北方金朝治下文人对其亦很了解。元好问:"北人不拾江西唾,未要曾郎借齿牙。"(《自题中州集后》)"古雅难将子美亲,精纯全失义山真。论诗宁下涪翁拜,未作江西社里人。"(《论诗绝句三十首》第二十九)也是对江西诗社群以及江西诗学的接受与批评。

金人诗学,以苏轼诗学为范式。虽也大力宗杜,但方式方法却有异于江西一路。江西一路,大抵发之于学力功夫,精研诗法句律,讲求骨力强健与筋节发露,在瘦硬与新奇的诗学上创获甚多。可以说金代诗学与江西诗学同宗异派,其根本区别也类似于苏黄之不同。南宋诗学又以江西诗学为主要阵地,故而在对江西宗派(或曰江西诗社群)的态度上,恰能反映出金代诗学与南宋诗学的分野。当然,我们此处主要探讨江西诗社群的影响,尤其重点在于该诗人群体以诗社名目所产生的影响。从上引几例可知,这种影响已逾越了不同政权所造成的流通畛域。在金人的诗学视野中,实际也存在着江西诗社的因素。而他们的很多诗学意见,也实际上产生在与江西诗学的对抗关系中。(关于宋金对峙时代的文学交流情况,我们后文将予以论述)

关于江西诗社群的历史意义,方回在其《送罗寿可诗序》中说:

> 宋铲五代旧习,诗有白体、昆体、晚唐体。白体如李文正(李昉)、

---

① (宋)韩淲:《涧泉集》卷一七,傅璇琮主编:《全宋诗》第52册,北京大学出版社1998年版,第32720页。

徐常侍昆仲（徐铉、徐锴）、王元之（王禹偁）、王汉谋；昆体则有杨、刘（杨亿、刘筠）《西昆集》传世，二宋（宋郊、宋祁）、张乖崖（张咏）、钱僖公（钱惟演）、丁崖州（丁谓）皆是；晚唐体则九僧最逼真，寇莱公（寇准）、鲁三交、林和靖（林逋）、魏仲先父子（魏野、魏闲）、潘逍遥（潘阆）、赵清献（赵抃）之父。凡数十家，深涵茂育，气极势盛。欧阳公出焉，一变为李太白、韩昌黎之诗，苏子美二难相为颉颃，梅圣俞（梅尧臣）则唐体之出类者也。……苏长公（苏轼）踵欧阳公而起。王半山（王安石）备众体，精绝句、古五言或三谢。独黄双井（黄庭坚）专尚少陵，秦、晁（秦观、晁补之）莫窥其藩。张文潜（张耒）自然有唐风，别成一宗。惟吕居仁克肖……天下诗人北面矣。立为江西诗派。①

方回勾勒了北宋诗风的基本发展面貌，指出黄庭坚专力学杜，在宋代诸体风行的诗学背景中，别开生面，以杜之诗风为宗尚又博采诸家，开江西宗派，以其诗学表率于天下。欧阳修、苏轼学李白、韩愈；王安石备众体，虽并不是专以杜甫为宗，在方回看来，成就逊于师杜之黄庭坚。因此，师尊杜甫，方可谓是向上一路，既取径广泛，又有宗有趣。刘克庄《江西诗派小序》评黄庭坚之诗云："豫章稍后出，荟粹百家句律之长，究极历代体制之变，搜猎奇书，穿穴异闻，作为古律，自成一家，虽只字半句不轻出，遂为本朝诗家宗祖，在禅学中比得达摩，不易之论也。"②此即指出了黄庭坚诗之集大成③。除宗杜之外，

---

① 《桐江续集》卷三二，李修生主编：《全元文》第7册，江苏古籍出版社1998年版，第51—52页。
② 丁福保辑：《历代诗话续编》，中华书局1983年版，第478页。
③ （金）元好问之《杜诗学引》云："尝谓子美之妙，释氏所谓学至于无学者耳。今观其诗，如元气淋漓，随物赋形；如三江五湖，合而为海，浩浩瀚瀚，无有涯涘；如祥光庆云，千变万化，不可名状，固学者之所以动心而骇目。及读之熟，求之深，含咀之久，则九经百氏古人之精华所以膏润其笔端者，犹可仿佛其余韵也。夫金屑丹砂，芝术参桂，识者例能指名之，至于合而为剂，其君臣佐使之互用，甘苦咸之相入，有不可复以金屑丹砂芝术参桂而名之者矣。故谓杜诗为无一字无来处亦可也，谓不从古人中来亦可也。前人论子美用故事有着盐水中之喻固美矣，但未知九方皋之相马，得天机于灭没存亡之间，物色牝牡人所共知者为可略耳。先东岩君有言，近世唯山谷最知子美，以为今人读杜诗至谓草木虫鱼皆有比兴，如试世间商度隐语然者，此最学者之病。山谷之不注杜诗，试取《大雅堂记》读之，则知此公注杜诗已竟。可为知者道，难为俗人言也。"（《遗山先生文集》卷三六）在大力肯定杜诗成就的同时，也认可"近世唯山谷最知子美"之说，认为黄庭坚与研究杜诗之创获已难匹敌。

黄庭坚亦推尊陶渊明、李白、韩愈李商隐及杨亿等人①。但他能以杜为体，以诸家为用，陶熔整炼成自己的风格。因此，在黄庭坚之前，北宋诸家虽各有宗趣，但只有黄庭坚是以杜之含混沉茫，不可窥校为诗学旨归，而兼取诸家，形成"横空排奡，奇句硬语"的基本诗风。黄庭坚《跋高子勉诗》云："高子勉作诗以杜子美为标准，用一事如军中之令，置一字如关门之键，而充之以博学，行之以温恭，天下士也。"②这其实也是黄诗自己的特色。其取径高远，视野宏阔，加之他本人以功力学养为诗之佐，故而在北宋一代可谓堂庑最为广大，器局最为宏阔的诗人。③再由诗友渊源而及于吕本中，终于形成以江西诗社群及《宗派图》所录的诗人群体为创作队伍和影响诗学格局的诗人集团。并在创作而外，在批评及理论建设方面均有造诣，成为有宋一代诗学的核心力量，也是南宋诗坛的主导力量。④

六、江西诗社群的代表性诗社组织——豫章诗社

黄庭坚的北京大名府等地的诗社活动与韩驹、吴可等人的诗社活动都是江西诗社群的组成部分。在江西诗社群诸多大小不同的诗社活动中，最有代表性的则应是豫章诗社。

张元幹《苏养直诗帖跋尾六篇》甲卷（《芦川归来集》卷九）曰：

> 往在豫章（今江西南昌），问句法于东湖先生徐师川，是时洪刍驹父、弟琰玉父、苏坚伯固、子庠养直、潘淳子真、吕本中居仁、汪藻彦璋、向子諲伯恭，为同社诗酒之乐。予既冠矣，亦获攘臂其间。大观庚寅、辛卯

---

① 梁昆：《宋诗派别论》，商务印书馆1938年版，第83页。
② 评高荷语，高荷字子勉。刘琳、李勇先、王蓉贵点校：《黄庭坚全集》，四川大学出版社2001年版，第669页。
③ 诚如梁昆所说："总之，杜甫诗为山谷所宗主，陶潜、韩愈、李白三人皆山谷所推尊，苏轼韩维李常孙觉谢师厚五人皆山谷所亲炙。而西昆体王安石皆山谷所得力。黄庶则山谷之父也，山谷可为集宋诗大成者矣。惟晚唐诗体为山谷所卑弃也。"参见梁昆：《宋诗派别论》，商务印书馆1938年版，第84页。皆指出山谷诗法门径广阔，诗友渊源深远，遍师诸家，又能触类而长集诸家之大成。
④ 江西诗社群成员当还有：秦少章、张彦实、范温。秦少章频问学于黄庭坚，苏轼曾说："其诗句法本黄。"张彦实，《紫微诗话》曰："夏均父称张彦实诗出江西诸人。"范温，《紫微诗话》曰："表叔范元实既从山谷学诗，要字字有来历。"（参见《历代诗话》，中华书局1981年版，第361页）

岁也。九人者，宰木以已拱矣。独予华发苍颜，羁寓西湖之上，始及识德友。一日出示养直翰墨，凡六大轴，各索题跋，适连宵雨作春泥，良是中原禁烟天气，篝灯拥火，追忆旧游，悄悄不能寐，乘醉为书，且念向来社中人物之盛，予虽有愧群公，尚幸强健云。①

这是张元幹晚年忆及当时豫章诗社活动时的感慨。"大观庚寅、辛卯岁"即大观四年（1110）和政和元年（1111）。是时徐俯、洪刍、李彭等人在南昌，在他们周围聚集了一批诗人。在这些人中，徐俯、吕本中名望最高，是该诗社的核心。张元幹的题跋说自己曾"问句法于东湖先生徐师川"，是可知张元幹曾学诗于徐俯。他在《亦乐居士文集序》（《芦川归来集》卷九）中曾说："予晚生，虽不及见东坡山谷，而少时在江西，实从东湖徐公师川授以句法。"以得徐俯传授为荣，可见张元幹实出于江西，在诗学上应属江西诗人群体的成员。②

欧阳光认为豫章诗社的活动不止在于张元幹题跋中所说的大观庚寅年和政和辛卯年，其所据者为张世南《游宦纪闻》卷三之"龙溪先生汪公藻，……幼年已负文名。作诗云：'一春略无十日晴，处处溪云将雨行。野田春水碧云镜，人影渡傍鸥不惊。桃花嫣然出篱笑，似开未开最有情。茅茨烟暝客衣湿，

---

① （宋）张元幹：《芦川归来集》，上海古籍出版社1978年版，第173页。
② （宋）曾噩的《芦川归来集序》有云："芦川老隐之为文也，盖得江西师友之传，实与孟韩同一本也。"张元幹与江西师友的交往及诗社活动，对其诗文词风的养成必然起到很大作用。故而在诗学上，张元幹应为江西诗社群之成员。张元幹《芦川归来集》之《亦乐居士文集序》云："前辈尝云诗句当法子美，其他述作无出退之。韩杜门庭，风行水上，自然成文，俱名活法。金声玉振，正如吾夫子集大成，盖确论也。"提及韩杜门庭，又论及"活法"。可知张元幹在诗学主张上，与江西诸人略同。而此处之亦乐居士为王承可，他亦可为江西诗社群之外延人员。《亦乐居士文集序》又云："故户部侍郎豫章王公承可人品高妙，其文章深造少陵阃域，一时声名籍甚。"可知王承可本江西人，为诗宗法杜甫，可被认为是江西诗社群之外延人员。张元幹《芦川旧事集》卷九之《跋苏诏君赠王道士诗后》云："文章盖自造化窟中来，元气融结，胸次古今。谓之'活法'，所以血脉贯穿，首尾俱应，如常山蛇势。又如风行水上，自然成文；又如优人作戏出场，要须留笑，退思有味，非独为文。凡涉世建立，同一关键。吾友养直平生得禅家自在三昧，片言只字无一点尘埃，宇宙山川，云烟草木……"其"活法"即"血脉贯穿，首尾俱应"和"优人作戏"等观点，实出自江西宗派之吕本中、韩驹与黄庭坚。可见张元幹融汇江西诗论，成自己独到之见的功夫。而其"风行水上"之喻，则显系承苏辙之观点（见其《仲兄字文甫说》）。张元幹力图将以刻砺功夫为特点的江西诗论与自然清通为特色的苏门诗风相统一，其实可以视为对江西诗论的一种发展。此外，据《四库》本《屏山集》提要，刘子翚（字彦冲）尝与吕本中游，"故格律时复似之"，刘子翚当为江西诗社群之外延人员。

破梦午鸡啼一声.'(《旅次》)此篇一出,便为诗社诸公所称。"①欧阳光以汪藻生于元丰三年(1079),中崇宁五年(1106)进士,所谓幼年以诗为诗社诸公所称,最迟应是举进士之前的事。故而认为豫章诗社活动应早于崇宁五年便已有活动。这是很有可能的。徐俯在崇宁时即已寓居豫章,以他为核心,渐渐聚集了一些诗人,随即展开诗社活动。所以张元幹题跋中提到的1110、1111两年并不是诗社活动的限断。欧阳光认为徽宗政和二年(1112)向子諲离开豫章时,该诗社曾有过唱和活动,认为豫章诗社的活动至少持续到政和二年以后。②

从豫章诗社的成员看,张元幹题跋提及了徐俯、洪刍、洪炎、苏坚、苏庠、潘淳、吕本中、汪藻和向子諲及张元幹③。

其中徐俯、洪刍、洪炎以及较早去世的洪朋(洪朋卒于崇宁五年,1106年)都是山谷外甥。而三洪及徐俯本为南昌人,他们受山谷诗学影响,也都亲炙于乃舅,彼此在一起切磋交流是很寻常的。他们开展的诗社活动的具体时间难以确考,但南昌诗人群体的活动应早于张元幹提到的诗社活动。伍晓蔓认为南昌诗人群体中以最年长的洪朋最有成就,是南昌诗人的领袖④。联系到徐俯后来的诗学地位,当是洪朋卒后,徐俯成为南昌诗人群体的领袖,成立了豫章诗社⑤。后来随着受黄庭坚影响的其他诗人和诗人群体的诗学联合,即南昌诗人群体、黄冈诗人群体(潘大临、潘大观)、临川诗人群体(谢逸、谢薖、汪革、饶节等人)、开封诗人群体(王直方、李錞、晁冲之、江端本等人)和蕲春的林敏功、林敏修以及南康的李彭、祖可、善权等发生联系,趋向整合,形成了江西宗派(江西诗社群)的主干,而其中南昌诗人群体"是日后出现的江西宗

---

① (宋)张世南:《游宦纪闻》,中华书局1981年版,第23页。
② 参见欧阳光:《宋元诗社研究丛稿》,广东高等教育出版社1996年版,第191页。
③ 据欧阳光考证,未被张元幹之题跋提及,但参加过豫章诗社活动的还应有洪朋、谢逸、谢薖、李彭等人。参见欧阳光:《宋元诗社研究丛稿》,广东高等教育出版社1996年版,第191页。
④ 伍晓蔓:《江西宗派研究》,四川大学2004年博士论文,第105页。
⑤ 洪朋《次韵徐十见招》诗云:"徐郎春晚意何如,相见萧然水竹居。近得柏梁七字句,俱来茧纸数行书。赏心不减远公社,到眼全胜正俗庐。首夏清和吾定往,勿令弹铗食无鱼。"(《洪龟父集》卷下)应是徐俯召集诸人作诗,洪朋因有此作,所谓"赏心不减远公社"云者,以"白莲社"相拟,有可能指豫章诗社,故而在洪朋卒前,豫章诗社或已成立。

派最核心也最基础的力量"。①确切地讲,豫章诗社实际上对后来江西诗社群的整合与形成起到了更为直接且有力的作用。吕本中不是南昌诗人群体成员,但他与江西诗人群体们多有联系,是沟通各群体,完成诗学整合的关键人物,故而豫章诗社正因有了吕本中的参与,实际上成了诗学整合统一江西诗人群体的基础力量和关键力量②。

欧阳光还指出:"如果用全面的,动态的观点来观察,豫章诗社实际上是一个持续时间较长,参加人员众多的诗社。它的成员并非固定不变,而是经常处在流动变化之中,一些人离开了,一些人又参加进来;某次活动是一些人参加,某次活动又是另一些人参加。张元幹所记叙的只是这一诗社在大观四年至政和元年这两年间的部分活动,或者也可说是这一诗社活动最活跃时期的情况,而不应是它的全部。"③这是非常准确的。另外,欧阳光指出:"我们应该看到,在江西诗派形成初期,在江西南昌及附近地区,的确活跃着一个虽不能算作组织有序,但成员之间联系相当紧密的文学团体——豫章诗社,他们有着较为一致的文学主张,频繁地展开活动,并创作了大量作品,因而对江西诗派的形成起了十分重要的推动作用。犹如平静的湖面投进一颗石子,泛起的涟漪从内向外一圈圈地扩大,最终充塞了整个湖面一样,在江西诗派形成的过程中,豫章诗社在某种程度上所起的就是这个石子的作用。"④

不过,我们还以再进一步说,在江西诗社群汇成文学史上最大流派——江西诗派过程中,包括豫章诗社在内的许多活跃在江西一带的诗社和一些有诗社性质的诗人群体都是投入到水面的石子,它们共同泛起了涟漪,相激相荡,共同泛起了涟漪,最终形成了充满整个湖面的縠纹,并在以后的历史时空中形成了巨澜,产生了巨大的影响,对南宋及后世诗坛的影响不可限量,而在其形成过程中,豫章诗社在其中是起到了核心关键的作用。⑤

---

① 参见伍晓蔓:《江西宗派研究》,四川大学 2004 年博士论文,第 105—107 页。
② 伍晓蔓所分析对江西宗派的形成都有作用的诸诗人群体实际上都有诗社性质,他们的诗社是组成那个江西诗社群的基本组织单元。
③ 欧阳光:《宋元诗社研究丛稿》,广东高等教育出版社 1996 年版,第 192 页。
④ 欧阳光:《宋元诗社研究丛稿》,广东高等教育出版社 1996 年版,第 194 页。
⑤ 孙觌《西山老人文集序》中曾指出:"元祐中,豫章黄鲁直独以诗鸣。当是时,江右学者皆自黄氏。至靖康、建炎间,鲁直之甥徐师川、二洪驹父、玉父皆以诗人进席从官大臣之列,一时学士大夫向慕作为江西宗派,如佛氏传心,推次甲乙,绘而为挂图。凡挂一名其中,有荣辉焉。"(《鸿庆居士集》卷三〇)

七、江西诗社群成员间的诗学交流

江西诗社群既含有南昌诗人群体——豫章诗社，临川诗人群体、南康诗人群体、淮南诗人群体以及开封诗人群体，那这些群体间往往内部交流，也交叉唱和，是联络各地诗社并结成江西诗社群的组成部分。兹将这些内部交流情况简述如次：

根据伍晓蔓《江西宗派研究》的考述，组成江西诗社群的诗人群体有：

南昌诗人群体，即豫章诗社，徐俯及三洪等。

临川诗人群体：谢逸、谢薖、汪革、饶节等。

南康诗人群体：李彭、祖可、善权等。

淮南诗人群体：潘大临、潘大观、何颛、林敏功、林敏修等。

开封诗人群体：王直方、李錞、晁冲之、江端本、夏倪、杨符、高荷等①。

谢逸《溪堂集》卷三《汪信民顷赴符离约谒告还家为盛集戏作嘲之以助一笑仍率诸友同赋》诗反映的是汪革赴符离之约后回到临川后谢逸与诸诗友们举行的一次诗学活动。崇宁元年（1102），吕本中祖父吕希哲谪官符离，汪革、饶节与吕氏祖孙结识，并拜入吕希哲门下，与吕本中开始了诗学交流。汪革此去符离，当是赴吕氏之约，归来意兴犹酣，故与众诗友盛集。临川诗人与符离诗人的交往早于豫章诗社，可以看作诗豫章诗社的铺垫，甚至也是江西诗社群开始整合的初期表现。谢逸《溪堂集》卷四之《寄洪驹父兼简潘子真徐师川》、《寄徐师川》及《闻徐师川自京师归豫章》等亦应为在临川与南昌的诗友间的交流唱和作品。《溪堂集》卷七还有谢逸所作之《临川集咏序》，据序文知与江西诸人交谊颇深的惠洪曾编有《临川集咏》，谢逸为之作序。然惠洪此集不存，不好确定集内是否临川诗人群体之交流唱和之作。

又谢逸《溪堂集》卷七之《宽厚录序》提及："谢子与乡里诸君子每月一集，各举古人宽厚一事，退而录之于简册，号曰《宽厚录》。庶几人人勉励，相师成风。"②可知谢逸等人在临川时的群体性活动之情状。他们举宽厚之典实，以励自己之风操，在激励节行之余，也未尝不对诗歌创作产生影响。

---

① 祖可亦在庐山与王铚结为诗社。见伍晓蔓：《江西宗派研究》，四川大学2004年博士论文，第205页。

② （宋）谢逸《溪堂集》卷七，《宋集珍本丛刊》第31册，线装书局2004年版，第433页。

第二章　江西诗社群、南宋江湖诗社群及其相关诗学问题

再如谢薖《竹友集》卷一之《读吕居仁诗》，则既是诗友间的诗学交流，亦含有对吕本中诗作的批评意见，诗云：

  吾宗宣城守，诗压颜鲍辈。其间警拔句，江练与霞绮。居仁相家子，敛退若寒士。学道期日损，哦诗亦能事。自言得活法，尚恐宣城未。今晨开草堂，书帙乱无次。探囊得君诗，疾读过三四。浅诗如蜜甜，中边本无二。好诗初无奇，把玩久弥丽。有如庵摩勒，苦尽得甘味。徐侯南州杰，论文极根柢。读君诗卷终，曰此有余地。期君高无上，二谢以平视。要当掣鲸鱼，岂但看翡翠。①

诗提及吕本中"自言得活法"，即是说吕本中之"活法"理论。又评吕氏之"浅诗"与"好诗"，分别用"如蜜柑"和"弥丽"来指示，认为"尽得甘味"。可见谢薖对吕本中的诗歌是极为推许的。之所以推许，实因他与吕本中有共同的诗学主张，自然也对吕本中的"活法"论极为肯定。

谢薖《竹友集》卷四有《寄题王立之赋归堂》诗，为谢薖寄与王直方之诗。《竹友集》卷四之《求定斋》亦为题王直方居所之诗。《寄饶次守》诗则是谢薖寄与饶节之诗，诗中有云："客从北方来，喜气满眉宇。探怀出君诗，字字粲玑珇。笔踪入颜扬，句法窥李杜。奇伟可畏人，我辈谁比数。"②则对饶节之诗推许甚高。同上卷之《读潘邠老〈庐山纪行诗〉》则有评潘大临诗句云："有才如长卿，武帝思同时。不令歌天马，亦合赋灵芝。胡为鬓已凋，但作愁苦辞。锦囊勿妄发，恐为俗子嗤。"③意谓潘大临诗高迥出群，自有卓荦不俗之气。而同卷之《寄李商老》是，则有云："忆在元真馆，与君同饮缸。论文久未去，夜雪打寒窗。明朝款君门，筱舆踏残雪。尊前听君谈，意气排凛冽。雪中两相过，把酒俱留连。岂同剡溪去，兴尽回酒船。"④诗中反映出与李彭款密之交谊，情深意挚，是谢薖与李彭间深厚情谊的反映，也是江西诗人们间真诚

---

① 傅璇琮主编：《全宋诗》第 24 册，北京大学出版社 1995 年版，第 15764 页。
② 傅璇琮主编：《全宋诗》第 24 册，北京大学出版社 1995 年版，第 15786 页。
③ 傅璇琮主编：《全宋诗》第 24 册，北京大学出版社 1995 年版，第 15787 页。
④ 傅璇琮主编：《全宋诗》第 24 册，北京大学出版社 1995 年版，第 15787 页。

诗谊的一种反映。又《竹友集》卷六还有谢薖《余尝会李商老于海昏识吕居仁于符离今已五六年矣偶见二公唱和诗各次其韵》亦是对诗友表示思念的作品，也是他们间进行诗学交流的记录。

李彭《日涉园集》卷一《奉同伯固、驹甫、师川、圣功、养直、及阿虎寻春因赋"问柳寻花到野亭"分得"野"字》。李彭为南康诗人群体的一员，诗中提及之伯固为苏坚，是祖可父，养直为苏庠，是祖可兄。李彭本人也是黄庭坚表侄，也曾是徐俯豫章诗社的成员，有较强的群体意识。这次他与苏坚、苏庠、韩驹等分韵赋诗应是他们群体性诗学活动的一个缩影。诗的结尾云："匪惟称行乐，性灵赖陶冶。他时倘重来，更结离骚社。"① 更以陶冶性灵和结社来称述这次群体性诗学活动。可见江西诗社群成员间进行类似这样的分韵赋诗的活动时的一种活动心态。

李彭《日涉园集》卷一之《有庆上人数以诗见赠，庆始学诗于祖可，尔来摆脱故步，进而不已，未可量也。作短句以报之》诗，则是对庆上人在诗学上予以扬掖与激励，该庆上人曾学诗于祖可，可知他应属江西诗社群成员之一。又李彭《日涉园集》卷二之《次韵吕居仁见寄》有谓吕本中"才高赋雌蜺，识远辩鼲鼠。兰荪无异县，臭味同此举。"② 可见，李彭是从才能和志趣（包括诗学思想与主张）方面引吕为同道的。同样，在《日涉园集》卷三之《题洪驹父徐师川诗后》中，李彭又对洪刍与徐俯之诗做出评价，其云："徐诗到平淡，反自穷艰极。周鼎无款识，赏音略岑寂。阴何不支梧，少陵颇前席。洪语自奇崄，余子伤剽贼。大似樊绍述，文字各识（师）职。二子辨钉饘，鄙夫与下客。粢食荐铏羹，熊蹯杂象白。殿最付公议，吾言可以默。"③ 对诗之平淡且略少人识的现状进行解释，旨在鼓励徐俯，希望他明白这种本质高雅峻冶的东西一时不被世人接受是十分自然的事情。对洪刍诗，则指出其"奇险"又不似其他人有剽窃、模拟之嫌，实已大大超出他人水平。其实李彭对徐、洪二人的鼓励，正可反映江西诗社群成员之间的相互理解，相互支持的诗学风尚。同时李彭既推许了徐俯的平淡，又肯定了洪刍的奇险不凡，也其实从一个侧面说明了

---

① 傅璇琮主编：《全宋诗》第 24 册，北京大学出版社 1995 年版，第 15851 页。
② 傅璇琮主编：《全宋诗》第 24 册，北京大学出版社 1995 年版，第 15862 页。
③ 傅璇琮主编：《全宋诗》第 24 册，北京大学出版社 1995 年版，第 15878 页。

第二章　江西诗社群、南宋江湖诗社群及其相关诗学问题

江西诗论本身的开放性。此外，如《日涉园集》卷四之《予与谢幼槃董瞿老诸人往在临川甚昵，幼槃已在鬼录，后五年复与瞿老会宿于星渚。是夕大风雨，因诵苏州"谁知风雨夜，复此对床眠"之句。归赋十章以寄》及卷四之《喜遇洪仲本于山南，以"蝉噪林愈静，鸟鸣山更幽"为韵作十诗寄之兼呈驹父》，都是既反映了江西诗社群诗友间的深挚情谊，又表现出浓厚的诗学交流色彩。卷四之《夜坐怀师川戏效南朝沈炯体》诗，则可见李彭自己诗学训练的参照对象是相当宽泛的，不只是诗法陶杜韩，其实亦兼有南朝诗人及韦应物等人。

江西诗社群具有浓厚诗学训练与诗学研究（含有实践）性质。李彭《日涉园集》卷五之《观吕居仁诗》则更可看出江西诗社群成员间浓厚的诗学交往意义。诗中有云："……清如明月东涧泉，壮如玄豹南山雾。抑扬顿挫百态随，鸷鸟欲举风迫之。莫言持此黄初诗，直恐竟亦不能奇。老怀凛凛受霜气，想见此郎冰雪姿。鄙夫好诗如好色，嫣然一笑可倾国。击节歌之侑欢伯，杯中安得着此客。此客不肯继尘鞿，况复世网如蛛丝。秋空横河雕鹗上，不许蜂蝶同所归。……"① 对吕本中诗予以很高评价，认为其诗或"清"或"壮"，并有类似杜甫之"顿挫"风格，也兼建安黄初诗之风貌。诗社诗友间正是这样以诗相寄，并将批评与激励融在一处，既对已取得的进步表示肯定，又以这种肯定去敦促诗友继续加强实践训练，以获得进一步的提高。江西诗社群对成员的诗学教导与鼓励，对诗学思想的传播与实践训练，都是十分强调的。这也说明了在江西诗社群以一个诗学影响动力源的面目出现于诗学史上的时候，古代诗社的基本诗学职能已经真正地完备了。此外李彭还有《寄如璧上人》、《次韵寄居仁》(《日涉园集》卷八)，而卷九的《答徐十赠诗三绝句》、《答谢蒇秀才三绝句》都是李彭与诗友间诗友情谊与彼此诗学关切的体现。而《日涉园集》卷十之《有怀雪堂旧游》则通过怀念过去诗友表达了彼此间深深的情谊。值得注意的是其中评秦观、张耒、陈师道、潘大临与何颙、何顗的诗都亦兼评其诗。通过这些内容可见李彭对他们诗学特点的把握诗十分准确的。同时也从一个侧面反映了以诗评骘其实是诗社诗友间的一种必修功课，也是他们诗学活动的主要内容之一。

---

① 傅璇琮主编：《全宋诗》第24册，北京大学出版社1995年版，第15898页。

李彭《有怀雪堂旧游》评秦观："柱史秦郎无检幅，笔端真有大夫辞。追怀耆旧谁能继，况复赏音黄绢碑。"评张耒："张侯赡蔚气如虹，字字追怀西汉风。歆向俱为泉下士，辞林正派绝流通。"评陈师道："陈子真成病乘黄，圜丘一仆殆堪伤。苦吟幽语多奇涩，未免人讥急就章。"评潘大临："柯陂潘子骨已冷，文采风流付陆云。不见十年应好在，酒浇边腹贮皇坟。"评何氏昆仲："珍重何家大小山，高文丽赋敌扬班。书来慰藉江头别，想见园林人外闲。"①

在怀念故交的同时，对其诗学成就进行评骘，有的颇中肯綮。如评陈师道"苦吟幽语多奇涩"便是。但陈师道之诗亦有虽经锻炼而不精，虽有钻砺反失之粗易，这诚为陈诗一瑕，元好问所谓："传语闭门陈正字，可怜无补费精神。"②

李彭还有《望西山怀驹父》诗，是怀念韩驹之作，但诗中有："百年会面知几遇，十事欲言还九休。"③此句出自黄庭坚《赠陈师道》，诗中的"十度欲言九度休，万人丛中一人晓"④句，也可见江西中人对其诗学成果的模拟以及化用风气。

总之，李彭对江西诗人们的创作是非常了解的。对其特色的把握和伏缺点的指示也很到位。这也说明，这个群体间的诗学意义非常浓厚，其批评也没有后世诗社活动中那种一味吹捧的习气。反映了诗社作为一种群体性的诗学活动形态其诗学职能的日臻完备。

---

① 傅璇琮主编：《全宋诗》第 24 册，北京大学出版社 1995 年版，第 15959 页。
② 陈师道是苦吟诗人：《石林诗话》："陈无己每登临得句，即急归卧一榻，以被蒙之，谓之吟榻。家人知之，即猫犬皆逐去，婴儿稚子亦皆抱寄邻家。"《却扫篇》："陈无己一诗成，揭之壁间，有窜易至月十日乃定；有终不如意者，则弃去；故平生所为至多，而见于集中者，才数百篇。"可见其苦心孤诣作诗之情状。）而纪昀《后山集钞序》的评价则更为详尽，其云："平心而论，其五言古，劖刻艰苦，出入郊、岛之间。意所孤诣，殆不可攀；其生硬槎枒，则不免江西恶习。七言古，多效昌黎，而间杂以涪翁之格，语健而不免粗，气劲而不免直；以拗折为长，而不免少开合变动之妙。篇什特少，亦自知非所长耶？五言律，苍坚瘦劲，实逼少陵。其间意僻语涩者，亦往往自露本质。然胎息古人，得其神髓，而不自掩其性情，此后山之所以善学杜也。七言律，欹崎磊落，矫矫独行。惟语太率而意太竭者，是其短。五、七言绝，则纯为少陵遣兴之体，合格者，十不一二矣。大抵绝不如古，古不如律，律又七言不如五言，弃短取长，要不失为北宋巨手。向来循声附和，誉者务掩其短，毁者并没其所长，不亦甚耶？"（《纪晓岚文集》，河北教育出版社 1995 年版，第 184—185 页）纪昀评陈师道"劖刻艰苦"、"意所孤诣"、"意僻语涩"等，就是所谓"生硬槎枒"的"江西恶习"这些关于陈师道的评价综合看还是比较符合实际的。
③ 傅璇琮主编：《全宋诗》第 24 册，北京大学出版社 1995 年版，第 15968 页。
④ 傅璇琮主编：《全宋诗》第 17 册，北京大学出版社 1995 年版，第 11569 页。

第二章　江西诗社群、南宋江湖诗社群及其相关诗学问题

吕本中《东莱诗集》卷一有《符离诸贤诗》，当为吕本中与符离诗人群体熟识后对他们的评价。诗云："穷居日荒凉，杜门与世绝。亲故日夜疏，诗书固宜缺。符离虽陋邦，贤士稍罗列。德操青云器，议论辈前哲。外貌发英华，中心莹冰雪。介然特立士，劲气刚于铁。攘臂辨是非，孰能逃区别。信民粹而和，名利诚难悦。汩没稠人中，独抱云松节。伟哉二三子，实乃邦家杰。我来从之游，内顾惭疏拙。欣然对三益，放怀歌数阕。已矣不须言，渠当为君说。"①这里偏重对诗人饶节与汪革的人品操行进行评价。这种处世态度和人格操守上的共通点，是江西诗社群得以整合成一个大宗派的重要原因和依据。

吕本中把江西诸诗社整合为整个江西诗社，并以宗派名目宣示与世人。在他的《东莱诗集》中，反映江西成员间的情谊以及诗学交流的内容很多。如《东莱诗集》卷一的《寄璧公道友》、《用前韵寄李商老》（其中有句云："只今江西二三子，可能元和六七公。"可知他对江西诸人的期许。）、《又寄无逸信民》、《奉答璧公兼简诸友》；《东莱诗集》卷四的《潘邠老尝得诗云："满城风雨近重阳。"文章之妙，至此极矣。后托谢无逸缀成，逸诗云："病思王子同倾酒，愁忆潘郎共赋诗。"盖为此语也。王子立之也作此诗，未数年而立之邠老墓已拱，无逸穷困江南，未有定止，感叹之余，辄成二绝》、《寄李商老》；卷七之《寄江端本子之晁冲之叔用》、《家叔舍弟与黎介然会于符离因用两绝奉寄》（其二有云："遥知再踏重游地，更想汪饶曳杖时"，诗后自注云："余与介然、德操、信民同寓符离"）。《东莱诗集》十五《闲居感旧偶成十绝乘兴有作不复诠次》组诗，分别写了汪革、谢逸、高秀实、关叙、饶节、夏倪、唐广仁、夏侯髦、晁载之、晁咏之、晁谓之、晁冲之、曾元嗣等人。反映了吕本中极为强烈的群体意识。他的这种以同道而同群，以同群而同气的性情与观念，是集结成江西诗社群的重要内在原因。《东莱诗集》卷十七之《寄临川亲旧十首，意到辄书，不复次序》为吕晚年感怀旧友之作，其二云："少小交游不乏贤，二三豪杰聚临川。自从老大飘零尽，独有残诗数百篇。"其六云："交游畴昔住临川，博士高风世不传。饶谢得名三十载，当时已道小汪贤。"

---

① 傅璇琮主编：《全宋诗》第 28 册，北京大学出版社 1998 年版，第 18033 页。

其七云:"故人子弟惟汪谢,每一思之忘寝兴。莫道临川便寂寞,后来相继有诸曾。"则都是对列名于图谱中的诗友的深切怀念。须要指出的是,吕本中年老时,对诗社成员间的感情才会积淀到一定限度,也正是因为他在晚年不断地追忆旧游,才可能会以诗社和《宗派图》的名目综合了与自己有交游,且诗尚杜黄并有一定成就和影响的诗人。故而《宗派图》或是吕本中本人对该诗人群体不断追忆,对其诗学意义不断关注的结果,也是出于对南宋初期物境迁移背景下文学发展未来走向的一种干预性意识而提出的。吕本中作于晚年的《即事六言七首》之七云:"毕竟学书不成,谁道能诗有声。点检平生交旧,几人曾是同盟。"——这或许是他作《宗派图》的动因——晚年撰写《宗派图》以总结这一诗人群体,为其曾经的存在做收束,同时以寄托自己的怀念和追思。

《东莱诗集》卷十九之《徐师川挽辞》可谓情谊深挚。至于吕氏有意在宗派图次序中贬抑徐俯,则属臆测①。

其诗云:"江西人物胜,初未减前贤。公独为举首,人谁敢比肩。时虽在廊庙,终亦返林泉。今日西川路,临风更泫然。"(其一)"异日逢明主,端居不复藏。一心扶正道,极力拯颓纲。已病犹轩豁,临衰更激昂。始知操韫处,余事及文章。"(其二)"念昔从耆旧,公知我独深。意犹如昨日,爱不减南金。抚事思前作,干时愧夙心。素琴理旧曲,无复有知音。"②(其三)对徐俯的诗与人评价均很高。这透射出江西诗社群成员间紧密深挚的情感纽带。——这也是

---

① (宋)赵与时《宾退录》云:"吕居仁作江西宗派图,固有次第。陈无已本学杜子美,后受知于曾南丰,非其派也。靖康末,吕舜徒作中宪,居仁遇师川于宝梵佛舍,极口诟骂其翁于广坐中,居仁俯首不敢出一语。故于宗派贬之于祖可、如璧之下,师川固当不平。"(《宾退录》卷六)孙觌《鸿庆居士集》卷一二有类似记载。——这亦应是出于臆测之言。吕本中《东莱吕紫薇师友杂志》云:"徐俯师川,少豪逸出众,江西诸人皆从服焉。崇宁初见予所作诗,大相赞赏,以为尽出江西诸人右也。其乐善过实如此。"若以《宗派图》作于政和间,则徐俯正负盛名,且徐俯公然指责吕本中父之事尚未发生,以宗派图贬抑之事无从谈起。其实徐俯在《宗派图》中的位置并无不妥。《后村诗话》云:"师川藐视一世,然集中不能皆善。"而方回《瀛奎律髓》之评则更低:"《东湖居士集》三卷,上卷古体,中卷五言近体,下卷七言近体,以予考之,殆以山谷之甥,常亲见之,故当世不敢有异议;在江西派中无甚作也。惟压卷数首可观,亦人所可到;律诗绝无可选。"故而我们可以推测,徐俯后期创作之水平并无提高,以前的盛名也渐渐销蚀,在他故去后,吕本中在《宗派图》中公允,客观地给予其次第,这应是符合其真实成就的。

② 傅璇琮主编:《全宋诗》第28册,北京大学出版社1998年版,第18215页。

诗社成熟时期的一个共同特点。

另外,《后村诗话》有云潘邠老"其诗自云学老杜,然有空意旧无实力。余旧读之,病其深芜。后见夏均父读邠老诗,亦有深芜之评。"[①]江西诗人间相互批评不同于后来所谓诗社习气的意味掖扬,而是在诗学范围内,从根本主张出发做出评论。正是因为有深挚的感情纽带,江西诗人才能在诗学交流中以诚相待,其交流本身也就自然规避了逢迎掖扬或是分朋标榜的不良习尚,这是江西是社群与明清诗社大不相同的一个方面。

江西诗社群中的诗人们是以共同的诗学主张、师友渊源以及诗友情谊为纽带联结在一起的诗学群体。他们有自己的交游圈,在这个诗学圈中,他们相互切磋砥砺,共同实践者他们共识性的诗学主张。同时也积极地通过交游活动去传播他们的诗学思想。但须要指出的是,该群体,尤其是《宗派图》中的诗人们相互认同的程度远高于社会认同。这是他们群体性的一个特点:即在群体内部,有自己的诗学气氛,而不尽同于整个社会(诗坛)的诗学气氛,形成了一个类似诗坛的小圈子,并对整个诗坛发生作用。而二者具有不同的存在境域。就江西诗社群来讲,他们后来引领了整个诗坛风气使南宋诗坛一直在江西诗社群的主流诗学活动风气中消长激荡。这缘于江西诗社群这个诗学圈子本身就有着界缘清晰和理论宗尚相同的特点,也与江西诗学本身的理论力度较强和理论的体系性较为突出有关。《苕溪渔隐丛话》中说:"所列二十五人,其间知名之士,有诗句传于世,为时所称道者止数人而已,其余无闻,亦滥登其列。居仁此图之作,选择不精,议论不公,余是以辨之。"[②]其实,胡仔是从当时诗坛的诗学氛围评价江西诗社群之诗学氛围,二者本不同,故而在江西诗社群中享有较高声誉的诗人,未必在诗坛总体氛围中享有较高声誉,二者之界缘是很清晰的。江西诗学与江西诗风能产生巨大的作用,主要是其群体性的合力使然,其中该群体的核心人物对江西诗学的流播和影响起到了引领作用,是主力。而其他成员则提供助力,他们共同襄成诗坛巨浪,影响后世极为深远。诗社在当时都具有界缘清晰的特点,也可称之为某

---

① 丁福保辑:《历代诗话续编》,中华书局1983年版,第479—480页。
② (宋)胡仔纂集,廖德明校点:《苕溪渔隐丛话》,人民文学出版社1962年版,第328页。

种程度的排他性。

江西诗社群由许多小规模诗社和诗人群体组合而成。其间又以师友渊源和共同的诗学主张为核心与组织脉络。江西诗社群之成员众多，交游广泛，又使该诗社群具有一种立体网状结构的特征。同时，除列入《宗派图》的诗社成员而外，又以该社群成员为基本活动因子，形成了许多外延性的师友关系网络。如曾几、曾季貍之于吕本中，吴可、范季随之于韩驹，都属这种师友师传关系。

江西诗社群还含有后来受江西诗论影响的其他诗人群体，纵然未必有诗社性质，但若联系江西诗社群成员交游的辐射与凝聚作用，将他们视为江西诗社群之组成部分是有道理的。如韩淲《涧泉集》卷二有《溪山堂，曾宏甫作。徐师川、吕居仁、曾吉甫、王元渤、郑顾道、晁恭道、王起岩、吴传朋、徐明叔游咏之地》诗。韩淲隶籍上饶涧泉，在信州。诗题中所说的徐俯、吕本中、曾几等人游咏之事当为吕本中晚年在信州之事。这是江西诗社群中主要成员和一些外延人员间的群体性诗学活动，也可视为组成江西诗社群的小型诗社。而韩淲本人亦被学者视为江西诗派之成员①。此外《潜溪诗眼》之作者范仲温为秦观之婿，吕本中之表叔，学诗于黄山谷，故而范仲温亦应为江西诗社群之成员。其《潜溪诗眼》也反映了江西诗论的基本观点②。另据《宋诗纪事》卷九十二之"正宗"条，云："正宗俗姓陈，崇仁人，居梅山，吕居仁、曾吉甫、韩子苍寓临川日宗游其门，有《愚丘诗集》。"③故正宗亦应属江西诗社群之诗人群体的成员。又，刘子翚亦与韩驹、吕本中以诗相往还（见《全闽诗话》卷三）。故而刘子翚（字彦冲），亦应算作是江西诗社群之成员。韩驹、饶节外，还有曾续、颜岐、关沼、高茂华和吕本中等的"十友"群体④，他们亦应属于江西诗社群。

此外惠洪交游广泛，游走于苏门、黄门间，受黄门的影响更多一些。陈与

---

① 梁昆《宋诗派别论》认为韩淲与赵蕃为"江西四期"之主力。详见梁昆：《宋诗派别论》，商务印书馆 1938 年版，第 125—129。
② （清）厉鹗辑撰：《宋诗纪事》卷四一，上海古籍出版社 1981 年版，第 1055 页。
③ （清）厉鹗：《宋诗纪事》，中华书局 1983 年版，第 2227 页。
④ 见吕本中：《紫微诗话》，《历代诗话》，中华书局 1981 年版，第 364 页。

第二章 江西诗社群、南宋江湖诗社群及其相关诗学问题

义习黄庭坚诗学,又与吕本中有交流,从理论主张到具体实践都表现出与江西诗社群有相似的特征,后被方回列为"三宗"之一。故而我们以江西诗社群的视角来观照,可以对这个具有网状立体结构的诗人群体的理论阵容及其内涵做一番了解。

江西诗社群成员的诗话类著作较多。其中名列《宗派图》的成员也有诗话传世。这些可以看作是直接与江西诗社有关的诗话作品,也可以看作是江西诗社群的核心理论资料。如,王直方有《王直方诗话》(《宋诗话辑佚》本),洪刍有《洪驹父诗话》(《宋诗话辑佚》本),李錞有《李希声诗话》(《宋诗话辑佚》本),陈师道《后山诗话》(《历代诗话》本),及未列入的如吕本中《紫微诗话》(《历代诗话》本)和《童蒙诗训》(《宋诗话辑佚》本)。与《江西诗社宗派图》中的诗人有师友渊源,也可视为江西诗社群成员的诗人也有诗话著作。如曾季貍《艇斋诗话》(《历代诗话续编》本),吴可《藏海诗话》(《历代诗话续编》本),范温的《潜溪诗眼》(《宋诗话辑佚》本)、杨万里《诚斋诗话》(《历代诗话续编》本)和刘克庄《江西诗派小序》(《历代诗话续编》本)等。其他还有《潘子真诗话》①。若理论关注的范围还包括他们所作之诗、文及专门的论诗、论文资料的话,则该诗人群体的理论内涵是极为丰富而且充实的。这也从一个侧面说明了江西诗社群对于宋代的诗话类著作的繁盛所起到的作用。即使是与江西不同,或是反对江西诗学的诗话,也与江西诗学的实际存在有关。从理论本身上说,则该诗人群体之理论也具有开放性、延展性,表现出整体的理论性的完善与成熟。这些应与江西诗社群的成员之间的诗学交流以及不断地探讨与实践有关。诗话,这一中国文学批评史上数目庞大,诗学色彩浓厚的理论文本形态与诗社诗学活动的紧密关联,也充分地在江西诗社群的诗

---

① 潘淳,字子真,新建人(今江西新建)。《江西通志》卷一三四称其"少颖异,好学不倦,淹贯经史百家之言,师事黄庭坚,尤工诗","其诗风亦江西路数"。(郭绍虞《宋诗话考》语,中华书局1979年版,第140页)潘淳亦可算作是江西诗社群诗人。潘淳有《潘子真诗话》(亦可算作是江西诗社群的理论成果)《漫叟诗话》(按:郭绍虞认为《漫叟诗话》的作者或是李公彦,字成科,一作成德,平居与谢逸、曾季貍唱和,应属江西诗社群,故其《漫叟诗话》应是江西诗社群的理论成果。详见郭绍虞:《宋诗话考》,第148、149页)《诗说隽永》(疑为胡宗汲所作的《诗说隽永》亦载了江西诗社群中诗人的诗学事迹,虽目前仍不能确定作者为谁,但其应熟知一些与江西中人有关的掌故,其《诗说隽永》应约略可算作是江西诗社群的诗学成果)。

话著作中充分表现出来①。

八、以诗话类著作的有关内容观照江西诗社群的诗学活动兼论其诗学特点——以江西诗社群成员的诗学话题为对象

江西诗社是一个诗学研究机构，他们研究范围很广泛，不只是对杜诗，对历代有成就，有特点的诗人他们也都细心琢磨，广泛汲取创作经验。是一个有着浓厚诗学钻研性质的诗社群体。

《后山诗话》中有记载陈师道自己与黄庭坚言及不解欧阳修不好杜诗，苏轼不好《史记》，黄庭坚因论及杜甫诗法出于杜审言，句法出自庾信，并且超过二人，认为杜之诗法即为韩之文法。并且指出"韩以文为诗，杜以诗为文故不工尔。"还载黄庭坚评白居易"笙歌归院落，灯火下楼台"，不如杜甫"落花

---

① 虽然这些诗话或为本人创作，或为后人辑录（如《黄山谷诗话》），但作为中国文学批评史研究范围内的古代诗学资料的重要文本形态，诗话与诗社毕竟发生了关联，诗话本有记述诗人交流的资料性特征，也有记录诗人轶事的内容，故而诗话之与诗社，是可能反映诗社活动的有关内容的。诗话也成了诗社研究的重要文献资料，且诗社活动对促使诗话这种形态的批评史文献的发展起了非常重大的作用。中国古代关于诗歌创作的各种"诗格"、"诗法"的理论是非常多的，尤其是关于作诗的要领和方法。唐人于此类作品实肇其端，而宋人更是总结出了作诗的许多法门和规范，到了元代，更加蔚为壮观了。此类作品，今传题名为王昌龄所著的《诗格》除阐发了"意境"观之外，其余部分，大多谈诗歌的技法。如"起首入兴体十四"、"常用体十四"、"落句体七"、"诗有六式"等，虽然该书是否王昌龄所作还存在不同看法，但基本可以确定是作于中唐之前，可以充分说明在当时诗人们对于诗歌技巧已经很重视了。又有题名王昌龄的《诗中密旨》（非王昌龄所作，但《文镜秘府论》中有很多相同相似部分，可证其为唐人所托。），其中"诗有九格"、"诗有六义"两则，或标示章法、句式，或指示创作要领，技术性色彩十分鲜明。此书还谈了许多诗病，如"龃龉病"、"长撷腰病"、"支离病"、"落节病"等。是对创作过程中易于出现的技术性错误的具体分析和规避建议，属技术性诗法论的范畴。类似这种谈诗法的作品还有署名李峤的《评诗格》、王睿的《炙毂子诗格》、齐己的《风骚旨格》等。此后五代有徐夤《雅道机要》、王玄《诗中旨格》、李洪《缘情手鉴诗格》、王梦简《诗要格律》等。宋代这类作品更为繁多，像徐衍《风骚要式》、文彧的《文彧诗格》、保暹的《处囊诀》、李淑《诗苑类格》、苏辙《诗病五事》、题名黄庭坚的《黄山谷诗话》，王直方的《王直方诗话》，严有翼的《艺苑雌黄》。还有丛书性质的《吟窗杂录》，韩驹的《陵阳先生室中语》，吴聿《观林诗话》，黄彻《䂬溪诗话》，曾季貍《艇斋诗话》，陈岩肖《庚溪诗话》，张镃《诗学规范》，姜夔《白石道人诗说》，蔡梦弼《草堂诗话》，等等。其关注点，从宗派、谱系到历代诗人评价和诗歌体式、章法、宗法、对仗、用事等都有细致的总结和论析，是介于语言学、修辞学和文学理论间的一种理论著述形态，虽然宋人所作大都不叫做诗格或诗法，但指示方法，传授诗艺的内容类型与此前的诗格、诗法类著述是相同的，都是对诗歌创作的既有规律的总结，要求诗人创作时能主动自觉地去遵守这些规则，使用已经经过前代诗人证实过有效的手法和技巧，他们认为这是成为成功诗人的共同道路。但规则过细过死，便会产生呆板僵化的弊端，这也是这一类诗学著述最为后人诟病的一个原因。

游丝白日静，鸣鸠乳燕青春深"句。评孟浩然"气蒸云梦泽，波撼岳阳城"句不如九僧"云中下蔡邑，林际春申君"①句。这是江西诗社群主要核心成员间探讨诗学的资料，可见他们对前人诗作细致入理的琢磨与钻研作风。

还载及黄庭坚评王安石诗"暮年方妙，然格高而体下"，并举诗句进行评论②。亦载黄庭坚学杜诗事云："唐人不学杜诗，惟唐彦谦与今黄亚夫庶、谢师厚景初学之。鲁直，黄之子、谢之婿也。其于二父，犹子美之于审言也。然过于出奇，不如杜之遇物而奇也。三江五湖，平漫千里，因风石而奇尔。"③这是研究宋人接受杜诗和黄庭坚本人之诗学渊源的重要资料。还载有黄庭坚与其兄大临间的对句事④。评黄庭坚词"断送一生惟有，破除万事无过"，认为由韩愈诗句变创而来，是"才去一字，遂为切对，而语益峻"。⑤评黄庭坚《乞猫诗》诗"虽滑稽而可喜。千载而下，读者如新"。⑥《后山诗话》还记载了黄庭坚与方蒙、洪朋、潘大临（邠老）的书信，这也是江西诗社核心成员的诗学交流，其云："鲁直与方蒙书：'顷洪甥送令嗣二诗，风致洒落，才思高秀，展读赏爱，恨未识面也。然近世少年，多不肯治经术及精读史书，乃纵酒以助诗，故诗人致远则泥。想达源自能追琢之，必皆离此诸病，漫及之尔。'与洪朋书云：'龟父所寄诗，语益老健，甚慰相期之意。方君诗，如凤雏出觳，虽未能翔于千仞，竟是真凤凰尔。'与潘邠老书曰：'大受今安在？其诗甚有理致，语又工也。'又曰：'但咏五言，觉翰墨之气如虹，犹足贯日尔。'"⑦黄庭坚对年轻诗人的教导和点拨可谓谆谆切至。陈师道遇黄庭坚，尽焚其稿而师之，可见他对黄庭坚诗学的景仰。由《后山诗话》这些资料来看，他也是江西诗社群的理论中坚⑧。

---

① （清）何文焕：《历代诗话》，中华书局1981年版，第303页。
② （清）何文焕：《历代诗话》，中华书局1981年版，第306页。
③ （清）何文焕：《历代诗话》，中华书局1981年版，第307页。
④ （清）何文焕：《历代诗话》，中华书局1981年版，第307页。
⑤ （清）何文焕：《历代诗话》，中华书局1981年版，第308页。
⑥ （清）何文焕：《历代诗话》，中华书局1981年版，第308页。
⑦ （清）何文焕：《历代诗话》，中华书局1981年版，第311页。
⑧ 诸洪为山谷外甥，受到黄庭坚在诗学上颇多指点，其诗亦学乃舅。《观林诗话》云："豫章诸洪作诗，有外家法律。"（文渊阁《四库全书》第1480册，上海古籍出版社1987年影印本，第9页）这可看出黄庭坚对江西诗社群的影响，是该群体诗人的绝对精神核心。

吕本中《紫微诗话》中也记载了许多诗社成员的诗学实践与论诗资料。如："汪信民革,尝作诗寄谢无逸云:'问讯江南谢康乐,溪堂春木想扶疏。高谈何日看挥麈,安步从来可当车。但得丹霞访庞老,何须狗监荐相如?新年更励于陵节,妻子同锄五亩蔬。'饶德操节见此诗,谓信民曰:'公诗日进,而道日远矣。'盖用功在彼而不在此也。"①这是《宗派图》主要成员间诗学交流的资料。饶德操认为谢逸诗虽技艺精湛,却与儒家进取干世之义有缺。这种意见,也反映了江西诗社群在诗学上的一种倾向,即诗艺与道,不应支离,而应融合。

《紫微诗话》还评洪朋《写韵亭诗》为"作诗至此,殆无遗恨矣"。还载有宣和末林敏功寄夏倪诗,又评夏倪诗云:"文词富赡,侪辈少及。尝以'天寒霜雪繁,游子有所之'为韵,作十诗留别饶德操,不愧前人作也。"这应是诗友相互间的披扬鼓励。又评晁冲之、高秀实云:"众人方学山谷,晁叔用冲之独专学老杜;众人求生西方,高秀实独求生兜率。"本来学习黄庭坚诗,是学习杜诗的一个途径,但晁冲之直师杜甫,其气魄可嘉。高秀实即高茂华,吕本中谓其"人物高远,有出尘之姿。"②但此人不列名于《宗派图》中,不过亦应为吕本中诗友,也可算作是江西诗社群的外延诗人。

吕本中《紫微诗话》中载江西诗派中的(尤其是《宗派图》中)的诗人之间的交往与评创资料很多。他在《夏均父集序》中提出了"活法"说,并云:"然予区区浅末之论,皆汉魏以来有意于文者之法,而非无意于文者之法也。"这其实是吕本中自觉诗学意识的反映,也与江西诗人们间时常探讨"有意于文者之法"的诗学实践有关。如"叔用尝戏谓余曰:'我诗非不如子,我作得子诗,只是子差熟耳。'余戏答云:'只熟便是精妙处。'叔用大笑以为然。"这是吕本中与晁冲之间一次轻松惬适的诗学交流。晁冲之告诉吕本中自己可以作出吕本中风格的诗作,但不如吕精熟。吕亦不为谦辞,径谓这正是自己胜过晁诗之处,二人大笑,正可见他们莫逆于心的诗友情谊。又载吕本中自记与王直方之交谊云:"王立之直方病中尽以书画寄交旧,余亦得书画数种。与余书云:

---

① (清)何文焕:《历代诗话》,中华书局1981年版,第360页。
② (清)何文焕:《历代诗话》,中华书局1981年版,第360—361页。

'刘玄德生儿不象贤。'盖讥其子不能守其图书也。余初未与立之相识，而相与如此。夏均父尝寄立之诗云：'书来整整复斜斜。'盖谓其病中作字如此。"这是王直方临终前以所藏书画赠送诗友，使吕本中很为之动情。这与潘大临重阳日得"满城风雨近重阳"句，因催租者遽至，而终不卒章，待其故去，诸诗友，如谢逸，吕本中都补成全诗以志纪念的情谊一样。真可见出江西诗社群诗友间的深挚情感。其实正是这种情感纽带，使他们共同的诗学主张得以建立在非常牢靠的基础之上。他们鼓舞激荡，扭结成一种强大的诗学力量，直接影响了后来的诗学走向与基本格局。又如"饶德操酷爱徐师川《双庙诗》'开元天宝间，衮衮见诸公。不闻张与许，名在台省中'之句。"徐诗质量姑且不论，饶节"酷爱"其实也折射出江西诗友间的诗学情感。再如"汪信民于文无不精到，尝代荥阳公作《张先生哀词》云：'惟古制行必中庸兮，降及末世庡不通兮，首阳柱下更拙工兮。'其余忘之矣。"①真可谓有一善可陈，必极力推许，是诗学方向的志同道合使其文学批评活动本身带有了一种诗社成员间普遍存在的诗友鼓励式批评的特色。

一般认为同一群体中的诗友在评价有关作品时，往往基于共同的诗学主张与彼此情谊，有拔高现象。固然，从批评本身的客观内涵上看，或有虚誉，但这是同一群体相激相荡的特有批评方式，其意义是鼓励创作并增强影响力，当然也增强了群体的凝聚力。这种批评的文学史价值其实远高于其批评价值本身，因为这种群体批评可以汇众流而成巨澜，有利于干预文学的发展和走势，这是积极的方面。消极处在于会虚誉过甚，流于奉承，以至名不符实，加之鼓噪喧嚣，致成后世之诗社习气。

《紫微诗话》载："夏均父称张彦实诗出江西诸人。彦实《送均父作江守诗》云：'平时衮衮向诸公，投老犹推作郡公。未觉朝廷疏汲黯，极知州郡要文翁。'均父每讽诵之。"②夏倪认为张彦实诗出"江西诸人"，而夏倪所喜之《送均父作江守诗》用典工切，语意峻切，与江西同一趣尚。可见江西中人已经自觉地把自己的诗学群体与他人进行诗学上的划界，这也是江西诗社群得以

---

① （清）何文焕：《历代诗话》，中华书局1981年版，第362页。
② （清）何文焕：《历代诗话》，中华书局1981年版，第369页。

出现的一个重要因素。再如《紫微诗话》还有云："江西诸人诗，如谢无逸富赡，饶德操萧散，皆不减潘邠老大临精苦也。然德操为僧后，诗更高妙，殆不可及。"①吕本中评谢逸诗"富赡"，评饶节诗"萧散"，评潘大临诗"精苦"，显然他对诗友们各自的创作特色极为了解。若《宗派图》果有次第，则此三人分别位列第四（谢逸），第三（潘大临），第六（饶节），是江西诗社群较高水准的代表。而"富赡"、"萧散"与"精苦"也可见出吕本中的诗学偏好。此外，我们由此可见，江西诗风虽然有艰涩拗捩，槎枒粗犷的基本特征，但实际上也容纳着诗人们不同的创作个性，并不是整齐划一式的单一风格。这是江西诗学具有开放性、包容性的一面，是我们了解江西诗风时应该予以充分注意的。还应注意下面这一条："曾元嗣续政和间尝作十友诗，盖谓颜平仲岐、关止叔沼、饶德操节、高秀实茂华、韩子苍驹及余诸人共十人也。其称余诗云：'吕家三相盛天朝，流泽于今有凤毛。世业中微谁料理？却收才具入风骚。'"②这个"十友"，其实也可视为江西诗社群的次生诗人群体，也有诗社性质。该群体除名列《宗派图》中的韩驹、饶节外，还有曾续、颜岐、关沼、高茂华和吕本中等，且曾续除评吕本中外，亦应以诗评述过其他诸人，但惜已不见。在文人群体活动日渐频繁的时期，诗人们在群体性诗学活动中相互影响，对某一种诗论主张的扩大影响和传播是很有推助作用的。江西诗论之影响，应与诗人们多参与此类群体性活动有关。这应是江西诗社群有诗学传播职能和培养教育作用的一种反映。

《童蒙诗训》载："谢无逸语汪信民云：'老杜有自然不做底语到极至处者，有雕琢语到极致至处者：如'丹青不知老将至，富贵于我如浮云'，此自然不做底语到极至处者也；如'金钟大镛在东序，冰壶玉衡悬清秋'，此雕琢语到极致至处者也'"③这是江西诗社群中主要的诗学核心力量间关于杜诗创作经验的交流。

又如："潘邠老言：'七言诗第五字要响，如'返照入江翻石壁，归云拥树失山村'，翻字、失字是响字也。五言诗第三字要响，如'圆荷浮小叶，细麦

---

① （清）何文焕：《历代诗话》，中华书局1981年版，第363页。
② （清）何文焕：《历代诗话》，中华书局1981年版，第365页。
③ 郭绍虞辑：《宋诗话辑佚》，中华书局1980年版，第586页。

第二章　江西诗社群、南宋江湖诗社群及其相关诗学问题　487

落轻花。'浮字、落字是响字也。所谓响者，致力处也。'予窃以为字字当活，活则字字自响。"① 这是潘大临谈自己的创作体会。他为诗精苦，而锻炼用字，"致力"于诗歌语言的精当与整炼，达到警拔动人的诗学效果。而吕本中则认为"字字当活"，认为诗歌语言用字应灵动活泼。看来，"字字当活"是"活法"说的重要内容——这是江西诗社群成员间关于诗学技巧的交流②。

再如："徐师川言：'人言苏州诗，多言其古淡，乃是不知言苏州诗。自李、杜以来，古人诗法尽废，惟苏州有六朝风致，最为流丽。'"③ 此说出于苏轼，但亦可见江西诗社群中的诗人们的诗学视野实际上是很开阔的。

还有："徐师川问山谷云：'人言退之、东野联句，大胜东野平日所作，恐是退之有所润色。'山谷云：'退之安能润色东野，若东野润色退之，即有此理也。'"④ 究是韩愈、孟郊谁润色谁姑且不论，此处到可见吕本中记录了许多江西诗社群核心成员间进行琢磨分析，提出见解的诗学交流资料。

《童蒙诗训》记述江西诗社群的观点很多，此处将研究重点放在诗社群成员所阐说的观点或是与诗社成员直接有关的观点。"徐师川云：'为诗文常患意不属，或只得一句，语意便尽，欲足成一章，又恶其不相称，若未有其次句，即不若且休养锐，以待新意。若尽力，须要相属，譬如力不敌而苦战，一败之后，意气沮矣。"创作时，文意连属与否是作家应该苦心致力的，其中滋味，不是深于创作者，道不得此语。再如："徐师川言：'作诗立意，不可蹈袭前人。因诵其所作《慈母溪诗》，且言慈母溪与望夫山相对，望夫山诗甚多，

---

① 郭绍虞辑：《宋诗话辑佚》，中华书局1980年版，第587页。
② 吕本中对自己的"活法"说是非常自信的。就道理来讲，"字字活"，"字字响"则似"只字片语不轻出"和"语不惊人死不休"的境界。确实高于潘大临。但潘氏之说，有要求诗句中有主有次，有表现焦点，也有烘托陪衬，如"好诗均须有拙句"之类的观点，也有其道理。故而该条材料可见江西诗社成员间的诗学观念的交汇与他们的基本主张。后来方回在其《瀛奎律髓》卷四二的《次韵和汝南秀才游净土见寄》评中说："潘邠老以句中眼为响字，吕居仁又有字字响、句句响之说，朱文公又以二人晚年诗不皆响责备焉，学者当先去其哑可也。亦在乎抑扬顿挫之间，以意为脉，以格为骨，以字为眼，则尽之。"（《瀛奎律髓》卷四二。）方回虽亦以为朱熹对二人的指责不无道理（朱熹之说见《朱子语类》卷一四〇），但他所谓"以意为脉，以格为骨，以字为眼"的观点，正是窥入江西诗论之堂奥，看出了江西诗人重意脉的完整，重变创诗格，重炼字的基本主张。也从一个侧面说明了黄庭坚之"胜场"说，徐俯的"谨布置"说与"活法"说等在理论内涵上的内在关联，是非常准确地把握了江西诗论的内核。刘大櫆《论文偶记》所谓"文必虚字备而后神态出。"或许即从江西此论生发而来。
③ 郭绍虞辑：《宋诗话辑佚》，中华书局1980年版，第587页。
④ 《童蒙诗训》，郭绍虞辑：《宋诗话辑佚》，中华书局1980年版，第588页。

而慈母溪古今无人题诗。末两句云：'离鸾只说闺中事，舐犊那知母子情。'"①此处徐俯又指出作诗应以"立意"为主，不能蹈袭前人。这与前条所引讲求为诗应以意脉连属贯穿为尚实是二而一的问题，可知徐俯对于诗歌创作是有见地的。也说明江西诗人的创新，不只是在追求技巧方面，在诗歌的题材方面，也要求发前文所未发，从而在根本上写出新意。

又如："山谷尝谓诸洪言：'作诗不必多，如《三百篇》足矣。某平生诗甚多，意欲止留三百篇，余者不能认得。'诸洪皆以为然。徐师川独笑曰：'诗岂论多少，只要道尽眼前景致耳。'山谷回顾曰：'某所说止谓诸洪作诗太多，不能精致耳。'"②徐俯与诸洪都是黄庭坚外甥，因诸洪作的诗太多又不能精致，黄庭坚以自己欲删诗为例，委婉地批评诸洪。徐俯不知就里，从诗学上表述诗只要"道尽眼前景致"即可，不在乎多少。黄庭坚不得已将真实用意说出。这则材料非常生动地记录了江西诗社群核心诗人（含有宗师）间的诗学交流。黄庭坚持重含蓄又委婉点拨与徐俯的真率切直都跃然纸上。亦可见黄庭坚对后山晚辈的诗学教导之一斑。

再如："学者先读古诗及曹诗"条云："读《古诗十九首》及曹子建诗，如'明月入我牖，流光正徘徊'之类，诗皆思深远而有余意，言有尽而意无穷也。学者当以此等诗常自涵养，自然下笔不同。"③这里"常自涵养"者，为古诗十九首及曹植诗，这是他们在宗杜的同时，旁参博取的众家之一。

《童蒙诗训》"韦苏州诗有六朝风致"条云："徐师川言：'人言苏州诗，多言其古淡，乃是不知言苏州诗。自李杜以来，古人诗法尽废，惟苏州有六朝风致，最为流丽。'"④认为李杜之后，诗法尽废的观点，出自苏轼。江西诗人认可其说，并极力扩展除杜而外其他可以增益诗学的对象。他们认为韦应物有六朝风致，"最为流丽"，可以推知，他们在峻厉峭拔，或槎枒生新之外，实亦属意于"流丽"一格。所以，江西诗论取境宏阔，与其视野博大，广益多师的态度，是促成江西诗学具有集大成意义的一个重要原因。

---

① 郭绍虞辑：《宋诗话辑佚》，中华书局 1980 年版，第 589 页。
② 郭绍虞辑：《宋诗话辑佚》，中华书局 1980 年版，第 592 页。
③ 郭绍虞辑：《宋诗话辑佚》，中华书局 1980 年版，第 585 页。
④ 郭绍虞辑：《宋诗话辑佚》，中华书局 1980 年版，第 587 页。

"谢无逸语汪信民"条云:"谢无逸语汪信民云:'老杜有自然不做底语到极至处者,有雕琢语到极至处者。如'丹青不知老将至,富贵于我如浮云',此自然不做底语到极至处者也。如'金钟大镛在东序,冰壶玉衡悬清秋',此雕琢语到极至处者也。'"①这是谢无逸告语汪革的诗学资料。谢无逸认为杜甫诗达到了"自然不做"可到极致,"雕琢"亦可到极致的程度。他虽未表明"雕琢"与"自然不做"间的关系,但从总体上发明杜甫诗作触处生春,于用力不用力间均已达入化境界,而这种入化境界,实应以功夫力学为其铺垫,才可渐及斯境。

"集句二则"条云:"徐师川云:'为诗文常患意不属,或只得一句,语意便尽,欲足成一章,又恶其不相称。'师川云:'但能知意不属,则学可进矣。凡注意作诗文,或得一两句而止。若未有其次句,即不若且休,养锐以待新意;若尽力,须要相属,譬如力不敌而苦战,一败之后,意气沮矣。'"②这种要求语意联属的观点,与韩驹相似。对待诗思艰沮的态度,则又如《文心雕龙·养气》的"意得则舒怀以命笔,理伏则投笔以卷怀,逍遥以针劳,谈笑以药倦,虽非胎息之脉术,亦卫气之一方也"③的观点。这种观点显然是长期的创作实践中得来的切身体会,对后学也有一定的指导意义。

《童蒙诗训》之"学古人文字须得其短处"条云:"学古人文字,须得其短处。如杜子美诗,颇有近质野处,如《封主簿亲事不合诗》之类是也。东坡诗有汗漫处;鲁直诗有太尖新,太巧处,皆不可不知。东坡诗如'成都画手开十眉','楚山固多猿,青者黠而寿',皆穷极思致,出新意于法度,表前贤所未到。然学者专力于此,则亦失古人作诗之意。"④江西诗人对他们诗学的宗师也有所分析,足见他们的理论观点是开放包容,不激矫偏颇的一个理论构架。

《童蒙诗训》有"作文必要悟"条云:"作文必要悟入处。悟入必自工夫中来,非侥幸可得也。如老苏之于文,鲁直之于诗,盖尽此理也。"⑤既强调功夫

---

① 郭绍虞辑:《宋诗话辑佚》,中华书局1980年版,第586页。
② 郭绍虞辑:《宋诗话辑佚》,中华书局1980年版,第589页。
③ (梁)刘勰著,范文澜注:《文心雕龙注》,人民文学出版社1958年版,第647页。
④ 郭绍虞辑:《宋诗话辑佚》,中华书局1980年版,第591页。
⑤ 郭绍虞辑:《宋诗话辑佚》,中华书局1980年版,第594页。

力学的艰苦积累和实践，又强调要达到灵活自如，俯仰自得的境界。所谓"悟入"和"工夫"，并非不能兼容。工夫是"悟入"的必要条件和成因（前提），"悟入"是"工夫"的结果和超越。这不仅是吕氏本人的观点，实是江西诗人的共识。

《童蒙诗训》"作长诗须有次第本末"条云："潘邠老语饶德操云：'作长诗须有次第本末方成文字，譬如做客，见主人须先入大门，见主人升阶就坐说话乃退。今人作文字都无本末次第，缘不知此理也。'"①潘大临所语饶节之力，实与黄庭坚作诗如作杂剧以及韩驹以金昌绪诗为例来说明诗意须语脉联属，丝丝相扣的意思同一道理，都是要求作诗应有预先全面周详的安排，使诗意井井有条，才能在"本末次第"方面不至紊乱，从而使诗意全面系统地去支撑全部篇章。这实际上是对作品整体的谋划安排。如果诗作诚能如此，诗也就"活"了起来，也会使每一句，每一字"活"了起来。所以，从本质上讲，黄庭坚之"杂剧"说，"曲折三致意"说与韩驹观点，潘大临的"次第本末"说是共通的，也都是吕本中"活法"说的内在机理。这些诗学观点，实是一脉相承，又各有侧重，呈现了江西诗学对诗歌内在情理和抒情、叙事谋略的重视。应该被视作是江西诗学的重要成果和理论贡献。"山谷诗格"条云：徐师川云："作诗回头一句最为难道，如山谷诗所谓'忽思钟陵江十里'之类是也。他人岂如此，尤见句法安壮。山谷平日诗多用此格。"②徐俯所谓"回头一句"，其实就是黄庭坚的"曲折三致意"的"曲折"处。江西诗人要求诗意联属，但又不能平铺直叙，要有波澜起伏，使语意在"曲折"间生出意致。徐俯之论，其实是他研究黄庭坚的成果，也是江西诗人们的共同主张。③

江西诗论还有一条线索，即曾季貍《艇斋诗话》所云："后山论诗说换骨，东湖论诗说中的，东莱论诗说活法，子苍论诗说饱参，入处虽不同，然其实皆一关捩，要知非悟入不可。"④所描绘的理论发展脉络是由陈师道"换骨"说，徐俯"中的"说，吕本中"活法"说到韩驹的"饱参"说所形成的一条线索。

---

① 郭绍虞辑：《宋诗话辑佚》，中华书局1980年版，第596页。
② 郭绍虞辑：《宋诗话辑佚》，中华书局1980年版，第597页。
③ 这应是江西诗学的一个理路线索，其关注重心在诗歌立意与抒情的逻辑次序。
④ 丁福保辑：《历代诗话续编》，第296页，中华书局1983年版。

第二章　江西诗社群、南宋江湖诗社群及其相关诗学问题

诚如曾季貍所说"入处不同",即他们指示的诗学切入点是不一致的。"换骨"说是作诗时"不易其意而造其语",利用前人独特的构思,变创语词,使其生出新意,是作诗的一种技巧。徐俯"中的"说则是要求恰切地状物抒情,强化表现力,是诗歌审美特征得以形成的一种审美标准与要求。韩驹的"饱参"说是转益多师,在学习,模拟前人的范围方面要开阔,广泛,属学诗在取径方面的一种要求。而吕本中"活法"说,则诚如我们所述,与黄庭坚"杂剧"说,徐俯"本末次第"说等相类似,是有盘活全篇,把"死蛇弄活"的意思的。同时,又如吕本中自己所说"规矩备具而有出于规矩之外"的对作诗方法和技巧灵活运用的意思。在这些理论发展的过程中,可以看出,虽然都具理论张力,但含义最丰富的实际上是吕本中"活法"说,他实际上吸纳并总结了江西诗学的两大理论线索,并集两个线索理论之大成,实际上是对江西诗论的提升与创造。

作诗讲求以意为主,讲求对作品整体的谋划安排应是江西中人较为普遍的一种意见。与此相同,《诗林广记·后集》卷八云:"《小园解后录》云:'唐人诗云:'打起黄莺儿,莫教枝上啼。几回惊妾梦,不得到辽西。'有人问诗法于韩子苍,子苍令读此诗以为法。子苍有《过汴河诗》云:'汴水日驰三百里'云云。人有问句法于吕居仁,居仁令鉴子苍此诗以为法。后之学者熟读此二篇思过半矣。"[①]韩驹、吕本中都要诗在诗歌中,诗的意脉连贯而下,又不能失之平缓;要有波澜,又不能支离突兀。这种主张与此处所引之意相同。

再有,"学退之不至:李翱、皇甫湜,然翱、湜之文足以窥测作文用处。近世欲学诗,则莫若先考江西诸派。"[②]这是关于学诗途径的意见。李翱、皇甫湜为韩愈学生,诗文风气受韩愈影响很深,他们虽"学退之不至",但在吕本中看来,他们之诗文是学习韩愈的津梁,"足以窥测作文用处"。与这个道理相同,吕本中指出,近世欲学诗,应先由"江西诸派"入手,才能"窥测作文用处",即由江西诸派入手,渐渍于韩、杜堂奥。这种由近及远,由派而源的做法,正是江西诗学的内在机理所在。

[①] （宋）蔡正孙:《诗林广记》,中华书局1982年版,第382页。
[②] 郭绍虞辑:《宋诗话辑佚》,中华书局1980年版,第597页。

吕本中所最推崇的除黄庭坚而外就是苏轼,其云:"自古以来语文章之妙,广备众体,出奇无穷者,唯东坡一人;极风雅之变,尽比兴之体,包括众作,本以新意者,唯豫章一人。此二者当永以为法。"①其实际上更推崇黄庭坚,因黄庭坚着力精苦,由规矩入,由规矩出,这实是黄庭坚诗的特点,也是江西诗人们的共同主张。

黄庭坚在诗学方面的追随者们有着共同的诗学主张,这是江西诗派形成的诗学原因。就江西诗社群来讲,黄庭坚本人参与的诗社活动是典范,经由吴可、韩驹的诗社及分布于江西、淮南等地的带有诗社性质的小型诗人群体的诗社活动,再由吕本中的归拢与总结,终于形成了反映在《江西诗社宗派图》中的被我们称之为"江西诗社群"的诗人群体。该群体在诗风与诗学上,均有对北宋的总结和开启南宋诗坛格局的作用。而在这一历程中,吕本中实际起了枢纽与桥梁的作用。且其《紫微诗话》与《童蒙诗训》本身也记录了许多江西诗社群诗人们之间的诗学言论,是我们认识江西诗社群的重要参考资料②。

曾季貍曾学诗于吕本中,虽未列名《宗派图》中,却是江西诗社群的重要成员。其所作之《艇斋诗话》也是研究江西诗社群的重要参考资料。我们此处也主要了解其中涉及江西诗社群成员的资料。如"前人诗用'重'字有三:'雨压梨花烟重','雪压梅花香重','残月落花烟重',皆有思致。吕东莱尤喜'雪压梅花香重'。"③以拙意度之,"雨压梨花"句,似过清简,而"残月落花"句,似显柔媚,而"雪压梅花"句,则显兀傲,此或为东莱偏好的原因。想来吕本中对曾季貍的影响,也是通过这种潜移默化的赏诗态度表露出现的。再如"东湖(徐俯)言:'癞可初作诗,取前人诗得意者手写之,目为《颠倒篇》,自后其诗大进。'"④从前人诗作中寻绎经验,以为自己进业之资,在变创与模拟中找到平衡的支点,这是江西诗社中人的共同学诗方法,也是他们诗学实践的

---

① 郭绍虞辑《宋诗话辑佚》,中华书局 1980 年版,第 604 页。
② 詹杭伦曾指出,吕本中不但编写《江西诗社宗派图》,而且大力传播江西诗法,是江西诗学得以在南宋广为流传并发扬光大的关键人物。他的诗话作品,或是与其他诗人的谈话资料都是他传播扩大江西诗学的理论平台(见其《方回的唐宋律诗学》,中华书局 2002 年版,第 124 页)
③ 丁福保辑:《历代诗话续编》,中华书局 1983 年版,第 282 页。
④ 丁福保辑:《历代诗话续编》,中华书局 1983 年版,第 283 页。

共同路数。连徐俯这位性格孤高的诗人也认可祖可(即"癞可")这种观点,实际上认可了以手写前人诗作,体会其运思用笔妙处的做法。江西之诗学的基本特点正是如此。又:"东湖言:'荆公《桃源行》前二句倒了,'望夷宫中鹿为马,秦人半死长城下',当言'秦人半死长城下,望夷宫中鹿为马'方有伦序'"①这是要求诗歌的语句在表述上应具备突兀冷峻的艺术效果,在适当处可使语意逻辑关系倒置以增强表现力,从而使诗句更为警拔。再者,"吕东莱'粥香饧白是今年','粥香饧白'四字本李义山《寒食》诗,云:'粥香饧白杏花天'。"这是对吕本中化用前人诗句的考索。《艇斋诗话》多记述吕本中、徐俯的观点,盖曾季貍曾师事吕本中,又多与徐俯有交往,耳濡目染,以至在作其诗话时对他们的诗学观点多有收录。其他如:"东湖喜东莱'树阴不碍帆影过,雨气却随潮信来'。东湖见予诵东莱诗云:'传闻胡虏三年旱,势合河山一战收。'云:'何不道"不战收"?'"这是生活化的评诗资料。曾季貍诵吕本中诗句,徐俯在场,从语意上提出了自己的意见。群体内诗人相互品评诗作,又积极研读切磋,使诗社内部的诗学色彩非常浓厚。"东湖又见东莱'满堂举酒话畴昔,疑是中原无事时',云:'不合道破"话畴昔",若改此三字,方觉下句好。'"②吕本中句中"话畴昔"略显质直,徐俯的意见很是中肯。"韩子苍作《送吕东莱赴召诗》,甚得意。东莱止称一句'厌见西江杀气缠',云:'是诗语。'"③吕本中对韩驹此处的评价,可谓不留情面了。他们有共同的诗学主张,个人交往中也充满感情,但在诗学探讨中,却能做到就诗论诗,不过誉,不附和,充满严肃认真的诗学气氛。这种诗学态度与气氛的存在,正是江西诗社群没有后世"诗社习气"的一个重要原因。"东湖《紫极宫》七言诗,自云为七言之冠。东莱亦喜此诗。"④喜或不喜,都出于实在的内心体认,徐俯自认高妙,吕本中亦同,这是诗社群主要成员间诗学层面上的相互认同。"吕东莱喜令人读东坡诗。"这是曾季貍的记述,吕本中主张读苏轼诗,其实与其"活法"说是有关联的。"东莱不喜荆公诗,云:'汪信民尝言荆公诗失之软弱,每

---

① 丁福保辑:《历代诗话续编》,中华书局1983年版,第283页。
② 丁福保辑:《历代诗话续编》,中华书局1983年版,第284页。
③ 丁福保辑:《历代诗话续编》,中华书局1983年版,第285页。
④ 丁福保辑:《历代诗话续编》,中华书局1983年版,第285页。

一诗中,必有依依嫋嫋等字。'予以东莱之言考之,荆公诗每篇必用连绵字,信民之言不缪。然其精切藻丽,亦不可掩也。"①关于王安石诗的意见,汪革告诉吕本中,吕本中又转告曾季貍,曾季貍为此做了专门研究,但又指出王诗"精切藻丽",瑕不掩瑜,不可以偏概全。自己对汪、吕之说虽肯定,但对吕本中不喜王安石诗,是有保留意见的。《艇斋诗话》中有许多是研究前代诗人诗作的资料,研究最多的是杜、韩,对宋代大诗人也多有论断,可见江西诗社群在研究诗学时,视野是很宽阔的。虽然他们间有师友渊源,但师法并不死板苛刻,而是开放自由的。但他们的基本主张是相同的。

《艇斋诗话》中还有许多是对所谓"点铁成金","夺胎换骨"观点的细致考析。

如"韩子苍诗:'尘缘吾未断,不是薄蓬莱。''薄蓬莱'三字,盖柳子厚《谪龙说》:'吾薄蓬莱羞昆仑。'"②又如"陈后山为正字诗云:'宁辞乳媪讥。'用《南史》何承天事。"③"吕东莱诗用拍张公事,出《南史·王俭传》。王敬则云:'臣以拍张,得为三公。'"④寻绎诗典出处,不只是涉及江西中人,盖为时代风化所致,也用以分析其他诗人。类似这种寻绎出处的诗歌研读方法在宋代很盛行。这是宋人作诗、读诗的时代风尚,这种风尚与江西诸人的激扬推毂极有关系。在《艇斋诗话》中有很多这方面的例子。如"东湖《画虎图》诗云:'不向南山寻李广,却来东海笑黄公。'黄公虎事,见李善《文选注》。"、"唐人薛能诗云:'青春背我堂堂去,白发催人故故生。'有人举此诗,称其语意之美,吕东莱闻之笑曰:'此只如市井人欺世之词,有何好处。'予以东莱之言思之,信然。"正因薛能此句直白浅近,故而不为吕本中所好。又如"山谷诗'八米'事,用《北史》卢思道事。"⑤山谷《谢人茶》诗云:'涪翁投赠非世味,自许诗情合得尝。'出薛能《茶》诗,云:'粗官乞与真抛却,只有诗情合得尝。'"、"前人诗言立鹭者凡三:欧公'稻田水浸立白鹭',东坡'颍水清浅可立鹭',

---

① 丁福保辑:《历代诗话续编》,中华书局1983年版,第286页。
② 丁福保辑:《历代诗话续编》,中华书局1983年版,第287页。
③ 丁福保辑:《历代诗话续编》,中华书局1983年版,第286页。
④ 丁福保辑:《历代诗话续编》,中华书局1983年版,第287页。
⑤ 以上均见丁福保辑:《历代诗话续编》,中华书局1983年版,第288页。

吕东莱'稻水立白鹭',皆本于李嘉祐'漠漠水田飞白鹭'。然剪截简径,则东莱五字尽之矣。"、"东湖《滕王阁》诗用老杜《玉台观》诗本,首云:'一日因王造,千年与客游。'即老杜'浩劫因王造,平台访古游'也。"①"山谷用'酒渴爱江清'为韵,人知为唐人诗,而不知其为谁氏也。顾陶《诗选》作畅当作,当有诗名。其诗云《军中醉饮作》。其前四句云:'酒渴爱江清,余酣漱晚汀。软莎欹坐稳,冷石醉眠醒。'皆佳句,状得醉与酒渴之意极工。"②可谓尽心尽力去搜考诗意出处,以此思路为诗,自然讲求诗意的厚重渊源,典重沉稳了。

又"韩子苍诗:'忆昨昭文并直庐,与君三岁侍皇居。花开辇路春迎驾,日晒蓬山晓曝书。学士南来尚岩穴,神州北望已丘墟。忽逢汉节沧江上,握手西风泪满裾。'全用韦苏州诗为之。苏州诗云:'与君十五侍皇闱,晓拂炉烟上赤墀。花开汉苑经过处,雪下骊山沐浴时。近臣零落今犹在,仙驾飘摇不可期。此日相逢非旧日,一林成喜又成悲。'"③这是有意化用,是诗思与诗意的更化。宋人于诗,欣赏这种似曾相识,又不相知;既令读者欲思忖在何时何处曾经见过,又能体会到目前诗句的具体诗境。于是,这种更化或曰"点铁成金","夺胎换骨"使读者在欣赏当下诗作时,有了纵向思维上的拓展,形成了读者搜绎检索所知诗句的一种动力引擎。这种思路与做法是读诗时的熟稔感与大量诗学实践形成的诗学资料库与搜索功能的结合,使诗人在接受诗歌时因似乎熟稔而欲知渊源,以搜考检索而明了出处,在审美接受上有了纵向的维度。这种维度又不同于诗歌意境带来的时空感觉,而是体验意境时产生的一种习惯性的接受心理。它本身与审美活动并不相同,但这种心理最后导致了一种审美感受。其中一个重要因素,是读者搜索到了诗句或诗意的出处所自,于是因熟稔而激起的类似求知欲的内心诉求得到了补偿,于是产生的诗学上的优越感。这种感受与横向的意境审读与体验结合,形成了宋人诗歌接受的基本心态。——这种审美方式不始于宋,却大成于宋。而其中引领潮流者,则是江西诗社群的诗学接受实践。

再如"东湖诗云:'芙渠漫漫疑无路,杨柳萧萧独闭门。'荆公云:'漫漫

---

① 丁福保辑:《历代诗话续编》,中华书局1983年版,第289—290页。
② 丁福保辑:《历代诗话续编》,中华书局1983年版,第291页。
③ 丁福保辑:《历代诗话续编》,中华书局1983年版,第293页。

芙渠难觅路,萧萧杨柳独知门。'又唐人刘威云:'遥知杨柳是门处,似隔芙渠无路通。'三人者同一机杼也。"①这种"同一机杼"的诗境、诗意加工方式,使三人之诗形成了跨越纵向空间维度的相呼应关系。在江西诸人心里,这种纵向之呼应关系正是作者精于诗学,善于化用前人的能力所在,也是诗作不同凡响的重要原因。

又如"吕东莱诗云:'非关秋后多霜露,自是芙蓉不耐寒。'盖用寒山拾得'芙蓉不耐寒'五字。"、"韩子苍《赠童子举人》诗云:'十八重来诣太常。'盖用《西汉儒林传序》。"、"吕东莱诗'可到元和六七公。''六七公'三字出《贾谊传》。韩退之《李干墓志》云:'以药败者六七公。'退之亦本《贾谊传》也。"②"吕东莱诗:'准拟春来泰出游','泰出游',大出游也,出《汉·田叔传》,叔相鲁王,'不泰出游'。"、"韩子苍《番马图》诗:'回鞭慎勿向南驰。''向南驰'三字出《李广传》。"③江西诗人们之间在讨论诗艺时一方面力主用字有出处,又以此为研读诗作的着力点,旨在搜求出语词、诗意的切实出处。这种思路,在平素的交流往复间更为稳固清晰,也由小而大,成为宋代诗学的突出特点。"山谷《浯溪碑》诗:'涷雨为洗前朝悲。'涷雨,暴雨也,出《楚词》。今《韵略》亦载,一作平声读,一作去声读。"、"诗人用人姓事,无如东湖。《与张元幹》诗云"诗如云态度,人似柳风流",皆张姓事,暗用之不觉,尤为佳也。"④"东坡《梅花》诗:'玉妃嫡堕烟雨村。''谪堕'二字出《杨贵妃外传》。玉妃即贵妃也。韩子苍云。"⑤

如"柳子厚诗:'壁空残月曙,门掩候虫秋。'语意极佳。东湖诗云:'明月江山夜,候虫天地秋。'盖出于子厚也。"、"吕东莱:'汉家宗庙有神灵,寄语胡儿莫狂荡。''汉家宗庙有神灵',《西汉》全语,见《王莽传》元后云。"⑥这种寻索出处的研究真可谓不避烦琐,实是一种苦吟式阅读的变体,也是诗学自觉之后一种文本阅读方面的创造性拓展。"后山'平生西方愿,摆脱区

---

① 丁福保辑:《历代诗话续编》,中华书局1983年版,第294页。
② 丁福保辑:《历代诗话续编》,中华书局1983年版,第300页。
③ 丁福保辑:《历代诗话续编》,中华书局1983年版,第301页。
④ 丁福保辑:《历代诗话续编》,中华书局1983年版,第302页。
⑤ 丁福保辑:《历代诗话续编》,中华书局1983年版,第303页。
⑥ 丁福保辑:《历代诗话续编》,中华书局1983年版,第303页。

中缘',出谢灵运诗'想象昆山姿,缅邈区中缘'。"、"山谷'莲生于泥中,不与泥同调。''同调'二字出谢灵运诗'谁谓古今殊,异世可同调'。"、"山谷'堂前水竹湛清华',用《选》诗谢叔源'水木湛清华'。"、"东湖:'大树进凉飔。''凉飔'二字出谢玄晖诗'轻扇动凉飔'。"、"山谷《谢人惠笔》诗云'莫将空写吏文书',用乐天《紫毫笔》诗'慎勿空将弹失仪,慎勿空将录制词'。"、"山谷咏明皇时事云:'扶风乔木夏阴合,斜谷铃声秋夜深。人到愁来无处会,不关情处亦伤心。'全用乐天诗意。乐天云:'峡猿亦无意,陇水复何情。为到愁人耳,皆为断肠声。'此所谓夺胎换骨者是也。"[1]用"夺胎换骨"法论析黄庭坚诗作,本身即是一种屡杂了知性的阅读体验。上文已有论述,这种感受诗美的方式是把搜求诗意或诗语出处作为一种审美过程来对待。江西诗人用此来论时人诗,又用此论读前人诗,拓展了诗学审美的活动范围。再如"东湖'吕侯离筵一何绮','一何绮'三字出《选》诗,有'高谈一何绮',又'高文一何绮'。"、"东莱'晚菘早韭老不厌,夜鲤晨凫多见疏','夜鲤晨凫'出《说苑》魏文侯事。"、"山谷'百年中半夜分去,一岁无多春再来',全用乐天两句:'百年夜分半,一岁春无多。'"、"山谷'试说宣城乐,停杯且试听',取退之'番禺军府盛,欲说暂停杯'。"[2]

"山谷《嘲小德》诗云:'书窗行暮鸦。'盖用卢仝《添丁》诗:'忽来案上翻墨汁,涂抹书窗如老鸦。'"[3]

《艇斋诗话》还有云:"山谷《清江引》云:'全家醉着篷底眠,家在寒沙夜潮落。''醉着'二字出韩偓诗'渔翁醉着无人唤,过午醒来雪满船'。"[4]就反映了这种批评的思维习惯。

再如"山谷'简编自襁褓,簪笏到仍昆',取退之联句'爵勋逮僮隶,簪笏自怀繃'。"[5]

---

[1] 丁福保辑:《历代诗话续编》,中华书局1983年版,第303页。
[2] 丁福保辑:《历代诗话续编》,中华书局1983年版,第315页。
[3] 丁福保辑:《历代诗话续编》,中华书局1983年版,第324页。
[4] 丁福保辑:《历代诗话续编》,中华书局1983年版,第316页。
[5] 丁福保辑:《历代诗话续编》,中华书局1983版,第316页。曾季狸所考索的还有王安石、苏轼等前人诗句,考索出处最多的是杜甫。研究前人诗语与诗意的出处,是宋人诗学的突出特点。这个特点的形成,主要是江西诗学重视化用,强调诗歌创作要生新出奇的理论主张造成的。

"韩子苍'楼中有妾相思泪,流到楼前更不流',用唐人孙叔向《温泉》诗'虽然水是无情物,流到宫前咽不流。'其诗见顾陶《唐诗类选》。《金华瀛湘集》作王建诗,非也。子苍在馆中时,同舍李希声赋上元诗,押'丸'字韵,馆中诸公皆和,独子苍和'丸'字尤工,云:'坐看星桥开铁锁,卧闻雷鼓落铜丸。'事见《前汉·史丹传》,谏元帝节音律事。"① 这种考索已经很深僻了,但江西中人之诗学兴趣在于此处,这成了他们诗学研究的一个课题,一种路数。在批评史上,这种路数丰富了古代诗学的研究视野,也在客观上反映了宋代很长的时间内诗学的较为稳定的具体内容,这也是当时的诗学主流。这种讲求作诗用事有据,且所据者典雅深邃,内蕴丰富,以成就自身独特格调;论诗惯于寻绎典实出处,作纵向的深入解读,并以此为据评判诗作成就的批评方式,实际上也是我国古代诗学的民族性特点之一②。

应该予以关注的是,从包括《艇斋诗话》在内的一系列江西诗学资料来看,江西诗人研究对象是很宽泛的。由《诗经》、《楚辞》、陶、李、杜、韩及北宋之王安石、苏轼等,都在他们的研究视野中。他们熟读之,涵泳之,有意或无意地予以点化变创,以"点铁成金"、"夺胎换骨"的方式融入自己的诗学理解,形成了独到的诗作风格。黄庭坚曾说:"子美诗妙处,乃在无意于文。夫无意而意已至,非广之以《国风》、《雅》、《颂》,深之以《离骚》、《九歌》,安能咀嚼其意味,阆然入其门耶?故使后生辈自求之,则得之深矣。"③ 可见,江西诸人,是在认识到杜甫学习《诗经》、《楚辞》的基础上,通过学杜,广泛汲取古代文学传续的精华,以造就自己的诗学品格,故而学杜也不是江西诗学的终极目的,以杜为楷模,去博参过去文学的传统才是他们诗学的向度。因而,在某种意义上,江西诗学对北宋前的诗歌及批评史是有集成意义的。后代诗学的发展,或多或少均与江西诗学有关。即使是反江西一路的诗学,实际

---

① 丁福保辑:《历代诗话续编》,中华书局1983年版,第316页。
② 曾季貍《艇斋诗话》中分析杜诗的例子很多,虽然多有考索杜诗出处,或考索别人源自杜诗的例子,但对杜诗本身的研究也很细致深入。如以顾陶《唐诗类选》中载之杜诗与宋时流行之版本对此,就可见曾季貍对杜诗研究之深入细致。热衷于研究杜诗,是江西诗人乃至宋代的普遍特点。但这个时代特点的形成,江西诗社群则是主要策动者。
③ 《大雅堂记》,《豫章集》卷一七,刘琳、李勇先、王蓉贵点校:《黄庭坚全集》,四川大学出版社2001年版,第437页。

上也是在与江西诗学的对抗关系中存在，没有江西诗学，这些反江西诗学的理论主张无由产生。故此，江西诗论可以作为我国中古之前诗学的一种大集萃与大总结，具有其他诗学无法比拟的理论价值和历史意义。

再如曾季貍的"触类而长"说："荆公绝句云：'细数落花因坐久，缓寻芳草得归迟。'东湖晚年绝句云：'细落李花那可数，缓行芳草步归迟。'自题云：'荆公绝句妙天下。老夫此句，偶似之邪？窃取之邪？学诗者不可不辨。'予谓东湖之诗因荆公之诗触类而长，所谓举一隅三隅反者也，非偶似之，亦非窃取之。"①曾季貍"触类而长"的观点，正是对江西诗论之"夺胎换骨"或"点铁成金"说的发挥。由韩驹之言可见，当时似有以"窃取"非议江西诗论的意见。故而他感慨自己究是"偶似"，还是"窃取"，在学诗者以心印心。曾季貍实际认为，前人各有其独到之处，诗人熟读涵泳前人的作品，在遇相似之境，或有相似之感时，所创作出的作品难免会有所触犯，但能在前人的基础上再做开掘，再臻佳致，便已有创获，相似难以避免，若不能进一步开掘，则会失于沿袭甚至"窃取"。"触类"是学诗的藩篱，不能绝对避免，也不必望之却步，关键是要开掘，才能"长"之，才能超越。这也是曾季貍游处于吕韩之间，受其影响，结合自己的诗学实践得出的心得体会②。所以曾季貍之"触类而长"是在"夺胎换骨"或"点铁成金"的基础上，从诗学之江西学理上为其所做的诠释，也是对"夺胎换骨"或"点铁成金"说的进一步发挥③。

《艇斋诗话》在关注诗语、诗意来历的基础上还有辨证其间的误用者，这种考订、辨证化的诗学研究方式也是宋人诗学的突出特点。如"'董狐常直笔，汲黯少居中。'予案西汉汲黯以数切谏，不得久留内；爰盎以数直谏，不得久居中。'少居中'乃爰盎事，非汲黯也。"又如"山谷《渔父》词：'新妇矶头新月明，女儿浦口暮潮平，沙头鹭宿戏鱼惊。'此三句本顾况《夜泊江浦

---

① 丁福保辑：《历代诗话续编》，中华书局1983年版，第304页。
② 曾季貍之"触类而长"说可能出自潘淳，潘淳《潘子真诗话》之"春水船如天上坐"条云："'船如天上坐，人似镜中行'，又'船如天上坐，鱼似镜中悬'：沈云卿诗也。杜子美诗云：'春水船如天上坐，老年花似雾中看。'盖触类而长之。"（郭绍虞辑：《宋诗话辑佚》，中华书局1980年版，第312页）
③ 丁保福辑，《历代诗话续编》中华书局1983年版，第323页。无论"夺胎换骨"说是否果真是黄庭坚的意见，即使出自惠洪，也不妨碍将其当做是"江西诗社群"的诗学观点。关于"夺胎换骨"说的争论意见，可参看周裕锴《惠洪与换骨夺胎法——一桩文学批评史公案的重判》见《文学遗产》2003年第6期，莫砺锋《再论"夺胎换骨"说的首创者——与周裕锴兄商榷》见《文学遗产》2003年第6期。

六言》，山谷每句添一字而已。'新月'、'暮潮'、'戏鱼'，乃山谷新添也。"[1]这种细致对比，深入考索渊源的做法，实际上是将古代文史方面的学术思维用于诗学研究的表现。文人所乐，本在于发明奥义，考订出处，再予以义理方面的评述，这是由汉代经学而下长期为文人所甘于倾注心力的。当诗歌本身的发展到了宋代，因宋人学风的关系，遂亦将学术研究的思路移入到诗学研究领域中，使宋代诗学形成了独特的时代品格。中国诗学本身的一个重要学术性特点也在于以诗学沟通文史，强化诗学研究的真伪渊源意识与发展流程中的正变观念，这些都与古代的经学研究有着学理上的关联——这也在"江西诗社群"的诗学阐释中登峰造极。《艇斋诗话》亦有云："东湖晚年在德兴作《渔父》词，甚高雅，云：'七泽三湘碧草连，洞庭江汉水如天。朝廷若觅元真子，不在云边即酒边。明月棹，夕阳船，游鱼一似镜中悬。丝纶钓饵都收却，八字山前听雨眠。''游鱼一似镜中悬'，本沈云卿诗：'船如天上坐，鱼似镜中游。'上句老杜曾用，下句东湖用之。东湖尝对予诵此词，且云本云卿之句，自击节不已。"[2]击节叹赏，并有意识地化用变创，可见江西诗人是有意识地以己意融入诗意诗境的创造中。他们的创作有时与前人相似，但未必出于有意袭用，更多的时候，则以前人之诗境诗语构建一个创作氛围，在其中去杼轴献功，争新出奇，由化入其中而出于其外，这是诗学创作的险路。他们本亦能够以缥缈空灵的手法自出心裁，以所谓"书写性灵"为懒于琢磨装点，寻找托词；以"吾手写我吾口"为创作个性张本，而规避苦学为诗的艰仄；以"羚羊挂角"一类的天马行空般的譬喻去表述风格。但他们却迎难而上，在认真琢磨研读前人诗作基础上，以模拟为手法，将自己对诗歌的理解贯注其中，使自己与古人融而为一，使古人诗境在新的创作语境中由陈熟而生新，化腐朽为神奇。在这种创作与批评的诗学路数中，充溢着浓厚的诗学自觉的精神。这种精神与唐人对散文的理解和晚唐五代苦吟诗人们诗学研究的劲头有着相通之处。我们从中似乎可以看到杜甫、韩愈和齐己、徐夤等的影子，从中感受到那种不避艰仄，勇于在琐碎中搜绎经验，而不为英雄欺人之语的诗学钻研精神。这种自觉的诗学钻研

---

[1] 丁福保辑：《历代诗话续编》，中华书局1983版，第323页。
[2] 丁福保辑：《历代诗话续编》，中华书局1983版，第322页。

精神和理论气度在批评史上是承接《文心雕龙》，推进文学理论研究走向深入的巨大内驱力。

综合看，曾季貍《艇斋诗话》较为全面地反映了江西诗学的基本特征，讲求使事用典有理有据，强调学问功夫在诗学中的作用，尤其是有很多具体的诗学批评资料，突出反映了江西诗学的基本理论风尚。对于我们了解这一诗人群体内部的诗学交流活动极有帮助。总之《艇斋诗话》作为一部诗学著作，是江西诗社群理论成果的代表之一。

如果说曾季貍学诗于吕本中、徐俯，并与吕、徐及韩驹多有诗学交流的话，那么，吴可与韩驹之间，则应是学生与老师似的关系了。关于韩驹、吴可的有关诗社活动，我们前文已有论述，下文将就吴可《藏海诗话》中关于江西诗社群的诗人们之间的诗学交流情况作出梳理，以展示江西诗社成员间基本的诗学活动内容[①]。

《藏海诗话》有云："唐末人诗，虽格不高而有衰陋之气，然造语成就。今人诗多造语不成。"[②] 这种观点，反映了江西诗人较为宽泛的诗学态度，也是对北宋中期诗学一味反对晚唐风气的一种修正[③]。

再如："白乐天诗云：'紫藤花下怯黄昏。'荆公作《苑中》绝句，其卒章云：'海棠花下怯黄昏'，乃是用乐天语，而易'紫藤'为'海棠'，便觉风韵超然。'人行秋色里，家在夕阳边。'有唐人体。韩子苍云：'未若"村落田园静，人家竹树幽"，不用工夫，自然有佳处。'盖此一联颇近孟浩然体制。"[④] 这里记录了韩驹评诗的意见，认为应"不用功夫"而造"自然"境界。这里能够看出韩驹诗学在江西诗社群中的大同中之小异。他曾说自己自有所师之古人，又传说对所谓"入社"事有所不满，大抵他自认师出苏辙，又在师法古人方面取径颇宽，因而有如此意见。但作为曾学诗于韩驹的吴可，则有其明确清晰的

[①] 吕本中在《夏均父集序》中说："然予区区浅末之论，皆汉魏以来有意于文者之法，而非无意于文者之法也。"这是其自觉诗学指导性思路的反映，宋人诗话多数都是在这种思路指导下，对"有意于文者之法"的总结与阐发。

[②] 丁福保辑：《历代诗话续编》，中华书局1983版，第329页。

[③] 吴可《藏海诗话》中关于分析杜诗的例子很多，这是江西诗社群诗人以及宋诗学的共性，故而不作引录。

[④] 丁福保辑：《历代诗话续编》，中华书局1983版，第330页。

学诗纲领:"学诗当以杜为体,以苏黄为用,拂拭之则自然波峻,读之铿锵。盖杜之妙处藏于内,苏黄之妙发于外,用工夫体学杜之妙处恐难到。用功而效少。"言外之意,即是由苏黄而臻于杜,以杜为终极目标,以苏黄为达到目标的手段。而"'秋来鼠辈欺猫死,窥瓮翻盆搅夜眠。闻道狸奴将数子,买鱼穿柳聘衔蝉。''聘'字下得好,'衔蝉'、'穿柳'四字尤好。又'狸奴'二字出释书。"这是吴可对黄庭坚诗的分析。他们熟参苏黄诗句,目的正在于力求上达杜甫之境。"鲁直《饮酒》九首,'公择醉面桃花红,焚香默坐日生东'一绝,其体效《饮中八仙歌》。"亦有引苏轼句子做细致分析者,这里不列。这种思路亦表述为:"看诗当以数家为率,以杜为正经,余为兼经也。如小杜、韦苏州、王维、太白、退之、子厚、坡、谷、'四学士'之类也。如贯穿出入诸家之诗,与诸体俱化,便可自成一家,而诸体俱备。若只守一家,则无变态,虽千百首,皆只一体耳。"① 这应是韩驹的思想,吴可承之而来,以杜牧、韦应物、王维、李白、韩愈、柳宗元、苏轼、黄庭坚为学习对象,目的在于以熟练求融通,最终达到杜甫地负海涵的集大成境界。这种观点,是南宋初江西诗论自身的充实与发展,反映了江西诗论的开放性与兼容性②。

《藏海诗话》载:"蔡天启坐有客云:'东湖诗叫呼而壮。'蔡云:'诗贵不叫呼而壮。'此语大妙。'擘开苍玉岩'、'椎破铜山铸铜虎',何故为此语?是欲为壮语耶。'弄风骄马跑空去,趁兔苍鹰掠地飞。'山谷社中人皆以为笑。坡暮年极作语,直如此作也。"③ 这是蔡肇与韩驹等人论及苏轼诗时认为"叫呼"是不能作出气势雄伟的诗篇的。所谓"山谷社中人皆以为笑",正谓江西诗社

---

① 丁福保辑:《历代诗话续编》,中华书局 1983 版,第 330—333 页。
② 《艇斋诗话》有云:"山谷诗妙天下,然自谓得句法于谢师厚,得用事于韩持国。"韩维,字持国,与王安石同尊杜甫,黄庭坚亦从韩维诗中寻绎用典使事之法,足见其善于学习前人,陶铸诗风的精神。黄庭坚有诗云:"爱日满阶读古籍,最爱《陶集》是吾师。"他亦学陶,堂庑宽广,取径宏阔,这种诗学态度,亦为江西诸人所承传。张泰来《江西诗社宗派图录》云:"江西之派,实祖渊明。"就看出了黄庭坚对陶渊明的取法。陈丰《黄诗辨疑》亦谓"山谷祖陶宗杜,体无不备。"学杜之功力学养又以陶之清新自然出之,是黄庭坚诗学努力的方向。黄庭坚又学韩愈,亦学晚唐。陈丰《黄诗辨疑》云:"公早年亦从事于玉溪生,故集中流丽芊绵者亦复不少。"然黄庭坚诗在总体摒弃晚唐诗风的基础上对其有所取与,并非毫无保留。《风月堂诗话》亦指出:"黄鲁直亦用昆体功夫而造老杜浑全之境。禅家所谓更高一着。"黄庭坚还学西昆体,这与他初入诗坛,难免受西昆诗风沾溉有关。参见梁昆:《宋诗派别论》,商务印书馆 1938 年版,第 83 页。
③ 丁福保辑:《历代诗话续编》,中华书局 1983 版,第 335 页。

群中人们对苏诗的意见。黄庭坚曾说苏诗怨忿过甚①。江西诸人以苏诗之"壮"而皆非笑之,正是这种意见的反映。

《藏海诗话》还有云:"杜牧之《河湟》诗云:'元载相公曾借箸,宪宗皇帝亦留神。'一联甚陋。唐人多如此。或作云:'唯老杜诗不类此格。'仆云:'"迁转五州防御史,起居八座太夫人"不免如小杜。'子苍云:'此语不佳。杜律诗中虽有一律惊人,人不能到;亦有可到者。'仆云:'如《蜀相》诗第二联,人亦能到。'子苍云:'第三联最佳。"四更山吐月,残夜水明楼。"此一联后,余者便到了。'又举'三峡星河影动摇'一联,仆云:'下句胜上句。'子苍云:'如此者极多。小杜《河湟》一篇第二联"旋见衣冠就东市,忽遗弓剑不西巡",极佳。为'借箸'一联累耳。'"②这是韩驹与吴可间一次极为细致的论诗资料,但可以足见其论诗之细致入微,其方法是以引述前人诗句引证自己的观点,其观点虽无非是评骘诗句臧否,但可见他们对前人诗句之精熟,江西诗社中人都对诗学有专门研究,其诗社活动中也往往有细密精到的诗学探讨,在诗社史上,江西诗社是最具诗学研究性质的诗人群体,他们之间没有党派之间,没有政治观点的纠葛,可谓古代最为纯粹的诗学组织。

再者,《藏海诗话》还载:"高荷子勉五言律诗可传后世,胜如后来诸公。《柳》诗:'风惊夜来雨。''惊'字甚奇。琴聪云:'向诗中尝用"惊"字。'坡举古人数'惊'字。仆云:'东风和冷惊罗幕。'子苍云:'此"惊"字不甚好。如《柳》诗"月明摇浅濑"等语,人岂易到?'"这里,涉及高荷对《柳》诗的评价,他们自在从容地交换意见,对诗句用字精益求精,诗学研究的自觉性十分强烈。"欧公称'身轻一鸟过',子苍云:'此非杜佳句。'仆云:'当时补一字者,又不知是何等人。'子苍云:'极是。'"③韩驹颇有诗学上的独特品格,总是善于各抒己见。"身轻一鸟过"之"过"字颇为前人嘉许,但他却不予认可。吴可亦能有为而发,虽吴可所言事由不详,但二人轻松而又恳切地交流氛

---

① 黄庭坚《答洪驹父书》云:"老夫绍圣以前,不知作文章斧斤,取旧所作读之,皆可笑。绍圣以后始知作文章,但以老病惰懒,不能下笔也。东坡文章妙天下,其短处在好骂,慎勿袭其轨也。"黄庭坚《书王知载朐山杂咏后》云:"诗者,人之情性也,非强谏争于廷,怨忿诟于道,怒邻骂坐之为也。"均指苏轼而言。

② 丁福保辑:《历代诗话续编》,中华书局1983版,第336页。

③ 丁福保辑:《历代诗话续编》,中华书局1983年版,第336页。

围是很明显的。

再如:"有大才,作小诗辄不工,退之是也。子苍然之。刘禹锡柳子厚小诗极妙,子美不甚留意绝句。子苍亦然之。子苍云:'绝句如小家事,句中著大家事不得。若山谷《蟹》诗用"与虎争"及"支解"字,此家事大,不当入诗中。如"虎争"诗语亦怒张,乏风流蕴藉之气。"南窗读书声吾伊",诗亦不佳,皆不如《羊》诗酝藉也。'"①

吴可和韩驹交流中提及的关于"大家事"、"小家事"的观点,受到了韩驹的认可,也受到了纪昀的肯定。(见《四库全书·〈藏海诗话〉提要》)这是他们共同揣摩前人诗作、钻研诗学得出的结论。这种结论也会对他们的创作与批评有促进作用。

再看:"曾吉父诗云:'金马门深曾草制,水精宫冷近题诗。''深''冷'二字不闲道,若言'金马门中'、'水精宫里',则闲了'中''里'二字也。此诗全篇无病,大胜《与疏山》诗。"②曾吉父即曾几,亦为江西诗社群成员。吴可对其此处诗句的诗论在用字上评价确实公允恳切。

《藏海诗话》还载:"东湖云:'春灯无复上,暮雨不能晴。'昌黎云:'廉纤晚雨不能晴。'子苍云:"'暮'不如'晚'"。昌黎云:'青蛙圣得知。'汪彦章云:'灯花圣得知。'子苍云:'蛙不能圣所以言圣,便觉有味;灯花本灵,能预知事,辄言圣得知,殊少意味。'"③

在诗句用字上,韩驹的评价是很有道理的。他评徐俯之"暮"不如韩愈之"晚",完全是从生活感受的角度立论,韩驹对汪藻化用韩愈诗句的评价则是从生活情理角度立论,这可见他论诗是极为重视生活真实的。同时韩驹的此次评诗也是对江西群体内部诗人的批评实践,这样的评价活动在江西诗社群的诗学活动中应是日常化与常态性的。这与我们前文所引的材料一样,可以看作是对诗社活动的记录。

"师川云:'作诗要当无首无尾。'山谷亦云。子苍不然此说。"、"蔡天启云:'米元章诗有恶无凡。'孙仲益韩子苍皆云。子苍又云:'师川诗无恶而无

---

① 丁福保辑:《历代诗话续编》,中华书局1983版,第337页。
② 丁福保辑:《历代诗话续编》,中华书局1983版,第337页。
③ 丁福保辑:《历代诗话续编》,中华书局1983版,第338页。

第二章　江西诗社群、南宋江湖诗社群及其相关诗学问题　505

凡.'不知初学何等诗,致如此无尘埃也。"①这些也都是江西诗社群诗人们间相互分析品评的例子。其中提到韩驹不同意徐俯、黄庭坚关于诗歌结构的"无首无尾"之说,他认可的是诗歌应章法绵密,内理清晰,如金昌绪之"打起黄莺儿"诗那样有鲜明的表现情感抒发的逻辑,而不是那种难以把捉的缥缈迷离式抒情效果。但他又认可徐俯诗的"无恶而无凡"实际上是认可了徐俯诗兼顾了独创性与耦俗性。这与黄庭坚的"听他下虎口着,我不为牛后人"之说的迁就独创而放弃接受效应的观点以及出于江西的陆游所谓"诗到无人爱处工"的为诗态度有所不同②。

再看这条材料:"徐师川云:'工部有"江莲摇白羽,天棘梦青丝"之句,于江莲而言摇白羽,乃见莲而思扇也。盖古有以白羽为扇者。是诗之作,以时考之,乃夏日故也。于天棘言梦青丝,乃见柳而思马也。盖古有以青丝络马者。'庾信《柳枝词》云:"空余白雪鹅毛下,无复青丝马尾垂。"又子美《骢马行》云:"青丝络头为君老。"此诗复用支遁事,则见柳思马形于梦寐审矣。东坡欲易"梦"为"弄",恐未然也。'"③

分析徐俯诗句,神秘细致,又引而分析庾信、杜甫诗,可见他们沉浸于诗意渊源的究讨之中,以解读其深致款曲之处为目的的诗学特点。这种以"点铁成金"的思路逆向思维,寻绎出处的做法,即或牵强,但也可见出江西中人诗学研究的自觉性与深密程度。

王直方本人名列《江西诗社宗派图》中,而其《王直方诗话》(《宋诗话辑佚》本)中亦记录了许多江西诗社群诗人们的诗学观点和他们之间的诗学交流。如"山谷论诗"条云:"山谷论诗文不可凿空强作,待境而生,便自工耳。每作一篇先立大意,长篇须曲折三致意乃成章耳。"④这当是江西诗人们奉为圭臬的诗学创作理论。故而吕本中和王直方都有记载,是江西诗社群的共同主张之一⑤。

---

① 丁福保辑:《历代诗话续编》,中华书局1983版,第338页。
② 耦俗性指诗作在接受方面的良好效果,即大多数接受者能读、好读及乐读并予以称许的传播效能。江西诗人们往往因重视独创而对诗作的传播效果不甚介意。此处韩驹之观点有别于此。
③ 丁福保辑:《历代诗话续编》,中华书局1983版,第340页。
④ 郭绍虞所加按语云:"此则亦见《童蒙诗训》。当是黄庭坚此说被王直方与吕本中分别转述所致,见郭绍虞辑:《宋诗话辑佚》,中华书局1980年版,第4页。
⑤ 郭绍虞辑:《宋诗话辑佚》,中华书局1980年版,第4页。

如"孟郊诗"条:"欧公尝谓圣俞曰:'世谓诗人多穷,非诗能穷人,殆穷而后工。'圣俞以为知言。李希声语余曰:'孟郊诗正如晁错为人,不为不佳,所伤者峻直耳。'"①这是李錞的诗学意见。他们认可"穷而后工"之说,但对孟郊诗亦有批评,认为"峻直"非其佳处。这与黄庭坚"曲折三致意"说是大体相通的。

再如"作诗如杂剧"条:"山谷云:'作诗正如作杂剧,初时布置,临了须打诨,方是出场',盖是读秦少章诗恶其终篇无所归也。"②要求"初时布置",是我们所要论述的古代诗学的民族特点之一——诗学谋略论的观点。"临了打诨"则是要求以清简出之,以跳脱活泼的语句终篇。而黄庭坚径将作诗比作杂剧,则更是强调对创作全程预先谋略,强调的是总体运筹的重要性。故而,我们古代诗歌虽为抒情之作,但亦有叙事谋略的内涵。这应予以重视。此外,黄庭坚所说之"杂剧",可知宋代戏曲已有"杂剧"之称,元杂剧便沿用了该名称。

又如"潘邠老诗"条云:"潘大临字邠老,有登《汉阳江楼诗》曰:'两屐上层楼,一目略千里。'说者以为着屐岂可登楼。又尝赋《潘庭之清逸楼诗》有云:'归来陶隐居,挂颊西山云。'或谓既已休官,安得手板而挂之也。洪氏勒觳轩,邠老作诗云:'封胡羯末谢,龟驹玉鸿洪。千载望四谢,四洪天壤同。'谓龟父、驹父、玉父、鸿父也。时人以为急口令。又寄人诗,有'思君带移孔'之句。惟和张文潜'痛'字韵诗,颇有佳语。其云:'文章迩来气焰低,圣经颇遭余子弄。公归除荆舒,之说惩应痛。'盖王介甫始封于舒,后封于荆,故邠老云耳。邠老作诗,多犯老杜,为之不已,老杜亦难为存活。使老杜复生,则须共潘十厮炒。"③王直方对潘大临诗等心有不满,但这是共同诗学主张内的分歧,由他上引潘大临诗句看,确乎拗捩榰枒,较为晦涩,在创意造言上确实有所缺失。若《江西诗社宗派图》诚有次第,但潘大临位列第三,大概因为他"多犯老杜,为之不已",终有创获,而王直方过世较早(卒于1109),未及见后潘大临在诗学上的长进。但宗杜、学杜,是江西诗学恒定的纲领,潘大临或经过模拟老杜,终于"夺胎换骨",舍筏达岸,所以吕本中对他评价很高。

---

① 郭绍虞辑:《宋诗话辑佚》,中华书局1980年版,第14页。
② 郭绍虞辑:《宋诗话辑佚》,中华书局1980年版,第14页。
③ 郭绍虞辑:《宋诗话辑佚》,中华书局1980年版,第21—22页。

"李希声诗"条云:"陈无己云'石池随处数游鱼',余以为不若李希声云'绿净随时看上鱼'。"① 这是王直方对陈师道与李錞诗句作的评价。相较而言,似李錞诗句有黄庭坚所谓"曲折三致意"之妙,故而王直方更喜李錞此句。再如"潘邠老六言诗"条云:"癸未正月三日(按,癸未为崇宁二年,1103),徐师川、胡少汲、谢夷季、林子仁、潘邠老、吴君裕、饶次守、杨信祖、吴迪吉见过,会饮于赋归堂,亦可为一时之盛。潘一作诗历数其人云:'胡子云中白鹤,林生初发芙蓉。吴十九成雅奏,饶三百炼奇锋。南州复见高士,东山行起谢公。信祖真成德祖,立之无愧行中,吴生可兵南郡,老夫宁附石崇。闲雅已倾重客,说谈仍得王戎。冠盖城南高会,山阴未扫余风。客散日衔西壁,主人不道尊空。'徐师川辈皆言此诗殊不工,又六字无人曾如此作,想为五言亦可。遂去一字,句皆可读,至'老夫附石崇',坐客无不大笑。"② 这是在王直方汴京宅邸里举行的一次诗学活动。《宗派图》中的诗人位列其中的有:徐俯、林敏修、潘大临、饶节、杨符。他们诗酒谈论,人才济济,"可为一时之盛"。而潘大临又作六言诗品第诸人,谓林敏修如"初发芙蓉",饶节如"百炼奇锋",杨符是"真成德祖"(按"德祖",为杨修字,此处以杨符比杨修)。比伦切当,众人似无异议。因自己是主人,故而想到了西晋石崇之金谷之会,但又鄙薄石崇人品,故有"老夫宁附石崇"句(按,"宁",为怎能之反语语气,如同元好问"论诗宁下涪陵拜"之"宁")后徐俯认为应将王直方此诗改为五言,其他诗句无妨,但"老夫宁附石崇"句则改为"老夫附石崇",语意全然相反,故而座中诗人们开怀大笑。这是非常轻松欢悦的一次诗学聚会,在这种轻松愉快的气氛中,诗人们在潜移默化中也会增进了解,增益诗艺。

又如"洪龟父诗"条:"洪龟父有诗云:'胡生画山水,烟雨山更好。鸿雁书远汀,马牛风雨草。'潘邠老爱其第二句,余爱其第三句,山谷爱其第四句,徐师川爱其第三、第四句。'远汀'后又改为'远空'。余云:'向上一句,莫是公未有所得否,何众人之皆不好也!'龟父大笑。"③ 这是江西诗社群成员间的一种共同评赏同一批评对象的例子。我们可推知,在他们交游过程中,往往

---

① 郭绍虞辑:《宋诗话辑佚》,中华书局 1980 年版,第 31 页。
② 郭绍虞辑:《宋诗话辑佚》,中华书局 1980 年版,第 33 页。
③ 郭绍虞辑:《宋诗话辑佚》,中华书局 1980 年版,第 35 页。

会因某一成员有得意之作，而引起大家此类的共评活动。这种共评活动中的分歧，也不是实质性的，而是在有着共同诗学纲领前提下一种相互包容的批评意见的交汇，不是诗学观点的交锋。故而并不影响他们虽有分歧，但共评活动依然在轻松惬意的气氛中进行。

再如"诗用'通'字"条云："洪驹父见陈无己《小放歌行》云：'不惜卷帘通一顾，怕君着眼未分明'，此为奇语，盖'通'字未尝有人道。余曰：'子岂不记老杜云'帘户每宜通乳燕'耶？'"①这是因为江西诸人读杜诗精熟，而至潜移默化间于创作中流出，因而他们总有一些诗作在诗境、诗句或用字上与杜相似②。但也可见他们还是追求自出新意的。

"山谷论作赋"条云："山谷尝谓余曰：'凡作赋要须以宋玉、贾谊、相如、子云为师，略依放其步骤，乃有古风。'老杜《咏吴生画》云：'画手看前辈，吴生远擅场。'盖古人于能事，不独求夸时辈，要须前辈中擅场耳。"③黄庭坚实质上是要求确立明确的师法对象以完善学者之自身素养，这与《文心雕龙》的"辨体"思想相同，江西诗人也大都具有对待各体文学时的师法对象，确立了对象，便须以功力求的相似，在此过程中提高技艺，再寻求突破，完成自我风格的锻造。这其实是江西诗学的理论逻辑，是一种颇具实践性的理论系统。

再如"诗不厌多改"条云："山谷与余诗云：'百叶湘桃苦恼人'，又云：'欲作短歌凭阿素，丁宁夸与落花风。'其后改'苦恼'作'触拨'，改'歌'作'章'，改'丁宁'作'缓歌'。余以为诗不厌多改。"④从此例可见黄庭坚对晚辈的诗学教诲是很细致入微非常，他以自身的谨慎态度为表率，意在塑造晚辈精益求精的诗学风格。正是因为他的这种作风和教诲，以及他高超的诗学造诣，加之对晚辈的巨大影响力与号召力，成为江西诗社的宗主。

"一声对"条云："洪龟父有诗云：'琅玕严佛界，薜荔上僧垣。'山谷改云：'琅珰鸣佛屋。'以谓薜荔是一声，须要一声对，琅珰即一声也。余以为

---

① 郭绍虞辑：《宋诗话辑佚》，中华书局1980年版，第37页。
② "论集句诗"条云："荆公始为集句，多至数十韵，往往对偶亲切。盖以其诵古人诗多，或坐中率然而成，始可为贵。"这种"率然而成"不是有意追仿，而是自然间流露，但他们也往往在模拟中寻绎古人诗心，以成就自身素养，以至自出新意。
③ 郭绍虞辑：《宋诗话辑佚》，中华书局1980年版，第40页。
④ 郭绍虞辑：《宋诗话辑佚》，中华书局1980年版，第50页。

然。"这也是黄庭坚对晚辈的细致教诲。"洪龟父诗"条云:"余尝闻龟父前后诗,有'一朝厌蜗角,万里骑鹏背'一联,最为妙绝。龟父云:'山谷亦叹赏此句。'"洪朋以获黄庭坚叹赏为荣,可见黄庭坚在他们内心的崇高地位。"山谷佳句"条中载黄庭坚询问洪朋最喜其何句,洪朋认为是"蜂房各自开户牖,蚁穴或梦封侯王"(《题落星寺》句)①。洪朋已深得山谷诗心,也很了解黄庭坚基本的诗学思想。在黄庭坚的提点之下,他的诗学观念已与黄庭坚趋同。

再如"学诗如学仙"条云:"潘邠老云:'陈三所谓'学诗如学仙,时至骨自换',此语为得之。'然余见山谷有'学诗如学道'之句,陈三所得,岂其苗裔耶?"郭绍虞在此条后加按语曰:"胡仔谓'若语意俱胜当以无己为优。直方议论不公,不足信也。'"②其实,这里的问题本不在于陈师道之语与黄庭坚之语孰更胜一筹的问题。在该材料中,我们应关注所谓"苗裔"的说法。陈师道服膺黄庭坚,在诗学上受他的影响是很自然的事情。他正是在黄庭坚"学诗如学道"的启发下提出了"学诗如学仙,时至骨自换"的见解。江西诗人强调苦学精研,以寻绎揣摩前人经验,并经过长期艰苦的实践以造就自身诗学,是要求在"学"的过程中,集思广益,融会贯通,形成自己的诗学品格的。这也正是江西诗论中最主要的诗学精神所在,即由苦学而超越。陈师道之观点,正是对黄庭坚的发展,这个"苗裔"说是很准确的。而"苗裔"恰是江西诗社群得以形成的内在脉络。除黄庭坚外,其他成员都是苗裔,不过是或远或近的苗裔而已。

再如"饶次守十七字诗"云:"吴贺迪吉者,抚州人,一日载酒来余家,并召刘夷李、洪龟父、饶次守辈,酒酣颇纷纷。龟父先归,作一绝题于余书室曰:'再为城南游,百花已狂飞。更堪逢恶客,骑马风中归。'次守既醒,作十七字和云:'当时为举首,满意望龙飞。而今已报罢,且归。'盖龟父是年自洪州首荐,自今上初即位,无建试也。"③这也是洪朋、饶节等人在王直方处的诗学活动的记录。他们的诗学活动不只是诗学性、训练性突出,也往往有情感内发,真情所示。这个群体的诗人之间,内心的互相体认,莫逆真挚亦是他们沟通彼此,结成诗学同盟的重要原因。再看"洪驹父李希声送直方诗"条云:

---

① 郭绍虞辑:《宋诗话辑佚》,中华书局1980年版,第53—54页。
② 郭绍虞辑:《宋诗话辑佚》,中华书局1980年版,第37页。
③ 郭绍虞辑:《宋诗话辑佚》,中华书局1980年版,第80—81页。

"洪驹父有诗送余赴官河内,末云:'眼中人物东西尽,肺病京华故倦游。'潘邠老每诵而喜之。李希声亦有诗送余云:'散尽平生眼中客,暖风晴日闭门居。'可以相上下也。是时绍圣改元之二月。"洪刍送王直方诗,潘大临非常欣赏。李錞亦有诗送王,王亦十分欣赏,这也是他们交谊深挚的一个侧面。"洪驹父过李公择尚书墓诗"条云:"洪驹父有《过李公择尚书墓》一篇。其间云:'鹿场兔径白昼静,稻垄松(缺)青嶂深。'说者以为大逼老杜。"① 这里的"说者"当指包含江西诸人在内的诗人们的意见,其中江西诸人是这个批评的主体②。

"诗用史汉语"条云:"山谷尝谓余云:'作诗使史汉间全语为有气骨。'后因读浩然诗,见'以吾一日长','异方之乐令人悲'及'吾亦从此逝',方悟山谷之言。"③ 这是黄庭坚告诉王直方的用事方法,认为用《史记》、《汉书》之典可使诗文有"气骨"。这种意见虽是技术层面的窍门,但对精研诗法的诗人群体来讲,是可以由此窥及"气骨"在形式方面的技术要求,以学问功力结合技术手段去造就这种"气骨",这对于诗人之技术素养与诗作之总体风格的熔炼成形,是很有帮助的。当然,黄庭坚将此"秘奥"授予王直方,也是对晚辈诗人们的一种提点与教导。

又如"徐师川诗同杜子美"条云:"徐师川《紫宸早朝诗》一联云:'黄气远临天北极,紫宸位在殿中央。'以予观之,乃全是杜子美'玉几犹来天北极,朱衣只在殿中间'一联也。"④ 这也属化用一类⑤。

李錞《李希声诗话》中江西诗社群诗人间的诗学交流。(《宋诗话辑佚》本)"江子之"条云:"余友江子之梦与余同登楼饮酒送客。子之梦中作诗云:

---

① 郭绍虞辑:《宋诗话辑佚》,中华书局1980年版,第83页。
② 关于江西诗社群诗人学杜,伍晓蔓曾说:"他们曾精注杜诗。今存《分门集注杜工部诗》,自黄庭坚以下,收江西宗派注家共19家注,入卷首称'姓氏'者24人。其中,日本中还曾编次门类杜诗,在当时流行的编年注之外,为杜诗提供了一种新的分类法。因为下了如此工夫,他们学社诗往往能够落到实处,陈师道、晁冲之更以学杜名家。除杜诗注外,韩驹还有陶渊明诗注本;柳宗元诗、韩愈文。亦可见江西派诗人用力其中的痕迹。李彭屡摹《文选》诗,徐俯教人多读《选》诗。他们的诗歌中,还可看见晚唐诗家、西昆体的影响。"参见伍晓蔓:《江西宗派研究》,四川大学2004年博士学位论文,第103—104页。
③ 郭绍虞辑:《宋诗话辑佚》,中华书局1980年版,第87—88页。
④ 郭绍虞辑:《宋诗话辑佚》,中华书局1980年版,第98页。
⑤ 洪刍《洪驹父诗话》(有《宋诗话辑佚》本)多评杜诗及述王安石、苏轼、黄庭坚故事,并无涉及江西诗社群诗人间的交流资料。

'晚风残日下危楼，斜倚栏干满眼愁。休唱阳关催别酒，春情离恨总悠悠。'"① 这是李錞记录江端本与自己间的交流情况。江西诗社中人在平素的交往中谈诗论艺，谈论诗学的材料赖这些诗话类著作得以保留。通过对这些材料的分析，我们可以略窥这一群体的诗人是如何将诗学与群体性诗社活动结合起来，又是如何在诗社活动中切磋交流、互通有无，其诗学主张也在这样的交流中趋于统一，并形成一股强大的创作与批评力量，从而对南宋诗坛发生了实质性的影响。

九、江西诗社群内部诗学交流的特征和意义

江西诗社群作为一个综合性的诗学色彩非常浓厚的诗人群体，其群体内的诗学交流是频繁且丰富的。就我们上文所罗列的这些交流情况看，其诗学交流中的诗学性和群体性内涵都是非常丰富的。在延续了此前诗社具有的训练性和游戏化色彩的同时，江西诗社群还有以下一些具体的特征和实际意义。

有利于在诗学观方面形成共识并巩固这种共识。

江西诗社群的诗人，或列名于《江西诗社宗派图》中，或是与图中的诗人多有交流并受其影响，在诗学观念上较为相近。他们基本上都推尊杜甫，主张以师法杜甫为诗学的基本方向，也兼有主张学习六朝及其他唐人诗作的方法技巧，但师法杜甫是其理论的绝对核心②。他们本身都有很高的诗学素养，在彼此交流的过程中，又相互影响，在往复的讨论中，逐渐形成了对于学诗，作诗及评诗的一系列意见，表现出极为强烈的理论趋同性。我们上文已经提到，江西诗社群是一个诗学色彩非常浓厚的诗人群体，他们平素交流的诗学研究题目，往往蕴含在所评赏前人或本群体诗人诗作的意见中。在品评讨论中将诗学观点表述出来，渐次消弭了歧见，形成了共识，并巩固了他们的共识。使他们以共同的诗学主张为纽带，彼此相联，扭结在一起，终于融会贯通，形成了一个超越地域和身份地位的诗学群体，并以其特色鲜明的创作和周密并具有集大成色彩的诗学思想，聚合成颇具影响力的诗学群体。而组成该群体的一些诗社，也在此间起了颇为积极的作用。使得江西诗社群成为批评史中最具诗学成

---

① 郭绍虞辑：《宋诗话辑佚》，中华书局1980年版，第480页。
② 方回在《瀛奎律髓》卷二五之杜甫《题省中院壁》评语中说："江西诗派非江西，是皆学老杜耳！"以杜为师是江西诗人的普遍共识。

就的诗社组织。在这一诗学历程中，江西诸人、江西诸社都起了极大的作用。我们可以这样认为，以杜甫为代表的前辈诗人是该群体的精神归依，而黄庭坚则是该群体的核心，作有《江西诗社宗派图》的吕本中则是该群体的实际组织者与联络人，也实际上是该群体的诗学理论的汇总者与集中代表。

有利于促进基本诗学思想的发展和成熟

江西诗社群的诗学师黄法杜为基本纲领，也广泛汲取其他前代诗人的创作经验，提出了一整套动态发展的诗学观点：黄庭坚的"点铁成金"说、陈师道"换骨"说、徐俯"中的"说、吕本中"活法"说、韩驹的"饱参"说（据曾季貍的《艇斋诗话》，前文有引）。再如黄庭坚的"杂剧"说，韩驹以金昌绪诗为参照讲诗意脉络，徐俯的"本末次第"说等，都表现出一种动态的，又逐渐深化的理论发展态势[①]。因而，笼统地讲，江西诗学的理论观点并不是静态、封闭、缺乏发展机制的理论形态，而是在不断完善，充实的动态发展中，表现出逐渐深化和自我完善的理论态势。这种诗学特征的获得，其实来自于江西诗人在诗学交流与诗学实践过程中不断调整自己，完善自身的诗学素养的群体努力过程之中，他们能够从群体性层面获得这种理论机制的构建所需要的诗学氛围，江西诗人们的这种诗社活动所依托的群体性组织正是他们的诗学理论生长与完善的土壤。江西诗论的自我发展与完善，其实离不开在群体活动中，诗人们之间的相互影响与促进作用。这一点也是我们了解江西诗论时不能忽视的问题[②]。

有利于推广扩大基本的诗学共识，使其诗学主张获得广泛认同

赵翼《瓯北诗话》卷十一云："自中唐以后，律诗盛行，竞讲声病，故多

[①] 梁昆评尤杨范陆萧的诗风变化时说："五家虽出自江西体，反同趋明畅平熟之径，乃时代使然也。自山谷唱和力健，其弊流于粗杂，及吕曾陈三公渐转向圆活，降至此时，譬如顺流直下，无意中而同趋明畅平熟之径矣。"惟萧德藻为瘦硬之格。（参见梁昆：《宋诗派别论》，商务印书馆1938年版，第124页）其实这个时期受江西诗社群诗学观点影响的这些诗人，其"明畅平熟"之诗学与吕本中、曾几对江西诗学的发展有很大关系。吕本中之"活法"说自不必讲，曾几本学于吕本中，其《寄本中诗》云："学诗如参禅，慎勿参死句。"（《读吕居仁诗怀旧》）亦为"活法"理论。正是吕、曾理论倡导，致使尤杨范陆萧受其影响，带来诗风的变化。梁昆认为，江西诗派第四期的赵汝谠字蹈中，号懒庵，赵汝谈字履常，号南塘，兄弟俱学陶，是学习了黄庭坚晚年的诗风。这也反映了以江西为核心的诗学观念自身的发展或是调整。

[②] 江西诗社群诗人多有诗话类著作。这些著作，既是其诗学交流的记录，也是他们积极进行诗学探索的成果，我们上文已有所论述。

第二章　江西诗社群、南宋江湖诗社群及其相关诗学问题

音节和谐，风调圆美。杜牧之恐流于弱，特创豪宕波峭一派，以力矫其弊。山谷因之，亦务为峭拔，不肯随俗为波靡，此其一生命意所在也。"① 追求超脱凡俗，形成自己的风格，是黄庭坚一生执守的诗学精神，这种诗学精神实际上也是江西诗社群诗人们所共同具有的。同时，江西诗社群的诗人众多，在频繁的交流切磋中互相沾溉，互相促进，也形成了基本相同的诗学主张。这是江西诗社群及古人所谓"江西宗派体"（《沧浪诗话·诗体》）和江西诗派得以成为一个集群性的文学史概念的一个前提条件。虽说江西诗人大都有过师事黄庭坚的诗学经历，或曾受教于黄庭坚的诗学门庭，但他们在理论主张上，仍然是存在分歧的。这种分歧，恰是诗人之间交流互补的一种有利条件。正是因为存在分歧，才使相互交流有了意义，也促使江西诗学形成了具有集成性的动态诗学体系。韩驹的某些表现，徐俯的心怀成见，或许可以看出这一点②。

上文所谓江西诗学的发展，其实既是发展，也是变创，"变"的成分也客观存在。在群体性的交流活动中，他们一般都能做到求大同而存小异，在相互影响和相互促进的良好氛围中达到诗学共识。这方面也是他们以一个统一群体的姿态立于文学史上的一个重要原因。是群体和群体性的诗学活动为他们达成基本的诗学共识创造了条件，也从而促进了江西诗论本身的完善与发展。同时，他们的群体又不是一个排他性的封闭组织，而是广延门生，诚交诗友，流布诗学以扩大影响，并吸纳了一批诗学后进参与进来。其中吴可、曾季貍以及范季随可以作为这种诗学后进的突出代表。而曾几、陆游、杨万里、范成大等南宋杰出诗人则基本都有江西诗学的背景。这就充分说明了江西诗社群开放性的群体特质和本身所具诗学方面的传播与普及作用。正因后继有人，又具有开放性，所以，江西诗社群的影响持续发展，终南宋一代，其作用一直在延续。

---

① （清）赵翼：《瓯北诗话》，人民文学出版社1963年版，第169页。
② 《清波小志》云："徐师川视山谷为外家，晚年欲自立名世；客有赞见，堪称渊源所自。公读之不乐，答以小启曰：'涪陵之（诗）妙天下，君其问诸水滨？斯道之大域中，我独知之濠上。'"他不认为自己学诗于黄庭坚，而自认渊源有自，说明江西容纳甚广的个性。陆游《跋陵阳诗草》曰："先生诗擅天下，然反复涂易，又历疏语所从来，其严如此，可以为后辈法矣。闻先生之诗成，既与予人，久或累月，远或千里，复追取更定，无毫发恨乃止。"对此梁昆评曰："此种苦攻精神，亦山谷后山辈所启，非苏氏之习，而谓子苍诗非出自江西可乎？晚年侨居临汝，从者甚众，酬唱之盛，不减元祐，初期二十五人中，惟韩氏一脉大传于后。"（见梁昆：《宋诗派别论》，商务印书馆1938年版，第102页）即说明韩驹在后来的诗学发展中延续并扩大了江西诗学的影响，故而韩驹不满入社之说应该不实。

梁昆在《宋诗派别论》中就将江西诗派拆为一期、二期、三期、四期和余响五个阶段，并认为其诗学与后来的江湖诗派融合到了一起。这就从宋代诗歌流派发展的角度，说明了江西诗社群在诗学方面的巨大影响，同时，这也是对江西诗社群诗学成果的一种认同。

有利于共同的创作风格和诗学风格的形成。

江西诗社群源于有共同的诗学理论，也相应地，在诗歌创作上，就有了相应的基本审美风格取向。他们大都以功夫为诗见长，讲求章法细密，脉络连贯，又强调求用典使事，力求创造出既典雅深奥，又磊落槎枒的诗歌作品。他们一般都有深厚的诗学素养，能够广泛汲取前人的创作经验，并结合自身的诗学习性，融汇整合成既有历史渊源又能彰显个性的新的诗学风格。或是瘦硬峭拔，或是沉雄老健，或是奇崛突兀，或是朗丽渊雅，或是拙朴中藏工致，或是整练中含奇伟，有奥峭、有生新、有清奇、有沉雄。在总体的章法、句法精致工稳的基础上，各有侧重，各有造诣。诚可谓集宋诗之大成，开宋诗之生面[1]。

与此相应，江西诗社群成员在批评实践中，也有基本相同的批评风格：概要言之，这种基本相同的批评风格主要表现在：

第一，"点铁成金"、"夺胎换骨"的回溯式批评思维方式。讲求语意或用语有出处，是江西诗学的共同创作主张，也是他们进行诗歌创作时的一种习惯性做法。考其根由，则是追求典雅凝重的诗学观念使然。同时，诗歌是否能够做到"点铁成金"或"夺胎换骨"，也就成了他们喜好钻研的问题；是否在使事用典中做到了有源可考，是否在诗意、诗语或是诗歌意境的构造上在前人基础上有所创获和拓展，便也就成了江西诗人们评判诗作高低的重要标准。他们把学术研究的思路和做法带到了诗歌评赏和评判活动中来，以学术和审美相结合方式去实践，使他们在批评方法方面表现出"点铁成金"和"夺胎换骨"的回溯式批评思维的风格特点，这有时甚至成为他们的主导风格。他们致力于探究诗语、诗意或诗境的出处，以能变创前人、融诸己意、生新出奇为尚。这在

---

[1] 方回指出："老杜诗为唐诗之冠，黄陈诗为宋诗之冠，黄陈学老杜者也；嗣黄陈二恢张悲壮者，陈简斋也；流动圆活者，吕居仁也；清劲洁雅者，曾茶山也。七言律，他人皆不敢望此六公矣。"陈与义：《与大光同登封州小阁》评，见《瀛奎律髓》卷一。评吕本中诗"流动圆活"，评曾几诗"清劲洁雅"。这反映江西诗人自己虽有明确的师法纲领，但亦含有风格的多样性，这是江西诗论丰富性、集成性的一种体现。

江西诗社群诗人们的批评活动中是居于重要位置的。后来的诗人们多热衷于以这种回溯式批评思维指导其批评实践。《韵语阳秋》有云:"诗家有换骨法,谓用古人意而点化之,使加工也。李白诗云:'白发三千丈,缘愁似个长。'荆公点化之,则云:'缲成白发三千丈。'刘禹锡云:'遥望洞庭湖水面,白银盘里一青螺。'山谷点化之,则云:'可惜不当湖水面,银山堆里看青山。'孔稚圭《白苎歌》云:'山虚钟磬彻。'山谷点化之,则云:'山空响管弦。'卢仝诗云:'草石是亲情。'山谷点化之,则云:'小山作朋友,香草当姬妾。'学诗者不可不知此。"①同样是从"点化"前人诗作的角度评赏诗作。

他们甚至不认为这是点化,有时认为这种语意相似是缘于心里对古人诗作极为精熟,故而临文时自然流出,《韵语阳秋》云:鲁直谓陈后山学诗如学道,此岂寻常雕章绘句者之可拟哉。客有为余言后山诗,其要在于点化杜甫语尔。杜云'昨夜月同行',后山则云'勤勤有月与同归'。杜云'林昏罢幽磬',后山则云'林昏出幽磬'。杜云'古人去已远',后山则云'斯人日已远'。杜云'中原鼓角悲',后山则云'风连鼓角悲'。杜云'暗飞萤自照',后山则云'飞萤元失照'。杜云'秋觉追随尽',后山则云'林湖更觉追随尽'。杜云'文章千古事',后山则曰'文章平日事'。杜云'乾坤一腐儒',后山则曰'乾坤著腐儒'。杜云'孤城隐雾深',后山则曰'寒城著雾深'。杜云'寒花只暂香',后山则云'寒花只自香'。如此类甚多,岂非点化老杜之语而成者?余谓不然。后山诗格律高古,真所谓'碌碌盆盎中,见此古罍洗'者。用语相同,乃是读少陵诗熟,不觉在其笔下,又何足以病公②。

---

① (宋)葛立方:《韵语阳秋》卷二,《历代诗话》,中华书局1981年版,第495页。
② (宋)葛立方:《韵语阳秋》卷二,《历代诗话》,中华书局1981年版,第495页。葛立方虽然不能算作是江西诗社群中人,但其《韵语阳秋》的观点与江西诗学多有相同之处,有的就是引述江西中人的观点,因此,我们可以其《韵语阳秋》作为论述依据。另,《潘子真诗话》之"杜诗来历"条,考证若干杜诗典实出处颇详,反映出江西诗社群诗人们极为认真的诗学钻研态度,也反映了他们"回溯式"的批评方法。(郭绍虞:《宋诗话辑佚》,中华书局1980年版,第300页)唐人并未有宋人考证出处的论诗做法。即便是有,亦非评赏性质。李颀《古今诗话》之"捉语意合处"条云:"元和中,长安有沙门善病人文章,尤能捉人语意相合。张籍喜之,一日得句曰:'长因送人处,忆得别家时',谓似应不与前辈合也。僧曰:'此有人道来。'籍曰:'何人?'僧曰:'见他桃李树,忆着后园枝。'籍大笑。"见郭绍虞辑:《宋诗话辑佚》,第117页。在唐人看来,诗歌语意与别人相同,当成一种诗病。但到宋代,因学问功力和学术氛围的不同,诗歌语意与别人合,只要不是因袭剽窃,并有自我发挥与拓展之功,则视为高着。"回溯式"批评是发掘这种似合非合,若同若异处的创造力入手,以"点铁成金"与"夺胎换骨"相反的思路,找到原始的"铁",从而既证明诗作者之功力,又证明他拓展的本领,这是将学术思维与艺术思维结合的一种批评方式。

杨万里《诚斋诗话》中此类材料比比皆是。"回溯式"批评已经成为江西后学以至整个南宋诗人们最为主要的批评方法。就总体批评的特点来看，在宋诗批评实践中，这种做法的普遍性，主要来自于江西诗人们的这种共同的批评习尚。

第二，重视为诗的功夫和学力，重视广泛汲取前人经验，也成为江西诗社群诗人们的主要批评风尚。

江西诗社群诗人们在批评活动中，非常重视评析诗人作者反映在诗作中的功夫、学力，他们在考察典故出处或回溯考究诗作用语、用字时，相应地，就会自然而然地重视作者是否关注到足够的前人作品以及有关的文献典籍。他们不主张用熟滥典实，而是强调所用典实要深厚渊雅，又未经人道；他们主张变创前人诗语、诗意，又反对沿袭模拟，是否能够生新出奇成了他们判断的主要标准。而这些，都与作者平素的习学修养与诗文实践功夫密切关联。严羽说江西诗人为诗，"以学问为诗"，"以文字为诗"，（《沧浪诗话·诗辨》）其实都是以功夫、以学力为诗的意思。江西诗人崇尚学问功力，在批评中就会以学问功力的高低评价诗作的高低。比如范温《潜溪诗眼》之"炼字"条，其云："世俗所谓乐天《金针集》，殊鄙浅，然其中有可取者，'炼句不如炼意'，非老于文学不能道此。又云：'炼字不如炼句'，则未安也。好句要须好字，如李太白诗：'吴姬压酒唤客尝'，见新酒初熟，江南风物之美，工在'压'字。老杜《画马》诗：'戏拈秃笔扫骅骝'，初无意于画，偶然天成，工在'拈'字。柳诗：'汲井漱寒齿'，工在'汲'字。工部又有所喜用字，如'修竹不受暑'，'野航恰受两三人'，'吹面受和风'，'轻燕受风斜'，'受'字皆入妙。老坡尤爱'轻燕受风斜'，以谓燕迎风低飞，乍前乍却，非'受'字不能形容也。至于'能事不受相促迫'，'莫受二毛侵'，虽不及前句警策，要自稳惬尔。"①

在强调精心选择语词，充分表达诗意的基础上，他们还是要求做到"天成"、"入妙"，但这是建立在"老于文学"与"稳惬"的基础之上，也就是说，江西诗学重视学问功力并非目的，而是达到理想诗境的手段，其理想境界，或是自然平夷，或是兀傲磊落，其中都蕴含着学问功力和锻炼之功。这种批评习

---

① 郭绍虞辑：《宋诗话辑佚》，中华书局1980年版，第321—322页。

尚的形成，与江西诗人们大都具有较为深湛的学问素养有关，也与他们自觉从事诗学研究，自觉进行诗学交流的诗社活动有关。他们重视学问功力的批评习尚，也成了宋代诗学的主要批评潮流之一。其所得或所失自有其说，但毋庸置疑，这种批评习尚，是江西诗社群带给宋代诗学的显著特点。

第三，重视章法、句法及诗歌语意联属。

江西诗社群诗人在创作主张方面有着重视诗歌章法、句法的共识。他们秉承杜甫"语不惊人死不休"的积极锤炼、精心结撰的诗学态度，极其重视对章法、句法的推敲和琢磨。章法上讲求布置安排，黄庭坚指出要像作杂剧那样预先谋划，对各个环节都要考虑周详。他还认为要"曲折三致意"的波磔起伏，于诗意回环曲折处见出精彩。他的所谓布置安排，也包括对如何"曲折"，又如何"三致意"的细密考究。诗歌用字上讲求稳妥精切，又兀傲脱俗，吕本中在用字上强调"字字响"、"字字活"，要锤炼精当，不能率意仓促。韩驹苦心为诗，不停止地修改，不放弃任何搜讨幽隐的努力，去寻绎做活诗眼的机会。同时，江西诗社群的诗人也非常重视语意联属，要求意脉清晰，使抒情或叙事的逻辑严密，又脉理顺畅，以起到引人入胜之效。这种主张，从韩驹、曾季貍等人那里都体现得很充分。与这种诗歌创作主张相应，他们在进行诗作分析时，也非常重视对批评对象的意脉问题进行深入的推敲琢磨①。

范温曾从黄庭坚学诗，据《郡斋读书志》和《紫微诗话》知其亦当为江西诗社群成员，其《潜溪诗眼》（《宋诗话辑佚》本）亦可视为江西成果。其中之"山谷言诗法"条载黄庭坚分析杜甫《奉赠韦左丞丈二十二韵》和韩愈《原道》的资料，正是对诗歌内在意脉的分析。兹迻录如次：

> 山谷言文章必谨布置；每见后学，多告以《原道》命意曲折。后予以此概考古人法度，如杜子美《赠韦见素诗》云：'纨绔不饿死，儒冠多误身'，此一篇立意也。故使人静听而具陈之耳；自"甫昔少年日"至"再使风俗淳"，皆儒冠事业也；自"此意竟萧条"，至"蹭蹬无纵鳞"，言误

---

① 《王直方诗话》的"炼字炼韵"条云："陈君节，字明信，言炼句不如炼韵，余以为若只觅好韵，则失于首尾不相贯穿。"（见郭绍虞辑：《宋诗话辑佚》，中华书局1980年版，第66页）认为诗歌意脉联属，即"首尾贯穿"，比练句、炼韵还重要。

身如此也,则意举而文备。故已有是诗矣。然必言其所以见韦者,于是有厚愧真知之句。所以真知者,谓传诵其诗也。然宰相职在荐贤,不当徒爱人而已,士故不能无望,故曰:"窃效贡公喜,难甘原宪贫。"果不能荐贤,则去之可也,故曰:"焉能心怏怏,只是走踆踆。"又将入海而去秦也;然其去也,必有迟迟不忍之意,故曰:"尚怜终南山,回首清渭滨";则所知不可以不别,故曰:"常拟报一饭,况怀辞大臣";夫如此是可以相忘于江湖之外,虽见素亦不得而见矣;故曰:"白鸥没浩荡,万里谁能驯",终焉。此诗前贤录为压卷,盖布置最得正体,如官府甲第厅堂房室,各有定处,不可乱也。韩文公《原道》,与《书》之《尧典》盖如此,其他皆谓之变体可也。盖变体如行云流水,初无定质,出于精微,夺乎天造,不可以形器求矣。然要之以正体为本,自然以法度行乎其间。譬如用兵,奇正相生,初若不知正而径出于奇,则纷然无复纲纪,终于败乱而已矣。《原道》以仁义立意,而道德从之,故老子舍仁义,则非所谓道德,继叙异端之汨正,继叙古之圣人不得不用仁义也如此,继叙佛老之舍仁义,则不足以治天下也如彼,反复皆数叠,而复结之以先王之教,终之以人其人,火其书,必以是禁止而后可以行仁义,于是乎成篇。若《尧典》自"若稽古帝尧"至"格于上下",则尧之大略也;自"克明俊德"至于"于变时雍",言尧修身以及天下也。于是"乃命羲和"言无事,"若予采"、"若时登庸"言人事,"洪水方割"言地事,三才之道既备,继之以逊位终焉。然则自古有文章,便有布置,讲学之士不可不知也。①

可谓极其深密,亦可知用功之深。通过对杜甫这首诗和韩愈《原道》的细致分析,以图把握其内在叙事抒情或说理的逻辑安排,将其经验转化为自身的创作理路,为诗文创作的精细化与联属化服务。而其所谓"然则自古有文章,便有布置"之说,则系对创作活动的一种谋略性要求,属于我国古代文学理论的谋略式思维路数。

《潜溪诗眼》之"律诗法同文章"条云:

---

① 郭绍虞辑:《宋诗话辑佚》,中华书局1980年版,第323—325页。

第二章　江西诗社群、南宋江湖诗社群及其相关诗学问题

古人律诗亦是一篇文章，语或似无伦次，而意若贯珠。（杜甫）《十二月一日》诗云："今朝腊月春意动，云安县前江可怜。"此诗立意，念岁月之迁易，感异乡之漂泊。其曰："一声何处送书雁，百丈谁家上水船？"则羁愁旅思，皆在目前。"未将梅蕊惊愁眼，要取楸花媚远天。"梅望春而花，楸将夏而乃繁，言滞留之势，当自冬过春，始终见梅楸，则百花之开落，皆在其中矣。以此益念故国，思朝廷，故曰："明光起草人所羡，肺病几时朝日边。"《闻官军收河南河北》诗云："剑外忽传收蓟北，初闻涕泪满衣裳。"夫人感极则悲，悲定而后喜，忽闻大盗之平，喜唐室复见太平。顾视妻子，知免流离，故曰："却看妻子愁何在？"其喜之至也，不知手之舞之，足之蹈之，故曰："漫卷诗书喜欲狂。"从此有乐生之心，故曰："白日放歌须纵酒。"于是率中原流寓之人同归，以青春和暖之时即路。故曰："青春作伴好还乡。"言其道途则曰："欲从巴峡穿巫峡。"言其所归则曰："便下襄阳到洛阳。"此盖曲尽一时之意，惬当众人之情，通畅而有条理，如辩士之语言也。《游子诗》云："巴蜀愁谁语，吴门兴杳然"，巴蜀既无可与语，故欲远之吴会。"九江春草外"，则想象将来吴门之景物。"三峡暮帆前"，则去路先涉三峡之风波。"厌就成都卜，休为吏部眠"，君平之卜所以养生，毕卓之酒所以忘忧，今皆不能如意，则犯三峡之险，适九江之远，岂得已也哉？夫奔涉万里无所税驾，伤人世险隘，不能容已，故曰："蓬莱如可到，衰白问群仙"，终焉。骚人亦多此意。（杜甫）《题桃树诗》云："小径升堂旧不斜，五株桃树亦从遮。"此诗意在第一句：旧堂小径，从来不斜，又五桃遮掩之，已若图画矣。中间四句皆旧日事。方天下太平，家给食足，有桃实则馈贫人，故曰："高秋总馈贫人实。"和气应期而至，人意闲而乐之，故曰："来岁还舒满树花。"家家有忠厚之风，处处有鲁恭之化，故曰："窗户每宜通乳燕，儿童莫信打慈鸦。"及题此诗时，所向皆寡妻群盗，何暇如此，故曰："寡妻群盗非今日，天下车书正一家"时也。然所谓意若贯珠，非唯文章，书亦如是。欧阳文忠言："用笔当使指运，而腕不知，方其运也，左右前后，不免敧侧，及其定也，上下如引绳，此之谓笔正。"山谷称："公主担夫争道，其手足

肩背皆有不齐，而舆未尝不正。"指与担夫，则如遣词；腕与舆，则如命意。故唐文皇称右军书云："烟霞云敛，状若断而还连；凤翥龙盘，势如斜而反直。"与文章真一理也。今人不求意处关纽，但以相似语言为贯穿，以停稳笔画为端直，岂不浅近也哉？"①

这种擘肌分理地研读前人诗作的方法，实际是文本细读，不过关注的是诗作中的章法、意脉而已。江西诗人们对意脉联属的关注与要求，应与他们如此细致地分析研究前人诗作有关，是他们极为认真和自觉的诗学精神的反映。其"意若贯珠"的讲求，要求学者掌控"意外关纽"的妙思，亦是创作谋略的一种反映。

《潜溪诗眼》"坡文工于命意"条，则又从苏轼之"词达而已。词至于达，则疑于不文，是不然。求物之妙，如系风捕影，能了然于心者，千万人而不一遇也。况能了然于手与口乎？是之谓词达。词至于达，则文不可胜用矣"②之说出发，对苏轼的文章作命意与章法方面的解读，也是类似文本细读之类的批评。

由此可见，江西诗人们是在研究中评论，也是在评论中研究，确实将学术研究的心态带入到诗歌评赏过程中来，开启了一种颇具新意的批评形式。他们以章、字、韵以及意脉来观照分析诗作，做出评价，并发其秘奥，以相砥砺，还用以指导后学，使其诗学推广普及开去。

第四，往往在细致的比较中进行评价。

正因江西诗社群的诗人们广泛学习前人诗作，以杜甫为主要诗法对象，还学习《诗经》、《楚辞》、《选》诗、晚唐诗人以及苏轼、王安石、黄庭坚等人的诗作，他们对诸家诗风或诗歌章法、用语、意境等都非常熟悉，对诸家的优点也很了解。所以他们的诗在创作过程中，由于"点铁成金"、"夺胎换骨"的创作思维和诗法的影响，有时会因师法对象的相似或其他方面的相似，使诗歌作品出现了很大程度的可比性。因而江西诗社群诗人们也往往非常注意在批评时

---

① 郭绍虞辑：《宋诗话辑佚》，中华书局1980年版，第318—320页。
② 郭绍虞辑：《宋诗话辑佚》增订部分，中华书局1980年版，见第371—372页。

运用比较的方法进行评价。通过对所熟悉的作品进行细致的比较，进而在其中找到不同，以较量短长并获取经验。又如《韵语阳秋》云："陈去非尝为余言：'唐人皆苦思作诗，所谓"吟安一个字，捻断数茎须"，"句向夜深得，心从天外归"，"吟成五字句，用破一生心"，"蟾蜍影里清吟苦，舴艋舟中白发生"之类是也。故造语皆工，得句皆奇，但韵格不高，故不能参少陵逸步。后之学诗者，倘或能取唐人语而掇入少陵绳墨步骤中，此连胸之术也。'余尝以此语似叶少蕴，少蕴云：'李益诗云："开门风动竹，疑是故人来。"沈亚之诗云："徘徊花上月，虚度可怜宵。"皆佳句也。郑谷掇取而用之，乃云："睡轻可忍风敲竹，饮散那堪月在花。"真可与李沈作仆奴。'由是论之，作诗者兴致先自高远，则去非之言可用；倘不然，便与郑都官无异。"——这是从化用前人诗句的角度对作品进行比较分析，并评骘高下，供学者参考①。

在江西诗社群的诗学活动中，诗人们往往用这种比较批评的方法进行分析，在同与不同的细微差别中寻绎诗学的基本特质。这种批评方法后来也成为宋诗学中的主要批评方法，即使是严羽，也指出："太白不能为子美之沉郁，子美不能为太白之飘逸。"②其观点亦高于一般比较李杜优劣的意见。足见这种批评方法影响之深。

总之，江西诗社群的诗学活动使诗人们既在诗学理论和具体主张上渐渐趋同，也在批评的方式、方法上缩略着差异，形成了相近的创作风格和批评风格，在诗歌创作和批评以及理论建设方面，别开生面，并影响到南宋诗学的基本格局。

第五，有利于在创作和批评方面凝聚力量，形成合力，干预此后的诗学格局和诗学的基本走向。

作为江西诗社群成员，范温对"韵"这一批评史中的重要范畴作了非常细致的论述。其略云："有余意之谓韵。……自三代秦汉，非声不言韵；舍声言韵，自晋人始；唐人言韵者，亦不多见，惟论书画者颇及之。至近代先达，始推尊之以为极致；凡事既尽其美，必有其韵，韵苟不胜，亦亡其美。夫立一言

---

① （宋）葛立方：《韵语阳秋》卷二，《历代诗话》，中华书局1981年版，第493页。
② （宋）严羽：《沧浪诗话·诗评》，郭绍虞校释：《沧浪诗话校释》，中华书局1961年版，第168页。

于千载之下,考诸载籍而不缪,出于百善而不愧,发明古人郁塞之长,度越世间闻见之陋,其为有包括众妙、经纬万善者矣。且以文章言之,有巧丽,有雄伟,有奇,有巧,有典,有富,有深,有稳,有清,有古。有此一者,则可以立于世而成名矣。"①"韵"者,须发明古人"郁塞之长",又能"度越世间闻见之陋",还不只是那种余味悠长,意在言外者能叫韵。范温以为"巧丽"、"雄伟"、"奇"、"巧"、"典"、"富"、"深"、"稳"、"清"、"古"实际都可以有韵,只要能"立一言于千载之下,考诸载籍而不缪,出于百善而不愧",达到了"真"、"善"结合,且表现得"有余意",都是"韵",都可谓"尽其美"。

然而范温对"韵"的要求并不空泛,实际上有严格的界定,他接下来论述到:"然而一不备焉,不足以为韵,众善皆备而露才用长,亦不足以为韵。必也备众善而自韬晦,行于简易闲淡之中,而有深远无穷之味,观于世俗,若出寻常。至于识者遇之,则黯然心服,油然神会。测之而益深,究之而益来,其是之谓矣。其次一长有余,亦足以为韵,故巧丽者发之于平淡,奇伟者行之于简易,如此之类是也。"②认为有韵,必须兼备众善,能够协调"巧丽"、"雄伟"、"奇"、"巧"、"典"、"富"等各种基本风格元素,又不能露才扬己,须在"备众善"的基础上"韬晦","行于简易闲淡之中",以寻常语势出之,使人"测之而益深,究之而益来",则可谓之有韵。若不能兼备众善,以其中一种风格元素为主,但又能以简易、平淡等表达出来,达到了风格上辩证统一,则亦可认为是有韵。所以,范温对"韵"的理解,正是从诗歌创作的角度,讲求融合各种风格元素,以形成统一风格,并以清通简易闲淡的方式予以表现,使人们在阅读接受时感到诗意深厚,不单调枯槁,能够于诗意中沉潜涵咏,回味其中的艺术感染力和风格特性。作为受学于黄庭坚的诗人,这种观点是江西诗人们对诗歌理论,尤其是黄庭坚理论的进一步发展。甚至可以认为,是对黄庭坚重视学问、功力的诗学主张的一种调整与充实。尤其是"简易闲淡"和"测之而益深,究之而益来"的观点,对于江西诗论来讲,更是极为有益的补充。

---

① 郭绍虞辑:《宋诗话辑佚》增订部分,中华书局1980年版,见第373页。
② 郭绍虞辑:《宋诗话辑佚》增订部分,中华书局1980年版,见第373页。

此外，我们还能从范温的论述中看到江西诗社群诗人诗学研究的深密，在精当的观点中透射出他们积极进行诗学研究的精神。其实范温这里对"韵"的论述，已经和后来严羽的观点很接近了。我们说江西诗学是对此前诗学的总结，又是对宋代诗学的创立与完善，正可于此间感知。范温接下来又以十分细腻准确的笔触，对"韵"做纵向的论证。亦迻录于此：

自《论语》、《六经》，可以晓其辞，不可以名其美，皆自然有韵。左丘明、司马迁、班固之书，意多而语简，行于平夷，不自矜衒，故韵自胜。自曹、刘、沈、谢、徐、庾诸人，割据一奇，臻于极致，尽发其美，无复余蕴，皆难以韵与之。惟陶彭泽体兼众妙，不露锋芒，故曰：质而实绮，癯而实腴，初若散缓不收，反复观之，乃得其奇处；夫绮而腴，与其奇处，韵之所从生，行乎质与癯，而又若散缓不收者，韵于是乎成。《饮酒》诗云："荣衰无定在，彼此更共之。"山谷云："此是西汉人文章，他人多少语言，尽得此理？《归田园居》诗，超然有尘外之趣。《赠周祖谢》诗，皎然明出处之节。《三良》诗，慨然致忠臣之愿。《荆轲》诗，毅然彰烈士之愤。一时之意，必反复形容；所见之景，皆亲切摹写。如"孟夏草木长，绕屋树扶疏"；"日暮天无云，春风扇微和"，乃更丰浓华美。然人无得而称其长。是以古今诗人，惟渊明最高，所谓出于有余者如此。至于书之韵，二王独尊。唐以来颜杨为胜。故曰："若论工不论韵，则王著优于季海，不下大令；若论韵胜，则右军大令之门，谁不服膺。又曰："观颜鲁公书，回视欧、虞、褚、薛，皆为法度所拘；观杨少师书，觉徐、沈有尘埃气。夫惟曲尽法度，而妙在法度之外，其韵自远。近时学高韵胜者，唯老坡；诸公尊前辈，故推蔡君谟为本朝第一，其实山谷以谓不及坡也。坡之言曰：苏子美兄弟大俊，非有余，乃不足，使果有余，则将收藏于内，必不如是尽发于外也；又曰：美而病韵如某人，劲而病韵如某人。米元章书如李北海，道丽圆劲，足以名世，然犹未免于作为。故自苏子美以及数子，皆于韵为未优也。至于山谷书，气骨法度皆有可议，惟偏得《兰亭》之韵。或曰'子前所论韵，皆生于有余，今不足而韵，又有说乎？'盖古人之学，各有所得，如禅宗之悟入也。山谷之悟入在韵，故开辟此妙，成一家之学，宜乎取捷径而迳造也。如释氏所谓一超直入如来地者，考其戒、定、神通，容有未至，而知见高妙，自有超然神会，冥然吻合者矣。是以识有余者，无往而不韵也。然所谓有余之韵，岂独文章哉！自圣贤出处古人功业，皆如是矣。孔子德至矣，然无可无不可，其行事往往俯同乎众人，则圣有余之韵也，视伯夷之清、柳下惠之和，偏矣。圣人未尝有过，其曰："丘也幸，苟有过，人必知之"，圣有余之韵也，视孟子反复论辩、自处于无过之地者，狭矣。回也"不违如愚"，学有余之韵也；视赐辨由勇，浅矣。汉高祖作《大风歌》，悲思泣下，念无壮士，功业有余之韵也，视战胜攻取者，小矣。张子房出万全之策以安太子，其言曰：此亦一助也，若不深经意而发未必中者，智策有余之韵也，视所面折廷争者，拙矣。谢东山围棋毕曰：'小儿已复破贼'，器度有余之韵也，视喜怒变色者，陋矣。然则所谓韵者，亘古今，殆前贤秘惜不传，而留以遗后之君子欤？①

范温详细论述了书法和诗文的有韵无韵，又极为推崇陶潜、苏轼、黄庭坚，认为"知见高妙，自有超然神会，冥然吻合者矣。是以识有余者，无往而不韵也"。并联系"圣贤及古人功业"，从思想、行止、器度等方面论述"有余"之韵，可谓发个中秘奥，将"韵"的问题论述得极为详尽了。从诗学上看，范温的"韵"，指诗歌创作在意境结构的综合表现上达到的自如从容，含意深远，又优游不迫，简淡疏朗的一种诗歌格调。在风格上，可以含有"奇"、"巧"、"典"、"富"、"深"、"稳"、"清"、"古"等多种基本风格，也可是其中一种或几种的综合；在语言上，则是"简易闲淡"，使诗歌具有一种"测之而益深，究之而益来"的特质，从而令人回味无穷，"暗然心服，油然神会"。这就是他所说的"有余意之谓韵"。从作家方面看，则是要求作家具有一种处理创作中各种问题，完成"有余意"的诗作的能力。这种能力，不只在诗歌方面，在书法上，在思想、行止上，都使人具有"圣有余之韵"（孔子），"学有余之韵"（颜回），"功业有余之韵"（汉高祖），"智策有余之韵"（张良），"器度有余之韵"（谢安）五种情况。所以范温的"韵"说，涵盖的极为广阔，就

---

① 郭绍虞辑：《宋诗话辑佚》增订部分，中华书局1980年版，见第372—375页。

诗学而言，应被看作是既包括对诗歌风格和意境的要求，也是对作者各方面的综合素质的要求，是内涵颇为丰富的诗学范畴[①]。

虽然范温本人并未列名于《江西诗社宗派图》中，但他直承黄庭坚诗学，其理论主张出入江西诗学主流，又能在"以学问为诗"，"以文字为诗"方面不受习染，去直接发明更具理论性的问题。因其具与江西诗人有着师友渊源，所以其诗论应算作是江西诗社群的成果。江西诗社群的主要成员在一些问题，诸如章法、句法等问题上的阐发，虽然未直用"韵"字，但可视为在这一个大范畴内的分别建树和具体细化，也是一种深入钻研诗歌创作基本规律的努力成果。

江西诗社群作为一个规模巨大的诗学群体，他们既有较为明确的师友渊源关系，诗学主张也基本相同，又在相互切磋中相互作用，在创作与批评方面既对诗学理论有所发展，又形成了相似的创作风格与批评风格。他们中的主力经过靖康之难，在南宋初期的诗学舞台上可谓核心力量。他们在当时的历史背景下担纲了创作与批评的主力，也是进行诗学研究和理论创建的主力。他们通过大大小小的诗社，以及由"江西诗社宗派图"所产生的影响，以"江西诗社"或"江西诸派"、"江西诸人"的名义，在时人及后人心里产生了群体性、宗派性的影响。他们主要以一个群体的面目发挥着对诗学领域的积极干预作用，使整个南宋诗坛都浸染了"江西诗社"的色彩。这主要因为在江西诗社群的诗学活动中，他们以共同的创作和批评风格为纲，将力量凝聚，整合，形成了强大的诗学合力，直接而有力地介入到南宋初期的诗学格局之中，并扮演了最为主要的角色，使南宋的诗学表现出鲜明的"泛江西化"色彩。

梁昆在《宋诗派别论》中曾说："后吕本中、曾吉父（曾几）、陈简斋（陈与义）为其魁，可谓江西派次期作家；再继以尤杨范陆萧五公（按，尤袤、杨万里、范成大、萧德藻）为江西派三期作家；更继以二赵二泉四公（按，赵汝谠、赵汝谈、赵蕃（号章泉）、韩淲（号涧泉））可谓江西派四期作家；四期之江西派，其势大微，盖多流入江湖体，能卓力不拔者，惟此四公。至于宋季，则方刘（方回、刘克庄）振其余响，竟入元世矣。"[②]

---

① 杨万里《江西宗派诗序》所谓江西成派"以味不以形"，便是说他们创作风尚与诗学品味基本相似，而"味"则近乎范温说的"韵"说。
② 梁昆：《宋诗派别论》，商务印书馆1938年版，第79页。

将江西诗派分为一期、二期、三期、四期和余响五个阶段，其组成人员更是包括了尤、杨、范、陆、萧等大诗人和刘克庄、方回等诗学理论专家。且梁昆立论，都有诗友渊源的依据。这就充分说明了江西诗社群对南宋一代诗学格局与诗学走向的巨大影响。甚至对南宋以后的诗学都产生了巨大而深远的影响。刘克庄《江西宗派小序》中评黄庭坚为："荟萃百家句律之长，穷究历代体制之变。搜奇猎异，穿穴异闻，作为古律，自成一家，虽只字半句不轻出，遂为本朝诗家祖宗。"①梁昆云："山谷没后，其体法大行，遂为江西派，流风余韵，直至近代。"②梁昆对江西诗派的总结说："考宋诗各派势力之久长者，莫过'江西'，计自元祐黄陈以迄宋末方刘二百年间，皆为'江西'派之势力；虽中经'四灵'、'江湖'之侵扰，然'四灵'时杨陆犹存，韩赵复盛，'江西'之线未绝也。置于'江湖'，乃'四灵'、'江西'之产儿，而未几方刘崛起，'江西'之势力竟由宋入元，若'西昆'派、'四灵'派，若'东坡'体、'荆公'体等，无一能逾百年者也。考各派势力之盛大者，亦莫过江西，在派中之堪称名家者，不下数十人。而在中国诗史上之堪称大家者，亦不下十数人，如山谷、后山（陈师道）、子苍、吉父（曾几）、简斋、务观、致能、诚斋皆是。若在其他各派中，求其堪称名家者不过数人，若求堪称大家者，则愈寥寥矣。朱竹诧（朱彝尊）序《裘司直集》：'宋自汴梁南渡，学者多以黄鲁直为宗，吕居仁集二十五人之作曰江西派，杨廷秀于诗尤推尤萧范陆，豫章居其一焉；继萧东夫起者，姜尧章甚尤也③，余子多见录于《江湖集》。盖终宋之世，诗集流传

---

① 丁福保辑：《历代诗话续编》，中华书局1983年版，第478页。
② 梁昆：《宋诗派别论》，商务印书馆1938年版，第81页。
③ 姜夔在《白石道人诗集自叙》中说："近过梁溪，见尤延之先生，问余诗自谁氏。余对以异时泛阅众作，已而病其驳如也，三熏三沐，师黄太史氏。居数年，一语噤不敢吐；始大悟学即病，顾不若无所学之为得，虽黄诗亦偃然高阁矣。"可知姜夔与陆游、杨万里等一样，由江西出，终于自成一家。姜夔在《白石道人诗集自叙》中还说"作者求与古人合，不若求与古人异。求与古人异，不若不求与古人合而不能不合，不求与古人异而不能不异。彼惟有见乎诗也，故向也求与古人合，今也求与古人异；及其无见乎诗已，故不求与古人合而不能不合，不求与古人异而不能不异。其来如风，其止如雨，如印如泥，如水在器，其苏子所谓不能不为者乎？"这种由"求与古人合"或"求与古人异"而至"不求与古人合而不能不合，不求与古人异而不能不异"的境界，其实就是日本中所谓"规矩备具而又能出规矩之外，变化不测而又不悖于规矩也"的意思，即所谓"活法"。张宏生就指出姜夔此论"也正是江西诗派最富有生命力的精神实质。"（张宏生：《江西诗派研究》，中华书局1995年版，第210页）这是很有道理的，故而姜夔也应算作是江西诗社群的成员。

于今，惟江西最盛。'借此亦可为江西盛大之证也。"①

以往文学史总是把黄庭坚、陈师道、吕本中以及《江西诗社宗派图》中的诗人们以"江西诗派"的名义进行研究，把他们当作文学史上的一个创作群体来对待。我们从他们的交游与结社入手，通过分析他们有关的诗社活动，按照"江西诗社群"的名义来进行研究。通过上文所论，这个由若干规模不大的诗社组成的诗社群体除了是有着较为接近的创作风尚的群体之外，还是一个宗旨明确，纲领清晰的诗学组织。他们共同研讨，又通过创作进行诗学实践，还以其诗学主张培养后学，干预诗坛的发展走向。虽然当时的主要成员并没有关于统一固定的"江西诗社"的明确表述，但实质上"江西诗社群"是可作为我国古代诗社形态文人群体活动形式发展成熟的标志，其与创作的关系，与诗学理论批评的关系，与诗人的学诗及整个诗坛的关系都切实地反映了诗社作为一种自觉的诗人群体性组织的文学职能。这种职能经过长期的交汇、融结，在北宋、南宋之交的江西诗人们身上，完成了整合，标志着诗社的成熟与成功。这个诗社群影响下的诗人们还留下了为数不少的诗话类作品，这样又把古代文学理论批评的重要形式——诗话与诗社联系了起来。诗话本身不是诗社的专利，但诗话轻快灵便，记录诗人行事言论的笔记体特点与诗社活动中的诗学内容更易于走到一处。可以说，诗话在宋代的大发展和其在明清时代的渐渍汪洋，都与诗社有着多多少少的关系，诗社促进了诗话一步步走向了繁荣。考察历史，江西诗社群在诗话发展的历史过程中，所起的作用是其他诗社无法比拟的。

第二节　南宋江湖诗社群及该时期其他诗社诗学活动及其内涵

一、北宋、南宋之交的其他诗社活动

在诗社成熟的历史时期，除江西诗社群以外，还有一些其他诗社，这一时期的诗社，遍布各地，呈现一派繁荣气象。

---

① 梁昆：《宋诗派别论》，商务印书馆1938年版，第135页。

如贺铸等人的"彭城诗社"。贺铸《庆湖遗老诗集》卷二之《读李益诗》序称:"甲子夏与彭城(今江苏徐州)诗社诸君分阅唐诸家诗,采其平生,人赋一章,以姓为韵。'君虞',(李)益字也,见《从军诗》序。"又其《田园乐》诗之序称:"甲子八月,与彭城诗社诸君会南台佛祠,望田亩秋成,农有喜色,诵王摩诘《田园乐》,因分韵拟之,予得'村'字。"[1]甲子为元丰七年(1084)。据夏承焘《贺方回年谱》[2],贺铸于元丰五年(1082)八月赴徐州任宝丰监钱官;于元祐元年(1086)离任。其间与徐州当地诗人有过诗社活动。欧阳光据贺铸《彭城三咏·序》、《题张氏白云庄·序》、《渔歌·序》、《三月二十日游南台·序》等考证,贺铸之诗社活动集中在元丰七年、八年间,即1084、1085年间。预入其诗社活动的诗人有张仲连、寇昌期、陈师中、王适、王玨等人。此外还有在徐州与贺铸有过酬唱活动的刘士真、张天翼、董初尝、王有元、王遹、寇定等人。他们虽与贺铸有过唱和,但未必可算作诗社成员[3]。贺铸在徐州的诗社活动,虽然影响不大,但从其活动事由看,如"与彭城诗社诸君分阅唐诸家诗,采其平生,人赋一章,以姓为韵"或"与彭城诗社诸君会南台佛祠,望田亩秋成,农有喜色,诵王摩诘《田园乐》,因分韵拟之"等来看,他们宗尚唐人,也研究唐人,是一个有着相当诗学研究氛围的诗学组织。同时,他们也在登录游览时开展活动,也是一个轻松随意的诗社组织。贺铸及此诗社成员的品赏唐诗与创作活动对预入其间的诗人们来讲,是一种诗学的训练。彭城诗社的训练性与娱乐性特色都是很鲜明的。

再如李若水(1093—1127),其《忠愍集》卷三之《次韵高子文途中见寄》诗中有云:"趁取重阳复诗社,要看红叶醉西风。"可以推断李若水或曾与高子文有诗社活动。

其他如李纲《梁溪集》卷十一之《次韵志宏见示山居二首》其二有云:"溪山胜处陪诗社,文字空中见法云。"[4]诗社亦出现于其诗中。可见李纲抑或

---

[1] 以上均见《庆湖遗老诗集》卷二,文渊阁《四库全书》第1123册,上海古籍出版社1987年影印本,第218页。
[2] 收入夏承焘:《唐宋词人年谱》,上海古籍出版社1979年版。
[3] 关于具体情况,详见欧阳光:《宋元诗社研究丛稿》,广东高等教育出版社1996年版,第182、183页。
[4] (宋)李纲:《梁溪集》卷一一,文渊阁《四库全书》第1125册,上海古籍出版社1987年影印本,第590页。

有诗社活动。徐景衡（1072—1128）《横塘集》卷四之《再和敏叔二首》其一有云："黄山旧游今能几，诗社犹忻小子随。"同卷之《再和戴尧卿游灵隐》有云："诗社若容追故事，未绕五字有长城。"①折射出在诗社中争强斗胜的竞争气氛。我们暂不做上述诗社的具体考证，只需明了诗社在当时实已成为普遍的诗学现象。诗人们的成长与创作个性的养成和诗学身份的确立，都或多或少地与诗社有关。

再如葛胜仲②其《丹阳集》卷二十有《侍读官程伯禹以赐茶寄汪敦仁（处厚）教授蒙惠四胯以诗纪谢》有句云："晴窗碾试供诗社，先听声轰万壑雷"③句，可以推知诗社中以茶佐助诗兴的活动情调。这也从侧面反映了宋人生活诗化的一种情形。又如张扩④《东窗集》卷一之《大年、耆年各赋长篇投名诗社中，顾景蕃及伯初子温二侄传诵喜甚，子温有诗，因次其韵》。此诗本无奇特之处，然诗题中提到"各赋长篇投名诗社中"云者，使我们得以了解当时诗社之入社规程，存在着以作品投名，获得认可，才得以被吸纳进来的做法。也说明了参与诗社，是须要得到诗社成员在诗学上的认可的。这种须要达到一定程度方能入社的做法，不同于《藏海诗话》讲到的荣天和金陵诗社那种不设门槛，广纳爱好者的形式。反映了诗学水平在诗社活动中成为确定自身群体属性的一个基本条件，这个条件，也是诗社排他性特点的表现。这一时期的诗社也与江西诗社群一样，比较重视活动中诗学技巧的推敲琢磨。如张纲(1083—1166字彦正，号华阳老人，润州丹阳（今金坛薛埠）人，《宋史》有传。)《华阳集》卷三十五之《归乡》诗有云："诗社纵添新句法，醉乡难觅旧交游。"⑤可以看出，诗人们是追求在诗社中探索、实践"新句法"的。他们以诗社为训练

---

① （宋）徐景衡：《横塘集》卷四，文渊阁《四库全书》第1127册，上海古籍出版社1987年影印本，第191，197页。
② 葛胜仲(1072—1144)字鲁卿，丹阳(今属江苏)人。绍圣四年(1097)进士。元符三年(1100)，中宏词科。累迁国子司业，官至文华阁待制，卒谥文康。《宋史》有传。
③ （宋）葛胜仲：《丹阳集》卷二〇，文渊阁《四库全书》第1127册，上海古籍出版社1987年影印本，第611页。
④ 张扩约公元1122年前后在世。扩字彦实，一字子微，德兴（今属江西省）人，生卒年不详。与其交往者如曾慥、朱翌、吕本中辈，皆为当时有成就的诗人。有《东窗集》四十卷，诗十卷。
⑤ （宋）张纲：《华阳集》卷三五，文渊阁《四库全书》第1131册，上海古籍出版社1987年影印本，第215页。

营地,开放地去拓展一些新的诗艺技巧,并取得擅场,从而展露才华,也得以提高诗作水平。这也是在当时诗社更为专门化和诗学化,也更有训练色彩和诗学实践内容的一种反映。像这种反映了当时诗社活动情形的还有王洋《东牟集》卷四《旧闻邵叟名今识面目于诗句字画中,輙取二诗赓之,他日会面,亦旧相识也》有句:"诗社便宜张客馆,莫教游士叹无鱼"[1]的表述,可知当时诗社应该有容留游子起居的便利条件。虽说王洋这里只是一种建议,但很有可能是当时的诗社具有起居饮食并能展开创作评赏活动的功能的。除了诗人们登高游览也有固定场所来展开活动外,诗社已成为非常便于展开活动的组织结构和活动据点。王洋诗社又是一个容纳诗人专心琢磨诗歌技艺,培养增进彼此感情的诗学交流机构。王之道[2]在其《相山集》卷三《对雪二首再用前韵》诗中有:"高吟撚冻须,诗社颇增气"[3]句,在诗社中以撚须苦吟,精研诗艺的方式去"增气",以求在诗艺较量中胜出,是诗人们自觉探讨诗歌创作方法技巧的诗学心态的反映。对于有的诗人来讲,他们在诗社中寄寓了自己悠然恬淡的生活情趣。同样是王之道,在其《和因上人午睡韵》诗中云:"老去睡乡还积欠,君来诗社责新逋。便便一觉南窗午,短簟方床意不疏。"[4]悠然恬淡中老友相访,并课责新诗,于不紧不迫的诗化生活中,以诗为基本课业,诗人悠然适意,乐在其中,完全沉浸。这种心态也是一种诗化的心态,而诗社是为这种诗化心态提供了时间、空间的乐地。这是北宋后期诗社勃兴的一种时代心理原因。《和魏定父被檄还无为》诗中之"邂逅醉乡还自适,周旋诗社好相规"[5],也表露了沉浸于诗酒氛围的悠然惬适。在尚未经受国破家亡的时代背景下,诗社在北宋后期走向成熟,主要是诗学本身的作用。后来那种遗民诗社或具有政治斗争性质的诗社是诗社发展中逐渐携带上的外来因素,并与固有的诗社因素结合。诗

---

[1] (宋)王洋:《东牟集》卷四,文渊阁《四库全书》第1132册,上海古籍出版社1987年影印本,第362页。

[2] 王之道(1093—1169)字彦猷,庐州濡须(在安徽无为)人。宣和六年(1124年)进士。善文,明白晓畅,诗亦真朴有致。为人慷慨有气节。曾以忤秦桧意,谪官沦废二十年。后累官湖南转运判官,以朝奉大夫致仕。有《相山集》三十卷。

[3] (宋)王之道:《相山集》卷三,文渊阁《四库全书》第1132册,上海古籍出版社1987年影印本,第539页。

[4] (宋)王之道:《相山集》一〇,文渊阁《四库全书》第1132册,,第585页。

[5] (宋)王之道:《相山集》一〇,文渊阁《四库全书》第1132册,第589—590页。

第二章 江西诗社群、南宋江湖诗社群及其相关诗学问题

社以其诗化作用,将这些外来因素与诗学因素融为一处,以诗为枢纽,涵盖了超出诗酒本身的越来越多的历史或现实内容。这是我们后文还要专门论及的。

更有代表性的还有王之道《秋日野步和王觉民十六首》(其一)云:"近来诗社争相胜,幽讨冥搜字字工。"①在诗社中"幽讨冥搜",力求"字字工",以之较量、竞争,反映的是自觉钻研诗艺,追求艺术技巧的精致工巧,并乐此不疲的诗化竞争心态。其间蕴含着诗友们相互之间的相激相荡,相互切磋的融洽氛围。诗社在宋代文人生活中起到的作用是融训练、实践与钻研、切磋于一炉的诗学机构,也是诗人们诗化心灵的寄寓地。通过这些关于诗社的表述,可以基本把握这个特点。此外,提及诗社活动的还有邓深、吴芾、黄公度、陈长方、史浩等人。史浩之《诗社得"神"字》诗云:"今宵文会友,作句擅清新。始也诗言志,终焉笔有神。既无折角者,宁有面墙人。只待逢真主,艰难七月陈。"②以诗言志,笔底生神,追求清新自然之韵致,在以文会友的诗学空气中交流、沉醉。诗社带给宋人的就是这种醲厚纯净的诗化氛围和惬适心境。

此外还有邹浩与苏世美、崔德符、裴仲孺、胥述之等人在元祐初年于颍川(今许昌)所结之颍川诗社。邹浩(1060—1111),字志完,常州晋陵(今江苏常州)人。元丰五年(1082)进士,曾任扬州、颍昌府教授。他在《颍川诗集序》中有云:"……用刘白故事,裒所谓倡酬者与众自为之者、与非同盟而尝与同盟倡酬者,共得若干篇,名之曰《颍川集》。"③可见他们曾把在诗社中的有关诗作裒结成集,有意识地保留了作于诗社活动中的作品。在北宋后期诗社渐趋普及的时代,将诗社中作品结集也反映了人们对以诗社为基本创作单元的创作活动的重视。这种诗社诗集也会形成一种创作上的合力,对诗坛,甚至是诗风和以后的诗学走向起到影响和干预作用④。

北宋末年,叶梦得还在许昌与韩瑃、韩宗质、韩宗武、王实、曾诚、苏迨、苏过、岑穰、许亢宗、晁将之、晁说之等十一人结社吟诗。具体时间为叶梦得于徽宗重和元年(1118)至宣和二年(1120)间。

---

① (宋)王之道:《相山集》卷一四,文渊阁《四库全书》第1132册,第567页。
② (宋)史浩:《鄮峰真隐漫录》卷三,文渊阁《四库全书》第1141册,第553—554页。
③ (宋)邹浩:《道乡集》卷二七,文渊阁《四库全书》第1121册,第406页。
④ 关于该诗社的具体情况,欧阳光《宋元诗社研究丛稿》曾做考述,可以参考。

横跨北宋、南宋时期的诗社很多。北宋末年虽社会矛盾极为突出，但表面上还维持了繁荣的气象。宽裕的物质生活和诗化氛围的强化，是这一时期诗社繁荣的重要原因。从诗社本身的发展来看，此前的诗社活动，尤其是人数众多、诗学水平较高且一些大型的如江西一系的诗社活动在此过程中是起了推动与促进作用。据欧阳光《宋元诗社研究丛稿》考证，这一时期的诗社还有徐景衡"横塘诗社"、吴云公"岁寒社"、僧云逸"吟梅社"、邓深诗社、苏摩诗社、张纲诗社、王十朋楚东诗社（该诗社还编有《楚东酬唱集》）等。这些诗社一般来讲人数都不多，活动时间也延续不长，在诗学上的影响不大。但王十朋之楚东诗社展开活动方式是很值得关注的。欧阳光说："该诗社的五个成员分别在饶州、洪州、吉州三地做官，此三地虽说相距不远，但他们均有公务在身，显然不可能像其他诗社那样经常聚在一起开展活动，故他们采取了诗筒往来的形式。如王十朋《提舶示观〈楚东集〉，用张安国韵。因思鄱阳与唱酬者五人，今六年矣，陈、何二公已物故，余亦离索，为之慨然，复用元韵》诗云：'忆昔江东会众仙，诗筒来往走山川。（原注：时陈在豫章，何按属郡，诗筒常往来。）'又《陈阜卿书云："闻诗筒甚盛，可使流传江西否？"戏用竹萌韵以寄》诗云：'欲遣诗筒寄诗伯，恐嫌白俗孟郊寒。'诗筒是古人用以传书递简的一种物品，用竹子制成，称作邮筒。因文人多用其传递诗稿，故又称诗筒、吟筒。楚东诗社的五个成员均任地方长官，因此利用职务之便派遣使者在三地之间传递诗稿，对他们来讲，是轻而易举的事，自然较多地采用了这种形式。王十朋《次韵何宪修途倦游怀鄱阳唱和之乐》诗云：'马上诗成驿使驰，社中犹恨使来迟。'写的正是盼望驿使持诗筒到来的心情。从中我们亦可看到宋代诗社活动的另一侧面。"①

以邮筒寄诗，唐人诗中已屡有表述。宋人将这种打破空间局限的诗歌交往方式引入到诗社活动中来，客观上使诗社形式更为灵活，展开活动的方式也更为开放。一个诗社的活动，未必受到场地以至地域的局限，诗学交流也相应地在广度、深度上更为便捷地得以展开。这个现象，亦诚如欧阳光所说，可以使我们看到"宋代诗社活动的另一侧面"。

---

① 欧阳光：《宋元诗社研究丛稿》，广东高等教育出版社1996年版，第236页。

第二章　江西诗社群、南宋江湖诗社群及其相关诗学问题

在南宋与金的关系不再是那么剑拔弩张的时候，文人们的诗学活动也延续了北宋末年的繁盛局面，诗社活动也同样在繁荣的局面中继续开展。乃至南宋后年，在南宋治区的各地，也都有这样那样的诗社活动。从南宋前期这些诗社的成员来看，杨万里、范成大等人都曾有诗社活动。他们在诗坛上的崇高地位，也使有关诗社荣耀非凡。如乐备主盟的昆山诗社就曾因范成大的加入而欣喜异常①。龚昱所辑《昆山杂咏》中就有马少伊《喜乐功成招范至能入诗社》一诗，诗云："燕国将军善主盟，新封诗将一军惊。范家老子登坛后，鼓出胸中十万兵。"②此诗很诙谐活泼，乐功成即乐备，功成为其字。由诗题看，当为乐备招范成大入社得遂，马氏以此诗相贺，将乐备比作曾统帅战国时燕国军队的乐毅，他招范成大入社，犹如得良将，亦如同得十万兵。可见诗坛大匠对诗社活动的重要意义③。诗社在南宋的普遍化也使南宋的诗学空气清通灵活，各个诗社的成员都会有一定的诗学主张，也都会对流行的诗学思想表达看法。江西诗学在南宋的流行，杨、范等人在诗坛的地位，也使有关诗社可以看作是江西一路的诗社组织，他们以诗社活动所形成的合力，延续了主流的江西诗学。我们上文已经谈及江西诗学的研究性内容很突出，故而这些有关诗社也会在诗学研究的氛围方面不让先贤。四川大学 2003 年邓国军的博士学位论文《宋诗话考论——以江西诗派、反江西诗派诗话为中心》就将主要的宋诗话作品分为支持江西诗派者和反对江西诗派者。前者有《后山诗话》、《王直方诗话》、《潜溪诗眼》、《藏海诗话》、《彦周诗话》、《竹坡诗话》等；后者有《石林诗话》、《白石道人诗说》、《岁寒堂诗话》及《沧浪诗话》等。虽说这些诗话不一定是在南宋作讫，但也反映了江西诗学对诗话类作品的巨大影响。而这些诗话中就往往记录了诗人关于诗学的言论与观点，其中就有在诗社活动中述及而被记录并流传的。所以宋人诗社与宋人最主要的诗学载体——诗话，是宋代诗学研究中不应忽略的。

---

① 《昆山郡志》卷四《人物志》："乐备……登绍兴进士第，仕至军器监簿，与范石湖诸公结诗社。"
② 傅璇琮主编：《全宋诗》第 45 册，北京大学出版社 1998 年版，第 27705 页。
③ 南宋高级士人或有诗社经历。王齐舆官至朝议大夫，崇祯《宁海县志》卷七《人物志》云："（王齐舆）与名公巨卿酬倡，语多奇崛，社中目为'诗虎'。"王齐舆之诗社活动亦一例。

二、江湖诗社群及其诗学活动的内涵

与江西诗社群情况有些相似，从南宋中期到南宋结束一直有很大影响的江湖诗派实际上也是一个融汇了许多大小诗社的一个大型的诗社群体，该诗社群体涵盖之广，人员之多，活动时间之长，在文学史上是具有特殊意义的，也是诗社成熟繁盛的一个明显的例子。

一般人们把对江湖诗派产生过很大影响的"永嘉四灵"也看作是江湖诗派成员。张宏生《江湖诗派研究》与张瑞君《南宋江湖派研究》都采用了这种观点。我们也依其说，在论述"江湖诗社群"时一并予以关注①。

江湖诗派得以形成一个诗人群体，除了陈起在临安睦亲坊的书肆成为这些诗人们活动据点外，诗社形式本身就起了巨大的作用。张宏生曾指出："文学见解，创作风格的一致，是江湖诗派形成的重要原因。但是，江湖诗人能够聚集在一起，形成了一个较为松散的组织，是与人们日益鲜明的群体意识密切相关的。其中，起着重大作用的是诗社。"②张宏生看出了诗社在江湖诗人们形成群体中的作用，是很有见地的③。

张宏生在《江湖诗派研究》中指出："南宋诗人结社的风气更浓，影响所及，一些高级官吏也多入社唱酬，反映出人们通过诗歌加强联系，扩大影响的愿望大为加强，对诗艺的探讨和切磋已成为不同阶层的人士共同的主观要求，也就是说群体意识更为强烈了。"④张宏生所说的是把握住了南宋文人群体意识的特点，尤其是南宋诗人们的结社意识。他们往往通过结社唱和，共同探讨诗艺，品味诗篇，批评作品，来充实其群体性的文学活动内容，成了南宋文人生活诗化和创作训练化的一种切实而又突出的反映。诗社也从南宋开

---

① 详见张瑞君：《南宋江湖派研究》，中国文联出版社1999年版，第21页。又张瑞君归纳江湖诗人计118人，张宏生计为138人，都人数众多，是文学史上人数最多的一个诗派，实际上也是人数最多的一个诗社群，但在成就与影响上逊于江西诗社群。

② 张宏生：《江湖诗派研究》，中华书局1995年版，第14页。

③ 在江湖诗派活动的南宋中后期，人们结社的风气已经十分普遍了。并且已经成了文人们普遍都参加或是接触的一种文人活动的基本形式，可以说各地有社，人各有社，成了由文人展开创作与批评训练的自发组织，这些诗社更多的是在文学和文学理论批评上产生作用，其意义也更多地表现在对文学创作和理论批评方面的影响，故而我们也主要阐述其内涵与作用方面的问题，对这一时期多如牛毛的诗社，除非有特殊意义者，一般不再做出考述。

④ 张宏生：《江湖诗派研究》，中华书局1995年版，第19页。

始，成了后期封建社会中文人生活的一个部分，也可以说是他们文学生涯的一个必然环节，是他们从事训练、创作与批评的基础和基本活动单元。在这个过程中，江西诗社群以及我们这里要讨论的江湖诗社群都是起到了很大的作用。可以说是江西诗社群成为基本规制，而江湖诗社群则将其规制予以普及并延续，使诗社形式成了文人们普遍参与，以养其志、以练其技、以颐其情的多层次多功能的文人群体性组织形式。诗社跻身于文学批评史并发挥巨大作用，与江西诗社群及江湖诗社群的关系是最为全面直接且巨大深远的。

张宏生指出，江湖诗人曾有过下列诗社组织：枌社、山中后社、东嘉诗社、江社、桐阴吟社、江湖社、西湖诗社，并进而指出："而一些通常被认为是江湖诗人的作家，如严粲、薛嵎、王琮、李涛、孙惟信、苏泂、徐集孙、林希逸、敖陶孙、李贾、戴复古、利登、赵崇嶓、黄文雷、潘牥、赵庚夫、刘翰、潘柽、胡仲弓、赵希樨、叶茵、高翥、林尚仁、张蕴、薛师石、赵师秀、刘克庄等，都是诗社中人，可见一时盛况。"① 我们接下来对张宏生提及的诗社以及江湖诗人们作品中涉及的诗社做一番基本了解。

三、江湖诗人诗作中反映的有关诗社

枌社，楼钥《钱殿撰挽词》其二有云："枌社归来晚，翛然得故吾。哦诗频刻烛，点易细研朱。有泪悲连璧，无阶奠束刍。名门余庆远，丹穴看奇雏。"② 提及"枌社"。这里的"枌社"实为故里之意，并非诗社。枌社本指新丰枌榆社，《汉书·郊祀志》载汉兴之后，汉高祖刘邦"祷丰枌榆社"，即指刘邦故里，后人亦往往以枌榆社来指故里。楼钥此诗之"枌社"亦指故里（即故里社祭所在之处）。

史浩《谢除少师表》有云"辞荣未获，姑容枌社之归；锡命过优，密亚槐庭之峻"③语，其枌社亦借指故乡而言。史浩《除太保谢皇太子笺》中之"既容

---

① 张宏生：《江湖诗派研究》，中华书局 1995 年版，第 19 页。
② （宋）楼钥：《攻媿集》卷一三，傅璇琮主编：《全宋诗》第 47 册，北京大学出版社 1998 年版，第 29492 页。
③ （宋）史浩：《鄮峰真隐漫录》卷一六，文渊阁《四库全书》第 1141 册，上海古籍出版社 1987 年影印本，第 660 页。

粉社之游，更假庭槐之峻"①。则承上表而来，当是因归隐与出仕两者得兼而致谢之辞，"粉社"自然亦是桑梓故里之所在的意思。再者，楼钥《回李希岳先辈（询伯）启》所云之"泽底名家，素联粉社；云间俊誉，未觌芝眉。辱华翰之先临，喜高词之创见。"②亦指故里。

罗愿《送新安守陈郎中赴阙》有云："嗟我寄粉社，弟兄辱知怜。"此处之粉社并非指罗愿故乡，也非指欲赴阙之新安陈氏守的故乡，联系全诗，指陈氏守治下之村社祭田祖之处，罗愿适寄居于此，他赞赏陈氏守治理之功，有云："村村老农出，寒女一笑嫣。共谈两岁乐，米粮不论钱。"③当是陈氏守治此地两年，有治绩，百姓自足，罗愿因言及之④。

又卫宗武《赴野渡招赏桂》有云："几年寥落负秋光，剩喜朋簪列耐堂。粉社重开真率集，桂华新荐广寒香。"⑤其粉社，也指故乡，亦有卫宗武与朋友老年相聚，或在粉社之处举行之意。

以上数人均非江湖诗派中人，而名列江湖派中的诗人在使用粉社一词时，也指故乡而言。如刘过《幽居》云："对面沧浪可濯缨，不思泛舸出春城。浮沉粉社何人重，俯仰茅檐是事轻。玉蕊连屏寒徙倚，葡萄上架月纵横。江湖老矣无他愿，只欲清阴便得成。"⑥此处粉社由诗意看，当是刘过晚年之作。刘过一生漂泊于江湖之上，晚年依友人潘友文客居昆山，此粉社当指乡野而言，不是故里之意，亦非诗社含义。

江湖诗人薛嵎《再别徐太古主簿》诗云："粉社过从久，新知尽不如。素心非必仕，此别遂成疏。清苦辞藜藿，寒暄慎起居。川途修复阻，相忆眇愁予。"⑦此诗中之粉社亦指乡野村居而言，但亦非诗社之意。

---

① （宋）史浩：《鄮峰真隐漫录》卷二〇，文渊阁《四库全书》第1141册，第690页。
② （宋）楼钥：《攻媿集》卷六二，文渊阁《四库全书》第1153册，第79页。
③ （宋）罗愿：《送新安守陈郎中赴阙》，《两宋名贤小集》之罗愿《鄂州小集》，傅璇琮主编：见《全宋诗》第46册，北京大学出版社1998年版，第28967页。
④ 元代虞集《道园学古录》卷二八之《题村田乐图》有云："古时粉社祀田祖，移馔高亭随所宜。"即指祀田祖而言。
⑤ （宋）卫宗武：《秋声集》卷三，傅璇琮主编：见《全宋诗》第63册，第39480页。
⑥ （宋）刘过：《江湖小集》卷三七之《龙洲集》，傅璇琮主编：见《全宋诗》第51册，第31844页。
⑦ 傅璇琮主编：《全宋诗》第63册，第39881页。

此外，宋末元初的著名诗社月泉吟社以"四时田园杂兴"召集各地诗人共作，所编之《月泉吟社诗》中陈舜道之《春日田园杂兴十首》其三有云："才呼粉社人同醉，又问杏村家有谁。"①其粉社实亦指村居野处而言，也并非诗社之意。

综上看，南宋中后期诗人们诗作中使用粉社或指故乡，或指乡野村居，实无诗社之意。并不存在这样一个以粉社为名的延续时间如此之长，又杂有许多诗人的以粉社为名的诗社组织。

关于山中后社

江湖诗人及当时其他诗人提及山中后社者唯有林希逸，其《和山中后社韵一首》云："君家文曜授翁诗，椿老还如窦有仪。枕膝固应传已久，趋庭岂待问方知。山中香火留吟处，殿下云屏有隔时。愧我衰残谁伴侣，但寻莲社守禅规。"②（按，原诗题是《山中后社》而非《山中後社》）该诗是和诗，原诗不可知，由诗意看，提到"山中香火"和"莲社"、"禅规"，又以后社本意既为祭土神，故而推知林希逸所谓"山中后社"或与民间祭祀有关，祭祀对象却难确定是系土神还是佛学活动，或是民间祭祀土神本身亦羼入了佛教因素。但无论如何，所谓山中后社并非诗社之名。江湖诗人有过许多诗社活动，但其中并没有名为山中后社者。

林希逸曾参加过诗社活动，但其所参加之诗社应该叫作西轩诗社。

林希逸《三文祠堂七月二日礼成作》（四首）其三云："在三之义父师均，往事追怀等念亲。当日西轩同社友，相看白发只三人。"（诗后有自注："是日会拜，独余与月仲弟嗣功林丞。"）可知"月仲"与林嗣功为其"西轩社"友。该组诗其二云："明星落处是溪边，回首如今四十年。清晓深衣来会拜，人无少长识师传。"（后有自注云："乐轩没于子晦宅中，正在小桥之侧，明星事见先师传。"）③可知这个西轩诗社是林希逸作此诗前四十年之事，其成员还有"乐轩"。再者，林希逸《王日起谋请乐轩先生主席其乡隐山堂喜以诗赠之》三首其一云："场屋时文百态新，六经门户冷如冰。江湖有客奔驰倦，来问诗书

---

① 傅璇琮主编：《全宋诗》第71册，第44837页。
② 《竹溪鬳斋十一稿续集》卷五，傅璇琮主编：《全宋诗》第59册，第37316页。
③ 傅璇琮主编：《全宋诗》第59册，北京大学出版社1998年版，第37273页。

向上层。"其二云："论文款款细留心，一点尘埃也不禁。为语隐山同社友，读书根本是胸襟。"①

由林希逸的表述看，他所提及的诗社当为西轩诗社，该诗社是收纳了倦于"奔驰"的诗人。他们一起钻研诗文，并细细留心推敲，同时以无"尘埃"相推许，力图不沾染世俗气，以读书广学，增加诗料，提高诗艺为主旨。在诗社已经十分普遍的时代，姑且先不考述林希逸西轩诗社的具体情况，只需明了江湖诗人林希逸曾有西轩诗社的活动。其诗社参加者，月仲与林嗣功及"乐轩先生"。虽不详其具体情况，其作品也未被江湖派各种诗集收录，但亦为江湖诗人。

关于江社

南宋陈杰《自堂存稿》卷二之《和后林寄以"梦中不知天尽头"之韵》诗云："老子卧林丘，忧时雪满头。诗筒自江社，句律到夔州。把菊青山晚，看云白日流。至人安有梦，八极偶神游。"提及江社以诗筒寄诗，陈杰夸赞"江社"所寄之诗有杜甫夔州诗的句律精严的造诣。可知江社是一个颇有诗学素养的诗学群体。又，陈杰同卷还有《出关和雷侍郎送行"无魔不成佛，观过始知仁"之句》诗，诗云："事来思烂熟，罪去得深循。天壤嗟微义，风霜本至仁。十年江社梦，一道雪梅春。回首无他嘱，当言莫爱身。"②看来此雷侍郎当是江社成员，而陈杰本人，亦常常参与江社活动。《四库全书》之《自堂存稿提要》对陈杰生平做过简单考述，他亦曾为官，但也只是幕僚而已。其人亦入元，为宋遗民。③他虽未被列为江湖诗人，但其实质也与江湖诗人相似。不过他的诗学主张不同于江湖诗派。

江湖诗人张蕴有《凤鹊三题与江社同赋》诗（《两宋名贤小集》中的张蕴《斗野稿支》）。这是一次诗社中的同题共作的诗学活动，张蕴有可能是江社

---

① 《竹溪鬳斋十一稿续集》卷七，傅璇琮主编：《全宋诗》第 59 册，第 37323 页。
② 两首诗均见傅璇琮主编：《全宋诗》第 65 册，第 41118 页。
③ 提要云："其诗虽源出江西，而风姿峭蒨，颇以石湖、剑南格调。视宋末江湖一派气含蔬笋者戛然有殊，在黄茅白苇之中不可不谓之翘楚。"（文渊阁《四库全书》1189 册，上海古籍出版社 1987 年影印本，第 740 页）可知其诗自有不同于江湖诗人之格调，应是江西余派，其诗法亦由范成大、陆游而至江西一宗，故而不同于宗法姚贾晚唐的江湖一派。至于说江湖一派有蔬笋气，也主要指江湖一派宗法晚唐而言。

中人。但江社其他成员无考,应也是一些江湖谒客们的诗学组织,是江湖诗社群中的一个成员不多、影响不大的诗社组织。

关于桐阴吟社

桐阴吟社是江湖诗派中枢人物陈起与另一江湖诗派成员许棐参加过的诗社组织。亦是江湖诗社群的组成单位。

陈起《挽梅屋》诗云:"桐阴吟社忆当年,别后攀梅结数椽。湖海有声推逸韵,弓旌不至笑遗贤。儿收残稿能传业,自志平生不愧天。航便双鱼无复得,夹山西望泪潺湲。"①这是陈起追念许棐而提及桐阴吟社。该诗所挽之"梅屋"为许棐之号,许棐字忱父,海盐人,隐居秦溪,种梅十树,构屋读书。陈起所谓"别后攀梅结数椽"者,即是指许棐种梅构屋事。推断应是,许棐在隐于秦溪前,曾与陈起有桐阴吟社之活动。陈起曾经历过"江湖诗祸"士大夫还被禁作诗②。他后来虽又经营书肆,但年轻时的旧交诗侣,也在诗祸的冲击中各有塞损。当他晚年追忆桐阴吟社旧友时,可谓感慨万端,倍感伤情。

作为江湖诗派的组织活动中枢,陈起与许棐桐阴吟社的经历,对于江湖诗人们应有很大影响。其诗社也会辐射、带动其他江湖诗人们去参与诗社活动。陈起之书肆是江湖诗人的活动中心,虽无法断定其书肆有什么诗社之名,也不知与陈起唱和颇多的胡仲弓提及的江湖社是否就是陈起与江湖诗人之群体,但其实质上却是一个诗社,同时是江湖诗社群的中枢,是江湖诗社群的轴心。

关于江湖社

大约为宋末人所作之《爱日斋丛钞》卷三提及了一个与江湖诗人们创作有关的事件。兹迻录如下:

> 李伯玉缜汉,老参政之子,号万如居士,有《梅花百咏》。后莆田林子真同子常合赋梅十绝句。刘潜夫端明喜其有志焉,为和韵至十叠。或以伯玉诗呈刘公,公拟异日当效李体别课百首,不果作,二林遂成百梅卷。刘公题其后,有云:和篇亹亹逼衰陈,肯犯齐梁一点尘。一时骚人名士相

---

① 陈起:《芸居乙稿》,见《江湖小集》卷二八参见傅璇琮主编:《全宋诗》第 58 册,第 36761 页。
② 详见张宏生《江湖诗派研究》的有关考述。

踵用韵,刘公亦云:或缙绅先生,或江湖社友,体制各异:出而用世者,其言浏丽;处而求志者,其言高雅。余什袭至今,集中可见者,盖以赋诗答之及题识之语,略存姓名,抑扬间亦寓焉……①

李伯玉非列名江湖诗派者,但其《梅花百咏》组诗却引起林子真的和作。而李伯玉之组诗竟得到刘克庄嘉许,并拟和作效之。而"林子真同子"应为林同,字子真,为江湖诗派成员。可知,由李伯玉始作之《梅花百咏》得到了林同响应,又促使刘克庄亦作了《梅花百咏》。而今江湖诗人的作品中几乎都有关于梅花题目的诗作,或许就与这次咏梅事件有关。关于江湖诗人咏梅的心理内涵和诗作意义我们可以另题讨论,尤其是刘克庄所谓"出而用世者,其言浏丽;处而求志者,其言高雅。"其实也从另一个角度便于我们理解南宋后期的诗人,包括江湖诗人在内的时代心理②,我们此处且不讨论。重要的是,本条材料提到了江湖社友,而这个江湖社友实际就是指几乎人人有梅诗的江湖诗人们。刘克庄也多次提到了江湖社友,可见当时的江湖诗人们已经把自己作为一个具有共同特征的诗人群体来对待,这一群体在他们眼中就是一个诗社。

而仕至龙图阁待制及吏部侍郎的李昂英也曾提及江湖社,但其意义与上述含义不同。其《文溪集》卷十三之《送梁伯隆归丹谷旧隐——秋堂之客自建上来省,携以偕行》云:"……槿花猩血荔锦纹,何如故园桃李春。江湖社友杯十分,何如族聚情话亲。行路之难多酸辛,还家火急埋车轮。拂拭矶苔开径榛,畹兰篱菊庭古椿。赠篇满箧不疗贫,几人炼药能轻身。本分荷锄驱犊西畴耘,武夷山下击壤为尧民。"③这是送人归隐之诗。诗中对比了客游与归隐的不同,以此襄助归者之志。其中所谓江湖社友云者,不是实指,而是指同样漂泊四方的诗人朋友。这是"江湖"的表面含义。"江湖"本就与出仕为宦与

---

① 《爱日斋丛钞》卷三,文渊阁《四库全书》第854册,上海古籍出版社1987年影印本,第650—651页。
② 从这个意义上讲,其实所谓江湖诗派,都有着与梅花之品格相通的心理向度,甚至可以以"梅花诗派"命之。
③ 傅璇琮主编:《全宋诗》第62册,北京大学出版社1998年版,第38839页。

归隐乡里相对,是离乡在外,又未得仕进,居无定处。或为谒客,仰人鼻息;或为微吏,难骋其志,是古代士人生活际遇中一个特殊的历程,不是人人都经历,却是各个时代都存在的文人生活事项。李昂英在送别归隐诗友时所说的"江湖社友"确指江湖诗人,但未必是我们所据《江湖后集》、《江湖小集》等文献归总出的江湖诗派诗人。故而其"江湖社"与陈起等人的诗人群体不是一回事,但也反映了当时江湖诗人们曾经参与诗社活动,故而人们也惯于用诗社来称述诗人群体。

但与陈起交往较密的胡仲弓所提及江湖社则主要指江湖派诗人间的诗社活动而言。胡仲弓《苇航漫游稿》卷三之《和际书记见寄》诗云:"人生随聚散,水面看浮萍。梦入江湖社,诗传河岳灵。兔毫挥月颖,鹤氅落霜翎。未洗尘埃脚,何因访柏庭。"其所提及之江湖社应是就江湖诗人们的诗学活动而言。同卷之《闲居寄枯崖》诗云:"地偏人罕到,独榻拟禅床。欹枕圆残梦,推窗待晚凉。行云无定迹,新月不多光。安得君同社,清谈滋味长。"①这里与诗友所说的"同社",是希望与其切磋诗艺,共同游处之意。不过我们不能确定该社是什么诗社。但可确定胡仲弓是有过诗社活动经历的。

胡仲弓《苇航漫游稿》卷三有《和抱拙韵》二首,其二亦提及江湖社,诗云:"倚楼长笛两三声,云淡风轻弄晓晴。翰墨林中新体制,江湖社里旧宗盟。不堪瓮牖闻蝉噪,独喜梧冈听凤鸣。安得坡仙同把酒,山间玉糁可分羹。"②由诗意看,此"抱拙"当与胡仲弓有过诗社游处的经历,后为官。所谓"翰墨林中新体制,江湖社里旧宗盟。不堪瓮牖闻蝉噪,独喜梧冈听凤鸣。"者即就此意而言。《江湖后集》卷十二还有胡仲弓之《柬倪梅村》,诗云:"萧寺相逢喜溢眉,未言心事我先知。半生风月樽中酒,十载江湖社里诗。满眼秋容关客况,背时春色到南枝。翻思旧日长安市,醉拍栏干歌楚辞。"③这里的倪梅村应是胡仲弓所说的江湖社友。该诗也从反映了江湖诗人们漂游生活的酸辛,和他

---

① 傅璇琮主编:《全宋诗》第63册,北京大学出版社1998年版,第39762页。"枯崖"即圆悟。圆悟,号枯崖,福州人。与朱熹交善,住崇安开善院。法性明澈,学贯儒释。能诗画,善作竹石,有《枯崖漫录》。
② 傅璇琮主编:《全宋诗》第63册,北京大学出版社1998年版,第39787页。
③ 傅璇琮主编:《全宋诗》第63册,北京大学出版社1998年版,第39883页。

们以诗为生活内容的文学心态。诗中所谓"翻思旧日长安市，醉拍栏干歌楚辞"似指在临安的诗酒狂放的生活。第不知是否与陈起居处书肆有关。总之，江湖诗人所谓之江湖社，确是指他们曾有过的诗社经历，但此所谓江湖社者，并非正式名称，而是特指漂泊江湖的江湖诗人的群体性诗学活动。同时"江湖"或"江湖社"在当时文人笔下，也反映了漂泊江湖的诗人们普遍的诗学经历。我们可以这样说，南宋后期的江湖诗人，其数量远大于我们今天所谓"江湖诗派"的诗人数量。他们实是一个庞大的诗人群体，远非由各版本的江湖诗集所载录的诗人们可比。故而我们此处讨论的江湖诗社群所涵盖的诗人数量也远大于江湖诗派。

关于西湖诗社

其实在南宋时期，临安西湖一带很多文人的活动都曾以诗社的名义展开。也在一定意义上可以看作是诗社群。但该群体本以风景名胜之地为活动区域，参加者有江湖诗人，也有仕宦于此的诗人，该诗社群与江湖诗社群既有交汇，也不相同。且娱乐性与雅集的性质大于江湖诗社群。

史浩《次韵周祭酒所和馆中雪诗》（三首）其三云："风急何辞上阁难，且来共住玉京班。一蓑已得诗中画，万叠休传海外山。未放微阳穿日脚，少留清影在窗间。莫嗔爱入西湖社，夫子龙鳞正许攀。"① 可见史浩在临安为官时，是喜入西湖社参加那里的诗学活动的。

江湖诗人王志道《和岘窗韵是日也适赴座主西湖社日之燕》云："雨余西子湿香腮，那得心情滞酒杯。浪逐画船分社饭，也教人道赏春来。"② 从诗题来看，作为江湖谒客的王志道在春社日随同其"座主"赴西湖宴而作。这是缙绅官员在西湖的游赏性宴会，其中有创作活动。王志道因有此诗。

《江湖小集》卷十四胡仲参《竹庄小稿》中有《西湖会上和赵靖轩韵》，诗云："不着人间半点愁，每于胜处一凭楼。吟边只欠林和靖，座上追思马上游。晕脸芙蕖酣薄暮，低眉杨柳拂新秋。酒阑拍掌狂歌舞，自是忘机可狎鸥。"③ 这

---

① 《鄮峰真隐漫录》卷五，傅璇琮主编：《全宋诗》第35册，北京大学出版社1998年版，第22159页。
② 《西湖后集》卷一五，傅璇琮主编：《全宋诗》第62册，北京大学出版社1998年版，第38820页。
③ 傅璇琮主编：《全宋诗》第63册，北京大学出版社1998年版，第39849页。

是江湖诗人的西湖诗社活动反映。可知江湖诗人们亦应常在西湖一带举行诗学活动。所谓西湖诗社并不是实有其名,而是一种代称和泛指。

西湖一带的游宴活动在南宋极多。这种活动不像江湖社友间那样明志写心,如共赋梅诗以见志之类。在西湖举行的群体性文学活动或有诗社名号,但在诗学自觉与共同的诗学主张和创作风气上是没有什么自觉用意的,更不像江湖诗人宗法姚贾晚唐诗人,有着共同创作风格和诗学态度。故而这类群体虽多,却是一个由极为零散的诗社群体(或曰诗会群体)组成的群体化的文人活动序列,其诗学意义无法与江湖诗社群相提并论,更不能与江西诗社群同日而语。辛弃疾曾有"诗人例入西湖社"之句,见其《贺新郎·三山雨中游西湖,有怀赵丞相》(《稼轩词》卷一)。后于辛弃疾的杨万里也曾参与过西湖一带的诗社活动①在南宋以临安为行都以后,文士们的西湖游会便多了起来,因而形成了形形色色的各种诗社。西湖各诗社形成的时间很早,远早于江湖诗人们开始活动的时间②。

《都城纪胜》有"社会"条,已提及了西湖诗社,其云:"文士则有西湖诗社,此社非其他社集之比,乃行都士夫及寓居诗人。旧多出名士,隐语则有南北垕斋西斋,皆依江右谜法,习诗之流萃而为斋。"③吴自牧《梦粱录》亦有"社会"条,也提到:"文士有西湖诗社,此乃行都缙绅之士及四方流寓儒人,寄兴适情赋咏,脍炙人口,流传四方,非其他社集之比。"④《都城纪胜》与《梦粱录》都提及是士大夫与流寓于此的文人社集于西湖,赋诗吟咏,并"萃而为斋",当有相对稳定的活动场所。西湖诗社群的出现,与宋室南渡,北人

---

① 欧阳光《宋元诗社研究丛稿》中"南宋中后期在临安西湖活动的诸诗社"部分,广东高等教育出版社 1996 年版。

② 一般认为江湖诗派形成标志是以陈起刊刻《江湖集》的宝庆元年,即 1225 年为标志,而张宏生认为嘉定二年 1209 年为江湖诗派成派之始,详见张宏生:《江湖诗派研究》,中华书局 1995 年版,第 23 页。然在西湖展开有诗社名号的群体性文学活动在北宋时期已经存在了。

③ (宋)灌园耐得翁:《都城纪胜》"社会"条,《东京梦华录(外四种)》,古典文学出版社 1956 年版,第 98 页。灌园耐得翁《都城纪胜序》作于端平乙未年,即宋理宗端平二年(1235),可知《都城纪胜》作于此年之前,其中提到"江右谜法",应为金朝统治地区传来的猜谜方法,这不排除是由南渡之际南来之北人从江右带来。

④ (宋)吴自牧:《梦粱录》之"社会"条,《东京梦华录(外四种)》,古典文学出版社 1956 年版,第 299 页。

南来云聚于临安，使临安士夫数量陡增有关，加之西湖胜景本有诗情画意，非常适合文人开展群体性活动，遂成南宋最负盛名的文士雅集之处。其中之士夫先不说，流寓于此间的非士夫官员的诗人，其实就有可能有江湖诗人参与其间①。

欧阳光经过考察，指出南宋活动于西湖一带及行都临安的诗社有：杨万里诗社、许及之诗社、张镃诗社、费士寅同年会（同年会是同榜登第者所结之社，我们不将其列为诗社看待）、史达祖、高观国诗社、陈郁、陈世崇诗社、杨瓒、周密等诗社、汪元量、李珏诗社。这些诗社活动中心未必全在西湖，其成员也与江湖诗人不尽相同。关于南宋临安一带的诗社活动及有关诗学问题可以作专门研究，本书在关注南宋诗社活动时主要以江西诗社群和江湖诗社群为重点，西湖及临安诗社群的问题暂且不论②。

南宋诗社已成为会社型的民间自发群体极为兴盛时期的一种文学活动与组织类型，诗社也是在会社繁荣的时代背景中获得巨大的发展并表现出其存在价值。关于南宋各种会社的兴盛情况，《都城纪胜》和《梦粱录》中的"社会"条在关于西湖诗社的描述后都有记述。

> ……又有蹴鞠打毬社、川弩射弓社。奉佛则有上天竺寺光明会，皆城内外富家助备香花灯烛，斋衬施利，以备本寺一岁之用。又有茶汤会，此会每遇诸山寺院作斋会，则往彼以茶汤助缘，供应会中善人。城中太平兴国传法寺净业会，每月十七日则集男士，十八日则集女人入寺讽经听法。岁终则建药师会七昼夜。西湖每岁四月放生会，其余诸寺经会各有方所日分。每岁行都神祠诞辰，迎献则有酒行。锦体社、八仙社、渔父习闲社、神鬼社、小女童像生叫声社、遏云社、奇巧饮食社、花果社；七宝考古

---

① 欧阳光指出李珏、陈世崇、周密、汪元量都提及了西湖诗社，继而说："《梦粱录》和《都城纪胜》中所提到的西湖诗社并非仅有一个，在南宋中后期的京城临安，或前后，或同时存在着若干个诗社，它们各自聚集了一批志趣相投的社友，频繁地举行唱和活动。这些诗社并非有意冠名为西湖诗社，只不过因为它们都以西湖作为诗社活动的主要场所，故习惯地以西湖诗社（西湖吟社）相称罢了。"见欧阳光：《宋元诗社研究丛稿》，广东高等教育出版社 1996 年版，第 259 页。

② 有关这些诗社的相关情况可参考欧阳光《宋元诗社研究丛稿》中"南宋中后期在临安西湖活动的诸诗社"部分。广东高等教育出版社 1996 年版。

第二章 江西诗社群、南宋江湖诗社群及其相关诗学问题 545

社,皆中外奇珍异货。马社,豪贵绯绿清乐社,此社风流最胜。①

……武士有射弓踏弩社,皆能攀弓射弩,武艺精熟。射放娴习,方可入此社耳。更有蹴鞠、打毬、射水弩社,则非仕宦者为之,盖一等富室郎君、风流子弟,与闲人所习也。奉道者则有灵宝会,每月富室当供持诵正一经卷。如正月初九日玉皇上帝诞日,杭城行香诸富室,就承天观阁上建会。北极佑圣真君圣降及诞辰,士庶与羽流建会于宫观或于舍庭。诞辰日,佑圣观奉上旨建醮,士庶炷香纷然,诸寨建立圣殿者,俱有社会,诸行亦有献供之社。遇三元日,诸琳宫建普度会,广度幽冥。二月初三日梓潼帝君诞辰,川蜀仕宦之人就观建会。三月二十八日,东岳诞辰。四月初六日,城隍诞辰。二月初八日,霍山张真君圣诞。四月初八日,诸社朝五显王庆佛会。九月二十九日,五王诞辰。每遇神圣诞日,诸行市户,俱有社会迎献不一。如府第内官,以马为社。七宝行献七宝玩具为社。又有锦体社、台阁社、穷富赌钱社、遏云社、女童清音社、苏家巷傀儡社、青果行献时果社、东西马塍献异松怪桧奇花社。鱼儿活行以异样龟鱼呈献豪富。子弟绯绿清音社、十闲等社。有内官府第以精巧雕镂筠笼,养畜奇异飞禽迎献者,谓为奇观。遇东岳诞日,更有钱燔社、重囚枷锁社也。奉佛者有上天竺寺光明会,俱是富豪之家,及大街铺席施以大烛巨香,助以斋贲供米,广设胜会,斋僧礼忏三日,作大福田。又有善女人,皆府室宅舍内司之府第娘子夫人等,建庚申会,诵《圆觉经》,俱带珠翠珍宝首饰赴会,人呼曰"斗宝会"。更有城东城北善友道者,建茶汤会,遇诸山寺院建会设斋,又神圣诞日,助缘设茶汤供众。四月初八日,六和塔寺集童男童女善信人建朝塔会。九月初一日,湖州市遇土神崇善王诞日,亦有童男童女迎献茶果,以还心愿。每月遇庚申或八日,诸寺庵舍,集善信人诵经设斋,或建西归会。宝叔塔寺每岁春季,建爱生寄库大斋会。诸寺院清明建供天会。七月十五日,建盂兰盆会。二月十五日,长明寺及诸教院建涅槃会。四月八日,西湖放生池建放生会,顷者此会所集数万人。太平兴国

---

① (宋)灌园耐得翁:《都城纪胜》"社会"条,《东京梦华录(外四种)》,古典文学出版社1956年版,第98页。

传法寺向者建净业会，每月十七日集善男信人，十八日集善女信人，入寺诵经，设斋听法，年终以所收赀金，建药师道场七昼夜，以终其会，今废之久矣。其余白莲、行法、三坛等会，各有所分也。①

这两条材料全面反映了南宋时期行都临安各种自觉建立的社会群体组织的兴盛情况。可以说各行各业、士庶僧俗，都广泛参与。各种会社五花八门，异彩纷呈。其中有偏于技艺者，有偏于消遣娱乐者，有偏于宗教活动者，种类繁多，职能各异，都是以群体性组织中的共同活动来实现其社会作用的。这种会社的繁荣景象是南宋都城市民世俗生活在群体性活动层面上的全面反映。南宋都城各种会社的兴盛，是南宋社会经济繁荣和各种行业门类全面发展的结果，同时也是当时各种社会群体随着城市经济和社会分工的发展和繁荣，并积极参与社会各种活动，以实现其社会作用、展示其群体力量的一种表现。各种社会阶层，各种身份和职业的人们分别以自己所操生业和兴趣或是所信奉的宗教，依据各种因由，也包括节日或各种民俗习尚而聚在一处，展开各种类型的丰富活动。南宋的这些会社，一方面，极大丰富了生活内容，同时也使得整体的社会文化展示出繁荣兴盛的面貌。在这种大的社会文化背景中，诗社作为文学性的文人群体组织，其繁荣与普及就显得非常自然了。诗社对南宋会社的繁荣本身就有着导夫先路的作用。因为北宋各种诗社和江西诗社群的主导者及参加者大都具有极高的社会影响力，这对南宋各种会社的兴起有着启发和示范作用。另一方面，社会的总体稳定、城市经济的繁荣以及会社的方兴未艾，都对南宋诗社的进一步发展有着极大的催化促进作用。在这种情形下，诗社已成为文人和习诗者们普遍参与的群体性组织。诗社对文人的培养、训练作用和诗学的普及作用都会受到强化，对诗学格局的干预作用也相应地更为突出。当然，大多数文人诗社也同这些会社一样，成了一种文人们习以为常的生活方式，其间的社会融通作用和消遣娱乐作用也很强。然而这期间的大多数诗社在诗学具体内容上却没有突出的特点，盖因娱乐性作用增强，使得不同诗论的交锋并不十分明显，因而诗学构建的迫切性也有所减损（江湖诗

---

① （宋）吴自牧：《梦粱录》之"社会"条，浙江人民出版社1984年版，第167——168页。

社群中着力进行诗学构建的并不多，其影响力无法与江西诗社群相较）。总之，概括来说，在会社繁荣的背景中，会社对文人结社的作用主要表现在如下几个方面。

第一，会社的繁盛与普及，各种会社频繁地展开活动，也对文人们有影响力，从而促进文人们组结成各种诗社，而诗学话题的分析与阐释余地的扩大，尤其是经由北宋诗人们对诗歌章法、句法、用典使事等诗法问题的细致钻研之后，南宋文人亦得以从这种研究路数出发，继续予以深研细究，在诗社中交流争论，加深理解。在这种诗学背景下，文人们结成诗社，其实也是诗学进一步发展的反映，更何况当时江西诗风渐起弊端，如何调整或改善，也成为摆在诗人面前的一个论题，诗社与诗学也就有了更直接的联结点。

第二，印刷出版的兴旺发达对文学的普及作用极其巨大。陈起书肆所刊刻的书籍对江湖诗人们诗作的普及流传本身就有很大作用。类似情况在各地印书出版业中当非特出。书籍成为文人之间，以及文人群体间交往融通的物质媒介，实际起了牵线搭桥的作用。这种条件也使文人结社更为方便，其活动内容也更为丰富了。

第三，文人出处中的特殊中间形态——江湖谒客们的游走四方，广泛结交同道，是诗社繁盛的人力因素。这一人群，居无定所，甚至不遑启处，但都以诗文投谒为生业，在各地攀附权门，使文学艺术的因素也随之游走各地，播散四方。他们到处结交，也到处结社，使诗社四处开花。诗社的层次也参差不齐。高级文士的诗社多在繁华地带，而下级文士的诗社多在游走之处，甚或乡野草莱，这种情况实际对诗学的普及传播大有助益。各地士子，都能方便接触到诗社，在诗社中接触诗学氛围，受到诗学的陶染和训练，这对诗人们的成长大有助益。南宋诗社数量之多，层面之广，都大胜前朝。与会社繁兴的社会氛围有极大关系。这种局面是宋代文学研究中应予以充分关注的。

第四，诗社的作用，如训练性、普及性也得到强化。文人由诗社入门，得到诗学沾溉，并在诗社中得到训练提高的机会，也在创作实践与批评活动中切切偲偲，切磋砥砺，彼此交流融通，从普遍性、群众性层面上促进了宋代诗学的发展和内容的丰富。

在这样的背景之下，在各种会社极为繁盛的南宋时代，诗社已经十分普遍了。诗人们在诗作中或使用到诗社、吟社、社友、诗盟等概念，这在会社以及诗社普遍化的时代背景中，其实是一种自然带出的话语习惯，或是实有，或是随口言之，并不具备对其普遍详考的必要性。

四、江湖诗人与陈起间的相知情谊对其诗学活动的助推作用

陈起是江湖诗人交往与活动的中枢。这一点张宏生在其《江湖诗派研究》中已有论述。[①]我们这里通过江湖诗人所作关于陈起的诗篇来了解陈起在这一群体中的作用。《江湖后集》卷三有周端臣《奉谢芸居清供之招》（按，芸居为陈起之号）诗云：

> 生平愧彼苍，得饱非耒种。自揆蔑寸长，居然叨薄俸。揭来桂玉地，幸了藜藿奉。日昨访芸居，见我如伯仲。剧谈辟幽荒，妙论洗沉痛。呼童张樽罍，芳醪启春瓮。乃约屏膻荤，初筵俱清供。珠樱映翠荚，光色交浮动。佳境喜渐入，恺之未痴蠢。属厌荐春萌，隽永咀秋蕺。黄独忽登俎，味借蜂蜜重。翻怜少陵翁，山雪入吟讽。早韭晚菘辈，吾家所售用。列品不自珍，而与朋友共。雕盘放手空，适口颇恣纵。日暮雨催返，虚窗结清梦。寄语五侯鲭，从兹勿劳送。[②]

这是周端臣访陈起，受到陈起热情款待的一次交流记录。周端臣时任微官，略有微禄，受到陈起的热情款待而感到很亲切。"见我如伯仲"者，即此谓也。他们言语相得，在饮宴间谈得投机。"剧谈辟幽荒，妙论洗沉痛"即是二人相得之状。至于饮食的内容，虽都是"早韭晚菘"一类的寻常饮肴，但二人也"佳境喜渐入"，在这个过程中交契得以加深。此诗让人联想起孟浩然《过故人庄》中的亲切任真。反映出江湖诗人与陈起间的真实情谊。

《江湖后集》卷三有周端臣《挽芸居二首》，更可看出他们交契之深。诗云："天地英灵在，江湖名姓香。良田书满屋，乐事酒盈觞。字画堪追晋，诗

[①] 详见张宏生《江湖诗派研究》第一章"陈起的组织作用"部分。
[②] 傅璇琮主编：《全宋诗》第 53 册，北京大学出版社 1998 年版，第 32959 页。

第二章 江西诗社群、南宋江湖诗社群及其相关诗学问题 549

刊欲遍唐。音容今已矣,老我倍凄凉。"(其一)"诗思闲逾健,仪容老更清。遽闻身染患,不见子成名。易箦终婚娶,求棺达死生。典刑无复睹,空有泪如倾。"(其二)①所谓"江湖名姓香"云者,是说陈起在江湖诗人们中有着盛誉和强大的亲和力。他遍刊唐诗,又长于字画,是志趣高雅的良友。他的去世,使其人之典刑风范不能复睹,周端臣因之极为悲伤。通过此二诗,可以了解到陈起在江湖诗人心中的位置及对诗人们的感召力②。

《江湖后集》卷二十二有武衍《复归丝桐芸居以诗见贺,纪述备尽,报以长篇兼简葵窗》(按,葵窗为周端臣之号)。这是平素交往,因丝桐归还,陈起以诗相贺,武衍作此诗谢之,并兼致周端臣。他们之交往,正是在这些生活细事中表现出来。同卷武衍所作《谢芸居惠歕石广香》,其中有云:"家无长物只书卷,又无良田惟破砚。寥寥此道人共嗤,君独相怜复相善。"③自己贫而好书,生际落魄,但陈起却与之真心交往。陈起为书商,也有深厚的诗学素养。他为人真诚,不以势利相取。正是这个原因,江湖诗人乐与相交;陈起又与江湖诗人在相处中渐次形成了趋同的文学主张。在这一过程中陈起所起的作用是无人可比的。《四库全书》之《江湖小集·提要》所说"凡江湖诗人俱与之(陈起)善",其实就在上述诗中得到了很好的反映。至于叶茵谓其为"江湖定南针",则反映了陈起在江湖诗人心目中的强大号召力。(详见下文)

《江湖小集》卷十五陈鉴之《东斋小集》有《古诗四首奉寄陈宗之兼简敖臞翁》诗,也反映了他推心置腹的交往和相互理解的心理关系。其二云:"君隐万人海,啸咏足胜流。我堕寂寞滨,嵌岩一笻秋。蟠郁向谁吐,天围芦荻洲。劈箭客帆去,何日回吾舟。"以"隐"来称喻陈起,隐含着对他人品节操的肯定。其诗亦足使士林称道。陈鉴之本人或因事将离去,使自己心理之"蟠郁"无法舒泄。诗中亦流露出恋恋不舍之意。江湖诗人到临安行谒或是谋生,

---

① 傅璇琮主编:《全宋诗》第 53 册,北京大学出版社 1998 年版,第 32971 页。
② 《江湖后集》卷七赵汝绩《柬陈宗之》(按,陈起字宗之)诗,诗云:"略约东风客袖寒,卖花声里立阑干。有钱不肯沽春酒,旋买唐诗对雨看。"(《全宋诗》第 54 册,第 33621 页)(赵汝回《西湖重午作》诗云:"高诵招魂招屈平,只应沉恨隔浮萍。著骚直以尸为谏,亡楚如何醉不醒。像虎空悬青艾束,辟兵难望彩丝灵。凭君一激沉湘水,净洗中原血铠犀。"(《全宋诗》第 57 册,第 35876 页))都写出了陈起的风操气度。也可看出陈起与江湖诗人们的心存莫逆与气味相投的深挚关系。
③ 《江湖后集》卷二二,文渊阁《四库全书》第 1357 册,上海古籍出版社 1987 年影印本,第 991 页。

陈起书肆成了他们相识、相聚的地点。陈起与这些士人相交，真能以诚相待，得到了大家的一致认可，具有良好的口碑。其人应颇具人格魅力，士与之游处，均有恋恋不舍之意。第三首诗云："甘旨娱母颜，雍雍春满室。咿哑索梨枣，诸儿争绕膝。波明再苫桐，露涤清吟笔。人生如此足，富贵刀头蜜。"①陈鉴之流露出了对陈起安定生活的羡慕。我们也可借此了解陈起家居生活的基本情况。

《江湖小集》卷四十叶茵《赠陈芸居》诗也有助于我们了解陈起及他与江湖诗人之交契。诗云："气貌老成闻见熟，江湖指作定南针。得书爱与世人读，选句长教野客吟。富贵天街分耳目，清闲地位当山林。料君阅遍兴亡事，对坐萧然一片心。"②其中提到陈起是"江湖指作定南针"，道出陈起在江湖诗人中的地位和亲和力及影响力。"选句长教野客吟"是说他所选录刊刻的诗在江湖诗人中很有影响。张宏生曾经考察了陈起所刊集的类别，是以中晚唐诗人居多③。陈起"教"人读其选刻之书，就直接影响了江湖诗派的诗学宗尚。所以可以说陈起对江湖诗学（当然也有江湖诗风）的影响是非常大的。该诗中也提及了陈起老成博学，又萧然清通的人格特点。这些我们就不再多做论述了。

《江湖小集》卷五十三有俞桂《寄陈芸居》诗，也可有助于我们了解陈起。诗云："生长京华地，衣冠东晋人。书中尘不到，笔下句通神。江海知名日，池塘几梦春。精神长似旧，芸稿亦清新。"④知陈起自幼生长于行都临安，博雅渊奥，有东晋名士气度，且品行高洁，虽为书商，却无尘俗气象；虽江海知名，但无奔竞之心，更无商人的利益计较。其诗清新自然，颇有造诣。江湖诗人对他可真是景仰加爱慕，使其在江湖诗人中颇具感召力。《江湖小集》卷七十七许棐有《陈宗之叠寄书籍小诗为谢》，诗云："江海归来二十春，闭门为学转辛勤。自怜两鬓空成白，犹喜双眸未肯昏。君有新刊须寄我，我逢佳处必思君。城南昨夜闻秋雨，又拜新凉到骨恩。"（自注：简斋[陈与义]诗"一

---

① 傅璇琮主编：《全宋诗》第 57 册，北京大学出版社 1998 年版，第 36073 页。
② 傅璇琮主编：《全宋诗》第 61 册，北京大学出版社 1998 年版，第 38223 页。
③ 张宏生：《江湖诗派研究》，中华书局 1995 年版，第 21 页。
④ 傅璇琮主编：《全宋诗》第 62 册，第 39046 页。

凉恩到骨")①这是许棐离开临安隐居二十年后陈起寄所刊书籍并自作小诗与之，许棐很感动，特地作诗谢之。想来陈起是无偿寄与许棐诗刊的。他不计得失与江湖诗人相交，又以诗为相交之津梁，其实起作用的当然是彼此的友谊，而这种友谊的建立，对诗学的爱好是其根基。

江湖诗人与陈起的深厚感情在陈起去世之后还移注到了其子身上。《江湖小集》卷三十二朱继芳《静佳乙稿》中有其《赠续芸》诗，诗云："谁谓芸居死，余香解返魂。六丁将不去，孤子续犹存。科斗三生债，蟫鱼再世冤。向来诗作祟，挥涕对人言。"②可知其子亦好诗，且有乃父范。朱继芳在怜爱、欣喜中对陈起有此子感到欣慰。

江湖诗人们以陈起为核心，形成了颇具向心力的诗人群体和诗社群，他们彼此在各自的小群体或几个人的交往中，也大都惺惺相惜，真诚相待。这种情感基础，对他们诗社交往中切切偲偲，相摩相荡，形成诗学合力与创作合力有很大促进作用。

如李龏在为周弼《端平诗隽》所作之序中说自己与周弼相与往来论诗三十余年，可知李龏、周弼间的相知与熟悉程度。江湖诗人有集者，也都是同为江湖诗人的诗友为之作序。这在《江湖小集》中体现得较为普遍。我们上文已有所引述，这里就不再列举了。

胡仲弓《寄舟中诸吟友》评赏其吟友诗是"诗垒才无敌"③，反映了江湖诗人间相读相赏的彼此情谊。胡仲弓还有《还靖轩吟卷》写了自己夜读友人诗歌的情景，诗云："借得君诗在案头，篝灯夜夜看银钩。苦吟暗数秋更尽，何处笛声人倚楼。"④想来江湖诗人彼此间以诗为交，沉浸其中的相互欣赏之乐，是维系他们的重要原因。而这种乐，便是在对诗歌共同喜好和相互欣赏基础上产生的。

《江湖小集》卷六十九有邹登龙《秋江烟草》诗，其中之《寄呈后村刘编修》邹登龙与刘克庄交流的资料，诗云："众作纷纷等噪蝉，先生中律更钩玄。如开元可二三子，自晚唐来数百年。人竞宝藏南岳稿，商留金易后村编。倘令

---

① 傅璇琮主编：《全宋诗》第59册，第36868页。
② 傅璇琮主编：《全宋诗》第62册，北京大学出版社1998年版，第39077页。
③ 傅璇琮主编：《全宋诗》第63册，北京大学出版社1998年版，第39823页。
④ 傅璇琮主编：《全宋诗》第63册，北京大学出版社1998年版，第39849页。

舐鼎随鸡犬，凡骨从今或可仙。"①亦把诗人诗作比作"噪蝉"，认为刘克庄可与开元诸子颉颃。这是江湖诗人内部对刘克庄变创江湖诗风的肯定，是江湖诗人内部较为清醒的理论趋向。同样，邹登龙还有对戴复古的赞许与推崇。邹登龙《戴式之来访，惠〈石屏小集〉》云："诗翁香价满江湖，肯访西郊隐者居。瘦似杜陵常戴笠，狂如贾岛少骑驴。但存一路征行稿，安用诸公介绍书。篇易百金宁不售，全编遗我定交初。"②对戴复古赠予自己诗稿感到十分欣喜，对戴复古之诗学影响也毫无保留地肯定，他由此与戴复古订交。

薛师石《瓜庐集》有其《喜翁卷归》诗，反映了贫困中的真切情谊。诗云："我老寡俦侣，年荒值冬迫。膝下有啼寒，瓶中无储积。岂不辗转思，自欠经营策。儒冠匪谬误，赋性素褊窄。渊明疑凤室，荷锄心便适。嗟余四友朋，惊见三化魄。一翁尚凄凉，六秩困行役。家贫病难愈，诗苦鬓全白。昨来叩我门，偶往比邻宅。闻语亟倒屣，已去欻无迹。知君怀百忧，虽出难久客。从今幸安居，况有旧泉石。清晨过穷庐，竟夕话畴昔。逝者已云远，相期守枯瘠。"③这是贫贱之交，虽淡且挚的一个侧面。

五、江湖诗人的诗社活动及其诗学内涵

江湖诗人们多有诗社活动经历，今略为勾索，顺带论及其诗学内涵。

陈造《江湖长翁集》卷一之《赠杨伯时》诗有云："他年结诗社，未嫌后从公。"④就明确提到了与友人结诗社的情形。

《江湖长翁集》卷五《次章房陵韵四首》其四有云："诗社有血指，铅刀齿鱼肠。"⑤从诗意看，是该诗社有血指之盟，并高自矜许，鄙夷权贵之意。

《江湖长翁集》卷十五《再用前韵赠高司理共八首》其五有云："官曹此地文书省，诗社从今日月长。"⑥可见陈造对诗社活动的热爱与向往。

《江湖长翁集》卷十六《次韵答王签制》二首其二有云："酒徒丛里投名

---

① 傅璇琮主编：《全宋诗》第 56 册，北京大学出版社 1998 年版，第 35019 页。
② 傅璇琮主编：《全宋诗》第 56 册，北京大学出版社 1998 年版，第 35019 页。
③ 傅璇琮主编：《全宋诗》第 56 册，北京大学出版社 1998 年版，第 34820 页。
④ 傅璇琮主编：《全宋诗》第 45 册，北京大学出版社 1998 年版，第 27955 页。
⑤ 傅璇琮主编：《全宋诗》第 45 册，北京大学出版社 1998 年版，第 28005 页。
⑥ 傅璇琮主编：《全宋诗》第 45 册，北京大学出版社 1998 年版，第 28169 页。

懒，诗社中间趁课忙。"①此处提及诗社中的"趁课"，意谓命题作诗，类似功课一类，诗社成员都应按时完成，陈造醉心于诗社活动，不愿有所贻误，故云"趁课忙"。我们由此可以了解当时诗社中创作活动是很频繁的，其对诗社成员也是有创作要求的。

《江湖长翁集》卷十六《寄真州诗社诸友》，真州（今江苏仪征）一带估计有江湖诗人们的诗社活动，

《江湖长翁集》卷十九《寄张守仲思十首》其十有云："诗社同盟欲二年，吭宫含羽饱周旋。仪真又属风骚将，定唤闲身续此弦。"②可知陈造与此张守至少有两年的诗社活动，其诗社活动频繁而细密的诗社活动。所谓"吭宫含羽"者，实际是探讨诗艺的活动。我们暂不考证陈造诗社活动的起讫时间与参加人物，但该诗社是一个诗学活动较多且较细的诗学组织，也在一定程度上反映了江湖诗人诗社活动的一般情形。

陈造《再次韵答许节推》中有云："宦途要处难插手，诗社丛中常引头。"③由"宦途"退而为诗社，在诗社中展示才华，表现自我性情，是江湖诗人们的一种普遍选择。

《江湖后集》卷十五有邓允端《题社友诗稿》一诗，该诗反映了江湖诗人的诗社交流情况。诗云："诗里玄机海样深，散于章句敛于心。会时要似庖丁刃，妙处应同靖节琴。韵胜想君言外得，字新令我意边寻。痴人说梦终难信，何日樽前取次吟。"④这既是表达对社友们的意见，同时也是对社友诗作的评价，间次表达了他对诗歌创作的意见。诗要"韵胜"，使人以心得之；又要"字新"，使人可以寻绎。作为读者来将，要有对诗歌用字炼意及韵味的敏锐的体悟能力。这首诗可以看作是江湖诗人在诗社活动中对诗歌内在规律探讨的共识。

《江湖后集》卷十七张辑的《沁园春》词的序中提到自己的诗社盟友为自己取号"东仙"事。可知张辑作为江湖诗人，其参加的所谓"诗盟"应为江湖诗人们的诗学组织，且其词作中亦直接说道："听江湖诗友，号我东仙。"也是

---

① 傅璇琮主编：《全宋诗》第 45 册，北京大学出版社 1998 年版，第 28168 页。
② 傅璇琮主编：《全宋诗》第 45 册，北京大学出版社 1998 年版，第 28232 页。
③ 傅璇琮主编：《全宋诗》第 45 册，北京大学出版社 1998 年版，第 28173 页。
④ 傅璇琮主编：《全宋诗》第 72 册，北京大学出版社 1998 年版，第 45185 页。

指其诗社盟友应与自己身份处境大体相似。

《江湖后集》卷十九有敖陶孙《和开元寺省公韵》诗,诗后附有省公原作,诗云:"莫辞委刺去蹁跹,料得先生已醉眠。打彻愁城休强酒,压低诗社不言贤。琴中有趣嗤陶令,席下无人诮孝先。想是逢人不肯出,来临法会定流涎。"①这应是省公写敖陶孙在诗社中低姿态地沉溺于诗酒生活,不矜己以傲人。敖陶孙本人桀骜放旷,为太学生时很有锋芒,曾得罪韩侂胄。他有才不矜,在诗社中沉醉,故而省公有此语。这也可知敖陶孙曾参与过诗社活动。他著名的诗评,即《臞翁诗评》,其实有可能就是与江湖社友们交流切磋的结果。

《江湖后集》卷二十二有武衍《忆颇豪》诗,反映了江湖诗人们的交游生活。诗云:"二十年前气颇豪,每逢潮上客相招。松间跃马游三竺,花底移舟醉六桥。拂壁便题夸得句,扣舷相和索吹箫。欲寻此乐何时再,对水看山意未消。"武衍忆及与诗友们诗酒交游唱和的生活,想来江湖诗友平素亦有如此游处的诗学生活内容,其热烈情景对参与者留下了深刻的印象。同卷,还有武衍《宜永杂兴》诗,其中提及自己勤于诗学的景况,有云:"临字每僵指,炼诗常断须。不知勤学苦,学到古人无?"②反映出江湖诗人深研诗艺,沉浸诗学的活动景况。

《江湖小集》卷十一严粲《华谷集》,其中有《月夜与张辑论诗》诗,反映了江湖诗人平素交往中的诗学交流情况。诗云:"凉露初长夜,纤云净尽时。几人还对月,与客共论诗。苦思常难稳,闲题或更奇。不应夸末俗,准拟古人知。"③此诗虽未表明具体论诗的内容,但可看出他苦苦思索,力求公允的具体状况。而所谓"不应夸末俗,准拟古人知",则可看出他们不趋附时俗,力求追慕古人的基本态度。

《江湖小集》卷十四胡仲参《竹庄小稿》中有《送梅臞还三山》诗,诗云:"十年湖海上,此日值梅兄。一见才倾盖,相逢又问程。新编联画卷,清

---

① 《江湖后集》卷一九,文渊阁《四库全书》第 1357 册,上海古籍出版社 1987 年影印本,第 953 页。
② 《江湖后集》卷二二,文渊阁《四库全书》第 1357 册,第 993—994 页。
③ 傅璇琮主编:《全宋诗》第 59 册,北京大学出版社 1998 年版,第 37391 页。

话入诗评。从此云山别,因风时寄声。"①若我们稍加推敲,则可想见,胡仲参将他与友人论诗的"清话"记录下来,就是所谓的"诗评",也或许就是诗话。我们说宋人诗话很多就是诗社活动中讲论诗艺,评论诗作的记录,这里胡仲参所说者,其实也反映了这种情况。

同卷还有胡仲参《题雪舟云心二友吟卷》一诗,此诗反映了江湖诗友之间的诗学评论内容。诗云:"君诗何所似,绝似晚唐诗。写出春云状,融成白雪词。百篇多态度,二妙一襟期。与我为三友,他年题品谁。"②反映出江湖诗人以晚唐诗为宗尚的基本诗学态度。

《江湖小集》卷十四胡仲参《竹庄小稿》还有《还赵靖轩吟卷》一诗,诗云:"借得君诗在案头,篝灯夜夜看银钩。苦吟暗数秋更尽,何处笛声人倚楼。"③这是胡仲参与诗友的交流,苦吟是他仔细品读赵靖轩诗作的表述。江湖诗人诗中提及的很多诗人都无作品传世,其实江湖诗人群体远大于今天学者们认可的江湖诗派中一百三十八人的数量。

《江湖小集》卷十五胡仲参《竹庄小稿》的《题陈景说诗稿后》诗,可借以解读江湖诗人平时交流中流露出的诗学态度。诗云:"今人宗晚唐,琢句亦清好。碧海掣长鲸,君慕杜陵老。月明孤屿云,一鹤唳清夜。和之以君诗,竹牖寒灯下。倚马挥万言,跨驴哦一字。迟速不须论,纫云看奇思。"④评及当时诗人宗法晚唐诗,并认为他们由此达到"清好"的境地,而陈景说诗因慕杜甫,至有碧海长鲸之奇。可知他们虽宗晚唐,却并不仅限于晚唐,而取径亦有宽泛者,对有成就的前代诗人是比较推尊的。

《江湖小集》卷十五徐集孙《竹所吟稿》有《饯吴西畴东归》诗,诗云:"交情寥落若商参,谁是如兰可断金。别去社中怀旧友,喜来湖上共新吟。好山争似居家看,冷菊难禁在旅心。我欲学君归未得,来年竹屋再相寻。"⑤吴西畴不知为谁,亦应是江湖诗人,徐集孙对吴回乡后可以参加诗社活动表示钦

---

① 傅璇琮主编:《全宋诗》第 63 册,北京大学出版社 1998 年版,第 39847 页。
② 傅璇琮主编:《全宋诗》第 63 册,北京大学出版社 1998 年版,第 39847 页。
③ 傅璇琮主编:《全宋诗》第 63 册,北京大学出版社 1998 年版,第 39849 页。
④ 傅璇琮主编:《全宋诗》第 57 册,北京大学出版社 1998 年版,第 36078 页。
⑤ 傅璇琮主编:《全宋诗》第 64 册,北京大学出版社 1998 年版,第 40335 页。

慕，他本人亦应有预诗社活动，其竹屋亦应是徐集孙与友人相与吟诗之处，这亦反映出诗社活动是江湖诗人较为普遍的诗学活动形式。

徐集孙《跋竹间僧诗稿》诗亦为与诗社有关的诗作。诗云："借来香墨本，相对坐孤檠。句似寒梅好，梦从春草生。逼人禅价重，唤我宦情轻。一事犹相得，此君同此盟。"诗社友人相互推许，又彼此坚执诗盟，这是江湖诸诗社的内部诗学情谊的表露。同卷徐集孙《赵紫芝墓》诗则反映了徐集孙对赵紫芝诗学的肯定。诗云："晚唐吟派续于谁，一脉才昌复已而。对月难招青冢魄，见梅如挹紫芝眉。四灵人物嗟寥落，千古风骚意俊奇。公去遥遥谁可法，少陵终始是吾师。"①一方面肯定了赵紫芝及四灵诗人延续了晚唐诗风，又指出赵紫芝能以杜甫为师，这种观点实际上体现了江湖诗派诗学主张向江西诗学靠拢的某种变通，与后来刘克庄的诗学有相似之处。

《江湖小集》卷十六徐集孙《寄怀里中诸社友》诗云："自笑初无作吏能，却因作吏远诗朋。与君交讯欠逢雁，知我怀人独是僧。客枕梦残听夜雨，乡心愁绝对秋灯。何时岁老梅花下，石鼎分茶共煮冰。"②这首诗除反映了徐集孙对诗社旧友的怀念外，也相当具有普遍性地反映了江湖诗人在初为小吏时的苦闷心理。他们漂泊江湖，本求仕进，却只任小吏，心志蜷曲，既塞仄于仕途，又难以遽归。这种跻身艰难，又不忍即隐的纠结心理是江湖诗人们普遍具有的。同卷还有另一首徐集孙《寄里中社友》诗，亦为他与自己诗社诗友交流的作品。诗云："欠作故人书，侵寻半载余。穷吟虽自各，入梦不相疏。梅蕊通春信，霜风促岁除。待余归故里，鸥约复如初。"③此诗与上引一诗同一旨趣，都是曾任微官的江湖诗人们内心纠结于仕隐的一种矛盾心态的反映，也一样流露出对诗社友朋的深切怀念。

《江湖小集》卷二十八陈起《芸居乙稿》有《同友人泛舟过断桥登寿星江湖伟观归舟听客讴清真词意甚适分得江字奉寄季大著乡执兼承真静先生》一诗，这是陈起参与的一次诗会活动，陈起以书商兼诗人的身份，在临安江湖诗人中具有极大的亲和力。他也较为积极地参与诗会活动，应该是江湖诗人参与

---

① 傅璇琮主编：《全宋诗》第 64 册，北京大学出版社 1998 年版，第 40335、40336 页。
② 傅璇琮主编：《全宋诗》第 64 册，北京大学出版社 1998 年版，第 40340 页。
③ 傅璇琮主编：《全宋诗》第 64 册，北京大学出版社 1998 年版，第 40345 页。

第二章　江西诗社群、南宋江湖诗社群及其相关诗学问题

有关活动的具有代表意义的诗人。

《江湖小集》卷三十三林尚仁《端隐吟稿》有《雪中呈社友》，据其"社友"，可知林尚仁曾参与过诗社活动。诗云："风雨萧萧搅雪飞，一寒如此只贪诗。酒瓢倾尽囊金少，恐被梅花笑不知。"① 贫中以诗寄意，且不以贫改变对于诗的爱好，这也是江湖诗人共同的。

《江湖小集》卷三十四陈必复《山居存稿》中有陈必复所作之序，明确表述了自己的诗学主张，也在很大程度上反映了江湖诗学的特点。其云："余爱晚唐诸子，其诗清深闲雅，如幽人野士，冲淡自赏，要皆自成一家。及读少陵先生集，然后知晚唐诸子之诗尽在是矣。所谓诗之集大成者也。不佞三熏三沐，敬以先生为法，虽夫子之道，不可阶而升，然钻坚仰高，不敢不由是乎。"② 江湖诗人宗尚晚唐，是喜爱其诗"清深闲雅"、"冲淡自赏"和"自成一家"。但他们也宗杜，以为晚唐诗"尽在是矣"，肯定了杜甫"集大成"的诗学造诣，认为学诗由晚唐而至杜之门庭是学诗的门径。这一点正是江湖诗学与江西诗学的分野之处。江西一路，认为由黄陈而杜，并亦学习汉魏古诗，兼及杜诗之渊源来丰富学杜的内涵，实际是两头用力的做法，而江湖一路则另辟蹊径，创由晚唐而杜之路线。本来江西诗学正由批驳晚唐五代诗风入手，肯定宋诗变创之功，向上推去，由近及远，去追步杜甫。江湖诗人或是时势使然，或是自身经历使然，他们对晚唐之细致工巧和寒瘦孤寂诗风多有认同。在这种情形下，由晚唐诗学向上及于杜甫，认可师法晚唐也可登上杜诗门庭，他们在对江西诗学的变创中寻绎新的诗学路线，旨在另辟蹊径。其诗学思想是有积极意义的，也实际高于四灵专攻姚贾的做法，客观上反映出江湖诗人对江西诗学的某种吸取与改造。这种理论路数与戴复古、刘克庄的有关主张有相近之处。

《江湖小集》卷三十七刘过《龙洲道人诗集》有《次刘启之韵》，诗云："豪杰交游三十年，暮年识子海霜边。江西析派诗同社，鸿宝传家子已仙。无用白须甘我老，有才青眼望谁怜。譬如漂泊溢城下，篁竹萧疏无管弦。"③ 刘过

---

① 傅璇琮主编：《全宋诗》第 62 册，北京大学出版社 1998 年版，第 38988 页。
② 《江湖小集》卷三四，文渊阁《四库全书》第 1357 册，上海古籍出版社 1987 年影印本，第 271 页。
③ 傅璇琮主编：《全宋诗》第 51 册，北京大学出版社 1998 年版，第 31834 页。

为江西人,故有"江西析派"之说。"诗同社"者,意谓二人的诗社活动。江湖诗人的诗学本身就带有浓重的江西色彩,刘过本人也常常被认为是江西后学,这里也可看出江湖诗学与江西诗学的胶着状态。

《江湖小集》卷三十八叶茵《顺适堂吟稿》中《除夜立春》诗云:"别岁传佳话,论文忆旧盟。黄柑凝腊酿,爆竹带春声。节序有终始,儿童争送迎。此身强健在,刻炬到天明。"① 这当是叶茵晚年忆及过去诗社论文时,因除夜而有节序之感。叶茵有诗社经历可知。

《江湖小集》卷四十四敖陶孙《臞翁诗集》有《谢叶司理徐知县见贻之什》,诗题后自注云:"二公乞入社。"诗云:"书生自是钻简蠹,净业还从竹背来。新诗细字行茂密,惊蛇起草盘蛟回。是身政欠虎头画,望山气如还枥马。翛然君子六千人,不受湘灵清泪洒。竹林定交业已成,北窗读书吾伊声。金鱼玉带不汝却,社中未厌山王名。"② 看来敖陶孙曾主盟诗社,或是社头社首即主盟者的身份。叶司理与徐知县写诗乞求入社。敖陶孙在诗中流露了接受他们的态度,其诗社的活动的地点有竹林,故有"竹林定交"之说,"山王名"云,当时敖陶孙委婉地表示愿以社头身份相让,同时流露出其诗社成员为江湖诗人,但并不排除佩"金鱼玉带"的为官者。当时从城市到乡野,都有各种层次,各种身份的诗人组成的诗社,在乡野地区的诗社,有的也聚集了一批颇有才华的江湖诗人。敖陶孙诗社即应是这种类型。他们展开活动,以高雅的志趣和诗学的氛围感召了他人,也包括任职地方的文士官员,都请求入社。敖陶孙此诗在端方中无矜持气息,倒似诚挚中有一些殷勤和惶恐,可推知敖陶孙的竹林诗社的身份属性。

《江湖小集》卷四十四还有敖陶孙《再次徐先辈二首》,这亦应是诗社中的诗学交流,兹列如次:

  灭闻悫阙漏,小学到凡将。始制初龙遁,流风渐乌飏。汔今缃帙富,益我手抄忙。半世真书癖,衰年忽酒狂。壮怀邈汗漫,奇服间庞凉。身许

---

① 傅璇琮主编:《全宋诗》第 61 册,北京大学出版社 1998 年版,第 38202 页。
② 傅璇琮主编:《全宋诗》第 51 册,北京大学出版社 1998 年版,第 31875 页。

第二章 江西诗社群、南宋江湖诗社群及其相关诗学问题 559

羲黄上,名卑崔蔡行。知心展几量,阅计木千章。湖海堪流滞,陈刘略丧亡。每思辞北阙,直欲老东墙。度岭官憔悴,藏山计杳茫。尚方何日焗,侍女几时香。敛板予行役,怀铅子举场。翅垂虽一昔,腹果自三长。孰使多为累,还成少不扬。忽惊投暗璧,曾是献明珰。阅世肱三折,论文首一昂。结欢惭季札,抗对敢元常。它日联诗社,前羞李杜光。(其一)

身是韩康伯,名惭许子将。居然屯泽闭,何得巽风飓。忆昔求诗甚,端成刻烛忙。出喉真自若,舞手或成狂。杨柳偏歌雨,葡萄肯博凉。群儿哀齿旧,诸武让颜色。禹穴鱼龙陈,天门虎豹章。阴符空独佩,秘论未应亡。自筑扬雄宅,谁窥宋玉墙。乡英殊磊磊,俗物自茫茫。被厉三精剑,宁神百蕴香。诺交那复社,取醉莫论场。高节看徐稚,妍词伏仲长。泥蟠虽汩汩,韝挚会飞扬。列屋多齐赵,华榱间璧珰。从渠夸富艳,试与校低昂。丘壑徒三尺,公才可百常。素交风雨尽,雪涕鲁灵光。(其二)①

二诗都提及诗社,此诗当是敖陶孙邀"徐先辈"入社之诗。对徐的诗学、人品、才能都大加赞赏,可知敖陶孙诗社的一种延纳诗人们的作风和气度。

同上卷,敖陶孙有《四月二十三日始设酒禁试东坡羹一杯,其味甚真,觉曲糵中殊无寸功也,食已得三诗》其二为论诗诗,云:

"评诗要平淡,此语吾不然。大千自有舌,何用长短篇。谓是天送句,端正落我前。旋闻口吻鸣,颇益心肠煎。少陵耽句佳,欲以一死捐。是中有真意,靖节差独贤。"②

这种观点是重视为诗功夫、学力的见解,他对杜甫"语不惊人死不休"诗学态度表示认可,因而认为陶诗不能算是第一流,因此对平淡诗风稍有芥蒂。其著名的"臞翁诗评"对奇崛壮伟以及流丽富赡诗风都极为肯定。评曹操诗是"幽燕老将,气韵沉雄";评杜牧是"铜丸走坂,骏马注坡";评韩愈是"囊沙背水,惟韩信独能";评宋代诗人如苏轼诗"屈注天潢,倒连沧海,变眩百怪,终归雄浑";评欧阳修是"四瑚八琏";评王安石是"如邓艾缒兵入蜀,要以崄

---

① 傅璇琮主编:《全宋诗》第 51 册,北京大学出版社 1998 年版,第 31879 页。
② 傅璇琮主编:《全宋诗》第 51 册,北京大学出版社 1998 年版,第 31880 页。

绝为功";评黄庭坚是"如陶弘景祇诏入宫,析理谈玄,而松风之梦故在";评梅尧臣是"关河放溜,瞬息无声";评韩驹是"如梨园按乐,排比得伦";评陈师道是"九皋独唳,深林孤芳";评吕本中是"散圣安禅,自能奇逸"①。他对历代诗人的把握,利用形象喻示之法,以类比式的审美体验阐说其批评观念。在其观点中,对奇崛、富赡、流丽、工致的诗风都予以大力肯定,从其对宋人,如苏轼、黄庭坚、陈师道、吕本中的评价中,可知他对诗风细腻,工巧,显得婉约的晚唐风气是不提倡的。这种细腻工巧自不同于陶诗之平淡。但敖陶孙既已对陶诗都不宗奉,其对晚唐,以及学习姚贾、晚唐的四灵和其他江湖诗人的诗风,自然不是十分推赞。上文引他写与"徐先辈"诗中说徐诗"禹穴鱼龙陈,天门虎豹章",其实也可概见敖陶孙的诗学主张。

《江湖小集》卷四十八王琮《雅林小稿》有《答友人》诗,其中王琮提及了有关诗社的信息。诗云:"秋山曾是共登临,感慨兰亭后视今。炎热不过能炙手,笑谈未必到知心。前言衮衮风波去,后约寥寥岁月深。室迩岂应人自远,酒盟诗社要重寻。"②以诗社酒盟招友人,其实江湖诗人在平素的生活中,这种自由随意的诗社是很多的。《江湖小集》卷四十九徐文卿《招山小集》有《庐陵刘氏以仲立于枕上和余韵夜半得诗句敲门唤余余摄衣而起相对语于野航桥上殊为胜绝因再用韵》,该诗反映了江湖诗人生活中交往浓重的诗学意义。诗云:"夜半诗坛喜解围,楚天云淡玉绳低。撞钟自得兴不浅,泣鬼初成人未知。踏月过桥惊鹤睡,犯霜对语伴乌啼。萧条此意欣重见,绝胜围红醉玉卮。"③诗人本已参加了晚间的诗学活动,用"解围"来道及,可知此诗会中创作竞争之激烈,可谓短兵相接,激烈异常。即使活动结束后,其友庐陵刘氏因仲立和成作者之诗,虽已就寝,然余意不消,于是乘兴半夜访之,诗人们便乘兴在野航桥上完续了这次诗学活动。其诗兴之浓厚,与诗友们此次之诗学交往,真可与王子猷雪夜访戴相拟,实堪诗题中所谓"胜绝"之说。

---

① (宋)敖陶孙:《臞翁诗评》,《江湖小集》卷四五,文渊阁《四库全书》第1357册,上海古籍出版社1987年影印本,第358页。
② 傅璇琮主编:《全宋诗》第61册,北京大学出版社1998年版,第38133页。
③ 傅璇琮主编:《全宋诗》第55册,北京大学出版社1998年版,第34188页。

第二章　江西诗社群、南宋江湖诗社群及其相关诗学问题

《江湖小集》卷五十一姚镛《雪蓬稿》有其《悼复石壁》诗，亦提及诗社活动，诗云："一死虽如蜕，杀身真可哀。僧危能仗义，诗好更多才。鹤怨兰亭月，云消石壁苔。旧时同社友，寂寞载书来。"① 姚镛是在悼友期间提及了自己曾预过的诗社，至于该诗社成员为谁，有过怎样的活动，其实并不重要。

《江湖小集》卷五十五有薛嵎《渔溪乙稿》，其中《徐太古主清江簿》诗云："四灵诗体变江西，玉笥峰青首入题。旧隐乍违鸥鹭去，新篇高与簿书齐。身闲自喜瓜期远，俸薄还因楮价低。掺别正逢寒食日，洞庭春渌草萋萋。"② 薛嵎之评四灵，颇得其实。"四灵"诗学，本与江西相左，不追求奇崛浑厚，而于细腻巧致处颇下功夫。此徐太古之诗应与"四灵"同调，故而薛嵎由其人任微职事说起了关于"四灵"诗的意见。徐太古官职卑微，应亦属江湖诗人群体。薛嵎与其交往，亦为江湖诗人间的诗学交往。我们前文引过薛嵎《再别徐太古主簿》（《江湖小集》卷五十五）中所谓"枌社过从久，新知尽不如"云者，其实正是他们诗学交流的体现。

同卷还有薛嵎《瓢饮陈子在病后见寄次韵奉答》，诗云："闻君卧病长于悒，文会过从迹顿疏。空对秋风惊节物，无因杯酒具园蔬。柴荆昼掩听残雨，灯火凉生理故书。一启来缄拜佳什，清泠如奉笑谈余。"③ 由此诗可知，薛嵎与"陈子"是地位卑微，生计窘迫的江湖诗友。因其生病，故而文会中来得少了。可知他们正常时候的文会，此"陈子"为常客。而"空对秋风惊节物，无因杯酒具园蔬。柴荆昼掩听残雨，灯火凉生理故书"两联，其实可以帮助我们了解落魄于江湖间的下层文士凄寒苦寂的生活状况。

薛嵎还作有薛嵎《渔村杂句十首》，这应是薛嵎与诗友们的一次诗学活动中的创作。其中第七首虽不是直接写自己的这一个群体，却反映了包括这一群体在内的江湖诗人们的结社吟咏，放浪江湖的生活情趣。诗云："三五人家住一湾，近城无路去来艰。溪边自结同吟友，松柏青青到岁寒。"④ 江湖诗人们在溪山村莽，或在都市豪门，其实都是不得志者。他们不能安心归隐，却艳羡毫

---

① 傅璇琮主编：《全宋诗》第59册，北京大学出版社1998年版，第37094页。
② 傅璇琮主编：《全宋诗》第63册，北京大学出版社1998年版，第39881页。
③ 傅璇琮主编：《全宋诗》第63册，北京大学出版社1998年版，第39881页。
④ 傅璇琮主编：《全宋诗》第63册，北京大学出版社1998年版，第39884页。

无魏阙之心的隐士文人。这两种文人都结社,但毫无奔竞之心的隐士诗社在薛嵎们的心理,真是使他们生出无限向往之思的。

薛嵎《古淡然老得帖往长芦不受却归松风旧寺次社中韵》诗诗云:"挂杖挑云上半肩,寻幽重到旧栖禅。浮生多故成南北,白发相惊问岁年。房闭松声难辨雨,山连海脉暗通泉。自从勇却长芦请,猿鹤终宵亦稳眠。"① 此诗之写作缘起不能判断,但这确是薛嵎在诗社中次韵而成的作品。

薛嵎还有《本无师与槐径弟交游二十年矣。古人谓"百篇诗尽和,一盏酒须分"。余于二公亦云。槐径既殁,本无编其往来之诗号曰〈云林酬唱〉,僭述鄙句奉呈》,诗云:"中年为此别,悲动故交情。案上云林卷,山中风木声。梦回惊复喜,诗在死如生。几番西郊路,逢师独自行。"② 这里提到本无、槐径亦应是江湖诗人,反映了江湖诗人的中友契。也从一个侧面反映了江湖诗人们交游唱和诗有相当的稳定性的。其编有诗集,也反映了江湖诗人诗学交流的成果。可以这样推测,薛嵎、本无、槐径应是他们的诗社成员。

江湖诗人赵汝回为薛嵎《云泉诗》所作的序云:

> 今世论诗,有选体有唐体。唐之晚为昆体。本朝有江西体。江西起于变昆,昆不足道也。而江西以力胜,少涵泳之旨。独选体近古,然无律诗,故唐诗最著。世之病唐诗者,谓其短近不过景物,无一言及理。此大不然。诗未有不托物,而理未有出于物之外,古人句在此而意在彼。今观三百篇,大抵鸟兽草木之间,不可以是訾也。而人之于诗,其心术之邪正,志趣之高下,气息之厚薄,随其所作,无不呈露。如少陵之诗而得其为忠,太白之诗而得其为豪,郊岛之诗寒苦而其器必隘,韦白之诗蕴藉而其情必远。自然而然,初非因想而生见者。昔坡公论六家书,谓小人书,字虽工,而其神情终有盱睢侧媚之态。非独作字为然,虽文皆然也。故作诗贵识体,尤在养性,不养性则无本;不识体则无法。永嘉自四灵为唐诗,一时水心首见赏异,四人之体略同,而道晖(徐照)、紫芝(赵师秀)

---

① 《江湖小集》卷五五,傅璇琮主编:《全宋诗》第 63 册,北京大学出版社 1998 年版,第 39886 页。
② 傅璇琮主编:《全宋诗》第 63 册,北京大学出版社 1998 年版,第 39896 页。

其山林闺阁之气,各不能掩。云泉薛君仲止(薛嵎)以诗名于时,本用唐体,而物与理称,更成一家。其人萧散之际,自有绳尺,始而色,其貌若生;久而旨,其味益洽。恬静不求,本于天性,未易以矫揉学者,虽其诗未足以尽其人,然必有是人而后有是诗,读者当自得于言语之外云。淳祐己酉(1249)五月日东阁赵汝回序。①

赵汝回此段论述的核心观点在于"作诗贵识体,尤在养性,不养性则无本;不识体则无法"。"养性"是诗人须存正其心,高其趣,厚其气。盖因"心术之邪正,志趣之高下,气息之厚薄,随其所作,无不呈露"。心正,趣高,气厚者,一发于诗,其诗自然不同一般。赵汝回也提到了"体"与"法"。"体"者,即从汉魏古诗、唐诗、昆体(及晚唐)、宋诗(尤其是江西一脉)而来,要求诗人掌握各时代诗歌的优点与特点。他批判了诗人(尤指理学诗派和江西一派的诗人),只知学习江西宗主,忽略了唐诗的价值,对唐诗的偏重写物,忽略了"理"的说法提出了自己的意见,认为"诗未有不托物,而理未有出于物之外",认为"理"与"物"在诗中本就应融合在一处。他认为薛嵎诗做到了"物"与"理"的融合,而这个特点的取得,正因薛嵎诗"本用唐体",又有"绳尺",讲求法度,做到了有"旨"有"味",总体上表现出恬淡的风格。这种观点是较为开放的,一般我们说江湖诗人宗主姚贾和晚唐诸家,其实他们对晚唐诗是有批评的。赵汝回认为晚唐诗"不足道",也肯定了江西诗人对昆体的摒弃。但他指出"江西以力胜,少涵泳之旨",即少了"旨"与"味"。这是对江西槎枒生涩诗风的批评。但他实际上也吸收了江西重法的诗学主张。而江湖诗人的苦吟诗歌,钻研诗艺的诗学态度本身也与江西是一样的,不过侧重点不同而已。同时,也可以看到,赵汝回要求全面掌握各体(时代之"体")的诗歌特点,实际上是要求融汇各家,以唐诗和古诗为主,广泛汲取诗学经验,熔炼出一家之诗,形成自己鲜明的特色。这种观点实际上是很公允的。其此处之诗论,也可纠正我们认为江湖诗学以晚唐为不祧之宗的偏颇意

---

① 《江湖小集》卷五五,文渊阁《四库全书》第1357册,上海古籍出版社1987年影印本,第431—432页。

见，切实领会江湖（含有"四灵"）实际上是对江西诗学的一种延续和发展。或曰，是江西宗派之外的江西诗论。这一点，到刘克庄那里就可以看得很清楚了①。

《江湖小集》卷五十八周文璞《方泉小集》有其《绝句二首》，其二涉及诗社。诗云："入春便与僧为友，紫萼黄英见坐禅。昨日邻翁催入社，谢他只是说无钱。"②诗中透露出，邻翁催促周文璞入社，自己以无钱谢绝。若邻人所说的入社诗参加诗社的话，倒可看出当时入社，或许是要有投赀的，诗人以投赀入社，为诗社展开活动提供了物质基础。这应是一些下层文士入社的惯常做法。因为他们大都穷困，不似显宦豪绅，有雄厚的物质实力。他们只能以各人投赀的方式凑齐活动经费，从而置办群体活动所需的茶酒蔬果饭食之类。后来月泉吟社还有创作评比之类的活动事项，这样还需要购置奖品。月泉吟社这种做法不一定是首创，很有可能是南宋后期的诗社也有存在竞争评比和颁发奖品之类的内容，月泉吟社不过是沿用了这种做法而已。至明清时期，这种做法在下层文士诗社活动中就很普遍了。

《江湖小集》卷六十危稹《巽斋小集》有其《借诗话于应祥弟有不许点抹之约作诗戏之》诗，诗云：

> 我有读书癖，每喜以笔界。抹黄饰句眼，施朱表事派。此手定权衡，众理析畎浍。历历灿可观，开卷如画绘。知君笃友于，因从借诗话。过手有约言，不许一笔坏。自语落我耳，便觉意生械。明朝试静观，议论颇澎湃。读到会意处，时时欲犯戒。将举手复止，火侧禁搔疥。技痒无所施，闷怀时一噎。只可卷还君，如此读不快。千驷容可轻，君抱亦少隘。昨问鸡林人，尚有此编卖。典衣须一收，吾炙当痛嘬。③

---

① 刘克庄也被很多学者作为江西一派看待就说明了这一点。丁楧《张弋〈秋江烟草〉序》谓张弋"不喜为举子学，专意于诗，每以贾岛、姚合为法。"并说张弋"用力盖倍于江西之学。"可知江湖诗人诚有专攻姚贾诗者，同时也颇专力钻研诗学，与江西相似。
② 傅璇琮主编：《全宋诗》第 54 册，北京大学出版社 1998 年版，第 33733 页。
③ 傅璇琮主编：《全宋诗》第 51 册，北京大学出版社 1998 年版，第 32191 页。

从此诗可看出，危稹读书，是何等的细致。他在阅读时用标记批点的方式把自己的心得体会写出来，或是找"句眼"，或是"定权衡"，又是"析理"，又是抹划，在仔细研读中得以尽读书之兴。要注意，危稹说的是诗话。他未言说是谁的诗话，但无论是谁的诗话，其所读者，是诗学著作，是关于诗学的心得体会，其中有"句眼"的指示，有"事派"的点拨，是关于诗学的文本细读的成果。危稹如此研究，实际上可以看出是对诗学深钻细研的态度，此前，我们还未见到其他如此提及阅读诗话者，危稹这里所写，真切地反映了诗话在宋代接受时的生动情状。也反映了江湖诗人在钻研诗歌本身之外，还钻研诗话作品的诗学实际。诗话或许有许多产生于诗社活动中，诗人钻研诗话类著述，便可领略作诗及品诗的要点，渐及入于诗学堂奥，也就是说，诗社—诗话—诗学实际可以是培养、造就诗人的一个作用链条，在诗学接受与传播的过程中会发挥出很大的作用，从这个层面讲，危稹的这首诗是很有认识价值的①。

马塍《宋伯仁雪岩吟草西塍集序》也可看作是江湖诗派的诗学资料，其云：

> 诗如五味，所嗜不同。宗江西流派者，则难听四灵之音调，读'日高花影重'之句，其视'青青河畔草'即路旁苦李，心使然也。古人以诗陶写性情，随其所长而已。安能一天下之心如一人之心。吁，此诗门之多事也。甚至裂眦怒争，必欲字字浪仙，篇篇荀鹤，殊未思《骚选》文章于世何用。伯仁学诗出于随口应声，高下精确，狂无节制，有如败草翻风，枯荷闹雨，低昂疾徐，因势而出，虽欲强之而不可，稿以随日而抄，岂望广传于世，儿曹异日知伯仁得诗之顿，其一休一戚所寓若此，姑缀于草云。②

这段论诗资料非常重要。马塍指出，诗人抒情写意，各抒性情，故而诗歌

---

① 《江湖小集》卷六○危稹《挽同年胡司门》诗中有云："期集盟惟旧，交承契更深。"（文渊阁《四库全书》第1357册，上海古籍出版社1987年影印本，第488页。）似危稹曾与此"胡司门"有诗盟，参与过诗社活动。

② 《江湖小集》卷七二，文渊阁《四库全书》第1357册，上海古籍出版社1987年影印本，第549页。

本身丰富多彩,不必要整齐一致。但因对不同诗歌风致的偏好,于是"宗江西流派者,则难听四灵之音",喜好"日高花影重"(杜荀鹤《春宫怨》)之工致者就不会喜好"青青河畔草"的古直,于是会有针锋相对的不同的诗学畛域出现,"诗门多事",也就是诗学领域里的争鸣斗争也就激烈起来。通过马腾的表述,可以了解当时江西一路的诗人与"四灵"为理论奠基的江湖一派诗人在诗学上的对峙局面①。而宋伯仁诗,也不同于四灵时期的宗尚,他已不同于细腻工巧,格调不扬的其他江湖诗人,而是"败草翻风,枯荷闹雨,低昂疾徐,因势而出"。大不同于四灵和一般的江湖诗人,其实也体现了江湖诗人们风格的多样性。而宋伯仁的这种奇崛穷兀,气势奔突的风格,实际上也体现了江湖诗人在创作上的变通。这也是与江西诗风的相似之处②。

其实薛师石也反映出变通四灵以融合江湖与江西诗学的倾向。这表现在赵汝回所作《瓜庐集序》中,兹录如下:

> 晋宋诗称陶谢,唐称韦杜。当其时,人人皆工诗,诗非不盛也,而四人者独称,岂非侯鲭爽口,不若不致之羹;郑声悦耳,不若遗音之瑟哉!唐风不竞,派沿江西,此道蚀灭尽矣。永嘉徐照、翁卷、徐玑、赵师秀乃始以开元元和作者自期,冶择淬炼,字字玉响,杂之姚、贾中,人不能辨也。水心先生既啧啧敦叹赏之,于是四灵之名天下莫不闻,而瓜庐翁薛景石每与聚吟,独主古淡,融狭为广,夷缕为素,神悟意到,自然清空。如秋天迥洁,风过而成声,云出而成文。间谓:'四灵君为姚贾,吾于陶谢韦杜何如也?夫古诗三百,不过比兴,然上下数千年间,骚人文士望而知其难,拟之而弗似矣。四灵陋晚唐不为,语不惊人不止,而缓生常则步趋謦欬,扬扬以晚唐夸人,此人所不悟也。'然则景石脱颖而出,自成一家,真知几之士哉。(按,薛师石字景石)景石名家子,多读书,通八阵八门

---

① 后来江湖诗人也渐渐有意识地融合两派诗学主张,刘克庄融合二派观点,在理论上完成了江西与江湖的混同。

② 刘克庄《跋毛震龙诗稿》(《后村先生大全集》卷一○九)云:"诗料满天地,诗人满江湖,人人为诗,人人有集。然惟极天下之清乃能极天下之工。放一生客入社,着一俗子入卷,败人清思矣。"以"清"、"工"相尚,使其诗社在诗学主张上做到纯正不杂,有意识地强调了诗社诗学的共同性和对诗社成员相契相知的要求。

之变，乃心物外，至忘形骸，筑庐会昌湖西，灌瓜贴树，篘醇击鲜，日为文会，论切闾析，恐不人人陶谢韦杜也。情真气和，庶几乎有道者，而年五十一死矣。死后人士无远近争致其诗，其子弟手钞不能给，于是相与刻之。呜呼！使景石健至今，诗又止是乎？嘉熙元年（1237）清明日东阁赵汝回序瓜庐诗。①

赵汝回指出，陶谢韦杜独称于后世，是犹如含至味于无味的羹汤一样，胜过各色杂烩；也如遗音逸响，胜过郑卫之音一般。这是他们"工夫深处却平夷"②，"寄至味于淡泊"③的深厚文学创作素质和功夫的反映。"四灵"师唐似走对了方向，也各有造诣，达到了"冶择淬炼，字字玉响"的境地。加之叶适为其推毂，于是天下景从。然四灵专师姚贾，没有认识到陶谢韦杜的精髓所在。虽则鄙薄晚唐，但他们似乎忽略了姚贾本已肇晚唐风气，因而师姚贾本身就是诗学险路，结果使诗学后生自然走入师法晚唐的困境。四灵本身以反拨江西发端，但其路褊险，恰如严羽所谓，是"师其下焉"，未得正路，反有遗患。方回也曾指出："叶水心奖提永嘉四灵，而天下江湖诗客学许浑、姚合，仅能为五七言律，而诗格卑矣。"④又云："嘉定中忽有祖许浑、姚合为派者，五七言古体并不能为，不读书亦作诗，曰学四灵，江湖晚生是也。"⑤也看出了四灵诗学的这一问题。对江西后派在创作上的各种偏颇进行反拨是必要的，但江西诗派之诗学基本路线却是正确的，反对其创作上的偏颇是应在创作上予以纠正，而非在诗学上去以筳叩钟。以创作去纠正江西流弊，赵汝回认为四灵是做到了。但四灵进而对江西诗学路线进行调整，则又带来新的偏颇和后患。剑走偏锋，

---

① 《江湖小集》卷七三，文渊阁《四库全书》第1357册，上海古籍出版社1987年影印本，第560页。
② （宋）陆游：《追怀曾文清公呈赵教授，赵近尝示诗》，傅璇琮主编：见《全宋诗》第39册，北京大学出版社1995年版，第24298页。
③ （宋）苏轼：《书黄子思诗集后》，孔繁礼点校：见《苏轼文集》第67卷，中华书局1986年版，第2124页。
④ 《桐江续集》卷二八，《学诗吟十首》之五之自注，文渊阁《四库全书》第1193册，上海古籍出版社1987年影印本，第588—589页。
⑤ 《桐江续集》卷三三，《恢大山〈西山小篇〉》，文渊阁《四库全书》第1193册，第683—684页。

可以有一时之效，但若无深厚的底蕴和功夫去维系之，则后援不继，继响为难，这样一来，何以提高自己，又如何引导后学呢？后学师法姚贾，自然堕入晚唐，并专师晚唐纤小卑细者，于是诗道不振。对此，赵汝回认为，薛师石因"每与（四灵）聚吟"，了解了其偏颇，又"独主古淡"，已离了诗学的险路，做到了"融狭为广"、"夷镂为素"，这其实是就薛师石调整诗学路线而言的。所谓"狭"、"镂"者，实是指四灵诗学而言，其所达到的"神悟意到"，"自然清空"实是纠正了江西粗犷槎枒之失，也纠正了四灵细巧纤弱之弊；既使自己自成一家，也为江湖诗人的后生晚辈找到了一条不失于正，又能规避时下诗学弊端的新路。他"日为文会，论切闿析，恐不人人陶谢韦杜"云者，正是要以诗社交流的实际行动影响辐射更多的学诗者。可见薛师石也是调和江西、江湖诗学的态度。这与戴复古、刘克庄等人是相似的。

《江湖小集》卷七十三薛师石《瓜庐集》有其《秋晚寄赵紫芝》诗，诗云："数日秋风冷，丘园独自身。闲看篱下菊，忽忆社中人。苦咏肩常瘦，移家债又新。极知君淡泊，十载得相亲。"①（与其诗社活动相涉。）此诗所谓"社中人"，当含赵紫芝在内。"苦咏肩常瘦"，可见薛师石为诗用力之勤。"移家债又新"，指离开了诗社，欠了诗债而言。可知薛师石、赵紫芝等曾有过创作颇多的诗社活动。以至于离开了诗社的诗学氛围，都会使人感到欠了"诗债"。可见在诗社中作诗训练成为诗学活动的日常课目，诗人日日课诗，一旦因事有停，心里就会感到憾恨。这实际也是当时生活文学化与创作训练化的一种反映。

《江湖小集》卷八十三李涛《蒙泉诗稿》有其《诗社中有赴补者》，诗云："有诗千首可成名，万户侯封亦可轻。自是高标凌富贵，肯随余子逐恩荣。君游璧水甘芳饵，仆为铨衡上玉京。水镜兰坡各求第，诗盟似未十分清。"②从诗意看，这是对诗友赴补求仕的不满并予以规劝，认为"有诗千首可成名"，何必奔走于仕途，汲汲于富贵！同时也提及了"诗盟不清"，意谓赴补者并未按其诗盟行事。这也反映出当时诗社入社时是要订立盟约的。虽然其详不可知

---

① 傅璇琮主编：《全宋诗》第 56 册，北京大学出版社 1998 年版，第 34819 页。
② 傅璇琮主编：《全宋诗》第 60 册，北京大学出版社 1998 年版，第 37906 页。

晓，但李涛作为江湖诗人，其诗社活动应是乡居野处，与一些同为下层文士的江湖诗人所开展的。或是其中应有不入仕途选举之类的条文罢。

同卷还有李涛《诗友作涉江采夫容触拨鄙思亦成一首》，其所谓"诗友"，应为其诗社成员。而"触拨"其诗思，则可见诗社成员间具有相激相荡，切切偲偲的交流融通的诗学作用。

《江湖小集》卷八十五乐雷发《雪矶丛稿》有其《赠江华熊伯岩》诗，涉及诗社。诗云："堂萱营柳伴吟哦，黄绶仙翁鬓未皤。对客不矜名第贵，论心惟在简编多。江头鲂鲤香晨膳，境内鸥凫冷夜窠。湘国诗盟今寂寞，衰颓犹喜识阴何。"①"湘国诗盟"显然是就诗社而言。可以推知乐雷发、江华、熊伯岩等参与了诗社活动。乐雷发列名于江湖诗派，但江华、熊伯岩则未入江湖各集中。

《江湖小集》卷八十六还有乐雷发《题许介之誉文堂（并序）》诗，诗中有句云："衡茅那识丝纶美，尚拟升堂结社盟。"②此诗先述许介之功绩，以此两句收尾，是说自己居于草莱之中，不识丝纶之美，只欲隐于诗社。这反映出乐雷发甘隐草泽，在诗社中张扬自己，展示自己的人生态度。《江湖小集》卷八十六还有乐雷发《记萧大山父子》，诗云："仙桂灵椿各典刑，飘飘姿韵激天鲸。家传八叶盐梅种，诗接三苏父子名。四海尽将看县谱，一堂那许与文盟。尘埃不敢相亲炙，且汲渝溪濯客缨。"③此诗夸赞萧氏父子之文才可拟三苏父子，认为他们不会与草莱（江湖）诗人结盟。这反映出江湖诗人自己的社会群体意识。他们自己有着一种身份认同，也是不自我菲薄攀结权贵的心理意识。所以宋代诗社有各种社会层次类型的，有高级文士的诗社，也有下层文人的诗社，当然也有兼而有之者。这其实是诗社繁荣的一种反映。江湖诗社群中各种类型者亦当兼有。

《江湖小集》卷八十六还有乐雷发《访菊花山人沈庄可》诗，其云："网尽珊瑚采尽珠，只餐秋菊养诗臞。永嘉同社声名在，乾道遗民行辈孤。我恨朱门

---

① 傅璇琮主编：《全宋诗》第66册，北京大学出版社1998年版，第41321页。
② 傅璇琮主编：《全宋诗》第66册，北京大学出版社1998年版，第41324页。
③ 傅璇琮主编：《全宋诗》第66册，北京大学出版社1998年版，第41326页。

无食客,君言青史有穷儒。饿寒正用昌吾道,且对钤冈共撚须。"① 其中提及了他与沈庄可有同社之谊,想必沈庄可在其诗社活动中名声甚显,颇负时誉。而所谓"饿寒正用昌吾道",可看出乐雷发与沈庄可穷且亦坚的秉性。这是江湖诗人们坚守志节的一面。一般人们认为江湖诗人人格卑下,其实在这样一个大的诗人群体中,当然有人格卑下者,但亦不乏品格高尚、操守峻洁者②。

《江湖小集》卷八十八乐雷发《雪矶丛稿》有其《道中逢老儒由蜀中出》,诗云:"丙穴鱼应好,曾经问钓矶。干戈今未定,城郭是耶非。诗社尊黄发,侯门薄布衣。乾坤豺虎满,见尔一歔欷。"③其中之"诗社尊黄发,侯门薄布衣"可看出乐雷发以其诗社尊齿尚贤为自足,并且鄙薄势利熏炎的侯门。他以此语与老儒互勉。其实,江湖诗社有这种自觉与权贵相对立的意思(当然不是全部),由乐雷发之诗社可看出这种品格。

江湖诗社品格多样,有进谒权贵者,也有以贫贱自处,不阿贵攀结者。这就是人们说江湖诗人由狂者与狷者组成的原因。江湖诗人所结的诗社也有这种狂者与狷者的特质。江湖人士流落于江湖之间本就是文人们由学而仕的中间质态,狂者进取,用各种方式跻身仕途;狷者有所不为,自然甘隐于草泽。由他们组成的诗社,也就带上了这种狂狷的特性。

《江湖小集》卷八十八还有乐雷发《呈赵叔愚司理》诗,诗云:"闭户垂杨句,江湖半世看。不应求五岭,却自建孤坛。浙社朋游尽,唐诗气味寒。今朝流水谱,只向子期弹。"④这是乐雷发与赵叔愚忆及其诗社时的作品。因其社友大多下世,故而使他们向唐诗学习的创作力量衰减。该诗反映出乐雷发对诗社及社友的深厚情感,也有对社友的怀念和对诗坛创作力量减损的哀伤。

《江湖小集》卷九十三武衍《藏拙余稿》有其《寄社友》一诗,诗云:"秉烛西园事已非,更堪中酒落花时。隔帘燕子偏饶舌,不管春愁倦作诗。"⑤从诗意看,这是对诗社凋零的伤感,西园雅集本是文人佳话,以"西园"比诗社,

---

① 傅璇琮主编:《全宋诗》第66册,北京大学出版社1998年版,第41326页。
② "青史有穷儒"者,可看出他们守于困踬,不慕权贵的操守和气度。
③ 傅璇琮主编:《全宋诗》第66册,北京大学出版社1998年版,第41336页。
④ 傅璇琮主编:《全宋诗》第66册,北京大学出版社1998年版,第41337页。
⑤ 傅璇琮主编:《全宋诗》第62册,北京大学出版社1998年版,第38970页。

第二章 江西诗社群、南宋江湖诗社群及其相关诗学问题

则可见出对诗社的难忘印象和深深怀念。而"事已非"者,正可见出在诗社中人心里,西园雅集是他们愿意追步的方向与艺术生活的理想。

此外,林希逸《竹溪鬳斋十一稿续集》卷五有《与友人论文偶作》诗,这种作品应与诗社活动有关。其诗云:"坡翁好语嗟难读,介甫新经苦尚同。举世笑时韩自喜,无人爱处陆云工。能奇却怕翻空病,得妙还须苦学功。旦暮烟霞千百态,伊谁巧似老天公。"①其中列举了苏轼、王安石、韩愈、陆游的诗学态度,提出了"得妙还须苦学功",认为除了"苦学功"之外,作家还须有天机自到的灵气才能作出巧夺天工的自然工巧的诗作。其说非高论,但置于江湖诗论中还是有一定意义的,毕竟道出了学力与天工间的关系,无学力则无天工,天工之取得,尚须学力为其铺垫,但其论确实没有在前人见解上再进一步,也没有什么实际的针对性。此诗语调轻松,应是诗学活动中率意而作,但也反映了林希逸诗社活动的诗学内容。

再如,周弼学诗,取径甚广,在江湖诗中很有影响。据李龏为其《端平诗隽》所作之序,周弼"于七国两汉三国六朝隋唐之体靡不该备,声腾名振,江湖人皆争先求市。"②他不专力晚唐,而是广泛参法,成一家之言,因而得到江湖诗人的一致认可。

王绰《薛瓜庐墓志铭》有云:"永嘉之作唐诗者,首四灵。继四灵之后,则有刘咏道、戴文子、张直翁、潘幼明、赵几道、刘成道、卢次夔、赵叔鲁、赵端行、陈叔方者作。而鼓舞倡率,从容指论,则又有瓜庐隐君薛景石者焉。诸家嗜吟如啖炙,每有文会,景石必高下品评之,曰某章贤于某若干,某句未圆,某字未安。诸家首肯而意惬,退复竞劝,语不惊人不止。"③王绰这里虽然说的是薛师石,但由此亦可概见江湖诗人诗学活动中评诗论诗的风气了。

江湖诗人即使有许多诗社活动,不过他们流落江湖,时聚时散,其诗社活动也或密或疏,但他们之间的交往却有较深厚的感情基础。应该说,江湖诗人相知相交,彼此的相互了解与包容是江湖诗社、江湖诗社群形成相对一致的诗学主张,形成具有维系力度的诗人群体的重要原因。

---

① 傅璇琮主编:《全宋诗》第59册,北京大学出版社1998年版,第37306页。
② 《江湖后集》卷一,文渊阁《四库全书》第1357册,上海古籍出版社1987年影印本,第723页。
③ 曾枣庄、刘琳主编:《全宋文》第284册,上海辞书出版社、安徽教育出版社2006年版,第101页。

六、关于戴复古诗学

张瑞君曾指出,戴复古诗"平淡简朴,感情深挚,外朴内秀,颇得渊明之长。构思简洁明快,涵盖丰富,又善学汉魏古乐府及陶渊明风格,自铸新辞,朴拙平淡,丰彩内映,别具特色。"① 这种成就与其诗学主张有直接关系。戴复古在江湖诗学中的地位是非常重要的,透过其诗学主张,可以对江湖诗学深层的一些观念和发展演化情况有所了解。

戴复古曾参加过昭武诗社的诗学活动,在活动中曾表达他较为具体也较为深刻的诗学主张。其《过昭武访李友山诗社诸人》诗就是参加当时活动在邵武(今属福建省,即昭武)的诗社活动中的作品。该诗社是以李友山为核心,成员有严粲、严羽、张谊等人,实质上亦应归于江湖诗社群。②。(其实严羽从宽泛一些的角度看,也是江湖诗人。)戴复古在昭武诗社活动中所阐发的诗学理论在江湖诗学的发展中具有重要意义。其《石屏诗集》卷六有《昭武太守王子文日与李贾严羽共观前辈一两家诗及晚唐诗因有论诗十绝子文见之谓无甚高论

---

① 张瑞君:《南宋江湖派研究》,中国文联出版社 1999 年版,第 127 页。
② 戴复古《石屏诗集》有其《访严坦叔》诗,对于了解其诗社活动有帮助。诗云:"麻姑山下泊,城郭带烟霞。携刺投诗社,移船傍酒家。沙禽时弄水,榉柳夏飞花。小酌未能了,西楼日又斜。"(金芝山点校:《戴复古诗集》,浙江古籍出版社 1992 年版,第 46—47 页)戴复古访严粲(严粲字坦叔),以名刺投其诗社,望参加其诗社活动。可知该时诗社几遍,欲参加(不是正式入社),还须"投刺",得到许可,方可参与其中。严粲亦名列江湖诗派,虽尝登第,但亦是江湖诗人。严粲与严羽等人的昭武诗社对戴复古极有吸引力。戴复古《过昭武访李友山诗社诸人》《石屏诗集》卷五)云:"吟过长亭复短亭,喜于溪上访诗朋。雕镌已被天公怒,狂狷仍遭俗子憎。故故愁人长夜雨,明明照我短檠灯。休思京口相逢日,喜雨楼中赋大鹏。"(金芝山点校:《戴复古诗集》,第 173 页)昔日志向已经不存,因志趣不凡反招世俗白眼。李友山如此,其诗社成员亦当相似。戴复古所评李友山之语,其实亦与自己之品性相符。同卷还有《李友山诸丈甚喜得朋,留连日久,月洲乃友山道号》诗,从诗题看应为李友山(李贾)诗社的诗学活动。戴复古《石屏诗集》卷五有《诸葛仁叟县丞极贫能保风节有权贵招之不屑其行》诗,云:"时人谁识老聋丞,满口常谈杜少陵。俗辈众多吾辈少,素交零落利交兴。权门炙手炎如火,诗社投身冷似冰。堪笑皇天无老眼,相知赖有竹林僧。"(金芝山点校:《戴复古诗集》,第 172 页)此诗为诗社友朋间以志节共勉的作品。此诸葛仁叟任下级官吏,虽贫而有风节,不受权贵之招,对"利交兴"的势利风气极为不满,而每以杜甫为其模范,即便投身权门者如何气焰熏天,也不为所动,而是在诗社活动中实现精神上的自得与自在。戴复古本人以志节著称,其诗友诸葛仁叟亦同此志。故而他们的诗社是一个以志节砥砺,以风操相尚的诗人群体。《石屏诗集》卷五还有戴复古《登快阁黄明府强使和山谷先生留题之韵》诗,其中有云:"借问金华老仙伯,几人无忝入诗盟。"(金芝山点校:《戴复古诗集》,第 177 页)亦提及诗社。戴复古《石屏诗集》卷六《赵苇江与东嘉诗社诸君游一日携吟卷见过,一谢其来》,提及东嘉诗社(金芝山点校:《戴复古诗集》,第 222 页)。戴复古本人对诗社活动很熟悉,这对其诗学观念的形成极有作用。

亦可作诗家小学须知》诗。这是戴复古诗学思想的反映，也代表了江湖诗学的一种新变，兹列如次并作简要分析。

其一："文章随世作低昂，变尽风骚到晚唐。举世吟哦推李杜，时人不识有陈黄。"

其二："古今胸次浩江河，才比诸公十倍过。时把文章供戏谑，不知此体误人多。"

其三："曾向吟边问古人，诗家气象贵雄浑。雕锼太过伤于巧，朴拙惟宜怕近村。"

其四："意匠如神变化生，笔端有力任从横。须教自我胸中出，切忌随人脚后行。"

其五："陶写性情为我事，留连光景等儿嬉。锦囊言语虽奇绝，不是人间有用诗。"

其六："飘零忧国杜陵老，感物伤时陈子昂。近日不闻秋鹤唳，乱蝉无数噪斜阳。"

其七："欲参诗律似参禅，妙趣不由文字传。个里稍关心有悟，发为言句自超然。"

其八："诗本无形在窈冥，网罗天地运吟情。有时忽得惊人句，费尽心机做不成。"

其九："作诗不与作文比，以韵成章怕韵虚。押得韵来如砥柱，动移不得见工夫。"

其十："草就篇章只等闲，作诗容易改诗难。玉经雕琢方成器，句要丰腴字要安。"①

戴复古于绍兴五年（1232）任职邵武府学教授。邵武今在福建，是严羽的故乡。戴复古所提及之李友山（李贾）等人之诗社便在邵武。严羽也是该诗社成员。戴复古生于乾道三年（1167），严羽则约生于1192—1197年间，是戴复古的后辈。这组诗所产生的背景是昭武（即邵武）太守王子文与李贾、严羽每日研究晚唐诗及"前辈一两家诗"。戴复古遂作了这十首诗阐发自己的意见。

---

① 金芝山点校：《戴复古诗集》，浙江古籍出版社1992年版，第230—231页。

虽然王子文认为"无甚高论",但实际上,这十首诗颇有深刻的含义,既有所反对者,也有所主张者,也有总体要求者,并且首尾一体,浑然成章,绝非"诗家小学须知"之类粗浅读物可以比类。更为重要的是这一组诗实际上是诗社活动的诗学交流成果。

第一首诗意谓一般学诗者只知效法李杜,却忽略了宋诗,尤其是江西诗学的成就。其言实际很委婉,是专就王子文、严羽等钻研晚唐诗而言的。他们实际上当时尚未有诗法李杜的明确主张①。戴复古"举世吟哦惟李杜"云者,实是泛称。黄陈亦师李杜,但法式是从揣摩杜甫诗歌,增殖学养,勤于练习入手。其师法是有规矩和方法的。而晚唐诗人,却从细巧纤绵处领略前人成就,诗风婉弱,以晚唐为师不是师法杜甫的可循之径。故而戴复古之第一首诗是批评时人对江西偏见而言②。

第二首诗似就杨万里诗风而言。戴复古虽很崇敬杨万里,但对其自由活泼且亦稍显诙谐的诗风是有看法的。戴复古自己学诗于陆游,直接受到过江西诗风的沾溉,重视法度技巧,也很强调出言炼句的工稳。因而对杨万里诗风,他虽承认杨万里"才比诸公十倍过",但他认为杨万里的这种诗风路数会"误人",是学诗之险路,其人或许会以其才力去凌驾于规矩法度之上,但若以之指导后学,则会使人厌弃规矩,轻忽学诗功力,而走上歧途。戴复古的这种诗学的思路,实际上与江西诗学是一致的。

第三首诗就当是诗人(含江湖诗人)学习晚唐,偏爱描摹细巧物事,技巧上重视雕镂刻绘的诗学风气而言。戴复古认为"雕镂太过伤于巧",认为细巧的江湖诗风是因过于重视雕镂刻绘所致。他认为,诗贵雄浑不贵巧艳,也不能不加雕饰,否则会失于质野。这是调和江湖与江西的观点,江西诗学也有类似"宁拙勿华"的主张③。而戴复古是"拙"与"华"都不取,要求总体诗风

---

① 严羽在《沧浪诗话》中对晚唐诗风进行了严厉的批评,他的这个态度的转变应与戴复古有关。
② 吴子良对戴复古诗有"清苦而不困于瘦,丰融而不豢于俗,豪健而不役于粗,闳放而不流于漫,古淡而不死于枯,工巧而不伤于斫"之评(见吴子良:《石屏诗集后序》),可见戴复古诗是纠正了江湖诗风的褊狭之处的。至于"意义贵雅正,气象贵和平,标韵贵高逸,趣味贵深远,才力贵雄浑"等特点的形成,应得力于江西诗学。
③ 《童蒙诗训》有云:"初学作诗,宁失之野,不可失之靡丽;失之野不害气质,失之靡丽不可复整顿",郭绍虞辑《宋诗话辑佚》,中华书局1980年版,第594页。

浑成雄健,若能做到浑成雄健,则"拙"与"华"的问题都不是问题了。这种观点实际胜于将"拙"与"华"对立的诗学态度,也胜于对其的简单折衷。实际上,无论"拙"还是"华",若作家感情强烈,境界博大,"拙"也好,"华"也罢,都自然而然汇入到雄厚之风中去了,都可效伎于主体诗风。

第四首要求作家须熔炼"意匠"。"意匠"是作家的思想感情和谋篇命意的能力。(亦含有谋篇命意,安排意象,设计书写过程、叙说过程的内容安排布局的意思。)要先有意匠,再有创作活动,意匠不能步趋前人,要生出变化,这样才能使诗作自出机杼,不落人后;其次要求"笔端有力",要有抒情写意的力度、深度,不能泛泛地去描摹事象,要抓最重要的景、物、事做重点描写刻画,这样才能更加有力地凸显本质,深入事物深层。戴复古还要求独创,不能随人作计,这亦与江西同调①。这也与反对模仿晚唐的内在主张有关,亦即是说戴复古对王子文、李贾、严羽钻研晚唐诗作是有意见的,并在这组诗中委婉地道出;王子文应也看出了这一点,于是心有不惬,至谓戴复古之主张浮浅没有新意。

第五首亦是对一些江湖诗人脱离现实,流连光景而发。固然诗歌是陶写性灵,但若只是"流连光景",则过于褊狭了。后世批评者经常批评江湖诗人取径狭仄,这是与他们脱离于现实之外的人生态度及诗学态度有直接关系的。这类流连光景的诗作抑或有言语奇崛者,但于社会人生不关心,不计较,终是无用。这种观点与黄庭坚"文章功用不济世,何异丝窠缀露珠"②的观点是一致的。戴复古是爱国诗人,他有许多诗作都流露出对山河破碎,国势日下和民生凋敝的深深忧虑,此诗流露出的要求为诗应重功用的主张,正与他在创作上的实践相关。然大多数江湖诗人却沉沦于光景之中,逃避现实,醉心名利,这是江湖诗风中的不利因素,戴复古对这种风气是有认识的。

第六首直将"飘零忧国"的杜甫与"感物伤时"的陈子昂比作唳于长空的仙鹤,相对的,将晚唐诸人比作夕阳中悲鸣的秋蝉。相比之下其取与态度是泾渭分明的。这种观点对江湖诗风和王子文、李贾、严羽等是直接的劝诫,实质

---

① 江西诗论又"随人作计终后人,自成一家始逼真。"见黄庭坚:《以右军书数种赠邱十四》。戴氏之说与其相似。

② 《戏呈孔毅父》,刘琳、李勇先、王蓉贵点校:《黄庭坚全集》,四川大学出版社2001年版,第90页。

含义是晚唐不足法，诗歌当有充实的现实内容和悲天悯人的内在感情①。

戴复古的第七首论诗诗实际上是开启了严羽以禅论诗的先声，对严羽当产生了巨大的影响。严羽的"熟参"说、"妙悟"说都能从该诗中找到痕迹。而"发为言语自超然"也近似于严羽之"羚羊挂角，无迹可寻"之喻。这里要说明的是，据郭绍虞的考证，明刻本《沧浪诗集》所附《诗话》一卷，有咸淳四年（1268）黄公绍序，可推知《沧浪诗集》当编成于宋度宗咸淳年间，也就是在咸淳元年至四年之间②。戴复古《祝二严》诗中有："羽也天姿高，不肯事科举。风雅与骚些，历历在肺腑。持论伤太高，与世或龃龉。"③谓严羽持论意见不凡，或显偏激。而戴复古又认为严羽和严粲为其同道④。诗中有云："白头走四方，辛苦无伴侣。"又有"前年得严粲，今年得严羽。"⑤郭绍虞说"遂视为此道不孤而深自喜幸"。⑥所以我们推断，严羽当时所持的过高之论，虽不可详知，但戴复古既认为他可为自己同道，或许是严羽在昭武诗社研习晚唐诗时已有批评晚唐、兼及四灵诗风的观点，因而引起时人不快故谓其有偏颇之处的意思⑦。其与严羽、李贾、王子文论诗事当在戴复古任职邵武的第二年，即绍定

---

① 《沧浪诗话·诗评》有云："李杜数公，如金翅擘海，香象渡河。下视郊岛辈，直虫吟草间耳。"（郭绍虞：《沧浪诗话校释》，人民文学出版社1961年版，第177页）还说"晚唐之下者"是"堕野狐外道鬼窟中"（郭绍虞：《沧浪诗话校释》，人民文学出版社1961年版，第146页）严羽的这种观点应该与戴复古有关。也可以认为，严羽诗学思想的转化与戴复古的劝诫存在关联。

② 郭绍虞：《宋诗话考》，中华书局1979年版，第103页。

③ 金芝山点校：《戴复古诗集》，浙江古籍出版社1992年版，第18页。

④ 严粲为江湖派诗人，有《华谷集》，见《江湖小集》卷一一。

⑤ 金芝山点校：《戴复古诗集》，浙江古籍出版社1992年版，第18页。

⑥ 郭绍虞：《宋诗话考》，中华书局1979年版，第103页。

⑦ 严羽《沧浪诗话·诗辨》有云："近世赵紫芝、翁灵舒辈，独喜贾岛姚合之诗，稍稍复就清苦之风；江湖诗人多效其体，一时自谓之唐宗，不知止入声闻，辟支之果，岂盛唐之大乘正法眼者哉！嗟乎！正法眼之无传久矣。唐诗之说未唱，唐诗之道或有时而明也。今既唱其体曰唐诗矣，则学者谓唐诗诚止于是耳，得非诗道之重不幸邪！故予不自量度，辄定诗之宗旨，且借禅以为喻。推原汉魏以来，而截然谓当以盛唐为法，虽获罪于世之君子，不辞也。"（《沧浪诗话校释》，第27页）显然严羽是就江湖诗人（四灵）之师唐人走入险路而发此论。严羽曾提及："尝谒李友山论古今人诗，见仆辨析毫芒，每相激赏，因谓之曰：'吾论诗，若哪吒太子析骨还父，析肉还母。'友山深以为然。"载于《答出继叔临安吴景仙书》，《沧浪诗话校释》，第253页。虽是在临安与李友山论诗，但也可见诗友间谈论诗学的活动。李友山即李贾，为严羽昭武诗社社友。（其"尝谒"云者，可见系追忆往事）严羽之诗论，应该就是在与诗友的交流中渐趋坚实的。他认为不能像四灵与江湖诗人那样去学唐，认为那是误导学人的错误方向。他不怕获罪"世之君子"而以反江湖为起点，建立自己的诗学体系。估计严羽之高论，即戴复古说他"持论伤太高"的实际内容。虽则此时严羽并未撰写《沧浪诗话》，但其说当非成于短期之内，应该有过一个确定与充实的过程。

六年（1233）左右。纵使《沧浪诗集》中所附之《沧浪诗话》成书远早于全书成书的咸淳四年（1268），也应当不会是绍定六年之前，因严羽此时之诗学观点尚未成熟。加之戴复古年辈高，又正直坦荡，他不会把严羽的观点作为自己的诗论写成论诗诗。所以，我们综合判断，戴复古这第七首论诗诗，应对严羽《沧浪诗话》的核心观点产生了直接而巨大的影响。再者，戴复古、严羽、李贾及王子文的这次交流，应与严羽等的诗社活动有关，是该诗社的一次读诗，品诗的活动。而正是在这样一个活动中，戴复古写了这一组诗学思想深刻具有极强理论意义的论诗诗，还对批评史上的重要诗论著作《沧浪诗话》产生了重要影响。诗社活动与诗学批评的关系可以说在这一问题上体现得非常充分①。

戴复古第八首论诗诗实质上提出一种学力功夫和灵性灵感并重的主张。诗歌创作实际就是要将窈冥中无形无象的作家内在情愫通过创作体现于文本，在这一过程中是需要一定的诗学功夫的。但创作并不全在功夫，而容许有天机自到，得之于灵感者。江西诗论对诗学的理解是非常强调学问功夫的，却似乎不大强调功夫之外的灵感作用。而戴复古则强调学力也强调灵感，其持论就较江西诗论要全面一些了。应该指出，其强调功夫学力的基础是承认灵感，这与简单强调灵感、天机是很不相同的。后者会导致蔑弃诗学范式，鄙夷规矩，只片面强调天机才性，会偏离甚至背弃诗学的健康传统，走入后来严羽所谓野狐禅的斜险之路上去。而戴复古既重学又重才，既重功夫又重灵感的诗学态度是纠正两种思路偏颇的持中之论。

第九首是阐述对作诗用韵的意见，这属于诗歌技艺方面的问题。戴复古的意见是"押得韵来如砥柱，动移不得见工夫"。用韵稳健，"动移不得"的诗歌用韵效果，是长期学习和实践的结果。"捶字坚而难移，结响凝而不滞"② 的用

---

① 《石屏诗集》卷六有戴复古之《严仪卿约李友山、高与权酌别》一诗，当是戴复古离职昭武时，严羽约李友山（即李贾）、高友权来送别，因而有此诗。严、李、高都是戴复古在昭武时诗社活动的成员。这个由严羽、李贾等组成的诗社应该是江湖诗社的一个组成部分。又，戴复古离开后，他们的诗社活动还曾继续。《石屏诗集》卷六有《李友山索诗卷，汀州急递到昭武》诗，诗云："清时无事更年丰，两地风光诗咏中。可是山前无警报，旗铃千里递诗筒。"李任职汀州，而李贾仍索诗于戴，故而有千里诗筒相寄之事。戴复古年辈当长于李贾等人，他这种以诚相待，毫不做作的为人态度，对昭武诗人产生很大影响，戴复古有关诗学思想，也自然会在平素的交往中向昭武诗人传输。故而严羽诗学思想当受到戴复古很大影响。

② （梁）刘勰著，范文澜注：《文心雕龙注》，人民文学的出版社 1958 年版，第 513 页。

字用韵功夫，主要是实践的产物。这种能力的取得，需要的是诗学钻研与训练的真功夫，思路醇正，持论厚重的学者，在这一点上是毫不含糊的。

第十首主要阐述诗不厌改的道理，这也是论诗重功夫的诗学思想的反映。相对作诗来讲，改定诗歌中的句、字，相对要更难一些。这种为诗不率尔为之，改诗亦不率尔而就的看法与主张作诗天成不可改定的观点是很不相同的。这种对待诗歌精益求精的态度，也是江西诗学的主要特色。

总体来看，戴复古这十首论诗诗表现出很浓厚的折衷江西诗论与江湖诗论的特点，他对二家诗学都很了解，对二家的优缺点也很清楚，因而能阐发出较二家都相对公允的主张。不过从总体上看，戴复古对江湖诗论的指责要严厉得多。这盖因当时江湖诗风很盛，作者水平也参差不齐，流弊明显，因而对这种诗风的批评要更迫切一些。戴复古本人受学于陆游，沾溉江西一路的诗学思想也要更直接，更多一些。他的这些观点，是江湖诗派中头脑清醒，造诣较深的诗人们的一种共识。同时，这一组论诗诗是诗社活动的成果，对该诗社主要成员严羽产生了极深的影响。但严羽却稍不同于戴复古，在《沧浪诗话》中对江西诗风的批评和对江湖诗风的批评都是很严厉的。但也不能否认，严羽在《诗法》篇、《辨体》篇中流露的很多思想都与江西有关。主要的不同之处是他在对待许多具体问题时处理得较为空灵轻简，不像江西喜好将诗学主张凿实嚼烂并授予人。严羽"学诗先除五俗：一曰俗体，二曰俗意，三曰俗句，四曰俗字，五曰俗韵"①的观点与江西诗学相通。"语忌直，意忌浅，脉忌露，味忌短，音韵忌散缓，亦忌迫促"②之观点，应是吸收了江西诗论而来。而反对"以文字为诗"、"以学问为诗"等却是针对江西而言的。故而严羽诗论，主要是反对江湖诗论，同时也对江西诗论有所不满，但他也同时吸取了二家的合理性观点，以其"兴趣"说综合二家，形成自己的理论。江湖诗人对戴复古诗学亦间有识者。姚镛《题戴石屏诗卷后》云："诗盛于唐，极盛于开元天宝间。昭僖以后则气味索矣。世变然后可与识者道也。式之诗，天然不费斧凿出，大似高三十五辈，使生遇少陵；必将有佳句法如何之问。晚唐诸子当让一关。"③亦认为晚唐诗不足

---

① 《沧浪诗话·诗法》，郭绍虞校释：《沧浪诗话校释》，中华书局1961年版，第108页。
② 《沧浪诗话·诗法》，郭绍虞校释：《沧浪诗话校释》，中华书局1961年版，第122页。
③ 《江湖小集》卷五一姚镛《雪莲稿》，金芝山点校：《戴复古诗集》，浙江古籍出版社1992年版，第327页。

取,并认为戴复古诗有高适气象,看出了他变创江湖诗学的努力。

《四库全书》之薛嵎《云泉集》提要对宋诗流变做过如下论述,可以帮助我们了解与戴复古此论有关的诗学问题:"宋承五代之后,其诗数变。一变而西昆,再变而元祐,三变而江西。江西一派由北宋以逮南宋,其行最久,久而弊生。于是永嘉一派以晚唐体矫之,而永嘉四灵出焉。然四灵名为晚唐,实止姚合一家,所谓武功体者是也,其法以新切为宗,而写景细琐,边幅太狭,遂为宋末江湖之滥觞。叶适以乡曲之故,初力推之,久而亦觉其偏,始稍异论焉。"[1]提到江湖诗风,有"写景细琐,边幅太狭"之弊,薛嵎亦力矫之,如提要所谓"嵎之所作,出入四灵之间,不免局于门户,然尚永嘉之初派,非永嘉之末派。"即是说尚永嘉四灵以晚唐诗之细巧矫江西之槎枒生硬,但薛嵎对江湖诗风之矫,是在江湖内部的"正本清源",未有融合江湖、江西之努力,这不同于戴复古、刘克庄等人。

严羽规避江西诗学牵课执拗偏失的观点,其实戴复古也是有的[2]。戴复古《题郑宁夫玉轩诗卷》诗(《石屏诗集》卷一)表述其诗学观点要更直接一些,诗云:"良玉假雕琢,好诗费吟哦。诗句果如玉,沈谢不足多。玉声贵清越,玉色爱纯粹。作诗亦如之,要在工夫至。辨玉先辨石,论诗先论格。诗家体固多,文章有正脉。细观玉轩吟,一生良苦心。雕琢复雕琢,片玉万黄金。"[3]借评价郑宁夫诗的机会,戴复古阐发自己的诗学观点,即作诗要出自功夫,要认真推敲琢磨,苟有好的构思命意,所成之诗不必屈于沈谢之下。作诗要先正体格,亦即"别裁伪体"之意,这样才能把握住"文章正脉",从而创作出好诗,当然也要不断推敲改定,"雕琢复雕琢",作出一流作品。——这与戴复古《论诗十首》的观点是一致的。

武衍有《悼戴式之》,反映了戴复古在江湖诗人中的位置和影响,也反映了武衍与戴的诗友情谊。诗云:"四海诗人说石屏,一时知己尽公卿。家传衣钵生无愧,气挟江湖老更清。重感慨时多比兴,最瑰奇处是歌行。九原不作空

---

[1] 《云泉集》提要,文渊阁《四库全书》第1186册,上海古籍出版社1987年影印本,第737页。
[2] 文渊阁《四库全书》本《江湖后集》卷二二戴复古小传评其诗云:"石屏以诗名而多直率,然气骨终胜。"
[3] 金芝山点校:《戴复古诗集》,浙江古籍出版社1992年版,第8—9页。

遗稿，三些吟魂泪为倾。"①认为戴复古有"气挟江湖"之才力，有四海交誉之盛名，其诗以歌行为最瑰奇，又多比兴盛慨，按这种评价分析，武衍对戴复古之主张也应是支持的。

戴复古与刘克庄交契亦较深，在诗学思想方面，也应相互影响。戴复古《石屏小集》卷六有《寄后村刘潜夫》诗三首，反映了他们的交谊。诗云："朝廷不召李功甫，翰苑不著刘潜夫。天下文章无用处，奎星夜夜照江湖。"（其一）"拥节持麾泽在民，仰看台阁笑无人。刘蕡一策传千古，何假君王赐出身。"（其二）"客游千里见君时，拥絮庵中共说诗。别后故人知我否，年几八十病支离。"（其三）②由诗意看，这当是刘克庄因《落梅》诗获罪，废居十年期间与戴复古交流的记录，也是一位年长前辈对后学晚生的劝慰与鼓励。刘克庄后来有力地融合了江西、江湖诗风，应该与戴复古有一定关系。

吴子良《石屏诗集后序》曾指出戴复古交游之广，其云："（戴复古）所酬唱念订，或道义之师，或文词之宗，或勋庸之杰，或表著郡邑之类，或山林井巷之秀，或耕钓酒侠之遗。凡以诗为诗友者，何啻数百人。"③可见戴复古交游之广，其诗学主张也在其交游过程中散播出去。

七、刘克庄与诗社的密切关联及其对江西、江湖诗学理论的调和与熔炼

刘克庄在江湖诗社群中是具有收束意义的诗人，他与诗社有过密切关联，其诗学主张亦能够在新的诗学实践上度越江湖，并对江西诗学有所变创，能够在一定的高度上对二家诗论进行调和，将其熔炼整合到自己的理论体系中去，从而使得江西、江湖两大诗社群的理论特色都得到张扬。从诗社角度看，其理论主张也与他与江西及江湖诗人们的诗社活动有直接关系，正是在与不同诗人们的诗社活动中，他明确了理论目标，确立了自己的理论方向。从诗社史、诗学史的角度讲，刘克庄在南宋后期实际是具有总结意义的，相对来看，刘辰翁与方回的总括性与理论建树都缺乏这种总结意义。

---

① 《江湖小集》卷九四，文渊阁《四库全书》第1357册，上海古籍出版社1987年影印本，第683—684页。
② 金芝山点校：《戴复古诗集》，浙江古籍出版社1992年版，第220页。
③ 金芝山点校：《戴复古诗集》，浙江古籍出版社1992年版，第327页。

刘克庄与诗社的关联

刘克庄《虞德求诗序》中曾说自己"自卯走四方，江湖社友多所款接。"[①]可知刘克庄参加诗社活动很早。"江湖社友"应是泛指，不一定指称某个特定的诗社，而是指或有诗社活动的许多诗人，在刘克庄看来，诗友实际都可称为"社友"，因为在当时，诗社遍布各地，诗人们的活动都有着诗社名目，尤其是江湖诗人，他们涉及的诗社就很多，刘克庄也往往用社友指代与自己有过交往的江湖诗人。

刘克庄《徐贡士百梅诗序》有云："余二十年前有百梅绝句，和者甚众，或缙绅先生，或江湖社友，体制各异。出而用世者其言浏丽，处而求志者其言高雅。"[②]其中也提到了"江湖社友"的咏梅活动。咏梅是当时诗坛，含江湖诗社群的一次大规模的创作活动。就江湖诗人而言，他们的创作也是"出而用世者其言浏丽，处而求志者其言高雅"。刘克庄此语，实是对这次创作活动的评语。作为江湖诗社群最大一次集体创作活动，这次咏梅是很有意义的。从诗社创作角度讲，这次大规模诗社创作也是后来吴渭月泉吟社创作活动的先声。

其《跋二戴诗卷》有云："追年曩乡式之，年甫三十一，同时社友如赵紫芝、仲白、翁灵舒、孙季蕃、高九万，皆与式之化为飞仙，余虽后死，然无与共谈旧事矣。"[③]其中所提之戴复古、赵紫芝、赵庚夫（字仲白）、翁卷、高翥（字九万）都列名于江湖诗派。可知刘克庄早年曾与这些诗人有过诗社活动，并且彼此交流唱和，谈诗论艺。其中戴复古与刘克庄在诗学上都很有成就，这应与这个诗社有关。

刘克庄《题端溪王使君诗卷》有云："社友凋零雅道穷，使君于此信英雄。性情所发无前古，《骚》、《选》虽高不必同。"[④]所提及"社友凋零"应是对往日诗社社友凋零而言，这些诗社友人，亦应属江湖诗派，也是江湖诗社群的成员。

刘克庄屡屡用社友或江湖友人称呼与其有诗学交流的俦侣，在江湖诗社群活动非常普遍的时代，社友实际也是诗友的一种称谓。刘克庄的诗社活动几乎

---

① 曾枣庄、刘琳主编：《全宋文》第329册，上海辞书出版社、安徽教育出版社2006年版，第173页。
② 曾枣庄、刘琳主编：《全宋文》第329册，上海辞书出版社、安徽教育出版社2006年版，第177页。
③ 曾枣庄、刘琳主编：《全宋文》第330册，上海辞书出版社、安徽教育出版社2006年版，第28页。
④ 傅璇琮主编：《全宋诗》第58册，北京大学出版社1998年版，第36358页。

可谓伴其一生。其《刻楮集后序》有云:"夫诗参众作而后见工拙,前社友多咏诸老,如老儒、老道、老僧、老士之类,余亦效颦。"①也可知其诗学活动中的一些创作训练活动。该文还提到"江湖社友犹以畴昔虚名相推让",反映了刘克庄在江湖诗人们心目中的地位与影响力,没有与江湖诗人们广泛深入的诗社交流,他也是难以得到大家的推许的。

刘克庄还有一些诗作反映了江湖诗友们的诗社活动。其《题听蛙方君诗卷》二首其一云:"湘弦泗磬有遗声,肯作秋虫唧唧鸣。同社共推一日长,古人尤重十年兄。放开只眼饶初祖,蟠屈长身接后生。不是学人无赞叹,学人见得未分明。"②同社诗友在活动中会推选社长,此方君即应有社长之任。

刘克庄《题水西何侯诗卷》诗云:"刘翰潘柽社友称,何侯直要续心灯。阴山有雪双雕下,碧落无云一鹤新。觜距专场渠克畏,鼓旗傍噪我安能。男儿何必毛锥子,麟阁云台有分登。"③可知刘翰、潘柽有诗社活动,何水西心向往之,欲延续刘、潘的诗社活动,这亦应属江湖诗社群的一个活动,其所谓"社友称"则反映出诗社成员的共同评价,系在诗社活动中对刘翰潘柽的一种诗学认可。

刘克庄《贾仲颖诗序》云:"永嘉多诗人,四灵之中,余仅识翁、赵;四灵之外,余所不及识者多矣。贾君仲颖,余所未及识者之一也。君生风雅之国,为社友所推,不问可知其诗矣。赵幾道、王德嘉兄弟,人物如璧,君与之友,又可知其人焉。"④赵幾道与赵汝回、贾仲颖、王德嘉等人应为永嘉诗社成员。该诗社应与四灵风气相同,亦为江湖诗社群组成部分。

刘克庄曾云:"惟韦苏州继陈拾遗、李翰林崛起,为一种清绝高远之言以矫之,其五言精巧不减唐人。至于古体歌行,如《温泉行》之类,欲与李杜并驱。前世惟陶,同时惟柳,可以把臂入社,余人皆在下风。"⑤可知诗社观念已深入人心,甚至古人李、杜、柳、陶等可与韦应物结社。同时,也可概见,当

---

① 曾枣庄、刘琳主编:《全宋文》第329册,上海辞书出版社、安徽教育出版社2006年版,第161页。
② 傅璇琮主编:《全宋诗》第58册,北京大学出版社1998年版,第36401页。
③ 傅璇琮主编:《全宋诗》第58册,北京大学出版社1998年版,第36421页。
④ 曾枣庄、刘琳主编:《全宋文》第329册,上海辞书出版社、安徽教育出版社2006年版,第87页。
⑤ 吴文治主编:《宋诗话全编》,江苏古籍出版社1998年版,第8492页。

第二章　江西诗社群、南宋江湖诗社群及其相关诗学问题

时得入诗社者当诗艺相当，才可结为诗盟，故而同一诗社成员，按当时的标准，应有相当的诗学造诣。刘克庄推崇韦应物，认为韦可上追李杜，与陶渊明、柳宗元可以结为诗社，其意在说明韦与陶、柳诗学造诣相当。我们研究当时的诗社活动，其实可以参考刘克庄此处所反映的现实。同社者同品，聚结成一个诗社的诗人，应有相近的诗学风范。了解同社诗人的主要诗风与诗学，可以推知某一群体的诗学宗尚，并进而去推知当时诗学批评的具体状况。

因诗人群体活动和诗社活动对诗人创作和诗学主张的影响，在南宋时代也会影响人们诗学批评的方法。刘克庄在《跋李炎子诗卷》中说：

> 看人文字必推本其家世，尚论其师友。《史记》、杜诗固高妙，然子长世掌太史，如董相、东方先生皆同时相颉颃。子美自谓'吾祖诗冠古'，又与子昂、太白、岑参、高适诸诗人唱和，故能洗空万古，自成一家。余少走四方，于当世胜流多所款接。识果斋伊、洛之醇，识斛峰萧汲之直，识径畈龚鲍之洁。今三君子仅存其一。余亦耄老，孤陋寡闻矣！樵士李君云仲示诗三帙，读而异之。问其谱系，果斋其诸父也。观其赋咏，斛峰、径畈其师也。卷中格律若未雕唐体，然其意度脱换《骚》、《选》，包含理致，大而道德性命，小而草木鱼虫。自昔经生、学士、词人、墨客智所未及，笔力所未能发者，皆长言而永歌之，盖其濡染于家庭，熏炙于师友者深矣！①

诗学讲求学诗的谱系。该谱系不只是文本形态的诗歌范式的谱系，还有师友渊源层面的意义。在诗社林立，派别众多的诗学话语背景中，以诗人之"群"来判别其诗学谱系的归属，进而再分析其文本形态的诗作。这种批评方法与诗社活动有直接关系，表现为重视师友渊源重视交游对象和诗友的创作特点。刘克庄评李炎子诗用的正是这个方法。这在当时应是具有代表性的。当时对江西诗人、江湖诗人的分析普遍运用的也是由诗学谱系而入于分析的方法。因为诗社繁兴，"入社"有时也具有了较为宽泛的意义。如刘克庄《黄贡士诗

---

① 曾枣庄、刘琳主编：《全宋文》第330册，上海辞书出版社、安徽教育出版社2006年版，第44页。

卷》云:"然少陵实兼《风》、《雅》、《骚》、《选》、隋唐众体,非不欲放他姓入社者。"①这里所说的"入社",实指学诗的范围,也是诗学的谱系。这是诗社意义的推延。这种诗学话语的变化,与诗社繁盛,诗人例入社,且入社者大都有共同诗学宗旨的历史背景有直接关系。与此种用法相同,有时"社友"这个词也未必是指明确的诗社组织成员而言,而是指一起有诗学交流的成员。刘克庄《黄有容字说》有云:"杨陆二老,放翁万首,诚斋亦数千,未有继者。此诸老先生耳目口鼻与人同,而气魄力量与人异,以其大足以容之也。君假以年,持满而发,盈科而进,可以追攀诸老,岂若晚唐蚤吟蝉噪者之为哉!余将求君续稿而观焉。君进而未止者,不惟社友将避君三舍,虽老夫亦当放子一头矣!"②这里认为黄有容诗数量很大,且去晚唐风气,假以时日,自己及其他诗人将叹服其成就。此处之"社友"或是有交往的诗人们的泛称,不一定实有诗社,只不过在诗社繁兴的时代背景中,这一措辞的意义宽泛了许多,也灵活了许多。

江西、江湖诗学影响下的刘克庄之诗学取向

在江西、江湖诗人的创作都存在弊端的情形下,刘克庄以其深湛之思对于二家之学进行深入分析,进而熔炼整合,完成了其诗学构建。

叶适《题刘潜夫〈南岳稿〉》云:"(四灵时)刘潜夫年甚少,刻琢精丽,语特惊俗,不甘为雁行比也。"指出在四灵诗风盛行时,刘克庄已有自己的诗学志向,"不甘为雁行比"。后来则进一步,在四灵中三位已逝的时候,刘克庄"思益新,句愈工,涉历老练,布置阔远,建大将旗鼓,非子孰当"③。刘克庄后来有这样的成就,还应与刘克庄和赵汝谈的交往有关。林希逸《后村先生刘公行状》云:"公(刘克庄)归自桂林,迂道见南塘(即赵汝谈)于三山,读公《南岳稿》,称赏不已,自此遂为文字交。"④赵汝谈为江西续派代表诗人。刘克庄被其赏识并与其订交,应是其沾溉江西诗学的真正开始。其融合江西、江湖诗学的努力,就与其"不甘为雁行比也"的诗学品格相关联。

---

① 曾枣庄、刘琳主编:《全宋文》第330册,上海辞书出版社、安徽教育出版社2006年版,第74页。
② 曾枣庄、刘琳主编:《全宋文》第330册,上海辞书出版社、安徽教育出版社2006年版,第186页。
③ 《叶适集》卷二九,文渊阁《四库全书》本。
④ (宋)林希逸:《竹溪鬳斋十一稿续集》卷二三,文渊阁《四库全书》第1185册,上海古籍出版社1987年影印本,第789页。

第二章　江西诗社群、南宋江湖诗社群及其相关诗学问题

刘克庄《刻楮集序》曾说自己的诗学历程是"初由放翁入，后喜诚斋，又兼取东都南渡江西诸君，上及唐人大小家数"①。由其所列学诗对象看，刘克庄由陆游而杨万里，又兼学吕本中、韩驹等南宋江西诗人，再上及唐代作家。其诗学实际上走的是江西一路。故而，即便是有江湖诗学的影响，但他受江西诗学的影响更大。他融合江湖、江西的方向，实际上是较偏于江西一路的。

刘克庄意欲通方广恕，广征博取，在这一方面，他的楷模是杜甫。其云："杜公为诗家祖宗，然于前辈，如陈拾遗、李北海，极其尊敬。于朋友，如郑虔、李白、高适、岑参，尤所推让。白固对垒者，于虔则云：'德尊一代。''名垂万古。'于适则云：'美名人不及，佳句法如何。'又云：'独步诗名在。'于参则云：'谢朓每篇堪讽咏。'未尝有竞名之意。晚见《舂陵行》，则云：'粲粲元道州，前贤畏后生。'至有'秋月'、'华星'之褒。其接引后一辈又如此。名重而能谦，才高而服善，今古一人而已。"②——刘克庄亦逢诗坛中宗派论喧议竞起的时代，且无论是江西还是江湖，都弊端显现，但诗人或限于门户之见，胸襟狭小。刘克庄以杜甫为诗学楷模，认为杜诗成就与其宽广的胸怀有关，这就高于一般江西学者，而有了救其偏重参酌杜诗技巧方法缺失的意思。这也是他为偏于师法晚唐诸家的江湖学者指出的学诗鹄的。

《后村诗话》："唐诗人与李、杜同时者，有岑参、高适、王维；后李、杜者，有韦、柳；中间有卢纶、李益、两皇甫、五窦，最后有姚、贾诸人。学者学此足矣。长庆体太易，不必学。"③可知在刘克庄的思想中，师法唐人，主要是李杜高岑及韦柳和大历诗人，兼有姚贾，而元白等人则被认为"太易"，并不在师法之列。他也十分重视《选》诗及陶谢等人，取径远较"四灵"及一般江湖学者要宽泛得多。

刘克庄对江西诗人陈与义的推崇也反映了他偏于江西的基本诗学取向。《后村诗话》云："元祐后，诗人迭起，一种则波澜富而句律疏；一种则锻炼精而性情远，要之不出苏、黄而已。及简斋出，始以老杜为师……以简斋扫

---

① 曾枣庄、刘琳主编：《全宋文》第329册，上海辞书出版社、安徽教育出版社2006年版，第161页。
② 吴文治主编：《宋诗话全编》，江苏古籍出版社1998年版，第8397页。
③ 吴文治主编：《宋诗话全编》，江苏古籍出版社1998年版，第8367页。

繁缛，以雄浑代尖巧，第其品格，故当在诸家之上。"①认为苏黄诗风各有未足，惟陈与义能以老杜为师，且"扫繁缛"，"以雄浑代尖巧"，既得诗学之正，又不失于偏枯。苏黄诗各有所长，但缺失亦明显。江西一路师杜，但在锻炼精严之余，其性情之真切也受到影响。而陈与义则兼能师其所长并摒其所短，实为诗家应予师法的对象。刘克庄于苏黄二家尚且如此评论，"四灵"及江湖诗人廊庑狭小，自然不能与之相比，故而在刘克庄诗学思想中决非诗学正途。

刘克庄深入研究过江西诗学，还作有《江西诗派小序》，可知他对江西诗派是极为了解的，对江西诗歌创作及诗学都下苦功钻研过，并对江西诗人极为推崇，观其评黄庭坚即可知。故而刘克庄之诗论就是产生在与江西对话的语境之中，且其诗论也偏于江西，并能引入四灵，江湖等诗论主张，成为江西诗学、江湖诗学和南宋诗学的完结者。

在《江西诗派小序》中其偏重江西诗论的态度很鲜明。他评黄庭坚诗云："豫章稍后出，荟萃百家句律之长，究极历代体制之变，搜猎奇书，穿穴异闻，作为古诗，自成一家，虽只句半字不轻出，遂为本朝诗家宗祖，在禅学中比得达摩，不易立论也。"②对黄庭坚融汇众家，博搜广猎以为诗材并谨于锻炼诗句用字并自成一家的诗学品格极为赞许。对黄庭坚的这种评价正说明了刘克庄的诗学主张方向与基本理论向度。

此外，刘克庄对徐俯、韩驹、江端友等江西诗派诗人之诗作也评价很高。评徐俯诗有云："颇逼老杜。"评韩驹有云："作诗法当如此。"评江端友有云："事的切而语回互。""含蓄而不刻露。"③评晁冲之"意度宏阔，气力宽余，一洗诗人穷饿酸辛之态"④。这些都可看出刘克庄胸怀之宽广与诗学取径之广阔。同时，他对当时江西后学的诗学偏失也很清楚。其《后村诗话》载："游默斋序张晋彦诗云：'近世以来学江西诗，不善其学，往往音节聱牙，意象迫切。且议论太多，失古诗吟咏性情之本意。'切中时人之病。"⑤游九言（游九言号"默

---

① 吴文治主编：《宋诗话全编》，江苏古籍出版社1998年版，第8372页。
② 丁福保辑：《历代诗话续编》，中华书局1983年版，第478页。
③ 吴文治主编：《宋诗话全编》，江苏古籍出版社1998年版，第8373页。
④ （宋）刘克庄：《江西诗派小序》，丁福保辑：参见《历代诗话续编》，中华书局1983年版，第482页。
⑤ 吴文治主编：《宋诗话全编》，江苏古籍出版社1998年版，第8405页。

斋")对"近世以来"江西后学的指责,实亦可看作是刘克庄的意见。他深入地了解过江西诗学,也极为熟悉江西后学之诗风。他的诗学主张,是将这种"时人之病"及其原因都深入考虑和分析过的。

刘克庄也认可江西及江湖诗人苦学为诗的精神和态度,这表现在他对苦吟的态度方面。

其《题蔡炷主簿诗卷》其二有云:"由来作者皆攻苦,莫信人言七步成。"①肯定推敲锻炼,不主张率意而为。其《答学者》诗,云:"自古名家岂偶然,虽游于艺必精专。经生各守单传旧,国弈常争一着先。马老于行知向导,鹄腾而上睹方圆。殷勤寄语同袍者,努力磨教铁砚穿。"②仍是以辛勤锻炼,务求精专来教喻后学。

刘克庄《和黄户曹投赠又二首》(自注"祖润")诗道出了苦吟诗人的甘苦。诗云:"诗家事业可怜生,骨朽人间有集行。锻炼鬼犹惊险语,折磨天亦妒虚名。长骑驴背嫌肩耸,欲拔鲸牙恨力轻。吟得擅场成底事,不如黄策捪浮荣。"③没有着力苦吟的切身感受,道不得此语。他还教导其他诗人"微露毫芒足奇怪,少加锻炼愈高深"④。"露锋芒"为诗学中易于犯险之诗路,有失沉稳持正,故而以"锻炼"喻晓,这也是当时诗人苦吟锻炼的反映。

刘克庄《跋赵戣诗卷》云:"歙郡赵君寄余诗五卷,五、七言亦宗晚唐,然稍超脱,不为句律所缚;歌行中悲愤慷慨苦硬老辣者似卢仝、刘叉。或曰:'古人之作由性情而发,后人之作以气力相雄而已!'余曰:'不然,夫太湖、灵璧玲珑可爱而匡庐雁荡拔起万仞,紫翠扫空,山矾水仙,幽淡见赏,而乔松古柏,绝无芳艳,直以槎牙突兀为奇尔!君益勉之,性情人之所同,气力君之所独,独者难强而同者易至也。'"⑤对于认为诗只要写出性情,可以不求气势的想法,提出自己的意见。他显然更推崇"槎牙突兀之奇"。强调诗写性情实是普遍要求,也就是诗的起码要求,而写出诗的"气势"则非人人可及。其诗学

---

① 傅璇琮主编:《全宋诗》第58册,北京大学出版社1998年版,第36356页。
② 傅璇琮主编:《全宋诗》第58册,北京大学出版社1998年版,第36718页。
③ 傅璇琮主编:《全宋诗》第58册,北京大学出版社1998年版,第36469页。
④ 傅璇琮主编:《全宋诗》第58册,北京大学出版社1998年版,第36478页。
⑤ 曾枣庄、刘琳主编:《全宋文》第329册,上海辞书出版社、安徽教育出版社2006年版,第248页。

思路是重气势、气力和"苦硬老辣","槎牙突兀"的,这些实际都是江西诗风的特点。所以,刘克庄苦吟的目的,实际上是导向江西诗学方向的。

刘克庄的基本诗学主张

正是因为刘克庄对江西、江湖诗学都有深入的研究,所以他能在较为平和的理论气度中对二者进行综合与协调,使得二家之学能够在扬长避短的理论智慧操控下统一在刘克庄的诗学思想中,达到了当时诗人难以企及的高度[①]。

陈起卒后,刘克庄以其才学、地位,在江湖诗人中的影响渐渐大了起来,以至成了领袖。其《送谢昉序》(《后村先生大全集》卷九十六)有云:"余少嗜章句,格调卑下,故不能高。既老,遂废不为。然江湖社友犹以畴昔虚名相推让,虽屏居田里,载贽而来者,常堆案盈几,不能遍阅。"[②]刘克庄融合江西、江湖的诗学思想,在当时诗人的心里,也在"江湖社友"中发挥出巨大影响。他虽然提到自己年轻时所作是"格调卑下",但通过自己的努力,终于有所成就,这就得力于他高屋建瓴地对江西、江湖风气的分析与对其诗学主张的变创。

林希逸在江湖诗人中与刘克庄的交谊很深,其《竹溪鬳斋十一稿续集》卷三有《怀刘后村作》:"无端对酒忽愁生,酒欲浇愁愁未平。老我厄穷如子美,故人忧病似丘明。常时交讯无虚日,每日迂谈尽五更。手简近来儿代作,得公手简若为情。"林希逸穷愁潦倒,而刘克庄则眇目,二人在江湖诗人中都较有成就,在交流中又惺惺相惜,有很深的情谊。

---

① 《江湖小集》卷三〇有林希逸《刘翼心游摘稿序》,其中有云:"矗父与余同事乐轩先生(按,"乐轩先生"为陈藻,字元洁,号乐轩。)。矗父鄙夷场屋之事技,独力于诗,自晋唐而下至我朝诸公遗采掇撷数百家,所作不止一体,大抵学乐轩为之。先生有道之士也。其诗初为唐语,后为晋语,晚而傲世自乐,尽去绳墨法度,自为乐轩一家之言。盖耻入古人今人窠臼也……同门诸友独刘矗父入此三昧。《心游之稿》甚富,今乃摘取余所可知者十九首见寄,余读而喜曰此吾师初时诗法也,是岂不是行世耶?"(文渊阁《四库全书》第1357册,上海古籍出版社1987年影印本,第244页)乐轩为陈藻,他有自己的诗学主张,其学诗先唐后晋,后自成一家,"耻入古人今人窠臼","尽去绳墨法度"。不受前人与今人范式的局限,极具独创精神。林希逸与刘翼均出陈藻之门,陈藻这种诗学态度对其有影响。且从诗学品格上看,陈藻亦为狷者之类。林希逸自己作诗也有戛戛独造之心。他指出刘翼也得其师诗学,亦不受绳墨法度拘牵。在江湖诗人总体诗风受晚唐风气笼罩的创作空气中,陈藻(虽未列入江湖诗派中,便应属江湖诗人一类)、林希逸、刘翼也是变创江湖诗学的理论力量。但他们的影响远不及戴复古、严羽和刘克庄。

② 吴文治主编:《宋诗话全编》,江苏古籍出版社1998年版,第8578页。

刘克庄去世，林希逸曾作悼词，感情极其沉痛。有云："呜呼！先生胡忍遗世。梁顷岳摧，龙亡虎逝。呜呼！天其丧斯文乎？国不遗一老乎？四方之士何所就正乎？吾党之友何所问业乎？光争日月之文，仅止三百卷乎？幽泣鬼神之诗，不许足万首乎？斗南文星，其陨而为石乎？壶公玉色，其怆如岷峨乎？……"①其中提到"吾党之友何所问业乎"，反映出刘克庄在江湖诗人心中的地位，也反映出他在江湖诗学授受活动中的地位。

刘克庄后来在对自己的学诗历程回顾时指出："如永嘉诗人极力驰骤，才望见贾岛、姚合之藩而已。余诗亦然，十年方始厌之，欲思唐律，专效古体。"②对早期诗风进行反思，是因对永嘉诗人效姚贾之诗风有所不满；钻研唐律与古体，是欲跳出江湖藩篱，摆脱四灵的影响。这应是自己变创江湖诗风的初始阶段，他对江西缺失的纠偏也与对江湖诗风的批判同步，是其诗学建树的主要因由。他对江西的纠偏也表现在他的诗学取径较为宽泛方面。

在《韩隐君诗序》中，刘克庄指出："古诗出于情性，发必善，今诗出于记问，博而已。自杜子美未免此病。于是张籍、王建辈稍事起书袋，划去繁缛，趋于切近。世喜其简便，竞起效颦，遂为晚唐体。"③认为堆垛学问，彰显功力，与诗抒发性情的本旨有违。并认为杜甫诗已有重学问功力的倾向。张籍、王建本欲以简易平淡改变偏重学问、功力的诗风，却开了晚唐切近浮浅之端倪，反而更无风度气象。这便是刘克庄对晚唐体的定义，以浅救深，以巧救粗，却滑入了浮弱一路。故而刘氏起而矫之，认为古诗出于性情，诗人但写性情，不必考虑博或是浅，细或是巧，所发自然高妙，不必预设范式。这种观点是对江湖诗风和江西诗风的双重批评，博学与"记问"者，江西一路也；"浅近"、"简便"者，江湖诗风也。他所提出的性情、高古，即是对二者的提领与折中。

刘克庄亦极为推崇陆游，曾云："古人好对偶，被放翁用尽。"以至罗列

---

① 《竹溪鬳斋十一稿续集》卷二〇，文渊阁《四库全书》第1185册，上海古籍出版社1987年影印本，第752页。
② 吴文治主编：《宋诗话全编》，江苏古籍出版社1998年版，第8563页。
③ 曾枣庄、刘琳主编：《全宋文》第329册，上海辞书出版社、安徽教育出版社2006年版，第123页。

上百对述之,又云:"近世诗人,杂博者堆队仗,空疏者窘材料,出奇者费搜索,缚律者少变化。惟放翁记问足以贯通,力量足以驱使,才思足以发越,气魄足以陵暴。南渡而后,故当为一大宗。末年云:'客从谢事归时散,诗到无人爱处工。'又云:'外物不移方是学,俗人犹爱未为诗。'则皮毛落尽矣。"①陆游因出入江西,将江西诗论贯彻得炉火纯青,又不局囿于江西,进而达到超拔的诗学造诣。刘克庄从"记问"、"力量"、"才思"、"气魄"等方面全面推崇陆游,又崇敬陆游摆落习气,不趋媚世俗好尚的诗学品格。可以反映出他对自己诗学主张的一种熔炼。陆游之诗学品格,本来就由江西出入,又涵盖其上。刘克庄调和江西,融合江湖,其目的亦是摆落习气,超出俗眼之外,成就一家品格。刘克庄诗学,亦可理解为由江西诗路而入,由江西诗格而出,间以江湖及前代、当世诸家,进行整体熔炼整合,以造就独特的诗学个性。这才是刘克庄诗学的基本目标。

叶绍翁《四朝见闻录》丙集《悼赵忠定诗》条云:"初,(敖陶孙)识南岳刘克庄,得其诗卷曰:'所欠典实尔。'《南岳集》中诗率用事,盖取其说。后得南岳刻诗于士人陈守一,喜而语宗之曰:'且喜潜夫已成正觉。'"②若果如此,敖陶孙对刘克庄亦产生了影响。敖陶孙指出刘克庄诗欠典实,而刘即于其《南岳诗》中改之,可知是听取了敖陶孙的意见。而作诗用典,实是江西一路的主张。敖陶孙本人亦对江西诗论有所吸取③。颇有江西风气。可见,在刘克庄融合江西、江湖诗学的过程中,江西后学赵汝谈与江湖诗人敖陶孙等人都应是起过作用的。

刘克庄在《晚觉闲稿序》中较为全面的表露了自己的诗学好尚。其文云:

> 近时诗人,竭心思搜索,极笔力雕镌,不离唐律。少者二韵,或四十字,增至五六十字而止。前一辈以此擅名,后生歆慕,人人有集,皆轻清华艳,如露蝉之鸣木杪,翡翠之戏苕上,非不娱耳而悦目也。然视古诗盖

---

① 《后村诗话》,吴文治主编:《宋诗话全编》,江苏古籍出版社1998年版,第8375、8376页。
② (宋)叶绍翁:《四朝见闻录》,中华书局1989年版,第96页。
③ (清)王士禛《带经堂诗话》卷十评敖陶孙诗云:"敖陶孙器之《臞翁集》古诗歌行颇有盛时江西风气。"

有等级。毋论《骚》、《选》，求一篇可以籍手见岑参、高适辈人，难矣！虽穷搜索雕隽之功，而不能掩其寒俭刻削之态。惟晚觉翁之作则不然。其贯穿融液，夺胎换骨，不师一家；简缛秾淡，随物赋形，不主一体，卷中二韵者、四十字者、五十六字者尚可以心思笔力为也。至其大篇险韵，窘狭处运奇巧，平易中现光怪，如决河啮防而注，强弩持满而发，不极不止，非心思笔力可为也。夫子曰："辞达而已矣。翁其辞达者欤？"韩子曰："气盛则言之短长与声之高下者皆宜。"翁其气盛者欤？……①

对学习晚唐的诗风进行了批评，指出虽有"露蝉之鸣木杪，翡翠之戏苕上"的"娱耳悦目"的表达效果，却难掩"寒俭刻削之态"。"晚觉翁"章樵能走出时下诗文习气，做到了"贯穿融液，夺胎换骨，不师一家"，"简派秾淡，随物赋形，不主一体"，"窘狭处运奇巧，平易中现光怪"，既有学问功力，又善于变化生新，既有功力，又自然亲切，自成一家。这种诗学造诣，应是江西诗论经由活法学的熔炼之后所达到的境界。刘克庄对章樵的推崇，也可见他力图冲破专学晚唐气量局促的诗学范式，再以对江西的变创来整合各家的理想向度。

此外，刘克庄对江湖诗人林同、林合的批评也可看出他主张融养性情，贯通熔炼，以成一家之诗的基本主张。其《跋林合诗卷》云：

> 古之善鸣者必养其声之所自出。静者之辞雅，躁者之辞浮，怒者之辞畅，蔽者之辞碍，达者之辞和，狷者之辞激。盖轻快则邻于浮，僻晦则伤于碍，刻意则流于激。石塘两生之诗独不然。（林）同用事琢对，如斤妙而鼻垩不伤；（林）合运思炼句，如韶奏而乐悬，皆谐。大率无轻快、僻晦、刻意之病。……两生之修于家也，以圣贤父兄为师友，以山林皋壤为城阙，以禽鱼花木为宾从，养之厚然后鸣。故其声有和者，有畅者，其尤高者几于《雅》矣。②

---

① 曾枣庄、刘琳主编：《全宋文》第329册，上海辞书出版社、安徽教育出版社2006年版，第140—141页。
② 曾枣庄、刘琳主编：《全宋文》第329册，上海辞书出版社、安徽教育出版社2006年版，第375页。

刘克庄认为林同、林合可以规避性情之偏对诗风之影响，关键在"养"，在熔炼自己完足之性，且能从父兄诗友、山林皋壤、禽鱼花木等方面怡情养性，规避了褊狭之病。可见刘克庄之诗学主张，实是对诗学褊狭深有意见，其心所系念，便在于以宽广的诗学视域来对其加以改变。

但宽广并不是宽泛，出于讲求功力、法式的基本意见，刘克庄对戴复古、严羽等人主张以禅论诗的方法明确表示反对。其《跋何秀才诗禅方丈》云：

> 诗家以少陵为祖，其说曰："语不惊人死不休。"禅家以达摩为祖，其说曰："不立文字"，诗之不可为禅，犹禅之不可为诗也。何君合二为一，余所不晓。夫至言妙义固不在于言语文字。然舍真实而求虚幻，厌切近而慕阔远，久而忘返，愚恐君之禅进而诗退矣！何君其试思之。①

刘克庄认为诗与禅二者学理不同，一者在于精心琢磨诗歌命意用字，一者在于不立文字，教外别传，二者并不兼容。以禅喻诗，本可以作为描述诗歌使人涵茹不尽，余味无穷的审美感受，但不应作为一种创作方法以授他人。刘克庄认为这样可生"禅近诗远"的弊端；刘克庄论诗，务求真切，重功力重锻炼，在学理上是董道直行，不务虚不诞幻，不求捷径，不落空幻。在理论上自觉性和钻研态度上是毫不含糊的。这种反对以禅喻诗的观点，其实对清人赵翼、冯班及陈衍的有关见解是有启发意义的。

与此相应，刘克庄反复强调学问功力的作用。其《跋赵孟侅诗》云：

> 诗必穷始工，必老始就，必思索始高深，必锻炼始精粹。赵君安中未冠中春官，出门行顺境。而卷中佳句清拔流丽。他人搯擢胃肾，呕出心肝，形容不得者，君独等闲片语道尽。夫非穷而工，未老而就，不思索而高深，不锻炼而精粹者，天成也。或以人力为之，虽勉而不尽矣。然有天资，欠学力，一联半句偶合则有之，至于贯穿今古，包括万象，则非学有所不能。②

---

① 曾枣庄、刘琳主编：《全宋文》第329册，上海辞书出版社、安徽教育出版社2006年版，第181页。
② 曾枣庄、刘琳主编：《全宋文》第329册，上海辞书出版社、安徽教育出版社2006年版，第379页。

虽然赵孟侒诗"非穷而工,未老而就,不思索而高深,不锻炼而精粹",但确是"天成",但这却是特例,不是诗学之普遍规律。且仅有天资,而"欠学力,则不能贯穿古今,包括万象",究非诗学之大成。这种态度,属江西一路,重学力重功夫,又要求"贯穿古今,包括万象",应看作是刘克庄对江西诗论的发展,也是他明显区别于江湖诗论的地方。

同时,刘克庄也十分强调作者摅写真实性情,其《跋章仲山诗》云:"故诗必天地畸人,山林退士,然后有标致;必空乏拂乱,必流离颠沛,然后有感触;又必与其类锻炼追琢,然后工。"[①]作家性格孤迥,又饱受沧桑,才能度越习气,写出真我性情;同时也必须锻炼追琢,才能至于工致。这种观点应是对"发愤著书","穷而后工"的继承,又似对后来竟陵诗学中写"真精神"的理论有所启发。——在"三化"倾向严重的时候,作诗讲技法本身即为一种习气,而又力图超出这种习气,可见刘克庄理论之深邃。

总体来看,刘克庄更重视对江西诗学的研究与集成,在某种程度上,刘克庄可以说是江西诗社诗学理论的研究者与维护者。他曾从学理角度,看出了江西诗学延续的合理性,也研究了江西诗学的利与弊,在坚实的理论根基上阐述了自己的诗学主张。其《茶山诚斋诗选序》云:

> 余既以吕紫微附宗派之后,或曰:"派诗止此乎?"余曰:"非也,曾茶山赣人,杨诚斋吉人,皆中兴大家数。比之禅学,山谷初祖也,吕、曾南北二宗也,诚斋稍后出,临济德山也。初祖而下止是言句。至棒喝出,尤径捷矣!"故又以二家续紫微之后。陆放翁学于茶山而青于蓝,徐渊子、高续古曾参诚斋,警句往往似之。汤季庸评陆、杨二公诗,谓诚斋得于天者不可及已。[②]

[①] 曾枣庄、刘琳主编:《全宋文》第330册,上海辞书出版社、安徽教育出版社2006年版,第22页。刘克庄此类观点,与后世竟陵诗学有相似之处,但他又重视诗人与群体的相辅关系,所谓"必与其类锻炼追逐,然后工"即是。他看出了诗人之合群对其诗学的积极作用,没有竟陵偏激。其说在"诗可以群"的作用过度张扬,个性摅写受到压制的诗学时代予以观照,更具积极意义。刘克庄应是对江湖诗人的某些弊病而阐发此意见的,从某种角度讲,其观点既关照了"诗可以群"的本始规定,又顾及诗歌摅写个性的内涵要求,是一种颇为中肯和公允的意见,高于竟陵钟、谭的观点多矣。

[②] 曾枣庄、刘琳主编:《全宋文》第329册,上海辞书出版社、安徽教育出版社2006年版,第157—158页。

在厘清江西诗学传承脉络的基础上，对吕本中与杨万里的诗学成就予以高度肯定，反映了刘克庄对江西诗人成就的推崇态度。也可以说，在刘克庄心目中，延续江西诗学，若可达到吕本中与杨万里的成就，其于诗学，可以庶几。他整合熔炼江西与江湖，其实是以江西诗学为根柢的。

再者，刘克庄作为江西诗学的研究专家，他又曾受江湖诗学影响，对江湖诗学也极为了解。在南宋江西、江湖诗风盛行的时代氛围中看出了二者之所长与所短，经过分析研究，他终究以其雄赡之学力和开阔的诗学眼界融合二家，给予南宋诗学最后的辉煌，完整地总结了一代诗学的成就，代表了南宋诗学的最高水准，并对后来方回的诗学构建影响颇大。刘克庄这些成就的取得，与他诗社活动中所经历和所结交诗社友人的相互影响有关，了解其诗学成就，实应结合其诗社活动来理解。诗社促成了江西诗论，也促成了江湖诗论，对南宋诗学的格局和诗学新变与发展都多有贡献，在中国文学批评史上，在诗社直接影响于诗学的力度、广度方面，莫有可与江西及江湖诸诗社比肩者。同时，还应了解，在南宋时期，江西诗学以及四灵和江湖诗学的发展都与诗社活动有直接关系。诗社和诗社群的诗学活动对中国诗学的影响，也未见有像南宋诗社如此巨大者。

刘克庄究应属江西抑或是江湖，还可进一步讨论。我们此处就其诗学贡献简单总结如下：

首先，刘克庄批评了江西诗学的弊端。刘克庄开始受四灵影响较大，他对江西诗学之槎枒粗犷与苛严的律度是较为反感的。他也出于这个原因，相对来讲也就较易于接受四灵的诗学。他经历多广，结交诗人也很多，又在一系列经历中了解到了四灵诗学影响下的江湖诗人的弊端，对他们学习晚唐而带来的诗风萎弱，境界狭仄和诗路枯窘的习气有更深的体验。在两相对的批评中，其诗学主张便不再偏于一路而是公允地有了交通融合江西、江湖二家，扩充堂庑，提升理论境界的特点。

其次，他认识到江西后派的诗风固然有弊端，但诗学思路本身并无问题，其师法学习的谱系是建立在坚实的诗学辨析基础上而圈定的历代优秀诗人序列的有机系统。刘克庄认为这个谱系是合理的，经得起锤炼与琢磨的；而四灵以姚贾晚唐为尊，虽也讲求苦学锻炼，却是向下一路，格调不高。于是刘克庄渐渐摒弃了江湖诗学的谱系与宗法对象，而是力求以江西谱系为主，再融合晚唐诗风之细丽绵密与情致深婉，以救江西粗犷疏阔之失，是以江湖之合理性纠正江西诗学在实践上的偏颇，不是诗学学理上的质疑，而是以对实践的调整去纠正实践中存在的偏颇，从而以江西为本，揉入江湖之合理质素，构建新的诗学体系。

最后，刘克庄之诗学实践开创了具有较强开放性、包容性和更具生命力的诗学范式。江西诗学大方向上是正确的，本身也提出了"饱参论"、"中的论"和"活法论"等灵活的主张，但在实践操作中文人更为关注学力与锻炼工夫，且因过于重视规范，也易于形成一些不利于抒写真性情的滞碍。刘克庄以江湖之细密瑰妍矫之，丰富发展了江西诗论也疗救了江湖诗学，使江湖诗学本身的合理性因素被激活，得以效伎于新的理论系统，同时也使江西诗论这一最具代表性的古代成体系的诗论焕发了活力，表现出灵动活泼，开放包容的诗学特性，也避免了迂执陈腐，缺乏变动的诗学缺失。刘克庄诗学就是这样以其高远宏阔的理论气度和公允深邃的理论伦理荟萃了宋代诗学的重要成果，实质上对宋代诗学具有总结性的意义，并直接影响了方回诗论，也对后世诗学在多方面多层次上产生了影响。宋代以后的诗学其实多少都有着江西诗学的特点，在诗学谱系、学诗路径与锻炼诗意、诗语的方面都与江西诗学有着关联。元代杨载、柳贯、袁桷及明代前后七子、清代格调、肌理以及宋诗派的观点也都在某种程度上可视为对江西诗学的变创与发展，江西诗学在诗学史上强大的传播效能，除了与江西诗学本身的理论水平有关外，也与刘克庄、方回等人的对江西诗学的丰富发展有很大的关系。

八、江湖诗社群的诗学精神与品格——以苦吟为特质的自觉诗学探索与实践精神

陈杰《自堂存稿》之《四库》本《提要》中提及江湖一派诗风是"气含蔬笋"，即是指诗境狭仄，风味枯寂，缺乏艺术感染力而言。苏轼《赠诗僧道通诗》评道通诗："语带烟霞从古少，气含蔬笋到公无。"自注云："颇解蔬笋语否？为无酸馅气也。"[①] 以无"蔬笋气"和"酸馅气"评价僧诗的一般风格，"蔬笋气"和"酸馅气"盖指清寂枯槁的僧诗情境类型与诗风，晚唐五代僧诗多有

---

① 《集注分类东坡先生诗》卷五，《四部丛刊初编》本。

此调。元好问则云:"诗僧之诗,所以有别于诗人者,正以蔬笋气在耳。"①认为有"蔬笋气"才是僧诗本色。周裕锴《中国禅宗与诗歌》中认为"蔬笋气"和"酸馅气"的含义有四:一意境过于清寒,二题材过于狭窄,三语言拘谨少变化,四作诗好苦吟②。四库馆臣谓江湖诗风"气含蔬笋"系从清寂苦仄角度评价江湖诗风,而江湖诗风的这个特点与江湖诗人们强调诗法晚唐诗有关。

江湖诗学虽以晚唐诗人为主要师法对象,但在"过于清寒"、"过于狭窄"及"拘谨少变化"等弊端日渐流露后,一些对此有清醒认识的诗人开始力图从诗学理论和创作上予以纠正,这一点我们上文已有涉及。但无论是早期江湖诗学,即"四灵"及其他一些江湖诗人还是赵汝回、薛师石、戴复古、刘克庄等,都十分强调苦吟与认真投入地创作实践对诗学的重要作用,这便是江湖诗学的基本精神与品格(这种品格实际上与江西诗派是相似的)。我们此处就此问题进行简要阐述。

九、关于江湖诗社群的苦吟精神

赵汝鐩有《苦吟》诗云:"几度灯花落,苦吟难便成。寒窗明月满,楼上打三更。"③记述了自己深夜苦吟,沉浸在诗艺探求中的诗化生活情境。赵汝回《奉归柳塘潘希白诗稿》云:"织柳缝花雅道衰,将题锦卷复敲推。夜寒吟苦冰澌合,境寂心融造化来。斫石昆仑携玉下,乘槎河海到天回。今时古调何人爱,东野长江在夜台。"④这里的苦吟,是品读友人们卷后意欲题诗,而苦苦推敲思索,是兼有诗评性质的创作性苦吟。所谓"织柳缝花",亦可看出是对当时诗风有所不满,而所谓"东野长江在夜台"者,是以孟郊、贾岛来比附自己的苦吟,倒不一定是说诗尊郊岛。

至于武衍《宜永杂兴》中所说:"临字每僵指,炼诗常断须。不知勤苦学,学到古人无。"⑤就不只是作诗辛苦,简直就是艰苦之甚了。这种全身心投入到

---

① 《遗山先生文集》卷三七,《四部丛刊初编》本。
② 周裕锴:《中国禅宗与诗歌》,上海人民出版社1992年版,第46——48页。
③ 傅璇琮主编:《全宋诗》第55册,北京大学出版社1998年版,第34234页。
④ 傅璇琮主编:《全宋诗》第57册,北京大学出版社1998年版,第35876页。
⑤ 《江湖后集》卷二二,文渊阁《四库全书》第1357册,上海古籍出版社1987年影印本,第994页。

诗歌创作中去，在构思斟酌的情境与氛围中陶醉，实际上也是诗化生活的一种体现。这种陶醉，蕴含着构思的艰辛，也蕴含着对巧思佳句与稳字的期盼，是一种诗化的心理所形成的强大艺术性心理功能。这种功能可以克服每况日下的国势以及民生惨淡的现实带给诗人的沉重打击，可以使他们暂离外在社会环境的侵扰折磨，获得一种自足的心态去沉醉诗艺，探索忘忧的路径。这也就是为什么每当国势凋敝衰颓，正士偃蹇抑塞的时代总会有苦吟风气再现的原因。相对江西诗派的苦吟，江湖诗人实际上便是多了这种逃避——陶醉的一层意义，虽然同是对诗艺的探究，但江西诗人在诗学本身方面的意义要大很多。

俞桂《论诗》云："大道本无体，何在文字间。易从先天画，诗自圣人删。流风传益远，后作莫可攀。推敲谁氏子，一字不可闲。"[①] 这种诗学态度是较为消极的，实际是认为后人无法追攀前人，但也要求必须认真推敲，功夫要下足，即使是一个字，都不能唐突过去。因此，同样是苦吟的态度，但与前引不同，实际是放弃了度越前人的志向，以苦吟救赎这种放弃，或者说是一种膜拜式、虔诚式的苦吟。其实质的对象，与其说是创作，不如说是研究，揣摩前人，为进一步的膜拜做心理上的铺垫。

再有，丁熤《张弋秋江烟草序》提到张弋"专意为诗"，"揆其用力盖倍于江西之学"，似江湖诗人用力学诗，有与江西相较之意，不过此序也指出张弋专力学习贾岛、姚合，可见同样是讲求学诗，但师法对象不同，张弋所走之诗学道路与四灵一致，虽是出于矫江西粗犷槎枒之弊，却失于正，故而虽然张弋"思甚苦，未尝苟下一字，每有所作，必熔炼数日乃定"。但诚如严羽《沧浪诗话·诗辨》所谓"路头一差，愈骛愈远"[②]。和四灵一样，本为矫诗弊的初衷，却走上了险路，易启后人雕镂取巧之衅。不过张弋也与刘克庄、戴复古交往，其《寄呈后村刘编修》、《戴式之来往惠石屏小集》则亦流露出对戴、刘二人的崇敬，不知是否他后来也受到了二人影响。

江湖诗人也作有很多集句诗。创作集句诗，实际就是一种诗学训练，通过汇集前人诗句，使自己获得一些创作上的经验，并且可以扩充诗料储备，在创

[①] 《江湖小集》卷五四俞桂《渔溪乙稿》，傅璇琮主编：《全宋诗》第 62 册，第 39055 页。
[②] 郭绍虞：《沧浪诗话校释》，人民文学出版社 1983 年版，第 1 页。

作非集句诗时可以以前人诗句、诗意以及章法、技法为基础,去"陶钧文思",熔炼成自己的诗作。所以作集句诗,也是江湖诗人平素的一种诗学训练。释绍嵩《江浙纪行集句诗》后的"跋"中说:

> 作诗固难,集句尤不易。前辈有云:"不行万里路,莫读杜甫诗。"一杜诗且病其难读,而况集诸家之诗乎? 亚愚嵩上人穿户于诗家,入神于诗法,满心而发,肆口而成,玉振大成,默诣诸圣处。人目其诗,固不知其为集句,而上人亦不自知也,抑犹有妙于此者,青出于蓝而青愈于蓝,盖诸家之体制,各随其所至而形于言。今观亚愚之集,千变万态,不楛于所见,如所谓老坡之词,一句一意,盖不可以定体求也。……①

在反复涵泳前人作品的基础上,以集句的形式将涵泳揣摩与创作结合起来进行尝试,是创作,也是训练。其中也有效仿、参照的因素,是宋人开创的一种特殊的学诗与创作形式,其实质,是学诗与作诗的一种训练形式。当然其中也有炫博逞才的因素。但在江西诗人、江湖诗人的诗学实践中,集句诗起到的积极作用是很明显的②。

集句诗的诗学意义——是诗学训练与创作的特殊形式。

第一,作集句诗本身就须储备很多前人诗句,在创作时根据所见和抒情叙事的需要予以调遣。

第二,在储备过程中和创作中还须对所储备诗句的含义深入揣摩,把握其内在诗意,这也是对前人创作诗歌的一种研究,有利于从中汲取其创作经验。

---

① 《江湖小集》卷九,文渊阁《四库全书》第1357册,上海古籍出版社1987年影印本,第68—69页。
② 严羽评王安石的集句诗,指出其所作之集句诗《胡笳十八拍》是"浑然天成,绝无痕迹,如蔡文姬肺肝间流出"。(《沧浪诗话校释》,第189页)实是要求集句诗达到弥合无间,水乳交融的境地。这实际是当时集句的诗人们的一般要求。郭绍虞在严羽所评之后释云:"按集句虽始于傅咸,而集句之风则至宋始盛。《王直方诗话》谓:'荆公始为集句,多至数十韵,往往对偶亲切,盖以其诵古人诗多,或坐中猝然而成,始为可贵。'蔡絛《西清诗话》亦谓:'集句至石曼卿然后大著,元丰间,王荆公益工于此。'沧浪所言或本此。但集句终非诗家所贵,黄庭坚目之为百家衣,亦非无故。"元陈绎曾之《诗谱》上云:"晋傅咸作《七经》诗(按:今存孝经、论语、毛诗、周易、周官、左传六首)……此乃集句诗之始。"(《沧浪诗话校释》,第190页)认为西晋傅咸之《七经诗》是最早的集句诗。其实集句诗与先秦"赋诗言志"的用诗方法是有关系的。仁宗朝的石延年、胡归仁,神宗朝的王安石,徽宗朝的葛次仲和林震,都擅长作集句诗。南宋集杜诗成为集句诗风尚。

第三，储备前人诗句是一种诗学实践，由读、记和分析揣摩把握古人抒情写意的方法，增加自己的诗学素养，提高自己的鉴赏与创作水平。

第四，创作过程中，结合身观感受调遣使用前人诗句，可以加深对前人诗句含义的深入理解，入于其中是为出乎其外做出铺垫。

第五，集句诗不是严格意义上的创作，严格意义上的创作必须有创造性，写出自己的思想感情。但集句诗能提供作诗参照，甚至可以在一定场合激发作者灵感。

第六，集句诗也为"夺胎换骨"、"点铁成金"提供基本素材，为生新变化提供原料。

以《江湖小集》卷一《释绍嵩江浙纪行集句诗》为例，所集诗句以晚唐诗人最多，中、盛唐次之，可以从侧面了解江湖诗人的诗法对象范围。

刘克庄《陈秘书集句诗》云：

> 昔之文章家未有不取诸人以为善。然融液众作而成一家之言，必有大气魄；陵暴万象而无一物不为吾用，必有大力量。……集句诗自半山，后他人为之戞戞其难。秘书君于此咄嗟谈笑而成，或咏物，或感时触事，或绝句或五六十字，杂取前人警句，无论小家数，若李、杜、韩、柳、欧、苏、黄、陈大宗师以皆俯首受令于旗鼓之下，其气魄力量固已关古今骚人墨客之口而夺之气矣！①

肯定了集句作为文学训练的形式，有利于"融液众作而成一家之言"，可以"陵暴万象"，可以有"大力量"，可以以其气魄"关古今骚人墨客之口而夺之气"。通过选择使用前人诗句，熔炼诗意，规模形容，养其力量气魄。集句是拟作的一种特殊形态，本质上是诗人读诗，学诗，用诗的一种训练。作为诗作文本来看，其创作性的意味不多，训练的意味突出。宋人好作集句，反映了宋代"三化"的实际程度。

---

① 《后村先生大全集》卷一〇八，参见吴文治主编：《宋诗话全编》，江苏古籍出版社1998年版，第8612页。

十、关于江湖诗社群的诗学品格

江湖诗学实际上是在对江西诗学的研究中发展充实的。林希逸《跋赵次山〈云舍小稿〉》云：

> 江西诗之冀北也，派家行而诚斋出。后村评中兴家数，以放翁比少陵，诚斋比太白，而文公昔尝病之。岂以其变化如浮云，激射如飞流，有非绳墨规矩可限者？（按，谓诚斋诗）然非病诚斋也，病学诚斋者也。今江西诸吟人，又多祖陶、谢矣。陶、谢，诗之典刑也，不假铅华，不待雕镌，而态度浑成，气味闲适，一字百炼，而无炼之之迹，学者亦难矣。白云（按，指江湖诗人赵崇嶓，号白云）以诗名江西。次山，白云之子也。余识白云于京师，而得兄于乡幕，乃以此编见示，自命曰《云舍小稿》，步趋陶、谢，而隐然有诚斋之深思。①

由此中可见，他对江西之"冀北"杨万里之诗学以及后来江西续派之自我调整诗学方向的路数都是十分了解的。其所提到的赵崇嶓（号白云）的学诗方向，亦属江西一路。林希逸夸赞其子赵次山诗，实是对江西诗学本身变创的肯定。其态度也是接受的，所以，即使也有反对江西诗学的激烈意见，但江湖诗学的充实发展都与江西诗学有关，也可以说都与江湖诗人在诗学主张上与江西诗学的对话关系有关。我们可以江西诗学为参照，来分析江湖诗学的特点与品格。

因江湖诗人的身份与生活经历，江湖诗社群的总体诗学也表现出具有其自身特点的理论色彩和特殊的诗学意义，也表现出一定的诗学风貌，我们把这种综合特征叫作诗学品格。首先，江湖诗学无论是在创作取材方面还是在师法范围方面，总体上都显得取径狭窄，境界不够开阔。从四灵开始，专师姚合、贾岛，到一般江湖诗人师法晚唐，虽然有所扩大，但其创作关注效法的范围还是

---

① 《竹溪鬳斋十一稿续集》卷一三，文渊阁《四库全书》第 1185 册，上海古籍出版社 1987 年影印本，第 687—688 页。

较为狭窄的。在诗学的广度方面,是边幅不宽广,堂庑不阔大。这也成了后人诟病江湖诗学的一个方面。如沈德潜即指出"四灵诸公"诗"方幅狭隘,令人一览易尽,亦为不善变矣。"①

其次,诗学主导下的创作在诗风上亦有纤丽细巧的特点,纤丽细巧在刻画事物方面是有善可陈的,但若形成一种滔荡汹涌的共同风气,就会显得单一枯燥,纤丽会成为纤弱,细巧也会成为细碎,易生弊端。加之气魄婉约,使其诗学本身的不足表现得很鲜明。这也是后世常诟诋江湖的一个主要方面。

其三,江湖诗学与诗风在总体表现方面,实际上包含着不同意见和不同风格的。尤其是江湖诗弊已然开始鲜明的时候。江湖诗人内部就有了不同甚至是相反的意见。这一点我们上文已有论述。有所弊就有救弊,就使江湖诗学在有内部矛盾的同时,表现出一定的自我修复与调整能力。总体上也显得有了开放性与包容性②。这是江湖诗学的一个十分突出的现象。他们内部的矛盾与总体上的共同性质并不抵牾。反映了江湖诗学本身的一个不容回避的问题,即松散零碎,系统性较差,尤其是在与江西诗学相比时,这个特点就十分鲜明了。同时,江西诗学有宗法,有着鲜明的师友渊源关系,而在江湖诗人及诗学理论内部,宗法与师友渊源的特点远不及江西鲜明③。

再者,江湖诗学亦与江西诗学一样,表现为苦吟的艰辛刻厉风气。这与他们重视学诗功力和重视诗歌技艺有关。当然,这种特点的形成与他们学诗时的对象——晚唐诗人诗学及诗风有关。这种特点的形成也与江湖诗人与晚唐诗人生活境遇的相似有着很大关系。

---

① (清)沈德潜:《说诗晬语》卷下,人民文学出版社1979年版,第235页。
② 江湖诗人亦往往参究江西诗学,一些一直归入江湖诗派的诗人,他们有时也被认为是江西派的继承。《江湖后集》卷一三黄敏求(字叔敏,修水[今属江西]人)《题陈贇谷、陈野逸吟稿》的:"谢却梅花吟课少,苦无心事恼陶泓。得君近日诗编读,增我晴窗眼力明。爽似暑风秋九夏,清逾夜月昼三更。后山衣钵尘埃久,赖有双英主夏盟。"(文渊阁《四库全书》第1357册,上海古籍出版社1987年影印本,第894—895页)谓"陈贇谷"、"陈野逸"能继承"后山衣钵",将其比作陈师道后学,可见他们不只是学习江西诗人,甚至是认为继承江西诗学了。
③ 江湖诗人方岳《黄宰致江西诗双井茶》(《秋崖先生小稿》卷三四)诗有云:"黄侯授我以江西诗禅之宗派,沦我以双井老仙之雪香。"提出"江西诗禅之宗派"这样的表述。似乎方岳认为自己与其江湖诗友们是承继黄庭坚所立的江西宗派。方岳为南宋中后期人,他此诗写与黄庭坚后人,所提出的"江西诗禅之宗派"是他也或许是他那时代的人们对江西诗社群的一种认识,同时也在某种意义上是对江湖诗人群体的一种认识,但他们缺乏江西诗学的诗友渊源脉络,并未形成作用明显的理论合力。

江湖诗学的这些品格表面上与江西多有相似,但实质上是很不相同的。尤其是江湖诗学在理论内部的章法、句法、用典以及诗学谱系总体的齐整性方面与合理性方面,都显得浮泛和片面。他们本为纠江西诗风之弊而起,但对江西诗论本身的合理性方面缺乏认识,以至在构建自己的诗学体系时将江西诗学的合理性内容也捐弃了,走上了容易生出新的弊端的诗学路线来救当前弊端的险路。本为救弊,结果又生出更为严重的弊端。

与江西诗学相比,江湖诗学在诗学的方向和具体对象上缺乏论证,其实质是因为他们在学识与学问功力上自知无法与江西诸人相比,有意识地规避了学习江西诗学选定的学诗对象。应该说江湖诗人对汉魏古诗、陶渊明、杜甫及其他唐代诗人也都十分尊重,但他们却避而不学,将学诗方向主要定在了姚贾晚唐一路,既不能得姚贾之学,也不能上跻姚贾之师韩愈的奇伟瑰奇,而恰恰是向下一路,走入了晚唐纤仄细巧的路线。晚唐李商隐、杜牧等人学杜,亦自有其笔力雄健深厚者。但江湖诗人们不学,也不愿意学,而是好学晚唐许浑、罗隐、韩偓、温庭筠的细巧纤丽之诗,弃高远而师切近,可谓自弃高明,甘居下僚。这种品格其实与江湖谒客之身份与其仰人鼻息的生活处境有很大关系,生活中缺乏志向,诗学上也会缺乏坚劲有力的理论力度。

《四库全书》中江湖诗人胡仲弓之《苇航漫游稿》之提要有云:

> 南宋末年诗格日下。四灵一派摅晚唐清巧之思,江湖一派多五季衰飒之气。故仲弓是编及其兄仲参所著《竹庄小集》均不出山林枯槁之调。如七言律中《旱湖》一首,当凶祲流离之时,绝无恻隐,乃云:"但使孤山梅不死,其余风物不关情。"尤宋季游士矫语高蹈之陋习。然吟咏既繁,性情各见,洪纤俱响,正变兼陈。苟非淫哇之音,即不在放斥之列。诗家有此一格,固不妨使之并存。①

其中对四灵一派的评价是有"晚唐清巧之思",评江湖则是"五季衰飒之气"、"山林枯槁之调",甚至在凶年之中,忍对百姓苦难背转身去,写出"但

---

① 《苇航漫游稿》提要,文渊阁《四库全书》第1186册,上海古籍出版社1987年影印本,第664页。

使孤山梅不死，其余风物不关情"这样的"矫语高蹈"，逃避现实的诗句。总的看，四库馆臣对四灵及江湖诗风的批判是准确的，也是极为深刻的。但我们必须承认，对江湖风气的批判，其实正始于江湖诗派内部戴复古诸人，他们全面地提出具体主张，力图修正江湖之弊，是江湖诗风中的健康、积极的理论力量。赵汝回、戴复古、薛嵎、刘克庄等都表现出对江湖诗风的批判倾向，也都表现出向江西诗学靠拢的特点。在南宋后期，四灵、江湖诗论在理论的系统性和力度方面是无法与江西诗论相提并论的。以至于发展到后来，江湖诗派内部也析离出了向江西诗学归拢的趋势。但也并非是简单的归拢，而是一种选择性的折衷。他们对江西的偏颇和过于细碎的法式是有批判的。故而他们实际上是融合了江西、四灵、江湖的主张，总体上也表现为对宋代诗学的总结，具有收煞收尾的意义，这在刘克庄身上表现得很充分。

同时，此处四库馆臣提出的"矫语高蹈之陋习"，也可以理解为诗社习气早期的一种形态。林希逸之《林君合四六跋》云："学贵自知。求知于人，未必以情告我。江湖诸友人人有序有跋，若美矣。或以其浅淡，则曰玄酒太羹；或以其虚泛，则曰行云流水；疏率失律度，则以瑞芝昙华目之；放浪无绳束，则以翔龙跃凤誉之。讥侮变幻而得者亦以自喜。"① 林希逸实际反映出的是江湖诗人评价诗作时的掖扬与交相标榜风气。这就接近于后来纪昀批评明代诗社时所说的"诗社习气"了。

另外，南宋后期，诗学本身已经在"三化"的总体历史氛围中发生着变化。交游、唱和、训练、炫才、投谒等的基本生活方式使这一时期的很多诗人以诗为生，以诗求名，文学成了直接关系生活的手段与职业。在这种背景中，诗学与诗本身就更具有了符号、象征的意义。这种境况会使诗学总体的品格染上油滑、实用、功利的色彩。这也是导致江湖诗学特殊品格的一个重要原因②。

---

① 《竹溪鬳斋十一稿续集》卷一三，文渊阁《四库全书》第1185册，第683页。
② 如孤介的刘过亦曾谒辛弃疾，并且有意投其所好。岳珂《桯史》卷二云："嘉泰癸亥岁（1203），改之在中都，时辛稼轩帅越，闻其名，遣介招之，适以事不及行，作书归辂者，因效辛体'沁园春'一词，并缄往，下笔便逼真。其词曰：'斗酒彘肩，醉渡浙江，岂不快哉。被香山居士约林和靖与苏公等，驾勒吾回。坡谓西湖正如西子，浓抹淡妆临照台。诸人者都掉头不顾，只管传杯。 白云天竺去来，图画里，峥嵘楼观开。看纵横一涧，东西水绕，两山南北，高下云堆。逋曰不然，暗香疏影，只可孤山先探梅。蓬莱阁访稼轩未晚，且此徘徊。' 辛得之大喜，致馈数千，竟邀之去，馆燕弥日，酬唱亹亹，皆似之，逾喜。垂别，赒之千缗，曰：'以是为求田资'。"、"以是为求田资"，成了许多江湖诗人从事诗歌创

出仕与归隐在古代文人的生存方式中都是相对稳定的形态，惟独江湖游处是介于二者之间的一种相对不稳定的形态。他们纠结于仕、隐二途，又趋炎附势，仰人鼻息，甚至曲行阿世，不顾廉耻，他们心灵也与漂泊不定江湖游踪一样漂游沉浮，这种江湖心态应与唐代士人交游风气与贬谪官员的被放逐感有一定联系，但在南宋终于成了一种身份类型与心理类型，后世文人的内心世界中，除了仕、隐二途外，也一直存在着这种飘游不定或奔走生计的江湖心态。这种心态反映了古代知识分子真实的深层内心。在游处江湖的文人心里也最能呈现出士人们的品性，最深刻地反映了古代知识分子"我瞻四方，蹙蹙靡所骋"①，不知路在何方的苦闷与迷惘。这种心态，在国势窘迫，经邦济世成为难以实现的理想时更强势地占据了文人的内心，也成为古代文人伦理人格的一种组成部分，其于诗学的影响未见如江湖诗人这般显著者。

十一、江湖诗社群的诗学交流与其诗学理论之关系

江湖诗社群的诗学交流活动与其诗学观念的交互影响并广泛播散是有很大关系的，这是我们了解江湖诗社群之诗学影响时必须要考虑的问题。

首先，江湖诗人们借助于各个诗社形成了很多诗人群体，并在这些群体组织中交流融通，相摩相荡，形成了趋于稳定的诗学理论和观念主张，并支撑其创作与批评活动，从而在诗坛上产生了影响。当其中有诗人有了不同观点时，也通过这种形式去交流意见，或者影响他人，或者受他人影响而修正自身。这样，江湖诗人的诗学理论具有了开放性与包容性。从总体上看江湖诗学具有内部的发展演变特点，比如赵汝回、赵令铄、戴复古、薛嵎、刘克庄等人，在其诗学活动中了解到了诗风的弊端与不足，于是将自己的修正意见通过群体性的诗社交流活动去传播出去，使江湖诗人们得以随时接触批评观点，进而在创作

作的目的，也成了他们谋生的手段。在这样的背景下，江湖诗人们的创作就成为谋求生活物资的手段，其表现出的品格自然无法致其高远，而显得轻泛油滑了。若如此，则江湖谒客们力效某人之作以博取名利，对形成一个时代的文风会起到很大的作用。这种作品是自主创作，还是文学生活化的特例，或是某种文学的生产或制造，都应成为批评史的关注点，在研究文学史时，要注意到把这类作品与文学史的关注重心和分析对象在文学理论批评的范畴内分辨清楚。

① 《诗经·小雅·节南山》，参见李学勤主编：《十三经注疏》，北京大学出版社2000年版，第825页。

与批评方面进行修正。这种理论体系内部的自我修正的能力与属性江西诗学也有,但相比较而言,江湖诗人群体更大,诗社活动更频繁,交流的规模也大很多,且江湖诗论本无江西诗论严密周整,其弊端也更明显,从而这种机制的出现就更有意义。这反映了我国古代文人群体活动对诗学理论在发展与完善方面的积极作用。应当说,在南宋"诗社习气"已经出现,但诗社群体对其理论的自我调整与修正的能力还是存在的,这源于南宋时期诗学理论的开放性与包容性机能还在起着作用,不同诗学主张的斗争与互补性兼有,这是诗社诗学理论可以不断调整自己、修正自己的理论环境条件。此外,在群体性的活动中,因江湖诗人们大多身份低微,在交流中也能惺惺相惜,彼此尊重,能够在宽松的交流氛围中包容和吸收不同的诗学意见和诗风,甚至改变自身。然而明代的诗社活动,却沾惹了浓厚的"习气",诗社活动本身附着着许多竞名争利和党同伐异的干扰性因素,文人之结社也多了许多功利的色彩,成员间不同诗学观点或是批评往往引不起足够的重视,对诗社中话语权的掌控心理与名利意识往往有着关联,同一诗社群体内部排斥不同意见,不同诗社群体内部争夺理论阵地,这也往往与争取时誉的心态有关。也就是说,诗社的排他性增强而包容性减弱了。再有,明代许多诗社的盟主位高权重,也因而有了唯我独尊,必欲凌驾旁人之上的心理而产生了固执木强的特点,对待批评意见就很麻木也不以为然了,使得诗学理论的自我修正能力减损,缺乏开创发展与自我充实的理论机能了。

其次,作为诗社群体,江湖诗社群的诗学辐射作用很强。江湖诗人们游走四方,甚至居无定所,寄人篱下,他们的诗社活动也往往零散短暂,随地而生,随时而散。但从另一个角度讲,这种随意短暂的诗社活动也随着他们的居处而绵延。于是,在他们所过之地,也总有诗社活动,总有交游的诗友,其创作主张也在绵延的诗社活动中持续并发生影响。同时,他们的诗友们相对变动着,他们的诗学观点也会在变动着的诗友之间传递播散。或是因认可而自觉传播,或是有争论而深化辨析,使诗学获得了更多地深入研究与传播的机会。同时,江湖诗人们的诗社活动也表现出了对诗学后进的培养作用,刚刚步入诗坛的年轻诗人在诗社活动中受到沾溉,接受理论的熏陶,对诗学的推广普及以及对诗人整体的理论水平与创作水平的提高都会产生积极作用。戴复古之于严羽的提点以及严羽本身诗学的完善成熟就是这种诗学培养机制的作用。江湖诗社群的诗学意义也包含这种理论辐射、传播与培养作用和效能。这也是诗社形式的群体性文学活动的积极力量，对古代诗学观念的普及和大众诗学水平的提高起到了非常重要的作用。

第三，江湖诗社群的开放性与包容性在诗社发展史中是非常可贵的

江湖游士奔走天下，惺惺相惜，又都能诗，可以轻松地组成诗社。临安陈起又热情开放，既为这些下层文人刊刻诗集，得以保存了大量南宋名位不显的诗作；同时他又慷慨大度，其影响力与亲和力也在江湖诗人的交往中渐及影响到其他诗人，又被这些诗人们带到其游历之地，在江湖诗社群大大小小的诗社活动中这种开朗大度的品格也会变成一种诗社群共有的品格与精神：即开放、包容和轻松活泼。同时这种精神与品格也影响到江湖诗人们的诗学理论上。从戴复古、刘克庄等人的理论中就可以明显地看到这一点。从中国诗社发展的历史来看，南宋时期的诗社是最健康开朗，也最具有诗学建树的。与元人相较，元代诗社之诗学有的就疏阔驳杂，有时也显得大气有余，精细不足，缺乏吐纳交融的气魄。与明人相较，也没有明代诗社水火不容的斗争内耗，没有那种吹捧披扬，全无实据的喧嚣习气。与清人相较，没有清人诗社的矫揉造作的缺失和雅致迂远的疏阔，也无清人市井诗社的俗气与杂乱，是诗社史上一个质的顶点和格调的巅峰①。

江湖诗社群从形式到内容都对元代诗社发展做了很好的铺垫。随着国破家亡，南宋覆灭的时代剧变的到来，很多南宋诗社的成员又延续了他们的诗社活动，从性质上，成就宋末元初一个极具爱国精神和民族精神的遗民诗社群体，谱写了诗社活动史上可歌可泣的一幕。

---

① 清四库馆臣《周此山先生集》（元代周权）的提要中就周权与赵孟頫、虞集、揭侯斯、欧阳玄、马祖常等唱和事后说道："是时文章耆宿，不过此数人，而数人无不酬答，似权亦声气干谒之流。然孟頫等并以儒雅风流照映一世，其宏奖后进，迥异于南宋末叶分朋标榜之私。……盖文字之相知，固未可以依门傍户论也。"南宋后期的诗社也渐渐有了这里所说的"分朋标榜之私"诗社习气开始产生不良作用。其实，南宋诗社活动中的"分朋标榜"是有共同的诗学依据的。他们在诗学主张相同的基础上相互砥砺劝勉，有利于形成共同的创作风气与主张，但也因他们的共同属性及其群体性，相应地产生了一定程度的排他性。即使江湖诗人的群体总的来讲还是较为开放的，但在四库馆臣看来，还是有欠缺的。

十二、对宋代诗社的总结：两宋诗社活动及其诗学理论的价值与意义

宋代是我国古代诗社发展最为成功也最有诗学价值的时期。在宋代文学的发展已经"三化"程度很深的时期来关照此时的诗社及其诗学意义，也是十分必要的。

首先我们来看宋代诗社总体的特点。

其一是诗社的繁盛。这表现为：一、宋代诗社很多，其具体数目难以表述准确。但分布地域广，南北各地，东西各都会及文人居处、经行之所，都曾有过诗人们组结诗社的活动。二、涵盖的人数较多，参与的诗人也各有其阶层，甚至有了一般市民参与的诗社。上至高级官僚士大夫，下及江湖文人、市井细民都参与诗社活动，也反映了诗社活动的普遍性。三、很多诗社在活动中表现为共同的创作倾向和趋同的诗学理论，形成了诗社诗学的群体特性。对宋代诗歌创作与诗学理论格局的生成、发展与变化都产生了极大影响。四、宋代诗社多是形式灵活多样，活动丰富充实的诗社组织，也多与某种文学理论观念的存在密切相关。欧阳修洛社有复兴古文，开创宋诗局面的意义；黄庭坚之诗社活动有激扬诗坛风气，开创了江西诗学系统的历史价值，江西诗社群则深化并发展了山谷诗学，成为宋代诗学的轴心，江湖诗社群则调整、充实了宋代诗学的理论布局和基本内涵并延续了宋代诗学理论的基本精神。五、与后世诗社相比，宋代诗社活动中政治斗争性质与政治集团性的色彩并未因宋代有过激烈残酷的党争而显得突出，反而是诗学研究与争鸣的成分较为突出，这与宋代文学"三化"程度的加深有关，诗社活所具有的创作训练化，生活文学化，文学游戏化在前代诗社传统的基础上表现得也较为突出，但诗学研究的成分并没有受到影响，而是紧密结合在一起。

其二，宋代诗社与诗学的关系极为密切。我们可以以诗学理路的判别为依据研究宋代诗社。江西诗社群、江湖诗社群都可以其诗学本身为出发点为其归类并进行剖判与研究。同时，这些诗学诗社（或诗学型诗社）本身就是诗学观点的孕育、发展和壮大的温床与孵育基地，并提供展开诗学理论实践的舞台。这个问题我们也可分两个方面予以阐述。对诗风的影响方面，诗社作为诗学理论的生成平台与实践舞台，聚集了观点相同相近的诗人，共同展开创作活动，在活动中相互影响,相互促进,激扬起一代诗风。在这个过程中,诗社对诗风的孕育与促进作用是非常强大的,也是我们研究文学史时不应忽略的。在理论批评方面,宋代诗社也为某种诗学理论的生成,传播与扩大影响提供作用平台,是宋代诗学理论发展变化的动力因子。以江西诗学与江湖诗学为例来看,都是借助诗社来凝聚力量并传播流传,从而干预诗学格局,影响总体诗学理论的走向。宋代是中国古代诗学形成范式的重要时期。[①]也是各种理论相互融通交流形成稳定、开放和包容的诗学体系的时期。在这个过程中,诗社所起的作用也是十分巨大的。其作用是经由诗社—诗社群以形成,并由各诗社及其成员播散开去,从而普及了诗学,培植了力量,为民族诗学总体面貌和特点的形成做出贡献。

其三,宋代诗社对诗人创作风格的形成与理论观念的形成与发展都发挥出了很大的作用。这首先是因为宋代诗人普遍都参与诗社活动,都在诗社活动中受到诗学理论的影响,并在诗社创作中提高了诗艺,掌握了诗学的基本方法和创作的基本技巧,并在创作中遵循了总结出的诗学规则,从而形成了宋代诗学的基本品格。诗社作为诗学理论与批评的策源地,在影响一代诗学品格的同时,也培育了诗人,造就了诗学的后继人才。黄庭坚、韩驹、曾几、吕本中、杨万里以及戴复古、刘克庄等人诗风的形成及其诗学理论的发展成熟都与他们在诗社受到的教益有大关系。宋代很多诗社又与诗人们间的师友渊源交叉融合在一起,这种诗社中的诗人会受到更有体系也更为完善的诗学理论的教育和熏陶,其创作训练与批评训练也会在一定的诗学理论指导下展开,在这种情况下诗社的诗学作用就显得极为突出了。此外,宋代诗社对诗学理论传播的作用也很突出。宋代诗人随其仕履的变动,会将其在诗社活动中受到的诗学教育传播出去,他们有时会在不同的地方组织诗社或参加不同诗社的活动,并由此去进一步去教育影响其他诗人,这些受到影响的诗人又会成为一个作用单元将诗学理论再加以传播,宋代诗学的传播过程很多是经由诗社完成的。诗社也在诗学的传播链条中起着结点与枢纽的作用。江西诗派的诗人及其组成的诗社群的典

---

① 关于我国古代文学的范式问题,可参看郭鹏:《论〈文心雕龙〉对古代文学接受范式的形成所起的作用》,载《文心雕龙研究》第八辑,河北大学出版社2009年版。

范意义是其他时代的诗社活动都无法比拟的。我们研究古代诗学理论的传播问题时，不应忽略诗社在其中的重要作用。

总之，在中国文学批评史与中国诗社史中，宋代的诗社活动及其内涵、特点和历史意义都具有特殊的价值，是其他时代诗社难以与之相提并论的。后来诗社成为文人们稳定的活动形式，也成为文人的一种生活方式，也几乎可以说成了文人的存在方式，但也越来越多地沾染上了文学创作与批评上的"习气"，也越来越有了文学之外的因素在左右诗社的存在并影响其性质。这也决定了我们不能像宋代这样以诗学为依据和出发点去研究后世的诗社。反过来讲，惟有宋代，诗社与诗学才有着这样的良性互动关系，其他时代已经没有或淡化了这种关系，我们后文中会予以阐述。

附论一：关于宋金间的文学交流

宋金对峙，双方文学各自发展并形成鲜明的特色。历代对宋金文学的研究都将重心置于梳理各自本身的发展脉络上，或是偏重于对双方作家的具体研究，而对双方彼此间的文学交流多有忽略。事实上，宋金虽畛域不同，而书籍、作品及文学思想的交流是切实存在的，只有了解这种交流的实际内容和影响，才能更为客观地评价双方文学发展的路线选择以及成就和贡献。尤其是从文人群体活动和文学交流的角度予以观照，去发掘宋金间文学交流的意义，用以说明古代文人活动与文学交流稳定且强大的存在力量。这对于我们理解诗社存在的依据与价值是有参鉴意义的。

宋室南渡后，南宋与金的对峙长达百余年。民族矛盾以及在政治、军事上的对立使得双方长期处于敌对状态之中。不过这种敌对关系并不意味着彼此隔绝、无通问信。实际上，南北的分治，并未阻滞双方的人员往来与各种交流。除官方的聘使之外，民间的工商业往来也很频繁，这在文献上多有记录。但提及金与南宋文学，历来研究者都认为各成体系，都有自己的特点和风格，于二者之间的交互作用，似未充分注意，或持否定态度。赵翼《瓯北诗话》卷十二"南宋人著述未入金源"条，云："宋南渡后，北宋人著述有流播在金源者，苏东坡、黄山谷最盛；南宋人诗文，则罕有传至中原者。——疆域所限，故不能即时流通。"① 由赵翼而下的这种观点几乎成学界共识，不只少有异议，甚至罕有关注宋金间文学交流者。其实赵翼此论是稍显武断的，经笔者翻检相关文献，发现许多宋金间文学交流的线索，兹就此且做说明并略论述之。

如果说金代初期在所谓"借才异代"时期留仕金朝的宋人所进行的文学活动并不能算作文学交流的话，后来宋金双方的分治局面渐趋稳定，虽然时有战争，但使节往来也颇为繁多，《金史》的卷六十一到六十三是《交聘表》，专门记录了双方的使节往来；《宋史》中的类似记录也很多。这些使节的活动的目的一般是"贺正旦"、"贺生辰"、"告即位"、"通问国信"等外交礼节上的往来，虽然没有文化交流的专项任务，但频繁的使节往来势必会对双方文学的传播起到作用。现在无法知晓使节们是否要携带书籍，但他们会在出使过程中记录出使历程，或者完成使任之后将所见所闻付诸文字并交印流播，这就是文学交流了。比如很多宋人使金者都有记述使金历程的"使金诗"，南宋周麟之《海陵集》中的外集就收了他的许多"使金诗"。卫博《定庵类稿》中也收了他出使金朝的诗。许纶《涉斋集》中亦有此类诗篇。影响较大的是范成大《石湖集》中的七十二首使金诗，但大都是记述行程、咏怀古迹、民风之类的内容，虽不能由中窥见有关文学交流的信息，却有可能承载某种形式的交流。据南宋赵与时《宾退录》卷二记载：平阳府人毛麾有《平水老人诗集》十卷，行于金境，"榷商或携至中国，余偶得一帙，可观者颇多。"② 看来，金人诗作，抑或由书商贩至南宋，书籍的流通没有因为政权的对立而彻底断了往来。至于毛麾，现其集已不存，据《中州集》卷七，麾字牧达，平阳（今山西临汾）人，金世宗大定十六年（1176）进士，曾任校书郎、知沁州，有《平水集》行于世。③《中州集》录毛麾诗七首，其中七绝一首，其余为工整的七言律诗，总体上风格清新，并无矜炫学问之气，赵与时对其诗的欣赏，因毛氏诗集已佚难窥全豹，还不好揣测是否就这种风格而论，但文学交流的存在是显而易见的。

又比如南宋朱弁，曾使金被留达十七年，他在留金期间有很多诗作，《中州集》中收录其诗三十九首。以南宋使者的身份在北方写诗，并被北人收录，

---

① 郭绍虞编选，富寿荪校点：《清诗话续编》，上海古籍出版社1983年版，第1346—1347页。
② （宋）赵与时：《宾退录》，上海古籍出版社1983年版，第18页。
③ 姚奠中主编，李正民增订：《元好问全集（增订本）》，山西古籍出版社2004年版，第888页。

其诗一定在北方有过传播的经历。朱弁这种情况应是一种特殊形式的文学交流方式,他是朱熹的叔父,在进行交流时必定有不同寻常的影响因子,不可忽视。更何况朱弁在留金期间还曾著有《风月堂诗话》。《四库提要》认为这是他在建炎元年使金(1127)"羁留十七年乃还,则在金所作也。末有咸淳壬申月观道人跋称得于永城人朱伯玉家,盖北方所传之本,意弁使金时遗其稿于燕京,度宗时始传至江左。"《风月堂诗话》今存,朱弁在燕京时作此诗话,经过多年从北方流传到了南方,想来一定对金宋两地诗人有所影响。而《提要》所谓"度宗时始传至江左",则亦可知当时文学方面的书籍是可以流通于南北的。《风月堂诗话》的序虽说到自己居于"风月堂"中"每客至,必戒之曰:'是间止可谈风月,舍此不谈,而泛及时事,请醨吾大白。厥后山渊反复,兵火肆虐,堂于兹时均被赭垣之酷。风月虽存,宾客安往?予复以使事羁绊漯河(按,发源于河北境内桑干河或永定河一带,下游至卢沟桥地区。一说,发源于山西雁门一带。是朱弁曾羁留于北京市丰台一带地方。),阅历星纪,追思曩游风月之谈,十仅省四五,乃纂次为二卷,号《风月堂诗话》。'"云云,可见该诗话实为朱氏留北期间与友人谈诗论文之记录。他的友人中一定多为北方本地的文人。朱弁诗话中所提到的内容也很可能在他追记成书前早已流传开去了。虽然现在看来该书内容并未涉及南宋及金人诗作,而是"多记元祐中欧阳修、苏轼、黄庭坚、陈师道、梅尧臣及诸晁遗事"(《提要》语)。可能因怕触犯"忌讳",未论当时诗人,这可能也是朱弁作《曲洧旧闻》只是记述北宋遗事而不涉及时事的原因。然详读是书,实有与北人切磋交流诗论内容,如卷下有云:

  有论诗者曰:"老杜以稷契自许而有志于斯人者,故于《茅屋为秋风所拔歌》其词云:"安得广厦数千间,大庇天下寒士俱欢颜。"又云:"呜呼,眼前何如突兀见此屋,吾庐独破受冻死亦足"。意在是也。予曰:"孟子论士"穷则独善其身,达则兼善天下";又言得志事虽不两立,而穷能不忘兼善,不得志而能不忘泽民,乃仁人君子之用心也。白乐天《新制布裘诗》云:"安得万里裘,温暖被四垠",亦其例也。然韩退之作《谢郑群簟诗》则曰:"侧身甘寝百疾愈,却愿天日长炎曦"。其意与子美乐天绝不相似。然退之岂是无意于斯人者？但于援毫之际偶输二老一着耳。"客大笑曰："退之文章不喜蹈袭前人，其用意岂出于此耶？抑为人木强，于吟咏犹然，果如欧梅所论也"。客或谓予曰："篇章以故实相夸起于何时？"予曰："江左自颜谢以来乃始有之，可以表学问，而非诗之至也。观古今胜语，皆自肺腑中流出，初无缀缉工夫。故钟嵘云："经国文符，应资博古；撰德驳奏，宜穷往烈。至于吟咏性情，亦何贵于用事。"思君如流水"，既是即目；"高台多悲风"，亦唯所见；"清晨登陇首"，羌无故实；"明月照积雪"，讵出经史？其所论为有渊源矣"。客又曰："仆见世之爱老杜者尝谓人曰：'此老出语绝人，无一字无来处'。审如此言，则词必有据，字必援古，所由来远有不可已者。"予曰："论事当考源流，今言诗不究其源，而蹠其末流以为标准，不知《国风》、《雅》、《颂》祖述何人。此老句法，妙处浑然天成，如虫蚀木，不待刻雕自成文理，其鼓铸熔泻，殆不用世间橐钥，近古以还，无出其右，真诗人之冠冕也。如近体格，俯同今作，则词不遗奇，杂以事实，掇英撷华，妥帖平稳，殆以文为滑稽，特诗中之一事耳，岂见其大全者耶？予每窃有所恨，故乐以嵘之言告人。吾子诚嗜诗，试以嵘言于爱杜者求之则得矣。"①

由这段记录可见，朱弁与北方友人论诗，涉及诗人内心伦理境界和人文品格。又论到作诗之源流宗尚，大要仍以杜甫为宗，却明确反对使事用典，也反对趋时媚俗。其理论有一定深度。可以看出，他既非江西余派，也不主张体格平庸；既要求诗歌具备一定的学理渊源，又反对妥帖平稳和讲求辞藻。这种理论是有针对性的，至于其对金代诗论的影响还可进一步研究，但朱氏此论必定有其具体原因，他所说的"近体格"也不能就排除是指当时金源诗人的某种诗风。总之，朱弁诗论的产生会进入文学交流领域并发挥一定的作用。金人王若虚就不同意朱弁关于江西诗学与西昆诗风的见解，详后文。再比如，从宋金文学交流的视角看，月观道人所作的《风月堂诗话跋》也颇值得重视，其语云："右《风月堂诗话》二卷，得之于永城人朱伯玉家，断烂脱误，盖北方所传本

---

① 陈新点校：《冷斋夜话 风月堂诗话 环溪诗话》，中华书局 1988 年版，第 114—115 页。

也。予尝见北客元遗山词,谓刘九伯寿骑牛吹笛,使二草和之,意其得之山中故老,本无所出也。今其事乃具于此,信乎读者之不可以不博也。故为钞之椟中,而识于篇末如此,咸淳壬申嘉平月交年节月观道人志。"① 其中提到元好问词的"骑牛吹笛"之典本不知出处,而观《风月堂诗话》才知是唐代"洛阳九老"之一的刘伯寿故事,似有认为元好问曾读此书的意思。可见元好问的作品至月观道人作跋时也已传至南邦,并已成为南宋诗人研究的对象,按,"骑牛吹笛"事在元好问诗中的《同希颜钦叔玉华谷还会善寺即事二首》的第二首,其诗云:"诗翁彻骨爱烟霞,别似刘君住玉华。铁笛不曾从二草,头巾久已挂三花。"② 此诗用典较僻,若非专门纠索,实是难解。所以月观道人认为元氏或受《风月堂诗话》的影响是有一定道理的。而跋中所说的"咸淳壬申"是宋度宗赵禥咸淳八年,即1272年,当时虽金朝已亡,但南北依然出于军事对立之中,与宋金对立的局面相似,文学书籍的交流仍未阻绝。

类似范成大、朱弁出使后有专门记述的还有一些,如南宋陈振孙《直斋书录解题》卷七提到的这类著作还有:何铸《奉使杂录》、范成大《揽辔录》、汪大猷《使金纪行》(或曰《北行日录》)、姚宪《乾道奉使录》、郑伊《奉使执礼录》、余嵘《使燕录》等。这些使者通过自己的记述将北方的风物民情传播到南方,这仍是使者作为交流媒介的一种形式,其中或带有文学的信息,比如南宋洪皓在记录其使金被留期间见闻的《松漠纪闻》中也曾引录了一些女真统治者所作的朝廷应用公文,其文及所包含的文学信息也会随其记录在南方有所流传。

我们翻检北人著作,也可以找到当时文学交流的一些线索。如跨越金元之交的刘祁在其《归潜志》卷八中提及李纯甫"晚甚爱杨万里诗",则可见出南宋大诗人杨万里的诗已传播至北方,北人可以充分研读甚至模仿。③ 金代诗人李治在其《敬斋古今注》卷八也有云:"杨诚斋诗句句入理,予尤爱其送子一联云:'好官难得忙不得,好人难做须着力。'着力处政是圣贤阶级。若夫浅丈夫,少有异于人,必责十百之效于外,一不我应,悻悻然以举世为不知己,方

---

① 陈新点校:《冷斋夜话 风月堂诗话 环溪诗话》,中华书局1988年版,第116页。
② 姚奠中主编,李正民增订:《元好问全集(增订本)》,山西古籍出版社2004年版,第351页。
③ (金)刘祁著,崔文印校:《归潜志》,中华书局1983年版,第87页。

扼腕之不暇，顾肯着力于仁义乎？故终身不能为好人。"①（按：杨万里诗出自《大儿长孺赴零陵簿示以杂言》，并非其名篇，今《诚斋集》卷二十八收录此诗，是此诗当时已流入北方。）李治这里就是对杨万里诗句含义的发挥和感慨了，可见，他对杨诗的了解也是很深入的。又如《中州集》卷四在介绍李纯甫时又云："（李）著一书，合三家为一，就伊川、横渠、晦庵诸人所得者而商略之，毫发不相贷，且恨不同时与相诘难也。"提到李纯甫曾读过包括朱熹在内的理学家的作品，看来朱熹的思想也已流传至北方并产生影响。②

元好问《遗山集》卷三十六的《新轩乐府引》有云："自今观之，东坡圣处，非有意于文字之为工，不得不然之为工也。坡以来，山谷、晁无咎、陈去非、辛幼安诸公，俱以歌词取称。"③其中提到了辛弃疾的词，认为辛词与其他诸人的词"吟咏情性，留连光景，清壮顿挫，能起人妙思。"如果不是辛词流传至河朔，且元好问曾认真读过的话，是不会有如此评语的。稍晚出的郝经《陵川集》卷二十一《祭遗山先生文》又云："呜呼！先生雅言之高古，杂言之豪宕，足以继坡、谷；古文之有体，金石之有例，足以肩蔡、党；乐章之雄丽，情致之幽婉，足以追稼轩。"④将元好问的词与辛弃疾相比。当然，郝经使宋被羁十余年，他对辛词的认识未必能充分说明辛词在北方有广泛的传播，但也不能否认辛词影响扩张至北方的可能性。所以，我们认为，杨万里、辛弃疾的作品已经通过一些渠道流于金源并产生了一定的影响，这是目前相关研究中有所忽略的。同样，辛弃疾少年时在北方曾与党怀英同学于刘岩老，后来离金入宋，自然带去北方的文学信息，这也应该是文学交流研究应予以充分考虑的。

再者，陈衍《金诗纪事》卷十三"闺阁类"载金朝女子张素娥的三首《采菱诗》，并引《全金诗》按语云："三诗亦在宋张宣公栻《南轩集》中《城南二十咏》内。"⑤至于南宋张栻为何将此诗编入自己的集中，当有因由，但北方

---

① 吴文治主编：《辽金元诗话全编》，凤凰出版社 2004 年版，第 461 页。
② 姚奠中主编，李正民增订：《元好问全集（增订本）》，山西古籍出版社 2004 年版，第 870 页。
③ 姚奠中主编：《元好问全集》，山西人民出版社 1990 年版，第 39 页。
④ 吴文治主编：《辽金元诗话全编》，凤凰出版社 2004 年版，第 587 页。
⑤ 陈衍辑撰，王庆生增订：《金诗纪事》，上海古籍出版社 2003 年版，第 408 页。

第二章　江西诗社群、南宋江湖诗社群及其相关诗学问题

妇女之诗流入南方也是交流存在的体现。又如《金诗纪事》卷十三的"燕军士诗"之后的注云："《赠订辽诗话》引《轩渠录》：'绍兴辛巳，米忠信夜于淮南劫寨，得一箱箧，乃是燕山来者，附书十余封，多军士妻寄夫者，内一纸无他语，止诗一首云云。'"①（王庆生加按语云："辛巳乃金大定元年，完颜亮是年南侵。"大定为金世宗完颜雍年号，大定元年即1161年，完颜亮是年南侵并被部将杀死。当时分裂已久，此诗当为典型的交流成果。）战争中的物品交换，往往内含文学交流的可能性，宋金战事频仍，于中定有文学交流的机会，更何况战争俘虏或被掳掠的人口中或有具备文学素养之人，他们会成为交流的媒介，这是对峙局面下文学交流的一种常有形式。《金诗纪事》同卷还有《题关中驿舍壁二首》诗，下引南宋陈岩肖《庚溪诗话》卷下所云："靖康之变，中原为房窃据，当时文人胜士陷于彼者不少，绍兴庚申辛酉，河南关陕之地暂复，有自关中驿舌壁间得二绝云云。"②白居易《与元九书》中说自己的诗流传很广："自长安抵江西，三四千里，凡乡校、佛寺、逆旅、行舟之中，往往有题仆诗者。庶、僧徒、孀妇、处女之口，每每有咏仆诗者。"③提到了当时诗歌流传的渠道和方式，这或许是古代诗歌流传的普遍化形式。虽然宋金处于敌对状态，但彼此的各种交流仍在继续，乡校、佛寺、逆旅和行舟中题写的诗句以及往来人员的言语交往都可能为文学交流提供机会。而宋金间拉锯式的边界冲突中记录下来题留于墙壁上的诗歌应该不仅此例。相似情况如《金诗纪事》同卷中还有"题襄阳光孝寺壁"诗的注语云："《宋稗类钞》卷二十：'辛卯岁，北来人数辈寓于襄阳府光孝寺，有一人题诗于壁云云。'"这又是人员往来的留题使文学交流得以发生的一个例子。总之，现在虽然对宋金文学交流的具体情形并不十分清楚，但至少可以肯定这种交流是可以随使节、战事或各种人员往来而发生发展的，南北文人也可从交流中领略对方文学进展的状态和风貌，事实上文献中此类记载在有之。兹以金代最有学问根柢的王若虚为例来予以说明。《四库提要》评价王若虚《滹南集》时说："然金元之间学有根柢实无能出若虚右者。"王若虚笃志力学，著述丰富，今观其集中既有《五经辨惑》之类的学术

---

① 陈衍辑撰，王庆生增订：《金诗纪事》第408—409页，上海古籍出版社2003年版。
② 陈衍辑撰，王庆生增订：《金诗纪事》上海古籍出版社2003年版，第411页。
③ 顾学颉校点：《白居易集》卷四五，中华书局1979年版，第963页。

著作，也有诗赋类的个体文学创作。研究王氏的征引资料应该帮助我们理出一些南北文学交流的线索。综观《滹南集》，全书频繁地提到"晦庵"，竟达三十四次之多，且大都非泛泛提及，而是在辨析学问时涉及较深学理时的引用。可见朱子之学在北方已产生很大影响而且进入了文人学者的研究视域。又《滹南集》卷三十四曾三次征引南宋洪迈《容斋随笔》，由此可见，与王氏时距并不远的南宋文人作品可以流入北方。南北隔阂在文化上，并不像印象中那样畛域分明。

王若虚《滹南诗话》中提及的南宋诗人和诗歌理论方面的作品就更多了。《滹南诗话》卷一两次引用了南宋胡仔《苕溪渔隐丛话》，按，《苕溪渔隐丛话》的前集撰成于南宋绍兴十八年（1148），后集撰成于南宋乾道三年（1167），全书均撰成于南宋，故王氏所读便当然是由南宋传至北方的，金宣宗南渡汴梁，地靠江淮更近，书籍文献的交流更方便了，王若虚的时代读南宋书籍应该不是什么难以做到的事。此外《滹南诗话》卷一和卷二还引到了"吴虎臣《漫录》"的论诗内容，吴虎臣即南宋吴曾，著有《能改斋漫录》，吴曾生卒年不详，但绍兴间曾出仕。按《能改斋漫录》成书于绍兴二十四年到绍兴二十七年之间（1154—1157），后因书中内容涉及宋宗室好尚僻事，曾被禁毁。宋光宗绍熙元年（1190）京镗删去相关内容才得以重新流通。因此王若虚所读当是京镗删节本。像这种有删节经历且内容驳杂的书籍能像朱熹的著作一样进入北方，可以揣测当时榷商书贩或是往来人员携带书籍的种类应该是十分丰富的。另外《滹南诗话》卷二引到《巩溪诗话》评苏轼诗句的内容。《巩溪诗话》为南宋黄彻所撰，故此书又为文学交流的又一例证。《滹南诗话》卷二有云："郑厚云：'魏晋已来，诗唱和，以文寓意；近世唱和，皆次其韵，不复有真诗矣。诗之有韵，如风中之竹，石间之泉，柳上之莺，墙下之蛩，风行铎鸣，自成音响，岂容拟议。夫笑而呵呵，叹而唧唧，皆天籁也。岂有择呵呵声而笑，择唧唧声而叹者哉？'"王若虚虽认为郑厚此论"似乎太高"但也认为其说有理，认为次韵之作是"作者之大病"。[①] 查郑厚此人，为南宋大学者郑樵之兄，著有《艺圃折衷》，已佚，但也可见南人之诗论主张已经进入了北方，参与了北人的

---

① 丁福保辑：《历代诗话续编》，中华书局1983年版，第515页。

第二章　江西诗社群、南宋江湖诗社群及其相关诗学问题　617

诗学理论构建。又卷二有云："近读《东都事略·山谷传》云云……"查《东都事略》，为南宋王称所撰，多记述北宋史事，王若虚征引此书，是此书亦已入北。《滹南诗话》卷三有云："《竹庄诗话》载法具一联云云……"，《竹庄诗话》为南宋何汶所撰，王氏已可得而读之，此又为一例。卷三还有云："朱少章论江西诗律，以为用昆体功夫，而造老杜浑全之地。予谓用昆体功夫，必不能造老杜之浑全，而至老杜之地者，亦无事乎昆体功夫，盖二者不能相兼耳。"①朱少章即朱弁，其论亦见朱弁作于留北期间的《风月堂诗话》，王若虚不同意朱弁观点，特别予以论述。可见南宋人朱弁的诗论在北方还是有影响的。同样是卷三还有这样一段文字："'且食莫踟蹰，南风吹作竹'此乐天《食笋》诗也。朱乔年因之曰：'南风吹起箨龙儿，戢戢满山人未知。急唤苍头斸烟雨，明朝吹作碧参差。''年年乞与人间巧，不道人间巧更多。'此杨朴《七夕》诗也。刘夷叔因之曰：'只应将巧畀人间，定却向人间乞取。'此江西之余派，欲益反损，政堪一笑。而曾端伯以乔年为点化精巧，茆荆产以夷叔为文婉而意尤长。呜呼！世之末作，方日趋于诡异，而议者又从而簧鼓之，其为弊何所不至哉！②此处提到的茆荆产为茆璞，为王若虚之友。他们评价白居易与朱乔年（北宋人）的诗句，引述了刘夷叔的观点并有所认同。刘夷叔，《宋史》无传，据南宋魏齐贤、叶棻所编的《五百家播芳大全文粹》说他字望之。南宋李石《方舟集》卷十五《王承信墓志铭》中说："吾友正字刘夷叔"，提到他曾作过"校书郎国子正"。还有南宋李心传《建炎以来纪年要录》有一些刘望之的记载，可以肯定王若虚提到的刘夷叔是南宋人无疑。刘夷叔在当时并非名望很高的作家，其诗传至金源，使我们可以窥见当时书籍交流的广泛与规模。这段话中的曾端伯是南宋人曾慥，端伯为其字。曾慥有《高斋诗话》，已佚。不过王若虚当时是读到了这部南宋诗论著作的。

总之，由王若虚的征引情形可以认为，宋金间的文学交流是切实存在的，这种交流的内容和形式尚不能十分清楚地勾画出来，但使用同一种文字进行创作的文学实际上根本不可能杜绝其交流和传播，也不会因为双方的法令条文而

---

① 丁福保辑：《历代诗话续编》，中华书局1983年版，第524页。
② 丁福保辑：《历代诗话续编》，中华书局1983年版，第524—525页。

被屏蔽阻绝。双方的文学交流固然会因为种种原因有所不便，或因某些作品的思想倾向而难以被相互认同，如陆游的某些诗中对北方民族的歧视性称呼实际上也未必会被北方汉人所乐于接受，元好问即一直被视为爱国诗人，其感慨所系之国自然不是南宋，他是北方汉族士人的代表，自借才异代的时代结束后，毕竟这些汉人都是认同金源的。所以陆诗之在北方会触犯很多政策和心理上的忌讳，虽然金人周嗣明亦号"放翁"，却难以找到他是仰慕陆游或是受其启发。研究宋金的文学交流不提及这种情况而奢谈交流是不客观的。元好问的《自题中州集后》的五首诗第一首有云："若从华实评诗品，未便吴侬得锦袍。"可见他对金源一代诗歌成就的自信，也可看出他对南宋诗歌是有了解的，其另辟蹊径、不为人后的论诗气度和成就感在金源文人中也是很有代表性的。王若虚自然也是如此。研究宋金文学交流是深入理解当时双方文学发展和理论建设的客观要求。尤其是金代，自始至终都有自己的特色，即使南渡后也能坚持走自己的道路而不跟从南人，这与同样处于南北对峙局面下的南北朝时期是不同的。"北地三才"均追拟南朝文风是文学史的共识。而金人坚持自身特色是自觉的理论选择的表现，如果不承认当时的文学交流的存在而论及金代文学特色，就抹杀了金人在文路选择上的自觉性，也不会理解他们在面对北宋、南宋文学成就的时候如何生成自己关于中原文学本位的思考和具体实践，因此，在研究古代分裂时代，尤其是十二、十三世纪的文学史时，以民族政权或疆域为界而自说自话的做法是片面和有失公允的。在文学交流的话语语境之下，北宋诗社繁兴的局面在北方和南方都得到了延续。跨域地域的文学交流与文人活动依旧存在，这一时期的诗社活动也是如此。

与南宋对峙的金朝统治地区也有诗社活动，但其诗社活动与金代诗学理论的发展关联不大，倒是在金王朝灭亡后的一段时间里，以"稷亭二段"为代表的遗民性质的诗社非常具有历史意义，它是后代众多遗民诗社的早期代表，对后世的诗社活动产生了深远的影响，尤其是在与金亡相似的时代背景之中。有必要对该诗社的一些情况做一番考述。

附论二：稷亭二段之诗社活动及其历史意义

金朝灭亡后，隐居于河津龙门山的段克己、段成己兄弟曾与当地的一些下层文士结成诗社,并较为频繁地展开了一系列的诗学活动。他们都是金代的遗民诗人,该诗社也成为当时一个由遗民诗人组成的诗人群体。二段以诗社形式结交文士,以名节相砥砺,通过诗歌(也有词作)抒情写意,表达对故国的思恋和对人民遭受战争苦难的忧伤,因此,二段诗社也成为当时金源文人书写爱国主题的一个典型的群体性诗人代表。他们的创作反映出在易代之际正直文士的时代情绪和共同心态。他们既悼惜国家覆亡,又渴盼尽早结束战乱,实现和平;他们既在战乱中安贫乐道,又对百姓遭受的巨大灾难不能释怀。他们使遗民的爱国心理与隐士的峻洁人格结合起来,并通过诗社成员间同气相应的相互作用而扩大影响,使遗民文学成为金元之际的文学主流。他们在中国诗学史上的价值其实不仅在于他们代表了当时较为普遍的遗民心态,而在于他们第一次以群体性文学活动的形式表达爱国情怀,唱出了金朝政权覆亡后的时代悲歌,同时也能站在历史的高度上呼唤和平、控诉战争,从而规避了隐居诗人忘却现实、隔离世事的狭隘性。二段诗社是该时期遗民群体的一个缩影,从诗社活动层面又开宋末元初大量遗民诗社的先河。总之,段氏兄弟以诗社的形式感召同道,以气类相推毂,形成了文学史上一种新的具有特殊意义的文人群体活动的类型。从金末以后,他们开创的这种遗民诗人群体活动的形式便在相似的历史背景中频频出现,成为文学史上的一种特有现象,因此对与二段诗社有关的一些问题有深入发掘研究的必要。

段克己,字复之,号遁庵;段成己为克己弟,字诚之,号菊轩。段氏兄弟为金朝河东南路绛州府稷山县(今山西稷山)人。据王庆生考证,段克己生于金章宗承安元年(1196),段成己生于承安四年(1199);段克己卒于蒙古宪宗元年(1251),段成己卒于元至元十九年(1282)[①]。二段于金宣宗兴定二年(1218)赴汴京参加科举考试,得礼部尚书赵秉文赏识,并有"二妙"之誉[②]。今《二妙集》前有元人虞集所作《河东段氏世德碑铭》,其中有云:"克己、成己之幼也,礼部尚书赵公秉文识之,目之曰'二妙'。"[③]而顾嗣立《元诗选》二

---

① 王庆生:《金代文学家年谱》下册之段克己、段成己年谱,凤凰出版社2005年版。
② 南宋四灵之一赵紫芝曾编贾岛、姚合诗为《二妙集》(《后村诗话》新集卷四提到)再到元代黄溍编傅野、陈尧道诗为《绣川二妙集》,可知自西晋陆机、陆云兄弟之后,"二妙"之称一直是诗人们乐于使用的,二段之"二妙"也是如此。
③ 《二妙集》,文渊阁《四库全书》第1365册,上海古籍出版社1987年影印本,第526页。

集之"段克己"条亦云:"(段克己)幼时与弟成己并以才名,礼部尚书赵秉文识之,目之曰'二妙',大书'双飞'二字名其里。"①房祺《河汾诸老诗集序》亦有云:"遁庵、菊轩,有'稷亭二段'之目。"②"稷亭二段"的称誉由此而来。二段虽有了一定的名声,也有当时文坛宗主赵秉文的赏识与掖扬,但他们兴定二年之试并未登捷。据王庆生考证,二段在金哀宗正大七年(1230)的礼部试中才取得硕果,其中段成己进士及第,授宜阳簿;而段克己会试入选,但御试不捷,虽是进士,但不能算作及第。参加科举考试的结果,对于幼时并有才名的"稷亭二段"来讲,这应是跻身仕途,实现其经邦济世抱负的开始。然而,当时的客观历史环境是北方的蒙古军队强势压境,金朝政权难以抵抗。贞祐南渡之后,金朝上下并未能在富国强兵方面有所作为。至正大、天兴间,国势已从衰颓向崩溃迅速恶化。从天兴二年(1233)汴京被围到天兴三年(1234)金哀宗自缢,这个由隆兴于白山黑水间的女真贵族建立的,融合了包括汉族在内的多民族政权的历史宣告终结。它曾有的强盛与辉煌,曾有的大定、明昌时的繁华与荣耀,都和历史上诸多消逝的"盛世"一样,烟消云散了。这是历史的冷峻与无情,但历史却不能抹杀这个在文治与武功方面均有建树的政权在人们心中留下的印记,尤其对于生于斯、长于斯的中州文士来讲,这种印记就更为鲜明与深刻,这也是金亡后大量爱国遗民诗人出现的原因。这当中也包括"稷亭二段"在内的广大汉族文人。二段在天下已乱,国家已经在大动荡中风雨飘摇的时刻,深感无力回天,于是怀着有志难伸的内心忧虑与苦闷避地隐居于河津龙门山一带。其具体时间,当在天兴二、三年间(即1233、1234年间)③。

二段隐居后,与当地一些文士结成诗社,并频繁地展开了诗学活动,这在《二妙集》中屡有提及。如段克己《和家弟诚之诗社燕之作》(卷四)、《癸卯春二月有五日卫生袭之诞日也,座中生捧卮酒乞言,因用景纯寿日诗韵以答盛意兼谢不敏。》(卷四,癸卯为1243年,即蒙古乃马真后二年。),段成己《辛丑清明后三日,诗社诸君燕集于封仲坚别墅,谈笑竟日,宾主乐甚,然以未得吾

---

① (清)顾嗣立:《元诗选》二集,中华书局1987年版,第1页。
② 《河汾诸老诗集》,《四部丛刊》本。
③ 王庆生:《金代文学家年谱》,凤凰出版社2005年版,第1291页。

兄弟数语为不足，既而遁庵兄有诗，余独未也，主人责负不已。因赋诗以应命云。》（卷四，辛丑为1241年，即蒙古太宗十三年。）①、《丁未新正，与诗社诸公园亭宴集，彦衡有诗，众皆属和，一时樽酒宾席之胜，殆可乐也。余虽老，顾不可虚盛意，勉为赋此。》（卷四，丁未为蒙古定宗二年，即1247年。）、《暇日行姑射山下奉借遁庵先生'夜堂听雨'韵简诗社诸君。》（卷六）等，这些诗中均提及诗社。该诗社还有词的创作，今《二妙集》中亦载录了与诗社有关联的词作，如：段克己《月上海棠·同诗社诸君饮芹溪上》（卷七）、段成己《月上海棠·诗社诸君复相属和又不免步韵，献笑。》（卷八）等。这些诗词，都直接表述与诗社有关，因二段并未给此诗社有所冠名，我们在阐述时，姑且以"二段诗社"作为该诗社的名称来进行表述。我们注意到，在《二妙集》中，还有大量与该诗社有关的诗词作品，因此，可以确定，二段在龙门山时曾与当时在该地区的一些诗人结成诗社，并展开了相关的诗社活动。就须要我们去了解二段隐居于龙门山时，与他们有文学交流的是些怎样的文士，这些文士有可能就是该诗社的成员。

雍正《山西通志》卷一百四十六载："房居安，字敬之，河津县人。祖信，父倚，金季为万户都统。居安嗜学不倦，第乡贡进士，甫就廷试而汴亡，遂隐居终身。与段克己订论正学，使诸子师事之。葛巾藜杖，诗酒自娱，数年卒。"房居安与段克己在龙门隐居，并"订论正学"，教授生徒，但房不久逝去，而段克己应一直在履行"订论正学"，教育诸子的责任，段成己亦应参与此事。今《二妙集》中多有"某生"之类的称谓，这些人便应是房居安与二段教育的对象，从与这些人有关的诗词作品来看，他们应该也是二段诗社的成员。

除段克己、段成己外，二段诗社还应有如下人员：封仲坚、张汉臣、卫行之、卫袭之、张信夫、李湛然、杨彦衡、李济夫、兰氏、周景纯等人，以及杨茂之、刘润之、张器之、英粹中、范子和、史伯友、史仲恭、寻正道等曾与该诗社有关联的诗人。现就这些诗人的有关情况考述如下：

封仲坚：封仲坚是二段诗社的主力成员。他在《二妙集》中被多次提及，

---

① 因《二妙集》中许多诗词题目较长，为阐述方便，故在文中引用时加注标点，不沿成例，特此说明。

从二段与之有关的诗作中可以知晓封氏的一些基本情况。《二妙集》卷一有段克己《同封仲坚采鹭鸶藤，因而成咏，录寄家弟诚之兼简李、卫二生》诗，便提及封仲坚与"李、卫二生"。卷一又有段克己《赠答封仲坚》诗，这首诗可以看作是段克己与封仲坚之间深刻的内心剖白，亦是段克己真实心境的体现。诗云：

> 念昔始读书，志本期王佐。时哉不我与，触事多轗轲。归来濯尘缨，羸衮聊解驼。午芹多奇峰，流水出其左。誓求十亩田，于此养慵惰。种椒盈百区，载竹仅万个。自谓得所依，心口默相贺。经营久未成，蕴椟乏奇货。低徊不能去，借宅便高卧。始构茅三间，榱桷久摧挫。暑雨畏霖潦，霜风苦掀簸。岂无富贵人，粟布救寒饿？耻随肥马尘，拥鼻不敢唾。淹延岁月深，十手指庸懦。尘埋剑锋缺，弹铗悲无奈。时当春之仲，桂魄月半破。丁丁闻啄门，有客来相过。探怀出新作，高唱戛寡和。清辞丽卿云，齐梁那复课。蹇余鞭不前，踯躅蚁旋磨。枯肠藜苋苦，奇字厌搜逻。君子真可人，沽酒酌通播。酒酣胆气粗，狂言惊四座。旧游渺何许，行路方坎坷。作诗寄同声，别离伤老大。

该诗提及自己（兼有段成己）避乱卜居龙门的境况。午芹，雍正《山西通志》卷二十八之河津县云："午芹峰在西硙口内，紫金之支峰也。上有午芹洞，下为芹溪，以产芹菜名，一名石峪，元稷山二段先生读书于此。"他们在此间种椒栽竹，构筑茅屋，虽贫苦惨淡，但傲视权贵，"耻随肥马尘"。虽少时读书求道，立志王佐，却触事轗轲，逢家国丧乱，社稷沦亡，他们不得已退避于龙门芹溪，并甘于贫贱。在这种迍邅际遇中，封仲坚便可谓是他们的同道者与知音。封仲坚同样能诗，且"清辞丽卿云"，能傲视齐梁，使段克己感到即使搜尽枯肠，也难以与之对等交流。因此可见，封仲坚是二段避居龙门时结交的有较深诗学素养的诗友。他还长于医术，或其本身便是以医为业者。在封仲坚故去后，二段均作有挽词，如卷三段克己《封仲坚挽词》五首其三有云："卖药安乘老，看书只自资。"其四："萧散青牛客"句后段克己自注云："君尝乘青牛以竹筒贮药腰间疗疾，无不愈者，故云。"而卷四亦有段成己所作《封仲坚挽词》三首,其三有云:"多病每惭调护力,余生谁救急难时。"可知封仲坚为医者,二段与之交契颇深,段成己病中曾承封氏调护,对其心存感激,因而封氏亡故,二段深感悲伤。他们的挽词可谓情溢于言,字字真切。如段克己所作的第四首有云:"夜被尝同覆,朝筇复共搘。"第五首有云:"谁谓如胶漆,中年永别离。崩摧五内热,契阔一生悲。对月听歌处,围炉把酒时。凄然独不见,何以慰相思。"可见封仲坚是二段在龙门山的同道与知己[①]。封仲坚多次参与了二段的诗社活动。如《二妙集》卷四有段成己所作《辛丑清明后三日,诗社诸君燕集于封仲坚别墅,谈笑竟日,宾主乐甚,然以未得吾兄弟数语为不足,既而遁庵兄有诗,余独未也,主人责负不已。因赋诗以应命云。》诗二首,便是二段诗社在封仲坚住处开展的一次诗学活动。从诗题中就可了解这次诗社活动的基本情况。此时二段与龙门山一带的文士们已经熟识,且其生活也较为安定。他们在这年清明后第三天会于封仲坚处,谈笑竟日,要求二段作诗,并对较晚作成的段成己"责负不已",可见这是一次热闹而又轻松的、诗学意味较为浓厚的群体性诗社活动。辛丑为1241年,这是有明确标注的二段诗社最早的一次活动。《二妙集》卷一有段成己所作《吾兄同仲坚采鹭鸶藤于午芹之东溪,因咏诗见示。前代诗人未尝闻赋此者。此花长于田野篱落间,人视之与草芥无异。是诗一出,好事者将知所负矣。感叹之余,敬次其韵,有与我同志,继而述之,不亦懿乎?》这是封仲坚与二段的一次同题共作的诗学活动,二段均有诗咏采鹭鸶藤事,(俱见卷一)寄寓了有才不骋的沉郁感情,封氏亦当有作,但已亡佚。

此外,二段提及的关于封仲坚的作品还有:《二妙集》卷一段成己的《蒲城董公,余素不识其何人也。一日袖横轴所谓龙窝图者同仲坚来过,而以诗见谒。余雅不能文,诗尤非所长者,加之以老病日久,纵不避拙,恶亦安能为他人雕肝肾邪?渠请益坚,余重违封意,且念其勤,姑因所见以叙之云尔。》从诗题看,应是封仲坚带"蒲城董公"以画轴并诗来访,段成己应其再三恳请而作此诗。诗中称"蒲城董公"为"他人",显然是就封仲坚而言。又此诗中称

[①] 《二妙集》卷四有段成己《赠医者》诗,该诗为七律,其中一联云:"共高世外封君达,自许山中陶隐居。"(文渊阁《四库全书》第1365册,上海古籍出版社1987年影印本,第553页)以"封君达"对"陶隐居",其或是封仲坚,为此诗题赠的对象。

封仲坚为"封生",可推知封仲坚应为房居安与段氏讲学的生徒。《二妙集》卷三有段成己《余侨居龙门山十有余年,封、张二子日从余游而贫又甚焉。因写所怀兼简二子共成一笑。》题中所言之"封、张","封"当为封仲坚,"张"应为张汉臣,详下文。诗中有云:"醉语劳挥麈,悲歌漫扣壶",可知二段与封、张二人常常在一起诗酒唱和,慷慨悲歌,以摅写抑塞不平的内在愤慨。他们又都甘于贫贱,不以物务萦心,块然以寒士自居。二段与包括封仲坚在内的士人交往是没有功利性的,他们纯以志节相激荡,以诗学相砥砺,他们的交游与诗社活动,是在国家败亡的惨烈时代中知音同道间共同的心灵空间与精神归宿。

《二妙集》卷三还有段克己《仲坚见和复用韵以答》四首,其一有"家风贫更好"、"目力分诗卷"等句,其二亦云"能贫从古少,好学似君无",其四有云"我穷君更甚,此德未全孤",可知封仲坚家贫而好学,在道德素养方面得到段克己的肯定。《二妙集》卷三又有段克己写与封仲坚的《枕上再赓前韵》诗,其中有云"诗酒心犹在,功名梦亦无。雨来摧觅句,鸟去劝提壶"等句,这些都可看出封仲坚的基本人格:他无竞进之心,不以贫寒为意,却能做到立身有道,好学不倦。《二妙集》卷四还有段克己所作《寄仲坚、汉臣二子》("汉臣"为张汉臣,详下文。)而该卷(卷四)所载段成己《送仲坚、汉臣二子过南涧归赋是诗》则较深刻地表达了一种动荡中无奈归隐的复杂心态。诗云:"蝼蚁微生脱怒涛,一茅容膝尽逍遥。宦情更比诗情薄,目力聊凭酒力消。心类候虫寒更切,鬓随霜叶病先凋。儿童失笑翁慵甚,送客今朝却过桥。"遭逢世乱,得以全身而退,真如同逃脱"怒涛"的蝼蚁,志向不论,立身王佐的少年理想且搁置一边,仅能保全"微生",则斯愿足矣。即使是狭仄的茅庐,也可容纳自己的"逍遥",再无宦情,唯有诗酒。在诗酒"逍遥"之余,便觉毫无心力,就连送一二知己过桥,在一贯认为诗人慵懒至极的儿童眼里,竟成了值得诧异的不寻常的事情了。乱世之隐者,在诗酒啸傲中,实际有着心如死灰的一面,他们的"逍遥"是违心的,但不违心的立志报国已成为不现实的泡影。在这个时代的隐者心里,在承受故国云亡的沉重打击的同时,也难免有着对社会和人生的幻灭感。

《二妙集》卷四还有段成己《仲坚将去平水,戒行之夕,饮于史氏之山斋。》及段成己《用韵答封、张二子三首》,后者可以被看作是诗社成员间的内心交流。如其一云:"有斤谁斫鼻端泥,借榻聊从地主栖。万事成亏均野马,半生痴黠等醯鸡。文章自笑非时样,道德空期与古齐。老懒正疑闲处着,高名无用不如低。"其三云:"草鞋不踏禁街泥,一把黄茅足稳栖。赋性可怜如野鹿,惊心未免听朝鸡。是非毕竟何时定,出处从来自不齐。坐断寒更吟未了,炉灰雪积火潜低。"诗中以自嘲的口吻道出他隐居时的心态。金朝,对于生长于这个时代且对其有宗国之感的人来讲,是他们寸心攸系、忠悃所施的对象,它的灭亡,即使中州文人有了沦为亡国奴的心灵创痛,也使他们所有的理想与志向化为泡影。他们身经战乱,仅得身免,惊魂未定,前途渺茫。这历史的剧变使他们难以遽信,于是他们迷茫于历史演进的轨迹之中,困惑于朝代更迭的狂风骤雨之下。元好问所谓"从谁细向苍苍问,争遣蚩尤作五兵"。(《歧阳三首》其二)他们试图以诗酒消弭内心的苦楚与困惑,忘却家国和自身的不幸遭遇,在这样的心态中,"偷生"也好,"苟且"也罢,种种自嘲,实际上是他们对故国覆亡,自己实在无能为力的愧赧心理的反映。在艰难的处境中,他们遇到了和他们一样痛苦且心怀愧赧,同时又坚强忠贞的人,他们成为知己与同道。于是,他们以诗酒作为缓解痛苦的良药,在共同的诗酒交游中,他们似乎是找到了使他们隔绝于悲惨现实的理想国。在这个虚拟的心灵空间,饱受精神摧残的中州遗民们努力想要完成对自身困惑、苦闷甚至愧赧的救赎。但是,传统士大夫因忠于国家而产生的道德优越感与同道知己的互勉激励使他们的诗酒生活具有了充实、厚重的内涵。经过反复的内心绞扰和道德磨砺,他们终于实践了对于自身的道德期许,在易代之际诠释了正直士大夫应有的伦理道德情操。

这三首诗后还有《再用前韵》、《再用'渠'字韵》二首,都反映了他们这种心理状态。此外还有卷四段成己所作的《中秋之夕,封生仲坚、卫生行之携酒与诗见过,各依韵以答二首》及《翼日二子见和复韵以答四首》等,反映了他们交流的频繁。封仲坚故去,二段均有诗挽之,其中段克己作五首,(卷三)段成己作三首,(卷四)可见他们交契之深。段成己所作之第二首云:"藏身无地古难堪,赙葬何人为脱骖。樊子未来谁主后,缇萦犹在胜生男。十年往事如春梦,千古遗经忆夜谈。一片羁魂招不得,暮天黯黯冷云昙。"由此诗可以窥知,封仲坚膝下仅有一女,他与二段有十年的交谊。

《二妙集》卷八有段成己《望月婆罗门引·清明后醉书于史氏别墅二首》,

词中有"觉四十九年非"句,知此词作于 1247 年。紧接此词后有《望月婆罗门引·翌日封生仲坚见和因复前韵以答》词,又有《满庭芳·晨起与仲坚偶坐,少焉雨作,其声洒然,绝似文场下笔时,因偕前韵戏成一篇。》及《满庭芳·仲坚复和,文势亹亹,殊觉逼人,可谓不负忍穷矣。而其言若有所感,因取旧韵,述己意以答之。虽知荒于辞章,犹贤于无所用心也。》这些都是封仲坚与二段交流的资料,同时由此可判断,封仲坚之卒,当在 1247 年至 1251 年段克己故去之间。

除《二妙集》中这些诗作外,封仲坚事迹无考,他应是龙门山一带的一位贫寒医家,好学能诗,意致高远,与二段为同道知己,是二段诗社的重要成员。

张汉臣也是二段诗社的重要成员,他亦应是二段在龙门山的邻人①。

《二妙集》卷一有段克己《岁乙酉春正月十有一日,吾友张君汉臣下世,家贫不能葬,乡邻办丧事,诸君皆有诔章且邀余同赋。每一忖思,辄神情错乱,秉笔复罢,今忽四旬矣。欲绝不言,无以表其哀,因作古意四篇,虽比兴不足,观者知吾志之所在,则进知吾汉臣也无疑。》由此诗诗题看,此张汉臣亦为贫士,甚至过世后,因为贫穷,须得乡邻帮助才能安葬。《二妙集》卷六有段克己《寄仲坚、汉臣二子》,将张汉臣与封仲坚并提。卷四又有段成己《送仲坚、汉臣二子过南涧归赋是诗》,亦将张汉臣与封仲坚并提。因而卷三段成己之《余侨居龙门山十有余年,封、张二子日从余游,而贫又甚焉。因写所怀,兼简二子,共成一笑。》中之"封、张二子"应是封仲坚与张汉臣。此外,卷三段克己《野步仍用韵示封、张二子》二首、卷四段克己《寄仲坚、汉臣二子》及段成己《用韵答封、张二子二首》等诗中之"封、张"亦应是封仲坚与张汉臣。但此张汉臣之事迹亦无考,他是二段龙门山乡邻,亦为其同道与知己。

二段诗社成员中还应有卫行之、卫袭之兄弟。

《二妙集》卷四有段成己所作《卫生行之少负侠气,与余兄弟相逢于艰难

---

① 王庆生曾考证此张汉臣应为二段龙门山乡邻,非此时与之同名者。详见王庆生:《金代文学家年谱》,凤凰出版社 2005 年版,第 1298 页。

之际，自抑惴惴，常若不及，迨今十五年矣。家贫而益安，岂果有所学乎？不然，何其舍彼而取此也？生正月十六日诞弥日也，因赋诗以赠，为一笑乐，且以坚其志云。》诗，诗云："低心不肯逐时趋，坐觉瓶储岁屡无。试手耕纴新事业，传家弓冶旧规模。膝前痴呆怜文度，酒后粗狂忆阿奴。（按，此处段成己自注云："生弟袭之，嗜酒而狂，生每容之。"可知卫袭之为行之弟）但愿年年身健在，一尊长得与君俱。"由此诗可知二段与卫氏兄弟"相逢于艰难之际"，当是他们避地于龙门山后结识。卫行之膝下有痴儿，其弟袭之嗜酒狂放，而卫行之不以为怀。从"迨今十五年"语看，此诗为二段隐居龙门山十五年左右时所作，即 1248—1249 年间。

《二妙集》卷七有段克己《最高楼·寿卫生行之并序》，其序云："卫生行之，少流寓兵革中。既长，始知读书。其立志刚信，道笃而家苦，贫年饥，诸幼满前，虽并日而食不恤也。暇日宾友饮酒赋诗为乐。余既嘉其有守，喜为称道于其始生之日，作乐府以歌咏之，俾观者知吾行之之为人矣。"由此序可略知卫行之的基本情况。他曾从军，后始读书，然立身有道，为人刚信，不以贫苦为意。他与二段常赋诗饮酒，多有交游，应为诗社成员。此外，《二妙集》卷四段成己《中秋之夕，封生仲坚、卫生行之携酒与诗见过，各依韵以答二首》及卷七段克己《浣溪沙·寿卫生行之》等，都是卫行之有预诗社活动的佐证。不过，其弟卫袭之与二段的交往要更多一些，尤其是段克己，其诗词中多有与之有关者。《二妙集》卷三有段克己《寿卫生袭之》、卷四有《癸卯春二月有五日，卫生袭之诞日也。座中生捧卮酒乞言，因用景纯寿日诗韵以答盛意，兼谢不敏。》（癸卯年为蒙古乃马真后二年，即 1243 年，"景纯"为周景纯，见下文。），卷七有《大江东去·和答卫生袭之》、《蝶恋花·寿卫生袭之》及《鹧鸪天·暮春之初，会饮卫生袭之家，酒酣，诸君请作乐府，因为之赋，使览者知吾辈之所乐也。》（五首）、《满江红·寄卫生袭之》等。而段成己虽对卫袭之嗜酒狂放有过微词，但或是后来渐渐了解，已无芥蒂的原因，他也有一些提及或酬赠的作品。如《二妙集》卷八的《鹧鸪天·上巳日会饮卫生袭之家园》、《蓦山溪·卫生袭之寿》以及《蝶恋花·卫生袭之生朝，吾兄作歌词以寿之。余独无言。生执卮酒坚请不已，勉用兄韵以答其意。》等。可见，卫袭之也多与二段交流，他性格豪放，或不如其兄拘谨，但他更得段克己赏识。不过，卫行之、袭之兄弟之其他情况不得而知，也无文字流传。他们亦应为二段龙门山邻人，是其诗社的主要成员。

张信夫应为诗社成员。《二妙集》卷一有段成己《寿梦庵张信夫》诗，提到张信夫"酒酣语益真，道合意自适"之句亦可知为段氏同道。卷四有段成己《幽怀用梦庵张丈韵四首》云："总把行年偿酒债，更将余力费诗筹。胶胶扰扰人间世，一笑尊前万事休。"亦属隐居诗友间互通情志之作。卷五还有段成己所作之《张信夫梦庵并引》诗，其序有云："子张子寓迹于里西之精舍，以'梦'名其室，且命余订之……"可知此张信夫以其室为"梦庵"，段成己因有此作。《二妙集》卷七有段成己《如梦庵》诗，从诗意看，该诗与张信夫梦庵有关。《二妙集》卷八还有段成己所作的《满江红·张丈信夫林亭小酌感事怀人敬用遁庵先生韵》词，虽然《二妙集》中无段克己所作的与张信夫、梦庵或林亭雅集有关的作品，但基本上可以判断张信夫是二段在龙门山的邻人，也曾参加过二段诗社的活动，可以算作是诗社的成员。但张信夫其他事迹无考，金代诗人史肃有《别张信夫》诗和《次韵张信夫》诗。史肃，字舜元，京兆人。作诗精致有理，尤善用事，举进士，曾任监察御史。大安初召为中都路转运使超户部正郎，坐镌除同汾州事，卒于官。（见《中州集》卷五史肃小传）史肃卒于汾州任上，他应在大安初任中都路转运使后不久赴任汾州。大安为金卫绍王完颜永济年号，凡三年，从1209年至1211年。可初步判断史肃之卒或在崇庆、至宁间（1212年或1213年）他提到的张信夫是否三十年后与二段有文学交往的张信夫，不能遽定。但从《次韵张信夫》诗中所反映的张信夫的情况看，这个可能是有的。诗云："绛帐先生寄一州，不教文字到横流。草玄只拟关门坐，好事应从载酒游。虎穴已曾探虎子，龙沟未信出龙头。锦囊诗句年来满，供尽闲花野草愁。"（见《中州集》卷五）从诗意可见，此张信夫能诗，亦为隐士，但有志匡正文风，也喜爱诗酒交游。若史肃所提及的张信夫确为二段之交，那么他自名"梦庵"应是二段退隐后的事情。张信夫隐于绛县，与龙门山地域相近，在兵戈扰攘中或曾有避居龙门山的经历，因之与二段有了交往，也曾参与诗社的活动。张信夫的年辈，应长于二段。

李湛然也是二段诗社的主要成员。二段作品中涉及李湛然的作品较多。《二妙集》卷五有段成己所作《和李生湛然闻杜鹃有感而作》，诗云："五更枕上梦魂清,初听催归第一声。我本无家更安往,任渠啼血不关情。"这是一首和诗,其所表达的,则是亡国遗民典型的落寞情绪。想必李湛然之诗亦是如此,都在闻听杜鹃的整体意象中寄托无国可依,无家可归的萧索落寞,又激愤悲慨的情绪,这种情绪是当时中州文人普遍的遗民心态的反映。与下面这首诗相比较,此诗或要早一些。

《二妙集》卷二有段克己《送李山人之燕并序》,该序既交代了此诗的写作缘起,也是段克己重要的述怀之作。其云:

> 李生湛然年四十,未尝从事于人,偃蹇不与时人偶。每遇杯酒间,辄击节悲歌,感慨泣下。不知者以为狂,生愈益放旷不羁,又好为奇诡大言,以惊动流俗,人亦不之许也。戊申岁(1248)春,踵门告予曰:"男儿生不成名,死无以掩诸幽愚,不佞诚不能与草木同腐,窃有志于四方,先生许我乎?"余乃为书告常往来者会饮于芹溪之上,壶酒既倾,客有执卮而前者曰:"方今戎马盈郊,熊罴虓虎之士抚鸣剑而抵掌投壶,雅歌未闻其人。子以儒自鸣,执古之道,求合于今之世,戛戛乎难哉!顾子之橐,无十金之资,出无代步之乘,无名公巨卿为主乎其内,无相生相死之友奔走于其外;上不能激浊扬清以钓声名,下不乘机抵巇以取一时之利,冥待而往,其果有合哉?"余应之曰:"不然,夫适用之谓才,堪事之谓力。君子之论人,尝(按应为"当"字,与"尝"形近而讹。)观其才力何如耳,不当以势利言也。儒者事业,非常人所能知,要不过适用堪事而已。议者至谓不能取舍于当世,岂不厚诬哉?抑不知褒衣博带者为儒乎?规行矩步者为儒乎?以是而名其儒,岂真儒者耶?昔百里奚自鬻于秦,管仲束缚于鲁,宁戚扣角而悲歌,冯驩弹铗而长叹,叔孙通舍枹鼓具绵蕝之仪,陆贾脱鞏鳌进《诗》、《书》之说,使数子者高卧于林丘,累征而不起,尚何名誉之可期,屈辱之可免哉?今之诸侯,宾位尚有缺然不满之处,肯使至宝横弃路侧,狼藉而不收?苟有好义强仁,皆将善其价而沽之。况幽燕之地,士尚意气重然诺,习与性成者耶?生之此行,余知其必有合也。"于是乎咸赋诗以为赠。余于交游中最长,特为序以冠其首。

前文已述，段氏兄弟与房居安曾在龙门山"订论正学"，教授诸子，段克己的这篇诗序，便是一次很好地与学生辩论析理的记载。从中可见，他以儒家自期，强调"适用"与"堪事"，亦即所谓"才"与"力"，认为君子必须具有二者兼具，这样才能使儒家经国济时的理想得以实现。通过与学生的讨论，段克己表述了自己积极寻求进用的人生态度，他以古代先贤由微而显的事例来劝慰学生不能怀抱志向而空老林泉，他与其弟成己的退隐，是出于对金朝的忠贞，但并不意味着他们疏离了时代，忘却了时代的实际需要。他们以斯文为己任，以儒家的人文社会理想为皈依的思想并未因时事变迁、江山易主而改变。政权的更迭已成不能更改的事实，但传统的人文模式须要有人出来重建，文化须要有人担当使其得以不断延续的历史使命。为故国尽节者，跟从过去的政权消逝在历史的背影中；为斯文效命，则必须直面现实，勇于担当，在未来历史的演进中努力将破碎的人文传统弥合起来。金代是文化上很有创建的多民族统一的时代，它的文化遗产是包括汉族在内的各民族人民智慧的结晶，忠于金代的文化，延续它的成果，实际高于简单地对金王朝忠贞本身。金代的汉化，是历史上少数民族政权汉化成功的范例，珍视其以汉文化为主干，融合多民族文化的现实成果，并积极探索蒙古政权下多民族文化的发展道路与模式，急须有人去面对这个历史课题。二段都认识到了这一点，段克己未及于此，但成己及后来出仕的遗民诗人都去实践这种历史与文化使命了。由这首诗的序言可见，李湛然欲赴燕京去成就其用世之志，段克己极力支持，当时金亡已十四年，他们已将对故国的忠贞上升为对儒家人文理想和金代文化的忠贞。他们终于从消沉落寞中挣扎了出来，其中起到精神支柱与动力作用的便是这种不断充实了内涵的忠贞。

同时亦可知，与二段交游的，有很多是从他们受学的学子，他们应是二段诗社的主要成员。因李湛然欲赴燕京，二段和诗社诸人为其饯行，会饮于芹溪，从而有了创作活动。而为李湛然饯行，变成了创作的主题，也成了一次文学性的理想激励与思想传播的活动，既是一次教学实践，也是一次重要的诗社活动。

《二妙集》卷三有段克己《李山人湛然始生之朝，座客各赋诗为寿，亦作四韵以期所未至，不特称道而已。庶几尽朋友相成之义云。》李湛然生日诗社诸人各有诗为赠，他当与其他成员均有交往，是诗社成员。

《二妙集》卷五有段克己《丁未三月二十八日县大夫薛君宝臣过余芹溪精舍，酒间雨作，时方苦旱，喜而赋之。》诗，当是知县薛宝臣拜访段克己，因时雨适至，段克己欣然赋诗。紧接此诗，则又有段克己所作《明日李生湛然见和仍用韵答之二首》，或许此时李尚未赴燕，参与了这次创作活动。薛宝臣为蒙古政权的官员，他结交二段，亦可见此时蒙古政权的一些文化动向，他们已经在结交金代的遗民文士了；而二段与之交往，并借对时雨的夸赞而示好，也能看出他们对新朝是有期许的，这是儒家待时而动用世思想的放映。

然李湛然赴燕京似铩羽而归。《二妙集》卷七有段克己《满江红·遁庵主人植菊阶下，秋雨既盛，草莱芜没，殆不可见。江空岁晚，余草腐而吾菊始发数花，生意凄然，似诉余以不遇，感而赋之，因李生湛然归，寄菊轩弟。》词，词中有云："飒飒凉风吹汝意，汝身孤特应难立。谩临风三嗅，绕芳丛，歌还泣。"从词意看，应是李湛然赴燕京不遇而还，段克己以菊拟之，谓其"孤特难立"，为其不平。《二妙集》卷七好友段克己所作之《蝶恋花·寿山人湛然李生》，亦是段克己作于李湛然的词，该词亦提及菊，或与李燕京不遇返还龙门有关。卷八还有段成己所作《临江仙·李山人寿》词，亦属与李湛然交流的资料。此李湛然之其他生平资料无考，但他或与元好问相识。《遗山集》卷十四有《书扇赠李湛然》诗，曾得元好问题赠。想来此人亦能诗，只是生当乱世，落魄不偶，亦隐于龙门山，曾踌躇入燕，却不遇而归，亦成金元之交沉抑山野的众多文士之一。

杨彦衡应是参与二段诗社活动较多的诗人。《二妙集》卷五有段克己所作《杨生彦衡袖初夏三数诗过余征和，虽勉强应命，格韵枯槁，深惭见知十首。》，该诗提到杨彦衡，并以"生"称之，知此人当时段克己与房居安所教授之士子。该诗之写作缘起，诗的题目已经交代清楚，应属二段诗社活动范围内的创作事项。该诗并未显出忧伤或激愤之情，而是洋溢着隐居生活中的悠游自适与闲情逸致。如其一云："枝头梅子半传黄，门巷阴阴午景长。为语儿童休报事，乃翁方且作诗忙。"其六云："酒熟江村擘蟹黄，论诗看剑引杯长。闲身散懒无拘束，笑杀君房醉里忙。"诗中写到了初夏山村的景致，也反映了退避于杀伐争斗的漩涡后身得暂安的轻松与惬适。想必杨彦衡所带来的征和之诗亦是这种格调。从中可概见，段克己与诗社成员也在交流着一种诗化的生活情趣，陶熔着一种理想的、乐观的人生态度，反映了二段隐居后生活的闲适与恬静。这也是遗民诗人之隐的表象，也是他们极力追求的忘忧情境。应该与段克己这组诗作于同一背景，《二妙集》卷五有段成己所作之《和杨彦衡见寄之作六首》，所用之韵，与段克己所作相同，但所写之景则是秋景，反映的是对战乱的强作不知的冷漠态度。如其三："一裘谁为制玄黄，无可奈何秋夜长。我自忍穷方未暇，不知蛮触战争忙。"应是段成己因事未预此次诗学活动，后来获悉而以诗寄杨彦衡。所反映的情绪却是忍却忧伤与失意，强作解脱。这种情绪，其实亦是该诗社成员们都具有的，这是时代和现实留在这一时期文人们心头的深深烙印，这烙印时时刺激着他们的神经，使他们无可逃避，难以解脱。此外还有卷七段克己《鹧鸪天·九日寄彦衡、济之鱼（按，"鱼"字疑为"兼"字之讹。）简仲坚、景纯二弟二首》以及紧接该词的《鹧鸪天·彦衡诸君皆有和章，因复仍韵以写老怀。》、《大江东去·次韵答彦衡》和卷八段成己《满江红·赠答杨生彦衡》、《月上海棠·重九之会，彦衡赋词侑觞，尊兄遁庵公与坐客往复赓歌，至于再四，语意益妙，殆不容后来者措手。彦衡坚请余继其后，勉为赋之。》、《月上海棠·诗社诸君复相属和，又不免步韵献笑。》亦为二段诗社诗学活动的记录。

此外还有一些，如卷四段成己的《丁未立春日与彦衡、景纯、史生饮坐中，彦衡有诗且需余为赋此》以及卷四段克己的《彦衡丧子，乡社诸君皆有诗以慰其哀，余忝交游之长，乌能无言，因赋此以赠之。》都是杨彦衡参与诗社活动的资料。综合起来看，杨彦衡能诗词，且有一定的造诣，二段与他的交流也较频繁。他们欢会雅集有诗，为人饯行有诗，即使遭遇丧子这样的不幸，也会有诗学活动。在当时的文人生活中，诗化的程度已经很深了。尤其对于感情上比较压抑，需要在生活中寻求释放的遗民诗人来讲，使生活诗化，是他们在乱世中隐忍求生的一种"存在"方式，也是他们履行自己的历史使命，为后世留下一代人的内在心灵轨迹和在困厄中执着坚守古代士大夫情操的历史责任感的体现。

李济夫，《二妙集》卷三有段成己所作《寿李济夫》诗，诗云："夫子何为者，昂藏不入时。眼前诸事罢，膝下两儿嬉。落落真难合，悠悠听所之。黄花一杯酒，岁喜与君持。"另外，《二妙集》卷四段成己所作的《寿李济夫》诗，云："往来诗酒晋城间，白首相看尚昔年。鸠卜一枝如我拙，骥思千里屈君贤。床头文史犹堪乐，眼底芝兰正可怜。但愿太平身健在，西风长醉菊花前。"从中可见，段成己提到李济夫已年老，虽有志而家贫，好读书史子孙或其才可期。段成式希望他一直健朗，安享晚年。元好问《中州集》有李端甫小传，云："李端甫，字济夫，同州人，第进士，仕为平定州军事判官，工于诗。有'虎迹未干溪水近，樵声相答岭云深'之句。子实，字师白，死于壬辰之乱。"（《全辽金文》）李端甫，字济之，能诗，其子死于国乱。李端甫或于金亡后归隐，同州距龙门山不远，游踪所至，容易与二段结识。又，房祺《河汾诸老诗集》卷二有张宇（字彦生，号石泉先生，家临汾）《和李济夫韵》诗，张宇于金亡后隐于临汾，亦与龙门山不远，可能也与李济夫相识。总的来看，李济夫应参与过二段诗社的活动，他亦为金朝的遗民诗人。

兰氏，《二妙集》卷四载段克己《兰文晚节轩》诗，该诗有云："晚节谁能识此君，一官不复任浮沉。……横溪文字光千古，旧有新诗播士林。"卷四又有段成己之《兰氏晚节轩》二首，其一有云："几年会计屈微官，五斗才堪给酒钱。野鹤风标寒愈峭，严松节目老方坚。"其二有云："高情想像常如在，不逐春风没草莱。"可知此兰氏或曰兰文，"文"当为其名，亦有仕宦经历，但官微俸薄，后亦退隐，其人亦有志节，亦有才华，其有"晚节轩"之名号，可以看出他以名节自励的基本品格。此外，冯延登亦有《兰子夜晚节轩》诗，有云："华颠益信寸心丹，直道宁论末路难。……篱根佳菊分秋色，檐外长松耐岁寒。……"（见《中州集》卷五）冯延登，《中州集》卷五有传，冯字子骏，吉州人。承安二年（1197）进士，与赵秉文交，考论文义，相得甚欢，其诗亦有律度。冯延登号"横溪翁"，段克己《兰文晚节轩》诗中的"横溪文字光千古"，即谓冯延登与兰子野之诗有誉兰氏而言。冯延登在汴京失陷时投井殉国，是金朝的爱国英雄，其气节必为遗民诗人景仰，段克己所谓"横溪文字光千古"，正是因冯延登之气节而及于兰文之"晚节"之号。据此，庶几可以推知"兰氏"为兰文，其字为"子野"，有轩名"晚节"，他与二段又能交，或是金亡后隐居不仕，矢志守节，与二段同为具有爱国思想的诗人。

与兰氏的情况相类似，段氏兄弟亦常常有写与某人某轩某堂的诗作，这些人亦为二段交往的对象。如张器之"雄飞亭"、张信夫之"梦庵"、刁少府"之"优善堂"、梁国祥之"静乐堂"、陈子正之"容安堂"、杨茂之之"志适轩"等，张器之、张信夫上文已有简述，杨茂之亦略有线索，其他均无考①。

《二妙集》卷五有段成己《杨茂之志适轩》二首，其二有云："人心自有一羲皇，说着元来话更长。诗句堕前还忘却，坐看林影转虚廊。"传达的是一种澹荡忘机的闲适情怀。李俊民《庄靖集》卷四有《谒秦吴二王庙》，该诗引言提到了杨茂之与马子温、郭谦甫等人共同谒庙，他当与李俊民有交往。但此人其他事迹无考，仅略知他或在金亡后曾居于龙门山一带，与二段等遗民诗人有文学交往活动，或亦曾参与过诗社活动，应与其他遗民诗人的思想立场和精神状况相同。

周景纯，《二妙集》卷四有段成己《丁未（1247）立春日与彦衡、景纯、史生饮坐中，彦衡有诗且需余和为赋此》及紧接其后的《翌日再用前韵简二三子》，这次诗学活动提到了"景纯"，卷四段成己《次韵周景纯先生见寄之什》就明确表述为"周景纯"，诗中有"筑室未能依表圣，卜邻先喜得君平"句，可知周景纯为二段在龙门山时结识的隐者，"表圣"、"君平"借指周景纯而言，且暗喻其有司空图与严君平的品格修养。《二妙集》卷五有段成己《周生景纯赠菊数本，因拾旧事依韵答之二首》，卷六有段克己《景纯、浩然见过，径饮成醉，夜雨中作此，近五鼓，月色满空，晓起书长语赠二子。》，该诗反映了他们隐于诗酒的澹荡不羁、磊落旷放的诗化心态。这样的心态，尤其是在山河破碎、战血不止的历史背景中，这样的澹荡与磊落，本身是一种力图超越惨淡现实的反映；同时，因为力图守节尽忠，所以又有了一种伦理上的优越感，这种

---

① 《二妙集》卷一段成己所作之《梁国祥静乐堂》诗，有云："……一官不肯觅，闲居养高志。筑室尘境中，中有尘外意。……床头一卷书，静洗纷华累。苟能乐其乐，宁复事吾事。见客不吝情，有酒即成醉。……"卷一有段成己《陈子正容安堂》，有云："……结庐幕渊明，志向有许大。澹墨写形似，终日相对坐。……植花数十丛，种竹千百个。事来若机张，事去如瓶堕。浩然方寸间，不受一尘污。岂无二仲贤，闲暇日相过。有酒相献酬，有诗互赓和。溪山入笑谈，珠玉霏咳唾。徜徉天地间，一物莫非我。……"（文渊阁《四库全书》第1365册，上海古籍出版社1987年影印本，第533页）《二妙集》卷四有段成己《容安轩》诗，云："走遍人间行路难，归来始觉此心安。半椽可覆人应笑，两膝足容吾已宽。"（文渊阁《四库全书》第1365册，第555页）亦为写与陈子正之诗。综上可知，梁国祥、陈子正等亦为退隐之士他们与二段有着相似的内心情怀，也都在乱世中以诗化的生活氛围来寄托自己于国家破败、干戈扰攘间忧思深重、悒郁不伸的情怀，他们也是爱国遗民诗人。

优越感使他们能够克服绝望与颓废,在超然的境遇中去藐视新朝。所以,金朝留下的这些有爱国情操的遗民诗人既或写一些平静恬淡的作品,也写磊落狂放的生活,但其实也是一种"金刚怒目"式的"静穆","静穆"中掩映着对故国的真挚感情和对灭亡故国的新朝的憎恶。且看段克己这首《景纯、浩然见过,径饮成醉,夜雨中作此,近五鼓,月色满空,晓起书长语赠二子。》,诗中有云:"……而况羁旅中,解后遇知己。东风淡荡百草芳,游丝飞絮白日长。一杯相祝对流水,白酒微带芹溪香。渔歌樵唱竞相属,不觉半山无夕阳。醉卧山堂听山雨,冰雪对床挥夜语。一灯照壁映悠悠,恰似孤舟泛青楚。梦回酒醒明月高,风雨向来无处所。人生哀乐本皆空,莫令身世如飞蓬。"看似澹荡,其实蕴含着激愤,是"金刚怒目"式的磊落与豪放,在总体的"静穆"中,寄托着对家国覆亡的痛惜,上文说过,他们这种澹荡与磊落来自一种伦理道德意义上的优越感,是这种优越感战胜了绝望与颓废后达到的一种超越的境界。这种优越感的伦理境界也是古代士大夫情操的一种表现。

综合来看,可知周景纯亦为二段在龙门山一带进行诗社活动的成员之一,其生平事迹亦无可考究,他在基本心态上,与二段相类似,也是当时的爱国遗民诗人①。

其他参与过诗社活动的还有范子和。《二妙集》卷一有段克己所作《赠医师范子和并引》,其引云:"范君子和居姑射山麓,世隐于医,敏给多艺,能略涉猎文史。一日会荐绅辈于其家,酒半,举大白而言曰:'不肖窃有志于斯文,敢求数十字以为珍藏。'意甚勤,以为赋古风一篇以告君子之道,使知所操持焉,非直使夸衒于世实箧笥而已。"由此引言来看,范子和亦为当地医家。按,姑射山在稷山县境内,绵延至河津,距二段隐居之龙门山很近。故此诗有"我庐姑射东,君居西山隅。相去不十里,曳杖以问途。"句,范子和居于姑射山,因距龙门山不远,可能偶尔参加过二段的一些活动。《二妙集》中涉及姑射山

---

① 遗民心态是该诗社成员得以结交并展开活动的共同心理因素和纽带,也使该诗社成员具有了浓厚的伦理道德层面的意义。二段诗社因此具有了浓厚的伦理道德意义,即爱国性,这是其不同于此前其他诗社的地方。这种由爱国遗民诗人组成的群体性诗人组织是此前没有出现过的,"商山四皓"具有遗民性,但并非诗人群体,也无创作活动。其他易代时期也有过遗民诗人,却无群体性,从这个意义上看,二段诗社的历史价值便显现出来,宋末元初出现了大量遗民诗社便可以被视为是步二段诗社的后尘,因而,二段诗社的历史意义也就凸现了出来。

的诗篇很多,这些也都应是二段隐居龙门山期间的作品。他们或是游踪所至,或是有所兴会,提及姑射山的作品,都应与二段诗社有一定的关联。《二妙集》涉及范子和的诗仅此一篇,他即或参加了一次活动,但应不是诗社成员。

寻正道,《二妙集》卷七有段克己《鹧鸪天·和答寻正道》词,其中有云:"穷愁正要诗料理,莫问春来酒价高"句,似与寻正道有诗酒之交。《二妙集》卷八有段成己《鹧鸪天·和答寻正道》词,知寻正道与二段均有交往。然《二妙集》中再无其他涉及寻正道的作品,此人应偶尔预入诗社活动,不能算是诗社成员。

张器之也参加过诗社活动,但并非诗社成员。元好问《中州集》诗人小传有张瓒条,张瓒字器之,"才气超迈,时辈少见其比。年未二十,以乡试魁陕西、河东。不幸早逝。张吉甫(按,即张建,号兰泉先生。《中州集》有小传。)吊之云:'惜哉器之真丈夫,少年读遍天下书。一事不成死于途,苗而不秀有矣夫!秀而不实有矣夫!'其为名流所嗟惜如此。"① 然《二妙集》中的张器之并非张瓒。元好问编成《中州集》时已谓张瓒早逝,可知张瓒享年不永。《中州集》始编于汴京被围的癸巳年,即1233年,编成于元好问在聊城时,张瓒已经辞世。而为张瓒作吊辞的张建,据王庆生考证,约致仕于承安、泰和初②,(《金代文学家年谱》)张建之卒,当为致仕后不久,在此之前张瓒已卒。故与二段交游之张器之非是张瓒③。另外,耶律楚材《湛然居士集》卷十一《弹广陵散终日而成因赋诗五十韵》诗序中有云:"泰和间待诏张器之亦弹此曲。"④知此张器之在泰和间任"待诏"一职。然王庆生认为此"待诏"非金代翰林之称,或是指民间艺人⑤。(《金代文学家年谱》)泰和为金章宗年号,从1201年至1208年。此时能弹《广陵散》并为人所知,因而,此张器之年辈远大于二段。《二妙集》卷三有段克己《张器之雄飞亭》诗,称张器之为"张公子",显然耶

---

① 阎凤梧主编:《全辽金文》,山西古籍出版社2001年版,第3370页。
② 王庆生:《金代文学家年谱》,凤凰出版社2005年版,第635页。
③ 雍正《山西通志》卷九七之田世英条谓田世英为兴定二年(1218)进士,"与同年张瓒、毛麾、段继昌齐名。"毛麾、段继昌《中州集》中都有传。此张瓒即应为张建所吊之人,他年辈应以与毛、段等仿佛。
④ (元)耶律楚材撰:《湛然居士文集》,商务印书馆1939年版,第158页。
⑤ 王庆生:《金代文学家年谱》,凤凰出版社2005年版,第637页。

律楚材提到的张器之不是二段所说的张器之。又,王恽《秋涧集》卷三十七《船篷庵记》云:"予尝与事走绛,与故人张器之遇,把臂道旧,步入西溪,遂来游兹庵。"①王恽年辈较晚,他生于1227年,卒于1304年,段克己卒时王恽二十五岁。因此,王恽在绛县重逢故人张器之,则似有可能曾与二段有交往。但不是张璹,也不是"待诏"张器之。

《二妙集》卷一有段克己《寄张弟器之》二首,其一将张比作陶渊明,云:"士生多轗轲,异代或同调",实指张器之与陶渊明一样经历了易代剧变。陶渊明经历了晋宋之变,而张器之则经历了金与蒙古的迭代,他们都心念故国,且甘于贫贱,从这个意义上,段克己说张器之与陶渊明"异代或同调"。其二有云:"山堂久岑寂,宴坐度昏晓。倚壁一蒲团,幽人后计了。日高鼎茶鸣,风细炉烟袅。曳杖步庭除,看云头屡矫。安得谪仙人,神游八极表。"可知张器之亦为经历了易代剧变的退隐诗人。《二妙集》卷三有段克己《张器之雄飞亭》诗,诗云:"落魄张公子,身贫志不凋。鸾栖辞枳棘,鹏翼上扶摇。季子终怀印,相如竟过桥。香名脍人口,诗句大牛腰。"可见段克己对张器之的才华多有肯定与期许。张器之有雄飞亭,亦应是当时此地文士雅集之处。《二妙集》卷四还有段克己所作《雄飞亭主人张器之有龙庭之行赋诗为饯》诗,诗中有"浩歌若过燕山市,为我登台吊望诸"句,知张器之曾赴燕京,此诗与上一首诗结合起来看,上诗"鸾栖辞枳棘,鹏翼上扶摇"亦是与送张器之赴燕京有关。《二妙集》卷四还有段成己所作的《送张器之北上》(二首),亦为饯行之作。或是他此去结识了王恽,后来王恽来河津邻县绛县时又遇到了回到这里的张器之。不过,张器之也应是结识了二段,偶尔参加了诗社活动,但不能算作该诗社的成员。

刘润之,《二妙集》卷二有段克己《赠刘润之》诗,诗中有云:"酒酣醉墨出险怪,笔势倜傥令人愁。世人争欲得一诺,黄金不用如山丘。结交以义不以利。乐人之乐忧其忧……"耶律楚材《湛然居士集》中有多首与刘润之有关的作品,他应成名较早,耶律楚材与之熟识。如《湛然居士集》卷六之《用刘润之乞冠韵》云:"隐逸养幽慵,飘萧两鬓蓬。角巾折暮雨,醉帽落秋风。避

---

① 李修生主编:《全元文》第6册,江苏古籍出版社1999年版,第71页。

暑挂石上,衔杯漉酒中。忘机任真率,露顶向王公。"可见刘润之的隐士风貌。又如《湛然居士集》卷十一的《戏刘润之·从刘润之借杜诗因豪夺之,作是诗以戏之。》及《用刘润之韵》,卷十二《刘润之馆于忘忧门下作述怀诗,有'弟子二三同会食,谁曾开口问先生'之句,余感而和之。》以及《刘润之作诗有厌琴之句因和之》等诗,可知刘润之或曾游于燕京,与耶律楚材有交往,后又或隐于龙门山一带,结识了二段,并有相应的文学交往活动。综合来看,此刘润之是一个具有游侠品质的诗人,或曾与二段有交往,但只是偶尔参与了一次诗社活动,因此也不算作是诗社成员。

冯资深,《二妙集》卷五有段成己《送冯资深归西山五首》,其一云:"人间蛮触日干戈,暮四朝三都几何。此去莫忧瓶粟罄,西山雨足蕨薇多。"此诗当作于金亡后,时干戈争斗,尚未止息。对金亡深感悲痛的诗人们既知回天无力,便对这场战争倍感厌恶和痛恨,以"蛮触"作比,便可看出这种情绪。从诗意看,冯资深之归西山,段克己谓其不必以无食为忧,因蕨薇较多,可以疗饥。这里他显然以伯夷、叔齐的志节勉励冯资深,冯资深亦应是遗民诗人,与二段等人一样,具有浓厚的爱国情怀。在这些诗人心里,夷、齐和陶渊明是他们的行为楷模。该组诗第二首有"萧萧华发老书生"句,第五首有"别离最苦暮年时,百岁中来不易支。此去故国行乐处,诗成毋吝寄相思。"可知冯年辈与段成己仿佛。光绪《山西通志》卷一百五十五有冯资深传,云:"冯资深,乡宁人,尝从稷山二段先生游,能诗。遁庵先生居龙门,资深自山中访之,出旧所为诗百余篇,遁庵先生言其离群索居,无师友之益,能自道其所志,盖绝无而仅有者。"按,此处所载之依据,其实是段克己的一首诗。《二妙集》卷四有段克己所作《冯弟自北山来,出其旧所为诗三百余篇。虽未暇尽读,尝鼎一脔,足知其余味。吾弟离群索居,无师友之益,能自道其所志,盖绝无而仅有者也。虽然,掘井九仞而不及泉,犹为弃井耳。适汉臣张君见过,论文话旧,以及吾弟之贤,因作诗许其所已能而勉其所未至以寄之,幸时复观览自以警省,勿徒实箧笥而已。》,冯资深自"北山"来,光绪《山西通志》则谓其从河津北边的乡宁来,其他所述亦均本此。由此诗题亦可知,张汉臣此时仍在,汉臣卒于1249年,已见前文,冯资深与张汉臣相识,他赴西山在此年之前。此外,还应注意,段克己此诗不只勉励冯资深怀抱夷齐志节,还指导冯氏一些作诗要领，是段克己有关诗学主张的反映。段克己此诗云："少年事业莫蹉跎，听我尊前一曲歌，铸剑必期经百炼，为文固自要三多。凡胎须得丹砂换，壮志休辞铁砚磨。平地为山由一篑，词源他日看银河。"此诗段克己称冯为"少年"，同时结合上引段成己之诗可推测冯氏年少于段克己，而或于段成己相近。为文"三多"不详，盖应为多读、多写与多评之类的实践性要求。"凡胎须得丹砂换"则与江西诗论有关，可知段克己亦重视艺术实践对作者创作起到的重要作用，其中也含有善于继承前人创作经验，以成就作家本身文学风格的意思。"壮志休辞铁砚磨"就很明确地强调文学创作实践在作家艺术风格形成过程中的重要作用了。段克己授徒讲学中或有诗学传授，但具体内容已不可知，此处对冯资深的提点可以使我们约略了解其基本的诗学主张，强调功夫与学力，是北宋与金代诗学的基本特点，他依然如此，其创作也功力深厚，极有深致，符合他的时代整体的诗学潮流。冯资深的其他事迹无考，他虽与张汉臣相识，也与段氏兄弟有所过从，但似未在龙门山居住，应属二段诗社的外延人员。

英粹中，《二妙集》卷三有段成己所作《和答木庵英粹中》诗，云："四海疲攻战，余生寄寂寥。花残从雨打，蓬转任风飘。有兴歌长野，无言立短桥。敝庐独在眼，殊觉路途遥。"从诗意看，应为摅写乱世退隐且带有消极情绪的作品，他提到的英粹中是当时著名的诗僧。

《金诗纪事》卷十二之"英"即为此英粹中，其云："号木庵，住龙门（按，在洛阳，非河东龙门）、嵩少、仰山、少林诸寺。"[①]刘祁《归潜志》卷九李纯甫喜佛条提及赵秉文曾将其《闲闲外集》以书与少林寺长老英粹中使刊之，《四库全书》的《滏水集》提要亦提及此事。赵秉文卒于1232年，可知在赵秉文在世时英粹中已在少林寺。赵秉文《滏水集》卷四有《同英粹中赋梅》诗，为题赠予英粹中诗。他还有《留木庵英上人住少林疏》，仅存残句，云："书如东晋名流，诗有晚唐风骨。"[②]可知英粹中与赵秉文交游较密，他能诗，亦长于书法。而耶律楚材《湛然居士集》卷十有《和少林和尚英粹中山堂诗韵》，

---

① 陈衍著，王庆生增订：《金诗纪事》，上海古籍出版社2003年版，第397页。
② 阎凤梧主编：《全辽金文》，山西古籍出版社2001年版，第2388页。

可知英粹中亦与耶律楚材有交往。而元好问所作之《木庵诗集序》该文是涉及英粹中的极为重要的文学批评资料。兹迻录如次：

"东坡读参寥子诗，爱其无蔬笋气，参寥用是得名。宣、政以来，无复异议。予独谓此特坡一时语，非定论也。诗僧之诗所以自别于诗人者，正以蔬笋气在耳。假使参寥子能作柳州《超师院晨起读禅经》五言，深入理窟，高出言外，坡又当以蔬笋气少之邪？木庵英上人弱冠作举子，从外家辽东，与高博州仲常游，得其议论为多，且因仲常得僧服。贞祐初南渡河，居洛西之华盖（此处核实元好问集），时人固以诗僧目之矣。三乡有辛敬之、赵宜之、刘景玄，予亦在焉。三君子皆诗人，上人与之相往还，故诗道益进。出世住宝应有《山堂夜岑寂》及《梅花》等篇传之京师。闲闲赵公、内相杨公、屏山李公及雷、李、刘、王诸公相与推激，至以不见颜色为恨。予尝以诗寄之云：'爱君山堂句，深静如幽兰。爱君梅花咏，入手如弹丸。诗僧第一代，无愧百年间。'曾说向闲闲赵公，公亦不以予言为过也。近年《七夕感兴》有'清河如练月如舟，花满人间乞巧楼。野老家风依旧拙，蒲团又度一年秋'之句，予为之击节称叹，恨赵杨诸公不及见之。己酉（1249）冬十月，将归太原，侍者出《木庵集》，求予为序引，试为商略之。上人才品高，真积力久，住龙门、嵩少二十年，仰山又五六年，境用人胜，思与神遇，故能游戏翰墨道场，而透脱丛林窠臼，于蔬笋中别为无味之味。皎然所谓'性情之外不知有文字'者，盖有望焉。正大中，闲闲公侍祠太室，会上人住少林久，倦于应接，思欲退席，闲闲公作疏留之云：'书如东晋名流，诗有晚唐风骨。'予谓闲闲虽不序《木庵集》，以如上语观之，知闲闲作序已竟，然则向所许百年以来诗僧家第一代者，良未尽欤！"①

从元好问此文中可知英粹中本辽东人，弱冠时为举子，尝从高仲常游，（按，"高博州仲常"应为高宪，宪泰和中成进士，见陈衍著，王庆生增订《金诗纪事》）贞祐南渡后已有诗僧之名，辛愿（字敬之）、赵元（字宜之）、刘昂宵（字景玄）与元好问等在三乡时与之相往还。后又为赵秉文、杨云翼、李纯甫等人赏识。元好问极推崇他，并对苏轼关于"蔬笋气"的观点表示异议，认

---

① 阎凤梧主编：《全辽金文》，山西古籍出版社 2001 年版，第 3249—3250 页。

为"蔬笋气"正是诗僧作品的本色。他还指出英粹中诗"境用人胜,思与神遇",有"无味之味"达到了皎然所"性情之外不知有文字"的标准,评英粹中是金代百年间"诗僧第一人"。可惜,一代文物,随着它的灭亡,多半散佚,《木庵集》依然无存,不能有所领略了。但据段成己关于英粹中的作品,不好判断他是否参与过二段诗社的活动。

此外,还有一些人物在《二妙集》中出现过,或为酬答、赓和的对象,或题赠、寄问时有所涉及,但限于资料,不能考订他们的详细情况。如师延卿、王载之、"隐之"、"济之"、杨国瑞、杨深甫等,他们应属于偶尔参与过诗社活动的诗人,但不能算作是诗社活动的成员。

要之,二段在龙门山的诗社活动应以他们隐居于此为始,逐渐开始展开活动,其活动频繁期当从段成己《辛丑清明后三日,诗社诸君子燕集于封仲坚别墅,谈笑竟日,宾主乐甚……》诗中提到的辛丑年,即1241年开始逐渐增多,1243年、1245年、1247年、1248年均有诗社活动,后随着张汉臣、封仲坚等主要成员陆续下世,活动渐少。至1251年段克己去世,段成己移家平阳而宣告结束,历时十余年,以二段为核心,有封仲坚、张汉臣、卫行之、卫袭之、杨彦衡、周景纯等较稳定的诗社成员,共同形成了一个由金源遗民组成的爱国诗人群体,期间也经历了由消极苦闷,力图超越现实到和平冲融,接受现实并愿意为新时代的人文社会效伎的心理历程,在这个过程中,诗社诸人还展开了一系列的诗学活动,主要有如下几次:

一次咏梅以及创作其他咏物诗应是诗社活动的内容。

《二妙集》卷五有段成己《乘兴杖履山麓,值梅始花,裴回久之,因折数枝置之几侧灯下,漫浪成语,简诸友一笑云三首》,由诗题看,段成己偶然得梅数枝,便作三诗与数友,这是二段诗社的一次创作活动。而段克己亦有《仲冬至初,家弟诚之自芹溪得红梅数枝作三诗以见意。夜归枕上次韵简山中二三子三首。》(卷五)段克己此诗之写作缘起,当为段成己之咏梅。此外,不光二段因此事而作诗,他们还以梅花为题,召集诗社诸人同作,只是现在读不到其他诗人的相关作品而已。《二妙集》卷五有段克己所作的《梅花十咏》,分"忆"、"梦"、"寻"、"探"、"乞"、"折"、"嗅"、"浸"、"浴"、"惜"十题咏之,而《二妙集》卷五亦有段成己的《梅花十咏》,所咏十题中唯少"折"咏,其他相同,这组诗与段克己的《十咏》当作于同一背景,也应是二段诗社活动的内容。另外,段克己与段成己均有《草木八咏》(《二妙集》卷五),所咏内容亦相同。段成己还作有《龙门八题》及《蒲州八咏》(均见《二妙集》卷五),因蒲州紧邻龙门,故这两组诗抑或与诗社活动有关,其他诗社成员也很有可能作过这样题目的诗,可惜他人同题之作现不可见。

由段克己与封仲坚采鹭鸶藤而引起的创作活动。

《二妙集》卷一段成己《吾兄同仲坚采鹭鸶藤于午芹之东溪,因咏诗见示,前代诗人未尝闻此者,此花长于田野篱落间,人视之与草芥无异,是诗一出,好事者将知所贵矣。感叹之余,敬次韵,有与我同志,继而述之,不亦懿乎?》,咏鹭鸶藤之事,由段克己与封仲坚与午芹采之而起,引起了诗社成员间的相关创作活动,是一次同题共作的创作活动。

一些因事而发的创作活动。

《二妙集》卷一有段成己《余懒日甚,不作诗者二年矣。间者二三子以歌咏相乐,请题于吾兄遁庵,遂以'岁月坐成晚'命之,因事感怀,成五章以自遣,志之所之,不知吾言之陋也,览者将有取焉。》提到"二三子以歌咏相乐,请题于吾兄遁庵",于是便以"岁月坐成晚"为题展开了创作活动,该诗应是诗社间的一次创作,是指定题目的创作活动。

《二妙集》卷三有段成己《杨生深甫以医鸣河汾,遁庵先生以下皆赠以诗。生,吾党士也。观其意似不以浅近自期者,故予以所述,不特称道而已也。》,诗中有"遁庵先生天下士,挈携畎亩为指似。"句,可知杨深甫得段克己提点,能议论,且段成己明示其为"吾党士",知其为此诗社成员,段克己及其他成员均曾赠诗予之,也开展了一次诗学活动。

《二妙集》卷三段成己《余侨居龙门山十有余年,封张二子日从余游,而贫又甚焉。因写所怀兼简二子,共成一笑。》,这是段成己摅写怀抱,兼赠予封仲坚、张汉臣的诗,显然是诗社成员间进行交流的创作。

《二妙集》卷四之段克己《和家弟诚之诗社燕之作》明示为诗社中作。卷四段克己《彦衡丧子,乡社诸君皆有诗以慰其哀,余忝交游之长,乌能无言?因赋此以赠之》诗,由诗题可见,杨彦衡丧子,诗社诸人皆作诗以慰之,段克己为诗社之长,因作是诗。卷四还有《丁未新正与诗社诸公园亭宴集,彦衡有诗,众属和,一时樽酒宴席之胜殆可乐也。余虽老,顾可虚盛意,勉为赋此。》,这是 1247 年二段诗社的一次群体性的创作活动,诗中有云:"处世只宜同鹿豕,和羹谁复忆盐梅。老来笔力犹强健,一首新诗酒一杯。"充满了亡国遗民的衰飒落寞之气,本次诗社活动的情绪基调应该便是如此。

《二妙集》卷四段成己《辛丑清明后三日,诗社诸公燕集于封仲坚别墅,谈笑竟日,宾主乐甚,然以未得吾兄弟数语为不足,既而遁庵先生有诗,余独未也。主人责负不已,因赋此以应命云。》二首,是《二妙集》中最早有诗社表述的活动资料。其一有句云:"可怜光景诚虚掷,坐对虚尊到夕晖。"透露出的是无奈与悲凉的落寞情绪,即使是同道相聚,诗酒遣怀,也抹不去国家沦亡的深深伤痛。

《二妙集》卷四还有段成己所作之《丁未立春日与彦衡、景纯、史生饮坐中,彦衡有诗且需余和,为赋此》诗,当为与杨彦衡、周景纯、史仲恭一起展开的创作活动。另外,卷四还有段成己的《戊申四月书于史氏仲恭别墅》,应为一次诗社活动。

《二妙集》卷六有段克己《癸丑中秋之夕,与诸君会饮山中,感时怀旧,情见乎辞》诗,此试题中的"癸丑"年为 1253 年,时段克己已故,若以此诗应为段成己作,则此时成己已移家平阳,谓"会饮山中"且话旧,则不能成立,因此,此处之"癸丑"或应为"癸卯"之讹,癸卯年为 1243 年,此时正值诗社的活动期,二段召集诗社成员会饮山中,诗酒怀旧是极有可能的。此诗中有云:"无何陵谷忽迁变,杀气黯惨缠九州。生民冤血流未尽,白骨堆积如山丘。比来几见中秋月,悲风鬼哭声啾啾。遗黎纵复脱刀裁,忧思离散谁与鸠?"对家国沦亡,生灵涂炭的残酷战争发出控诉。从段克己此诗可以想见,此次诗社创作的基本情感便是在怀旧的同时对战争造成的生灵涂炭和人民的苦难表示愤慨,二段诗社的创作中,这种类型的主题是最有时代意义和历史价值的。

《二妙集》卷七有段克己《满江红·清明与诸生登西碙柏岗》词,据雍正《山西通志》卷二十八之"午芹峰"条,"石碙"即"石峪",在龙门山中,所以,此词所记录的是该诗社的一次创作活动,参与者为段克己与"诸生",应即是诗社成员。

《二妙集》卷七之段克己所作《满庭芳·山居偶成，每与文翰二三子论文，把酒歌以侑觞，亦足以自乐也。》及卷七同样为段克己所作之《望月婆罗门引·癸卯元宵与诸君各赋词以为乐，寂寞山村，无可道者，因述其昔年京华所见以"望月婆罗门引"歌之，酒酣击节，将有堕开元之泪者二首。》，都是反映二段诗社活动的作品，也同样反映了二段等遗民诗人在当时情境中的心态，关于这一点，我们后文还要论及。

此外，《二妙集》卷七段克己《月上海棠·同诗社诸君饮芹溪上》及《鹧鸪天·暮春之初会卫生袭之家，酒酣，诸君作乐府，因为之赋，使贤者知吾辈之所乐也。》五首及《浣溪沙·元夜后一日，史生仲恭久客初还，酒间喜为赋此。》和卷八段成己《满江红·满江红·张丈信夫林亭小酌，感事怀人，敬用遁庵先生韵。》、《月上海棠·重九之会，彦衡赋词侑觞，尊兄遁庵公与坐客往复赓歌，至于再四，语意益妙，殆不喜后来者措手，彦衡坚请，余继其后，勉为赋之。》、《月上海棠·诗社诸君复相属和，又不免步韵，献笑。》等，从题目看，都应是诗社活动中创作的作品。此外，《二妙集》卷八有段成己《木兰花·前重九几日，篱下见菊放数花，嗅香挼蕊，慨然有感而作以贻山中二三子四首。》，此诗因见篱菊初发，因有所感而作，其他诗社成员当有和诗，此诗亦应是诗社作品。

二段诗社中还有游历兴会之作，主要是游青阳峡和禹门等地所作。青阳峡，据雍正《山西通志》卷二十八，在稷山县紫金山内，距二段所居之龙门山较近，当时诗社诸人尝在青阳峡游会。《二妙集》卷二有段克己所之之《游青阳峡》诗，卷七有段克己《鹧鸪天·青阳峡对酒三首》以及《鹧鸪天·上巳日再游青阳峡永宁家弟诚之韵三首》，而《二妙集》卷八有段成己《鹧鸪天·上巳日陪遁庵先生游青阳峡四首》及《鹧鸪天·再游青阳峡和遁庵先生韵二首》，这些都是二段游青阳峡的作品，其他诗社成员抑或预此游会，也应有诗词作品。另外，《二妙集》卷二有段克己之《戊申四月游禹门有感》长诗，亦为写心述怀，反映遗民诗人心态的重要作品。

总之，二段诗社的活动是比较频繁的，其活动的名目也很多，基本上涵盖了文人交游的方方面面，或是因事有激，或是游踪所至，在群体性的文学交流中，他们展开了很多诗学活动；又因为他们所处的历史文化背景和他们的爱国遗民身份，他们的这种群体性的诗学活动多了充实的内容，少了很多娱乐和消遣的因素。这个诗社在诗学史上很有意义，下文即予以论之。

稷亭二段于金朝灭亡，战乱不止之际，避居于河津龙门山并授徒讲学，力图使斯文不坠。他们他们与一批志同道合且沉抑下僚的同道中人结成诗社，在诗酒唱和的诗学活动中砥砺志节，形成了一个代表时代心理，反映时代呼声的爱国遗民诗人群体——二段诗社。该诗社的特质正在于其遗民性与群体性。在中国文学史上，这种以群体性面貌出现的诗社型遗民诗人组织是以二段诗社为滥觞的，该诗社对后世相同历史背景下的文人活动和文学交流都具有极大的启示意义，具有超乎其他群体性诗人组织的诗学意义。

首先，巨大的时代变迁使二段及其诗社中人的济时之心敛抑，就二段来讲，他们将济时之心转化为奖掖后进与培育英才，并通过组织诗社，营造一种诗学氛围，同时将其作为精神寄托和干预变乱时期社会文化的动力结构单元。

二段成名很早，赵秉文有"双飞"的期许，他们本可大骋其才，平流进取，以报效国家，却身遭国变，山河破碎，经邦济世之志对于这种时代的文人来讲，是心有余而力不足的。二段幸存于乱世，得以暂栖于河东，其志大塞，无奈之下只能将济时之心敛抑收藏。段克己说自己"念昔始读书，本志期王佐。时哉不我与，触事多轗轲"（《赠答封仲坚》，《二妙集》卷一）。若逢承平之世，他们真可高骞腾骧，大骋其才，然家国颠殒，山河板荡，其志难酬，时不我与。此诗真与陶渊明所谓"忆我少壮时，无乐自欣豫。猛志逸四海，骞翮思远翥。荏苒岁月颓，此心稍已去。值欢无复娱，每每多忧虑"（《杂诗》）同一旨趣。因为世路迍邅，承平时可大用的济时之心也只能敛抑了。"尘埋剑锋缺，弹铗悲无奈"（段克己《赠答封仲坚》，《二妙集》卷二）时代的变迁，使他们除却敛抑以外，几乎别无选择。"四海疲攻战，余生寄寂寥。花残从雨打，蓬转任风飘"（段成己《和答木庵英粹中》，《二妙集》卷三）着实是无奈并且投射着一种悲凉。"燕子归来人未归，平生事业与心违"（段成己《辛丑清明后三日，诗社诸公燕集于封仲坚别墅，谈笑竟日，宾主乐甚，然以未得吾兄弟数语为不足，既而遁庵兄有诗，余独未也。主人责负不已，因赋以应命云。》二首其一，《二妙集》卷四）"天翻地覆亲曾见，暮四朝三多几何？万事转头供一笑，向来事业尽蹉跎。"（段成己《寄居偶成二首》其二，《二妙集》卷四）"雨边战阵蚍蜉闹，花底生涯蝴蝶狂"（段成己《漫书二首》其二，《二妙集》卷四）是战争破碎了他们的理想，他们于是极度厌憎战争，在无可奈何的心绪中，他们也难以避免的有了一种颓废落寞的情绪。但二段对于这种动乱时代的无奈归隐可能导致的幻灭与颓废是有所警惕的，他们除自警外，还常常以自己的立身行事来影响后生晚辈，影响与他们有交往的诗社中人。"老来还我扶藜手，想豪气十分已无九，都把济时心，吩咐于一时英秀。"（段成己《月上海棠·重九之会，彦衡赋词侑觞，尊兄遁庵公与坐客往复赓歌，至于再四，语意益妙，殆不容后来者插手，彦衡坚请余继其后，勉为赋之。》，《二妙集》卷八）在退隐龙门山的诗社活动中，他们也力图在诗社活动中把济时之心影响到"一时英秀"，既然斯世已不可为，但只要有济时之心，可以有为之世终究会到来的。于是二段在很多作品中对后生晚辈予以劝勉箴戒，以惕厉其心，树立其志。如段克己对战乱中羽翼蹀躞不伸的有志者进行道德与行为的警示，《二妙集》卷六的《饱食箴示同志二三子》云："饱食终日，无所用心。方寸之微，万虑来侵。外物为诱，内即惛惛。醉生梦死，桎梏亦深。夜气不足，弗违兽禽。博弈犹贤，虚废光阴。凡百君子，尚服攸箴。"要求后生学者不能"饱食终日，无所用心"，也不能"醉生梦死"，亦不能在博弈中"虚废光阴"。他正是用这种严格的伦理道德标准来要求那些从其问学的后生晚辈。这个箴文实际是二段对诗社成员不能因失望而颓废堕落的一种告诫，也可以看作是该诗社的一种基本的伦理道德标准，用这种标准来约束诗社成员的精神生活，使他们在大乱的时代中坚持操守和志节，从而在此基础上开辟可以容纳共同爱国忧民心理的诗化园地。

段克己对与之交往的文人也往往进行鼓励。冯资深来谒，他大加赞赏其诗艺之进，并为之作诗，旨在"许其所以能而勉其所未至"。并在诗中进一步勉励道："铸剑必期经百炼，为文固自要三多。凡胎须得丹砂换，壮志休辞铁砚磨。"可谓老成持重，在谆谆教诲中，体现出的是殷切诚挚的期望。当然，他所期望的内容不仅仅是诗艺，也包括文人立身行事的道德与意志（见《二妙集》卷四之《冯弟自北山来，出其旧所为诗三百余篇。虽未暇尽读，尝鼎一脔，足知其余味。吾弟离群索居，无师友之益，能自道其所志，盖绝无而仅有者也。虽然，掘井九仞而不及泉，犹为弃井耳。适汉臣张君见过，论文话旧，以及吾弟之贤，因作诗许其所已能而勉其所未至以寄之，幸时复观览自以警省，勿徒实箧笥而已。》）段成己也勉励诗社成员"真钢须百炼，明镜要重磨"（《二妙集》卷三之《张器之雄飞亭》）也同样是对后生晚辈的劝勉。段克己有时还教导其弟，以尽兄长扶掖之义务。《二妙集》卷六有段克己所作《寿家弟诚之》，有云："赠君以湘山桃竹之杖，酌君以昆丘玉液之泉。泉以益肺腑之清气，杖以扶贞节于暮年。"这种兄弟师友间的砥砺名节、共勉志节的交游氛围，可以使其中的每一个人受到足够的习染，这是他们生存于乱世，并在乱世中展开一系列活动的基础与支柱。但在金朝，这个中州文人心念攸系的国家一步步走向覆灭的时候，二段以及他们的同道终究因无力回天而难挽国势，他们退隐了，他们不能运筹帷幄之中，决胜千里之外，他们素有的修养与学识，在大乱之世，真如屠龙之术，没有现实用处。他们的忧国忧民与悲天悯人的道德情操得不到应有的尊重，于是，在退隐后的萧索与落寞之中，他们的脆弱性也难以避免地表现出来了。

其次，二段与诗社诸人在乱世中，也被迫选择了以诗酒来缓释战乱与国破家亡造成的心灵伤痛。这种时候，诗酒与诗人的这种关系也就成了这个诗人群体共同的精神依托与活动纽带。"脱迹豺狼外，容身鹜雁间。虚舟元不系，倦翼自知还。"（段克己《李山人湛然始生之期，座客各赋诗为寿，亦作四韵以期所未至，不特称道而已，庶几尽朋友相成之义云。》，《二妙集》卷三）得以平安地从战乱中归隐，对于二段来讲，是心存侥幸的。他们在归隐后惊魂未定，因而常常以全身退避为满足，也时常以诗酒来强迫自己忘却国家败亡的伤痛。"四海干戈战血腥，头颅留在更须名。病寻药物为闲计，闷引文书作睡程。万事转头慵挂眼，一杯到手最关情。此身定向山间老，我与山英有旧盟。"（段克己《派遣》，《二妙集》卷四）既无力可为，遂决计退隐；世事既不由人，唯有全身退避，希图忘却"四海干戈"的血腥现实。"宦情更比诗情薄，目力聊凭酒力消。"（段成己《送仲坚、汉臣二子过南涧归赋是诗》，《二妙集》卷四）"此身只合山间了，勋业何劳镜里看。"在杜甫"勋业频看镜，行藏独倚楼"（杜甫《江上》）的意义上更进一步（段成己此句出自《寒食后有感而作》，见《二妙集》卷四）忘却关乎惨淡现实的一切一时间成了人生主题，"总把行年偿酒债，更将余力费诗筹，胶胶扰扰人间世，一笑尊前万事休"（段成己《幽怀用梦庵张丈韵四首》其二,《二妙集》卷四)诗也成了他们隐匿自己愤懑与悲慨的心灵归宿,在诗境中深深地将自己掩藏起来,用对诗艺的探讨来消磨掉自己的精神,减轻心理的痛苦,企图不再对现实用任何心思。"我自忍穷方未暇,不知蛮触战争忙"(段成己《张信夫梦庵(并引)》,《二妙集》卷五)他们厌倦了现实,加之故国已亡,这样的战争持续下去已毫无意义。当时蒙古已经平定中原,剑锋直指苟延残喘的南宋,双方间的战争对于二段等遗民诗人来讲,已全不关情了。"人间蛮触日干戈,暮四朝三都几何"(段成己《送冯资深归西山五首》,《二妙集》卷五)他们宁愿在诗酒中沉醉下去,对现实已经绝望了。"醒复醉,莫还朝,纷纷四海正兵骚,从渠眼底桑田变,且乐床头泼瓮醪"(段克己《鹧鸪天·暮春之初会饮卫生袭之家,酒酣,诸君请作乐府,因为之赋,使览者知吾辈之所乐也》五首之五,《二妙集》卷七),但对于二段这样成名较早,本可大展其才,报效国家的文士来讲,逃避只能是一厢情愿的,他们总是无法彻底排遣痛切的家国之恨,这种内在的伤痛总是他们压抑不住的,真如杜甫所谓"时危思报主,衰谢不能休"(《江山》)。于是在他们的诗作中,往往表现出这种失却故国,无主可报的激愤,也时常表现出对山河破碎、国家沦亡的迷茫于惶惑。这种情感与他们用诗酒排遣与屏蔽苦闷的态度总是相伴出现的,而这种感情,才是他们真实的内在心灵,也是他们的退隐不同于太平时代之退隐的关键方面。

即使有诗酒的作用,那种国家覆灭的巨大变故毕竟是烙在诗人们心口的深深伤痛,每每在诗酒中,或是因事触发,他们的亡国之痛便会发作,使诗人不仅难以释怀,简直是无法承受。如段克己《五月二十三日,夜分雨作,凉风飒然,木叶萧瑟,绝似往年七、八月。感时之变,不能为怀,漫浪成诗,聊以自释。》诗,诗中有云:"心非木石能无感,唤起悠悠故国愁"(《二妙集》卷四)亡国之痛,是包括二段在内的金源遗民诗人们最深层的情感,也是他们力图以诗酒压制与排遣的,却无法将其去除。

吴澄《二妙集序》有云"……于时干戈未息,杀气弥漫,贤者辟世,苟得一罅隙地,聊可娱生,则怡然自适,以毕余龄,几若淡然与世相忘者,然形之于言,间亦不能自禁。若曰:'冤血流未尽,白骨如山丘',若曰:'四海疲攻战,何当洗甲兵',则陶之达,杜之忧盖兼有之。"国家沦亡,对于他们而言,是痛彻肺腑的心灵创伤,诗酒是难以使怀忘却的。诚如杜甫所谓"愁极本凭诗遣兴,诗成吟咏转凄凉",(《至后》)一次次的沉醉,又一次次在创痛中惊醒。萦绕不去的,便是"不能自禁"的家国之忧和国家之愁。其他诗社成员亦是如此。段克己说李湛然"每遇杯酒间,辄击节悲歌,感慨泣下,不知者以为狂,生愈益放旷不羁。"(《送李山人之燕》诗之序,《二妙集》卷二)"不知者以为狂",而段氏兄弟则对这种行为与心境了然于心。"醉语劳挥麈,悲歌漫叩壶"(段成己《余侨居龙门山十有余年,封、张二子日从余游,而贫又甚焉。因写所怀兼简二子,共成一笑。》,《二妙集》卷三)醉语中挥麈谈论,以诗写怀,又以悲歌纾愤,叩壶啸傲,看似磊落,而内心郁滞的,是国家不存,有志难伸的苦闷与悒郁。眼前的生活虽暂离干戈,但宇内仍战乱不止,得以侥幸生存的人们在国家顷刻间覆亡的巨大刺激下也感到迷离儚恍,对剧变难以遽信,甚至感到难以区分现实与梦境,尤其在醉中更是如此。及至酒醒,则陡然一惊,才知一切已经难以收拾,眼前惨烈的干戈战乱与故国无存都是事实,"破除梦境原无国,收拾诗盟旧有坛"(段成己《和师延卿迁居之韵》,《二妙集》卷四)。只有在诗中,在与同道诗友的交往中,可以互相劝慰、互相勉励,不致沉沦荒废。前文讲过,二段及他们的诗友亦常常以磊落澹荡的面目面对世事,但是局势的剧变与自身的经历既结合在一起,便使他们生出无限悲凉的今昔之感。"少年着意做中秋,手卷珠帘上玉钩。明月欲上海波阔,瑞光万丈东南浮。楼高一望八千里,翠色一点认瀛洲。桂华徘徊初泛滟,冷溢杯盘河汉流。一时宾客尽豪逸,拥鼻不作商声讴。无何陵谷忽迁变,杀气黯惨缠九州。生民冤血流未尽,白骨堆积如山丘。比来几见中秋月,悲风鬼哭声啾啾。遗黎纵复脱刀裁,忧思离散谁与俦。回思少年事,刺促生百忧。良辰不可在,尊酒空相对。明月恨更多,故使浮云碍。照见古人多少愁,懒与今人照兴废!"(段克己《癸丑中秋之夕,与诸君会饮山中,感时怀旧,情见乎辞》,《二妙集》卷六。"癸丑"应为"癸卯"之讹。)与该诗情感相似的,还有《二妙集》卷八段克己所作之《满江红·过汴梁故宫城二首》。其一云:"塞马南来,五陵草树无颜色,云气暗,鼓鼙声震,天穿地裂。百二山河俱失险,将军束手无筹策。渐烟尘飞度几重城,蒙金阙。长戈袅,飞鸟绝,原厌肉,川流血。叹人生此际,动成长别。回首玉津春色早,雕栏犹挂当时月。更西来流水绕城垠,空呜咽。"

另一词又在这种情绪基础上抒发自己在这种历史背景下的身世之悲。如云："方寸玉阶无地借，诗书勋业休重忆，况而今，双鬓已成丝，非畴昔。兴废事，吾能说，今古恨，苦填臆。向南风，望断五弦消息。眯眼黄尘无处避，洗天风雨来何日？待酒酣，慷慨话平生，无人识。"这些作品，反映了段氏以及当时的中州遗民对家国沦亡、百姓涂炭的深深忧伤，能够将家国之感与自身的命运之悲在今昔对比中表现出来，也代表了当时背景下文人的基本心态。同时也蕴含了他们希望尽快结束战乱，"洗天风雨来何日？"真是包含了他们对天下康宁、百姓安居的深切希冀。这也正是该时代人们的共同心声。二段等中州遗民的退避，是因为他们对挽救国家、拯救黎民的时代使命力不能任，他们带着这种无可奈何的愧报心理退避山间，他们的生活中充满了牢骚和怨望，但他们毕竟没有颓废地去挥霍人生，而是带着对故国的深深眷恋，选择了与新朝，曾经的敌国方政权不合作的态度。他们是金朝的遗民，也是蒙古的逸民。他们的退避，实际上是他们内心这种对故国与新朝的态度使然。他们正因这样的选择，使他们在山间的穷困潦倒中依然能够保持一种道德伦理上的优越感，这种优越感的本质，便是古代正直士大夫普遍具有的本质性的伦理道德素质——忠诚。

再如《二妙集》卷七段克己所作之《望月婆罗门引·癸卯元宵与诸君各赋词以为乐，寂寞山村，无可道者，因述昔者京华所见以"望月婆罗门引"歌之，酒酣击节，有堕开元之泪者二首》，其一云："暮云收尽，柳梢月华，转银盘，东风轻扇春寒。玉辇通宵游幸，彩杖驾，双鸾间。鸣经脆管，鼎沸鳌山，漏声未残。人半醉，尚追欢。是处灯围绣毂，花簇雕鞍。繁华梦断，醉几度春风，双鬓斑。回首处，不见长安。"国家的昔日繁盛，自己的人生感慨，一于其词句间出之；山河破碎，壮志难酬，凭谁试问苍苍？五兵干戈，百姓血泪，一介文人书生，何以载动如许之忧愁哀思？今昔对比中，涌上心头的是不可阻拒的如同终南山一般濆洞浩瀚的苦闷与伤心。该词真与李清照之《永遇乐·元宵》况味相近，都能将一己之感慨与家国之兴亡结合在一起，可谓得骚人遗旨。其兴托之深远，情调之沉郁，可以作为段克己词的压卷之作来看待。同样，决定其意绪与感情基调的，也正是正直士大夫所具有的本质性伦理道德本质——忠诚。

因为饱经战乱，知道在动乱中百姓遭受的苦难，二段及遗民诗人们在怀念故国，不与新朝合作的同时，也企盼早日恢复太平，使生民得以休养生息。这种时候，他们又对新朝统治者抱有希望。这并不是对故国的背弃，而是对战乱的痛恨。应该说，他们的忠诚是纯粹的，但因饱经丧乱，知道百姓遭受的苦难，他们作为有良知的士人，便在民本的立场上，一方面仍抱着对故国的忠诚，同时又能企盼和平，为民请命。在条件允许的时候，他们会尽己所能，为新的时代重建人文，构建新的和平环境而努力。段成己在金亡后近三十年的中统二年终于接受了蒙古官职，出仕平阳路学校官。此举并非背弃故国，而是如上文所述，是为了重建人文环境尽己之能。其实，早在乃马真后时期，金源遗老陈赓、陈庾、麻革、曹之谦、李俊民等人都曾应聘由耶律楚材建议而创立的平阳经籍所。(耶律楚材建议设平阳经籍所事见《元史·耶律楚材传》)"参与这一活动，并无仕元之名，亦无伤于金源遗民身份。"(《金代文学家年谱》)陈赓等人的出仕，实与段成己有共同的意义。在故国难复，社会生活经过大战乱后急需重建人文的时候，为了消弭战争创痕，为和平到来及人文重建，他们尽己所长，在人文教育领域追求有为，并试图以此干预蒙古贵族统治者的治国策略。在这一点上，他们都依然忠诚于故国，更深一层说，是忠诚于金代的汉化人文成果，他们依然承载了士大夫应有的历史文化责任，这也是我国古代士大夫基本情操的一种表现。

《二妙集》卷二之段克己《正月十六日夜雪》有云："……我意天心厌诛戮，净洗战血除腥臊。方今廊庙已备具，左有夔龙右有咎。爱民亲贤急先务，朱轮皂盖驰英豪。遗黎幸脱疮痍厄，讴今圣世心坚牢……"对于蒙古在北方的初步祗定表示欣喜并予以夸赞，对于经历了战乱与杀戮的人来讲，太平康宁就显得格外重要了。"但愿太平身健在，西风长醉菊花前。"(段成己《寿李济夫》，《二妙集》卷四)"但愿年年身健在，一尊长得与君俱"(段成己《卫生行之少负侠气，与余兄弟相逢于艰难之际，自抑悒悒，常若不及，适今十五年矣。家贫而益安，岂果有所学乎？不然何其舍彼而取此也？生正月十六日诞弥日也，因赋诗以赠，为一笑乐，且以坚其志云。》，《二妙集》卷四)在时事渐趋平静，他们也渐渐从国家败亡的创痛中挣脱出来，渐渐地能平静地接受现实了。"经史传家，儿孙满眼，渐能承受。"(段克己《水龙吟·寿舍弟菊轩》，《二妙集》卷七)他们为金朝尽臣子匹夫之节，但国家已亡，他们只能以百姓为念,在退无可退的情况下,祈愿和平康宁,使百姓得以休养生息,再谋求创建被战乱破坏的人文环境。段克己曾勉励段成己曰:"但使平生忠义在,乐天知命复奚疑。"(《寿家弟诚之》,《二妙集》卷四)这是他们忠于故国,坚守志节的誓言。但在儒家看来,"乐天知命"绝不是无所作为,在天下渐趋平定,社会文化须要重建,金代的文化成果不能湮灭的时代需要的驱动下,他们走了出来,他们的忠诚上升到民本内涵与文化使命的高度上。于是,他们不再以不合作的态度来抗拒新朝了。这不能被看作是妥协与背叛,而是身经乱离之后对于太平的期许与对重建人文局面的重视。他用自己的所长所能去维护这种太平,去挽斯文于不坠。段成己与其兄克己在金亡后退隐二十余年,对于故国来讲,可谓尽忠守节了。乃兄已逝,中原渐趋平定,战乱后急需重建人文秩序,这是符合最大多数的原金朝百姓的利益的。于是他重返仕途,为当时的人文建设和文化事业尽其所能。历代很多遗民都会这样选择,因为他们在尽忠于故国的同时,还有承接儒家人文传统的历史文化使命,在这种时候,知止之可止,在历史的夹缝中追求人文的延续,是遗民们在守节的同时必须从亡国忧思中自拔出来,去勇于担当并勇于自任的。他们充实了忠诚的内涵,进一步诠释了正直士大夫所具有的基本情操的含义。

段成己在为官后所作的一些列文章,如《河津县儒学记》、《创修栖云观记》、《河中府新修庙学碑》以及《猗氏县创修儒学碑》等中,都表现出对新朝的赞赏态度,这说明,他们承认了蒙古在平定中原后的恢复生产与发展农业的做法,对于和平的实现是衷心推许的。这与其金源遗民的身份并不矛盾,其具体态度与他对金朝的忠诚也不相悖。如上文所述,他实际上是为新的时期的人文环境服务,这个人文环境,是金朝,作为多民族统一王朝创造出的各民族共同的文化成果,蒙古入主,各民族统一的局面依旧,那么,金朝的文化成果便依然有现实意义,依然可以被各民族所接受,他们出仕,正是为了使固有的文化成果在蒙古贵族的统治下延续和发展,所以他们出仕,与其说是与新朝合作,不如说是他们把对金朝的忠诚由政权层面上升到文化层面。应该指出,在元初的文化格局中,金源遗民的这种文化忠诚所产生的力量,使多民族共同文化的进一步发展和走向繁盛是起了很大作用的,其意义,远远高于守节而死的伦理选择。孟子评价孔子时说伯夷、叔齐"非其君不事,非其民不使。治则进，乱则退"，宁愿饿死，也不食周粟，以有志节而著称后世，是"圣之清者"。说伊尹力求知后知，觉后觉，尽己所能，力求有为，是"圣之任者"。说柳下惠"进不隐贤，必以其道。遗佚而不怨，穷而不悯。与乡人处，由由然不忍去"能和洽人我，略无崖岸，是"圣之和者"。唯孔子能够集大成①。儒家的理想人格实际含有夷齐、柳下惠和伊尹等类型，只有能向孔子那样融合各家之长去集大成，达到金声玉振、继往开来的境界才是最理想的，而二段，他们没有像夷、齐那样去守死节，但他们将节的含义提升为儒家之道，上升为更高层面的伦理追求和文化追求，亦似夷、齐之"清"；他们结合同道，砥砺共勉，使志节得以群体化，得以广泛传播，似柳下惠之"和"；他们知时进取，效伎斯文，力图继承固有的人文成果，似伊尹之"任"。他们也同孔子一样，在儒家之道合多民族统一文化的意义上承前启后，继往开来。金朝统治者推行汉化政策，使其文化得以快速发展，而蒙古统治者则为后进，二段等金源遗民以文教自任，在文化建设方面为新的大一统时期多民族统一文化的到来导夫先路，将激烈的名节观上升到了儒家的人文责任和历史责任的高度，并将民本思想灌注其中，所以，他们对故国的忠诚与他们之出仕并不矛盾。

蒙古大军南下，金王朝轰然崩溃。在这样的时代背景中，匹夫之志与书生意气都在国家败亡的无情打击下，敛抑不伸。无情的现实使作为遗民诗人的二段既感到痛苦，要感到迷茫。他们退避山野，又不曾遗忘现实，也没有淡漠自己存在的意义。他们在干戈扰攘的时代存在着，并尽力证明自己存在的意义。这便是那个时代心存忠悃的爱国诗人们普遍经历的精神历程。身处国家破败、社稷沦亡的时代背景中的历代诗人大都有类似二段的情愫。二段是爱国者，他们也是诗人，诗人的宿命是悲天悯人，然而，这也成了他们内心悒郁痛苦的暗咒。他们在艰难困苦中真诚地履行着一个儒家文人的历史使命，他们在诗酒中啸傲，在诗酒中悲歌，在诗酒中承受着忠诚带给他们的亡国遗民的所有辛酸。好在，龙门山的避居地，有一些与他们一样经历着乱世厉炼的文人，他们也同样是爱国者，他们也同样在时代的冲击下，用退避的方式实践着自己的忠贞，于是他们走到了一起，以诗为桥梁，以诗化的生活寄托着忠诚与志节，在共同

---

① 《孟子注疏》，李学勤主编：《十三经注疏》，北京大学出版社 2000 年版，第 315—316 页。

的潦倒中结成了足以诠释古代正直士大夫的忠诚秉性和基本情操的遗民诗社，成为文学史上极具典型意义的爱国诗人社团，对后世此类社团的出现极有启示意义。

稷亭二段诗社的诗学史意义主要表现在如下方面：

首先，是以爱国情怀为内涵的遗民性。对已经灭亡的故国的怀恋，对于新朝政权在政治上的不合作态度是遗民性的主要表现。这种遗民诗人的退隐，往往是以名节相惕厉，本质上是儒家之隐，类似于隋末王通。遗民之隐，没有任何功利性，亦无干进之心，却有道济天下之志。他们开门授徒，以名节相尚，不以贫贱为怀。他们具有伦理道德上的优越感，并从这种优越感出发，书写自己退居后的生活，将对故国的怀念和对百姓的关切蕴蓄其中，使他们的诗作具有了深厚的人文情怀和时代意义。故而他们的作品不同于单纯模山范水的田园山水诗，而是代表了一种乱离时代的普遍心态。历史上的伯夷、叔齐和商山四皓等人似亦有遗民性质，但二段与其他诗社中人却更近似陶渊明。他们心系故国，渴盼太平，将忧国之思与对太平时代的向往融合起来，始终没有隔离于现实之外，没有放弃文士应有的文化使命和历史责任。吴澄说二段之诗是陶之达与杜之忧的结合，是极有见地的。（见吴澄《二妙集序》）此外，二段与他们的同道还结成了一个群体性的诗人组织——二段诗社。金末的遗民诗人很多，但形成这样一个时常砥砺共勉的群体性组织，二段诗社是唯一的。

其次，二段诗社的诗学意义还在于其群体性。群体性是二段诗社非常值得关注的特性。文人退隐是很普遍的文学现象，他们忘名忘机，期于遁世，但二段等遗民诗人，因为有共同的心理特点和志节理想，便自觉地组织起来，建立了诗社，并展开了一系列群体性的文学活动。诗社不仅成了他们交游和创作的形式，也成了这些遗民诗人的一种精神生存的方式。在以后的历史时代，每每在易代的背景之下，具有爱国情怀的诗人们便会结成这种遗民性质的群体性诗社组织。因为其遗民性，此类诗社的成员间便多了些志节上的共勉和激励，创作也因反映了他们在易代之际心理活动而更为充实了，诗社创作的娱乐性和训练性不再重要了。也因如此，这种诗社便避免了后世所谓的"诗社习气"。所以，这种群体性的内涵又不同于其他时代，而是一种在爱国志节方面的群体性诗人组织，从这个意义上讲，遗民诗社的群体性就具有了非常积极的意义。使它为爱国诗人们交流切磋、砥砺志节提供了人文空间，容纳了他们共同的精神和心灵，并在相应的诗社活动中构成了他们一致的时代性的诗学心态，从而使这种诗社较其他时期的诗社更显得稳定和牢固。从这个角度讲，在中国诗学史上，二段诗社对后世，如宋末元初和明末清初的大量遗民诗社的出现是既有典范意义和开创之功的，虽然这种诗社一般无暇进行理论建设，却极有分量地影响到了所处时代诗学发展的走向和当时基本的诗学格局与基本风貌。因此，稷亭二段诗社以其爱国的遗民性与充实牢固的群体性具有了后世其他类似诗社无法比拟的历史价值和诗学意义。

下编
诗社的泛化及滋生习气阶段
——元代及明清时期

第一章　元代有关诗社活动及其诗学内涵

与前代相比，元代诗社表现出很多新的特质：总体上看是前期诸诗社诗学内涵不丰富，中期诸诗社的诗学内涵较前期为多，也较有理论意义，影响也较大；后期诸诗社诗学内涵亦不丰富。而除中期诸社外，前后期的诗社都具有遗民性，前期为宋遗民，后期则为元遗民。后期诸社中多有遗民性质的诗社，但他们却不问世事，在风雨如晦、干戈扰攘中沉浸在诗艺生活的氛围中。总的来看，因元代社会不同于其他时代，其诗社活动也具有其自身的丰富内涵。虽然其中诗学成就并未超过前代，但也是诗社史中相当重要的一个环节。

元初影响较大的几个遗民诗社为月泉吟社、汐社以及越中、山阴等地的诗社。其诗社成员可谓遍及各地，但地域性鲜明，主要在东南现江浙一带。在宋元巨变的时代际会里，包括诗人在内的各地人民在经受战争磨难和宗国败亡的沉重打击之下，对时代、对历史都会有着共同或相近的心态。在战乱渐平，新朝秩序逐渐确立的元初，诗学活动作为社会心理生活的主要内容，又开始吸附着文人们的心灵与情感，充分地反映了这一历史时代人们的精神世界。出于对南宋灭亡的沉痛回味和心理上对新朝的犹夷，他们以诗为纽带，共同联络起来，用诗歌抒发易代之际的心思与情感，或直白，或幽隐，成了这一时期各处诗社活动的主要特点。在这种时代与文学的背景之下，也与二段诗社一样，他们无暇进行诗歌理论的探讨和理论批评体系的建设，故而此时有社无派，诗学理论上除了对前代有所总结外也没有什么新的建树，但在创作上却很兴盛，这主要是因为时代剧变给他们情感上造成了难以消除的感情创伤，无诗则无法排遣。①

---

① 类似方回这样的诗学家在诗学上对前代诗学的总结作用十分突出，但未必其理论观点产生于元初的诗社活动中，总体上讲，元初诗社创作活动规模较大，但无暇顾及诗学理论的建设。

元初诗社的繁盛，除了在易代之际大多数诗人有着共同的心理向度而外，他们寄情诗社，在诗社中聘请名家主评并排定名次的做法还与元初三十余年没有科举选士的制度有关。元初诗人生长于南宋者，受科举之风濡染甚深，他们骋才于艺文之中，其竞相显露才华本身也具有期待认可、求证自身价值的用意。然元初科举考课废除，社会右文之风在异代变革之中冲折陵夷，文人没有了"学而优则仕"的心理支撑，于是在诗社活动中就更强化了考评诗艺、品评优劣的职能——这是元初诗社明显异于前代与后世之处。陆文圭《跋陈元复诗稿》中所说的"科场废三十年，程文阁不用，后生秀才气无所发泄，溢而为诗"[1]。其言"无所发泄"之"气"，即指科举制废后的骋才之路的抑塞苦闷之气。自然这种"气"也含有宗国破亡之后的时代性共同心理情感与精神品格之意。[2]

从诗社活动形式方面看，元初诗社在形式上也较宋代更为齐整和完善。元初诸诗社往往出题征诗，如月泉吟社以《春日田园杂兴》征诗，武林诗社以《梅魂》征诗，山阴诗社以《秋气》等征诗即是此类形式。此外还邀请名家为主评以评诗分级。如影响最大的月泉吟社以谢翱、方凤、吴思齐三人为主评，对所征之诗进行品第排名，还写有评语，对优胜者还有物质奖励。这种征诗、作诗、评诗、品第排名和颁发奖品的文学活动所包含的诗学内容之丰富，都是值得关注的。易代之际的精神失落使他们在诗社的氛围中倾注心力，悠游其中，既寻觅同道，又逃避现实；既稀释个人忧愤，又凝结共同的精神力量。此后的中国历史中，凡易代之际此类的诗社就会很多，其群体的凝聚力和形式的严整性以及组织的有效性都要比承平时代表现得突出。这是易代在文学中的一种反映形态，表现出了稳定的共通性。

欧阳光论及元代诗社时曾谈了元代诗社具有如下特点：

其一，在元初极短的时间里，"诗社集中大量出现"。如杭州一地就有杭清

---

[1]《墙东类稿》卷九，李修生主编：《全元文》第17册，凤凰出版社2004年版，第555页。

[2]（明）李东阳《怀麓堂诗话》有云："元季国初，东南人士重诗社，每一有力者主之，聘诗人为考官，隔岁封题于诸郡之能诗者，期以明春集卷，私试开榜次名，仍刻其优者，略如科举之法。"参见周寅丙点校：《李东阳集》第二卷，岳麓书社1985年版，第541页。在元初与元季，这种重视诗社活动的风气都很盛。李东阳说的是元季，实际上元初已是如此。

吟社、白云社、孤山社、武林社、武林九老会等五家。另外还有越中诗社、山阴诗社、月泉吟社、汐社等。以及浙江的明远诗社、季林诗社及熊刚申、陈尧峰在龙泽山创办的诗社。而这些诗社展开活动的时间集中在元初一二十年里，"真可谓遍地开花，一时蔚为大观"。①

其二，规模较此前扩大。江西熊刚申、陈尧峰之龙泽山诗社"一会至二百人"②。另外，欧阳光还指出，元初诗社活动呈现出了更开放的格局。月泉吟社、汐社的活动都形成了广泛参与的现象。

另外，欧阳光还指出元代诗社"组织形式更为正规严密"，也"不再是文士们消闲生活的点缀"，成了他们的重要生活内容。欧阳光说："元代诗社已从宋代诗社那种文人雅集似的聚会发展成为更具组织性、自觉性、代表性的知识分子群体。"③但宋代诗社师友师传的宗派性特征是很突出的，元代诗社才是既有雅集性又有"社会性"的群体。宋元间的诗社，是由宗派、学派性组织向雅集社会性组织演化的关键时期，师友承传关系的因素有所淡化。诗社成为文人同道者的固定化、群体化和活动程序化的群体性社会——文学组织。

元代中期，在京师大都，馆阁文人，尤其是曾经在奎章阁学士院任职的文人通过群体性文学活动整合力量，彻底改变了宋金余习，熔炼成有元一代的诗学品格。元代末期，一些地域性的遗民群体也展开了群体性文学活动，如顾瑛等人的玉山雅集活动，将京师诗风与地方诗风贯穿，形成了灵动自如、通脱澹荡的诗学风貌。这些群体性文学活动虽然没有明确的诗社名号，但在诗社繁盛的大背景下，其性质与诗社相近，我们亦将其作为考察对象。

欧阳光曾指出："比之宋代的诗社，元初遗民诗社对后世的影响也更加巨大和深远。组织形式的日趋完善和正规化，使得自唐代产生的诗社最终发育成熟并基本定型了。"④要说成熟，实际上指形式上而言，其实作为诗学史上的诗社，在宋代就已经成熟了。因而宋元之际的特殊历史背景，文人们"存

---

① 欧阳光：《宋元诗社研究》，广东高等教育出版社1996年版，第60页。
② （元）赵文：《青山集》卷六《熊刚申墓志铭》，李修生主编：《全元文》第10册，凤凰出版社2004年版，第158页。
③ 欧阳光：《宋元诗社研究》，广东高等教育出版社1996年版，第61页。
④ 欧阳光：《宋元诗社研究》，广东高等教育出版社1996年版，第55页。

活"于诗社,延伸自己胜国遗民的历史生命于诗社。他们在组织形式上使这一诗人群体的活动形式更为整饬,其"社会性"也更强了。但就诗学内涵而言,因这一时代诗人无暇去钻研琢磨具体而微的诗学问题,所以,即使我们不用娱乐消遣或文学训练这样的措辞,但这一时代的诗社也确实比前代更具有群体性活动符号的性质。也就是说,诗社活动使他们退避于政治激流之外,成为诗社成员间感叹故国沦亡,消弭易代之悲的共同精神寄托,而对与诗学斗争有关的诗学理论建设并不挂心了。不过也正因为经历了国破家亡的历史动荡,他们的创作中真实的情感寄托成分显著增强,在这种情感基础上,他们凄切悲伤的内在感情也使宋末局促纤巧的诗风发生了变化,逐渐揭开了元代诗学的历史帷幕。

第一节 论元初诗社和元代诗学格局之关系
——以月泉吟社的诗学活动为例

与前代相比,元代诗社最大的特点是形式上更为整饬,其活动规模也较为巨大。从社约、社规到模拟科举的品骘评赏,从颁发奖品到刻梓流播,都较宋金有较大发展。从内容上看,元代统一的时间不足百年,但初年与末年都涌现出许多遗民诗社,虽所宗之胜国并不相同,但诗社的性质相同。元代中期京师大都还有以台阁大臣为主的诗社活动,虽在诗社活动的意义上不及初期及末期诸诗社,但在诗学上却成元代诗学格局中的核心力量。从诗社史的角度来看,元初诗社正是起到了收束宋代诗社,开启元代诗社的基本作用;从诗学上看,元初诗社于诗学上并无多大创见,却起到联络、整合士人,为元中期诗学基本风貌的形成起到铺叙作用。这里拟以月泉吟社的诗学活动为例,来阐述元代诗学的基本流变,同时解读元初诗社与诗学以及诗学格局之关系。

一、月泉吟社的主要成员及其基本情况

月泉吟社是宋元之际吴渭在浦江(今浙江浦江)所立的一个诗社。吴渭生平事迹不详。《四库全书》的《月泉吟社诗》提要只说道:"渭字清翁,号潜斋,浦江人。尝官义乌令,入元后退居吴溪,立月泉吟社。"立社的具体时间

不详，但月泉吟社知名于世，当是至元二十三年（1286），以征诗为始，含评赏品第以及颁奖等一系列活动在内的大型诗学活动。月泉是浦江一处胜景。受月泉吟社诗人影响颇大的黄溍在其《重修月泉书院记》中有云："浦江县北有泉出仙华山之阳，而发于县西二里，视月之盈虚以为消长，号曰月泉。宋政和癸巳（1113），知县孙侯潮始疏为曲池，筑亭其上。咸淳丙寅（1266），知县王侯霖龙因构精社于亭之西北，祠先圣先贤其中，以为诸生讲学之所。逮入国朝，乃畀书院额。"①雍正《浙江通志》卷四十七"月泉书堂"条下直接引《金华杂识》中吴渭创月泉吟社事。这可能使人们产生一种印象，即吟社的活动场所可能就是月泉书院（或月泉书堂）。其实未必，月泉既为浦江胜景，其泉水随月之盈亏而消长，故而其中佳趣可吸引文人建书院，也可吸引他们建庭园。现没有资料可证吴渭曾在元初主持过月泉书院。现存《四库》本《月泉吟社诗》中的《月泉吟社诗》原序在介绍完吴渭的基本情况后有云："按重本有邑人黄灏首序：渭，故宋时尝为义乌令，元初退食于吴溪，延致遗老方韶父与闽谢皋羽，括吴思齐主于家，始作月泉吟社。"其中方韶父为方凤，谢皋羽为谢翱。据此文字，似是方凤、谢翱、吴思齐被吴渭"延至于家，始作月泉吟社"。方凤学生柳贯所作之《方先生墓碣铭（并序）》中曾说方凤入元后"乃束其兴、观、群、怨之旨而一发于咏歌，体裁纯密，声节娴婉，不缘琢镂，而神融气浩，成一家言。诗既益工，业日益落。里士吴明府渭，因与其伯兄弟辟家塾，延致先生吴溪上，遇好宾客，则采撷云月，嘲弄林水间。晚善括苍吴思齐善父、武夷谢翱皋羽，序其倡答诸诗，曰《风雨集》以识"②。细研其意，当时吴渭与其伯兄弟辟家塾延方凤以教子侄。他常与宾客作诗吟咏，后与吴思齐、谢翱相善，至成莫逆（详后）。据柳贯此文，方凤夫人为柳贯表姑，先于凤卒。方凤卒于元英宗至治元年（1321），年八十二，是宋亡时方凤四十岁，月泉吟社征诗时四十七岁，思想、品格已然定型。柳贯曾受业于方凤，又有亲

---

① 《金华黄先生文集》卷十四，李修生主编：《全元文》第29册，凤凰出版社2004年版，第396页。吴莱有《浦阳旧有明月泉，久而不应，今乃疏道其源，似颇与弦望晦朔之间相为消长者，遂作是诗》（吴莱：《渊颖集》卷四，文渊阁《四库全书》第1209册，上海古籍出版社1987年影印本，第60页）可知月泉于元代中期曾萎竭不流，又因吴莱之疏浚而恢复如常。吴莱因有此作。

② （元）柳贯：《待制集》卷一〇，载李修生主编：《全元文》第25册，凤凰出版社2004年版，第372页。

缘关系，其记载当可信。方凤被请为塾师在先，结识吴思齐、谢翱在后。吴思齐隐于浦江时间虽不能确定，但应在宋元交迭之间。雍正《浙江通志》卷一百九十三《吴思齐传》引万历《金华府志》谓其"宋末隐浦阳"，《经义考》卷一百九十一同样引《金华府志》又谓其"宋亡隐浦阳"。要之吴思齐隐于浦江的时代在宋元之交的一段时间。至于谢翱，方凤《谢君翱行状》谓谢翱于宋亡之际避地浙水东留永嘉括苍四年，往来鄞越复五年，戊子夏至婺遂西至睦及杭。戊子即至元二十五年，即1288年，浦江在婺、睦间，然此时已在月泉吟社征诗活动之后。不过该行状叙谢翱游踪后又云："游倦辄憩婺睦之江源、月泉、仙华岩、小炉峰三瀑布，复爱子陵台下白云原唐玄英处士旧隐，有终焉之志，且欲为文冢瘗所为稿台南。甲午（至元三十一年，1294）寓杭……乙未（元贞元年，1295）复来婺睦，寻汐社旧盟，夏由睦至杭，肺疾作，以秋八月壬子终。"①由此看，谢翱在元初是游多于处的。他在1288年因仰慕唐代玄英处士方干隐居之处才有终老于子陵台下之志。后寓杭州，旋卒。方凤与谢翱有"异性兄弟"之谊（同上文）。且谢翱临终以平生所作及遗骨相托，可知他们间的深挚情谊，方凤所记述的谢翱生平，是确实可信的。又张孟兼《西台恸哭记注》谓谢翱于丙戌年"过勾越行禹窆间北乡而泣焉"。丙戌年（1286）即为月泉吟社征诗之年，可知谢翱此年并不常在浦江，而是继续游历。至于《月泉吟社诗》原序中提及邑人黄灏序称吴渭延致方凤、谢翱、吴思齐作月泉吟社，且征诗后"三子乃为共评"的情况，应是谢翱游历至此，结识吴渭、方凤、吴思齐后参加了次年（1287）的评诗及排甲乙活动。在这一过程中方凤、谢翱、吴思齐成为挚友，其间活动也较为频繁。②

---

① 《存雅堂集》卷三，李修生主编：《全元文》第10册，凤凰出版社2004年版，第670页。

② 谢翱有《月泉游记》记述月泉甚详（《晞发集》卷九），兹录如下："余少慕初平叱石事，知婺有金华洞瀑泉之胜而未知有月泉也。月泉在浦江县西北二里，故老云其消长视月之盈亏。由朔至望，投梯其间，泉浸浸浮梯而上，动荡芹藻，若江湖之浮舟；拥苔于岸，视旧痕不减毫发。由望至晦，置竹井傍，以常所落浅深为候，随月之大小尽痕代上，当其日之数，旦而测之，水之落痕与石约如竹之画，视甃间滞萍薜，枯青相半殆频。水退，人家日蒸气湿，墙壁故在，而浮槎游槔，栖泊树石，隐隐可记。余与友人陈君某至，适望后二日，陈君指萍与草，以为斯泉亏落之验，盖冲漠朕兆间，盈虚消息之理与山川呼吸往来之气相值而不爽也。……"（文渊阁《四库全书》第1188册，上海古籍出版社1987年影印本，第320页）月泉之神工之妙与造化之奇，可谓兼而有之。宜乎谢翱漫游其中，神思荡漾。此文或为谢翱在浦江期间游历月泉胜处所作，他参与月泉吟社之活动应该在这段时间之内。

《四库》本方凤《存雅堂遗稿》卷五之《金华洞天纪行》后张燧跋语称陈公凯在方凤、谢翱诸人金华洞天之游的至元二十六年（1289）时为月泉山长，似月泉书院与月泉吟社无多大关系。（《明一统志》卷四十二《刘应龟传》谓其至元初为月泉书院山长）也不能确定陈公凯（字君用）是否有预征诗活动。（今前六十名无陈公凯）其弟陈公举（字帝臣）曾参加金华之游，与方、谢二人很熟悉。跋语中亦提到陈氏兄弟与方、谢二人为文字交。其中或许就有与谢翱游月泉的"友人陈君某"。谢翱与陈氏昆仲应亦有文学交流。参与此次游会的还有吴似孙（字续古），跋中提到吴似孙是吴谦之子。又据《金华府志》，吴谦尝馆谢翱、方凤、吴思齐，他们相与讨论典坟。柳贯《待制集》卷一中《方先生墓碣铭（并序）》曾提到"里士吴明府渭因与其伯兄弟辟家塾延致先生（按，方凤）"，且该游记中也提到他们游览金华后"回抵吴氏书塾"①。可知方凤、谢翱（应还有吴思齐）是馆于吴谦、吴渭家中教授乡邦弟子的。吴谦、吴渭与方、谢及吴思齐的关系应该很融洽。张燧跋还提到吴谦在谢翱卒后为其营葬，并辑士大夫哀诔为《哭谢编》，可见他们间的情谊。谢翱《鲁国图诗并序》中有云："……遂橐其本归过浦汭，方君景山与括人吴思齐率其徒为讲经社。"②这应是谢翱结识方凤（方凤一名景山）、吴思齐之始。当时方凤、吴思齐已率学生成立讲经社，研习儒家经典。其场所或即是在吴氏家塾。谢翱到来并加入讲经团队，因吴渭及伯兄吴谦对三人的赏识，加之此地或已有诗社存在。于是因三人而大之，展开了联络汉族遗民诗人，结成退隐共同体并开展征诗活动。

月泉吟社至元二十三年（1286）的征诗活动应该是吴渭（及吴谦）延至方凤、吴思齐、谢翱等人于家塾任职，教授经学后，因三人的号召力很大，在士林中颇有影响，于是发起征诗活动。其实质意义是召集同道，联络诗人，以形成诗人同盟体的诗学活动。在方、吴、谢入吴氏家塾，甚至是加盟诗社之前，月泉一带应已有诗社，并也有一定影响。今《月泉吟社诗》中屡屡有人提及"月泉旧社"，可知在至元二十三年征诗之前，月泉吟社已存在。

---

① （元）柳贯：《待制集》卷一，《方先生墓碣铭（并序）》，李修生主编：《全元文》第25册，凤凰出版社2004年版，第372页。

② 《晞发集》卷八，文渊阁《四库全书》第1188册，上海古籍出版社1987年影印本，第317页。

吴谦《谢君皋羽圹志》中提到："忆君始至婺时，余二兄尚无恙。仲兄命其孙贵受业，从者翕然。余家浦阳江水源，延吴君思齐、方君凤为江源讲经社①，与君汐社合。余与君同年生，又相好也。门祚衰薄，频年哭二兄，今又哭君，追念死生离合之故，何能无感怆于斯。遂伐石志君年行纳诸圹且俾贵于月泉精社祠焉。"②此文亦提及谢翱"其会友之所曰汐社，义取晚而有信"。我们从这里亦可推知，谢翱于浦江月泉得到吴谦及两位兄长（应有吴渭）的尊重。在谢翱到来之前已延吴思齐、方凤为讲经社③。谢翱之来，遂将之与谢翱汐社合并。

在已有的月泉吟社基础上，合讲经社与汐社为一，其征诗活动，应是三者合并的隆重宣示，汐社是谢翱组织的南宋遗民群体，政治性鲜明，将汐社并入，也预示着月泉吟社在政治取向上向遗民性方向的发展。文中提到吴谦之仲兄以其孙吴贵受业谢翱，"从者翕然"。后翱卒，吴贵在月泉精舍为之立祠祭拜。吴贵或为吴渭之孙，吴渭或为吴谦之仲兄④。

方凤有《止所吴翁挽歌辞》（二首）诗，其一云："岳岳文豪共识名，归来风月恣弹评。竹阶过鹤窥棋局，花院流莺和乐声。灯酌萧闲期郑老，盆歌疏达慕庄生。何来排闼绯衣召，天上楼传白玉成。"其二云："倦客囊书栖旧林，如兰交契岁寒心。行藏与共盟犹在，生死俄分感独深。丧宝可堪埋白璧，知音端

---

① （元）方凤《存雅堂遗稿》卷二之《方梓重阳对菊得开字》（按，方梓为方凤次子）中有云："江源旧社兹重来。"其中的"江源旧社"应指方凤、吴思齐等在吴氏家塾的诗社活动。

② 李修生主编：《全元文》第17册，凤凰出版社2004年版，第316页。

③ 吴、方、谢三人均长于经学。吴思齐有《左氏传阙疑》（据宋濂：《吴思齐传》，《文宪集》卷一〇）。方凤长于《诗》（据柳贯：《待制集》卷一〇之《方先生墓碣铭》）。谢翱长于《春秋》及《左传》。（据方凤：《谢君皋羽行状》，《存雅堂遗稿》卷三）。当时已无科举，故而吴、方、谢三人之授学，以《春秋》、《诗经》为主。

④ 雍正《浙江通志》卷一八九之《吴谦传》引《金华贤达传》云："（谦）字仲恭，浦江人，世业儒，父莹声，宋秘书省校勘文字。与谢翱友善，翱寓谦家，寻卒，无嗣。谦经营丧葬，刻石志墓，复辑士友哀谏为'哭谢编'。"所记述未必尽准，但吴谦家世业儒及其与谢翱之交应该可信。方凤《祭温州路教授吴君》曾言此"吴君"、"当兵革余，馆谷我二儿来趋旁门右左，金兰之契，胶漆之坚，道义相与逾三十年"。文中提及结识此吴君在丙子年。丙子年即至元十三年（1276）。三十年后此吴君去世。此吴君曾延方凤，并容留其二子，且与方凤有三十年"道义相与"之经历，故此"吴君"应是吴谦。他后曾任温州路教授，故此祭文中亦云："中虽暂违，虚左以待，信誓重寻，前规弗改。君出处，意在徜徉，室扁'止所'，舟名'安航'。园丁莳花，厮役锄药，沼乐观鱼，亭率放鹤，家庭燕集，宾客过从，有壶有奕，觞咏从容。"可知吴谦生活情状及志趣所在。方凤诗中提及之"止所"，当指吴谦。据柳贯《方先生墓碣铭（并序）》方凤卒于至治元年（1321），八十二，知方凤生于1240年，其馆于吴氏时三十七岁。

合铸黄金。茱萸遍插明朝是，回首西风泪满襟。"①

此处之"止所吴翁"，当为吴谦。从诗中也可见方凤与吴谦之交契如兰，颇为深挚。《存雅堂遗稿》卷一之《重阳对菊得菊字（并序）》亦为纪念吴谦所作。同卷之《赠乐闲居士》亦为赠予吴谦之作。

据上文所引吴谦《谢君皋羽圹志》，吴谦二兄早卒，吴谦后与方凤交游较多。吴渭或是吴谦二兄之一，在月泉吟社举行后至谢翱去世之间已先下世，故而诸人作品中不多提及。方凤有诗《吴清翁石桥》关涉到吴渭。事实情况应是月泉吟诗活动后，吴渭早于谢翱下世，待谢翱去世后，该诗社的活动也不再有记录了。但诗社成员的巨大诗学作用却渐渐发挥出来。

月泉吟社成立后，其盟主为吴渭。吴谦及吴谦另一位兄长亦当起着重要作用。方凤、吴思齐及谢翱应是中枢。在至元二十三年的征诗及随之展开的一系列诗学活动中方、吴、谢三人应起到很重要的作用。但不能说是决定性或有决策意义，其作用主要在诗学方面。因今《月泉吟社诗》中的有关征诗、解题、誓诗坛文及送诗赏小札和答诗赏启中均未见方、吴、谢三人的名号。他们本身在当时具有极大号召力，当地学者乐善从之，然如此大规模诗学活动竟不以三人为号召，不知是何缘故。以笔者意揣之，因所征之诗要糊名、誊录，以至参与者均用寓名，故而参评的方、吴、谢三人在参与评定甲乙的过程中也并不张扬，这样有利于在平缓从容的氛围中进行公允评定。

方凤、吴思齐、谢翱三人的共同点是对故朝抱有深厚的感情。在易代之际对新朝持不合作态度。他们三人是在遗民身份认同及诗学主旨上较为一致的遗民诗人共同体，是月泉吟社丙戌丁亥（1286、1287）时诗学活动的中枢力量乃至精神核心。

方凤（1240—1321），一名景山，字韶父，人多称存雅先生。其先出唐玄英处士方干。干曾孙傅，字辅卿，迁至浦阳仙华山，后传至方凤。方凤少有异材，常出游杭都，尽交海内知名士。宋亡前夕以特恩授容州文学。宋亡后感慨愤激，一发于咏歌，音调凄凉，深于古今之感，临殁犹嘱其子（方）樗题其旌曰"容州"，示不忘也。据载"凤虽至老，但语及胜国事必仰视霄汉，凄然泣

---

① （元）方凤：《存雅堂遗稿》卷二，方勇辑校：《方凤集》，浙江古籍出版社1993年版，第48页。

下，故其诗亦危苦悲伤，其殆有得于（杜）甫者"。（据宋濂《浦阳人物记》卷下之《方凤传》）作品多数散落，今有其《存雅堂遗稿》。

吴思齐（1238—1301），字子善，处之丽水（今浙江丽水）人。祖母为陈亮女儿。少颖悟，善古文。从季父国子监丞吴天泽学，以辞章家知名，曾任监临安府新城税锁，举进士不第。从常调为嘉兴县丞，代理县令时处事宽简，明断曲直。被时任提点刑狱的洪起畏赏识，成为良吏。洪起畏任镇江守，吴思齐入其幕，曾以耿直干犯贾似道，迁饶州节制司，又支持俞浙劾贵戚谢堂，中其讳恶。后不愿仕，请监南岳庙，流寓桐庐，又不附岳丈方登之势。宦游十年，却无余财。宋亡后更无生计，却坚决不出仕。他后遇寒疾失聪，所交游者苦其声，与语未毕辄驰去。独方凤、谢翱、方寿（或作方焘）与思齐剧谈，每至夜，指手画书，傍观咄咄，而略无倦意。自号全归，誓不失身以病父母。天性真挚，只知有是非不知有毁誉祸福。学者争师之。著述有《左氏传阙疑》、《拟周公瑾平荆州碑》、《魏司马孚赞》、《跋杜诗集》、《陈亮叶适二家文选》，又仿真德秀《文章正宗》而辑宋一代诗文，未就而卒。（据宋濂《吴思齐传》，《文宪集》卷十）

吴思齐亦忠于故宋，不仕新朝，于讲经授学之余，与知交诗酒唱和，寄托"全归"守节之志。是与方凤及谢翱气类相同的遗民诗人。

谢翱（1249—1295），字皋羽，一字皋父。闽之长溪（今福建福安）人，后徙建之浦城（今属福建）。其父谢钥终身未出仕，通《春秋》，有《春秋衍义》、《左氏辨证》传于时。这种家学传统对谢翱有很大影响。谢翱亦通《春秋》之学。咸淳中谢翱试进士不中，落魄漳、泉二州。文天祥逃离元军羁押，在南剑（今福建南平）开府聚兵抗元。谢翱往投，任谘事参军。天祥败，谢翱流落浙江一带。文天祥就义，谢悲不能禁，只影行浙水东，逢山川池榭、云岚草木与所别处，及其时号相类，则徘徊顾盼，失声痛哭。曾痛哭于越台，又哭于严子陵钓台，作《西台恸哭记》，悲愤抑郁之情，一发于长歌哀哭。在历史变迁不可阻遏之际，感念故国，"独求故老与同志以证其所得"[①]，寻访同道，成立"汐社"，志在不忘。其平生所著，有手抄诗八卷、杂文二十卷、《唐

[①] 《谢君皋羽行状》，方勇辑校，载《方凤集》，浙江古籍出版社1993年版，第75页。

补传》一卷、《南史补帝纪赞》一卷、《楚辞芳草图谱》一卷、《宋铙歌鼓吹曲》一卷、《睦州山水人物古迹记》一卷、《浦阳先民传》一卷、《天地间集》五卷、《东坡夜雨句图》一卷、《浙东西游录》九卷，仿《史记·秦楚之际月表》作《独行传》及《左氏传续辨》、《历代诗谱》（未完结），编选唐韦柳诸家诗及东都五体诗等。今有《晞发集》十卷、《晞发遗集》二卷、《遗集补》一卷。在宋元之际的遗民诗人中，谢翱有突出的代表性，他忠于胜国之情，悲怆深挚；易代之悲，痛彻肺腑。忠诚磊落，抑塞孤愤，见于诗文，沁入字里行间，是当时遗民诗人的精神风标。

因方凤、吴思齐、谢翱三人在易代之际有着共同的时代心理，在出处立场上又绝对一致。他们相遇于残山剩水之间，以气类相交，结成了款诚深挚的知己之交，在聚于吴氏家塾后，以已有的诗社组织合为一处，展开了规模庞大的月泉吟社诗学活动。方、吴、谢三人则是这次诗学活动的中枢与诗学向度的轴心。

吴思齐因耳聋，谈者多遁去，唯与方凤、谢翱相交甚契。方、谢二人也不以吴思齐失聪而轻慢他。上文所引宋濂所作的《吴思齐传》已经提及。在赞语中，宋濂写道："濂游浦阳仙华山问思齐旧游处，见其石壁题名尚隐隐可辨。故老云思齐与方凤、谢翱无月不游，游辄连日夜。或酒酣气郁时，每扶携望天末恸哭至失声而后返。夫以气节不群之士相遇于残山剩水间，奈之何而弗悲，若思齐者，其知事君不以存亡贰其心者欤！"①正是出于共同的心理，在故国沦亡，异族入主之时，他们以隐遁文人的方式抗拒着不可抗拒的历史巨轮，在残山剩水间望天末痛哭，其内心何其悲怆，其心绪又何其悲愤。历史发展不只是简单的规律的演算，不只是冷冰冰的公式公理，它也需要不同时代人们的良知、情感去点染。方、吴、谢用杜鹃啼血的方式哀悼故国，又拒斥新朝。虽不能阻挡历史的消长演进，但仍真实深切地代表了南宋遗民在当时普遍的心态——这是历史在心灵上的车辙，是支撑人类良知与生存道德的情感。千声一哭，万声叹噎。当年暖风吹拂的西湖，楼头酒盏边萦绕的婉转歌声，满面红光

---

① （明）宋濂：《文宪集》卷一〇，文渊阁《四库全书》第1223册，上海古籍出版社1987年影印本，第533—534页。

的醉醺醺的权臣贵戚和仰人鼻息、掇拾些许残羹冷炙以度日的江湖诗人,在苟安冬烘中积累的历史责任无情地加在这些遗民肩上,他们何以承受:歌诗不足,嗟叹无谓,唯有痛哭,但于时何补?然而这其中蕴蓄着的,却是民族情感和爱国情怀。他们不同于金代遗民。他们内心的汉族本位意识与正统观念都远过于前者,于是他们之悲哭绝望也胜于前者。他们的联络成群,便是这种共同的遗民情感在起作用;他们的文学活动,正是这种共同遗民情感的抒发与表现。他们以《春日田园杂兴》这种不致引起权力机构警觉的题目征诗,是遗民诗人们的一种策略。沧海横流,甚于黄茅白苇;于残山剩水之中,做何感兴?"春日田园",不过是他们排遣郁闷,安于退隐,以气类相召,明示东南文人不合作态度的遗民诗社活动。他们煞有介事地模拟科举考试的种种做法,是为了在难以排遣的郁塞情感中找到共同的遗民式退隐生活中的支点,勉强去热爱生活,热爱春天,聊以排遣亡国子民的顽洞悲情。同时,也借此沟通彼此,聚结同道,凝聚成范围更大、力量更强的奉行不合作主义的文人群体。使"诗可以群"的古训在易代的特殊时期有了更为充实的内涵。至于月泉征诗的参与者们后来陆续出仕,至有官居显位者,但也不足以否定月泉吟社活动的内在用意。但文人以文化教育与传承为天职,他们不合作于元王朝的态度渐渐转换,与金代遗民一样,是出于对中华固有文化的忠诚与责任心,也可以看作是对蒙古政权汉化的积极推动策略,与月泉遗民联盟的初始态度并不矛盾。

方凤《谢君皋羽行状》有云:"(谢翱)垂殁时语妻刘:'吾去乡远,交游惟婺睦间方某翁某数人最亲,死必以赴,慎收吾文及遗骨,候其至以授之。'辛酉讣闻,婺方凤、方幼学、吴思齐、睦冯桂芳、翁登及弟衡会小炉峰相向哭,明日凤与幼学、方焘先往台南度可葬地,甲子具舟之杭。"又云:"忆君始至时,留金华山中,岁晚为文祭信公,望天末共哭,复赋《短歌行》以寄余悲。自是与余为异姓兄弟,不忍离,离辄复合。每卧起食饮,相与语,意不能平,未尝不抚膺流涕也。君好修抱独,刻厉愤激,直欲起古人从之游,其树立有如此者,顾死中年,无后,翁衡与余子樗俱尝从君受《春秋》未卒业。诸学者经指授率异向所能。余虽早衰,尚拟相从,尽衡霍之兴,归而潜文字以老。

今已矣，能无痛乎？"①在国破家亡之际，方凤对谢翱"好修抱独"，"刻厉愤激"背后的情由是完全了解的。他们结为莫逆之交，为异姓兄弟，不忍分离。正是浦江有了方凤、吴思齐及优礼他们的吴渭、吴谦等人，谢翱才对这一地区情有所属，将汐社移至此处。他在这里的活动影响很大。

吴莱在《桑海遗录序》中曾评文天祥云："及从行（按，指被俘）以北，中道奔迸，收集亡散，无兵无粮，天下大势去矣。帝霸交驰，正伪更作，是不一姓。当世之为大臣元老者视易姓如阅传邮。况当沧海横流之际而彼乃以异姓未深得朝廷事，权欲只手障之，至死不屈，微箕二子且有愧色于宗国矣。"又云："士大夫二三百年祖宗培养作成之泽熏蒸者久，忠臣义士或死节或死事盖无愧焉。卒之宋瑞秀夫前后死国，精忠激烈诚有在于天地而不在于古今者。"②与"死节"或"死事"的忠臣义士相较，方、吴、谢可谓死义者。所死之义，即"在于天地而不在于古今"的历史良知与民族情感。他们基于深层的民族意识，不能遽然接受异族统治，在当时看来，他们代表了一种士大夫的忠诚秉性，在民族融合和多民族统一的今天看来，他们似有一定的局限性，但忠于本民族的情感取向，在当时还是具有正义性的。吴莱为方凤孙婿，这种思想当受方凤影响颇深。

宋濂《谢翱传》亦云："（谢翱）游倦辄憩浦阳江源及睦之白云村寻隐者方凤、吴思齐昼夜吟诗不自休"，"谈胜国事辄悲鸣烦促，涕泗潸然下"。及其临终，属其妻刘氏曰："吾去乡千里，交游惟方韶卿、吴子善最亲，不翅兄弟，慎收吾文及吾骨授之。"③方凤、吴思齐及其他相知者方幼学、方焘、冯桂芳、翁登、翁衡兄弟之窆于严子陵台南地，可谓可托生死的至交。④

方、吴、谢之游踪可谓遍及浦江。今谢翱集中《自岩麓寻泉至三石洞记》

---

① 《存雅堂遗稿》卷三，方勇辑校：《方凤集》，浙江古籍出版社1993年版，第76—77页。
② 李修生主编：《全元文》第44册，凤凰出版社2004年版，第55页。
③ （明）宋濂：《文宪集》卷一〇，文渊阁《四库全书》第1223册，上海古籍出版社1987年影印本，第535页。
④ （明）胡翰《谢翱传》(《胡仲子集》卷九）亦云方、吴、谢三人相交"一不问当世事"，欲将自己屏蔽于改朝换代的现实之外，谢翱登西台恸哭后，"人莫诘其谁何，惟凤与思齐深悲之"，可谓心有戚戚。明胡翰在《西台恸哭记》后的题记中说："及翱死钱塘，尝语其妻刘曰：'我死必以骨归方凤，葬我许剑之地。'凤与吴思齐遂如其言而葬焉。三人者余尝合而为传，高风余韵，令今人慕之。"可知方、吴、谢三人之交，以其真挚，感动后人。

（《晞发集》卷九）、《金华游录》（《晞发集》卷下）、《游石洞联句夜坐记》（《晞发集》卷十）等都是他们游踪所至而有的作品。而据张孟兼考证，与谢翱同登西台恸哭者还有吴思齐、冯桂芳与翁衡，方凤未参与但表示颇为理解和认同。在他们一样游处、同寄时代情愫的过程中，诗学交流也有很多。今方凤、谢翱诗文中亦多有涉及。

如谢翱《游石洞联句夜坐记》，方凤、吴思齐亦参与此游，他们为奇景所撼，联句后又开始了新一轮的联句："复续联句，思益苦，远见为能为。相与不自知，对坐兀兀达旦。盖先夜与子善（吴思齐）宿韶卿（方凤）家，因读韩孟联句，举此为例。每得一联，书于纸，有未合，众争句，纠（告意）争意。始各执其是，不相下。执愈甚，争愈力，卒至于当而后已。既成，以为善，故是夜复如之。先得韵四十四，后三十八，与题洞诸律绝句皆楷书为卷，……窜若千（干）定若千（干），是为记。"①可知他们游石洞前在方凤家已有联句活动，其因由则是一起读了韩孟联句。其联句形式，则是大家共同商量改定，其间有热烈的讨论：一人写好诗句，书于纸上，其他人品读，并告知讲明异议所在，作者与议者各执其是，并"执愈甚，争愈力"的过程中，最终达成一致。因为感到这种形式很好，于是游石洞时也用这种形式进行联句创作。我们从中可知，方、吴、谢间不只是在遗民心态与民族情感上气类相同，在诗学方面也有趋同性。他们各自或有不同风格，但通过论争，能够达成一致，显示了这种趋同性。虽则他们讨论的具体内容不得而知，但想必多在句法、字法方面。由此可推知，他们担任月泉吟社征诗活动的主考官，在最终排定甲乙的过程中，也是如此"有未合，众争句，纠争意。始各执其是，不相下。执愈甚，争愈力，卒至于当而后已。"最终达成形成一致意见，通过月泉吟社盟主吴渭发布出来。

二、方凤等人诗学的基本特点

作为在宋元之际遗民诗人中有代表意义的方凤、吴思齐、谢翱三人，在诗歌创作和诗学主张上都有深入研究的价值。他们是月泉吟社征诗评诗的精神核

---

① 《晞发集》卷一〇，李修生主编：《全元文》第13册，凤凰出版社2004年版，第535页。

第一章　元代有关诗社活动及其诗学内涵

心和运作枢纽。在三人中方凤的诗学观和师学授受的意义较为突出。谢翱的创作实际上成了为当时遗民写心的情感纪录，而吴思齐因流传作品少的缘故，不是我们这里讨论的重点。

宋濂《方凤传》有云："凤善《诗》，通毛郑二家言，晚遂一发于咏歌，音调凄凉，深于古今之感……宋季文弊，凤颇厌之。尝谓学者曰：'文章必真实中正，方可传。他则腐烂漫澨，当与东华尘土俱尽。'"[①] 因儒家思想浓厚的缘故，他不喜佛老言，在诗学主张上也显得很正统。加之身当国破之际，更焕发出了对现实的关注和对政权更迭的思考，在作品中也多表达出悲怆凄凉的遗民情愫。《四库全书》之《存雅堂遗稿》提要评其诗"幽忧悲思"、"肮脏磊落"，这种风格既与其儒家思想根基有关，也是时代变故使然。他不满宋末诗风纤仄佻巧的风格，在创作中，因情感深挚激烈，直冲破文风遗弊，以抒写真切情感为务，所以表现出对前代诗风的摆脱与超越。胡助评其诗云："古意回风雅，清言越晋唐。"[②] 便是看到了他诗风的丕变。回归风雅传统，以汉魏晋唐为师，殊不知这正是开启元代诗风之关键。元人总体诗风"宗唐得古"之时代格调之形成，便与方凤在易代之际这种诗学品格有直接关系。

方凤并未有专篇表露其诗学思想，但他在易代之际的诗学见解则表现在其《仇仁父诗序》中。仇仁父即仇远，是元代中期的重要诗人。他曾受到方凤提点，也参加了月泉吟社的诗学活动，排名第四十四。在方凤该序中，方凤谈到了对前代诗歌的看法，论及人心与世变的重要关系，可以将其视为遗民诗论的代表。兹录如下：

> 山村仇君过余说诗，余观其年甚茂，才识甚高，处纷华声利之场而冷澹生活之嗜，混混盆盆中见此古罍洗，令人心醉。及披其帙，标格如其人，盖得乾坤清气之全者也。余谓："作诗当知所主，久则自成一家。唐人之诗，以诗为文，故寄兴深，裁语婉。宋朝之诗，以文为诗，故气浑雄事精实。四灵而后以诗为诗，故月露之清浮，烟云之纤丽。今君留情

---

① （明）宋濂：《浦阳人物记》卷下，文渊阁《四库全书》第452册，上海古籍出版社1987年影印本，第26页。
② （元）胡助：《挽方存雅先生》，《纯白斋类稿》卷七，文渊阁《四库全书》本。

雅道,涤笔冰瓯,其孰之从?"仇君曰:"近体吾主于唐,古体吾主于《选》。"融化故事,往往于融畅圆美中忽而凄楚蕴结,有《离骚》三致意之余韵,然后知向之所以为仁父者,穷而故在也。今夫水虽万折,必东焉;鸟兽大者丧其群,过乡翔回焉,鸣号踯躅焉;小者至于燕雀犹有啁噍之顷焉,由人心生也。使遭变而不悲《黍离》,居夔而不念仪髦,望白云而不思亲,过西州门闻山阳笛而不怀故,是无人心矣,而尚复有诗哉?此余于仁父之诗,独证其不为穷所移。又明年,复相见,乃序而归之,人当有因余言而深知仁父之心者。世之人不有知其心则仁父自知之,余知之后世亦必有知之者矣。①

从中可见,方凤称赏仇远的原因在于他能处名利繁嚣之中而不为所染,清新澹泊,落落不群。其诗之标格亦如其人。盖因得"乾坤清气"的缘故。在故国灭亡,奔竞之士争效新朝之际,这种"纷华声利之场"与"乾坤清气"的含义实是士大夫历史良知的表现与出处态度选择,正所谓"使遭变而不悲《黍离》,居夔而不念仪髦,望白云而不思亲,过西州门闻山阳笛而不怀故,是无人心矣,而尚复有诗哉?"诗歌正是存录了社会历史变迁中人们的内心情感,才使人类的心灵世界在纷繁扰攘中延续了道德执守与伦理文明,这种心灵世界终究会在烦嚣过后发挥作用,维系着社会存在与发展,影响着不同时代的人们去忠于自己的良知、坚持自己树立人格的方向,从而在历史中起到延续人文价值与伦理文明的作用。这显然是方凤一类南宋遗民的思想情愫,他借评价仇远诗作表达出来。方凤还论及了前代诗风,他肯定了唐代"以诗为文",认为唐诗"故寄兴深,裁语婉",认为宋诗是"以文为诗",具有"气浑雄事精实"的特征。这种观点对唐宋诗风之区别与特征的把握是很准确的。方凤批评了四灵及南宋后期诗风沉溺于书写细巧物事,风格纤仄巧丽,并借仇远近体宗唐古体宗《选》的观点,表达了对诗学发展的基本意见,这反映了方凤对南宋诗风意欲变创的思想。要注意,他不是一概反对宋诗,其所肯定宋诗者,是所谓"气浑雄事精实"的宋诗主流,实是苏黄一脉的基本成就,也是江西一路的诗学宗

---

① (明)方凤:《存雅堂遗稿》卷三,方勇辑校:《方凤集》,浙江古籍出版社1993年版,第64页。

尚。由此可知方凤承认了苏黄及江西诗学的历史价值与地位①。

方凤认可了仇远所说的"近体主唐,古体主《选》"的诗学观。但认为他应能"融化故事",能将真实情感发之于"融畅圆美"之中,要体验"穷"中所淬炼出的作家品格,要于《离骚》为代表的写心传统中得诗人之深旨。"穷而故在"是一个方凤总结古代诗学传统而提出的命题。"穷"为穷困艰踬,是正直的有良知的诗人所遇到的时与世。"在"者,诗人之品格与道德情操的历史表现之"在"也,亦是这种历史表现的历史价值之所在,它会存在并继续存在于世事变迁的当下与兴衰更迭的未来。惟有于穷困艰踬之中,不屈服,不苟且,秉忠贞正直之节,守悲天悯人之气,才能真实地存在于天地之间,其文其诗中才会有真我的存在。这种"穷而故在"的观点是遗民诗论与传统诗论相结合的一个理论成果,非常值得重视。此外,方凤所指示的仇远之宗唐师《选》的观点,再参之以广泛师法学习,以"穷而故在"为切入点去融汇古今优秀作品的诗学气度对元代一代诗风的造就是有着巨大的作用的,甚至对明诗都有影响。黄溍、柳贯、吴莱均出方凤之门,而宋濂为吴莱学生,其诗学观念以其师承关系而延及开来。《四库全书》吴莱《渊颖集》提要即有云:"(吴)莱与黄溍、柳贯并受业于宋方凤,再传而为宋濂,遂开明代文章之派。"看到了方凤诗学学脉在元明两代所起到的重要作用。还须注意,方凤此文中列举许多事例说到了"穷而故在"与"人心"的关联。因遭遇了如回折之水、失群之鸟兽和国变家变的人间苦难以及去国离乡、故友离世等生活愁苦,便会生出真切的情感,即所谓"人心"。无此"人心"便不会有诗。在方凤的时代,这些穷苦困踬是尤其巨大而深刻的。因而对于文学创作的作用也是具有决定意义的。他的这种观点缘于自己以及与自己一样处于国家败亡、朋友离世等各种人间际遇都有所经历的真切体认,这种体认支撑了他提出"穷而故在"与穷生"人心"的认识。这种强调现实感情对文学的决定作用的见解与南宋后期偏于形式的诗论相较,更切入诗学本质,也更具有诗学的力量与影响力。

---

① 江西诗学在元代的命运实际依托元中期文坛南北诗学的融合而沁入元诗主脉之中,并发挥作用,实际没有退出诗学的历史舞台。

刘辰翁(《须溪集》卷六)论及连文凤(即征诗第一名罗公福)诗时认为连诗是"合古今穷者而为一人"①。认为此前诗人之穷有两种,一种是孟郊、贾岛之类,他们因生逢遭际而困苦潦倒;这是"以命穷"者;一种是杜甫,他生当国家盛衰急转的时变之际,而穷厄困踬,这是"以诗穷"。而连文凤则既遇世事丕变,又穷愁艰辛,所以是"合古今穷者而为一人"。在这一方面,连文凤实为宋元之际遗民文士的代表。凡坚守志节、甘居乡野而不出仕于新朝者,多"时穷"、"命穷"兼而有之。这是遗民在精神品格上的共同之处,其实也是其文学创作的共同之处。在这种"穷"的精神处境中的内在心理,也是其遗民性的重要内容,同时也是对"穷而故在"的一种阐释。

同样因为世变的震撼作用,谢翱之诗亦摆脱了前代遗弊。《四库全书总目》之谢翱《晞发集》(含《晞发遗集》、《遗集补》、《天地间集》、《西台恸哭记注》、《冬青引注》)提要中说:"南宋之末,文体卑弱,独翱诗文桀骜有奇气,而节概亦卓然可传。"方凤《谢君皋羽行状》论及谢翱文学创作时云:"为诗厌近代,一意遡盛唐而上,文规柳及韩,尝欲仿太史法著《季汉月表》,采独行全节事为之传,大率不务为一世人所好而独求故老与同志以证其所得。"②这是对谢翱诗文品格与易代之际文学取向的表述。与方凤相比,谢翱诗文的遗民情感还要浓郁强烈一些,也显得更加压抑和难以排遣。他曾入文天祥幕,从军反元,还曾参加收葬南宋帝后遗骸的"六陵冬青之役",又在国灭后屡屡痛哭,悲无所诉,一寓于诗文之中,感情之强烈真挚,足为当时遗民之心史。故而其诗文摆落纤仄诗风,师心师意,达到很高的成就。宋濂《谢翱传》评其诗文云:"其诗直溯盛唐而上,不作近代语,卓卓有风人之余;文尤崭拔峭劲,雷电恍惚,出入风雨中。当其执笔时,瞑目遐思,身与天地俱忘。每语人曰:'用志不纷,鬼神将通之。'其苦索多类此,睦之人士翕然从其学。"③可见他崇尚雄浑劲峭之风,又不以率而洒落出之,而是以苦心孤诣,心志专

---

① (元)刘辰翁:《连伯正诗序》,《须溪集》卷六,李修生主编:《全元文》第8册,凤凰出版社2004年版,第551页。
② (明)方凤:《存雅堂遗稿》卷三,方勇辑校:《方凤集》,浙江古籍出版社1993年版,第75页。
③ (明)宋濂:《谢翱传》,《文宪集》卷一〇,文渊阁《四库全书》第1223册,上海古籍出版社1987年影印本,第535页。

一出之。这就大不同于宋人风调，而与盛唐高适、李杜相近。因处于特殊的时代，谢翱诗歌在情感表达上多是抒写内心之愤激、悲痛以及忠于故国、不向新朝妥协屈服的坚定意志，故而其诗具有强烈的精神感染力，艺术表现上也不计较于锱钉细密的诗法技巧。然浑厚壮阔，以斩截豪壮之语出之，唱出了宋元易代之际的时代旋律，反映了士大夫的历史良知和忠贞不屈的道德情操。在艺术上也达到了很高的成就。钱谦益曾认为其诗："如穷冬沍寒，风高气慄，悲噫怒号，万籁杂作，古今之诗莫变于此时，亦莫盛于此时。"[①]而谢翱诗，正可以视为此时诗歌的典范代表。谢翱诗亦受到郊岛的影响。这与他漂流江湖，忧悲怨思时时难以排遣的生活与情感经历有关。明代储罐《晞发集引》云："（翱）近体出入郊、岛间。"即看出了他在宗法盛唐诸公的同时，也受到了郊岛的影响[②]。上文所引《游石洞联句夜坐记》中所记述的谢翱与方凤、吴思齐等人讨论诗艺的情形，也可看出他对诗歌创作的认真态度，他作文时，"瞑目遐思，身与天地俱忘。每语人曰：'用志不纷，鬼神将通之'"[③]的"苦索"态度也与郊岛诗风相关。

总体来讲，方凤、吴思齐、谢翱以遗民诗人的身份预入月泉吟社的活动之中，在丙戌、丁亥年的诗学活动中发挥了诗学轴心与精神领袖的作用。在新旧易代之际，东南一隅的汉族士人难以接受时代的巨变，对这个历史潮流的遽然到来充满敌意与抗拒，在精神层面上表现为愤激和悲怆。随着元朝统治渐趋稳定，在社会秩序逐渐恢复的丙戌、丁亥年，士人们的精神愤激和内心悲怆渐渐转变为对新朝的漠视与心理情感上的不合作取向。他们鄙夷出仕者，以躬耕田园，逃离世事为尚，以书用甲子不用元代纪年为荣，表现出一种文人特有的现实性失语与自我逃遁式的忘情。这是他们以《春日田园杂兴》征题的一层内在含义。此外，以这样的题目征题，也客观上起到了联络同气诗人，形成精神共同体的意味。这种精神共同体的核心意旨，在于以退隐为忘却，以赏春杂兴为出处宣誓，以表达其不合作态度的现实疏离式话语静默或诗性狂欢。

---

① （清）钱谦益：《胡致果诗序》，《牧斋有学集》卷一八，上海古籍出版社1994年版，第801页。
② 谢翱作有《睦州诗派序》，论及唐代不同地域诗人的情况，可知他对唐代诗人基本情况是有清楚了解的，这是其诗学基本素养的反映。
③ （明）宋濂：《谢翱传》，《文宪集》卷一〇，文渊阁《四库全书》第1223册，第535页。

三、月泉吟社诗学活动的基本理论内涵

今收录前六十名诗人作品的《月泉吟社诗》中可能读不出多少愤激、悲怆语，恐怕正是这种精神共同体的核心意旨的作用。在诗学上月泉吟社诗从创作上、诗学批评上也有其内在的诗学意义。现以《月泉吟社诗》中的诗作与批评来解读月泉吟社丙戌、丁亥年诗学活动的内涵。①

首先，从月泉吟社征诗的主导意旨方面来看，是要求书写田园生活，并寓情感想象于其中，要求赋与比兴兼重，重视摹写春日物态的贴切、细腻，更重视所寓情感的真切深挚，强调寄意遥深，有韵有趣，又不能偏离"春日"田园之风光与生活。月泉吟社在发布的《春日田园题意》中说："所谓'田园杂兴'者，凡是田园间景物，皆可用，但不要抛却田园全然泛言化物耳。《归去来兮辞》全是赋体，其中'木欣欣以向荣，泉涓涓而始流，善万物之得时，感吾生之行休'四句，正属兴。此题要就'春日田园'上做出'杂兴'，却不是要将'杂兴'二字体贴。只为时文之气习未除，故多不体认得此题之趣，识者当自知之。"明言可以扣题，"凡是田园间景物，皆可用"。强调不能脱离田园生活实际而"抛却田园全然泛言化物"。以《归去来兮辞》中有赋有兴的句例讲明须在"春日田园"的生活景况中作出"杂兴"，即寄寓作者的思想与情感。同时还指出，不能就题论题，层层剥笋，过于拘执，了无意味，指出受科举影响的"时文之气习"须要除却，要从"趣"上去把握题意。这是从艺术表现与情感投注方面对征诗活动作出说明，提出具体要求，为此次诗学活动定好诗学基调。

在《诗评》中，月泉吟社更倡言赋比兴三者在征诗及有关品评排名中的作用及意义。其云："诗有六义，兴居其一。凡阴阳寒暑、草木鸟兽、山川风景

---

① 谢翱登钓台哭祭文天祥事在至元二十七年（1290），虽系寄托哀思以摅悲怆之情，但士人总体心理已经向平静但不合作变化了。月泉吟社丙戌、丁亥年，宋亡已有七年，其所征之诗多有平和春容之态，已将抑塞悲愤之情化而为澄静平淡之气，将不合作的内心向度寓于其中，可知此时士人情绪的转变。月泉吟社征诗为丙戌年（1286）十月，至次年三月共得各地诗人所作诗二千七百三十五卷，经方凤、吴思齐、谢翱等的会评，凡选诗人二百八十七人列榜公布：今存《月泉吟社诗》收前六十人之诗七十四首，并附录摘句图三十二联。从征诗启、誓诗坛文到赠答之书启，结合诗作和相应评论本身，可以解读《月泉吟社诗》反映出的诗学思想。

得于适然之感而为诗者皆兴也，风雅多起兴而楚骚多赋与比。汉魏至唐，杰然如老杜《秋兴八首》深诣诗人阃奥。兴之入律者宗焉。'春日田园杂兴'，此盖借题于石湖，作者固不可舍田园而泛言，亦不可泥田园而他及。舍之则非此诗之题；泥之则失此题之趣。有因春日田园间景物感动性情，意与景融，辞与意会，一吟风顷，悠然自见，其为杂兴者，此真杂兴也。不明此义而为此诗，他未暇悉论，往往叙实者多入于赋，称美者多近于颂，甚者将杂兴二字体贴而相去益远矣。诸公长者惠顾是盟而屑之教，形容摹写，尽情极态，使人诵之，如游辋川，如遇桃源，如共柴桑墟里，抚荣木，观流泉，种东皋之苗，摘中园之蔬，与义熙人相尔汝也；如入豳风国，耜者、桑者竞载阳之光景，而仓庚之载好其音也；如梦时雍之世，出而作，入而息，优游乎耕凿食饮而壤歌之起吾后先也。其余瑰辞藻思，粲然毕陈，应接有所不暇，姑次第其篇什，附以管见，候览者细订之。若曰拆衷，则渭岂敢。"此诗评可以视为此次月泉吟社诗学活动的诗学总纲，仍是从赋比兴三者的角度阐释征诗的诗学意旨，对诗题再次做了详细的说明，强调紧扣春日田园本身，将情感投注其中，达到"因春日田园间景物感动性情，意与景融，辞与意会，一吟风顷，悠然自见"的境界，认为这是此题真正的美学要求与品骘标准。所谓"意与景融，辞与意会"者，涉及意境的塑造与传达的问题。可见征诗者（署名吴渭，但方凤、吴思齐、谢翱等亦当参与设计）对诗学是很有见地的。而从这里的《诗评》及上文所引《春日田园题意》等处看，说月泉吟社之诗学活动有明确的政治针对性意义，并索解《诗评》中"与义熙人相尔汝"语为效法渊明以书甲子纪年而不用刘宋纪年的抗争意义，略显牵强。实际上，月泉吟社之诗社活动虽有鸠合诗人开展共同创作活动的行为，但就其大多诗作所表现出的意旨来看，组织者和参与者并不是明确以针锋相对的怀念故国、反对新朝为号召，其实质是要结成一个以不合作态度为主导的文人同盟群体，以相对平静舒缓的不合作态度对抗新朝，以消极抵抗的心理沉浸于田园生活之中，将国破家亡之痛化为赞颂人间美好事物与生活情趣的道德自足感中。在诗学上，也将不合作意旨寓于其诗学主张与纲领中，虽说其诗学理论本身并不十分高明，但在汇聚文人不合作式消极抗争力量的同时，该诗学活动本身的诗学内涵也是有自身特点的，不能轻忽过去。

首先，方、谢、吴等人在对其所选诗篇进行评论时，也明确地表现出对赋比兴，尤其是赋与兴的重视，更强调兴的作用。如评第二名冯澄诗所云："说田园的而杂兴寓其中。"评第三名高宇有云："末借言杂兴，的是老手。"评第四名"仙村人"有云："自与粘泥体者不同，余见杂兴。"评第六名魏新之有云："末意尤永。"评第七名杨本然则将批评意旨表现得很全面，其云："起叙石湖出处，善粘缀本题，颔联引渊明为对，语有斟酌，颈联就范诗状田园，结有悠扬不尽之兴。此诗若止如前半篇，则于义当属赋矣。"杨本然该首《春日田园杂兴》云："春风建业马如飞，谁肯田园拂袖归。栗里久无彭泽赋，松江仅有石湖诗。踏歌槌鼓麦秧绿，沽酒裹盐菘芥肥。吴下风流今莫续，杜鹃啼处草离离。"此诗化用范成大及陶渊明语意完成了"春日田园"的生活描述，但不限于直接表述，而借古人语意深化了其意味，不流于浮泛而失了纵深感。尾联则寓意遥深，评论所谓"结有悠扬不尽之兴"是很确切的。我们不用做笺释式解释，只要看到"杜鹃啼处草离离"就会自然想起望帝化为杜鹃、啼血化碧的典故。结合易代时期的背景，这层"悠扬不尽之兴"是什么就很清楚了。由此可见，月泉吟社评赏诗作时，还是要求兴的悠远含蓄，意味深长。但这必须建立在对田园生活的体会与反映之上，不能只是遣兴，而要以春日田园为切入点。

评第十六名林子明诗有云："结意尤有含蓄。"评第二十三名吴瑀，谓其诗："全篇是杂兴本色。"评第二十四名胡南诗，认为中间丙联"俱入细末，意尤永"。评第二十七名陈必曾诗中"桑叶渐舒梯欲整，麦苗暗长路难寻"句是"尤有味"，指出具有意外之意，具有含蓄韵味。评第二十九名"朱孟翁"是"二联不拘体贴而题自见，末感兴深"。评第三十一名陈舜道"题上生题，摹写各尽其妙，与其他画蛇添足者不同"。所谓"题上生题"即善于生发题意，有所寄寓之意。再如评第四十三名"东湖散人"云："前联得咏物之工，后联句法亦好，末见杂兴。"则从描状物态到寄托情感和语句表述方面做出综合评价。评第五十三名魏石川诗是"结意深远"。其诗结句云："红尘几飞鞚，肯信有农书。"第二十八名方子静亦有"墙壁农书事已非"句，被评为"有感触"，这使人联想到颁布挟书律，惟农书、医书、卜筮之书不在禁毁之列的典实，然"农书"竟非，可见诗人当时的文化忧虑。联想元初科举已废，文人便有了对统治者禁毁文化有所忧虑的认识。这里之"农书",似含此意,因而受到好评。而第五十二名"戴东老"诗评中所谓"三诗(按,指"戴东老"三诗入选)状三春之景,得处亦多"。第五十一名陈希声诗评所谓"三春分作三首"(按,陈希声分写了"早春"、"半春"、"晚春"三诗俱入选),"曲尽变态,非苟为敷衍者所能及",看得出对刻画春日田园风物的诗学要求,不是"敷衍",而是深入生活。

其次,月泉吟社的诗评反映出对作诗功力的要求,表现出对炼字炼句及格律技巧的重视上。看得出他们对诗学在格律技巧方面是极为认真的。如评第一名连文凤诗有云:"粹然无疵","整齐","末语不泛"。评第三名梁相有云"句法更高","前联妙于纽合",并谓其善用前人语意"引陶、范不为事缚"。评第四名"仙村人"有云:"颔联十字一毫不费力。"评第五名刘应龟"律细韵高"。评第六名魏新之有"起有顿挫,善琢句,善炼字"之谓(可知在书写意向确定后,诗学技艺就成了决定诗歌成就的重要因素)。评第八名陈尧道"起联有力"。评第十名吕文老"句亦缜密",称赞其"覃思一致于此"。评第十五名翁合老"二联工致,后联句更高"。评第二十六名姜霖"颔联妥帖,五六语尤胜,末不雷同"。评第二十八名方子静有云:"结三四字尤警。"评第二十九名"朱孟翁":"平妥中用字有工。"评第三十二名"刘时可":"后四句婉顺而有结束。"评第三十三名宝觉寺僧了慧"田园对起已占地步,颔联得阖辟之妙"。评第四十二名"吟隐俞自得"有云:"语新而对巧。"评第四十一名蔡泽"韵度自别,起联甚工"。评第四十八名"感兴吟"、"此诗无一字不佳"。评第五十四名"陈文增":"起见题意,两联中五六尤工。"这都可看出月泉吟社对作诗功力、技巧的重视。第七名杨本然的《回送诗赏札》说月泉吟社征诗、评诗者(从语意看当指吴渭)"吟哦不辍,鉴裁尤精",并又有云:"敬惟执事,心醉六经,眼空四海,学探月窟。"即是对吴渭学力的景仰。在对待诗歌创作所需之学养及功力、技巧方面,月泉吟社与获奖诸人的态度是一致的。而月泉吟社在评诗及评定甲乙的环节上也是极为严谨认真的。如第六名魏新之的《回送诗赏札》有云:"窥潜斋之深处,敢忘一字之师。"、"潜斋"即吴渭。所谓"敢忘一字之师"云者,盖因给魏新之的《送诗赏小札》有云:"牢笼物态,成'天机'、'野色'之联;玩弄韶华,得'膏雨'、'光风'之句。"魏新之投交的诗中有

"天机花外闻幽哢，野色牛边睨落晖。膏雨平分秧水白，光风小聚药苗肥"之句。魏新之为评诗者细致入微的分析态度所动，故而称之为"一字之师"。

但仍须指出，《月泉吟社诗》中虽强调"兴"，但"兴"的现实意义很淡漠的。只有极少数诗反映了对现实问题的关注。如第四十八名"感兴吟"的《春日田园杂兴》："儿结蓑衣妇浣纱，暖风疏雨趱桑麻。金桃接种连花涩，紫竹移根带笋芽。椎鼓踏歌朝祭社，卖薪挑菜晚回家。前村犬吠无他事，不是掺盐定摧茶。"全诗中反映现实、具有一定现实批评意义的仅最后一联。然该诗诗评云："此诗无一字不佳，末语虽似过直，若使采诗观风，亦足以戒闻者。"还嫌其"过直"。在《月泉吟社诗》中，像如此诗一般直接批评现实的，此系仅见。其实，月泉诸人不是不关注现实，不过他们沉浸于故国灭亡的悲愤之中，苦苦挣扎也不能释怀。对于新朝治下的春日田园，他们不考虑什么刺与颂的问题，他们力图"营造"出一种田园生活的美好画卷，使胜国遗民能安心栖处于其间。苦或乐，都不去挂怀，要达到的是一种全身归处的道德纯净和保持不合作态度的诗境化的约束力。第四十六名陈君用诗有云："世事不挂眼，寄情农圃中。"正是月泉诸人（含多数应征者）的基本态度。诗化的春日田园或许不现实，但对于出仕新朝，不能全节的行径来讲，就是一个高尚、纯净的道德乐土。其"杂兴"，须由此生发而出。不过，《月泉吟社诗》中在描绘这种道德乐土的同时，也往往流露出一些遗民情怀，寄寓着遗民诗人的爱国情感。

如第十名吕文老诗有云："祀备枌榆祈稔岁，宴酣花柳乐清时。"第十二名刘汝钧诗有云："满饮茅柴拼烂醉，踏歌社下自成腔。"第十三名梁相诗有云："但遇芳菲景，高歌酒满尊。"第二十三名吴诗有云："夫倦倚犁需妇馌，翁欢击壤和孙歌。新来别有营生计，又喜巡檐住蜜窠。"第四十三名"东湖散人"表现得更为充分，诗云："物色天成画不如，东风又到野人庐。蜜蜂辛苦供常课，科斗纵横学古书。小雨杏花村问酒，澹烟杨柳巷巾车。汀洲水暖芦芽长，更买扁舟伴老渔。"从此诗中看到的是淡如白描的田园生活，所寄寓的也是安于田园，老于闲处的生活情感，难言有什么愤激悲怆或悲凉之意。应该说"世事不挂眼，寄情农圃中"（第四十六名陈君用诗），反映的是《月泉吟社诗》的基本态度。"世数有迁革，田园无古今"（第二十四名胡南诗）的淡漠现实，退处田园的守节之志才是他们的精神力量与指归。田园之外世事变迁，但田园依旧，句中也有寄寓亡国遗民情思，或是有所寄托，或表现为悲愤慷慨（或明示终老田园，不与新朝合作态度的诗句）。如第二名冯澄诗句"忙事关心在何处，流莺不听听啼鹃"即为一例，流莺随季节与晨昏而变换歌喉，但不能动诗人之听，唯有啼血以示忠贞之杜鹃，才能搅动诗情，其所寄托者，自是遗民伤故国之覆，哀昔日不再的悲凉意绪。与此相同的还有第七名杨本然诗句"吴下风流今莫续，杜鹃啼处草离离"。亦用及杜鹃意象以隐喻自己之情愫。第十一名方德麟诗中之"往梦更谁怜秀麦，闲愁空自托啼鹃"，第四十七名王进之诗句"满眼春愁禁不得，数声啼鸟在斜阳"及其所作第四十九名诗中之"物意岂知沧海变，晓风依旧语流莺"也都流露了对故国灭亡的悲痛又无可奈何的伤惋之情。第五十五名"九山人"之"种秫已非彭泽县，采薇何必首阳山"则属明确表述甘于田园退隐，而不与新朝合作的态度。这种遗民情绪在《月泉吟社诗》中虽有流露，但并不占重要位置。因此，不宜将月泉吟社之诗当作愤激地与统治者针锋相对的文学作品来看待。我们上文已经论述过，该时期的诗人及诗人们的群体性作品，所表露的主要是退隐以全节，躬耕以自给的，不与统治者合作的感情，表现出他们于田园生活中寻绎乐趣，以图解忧的遁世情怀。如说有反抗或是抗拒色彩，也是保守的，非强力的，或曰消极性的。到了这些诗人的子侄门生一辈就已然同元朝统治者积极合作，为了新的统治秩序与人文重建而奔走效力了。

再次，从《月泉吟社诗》中也可看出，月泉吟社的组织者是非常强调把诗歌的立意与诗人情感和高超的诗艺表现技巧结合起来，达到清新流转，又不落俗套的艺术表达效果的。

如评第十二名刘汝钧诗"意圆语妥"，"善写物态"，即是将"意"之圆熟周至与语之妥当贴切等量要求。"善写物态"则是就语言的表现力而言，要求做到刻画入微，写得生动切当。评第十九名周曍则谓其"不事排夏而意语新妥"，不主张语言拗硬生涩，而是要求诗意与语言均做到有新意而妥帖恰当。这就不同于宋代江西诗学以及江湖诗学追求生新警拔，不避粗犷槎枒的诗风了。评第二十三名吴瑀，谓其"无一语尘腐"，则是反对语言腐陋迂阔，落入俗套，讲求细致入微地观察生活，写出新意。评第二十七名陈必曾，有谓其"终篇可谓清新之作"，并指出其第三、四句是"有味"。可见月泉诗人推崇的是自然清新，韵味悠远的风格。相对地，我们在他们所嘉许并选出的诗中未见豪壮、粗放、激扬之作，这应亦与他们的诗学主张和征诗导向有关。评第二十九名"朱孟翁"有云"平妥中用字有工"，即可看出月泉诗人所主张的自然清新不是率意而出，而要求功力化入其中，在清新中蕴含功力，平夷处见出警拔的诗学素养。评第三十二名"刘时可"诗则云："前联语圆味永，后四句婉顺而有结束。"所谓"语圆味永"正可视为月泉吟社在诗歌艺术方面宗的要求。"圆"，圆润妥帖，不傲兀生硬。"永"，悠远绵长，不枯涩窘促。二者结合一处，则是意境融彻，恬淡自然，使人含茹不尽，回味无穷，风格上则是宁静疏朗，流转亲切，具有艺术感召力和感染力。至于"婉顺"，则为语言本身的流畅自然而不迂绕艰涩，既有自然顺畅的真切，又不失曲径回廊式的妙趣。在章法上也收束得当，不拖沓不敷衍，行之所当行，止之不可止，从而达到适度的含蓄与流丽相统一，同时不妨碍章句形式的齐整与规范。

评第三十四名许元发云："起善摹写，五六用渊明、摩诘语①，却以第七句承之，可谓得格。"、"得格"正是对诗学规范的强调。该诗化用陶潜、王维语而自然亲切，又融入己意之中，故而被称赏。由此亦可见他们虽然强调"新"，但并不排斥以故为新式的化用诗语。这亦可看出月泉诗论是有开放性、包容性的，其对江西诗论的某些方面也不一概拒斥。

评第三十八名"朱释老"，有谓其"气格不甚高"之语，可见他们还是主张有气度格调的。认为诗不能平熟陈腐，落入平庸。评第三十九名李蕚云："全篇辞气雍容，末韵哀而不伤，怨而不怒，深得诗人之旨。"（其诗末韵为"只说桑麻元自好，不须释耒叹时艰"）按常理，月泉诗人应依其遗民心理赞许诗歌反映"时艰"，但事实是，他们在政治上不主张针锋相对的抗争。在诗学上也反对意切言激式的诋诃批判，而是以儒家中正平和式地抒写内心为宗尚，要求自然亲切，迂徐和缓，而不主张过于激愤怨望。虽然他们也会望天末恸哭，但对于作诗及群体性诗学活动而言，他们皈依了儒家诗学传统，反

---

① 其诗第五、六句为"桑麻穷巷扉长掩，烟火空林秋自炊"。"桑麻"，陶诗"共话桑麻长"（《归田园居》五首其二）。"掩扉"，陶诗"白日掩荆扉，虚室绝尘想"（《读〈山海经〉》十三首其二）"穷巷"，陶诗"穷巷隔深辙，颇回故人车。"（《读〈山海经〉》十三首其一）"烟火"，王维诗"积雨空林烟火迟"（《积雨辋川庄作》）。语意有陶、王痕迹，却不沾滞，巧妙地融入自身诗境之中。

映了他们对于所结诗学盟会在政治表现上的谨慎小心与对抗策略的内敛化倾向。

我们说月泉吟社诸诗人主张自然清新的诗风,但他们对诗歌用硬语也能包容。如评第四十名陈君用诗"诗杂兴甚工,但失之刻露,其好处亦在此。"认为作诗虽不能专意去"刻露",却不妨"刻露"得巧妙自然、恰到好处。如评第四十四名仇远有谓其诗"不但全篇清婉而已"。"清婉"即是清新委婉,不失于直露而有婉转委曲之妙。评第四十九名王进之有云:"以雅健语写高洁操,悠然之兴,见于篇末。"雅健之语与高尚情操结合,并有诗歌韵味,也是他们所肯定的。但雅健不是艰涩,而是劲直、爽利,摆去矫饰的直露性情之语,不是为求造语生新而搜猎异辞作为装点。评第五十名陈希声则有"妥顺亦出苦心"。即是要求自然流畅与苦心功力相结合,要求诗歌有构思琢磨的底蕴。再如评第五十五名"九山人"有云:"次联韵度迥别,末尤有趣。"则系对诗歌意趣的要求。该诗次联为前文引述过的"种秫已非彭泽县,采薇何必首阳山",寄托了为故宋守忠贞之节的意志。故曰:"韵度迥别。"末联为:"君看浣花堂上燕,芹泥虽好亦知还。"似从杜诗"湖南为客动经春,燕子衔泥两度新。旧入故园尝识主,如今社日远看人。可怜处处巢君室,何异飘飘托此身。暂语船樯还起去,穿花贴水益沾巾。"(《燕子来舟中作》)化用而来,又将自己故国不存、无处皈依的内心与杜诗中之尝识旧主,又居无定所的燕子相比,可谓寄意遥深,又使人感慨不尽,诚可谓意蕴深长。再如写与"邓草迳"(即刘汝钧)《送诗赏小札》评其诗云:"意境俱融,辞翰具美。"意境要求融合无际,水乳浑一,再以自然贴切的辞翰出之,方为诗之诣极。再如写与"识字耕夫"(即周㻮)的《送诗赏小札》云:"执事语无排罩,体不效昆。野鹭山莺,动金谷当年之感;妇蚕夫秋,逼石湖春日之吟。和易可形,清奇可爱。"这是对诗评中评周㻮诗"不事排罩而意语新妥"的具体说明,又有"体不效昆"之语,看来周㻮诗无昆体余习,不事藻绘。周㻮诗中"旧栽花木山莺识,新买陂塘野鹭过"之句,的确清奇可喜;而"少妇每忧蚕利薄,老夫惟喜秋苗多"句,也颇有意趣,认为使人联想到石崇等二十四友的金谷雅集之逸趣,也可触动范成大田园杂兴之诗思。典而不重,奇而可亲,确是佳作。从中也可见月泉诗人们对自然与典重、平易与新奇的辩证看法。再如写与"学古翁"(赵必范)的《送诗赏小札》谓赵能"以俗为雅",写与"社翁"(姚潼翔)的《送诗赏小札》亦谓其诗"气孕苍泱,学宗葩正(按,疑"葩"为"范",因形近而讹),以俗为雅"。这里表现出月泉吟社所主张的广搜博取,转益多师的开放、包容的诗学态度。但他们同时也强调学而不失于正,虽然并未明示学诗的正宗途径应怎样,但强调"正",正是对他们包括"以俗为雅"的主张在内的广博搜绎,以丰富诗境,从而达到"气孕苍泱"境界的一个补充条件。在给"姜仲泽"(姜霖)的《送诗赏小札》中评姜霖"采摭群言,牢笼百态",即表现了他们要求广泛师法,丰殖诗思的诗学品格,但他们是有内在规定性的,即所谓"学宗葩正"。"采摭群言,牢笼百态"须以"学宗葩正"为前提,才不至陷入奇异生硬的险怪一路。这一点从《月泉吟社诗》的自然静谧的基本诗风中也可得到印证。

总之,月泉吟社诗学思想的主要特点是以平淡自然为宗尚,追求一种恬淡静谧,充满田园情趣的审美意境。他们也主张新奇,但不能脱离自然妥帖;他们也主张旁搜博取,但反对怪奇险仄。至于华丽靡缛,就更提不上他们的诗学议程了。总的看来,月泉吟社的诗学主张与前代相比,在理论体系、诗学逻辑及历史建树上都是稍逊一筹的,也未提出超越前人的诗学观点。当然也没有形成真正能够影响诗学格局的创作潮流(虽然参与该诗社丙戌、丁亥年征诗活动的人很多,但未及在元初诗坛形成整体一贯且有延续性的诗学创作力量)。这与月泉吟社处于宋元易代之际的历史背景有关。他们实际是以诗为媒介,意欲结成一个与统治者非抗拒性的不合作的诗人—文人力量,其话语表述重心在于明示其处于鼎革之际的政治立场及历史伦理态度,真正关心的重心其实不在于诗学和诗坛。故而在批评史与诗社史中他们的存在价值并不在于对诗学的影响方面,而是作为一个形式规整、有盟约纲领并有创作及批评活动的诗社,代表了诗社的最终完形与存在的价值意义。可以作为古代诗社的典型范例来看待。惜乎其于诗学本身,贡献不及前代的江西诗社群以及江湖诗社群。

四、月泉吟社的遗民性诗学特质

月泉吟社的成员及参与其诗学活动的诗人大都是对故宋有深厚感情且对新

第一章　元代有关诗社活动及其诗学内涵

朝在心理上存有抗拒意识的遗民①。他们虽然在各地都有分布，但相对集中于江苏、浙江及毗邻地区。在易代战乱之际，他们蛰居于此，躲避兵革。元初江南一带大抵平定之后，他们渐渐活跃起来，或是组成诗社，或是游走交通，渐次开始了他们的文学活动，也渐次成为一种文化传播的力量。他们也都具有共同的心理情绪，故而这种文化传播力量具有趋同、凝聚的潜在可能。加之元初废科举，文人也失却了习学参比以应遴选，实现经邦济世或是光耀门楣的精神寄托与生活方向。因此，以诗社为依托，将诗歌创作、诗学评比与科举质素结合，就成了文人们普遍接受的方式。这就是月泉吟社丙戌、丁亥征诗、评诗等系列活动的实际背景。

明李东阳《怀麓堂诗话》云："元季国初，东南人士重诗社，每一有力者为主，聘诗人为考官，隔岁封题于诸郡之能诗者，期以明春集卷私试开榜次名，仍刻其优者，略如科举之法。今世所传，惟浦江吴氏月泉吟社。谢翱为考官，'春日田园杂兴'为题，取罗公福（即连文凤）为首，其所刻诗以和平温厚为主，无甚警拔。而卷中亦无能过之者，盖一时所尚如此，闻此等集尚有存者，然未及见也。"②李东阳所说是元明之际的东南地区诗社活动，又以月泉吟社为代表来阐说，可知元明之际的其他诗社仍延续了月泉吟社的做法，并且大都有诗集编选刊刻。这既反映了月泉吟社活动影响之大，也使我们获知当时诗社活动的形式都与科举的形式有关，甚至是试诗时间都同于月泉吟社。今由《月泉吟社诗》也可知其参与者也有来源于各地诗社者。《月泉吟社诗》之征诗启事云："本社预于小春月望命题，至正月望日收卷，月终结局。请诸处吟社用好纸楷书以便誊副而免于差舛。明书州里姓号以便供赏……俟评校毕，三月三日揭晓，赏随诗册分送。此固非足浼我同志亦姑以讲前好求新益云。"可知月泉吟社先是将征诗的消息发布给"诸处吟社"，或是由这些

---

① 《月泉吟社诗》中第一名连文凤（寓名"罗公福"）与第十二名刘汝钧（寓名"邓草迳"）都是颇有民族气节，且付诸行动的诗人。方回《故太学徐君（应镳）哀辞（并序）》(《桐江续集》卷一三）的序中提到"丙子（1276）二月二十八日，（元兵）迫太学生上道北行。有日经德斋徐君应镳字巨翁，三衢人，为文祭告土神，携三子登楼纵火自焚不克乃自沉公厨之井。长男琦二十一，次男崧十一，女元娘九岁。同溺死。后十年丙戌（1286），三山（福州）刘汝钧君鼎、连文凤伯正率同舍举四丧焚而葬于南山栖云兰若之原，私谥曰'正节先生'。"可知连文凤与刘汝钧在徐应镳父女四人自杀殉难后第十年曾收葬其遗骨并为其举哀。此行表达了他们对爱国者的景仰，也表达了对故国的哀思，与"六陵冬青之役"性质相类。

② 周寅丙点校：《李东阳集》卷二，岳麓书社1985年版，第541页。

诗社再传达给诗人，因为只有诗社对诗社，才能更便捷地在诗社活动中进行信息的传达发布，被诗人所知。月泉吟社在丙戌年（1286）的征诗得到了各地诗社及诗人们的积极响应。"喻似之"（何鸣凤）所作《回送诗赏札》提及月泉吟社征诗"续风雅之清音，旁招同社"，即是说月泉吟社恢复了宋末繁盛的诗社活动，又召集其他诗社参与共同诗学活动。"识字耕夫"（周瑱）的《回送诗赏札》也称赞月泉吟社"尚友湖海之士，相期文字之交"，使各地诗人喜出望外，并称此举"留心大雅，事追三百篇之遗"，具有采诗观风，集合遗民诗人诗作之功。说自己幸而"偻指同盟，辱置十九人之列（周瑱列第十九名）"。对获同盟认可并优拔于此次诗会感到非常高兴。"天目山人"吴瑀之《回送诗赏札》中有云："（征诗）温诗社盟，嗣骚坛响，独得田园之兴。揭以为题，遍行郡邑之间，闻者皆作。"可知诗人们对征诗和恢复诗人群体性诗学活动的欣悦之情，同时可见征诗信息流布范围之广，反响之大，参与者众多的情形。

在此次诗学活动组织环节中，是月泉吟社发起，其他诗社策应的模式。从《月泉吟社诗》中可以得知响应月泉吟社，并有成员获选的诗社大体有：第一名连文凤，来自杭清吟社。第四名"仙村人"来自古杭白云社。第九名全璧来自孤山社。第十九名周瑱与第二十七名陈必曾来自武林社。第三十名赵必栎来自杭白云社。第三十三名宝觉寺僧了慧来自武林九友会。第四十四名仇远来自"古杭"，不知仇远之"古杭"是否即是古杭白云社。而"仙村人"与赵必栎的"古杭白云社"与"杭白云社"应是杭州一带的诗社——白云社。征诗者根据作家本人的题署直录，故略有措辞的不同。难以确定陈必曾之武林社是否与了慧的武林九友会相同。但这些情况确实反映了当时各地诗社响应月泉吟社诗学活动的事实。我们也可推知月泉吟社将征诗启事寄予各地诗社，再经由这些诗社发布下去，以各地诗社为单位传递征诗信息，并起到宣传、鼓动诗人参与的作用。这种情形（活动方式）在此前的诗社活动中未见记载，应是最早的成规模地通过各处诗社协同策应而完成的盛举，显现了诗社及诗社间的合作对于诗学活动展开的巨大作用，是诗社发展史上极具代表性的诗学活动事例。而通过这样具有广泛参与性的诗社活动，以遗民诗人为基本构成的诗社诗人同盟，宣示了元代遗民诗人在共同心理向度下的文学存在及存在的力量。

《月泉吟社诗》中的《誓诗坛文》可以看作是通过征诗，与广泛的参与者结成诗学同盟的宣示，也同时反映了这些遗民诗人实际是以诗为媒介，结成非抗拒不合作性质的同盟群体的实质。兹将其迻录如下：

> 月泉旧社，久褰诗锦之华；季子后人，独仿礼罗之意。遂从昨岁，遍致新题。春日田园，颇多杂兴；东风桃李，又是一番。乡邦之胜友云如，湖海之英游雷动。古囊交集，巨轴横陈，谁揭青铜，尚询黄发。无舍女学，何至教琢玉哉？不用道谋，是在主为室者。俾得臣而寓目，与舅犯以同心。眷惟骚吟，良出工苦，所贵相观而善，亦多自负所长。能雄万夫，定羞与绛灌等伍，如降一等，乃待以季孟之间。欲辛甘燥湿之俱齐固甚难，以曲直轻重而见欺亦不可。念伟事或偶成于戏剧，彼逸言特借誉而揄扬。我诗如邻曹，何幸纵观于诸老；此声得梁楚，誓将不负于齐盟。一点无他，三辰在上。

此誓文虽对征诗情由做了说明，也提出强分等次的艰难，然亦明言，此征诗评诗活动即使有"戏剧"成分，但不妨萌生"伟事"，使诗人受到鼓舞。即使是借誉揄扬，也会于诗坛有补。盟如重耳之于狐偃（即舅犯）[①]，既同心相期，也会使观望者受益[②]。加之以写诗应征为训练契机，亦将有琢玉之功。参会诗人，应对这些诗学的作用都理解，并接受主评者的评判。此誓实相当于参评的契约，既得到两千七百三十五卷诗作应征，可知同意领受此契约的诗人规模。同时，从另一个方面看，月泉吟社以及吴渭、方凤、吴思齐、谢翱等各地诗人的号召力的巨大。他们信服月泉吟社的威信，承认吴渭、方凤、吴思齐、谢翱的诗学权威，以"春日田园杂兴"的共同退隐遁世主题，聚合在一起，形成一个不合作的消极抗拒的人文力量，反映了易代之际东南一隅士人的心理向

[①] 《左传·僖公二十三年》，晋公子重耳等人由秦返国，"及河，子犯以璧授公子，曰：'臣负羁绁，从君巡于天下，臣之罪甚多矣。臣犹知之，而况君乎？请由此亡。'公子曰：'所不与舅氏同心者，有如白水！'投其璧于河。"

[②] "俾得臣而寓目"即使旁观者受益之意。《左传·僖公二十八年》："子玉（即成得臣）使斗勃请战，曰：'请与君之士戏，君凭轼而观之，得臣与寓目焉。'"

度和时代情绪。因此,月泉征诗活动是以诗歌创作作为号召的东南士人易代心理的集体宣示,是这一时期遗民心态的通透展示[①]。

通过主评诗人的遴选,选中者出榜张布,荣耀乡里。在科举废弛的时期,这种仿照科举取士的诗学评比活动,一方面是诗人的精神寄托(应试心理的惯性使然),一方面也与科举相似,中试者以主考官为座师,从而形成具有师弟子关系的诗人群体[②]。杨镰指出:"在元代诗坛,诗人们就相同题目作诗(集咏),从一开始就有竞赛意味,实际是对失去或部分失去了更大的竞赛选拔场所——科举不畅——的一种补偿。"[③] 又指出,月泉吟社是科举的一种"补偿",或"另类科举",是对新朝取消科举,无视江南士人传统情绪的反弹,而不仅仅是为写诗而写诗[④]。在中国古代,因诗歌创作,诗化艺术氛围及科举制度的影响,"竞赛、夺标,是文人一生追求的目标"[⑤],所以赛诗性质是诗社活动普遍具有的一种内容。因此,月泉吟社的参加者内心形成的座主与门生的关系认识也属于这种失却科举竞赛的一种心理补偿。

"罗公福"(连文凤)的《回送诗赏札》有云:"执事雅怀月霁,清思泉寒。抚景兴思,慨唐科之不复,以诗为试,岂同雅之可追。"因没有了读书求仕,实现自身价值的路径,便自然接受这种"以诗为试"的方式。而这种仿科举取士以试诗坛,会使应试者对主持评诗的诗人们有了门生与座主关系的一种意识。从而也起到了联络诗人,沟通同道,以结成类似师弟子关系的诗人同盟,进而将不合作的精神对抗运动扩大延及开来,形成了一种遗民性文化力量,表达了易代之际汉族文人们的心理向度。

以月泉吟社征诗活动为观照点可以了解元初东南汉族士人强烈的遗民情怀。此前我们论述过金元之际稷亭二段之诗社活动及其遗民心态。将之与东南一带的宋遗民相比,虽然群体化程度及创作力量有别,其遗民心理作为一种群

---

① 即使征诗时或许未必知晓是方、吴、谢为主评,但在评诗结果揭晓后的各种回信情况看,人们对于此次诗学活动的评诗并无异议,但诗人们仍未在《月泉吟社诗》中提及方、吴、谢。
② "司马澄翁"(冯澄)的《回送诗赏札》有云:"愿为吟社之门生。"可见士人们延及科举制的做法,投拜座主的习气。
③ 杨镰:《元诗史》,人民文学出版社 2003 年版,第 624 页。
④ 杨镰:《元诗史》,人民文学出版社 2003 年版,第 631 页。
⑤ 杨镰:《元诗史》,人民文学出版社 2003 年版,第 631 页。

体性情感延续的时间虽不同,但其实质是一样的。元代渐渐恢复统治秩序后,东南士人的心态也趋于平复,也逐渐不再持消极抗拒的不合作态度。①

他们也或选择出仕,且多任各地教授,担职于文化教育领域,其实质也是更愿负责于人文传统的规复与重建,也将自己的能力效伎于新朝治下的人文秩序,其忠贞的含义也从守节演化为传承,他们同样对我国古代文化的演进与发展做出了突出贡献。如参加月泉吟社征诗活动且列名于《月泉吟社诗》中的白珽、仇远二人后都出仕学职,为儒官,在社会需要重建人文秩序的历史时期去担当这一责任。戴表元《仇仁近诗序》中有云:"仁近又方力学,期树立以为千百年后世计。"②其所力学者,应主要指儒家道统而言,意谓仇远欲振兴儒学,恢复儒家之人文秩序,其于诗当亦然。其实仇远不只力学,还能力行,对有元一代之人文作用多矣。其师友渊源延及明初,并对明代之人文建设产生影响。这也是遗民忠于故国,又忠于儒家之人文道统的一种精神表露。③

---

① 方回《次韵刘君鼎见赠二首》其二有云:"乱后湖山今稍稍,闲中宾主几醺醺。"(刘君鼎即刘汝钧,亦即《月泉吟社诗》第十二名"邓草迳")连文凤(诗评第一的"罗公福")诗《己丑元宵》(《百正集》卷中)云:"不因灯火有元宵,强把时光慰寂寥。十四年来无此兴,三更踏月过河桥。"乙丑年,为至元二十六年(1289)。此诗写到宋亡后已无元宵节的兴致,然于此年则三更夜分之时在圆月之下游赏遣兴,也约略有了节日情致。可见其内心的变化。又,戴表元《杨氏池堂宴诗序》提到丙戌年(至元二十三年,1286)徐天佑、王沂孙、戴表元、陈方申、洪师中、周密、仇远、白珽等在杭州杨承之家中池堂举行的诗会。从戴表元之序文中看不出有愤激之处,倒有试图忘记现实的色彩。"或滕琴而弦,或手矢而壶,或目图与书。而口歌以呼,醉醒庄谐,骈哗竞狎,各不知人世之有盛衰今古,而穷达壮老之历乎其身也……"这应是悲愤伤感之后的颓废情绪,但也是平复过程中的一种表露。

② 李修生主编:《全元文》第12册,凤凰出版社2004年版,第107页。

③ 刘因可以视为金遗民,或是有金源遗民性的诗人,他不愿与元人合作,两次辞官。许衡与刘因有交,出仕元朝。刘因问之,许衡回答:"不如此则道不行。"认为只有出仕,借助政治权力才能维护道,使破坏了的人文传统秩序恢复。刘因辞官,许衡问之,因曰:"不如此,则道不尊。"认为只有用对节操的执守,才能真正表达出道的尊严,才能使人文传统中的志节伦理等含义得到张扬。许、刘二人的出处态度都是对道的忠贞,在不同时期,有不同的时代文化要求。东南士人在元初的表现,也具有这种含义。又,明人凌翰之《于介翁》(《明文海》卷四百八)记载了宋元之际遗民诗人于石(字介翁)的事迹,其中有云:"以先生取富贵,掌上耳,乃甘心肥遁。托吟咏于寂寞之滨,可不谓贤乎?粤宋南渡,中原文献悉趋于浙。故金华有小邹鲁之名,不独道学云尔。如月泉吟社一唱百和,尽集两浙之贤,皆故宋遗材也。斯人者,名节励其志,忠义激其衷,视元人不啻仇雠,而敝屣其爵禄,故养高林谷以待天下之清也。时移事变,不幸沉沦多矣,其传流固自有在耳。"月泉文人亦多以"名节励其志,忠义激其衷",不接受其爵禄,逃归林泉,怡乐田园,强行忘却现实,待秩序初成,这些"故宋遗材"或是出仕文教职位,或是以其生徒效伎于文教,为所谓"时清"发挥作用。

再如《月泉吟社诗》中排名第十四名与第四十五名的何鸣凤,他与当时著名的遗民诗人何梦桂交契很深。何梦桂《潜斋集》中与何鸣凤唱和之作颇多,其中之《和何逢原寄韵》(何逢原即何鸣凤,逢原为其字)可以说反映了大乱之后遗民诗人较为消极甚至幻灭的内心,该诗见于何梦桂《潜斋集》卷一,其云:"世界归大壑,人事如奔涳。浮生萃草木,万变成飘风。触蛮两蜗国,王侯一蚁封。下观黔首愚,咄嗟书虚空。怒攘亦蠢蠢,群飞何梦梦。失手弄刀剑,转眼生兵戎。万骑觳弓矢,千夫驾临冲。原野肆尸血,道路哀离鸿。帅师有丈人,在师多师中。不辜多全活,不与群丑同。师克未为绩,不杀真肤公。乾坤一胞与,感此重戚容。涿鹿始争战,千古开武功。《春秋》书战伐,三复为懯忡。南风鼓虞氏,吾谁与王通。击磬斯已矣,荷蒉犹可宗。无用愧社栎,浪出羞涧松。君谓叔孙智,人笑郦生庸。未能半分补,政堕一动凶。归来友石友,相对仲与翁。抱神慎守一,吾欲师崆峒。"①导致亡国的战祸对这些遗民打击之大,使他们在惊魂甫定中产生了消极颓废的心理,这也是历代遗民共有的时代情绪。有鉴于此,月泉吟社之诗学活动在平复遗民愤激情愫的同时,其实也起到了把一些幻灭的遗民拉回生活的作用,虽然其展示的生活图景是诗化的,但以诗化的态度对待生活,对于幻灭者来讲,也是有感召作用的。从这个方面看,遗民们热衷于参加月泉吟社诗学活动,实际上是一种在愤激与颓废间允执厥中的时代诉求方式,用诗化的田园生活将遗民从较为极端的情绪中挽回,再以诗化的态度宴如于田园的艰苦清贫生活,以全其节,以守其志并完成对新朝不合作态度的群体宣示。

五、月泉吟社诗学活动的意义与影响

作为遗民诗社的月泉吟社诗盟诗人群体总体上摆脱前代诗风,对有元一代诗风的形成起到奠基作用,在新的诗学基础上拉开元诗时代的帷幕。这一作用,通过诗友诗学关系脉络发挥出来,并影响到明初诗坛。

在月泉吟社诸人中,吴渭是形式上的盟主,而诗学核心则是方凤、吴思齐和谢翱。其中又以方凤为核心形成了一个强大的诗友群体,在元代诗学发展

---

① (宋)何梦桂:《潜斋集》卷一,文渊阁《四库全书》第 1188 册,上海古籍出版社 1987 年影印本,第 374 页。

中，又表现成为一个清晰的诗学脉络。

方凤与仇远、白珽是诗友关系，仇、白均参加了月泉吟社征诗活动并列名于前六十名之中，而仇、白除与江西后学方回有诗学交往外，又是张雨、张翥的老师，二张在元代中、后期诗坛颇有影响。故而方凤与仇远、白珽的诗友关系是一个层面，仇、白与张雨、张翥又形成了两代的师生诗学关系。

方凤与黄溍、柳贯、黄景昌、吴莱等是师生关系，元明间王祎、戴良、陈基等均出于黄、柳之门，他们形成一个三代的师生诗学关系，明初大家宋濂又出于吴莱之门，加上师祖方凤，又是三代师生诗学关系。

所以，以方凤为老师，以黄溍、柳贯、吴莱为学生，再延及宋濂、王祎、戴良、陈基等人，其师生诗学关系推衍生发，波澜相继，遂成为元诗发展的一股强大力量，还对明诗产生了影响。方凤及吴思齐、谢翱、仇远、白珽等月泉诗友的诗学精神便通过诗友诗学关系播散扩延，他们清新淡雅的诗风，既无宋季骫骳纤巧之气，更无金诗猛戾粗犷之风，已经初步开启了元诗自己的风气，虽则其气格风貌与代表有元诗风的宏旷激越的主流诗风不同，却是汇成元诗大气爽朗格调的组成成分，对元诗发展的贡献不容忽视。

《月泉吟社诗》中较有诗学成就且发挥出巨大作用的还有白珽和仇远，他们与方凤是诗友关系①。

白珽在《月泉吟社诗》中排第十八名，寓名"唐楚友"。仇远在《月泉吟社诗》中排名四十四名，以其号"近村"为名。二人于月泉吟社征诗时均已届四十岁，且已有诗名，故而他们参与征诗本身会有很大影响。二人享年较长，分别卒于1328年（白珽）、1326年（仇远），在元代诗坛也以其师友渊源发挥了巨大作用。元代中后期诗坛中均有影响的张翥、张雨皆出仇远之门，延续了他们的诗学思想，尤其是张翥，死节于元，诗亦颇高，为后世称许。二人所与

---

① 《月泉吟社诗》中第一名连文凤（寓名"罗公福"）应亦为方凤诗友，其诗亦摆落南宋后期诗坛风气。《四库全书》之连文凤《百正集》提要评其诗云："清切流丽，自抒性灵，无宋末江湖诸人纤琐粗犷之习。"（文渊阁《四库全书》第1359册，上海古籍出版社1987年影印本，第621页）并且认可其位列第一的评判结果，云："虽上不及尤、杨、范、陆，下不及范、揭、虞、杨，而位置于诸人之间，亦未遽为白茅之藉，则当时首屈一指，亦有由矣。"（文渊阁《四库全书》第1189册，上海古籍出版社1987年影印本，第464页）其诗已有启发元人建立自己的诗学范式之功。元代诸家多在唐宋诗风基础上形成自身风格，于连文凤及月泉诸人诗中已可见此种端倪。

唱和者中，如赵孟頫、虞集、方回等人都是诗坛作手。其他如周密、吾丘衍、鲜于枢、黄溍、吴大有、柳贯、释善住、马臻等人也多有建树。

仇远、白珽诗均无宋末粗犷之习。不过白珽诗似亦经过由宋末风气向师法唐诗及魏晋转变的过程。陈著之《题白珽诗》云："诗难言也。今之人言之易，悉以诗自娱曰晚唐体而四灵为有名。钱塘白珽家西湖西多佳趣（按，原文如此，恐有讹误）一日以吟稿示，余读之，其音清以和，是有意入四灵之门而登晚唐之堂者乎？然诗已于晚唐而已乎？珽其勉之。"①白珽之诗亦曾受南宋后期四灵及江湖诗风影响，后能摆脱其习，应与他和前辈诗人的交往有关。白珽与仇远在宋末有诗名。或曾沾滞江湖余风，他们易代之际的诗风变化，应与月泉吟社作大规模诗人群体活动和师友间切磋砥砺有关。

白珽与方回亦多交往。方回《桐江集》中有与白珽相关的作品。而戴表元亦谓白珽诗似陈与义（见戴表元《白廷玉诗序》，《郯溪文集》卷八），并指出他"尝讳言去非又特好记览，每一篇必欲令注波于六经之渊，披条于百氏之畹。"可见白珽学殖深厚，为诗自然重视功力渊源，因而在某种程度上延续了江西诗学的思路与做法。他亦将这种思路影响诗学晚辈，故曰元人虽或讳言江西诸人，但实质上化而用之，并不能简单地认为江西诗论在元代阒焉无遗响。其实是风头已过，但风力还在起着作用，其对元代诗坛的作用仍然是不容低估的。

关于仇远，方凤《仇仁父诗序》述仇远之论诗之言曰："近体吾主唐，古体吾主《选》。"瞿祐又记仇远自跋其诗曰："近世习唐诗者以不用事为第一格，少陵无一字无来处，众人固不识也。若不用事之说正以文不读书之过耳。"②其说正针对四灵、江湖诗风而言，可见他对宋末诗风的检讨。这种观点在元代诗坛是有代表性的，也与江西诗论有某些相似。在元代诗坛上产生了重要影响。

方回与仇远间亦多交往。《桐江续集》中有许多他们唱和之作，尤其是《寓楼小饮（并序）》，记述了他们诗会的情形，也透露出他们诗学思想的共

---

① （元）陈著：《题白珽诗》，《本堂集》卷四四，文渊阁《四库全书》第1185册，上海古籍出版社1987年影印本，第209页。

② 仇远：《金渊集》提要引，文渊阁《四库全书》第1198册，上海古籍出版社1987年影印本，第2页。

同倾向。序曰:"十一月十二日,赵宾旸、仇仁近、曹之才、张仲实、道士王子由会于方回之寓楼,以西湖客北海樽各赋五言一首。宾旸子伯玉侍。"其诗云:"六贤一道士,邂逅及吾门。藉甚西湖客,惭无北海樽。雪堂副团练,石鼎老轩辕。歌杜诗奇绝,谁能效许浑。"①他们在诗会创作活动中以杜诗之奇绝为尚,而不愿做晚唐许浑格调。这便与宋末江湖诗人大体不同了。既有方回诗论特色,也看出仇远宗唐的诗学方向之大概。

方回对仇远之诗也极为熟悉,甚至为仇远选编诗作。其《仇仁近百诗序》有云:"予友武林仇仁近早工为诗,晚乃渐以不求工。有稿二千篇有奇。予为选四百篇犹以为多,则删之而取百焉。今夫世之不能诗者,洋望崖返,或不以斯事为然。是固未知尧舜禹以来虽文辞之非诗,犹贵于叶音韵而便诵读,其亦岂无能诗之流?然不隘浅纤巧则,漫放阔诞,终不入于作者之域②。仁近此百诗,翳尽而珠明也,气至而果熟也,霜降而水涸也,箭鸣而的破也,琴瑟具而淫哇退,舍衣冠正而强暴拱手者也。"③对仇远诗评价甚高。而所谓"翳尽珠明"、"气至果熟"、"霜降水涸"、"箭鸣的破"、"琴具淫退"之类比喻,可概见仇远摆落缛丽,老成纯熟,功力深湛且正气凛然的诗歌风貌。仇远托方回编其诗选,应可看作是对方回诗学主张的认可,且其诗风亦与江西诗论的极诣之境相似。因而宗唐也好,师宋也罢,唐宋本身并非畛域分明,泾渭不涉的。二者有共同的诗料渊源,面对的诗学遗产也有共同之处。二者之相似或曰交集之处恐即为魏晋诗歌中清新自然之一路。再者,支持江西诗论的观点本身也有师法魏晋及盛唐诸公者。故而仇远之师唐,与江西之师唐,本旨归一致,路数虽或有别,但绝不会是了不相涉的。再加上方回本调和江西诗学,兼取其他诗论,在通达交融方面对江西诗学有所变创,故而仇远与方回间恐有着诗学上的一种默契。不过方回不言称仇氏宗江西,仇远亦不曾明确提及自己是否沾溉江

---

① (元)方回:《寓楼小饮(并序)》,《桐江续集》卷一〇,文渊阁《四库全书》第1193册,第334页。
② 即是说,"浅纤巧则","漫放阔诞"者虽有偏失,但其为诗自有其风格。而囿于为文而轻诗者,虽有得于文,却不能入诗人之域。
③ (元)方回:《桐江续集》卷三二,李修生主编:《全元文》第7册,凤凰出版社2004年版,第118页。

西诸人①,但他在宋末即有诗名,带着江西(包括江湖)一些诗学色彩来入于元代,思想感情的变化或诗学的开通包容使其更为达观疏越,因而也体现了江西诗学化入元诗的诗学运命。

方回对仇远之诗学成就亦表示服膺,其《次韵仇仁近谢诗跋》有云:"长江破浪输君手,肯学村船逆上溪。"②正可见出方回所佩服的是仇远诗的气势与境界,并言称自己欲加功力以追附其后。仇远论诗资料不多。但被精于诗学如方回者推许,可知他在诗学上绝对是有见地且可服人的③。

顾嗣立《元诗选》二集卷一之"仇教授远"小传,亦谓"一时游其门者若张雨、张翥、莫维贤皆有名当时。"可知仇远对晚进诗人之提携之功。该传并载仇远论诗语云:"近体吾主于唐,古体吾主于《选》。"其诗"往往于融畅圆美中忽生凄楚蕴结。有《离骚》三致意之余韵。"其"融畅圆美"之诗风对元诗影响甚大。且他所谓"近体主唐"之说,其中之"唐"并非全部唐代诗风,而偏指盛唐而言,这亦对整个元代诗风形成有指导意义。

在元代后期创作成就很高的张翥,其诗学仇远,但能青出于蓝。《四库全书》之张翥《蜕庵集》提要云:"(张翥)诗法则受于仇远,得其音律之奥。其诗清圆稳帖,格调颇高。近体长短句,极为当时所推。然其古体亦伉爽可诵,词多讽喻,往往得元白张王之遗,亦非苟作。"王士禛并以为张翥与赵孟頫、马祖常、范梈、揭傒斯居伯仲之间。张翥为元诗名家,其诗学亦可视为仇远诗学的一种延续。张翥论诗,重乎师承,其《午溪集序》有云:"然亦师承作者,以博乎见闻;游历四方,以熟乎世故。"这种转益多师,又重广博见闻的作风是元代诗社繁盛背景中的一种普遍性观点。他并不像其他元人那样学诗越宋宗唐。他要求将汉魏六朝及唐宋诸作均深入参研,撷取精诣,以造就自身。这种观点也与他开放包容的诗学态度有关。仇远论诗亦有此特点。张翥在这一点上

---

① 仇远《读陈去非集》有云:"简斋吟册是吾师,句法能参杜拾遗。"可知其诗学主张的指向,以陈与义、杜甫为学诗方向,对江西诗学有所吸取。

② (元)方回:《桐江续集》卷一〇,文渊阁《四库全书》第1193册,上海古籍出版社1987年影印本,第334页。

③ 仇远与方回交契颇深。方回诗中多有与仇远有关者,《桐江续集》卷一六有方回《次韵仇仁近有怀见寄十首》(文渊阁《四库全书》第1193册,第419页),可谓析心遣怀,抒写一己之真实怀抱。可以作为了解二人交契之参考。方回与仇远的交往对于二者诗学之影响可以继续探讨。本课题暂不深研。

与仇远相近。

明初僧释弘道云:"予始就学时,即知仇白名。盖二先生乃宋之遗老,同居钱塘,名望相等,一时制作,多出其手,学者宗之。"① 该段文字作于明初洪武戊辰八月(1389),作者当时对仇白之影响了解颇深,所谓"学者宗之"云云,可知他们对后学之士的影响。释弘道评仇远诗云:"冲远幽茂,而静退闲适之趣溢于言外。"释弘道作诗评仇远诗云:"吾爱山村叟(按,仇远号"山村民",学者称为"山村先生"),诗工字亦工。波澜唐句法,潇洒晋贤风。"可知学者对仇远宗法唐诗与魏晋诗的认知及其对由此而生的诗风的认可。这种在明初都被积极称道的诗学及诗风实际上从元代延及下来,影响到有明一代的诗学思想。明人大抵宗唐,与元代仇白引领的创作及诗学主张相接,在诗学史上较为重要。

《月泉吟社诗》中排名第九的全璧与江西后学方回有诗学交往,为方凤诗友。全璧字君玉,号遁初子,方回《桐江续集》卷二十有《同刘仲鼎全君玉饮徐子英家分韵得鸡字》诗,卷二十三有《次韵全君玉和高士马虚中道院(并序)》诗,其中之全君玉即全璧。方回是江西诗学融会贯通式的理论家,他对江西诗学做了收拢整饬,又能大而化之,兼容各派,在江西诗学体系的开放性、包容性方面做了策略性调整。元代诗学从表面看似无江西诗学的明显学理延续,但在诗法、章法等方面的苛求上并不稍弱;元代诗风清通简要,不同于江西式的举轻若重与沉滞板重,但重功力、重表达的自然爽利亦为江西所看重。所以可以说,江西诗学化入元代诗学的理论资源中,起到了潜在的作用,于元代诗风的形成自有其春风化雨式的贡献。全璧与方回有诗学交往,虽不能认为他受方回或江西诗学多大影响,但在《月泉吟社诗》中其诗评语有所谓"见趣高,格调别"之语,及其诗中之"晋世衣冠门外柳,豳人风俗屋边桑","未分东风欺老眼,一编牛背卧斜阳"之语,确乎内意脉注,沉厚清拔,写田园生活而无尘俗气息,均略有江西风调。

梁相(字必大),《月泉吟社诗》排名第三,寓名"高宇",亦应为方凤诗友。后似宦于楚地任文学掾类的官职。史简所编《鄱阳五家集》中有一些当地

---

① (明)释弘道:《江村销夏录》卷二,文渊阁《四库全书》第 826 册,第 533 页。

诗人张道元、费震、金遁初与之唱和的作品。其中黎廷瑞之《送梁必大归杭省亲》诗的序中说："楚水送梁子也。梁子为楚文学掾，将归亲，其友念别，故作是诗送之。"梁相亦与吴澄有交往。吴澄有《送梁必大知事之婺州》诗。参与月泉吟社诗学活动的诗人在日后的文学活动中从交流创作方面都发挥了或大或小的作用。①

黄溍、柳贯均为方凤的学生，他们与其学生是方凤诗学通过师生关系传播的重要脉络。

柳贯《跋晋卿所得牟、方、仇三公诗卷》有云："方韶父、刘元益吾乡前辈而某之执友也。韶父国子进士，元益太学内舍生，尝与仇近仁在京庠同业最久且故宋后皆以诗鸣。"②刘元益即刘应龟。《月泉吟社诗》排名第五，寓名"山南隐逸"。他与方凤、仇远很熟悉，又与柳贯为挚友。柳贯或未参加月泉征诗活动，但在元代中期诗坛的地位举足轻重。可以想见方凤、刘应龟及仇远都对他产生了影响。这也可以视为月泉吟社诗盟诗人群体间交互影响，又通过柳贯及编选三公诗卷的黄溍对元代中期诗坛发生作用。

在元代历仕五朝，影响颇大的黄溍出于方凤之门。其《文献集》卷五之《方先生诗集序》评方凤诗时有云："由本论之，在人伦不在人事；等而上之，在天地不在古今。言先生之诗者，无以易此矣。"③他实际对方凤从人品、学问和诗学上都是极为推崇的。黄溍《文献集》卷五之《见山集序》所云之见山先生叶氏其生平行状颇类方凤，亦尝于宋末为礼部奏名，然为权臣所沮；宋亡隐居不出，与世隔久之，稍出游东西州，"遇遗民故老于残山剩水间，往往握手嘘唏，低回而不忍去。缘情托物，发为声歌，凡日用动息居游合散，耳目之所属，靡不有以寓其意，而物理之盈虚，人事之通塞，至于得失废兴之迹皆可概见。故其语多危苦激切，不暇如他文人藻饰浓丽以为工也"。由此"叶先生有友二人，吴氏善父，曰谢氏皋父。（即吴思齐、谢翱）"，并说他们"素以风节

---

① 杨载与方凤间存在交流关系，二人应为诗友。杨载《杨仲弘集》中多有涉及方凤者，方凤之影响，也应传及杨载，而杨载于元中期大都诗学作用极大。
② （元）柳贯：《待制集》卷一九，李修生主编：《全元文》第25册，凤凰出版社2004年版，第201页。
③ 李修生主编：《全元文》第29册，凤凰出版社2004年版，第66页。

行谊相高"，并说吴、谢二人先于叶先生死，且叶先生有二子樗、梓，这都与方凤情况相同，又提及柳贯"方官于太常，自以游先生门最早"①，而整理其诗文集。这也与方凤事实相同，不知缘何讹为叶氏，待考。但可以由此看出宋元之际遗民诗人的生活及心态。

再者，黄溍为刘应龟中表侄，亦曾受学于刘应龟②，应龟字元益，号山南。其"终更调长月泉"，可知在其卒前为月泉书院山长。黄溍《山南先生述》谓刘应龟"读书务识其义趣，未尝牵引破碎以给浮说，至其为文，雄肆峻拔，飚使水飞，一出于己"③。这种学术与文学品格对黄溍当有影响。刘应龟卒时黄溍三十一岁。他与柳贯、虞集、揭傒斯并称"儒林四杰"。其儒学品格当出自方凤、刘应龟。因刘应龟早卒，黄溍在诗学上恐受方凤影响较大一些。

黄溍《文献集》卷七有《山南先生集后记》。该文对了解刘应龟诗学思想及其对黄溍的影响都极具参考价值。兹迻录如下：

右《山南先生集》凡二十卷。记曰：辞必己出，古也《骚》不必如《诗》，《玄》不必如《易》，而《太史公书》不必如《尚书》、《春秋》、《十三国风》之作大抵发乎情矣，然而止乎礼义。发乎情，故千载殊时而五方异感也；止乎礼义以天地之心为本者也。其为本不二，故言可得而知也。有如先生之闳材杰志，百不一施，而其言犹莫为世所贵，则言岂诚易知哉？盖先生自少时为举子业，已能知非之。逮其年迈，而气益定，支离之习，刊落尽矣。故其为文，逸出横厉，譬如风雨之所润动，杂葩异卉不择地而辄发，人见其徜徉恣肆，惟意所之而止耳。世之善为近似者，方窃窃然揣摩剽掇，哗众以立的，而曰"吾古学也"。陈性命者，躐幽微、辨名数者殚毫末而先生之文遏而不行矣。孰知夫縲縲偅偅，浮沉俗间，其自视吾言蜩甲尔，蛇蜕尔，岂复累于称讥者耶？溍受学于先生最久，且亲诚悼其余芳溢流无所，记以被于后，乃因先生所自序《梦稿》、《痴稿》、《听

---

① 李修生主编：《全元文》第29册，凤凰出版社2004年版，第66页。
② 刘应龟（1244—1307），字元益，义乌人。其生平见黄溍所著《山南先生述》（《文献集》卷三，文渊阁《四库全书》第1209册，上海古籍出版社1987年影印本，第317—318页）。
③ 李修生主编：《全元文》第30册，凤凰出版社2004年版，第24页。

雨留稿》者合而一之目曰《山南先生集》。呜呼！是其为言也。非出于古非不出于古也。夫能不二于古今，而有不以天地之心为本者乎？绵千禩、贯万汇而无迁坏沦灭者，莫寿于是物矣，区区之篇椟尚奚为哉！姑用以致吾意焉尔。①

刘应龟的作品，秉持其基本诗学主张，所谓"闳材杰志，百不一施"，又摒弃宋末骫骳纤仄之习，所谓"支离之习，刊落尽矣"，即是摆脱宋末诗风，以清新流丽发之，其文"逸出横厉，譬如风雨之所润动，杂葩异卉不择地而辄发，人见其徜徉恣肆，惟意所之而止耳。"固然为其文风，然作为一种文学品格，亦及于其诗，他参加月泉吟社征诗的《春日田园杂兴》诗也有这种劲健古硬之气。作为对黄溍影响颇大的前辈诗人，他以及月泉吟社诗盟中的庞大遗民诗人经历沧桑时所产生的诗学意见，对黄溍诗学道路当发挥了巨大的影响。

黄溍少年即从刘应龟学。宋元之际刘应龟遁迹村壑间，亦与方凤、谢翱等人一样"览物兴怀，一寓于诗，悲壮激烈，有以发其迈性不群之气"。时变促成了遗民们诗学品格的养成，也促使遗民诗人摒弃了南宋后期的琐细诗风，充实以真实的情感和真切爽利的个性特色。遗民诗风的形成往往对前代诗风进行批判与反思，也往往能认识到其弊端所在，元初如此，清初亦如此。受刘应龟影响的傅野、陈尧道与黄溍都会在这种反思性的诗学背景中受到良好教益。

黄溍曾选编其乡党傅野、陈尧道诗为《绣川二妙集》，在此集的序中，可以看出当时刘应龟、陈尧道等人的诗学特点，而此二人都曾参与月泉吟社征诗活动（陈尧道在《月泉吟社诗》中列第八名，寓名"倪梓"）其序云："吾里中前辈以诗名家者推山南先生为巨擘。傅君景文、陈君景传其流亚也。先生曩游太学，未及释褐而学废士散，束书东归，遁迹林壑间，览物兴怀，一寓于诗，悲壮激烈，有以发其迈性不群之气。自视与石曼卿、苏子美不知何如。近代江湖间呫呫然动其喙者姑勿论也。二君之年稍后于先生，而皆有能诗声。景文（傅野，字景文）之诗精切整暇，如清江漫流，一碧千里，而鱼龙光怪，隐见不常，莫可得而测也。景传（陈尧道，字景传）之诗涵肆彬蔚，如奇葩珍木，

---

① 李修生主编：《全元文》第 29 册，凤凰出版社 2004 年版，第 245 页。

洪纤高下，杂植于名园，终日玩之而不厌也。其以气自豪则同，宜乎能接先生之隽轨而与之参翱翔。非余子可得而预也。予年复后于二君，而于先生为中表子侄行，自卯岁侍先生杖屦，而知爱先生之诗。顾以材器劣弱，局量褊小，不敢窥其涯涘，徒有望洋而叹。可以配先生者二君而已……"①

顾嗣立《元诗选·初集》卷三十一之"黄侍讲溍"之小传云："（黄溍）弱冠西游钱塘，得见遗老臣工宿学，益闻近世文献之详。还从隐者方韶父游，为歌诗相唱和，绝无仕进意。"后延祐二年（1315）重开科举，对于受科举习染颇深的具有遗民心理的诗人来讲，是他们改变出处立场，开始施展才干的契机。黄溍仕至高位，又"巍然以斯文之重为己任"，"素行挺立，贵而能贫，遇佳山水则斛咏其间，终日忘去"。②这些倒与方凤相似。明初大家宋濂、王祎出自黄溍、柳贯和吴莱之门，而黄、柳、吴三人均曾受学于方凤。在元明之际"汇为一代文章之盛"，影响了明初及至明代诗学的基本格局。

再看柳贯，他与黄溍一样都师从方凤（也师从吴思齐、谢翱）③。其在文坛的地位与号召力颇应予以重视。《四库全书》中柳贯的《柳待制集》提要云："道传（柳贯字）甫弱冠，受经于仁山金履祥。继而从乡先生方凤、粤谢翱、括吴思齐诸前辈游，历考秦汉以来文章之变化。是时海内为一，故国遗老尚有存者，师友讲究，渊源不绝。乃复裹粮出与紫阳方回、南阳仇远、淮阴龚开、句章戴表元、永康胡之纯、长孺兄弟益咨叩其所未至。及至京师，为吴文正公澄所器赏。程文宪公巨夫以墨一丸授之曰：'文章正印，今属子矣。'卒为一代名宿。自号乌蜀山人，扁其斋曰'静俭'。门人宋濂与戴良类辑其诗文为四十卷，谓如老将统百万之兵，旗帜鲜明，戈甲焜煌而不见有喑呜叱咤之声。临川危素谓其文雄浑严整，长于议论，而无一语袭陈道故。《元史》亦曰'沉郁春容，涵肆演迤，人多传诵之'。与同郡黄溍、吴莱声名一时相埒。浙东之文，

---

① 《文献集》卷六，文渊阁《四库全书》第1209册，上海古籍出版社1987年影印本，第401—402页。
② （清）顾嗣立：《元诗选·初集》，中华书局1987年版，第1085页。
③ （元）黄溍《翰林待制柳公墓表》（《文献集》卷一〇下）有云："（柳贯）又执弟子礼于同里方先生凤、括苍吴先生思齐、粤谢先生翱，三先生隐者以风节行义相高，间出为古文歌诗，皆忧深思远，慷慨激烈，卓然绝出于流俗。清标雅韵，人所瞻慕。公左右周旋，日渐月渍，不自知其与之俱化也。"（文渊阁《四库全书》第1209册，第656页）在"左右周旋，日渐月渍，不自知其与之俱化也"的交往中，柳贯沾溉了宋遗民诗人的诗学，后来将其带入京师成为京师诗坛的熔炼原材料。

争奇竞爽，涵育甄陶，人才辈出，迨于明初而极盛焉。"柳贯是方凤、吴思齐、谢翱等人影响文坛的又一师友渊源。他与仇远、龚开、戴表元、胡之纯、胡长孺等人的文学交往也很重要。柳贯从他们那里得到了"叩其所未至"的滋养。又将其诗学资源带至京师，成了元代中期京师文坛的重要力量。其间又得以结识吴澄、陈巨夫等文学宗匠，更丰富了其诗学素养。又以晚生宋濂、戴良将诗学脉络延至明代，其影响力之大可见。四库馆臣说浙东人文"涵育甄陶"，使人材得以滋育其间。其实月泉吟社之诗盟亦可谓有诗学方面的"涵育甄陶"之功。它由遗民群体基其始，上可及于婺州诗人及隐居于此的唐玄英居士方干，再以月泉吟社诗盟整合为诗学力量，并成为推进诗学脉络凝聚与延续的引擎，有着对前代诗风刷洗整肃的功绩。进而由方凤、吴思齐、谢翱等人强力推毂。尤其是方凤，他门人济济，英才辈出，对元代中期江南和京师诗坛都产生巨大影响。再通过其门下士将诗学脉络延至明代，成了明代诗学之构成要素与重要力量。这即是月泉吟社诗学活动及月泉诗盟诗学价值所在。即以诗盟中的师友渊源关系为诗脉延伸的加油站，将宗唐诗风传播并扩大，成为元代诗学的主流，也成了影响明代诗坛格局的重要力量。于此可以说，月泉吟社正是"涵育甄陶"这股力量的基本平台与诗学祖庭。

元明之间陈基、戴良曾受学于黄溍、柳贯、吴莱等人，亦可看作是方凤、白珽、仇远等人诗学的影响，并得其学脉传承。这应与月泉诗盟之平台有关。戴良是浦江人，他本身与月泉吟社诸公有师友渊源，元亡以后，他在四明隐居，与此间一些忠于元朝的遗老诗人吟咏唱和，寄托故国之思。这种遗民性的诗学活动与月泉吟社诗盟相近，应受其影响而沾溉其品格而成。月泉吟社对地域乡邦的影响也表现在遗民性内涵的群体性诗学活动上。

戴良应是月泉吟社诗学脉络上应予关注的一位诗人。雍正《浙江通志》卷一百八十一引《金华先民传》有云："时柳贯、黄溍、吴莱以文章名于浙东，良往来诸公门下，尽得其阃奥。余阙持节过婺，闻良善诗，与论古今作者词旨优劣，阙乃尽授以平生所得于师友者，于是良之诗名遂盛东南……诗文瑰奇磊落，清新雅洁，往往无愧于作者。"余阙诗风在元代后期自成一格，以汉魏六朝为宗，"规仿六朝，清新明丽，颇足自赏"①。戴良所交之柳贯、黄溍、吴莱

---

① （明）胡应麟：《诗薮》，中华书局1958年版，第233页。

均出自方凤之门；他又瓣香余阙，对其诗风之养成也颇有作用，戴良亦为元明颇有影响的诗人，他可看作是月泉诗盟诗学影响的一支。他是元室忠臣，晚年更以遗民自居，并曾从事反明活动。这种气节，或亦承继方凤并参有余阙之品格。

《四库全书总目》之吴莱《渊颖集》提要亦引王士禛《论诗绝句》："铁崖乐府气淋漓，渊颖歌行格尽奇。耳食纷纷说开宝，几人眼见宋元诗。"举渊颖（吴莱卒后其门人宋濂等私谥为"渊颖先生"）以配铁崖杨维桢。可知吴莱之乐府诗亦有较高造诣。王士禛选七言古诗不选杨维桢而选吴莱。四库馆臣认为他在两人中更为推许吴莱。从师友渊源关系上看，吴莱出自方凤之门，与月泉诸人亦多有交往。在诗学上也有所沾溉，并陶熔为自己之格调。再者，《四库全书总目》之吴莱《渊颖集》提要曾云："（吴）莱与黄溍、柳贯并受业于宋方凤，再传而为宋濂，遂开明代文章之派。"方凤对元代文学格局的影响极大，并以其师友渊源的关系，通过宋濂直接使其文脉延至明代，奠定明代文学的基础。作为月泉吟社之栋梁，其影响力在元初也会借助当时的诗学活动而扩大，波澜相激，涟漪相荡，层迭展开。故而月泉吟社之诗学活动，既可谓奠定元诗风貌格调之基础，亦余波远应，开后来诗文之先声——月泉吟社可谓元明两代诗学渊源之祖庭。

在《月泉吟社诗》中排第二十五名的"槐窗居士"为黄景昌。此人当为方凤、吴思齐、谢翱的学生辈。黄景昌（1261—1336），字清远，一字明远。浦阳人，终身居乡不仕。深研经学，尤长《尚书》及《春秋》三传。《明文海》卷三百九十有宋濂所作《浦阳人物志》有传。其传有云："（黄景昌）四岁入小学，十二岁能属文，长从方凤、吴思齐、谢翱游，益通五经、诸子、诗赋、百家之言，尤笃意《书》、《春秋》，学之四十年不倦。"月泉吟社征诗时黄景昌二十余岁，而方凤、吴思齐、谢翱已届四秩。且三人均于经学有所长，又均能诗。故而，所谓"益通五经、诸子、诗赋、百家之言"云者，应是受方凤、吴思齐、谢翱三人教益。且其深研《尚书》、《春秋》四十年，应从二十余岁从三人游学时开始。因而三人应为黄景昌师辈行。《浦阳人物志》之《黄景昌传》亦提及黄氏有关诗学的主张："景昌以古人论诗主于声，今人论诗主于辞。声则动合律吕，可以被之金石管弦；辞则文而已矣。乃集汉魏以来诸诗各论其时代而甄别之作《古诗考》。景昌善持论,出入经史,衮衮不穷,如议法之吏,反复推鞫其人辞,不服不止,故其所言,皆绰有理致。……晚自号田居子,述田间古调辞九章,宾客至辄揭瓮取酒共饮。酒酣,取辞歌之,以荚击几为节,音韵激烈,闻者自失,不知世上有贵富也。"可知黄景昌不仅于经学颇用力,于诗学亦下过一番功夫,曾研读甄别魏晋以来的诗作,并作《古诗考》。他有深湛的经史素养,如以之论诗,则应理路明晰,观点允实。晚节诗酒啸傲,颇显洒落胸怀。从精神风貌上讲,他应是延续了月泉吟社之精神的一位诗人,且其析论诗作,不服不止的批评态度,亦使人联想到方、吴、谢三人之论诗风范,此或为三人影响于黄景昌的一个方面。

黄景昌关于乐府与律诗的有关意见,亦对元代乐府创作甚至杨维桢等人的有关见解都有启示意义。吴莱《田居子黄隐君哀颂辞》中有相关记述,兹引录如下:

> (黄景昌)又考古今诸家所赋诗,上起汉魏,下迄于六代陈隋而止,唐以来古体之作一变今体,不尽录也。间则致书严南公有古今体乐府之辨,曰:"夫古诗三百篇之外,后人所为准者,惟汉魏为古体之宗,而唐沈宋则始为今体之倡。"然乐府辞乃具古今体何者?汉魏以还,言乐府者,本是古体,及唐李太白《宫中行乐辞》,梨园之伎悉弦歌之,特是今体律诗。王摩诘《渭城歌》,世以《小秦王调》歌之,又谓之《阳关词》,复是今体绝句。它如《古挽歌辞》、《左氏传》所载歌虞殡者虽不可考,汉魏之间所歌《薤露》、《蒿里》则犹古也。自唐至今之为挽歌者必以今体五七言四韵为之何耶?又如古乐府题《雉子班》、《钓竿》等篇,唐徐彦伯、沈云卿方以五言今体为之,《河满子》一曲,司空文明又以五言二韵为之,尽今日之所谓律诗绝句者也,此果何耶?(按,似对律诗取代一些传统古歌乐府题材有异议)唐人诗集每有标题古诗、律诗、古乐府歌、引、吟、行者,杜少陵集中独无乐府,旧尝累读而深疑之。盖夫古人之诗,一章一句,动合律吕,被之金石管弦,播之羽旄干戚与夫唱叹于工师瞽蒙之口皆是诗也,何有诗与乐府之别哉?或者不悟,且曰此为四言,此为五言,此为七言,此为古诗。此为歌行,此为琴操,呜呼陋矣。此皆后世拟古者之

一失也。昔者曹孟德召李坚为鞞舞辞,欲以闻西园鼓吹之旧。坚以乱离久废,不悉古曲,子建乃不泥古曲之名,遂别构之。何后世之言古曲者就题立意,若宋齐梁诸人之所为者耶?宋齐梁诸人之所为犹若是,则今体之拘拘者吾可得而尽录耶?(按,此为其不录近体之因由)欲观古今体乐府之变,考吾之所自录者,概可见矣。隐君(即黄景昌)晚自号田居子,因作《田居古调辞》九章。一章曰"耕田",二章曰"抱瓮",三章曰"濯涧",四章曰"暴日",五章曰"候樵",六章曰"倚窗",七章曰"联蓑",八章曰"酿酒",九章曰"开径"。每一客至,沾醉,恒击节高歌,超然自得……①

可知,黄景昌实际上是秉持一种宽泛的诗体观念。他认为后世律诗的发展背弃了古歌乐府可被之于管弦的功能。而后世之乐府,亦拘囿于古题题意,失却了自如反映现实生活的职能。后世诗体愈分愈细,但在黄景昌看来,反而缩小了诗歌表情达意的范围。他这种倡言乐府古诗,鄙薄今体诗的作法,对杨维桢等元代后期的乐府诗运动产生了启示作用,甚至可以说是一种理论的先声。

月泉吟社诗学活动是元诗走向自身格调的一次演练。其诗学上以清新自然为主流的创作格路实是对宋末风气的刷新。所谓"素以为绚",经过易代的洗礼,元诗在一个新的基调上发生发展,终于形成代表其时代特征的基本格调。

月泉吟社的巨大影响,还表现在对乡邦地域性文学活动的影响方面,同时,作为诗社活动,其形式和活动的精神内涵对后世也产生了深远的影响。

元中叶至元末,浙江一带诗人辈出,有睦州诗派及浙东诗派,涌现出徐舫、马莹、陈樵、李裕、李序、向调、何景福等诗人。这种地域化特征明显的诗人群体的勃兴,应与月泉吟社所带来的诗潮涌动有关联,亦可算作是月泉吟社在乡邦文学发展方面的贡献。月泉吟社以一方地域为核心展开诗学活动,使地域诗歌创作蔚然成风,尤其是在今浙江一带地区,地域诗人群体亦呈纷纭勃兴之势。元末嘉兴濮彦仁之"聚奎文会"即是诗人们以诗社行诗集,展开交流

---

① (元)吴莱:《渊颖集》卷八,李修生主编:《全元文》第44册,凤凰出版社2004年版,第174页。

的一个组织。与会者达五百余人①。缪思恭、陈秀民、卓成大等人的嘉兴南湖诗会都是这种地域性诗学活动。其所处时代亦元明之际，时代风会使诗人无能无力，只能逃游于诗国，意图展示其出离时代的内心向度。除浙江一带地区而外，江西一带亦多有此类诗人的群体组织。他们也具有遗民性内涵。这种文学现象与月泉吟社相类似，亦可见出月泉吟社的诗学影响于其遗民性内涵的历史作用何其显著。

可成为元代诗学终响的玉山雅集也与月泉吟社精神相通。《四库全书总目》卷一百八十八之顾瑛所编《草堂雅集》的提要中指出："……盖虽以《草堂雅集》为名，实简录其人平生之作，元季诗家此数十人括其大，凡数十人之诗，此十余卷具其梗概。一代精华，略备于是。视月泉吟社惟赋《田园杂兴》一题，惟限五七言律一体者，赅备多矣。"即认为顾瑛所编之《草堂雅集》胜于《月泉吟社诗》，虽是认为胜于前者，但是将二者相比较而言，亦可见月泉吟社与玉山雅集在元代文人群体性活动中的代表性意义。

明何良骏《四友斋丛说》卷六十八载，元松江华亭人吕良弼曾举办"应奎文会"，邀杨维桢为主盟，以金帛为奖赏，召集四方文人举行诗学活动，引起东南一带诗人广泛参与，这亦是月泉吟社的影响。其活动形式亦来自月泉吟社。

王世贞《艺苑卮言》卷六有云："当胜国时，法网宽，人不必仕宦。浙中每岁有诗社，聘一二名宿如廉夫（杨维桢）辈主之，刻其尤者以为式。饶介之仕伪吴，求诸彦作《醉樵歌》，以张仲简第一，季迪（高适）次之。赠仲简黄金十两，季迪白金三斤。"②王世贞主要就元代后期之诗社活动而言，但元代这种局面的出现月泉吟社实为先声。明代俞弁《逸老堂诗话》卷上在记述了月泉吟社诗学活动后有云："噫！安得清翁复作，余亦欲入社厕诸公之末，幸矣夫。"③可知月泉吟社作为高雅峻洁的一个诗社在明人心目当中的典范性意义。

杨慎《跋刘南坦岘山图》有云："兰亭群贤，少长咸集；竹溪六逸，宾旅

---

① 杨镰：《元诗史》，人民文学出版社 2003 年版，第 604 页。
② （明）王世贞著，罗仲鼎校注：《艺苑卮言校注》，齐鲁书社 1992 年版，第 292 页。
③ 丁福保辑：《历代诗话续编》，中华书局 1983 年版，第 1299 页。

无忘；曷若香山诗坛、月泉吟社，释九愁而遣五噫，具四美而并二难……"①即将月泉吟社与前代著名雅集活动和诗人群体相提并论。可见月泉吟社在杨慎心中的位置。

清代诗人，宋荦外孙高岑曾作《和月泉吟社田园杂兴》六十首，可见他本人对月泉吟社诗的喜爱，亦可见月泉吟社对后人的影响。

清王士禛《古夫于亭杂录》卷四"诗社和诗"条有云："宋末浦江吴渭清翁作月泉吟社，以范石湖《春日田园杂兴》为题，中选者若干人，谢皋羽所评定，至今人艳称之。顺治丁酉（1657），余在济南明湖倡秋柳社，南北和者至数百人。广陵闺秀李季娴、王潞卿亦有和作。后二年，余至淮南始见之，盖其流传之速如此。同年汪钝翁（汪琬）在苏州为《柳枝诗》十二章，仿月泉例征诗，浙西、江南和者亦数百人。"②这里提到的秋柳社征诗与汪琬以柳枝诗征诗，都有效法月泉吟社诗学活动的用意，其规模虽不及之，但亦产生了很大的影响。月泉吟社除在诗社活动的形式及考课评骘方面对后世产生了很大影响之外，在后人心目中具有群体活动和诗社活动的典范意义。虽然王士禛在《池北偶谈》中有所谓月泉吟社诗"清新尖刻"之评。但他却专力研究，并予以重排名次，则显现出这一清诗大家对月泉吟社关注的程度。③

清人罗元焕《粤台征雅录》云："粤中好为校诗之会，亦称'开社'……至预布题，并订盟收卷，列第揭榜，悉仿浦江吴清翁月泉吟社故事。"④清代粤中的诗社活动亦参照了月泉吟社的活动形式。

《月泉吟社诗》客观上保留了宋元之际宋遗民诗人的诗作。这些作品反映了他们在易代之际的内心世界，呈现出元初随着人文秩序的恢复与重建，遗民内心世界的变化，也反映了他们以征诗活动整合遗民群体的精神力量，结成了那种非对抗性不合作的诗人同盟以表达他们的故国之思和全身守节的伦理态

---

① （明）杨慎：《升庵全集》第2册，商务印书馆1937年版，第115页。
② （清）王士禛：《古夫于亭杂录》，中华书局1988年版，第97页。
③ 清初毛晋《东皋录题识》中称释妙声（《东皋录》为释妙声作）所作的一些文札"堪与月泉吟社往复诗启并传"。可见在毛晋心里，《月泉吟社诗》中的"送诗赏札"与"回送诗赏札"等亦很有价值，至用以嘉许后人类似作品。这亦是月泉吟社的影响。
④ 四库本《月泉吟社诗》附伍崇曜跋语。

度。月泉吟社在后世产生很大影响,成为后世诗人心中诗社或诗盟的象征[①]。

后人有以诗派看待月泉吟社者。如《四库全书总目》卷一百七十五明人王琪《竹居集》提要评其诗云:"大致出入于月泉吟社一派,亦时有秀句。而边幅单窘,兴象未深,数首之后,语意略同。"认为王琪诗"出入于月泉吟社一派",但实际上月泉吟社并没有纲领性的诗学主张,也未及进行诗学体系的建设。而是以一次征诗活动开展的,以"春日田园"为诗题的创作及评比活动。风格相近,盖因题目所限。"边幅单窘,兴象未深"抑或为月泉吟诗所具之特点之一,但亦与题目有关,也与其时诗人仍有忌讳分不开。但参加月泉吟社诗盟的诗人深身处易代之际,他们寄意遥深的作品并不属于"月泉吟派"的范畴。不过作为一个诗学活动的同盟,他们生发出去的诗学影响,使人们有了把他们看作是诗派的可能。后人以"月泉吟派"来观照他们,若从一个群体来讲则勉强可以,但从严格意义上来讲是牵强的。月泉吟社因征题创作,糊卷评诗等诗学活动结成一个诗学同盟,并以之为平台影响推动元诗基本格局的形成,作为诗社同盟理解是恰当的。在诗学影响上虽其成员如方凤等的师友渊源关系而形成脉络并延及于明代,却不能简单地认为月泉吟社及其诗学同盟本身具有突出深刻的诗学创建。它在诗学史上的意义在于其中成员的师友渊源关系对诗学发展历程所产生的影响,在于其中某些个体的诗学影响力,而不在于其诗学本身的建树上。从文学史的角度看,该诗社及诗学同盟的存在,其非对抗性的不合作的遗民性质显得更为突出。他们是一个颇具广泛代表性的遗民诗人群体,其创作活动因共同的题目而产生共同的风格。却与文学史上的其他诗派有着稳定且持续的风格有所区别。他们以《春日田园杂兴》为题形成的清新自然风格并不是参与者代表性的风格,是他们参加活动进行创作而表示出的仪式性的风格。谢翱、方凤之风格并不完全相同,也与所征之诗的共同风格有别。若以他们共有的遗民性来审视他们的诗歌风格,则可谓有相似之处,都有一种时代性的悲凉气息。所以,若以类似"遗民诗派"的名目观照则庶几行得通,而以"月泉吟派"目之,则失之牵强。

总的来看,月泉吟社本身因其丙戌、丁亥年的诗学活动而与这一时期的其

[①] 毛晋将《月泉吟社诗》与宋遗民诗人诗集《谷音》同刻,亦是见出他们在遗民性方面的相似性。

他诗社及诗人结成一个具有盟约性质的诗人群体,加之月泉吟社此次诗学活动有着形式上的规定性与活动内容上的公允、严肃的特点,使其在诗社发展史上具有极强的代表性与典范性。首先,其遗民诗人群体的性质为后世许多遗民诗人效法,成了易代之际遗民诗人表达情感及结成同盟群体以宣示忠贞守节立场的一种诗学活动形式。在这一方面,月泉吟社虽然不是首创,但其影响却是最大的。

其次,虽然月泉吟社本身未及进行诗学理论的建设,但其诗学作用则在于其主导者以师友渊源的方式形成了诗学脉络,并通过师友关系使其诗学影响扩大开去而影响至后世。这种影响虽未必通过诗社活动实现,但诗社活动却对其中的主导者的诗学成长与师友关系的形式有积极作用,故而诗社是形成其诗脉影响的策源地或平台。

月泉吟社借征诗而订诗盟,组合创作力量,并展开诗学批评活动,还仿照科举制度的做法糊名、誊录、评判、排名、点评以及张榜公布和颁发奖赏等。这些活动也对后世产生示例作用。同时,这也反映出诗社活动作为古代文人群体活动的一种形式日益显现出生活文学化、文学游戏化与创作训练化的"三化"特点。虽然月泉吟社诗学活动本身还有遗民性的实际内涵,但在后人模仿其形式时却未必有这种内涵。故而月泉吟社实际上对"三化"程度的加深起到了推动作用,使我国古代文学的交流象征性因素又加重了,同时也强化了文学的群体性功能。月泉吟社虽在诗学上并无大的建树,但其宗法盛唐,度越宋人的诗学思想影响有元一代之诗学总体格局,故而在诗学史上应有其地位。

第二节 元代中期京师诗坛的群体性诗学活动与元代诗风的整炼和完备
——以奎章阁文士的诗学活动为例

一、奎章阁文士的诗学活动

如果说月泉吟社诸诗人开始扭转南宋末期江湖诗风纤细散骸之风,开始有了新的质素的话,至元代中期,尤其是延祐二年(1315)恢复科举之后,元代诗坛因大量科举出身的文士介入，渐渐兴盛，并形成有元一代的诗歌品格。在京师大都，各地士人聚集，以翰林、集贤两院为依托，加之天历二年（1329）成立的奎章阁学士院，一时人文荟萃，诗人众多，展开了频繁的群体性诗学活动，使得北方金季诗风，南方宋末余习得以改变，并因西北少数民族诗人的加入，终于融合汇通，形成了元代诗文的基本风貌。可以说，元代中期京师诗坛以其群体性诗学活动实现了诗风的融汇，在消长中荡涤了原先的地域隔阂，在新的大一统时代背景下，形成了可以代表元代诗文基本风貌的诗文创作与文学理论。我们此处就此问题进行分析。

元代中期京师诗坛的繁盛一方面与恢复科举有关，一方面与元文宗的推毂倡导有极大关系。元文宗，孛儿只斤·图帖睦尔（1304—1332），是元武宗次子，元明宗之弟。天历元年（1328）即帝位，至顺三年（1332）卒。在五年的皇帝位置上，他信任文士，优游于艺文之间，品画论诗，与虞集、柯九思、揭傒斯过从密切。他很有文艺素养，其文艺水平在元代帝王中是最突出的一个。天历二年（1329），在虞集、柯九思，还有鲁国大长公主祥哥剌吉（文帝为其侄子）的倡导下，设立奎章阁学士院，集中了一大批各族文士，成了诗人们聚会交流、展开诗学活动的一个重要平台。奎章阁学士院与集贤院、翰林国史院的学者诗人们在京师大都的公务之暇，广泛交流，频繁地展开了丰富多彩的文学活动，使沿自此时的宋季、金季诗风在新的时代背景下融合成为大一统时期元代文学品格。在这个过程中，元文宗和西北少数民族诗人为主导者，虞、杨、范、揭四大家为核心力量，而黄溍、柳贯、欧阳玄等人为中坚，全面地构建了有元一代之文学风貌。其间起到重要作用的文学活动形式便是京师诗人群体以及他们开展的相关群体性文学活动。

元代京师文坛兴盛应追溯至较早入京的一些文士，赵孟頫至元间入京，而袁桷、虞集等进入京师便充实了京师文坛的实力。其实早在元初的至元二十四年（1287），在京师任职于翰林、集贤两院的文士就开展了一次规模很大的群体性文学活动，即"雪堂雅集"。"雪堂"是大都天庆寺僧释普仁的居室，当时文士们常聚会于此。关于至元二十四年的雅集活动，姚燧《跋雪堂雅集后》（《牧庵集》卷三十一）有详细记述。此次雅集还编有诗集（即《雪堂雅集》），收有二十七人的诗作，可知其规模。这些人在姚燧此文中都予以罗列。参加者中有十四人任职于翰林、集贤两院。①

这次与会者大多文名不显,除赵孟頫、王恽等人外,在元诗中的地位亦不高,但该次雅集实质上揭开了南北文风融合的序幕,也显出馆阁文人在公务余暇的文学活动在元代开始活跃起来,而这也正是促使元中期文学融合得以实现的重要途径。

除集贤院外,元代翰林国史院亦为人才荟萃之所。元仁宗调整翰林院,将国史院职能与其合并,吸纳文人,招揽文学之士。除赵孟頫外,还聚集了程文海、李孟、刘敏中、贯云石、陈俨、畅师文、元明善、张养浩、蒲道源等文士。杨载亦于皇庆初年(1312、1313)出任翰林国史院编修。而略早于杨载,范梈亦以荐任翰林院编修。虞集、揭傒斯此时已在京师,他们相知甚深,过从密切,均具有极高诗文素养,齐名于当时,成了京师文坛的象征和创作的标杆。②延祐二年(1315)恢复科举,各地士子由此进入京师文坛的就更多了。马祖常、欧阳玄、黄溍、许有壬、周权等由科举入仕者纷纷聚集。京师文坛规模持续壮大,酝酿着更大规模的迸发。虽然杨载与袁桷在奎章阁建立前已谢世。(杨卒于至治三年即1323年,袁卒于泰定四年即1327年)但奎章阁的建立,促使文人以诗艺交流竞秀,争妍斗奇,成为元代诗文品格与一代文学品格成形、完成的最重要因由。③

元文宗登基后,于天历二年(1329)开设奎章阁。其动因除了文宗本人的志趣好尚之外,应与虞集有很大关系,虞集有《奏开奎章阁疏》其云:"臣某等言,特奉圣恩,肇开书阁,将释万机而就佚,游六艺以无为。此独断于睿思,而昭代之盛典也。乃俾臣等并备阁职,感兹荣幸,辄布愚忱:钦惟皇帝陛

---

① 杨镰:《元代文学编年史》,山西教育出版社2005年版,第153页。
② 题名为范德机(范梈,字德机)的《木天禁语·内篇》提到该书之撰为"诸公平昔在翰苑所论秘旨,述为一编",即是指《木天禁语》的撰写是范梈与翰林院同僚间讨论到的诗学"秘旨"。(张健:《元代诗法校考》,北京大学出版社2001年版,第140页)"木天"即翰林院的代称,以"木天禁语"来命名诗学著作,即是对翰林院文人诗学活动的一种认定。即便《木天禁语》非范梈所撰,但其成书在元代末年以前,这反映了包括范梈在内的京师馆阁文人群体性诗学活动在元代的一种影响。
③ 杨镰说:"奎章阁的建立,使馆阁诗人有了新的园地,而揭傒斯、虞集与其他在奎章阁任职的诗人许有壬、宋本、李洞、康里巎巎、雅琥、柯九思、斡玉伦徒、周伯琦、甘立、王沂、王守诚、吴元德等等,成为当时京师以至全国影响最大的诗人群体。"参见杨镰:《元诗史》,人民文学出版社2007年版,第481页。

下，以聪明不世出之资，行古今所难能之事，以言乎涉历，则衡虑困心，艰劳之日久；以言乎戡定，则拨乱反正，文治之业隆。然而功成不居，位定不有。谦逊有光于尧舜，优游方拟于羲皇。集群玉于道山，植众芳于灵圃，委怀淡泊，造道精微。若稽在昔之传闻，孰比于今之善美！而臣等躬逢盛事，学愧前修，虽既竭于论思，惧无堪于裨补。然敢不咏歌雅颂，极襄赞之形容；探赜图书，玩盈虚之往来。冀心神之融会，成德性之纯熙。揆微志而匪能，诚至愿其如此。仰祈天日，俯察刍荛，臣某等不胜惓惓之至。"①

虞集此疏，实是顺应文宗的意思，以组建一个艺文机构来振兴朝章典仪。其实奎章阁除皇帝本人常流连其间品评书画、谈论文艺外，还具有一定的文化政策决策机构及相关议事机构的性质。在文宗在位时，这里是人才云集，是其活动丰富的黄金时期。文帝去世，奎章阁因受其他机构侧目，也因权臣伯颜兼领，其文艺性因素衰减。加之虞集病归，柯九思离去，奎章阁亦只保留了机构，其阁员总体实力下降。元顺帝至元六年（1340）、至正元年（1341）奎章阁改为宣文阁。此机构又活跃起来，成员间的群体性活动又频繁起来。欧阳玄、揭傒斯、吕思诚等成为骨干，加之纂修辽、金、宋三史的重要文化活动多由其成员参与，在职事余暇的有关创作、批评也颇具有成就。②

奎章阁除艺文活动之外，因文帝喜与文士交往，又好流连其中，作为国家大政的决策者，在奎章阁展开活动的过程中，也带有了政治咨询与决策机构的性质。陶宗仪《南村辍耕录》卷七《奎章政要》有云："文宗之御奎章阁日，

---

① 虞集之疏见《道园学古录》卷一二，文渊阁《四库全书》第1207册，上海古籍出版社1987年影印本，第180页。在元代文学上，虞集地位极高，其诗与杨载、范梈、揭傒斯齐名，号称四大家。其文与柳贯、黄溍、揭傒斯齐名。他结交广泛，与吴澄为师友，与欧阳玄、陈旅相契，对元代文人具有极大的号召力与影响力。他的诗学宗尚，也通过其影响力扩展开去，波澜腾涌，在元诗改变宋金余习，形成一代诗风的过程中发挥出了巨大的作用。关于虞集对奎章阁建立的作用，姜一涵认为虞集是"奎章阁的规划者"并说："奎章阁之建制实力赖之，一时云龙契合，君臣水乳，遂成一代伟业。"（姜一涵：《元代奎章阁及奎章人物》，台湾联经文化事业公司1986年版，第17页）

② 姜一涵在其《元代奎章阁及奎章人物》一书中详细考察分析奎章阁及宣文阁和其后于至正九年（1349）所改成的端本堂的历史文化作用，可以参考。在论述宣文阁时，他指出："自至元六年（1340）年十一月改宣文阁，以迄至正九年（1349），这十年间，宣文阁的表现，尤其是对历史文化的贡献，不但不亚于奎章阁那十二年的时间，或且远过之，尤其是修三史等事，最值得称述。"（姜一涵：《元代奎章阁及奎章人物》，台湾联经文化事业公司1986年版，第52页）从1329年成立到1349年改为端本堂，无论名称为奎章阁或是宣文阁，其机构性质、内容没有改变，尤其是作为文人群体活动的平台这个意义没有改变，故而本书论述奎章阁文人群体性诗学活动时，其含义包括宣文阁文人。

学士虞集、博士柯九思常侍从，以讨论法书名画为事。时授经郎揭傒斯亦在列。比之集、九思之承宠眷者则稍疏。因潜著一书曰《奎章政要》以进，二人不知也。万几之暇，每赐披览。"①如果说揭傒斯《奎章政要》为私撰，并非奎章阁本身职能所在，那么至顺二年（1331）以奎章阁学士为依托纂修《经世大典》，则可以说明奎章阁实际具备了政策研究与咨询机构的性质②。

奎章阁（含后来的宣文阁）是民族融合在文艺领域内的中枢机构与典范。

从成员民族属性角度讲，京师文坛实是以汉语进行文学创作并形成元代文化品格的中枢策动机构，翰林、集贤不必细论，以奎章阁为例来看，这个京师文坛的核心枢纽实是含有各民族文人的文化艺苑，也是元代诗学的核心力量与动力引擎。

任职于奎章阁的蒙古族人，如燕铁木儿、伯颜（兼领奎章阁大学士）、桑哥失里（宣文阁大学士）以及阿莱、撒迪、泰不华等色目文人，如大学士尔都鲁都儿迷失、达识帖木儿、赵士延、康里巎巎、沙剌班等。汉族文人，如虞集、柯九思、揭傒斯、苏天爵、尚师简、李泂、欧阳玄、许有壬、贡师泰、归旸等。大都是在元代诗坛中卓有成绩的诗人。在奎章阁中，各族诗人共同开展文化艺术工作，品评诗歌，论画谈文，又借助同僚之谊，积极展开群体性文学活动，切切偲偲，砥砺才艺，依托京师这个人文荟萃的诗国沃土，高屋建瓴地影响、辐射了整个元代诗坛，并在创作与诗学理论上树立风标，使元诗形成一代规制，影响巨大而深远，是我们论及京师诗坛时应特别予以关注的。③

关于奎章阁文士的诗学活动

奎章阁文士将诗化心态投注到日常习闻之中，使该机构的存在充满了浓

---

① （明）陶宗仪：《南村辍耕录》，中华书局1958年版，第91页。

② 奎章阁对元代文化艺术的贡献及一时文物礼制之盛，可与历代馆阁文化机构的贡献相仿。如宋之宣和殿，清之文渊阁等。（姜一涵引朱偰观点，见《元代奎章阁及奎章人物》，台湾联经文化事业公司1986年版，第32页）

③ 姜一涵认为，举办于至治三年（1323）三月甲寅京师城南的天庆寺雅会是促使奎章阁建立的因由之一。至元间，天庆寺之"雪堂雅集"实质上标志了京师文人开始活跃，而此次艺文聚会则预示着京师文坛走向繁盛。关于此次雅会，其核心人物是鲁国大长公主祥哥剌吉。袁桷所作之《鲁国大长公主图书记》有记载，鲁国大长公主与在京师的诸多文人都有交往。在袁桷、柳贯、朱德润、虞集、柯九思、黄溍等人的文集中多有涉及鲁国大长公主者，可知她在京师文人中的影响力。关于鲁国大长公主对奎章阁建立所起的作用，姜一涵《元代奎章阁及奎章人物》一书认为她是"元宫廷艺术的播种者"。（详见《元代奎章阁及奎章人物》第一章第二节）

郁的诗化色彩。虞集《奎章阁有灵壁石,奇绝名世,御书其上曰'奎章玄玉'。有敕命臣集赋诗。臣再拜稽首而献诗曰》诗云:"禹贡收浮磬,尧阶望乔云。自天承雨露,拔地起细缊。击拊磬音合,衡从玉兆分。巨鳌三岛力,威凤九苞文。辨位资乾坎,为山镇幅员。固知兴宝藏,不假运神斤。书帙侵春润,香炉借宿薰。烟光晴冉冉,波影昼沄沄。融结繇元化,登崇荷圣君。瑞于龟出洛,重若鼎来汾。柱立尊皇极,盘安广帝勋。讵云陈秘玩,因愿献前闻。"① 其所吟咏之灵石,与其说对象是石,不如说是文帝,也可以说是文帝崇文敬士,爱好文艺的品性。奎章阁中矗立此石,昭示着其活动将走向繁盛,又何况此诗为应制而献,可见元文宗对待臣下的诗艺是何等重视。

虞集《奎章阁铭》云:"天历二年(1329)三月吉日,天子作奎章阁,万机之暇,观书怡神,则恒御焉。臣奉敕而铭之曰:'维皇穆清,中正无为。翼翼其钦,圣性日熙。乃辟延阁,左图右史。匪资燕娱,稽古之理。经纬有文,如日行天。爰刻贞玉,垂美万年。'"② 由此可知文宗屡在"万机之暇",观书于奎章阁中,"左图右史",斯文环绕。至于"匪资燕娱,稽古之理"云者,则其是虞集对文宗与奎章阁职事的期许。奎章阁是赏艺娱神、探求治理的所在。奉职其间的文士,在陪同皇帝欣赏书画,探讨至理的同时,也可相互影响,展示出趋同的文化趣味。在其群体活动中,也会相激相荡,有助于形成共同的对待诗文态度,进一步改变宋金余习,形成共同文学品格。③

虞集所作的《奎章阁记》更能说明奎章阁及其文学活动的性质,也可使我们了解其文化意义,兹录如下:

  大统既正,海内定一。乃稽古右文,崇德乐道。以天历二年三月作

---

① (元)虞集:《道园学古录》卷二,文渊阁《四库全书》第1207册,上海古籍出版社1987年影印本,第25页。
② (元)虞集:《道园学古录》卷二一,文渊阁《四库全书》第1207册,上海古籍出版社1987年影印本,第312页。
③ (元)虞集《送达布哈兼善赴御史诗序》(《道园学古录》卷六,文渊阁《四库全书》第1207册,第105页)提到达布哈兼善以进士第一人事文宗于奎章阁,又出仕南台御史职,"诸贤赋诗赠之"。这里之"诸贤"亦为在京师之同僚,奎章阁僚属应亦包含在内。在此序中,虞集以东南水旱频仍为一时之急,对达布哈兼善提出期望。可以由此推测,在奎章阁僚属中此类急民之需、急君之命的士大夫任事之氛围与相应的文学气氛是较为浓厚的。

奎章之阁，备燕闲之居，将以渊潜遐思，缉熙典学。乃置学士员，俾颂乎祖宗之成训，毋忘乎创业之艰难，而守成之不易也。又俾陈夫内圣外王之道，兴亡得失之故，而以自儆焉。其为阁也，因便殿之西庑，择高明而有容，不加饰乎采斫，不重劳于土木，不过启户牖以顺清燠，树庋阁以栖图书而已。至于器玩之陈，非古制作中法度者不得在列。其为处也，跬步户庭之间，而清严邃密，非有朝会祠享时巡之事，几无一日而不御于斯。于是宰辅有所奏请，宥密有所图回，诤臣有所绳纠，侍从有所献替，以次入对，从容密勿，盖终日焉。而声色狗马，不轨不物者，无因而至前矣。自古圣明睿智，善于怡心养神，而培本浚原，泛应万变而不穷者，未有易乎此者也。盖闻天有恒运，日月之行不息矣；地有恒势，水土之载不匮矣。人君有恒居，则天地民物有所系属而不易矣。居是阁也静焉，而天为一动焉。而天弗违，庶乎有道之福以保我子孙黎民于无穷哉！四月日记。①

此文作于奎章阁始建不久。由此文可知，奎章阁之建立，是意图"渊潜遐思，缉熙典学"为宗旨，研读"祖宗之成训"，以掌握"内圣外王"的理国之道。同时，这里也是一个文化气息浓厚的所在，一切扰乱心性之物不存乎其间。而文宗除大型典礼及巡幸之事以外，"几无一日而不御于斯"，且于奎章阁中受理诸如"宰辅有所奏请，宥密有所图回，诤臣有所绳纠，侍从有所献替"之类的国政事务。因此奎章阁除有文艺咨询决策性质外，亦有了超出文艺之外的政事决策与发布，事务受理与决定的中枢机构性质。这或是奎章阁受到同僚嫉妒的原因。②

但无论如何，作为一个最高端的文艺咨询机构，其影响力便如登高而呼，使远近风从，因而对元代文学及元诗的影响是十分巨大的。马祖常因得到了御

---

① （元）虞集：《道园学古录》卷二二，文渊阁《四库全书》第1365册，上海古籍出版社1987年影印本，第323—324页。

② 姜一涵《元代奎章阁及奎章人物》有云："元代中央组织至文宗犹未制度化，奎章阁为新设机构，在中央与翰林院、集贤院处于同等地位。不但参与议事，并负责编修经世大典，教育王室子弟，显然剥夺了翰林、集贤等院之职责，且其主事者之官阶于半年内由正三品升为正二品。其最不能为其他侍臣所忍受者，为文宗每日留连奎章阁中，使近臣不得接近之机会。至奎章阁便成了众矢之的。"（姜一涵：《元代奎章阁及奎章人物》，台湾联经文化事业公司1986年版，第31页）

书《奎章阁记》墨本,他深感荣幸,同时这也显示了马祖常在京师官员中的文学位望。马祖常为此作《恭赞御书奎章阁记》,该文云:

> 至顺二年(1331)十一月七日上遣内侍至臣祖常门赐臣祖常御书《奎章阁记碑本》一幅者。臣祖常冗琐下品,才识浅薄,叨被光荣,待罪风纪,夙夜恐惧,无涓埃补报于聪明之万一,不得斥逐,则为大幸。顾乃曲加天宠,猥赐宸翰,焕乎日月之光华,郁乎云汉之昭回。羲画八卦,禹叙九畴,虽有义有文亦不是过也。何则羲有义而无文,禹有文而无义,必待周文箕子者出,然后文义大备,垂之无穷。今皇帝陛下即位之明年,开奎章阁布政四方。大臣公卿以次进退,少间则览古文图书,综核古今,求其治乱之原以施于天下,以戒于群臣。乃制《奎章阁记》俾工官镵诸乐石,兹皆成万世无疆之虑也。猗欤盛哉!臣祖常受赐,不胜感戴圣德,北向百拜,斋沐谨为四言诗以赞于后云……①

亦可见在马祖常内心对奎章阁文事的期许。本来开奎章阁延揽人才已为元代盛事,文宗又以御书《奎章阁记》颁赐有文才和治世之能的盛士名流,就更广泛地笼络了文士,扩大了影响,故而论及元代中叶京师诗坛,奎章阁及与奎章阁有关的诸多人物、事项是非常应该进行了解的。

《元诗选·初集》卷二十九(丁集)之虞集小传中引欧阳玄语云:"皇元统一之初,金宋旧儒布列馆阁,然其文气高者崛强,下者萎靡,时见余习。承平日久,四方俊彦萃于京师,笙镛相宣,风雅迭唱,于时虞公方回翔胄监容台间,有识之士早以斯文之任归之。至治、天历,公仕显荣,文亦优裕一时。宗庙朝廷之典册,公卿大夫之碑版,咸出其手,猝然成一家之言。"②"有识之士早以斯文之任归之"云者,可看出当时转变诗文风气是众望所归,虞集也是大家信任的转变风气的领军人物。

虞集不只自己以变创诗风为己任,并有意识地奖掖后进,诚为新诗风气的

---

① (元)马祖常:《恭赞御书奎章阁记》,李修生主编:《全元文》第32册,凤凰出版社2004年版,第440页。

② (清)顾嗣立:《元诗选·初集》,中华书局1987年版,第843页。

维护者。顾嗣立《元诗选·初集》卷三十七（戊集）陈旅小传有云："马祖常一见（陈旅），奇之。谓曰：'子馆阁器也。'胡留滞于此（即陈旅任闽海儒学官），因勉游京师。侍讲学士虞集见所为文，慨然叹曰：'此所谓我老将休，付子斯文者矣。'即延至馆中，朝夕相讲习，与祖常交口延誉于诸公间。……河东张翥序其集曰：'天历、至顺间，学士虞公以文章擅四方，学者仰之，其许与君特厚，君亦得与相薰濡而法度加密。虞之奖成后进，陈之识所依归，才名接踵，相得益彰，昔人风致，真不可及也。'"①无论是马祖常还是虞集，都以维护京师新的诗学风貌为重任，马祖常将陈旅举荐于虞集，所谓"付子斯文者矣"，即以陈旅为新诗风尚的后继者托付于虞集。虞集也在物色到人才之后，与之"朝夕相讲习"，为其四处延誉，以拓展其影响空间，旨在使一代诗风延续下去。故而，谓虞集是元代新诗风貌的代表人物与核心力量，是不为过的。

陈旅《题虞先生词后》云："忆昔奎章学士家，夜吹琼管泛春霞。先生归卧江南雨，谁为掀帘看杏花。"②非常怀念昔日与虞集谈诗论文的情景。当是虞集府邸，应是京师文人相与交流之处所，也是奎章阁之外京师诗风激荡鼓舞的策动中枢。

同时，虞集在奎章阁中可以说扮演了帝师的角色。文宗常与虞集品鉴文艺，虞集也会抓住机会对皇帝进行规诫。某日，文宗在奎章阁，有人献"文石"，其石"平直如砥，厚不及寸，其阳丹碧，光彩有云气人物山川屋邑之形状，自然天成，非工巧所能模拟。其阴漫理紫润，可书可镌。"文帝很是喜爱，命将此石制成屏风，虞集为此而作《五色石屏风记》。再如虞集借描写天心水面亭对文宗进行规谏。其《天心水面亭》云：

> 请以事论之，月到天心，清之至也；风来水面，和之至也。今夫月未盈则不足于东，既亏则不足于西。非在天心，则何以见其全体。譬诸人心，有丝毫物欲之蔽，则无以为清；堕乎空寂，则绝物，又非其至也。今夫水滔滔汨汨，一日千里，趋下而不争，渟而为渊，注而为海，何意于冲突？一旦有风鼓之，则横奔怒激，拂性而害物，则亦何取乎水也？必也至

---

① （清）顾嗣立：《元诗选·初集》，中华书局1987年版，第1301页。
② （清）顾嗣立：《元诗选·初集》，中华书局1987年版，第1308页。

平之水，而遇夫方动之风，其感也微，其应也溥，涣乎至文生焉，非至和乎？譬诸人心，拂婴于物则不能和，流而忘返，又和之过，皆非其至也。是以君子有感于清和之至，而永歌之不足焉。①

因文宗爱好文艺，虞集恐其沉溺，以内心平和如天心之月，情志清明如轻风激水，且以不偏执激矫相劝谕，既肯定文帝对文艺的爱好，即"拂婴于物则不能和"，认为没有爱好也不能养成和气，又劝诫他不能"流而忘返"于其中。虞集以描写天心水面亭的美景为因由，将自己对文宗的规诫寓于其中。虞集拳拳忠荩之心，寓于日常文艺生活之中，其他僚属亦应如此，这是奎章阁文艺活动的内在精神所在。

在元人心目中，奎章阁文人的代表是虞集，张雨《赠扭抡大监》诗之按语亦直以"虞奎章"称虞集②，可见奎章阁与虞集的关联及影响③。欧阳玄则以"奎章公"称之。（欧阳玄肯定虞集变创宋金余习，开创元诗风貌的巨大作用，详见后文。）萨都剌《次韵答奎章阁老伯生见寄》诗（《雁门集》卷四，伯生为虞集字）亦以奎章阁称述虞集。马祖常有《调虞伯生》诗（《石田文集》卷四）云："闻君儤直奎章阁，朝马偏从小海过。衣上落花红雨满，马鞍柳絮更如何？"对虞集的奎章阁生活表达了一种艺术化的钦羡。如其所作《送虞德修序》（虞德修为虞集兄），其中提到自己与虞集及其父相知，交契颇深，提到虞集在奎章阁中"被天子眷遇，侍问密勿"，则直以"奎章公"称道虞集④。

---

① （元）虞集：《道园学古录》卷二二，文渊阁《四库全书》第1207册，上海古籍出版社1987年影印本，第324页。

② （清）顾嗣立：《元诗选·初集》，中华书局1987年版，第2422页。

③ 今张雨《句曲外史集》补遗卷中有张雨所作《奉留揭学士》（文渊阁《四库全书》第1216册，上海古籍出版社1987年影印本，第408页），亦以"阁老"称在奎章阁中也发挥了巨大作用的揭傒斯，可知揭傒斯奎章阁任职的影响。张雨集中与当时馆阁文人，名公巨卿往来作品颇多，反映了诗人在当时诗坛贯穿与流播的作用。

④ 欧阳玄《元故奎章阁侍书学士翰林侍讲学士通奉大夫虞雍公神道碑》中有云："皇元一天下三十余年，虞雍公赫然以文鸣于朝著之间，天下之士翕然谓公之文，当代之巨擘也。"（《圭斋文集》卷九）黄溍《道园遗稿序》云"国朝一代文章家莫盛于阁学蜀郡虞公"，并称其（虞集）为"国朝之宗工"。可见虞集在当时文人心目中的崇高地位。《四库全书》之虞集《道园学古录》提要中说虞集为"有元一代之冠冕"。杨镰说："如果对元诗作综合的评估，最具代表性的诗人无疑是虞集。他不但是元诗四大家之首，而且也是元代江南士人在朝的表率，元代馆阁诗人的集大成者。"杨镰：《元诗史》，人民文学出版社2003年版，第469页。

第一章　元代有关诗社活动及其诗学内涵

作为奎章阁另一重要文士,揭傒斯后来对奎章阁的记述蕴含着深深的怀念。他任奎章阁授经郎,是奎章阁文士中颇受文帝礼遇之人①。其《文安集》卷三之《忆昨四首》反映了文士们在奎章阁的生活情状,寄托自己对文宗和自己这段经历的深厚感情,是我们了解奎章阁的重要文献。其诗如下:

天历年中秘阁开,授经新拜育群才。宫门待漏常先到,讲席收书每后回。召试时蒙天语劳,分题不待侍臣催。满头白雪丹心在,太液池边只独来。(其一)

宫草葱茸禁树齐,日趋延颢对凝晖。朝迎步辇花间立,暮送回銮柳下归。碧殿东浮苍巘合,金河北引玉泉肥。几回弘庆门前路,春气蒙蒙欲湿衣。(其二)

己巳群儒应壁奎,端阳侍宴宝慈西。线分学士亲臣送,诗赐皇姑御手题。注酒含春瑶露重,承尘转午锦云低。日斜共出西门道,既醉犹能散马蹄。(其三)

奎章分署隔窗纱,不断香风别殿花。留守日颁中赐果,宣徽月送上供茶。诸生讲罢仍番直,学士吟成每自夸。五载光阴如过客,九疑无处望重华。(其四)②

第一首,揭傒斯回忆了自己在奎章阁中的工作。他任授经郎负责给贵戚子弟讲授经学。他早到晚回,极为敬业。又对文宗的慰劳关怀感念至深,也能够在分题应制,进行创作时文思流畅,一展才华。由此诗可知奎章阁讲授经籍及在文宗僚属间展开的创作活动。揭傒斯在奎章阁中颇受信赖。他也敬于职事,

---

① 据欧阳玄所撰《元翰林侍讲学士中奉大夫知制诰同修国史同知经筵事豫章揭公墓志铭》(《圭斋文集》卷一〇),揭傒斯在奎章阁中颇得元文宗信任。其《墓志铭》有云:"(揭傒斯)在奎章时上览所撰《秋官宪典》,惊曰:'兹非唐律乎?'又览所进《太平政要》(即《奎章政要》)四十九章,喜而呼其字以示台臣曰:'此朕授经郎揭曼硕所进,卿等试观之。'天历、至顺中大臣有荐文士,人主必问之曰:'其才比揭曼硕如何?'其本常置御榻侧。"由此可知揭傒斯的治世才干颇为文宗所称许。奎章阁中这种文艺之外涉及治国方略的内容使其具有了朝廷大政的决策咨询性质。这是我们应予以重视的。欧阳玄亦获信任于奎章阁,《元史·欧阳玄传》云:"明年初置奎章阁学士院,又置艺文监隶焉,皆选清望居之。文宗亲署玄为艺文少监,奉诏纂修《经世大典》。"可知欧阳玄亦参与《经世大典》的修纂工作。

② 李梦生标校:《揭傒斯全集》,上海古籍出版社1985年版,第231—232页。

兢兢业业，致力于文化教育与传播，在这个民族文化交流与融合的中枢机构中发挥才干。其他奎章阁属员亦具此种品质，这是奎章阁在文宗时期鼎盛的一个重要原因。

第二首在写出了奎章阁的优雅环境。草木葱倩，御河润泽。殿阁东向，可见苍巘，伫立庭间，诗的氛围是十分浓厚的。（姜一涵《元代奎章阁及奎章人物》一书详细介绍了奎章阁的环境情况，此处不再细述）其中所谓"朝迎步辇花间立，暮送回銮柳下归"，可见元文宗在奎章阁中是朝至晚回，沉浸在其诗化氛围之中。奎章阁从建立到文宗去世之间的五年，君臣在充满文化气息与诗歌艺术氛围的环境中陶醉。作为一个中央文化咨询机构，它代表了文化融合的实现过程，也策动、推进了元代本身的文化融合。在诗歌方面，也会因这种艺术氛围，催生元代诗学从高位上形成自己独立、恢宏，反映出大一统时代精神的诗学品格。

第三首则忆及奎章阁僚属的诗酒吟咏，相知相契的情形。己巳即奎章阁建立之天历二年（1329）。这里集中了各族英才，映耀庭阁，并时常得到文宗姑母鲁国大长公主亲手题写的诗歌。他们或是分韵唱和，或是恭敬应答，工作生活中充满了诗的质素。待到散阁，他们带着几分醉意携行而出，想必亦不乏醉中马上的吟咏活动。

第四首在回顾奎章阁诗化生活的同时，流露出无限惋惜之情。而其中之"学士吟成每自夸"句，似牵涉到一桩揭傒斯与虞集间的诗学纠葛。前文引过陶宗仪《南村辍耕录》中关于虞集、柯九思、揭傒斯三人在奎章阁中侍从左右，揭傒斯有感于虞、柯二人更得文宗宠信，故作《奎章政要》献上之事。而四库馆臣就有了进一步发挥。在《四库全书》《文安集》提要中说："虞集尝目其（揭傒斯）诗如三日新妇，而自目所作如汉庭老吏。傒斯颇不平。故作《忆昨》诗有'学士诗成每自夸'句。集见之，答以诗曰：'故人不肯宿山家，夜半驱车踏月华。寄语旁人休大笑，诗成端的向谁夸。'且题其后曰：'今日新妇老矣。'是二人虽契好最深，而甲乙间乃两不相下。"考揭傒斯《忆昨》诗意，当是晚年忆及奎章阁生涯时的遣怀之作。虞集因不满揭诗而作者当是病归后之作。其语也非是因"不能相下"情绪下的针锋相对。再者，由揭傒斯诗歌的情感来看，他对奎章阁中文人学士竞施才艺的情景是十分怀恋的。对在其间度过的五载光阴也因珍视而不能释怀，所以学士自夸也好，甲乙次第逊于谁也好，都成了他十分怀念的对象①；此处之"学士"也未必专指虞集，而是奎章阁学士普遍的诗学竞争态度。实际上后人这种意见的产生应与元诗四大家本身的诗学观念存在差异有关。揭傒斯《文安集》中有《范先生诗序》，提及了虞集对诸人诗风的评价，然揭傒斯并不认同。在《范先生诗序》中表述了他对范梈的评价态度。他们之间的这种分歧也反映了京师文人之间诗学交往的相关内容，详见后文。

揭傒斯还作有《奎章阁贺表》。这也是关于奎章阁的重要文献，其云："圣人继体，再昭揖让之隆。天下归仁，大慰平成之望。庆绵宗社，光被华夷。钦惟尊号，陛下德秉纯乾。业承富有，妙天人之协赞，允历数之攸归。惟上有成康之君，下有周召之臣，而内获皋夔之佐，则外获唐虞之治。苟日跻于圣敬，咸世笃于忠贞。臣某等职忝西清，光被北阙，经邦论道，自有弼于鸿猷。养老尊贤，岂无裨于昭代。"②

其中之"经邦论道，自有弼于鸿猷"则可见在揭傒斯心目当中，是希望奎章阁具备朝政咨询与决策的职能。联系他曾上《奎章政要》于文宗，似乎揭傒斯对文帝及虞集、柯九思等沉浸文艺的奎章阁生活在态度上有所保留，希望该机构有裨时务，不应只用心于艺文本身。此外揭傒斯还有《艺文监贺表》(《文安集》卷六)，亦体现了揭傒斯在奎章阁艺文监开设之时对其文化作用的期冀。

揭傒斯之《送张都事序》详细介绍了奎章阁的建制，便于我们了解其基本规格和人员配置。其云："天子既建奎章阁，置大学士二人、侍书学士二人、承制学士二人、供奉学士二人、参书二人，非尝任省台翰林及名进士，不得居

---

① (元)欧阳玄《元翰林侍讲学士中奉大夫知制诰同修国史同知经筵事豫章揭公墓志铭》中有云："天历二年(1329)秋，文宗开奎章阁置授经郎教勋旧大臣子孙于宫中。公首被选。至顺元年(1330)预修《经世大典》，三年书成，超授艺文监丞参检校书籍事。"可知揭傒斯入奎章阁是多蒙圣望的。且奎章阁成立一年，即开展了重大文化活动，修纂《经世大典》。奎章阁文士以三年时间完成，亦可知他们的工作能力。"先是东南士聚萃下……公（揭傒斯）与清江范梈德机、浦城杨载仲弘继至，翰墨往复，更为倡酬。公文章在诸贤中正大简洁，体制严整，作诗长于古乐府选体，律诗长句伟然有盛唐风。"可知当时东南士人之出类拔萃者范梈、杨载等与揭傒斯唱和颇多，彼此在诗学上相了解是当然的事。

② (元)揭傒斯：《文安集》卷六，李梦生标校：《揭傒斯全集》，上海古籍出版社1985年版，第267页。

是官。明年增置大学士二人、典籖二人,典籖秩从六品,初命英宗龙飞进士第一人台哈巴哈兼善、丞相掾张景先希哲为之。希哲寻去为礼部主事,又以丞相掾张中立惟正继之。居一年,兼善拜南台监察御史,惟正以迁江西行省都事。天下之选莫重于省台,或由省台入为阁官,或由阁官出居省台,则阁官之选与省台等,而又必天子亲擢之。惟正一岁中两被擢,皆得天子所重地。其日夜求所以称塞固宜。余与惟正同僚,同修《皇朝经世大典》,惟正无一言不及于仁义,无一事不致其精详,余常谓惟正居职任事无不及者。"① 从其叙述可知奎章阁级别之高与职事之重,"非尝任省台翰林及名进士,不得居是官",可谓集中了出类拔萃的优秀人才。且在元中央政府中极有尊荣,"天下之选莫重于省台,或由省台入为阁官,或由阁官出居省台",成了与省台(即中书省)与翰林院同等重要的机构。也成了可入可出,直接对皇帝负责并可由奎章阁为基点发挥更大作用的枢纽机构与权力实施中枢。其中提到张中立与揭傒斯合作修纂《皇朝经世大典》,其间"无一言不及于仁义,无一事不致其精详",可以使我们了解奎章阁在文化工作中洋溢的精神风貌。作为具有各民族成员的重要文化机构,其在元代文化事业中起到了承继发扬传统儒家思想的重要作用,对大一统的多民族共同文化形成起到了重要作用。②

关于奎章阁崇高地位的还可于黄溍《恭跋御书奎章阁记(石刻)》一文中见出一二。该文收于黄溍《文献集》卷四。其云:"天历二年(1329)春三月,上肇开奎章阁,延登儒流,入侍燕间。冬十月臣多尔济作颂以献。至顺二年(1331)春正月,御制阁记成。秋某月某甲子,大学士泰禧宗禋使臣阿荣传旨以刻本赐焉。臣多尔济抃蹈而退,袭藏惟谨,以臣溍待罪太史,属俾纪其岁

---

① 《文安集》卷九,李梦生标校:《揭傒斯全集》,上海古籍出版社1985年版,第307页。
② 《经世大典》之修纂,虞集起到的作用很大。欧阳玄《元故奎章阁侍书学士翰林侍讲学士通奉大夫虞雍公神道碑》(《圭斋文集》卷九)有云:"《经世大典》之为书,公任其劳居多。其目则《周礼》之六典,其制则近代之会要,其事则今枢密院御史台六部总治中外百有司之事务,而其牍藏于故府者不足则采四方之来上者,参之祖宗之成宪,功臣之阀阅具存。凡八百帙,既进,谓同列曰:'他日国史诸志表传举此措彼耳!'考公制作之志,使究所长,其为圣治神益,能使一代之风轨蔼然,先王之遗烈焉。"(文渊阁《四库全书》第1210册,上海古籍出版社1987年影印本,第91页)出于"其为圣治神益,能使一代之风轨蔼然"的责任与动机,以虞集为担纲的奎章阁员在《经世大典》的修纂中寄托了深沉悠远的治国理念。作为一个文化机构,奎章阁为皇帝的治国决策提供了极为重要的参考与咨询。所以奎章阁在艺文活动的同时也充满了现实的政治与文化的意义。

月于下方。臣窃闻前侍书学士臣集为臣言：'皇上以万几之暇，亲洒宸翰，书《奎章阁记》，刻置禁中，凡墨本（按，即《奎章阁记》墨本）。悉识以'天历之宝'或加用'奎章阁宝'。应赐者必阁学士画旨具成业，特诣榻前，四复奏然后予之。非文学侍从近臣为上所知遇者未尝轻畀。"①可知文宗立奎章阁，除御制《奎章阁记》之外，还以墨本赐与臣下。在当时，这种赏赐之环节是极为严苛的，由此可见奎章阁，甚至与该阁有关的一切事务，在当时都是极其荣耀的。黄溍不在奎章阁中，他得以撰写《奎章阁记》跋语，也感到极为光荣。故而在元代中期，尤其是文宗时期的京师文坛，奎章阁的地位无与伦比。京师诗坛开始活跃并不是在奎章阁时代，但诗人聚集力量，得以占据文坛影响之高位，则是在文宗制奎章阁的一段时期。这个时期使京师诗坛的力量由蕴蓄而勃发，依托在庙堂中的尊荣显位，如长河放溜般地冲涌而下，终于在诗文领域促成了元代自身诗文品格的彻底颖脱成型。

奎章阁修纂《经世大典》是元代文化生活中的一件大事。萨都剌有《奎章阁观进皇朝经世大典》②诗云："文章天子大一统，馆阁词臣日纂修。方丈奎光悬秘阁，九重春色满龙楼。门开玉钥芸香动，帘卷金钩砚影浮。圣览日长万机暇，墨花流出凤池头。"③这是萨都剌在奎章阁观献《经世大典》之礼后所作。可见奎章阁的文化活动在当时文人内心中的尊荣位置。萨都剌之《西宫春日》诗亦涉及奎章阁，诗云："九重五采金银阙，冠带将军尽羽林。上苑春莺随柳啭，西宫午漏隔花深。天开阊阖收金锁，帘卷奎章听玉音。白发儒臣卖词赋，长门应费万黄金。"④该诗除写出了宫庭春日的融合气象，也写出了奎章阁中元文宗流连艺文的情形。最后一句语近诙谐，但也写出了奎章文人们富有才华，且因获皇帝信任而名价不凡的情形。当文宗去世，奎章阁不再有昔日盛况时，萨都剌则流露出了无限惆怅怀念的感情。萨都剌所作之《奎章阁感兴》（二首），其一云："奎章三月文书静，花落春深锁阁门。玉座不移天步远，石碑空

---

① 李修生主编：《全元文》第29册，凤凰出版社2004年版，第133页。
② 奎章阁涉及的文人很多。在他们的文学生涯中都或多或少地产生过作用，对元代大都京师诗坛的影响是多方面的。
③ （元）萨都剌：《雁门集》卷四，上海古籍出版社1982年版，第101页。
④ （元）萨都剌：《雁门集》卷一一，上海古籍出版社1982年版，第309页。

有御书存。"其二:"花落春深似去年,无人再到阁门前。当时济济夸多士,争进文章乞赐钱。"①在萨都剌的惆怅之中,我们亦可从侧面感知文宗与奎章文士间深契的文艺交流与当时文艺氛围的热烈浓厚情形。

如果说奎章阁文士的文艺活动是京师诗坛兴盛的标志,而且成为元代诗文形成自身独特品格的核心力量的话,那么,在此之前能够承接赵孟頫、刘因等南北文士,起到了京师文坛兴盛的理论与创作先导作用的应是袁桷。对此,杨镰曾说:"(大德八年,1304)虞集与在翰林院任职的袁桷成为知交,以他们为核心,大都先后聚集了一群馆阁文人。"并进而阐述道:"自赵孟頫等陆续入京,大德后期大都文坛已经成为接纳精英人物的场所。在接近四十年之后写的《为从子旦题所藏予昔年在京写冬窝赋手卷后》(《道园类稿》卷三十五)中,虞集回忆说:'大德中,予始至京师,海宇混一之余,中外无事,中朝公卿大夫士,敦尚忠厚,雅好文学,四方名胜萃焉。四明袁公伯长在翰苑,最为相知。济南潘君仲德(潘君仲德为潘宗佑),同为国学博士。甲辰乙巳,回首几四十年,而二公修文地下,已二十载矣。'"②袁桷入京较早,在京师文坛有很大的影响力。《四库全书》之袁桷所撰《延祐四明志》之提要中即指出袁桷"文章博赡,为一时台阁之冠"。③而四库馆臣在袁桷《清容居士集》的提要中更是从袁桷之师友渊源及其诗学角度对元代诗学自身品格形成的角度予以高度评价。其云:"桷少从戴表元、王应麟、舒岳祥诸遗老游,学问源渊,具有所自。其在朝践历清华,再入集贤,八登翰苑,凡朝廷制册、勋臣碑版多出其手。故其文章博硕闳丽,有盛世之音。尤练习掌故,长于考据。……其诗格俊迈高华,造语亦多工炼,卓然能自成一家。盖桷本旧家文献之遗,又当大德、延祐间为元治极盛之际,故其制作宏富,气象光昌,蔚为承平雅颂之声。文采风流,遂为虞杨范揭等先路之导。其承前启后,称一代文章之巨公良无愧矣。"④袁桷为庆元鄞县人(今属浙江宁波)。他曾师事宋遗民戴表元,受到宋遗民诗人诸多影响。他早于虞集,晚于赵孟頫入京,以其宏才巨制,奏响京师诗坛融通壮大

---

① (元)萨都剌:《雁门集》卷一一,上海古籍出版社 1982 年版,第 310 页。
② 杨镰:《元代文学编年史》,山西教育出版社 2005 年版,第 225 页。
③ (清)永瑢:《四库全书总目》,中华书局 1965 年版,第 601 页。
④ (清)永瑢:《四库全书总目》,中华书局 1965 年版,第 1435—1436 页。

之先声,在创作上及诗学理论上都开启了元四家之风貌,与赵孟頫、虞集等人为京师诗坛走向鼎盛的历史进程共同起到了重大的作用。

二、袁桷诗学及其对元代中期诗学繁盛的贡献

邓绍基在其《元代文学史》中指出:"如果说赵孟頫和袁桷先后进京,代表着南方'宗唐得古'诗风传入北方,从而与北方的复古诗风汇合,那么,到了延祐年间,这种汇合的复古诗风就成为席卷诗坛的汹涌澎湃的潮流。"[①] 这个潮流达到顶峰并彻底改变前代余习,形成一代诗风,实是在奎章阁时代。在这一过程中袁桷是一位极为重要的诗学家。

袁桷对虞集提点扶助颇多。在袁桷诗文中与虞集酬赠往来或是涉及虞集的作品是很多的。其《清容居士集》中有《次韵虞伯生夜坐》(卷三)、《次韵伯生》(卷三)、《再次韵伯生兼简仲章二首》(卷三)、《怀伯生》(卷三)、《次韵伯生榆林中秋》(卷五)、《用早朝韵酬伯生试院见怀》(卷十二)等都可见出袁、虞二人间深密款切的情谊。尤其是袁桷为虞集之居所"邵庵"所作的《邵庵记》更可看出他对虞集的赞许与期望。文中有云:"夫敦厚而灵明者,君之先也;峻简而絜精者,君之光也。自君之出,名日以张,莫穷其乡。亀亀然声音笑貌之学,讵昔之志也?勉之哉。兹庐之制,易而不卑,简而不倚,其取诸物,非铄我者也。由质以成,礼无踰矣。乃觞以祝之,介其休明曰:'烟烟煜煜,维道之门;悃悃款款,维德之本。'美哉庐乎,足以为永居乎。"[②] 由虞集名其庐曰"邵庵"而对其心志才华做全面肯定。虞集后为奎章阁核心人物,在元代京师诗坛具有不可替代的重大作用,是元代诗歌的一代宗匠。袁桷对他的评价,是充满了预见性的辨才智慧的。惜袁桷过世于泰定四年(1327),未及在元代文学鼎盛的黄金时期来临之际发挥作用。然在延祐、泰定时期,他与虞集、范梈、杨载、揭傒斯都有频繁密切的文学交流,在推许虞集的同时,对范、杨、揭也多有掖扬,成为这些诗人扩大影响,取得诗坛号召力的扶助者与造就者。

袁桷《清容居士集》卷五有其《读范德机东坡稿》诗,其中有云:"学

[①] 邓绍基:《元代文学史》,人民文学出版社1991年版,第369页。
[②] (元)袁桷:《清容居士集》卷二〇,文渊阁《四库全书》第1203册,上海古籍出版社1987年影印本,第266页。

为孤凤吟,非丝亦非竹。阴阳合万籁,逸响振林谷。水花不受唾,天衣那有触。"①对范椁孤介品格很是赞赏。其《送范德机序》则更是从批评当时士子邀名习气来肯定范椁之志节。兹予引之:"四方士游京师,则必囊笔楮饰赋咏以侦候于王公之门。当不当良不论也,审焉以求售。若乘必骏,食必稻,足趼而腹果,介然莫有所遭。夫争艺以自进,宜有不择焉者,心诚知之,孰惭其非。故幸得之,则归于能;其不得之,则归于人。惕然而自治,吾木(未)之见也。临江范德机游于兹三年矣,语焉简然,行焉恂然,啬其菁华,韬焉以深。视世之言文辞,位贵重者,靳靳不自表。夫子曰:'道不同不相为谋。'范君诚审焉,抑不可知,使不可知。则凡辱与游者责莫能以辞也。君所为诗文,幽絜而静,深怨与不怨,皆存乎天。慨然南归,善治其学,弥谨所徇,使果择士耶,无以易矣。譬之璞焉,蓄极而光遇,宁有不遂乎?惜其行解以俟之。"②袁桷此文,对于京师游士过于挂怀名利的风气极为不满,他对于范椁的赞赏,对范椁尚未得到举荐,获得施展才华的机遇表示关切。其文在推许范椁的同时,那种因真正人才尚未获选的激愤之情溢于言表。可以想见,袁桷审视人才的眼光以及对人才推许不遗余力的心态会对当时京师人才选用之风发挥怎样的影响。而范椁卖卜燕市,竟有明公巨卿如此赏识,并得以跻身士林,成为元诗最高成就的典范之一,是与袁桷这种推扬有莫大关系的。

《清容居士集》卷十有袁桷之《题揭曼硕诗卷》,其云:"深湛妙思笔锋收,的的冥鸿楚岸秋。直以紫芝招绮夏,拟将白羽定曹刘。松涛夜涨惊金谷,花雨春浓烂锦洲。此意徊徨人未识,期君玩月上南楼。"③亦系对揭傒斯诗做出高度评价。揭傒斯在元代中期诗坛及在奎章阁中地位极高,袁桷对他的评价也是十分允当的。袁桷对有才者的推许扶助对京师诗坛的繁盛起到极大作用。

在袁桷的诗文作品中,多提及在京师馆阁中的群体性文学活动④,这些活

---

① (元)袁桷:《清容居士集》卷五,文渊阁《四库全书》第1203册,上海古籍出版社1987年影印本,第65页。
② (元)袁桷:《清容居士集》卷二三,文渊阁《四库全书》第1203册,第309—310页。
③ (元)袁桷:《清容居士集》卷一〇,文渊阁《四库全书》第1203册,第131页。
④ 《清容居士集》卷一四还有袁桷之《秋闱倡酬》,其中有《次韵礼部李公二首》(文渊阁《四库全书》第1203册,第185页)及《次韵郭岩卿》(文渊阁《四库全书》第1203册,第186页)诗,后一诗中反映了礼闱选士精评美丑(据原诗句)的情形。这当是袁桷与同僚间的唱酬活动。

动的层次、规模与频度均预示着元中期文坛兴盛期即将到来。

《清容居士集》卷十四还有其《秋闱唱和》诗，含《次韵席士文御史》、《八月二十有二日范京尹同会秋闱，天使传诏命温问试策贡士，赐以法酒。臣桷等望阙再拜，以叙饮膳录官翰林应奉臣翼述其歌诗谨用次韵》，亦是公事余暇与僚友间文学创作活动的反映。同卷还有《次韵王正臣书史试院书事二首》、《次韵宋质夫应奉秋闱书事二首》、《次韵席士文御史六首》。袁桷乐于参与文人间的酬唱活动，兴起馆阁文人酬唱之风，这与其对文人酬唱的意义较为重视有关。其《仰高倡酬诗卷序》中有云："古之言倡酬者曰元白，其次莫若皮陆，彼皆因其事物之偶然有合于风云泉石之清适，故丽者流于情，羁者邻于怨。而今也因房山（即高彦敬）之贤有以兴其思，复因其思以发其所养，异夫逐物而忘己者多矣。"① 以兴思而感发所养，并因其养以成交流融通之义。正是因为对唱酬的意义有着准确的认识，袁桷在元代诗坛走向繁盛的历程中，积极参与馆阁文人的唱酬活动，使京师文人在群体性文学活动方面的热情大涨，为奎章阁时代京师诗坛完成融合、构建起大一统时代的诗文品格起到了活动方式方面和参与态度方面的先导作用。

在诗学理论方面，袁桷亦可谓是元代中期京师诗坛诗学的导夫先路者，为融汇南北中西的京师诗学构建做好了理论准备。其《书汤西楼诗后》较充分地反映了袁桷对于诗学的理论取向，体现了他接受其师戴表元"宗唐得古"的基本态度。其文见袁桷《清容居士集》卷四十八，兹引录如下：

> 玉溪生往学草堂（杜甫）诗，久而知其力不能逮，遂别为一体，然命意深切，用事精远，非止于浮声切响而已也。自西昆体盛，襞积组错；梅欧诸公，发为自然之声，穷极幽隐，而诗有三宗焉。夫律正不拘，语腴意赡者为临川之宗；气盛而力夸，穷抉变化，浩浩焉沧海之夹碣石也，为眉山之宗；神清骨爽，声振金石，有穿云裂竹之势，为江西之宗。二宗（即"眉山之宗"与"江西之宗"）为盛，惟临川莫有继者。于是唐声绝矣。至乾淳间，诸老以道德性命为宗（即理学一路）。其发为声诗，不过若释氏

---

① （元）袁桷：《清容居士集》卷二四，文渊阁《四库全书》第1203册，第330页。

辈条达明朗。而眉山、江西之宗亦绝。永嘉叶正则始取徐翁赵氏为四灵，而唐声渐复。至于末造，号为诗人者，极凄切于风云花月之摹写，力屑气消，规规晚唐之音调而三宗泯然无余矣。夫稡书以为诗，非诗之正也。谓舍书而能名诗者，又诗之靡也。若玉溪生其几于二者之间矣。吴门汤君，往得其过葛岭诸诗，"玉辟邪"、"铁如意"之警策有得乎玉溪生之深切精远。余每欲搜其精良者而一读之。来吴门，其从游陈子久相过，知汤君之诗雕搜会稡，皆子久任其事，余不识汤君而知其用意间有与余合，遂书玉溪生作诗之源委，宋三宗诗体之变，以慰汤君，庶知汤君非苟于言诗者。子以尝学于汤不知余言能有合于汤否。噫，诗至于中唐，变之始也。若玉溪生者，跂而望之，其不至者非不进也。子以年富才俊，它日追风雅之正，返云咸之音，其视余言殆犹糠粃也。大德庚子（大德四年，1300）四明袁桷书。①

袁桷认为，李商隐意图追步杜甫，但因"力不能逮"故"别为一体"，虽未至杜甫之境界，然"命意深切，用事精远"，并非纯粹刻意于诗歌技巧之类的诗人可比。西昆一路"襞积组错"，路有未正。而欧阳修、梅尧臣则"发为自然之声，穷极幽隐"，开宋诗生面，形成了宋诗之"三宗"。其中王安石之派影响不大，绵延不久。而苏黄二宗则相对较盛，苏轼之"眉山之宗"，"气盛而力夸，穷抉变化，浩浩焉沧海之夹碣石也"。黄庭坚之"江西之宗"，则"神清骨爽，声振金石，有穿云裂竹之势"，达到了宋诗最高成就，也因而形成宋诗自身特色，与唐音截然有别。至南宋乾淳间，理学诗盛行，苏黄诗风凌夷。四灵诗能规步唐诗，"唐声渐复"，但宋末诗人则"极凄切于风云花月之摹写，力屑气消，规规晚唐之音调而三宗泯然无余矣"，认为宋诗时代已过，而宋季诗人学习晚唐却不得其要，既不能恢复唐诗风貌，也使宋代自身诗风涣灭。在这样的诗歌局面下，袁桷认为，师宋代诗风与师晚唐诗风都不切当。然诗歌发展的正确方向即在于不能"稡书以为诗"，也不能"舍书"而为诗。师宋与师法晚唐不是正确方向，惟有师法"居于二者之间"的李商隐，由李商隐而中唐，

---

① （元）袁桷：《清容居士集》卷四八，文渊阁《四库全书》第 1203 册，第 631 页。

而杜甫,才能"追风雅之正,返云咸之音"。可见袁桷在分析宋诗发展状况后,提出的诗学策略实际是度越宋诗,由居于唐音宋调之间的李商隐入手而臻于诗歌正途。这种意见,是对戴表元"宗唐得古"主张的具体化阐述与发挥,也反映了他对宋诗本身特征的深刻了解。其观点深刻而有远见,也具有一定的实践性,不空泛景行,可遵可蹈。元代诗人学习李商隐,学习盛唐诸公是突出现象。而袁桷此处所论正是这种现象的准确诠释。也正是基于这个原因,袁桷称赞纥石烈通甫诗"一本于大历贞元之盛而幽深婉顺则几于国风之正"。[1]他对宋诗在发展流播过程中形成的习气深表不满,对在宋诗中起到核心作用的江西一系之诗风也常常予以批评。其《题乐生诗卷》云:"诗于唐三变焉,至宋复三变焉,派于江西,变之极,有不可胜言者矣。刘南岳(按,为刘克庄,盖因其有《南岳稿》而有此称)少年以诗自名,晚岁独尊杨廷秀,考于风雅无是体,参于唐宋无是体,以断绝直致为工,叱咤转旋,骎骎乎江湖之靡者也。吾乡前哲所为诗,仿韩而不能博,师苏而不能宏,然卒无江西之弊。诵建安黄初之作,推而至于风雅,则亦有径廷矣。"[2]对江西一系诗风在不满之余,对杨万里诗风也有意见。所谓"考于风雅无是体,参于唐宋无是体",认为其"以断绝直致为工,叱咤转旋"之格调,启江湖况味。出于这种基本观点,他认为学诗者,即便学习韩愈而不能臻其博奥,学苏轼而不能有其宏阔,然不会沾惹"江西之弊",不失于正路。这种态度,是元人在诗学观念方面一种共识。他们对宋末诗风纤细琐碎极为不满,也因之溯源,对江西诗风也多有苛责。其当与否且先不论,这种诗学态度对形成元人自己的诗学风范是有积极作用的。但江西诗学本身其实并不支持江西弊端,也并不在元代诗学中销声匿迹,杨载之诗学就有较浓厚的江西余风。江西诗学的一些基本理路化入元代诗学构建的体系之中,不过不被作为口实使用而已。

再看袁桷之《题闵思齐诗卷》,其中有云:"唐诗有三变焉,至宋则变有不可胜言矣。诗以赋比兴为主,理固未尝不具。今一以理言,遗其音节,失其体制,其得谓之诗与?陇西闵思齐示所为诗,冲澹流丽,亹亹仿唐人风度,寄兴

---

[1] (元)袁桷:《书纥石烈通甫诗后》,《清容居士集》卷四九,文渊阁《四库全书》第1203册,第654页。

[2] 李修生主编:《全元文》第23册,江苏古籍出版社2001年版,第372页。

整雅，将骎骎乎陶韦之畦町矣。近世言诗，莫不以三百篇为主，经纬之分，茫不知所以。由远自迩，渐入魏晋，诗宁有不工者乎？"① 认为以《诗经》为宗，可以"由远自迩"，入魏晋风调。这种诗学路数，与其在《书汤西楼诗后》中所指示的由李商隐而入唐风之路数机理一致。其度越宋诗，以《诗经》、魏晋及唐诗为学诗路数的观点是共通的。不过对于不同的诗人，可以用不同的路径去达到这一目标。袁桷这种观点，显然是经过缜密思考而得出的。这种师法唐诗，尊崇魏晋诗风的态度也是元人诗学中较为普遍的态度。所谓"近体宗唐，古体宗《选》"的诗学意见，不过是袁桷这种理数的另一种表述而已。

但袁桷对于宋诗并非不加辨析地予以批评。其实，为了形成元诗的自身格调，就应高屋建瓴地对宋诗加以扬弃。然对欧梅王苏等宋诗大家，他还是相当崇敬的。虽然对江西诗风总体上不满，但袁桷对黄庭坚诗歌创作上的成就和独到的艺术造诣也极为推崇。其《书黄彦章诗编后》表露了他公允的批评态度。该文云："元祐之学鸣绍兴，豫章太史诗行于天下。方是时，纷立角进，漫不知统绪。谨懦者循音节，宕跌者择险固。独东莱吕舍人悯而忧之，定其派系，限截数百辈无以议而宗豫章为江西焉。豫章之诗夫岂惟江西哉？解之者曰：'诗至于是，蔑有能继者矣。'数十年来，诗益废，为江西者，尝慷慨自许，掉鞅出门，卒遇虎象，空拳恣睢，复却立循避不敢近，使解者之言迄幸而中。噫！然则其果不可以复古与？桷来京师，遇黄生景章于旅次，问其谱别，于太史为七世，而尚书公叔敖之所自出。示其诗，宫商敷宣，黯然不遇之意绝乎词气。吾知其充然以修兴太史氏之学者，非子其谁也。夫别江西之宗者，是不至太史之堂者也。旷百载而有俟，舍其诸孙，曷有望焉。"② 认为江西后学，其实是不得黄庭坚要领。致有"谨懦者循音节，宕跌者择险固"，并不知如何师法黄庭坚。所谓"纷立角进，漫不知统绪"，竟难以窥度黄氏渊奥。吕居仁之立江西谱系，本为改变这种状况。但后学不知取舍，窘步相仍，直以江西后学为黄庭坚，源派舛错，信伪迷真。在袁桷看来，这真称得上是诗道大坏了。他认为黄景章能不由江西后学而直致黄庭坚，没有沾染江西余习，可谓得黄庭坚诗

---

① （元）袁桷：《清容居士集》卷五〇，文渊阁《四库全书》第1203册，第663页。
② （元）袁桷：《清容居士集》卷四八，文渊阁《四库全书》第1203册，第637页。

学之实。由其观点可见，袁桷对江西后学的指斥是非常严厉的，但对宋诗大家黄庭坚的成就很是尊崇赞赏。其批驳江西诗风，是呼唤创建元代自身诗风的必要工作。元承宋金而来，要在前代诗风框架下构筑自身诗学品格，只有敢于去破旧立新，必须从前代风调中突围出来，从唐及魏晋诗风中汲取养分以另起炉灶。因而他批驳前代诗风，以宋之习气骩骳，金之习气叫呼为借口去反戈一击，采取向上一路，以唐人或魏晋为宗，才能走出自己的道路。因而元人之批宋调，除宋调本身存在一些积弊之外，元人之批驳，也是具有策略意义的。这更不用说元代实现了大一统，为文人扩展了视野，丰富了阅历，其时代精神本大不同于割据相持的宋金。在这种理论呼吁于元代中期社会较为安定，国力强大，京师人文荟萃的综合基础上，以设立奎章阁学士院为契机，诗人们的群体交流为平台，具有元代大一统时代品格的诗文格调也就形成了。而赵孟頫、刘因及袁桷等人的创作铺垫和理论铺垫则是这种大一统诗文品格形成的诗文层面的内部因由。

袁桷曾大力举荐周权，他为周权《此山诗集》所作的序也充分表露他系统、严整和较为开放包容的诗学思想。也充分反映了袁桷思理精严，脉络鲜明的诗学风范，尤其是对宋诗的态度，可以使我们对元人对宋诗的态度有更深入的了解，其云：

> 诗有经纬焉，诗之正也。有正变焉，后人傅益之说也。伤时之失，溢于讽刺者，果皆变乎？乐府基于汉，实本于诗。考其言，皆非愉悦之语，若是则均谓之变矣。建安黄初之作，婉而平，羁而不怨，拟诗之正，可乎？滥觞于唐，以文为诗，韩吏部始。然而舂容激昂，于其近体犹规规然守绳墨，诗之法犹在也。宋世诸儒，一切直致，谓理即诗也。取乎平近者为贵，禅人偈语似之矣。拟诸采诗之官，诚不若是。后苏黄杰出，遂悉取历代言诗者之法而更变焉。音节凌厉，阐幽揭明，智析于秋毫，数殚于微眇，诗益尽矣止矣，莫能以加矣。故今世作诗者咸宗之。括苍周君衡之，磊落湖海士也。束书来京师，以是编见贽，意度简远，议论雄深，法苏、黄之准绳，达《骚》、《选》之旨趣，历览名胜，长歌壮吟，亦皆写其平生胸中之坱郁。至于词笔尤为雅健，读之亹亹忘味，诚有起予者。乃

知山川英秀之气,何地无奇才。感叹之余,因书此以赞其卷首。延祐六年(1319)闰八月庚申前御史官会稽袁桷序。①

袁桷首先对正变观念做出了自己的阐释,认为正在于诗有经纬,亦即有法度准绳,有规矩矱度,不在于诗情是否平缓平正。他认为"伤时之失,溢于讽刺"之作不应属变诗。兆端于汉代的乐府诗,倒符合《诗经》学关于正诗的理解,却因自由灵活的抒情写意方式,不能归入正诗,而应属变诗一路。建安黄初的诗歌情感上符合正诗的标准,却因五言体制比较灵活,经纬矩矱尚未有定制,不能以正诗目之。以这样的思路,韩愈诗"舂容激昂",其律诗"规规然守绳墨",有法度可循,实属正诗。而宋人之理学诗,以平近为尚,不讲求法度,近于偈语,不是诗之正。苏黄诗,能够"悉取历代言诗者之法而更变焉",其法度森严,达到"智析于秋毫,数殚于微眇"的境界,是熔炼历代诗法之后达到的新的高度上的诗之正。袁桷此处对苏黄的认可,是基于他要求荟萃整合前人创作经验,以矩矱律度为诗之经纬的观点。这种要求集前人诗学成果的意见,实是促成元诗形成自身品格的重要因素。他赞许周权诗,正是因为周权"法苏、黄之准绳,达《骚》、《选》之旨趣"。由苏黄之法而入于诗之正,并能融汇各家之长,形成自己"意度简远,议论雄深"的风格。此序虽作于京师诗坛大盛之前,但其变创正变理论,在规矩法度的视线中重新整炼前代诗学,为元人京师诗坛在诗学理论上做出铺垫,也是对袁桷老师戴表元"宗唐得古"说的充实与发挥。也可得知,元人越宋宗唐的实际内容不是对宋诗不加分析的度越,而是一种集大成式的选择提炼,以构筑有元自身的诗学品格。其对宋代诗学的成就,是有着充分的尊重的,其所不满者,在于宋季蹈袭苏黄等诗风的纤仄细碎习气而已。顾嗣立在《元诗选·初集》丙集之《袁桷传》后对元代诗学发展做了极为精当的分析,其云:"元兴,承金宋之季,遗山元裕之以鸿朗高华之作振起于中州,而郝伯常、刘梦吉之徒继之,故北方之学至中统至元而大盛。赵子昂以宋王孙入仕,风流儒雅冠绝一时,邓善之袁伯长辈从而和之,而

---

① 《此山诗集》序,《此山集》,文渊阁《四库全书》第 1204 页,上海古籍出版社 1987 年影印本,第 2—3 页。

诗学又为之一变。于是虞杨范揭一时并起,至治天历之盛,实开于大德、延祐之间。"① 按顾嗣立的观点,元代诗坛大盛始于两条线索:其一为北人线索,以元好问之"鸿朗高华"的主要特色,郝经、刘因为其后继者;其一为南人线索,以赵孟頫之"风流儒雅"为主要特色,邓文原、袁桷为其后继。这两条线索在虞杨范揭为主力的京师诗坛汇合一处,至治、天历之大盛的诗坛融合,始于南北两条脉络的交汇。

三、元中期京师诗坛诗学活动对元代诗风的整合与熔炼作用

元代中期,京师大都人才荟萃,在职事余暇,他们往往展开各种规格的诗学活动。在活动中交流经验,将宋末金季的诗风一变为具有元代大一统品格的时代风貌。在诗学领域展示了民族融合的硕果,使得元诗以其自身磊落豪壮、真率慷慨的基本特色定格在中国文学史上。

虞集《国子监后圃赏梨花乐府序》中有云:

> ……三年庚戌(至大三年,1310)三月辛巳国子监后圃梨花盛开,先生率僚吏席林台之上,尊有醴,盘有蔬,肴截杂陈,劝酬交错,饮且半,命能琴者作古操一阕,禽鸟翔舞,云风低回。先生于是歌木兰之引以寓斯文之至乐,泳圣泽之无穷也。明日僚友酌酒而赓之,又明日诸生之长酌酒而赓之。气和辞畅,洋洋乎盛哉。虞某起,言曰:"古之教者,必以乐,故感其心也深,而成其德也易。命大夫者,犹与之登高赋诗而观其能否,兹事不闻久矣。今吾师友僚佐乃得以讲诵之暇从容咏歌,庶几乎乐而不淫者,亦成均之义也。"命弟子辑录为卷以贻诸好事可览观焉。②

当时虞集任国子监助教。这是他们公事之暇,在国子监后圃因观赏梨花而举办的诗酒之会。其时尚未恢复科举,大规模的诗人聚会还不频繁。但不久,四大家中其他诗人来到京师,加之科举恢复,各地人才齐聚,一时彬彬之

---

① (清)顾嗣立:《元诗选·初集》,中华书局 1987 年版,第 593 页。
② (元)虞集:《道园学古录》卷六,加卷数李修生主编:《全元文》第 24 册,江苏古籍出版社 2001 年版,第 143 页。

盛,蔚为壮观。黄溍曾提到元仁宗初年(皇庆、延祐间)大都诗坛:"方是时,东南文章巨工,若邓文肃公文原、袁文清公桷、蜀郡虞公集,咸萃于辇下。公(揭傒斯)与临江范梈、蒲城杨载继至,以文墨议论与之颉颃,而公(揭傒斯,文安为其谥)名最为暴著。"① 虞集上文提到的国子监同僚梨花之会,便预示着京师诗坛繁盛局面的出现。至于他所说的"师友僚佐乃得以讲诵之暇从容咏歌,庶几乎乐而不淫者,亦成均之义也",则反映出太平时期,人文荟萃之所群体性文学活动的心理依据。正是这种舂容迂徐的馆阁生活,使他们富有余暇以文会友,陶写情志,在交流中共构当时诗文之时代品格与风貌。② 虞集是元代中期京师诗坛的精神核心,他的这种心态是斯时京师士人心理的普遍性的反映。

在东南士人大批入都之前,金源士人于元文化之贡献亦颇显豁。元代文化正是在南北文人交流融通的时代氛围中熔炼而成的。对此我们从虞集《曹文贞公文集序》一文中,可以见出。其文云:"我国家龙兴朔方,金源氏将就亡绝,干戈蜂起,生民涂炭。中州豪杰起于齐鲁燕赵之间,据要害以御侮,立保障以生聚,以北向于王师。方是时,士大夫各趋所依以自存,若夫礼乐之器,文艺之学,人才所归,未有过于东鲁者矣。世祖皇帝建元启祚,政事、文学之科彬彬然为朝廷出者,东鲁之人居多焉。典诰之施于朝廷,文檄之行乎军旅,故实之讲乎郊庙,赫然有耀于邦家。至元大德之间,布在台阁,发言盈朝,所谓如圭如璋,令闻令望,而颙颙卬卬者焉。……"③ 北方文人在京师曾起到很大作用,卢挚、刘秉忠、许衡、王恽等人的诗风都豪放磊落,气格不凡。其中卢挚是转变北方金末余习的关键人物。苏天爵《书吴子高诗稿后》云:"国朝平定中

---

① (元)黄溍:《翰林侍讲学士中奉大夫知制诰同修国史同知经筵事追封豫章郡公谥文安揭公神道碑》,李修生主编:《全元文》第 30 册,凤凰出版社 2004 年版,第 177 页。
② 元明善在京师时与虞集的文学交流可以概见馆阁文人之切磋砥砺关系。《元诗选·二集》卷七之元明善小传云:"复初(元明善字)在江西、金陵,每与虞伯生剧论,相得甚欢。至京师乃复不能相下,真人吴闲闲与复初交尤密,尝求作文。既成,谓闲闲曰:'伯生见吾文必有讥弹,为吾治具,招伯生来观之。'明日,伯生至,复初出文问何如。伯生曰:'公能从集言去百有余字则可传矣。'复初即泚笔属伯生,凡删百二十字,而文益精当。复初大喜,乃欢好如初。"此虞集与元明善之交流,虽在散文方面,但亦可触类而想见京师馆阁文人间在诗学上也会有如此具体细密的评价改定获得。
③ (元)虞集:《道园学古录》卷三一,李修生主编:《全元文》第 26 册,凤凰出版社 2004 年版,第 106 页。

原，士踵金宋余习，率皆笨豪衰苶，涿郡卢公始以清新飘逸为之倡。"①苏天爵以"笨豪衰苶"来标目金宋余习，大要认为金末诗"笨豪"，宋季诗"衰苶"。这两种风格，与大一统的时代精神不相匹配。卢挚以"清新飘逸"来改变前代余风，开启了元代熔铸自身诗风的诗学巨潮。赵孟頫等人则可视为东南诗人导夫先路者。赵孟頫、袁桷、虞集等东南才隽入北以后，与北方文人在大都交流融洽，互相砥砺，在交流中相互影响，才可在新的历史机道中融合南北。在这种当口之下的京师文坛，尤其是文宗主政时期，实质性的融合得以实现。文宗前各地文人在京师所起到的作用实际是一种发酵与酝酿作用，当大家出现，文学便形成一种主导力量，文学融合由量变而质变的过程也就得以完成了。

　　四家中之杨载对开启元诗格调同样具有重要作用。《四库全书》杨载《杨仲弘集》提要云："史称其（杨载）文章'一以气为主，而于诗尤有法度。自其诗出，一洗宋季之陋'云云。盖宋代诗派凡数变：西昆伤于雕琢，一变而为元祐之朴雅；元祐伤于平易，一变而为江西之生新。南渡以后，江西宗派盛极而衰。江湖诸人欲变之而力不胜。于是仄径旁行，相率而为琐屑寒陋，宋诗于是扫地矣。（杨）载生于诗道弊坏之后，穷极而变，乃复其始，风规雅赡，雍雍有元祐之遗音。史之所称，固非溢美，故清思不及范梈，秀韵不及揭傒斯，权奇飞动尤不及虞集，而四家并称，终无怍色，盖以此也。"在四家中，杨载之诗学路线较为独特，他师法江西，由宋人理路入手，而无宋季习气。这实源于他才高气盛，加之其熔化锻炼之功使他由宋诗入由宋诗出，终于形成自己之风格。② 其实，元代诗学自身品格本不完全排斥宋人格调，所排斥的实是宋末纤弱佻巧致习气而已。毕竟在大一统的时代，末日王朝之气象是不能与元代中期之国势相匹配的。陶宗仪《南村辍耕录》的一则诗学故事颇有意味："虞伯生先生集、杨仲宏先生载同在京日，杨先生每言伯生不能作诗。虞先生载酒请

---

① （元）苏天爵：《书吴子高诗稿后》，李修生主编：《全元文》第40册，凤凰出版社2004年版，第109页。

② （元）杨载《诗法家数》有云："（学诗）须先将汉魏盛唐诸诗，日夕沉潜讽咏，熟其词，究其旨，则又访善诗之士，以讲名之。若今人之治经，日就月将，而自然有得，则取之左右逢其源。苟为不然，我见其能诗者鲜矣。"（《历代诗话》，中华书局1981年版，第726页）其诗学对象，学诗路径与方式，实在看不出与江西诗学有什么区别。江西诗学在元代的适应性反应，就是化人当时诗学大风气之中，作用于作家之基本诗学素养。风气加素养，一代诗风的实际内涵中，依然有着对诗学功夫的重视因素。

问作诗之法,杨先生酒既酣,尽为倾倒,虞先生遂超悟其理。"①杨载由宋诗入,故于宋人诗学中规矩法度之学颇为谙熟。虞集宗唐,恰于规矩法度之学少了一些领悟与计较。杨载以之授于虞集,使其"超悟其理",其实正是帮助虞集综合唐宋诗学,两者得以相得益彰。这恰恰说明了以虞集为核心代表的元诗品格实际上也含有宋人诗学的努力与智慧。

范梈为《杨仲弘集》所作之序既反映了他与杨载间的诗学交流和莫逆于心的彼此情谊,也反映出在其作该序之致和元年(1328)时京师诗坛的一些景况。其文有云:"大德间,余始得浦城杨君仲弘诗,读之恨不识其为人。及至京师,与余定交,商榷雅道,则未尝不相与挺掌而说也。皇庆初,仲弘与余同为史官,会时有纂述事,每同舍下直已而犹相与回翔留署。或至见月,月尽继烛相语,刻苦淡泊,寒暑不易者,唯余一二人耳。……余尝观于风骚以降汉魏下至六朝弊矣。唐初陈子昂辈乘一时元气之会,卓然起而振之,开元大历之音由是丕变,至晚宋又极矣。今天下同文,而治平盛大之音称者绝少于斯际也,方有望于仲弘也,天又不以年假之,岂非命耶?盖仲弘之天禀旷达,气象宏朗,开口论议,直视千古。每大众广席,占纸命辞,傲睨横放,尽意所止。众方拘拘,已独坦坦;众方纡余,已独驰骤骏马之长坂,而无留行。故当时好之者虽多,而知之者绝少,要一代之杰作也。"②该序中提到范梈与杨载皇庆初年(1312、1313 左右)同任史职时,在公事之余,相与甚深。在交往中,应含有诗学理论相互切磋交流的具体内容。尤其值得注意的是,范梈提到"而治平盛大之音称者绝少于斯际也",即是说明在杨载故去之时,所谓"治平盛大之音"尚未真正出现,而杨载本可于此际大有作为,却已离世。由此可知,在奎章阁文人群体展开活动之前,虽则京师文人的创作力量已然形成,也已开始了南北文风的交融进程,但仍缺乏勃发契机。及至文宗御极,首重文艺,开设奎章阁学士院以聚集创作人才,并提供了更为深密的交流融通机会之时,可以代表元诗品格的所谓"治平盛大之音"才能蓬勃而出,使元代早期开始的文风交流终于熔炼出大一统的诗学风貌。而诸如袁桷、杨载等人,也在这一历程中起着重

---

① (明)陶宗仪:《南村辍耕录》卷四,中华书局 1958 年版,第 50 页。
② (元)范梈:《杨仲弘集原序》,李修生主编:《全元文》第 25 册,江苏古籍出版社 2001 年版,第 590 页。

要的铺垫作用,是元诗新风貌养成与出现历程中不可或缺的诗学节点。

杨载诗中也有关于馆阁文人文学活动的记录,如其《赠同院诸公》:"诏编国史有程期,正是诸郎儤直时。虎士守门宫杳杳,鸡人传箭漏迟迟。窗间夜雨销银烛,城上春云压彩旗。才大各称天下选,书成当继古人为。"① 显然这是工作之余写与同僚之作,反映了馆阁生活中的具体情形,也寄托着对修史职事的投入与责任心。其《玉堂夜直》:"直庐岁晏动羁情,朔雪将飞觉夜明。金井辘轳衮响绝,玉阶瓴甓断纹生。薜花莫辨沿墙迹,松叶时闻委砌声。愧以不才同制作,诸公此日负高名。"② 也属职事之下的创作。于夜直期间,文人同气相应,讨论文艺,切磋技巧,有助于诗学共识的产生。如杨载《送范德机》就写出了他与范梈夜直相与的深切友谊。其云:"往岁从君直禁林,相于道义最情深。有愁并许诗频和,已醉宁辞酒屡斟。漏下秋宵何杳杳,窗开晴昼自阴阴。当时话别虽匆遽,只使离忧搅客心。"③ 此诗所写,可与范梈为杨载文集所作之序相参。馆阁文人,在职事之暇的交流,会有助于形成共同的诗学意见,从而影响其批评与创作;也会假助馆阁文人群体的力量扩大影响,形成创作或批评的声势,对诗坛产生影响。杨载与范梈间的这种交流就是一个例子。范梈《奉陪京师诸友游南城寻丘尊师道场作》(《杨仲弘集》卷四)是当时其参加的诗友间在京师举行的一次活动的述怀之作。值得一提的是范梈《秋日集咏奉和潘李二使君浦编修诸公八首》,该诗以秋日游览京师城边的心境为抒写对象,既写到了宦游心理,也写了京郊风物,尤其是第五、六、七首诗,分别写到了济南名士潘公、李侯(即诗中所提及之二使君)。如其六与李侯诗有:"李侯高朗若空晴,论议诗书满腹撑。期接仙舟应少便,偶分宫砚亦多情。"可见此李侯富有诗情,以其讨论诗书多可知他有一定的诗学素质。若非平素有诗学交流,范梈是无由这样评价的。

其七写浦君,有云:"浦君高价本璠玙,多幸兼葭得所于。学道初轻千里骥,收功直到九州鱼。诗探饭颗尤难测,赋拟兰陵定不虚。月月西垣更夜直,

---

① 《杨仲弘集》卷六,(清)顾嗣立:《元诗选·初集》,中华书局1987年版,第967页。
② 《杨仲弘集》卷六,(清)顾嗣立:《元诗选·初集》,中华书局1987年版,第967页。
③ 《杨仲弘集》卷六,(清)顾嗣立:《元诗选·初集》,中华书局1987年版,第971页。

还应共我惜居诸。"① 提到浦君诗学杜甫（所谓"饭颗"即是。且苦力为之，其文学荀子，此当谓其观点鲜明，逻辑性强而言）。能做出这样的评价，也说明范梈对此浦君之诗文才能是很了解的。这当得力于平素与他们交流中所了解到的基本诗学印象。其诗中"月月西垣更夜直"云者，可知此浦君，还有李侯、潘公等"诸公"应是范梈的馆阁同僚，这次京师近郊之集咏即是一次馆阁文士工作之暇的群体性文学活动②。

范梈卒于天历三年（1330），人未尽才，未能在奎章阁建立后元诗得以形成自身品格的壮大历程中发挥更多的作用。在京师诗坛的黄金时期来临前去世，殊为可惜。然其在京师的诗学活动及与杨载、揭傒斯、虞集等的交往一样为这个诗坛盛世到来做了有力的铺垫。这对于元代诗学的成就与特色的取得做出了应有的贡献③。

揭傒斯《和酬马伯庸供奉史馆闲题见示二首》亦为他与马祖常间的文学交往之作，其一云："阴沉闷华馆，窈窕宜芳树。秋日透清辉，晨飚翼轻雾。飞文尽威凤，擢质皆振鹭。平生寡俦匹，及此同散聚。云胡咸羁游，对酒恒不御。羡君蹑高第，早听传胪句。时从鸳鸿侣，纵辔骅骝路。紬史吾岂堪，读书君不误。"其二云："飞叶满京华，青松临广筵。连翩集轩盖，卓荦皆时贤。青松岂不高，众草自芊芊。感此理文翰，恒恐迷所先。搜猎残缺间，终岁不成编。矫情或伤直，含辞非取妍。宣尼万世标，斯道庶昭宣。元功既森列，群策咸牵联。终焉惧非才，申旦长惕然。"④

当京师时贤云集，从事共同的文化活动时，他们的文学才能会在随即展开的交流活动中施展出来，并且彼此相长共同提高。

马祖常游历地方颇多。他在出仕前游历颇广，诗材丰富。在与京师其他诗人的交往过程中，其宽广的视野与宏阔的胸怀会对其他诗人产生影响。这种少

---

① 《范德机诗集》卷七，（清）顾嗣立：《元诗选·初集》，中华书局1987年版，第1020页。
② 范梈《奉同陈应奉访友人不遇》提及"翰林小暇出西城"。此诗应为范梈与同僚在公事余暇出西城访友人之际所写。亦为京师馆阁文人间的交流中所写的作品。
③ 黄溍有《太朴自临川致书深悼德机之死于是复土一周星矣》诗，反映了黄溍与范梈间的情谊，诗中有"只有清诗传警策，更无其字发飘扬"句，可知黄溍对范梈诗学成就的尊崇，也可知他们诗学交流促成了诗学上的相知相惜。
④ 《揭傒斯全集》，上海古籍出版社1985年版，第106页。

数民族诗人特有的豪放爽利与阔大宏放境界会对京师诗坛文人产生深远影响。马祖常入仕后，与虞集、袁桷、萨都剌等人多有唱和，是京师诗坛活跃的人物。其诗风诗品亦在其诗学活动中影响到东南入京之汉族诗人，对元中期诗坛融合成一代诗风有力与焉。

揭傒斯《范先生诗序》中提及了虞集对包括自己在内的四大家诗歌风格的品评。这是四位熟识的诗人间的批评活动。揭傒斯对虞集之评没有认同，而是发表了自己的意见。估计他们间品评意见的不同，成了后人揣测他们之间不能相下的口实。该序是京师诗坛重要的诗学批评活动，兹迻录如次，其云：

> 范先生者讳梈，字德机，临江清江人也。少家贫，力学，有文章，工诗，尤好为歌行。年三十余，辞家北游，卖卜燕市，见者皆惊异之。相语曰："此必非卖卜者。"已而为董中丞所知，召置馆下，命诸子弟皆受学焉。由是名动京师，遂荐为左卫教授，迁翰林国史院编修官。与浦城杨载仲弘、蜀郡虞集伯生齐名。而余亦与之游。伯生常评之曰："杨仲弘诗如百战健儿，范德机诗如唐临晋帖。"以余为三日新妇，而自比汉廷老吏也。闻者皆大笑。余独谓范德机诗以为唐临晋帖终未迫真。今故改评之曰："范德机诗如秋空行云，暗雨卷雷，纵横变化，出入无朕，又如空山道者，辟谷学仙，疲骨峻嶒，神气自若。又如豪鹰掠野，独鹤叫群，四顾无人，一碧万里，差有可彷佛耳。"①

其中提到虞集对诸人的评价，用的是形象喻示的批评方法，以相类似的物象摹状其诗歌风格。胡应麟曾予以解释，其评杨载的"百战健儿"，胡氏解释为："百战健儿，悍而苍也。"评揭傒斯之"三日新妇"，胡氏解释为："三日新妇，鲜而丽也。"评范梈之"唐临晋帖"，胡氏解释为："唐临晋帖，近而肖也。"虞集自评之"汉廷老吏"，胡氏解释为："汉法令师，刻而深也。"②

从胡应麟之评，约略可概见四家特点。而这四家诗的特点，其实正是元代

---

① （元）揭傒斯：《文安集》卷八，李梦生标校：《揭傒斯全集》，上海古籍出版社1985年版，第287—288页。

② （明）胡应麟：《诗薮》，中华书局1958年版，第223页。

中期诗坛的基本风格：既有悍拔苍劲，亦有新丽鲜泽；既有刻画真切，又有老到纯熟。正反映出时间向度上的唐宋诗风之融合，也有南北诗风之特色。至于揭傒斯之评范梈诗之"秋空行云，暗雨卷雷，纵横变化，出入无朕"云云，应是揭傒斯不认同虞集评范梈诗为临帖摹写，认为范诗变化莫测，虽或质朴如崚嶒瘦骨，但自有生意蕴蓄其中，内力超拔。虽然清四库馆臣认为揭傒斯评范梈诗"未免形容过当"，但亦认为"梈诗格实高，其机杼亦多自运，未尝规规刻画古人，固未可以'唐临晋帖'一语为据"①。对于范诗的理解不同，反映出四家诗学在交流中的不同意见。揭傒斯或许也不同意虞集对自己评如"三日新妇"的评语。这亦是他们诗学意见的差异。唯有差异，交流才有意义。而四家毕竟才力仿佛，他们都活跃在京师诗坛，在交流中提高自己，也不苟同对方，共构了京师诗坛开放大气、宏阔广博的有元一代之诗风。这是元诗一个重要特点。即以越宋宗唐为主，但不排斥宋诗之成就与经验，各具有宏阔特点，也包容其他格调，以其博大与开放代表了元诗之最高成就。京师诗学活动的意义，也在于促使诗人们共构这样一种基本格调。

揭傒斯亦有《城南宴集诗后序》，虽是记述一次与友人城南宴集赋咏之事，但可看出当时在京者参与此种活动的基本心态。其云：

> 京师天下游士之汇，其适然觏晤，为千载谈者之资。定百世通家之本，代有之矣。或以情附，或以义感，或以言求，其取友虽岐，苟轨于道，均可以著简书而托子孙也。城南兹集，得朋之义盖备焉。以仆愚戆，亦俾在列。肴核维旅，酒醴维旨，威仪有数，长幼有秩，举盏更属，以亲以久，比往风后，若劝若惩，杂以谈谐，终归雅则。残月既堕，白露在庭。觞酌未阑，赋诗斯举。饮者既不知其醉而不饮者若素嗜焉。宾既不知其主而主者亦自忘焉。居而殊方，出乃合辙，新知旧好，吻然靡间。则斯会也，不已难乎？白头如新，倾盖如故，昔闻其语，今见其人。特未知所以资千载本百世者果安在耳。庐山郑君直卿既序其会集之详于前，余复申

---

① 《范德机诗集》提要，文渊阁《四库全书》第1208册，上海古籍出版社1987年影印本，第68页。

其交友之乐于后,君子所命不敢废焉。①

因京师人文荟萃,文人间的交游或以情附,或以义感,可体现朋友相助相成之义。揭傒斯记述的这次诗酒之会,很充分地反映了在人才最为集中的京师地区文人群体性活动的意义。它不同于乡邦文人的雅集,而是文人尚友天下之士的绝好平台。此会雍容而不失轻松,谐适而又有雅则。在诗酒酬唱之间,朋友之义,尚友辅仁之古训得到了极好的张扬。元代京师地区,南北中西文士云集,以诗酒为纽带,以大一统时代为背景,在交游之中展示了文学的社会功能,促进了文人相互了解与相互扶持,有力地促成了文学、诗学新局面、新风貌的出现。

黄溍有《试院同诸公为主试官作》诗及《试院同诸公为监试官作》(《文献集》卷一)亦属在京师任职时与同属文人唱咏之作,也是京师诗坛的诗学活动。

关于文人交游对于作者诗风的熔炼作用论述得较为充分的是黄溍为张雨《师友集》所作的序。该文亦是理解东南作家(实际上也含有黄溍本人)在承接宋遗民诗人诗学并在京师完成诗风熔炼的诗学逻辑的资料,其中有云:"《师友集》者,张君伯雨所得名公赠言及倡酬之作也。伯雨之生。去宋季未久。其大父漳州通守公雅不欲诸孙豢于贵骄,而纵为异时华靡遨放事,延儒先以为师教之甚笃。而伯雨特聪悟爽朗,颖出不群,卅岁即务记览弄翰为词章。方是时,前朝遗老、宿儒魁士犹有存者,数百年之文献赖以不坠,然皆尊其所闻,人自为学,未尝凌高厉空,并为一谈,以事苟同。伯雨觌其光仪而聆其绪论,如企嵩岱而得其高,临河海而得其大,且深佩服之,素固非一日。年运而往,诸老相继沦谢,伯雨乃以壮盛时去为黄冠师,间出而观国之光。属当文明之代,一时鸿生硕望文学侍从之臣方相与镕金铸辞,著为训典,播为颂歌,以铺张太平雍熙之盛。伯雨周旋其间,又皆与之相接以粲然之文,如埙鸣而篪应也。逮伯雨倦游而归,入山益深,入林益密,并游之英俊多已零落,而伯雨亦

---

① (元)揭傒斯:《文安集》卷八,李梦生标校:《揭傒斯全集》,上海古籍出版社1985年版,第290页。

老矣。"①

  张雨是一个在元代诗坛中交游广泛的诗人，与虞集、袁桷、黄溍、萨都剌、张翥、薛昂夫、倪瓒、杨维桢等很多诗人都有诗学往来。早年也与仇远、赵孟頫等人相交流。从黄溍所作之《师友集序》来看，张雨实际上是串联东南遗民诗人与京师诗坛的中介诗人。东南的宋遗民诗人学有渊源，品行高洁，但各有特点，不为苟同之学。张雨既受他们很大的影响，也应受到了他们自身诗学个性的沾溉，这对京师诗坛的包容性特质很有影响。在京师时，身为道士的张雨又与当时之鸿儒硕学相接，共同"镕金铸辞"，促成文风之整合。加之元代国势正处鼎盛时期，张扬蹈厉的时代风格又使张雨受到的所谓"太平雍熙之盛"的时代中"粲然"文风的影响，"周旋"于其间，自然将宋末遗民诗人之诗学与大一统时代精神合为一处，埏埴整合，成就其诗风。②而出身东南的一批诗人也在诗学历程中与张雨相似，这是东南诗人融入京师诗坛的方向和途径。

  然在这种途径中，能够熔铸成一代诗风，实得力于师友间的诗学授受与诗学交流，而元代鼎盛时期的京师诗坛，以其混茫大气和开放包容吸纳了不同诗学背景的诗人加入其中，相激相荡，群居切磋，终于结出硕果。张雨之诗学经历，可为元代诗风整合熔炼的典型代表。他是道士，不同于馆阁文人。其诗学经历，也能在很大程度上诠释元代京师诗坛的包容性与开放性。

  元代中期京师诗坛宏阔包容、壮大磅礴的气象在周权身上表现得尤为突出。对此四库馆臣颇有感慨。且看四库馆臣为周权之《此山诗集》所作的提要：

---

① （元）黄溍：《文献集》卷六，李修生主编：《全元文》第29册，凤凰出版社2004年版，第85页。
② 《四库全书》之张雨《句曲外史集》提要有云："雨诗文豪迈洒落，体格遒上。早年犹及识赵孟頫，晚年犹及见倪瓒、顾瑛、杨维桢，中间如虞集、范梈、袁桷、黄溍诸人，皆以方外之交，深相投契，耳濡目染，渊源有自，固非方外枯槁者流气含蔬笋者比矣。"（文渊阁《四库全书》第1216册，第351—352页）张雨可谓贯穿有元一代的诗人。徐达所作之张雨《句曲外史集》序有云："句曲（按，张雨号句曲外史）负逸才英气，以诗著名。格调清丽，句语新奇，可谓诗家之杰出者。当是时，以诗鸣世者若若赵松雪、虞道园、范德机、杨仲弘诸君子以英伟之才凌跨一代，谐鸣于馆阁之上。而流风余韵，播诸丘壑之间，贞居（按，张雨别号贞居子）以豪迈之气超然自得，独鸣于邱壑之间，而清声雅调，闻诸馆阁之上。诸君子亦尝与其唱酬往还，虽出处不同，而同为词章之宗匠，辟如轩轾，讵知其孰先而孰后耶。矧贞居博学多闻，襟怀洒落，故大夫士多景慕而乐道之也。"张雨得亨京师馆阁文士的热忱款接，参与到了共铸京师诗风，形成一代诗格的诗学活动中，既成就了自己独到的诗学成就，也对元代以京师诗坛为引擎的诗学熔炼运动起到了作用。

第一章 元代有关诗社活动及其诗学内涵

《此山诗集》十卷,元周权撰。权字衡之,号此山,处州人。尝游京师,以诗贽翰林学士袁桷,桷深重之,荐为馆职,竟报罢。然诗名日起,唱和日多。集中有《赠赵孟頫诗》云:"瓣香未展师道敬,携琴暂出松萝中。"《赠虞集诗》云:"远游非涉声利途,愿谒国丈开蓁芜。"《赠揭傒斯诗》云:"嗟予观光老宾客,瓣香仰止怀生平。"《赠陈旅诗》云:"下榻清风延孺子,高楼豪气卧元龙。"《赠欧阳元(玄)诗》云:"床头萍绿多黅色,长价还从薛下门。"《赠马祖常诗》云:"绝怜白发南州士,山斗弥高独仰韩。"而赵孟頫《赠权诗》亦有"青青云外山,炯炯松下石。顾此山中人,风神照松色"之句。且亲写"此山"二字为额以赠。是时文章耆宿不过此数人,而数人无不酬答,似权亦声气干谒之流。然孟頫等并以儒雅风流照映一世,其宏奖后进,迥异于南宋末叶分朋标榜之私。故终元之世,士大夫无钩党之祸。权与诸人款契,盖文字之相知,固未可以依门傍户论也。是集(按,《此山诗集》)为陈旅所选定,旅及袁桷、欧阳元(玄)等各为之序,揭傒斯又为之跋。旅本作者,故别择特精。旅序称其"简淡和平,无郁愤放傲之色"。桷序称其"法苏、黄之准绳,达《骚》、《选》之旨趣"。元(玄)序称其"无险劲之词而有深长之味;无轻靡之习,而有春容之风"。今观其诗,元(玄)所称尤为知言矣。①

周权以布衣诗人之身份而游走于京师诸大家之间,他屡用"瓣香"之词表达其获得教益之心情;而京师诸家,亦热情款纳,与之酬答,毫无门第私利之考虑。这既是四库馆臣慨叹之因由,其实也是元中期京师诗坛开放性、包容性之写照。正是因为有这种唯才是视的宽松空气,才成就了周权之诗,也构筑了元代中期诗坛之盛。欧阳玄评价周权"深长之味"、"春容之风"云者,其实亦是元代中期京师诗坛所宗尚的诗风。但是其"深长之味"所着意处,使"春容之风"所凭借着,正是元代中期诗坛的恢宏大气、壮大磅礴的时代精神。由周权之诗学接受与批评情形可以说明,能促成元代京师诗坛之盛的最重要原因是

---

① 《此山诗集提要》,文渊阁《四库全书》第1204册,上海古籍出版社1987年影印本,第1—2页。

开放、包容与豪壮、奔纵的时代精神。①

对周权诗的诗学意义阐发，陈旅所作之序与袁桷所作之序相似，都能够从诗学角度立论，结合周权创作与时代精神阐述周权之诗学成就。陈旅之《此山诗集序》云："风雅颂不作，诗之变屡矣。大抵与世相为低昂，其变易推也。近世为诗者，言愈工而味愈薄，声愈号而调愈下，日煅月炼，曾不若昔时闾巷美刺之言，世德之衰，一至于此哉？我国家以淳厖雅大之风，丕变海内，为治日久，山川草木之间，五色成文，八风不奸。士生斯时，无事乎文章而其言自美，况以文章而歌咏雍熙之和者乎？此山周先生自括苍来京师，访余灵椿寓舍，与语竟日，知能为诗，因索其所作观之，何其言之蔼如也。夫志得意满者，其词骄以淫；穷而无所寓者，其词郁以愤；高蹈而长往者，其词放以傲。先生怀材抱艺，蚤有意于用世，既而托迹丘园，不见征用，且老矣。今考其诗，简淡和平，无郁愤放傲之色，非有德者能如是乎？传曰：'温柔敦厚，诗教也。'先生可谓有温柔敦厚之德矣。余官桥门七年，凡四方文字当程校者莫不与寓目焉。尝疑山林间必犹有可观者，未之见也。此诗盖山林之硕垒而余所未见者乎？故阅之不能去手，因为选其最佳者，得若干首，题为《此山先生集》云。"② 由此可见，陈旅对宋季之诗"言愈工而味愈薄，声愈号而调愈下"，以"日煅月炼"求诗歌工致的风气极为不满。认为这种风气与当时"淳厖雅大之风"不相匹配。认为这种时期的诗歌，应具备"歌咏雍熙之和"的功能。他说自己程校四方士人文字，当是游历京师的各地士人之作。周权诗以"简淡和平，无郁愤放傲之色"被陈旅赞赏。在此序后的又序中说周权诗"不但简淡和平"，而"语多奇隽"，亦是对其作品的夸赞。这种"简淡和平"又不失"奇隽"的风格，也就是欧阳玄"春容之风"的内涵（见下文）。春容不是庸腐迂远，而是持正平和；春容也不是死气沉沉，缺乏灵动，而是含有"奇隽"之意。周权诗的这种特点，被当时名公交口称赞，盖因周权诗之"春容"、"平和"及"奇隽"特色，是大家认可的诗学风范，也可代表元代中期诗学的核心要求与总体风格。

---

① 袁桷所作《此山诗集序》的内容可与此部分相参。
② 《此山集》，文渊阁《四库全书》第 1204 册，上海古籍出版社 1987 年影印本，第 3—4 页。

相较而言，欧阳玄于元统二年（1334）为《此山诗集》所作的序就更直接明确地反映了元代中期诗坛融汇南北诗风，在宋金余习基础上熔炼出新风格的巨大成就。①其序也是我们了解元代中期京师诗坛诗学意义的重要文献，亦予以引录：

> 括苍周君此山初以四明袁文靖公荐选预馆职。君雅志冲抱，垂成而归，乃得肆力于辞章。所为乐府歌行、大篇小章、古律近制，众体毕具，往往多可诵之句。顷国子生叶敬常携其编诣余评之。余爱其无险劲之辞而有深长之味，无轻靡之习而有春容之风。因谓敬常曰："周君其温然有德之士乎？"他日君乘小车来过余，体充而气庞，神腴而言扬，此其蓄于内者；厚发于外者，阌若合符契。或曰："能诗者不必有德，有德者不必能诗。君于周君，何以因言而知人若著蔡耶？"余曰："不然。古之人闻乐以知政，诗与乐同出一，初皆感于性情而动于声音者也。因诗以知人，盖文士之通技也。抑余不独因是以知周君之生平且有以观世尚矣。宋金之季诗之高者不必论，其众人之作，宋之习近骫骳，金之习尚号呼。南北混一之初，犹或守其故习。今则皆自刮劘而不为矣。世道其日趋于盛矣乎。虽然，昔者子贡问子石何不学诗，曰：'父母求我孝，兄弟求我悌，朋友求我信，何暇哉？'子贡曰：'捐吾诗学子诗矣。'若周君则有是三者而从事于诗者也，其孰能过之？"。因志余之说于是，元统二年八月初吉，翰林直学士中宪大夫知制诰同修国史庐陵欧阳玄序。②

在这篇序文中，除高度评价了周权诗的成就外，也阐发了自己对诗歌伦理内容的要求。这是元代诗学的代表性见解，也是元代诗学的正统力量。后来杨维桢对其有所变创。但不能作为元代诗学的主流看待。其中尤其应该关注的是欧阳玄总结了元初及于周权时代元代诗的发展脉络。他评价"宋之习近骫骳，金之习尚号呼。""骫骳"为曲折委屈之意，这里指南宋末期纤细琐碎的诗风。

---

① 欧阳玄生于 1273 年，卒于 1358 年，几乎可以说是跨越整个元代了，其生平履历与元代诗学活动中心契合，因而他的诗学观点应具有对元代诗学总结的意味。

② 李修生主编：《全元文》第 34 册，凤凰出版社 2004 年版，第 447 页。

金人诗歌有大气直率的一面，但缺乏必要的婉转情致，所以欧阳玄目之为"号呼"，认为两种诗风都有缺失。他明确指出"南北混一之初，犹或守其故习"，意即南北文士，尚沿袭前代诗风，适合大一统时代精神的诗风并未出现，而经历了中期京师诗坛的熔炼整合之后的元统二年（1334）之际，诗坛已经完成了融合南北，形成一代诗风规制的伟业。故云："今则皆自刮劘而不为矣。"自觉改变前人余习，以新的诗学风调要求，约束自己的创作，成了元人的普遍行为。不分东西，无论南北，以京师诗坛酝酿、整合、熔炼成的恢宏磅礴诗风，终于遍被华夏，足以代表元人诗学最高成就和历史位置的诗风郁勃而出，弥漫天下。在这个过程中，无数个周权，无数个袁桷、欧阳玄都实践着这一诗学巨变的历史进程，其中起作用的，包括赵孟頫、刘因、元诗四大家等馆阁文人，也包括周权这样的布衣诗人、张雨这样的方外人士和萨都剌、马祖常等少数民族诗人，正是多民族和各地区诗人的共同努力，使得代表了多民族汉语文学最大气磅礴、恢宏壮阔的元代诗风终于出现，成为我国诗学史上不可磨灭的伟大功绩，代表了中华民族诗学历程中开放包容、吐故纳新的主流精神，这是我们研究元代诗学时，必须予以重视并特别予以说明的。①

关于元代中期京师诗坛之盛，豫章僧人释蒲菴所作之张翥《蜕庵集序》将元代中期诗坛置于整个诗学历史中对其意义加以阐发，其中亦提及中期馆阁诸公于元诗风貌的鼓舞推动之功。其云：

> 呜呼！诗岂易言也哉！大雅希声，宫徵相应，与三光五岳之气并行天地间。一歌一咏，陶冶性灵而感召休征，其有关于治教，功亦大矣。然自删后，至于两汉，正音犹完。建安以来，寖尚绮丽，而诗道微矣。魏晋作者，虽优不能兼备众体。其铿鍧轩昂，上追风雅，所谓集大成者，惟唐而后有之。降是，无足采焉。逮及于元，静修刘公复倡古作，一变浮靡之习，子昂赵公起而和之，格律高深，视唐无愧，至若德机范公之清淳，仲

---

① 对于袁桷、欧阳玄、陈旅为周权诗集所作之序，顾嗣立在《元诗选·初集》卷四五之周权小传后云："有元之诗，每变而上，伯长（袁桷字）、原功（欧阳玄字）、众仲（陈旅字）皆文章巨公，善于持论，特借此山诗发之耳。"即诸人借为周权诗集作序，阐发对于京师诗坛变创前代诗风，熔铸新诗品格的意见。所以，这些"文章巨公"对于所努力构建的京师诗坛风貌，是有共识的。

弘杨公之雅赡,伯生虞公之雄逸,曼石(按,当为曼硕)揭公之森严,更唱迭和于延祐天历间(1320—1328左右),足以鼓舞学者而风厉天下,其亦盛矣哉。①

该序作于至正丙午(1366),可以视为对元诗的总结性评语。《蜕庵集》的作者张翥诗学成就很高,但他入京师较晚,至正初(1341左右)方入翰林国史院,预修辽、金、宋三史,其成就不能完全反映京师诗坛的历史意义。但释蒲菴此序则追溯了历史上各时期诗风的变迁,认为自《诗经》后,汉代诗歌不失正音,仍具有"陶冶性灵而感召休征",有助教化的功能。但建安以后,渐尚绮丽,诗道始凌夷。魏晋作者之成就在于"铿鎗轩昂",有"上追风雅"的一面,却于正音有失,不能达到"兼备诸体"的集大成成就。至于宋诗,简直不入法眼了。这也反映了元人诗学视界的高度。他们以承继诗学正源为目标,力图通过唐诗而上,渐至于《诗经》传统。这种高视界的诗学方向,成为元诗得以熔炼中西南北诗风的矢量。没有这种诗学矢量,有元一代之诗风是不能出现的。在释蒲菴的观念中,刘因、赵孟頫、范梈、杨载、虞集、揭傒斯在延祐、天历之诗学活动的中心,也就是京师大都,在酝酿着诗风的丕变。及至奎章阁建立,他们的诗学风范化为凝聚力强劲的势力,终于风化四海,玉成大一统诗风。张翥未及预此,然实为后继的力量之一。其他如迺贤、余阙、欧阳玄等人亦属此类助澜推毂者。

在京师诗坛走向鼎盛,形成一代诗风的过程中,马祖常也起到了很大的作用。作为"西北子弟"的少数民族诗人,马祖常在该诗学历程中的意义就更为巨大了。《四库全书》之马祖常《石田文集》之提要这样说:"(马祖常)其诗才力富健,如《都门壮游》诸作,长篇巨制,迥薄奔腾,具有不受羁勒之气。至元间苏天爵撰《文类》,录其诗二十首、文二十首,视他家所收为夥。又请于朝,刊行其集而自为之序。称其接武隋唐,上追汉魏,后生争效慕之,文章为之一变。与会稽袁桷、蜀郡虞集、东平王构更迭唱和,如金石相宣,而文益奇。盖大德、延祐以后,为元文之极盛,而主持风气,则祖常等数人为

---

① 《蜕庵集》,文渊阁《四库全书》第 1215 册,上海古籍出版社 1987 年影印本,第 2 页。

之巨擘云。"① 马祖常富有才学，他乡贡、会试均为第一，廷试第二，延祐二年（1315），曾任应奉翰林文字、监察御史、礼部尚书、御史中丞、枢密副使等职。他以少数民族诗人之天赋，加之出仕前壮游天下，得江山之助，为大德、延祐后的京师诗坛带来一股雄劲峭拔之风。虽与当时诗学大体相当，但其"接武隋唐，上追汉魏"之诗学路数，大不同于受苏学沾溉颇深的金代风气，也不同于理学、江西、江湖等流派影响下的南宋余习，而是自出高格，极具力度。东南诗人及北方汉族诗人虽意图度宋越金，取效盛唐及魏晋诗风，但在诗学习性上，不能做到纯粹彻底。而马祖常则无此挂碍，一以孤高峭拔之调直入京师诗坛，一时"后生争效慕之"，成为京师诗坛熔炼新诗风的"猛火"。宜乎四库馆臣说在大德、延祐之后元文极盛之时，马祖常与四家等名公均为"主持风气"的"巨擘"。马祖常可以视作是元代中期京师诗坛少数民族诗学活动提供助力的代表。马祖常与王构、元明善等翰林国史院文人多有交流，这也成为他发挥诗学作用的一个作用单元。

更可贵者，据王守诚至元五年（1339）为马祖常之《石田文集》所作之序，称他"志气修洁而笔力尤精诣，务刮除近代南北文士习气追慕古作者"②。这说明，马祖常是有意识地革除前代余风，以"追慕古学"为路线，意图构筑新的诗风。

马祖常之诗学历程是较特殊的。陈旅为《石田文集》所作之序称"公（马祖常）早岁吐辞，即不类近世语，言古诗似汉魏，律句入盛唐，散语得西汉之体，尝谓人：'学诗文贵有师授，至于高古奇妙要自得于天。'吾未尝有所授而为之讱，所善师者，往往为近世人语言，吾故自知吾之所为者非繇有所授而然也。盖公以英特之资，而涵毓于熙洽之世，自决科以来，践扬清华，至为御史中丞，其所际者盛矣，则其文章又岂由所授而然哉？"③可见，在时代精神感召之下，作为一个少数民族诗人，其本身才性似更少一些金宋余习，更易被感召而寻绎出符合时代心理的诗风文风。顾嗣立《元诗选·初集》卷二十一之马祖

---

① 《石田文集提要》，文渊阁《四库全书》第1206册，上海古籍出版社1987年影印本，第460页。
② （元）王守诚：《石田先生文集序》，李修生主编：《全元文》第39册，凤凰出版社2004年版，第396页。
③ 《石田文集》，文渊阁《四库全书》第1206册，上海古籍出版社1987年影印本，第463页。

常小传中云：“伯庸文章宏赡而精核，刮除近代南北文士习气而专以先秦两汉为法。”① 正是在时代风气与大一统形势的"涵毓"下，马祖常的诗风自然融入新的诗风构建中，成为极有作用的一支。然马祖常虽说自己天所师授，然朋友之砥砺也不可忽略。他结交广泛，与来自东南的陈旅（福建莆田人）及北方元明善（河北大明）、王守诚（太原阳曲）都有交往，这对他兼晓南北诗文风气，将其取熔于一炉是极有助益的。陈旅序中提到："念曩日与公（马祖常）晤言，至夜分不休，约他日还浮光，为我结屋并石田山房，暮年数往来相欢，今则不然。乃执笔序公遗文于空江落木之间，俯仰人世，不知涕泗之横流也。"② 他们在交往中结成深厚友谊，其以文思切磋，砥砺志行，足为佳话。马祖常磊落真率，在与汉族士人交往中取长补短，共同为新的诗风出现做出了巨大的贡献。

苏天舜之《石田文集序》中亦有云："昔者仁宗皇帝临御天下，慨然悯习俗之于文法，思得儒臣以图治功，诏兴贡举，网罗英彦，故御史中丞马公首应是选，入翰林为应奉文字，与会稽袁公、蜀郡虞公、东平王公以学问相淬砺，更唱迭和，金石相宣，而文日益奇矣……公少嗜学，非三代两汉之书不读，文则富丽而有法，新奇而不凿；诗则接武隋唐，上追汉魏，后生争慕效之，文章为之一变。"③ 马祖常学为诗文，本有法度，诗宗隋唐，文宗先秦两汉，已具备预入京师文坛，改变文风的实力，又取泽南北文士之长，与袁桷、虞集、王构砥砺共进，养成诗文品格，以强力预入京师文坛，与当时京师馆阁诸公并力改变文风，促成一代文风的出现，可见在马祖常之文学成长历程中，自身之学养与俦侣之助，兼有助益与焉。

同为少数民族诗人，迺贤生长与江南，又游于齐鲁燕赵间，后于至正间入翰林国史院，在他身上体现了诗风融合后期的成果。欧阳玄评其诗"清新俊逸，而有温润缜卓之容。"④ 贡师泰则曰："（迺贤）博学善歌诗，其词清润纤华，每出一篇，则士大夫辄传诵之。大抵五言类谢朓、柳恽、江淹，七言类张籍、

---

① （清）顾嗣立：《元诗选·初集》，中华书局1987年版，第669页。
② 《石田文集》，文渊阁《四库全书》第1206册，上海古籍出版社1987年影印本，第464页。
③ 《石田文集》，文渊阁《四库全书》第1206册，上海古籍出版社1987年影印本，第462页。
④ （元）欧阳玄：《金台集叙》，李修生主编：《全元文》第34册，凤凰出版社2004年版，第449页。

王建、刘禹锡，而乐府尤流丽可喜，有谢康乐、鲍明远之遗风。"①可知迺贤诗作，亦无金宋余习，而受唐前诗风影响较多。迺贤虽少居江南，然已无宋末习气，元诗之一代风气已濡染江南。迺贤之诗风，便可显出元代诗风一代品格已然养成的成果。黄溍从另一方面评价了迺贤诗在后期京师诗坛的特殊意义。其《金台集题词》云："今之言诗者，大氐祖玉溪而宗杨刘，殊不思杨刘诸公，皆侍从近臣，凡所以铺张太平之盛者，直写其所见云尔。江湖之士，置身风月寂寥之乡，而欲于暗中摸索，以追逐之，用心亦良苦矣。果啰啰氏纳延易之雅志高洁，不屑为科举利禄之文，平生之学，悉资以为诗。久留京师，出入于英俊之林，而习闻于朝廷之典礼，台阁之仪章，至于众大之区，纷华侈靡，宏丽可喜之观亦有以开廓其心目，故其形于咏歌，言必发乎情，辞必称乎事，不规规焉务为刻雕藻饰，以追逐乎前人，而自不能不与之合也。"②居于山林草泽之间的诗人，受时代风气影响，对京师主流诗坛心向往之，至于"暗中摸索以追逐"，及至身处盛大富丽之京师都会，眼界始开，胸次渐广，形于歌咏，才能成其自身诗风品格；但也不能步趋前人，以规慕大家为事，须自出心裁才能有特色。迺贤之诗学历程即是如此。他是后期京师诗坛所造就的诗人，从其诗学历程可见出在我国古代京师，人文荟萃、诗才辈出之地，所具有的对于造就诗人的重要作用。③

迺贤《金台集》中涉及京师文人群体性文学活动的地方很多。这在元代国势走下坡路，东南一隅频发起义的背景之下，还延续着仁宗、文宗时代的文坛气象，但已见衰飒之气。尤其值得注意的是迺贤《次韵赵祭酒城东宴集四首》其三："上东门外杏花开，千树红云绕石台。最忆奎章虞阁老，白头骑马看花

---

① （元）贡师泰：《葛逻禄易之诗序》，李修生主编：《全元文》第45册，凤凰出版社2004年版，第188—189页。
② 李修生主编：《全元文》第29册，凤凰出版社2004年版，第215页。
③ 柯九思有诗《至顺初，上常御奎章阁，太禧使明理董阿、中书左丞赵世安、大司农卿哈喇巴尔侍从，上从容询求江南之士，臣九思以韩性、张翥应诏。上曰："俟修《皇朝经世大典》毕，卿至江南刊梓时可亲为朕召此二人者来试之馆阁。"臣九思再拜曰："幸甚！"后有近臣自南使还者，上问此二人，其人亦曰佳士。上颇悦。后竟因循遂隔。今举事玉山、思之泫然流涕。玉山请诗以纪，因为四十字以寄二子云》诗，诗云："二美人间少，胡为沧海涯。文章联璧贵，声誉九重知。宣室今无召，丘园漫有诗。苍梧云霭霭，回首泪空垂。"（《元诗选·三集》卷五）这是柯九思晚年对玉山主人顾瑛说起自己在奎章阁任职时期关于文宗敬爱士人的一段往事，生发出无限怀念和怅惘。柯九思与顾瑛的这种交往，实际上也把元中期京师诗坛的信息传递到了山野庄园，客观上会对玉山诸人的诗学活动产生影响。

来。"① 提及对虞集的怀念，也约略可见京师文人对奎章盛日的感怀与追思。在国势日蹙的京师文人心里，当时英才云集，浑浑雅致的诗坛荣光成为企慕对象。元代京师的文人群体活动，将伴随着动荡与战火走向终结。京师诗坛对士子的涵育甄陶之功，是与国势密切相关的。当欧阳玄诸人的文学活动随着其自然生命而终结时，元代诗坛的盛况也画上了句点。

欧阳玄（1273—1358）可视为元代中期及以后京师诗坛馆阁文人的代表。其诗学历程也可概括元京师诗坛从形成风气到元诗走向终结的代表。在天历二年（1329）奎章阁学士院始建时，欧阳玄即出任艺文监职务，文宗亲署其为艺文少监，并奉诏纂修《经世大典》。后一直在京师任馆阁要职，还任总裁官，负责纂修辽金宋三史，发凡起例皆由玄定，并属笔其中之论赞表奏。《元史》本传称其："性度雍容，含弘缜密，处己俭约，为政廉平。历官四十余年，在朝之日殆四之三，三任成均而两为祭酒，六入翰林而三拜承旨，修实录、《大典》、三史皆大制作。屡主文衡，两知贡举及读卷官，凡宗庙朝廷雄文大册播告万方制诰多出玄手，金缯上尊之赐几无虚岁。海内名山大川、释老之宫、王公贵人墓隧之碑得玄文辞以为荣。片言只字，流传人间，咸知宝重。文章道德，卓然名世，羽仪斯文，赞卫治具，与有功焉。"② 在元代京师馆阁文人中，身份之显贵与主文之势位，几无人可与匹敌。欧阳玄之诗学活动，不只反映了京师壮盛之时的诗坛，也全面反映了元代诗风由涵育而成熟，由成熟而完备，直至元诗走近终了的诗学史历程。宋濂所作之欧阳玄《圭斋文集》之序云："君子评公之文，意雄而辞赡，如黑云四兴，雷电恍惚，而雨雹飒然交下，可怖可愕，及其云散雨止，长空万里，一碧如洗，可谓奇伟不凡者矣。非见道笃而择理精，其能致然乎？呜呼！自宋迨元三四百年之间，文忠公（欧阳修）以斯道倡之于其先，天下学士翕然而宗之。今我文公（欧阳玄）复倡之于其后，天下学士又翕然而宗之。双璧相望，照耀两间，何欧阳氏一宗之多贤也。"③ 认为欧阳玄与欧阳修对于文坛之贡献可相比拟。从对一代诗文风气所起的重大历史贡献的角度讲，宋濂的这种比拟是很有见地的。如果说元诗四家代表了元代

---

① （清）顾嗣立：《元诗选·初集》，中华书局1987年版，第1471页。
② （明）宋濂撰：《元史》第14册，中华书局1976年版，第4198—4199页。
③ 《圭斋文集》卷首，《四部丛刊》本，第3—4页。

诗歌的最高成就，而稍后崛显出的欧阳玄则以雄劲的学力与才能振继其响，延续波澜，成为元代诗文领域的守成者与延祀者。他既与奎章时代的京师诸公一起开辟元诗风貌，又力起延之，续撑帷幔，主导文衡，使元诗这出大戏演进下去。故而在元代诗坛，欧阳玄之地位绝不低于赵孟頫、虞集等人，从对一代诗学的贡献上，与赵虞诸公相较，其意义甚或过之[①]。

  欧阳玄《梅南诗序》既表露了他的诗学理论，也反映了虞集在元代诗风丕变中的地位与作用。当然也表现了对虞集的支持。其文云："诗得于性情者为上，得之于学问者次之，不期工者为工（上），求工而得工者次之。《离骚》不及《三百篇》，汉魏六朝不及《离骚》，唐人不及汉魏六朝，宋人不及唐人，皆此之以，而习诗者不察也。高安儒者曰易君南友，恬愉清白之士也。富贵利达不动于其中，游行江湖以得句为乐。故其为乐府，为诸体诗，往往出于性情之所感触，咸臻其妙，然其学问亦足以副之，二者虽未能定其优劣，而集中之诗伟然固佳作也。京师近年诗体一变而趋古，奎章虞先生实为诸贤倡。南友从虞公游，昔人云：'既见异人，当见异书。'吾有以知其诗日进而未已也。"[②]欧阳玄认为诗发乎情性，不求工而工，为最上一品，由此出发，他描绘了一个渐次低下的诗学发展脉络。这实亦为元诗越宋宗唐，兼求复古的诗学依据，其实质是以复古扫除前代余习，取向上一路，方可荡涤积弊。这也是我国古代诗学运动的惯常逻辑，就元代而言，这种逻辑支持了诗风丕变与一代诗风的构建。欧阳玄表述得非常直接，反映了他理论思路的实践关照与谋略性考虑。他尤其指出对京师诗风变创起了巨大作用的是虞集。一般诗人如易南友等与之游，便扩大了京师学风，使这种诗风施及全国，成为一代壮观。能清晰地描述出这个转变，反映出欧阳玄高屋建瓴的理论素养。

  因欧阳玄曾多次主持选举，因而可以用取士方式对诗文风气进行引导与匡范。这也是馆阁文人干预文坛的一种有力的途径与方式。欧阳玄之《喜门生

  [①] 揭傒斯于至元六年（1340年）为欧阳玄《圭斋文集》所作的序有云："先生（欧阳玄）于书无不读，其为文丰蔚不繁，精密而不晦者，有典有则，可讽可诵。无南方啁哳之音，无朔土暴悍之气。"《揭傒斯全集》，第454页）亦指出欧阳玄洗脱南北末世余风，形成了"丰蔚不繁"、"精密不晦"的典则有法，可歌可诵的大气风采。这也是京师诗坛馆阁文士的代表风格。

  [②] 《圭斋文集》卷八，李修生主编：《全元文》第34册，第442页。

中状元诗序》即提到泰定丁卯（泰定四年，1327）右榜进士第一阿恰齐，左榜进士第一李黼均为其学生，他们于该年八月十二日与黄溍、彭幼元及"其余以门生礼来拜谢，杂沓不记姓名，圜桥门而观者万计，都人以为斯文盛事，昔未有也。"① 这可见出欧阳玄主礼闱，其门生济济的壮盛场面。他主持诠选，自然会将其文学思想贯彻到选士上，进士或流布四方，或入馆阁，都会对文风产生直接影响。在元代京师诗坛构建一代诗风过程中，欧阳玄的这个作用也反映在他所作《李宏谟诗序》云："宋讫，科举废，士多学诗，而前五十年所传士大夫诗多未脱时文故习。圣元科诏颁，士亦未尝废诗学，而诗皆趋于雅正，旧谓举子诗易似时文，正未然也。安成李宏谟汇所作诗以求序。读之终篇，语多清新，迥出时文旧窠，诚可尚也。抑国朝取士之文，先尚雅与？不知旧习浮靡，故他所作亦然与？抑亦治世之音流布乐府自是始与？因序以志予喜。"② 带有时文风气，亦为季世之积弊，故而欧阳玄见到扫除此弊之清新之作而喜不自胜。他召唤着新诗风的出现，热切希望见到没有积习的诗风涌现出来。当泰定四年（1327）科举中有清新之作，有"治世之音流布乐府"的苗头出现，他希望这不是偶然现象，希望这种诗风的出现能够成为文士自觉地追求。由此可见一代文宗对诗坛状况的关切和积极作为。元代中期诗风终于出现并趋于壮盛，欧阳玄的作用不亚于奎章诸公，包括四大家。

对于前代诗风向元代一代诗风的转化，欧阳玄之《萧同可诗序》表达得更为充分细致。其云："诗自汉魏以下，莫盛于唐宋。东都、南渡名家可数而可恨者亦多。金人疏越跌宕之音自谓吴人萎靡，然概之大雅，钧未为得也。至元间，山林遗老闲暇抒思之咏，一二缙绅大夫以其和平之气弄翰自娱，于是著论源委，益陋旧尚。近时学者于诗无作则已，作则五言必归黄初歌行乐府，七言蕲至盛唐。虽才趣高下，造语不同，而向时二家所守矩矱则有不施用于今者矣。是虽辞章一变，世道固可观矣。庐陵萧君同可集所作诗成巨编属予序之，予尝及同可论诗矣。凡于晚宋气格之近卑，曲江制作之伤巧，同可禁足而不涉是境也。矧夫驰骛南北之余，揽燕代之雄杰，睹京阙之美富，亦既囊括，神奇

---

① 《圭斋文集》卷三，《四部丛刊》本第1册，第28页。
② 《圭斋文集》卷八，李修生主编：《全元文》第34册，凤凰出版社2004年版，第443页。

而用之,宜其诗日造夫高远而未艾也。虽然人之荣遇往往于是占之,同可其自此升矣夫。"① 欧阳玄指出,金人诗之"疏越跌宕"之气与南宋末期诗风之"萎靡"均有弊端,未臻致"大雅"之境。元初诸遗民诗人(主要是东南遗民诗人)及赵孟頫、袁桷等人已对前代习气极为不满了。他们以"和平之气"开始改变文风。学者在学诗时多宗汉魏盛唐,已经突破了"和平之气"的范围。他认为萧同可诗无宋季诗风卑弱之气,亦无"曲江"制作之伤巧②。欧阳玄认为,萧同可之诗风,得益于"驰骛南北之余,揽燕代之雄杰,睹京阙之美富,亦既囊括神奇而用之"。故而其诗达到"日造夫高远而未艾"的境界,是大一统时代的风气与南北人文荟萃的气氛使其胸次开朗,境界扩大。时代对于诗人涵育熔炼、甄陶锻铸之功在大一统时代尤为鲜明。

要铸就一代诗风,前代风气,尤其是南宋江西余习的存在是一个颇费理论周章的问题。关于这一点,欧阳玄认为元代中期诗人做到了"尽弃其(江西)旧习"。他在《罗舜美诗序》一文中,分析了宋末至元初江西风气的变化情况。其文云:"江西诗在宋东都时宗黄太史号江西诗派,然不皆江西人也。南渡后杨廷秀好为新体诗,学者亦宗之。虽杨宗少于黄,然诗亦小变。宋末须溪刘会孟出于庐陵,适科目废,士子专意学诗,会孟点校诸家甚精,而自作多奇崛,众翕然宗之,于是诗又一变矣。我元延祐以来,弥文日盛。京师诸名公咸宗魏晋唐,一去金宋季世之弊,而趋于雅正,诗丕变而近于古。江西士之京师者,其诗亦尽弃其旧习焉。庐陵罗舜美以诗一帙属予题其端,读之佳句叠出,诗不轻儇,则日进于雅;不锲薄,则日造于正。诗雅且正,治世之音也,太平之符也。《郑笺》言,诗可以观治道之盛衰,岂不信哉?"③ 欧阳玄认为"治世之音"是"诗不轻儇"之"雅"与"不锲薄"之"正"的结合,既不追求尖新雕镂,以巧丽取胜;亦不刻意求工,以浮艳为尚,才可谓之"治世之音"。江西诗风,经杨万里、刘辰翁虽有变创,但不符盛世之时代风气。在京师诗坛的

---

① 《圭斋文集》卷八,李修生主编:《全元文》第34册,凤凰出版社2004年版,第444页。
② "曲江"殊不可解。金人无以"曲江"为号者。唐张九龄有《曲江集》,后人常以"张曲江"称之。不知此处是否指唐人诗风中臻致精巧一路。另,唐自德宗后屡在曲江宴请新及第进士。士人于曲江宴之制作应为巧致。金人亦有类似宴集,不知"曲江"是否指文士制作中带有雍容舒缓并巧丽华艳风气。
③ 《圭斋文集》卷八,李修生主编:《全元文》第34册,凤凰出版社2004年版,第445页。

强力作用之下,"治世之音"居于主流地位。江西诗人来京师,亦被京师"和平之气"所改变。其实,改变是存在的,但"尽弃旧习"则未必尽然。元诗四大家中三家来自江西,自觉地将江西诗学的学力功夫化入到治世的时代潮流之中。试想,无江西功底,即使再强烈的时代风气感召,也未必能成就他们的诗学成就。元人不专师宋,但宋代诗学化入元代诗学之中,还是起着作用的。元代诗学中诗法之学发达,这实际也是江西诗学在特殊时期的一种改变和适应。

其实就欧阳玄本人的意见看,他对诗法规矩之说也是有分析的。在《月楼上人之诗序》中他指出:"有一定之法而蔑一定之用者,圣人之于规矩也。有无穷之言而怀无穷之巧者,造物之于文章也。是故巧能为文章不能为规矩,俪故常而为规矩者,狂之于巧者也;法能为规矩而不能为文章,守故常而为文章者,狷之于法者也。今余读刘先生之文,温柔敦厚,欧也;明辨雄隽,苏也。至论其妙,初岂相师也哉?又岂不相师也哉?或曰:'妙可闻乎?'曰:'妙可意悟耳。'试从先生求之,有不可得传以言者矣,而况余乎?虽然,余所谓规矩,蔑一定之用,文章怀无穷之巧者,庶乎近之。"①认为法与巧是辩证统一关系。他认为,狂热于巧,背弃规矩法度的创作思路是"狂之于巧";认为死守成规,不敢通变者是"狷之于法"。这两种路数都是不当的。对于巧,因"文章怀无穷之巧",作者要敢于钻研,勇于尝试;对于规矩,要知道"蔑一定之用",要在"一定之法"与"蔑一定之用"之对立中寻求统一,即是要"活用",活用,才是法。这种观点,是宋代诗学的口实,也是宋人诗学研究的成果,如吕本中之"活法"说。看来,欧阳玄之诗学观点,虽主宗唐前,但于宋人之成果,是颇为详熟并且要求予以承继的。元代京师诗坛之所以有大一统气象,有前代集大成之表现,其实不会建立在灭裂对待前代传统之基础上的。

贡奎亦是京师馆阁诗人的重要成员。在仁宗、文宗时期曾任翰林国史院编修及翰林待制等职(期间亦尝任江西等处儒学提举)。但他在京师诗坛活动较为频繁是在大德中。顾嗣立《元诗选·初集》卷二十二有云:"大德中,朝廷方议行郊祀礼,诸大臣以仲章(贡奎字)识鉴清远,引置礼属,多所讨论。其在词林,与元复初(元明善字复初)、袁伯长、邓善之、马伯庸、王继学、虞

---

① 《圭斋文集》卷八,李修生主编:《全元文》第34册,凤凰出版社2004年版,第446页。

伯生辈相唱和，皆一时豪俊声名之士。"①在与贡奎唱和的诗人中，袁桷、马祖常、虞集等都是变创诗风的诗学主力。故而大德中这个文人群体的创作活动也对天历时期诗坛的熔铸之功有力与焉。

再者，《元诗选·初集》卷五十三之陈基小传，顾嗣立引戴叔能为陈基之《夷白斋稿》所作之序云："我朝自天历以来，学士大夫以文章擅名海内者，有蜀郡虞公、豫章揭公、金华柳公、黄公，一时作者，涵醇茹和，以鸣太平之盛，治学者宗之，并称曰虞、揭、柳、黄，而本朝之盛极矣。继是而起，如莆田陈公之俊迈，则有得于虞；新安程公之古洁，则有得于揭；临川危公之浩博，则又兼得夫四公之指授。近年以来，独危公秉笔中朝，自余数公沦谢，殆尽而得先生以绍其声光，雍荣纡余，驰骋操纵，其得之黄公者深矣。"②这是元人自己对其诗学发展的描述，京师诗坛自天历以后，虞、揭、黄、柳为学者所宗，使元代京师诗坛达到鼎盛。其后陈旅得虞集之"俊迈"。程端学得揭傒斯之"古洁"，而危素从四家诗中得到了"浩博"之风调。在诸人沦谢后，是危素与陈基在延续着京师诗风。所以在元代京师诗坛的发展脉络中陈旅、程端学、危素与陈基都是京师诗学成就的维护者和后继者，是京师诗坛的继起与余响。

在诗社繁盛的背景下，京师诗人们的诗学很多虽然未以诗社名号出之，但其活动有着共同的诗学方向，有着相对稳定的创作队伍，有着丰富频繁的诗学交流，共同以创作批评和理论思想支撑起了元代大一统诗风的构建，是超乎一般诗社意义之上的大型群体性诗学活动，可以名之为京师诗人群体性诗学活动，也几可名之曰"诗社繁盛背景下的京师诗学活动"。要之，元代中期京师诗坛，虽未有"诗社"名号来组织诗人并展开活动，但在诗社存在并且兴盛的大语境与前提下，我们研究元代诗社时，可以将元代中期之京师的群体性诗学活动作为研究对象予以分析剖判。再者，京师诗坛是以馆阁诗人为核心力量，开放性、包容性兼具，引纳了布衣诗人、方外诗人参与进来，共同推动熔铸一代诗学的诗坛巨澜。馆阁文人在一起共事，职事之暇便在一起交流唱答，不必

---

① （清）顾嗣立：《元诗选·初集》，中华书局1987年版，第722页。
② （清）顾嗣立：《元诗选·初集》，中华书局1987年版，第1878页。

要通过诗社来邀集彼此,故而京师文人具有得天独厚的活动条件。他们不使用诗社名号,盖因此故。同时,作为布衣诗人们常用的活动方式,诗社在文人成名前起到彼此掖扬,互相鼓舞的作用。及至文人跻入仕途,或已得诗名如四家及其他京师文人那样,他们更重视通过诗社来沟通同僚,并展开强有力的扭转诗风、构建时代风貌的诗坛伟业。他们依托馆阁,在京师人文荟萃的文化高地,通过馆阁平台,强势地自上而下引领诗风,如泻水于地,可以浸润天下。在这种情形下,馆阁实际上比一般文人同盟更具优势,更何况这些馆阁或是主导文化教育的机构,或是具有访寻遗逸的职能,或干脆负责科举选才,其在诗学上的影响力早已超过了诗社形态。故而虽然具备诗社的诸多条件,元代京师并未提出诗社名号,但我们在研究京师诗坛时,庶几可以以"诗社背景下元代京师馆阁文人的诗社活动"的名义予以关注[①]。

　　此外还须附加说明,与京师诗坛相对应的另一问题是元代诗社也已经具有了布衣文士群体的色彩,尤其是在统治阶级没有激化社会矛盾,文人生活也较为平静的时代,士大夫更倾向于进行没有诗社组织或是社约、盟规约束的雅集性质的文学活动。其活动在诗社繁盛的背景之下与诗社在活动性质及活动目的上都是有差异的。即是说,在这种时期诗社多在名位不显的文人中间盛行,等到其中有的诗人跻身高位,便多通过雅集之类的活动,来以诗会友,与同僚或后辈们进行唱和酬答。此时他们也不会像诗社一样去确定盟主、社长等诗学巨擘来为宗主,而是自由灵活地展开诗学活动,也同时没有了诗社的组织性、契约性。另外,布衣诗人是通过诗社进行训练,也同时博取诗文名声,获得同道认可。这在诗社活动中,以社友的推毂掖扬来博取声价是诗社影响批评的一个方面。这个方面也是诗社诗人在诗学活动的动机上赋予诗社的一个职能。诗社此时也成了一个诗人获得社会认可的重要平台,后来的玉山雅集虽然并不是在承平时代举行,但实际上是延续了布衣诗人们诗学活动的惯性的,它同时也带有末世情怀和遗民性,需要我们结合当时诗社活动的相关背景予以了解。

　　[①] 元代诗社繁盛情况,欧阳光已作详细考述,详见其《宋元诗社研究丛稿》,因元代众多诗社的分布江湖,且彼此在形态与活动方式上大同小异,在诗学建设上并未重大意义,因此本课题不作论述。

第三节　玉山雅集诗学活动的内涵及其意义

元代诗社因遍布社会各层次的文人，于是会有不同的表现形态，如馆阁诗人的群体性诗学活动，隐逸文人为主的雅集及布衣诗人为主的诗社活动等。在诗社繁盛的背景下，元代馆阁文人文学活动与隐逸文人为主体的雅集也具有诗社性质，是一种特殊意义的诗社。如果说，馆阁文人之文学活动有纠正文风，创建诗文大一统格调的宗旨的话，那么以隐逸诗人为主体的文学雅集活动则以开放性、包容性的精神风貌使诗学更为普及，也在一定程度上与主流诗风保持"友善"的距离。文人雅集的诗冲淡平和，符合隐逸者及雅集者的心态，但并不符合主流诗风的要求。因而，隐逸诗人雅集性质的诗社活动往往出现在主流诗风控驭力、影响力下滑，隐逸者增多的历史背景中，在诗学史、诗社史中具有独特的历史意义。元代末期玉山雅集诗学活动就是这种类型。

一、玉山雅集：元代诗社活动的终响

元代的诗社活动，除月泉吟社和京师诗坛的具有诗社性质的文人群体活动外，元代后期昆山顾瑛在其"玉山佳处"的园林中与各地诗人展开的诗酒雅集活动也是在元代诗社背景下必须加以讨论的问题。因其参与者多是游历过京师的诗人，也有未入仕途的江湖诗人，故而从诗学层面看，玉山雅集活动具有汇合京师诗学与江湖诗学的性质。不过因其雅集中的创作活动题咏唱酬内容占多数，评诗及理论阐述的内容较少，因而于诗学意义上是不能与月泉吟社和京师诗坛比拟的。此外，玉山雅集诗学活动的参与者是含有多民族诗人的，这也反映了元代多民族共同文化在诗歌领域的成果。从诗社史中看，玉山雅集诗学活动可谓元代诗社活动的终响，也是东南诗坛已经十分发达的一种反映。

顾氏为吴越世家，顾瑛本人亦具备雄厚的经济实力。这是其园林雅集能够持续举行的重要原因。顾瑛（1310—1369）字德辉，又字仲瑛、阿瑛，昆山（今江苏太仓）人。他少年风流，能经营，不屑仕途。三十岁始折节读书，收

集书画及先秦彝器珍好列于所建玉山佳处各楼阁轩室之中，召集远近文人雅集于其庄园之内，日为诗酒之会，当时名士张翥、杨维桢、柯九思、李孝光、张雨等人多预之。张士诚据吴，召顾瑛任职，适逢其母去世，顾瑛忽悟佛理，称"金粟道人"①，庐于母冢，以绝其请。

元亡，朱元璋以顾瑛子元臣仕元为水军副都万户，例徙临濠②，洪武二年（1369）卒于其地。《元史》卷二百八十五有传③。

关于顾瑛的生平及性情，在至正戊戌年（至正十八年，1358）顾瑛为自己撰写的墓志铭——《金粟道人顾君墓志铭》，有详细表述，是年顾瑛四十九岁，因遭乱离，于死生显出豁达态度，因托其玉山诗友袁华书写此铭，这是了解顾瑛极为重要的资料。文见《名迹录》卷四，兹迻录如此：

> 金粟道人姓顾名德辉，一名阿瑛，字仲瑛，世居吴。谱传（顾）野王裔，未必然否也。大父以上皆宋衣冠。大父任皇元为卫辉怀孟路总管，始居昆山之朱塘里。父玉山处士隐德不仕在养予，幼喜读书，年十六干父之蛊而遂废学焉。性喜结客，常乘肥衣轻，驰逐于少年之场。故达官时贵靡不交识。然不坠于家声，三十而弃所习，复读旧书，日与文人儒士为诗酒友。又颇鉴古玩好。年踰四十，田业悉付子婿，于旧第之西偏垒石为小山，筑草堂于其址，左右亭馆若干所，傍植杂花木以梧竹相映带，总名之为"玉山佳处"。诗有《玉山唱和》等集行于世。不学干禄，欲谢尘事，投老于林泉而未能果。先是浙东帅府以茂异辟为会稽儒学教谕，趣官者至，则趋而避之。至正九年（1349）江浙省以海宇不宁，又辟贰昆山事，辞不获已，乃以侄良佐氏任焉。又五年，水军都府以布衣起佐治军务，受

---

① 玉山佳处本有一临池之轩曰"金粟影"。金粟影本为东晋顾恺之所绘的维摩像，后人亦以之称谓所绘之佛像。顾瑛自称"金粟道人"，即是谓自己以心许佛，其命名既含玉山佳处之轩意，又表达了自己的不合作心态。

② 临濠府制所在今安徽凤阳东，辖境相当今安徽蒙城、泗县、江苏泗洪以南以及今安徽霍邱、定远、天长以北的淮河两岸地区。

③ 《元史·顾瑛传》关于他在玉山佳处与诸名士雅集，有云："（顾瑛）购古书名画彝鼎秘玩，筑别业于茜泾西曰玉山佳处，晨夕与客置酒赋诗。其中四方文学士河东张翥、会稽杨维桢、天台柯九思、永嘉李孝光、方外士张雨、于彦成、琦元璞辈咸主其家。园池亭榭之盛，图史之富，暨饩馆声伎，并冠绝一时。"

知董侯挢霄。时侯以江浙参政除水军副都万户,开府于娄上。又一年,都万户纳琳哈喇公复俾督守西关,继委审赈民饥。公嘉予有方,即举知是州事。朝廷使者衔宣见迫,且欲入粟,泛舟钓于吴淞江。丙申(至正十六年,1356)岁,兵入草堂,奉母挈累寓吴兴之商溪,母丧于斯,会葬者以万计。是岁函骨归瘗于绰墩故垅。当时交相荐举,乃祝发庐墓。阅《大藏经》以报母恩。复凿土营寿藏于山之阳,环植丛桂,扁曰"金粟"。自题春帖云:"三生已悟身如寄,一死须教子便埋。"盖人传前身是慧聚寺比丘延福。又梦中知向一世为黄冠师姚兴孙者是也。金粟道人由是而名。道人娶王氏,生男元臣,宣授武略将军、水军宁海所正千户,今升水军都府副都万户,未任。生女,妙福,赘陆琦次子元礼,今授正千户总乡民守本土。元贵习举子业,未冠。某在幼一人女二人皆庶。孙男二人,孙女四人。子尝慕赵岐了身后事,赵加敕子刻石墓前,皆生而达者。吁,当今兵革四起,白骨成丘,家无余粮,野有饿莩。虽欲保首领以殁,未知天定如何耳。今年四十有九,且有鹏鸟入室,恐倾逝仓卒中,则泯灭无闻,且欲戒后之子孙以苧衣桐帽棕鞋布袜缠裹入金粟冢中。慎勿加饰金宝致为身累。故先自志,并为之铭曰:"大生之有归,犹会之有离。譬彼朝露,日出则晞,予生也,于生弗光;予死也,于予何伤。愿言兹宅,永矣其藏。"①

虽然此铭作于至正十八年(1358),距顾瑛卒还有十一年。但此文已将顾瑛基本生平述说清楚了。他性情旷达,磊落倜傥,多有才艺,与之交者世俗方外兼有,布衣显贵俱见。在东南战乱之际,尝罹其扰,忧生嗟逝之怀亦多。他不愿入仕,为躲避时据吴越的张士诚,而修金粟冢以示明其政治态度。在四十九岁时的某日,鹏鸟入室,顾瑛感到不祥,恐因遽逝湮灭一生而自制并倩袁华书为作此文。

顾瑛亦颇有诗才,翁方纲评价说"仲瑛小诗,极擅风致,竹枝固颉颃铁

---

① 李修生主编:《全元文》第52册,凤凰出版社2004年版,第553页。

崖,题画亦足配云林"①。诗才与诗学造诣是顾瑛诸人玉山雅集的主导力量。

顾瑛曾自题其像曰:"儒衣僧帽道人鞋,天下青山骨可埋。若说向时豪侠处,五陵鞍马洛阳街。"②盖言其有五陵子弟之贵,而汇通儒道,不以死生为意的豁达心怀。倪瓒有《金粟道人小像赞》云:"谓其有意于荣进与?咏歌弹琴,诵古人之书;谓其阔略于世故与?能廓充先世之业,昌大其门闾。逍遥户庭,名闻京师,忽自逸于尘氛之外,驾扁舟于五湖,性印朗月,身同太虚,非欲会玄览于一致,而贯通于儒者耶?"③与顾瑛之自题相参,可以感受到顾氏人格魅力对当时诗人的感召作用。他无意于荣进,而是沉浸在文化艺术的氛围之中;他能经营,然并不以之为意。其名闻于京师,又超脱旷达;既有儒道之素养,又兼具释家之心印;能贯通于儒学,成其特殊的性情风貌。这种风貌,实是玉山雅集中充溢的主流风貌。④

关于顾瑛生平,明初殷奎作有《故武略将军钱塘县男顾府君墓志铭》亦有详细记录,称其年十六,佐父顾伯寿理家事,布粟出内,家众不能欺。谓其"轻财喜事,以意气自豪,贵卿大夫多与之接"。可知其少年时代已有好客尚气之名。年三十乃"刮摩旧习,更折节读书,崇礼文儒,师友其贤者"。玉山佳处建好后,"日夜与客置酒赋诗为乐,而君才赡思捷,语笑之顷,章篇皆就,恒屈服其坐人"。其所编《草堂雅集》收七十余家。与雅集有关的诗作,张翥、杨维桢、张雨、李孝光等与焉。还曾率郡人收回被僧徒强占的刘过墓地,其意气豪爽可见。战乱中他"逃名自放,汗漫江湖",将自己"幽情遐致",寄予雅集之中。该墓志铭的作者殷奎为顾瑛友人,其所记述与《元史》及顾瑛本人所作墓铭无大出入。不过,顾瑛是为了躲避张士诚之邀而祝发自称"金粟道人",诸家或记之不详。但从张士诚据吴且喜好招致文人名士的做法来看,其曾招顾,是属实的。而至于像归有光竟怀疑顾瑛不能招致名贤,至谓"及如张翥、

---

① (清)翁方纲:《石洲诗话》卷五,郭绍虞编选,富寿荪校点:《清诗话续编》,上海古籍出版社1983年版,第1462页。
② (清)顾嗣立:《元诗选·初集》,中华书局1987年版,第2321页。
③ 《清閟阁全集》卷九,李修生主编:《全元文》第46册,凤凰出版社2004年版,第549页。
④ 顾瑛多有才艺,还曾制"完颜巾"寄杨维桢,可以想见,在玉山雅集过程中顾瑛佩此巾,和乐长啸,咏歌弹琴,从容赋诗;或品评古人书画,与佳客谈古论今。作为雅集主人,他对四方诗人的感召力不止来自于其玉山佳处的园池台榭之胜,而主要来自他的才情。

杨维桢、柯九思、李孝光诸名贤岂江南豪右之所可笼致也"①，则从侧面可见玉山顾瑛之诗学活动的强大感召力。这种融合了馆阁文人与江湖布衣的大规模、持续性的诗学活动在明代已不可想见了。

顾嗣立《元诗选·初集》的顾瑛小传中有云："玉山草堂，良辰美景，士友群集，四方之能为文辞者凡过苏必之焉。欢意浓浃，随兴所至。罗尊俎陈砚席，列坐分题，无间宾主。仙翁释子，亦往往而在。长短杂体，靡所不有可谓盛矣。"由此亦可想见其盛况，宜乎顾嗣立于三百余年后，遥望其地之湖光山色而"缅想当年草堂文酒之会"，并感慨地说："真吾家千载一佳话也"②。

四库馆臣于顾瑛所编之《玉山名胜集》的提要中说："元季知名之士，列其间者十之八九。考宴集唱和之盛，始于金谷、兰亭；园林题咏之多肇于辋川、云谿。其宾客之佳，文辞之富，则未有过于是集者。虽遭逢衰世，有托而逃，而文采风流，照映一世，数百年后，犹想见之。"③顾瑛玉山雅集在保存元末诗人诗作方面的功绩，超过此前的一切雅集活动。不只是参加过雅集的人很多，到过玉山佳处或是虽未至而表示钦慕向往者，其人数还要更多一些。所以玉山雅集活动是元末诗坛的盛事，也是诗社活动史上浓重的一笔。顾瑛留下的关于玉山雅集的文献计有《玉山璞稿》（顾瑛作品）一卷、《玉山纪游》（顾瑛纪游唱和之作）一卷、《玉山名胜集》（顾瑛裒集一时胜流名士诗文之作）八卷、外集一卷，《草堂雅集》（顾瑛仿段成式《汉上题襟集》与元好问《中州集》体例编元末与其相识诸家七十人诗作而成）十三卷。

玉山佳处诗酒之会的存在及其具体活动情形，反映了元末以昆山顾瑛庄园为中心地带的文人交游状况，是了解玉山雅集这一元末最大规模诗社性质诗学活动和重要参考资料。

玉山雅集虽无以诗社标目，但具有诗社性质。或者说，玉山雅集是诗社，但多了一些雅集之类文学活动的性质，是元末特定时期的一种诗社的变体，反映了文人群体性文学活动在特定历史条件下已经对前代的活动类型进行了新的变创，使其亦具了一些不同于一般诗社的新的性质。

---

① （明）归有光：《题文太史书后》，《震川先生集》卷五，上海古籍出版社1981年版，第116页。
② （清）顾嗣立：《元诗选·初集》，中华书局1987年版，第2321页。
③ 《玉山名胜集提要》，文渊阁《四库全书》第1369册，上海古籍出版社1987年影印本，第167页。

首先，玉山雅集有明确的发起者和活动中心，也有相对固定的活动地点。在前后二十年的时间里，在顾瑛庄园——玉山佳处，诗人们频繁开展文学活动，并以分韵赋诗的形式展开大量创作活动，也以同题题咏或往来酬答充实了其雅集的实际内容，这些都与一般诗社的诗学活动相似。因为顾瑛本人在雅集中扮演了绝对核心的作用，所以玉山佳处的常客陆仁在其《漫兴呈玉山社长》诗中就直以"玉山社长"称谓顾瑛了。(《玉山名胜集·外集》)而沈明远也用"玉山词长"称呼顾瑛(《玉山名胜集·外集》)。这种称呼，或是强调了"社"，或是突出了活动中的文学创作，实际上便是以诗社看待玉山雅集了。尤其是以"社长"称呼顾瑛，既看出了玉山雅集在当时诗人心目中就是诗社，也反映了顾瑛在活动中的组织和主导作用。①

其次，玉山雅集有活动的基本规程与方式。一般的雅集赋诗，是应玉山佳处主人顾瑛之邀，诗人们一般是六七人聚在一处，设宴摆酒，并有声乐服侍，就某一因由，或是某台某阁之成，抑或是孰来孰去之事；或是风到月来之景，或是雨雪初霁之趣，因人事或物候触动诗兴，人们集中在玉山佳处，分韵赋诗。诗成者似未见赏格，而不成者则是罚酒三觥。虽然玉山雅集涉及的诗人至有上百人之多，但并非同时参与，而是以玉山佳处为活动中心，在迎来送往间的诗酒之会中留下诗作。故而，我们笼统地讲，玉山雅集诗人很多，但实际上常常参与者并不多。除顾瑛外，陆仁、郯韶、沈明远、袁华、郑元祐、顾瑛弟顾晋、僧人释良琦、道士于立等人是其常客，余者以偶尔参与为多。但有组织者，有相对固定的诗人，以及有相对固定的活动地点和活动方式，使得玉山雅集具有了鲜明的诗社特色②。

再者，玉山雅集每次都收录了参与者的诗歌作品，并在收集了一定程度之后编辑成卷，用以存录。目前集中见到的作品从至正八年（1348）开始，时代稍后的诗作是至正十八年左右（1358—1360）的一些作品。但在至正二十五年

---

① 玉山草堂常客释良琦有《岁暮寄玉山并柬彦成子英》诗，《玉山名胜集》外集，文渊阁《四库全书》第1369册，第167页）。诗中有"文章会友社，园墅忆君心"句，可见在良琦心里，就"文章会友"而言，玉山草堂雅集是诗社类型的活动（《元诗选·初集》卷六四，见《元诗选·初集》，中华书局1987年版，第2321页）。

② 何宗美就以"玉山社"称述玉山雅集，并云"以顾瑛为中心的文人群体当有正式的结社"。参见何宗美：《文人结社与明代文学的演进》上册，人民出版社2011年版，第27页。

(1365）前也有零星活动，不过群体性色彩较为淡化。

可以推测顾瑛收录诸人诗作并将其编辑付梓的时代在此年之前，也就是其活动的繁盛期，以后因战乱，其活动不能说没有，但与玉山的群体性活动的关联不多了。同时将活动中的作品编辑付刻的做法略同于月泉吟社，可以视为玉山雅集之诗社性质的一种反映。杨镰亦透露了他认可玉山雅集是诗社活动的观点，在《元诗史》中的相关部分，杨镰说："（顾瑛）在'将发临濠'之前的三月二十六日，他还写了两首《登虎丘有感》，其一写道：'柳条折尽东风，抒轴人家户户空。只有虎丘山色好，不堪又在客愁中。''抒轴'本意指纺织，这里代指诗社文友，诗人自己的旧日友人在江山易代之际，都淹没在时代潮流之中，自己'此行亦不知何日还乡。'——洪武二年（1369）三月十四日，仅仅一年之后，顾瑛去世于临濠编管地。"①抒轴为织布机上来回运动，使丝线经纬连贯而成匹的机件，此处指往来玉山佳处的诗友，杨镰直以"诗社之友"目之，可见他有认为玉山雅集为诗社的意思。②

不过，玉山雅集仍有许多与一般诗社不同之处。这是它被一些研究诗社的学者忽略的主要原因。

首先，虽然有诗人以"社长"称呼顾瑛，但通观顾氏著述，未尝以"玉山诗社"称呼自己的诗人群体，更不见他以社首、社长，或是其他类似称呼来自谓；也未见其雅集活动有诗盟、盟约之类的文献。玉山雅集是极其自由随意的，除诗之外，还有综艺性的内容，如吹笛、吹箫、弹琴、长啸、起舞、书法以及作画论画等内容，诗在其群体性活动中的地位不如诗社。

其次，玉山雅集中创作出的文学作品虽然很多，却没有评论诗作，掎摭利病或是分品排名的内容，多数诗作不过是志一时之兴而已。也可以说，在雅集

---

① 杨镰：《元诗史》，人民文学出版社2003年版，第520页。
② 玉山诗友的诗学活动也不仅限于顾瑛的玉山佳处，有时他们也会出行游历附近一些风景幽雅的地方。由玉山诗友袁华所编之《玉山纪游》一卷，即是玉山诗友们的纪游唱和之作。《四库提要》说："所游自昆山以外，如天平山、灵岩山、虎邱、西湖、吴江、锡山、上方山、观音山，或有在数百里外者，总题曰'玉山'。游非一人，而瑛为之主；游非一地，而往来聚会悉归'玉山堂'也。每游必有诗，每诗必有小序，以志岁月。"参加了这些游历的有袁华、杨维桢、郑元祐、郯韶、沈明远、于立、陈基、张渥、瞿智、周砥、良琦、陆仁等。可知玉山诗人们也将诗学活动带出玉山佳处，延越及周边地区。但诗化的态度是一致的。外出游历的时间在至正八年（1348）到十二年（1352）之间，在玉山诗会活动的早期。

诗人心目中,游赏聚会、娱乐消遣是主要的,作诗是从属内容,是为了游赏聚会而作诗,不是为了作诗而聚会。其聚会的最主要原因在于徜徉流光、欣赏景致,展示自我,调适身心,以艺术化的氛围忘情于纷乱扰攘的世事。而其间的各种艺术活动,又不全是诗所能概括的。故而玉山雅集是文人们为了展示自身才情,促进彼此情谊而进行的,并不是为了比量诗艺,探讨诗法,研究诗学而聚集的。这是玉山雅集与诗社极不相同的一个方面。

最后,也是最重要的一个方面,即玉山雅集并没有提出什么诗学主张,也谈不上有什么诗学纲领。诗人们之间虽有唱和,却无诗学内容上的交流,也未见论及或是提及对诗歌发展或诗坛风气的意见,也不见有讨论诗艺诗法,或是创作经验提点授受方面的内容,他们作诗是为了志一时之兴,并非诗学意义的训练或是什么诗学理论的实践。因此,玉山雅集在元诗史和元代诗社史上虽然有诗学意义,但本身却不具有鲜明的诗学理论批评内容。这与月泉吟社尤其是宋代诗社的区别十分明显,倒与唐代及唐以前的文人雅集比较相似,这也是为什么玉山雅集叫做"雅集"而非诗社的最重要的原因。

二、关于玉山雅集及其诗学活动

杨维桢在至正八年(1348)九月所作之《玉山佳处记》(《玉山名胜集》卷二)中较为细致地介绍了玉山佳处的情况,其云:

> 昆隐君顾仲瑛氏,其家世在昆之西界溪之上,既与其仲为东西第,又稍为园池别墅,治屋庐其中,名其前之轩曰"钓月",中之室曰"芝云",东曰"可诗斋",西曰"读书舍"。后累石为山,山前之亭曰"种玉",登山而憩注者曰"小蓬莱",山边之楼曰"小游仙",最后之堂曰"碧梧翠竹"。又见"湖光山色"之楼,过"浣花"之溪,而草堂在焉。所谓"柳堂春渔庄"者,又其东偏之景也。临池之轩曰"金粟影",此虎头之痴绝者。合而称之,则曰"玉山佳处"也。余抵昆,仲瑛氏必居余佳之所,且求志牓颜屋。按郡志:昆山隶华亭,陆氏祖所窆,生机、云,时人因以玉出昆而名昆邑,山本号"马鞍",出奇石似玉,烟雨晦明,时有佳气,如蓝田焉,故人亦呼曰"玉",又曰"昆"。而仲瑛氏之居,去玉山一舍远,

奚以佳名哉？山之佳，在去山之外者得之，山中之人未知也。如唐之终南隐者与司马道人指山之佳，身故在山数百里之外也。虽然，终南之佳，终南之隐者未知也。借佳为捷仕之途，千古惭德。至于今，山无能掩焉。若仲瑛氏之有仕才而素无仕志，幸有世禄生产，又幸遭逢盛时，得与名人韵士日相优游于山西之墅，以樽酒文赋为吾弗迁之乐。则玉山之佳，非仲瑛氏弗能领而有之……①

通过杨维桢的介绍，可知玉山佳处的基本状貌。其别墅之清幽，台榭之雅致，池花林沼之掩映，与远处玉山之山形状貌辉映，诗情画意油然而生。吟咏此间，自然物我相融于诗之中。所以玉山佳处是以诗化的情境容纳了各地诗人的诗思，是其诗化生活的中转站与憩息地，使他们在各自的人生游历与生活奔忙中可以"诗意地栖居"于此。

关于玉山雅集，杨镰曾论道："这种会集，从至正初年一直延续到至正二十五年（1365），而会集的积极参加者，有蒙古人、色目人、汉人、南人，有释子、道流，有避难者，流落无归的北人，有临时路经的过客，也有一直生活在两浙的旧友。清初钱谦益《列朝诗集小传》的甲前集，列有'玉山草堂饯别寄赠诸诗人'的名单，他们是：柯九思、张翥、黄公望、倪瓒、熊梦祥、杨维祯、顾瑛、于立、张天英、张田、刘西村、郯韶、张简、沈明远、俞明德、周砥、瞿荣智、殷奎、卢昭、金翼、陈聚、陈基、张师贤、顾敬、郭翼、秦约、陆仁、王冀、卫仁近、吕恒、吴克恭、文质、聂镛、张渥、李廷臣、袁华、释良琦，共37人。其中包括顾瑛自己。"杨镰认为关涉到玉山雅集的诗人远过其数，其云："《草堂雅集》就收入了80人，实际上能够见到诗作（或是顾瑛有诗相赠的，比如孟昉，或是曾出现在玉山草堂某次会集的名单上的）就不止百人。他们确实可以说是当时最大、坚持最久的一个诗人群体。"②笔者翻检了《玉山名胜集》，其中关涉到玉山佳处的，或是参与，或是提及的，有诗作留存的计有：黄溍、杨维桢、高明、顾衡、余善、李祁、张翥、郑元祐、良圭、宗柬庚、宗柬癸、陆居仁、袁凯、昂吉起文、陈基、马九霄、元本、卫

---

① 李修生主编：《全元文》第41册，凤凰出版社2004年版，第463—464页。
② 杨镰：《元诗史》，人民文学出版社2003年版，第529页。

近仁、吴允恭、吴克恭、释良琦、于立、刘肃、张渥、释一愚、曹睿、袁华、马琬、郯韶、顾晋、陆仁、萧景微、张天英、黄玠、岳榆、卢昭、郑同夫、聂镛、秦约、袁凯、释自恢、旃嘉问、陈惟义、陆逊、虞祥、章桂、王元珵、陈让、诸葛崱、王濡之、王楷、顾达、卢熊、李续、姚文焕、李比珪、萧元泰、沈石、熊自得、张守中、韩性、郭翼、李瓒、张师夔、赵奕、达兼善、邾经、徐缅、明德、王蒙、僧觉照、僧至奂共72人。再据顾瑛之《草堂雅集》，还有陆德源、倪瓒、陆友、张逊、顾盟、胡助、王冕、李廷臣、宗本元、释余泽、释宝月、释祖柏、释文信、释子贤14人。再与钱谦益勾索出的人相参，去其重复，有12人。如此计来，与顾瑛玉山佳处有关者竟有105人。加上亦尝参加过玉山会集的缪叔正、马孟昭、谢子兰、朱伯盛、戴良、黄复圭，再保守估计，玉山雅集延续二十年间，应有120人左右参加过，故而所谓元末名家十之八九参加雅集的说法是可信的。

从诗学角度看，参加过玉山雅集的诗人数量很大，但其中最值得关注的不是昆山本地及周边地带的江湖诗人，而是其中那些曾经游历过京师，或是有京师馆阁履历的诗人①。这些诗人的加入，使玉山雅集具有汇合京师诗风与江湖草莱诗风的意义。

三、与玉山雅集有关联的具有京师履历的诗人

陈基，顾瑛《草堂雅集》卷二之陈基小传有云："（陈基）名重于时，游京师，公卿争与之交。"并说陈基"克志为古文诗章，同辈虽极力追之不能及"②。陈基为黄溍门生。其诗可谓继四家及黄、柳之后在元代后期延续其作派的诗人，还曾得四人指授③。他的诗俊迈磊落，颇有造诣，与黄溍都参加了玉山之会，将

---

① 《玉山名胜集》卷三之"玉山佳处小蓬莱题诗"有虞集所赋《步虚词》四首，但这是顾瑛的收藏并非虞集为顾氏庄园而作。《玉山名胜集》卷八之"钓月轩题句"有虞集一诗，但应非虞集为钓月轩而作。虞集卒于至正八年（1348）。是年玉山佳处之雅集活动规模盛大，应是玉山佳处开展的第一次雅集活动。是年顾瑛三十九岁，文献记载所谓顾瑛四十岁以家业付子婿而起园林，事吟咏，应是从至正八年开始。故虽有虞集作品之一鳞半爪，但虞集并未与玉山有所关联。而玉山诸集中收录的一些名人作品也应有与其中虞集那两诗类似者，即顾瑛收入，但未必是诗人确实参加了其活动。
② （元）顾瑛辑，杨镰、祁学明、张颐青整理：《草堂雅集》，中华书局2008年版，第103页。
③ 参见《元诗选·初集》卷五三陈基小传，（清）顾嗣立：《元诗选·初集》，中华书局1987年版，第1878页。

其诗学渊源贯入其中，是玉山中较有力量的影响因素。

黄溍，亦是将京师诗风带至玉山的诗人。在玉山诸诗人中，是延续月泉吟社诗风、京师馆阁诗风而最有学问渊源的诗人，他与柳贯都受业于方凤，又在馆阁诗人中多有作为。其为《玉山名胜集》所作之序，既反映了他对顾瑛及玉山的了解，也可见出他对此会集的有关态度，其序见于《玉山名胜集》卷首。其云：

> 中吴多游宴之胜，而顾君仲瑛之玉山佳处其一也。顾氏自辟疆以来好治园池，而仲瑛又以能诗好礼乐与四方贤士夫游，其凉台燠馆，华轩美榭，卉木秀而云日幽，皆足以发人之才趣。故其大篇小章曰文曰诗，间见层出，而凡气序之推迁，品汇之回薄，阴晴晦明之变幻叵测，悉牢笼摹状于赓唱迭和之顷，虽复体制不同，风格异致，然皆如文缯贝锦，各出机杼，无不纯丽莹缛，酷令人爱。仲瑛既乃萃成卷名曰《玉山名胜集》。复属予为之序。夫世之有力者，孰不寄情山水间，然好事者于昔人别墅独喜称王氏之辋川、杜氏之樊川，岂非以当时物象见于倡酬者历历在人耳目乎？然辋川宾客独称裴迪，而樊上翁则不过时召暌密往游而已。今仲瑛以世族贵介，雅有器局，不屑仕进，而力之所及，独喜与贤士大夫尽其欢而操觚弄翰，觞咏于此，视樊上翁盖不多让，而宾客倡酬之盛，较之辋川或者过之。嗟乎！后之视今亦犹今之视昔，使异日玉山之胜与两川别墅并存于文字间，则斯集也讵可少哉？是曷可以无序于是乎？①

黄溍提到顾瑛庄园凉台燠馆，华轩美榭，云日幽胜，"足以发人之才趣"。诗人们唱咏其间，亦各出机杼，"无不纯丽"，将景致之幽雅与诗人之情致结合起来，认为其宴游之胜，可与王维之辋川、杜牧之樊川相媲美，并有过之而无不及，对玉山游会存在的意义做出高度评价。黄溍在元代诗学史上地位很高，其师友渊源的脉络也绵延了元初、中期及后期。他虽未有玉山题咏之

---

① （元）黄溍：《玉山名胜集原序》，李修生主编：《全元文》第29册，凤凰出版社2004年版，第115页。

类的作品,但对玉山游会的赞许,可以说具有风向标的意义。如黄溍一般颇负声望的名家巨公可以如此奖掖,玉山雅集对时人的感召力可见一斑。顾瑛《草堂雅集》卷三之"黄溍"条云:"(溍)延祐甲寅(1314)张起岩榜中第,官至侍讲学士,与虞马齐名,寓游吴开元寺绿阴堂时,予始获见,遂得其诗集云。"①顾瑛与黄溍相识后,得其诗集,亦使其了解了玉山雅集的情形,黄溍也对顾瑛之人品风范有所了解。这样,玉山诗坛与京师诗坛在黄溍身上联络了起来。

张翥,作为元代后期影响较大、成就较高的诗人,他参与玉山草堂之会应是其任国子助教分教上都后退居淮东至召修辽金宋三史之间。其人诗才颇高,加之多才多艺,个性很强。少年时既负才不羁,好蹴鞠,喜音乐,也与顾瑛一样,不以家业为意,也是后来折节读书,终于成就其突出诗才。他尝学诗于仇远,又北游京师。其诗厚重又不失恣肆。后人认为其诗有杜甫遗风,并认为其成就不在赵孟頫之下,卓然为元代后期一大家。玉山雅集中有了张翥,会使其诗学分量增重不少。

《玉山名胜集》卷首中有张翥的《寄题顾仲瑛玉山诗一百韵(并序)》。在这首百韵长诗中,张翥先是叙述了在至正十年(1350)自己因事秋过顾瑛草堂,参加了一次诗会活动,与会者十二人,分题玉山诸景,人各十韵,尽欢而别。自己在别后舟中,叙事述怀,景成百韵,诗中刻画了他们诗会时的情景:"是集俱才彦,虚怀共颉颃。珠玑散咳唾,律吕应宫商。郑老经术富,于仙词翰长。琦初灯并照,郯华骧同骧。璧也笺毫健,吟篇彩绘彰。拈题争点笔,得句倏盈箱。劲敌千钧彀,精逾百炼钢。语奇凌鲍谢,体变失卢杨。瑛甫早有誉,亨衢那可量。抟扶看怒翼,腾踏待飞黄。既笃朋情重,仍持雅道昌。披襟视肝胆,刻琰播文章。末契欣依托,衰踪顿激昂。盍簪承伟饯,授简藉余芳。……"②与会者都饶有才华,但都虚己相待,诗会中都下笔珠玑,开口成章。郑天祐、郯韶、于立、李廷璧等人各显其才,拈题点笔,作诗既捷又富,精品迭出。张翥对顾瑛人品高度评价,也对此会感怀颇深,可见一个乡邦士人为东

---

① (元)顾瑛辑,杨镰、祁学明、张颐青整理:《草堂雅集》,中华书局2008年版,第277页。
② (清)顾嗣立:《元诗选·初集》,中华书局1987年版,第1378页。

道的，以方外诗人与地方诗人为主的诗会活动对张翥这样的馆阁大臣产生的影响。玉山草堂影响力可见一斑。

张雨以方外之士游历京师，京师诗人多与之交。他本具沟通江湖与京师的诗学交通意义，又预玉山之会，所以其诗学意义便显得更为显豁了。元代中后期诗坛，中期之京师馆阁诗人是绝对的核心力量，而后期京师诗坛的地位与作用都在下降。地方诗坛活跃，却不具备策动诗风的核心力量。而在这种情况下，玉山雅集诗学活动以其延续时间之久，参与人数之多，可为地方诗坛的一个代表。其诗学交融京师与地方、馆阁与草莱的意义较其他诗会要显著得多。虽然不能说玉山雅集就有诗学核心地位，却有着诗学交融汇通之中心与代表性的意义。张雨之类的诗人在其中不少，也反映了玉山诗会之堂庑与境界，是远非一般地域性诗学活动所能比拟的。从诗社活动史来看，上述玉山雅集的诗学汇通中心地位也是独一无二的。

陆友亦是沟通京师与地方的诗人。《草堂雅集》卷十二陆友小传有云："其诗皆有法度，北游京师，馆阁诸老无不爱重之。"[1] 他预入玉山诗学活动，亦会将京师诗风带入，使诗人在交流中受到影响。

《草堂雅集》卷十二之王蒙小传云："（王蒙）字叔明，吴兴赵文敏公（赵孟頫）之甥，强记力学，作诗文书画，尽有家法，尤精史学。游寓京师，馆阁诸公咸与交善，故名重侪辈。"[2] 他只是偶尔预入玉山诗会，有关题咏不多，但亦是沟通京师与地方的诗人之一。

《草堂雅集》卷十之王祎小传有云："（王祎）字子充，金华人，晋卿黄先生（黄溍）门人，与天台陈敬初（陈基）游京师，为朝贵所重。赴乡荐归江南，始与定交，时过草堂，觞咏累日。吴中习举业者多从之。"[3] 王祎受业于黄溍，颇有师友渊源，又在明初颇有影响。他虽不是玉山常客，但其影响力之大，足以反映出玉山诗坛的号召力，也会起到加大其影响力的作用。

《草堂雅集》卷二之文质小传有云："（文质）字学古，甬东人。居吴之娄江。有诗名，好为长吉体。酒酣长歌，声若金石。游京师，为朝贵所知，每过

---

[1] （元）顾瑛辑，杨镰、祁学明、张颐青整理：《草堂雅集》，中华书局2008年版，第955页。
[2] （元）顾瑛辑，杨镰、祁学明、张颐青整理：《草堂雅集》，中华书局2008年版，第960页。
[3] （元）顾瑛辑，杨镰、祁学明、张颐青整理：《草堂雅集》，中华书局2008年版，第840页。

草堂，必谈笑累日，所录皆口诵云。"①京师诗坛本不以晚唐诗学为主流，但至元代后期已有渐变。文质诗风，正好契合了这种变化。他与玉山诗会之关系，亦会将其诗风带入。玉山雅集之诗风并无主流，而是各体各风兼有，惟其吸纳性之强，成就了其各体兼有的性格。惟其为雅集性质，不以诗学为桢干，故而没有固定鲜明的诗学主张。这与玉山雅集开门延宾的基本特色有关。

《草堂雅集》卷十四之胡助小传云："（胡助）字古愚，金华人。性端方，好读书。长游京师，受知馆阁诸老，辟试史馆职。后以太常博士致仕。诗有《杂兴》及《上京》、《汴中》纪行集。与铁崖杨先生访予里舍，其所题玉山草堂诸作，别刊于《精舍吟》云。"②胡助是馆阁诗人。他参与玉山之会，也是实现京师与地方沟通问题的一个因子。而《草堂雅集》此卷中所选王鉴之《春日草堂奎章照磨林彦广惠酒诗二首》，颇可关注。此草堂极有可能就是玉山草堂。诗云："江南三月春始足，桃花杏花参差开。溪云入屋夜生雨，山瀑近床晴殷雷。读书吊古有何益，行道济时无此才。多谢奎章老文伯，时时携酒草堂来。"（其一）"柴门不起整十日，溪上春风来更迟。庭松自觉相忘我，野花不知开向谁。会须酿酒致元亮，底用抱琴怀子期。所喜樊山古心在，相逢时许草堂资。"（其二）③此处之林彦广曾有在奎章阁学士院任职的经历。他曾来玉山草堂访友，便会将京师诗坛信息、风气带入进来。像这种与玉山的交往，虽不多，但很有意义。至草堂为客者，有诗留存或顾瑛提及者已有百余位，而其他留下篇什者，真不知究有多少。

《草堂雅集》卷十五之陆仁小传云："（陆仁）字良贵，昆山人。好古文，诗不苟作，为人沉静简默，与予有葭莩之好。故舟楫时过草堂，相与谈诗清话，终日忘归。当时馆阁诸公皆重之，称为'陆河南'云。"④陆仁未在京师任职，但他好钻研诗学，故而"诗不苟作"，且喜讨论诗学，与顾瑛"相与谈诗清话，终日忘归"。如不投机，怎会忘倦。"馆阁诸公"看重陆仁，应是结识于顾瑛草堂，他们得以交流互通。这是玉山草堂诗学交流的线索。通过陆仁，馆

---

① （元）顾瑛辑，杨镰、祁学明、张颐青整理：《草堂雅集》，中华书局2008年版，第189页。
② （元）顾瑛辑，杨镰、祁学明、张颐青整理：《草堂雅集》，中华书局2008年版，第1021页。
③ （元）顾瑛辑，杨镰、祁学明、张颐青整理：《草堂雅集》，中华书局2008年版，第1044页。
④ （元）顾瑛辑，杨镰、祁学明、张颐青整理：《草堂雅集》，中华书局2008年版，第1075页。

阁诸公播散着他们的诗学影响力,也通过玉山草堂了解地方江湖诗人的诗学风貌。陆仁便在二者之间起到了纽带作用。或许是因为这个关系,陆仁便直以"社长"称顾瑛了。至少在他眼里,在诗学交流、探讨诗艺、评论诗作时的玉山草堂是一个诗社,而顾瑛则为"社长"了。

《草堂雅集》卷十六之释余泽小传云:"(余泽)字天泉,姑苏之吴江人,幼弃俗,从觉王法,研究教乘,尤博儒书。长游京师,名王大臣,无不敬礼。晚住吴之大弘教寺,与余为物外交云。"① 余泽亦有游历京师,与京师贵戚或僧徒交游的经历,亦属见闻广博,视野开阔之人。玉山中这种人物的参与,对于扩宽文人诗境,增广其见闻,都有助益。

要之,来往玉山草堂,参与其雅集活动的诗人中有为数不少曾游历京师、领略过京师诗坛盛时的情景。在诗人的胸襟堂庑方面有着由元诗壮盛时期延续而来的一代诗风气息或是素养。他们会给玉山佳处带来宽阔的视野与深厚的气势,使得元诗的成就延及地方诗坛,对与游其中的其他诗人产生影响,也使元诗包容会通的诗学品格在东南一隅的顾氏园林得以存在。玉山题咏诸作虽然诗学成就不高,但其不拘一格,多种气度兼具的诗歌风貌亦正是这种元代中期京师诗学品格包容性的一种反映。

参与玉山草堂活动的江湖诗人也很多。他们未入仕途,游历各处,或是久居其地,然富有才情,崇尚风雅。这些诗人参与玉山雅集,使玉山诗坛带上了地方诗坛的特征。虽然中期京师诗坛的诗学气候亦弥漫各地,但地方诗坛本身也会有其小气候。这种小气候在玉山雅集中会与京师诗风融汇,使二者相长相融,成就玉山诗坛自己的品格。

今据顾瑛《草堂雅集》,其中江湖诗人或是乡邦诗人的情况约略可以把握。

《草堂雅集》卷十三之于立小传云:"(于立)字彦成,南康之庐山人。故宋名将家,幼明敏博学,善谈笑,学道会稽山中,得石室藏书,遂以诗酒放浪江湖间。长吟短咏,有二李风。多游吴中,与予特友善,故于玉山草堂有行窝焉。法书名画题品居多,杨铁崖先生以为'如行云流水,无所凝滞',游方之外者也。"② 于立为道士,与顾瑛交契颇深,甚至在玉山草堂有专门住所。

---

① (元)顾瑛辑,杨镰、祁学明、张颐青整理:《草堂雅集》,中华书局2008年版,第1127页。
② (元)顾瑛辑,杨镰、祁学明、张颐青整理:《草堂雅集》,中华书局2008年版,第967页。

又放浪江湖，四方之气，风物之宜，可得而养于胸中。同时于立也多才艺，书画评品，吟咏有致，可谓顾瑛同道挚友。这样的方外之士、江湖诗人预入草堂雅集，可以将生动亲切之风澜入其中，亦有助于在草堂集咏中融汇诗风，形成独特风格。此独特风格即开放包容，灵动活泼，又不失博雅大气的诗学风貌。

《草堂雅集》卷十四之李廷臣小传云："（李廷臣）字仲虞，台之宁海人。幼从仲容丁先生游，故有声江湖间，所和余与铁崖联句诗，尤颖脱。观者可知矣。"①由此可知，李廷臣亦为江湖诗人，曾与王冕诗友丁仲容游，亦是当时有名的江湖诗人，也是给玉山会集带来草莱气息的诗人。

《草堂雅集》卷十五之袁华小传云："（袁华）字子英，吴之昆山人。幼有隽才，尤善作诗。铁崖先生爱其俊敏，常与过余草堂，辄有吟咏，德性纯雅，尤可称焉。"②袁华得杨维桢赏识，其才俊敏，在诗酒唱和中，尤可见其才情。他亦是地方诗坛的创作力量。

释良琦亦是经常参与玉山雅集的方外诗人。《草堂雅集》卷十六之释良琦小传云："（释良琦）字元璞，姑苏人。自幼读书，学禅白云山中，性操温雅，淡然无尘想。诗声尤著江湖间。与杨铁崖、郯九成累过余草堂，超然物外人也。"③良琦可谓玉山草堂的创作主力。他久处禅林，又驰诗名于江湖。在草堂雅集中，会将僧诗的些许风气引入其中，使草堂诗歌的坦荡自如之风多了一些萧散清冷的分量。其他如释子贤等人亦属此类。释子贤曾得杨维桢称赏，其诗作水平当非泛泛，也是江湖草莱风气的带入者。

《草堂雅集》卷十六之释宝月小传云："（释宝月）字伯明，姑胥人。明敏读书，幼从天泉座下得悟教旨，住玉峰报国寺。余凡往来经从，必下榻谈诗云。"④宝月与顾瑛以诗为交，虽则其往来草堂不多，但亦通过顾瑛在草堂诗学气氛中发挥作用。

《草堂雅集》卷十六之释祖柏小传云："（释祖柏）字子庭，四明人。故宋

---

① （元）顾瑛辑，杨镰、祁学明、张颐青整理：《草堂雅集》，中华书局2008年版，第1054页。
② （元）顾瑛辑，杨镰、祁学明、张颐青整理：《草堂雅集》，中华书局2008年版，第1091页。
③ （元）顾瑛辑，杨镰、祁学明、张颐青整理：《草堂雅集》，中华书局2008年版，第1134页。
④ （元）顾瑛辑，杨镰、祁学明、张颐青整理：《草堂雅集》，中华书局2008年版，第1130页。

史魏王后，幼从禅学，有诗声江湖间。来往经余草堂，多所留咏。"① 祖柏亦是诗僧兼江湖诗人，其于玉山诗坛之贡献，与前述众人相同。

杨维桢卓然为元代后期之大家。其诗轻灵通脱，自然真切。虽然杨维桢有仕宦经历，然其诗却无京师馆阁诗风。他不好律体，惟以乐府为主要体裁。作品本身就具有联络士大夫诗与江湖诗人诗的纽带作用。他在玉山雅集活动兴盛的至正早期及中期，是草堂雅集中最具号召力、感染力的座主。

杨维桢参加玉山雅集的次数很多。在玉山集咏的众多参与者中，杨维桢是最具号召力的一个，其影响甚至超过了柯九思。顾嗣立《元诗选·初集》杨维桢小传云："玉山草堂之会，推（杨维桢）主敦盘，笔墨横飞，铅粉狼藉，或戴华阳巾，披鹤氅，踞船屋上，吹铁笛，作《梅花弄》。坐客皆蹁跹起舞，以为神仙中人也。"②其言盖自杨维桢所作之《玉山雅集图记》而来。杨维桢此文，据张渥所绘之图而来，反映了至正八年（1348）玉山雅集最盛一次的情景。其文见《玉山名胜集》卷二，其云：

  右《玉山雅集图》一卷，（元淮海张渥为顾仲瑛写，会稽杨维桢作记云：玉山雅集图一卷）淮海张渥用李龙眠白描体之所作也。玉山主者为昆山顾瑛氏，其人青年好学，通文史，及声律、钟鼎、古器、法书、名画品格之辨。性尤轻财喜客，海内文士未常不造玉山所。其风流文采出乎辈流者尤为倾倒。故至正戊子（按，至正八年）二月十有九日之会为诸集之冠。③冠鹿皮，衣紫绮，坐据案而申卷者，铁笛道人会稽杨维桢也。执笛而侍者姬，翡翠屏也。岸香几而雄辩者，野航道人姚文奂也。沉吟而痴坐，搜句于景象之外者，苕溪渔者郯韶也。琴书左右捉玉麈从容而色笑者，即玉山主人也。姬之侍为天香秀也。展卷而作画者，为吴门李立。旁视而指画者，即张渥也。席皋比，曲肱而枕石者，玉山之仲晋也。冠黄冠，坐蟠根之上者，匡庐山人于立也。美衣巾，束冠带而立，颐指仆从治酒者，玉山之子元臣也。奉肴核者，丁香秀也。持觞而听令者，小琼

---

① （元）顾瑛辑，杨镰、祁学明、张颐青整理：《草堂雅集》，中华书局 2008 年版，第 1131 页。
② （清）顾嗣立：《元诗选·初集》，中华书局 1987 年版，第 1975 页。
③ 可知玉山雅集不始于至正八年，八年之会之盛大隆重冠于诸集。

英也。一时人品，疎通俊朗。侍姝执伎皆妍整，奔走童隶亦皆驯雅。安于矩矱之内。觞政流行，乐部皆畅。碧梧翠竹与清扬争秀，落花芳草与才情俱飞。矢口成句，落毫成文，花月不妖，湖山有发。是宜斯图一出，为一时名流所慕用也。时期而不至者，句曲外史张雨、永嘉征君李孝光、东海倪瓒、天台陈基也。夫主客交并、文酒赏会代有之矣，而称美于世者，仅山阴之兰亭、洛阳之西园耳。金谷、龙山而次弗论也。然而兰亭过于清则隘，西园过于华则靡。清而不隘也，华而不靡也，若今玉山之集者非欤？故予为撰述缀图尾，使览者有考焉。是岁三月初吉，客维祯记。是日以"爱汝玉山草堂静"分题赋诗。诗成者五人。①

这是玉山集会中最为壮观隆盛的一次。参加者有：杨维桢、姚文奂、郯韶、顾瑛、李立、张渥、顾晋、于立、顾元臣（顾瑛子），还提到届时未至者张雨、李孝光、倪瓒、陈基，也是雅集常客。他们所展示的，是包括书法、音乐、诗歌在内的多种才艺。杨维桢据岸"申卷"，或是评骘与会者之作。姚文奂之"雄辩"，或是论诗评文，或是评价玉山园林。挥洒谈笑的顾瑛，则是因一时英才云集，点缀在自己的园林胜景之中，沐浴春风，颐悦情怀，使他感到极为欣然。李立于此间作画，张渥在旁指点，将此人物之胜于景物之美收入笔下，悦豫之情亦有融焉。顾瑛弟顾晋曲肱而卧，似忘机于世事，齐物我于黑甜。于立坐于古树之蟠根上，野逸古雅之态呼之欲出。顾瑛子元臣于其间指挥照应，又成为该情景中动静的交汇点。或动或静，无不高逸旷达，清通磊落，充分地反映出了一时佳会之诗化氛围。其会集情景中虽不只是诗艺，却在诗情画意方面成就了雅会之盛况；诗学元素虽不占主流，但诗的情致却是极为显豁的。杨维桢还指出此次雅集可与金谷雅集、兰亭雅集以及西园雅集相提并论，然无西园之富贵奢华，也无兰亭之清旷出尘，即所谓"清而不隘"、"华而不靡"更多人间情趣与生活气息。其实这个特点，正得力于玉山雅集本身属于都会与乡邦、京师与江湖之间的缘故。其中包容了雍容富贵与萧散清旷的不同风致。翁方纲曾指出："顾仲瑛《玉山璞稿》，虽皆一时飞觞按拍，豪兴吐属，

---

① （元）顾瑛辑，杨镰、叶爱欣整理：《玉山名胜集》，中华书局2008年版，第46—47页。

然自具清奇之气。其一段遐情逸韵,飘飘欲仙,乃有杨铁崖所不能到者。"① 不只是顾瑛,还有其他诗人,包括杨维桢,都在玉山雅集活动中充分地展示了自己,也释放了自己,都在雅集的氛围中臻于自己的诗学极诣了。

熊自得(字梦祥)记述的至正十二年(1352)七月之会亦可见草堂诗学活动的情景。《玉山名胜集》卷七有熊自得所作的《春晖楼题句》之序,记述了此次诗会活动,其云:

> 至正壬辰(至正十二年)七月廿六日,予自淮楚来。于是道途梗阻,虽近郡不相往来,独予以六日达吴,凡相知者莫不惊讶余之迂而捷也。越数日,即谒玉山主人于草堂中。而匡庐山人(于立)在焉。相与议论时务,凡可惊可愕可忧可虑者不少。余乃曰:"于斯时也,弛张系乎理不系乎时;升降在乎人不在乎位。其所谓得失安危又何足滞碍于衷耶?"玉山主人方执玉麈长啸,意气自如。时当中秋之夕,天宇清霁,月色满池,楼台华木,隐映高下,是犹天中之画,画中之天。乃张筵设席,女乐杂沓,纵酒尽欢,同饮者匡庐仙于立彦成。袁华子英、张守中大本。玉山复擘古阮,侪于胡琴,丝声与歌声相为表里,謦然有古雅之意,予亦以玉箫和之。酒既醉,玉山乃以"攀桂仰天高"为韵,分以赋诗,诗成者有兴趣模写,一时之景,无不备矣。复画为图,书所赋诗于上,亦足纪当时之胜。呜呼!于是时能以诗酒为乐,傲睨物表者几希?能不汲汲遑遑为世故者,又几希?观是图,读是诗者,宁无感乎。②

东南已乱,但玉山雅集仍坚持举行,其中虽有豁达之论,但于世事之忧虑则难以掩盖,萧条之气已略森然于其中了。同至正八年(1348)之会一样,此次亦作了画以存照,但再无前次之隆盛从容了。

再者,如果杨维桢确实在至正八年二月十九日之会中主评诸人之诗的话,则也可知玉山雅集是有与诗社相同的选定主评人评论诗作的活动内容。(但在玉

---

① 《石洲诗话》卷五,郭绍虞编选,富寿荪校点:《清诗话续编》,上海古籍出版社1983年版,第1463页。

② (元)顾瑛辑,杨镰、叶爱欣整理:《玉山名胜集》,中华书局2008年版,第332—333页。

山诸集中未见反映）而杨维桢之诗学，在元诗发展脉络中亦占据极为重要的位置。顾嗣立《元诗选·初集》杨维桢小传中指出："廉夫上法汉魏而出入少陵二李之间，故其所作隐然有旷世金石声。又时出龙鬼蛇神以眩荡一世之耳目，斯亦奇矣。元诗之兴，始自遗山，中统至元而后时际承平，尽洗宋金余习，则松雪为之倡。延祐、天历间文章鼎盛，希踪大家，则虞杨范揭为之最。至正改元，人才辈出，标新领异，则廉夫为之雄，而元诗之变极矣。明初袁海叟、杨眉菴辈皆出自铁崖之门，或谓铁崖靡靡，久而未艾，斯言未足以服铁崖也？"①

至正文坛，由杨维桢而一变，其"标新领异"之变，使元末文坛由宏雅磊落而至清绮秀媚，以其变创诗风的大才预入玉山诗学活动之中，加之其间馆阁诗人、江湖诗人兼而有之，于是融通汇聚，成就了玉山之诗总括众体，风格多样的风貌。李祁为《玉山名胜集》所作之序就指出玉山草堂中的诗作"高者跌宕夷旷，上追古人。下者亦不失清丽洒脱，远去流俗。琅琅炳炳，无不可爱"。②其间诗人造诣高者之诗，"跌宕夷旷，上追古人"，盖指有馆阁经历者而言；诗风"清丽洒脱，远去流俗"者，则实指预入草堂之会的江湖诗人，含方外之士，他们相互包容，互通有无，共同成就了草堂诗的"琅琅炳炳"之美。可见，虽然玉山诗会没有明确的诗学纲领与集体共同的主张，但其包容各种诗风，汇通各种诗品，成就了一种兼融并包的独特诗学品格，实为元代后期诗风的大展演。虽然未能提出关于诗学纲领与主张，亦成就了千芳竞秀的诗坛盛貌。在诗学史上，遂成为元代诗坛最后的，也是最绚烂的绽放。③

---

① （清）顾嗣立：《元诗选·初集》，中华书局1987年版，第1975页。
② （元）顾瑛辑，杨镰、叶爱欣整理：《玉山名胜集》，中华书局2008年版，第7页。
③ 玉山诸人也有其政治态度，大抵是忠于元王朝，希望尽快结束战乱，但这在雅集中表现得并不鲜明。玉山诸人在兵乱中极度盼望太平。至正十六年（1356）三月二十日，顾瑛自吴兴避乱复归草堂，有大龟出，众以为吉。加之顾氏有犬曾撕咬乱间到此的兵士，此时安然，众人益为高兴，遂招秦约、诸葛禺、袁华等为诗会，可见他们是何等企盼恢复太平，结束战乱。《玉山名胜集》卷五）在至正十一年（1351）九月八日的诗文之会上，萧景微序中就提到与会者有言曰："国家至隆极治，几及百年，当圣明之世，而不靖于四方，或者天将以武德（平）祸乱，大启有元无疆之休。诸君有文武才，将乘风云之会，依日月之光且，有日予也，尚拭目以观太平之盛，何暇作愁叹语耶？"顾瑛听后，"扬觯而起曰：'子诚知言哉！于是饮酒乐甚。"《玉山名胜集》卷三）至正十五年（1355）秋，顾瑛子顾元臣由宁海所正千户升为水军都府副都万户，奉省檄，道天台杭海而归玉山草堂，顾瑛很高兴，在可诗斋召集诗友聚会，袁华为作记。见《玉山名胜集》卷四。其中有云："宁海君（顾元臣）彩衣金符，照耀左右，奉觞行酒，俯俯愉愉。呜呼，父子之亲，君臣之义，鲜有能两全者。今宁海君能撼诚致义，升秩三品，居重庆之下，奉温清之养，可谓上不负圣天子，下不负所学矣。"对顾元臣出仕效忠元室是极为肯定的，后来顾瑛等被

至正十年（1350）王祎在《可诗斋分题句》的后记中讲述了自己关于诗歌的意见，可以看作是文人们在玉山草堂中诗学交流的资料。其有云：

> 昔周太师所掌六诗，盖以风、雅、颂为三经，赋、比、兴为三纬。以其用于宗庙者谓之颂，所以美功德。用于朝廷者谓之雅，所以道政事。用于乡党邦国之间者谓之风，所以施教而行化焉。而其为是风雅颂者。则赋以直陈其事，比以即彼状此，兴以托物兴辞而已。此儒先君子，经体纬用之说所由立也。自风、雅、颂之体坏，一变而为《离骚》，再变为五言，三变而为乐府之词，四变而为声律之格定，其间枝分派别不可遽数。固皆不能外乎三纬以为用，而昔之用以陈功德，道政事，施教而行化者，遂不复见于后世。哀怨淫佚，萎靡浮薄，荡然无有温柔敦厚之意。甚而用于宗庙朝廷者，亦往往杂乎《桑间》、《濮上》之音。《三百篇》之旨，圣人所以使人惩劝而兴起者，于是亦因以泯然矣。故尝以谓：文章虽与时高下，然非《猗那》、《清庙》不得用于宗庙。非《鹿鸣》、《四牡》、《皇皇者华》不宜用于朝廷。非《关雎》、《鹊巢》不当用于乡党邦国之间。所以然者，诚以风、雅、颂而不本于《三百篇》不足以为诗也。呜呼，是岂可以易言乎？是故圣人之徒盖三千焉，夫子以为可与言诗者惟子贡、子夏而已。则诗之不易言岂不信然乎？虽然子贡、子夏之可以言诗者，夫子以其得诗之旨而非予之所言也。仲瑛博学好古，尤潜心于诗，故予推本三百篇之大要相与商榷之。仲瑛或以予言为然。则请姑书之以为记。至正十年七月庚辰，金华王祎子充记。①

流放临濠，其实正是因为他们忠于元王朝的立场与在元末时的政治态度有关。在玉山的诸次雅集中，至正十五年（1355）的可诗斋是政治态度最鲜明的一次。但从根本上讲，顾瑛等人的忠君观念是较为淡漠的。他们更喜欢在诗化境界中陶醉，借此隐藏自己，在动荡中寻求不真实的静谧。但若再细分析，他们对元王朝走向衰亡是心有戚戚的。正因为如此，他们的情感就会非常敏感，于是，以雅集的形式，让敏感的内心找到附丽的景象，形成物我双偕的独特的衰世乐园——诗的乐园。然斜阳烟柳，断肠古陌，一代恢恢王朝，终于日薄西山，诗人是无法将其留住的，即使是倾心维持的诗的乐园，也无法留住，终于来得"落一片白茫茫大地真干净"。元王朝，连同大批诗人倾注于斯的真切情怀，都在改朝换代的巨浪中被摧毁了。月泉吟社之诗人，玉山诗坛之吟士，虽然时代不同，其情一也。

① （元）顾瑛辑，杨镰、叶爱欣整理：《玉山名胜集》，中华书局2008年版，第127—128页。

王祎从儒家正统的诗学观说起，并以此出发，分析了诗歌之流变，提出诗歌应以风雅颂，赋比兴为经纬，以《三百篇》之大旨为核心，来匡范诗学。他以其说与顾瑛"商榷"，实是对玉山诗坛提出自己的意见。纯吟弄风月，其实不尽合《诗经》之旨。但在特殊的时期，玉山之诗在"诗可以群"的意义上未使不是对孔子诗旨的一种继承。在玉山雅集活动中，以宾客身份参加者，想必以此与顾瑛交流诗学的很多，记载下来的，以王祎此文最为周详完备，可使我们了解玉山雅集与诗学有关的理论存在情况。

而郑元祐所作之《可诗斋铭》则从儒家正统诗学观大力肯定了顾瑛及其玉山诗学活动。其云：

> 昔者圣人，以诗诏我。兴观群怨，皆仅曰可。方其兴起，夫岂一端。由乎人心，天理即安。惩创感发，一归于正。天君是维，孰不从令。四诗攸陈，其类匪一。在善学者，考见得失。繄人之生，群居是缪。主敬行恕，和而不流。诗之怨者，与人一致。惟其优柔，不怒其气。用以事亲，孝哉有子。移孝为忠，曾不越此。人伦之大，孰逾君亲。性情斯协，无往不伸。云飞川泳，根柢动植。其类至夥，旁资多识。是盖圣人，以诗设教。下逮百王，是则是效。湘累始骚，五言由汉。百体变殊。孰聚孰散。委系虽别，求源则同。性情攸归，岂污岂隆。顾仲瑛甫，学诗嗜古，邃初是几。本之乐祖，赓歌伊始。如或闻之，猗那商颂。如或陈之，六义迭奏。以濩以韶，积力斯久。匪一夕朝，名室可诗。意犹未尽，不有圣师。道何由徇，嗟甫于诗。既殚源委，我歌以乐之，几甫其复始。①

郑元祐从温柔敦厚的角度，指出诗应有"惟其优柔，不怒其气"之作用，强调"繄人之生，群居是缪。主敬行恕，和而不流"的作用，认为诗歌的发展，并不像王祎批评的那因"四变"而离《诗经》传统愈来愈远。而是"委系虽别，求源则同"，都是"性情攸归"，而无所谓污隆。这样一来，就对顾瑛玉山诗学活动以儒家之正统化解释了，也包容了其间多种诗学风格，又不失于僵

---

① （元）顾瑛辑，杨镰、叶爱欣整理：《玉山名胜集》，中华书局 2008 年版，第 128—129 页。

化呆板。观其大意，似是不同意王祎的观点，倒向了杨维桢一路。可见，在玉山诗学活动中，诗学思想是有碰撞的，但不妨碍他们和而不同，依然切磋砥砺，共襄玉山诗坛之盛。

至正十二年（1352）九月十三日，袁华、陆仁、于立、秦约、岳榆、袁昺、周砥等人聚于玉山佳处之"可诗斋"。周砥后来所作之记亦透露了玉山诗会的诗学信息，其云：

> 夫诗发乎性情，止乎礼义，非矫情而饰伪也。嗟夫，王者迹熄而诗亡，然后《春秋》作矣。寥寥数千载下，晋有陶处士焉，盖靖节于优游恬澹之中，有道存焉，所谓得其性情之正者矣。玉山顾君仲瑛，慕靖节之为人，居处好修，行义好洁，故其诗清绝冲淡，得之靖节者为多。仲瑛开'可诗斋'，延四方之文人才士与讲论其中，故海内之士慕仲瑛而来者，日相继不绝也。予辱游于仲瑛有日矣。秋高气清，江水澄莹，乘扁舟而造其所，不亦故人之情乎！仲瑛款予斋之东偏，酒肴杂陈，宾客既集。酒至半，歌《鹿鸣》之篇曰："我有嘉宾，鼓瑟吹笙。"诸君子为我赋之。次第成编，而周砥叙其后。①

其论诗主性情真而不伪，说顾瑛"居处好修，行义好洁"，其诗"清绝冲淡"，有取于陶渊明者。又提到田方之士因慕顾瑛为人，而"而来者日相继不绝"。这是从真率磊落的层面论及玉山之诗学特色。

总之，玉山雅集虽然不以诗社冠名，但在诗学史上，有着其独特的历史意义，反映了诗社繁盛时代文人群体性诗学活动的新特点，而这些特点，或许正是对诗社的某些局限的有意识的调整和突破（可以视为在诗社已形成"习气"的早期的一种修正行为）。

首先，顾瑛自觉地将与玉山雅集有关的诗文保存并出版，起到了保留文献的作用，因为当时众多诗人参与了雅集活动，创作了很多有关的诗作，这在元代后期的诗坛中就极为有分量了。杨镰指出，与玉山雅集有关的诗作占到了元

---

① （元）顾瑛辑，杨镰、叶爱欣整理：《玉山名胜集》，中华书局2008年版，第136—137页。

末诗人诗作的十分之一强①,可见玉山雅集对保留元末诗什的历史作用。

其次,在元代中期以京师为中心的诗人们熔铸了一代诗风之后,这种风气风行各地,向地方诗坛辐射。而玉山草堂则体现出了当时主流诗风与地方诗坛的交汇与融合,体现了动态的诗风流变,而玉山诗坛正是这种流变的典范代表。在研究古代诗风的形成、发展与特色的领域中是颇有参鉴价值的。②

最后,因为在诗学上没有提出明确纲领,也没有具体的诗学主张作为门庭,相比较而言,玉山诗坛在诗学上就比诗社更具开放、活泼的特性,也具有了一般诗社所欠缺的包容性。这也是与诗社有区别的一个特点,当然也不同于诗歌流派。在元代各地普遍都有诗社的大背景之下,这种开放性与包容性就更为难能可贵了。在元代诗社繁盛的语境之下,这种不讲门户见解和师友渊源的雅集形式的文人群体活动就规避了诗社所易于产生的宗派性与排他性和后人屡屡批评的"诗社习气",尤其是与明清的诗社相较,玉山雅集可谓得消息于机先,显得十分灵动与活泼。这是我们研究诗社史时应予以十分注意的。后世诗社,以宗派主诗,以伐异为事,喧议竟起,鼓噪交争,倒与诗学本身的建设无补无益。因此,在诗学史上,玉山雅集有着独特的开放性内涵与诗学史意义。

附论:玉山雅集所历之会

除至正八年(1348)春外其他雅集活动:

至正八年(1348)六月二十四日,杨维桢、高智、于立、张师贤、宴于浣花馆,有联句诗的创作活动。

至正九年(1349)六月十八日,释良琦、吴伯恭、郯韶在玉山留半月赋诗。

至正九年(1349)六月,于立、释良琦、疡医刘起,画史从序、张云、高

---

① 杨镰:《元诗史》,人民文学出版社 2003 年版,第 525 页。
② 在一代诗风的大气候下,因各地诗坛本身的物候与诗人情性及某种乡邦共性而形成一些诗风的小气候,于是风云消长,会通其间,相激相荡,都发生了改变。这是诗风流变的一种通常现象,研究诗歌史时应该充分注意。其他元代的地方诗坛,如睦州的徐舫、马莹、何景福等人,都有清峻简远的基本诗风,又各自名家,形成一些小群体,与月泉吟社也有诗学脉络上的关联,却无玉山雅集的开放大气。再有陈樵、李裕、李序等人都师法李赞,诗风幽婉奇丽,是为浙东诗派。但在开放包容汇通诗风方面也无法与玉山诗坛相比,其原因主要在于乡邦地域的限制,也没有玉山诸人的号召力。

晋、郯韶、顾瑛、顾元臣等人分韵赋诗，有二人不成罚酒。从序为画以记，吴克恭作记（《玉山名胜集》卷三）。陈基有文指出，他与顾瑛别三、四年间，顾瑛与杨维桢、郑天佑、于立、郯韶、良琦"日有诗酒之会"。陈基则与娄江陆良贵、豫章熊松玉在顾瑛处以"碧梧栖老凤凰枝"分韵赋诗。参加者有顾晋、顾瑛、陆仁、顾衡、于立。

至正九年（1349）秋，碧梧翠竹堂成，杨维桢、高明为之作记（《玉山名胜集》卷三），并有诗会活动。

至正九年（1349）秋九月一日，湖光山色楼之会，张天英有记，于立作后记（《玉山名胜集》卷三），柯九思、黄玠、岳榆参加。

至正九年（1349）冬，西夏昂吉起文访顾瑛，会诸人，以"斋中春"分题分韵，十人，于立还让童子以雪水煮茶。参与者有于立、陈惟义、陆逊、顾衡、虞祥、顾瑛、昂吉起文、章桂、王元珵等。

至正十年（1350），张翥《寄题玉山诗》提及，十二人分题玉山诸景，诗皆十韵。

至正十年（1350），良琦、于立等又赋诗。

至正十年（1350）五月十八日，顾瑛、郑天佑、于立、元璞（良琦）等参加。又某年七月五日，顾瑛、良琦、于立郯韶、顾衡等有湖光山色楼集会。

（又某年五月四日，顾瑛、卢昭等参加）

至正十年（1350）七月，王祎所作之《可诗斋题句》之后记提出了诗学意见与顾瑛探讨，可视为其中的诗学活动。

至正十年（1350）八月十九日，张翥至草堂，有诗会。

至正十年（1350），郑元祐之《竹房诗题记》（《玉山名胜集》卷二）提到至正十年七月廿一日，郑元祐、吴僧宣无、于立等在顾瑛玉山草堂之春晖楼上行酒对弈，觞咏作诗，莒城赵善长作画以代诗。

至正十年（1350）冬，积雪弥旬，因海棠花开，袁华、陆仁、王楷等集于草堂。

至正十年（1350）十二月十九日，郯韶、顾瑛、于立、吴善长、陈汝吉（陈让）集于草堂。

至正十年（1350）冬腊月之会，郯韶有记（《玉山名胜集》卷四），雪后之会，顾瑛、郯韶、良琦、张简、沈明远、袁华、俞明德、周砥等有草堂之会。

至正十一年（1351年）正月八日雪后之会，陈惟允、郯韶、良琦、周砥等参加。

至正十一年（1351）八月十三，良琦、沈自诚等雅集赋诗。

至正十一年（1351）九月八日，萧景微、顾瑛等人以"满城风雨近重阳"分韵，成者七人。

至正十一年（1351）八月五日，陈基序称诸人分题咏诗，顾瑛、郯韶、郑天佑、沈自诚、良琦、金敬德、俞在明等参加。（《玉山名胜集》卷四）

至正十一年（1351）玉山佳处"渔庄"成，柯九思作记，袁华、李续、于立、陆仁有诗会，陆仁作后记。

至正十二年（1352）正月，于立、袁华等有诗会。袁华提到至正十六年（1356）正月兵入草堂，将诗稿书箧取去，后为通守冯秉忠归还。

至正十二年（1352）七月二十六日，熊自得来玉山，张守中、袁华等有诗会。

至正十二年（1352）九月十三日，袁子明、陆仁、于立、秦约、岳榆、顾瑛、袁凯、周砥、袁华有诗会。

至正十二年（1352）冬，袁华、郑元祐之后序中提到了白野达兼善得顾瑛诗，读之，欲访顾瑛。然未来而死于战乱，达兼善亦与草堂有关。

至正十四年（1354）冬十二月二十二日，秦约避战乱，假馆于顾瑛草堂，第二天与诸人会于可诗斋，参加者有于立、袁华、张大本等人。

至正十五年（1355）秋九月，因顾元臣升任水军都府副都万户，因经过，回到玉山，顾瑛召集诗友会于可诗斋。

至正十六年（1356）袁华、范君本、钱好学、赵善长、马孟昭聚于可诗斋。所谓"烽火隔江，近在百里。今夕之会，诚不易得。况期后无会乎。吴宫花草，娄江风月，今皆走麋鹿于瓦砾场矣。独吾草堂，宛在溪上，予虽不祝发（顾瑛时已称金粟道人）尚能与诸公觞咏其下，其忘此身于干戈之世，岂非梦游于已公之茅屋乎？"（《玉山名胜集》卷四）并作画以记。

至正十六年（1356）三月廿日，顾瑛避地吴兴复归故地，有大龟出塀下，众以为吉，有义犬曾撕咬乱间到此的兵士而能安然，顾瑛遂邀诗友聚会，秦约、诸葛尚、袁华等聚会，渴盼太平。

至正十七年（1357）二月廿二日，良琦来访，葛天民亦至，有诗学活动。

至正十八年（1358）袁华等还在玉山有诗会。

至正庚子，二十年（1360）岳榆、良琦、于立等有诗会。

可见，玉山雅集活动集中的时间在至正八年到至正二十年间的十二年时间里，后因战乱难以为继。

第二章 明代诗社与诗学诸问题

从明代开始，诗社与诗学的关系表现出两个鲜明的特点：一方面，诗社成为诗学主张的策源地与发挥作用的中枢，并且以诗社为依托，形成了影响至于全国的诗学流派。台阁体、茶陵派、前后七子、唐宋派、竟陵派、公安派的主要成员都有诗社活动的经历，也几乎都有诗社组织去酝酿和传播相关的诗学主张；也依托诗社去扩大阵容，充实创作力量。另一方面，诗社总量巨大，分布区域广泛，诗社活动也非常频繁，与传统的雅集间界缘渐趋模糊①，诗社活动在充满娱乐性、游艺性的同时，其间的诗学创作也往往是其诗学主张的训练和实践。除了这两个主要特点之外，明代后期诗社还成为政治斗争的一种附庸形式，因为与诗学的关联不大，我们暂不讨论此类诗社活动。

还须指出，明代诗社的上述两个特点并不是彼此分立的，它们往往交融一处，难别泾渭。又因为诗社众多，便形成了不同的坛坫；因为各有主张，便有了诗学上的交锋。茶陵诗人对台阁诗风的不满，前后七子对茶陵诗风的批评，唐宋派对前后七子的反拨，公安派对前后七子的攻击，都是出于对诗学坛坫的一种争夺。即使在同一诗社内部，也会因为诗学的原因产生龃龉，如李梦阳、何景明之争；还会因为身份或气质的原因排斥他人，如后七子李攀龙、王世贞诸人对谢榛的摈斥。这些都反映了诗社发展到明代，逐渐少了过去诗社宽缓优容的作风，而多了些角逐斗争的狠戾之气。诗社的排他性强化，开放性、包容

---

① 诗社形成后，除了传统的社友相聚唱和外，还往往在四季中的上巳、端午、七月七日、九月九日和冬至日开展活动，诗社活动雅集化，雅集成为诗社成员内部的聚会，不再有传统雅集的开放性。这是从总体上的概括，特例也有，但就总体趋势而言，确实存在诗社活动雅集化的特点，活动本身也多具排他性。诗社的具体活动，就似乎是雅集；诗社活动，成为众多雅集的连缀。

性减弱。郭绍虞曾说:"什么是明代批评的特征?那是一些颇带'法西斯'式作风的。偏胜,走极端,自以为是,不容异己。因此,盲从、无思想、随声附和、空疏不学,也成为必然的结果。这是法西斯式作风所应有的现象。"① 并继而严厉地指出:"我总觉得明人的文学批评,有一股泼辣的霸气。他们所持的批评姿态,是盛气凌人的,是抹杀一切的。因其如此,所以只成为偏胜的主张;而因其偏胜,所以又需要劫持的力量。这二者是互为因果的。因其有劫持的力量,所以容易博取一般人的附和;而同时也因其得一般人的附和,所以随声逐影,流弊易见,而也容易引起一般人的反抗。我们统观明代的文学批评史,差不多全是这些此起彼伏的现象。易言之,一部明代文学史,殆全是文人分门立户标榜攻击的历史。"②

郭绍虞所概括的"分门立户"并且相互攻击的诗坛现象是文人群体众多且对诗学话语权有所诉求的一种反映。其交争也促进了明代诗学领域内的理论争夺。但在理论争夺的名义之下,"偏胜"、"盛气凌人"所导致的流弊便是诗学主张并未能在争夺诗学坛坫与理论阵地的时代氛围中较前代有更突出的表现,诗学主张基本是对前代的补充与改进,创造性的见解并不常见。③

就诗社与诗歌创作以及诗人诗学经历的角度看,明代可谓是历史上最为密切的时期。从明初延续了元末文人的结社传统开始,终明一代,基本上都可以说是诗社在活跃的氛围中持续发展,文人也大都参与过各种各样的诗社活动。何宗美曾对有诗社经历的明代文人加以罗列,在中国文学史以及诗社史上较为知名的明代文人几乎都列在其中:陈献章、李东阳、前七子、王阳明、杨慎、后七子、唐寅、李开先、茅坤、归有光、徐渭、汤显祖、公安三袁、董其昌、曹学佺、谢肇淛、钟惺、谭元春、王思任、钱谦益、冯梦龙、张溥、吴伟业、陈子龙、顾炎武、黄宗羲、王夫之、张岱、侯方域等明代文学史以至文化史中的名人都有诗社活动的经历。总体上讲,虽则明人诗社活动有着自我标榜、分

---

① 郭绍虞:《照隅室古典文学论集》上册,上海古籍出版社1983年版,第512页。
② 郭绍虞:《照隅室古典文学论集》上册,上海古籍出版社1983年版,第513页。
③ 台阁派与茶陵派的诗学理论相对于前后七子的理论主张来讲,并不具有明确性和系统性。而前后七子的主张,实际上是对诗学发展的正统脉络的细致勾画与重新申明。而竟陵派与公安派的有关主张实际上是对居于强势与主流地位的前后七子诗学的一种应激性反拨,是七子诗风漫卷天下的一种异动。其理论根基与诗学涵养与前后七子并不处于统一层次的对话关系之中。

门交争的"习气",但诗社繁盛、绝对数量巨大是不争的事实。在"习气"之下。他们也有"只在文艺上讨生活,于是也只能在文学批评上立坛坫"①的一些偏颇做法。

回到诗社与诗学的关系角度,明人结社标榜,自立门户的"习气"固然不利于诗人间的彼此交流和诗学竞争的良性展开,但各诗社总体上在诗学的理论路径方面大体形似,他们有着共同或接近的诗学宗法对象和较为一致的训练内容。所分歧者又多在诗学宗法对象高下良莠或此长彼短的不同意见方面。因此他们相互间有了争议,甚至有了激烈的理论交锋。但于诗学本身范式的触动与影响并不很大,更何况有的争论还是出于意气相争。比如前后七子对台阁与茶陵诗风的批评,其实可以视为相近诗学体系内的一种斗争。而谢榛被后七子诗社的其他成员排斥,也并非是诗学的原因。其"十四家又添一家"的主张其实被后七子普遍接受,谢榛被排斥,实是出于身份气质与他人不同而导致的意气相争的原因。②

在意气相争的风气之下,难说有什么公允的诗学见解。总体而言,明代诗社活动在诗学层面上生成并培育了茶陵、前后七子以及唐宋派、公安和竟陵诗学,对于明代诗学基本面貌和格局的出现起到了至关重要的作用;然而,明代诗社也在意气相争的"习气"中,既助长、又凭借了这种分门立派或是自相标榜的风气力量而发展到了空前兴盛的地步。诗社与诗学的关联密切到了诗社、诗学和诗派紧紧扭结到了一起的地步,这种情形,前代是没有的。虽然明代诗社在诗学上的创作不及宋元,也远不如清代,但却很充分地阐释了诗社在诗学史与诗派发展史中的历史作用与意义。因此,把握明代诗社的历史特点,应该紧密结合诗社的诗学及其与诗派的关系来进行,还应将其置于诗社史与诗学史的纵向历史维度中来予以探研。所以,我们在明代部分,不会去做全面的个案

---

① 郭绍虞:《照隅室古典文学论集》上册,上海古籍出版社1983年版,第528页。
② 《明史·谢榛传》云:"李攀龙、王世贞辈结诗社,榛为长,攀龙次之。及攀龙名大炽,榛与论生平,颇相镌责,攀龙遂遗书绝交。世贞辈右攀龙,力相排挤,削名于七子之列……当七子结社之始,尚论有唐诸家,各有所重,榛曰:'取李、杜十四家最盛者,熟读之以会神气,歌咏之以求声调,玩味之以裒精华,得此三要,则浩乎浑沦,不必塑谪仙而画少陵也。'诸人心师其言,厥后虽合力摈榛,其称诗旨要,实自榛发也。"参见(清)张廷玉等撰:《明史》第24册,中华书局1974年版,第7375—7376页。既"心师其言",又合力排斥,实与谢榛与七子诗社中其他诸人身份不同,人生态度也多有不合。诸人竟至不容,以至排斥甚至丑诋,与意气相争的明代诗社风气有直接关系。

考辨，而是选取在诗学史上有突出特点的诗社、诗派进行分析，同时也会选取一些独具特色的诗社做适当的个案研究，力图在点面结合上走出一条研究明代诗社的新路。

另外还应注意的是明代"三化"的程度进一步加深。明代大部分时期的社会经济都处于繁荣阶段，城市工商业均获得较大发展。文人生活优裕，各种文化艺术门类也都呈现出繁荣的态势。文人结社也在这样的社会文化氛围中达到了空前的鼎盛。士子在参加科举考试前的修业阶段，或是通过科举考试步入仕途之后，都喜好在诗社中结交诗友，进行诗学交流与游艺活动。[①] 社会总体的文化状貌和城市工商业的繁荣，使得诗社活动中诗学切磋和诗学训练的因素羼入了相当成分的游艺内容。总体上讲，明代诗学的"三化"程度大为加深。明代诗社众多，分布地域也很广泛。明人几乎都有诗社活动的经历与"三化"程度加深的诗学背景有直接关系。何宗美指出"结社基本上是他们（明代文人）主要的生存方式和文学交游方式"[②]，而诗社以及诗社活动也成为认识明代"三化"程度加深趋势的一面镜子。正因为诗社对于明代诗人的生活有着重要的意义，故而研究明代诗社的诗学问题时还应注意在"三化"的历史趋势中去阐释明代诗社在古代诗歌创作和诗学发展中的实际作用和历史意义。虽然明代诗社的优缺点都比较明显，但在"三化"程度加深的大历史趋势中，其作用可谓是前无古人，后无来者。对于我国古典时期诗学总体面貌和诗社总体历史意义的表现与发挥都起到了不可替代的巨大作用。[③]

---

① 郭绍虞指出："借了以文会友的题目，而集团生活却只是酒之宴，声伎之好；品评书画，此唱彼酬，成为一时风气。而这种风气，实在还是受了残元的影响。"（郭绍虞：《照隅室古典文学论集》上册，上海古籍出版社 1983 年版，第 527 页）从元末以来，文人在诗社中的游艺活动渐次增多，已经开始有了雅集化的趋势，在明代则进一步发展。

② 何宗美：《文人结社与明代文学的演进》上册，人民出版社 2011 年版，第 21 页。

③ 关于明代诗社，何宗美曾说："如李开先自四十岁罢官后的几十年间皆以结社唱和与文学创作为依托，聚于其章丘词社者前后达数十人之多，从而创立了当时中国北部的一个重要文学中心和戏曲中心。唐宋派作家之一茅坤也是一个突出的例子。他中晚年四十几年基本在诗会酒社中度日，这段时光占去他一生的一半还多。由散文大家转而成为一位诗人也是参加诗社唱和的结果，其诗集《白桦楼吟稿》离不开结社的文学生活。还有一些作家的结社贯穿其一生，公安派代表作家袁氏兄弟，竟陵派代表作家钟惺、谭元春，以及王稚登、潘之恒、曹学佺、谢肇淛等莫不如此。结社的家族史对作家的成长的影响也是一个值得注意的现象，如归有光自其高祖到父亲几代人无不乐于社事，因此结社也就成为伴随归有光成长的一种重要文化因素。张岱的情况与归有光极为相似，从其祖父读史社、饮食社、其叔噱社、长安古意社，到张岱丝社、斗鸡社、蟹会、蕺山亭大会，充分说明结社在明代成为一种家族文化传统已不足为奇，

第二章　明代诗社与诗学诸问题

关于明代诗社的发展状况，郭绍虞在其《明代的文人集团》一文中曾划分了三个时期。第一期为洪武以后景泰以前（按，约1368—1464年间）。此期诗社，"只是兴趣的结合，不管是窗下切磋用以攻文也好，或是林下逍遥用以娱老也好，总之既无党同伐异之见，更不论及国事。"① 他还说，此期诗社"延袭元季风气，文采风流，照映一世。举其著者，吴中则有北郭社，粤中则有南园社，闽中则有十子社。此外则是老年文人的结合，大都仿白居易之香山社，文彦博之耆英社，以怡老为目的，而兴之所至，也不妨从事于吟咏。"② 第二期为天顺以后万历以前（按，约1465—1620年间）。此期"派别渐滋，门户亦立，于是始成为主张的结合。固然，因个性的关系，大同之中不能无小异，但是个人总有共同的信条，也有共同的作风，不能算是无目的的组合了。所以不同于后一期的，只是不带政治性而已。"③ 第三期为天启崇祯时期（按，约1621—1644年间）。因为"受到阉党的刺激，始于上述两种风气之外，讽议朝政，裁量人物，也就与当时实际政治不能脱离关系了"④。何宗美则划分得更为细致，以元末明初、永乐至天顺、成化至正德、嘉靖时期、隆庆万历时期和泰昌崇祯时期文人结社对明代文学发展的作用来予以分别，准确地勾画出了明代文人结社（包括诗社）发展变化的基本状貌。我们对明代诗社与诗学的发展情况进行考察时，主要依据郭绍虞、何宗美的基本区划。

而这种情况下，它对于一个作家的影响更加根深蒂固。"（何宗美：《文人结社与明代文学的演进》上册，人民出版社2011年版，第22页）文人普遍的结社经历，对于文人获得各种艺术经验意义重大。因明代社会文化的总体风貌，文人在包括诗社的结社活动中，也会沉浸在一种泛娱乐化的时代气息之中，如张岱的丝社、斗鸡社、蟹会等，都是娱乐性的会社。此外，明代戏曲小说门类的作家和小说评点家也多有会社组织。据何宗美考察，明人在戏曲方面的会社有康海的百岁会、李开先的章丘词社、梁辰鱼的莲台仙会、潘之恒的顾氏馆曲会、秦淮大社、张岱的蕺山亭大会、姚潾的楼船雅集等；小说家的结社则有冯梦龙吴中及麻城的结社。而作为小说评点家的叶昼亦曾结有海金社。（参见何宗美：《文人结社与明代文学的演进》绪论部分，人民出版社2011年版）再从娱乐的角度看，明人自明代中期后渐不避声色入社。如高政及王召、钱宪等人的水洗楼，选声伎居处其中，日夕游娱，若恐不至。（参见何宗美：《文人结社与明代文学的演进》上册，人民出版社2011年版，第251页）因此，明人的诗社活动是"三化"程度加深的一个典型反映，从中也可折射出明代社会文化的总体面貌和基本特点。结合"三化"的实际趋势，对于明代文人结社，包括诗社的诸多特色就会有准确的理解与把握。

① 郭绍虞：《照隅室古典文学论集》上册，上海古籍出版社1983年版，第531页。
② 郭绍虞：《照隅室古典文学论集》上册，上海古籍出版社1983年版，第533页。
③ 郭绍虞：《照隅室古典文学论集》上册，上海古籍出版社1983年版，第531页。
④ 郭绍虞：《照隅室古典文学论集》上册，上海古籍出版社1983年版，第532页。

第一节 由高启、高棅到明代诗社主体与诗学主流：台阁、茶陵及前后七子的诗社活动与诗学意义

一、高启的诗社活动及其有关理论

高启是北郭诗社的成员。关于北郭诗社，郭绍虞和何宗美都曾予以考述，此处不再重复。从诗学角度看，该诗社并未过多去关注诗学问题。高启《送唐处敬序》云："吾世居吴之北郭，同里之士，有文行而相交善者，曰王君止仲一人而已。十余年，徐君幼文自毗陵，高君士敏自河南，唐君处敬自会稽，余君唐卿自永嘉，张君来仪自浔阳，各以故来居吴。余以无事，朝夕诸君间，或辩理诘义以资其学，或赓歌酬诗以通其志，或鼓琴瑟以宣湮滞之怀，或陈几筵以合宴乐之好，虽遭丧乱之方殷，处隐约之既久，而优游怡愉，莫不自得也。"[①] 除了勾勒出北郭诗社的基本情况外，也交代了他们的活动内容。其中之"或辩理诘义以资其学，或赓歌酬诗以通其志"云者，是他们探讨学问并酬和作诗以表相知之谊，并无明显的诗学意味。作为北郭诗社中诗学成就最高的诗人高启，他在《独庵集序》中所表述的诗学见解对于理解明代诗学则有较重要的认识意义。其云："余少喜攻诗，患于多门，莫知所入"，后来渐有了自己的主张，认为"兼采诸家，不事拘狭"方可"趋于自成，而为一大方也"。他关于类似"所入"与何以"趋于自成"之类的诗学问题未作过多阐述，但其基本态度是兼收并蓄，以期自成一家。这种见解，可谓开启了何景明、谢榛等人的诗学理念，对明代诗学影响甚著。而在同一篇文章中高启所谓的"诗之要：有曰格、曰意、曰趣而已。格以辩其体，意以达其情，趣以臻其妙也。体不辩，则入于邪陋，而师古之意乖；情不达，则堕于浮虚，而感人之实浅；妙不臻，则流于凡近，而超俗之风微。三者既得而后典雅、冲淡、豪峻、秾缛、幽婉、奇险之辞，变化不一，随所宜而赋焉。如万物之生，洪纤各具乎天；四序之行，荣悴各适其职。又能声不违节，言必止义，如是而诗之道备矣。"高启

[①] 《青邱高季迪先生凫藻集》卷三，《四部备要》本。

以"格"、"意"、"趣"论诗的基本观点和"变化不一"、"随所宜而赋"的见解，在李东阳、胡应麟、谢榛、王世贞等人的诗学理论中似乎都可以找到呼应。北郭诗社虽无显著的诗学建树，但其核心成员高启的诗学创作和有关理论好比是揿下了明代诗学的理论按钮，擘画了明代诗学理论的基本话题和理论区囿。

二、高棅、林鸿的诗社活动及其诗学意义简析

林鸿、高棅等人于明初洪武年间在福州曾结诗社。何宗美经过考证，认为该诗社成员为：林鸿、高棅、陈亮、王恭、唐泰、郑定、王偁、王褒、周玄、黄玄、浦源、林敏、陈仲宏、郑关、林伯璟、张友谦、赵迪等。[①] 在诗学方面，林鸿有明确的主张。《明史·林鸿传》云："(林)鸿论诗，大指汉、魏骨气虽雄，而菁华不足。晋祖玄虚，宋尚条畅，齐、梁以下，但务春华，少秋实。惟唐作者可谓大成。然贞观尚习固陋，神龙渐变常调，开元、天宝间声律大备，学者当以是为楷式。闽人言诗者率本于鸿。"[②] 林鸿对于历代诗歌的发展演变有着明确的见解，认为"惟唐作者可谓大成"，并对唐代诗歌有了基本的历史分期，指出初唐贞观时期"尚习固陋"，未能完全摆落六朝影响。神龙时期因渐开风气，至盛唐开元、天宝间，则"声律大备"，学者当明辨诗歌发展之情伪，师其上者，以盛唐诗风为楷式。林鸿的这个意见在高棅那里得到了扩充与发展。高棅将唐诗分为初、盛、中、晚四个发展时期，要求以盛唐诗歌为学诗方向。林鸿、高棅的这种观点，影响不止于茶陵与前后七子诸人，也不止于明代，对其后的诗学史产生了广泛而深远的影响。如果说，林鸿关于唐诗的意见是个总纲的话，高棅则进行了具体而微的阐述。其《唐诗品汇总序》云："有唐三百年诗，众体备矣。故有往体、近体、长短篇、五七言律句、绝句等制，莫不兴于始，成于中，流于变，而陊（按，即"堕"，坏也）之于终。至于声律兴象，文词理致，各有品格高下之不同。略而言之，则有初唐、盛唐、中唐、晚唐之不同。详而分之，贞观、永徽之时，虞、魏诸公，稍离旧习，王、杨、卢、骆，因加美丽，刘希夷有闺帷之作，上官仪有婉媚之体，此初唐之始制也；神龙以还，洎开元初，陈子昂古风雅正，李巨山文章宿老，沈、宋

[①] 何宗美：《文人结社与明代文学的演进》上册，人民出版社2011年版，第37页。
[②] （清）张廷玉等撰：《明史》第24册，中华书局1974年版，第7336页。

之新声，苏、张之大手笔，此初唐之渐盛也；开元、天宝间，则有李翰林之飘逸，杜工部之沉郁，孟襄阳之清雅，王右丞之精致，储光羲之真率，王昌龄之声俊，高适、岑参之悲壮，李颀、常建之超凡，此盛唐之盛者也；大历、贞元中，则有韦苏州之雅澹，刘随州之闲旷，钱、郎之清赡，皇甫之冲秀，秦公绪之山林，李从一之台阁，此中唐之再盛也。下暨元和之际，则有柳愚溪之超然复古，韩昌黎之博大其词。张、王乐府，得其故实；元、白序事，务在分明。与夫李贺、卢仝之鬼怪，孟郊、贾岛之饥寒，此晚唐之变也。降而开成以后，则有杜牧之之豪纵，温飞卿之绮靡，李义山之隐僻，许用晦之偶对。他若刘沧、马戴、李频、李群玉辈，尚能迈时流，此晚唐变态之极，而遗风余韵，犹有存者。"①由其序可知，高棅虽然把唐诗的发展分为初、盛、中、晚四期，四期虽各有鲜明的特色，但却不是突兀出现的，所谓"初唐之始制"、"初唐之渐盛"、"盛唐之盛"、"中唐之再盛"、"晚唐之变"、"晚唐变态之极"云云，就是描述了唐诗发展的渐进式历程。在四个分期以及连贯四个分期的渐进阶段，高棅罗列了能够反映诗风变化的代表性诗人，并评论了他们的基本风格。这为明代诗学宗唐的主流诗风奠定了基础，茶陵与前后七子几乎都是在此种认识的基础上建立其诗学理论的。高棅在其《总序》中阐发的"观诗以求其人，因人以知其时，因时以辨文章之高下、词气之盛衰"的诗学思路，也在明代主流诗风中得到了响应。

此外，高棅在此序中还提到了学者训练其诗学判断力的方法，他说："今试以数十百篇之诗，隐其姓名，以示学者，须要识得何者为初唐，何者为盛唐，何者为中唐、为晚唐，又何者为王、杨、卢、骆，又何者为沈、宋，又何者为陈拾遗，又何者为李、杜，又何者为孟为储，为二王，为高、岑。为常刘、韦、柳，为韩、李、张、王、元、白、郊、岛之制。辨尽诸家，剖析毫芒，方是作者。"②对于学者师法唐人，明辨唐诗不同时代、不同诗人的基本特征在学诗过程中的作用极为重视。其思路是先确定诗学宗法的对象，进而掌握区分不同诗风的基本能力，能够做到对前人诗作"辨尽诸家，剖析毫芒"，通过广泛师法，以提高自身的诗学素养。其观点再往前迈一步，就是谢榛的

---

① （明）高棅编选：《唐诗品汇》，上海古籍出版社1988年影印本，第8—9页。
② （明）高棅编选：《唐诗品汇》，上海古籍出版社1988年影印本，第9页。

"十四家又添一家"之说了。可以说,高棅的诗学观点对于明代诗学,尤其是明代主流诗学,如茶陵诗学、格调论、前后七子诗学都起到了先期的铺垫与启发作用,李东阳就曾实践过高棅这里表述出的训练方法(详后),这是他们在诗学上有密切关联的一种反映。而高棅诗论的形成,应该与其受到闽中诗社林鸿的影响有关,其理论的趋于明确,或许就得力于在闽中诗社中的诗学活动。

另外,还值得关注的是闽中诗社在诗学上的取定标准,这也是该诗社有明确诗学主张的反映。钱谦益《列朝诗集小传》甲集之"浦舍人源"条云:"(浦)源,字长源,无锡人,洪武中,为晋王府引礼舍人。闻闽人林子羽(林鸿)老于诗学,欲往访之而无由。以收买书籍至闽。子羽方以其乡人郑宣、黄玄辈结社(按,闽中诗社无"郑宣",关于此诗社或曰"闽中十才子"的基本情况,可参看何宗美《文人结社与明代文学的演进》上册第37页下的注2),长源谒之,众请所作,初诵数首,皆未应。至'云边路绕巴山色,树里河流汉水声',惊叹曰:'吾家诗也。'子羽遂邀入社,因避所居舍之,日与唱酬。"①此事在诗史上传为佳话,《静志居诗话》卷四和丁福保在《浦舍人诗集》中所作的《浦舍人传》对此事都有记述。这种以诗学水准为入社唯一资格的做法是诗学色彩浓厚的诗社的惯例。《红楼梦》中香菱经过艰苦的诗学训练,终于获准加入黛玉、湘云等人的诗社,就与浦源加入闽中诗社的情形相类。可以说,这种以诗为取定标准的入社方式,在明清时代的诗社中是较为普遍的。

总之,林鸿、高启等人的闽中诗社在诗学理论方面可以说对于整个明代诗学的格局与走向都有着预先铺垫的作用。也在某种程度上预示着明代以盛唐为宗、重视诗学功夫的主流诗学思潮的到来。闽中诗社与其宗唐的诗学主张,对于我们把握明代诗社与诗学的关系及其走向有着其他诗社不具备的特殊意义。

三、台阁体成员的诗社与诗学

以群体性诗歌创作影响诗坛并形成流派,在明代以台阁体为最早。从诗社角度看,该流派成员亦多有结社唱和的活动。所以,结社唱和既是该流派进行创作的组织依托,也是他们扩大诗学共识,壮大创作力量,并形成诗学流

---

① (清)钱谦益:《列朝诗集小传》上册,上海古籍出版社1959年版,第143页。

派,进而影响明代诗学走向的重要因由。台阁诗人的诗社活动及其诗学作用也在某种程度上开启了诗社—诗学—诗派的新型关系模式,并确立了此后茶陵、前后七子等明代主流诗社与诗学的联结方式和通过诗派以发挥作用的基本机制。

明初的永乐、天顺时期,在京师台阁任职的文人在职事余暇,常常聚集在一起吟咏酬唱。此时明王朝政治较为稳定,台阁诗人在相对平静的生活氛围中心态亦较从容闲雅。他们在酬唱中的作品也多春容迂徐之气。钱谦益在《列朝诗集小传》乙集的评杨士奇诗时说杨的诗:"词气安闲,首尾停稳,不尚藻饰,不矜丽句。"① 这可用以概括台阁诗人们总体的创作风格。其创作虽多交接应酬的内容,但在风格上还是有了不同于此前延续元季的新特点。又因台阁诗人的诗学活动在文化中心京师展开,加之其主要成员又仕途平稳,活动时间也较长,故而得以在共同诗学好尚的基础上形成台阁诗风与所谓的台阁体。这也标志着至此明代诗学有了自己的基本面貌,开始了明代形成自身一代之诗学的发展历程。因此,台阁诗风与台阁体是明代形成自身诗学特色的第一个须要考察的研究对象。且此诗风的形成,也经历了由诗社而诗派,以群体创作的力量形成强势诗风,并产生较大诗学影响的过程。这样的过程,在茶陵以及前后七子那里同样存在。

关于台阁诗人的诗社活动及其对于形成台阁诗风之关系,何宗美曾指出:"至于这一时期以杏园雅集、真率会为代表的台阁人物结社,则是台阁体核心人物的巅峰盛会。通常所说的台阁体,正是在一次又一次的文人酬唱中得以形成并广泛传播的,原因在于台阁体主要是一种应制或应酬的所谓文学,故而在某种意义上讲,台阁体文人之酬唱便是台阁体诗风之附和。若没有酬唱,没有附和,台阁体就难以产生,也难以流播一时。总之,这一时期文人结社与文学流派的关系更显密切,结社之兴促成了流派之渐兴。"②

何宗美所说的酬唱与附和,主要便发生在台阁诗人们的群体性诗学活动之中。正因为从成祖永乐初年到英宗正统初年的四十余年中,在政治稳定,社会

---

① (清)钱谦益:《列朝诗集小传》上册,上海古籍出版社 1959 年版,第 162 页。
② 何宗美:《文人结社与明代文学的演进》上册,人民出版社 2011 年版,第 100 页。

经济趋向繁荣的过程之中,朝廷内阁核心也保持了稳定。所以,依托台阁文人的群体性文学活动能够得以充分展开。这是台阁诗风得以酝酿生成并产生影响的客观现实基础。

明代京师地区的群体性文学活动似以永乐三年(1405)三月翰林诗人邹缉等七人的翰林雅会为发轫。① 其后,永乐七年(1409)中秋,学士胡广与同署僚员会于京师城南,"酒酣,分韵赋诗成卷,学士王景为之序,此节会唱和之始也"②。何宗美指出"节日诗会自永乐起成为明代翰林的一种风尚",并认为此风由胡广开启。③ 就对台阁诗风影响的层面讲,胡广,包括邹缉都以热衷于举行雅集一类的群体性文学活动而产生了深远的影响。从永乐三年以及永乐七年的中秋诗会后,翰林阁员的诗学活动便逐渐增多起来。永乐十九年(1421)明王朝正式迁都北京。正在此年,胡广、邹缉即召集杨荣等十三人参加了以"北京八景"为吟咏对象的群体性诗学活动。第二年,以杨士奇为核心的台阁诗人诗学活动就更为活跃了。年初即有"新正宴集",参加者有杨士奇、邹汝舟、姚友直、金用诚、张伯厚等人,以杜甫"迟日江山丽"分韵赋诗。此年年底,又有杨士奇与其"翰林交游之旧"共十七人的西城宴集,曾棨、王英、钱习礼等人都在参加之列。④ 十九年后的正统五年(1440),这些台阁诗人又举办了真率会,其间,以杨士奇、杨荣、杨溥、王英、王直、李时勉、钱习礼等为主体的作家群体,就是台阁体的核心成员,也是发起并台阁诗风的主力。

在台阁诗人的诸多群体性文学活动中,宣德三年(1428)在京师北京的聚奎宴集是较有影响的一个。此次宴集,是杨溥与同僚宴请宣德二年(1427)丁未科一甲进士马愉、杜宇、谢琏于大学士杨荣府宅,杨士奇则名其堂为"聚奎",诸人相与酬唱。此会的参加者系馆阁名臣与新科进士,既有京师诗坛宿匠,又有诗坛的新生力量,从而扩大了馆阁文学的影响力。正统二年(1437)三月初一日,馆阁臣僚杨士奇、杨荣、杨溥、王直、王英、钱习礼、

---

① 参见何宗美:《文人结社与明代文学的演进》上册,人民出版社2011年版,第80页。
② 黄佐:《翰林记》卷二〇,《丛书集成初编》本,第351页。
③ 何宗美:《文人结社与明代文学的演进》上册,人民出版社2011年版,第81页。
④ 何宗美:《文人结社与明代文学的演进》上册,人民出版社2011年版,第115页。

李时勉、陈循、周述、谢庭循等人聚于杨荣居所杏园，仿白居易香山九老会故事举行诗会，杨士奇还为此作有《杏园雅集序》以述其事，杨荣亦作《杏园雅集后序》以为补充。此会可谓台阁诗人的诗学大联欢，也是当时的台阁诗风达到了高潮。正统五年（1440），杨士奇、杨荣、杨溥与钱习礼、李时勉、王直、王英又举行"真率会"活动，此时三杨已届暮年，不久便纷纷谢世（杨士奇卒于正统五年，杨荣卒于正统九年即 1444 年，杨溥卒于正统十一年即 1446 年）。但台阁诗风仍在延续，英宗天顺二年（1458），翰林学士李贤因内阁芍药开花，召集新晋为内阁学士的彭时、黄谏、吕原、林文、刘定云、倪谦、钱溥、李绍等人举行赏花会。参与赋诗的有四十人，并将所作编为一集。① 可见，台阁诗人的群体性诗学活动在三杨等台阁体核心成员故去后，还在延续。实际上，在京师任职的诗人举行群体性诗学活动的做法一直都在延续，不过后来那种"平正纡徐"、"不失古格"②的春容典雅之音在诗学上不再具有统摄、影响诗坛的地位与作用了。随着李东阳等新入京师的青年才俊跻身诗坛，作为明代初期诗学主流的台阁诗风便渐渐让渡于茶陵诗风了。③

　　台阁诗人的确切数量不能定指。何宗美经过考察，指出："从永乐三年（1405）的翰林雅会到天顺二年（1458）的赏花会，参加台阁文人文学雅集与结社而姓名可考者近四十人，即：杨士奇、杨荣、杨溥、王直、王英、王景、陈敬宗、李时勉、曾棨、钱习礼、邹缉、曾烜、钱仲益、徐旭、苏伯景、沈度、王绂、陈循、章敞、周叙、周恂、周述、余学夔、桂宗儒、张宗琏、彭显仁、胡永齐、刘朝宗、李贤、彭时、吕原、林文、刘定之、倪谦、钱溥、李绍和黄谏。这个名单虽不代表台阁文人的全部，但基本上囊括了台阁文学的代表作家，像三杨、二王、南陈北李等无不在内。"④ 由何宗美之勾绘可以看出，在

---

① 参见（清）朱彝尊：《静志居诗话》卷七之李贤条，人民文学出版社 1998 年版，第 178—179 页。
② 《四库全书总目》之杨士奇《东里全集》提要语，参见《四库全书总目》，中华书局 1965 年版，第 1484 页。
③ 茶陵诗风的核心诗人亦为台阁僚员，如果说台阁体有广义延伸的话，茶陵派与前、后七子都可归入台阁文学。茶陵派与前后七子诸人对三杨等台阁文学在总体上不是反对的，而是对台阁文学的迂徐气度与过多的应酬交际内容造成的诗风沉冗、格调靡弱有所不满，因而主张明确师法对象，加强诗学功力以改变其浮薄风貌。然茶陵后亦受到前后七子的诋责，原因与台阁诗风相似。从总体上讲，台阁、茶陵与前后七子诗学是同质的，它们共同构成了明代诗学的发展脉络，也是明代诗学的主流。
④ 何宗美：《文人结社与明代文学的演进》上册，人民出版社 2011 年版，第 103 页。

长达四十余年的京师台阁诗人群体的文学活动中，一批批的台阁僚员在职事之暇展开诗学活动，在其作品的风格上具有共同的"舂容典雅"的特点。虽然何宗美认为台阁文学"是上流社会的文学而非底层文学"，"是庙堂文学而非文人或民众的文学，是政治文学而非纯文学"①但台阁文学作为上层文人的群体性文学活动的产物，其作品自然带有士大夫气息，也更带有"交流符号"的意义。在明代国力上升，政治稳定的时代，出现王世贞所说的"风不在下"②的诗学格局亦属诗学发展的正常现象。在台阁文人的交流过程中，"诗可以群"的本始作用被激发了出来并得到强化。诗成了沟通彼此，交流情谊的纽带，也起到了交通同僚友朋，增进彼此了解的作用。作为"庙堂文学"，台阁诗人们的创作与传统的"雅"诗或"颂"诗多少有相通之处。在国力强盛的际会之中，国家文化中心的文学，即京师文学便具有风行天下的传播效能和影响力，台阁文学便在明代文学中第一个成为京师文学的典范，也成为当时明代文学的标签。此后的茶陵与前后七子也都在不同程度上反映出京师文学在国势强盛时期作为传播源和文学楷式的地位的影响力。作为文化中心的京师，在文学上的表现往往随国势的强弱有着不同的影响力，国势盛时，表现为由京师而地方的传播指向；反之，则是文教靡散，地方文学的影响力反噬或是反哺京师。在《诗经》的时代是如此，其他历史时代亦是如此。从这个意义上讲，我们不用去过多诘责其非"底层文学"或是非"纯文学"，而是应对其作为明代主流文学的第一个文学事项和其所反映出的古代京师文学的存在价值与作用轨迹有所了解。③

虽然台阁诗人并不十分留意诗学，也不见在理论主张方面有什么创见。但他们却以自己的创作形成了鲜明的特色，并且延续这种特色达数十年之久，使得明诗开始了自己在诗学上的历程。明初高启、扬基等人在诗风上仍可视为元

---

① 何宗美：《文人结社与明代文学的演进》上册，人民出版社2011年版，第100页。
② （明）王世贞：《艺苑卮言》卷五，载丁福保辑：《历代诗话续编》下册，中华书局1983年版，第1023页。
③ 虽然老年台阁诗人在正统五年（1440）成立的真率会是台阁文人"正是结社的开始"（何宗美：《文人结社与明代文学的演进》上册，人民出版社2011年版，第117页）但此前他们的诸多宴集、雅会等活动已然有着诗歌创作活动。因此，台阁诗人在此前虽未尝有明确的诗社表述，但我们仍然应该将其置于明代诗社与诗学的研究视野中予以观照。更何况台阁诗人们的群体性诗学活动在明代诗社史和诗学史上都影响深远，不能有所轻忽。

诗的延续，还不能说开始了明诗的时代。及至台阁诗人跻身诗坛，明诗自身的诗学进程就启动了。台阁体式微，茶陵诗风继起，而后是前后七子相继腾涌，掀起"尚古"诗风的高潮。① 继而公安、竟陵诗风继起，共同形成了明诗的诗学脉络，也都在明诗的诗学进程中表现出了鲜明的诗学特色。应该说，台阁诗人及其群体性诗学活动有着不可替代的历史功绩，它是明诗开始形成主流特色的嚆矢，也预示着明代诗学繁荣局面的到来。其历史功绩的取得，实得力于进入京师台阁任职的士大夫诗人。明初台阁文学的历史意义，也一如唐初带有六朝遗风的沈宋诸人以及上官体、宋初杨亿、刘筠、钱惟演的西昆体和元初尚未洗尽金宋余习的刘因、赵孟頫等人的创作，虽然它们本身都有局限性，但都为一代诗风的到来做足了铺垫。

此外，由台阁诗人的群体性诗学活动以及形成台阁诗风的角度去观照，京师台阁士大夫预入诗社，并影响全国，形成了明诗最初的格局。台阁诗人以其地位、学养和诗学才能，依托文化中心京师来影响全国，引领可当时的诗风走向。而其后，茶陵派和前后七子派的诗人形成趋同的诗学意见的空间位置即在京师的诗学活动之中。即使他们后来或外任或归隐，但其基本诗学主张和创作风范则是在京师任职期间形成，正是借助了文化传播高位——京师的巨大辐射作用。在他们后来的仕履生涯中，他们将京师诗风播散开去，浸淫至全国，影响于一代。在明王朝国势较强，中央政府政治平稳的时期，这种诗学格局也较为稳定。而公安、竟陵等诗派则产生于国势渐颓、政治腐朽的时期，京师作为文化中心与传播高地的地位衰减，无法再高屋建瓴地影响地方文学的时候，地方诗人的群体性诗学活动就开始形成自己的诗学特色，并具有了辐射影响全国诗学格局的作用。公安、竟陵即是这样的地方性诗学影响明代中晚期诗学格局的例子。这种现象也不独是在明代，唐、宋、元以及清代都存在这种现象。也可以说，这种现象的背后即是封建王朝诗学格局演化变迁的一个基本模式。这是一定政治生态中人文教化的中枢——京师之文化影响力与地域文化影响力间此消彼长的相互关系在诗学格局方面的一种反映。时代政治的良窳与国势的强

---

① 之所以谓其"尚古"，系因其意欲找到诗学能够既有所继承，又有所发展的正统路径，其师古或是模拟，实际有对当时诗坛救弊的用意，后文即以"固本"来表述前后七子诗学，而不用"复古"一词。

弱是这种格局变化移衍的根本决定因素。我们思路由此再推进一步,《诗经》的颂、大雅、小雅、变雅、正风、变风其实也是这种决定因素的反映,也都取决于国家政治和文化影响力的大小。由颂、雅、风的顺递关系看,是"王泽"由统治中心施及于地方的顺序;由变风而变雅,则是"王泽"衰颓,地方反而影响统治中心,或代替了统治中心文化影响力的表现。总之,诗学在某一较长的时代,由京师而地方,或由地方而京师的传播影响方向,取决于国势与政治文化的实际存在状况。从台阁诗学开始,明代京师诗学开始强盛,也开始了京师诗学影响全国诗学的格局,直至后七子诗学影响力衰歇。

四、李东阳的诗社活动与茶陵诗学简述

作为台阁诗学的一种演进,茶陵派提出了明确的诗学理论和主张。李东阳作为茶陵诗派的核心人物,其有关诗学观点可以看作是茶陵诗学的主体。[①]他的诗歌创作,有明确的取法对象,取法的诗人谱系还较为宽泛。他已经开始力主宗唐法杜,但还兼取王维、白居易之长,还参法苏轼,表现除了兼收并蓄的特点。其诗风清隽,讲求声律,严明体制与格调,在崇尚自然的同时又颇为重视取法古人,表现出与台阁诗风明显的不同。在某种程度上,李东阳可谓开启了前后七子的诗学主张,是连贯台阁与七子的中间环节。李东阳历官馆阁,几乎五十年不出国门,对于京师地区承继台阁、开启前后七子诗学与诗风起到了涵毓蕴蓄之功,为其后京师诗学的发展奠定了坚实的基础。这些诗学作用的取得,实是凭借其在京师的一系列群体性诗学活动而取得的。

在台阁诗人们在诗坛的影响力逐渐衰减的背景之中,馆阁诗人们的群体性诗学活动还在延续。天顺八年(1464)长至日的翰林同年会就"代表了一个新兴文人群体的崛起,也标志着文学新时代的来临。"[②]对于明代诗人的群体性文学活动而言,这次翰林同年会明确地确定了活动的时间周期与基本

---

① 茶陵派以李东阳为核心,以其他此时任职于京师馆阁的诗人为主要创作力量,在当时诗坛上产生了广泛而深远的影响。何宗美划定的茶陵派诗人有:李东阳、石珤、罗玘、邵宝、顾清、鲁铎、何孟春、杨慎,其次则有乔宇、林俊、张邦奇、孙承恩、吴俨、靳贵等人,还有储巏、汪俊、钱福、陆深共十八人,认为他们是茶陵派的主要作家。参见何宗美:《文人结社与明代文学的演进》上册,人民出版社2011年版,第190页。

② 何宗美:《文人结社与明代文学的演进》上册,人民出版社2011年版,第138页。

形式。《翰林记》卷二十云："天顺甲申（1464），庶吉士同馆者修撰罗璟辈为同年宴会，定春会元宵、上巳，夏会端午，秋会中秋、重阳，冬会长至。叙会以齿，每会必赋诗成卷，主会者序之，以藏于家。非不得已而不赴会与会不成者，俱有罚。"①确定了节日聚会的基本形式，并有必须赋诗的要求。可见，翰林同年会中诗学的因素是较为明显的。而具有诗学史意义的是这次翰林诗人的聚会，有李东阳参加。此年春，李东阳甫中进士，任职馆阁，得以参加此次聚会，可以说实际上是李东阳长达五十年的京师诗学生涯的发轫。

依照会约，翰林僚员的此类聚会应当十分频繁。有明确记载的如成化三年（1467）中秋之会，李东阳、罗璟、焦芳、倪岳、吴希贤、彭教、谢铎、陆釴、刘淳等在陈音宅第内举行。成化四年（1468）亦有活动。何宗美提到："李东阳自甲申同年会（每年正式举行六次），成化元年（1465）长至日首会后，又有成化二、三年（1466，1467）的频繁活动，成化四年时，已连有十会。后诗人聚散不一，活动不频繁。成化十三年（1477）同年会再兴。该年十二月二日在倪岳宅第有会，见其《翰林同年会图记》（倪岳《青溪漫稿》卷十六，第204—205页），李东阳作《翰林同年会赋》。此次参与者：李东阳、倪岳、罗璟、谢铎、陈音、傅瀚、吴希贤、张泰、焦芳、刘淳、彭教、陆釴共十二人，皆绘于图。"②李东阳在京师的活动即使有的时段不甚频繁，但总体上次数是较多的。及至弘治十六年（1503）三月，李东阳、闵珪、刘大夏等数十人还举行了"甲申十同年会"，用以纪念天顺八年的翰林同年会。还将其间诗作汇为《甲申十同年诗》③。须要强调的是，在李东阳看来，他与翰林阁员们的群体性诗学活动就是诗社活动。李东阳在《西山和许廷冕、刘时雍、汪时用三兵部韵五首》其二有云："社中诗友惇频换，湖上名山问不迷。兴发便须呼笔札，酒酣欹侧雁行题"④由诗题看，其所和者，亦为京师官员。以"社中诗友"称呼他们，说明他们将自己的诗学活动称为诗社。孙绪《沙溪集》卷一之《东田文集序》亦提到马中锡、杨一清、谢迁、王鏊与李东

---

① 黄佐：《翰林记》，《丛书集成初编》本，第351页。
② 何宗美：《文人结社与明代文学的演进》上册，人民出版社2011年版，第145页。
③ 参见何宗美：《文人结社与明代文学的演进》上册，人民出版社2011年版，第161页。
④ 周寅宾点校：《李东阳集》卷一，岳麓书社1984年版，第257页。

阳结社,而马、谢、王三人均为成化十一年(1475)进士,他们在京师时与李东阳等的诗学活动被人们看作是诗社活动。还应注意,李东阳在京师的诗友不一定都是翰林阁员,除上文提到的三位兵部官员外,还有医官。李东阳有《施医官挽诗》,其中有:"三十年前烂漫游,酒筵诗社忆风流"句①,此"施医官"即施彦清,曾任太医。参与李东阳诗社活动的还有其门生群体。何良骏云:"李文正(李东阳卒谥文正)当国时,每日朝罢,则门生群集其家,皆海内名流。其座上客常漫,殆无虚日。"②正是在如此声势之下,李东阳的诗学理论渐次影响开去,既影响了京师诗坛,也通过门人诗友的影响传于各地。何宗美指出:"李东阳的甲申同年、诗文友及门生中在各地的结社亦不少见。如罗璟致仕乡居,参加了曾彦等人的结社唱和;倪岳供职南京时结瀛都雅会,与会者有郑纪、董越、刘震等高官;邵宝居京时与同乡为官者杭济、秦金等举重阳会,吴宽先后倡举壬戌同年会、五同会、同年三友会,是这一时期文人结社的中心人物之一。由此不难看出结社对茶陵派的扩张、传播所起的积极作用。"③正是以李东阳京师的诗社活动为策源,通过门人故旧在各地的结社活动,使得李东阳的诗学理论扩延开去,形成了具有全国性、时代性影响的茶陵诗风。同时,以李东阳在京师的诗社为核心,由其门人和故旧建立的诗社实际上共同组成了一个茶陵诗社群,这个诗社群是盛极一时的茶陵诗风的策动者、鼓舞着和传播者。

在李东阳的《麓堂诗话》中可以解读出他在京师参与诗社活动时的一些情形。

如:"谢方石鸣治出自东南,人始未之知。为翰林庶吉士时,见其《送人兄弟》诗曰:'坐来风雨不知夜,梦入池塘都是春。'争传赏之。及月课京都十景律诗,皆精鉴不苟。刘文安公批云:'比见张亨父《十景》古诗,甚佳'二

---

① 周寅宾点校:《李东阳集》卷一,岳麓书社1984年版,第275页。
② (明)何良骏:《四有斋丛说》卷八,中华书局1959年版,第67页。焦竑《玉堂丛语》卷六之"师友"条云:"李西涯当国时,其门生满朝,西涯又喜延纳奖拔,故门生或朝罢或散衙后,即群集其家,讲艺谈文,通日夜以为常。"亦系对李东阳在其群体间作用的一种表述。参见《玉堂丛语》卷六,中华书局1981年版,第195页。
③ 何宗美:《文人结社与明代文学的演进》上册。人民出版社2011年版,第169页。

友者各相叩其妙，可也。"① 其中提到的谢方石即谢铎，铎字鸣治，亦为天顺甲申（1464）进士。张亨父为张泰，亦为天顺甲申进士。他们都曾选任翰林庶吉士，在翰林院任职。所谓"月课京都十景律诗"，即是任职翰林时的诗学活动内容之一。《麓堂诗话》又有云："方石自视才不过人，在翰林学诗时，自立程课，限一月为一体。如此月读古诗，则凡官课及应答诸作，皆古诗也。故其所就，沉着坚定，非口耳所到。既其老也，每出一诗，必令予指疵，不指不已。及予有所质，亦倾心应之，必使尽力。予尝为《厓山》诗，内一联，渠意不满，予以为更无可易。渠笑曰：'观子胸中，似不止此。'最后曰：'庙堂遗恨和戎策，宗社深恩养士年。'渠又笑曰：'微我，子不到此。'予又为《端礼门》古乐府，渠以为末句未尽，往复再四，最后乃曰：'碑可毁，亦可建。盖棺事，久乃见。不见奸党碑，但见奸臣传。'渠不待辞毕，已跃然而起矣。"② 谢铎于翰林任职学诗，可见当时翰林院的诗学气氛。他为自己制定了学诗与进行诗学训练的"程课"，并将训练与其职事结合"如此月读古诗，则凡官课及应答诸作，皆古诗也。"又非常热衷于和李东阳开展诗学交流，态度又极为严谨笃诚，毫不掩饰。这些都得力于当时翰林院官员的诗社活动，李东阳诗社对于培养造就诗人是起到了相当大的功效的。

《麓堂诗话》还提到翰林诗人们辛苦作诗的情状："曩时诸翰林斋居，闭户作诗。有僮仆窥之，见面目皆作青色。彭敷五以'青'字韵嘲之，几致反目。予为解之，有曰：'拟向麻池争白战，瘦来鸡肋岂胜拳'闻者皆笑。"③ 虽然对闭门觅句的翰林诗人有所揶揄，但却在客观上反映了翰林诗人对于作诗的全心投入。没有浓郁的诗学活动和诗学竞争的氛围，是不会有人甘于"面目皆作青色"地去呕心吐胆，掐擢心肾的。

又如："潘南屏时用深于诗，亦慎许可。尝与方石各评予古乐府，如《明妃怨》谓古人已说尽，更出新意。予岂敢与古人角哉？但欲求其新者，见意义之无穷耳。及予所作《腹剑辞》，方石评末句云：'添一"恨"字，即精神十倍'。南屏乃漫为过目。《新丰行》，南屏评以为无一字不合作，而方石亦寻常

---

① 丁福保辑：《历代诗话续编》下册，中华书局1983年版，第1382页。
② 丁福保辑：《历代诗话续编》下册，中华书局1983年版，第1389页。
③ 丁福保辑：《历代诗话续编》下册，中华书局1983年版，第1379页。

视之，不知何也？姑识之以俟知者。《腹剑辞》曰：'腹中剑，中自操，一日不试中怒号，搆讐结怨身焉逃？一夜十徙徒为劳。生无遗忧死余恨，恨不作七十二塚藏山坳。'《新丰行》曰：'长安风土殊不恶，太公但念东归乐。汉皇真有缩地功，能使新丰为故丰。城郭不异山川同，公不思归乐关中。汉家四海一太公，俎上之对何匆匆，当时幸不烹若翁。'"①由此可见翰林诗人们在交互评赏时的基本内容与相关情景。

有时这些诗人们的诗学活动还被其他僚友所不解："尝有一同官见予辈留心体制，动相可否，辄为反唇曰：'莫太着意，人所见亦不能同，汝谓这般好，渠更说那般好耳。'谢方石闻之：'是恶可与口舌争耶？'。"②不同的诗学取向，会有不同的批评观点，但在同一诗学群体内部的活动中，就是要在争论中求同存异，以求共同提高。其争论是一种切磋，看似因"着意"而激烈，但这确实他们乐意为之的事情。以李东阳、谢铎等为核心的翰林诗人们通过共同的创作与评赏活动，借以砥砺切磋，相互促进。在诗学的对话与交流中磨合成共同的诗学宗趣和共同的诗学理念。茶陵诗风正是在共同的诗学宗趣和理念的基础上相激相荡成为可以统摄诗坛的强劲力量。与此前的台阁诗风所不同的是，茶陵派的诗人，尤其是李东阳，具有明确的诗学理论和主张。

关于对诗的基本认识，李东阳说："诗在六经中别是一教，盖六艺中之乐也。乐始于诗，终于律，人声和则乐声和。又取其声之和者，以陶写情性，感发志意，动荡血脉，流通精神，有至于手舞足蹈而不自觉者。后世诗与乐判而为二，虽有格律，而无音韵，是不过为排偶之文而已。使徒以文而已也，则古之教，何必以诗律为哉？"③除了对诗教的强调之外，李东阳对诗歌的音韵特质格外重视。依其语意，若希求达到诗歌"陶写情性，感发志意，动荡血脉，流通精神"的艺术效果，就应该去考究诗歌的音韵和谐。唯有做到使"乐声和"，使诗歌改变"有格律，无音韵"的后世缺失，才能找回"六艺中之乐"的本始意义。可见，重视诗教，强调音韵和谐，重视诗歌摅情达意的艺术效果是李东阳论诗的主旨，也可说是总纲。

---

① 丁福保辑：《历代诗话续编》下册，中华书局1983年版，第1390页。
② 丁福保辑：《历代诗话续编》下册，中华书局1983年版，第1389页。
③ （明）李东阳：《麓堂诗话》，载丁福保辑：《历代诗话续编》下册，中华书局1983年版，第1369页。

在《麓堂诗话》中，李东阳还阐发了一些具体的诗学见解。

首先，是对诗歌"格调"的重视，李东阳指出："诗必有具眼，亦必有具耳。眼主格，耳主声。闻琴断，知为第几弦，此具耳也；月下隔窗辨五色线，此具眼也。费侍郎廷言尝问作诗，予曰：'试取所未见诗，即能识其时代格调，十不失一，乃为有得。'费殊不信。一日与乔编修维翰观新颁中秘书，予适至，费即掩卷问曰：'请问此何代诗也？'予取读一篇，辄曰：'唐诗也。'又问何人，予曰：'须看两首。'看毕曰：'非白乐天乎？'于是二人大笑，启卷视之。盖《长庆集》，印本不传久矣。"① 看来，李东阳的"格调"是"时代格调"。它是诗歌所蕴含的某个时代的艺术风气和时代精神的体现，是诗歌表现出的不同时代的风格属性。李东阳认为"眼主格，耳主声"，即通过阅读接受，可以辨别诗歌中反映出的诗人的精神风貌；通过吟诵，可以分辨诗歌的声韵特征。这种风貌和特征，往往因时代的不同而有所不同。依时代的不同来观照诗歌，是高棅以来明人诗歌研究的一种风气。至李东阳，则拈出"格调"二字予以概括，这应看作是对高棅理论的一种拓展。②

在李东阳的"格调"论中，声韵居于重要位置。李东阳之重视格律声韵，其实际指向仍是唐调，仍是杜诗。与别的诗学家的宗杜不同，李东阳是从讲求格律声韵的角度，经过推敲，指向于宗杜的。李东阳说："长篇中须有节奏，有操，有纵，有正，有变。若平铺稳布，虽多无益。唐诗中类有委曲可喜之处，惟杜子美顿挫起伏，变化不测。可骇可愕，盖其音响与格律正相称。回视诸作，皆在下风。然学者不先得唐调，未可遽为杜学也。"③ 由参知唐调而入，归于杜诗之"顿挫起伏，变化不测"、"音响与格律正相称"的境地，其重音韵的格调论即是以此为标的。有格律自然音声相称，而不能有蹇仄违碍之处；要有起伏变化，而不能呆板滞重。其格调论的诗学标的与依归是杜诗，其掌握格调的门径是参知唐调，其态度则是"广收博取"，凡有善可陈，都应深入学

---

① 丁福保辑：《历代诗话续编》下册，中华书局 1983 年版，第 1371 页。

② 此处关于诗歌的讨论和相关"试验"，其实也是翰林诗人的诗学交流。费廷与乔维翰以是否可以凭借"格调"来分辨诗歌的时代来测试李东阳的诗学识辨能力，李东阳则以自己的"具眼"与"具耳"做出了准确的回答，可见他对自己诗学素养的自信。

③ 丁福保辑：《历代诗话续编》下册，中华书局 1983 年版，第 1373 页。

习:"唐诗李、杜之外,孟浩然、王摩诘足称大家。王诗丰缛而不华靡,孟却专心古澹,而悠远深厚,自无寒俭枯瘠之病。由此言之,则孟为尤胜。储光羲有孟之古而深远不及岑参,有王之缛而又以华靡掩之。故杜子美称'吾怜孟浩然',称'高人王右丞',而不及储岑,有以也夫。"①除李、杜之外,对盛唐王维、孟浩然、储光羲都有较高评价。他的宗杜,是比较与综合之后的诗学结论。再如:"陶诗质厚近古,愈读而愈见其妙。韦应物稍失之平易,柳子厚则过于精刻,世称陶韦,又称韦柳,特概言之。惟谓学陶者,须自韦柳而入,乃为正耳。"②他讲求入于诗学苑囿的正途,欲学陶,由韦柳入。这样的思路,与江西诗学、严羽诗学都颇为相似。重视学诗的师法对象与途径、路数或程序、步骤,是古代诗学的一个突出特点。其他,如评李贺诗:"李长吉诗,字字句句欲传世,顾过于刿鉥,无天真自然之趣。通篇读之,有山节藻棁而无梁栋,知其非大道也。"③因无"天真自然之趣",而认为其非诗学之"大道",故而学诗者在择取师法对象时当有所规避。可见,李东阳以格调说而导出学杜的结论,是经过深入的研究与分析的。若仅以宗唐调、重学杜而简单地目之以"复古",就漠视了李东阳以及与其观点相似的诗学家们的理论努力,并不公允,也失之于唐突率易。

李东阳所说的:"宋诗深,却去唐远;元诗浅,去唐却近。顾元不可为法,所谓'取法乎中,仅得其下'耳。极元之选,为刘静修、虞伯生二人,皆能名家,莫可轩轾。"④在高度肯定唐诗成就的同时,对元诗成就也颇多许可,不过是认为不是第一流的学习对象而已。即便如此,李东阳对刘因、虞集二人的诗歌创作成就还是相当肯定的。这种宗趣鲜明,取径广阔的态度,客观上讲是比较豁达开放的。⑤

李东阳的"格调"论还有一层含义。他认为,诗歌格调中的时代精神与王

---

① 丁福保辑:《历代诗话续编》下册,中华书局1983年版,第1372页。
② 丁福保辑:《历代诗话续编》下册,中华书局1983年版,第1379页。
③ 丁福保辑:《历代诗话续编》下册,中华书局1983年版,第1381页。
④ 丁福保辑:《历代诗话续编》下册,中华书局1983年版,第1371页。
⑤ 李东阳关于宋诗与元诗的态度,实际上是承继元人"越宋宗唐"的诗学观而来,后来前后七子虽然不是"不读唐以后诗",但取径范围倒没有李东阳开阔。在"越宋宗唐"的基本立场上,前后七子与李东阳是一致的。

朝的国势相关，国家雄健，则格调高朗；国势衰颓，则格调卑苶。格调既是诗学领域的风格表露，亦是国运的集中体现。参法格调，其中有着取法国家上升时期的精神力量，以完善自身素养并发挥时代作用的用意。法盛唐格调，就是要从精神境界方面开阔胸襟，树立风骨，为现实服务。这种见解，是儒家用世思想在诗学领域的一种体现。而明确的概括为"格调"，则始于李东阳。

李东阳指出："文章固关气运，亦系于习尚。《周》、《召》二南、《王》、《豳》、《曹》、《卫》诸风，《商》、《周》、《鲁》三颂，皆北方之诗，汉、魏、西晋亦然。唐之盛时称作家在选列者，大抵多秦晋之人也。盖周以诗教民，而唐以诗取士，畿甸之地，王化所先，文轨车书所聚，虽欲其不能，不可得也。荆楚之音，圣人不录，实以要荒之故。六朝所据，则出于偏安僭据之域，君子固有讥焉，然则东南之以文著者，亦鲜矣。本朝定都北方，乃为一统之盛，历百有余年之久，然文章多出东南，能诗之士，莫吴越若者。而西北顾鲜其人，何哉？无亦科目不以取，郡县不以荐之故欤？"①李东阳从"气运"、"习尚"角度考察诗史，"偏安僭据"的时代，其诗格调不会高。都城所在的"畿甸之地"，因"王化所先，文轨车书所聚"，其诗格调便高。"王化"的强弱与畿甸的远近，会影响到具体的诗文风气。李东阳的这个理解，其实正是封建时代京师文学与地域文学、国势盛时的文学与衰弱时的文学的一种移衍规律。李东阳疑惑于明代京师在北方，而诗人却多产自东南，似与过去的规律不符②。东南一隅，自南朝、尤其是南宋后，文学力量已经勃兴，至李东阳的时代，东南诗人甲冠天下的格局并未改变。其中的原因自然有文教传统的因素，也或许有李东阳所说的北方郡县之不荐、科举之不取的原因。明代大部分时期，诗文之才虽多产于东南，但亦多成于京师，反映了统一时期的一种文人培育与发挥作用的类型模式。这个模式，也得力于京师对东南文人的感召力与凝聚力，这种力量的大

---

① 丁福保辑：《历代诗话续编》下册，中华书局1983年版，第1377页。
② 李东阳似有先见之明，他疑惑于他的时代未出现北方诗人影响诗坛的局面，而在他以后，前七子诸人（除徐祯卿外都是北方人）成为诗坛核心，出现了李东阳认为应该出现的局面。这种局面也是统一时代南北诗风融合的规律性现象。强盛时期北方诗人可以成为诗学核心，南方诗人也可以成为核心。然衰弱时期，诗学中心会由京师让渡于地方。宋元后期都是东南地域文学兴盛，诗坛的核心人物也都是东南文人。北人则不再能够秉持文衡。清代盛时的北方文人翁方纲、纪昀成为文坛核心，而除此之外，则几乎都是南方文人。文学中心，也从京师移易于东南一带。

小，与国势相关。国势盛时，感召力大，反之则小。明乎此，我们就可以理解盛时京师文学可以表率天下的原因就是它聚集了统一时期各地的文人，具有可以施及各地的文化适应性；衰时京师难以聚集各地英才，从而失去了可以风行天下的文化力量。东南地区亦因其强大的文化传统，可以自成体系，自在自为，但易于沾染上境界枯窘，纤仄屡弱的特点。唐末、五代、宋元末期和后来明清之季都是如此。故而传统文学的基本品格与统一的国家气运直接先关，其诗学理论也与是否统一、是否政治稳定的国家生态密切相关。茶陵与前后七子的诗学是京师为文化中心的表现，而竟陵、公安诸家则是京师作为文化中心地位衰损，地方文化影响力增长时期出现的诗学现象，反映的是地域文化渐渍影响全国，挑战和代替京师中心的文化局面已经出现。李东阳的疑惑，其实揭示出的便是这个带有规律性的深隐问题。

另，李东阳还提到：“《中州集》所载金诗，皆小家数，不过以片言只字为奇。求其浑雅正大，可追古作者，殆未之见。元诗大都胜之。□□□□（按，原缺四字）故不足深论。意者土宇有广狭，气运亦随之而升降耶？”[1]其对金诗与元诗高下的评价姑且不论，但李东阳对诗歌格调的判断与"气运"结合起来审视的思路是很清晰的。再强调一次，联系国家气运解读诗歌格调，既有诗学方面的用意，也有诗人完善修养的用意。强盛时代的诗风与格调，诚非衰茶颓废的时代可以拟议。李东阳从儒家士大夫的立场上出发对格调的强调同样体现了儒家的人文精神与诗学理想。[2]

李东阳重视诗歌的声韵，其旨要亦在于对声韵应自然流畅的强调上。他说：“古律诗各有音节，然皆限于字数，求之不难。惟乐府长短句，初无定数，

---

[1] 丁福保辑：《历代诗话续编》下册，中华书局1983年版，第1387页。
[2] 李东阳还指出："今之歌诗者，其声调有轻重清浊长短高下缓急之异，听之者不问而知其为吴为越也。汉以上古诗弗论，所谓律者，非独字数之同，而凡声之平仄，亦无不同也。然其调之为唐为宋为元者，亦较然明甚。此何故耶？大匠能与人以规矩，不能使人巧。律者，规矩之谓，而其为调则有巧存焉。苟非心领神会，自有所得，虽日提耳而教之无益也。"（丁福保辑：《历代诗话续编》下册，第1379页）正是在"规矩"和"巧"的张力之间，有了不同的诗歌韵调，虽则同样是依从律诗的形式要求，但也容纳不同的风格和特色。这些风格和特色也会依从不同的时代表现出不同的格调，总体是共同的规制之中有个性差异，个性差异中又有着时代赋予的共通性。李东阳所阐述的这个现象，颇值得重视。诗歌（这里指律诗）风格的不同，有时代原因，也有诗歌内容的原因，还有我们所说的时代精神的原因。就诗人个人而言，也有以怎样的心性情性去"填充"诗歌形式，包括音韵形式的原因。在诗学史上去着力研究这个问题的，李东阳应为最早。

最难调叠。然亦有自然之声,古所谓声依永者。谓有长短之节,非徒永也,故随其长短,皆可以播之律吕,而其太长太短之无节者,则不足以为乐。今泥古诗之成声,平侧短长,句句字字,模仿而不敢失,非惟格调有限,亦无以发人之情性。若往复讽咏,久而自有所得,得于心而发之乎声,则虽千变万化,如珠之走盘,自不越乎法度之外矣。如李太白《远别离》,杜子美《桃竹杖》,皆极其操纵,曷尝按古人声调?而和顺委曲乃如此。固初学所未到,然学而未至乎是,亦未可与言诗也。"①诗人涵咏古人佳作,以"得于心而发之乎声"来调处音韵,就会自然真切,又"不越乎法度之外"。学习古人佳作,并不是去"泥古诗之成声","按古人声调",对其平仄短长和字字句句的规制都不敢逾越。所应学者,应该是古人调处自身性情和声音韵律的方式。这就是"声依永",其"声"便是"自然之声"。可见,李东阳的声韵观,核心是自然声韵,是依从情性而生发出的诗歌的自然韵律。他的这种重自然,重古人成法又不拘囿于其中的观点,是其声韵理论的主要用意。类似其声韵观点的这种思维路数,在李东阳关于诗法问题的意见中也有表述。

李东阳还指出:"律诗起承转合,不为无法,但不可泥,泥于法而为之,则撑拄对待,四方八角,无圆活生动之意。然必待法度既定,从容闲习之余,或溢而为波,或变而为奇,乃有自然之妙,是不可以强致也。若并而废之,亦奚以律为哉?"②律诗法度,是历代诗人经过长期探索和实践固化下来的一套调和声音韵度的经验。李东阳充分认识到了这套经验在诗学传承和诗人完善自身修养方面的重要性,但也认为不能因此而取消诗人自己的创造性,不能"泥于法",这反映了他在诗歌音韵方面理论的通脱和包容。

上文已所论及,李东阳在对前代诗歌进行分析研究的基础上,提倡宗唐,在明代,这种观点直接影响到了其后的前七子与后七子派的诗学理论。关于李东阳的"宗唐"主张,他在《麓堂诗话》中多有表述。

"柳子厚'回看天际下中流,岩上无心云相逐',坡翁欲削此二句,论诗者不免矮人看场之病。予谓若止用前四句,则与晚唐何异。"③且不论具体的诗学

---

① 丁福保辑:《历代诗话续编》下册,中华书局1983年版,第1370—1371页。
② 丁福保辑:《历代诗话续编》下册,中华书局1983年版,第1376页。
③ 丁福保辑:《历代诗话续编》下册,中华书局1983年版,第1370页。

品味，他认为与晚唐无异就是失败，其对晚唐诗的态度明显是有所不慊的。可见李东阳的宗唐，不是宗法整体唐诗，而是首先摈除晚唐体的。关于晚唐诗歌，李东阳倒也不是一概摈斥，而是有所选择的。对于清新灵动，未染晚唐琐细纤仄的诗作亦多肯定。如他对温庭筠"鸡声茅店月，人迹板桥霜"就颇多赞许。① 李东阳还说："唐人不言诗法，诗法多出于宋，而宋人于诗无所得。所谓法者，不过一字一句，对偶雕琢之工，而无真兴致，则未可与道。其高者失之捕风捉影，而卑者坐于黏皮带骨，至于江西诗派极矣。惟严沧浪所论超离尘俗，真若有所自得，反复譬说，未尝有失。顾其所自为作，徒得唐人体面，而亦少超拔警策之处。予尝谓识得十分，只做的八九分，其一二分乃拘于才力，其沧浪之谓乎？若是者往往而然。然未有识分数少而作分数多者，故识先而力后。"② 虽然他对宋人，尤其是江西诗学重法的流弊表示不满，认为有"捕风捉影"、"黏皮带骨"之失，但对宗法唐诗则无异议，也与江西诗学一样，注重诗法杜诗。唐人虽不言诗法，但诗成法立，后人以此为鉴，可以学习唐人作诗的经验，也就是"得唐人体面"，但创新变化也受到了局限，这就须要以才力在一二分的比例中去突破。在这个层面上，李东阳认可严羽的意见。严羽重视师法唐代的诗歌，也极为重视汲取杜诗的经验，但他对诗法却不做细碎黏滞的理解，其《沧浪诗话》中虽专列"诗法"，但却不是细致入微巧立名目的法，而是变化腾挪、灵动活泼的法。这种态度，颇得李东阳会心。由此可以判断，李东阳宗唐摈宋，其实走的是类似严羽的路子。在明代，这个路子既不同于此前的台阁体，也大有别于其后的前后七子，具有既通脱灵活，又不失宗趣；既严肃端方，又不滞重陈腐的特点。从某种意义上讲，其诗论虽不及前后七子深入系统，但境界开阔，又吐纳自如的特点亦非前后七子可比。③

在讨论诗歌用实字与用虚字的问题时，李东阳云："诗用实字易，用虚字难。盛唐人善用虚，其开合呼唤，悠扬委曲，皆在于此。用之不善，则柔弱缓散，不复可振，亦当深戒，此予所独得者。"④ 我们可以推测，用虚字不善，致

---

① 丁福保辑：《历代诗话续编》下册，中华书局1983年版，第1372页。
② 丁福保辑：《历代诗话续编》下册，中华书局1983年版，第1371页。
③ 李东阳对柳宗元、刘禹锡以及高适、虞集等人都评价很高，显然他学诗的取径很广，参见丁福保辑：《历代诗话续编》下册，中华书局1983年版，第1379、1380页。
④ 丁福保辑：《历代诗话续编》下册，中华书局1983年版，第1376页。

使诗风"柔弱缓散"的,或许就是晚唐诗与宋诗;而善用虚字,正可将作家才力融入其中,开合变化,有法而度越法度之外者,正在于对虚字的使用。这种见解,加上对善用虚字的课求,应该是李东阳自己的研究心得与主张,也是他比较了盛唐诗歌与其他时代诗歌之后得出的一种结论。他还说:"六朝宋元诗,就其佳者,亦各有兴致,但非本色,只是禅家所谓'小乘',道家所谓'尸解仙耳。'"①此处李东阳之说显然受到严羽的影响,不过他对六朝之佳者,也评价不高。要之,李东阳学诗之旨归,在于盛唐,在于盛唐诗歌之格调,这是李东阳的诗学核心。

然李东阳诗学核心之核心,便在于他的宗杜。也可以说,李东阳宗唐的终极要求,是全面深入地学习杜诗。他的这种见解,充斥在其《麓堂诗话》之中,而尤为显著者,则在于他关于杜诗集大成的论述。李东阳以摘句批评的方式,指出杜诗具有融"清绝"、"富贵"、"高古"、"华丽"、"斩绝"、"奇怪"、"浏亮"、"委曲"、"俊逸"、"温润"、"感慨"、"激烈"、"萧散"、"沉着"、"精炼"、"惨戚"、"忠厚"、"神妙"、"雄壮"、"老辣"于一体的特征,指出"杜诗可谓集诗家之大成。"②可见,李东阳广师博参,主张宗唐,其实都是为宗杜做理论铺垫。杜诗地负海涵,包容万有,兼综上文所引的二十种风格。因此,无论是何种诗法途径,无论如何去阐述其格调主张,其宗旨与归途,还是在于宗法杜甫;无论从何种角度切入诗学,无论怎样扩充宗尚诗法的谱系,也绕不开杜诗的巨大成就。从宋人江西诗学之后,宗杜几乎成了诗学的主题,到李东阳那里,及至前后七子与清代主流诗学,都是从不同角度对杜诗的理论研究与发挥。虽则李东阳对江西诗论表现出了不满,但却与江西诗学一样,宗杜是绝对的。只不过是采取了与江西不同的诗法路数,他兼取了严羽与元人的诗学成果,融汇成为自己的诗学主张。在明代李东阳之前,这种观点还未有如此鲜明的表述。他以宗法盛唐、祖述杜诗为旨归,以广收博取为途径,重视声音韵律,强调自然真切的诗歌表现效果都标志着明代诗学基本品格的初步形成。明代诗学的基本或曰主流品格在前后七子那里得到了充实与发展,并臻于成熟,

---

① 丁福保辑:《历代诗话续编》下册,中华书局1983年版,第1383页。
② 丁福保辑:《历代诗话续编》下册,中华书局1983年版,第1379—1380页。

虽然也产生了弊端，但就形成一代之主流诗学品格与诗学格局的角度讲，前后七子诗学是明代诗学最高成就与最典范代表。而李东阳与茶陵诗学则可谓是前后七子诗学的原材料与催化剂，没有他的诗学贡献，不会带来前后七子诗学之熔炼出炉。

上文分析李东阳诗学成就时，没有论述其诗法观，而这一点，正是他取鉴江西诗学与严羽诗学之后，形成的又以颇具特色的理论观念。他形成了较江西诗学轻简通脱，又较严羽充实谨严的理论观点，能够避免江西诗学某些滞重呆板，也规避了严羽的某些缥缈陆离，是在新的诗学语境中的一种理论创获。《麓堂诗话》有云："昔人以'打起黄莺儿'，'三日入厨下'为作诗之法，后乃有以'溪回松风长'为法者，犹论学文以《孟子》及《伯夷传》为法。要之，未必尽然，亦各因其所得而入而已。所入虽异，而所至则同。若执一而求之，甚者乃至于废百，则刻舟胶柱之类，恶可与言诗哉？"①对于法，不能"执一求之"，须"各因其所得而入"，执一求法，会导致"刻舟胶柱"，会伤及诗歌应有的自然灵通旨趣，但是否可以判断李东阳反对对"法"的讲求呢？上文已论及，李东阳论诗，要求广收博取，兼采众长，其最高标的是盛唐诗歌，是杜诗；要达到杜诗成就，就应多学习掌握前人诗歌创作的经验。这种思路，是一种遵循经验的思路，遵循经验就对学者有了一定的约束性，有了与"法"相似的制约作用。李东阳并非不讲法，只不过他不提倡"执一求法"不知变通，而是要求活学活用，不能胶柱鼓瑟、刻舟求剑似的去依从法。反之，应该做到"各因其所得而入"的因情作诗、以诗运法。由此而言，李东阳的诗法论是有法而无法，有规矩而无规矩的"活法"，非迂阔板滞、取消诗人独创价值的死法。在这一点上，李东阳与江西诗学中的徐俯、吕本中以及韩驹等人的观点是相似的。

李东阳又指出："诗有别裁，非关书也；诗有别趣，非关理也。然非读书之多明理之至者，则不能作。论诗者无以易此矣。彼小夫贱隶，妇人女子，真情实意，暗合而偶中，固不待于教。而所谓骚人墨客学士大夫者，疲神思，弊

---

① 丁福保辑：《历代诗话续编》下册，中华书局1983年版，第1378页。

精力,穷壮至老而不能得其妙,正坐是哉。"①他在严羽观点的基础上又对多读书多明理的作用表示肯定。但对"真情实意"对于诗歌创作的作用看得比疲神苦思地于书理求得诗意的作用看得重要得多。因而我们认为,李东阳诗论,很有折衷于江西与严羽的意味。在他的时代,台阁诗风就是"骚人墨客学士大夫者,疲神思,弊精力,穷壮至老而不能得其妙",于是李东阳以自然情性来调整之,又以格调之说来振起之,以宗盛唐、法杜甫来恢廓之,以广泛地诗法来充实之,使台阁诗风在李东阳手中得到了理论的升华。可以说,李东阳及茶陵诗学既是台阁诗风的一种创新与发展,也是一种更生与飞跃。明代诗学发展到李东阳那里,与前后七子诗学的距离就在毫厘之间了。

  李东阳在京师馆阁五十年,同僚门生在共同的诗学—诗社活动中沾溉李氏诗论,在共同的创作交流中实践其诗学主张,经由诗社群体,茶陵诗风影响渐大,终于形成了诗史上的一个重要流派。这其中,诗社起到了中转与联动的重要作用。在明代诗社与诗学的关系史中,李东阳之翰林诗社活动有诗学观点,有创作训练与交流切磋,显示了诗社与诗学间的良性互动关系,也开始显现出诗社与诗学以及诗派在明代形成了紧密关联。此后的诗社—诗学—诗派就几乎成了明代诗史中的突出现象。几乎所有以后的诗派都有诗社存乎其间,都有诗社起到了传播诗学、烘托诗派的作用。其诗社主要成员的诗学主张也都通过诗社活动影响及于同社诗友,并进而渐渍于诗社之外,形成诗派,鼓动起一定的诗风。这种类型模式起始于江西诗社群、江湖诗社群,但大成于明代,卓特于茶陵与前后七子的诗社活动。同时,台阁体、茶陵派与前后七子均系馆阁士大夫文人组成的群体,他们也都以京师为主要活动中心(后七子稍有例外,在京师组成诗社后有分赴各地,但群体的初成与诗学趋同则主要在京师完成),进而影响至于全国。这又与元代中期京师文人群体,尤其是奎章阁文人群体的活动相似。所以,从台阁到茶陵,其实就是宋元诗社诗学传统与作用机制在明代的进一步发展,这个发展还在此后前后七子的诗社—诗学活动中得到了延续与强化。直至明代后期,京师诗学影响力陵夷衰减,地域性的诗社与诗学又影响渐大,又展示出了宋元后期诗社诗学活动的一些特点。因此,从诗社与诗学研

---

① 丁福保辑:《历代诗话续编》下册,中华书局1983年版,第1378页。

究史的角度看,明代诗社还具有典型的认识意义与阐释价值。①

五、前七子的京师诗社活动及其诗学简述

关于前七子的结社,何宗美指出:"前七子复古派与茶陵派一样,兴起于京师,以结社唱和的形式扩大阵营,形成一个以其领袖为轴心的大规模文人群体,此呼彼应,声类相通,仅在几年间一个声势浩大,影响广泛的文学流派便登上了明代文学的舞台,从而后来居上,取茶陵派而代之。"②前七子是继茶陵派文人而活跃在京师诗坛,并通过结社唱和而形成的一个气势盛大、影响深远的文人群体,是明代国势兴盛时期京师诗社活动的一个重要单元。在诗学上,虽主张向盛唐学习,但笼统地以"复古"目之,则稍显简略。这一点,我们后文还要论述。

以李梦阳、何景明、边贡、徐祯卿、康海、王九思、王廷相为阵容的前七子成员在京师馆阁任职期间,以结社的形式组成了一个宗趣相近(李、何曾有矛盾与争论,后文将予以分析),创作风格亦复相似的诗人群体,并以其创作和相关诗学活动产生了巨大的影响,在文学史上一直都被视为诗派。③他们与茶陵诗人们的活动一样,其实都是馆阁体的一种移衍与延伸,也是由蘖壮大于京师,影响及于全国的诗人群体。在诗学上对茶陵派也是进一步的变创与精细化,代表了明代诗学主流与正统的正式出现。

前七子诸人,在京师时是以结成诗社的形式展开其诗学活动的。张治道在《翰林院修撰对山康先生行状》中,讲到方李东阳等台阁诗人盛时,"一时为文者皆出其门,每一诗文出,罔不摹效窃仿,以为前无古人。先生(康海)独不

---

① 清代诗社与诗学的情形与明代相似。清初延续明季,地域性诗社极为活跃,东南一隅遗民性诗社众多且活动频繁。至王士祯主诗坛,京师诗社活动开始活跃,影响渐大。待沈德潜、翁方纲主盟诗学坛坫,京师诗社活动发展到顶点。其后随着国势衰弱,地域性诗社复又活跃。总体上与明代的情形十分相似。可见,诗社与诗学,包括诗派,在古代与国家政治文化实力的强弱密切相关,表现出规律性的消长与递嬗关系。诗社、诗学、诗派和诗风的影响力及其现实作用就在京师馆阁与山林草泽的此消彼长中置换着中心位置,直至古典时代结束。
② 何宗美:《文人结社与明代文学的演进》上册,人民出版社 2011 年版,第 210—211 页。
③ 李梦阳与何景明、徐祯卿、边贡、朱应登、顾璘、陈沂、郑善夫、康海、王九思又号十才子,又与何景明、徐祯卿、边贡、康海、王九思、王廷相号七才子。参见陈田:《明诗纪事》,上海古籍出版社 1993 年版,第 1133 页。

之仿,乃与鄠杜王敬夫、北郡李献吉、信阳何仲默、吴下徐昌谷为文社,讨论文艺,诵说先生。西涯闻之,盖大衔之。"① 前七子诸人之结社,也有在茶陵派的诗学氛围中别立壁垒的用意,他们在自己的群体中探讨诗学、交流经验,并不归附于李东阳群体的制辖,所以李东阳会"大衔之"。可知当时京师群体间争夺诗人,争夺诗学空间与话语权的紧张气氛。② 王廷相的《大复集序》云:"(何景明)及登第,与北郡李献吉为文社交。稽述往古,式昭远模,摈弃积俗,肇开贤蕴。一时修辞之士,翕然宗之,称曰'李何'云。"③ 在茶陵诗风流行日久,李东阳一班诗人的创作实力衰减的当口,李梦阳等人以诗社形式结成诗学集团,有目的、有意识地开始争夺京师的诗学坛坫。钱谦益云:"北地李梦阳,一旦崛起,侈谈复古,攻窜窃剽贼之学,诋其失正,以劫持一世,关陇之士,坎壈失职者,群起附和,以击排长沙(李东阳)为能事。"④ 钱氏以苛刻的语气,道出了李梦阳等人对茶陵诸人诗学盟主地位的攘夺,也对其盛大的声势有所描述。但李梦阳之诋责茶陵,毕竟有校正其失的因由,这其实正是前七子诗学对茶陵宽泛取法古人的纠正与严肃化,也是我们上文所说的变创与精细化。钱谦益还说:"嘉(靖)、隆(庆)之际,握持文柄,跻北地(李梦阳)而挤长沙者,元美(王世贞字)为之职志。至谓长沙之启李何,犹陈涉之启汉高。"⑤ 钱谦益其实是认可王世贞的观点的。李东阳的诗学,开启了前七子的基本格路,也奠定了此后前后七子的主流方向。所以,可以认为前七子是在茶陵诗学的基础上发展壮大起来的。茶陵与前后七子在诗学上其实是一脉相承的关系。在当时的京师诗坛,正是在茶陵—前七子—后七子的主流诗学脉络中交叠

---

① 《明文海》卷四三三,第 6 册,第 224 页。
② 陈田在其《明诗纪事》之李梦阳条中加按语指出,在茶陵盛时,"海内才俊,尽归陶铸",而李梦阳"志壮才雄","异军特起,台阁坛坫,移于郎署,始犹依违,不欲显然攻之也",茶陵殁后,李梦阳"乃方言不讳",认为"柄文者(指李东阳)"、"承弊袭常,方工雕浮靡丽之词,取媚时眼。"李梦阳对茶陵诗风的不满表达得很明确。对此,陈田云:"平心而论,茶陵诗文固自可传,而空同复古之功,亦不可没。"前七子崛起于茶陵核心李东阳故去之后,但在此前,已经开始蓄势,并通过结社来壮大力量,扩大影响。陈田所谓"台阁坛坫,移于郎署",是说前七子诸人多为郎官,其实宽泛地讲,他们因均为任职于京师的士大夫文人,也可以宽泛的以"台阁"目之。
③ (明)何景明:《大复集》,上海古籍出版社 1991 年版,第 5 页。
④ (清)钱谦益:《列朝诗集小传·李少师东阳》,上海古籍出版社 1959 年版,第 245—246 页。
⑤ (清)钱谦益:《列朝诗集小传·李少师东阳》,上海古籍出版社 1959 年版,第 245—246 页。

着诗学盟主的地位,也不断深化和发展了明代的主流诗学。① 何宗美据李梦阳《朝正唱和诗跋》,指出以李梦阳为核心的诗人群体成员主要有:储罐、乔宇、杨子器、钱荣、陈策、秦金、杭济、何孟春、边贡、顾璘、赵鹤、李永敷、杭淮、王阳明、都穆、朱应登、何景明、殷鏊、徐祯卿等②,其中很多都曾参与过茶陵派的唱和活动,可见,前七子与茶陵派在组成人员上也有衔接关系。

关于前七子的京师结社,何宗美指出:"(以前七子为核心的诗社活动)结社唱和时间久,不断接纳新成员的加盟,十几年间来自各地的文学名流几乎囊括殆尽,由此形成了一个人数众多、规模盛大且最具代表当时最高水平的文化中心,联系了全国的文学力量特别是文学新生力量,促进了南北合流,加强了文学的全国一体化。"③可以想见,李梦阳主持文衡,善于款接新进,除前七子成员中唯一的南方诗人徐祯卿外,入京举进士者可以凭借诗才叩谒空同,空同遂以诗纳之入社,故而何宗美指出李梦阳京师诗社具有联结全国新生诗学力量的巨大作用。于是在其诗社中,便可融汇整合成具有全国影响力的诗学主张。④故而能在茶陵之后,延续并壮大了明代的基本风气,并形成了主流,开启了由茶陵、前七子和后七子为主干的明诗正统。在明代国势强盛之际,这个正统具有辐射影响全国的作用,并且足以压制非正统的地域性诗学力量。

---

① 陈田《明诗纪事》之李梦阳条引《横云山人史稿》云:"弘治时,李东阳主文柄,天下翕然宗之,梦阳讥其萎弱,倡言文必秦汉,诗必盛唐。"(陈田:《明诗纪事》,上海古籍出版社1993年版,第1133页)可知李梦阳等人,主要是对李东阳等茶陵诗人"萎弱"的诗风不满,才拈出诗文宗法盛唐和秦汉的主张,其实李东阳的观点大要也是如此,不过他取法的范围要宽泛一些而已。要之,所谓"文必秦汉,诗必盛唐"的核心,实在一"必"字上,即严格地以秦汉古文和盛唐诗歌(尤其是杜诗)为师法对象,这一点,李梦阳等人与李东阳是一致的。茶陵与前七子比较而言,主要是取法宽泛,格调未雄,诗风不健。李梦阳等人对其的诋责,亦是出于这一角度。
② 何宗美:《文人结社与明代文学的演进》上册,人民出版社2011年版,第216页。
③ 何宗美:《文人结社与明代文学的演进》上册,人民出版社2011年版,第220页。
④ 李梦阳之《与徐氏论文书》中有云:"故同声者应,同气者求,同好者留,同情者成,同欲者趋,何则?感于人也。"其所谓"同声"、"同气"、"同好"、"同情"、"同欲"正是他们诗学群体纽结在一切的精神原因。而李梦阳的《序九日宴集》则记述了一次发生在嘉靖四年(1525)九月九日的赋诗雅集活动。其中有云:"夫天下百虑而一致,故人不必同,同于心;言不必同,同于情。故心者,所为观者也;情者,所为言者也。"只有"同心"、"同情"才能结成共同的群体。李梦阳在当时正是以此为纽带,联系诗人,形成诗学群体。由此也不难理解,当群体成员有诗学歧见时,他的举轻若重实际对"同心"、"同情"群体的责任意识与珍视态度,同时也有诗学上的原因,我们下文将有论述。

六、李、何之争与前七子诗社的诗学内涵

作为前七子诗社的核心人物,李梦阳与何景明的诗学主张对于该诗社诗学活动的导向与实际作用的发挥都是十分重要的。然二人间从相契无间到发生了激烈的论争,以至各张旗鼓,交争不下,发生了诗学上的严重分歧。① 虽则其分歧的存在并不影响前七子诗风在当时风靡一时,但我们从李、何二人的纷争中,可以解读出在明代诗学史以至于在整个古代诗学史上都有着重要意义的理论问题,兹予以论析如次。

何景明在其《与李空同论诗书》中,对李梦阳的诗学主张和创作实践都提出了批评,也表露了自己的观点。

何景明对李梦阳的创作实践不满,他说:"近诗以盛唐为尚,宋人似苍老而实疏卤,元人似秀峻而实浅俗",对宋元诗都不认可。何景明一方面以为自己的诗"不免元习",但又指出李梦阳诗"间入于宋",似乎还不如"不免元习"。他具体指出:"夫意象应曰合,意象乖曰离。是故乾坤之卦,体天地之撰,意象尽矣。空同丙寅间诗为合,江西(按,李外任江西提学副使)以后诗为离。……试取丙寅间作,叩其音,尚中金石;而江西以后之作,辞艰者意反近,意苦者辞反常,色澹黯而中理披慢,读之若摇鞞铎耳。空同贬清俊响亮,而明柔澹沉着含蓄典厚之义,此诗家要旨大体也。然究之作者命意敷辞,兼于诸义不设自具。若闲缓寂寞以为柔澹,重浊剡切以为沉着,艰诘晦涩以为含蓄,野俚辇积以为典厚,岂惟缪公于诸义,亦并其俊语亮节,悉失之矣!"对于诗歌来讲,"意象"相应,冥合无间,才能有"意象尽矣"的效果,何景明这里显然是在阐说其认为诗应具有清切自然、含蕴悠长审美特征的诗学意见。据此,他指出诗歌应"柔澹"、"沉着"、"含蓄"、"典厚",认为这才是"诗家要旨大体"。但他认为,李梦阳离京任江西提学副使后,诗风入于宋调,即所谓"闲缓寂寞"代替了"柔澹","重浊剡切"改变了"沉着","艰诘晦涩"混淆了"含蓄","野俚辇积"置换了"典厚",诗风原有的"俊语亮节"也失去

---

① 《列朝诗集小传》之"何复使景明"条有云:"仲默(何景明字)初与献吉创复古学,名成之后,互相诋諆,两家坚垒,屹不相下。"(清)钱谦益:《列朝诗集小传》,上海古籍出版社1959年版,第323页。

了。我们可以推知，何景明意识中的宋诗，就是李梦阳诗风变化后的样貌。前七子越宋宗唐，诗而入于宋调，可谓失误之甚。何景明据此指责李梦阳，可见他是认为李在诗学上走入了歧途。他还说李梦阳"刻意古范，铸形宿模，而独守尺寸"，在师古时过于简化呆板，缺乏灵通变化。①

其实，注重从"古范"和"宿模"中寻绎古人的创作经验，用以提高自身的诗学素质本始前七子诸人的共识，但师古并不是目的，而是成就自身诗学品格的途径。在这一点上，何景明是很清楚的。他认为，师法古人，就是要师法古人的"成其变化"之法："鸿蒙邈矣，书契以来，人文渐朗，孔子斯为折中之圣，自余诸子，悉成一家之言。体物杂撰，言辞各殊，君子不例而同之也。取其善焉已尔。故曹、刘、阮、陆，下及李、杜，异曲同工，各擅其时，并称能言。何也？辞有高下，皆能拟议以成其变化也。"②善学者，应该知晓"不例而同"的道理，不能以尺尺寸寸步趋古人为师古之法，要有"成一家之言"的志向。所以"言辞各殊"可在所不计，"异曲"也不妨碍能够"同工"。通过"拟议"，即师法与分析并重的方式汲取古人经验，经由"成其变化"的创新努力，达到"成一家之言"的诗学目的。何景明的成一家之言，是容纳了诗人个性与创新努力的，他将这种努力达到的目标表述为："自创一堂室，开一户牖，成一家之言，以传不朽。"他还用"舍筏达岸"与"达岸舍筏"为喻来表述师古与创新的关系，师古是途径，是渡河的筏，创新以成一家之言是"达岸"，途径为目的的实现服务，但途径本身不是目的。显然，何景明是认为李梦阳师古过甚，创新不足，销蚀了自身的诗学个性，降附于古人，沦没于前贤的诗法。

前七子李、何等人均重诗法，何景明认为，"法"是"辞断而意属，联类而比物"，在他看来，"法"是诗文中存在的一种使摅情写意得以顺畅有效的一种内在规律，这种规律也是诗文得以成型的内在规则与逻辑。它不是诗文外在强加于作者的，而是来自于诗文内在的形式理路对创作的要求。这种观点与

---

① （明）何景明：《与李空同论诗书》，载李淑毅等点校：《何大复集》，中州古籍出版社1989年版，第575—577页。
② 李淑毅等点校：《何大复集》，中州古籍出版社1989年版，第576页。

"文成法立"之说有关。① 究其旨要，还是以创作出有个性的作品为鹄的，"法"依从于该鹄的实现，而不是鹄的本身。"奉法"、"遵法"不是创作，而是训练，是创作的准备。创作以摅情达意为纲，"法"的有无，依创作是否能顺利完成而为遵行标准。凡创作成功者，其诗文表现出的内在逻辑和审美逻辑是基本相似的，即所谓"上考古圣立言，中征秦汉绪论，下采魏晋声诗，莫之易也。"何景明还指出："法同则语不必同"，并说："今为诗不推类极变，开其未发，泯其拟议之迹，以成神圣之功。"、"拟议"作为揣摩古人创作经验本身，或是去模拟训练以掌握古人创作之心得，是可以的，但就诗人自己的创作而言，应该能够"泯其拟议之迹"，将古人的心得和经验化入到自身的创作之中，并不在创作中表现出"拟议"本身。更不能因追模古人而袭用其语词，以师古代替创作，以古人成语消弭自身的创造。何景明认为李梦阳存在模拟过甚的缺失，他还以"小儿倚物能行，独趋则仆"为喻，用以说明模拟是不能使诗人自树立的。②

何景明作此文之前，李梦阳曾对其有所规诫。李梦阳《驳何氏论文书》中提到："前予以柔澹、沉着、含蓄、典厚诸义，进规于子，而救俊亮之偏。"③而在何景明则在《与李空同论诗书》中，针锋相对，对李梦阳进行了批评。看来，李"进规"在前，何反驳并指责批评在后，二人之论争于是发生。李梦阳读到何景明之文，遂作《驳何氏论文书》与《再与何氏书》对何氏的观点进行批驳。④

李、何之间的争论，并不是他们在京师的时期发生，而是在分开以后。也就是说，离开稳定的诗社群体，接触到了相对陌生的新的环境与诗友之后，会对自身以及京师诗社群体的诗学主张有所反思。李梦阳对何景明"救俊亮之偏"的告诫和何氏回书对李的批评，其实都是反思和深入的思考，也可视作是他们对京师诗学的一种重新考量。李、何二人是七子的核心，也是他们京师诗社的核心，而李则居于主导地位，他同时也居于当时主掌文柄的地位，因此李

---

① 参见郭鹏：《论郝经对文学理论之"法"的新认识及其实践意义》，《北京科技大学学报（社会科学版）》2008年第1期。
② 李淑毅等点校：《何大复集》，中州古籍出版社1989年版，第575—577页。
③ （明）李梦阳：《空同集》，上海古籍出版社1991年版，第565页。
④ （明）李梦阳：《空同集》，上海古籍出版社1991年版，第565页。

梦阳对何景明意见的回应,就在诗学上表现出了更大的,或者说更宏观、更深厚的自觉维护诗学正统的持重意识。何可以对李本人发话,李则须在回应何之外,还要考虑对诗坛和整个诗学走向的影响。我们从其有关阐述中可以读出一个执掌文衡的大家对诗坛和诗学走向问题的全面思考与深切关注。

李梦阳在《驳何氏论文书》中,因其宗主地位,对何景明的反驳还是在针锋相对的同时留有余地。他把与何景明分开后产生的诗学分歧想象成"短仆而谀仲默者"拨弄是非的缘故:"……此非仲默之言,短仆而谀仲默者之言也。短仆者必曰:'李某岂善文者,但能守古而尺尺寸寸之耳。必如仲默,出入由己,乃为舍筏达岸。'斯言者,祸子者也。"他将二人间的分歧,归结为他人的拨弄,意图缓和剑拔弩张的争论气氛。在这个基础上,李梦阳对何氏的反驳,就可在平静的语气中展开。接下来,李梦阳就何文中批评自己的所谓"守古而尺尺寸寸之耳"的意见,展开了对古人"规矩"和"法"的阐发:"古之工,如倕,如班,堂非不殊,户非同也,至其为方也,圆也,弗能舍规矩,何也?规矩者,法也,仆之尺尺而寸寸之者,固法也。假令仆窃古之意,盗古形,剪截古辞以为文,谓之影子诚可。若以我之情,述今之事,尺寸古法,罔袭其辞,犹班圆倕之圆,倕方班之方,而倕之木,非班之木也,此奚不可也?夫筏我二也,犹兔之蹄,鱼之筌,舍之可也;规矩者,方圆之自也,即欲舍之,乌乎舍?子试筑一堂,开一户,措规矩而能之乎?措规矩而能之,必并方圆而遗之可矣,何有于法,何有于规矩?故为斯言者,祸子者也,祸子者,祸文之道也。"①

在这里,李梦阳认为自己"尺寸古法"并不是"窃古之意,盗古之形,剪截古辞以为文"而是"罔袭其辞",并且以"情"提领,以事统摄。其所遵循者,是古人的"规矩",是摅情达意的内在规律和有关规则技巧。犹如工倕与鲁班,再怎么神乎其技,也不能在造屋时自出己意,蔑弃成规,以至户不似户,牖不类牖。由此可知,李梦阳理解的"规矩"或"法",是后学应该遵循的古人摅情达意的经验与规则技巧,它是古人在创作实践中遵循的,也是诗文本身的一种内在规定性和形式规则。学习古人,就是要掌握这些经验技巧与形

---

① (明)李梦阳:《空同集》,上海古籍出版社1991年版,第565页。

式规则，它存于诗文本身之中，对后学来讲，是具有约束性的；对古今而言，并非是不相贯通，没有时效性的简单教条。何景明对李梦阳"刻意古范，铸形宿模，而独守尺寸"的指责，或多或少是李梦阳创作中显现出的一个特点，并不能由此以概括其理论本身的缺陷。我们在对待古代诗学资料时，应该对创作表现出的某些特点和诗学理论本身相区别。创作与理论有关联，但并不是没有区别，在分析时应该分别对待。应该说，李、何二人均重视师法古人，也都重视汲取古人的创作经验。但李更重视具体而微地揣摩，而何则重在经由"拟议"而"泯其拟议之迹"，去把握"辞断而意属，联类而比物"的方法，达到成一家之言的目的。他们对"法"的理解，李重在"法"的规则、规律和相关约束力方面；何则重在方法、途径与目的的关系方面。二人诗学在实质上并无不同。其所不同者，在于对学、学的目的、学的途径和学的过程的理解方面。陈田《明诗纪事》之何景明条引《四库总目》云："正（统）、嘉（靖）之间，景明与李梦阳俱倡为复古之学，天下翕然从之，文体一变。然二人天分各殊，取径稍异，故集中与李梦阳论诗诸书，反复诘难，断断然不相下。平心而论，慕拟蹊径，二人之所短略同。至梦阳雄迈之气。与景明谐雅之音，亦各有所长。正不妨离之则双美，不必更分左右袒也。"①《四库》馆臣与陈田的观点，可谓的见。李、何之不同，确有他们才情气质不同的原因，他们于诗又"取径"各异，在基本主张同质的情形之下，他们各依其性情学力，各成其诗学风貌，都可视为前七子的诗学成就，反映了明代中期诗学在茶陵诗人基础上的拓展和深化。

  然再深入考查，李梦阳之诗学观可以说较何景明更有深切的用意，也更有沉稳的执守。他考虑的不仅是个人创作和别人对自己的意见等问题，而是诗学理论对总体诗风和对后世的约束、导引与影响等问题，他担心的是何景明的主张会成为他在《驳何氏论文书》中所说的"祸文之道"。何景明的观点和主张，李梦阳也是理解的，由他在《驳何氏论文书》中对何氏基本观点的阐说，可知其诗学观点并不止于对古人的学习和成就自身诗学风貌的要求上。他指出："故'辞断而意属'，其体也，文之势也；'联而比之'者，事也。柔澹者思，

---

① 陈田辑撰：《明诗纪事》，上海古籍出版社1993年版，第1143页。

含蓄者意也,典厚者义也。高古者格,宛亮者调,沉着雄丽,清峻闲雅者才之类也。而发之于辞,辞之畅者,其气也。中和者,气之最也。夫然,又华之以色,永之以味,溢之以香。是以古之文者,一挥而众善具也,然其翕辟顿挫,尺尺而寸寸之,未始无法也,所谓圆规而方钜也。"①

  李梦阳认为,古人作诗,可以"一挥而众善具","众善"即"华之以色,永之以味,溢之以香",既有辞藻之美,又有含茹不尽的韵味,还具备使人感动的艺术感染力。这种见解,真与清代神韵、格调诸说有相似之处。其理论标的即在于此,师法古人,不过是路径。此外,李梦阳"高古者格,宛亮者调"的意见,显然是对茶陵诗学的发展,以高古去支撑格调,也是他诗法古人的目的之一。李梦阳还对"体"、"势"、"事"做了提点,虽无细致发挥,但认为这是何景明"辞断而意属,联类而比物"的原因。"体"使"辞断而意属"可成,其成即有"势";"体"有总体、体统的含义;"势"则是诗文在语义连贯方面的内在要求,能够做到语义连贯,诗文就有了总体的感染力和气势。而"联类而比物",则是取决于"事"的。善叙事理,自然脉络分明,且环环相扣,也会导致诗文产生其相应的感染力和气势。李梦阳提出的"体"、"势"、"事"是从他的见解出发对何景明观点的深入阐明,创作时着力于"体"、"势"、"事",就可以达何氏到所谓的"辞断而意属,联类而比物",创作也臻于成功。可以推测,李梦阳研究古人创作的经验,或许就在于对古人作品中"体"、"势"、"事"的深入考究,也可以理解为对"法"或"规矩"的考究。李梦阳认为"含蓄"取决于"意","典厚"取决于"义",风格的形成,与作品内容有直接关系。同时,李梦阳将"沉着雄丽"和"清峻闲雅"归于"才"的方面,将"辞之畅"归于"气"的方面,"气"即作者将感情贯注于创作之中,并驾驭创作过程的能力。由其表述可见,李梦阳对作家与创作的关系,对作者主观条件与临文发挥的状态方面有着清晰的认识。李梦阳的这些观点,都不宜于简单地以"复古"论调目之。其观点中蕴含着关于对古人诗作的学习、参究、训练以掌握诗文创作规律的一种深入细致的认识,其理论并不浅陋浮薄,而是透露着

---

① (明)李梦阳:《空同集》,上海古籍出版社1991年版,第567页。

深厚和精深的理论气度以及周延严肃的理论风范。①更深一步讲,李梦阳的诗学观点,应从他对何景明诗作的"抟沙弄泥,散而不莹"以及"无针线"和"乖于先法"的评价中去理解。因为李梦阳认为,按照何景明所说的诗学路数,便会导致此类的缺失,为防范后学舍难就易,走入诗学歧途。李梦阳严肃地对何景明进行规诫,他不厌其烦地反复申述其旨意,并垂文以述说其观点,正是出于对诗坛与诗学走向的严重关切,或者说是他作为主掌文衡者的责任意识。李梦阳这方面的意见,充分表现在其《答周子书》中,兹予引录如下:

> 仆少壮时,振翮云路,尝周旋鹓鸾之末,谓学不的古,苦心无益。又谓文必有法式,然后中谐音度。如方圆之于规矩,古人用之,非自作之,实天生之也。今人法式古人,非法式古人也,实物之自则也。当是时,笃行之士,翕然臻向,弘治之间,古学遂兴。而一二轻俊,恃其才辩,假舍筏登岸之说,扇破前美,稍稍闻见,便横肆讥评,高下今古。谓文章家必自开一户牖,自筑一堂室;谓法古者为蹈袭,式往者为影子,信口落笔者为泯其比拟之迹。而后进之士,悦其易从,惮其难趋,乃即附唱答响,风成俗变,莫可止遏,而古之学废矣。今其流传之辞,如抟沙弄螭,涣无纪律,古之所云开阖照应,倒插顿挫者,一切废之矣。仆窃忧之,然莫之

---

① 李梦阳在为处士余存修所作之《缶音序》中,阐发了他对于唐以来诗歌发展的意见,其云:"诗至唐,古调亡矣。然自有唐调可歌咏,高者犹足被管弦。宋人主理不主调,于是唐调亦亡。黄、陈师法杜甫,号大家,今其词艰涩,不香色流动。如入神庙坐土木骸,即冠服与人等,谓之人可乎?夫诗比兴错杂,假物以神变者也,难言不测之妙。感触突发,流动情思,故其气乃厚,其声悠扬,其言切而不迫。故歌之心畅,而闻之者动也。宋人主理,作理语,于是薄风云月露,一切铲去不为,又作诗话教人,人不复知诗矣。诗何尝无理,若专作理语,何不作文而诗为耶?"(《明代论著丛刊》本,《空同先生集》卷五一)可知李梦阳不喜江西诗派黄、陈等人之学杜,指出"其词艰涩,不香色流动"。江西诗风有槎枒突兀的方面。元明之人对这种诗歌风格大多进行批评,他们不宗宋诗,或曰不经由宋诗去学唐学杜,槎枒的诗风是一个重要原因。然亦可知,"香色流动",正是李梦阳的一种主张。这种主张在何景明指责他尺寸古人的诗作中得不到解释,只能说明李梦阳的主张并不完全实现在其创作之中。其创作应是以创作代训练,以训练求揣摩的一种诗学探索方式,并非是其诗学意见的直接流露。同时,李梦阳对"宋人主理"的诗风也进行了批评。这也是从"香色流动"的角度立论的。因而钱谦益在《列朝诗集小传》之"李副使梦阳"条中对李梦阳的严厉批评。如:"牵率模拟剽贼于声句之间,如婴儿之学语,如桐子之洛诵,字则字,句则句,篇则篇,竟不能吐其心之所有。"云者,(清)钱谦益:《列朝诗集小传》,上海古籍出版社1959年版,第311页。实在是过于苛刻,也并不全面,并不符合李梦阳诗学的实际。钱氏的观点,会导致对李梦阳、李何之争和前七子的误读,也不利于去领会把握明代主流诗学的理论内涵和历史意义。

敢告也。又每窃叹独立之鲜，勇往之寡，又每伤世之人，何易之悦而难之惮也？而易之悦者，乃又不自谓其易之悦也，曰文主理已矣，何必法也？吁："言之弗文，行而弗远！"兹非孔子言邪？且六经何者非理，乃其文何者非法也？斯言也，仆怀之稔矣，然莫之敢告也。今足下既有同应之声，又相求也，仆安敢终默也？且人情未有不忽近而务远者，何也？知其实者少，而徇乎名者多也。世远则论定，持定采名，则旷世相慕，故汉文帝拊髀思颇、牧，而不知李广、魏尚者，以其近也。近则疑，疑则实昧，实昧则忽之矣。斯时俗之重悲也。①

李梦阳指出，所谓师法古人，并不是简单地模拟古代诗人作诗本身，而是诗歌创作的固有规律须要学者去揣摩并掌握。他提到了因自己和其他"笃行之士"的提倡与表率，一时间"古学遂兴"，于古代诗人的创作经验有所领略，亦使一时之诗学风气有所改变。但何景明等"一二轻俊"以轻简的"舍筏登岸"之说和成一家之言的意见，"谓法古者为蹈袭，式往者为影子，信口落笔者为泯其拟议之迹"，使辛勤钻研古代传统，细心揣摩古人经验的诗学风气因"后进之士，悦其易从，惮其难趋"而改变，致使诗作如同"抟沙弄蟥，涣无纪律"。诗学漫涣，古人"倒插顿挫"的技巧和经验不被重视，诗风便在"古之学废矣"的改变中愈加弛坏。这种现象使李梦阳忧虑，也使他体会到了学者们因"易之悦而难之惮"而舍难求易，去漠视古人经验，以自成一家为口实，掩盖他们悦易惮难的诗学惰性。由此可见，李梦阳对何景明之诗学意见的批驳，其实不只是在理论本身，而是对何氏理论容易导致的诗学变异和对后世的不良影响有所深虑，所以会对其看似合理的意见进行严厉地指责。这里，李梦阳不是否定"舍筏登岸"，也不是不懂得师法古人不能"尺尺寸寸"，而是怕后学不愿下功夫去师法古人，担心后学无论诗学素养如何都以"舍筏登岸"为托词，规避对古人诗学成就的涵养工夫，去率意驰纵，蔑弃传统，从而导致诗风漫涣芜杂，讹体纷纭。正因为李梦阳本身的学养和他执掌文衡的实际威望，他对诗学的发展与演进，对诗风的醇厚和芜杂都有着高远深广的

---

① （明）李梦阳：《空同集》，上海古籍出版社1991年版，第569—570页。

动态见解，担心轻简之论会因学者乐易惮难而导致诗学与诗风"风成俗变"的不良局面，所以他对何景明的意见举轻若重，十分在意。即使因此而造成与其交恶，也不苟且委蛇地含糊周旋，这正是李梦阳其对诗学发展强烈责任意识的反映。

大凡理论周正谨严，庄雅正大者，总是从内部的些许变创与松动开始，渐渍涣散弛废而失去应有的约束力和指导意义。原则性的理论信条有了第一步的松弛，就会有第二步、第三步的松弛，最后会导致理论的消解与涣灭。李梦阳之师法古人，学习经验以充实自身素养的诗学观念，在师法古人方面，是严格的，所谓"诗必盛唐，文必秦汉"云者，便是一种具有约束力的表述，稍有涣散，则如同堤坝之溃于蚁穴，延及开去，不可收拾，后果便是诗学废弛，讹伪之体丛至。所以李梦阳对何氏的批评，是站在诗学盟主的角度，从整体诗风和诗学走向的维度出发对其进行批驳，这不同于何氏本身，从其理论的合理性向度立论。二人诗学的出发点不同。若何氏为李，李氏为何，前者便会理解后者之用意，甚至也会以防微杜渐之心，发以为相同之论。

在《与徐氏论文书》中，李梦阳更进一步阐发了其诗学理论，对包括汉魏古诗、中唐诗，以及诗学方向和学诗门径等问题都做了论述：

> 夫诗，宣志而道和者也，故贵宛不贵崄，贵质不贵靡，贵情不贵繁，贵融洽不贵工巧，故曰闻其乐而知其德。故音也者，愚智之大防，庄诐、简侈、浮孚之界分也。至元、白、韩、孟、皮、陆之徒为诗，始连联斗押，累累数千百言不相下，此何异于入市攫金，登场角戏也……三代而下，汉、魏最近古，乡使繁巧崄靡之习，诚贵于情质宛洽，而庄诐、简侈、浮孚意义殊无大高下，汉魏诸子，不先为之邪？故曰：争者士之屑也。然予独怪夫昌黎之从数子也。请与足下论战：世称善战非孙武、司马穰苴辈乎？然特世俗论尔，何则？此变诈之兵也，荀子所谓施于暴乱昏嫚之国而后可者也。仆常谓兵莫善于《六韬》，仁以渐之，义以断之，礼以治之，信以驱之，勇以合之，知以行之，蓄之神幽，而动之霆击，故尚父得之佐武王王天下。夫诗固若是已。足下将为武与穰苴邪？抑尚父邪？且夫图高不成，不失为高，趋下者，未有能振者也，矧足下负千仞之

具哉！①

李梦阳此处对汉魏古诗，从诗应"宣志而道和"，应"贵宛不贵崄，贵质不贵靡，贵情不贵繁，贵融洽不贵工巧"的角度出发予以肯定。他认为，诗之音韵，有严格的标准，即"庄"、"简"、"孚"，与之对立者"诐"、"侈"、"浮"则应予以规避。因为有这样的论诗标准，李梦阳对中唐以下元、白、韩、孟、皮、陆之诗不予认可。认为他们的诗"连联斗押，累累数千百言不相下"，犹如"入市攫金，登场角戏"，过于张扬才气，展露峥嵘，因而很是反感。上文已有所述及，李梦阳重视钻研盛唐，尤其是杜甫的诗学经验，他的创作训练性色彩很浓厚，他对以诗逞才不满，或恐是认为以逞才炫博为创作为目的，并不利于掌握古人真正的创作经验。所谓"争者士之屑"，即是此意。他又以战喻，并不主张学习"变诈"色彩浓厚的《孙子兵法》和《司马法》，认为应学习《六韬》。《六韬》非以诈取胜，而是"仁以渐之，义以断之，礼以治之，信以驱之，勇以合之，知以行之，蓄之神幽，而动之霆击"。实系兵学之正，其中有"仁"、"义"、"礼"、"信"、"勇"、"知"的精神内涵，也有制胜对手的韬略变化。学之既可得儒家之仁义修养，也不妨碍军事目的的实现。联系他《与周子书》中的防微杜渐之思，其诗学方面的"取"与"去"，实关乎诗学走向之大旨，是他出于对当下诗学和以后诗学发展的全面思考而得出的观点。

这篇《与徐氏论文书》系对甫举进士的徐祯卿的诗学指导，也有对徐氏的谆谆告诫。他以兵法为喻，以示自己尚正摈奇的意见。因此，李梦阳之诗学，在被时人及后人指责的同时，其实承担着维护诗学发展正统、关切诗学走向的深切用意。他在负重含诟之中，表现出一个思深虑远的诗学家宏毅的品格②。李梦阳性格耿介磊落，有国士风。在与刘瑾的斗争中，表现出了儒家正直士大夫的风骨。这种风骨和其中的宏毅品质，一样表现在其诗学见解中。

---

① （明）李梦阳：《空同集》，上海古籍出版社1991年版，第564页。
② 李梦阳在《潜虬山人记》中对余存修之子余育进行诗学教育。其中提到潜虬山人（余育号）原学宋诗，李梦阳说"宋无诗"，余育受教，"弃宋学唐"。余育又听从李梦阳意见，"究心赋骚于唐汉之上"。李梦阳对后学总是悉心教导，希望培植后进力量。在此文中他还提出了"夫诗有七难，格古、调逸、气舒、句浑、音圆、思冲、情以发之，七者备而后诗昌也"。这"七难"实为唐诗成就，可以视为李梦阳研究唐诗的成果。

所以我们不应简单地将李梦阳的诗学意见（以及前后七子的主流意见）视为"复古"，而应以"固本"目之，去充分尊重他们在维系、延续古代诗学正统的主流传统中所做出的努力，不要被他们创作上的缺失遮蔽了应有的深入允当地剖判。

与李梦阳有所不同的是何景明的诗学取径稍宽。其《海叟集序》云："盖诗虽盛称于唐，其好古者，自陈子昂后，莫若李、杜二家。然二家歌行、近体诚有可法，而古作尚有离去者，犹未尽可法之也。故景明学歌行、近体，有取于二家，旁及唐初、盛唐诸人，而古作必从汉、魏求之。"① 他对李杜二家是有所分析的，认为他们的近体、歌行可学，同时也兼取初唐、盛唐其他诗人。然古诗则因李杜二家"古作尚有离去者"，遂弃而不学，专师汉魏。可见他的学古，不是不加分析，一味地师法而取消自身的独立意义。即使对于杜甫，何景明也从诗歌声音韵律方面有所批评。其《明月篇序》云："仆始读杜子七言诗歌，爱其陈事切实，布辞沉着，鄙心窃效之，以为长篇圣于子美矣。既而读汉魏以来歌诗，及唐初四子者之所为而反复之，则知汉魏固承《三百篇》之后，流风犹可征焉，而四子者虽工富丽，去古远甚。至其音节往往可歌，乃知子美辞固沉着，而调失流转，虽成一家语，实则诗歌之变体也。夫诗本性情之发者也。其切而易见者，莫如夫妇之间，是以《三百篇》首乎雎鸠，六义首乎风，而汉魏作者义关君臣朋友，辞必托诸夫妇，以宣郁而达情焉，其旨远矣。由是观之，子美之诗博涉世故，出于夫妇者常少，致兼雅颂而风人之义或缺，此其调反在四子之下欤。"②

何景明与大多宗杜者不同，他对杜诗与《三百篇》和汉魏古诗的延承关系有自己的见解，甚至认为杜诗内涵都与《三百篇》和汉魏古诗不一样。言语之间颇有微词。艺术上竟认为杜诗"辞固沉着，而调失流转，虽成一家语，实则诗歌之变体也"。可见，何景明个性兀傲，不好人云亦云，喜自出己意，不随人作计，即便师古，都很挑剔。这种态度，在李梦阳看来，不利于得到古人真正的创作经验，且过于强调己意，强调"舍筏达岸"，也是一种"好易惮难"的做法。我们此处也不过多关注何氏观点之正确与否，而是就其诗学态度而

---

① 李淑毅等点校：《何大复集》，中州古籍出版社1989年版，第594页。
② 李淑毅等点校：《何大复集》，中州古籍出版社1989年版，第210页。

言，确实会导致后学不沉心法古，而以作出个性为口实，实际上舍难就易，从而导致唐突前人、昧没古学的偏失。①李何之争，实由此而起。并不是以义气相向，不能相下。明代诗社诚有偏胜狂傲习气，也有义气行事，自立坛坫，相互攻伐的现象，但就李何之争而言，主要还在诗学内部，在于诗学路径和诗学走向上二人想法不一，不能相互说服。②

当时不同诗学坛坫间确乎有争夺诗学话语权的现象，有时对这种争夺进行诗学解读亦有一定的意义。如杨慎，登第后出于李东阳的门下，诗文衣钵，实出于李东阳授受。钱谦益《列朝诗集小传》云："及北地（李梦阳）哆言复古，力排茶陵，海内为之风靡。用修乃沉酣六朝，揽采晚唐，创为渊博靡丽之词，其意欲压倒李、何，为茶陵张壁垒。"又指出杨慎"援据博则舛误良多，摹仿贯则瑕疵互见，窜改古人，假托往籍，英雄欺人，亦时有之。"③杨慎实欲为乃师张壁垒，其反拨李、何而欲别树一帜。在诗学上则险径不避，勇于在诗学风气中标新立异。然唯其如此，亦良莠互见，创获与瑕疵不互掩，别调与新声两得存，成为前七子诗学时代的特例。通过杨慎之诗学表现，可知前七子（尤其是李梦阳）之执守何在。杨慎诗学脱胎于茶陵，在实践上又反噬了茶陵，他在反对李梦阳诗学的同时，却不见了茶陵痕迹，已然溢出了其师之诗学矩矱，成为茶陵、前七子诗学之外的另一种诗学实践。即是说，杨慎在反前七子的同时，亦有悖于其师之诗学。这可反证其师李东阳与前七子间的诗学脉络，而前七子之反茶陵，实不是反，而是对茶陵的拓展与度越，是从韵高调逸方面力图改变茶陵及其追随者们的舂容迂徐之风，并不具有诗学上的颠覆与悖反的意味。据杨慎所云："仲默（何景明）枕籍杜诗，不观余象，其于六朝、初唐未

---

① 《明诗纪事》之何景明条引《国宝新编》云："仲默（何景明）弱冠入京，身不胜衣，驰才长赋，便凌作者。观其与李氏论文，直取舍筏登岸为优，斯将尽弃法程，专崇质性。赋咏著述，互见短长。自古恒然，匪徒今日。若乃天才腾逸，咳唾成珠，实亦人伦之隽。"（陈田辑撰：《明诗纪事》之何景明条引，上海古籍出版社1993年版，第1144页）正因为何景明"舍筏登岸"的诗学主张，实质上将会"尽弃法程，专崇质性"，故而李梦阳对其十分在意，表现出激切、严厉的批评态度。这种态度，是对诗学走向和本身诗学纯粹性的一种强烈关切而表现出来的。

② 《明诗纪事》之何景明条引李开先《中麓闲居集》称"大复病危，属墓文必出空同手"。后虽未得，但何氏对李梦阳的文学才能，终究是钦佩的。他们的分歧，是诗社内部的一种不同观点造成的意见纷争。在宗法古人，讲求汲取古人经验的层面上，其分歧是可以调和的。（陈田辑撰：《明诗纪事》，上海古籍出版社1993年版，第1144页）

③ （清）钱谦益：《列朝诗集小传》，上海古籍出版社1959年版，第354页。

数数然也。与予及薛君采（薛蕙，字君采）言及六朝、初唐，始恍然自失。"① 可知何景明受到了杨慎之影响。而杨慎之目的是反对李梦阳。何氏对李梦阳的批评，虽则尚属同一诗学体系内部的分歧，但可被其他诗学所乘，也可被"乐易惮难"的后进假为口实。这种可能的问题，李梦阳心里明白，所以他坚守其诗学门庭，对任何可能的松动都十分在意。其对何景明的批评，应该是主流诗学自身维护其纯粹性和着眼于以后发展的一种充分表现。

而何景明诗学中还有表现得较为激烈和偏胜的意见。其《何大复集》卷三十三之《师问》云："汉有经师，作训诂以传一家之业者也。君子有尚之。唐宋以来，有诗文师。辨体裁，绳格律，审音响，启辞发藻，较论工鄙，咀嚼齿牙，媚悦耳目者也。然而壮夫犹羞称之。故道德师为上，次有经师，次有诗文师，次有举业师。"② 何景明对诗学的授受有所不满，认为"壮夫犹羞称之"，其意外之意是不应以自己的诗学见解授与别人并约束别人。这种"诗文师"的存在，是古代诗文创作经验和有关理论播散、延续的重要力量。其存在之合理性不容置疑。何氏对"诗文师"的反感，应与李梦阳有关，也反映了他张扬诗学个性和成一家之言的强烈愿望。从诗学承传的角度来讲，何景明之诗学，有导致弃"诗文师"而师自身心性的趋势。这种趋势会对传统诗学起到消解作用。李梦阳之批驳何氏，从何景明排斥"诗文师"会导致的后果看，有其必要性和合理性。

上文已有所论述，茶陵与前七子（包括后七子）在诗学上是同质的。他们同样延承了元人"越宋宗唐"的诗学路数，希望能更真切地师法盛唐诗人，尤其是杜甫。因为宗杜，也讲求研究并遵循师法，故而他们虽然有"越宋宗唐"的路数，但依然绕不开江西诗学的基本范式。他们也提出了诸如"流转"、"舍筏达岸"之类的超出法度之中，又不离于规矩之外的主张，类似于江西的"活法"论调。③ 至于李何之争，也包括后七子中李攀龙等人对谢榛的摈斥，其实都

---

① 陈田辑撰：《明诗纪事》之何景明条引，上海古籍出版社1993年版，第1144页。
② 转引自吴文治主编：《明诗话全编》第3册。凤凰出版社1997年版，第2257页。
③ 茶陵、前后七子诸人，避开宋人不学，或亦因学养功夫不及宋人的缘故，因而于宋人风调，自然不甚喜之。这种"越宋宗唐"的诗学路线，与元人、明人之学殖逊于宋人有关。至清代，士人之学养跻乎宋人之上，于宋人风调，便有允当的体认。故而宋人之诗学，在清代得以绍续。且元明之人虽不学宋人，其实其主张，亦与江西诗学多有相似，其二者间，亦为同质关系。

是同一诗学体系内部的分歧，并非是诗学中矛盾对立性质的问题。所以，作为明代主流诗学，茶陵—前七子—后七子是一个明确的发展轨迹。它是明代最具代表性的诗学主流。这一诗学体系的出现，反映了明代诗学在宋元基础上，对古代诗学范式的进一步固化。这对形成我国古代诗学的基本传统和鲜明的民族特色是十分重要的。不可讳言，我国古代诗学到明代前后七子的时期，在固化主流传统的同时，创获不多，新见缺如，没有建设性的主张，也产生了僵化、呆板和保守的弊端。但与高张性灵、消解主流传统的性灵诗学一路相较，终究于诗学传统的稳固与强化有力与焉。即是说，茶陵，前后七子诗学是一种延续与维护诗学传统并能羼入传统的理论力量，而非消解抑或颠覆的力量。进一步也可以说，江西诗学、江湖诗学、元代中期诗学与茶陵、前后七子诗学实际上是有前后脉络的，它们共同构成了我国古代诗学的正统力量。至清代，这种正统诗学又多向延伸，形成了神韵、格调与肌理诸说，呈现出繁荣面貌，也表现出了集大成的理论风貌。包括前七子诗学在内的这个诗学脉络，便是古代诗学的传统，也是古代诗学的正统与主流。而更有意味的是，这些诗学，都与诗社活动有关，反映了古代诗人在诗学方面的一种群体性的共识。

从诗社与诗学的关系上看，前七子诗学色彩浓厚，还产生激烈的诗学论争，其创作影响了一代诗风，其诗学对于传统诗学的固化与发展都起到重要作用。在明代诗社发展的历程中，颇具典范意义。因前七子诗社诗学规范的严格，也使其排他性较为突出。在后七子时代，诗社的这种排他性就十分强烈了。不同诗社之间也喧腾声价，扰攘不息，于诗学本身却无多大助益，于是也就开始了明代诗社习气汹汹呶呶的时期。

七、后七子的诗社与诗学

嘉靖前期，前七子成员纷纷谢世，后七子成员逐渐因中进士而跻上文坛，延续了此前京师的诗风。并因结社，使得京师诗学有所发展，诗风亦获延续。在李攀龙、谢榛等后七子诗学实力成形之前，已有吴维岳、李先芳诸人在京师结社活动。吴、李等人成为前、后七子间主流诗学的过渡。何宗美即认为，后七子脱胎于吴维岳组建的诗社。吴维岳（名峻伯，字维岳），嘉靖十七年（1538）中进士，嘉靖二十二年（1543）入为刑部主事，在刑部时与僚友组建诗社，成员有王宗沐、袁福征等。

据何宗美考察，从嘉靖二十二年吴维岳进入刑部任主事成立诗社开始，京师士大夫们遂以其诗社为依托展开诗学活动，先后预入该诗社的有十三人：

王新甫，名宗沐，嘉靖二十二年进士，嘉靖二十三年任刑部主事。

袁履善，明福征，嘉靖二十三年（1544）进士，任刑部主事。

李伯承，名先芳，嘉靖二十六年（1547）进士，嘉靖三十二年（1553）入京为刑部主事。其入诗社早在中进士后，由李伯承介绍，与李攀龙、王世贞相识。

李于麟，名攀龙，嘉靖二十三年进士，二十六年授刑部主事，入吴维岳、李伯承诗社。后与王世贞倡五子、七子之社，并展开诗学活动。

王世贞，字元美，嘉靖二十六年进士，官刑部主事，入吴维岳诗社。

谢茂秦，名榛，为脱卢楠冤狱事入京，于刑部结识李攀龙、王世贞，入其社。

徐子与，名中行，嘉靖二十九年（1550）进士，官刑部主事，员外郎，任刑部主事时，入李攀龙、王世贞等的诗社。

梁公实，名有誉，嘉靖二十九年进士，在京师时与李攀龙、王世贞等人结社。

宗子相，名臣，嘉靖二十九年进士，在京师时与李攀龙、王世贞等人结社。

吴明卿，名国伦，嘉靖二十九年进士，亦入李攀龙、王世贞等的诗社。

余德甫，名曰德，嘉靖二十九年进士，嘉靖三十三年（1554）入李攀龙、王世贞等的诗社。

张肖甫，名佳胤，嘉靖二十九年进士，嘉靖三十四年（1555）任户部主事，参加诗社活动。

后七子结社实自吴维岳、王新甫、袁履善诗社始。后七子中李攀龙、谢榛、王世贞颖脱于才隽之中，逐渐成为京师诗社的核心。在参与诗社活动的诗人中,多数都任职于刑部,可知此诗社是以刑部为依托,在公事闲暇时开展活动。诗社成员除谢榛外,均为进士出身,也均系京官,故而吴维岳—后七子诗社亦为士大夫诗社一类。在京师诗学尚有较强影响力和诗学传播效能的时期,他们实际上担当了诗学中心的责任。其诗风广传宇内,影响深远。但此际因朝政渐紊,国势已显颓势,京师诗风的影响力也弱于此前的茶陵诗人群体和前七子诗社。在东南一带,已有唐宋派兴起,诗学中心已呈渐移态势。及至公安性灵之说影响渐大,诗学中心遂南移。诗学上的明代格局,便转至地域影响成为主流的时代。

王世贞《艺苑卮言》中较为细致地讲到了后七子的结社情况,兹录如下:

余十五时,受《易》山阴骆行简先生。一日,有鬻刀者,先生戏分韵教余诗,余得"漠"字,辄成句云:"少年醉舞洛阳街,将军血战黄沙漠。"先生大奇之,曰:"子异日必以文鸣世。"是时畏家严,未敢染指,然时时取司马班史、李杜诗窃读之,毋论尽解,意欣然自愉快也。十八举乡试,乃间于篇什中得一二语合者。又四年成进士,隶事大理。山东李伯承烨烨有俊声,雅善余持论,颇相下上。明年为刑部郎,同舍郎吴峻伯、王新甫、袁履善进余于社。吴时称前辈,名文章家,然每余一篇出,未尝不击节称善也。亡何,各用使事,及迁去,而伯承者前已通余于于鳞,又时时为余言于于鳞也。久之,始定交。自是诗知大历以前,文知西京而上矣。已于鳞所善者布衣谢茂秦来,已同舍郎徐子与、梁公实来,吏部郎宗子相来,休沐则相与扬扢,冀于探作者之微,盖彬彬称同调云。而茂秦、公实复又解去,于鳞乃倡为五子诗,用以纪一时交游之谊耳。又明年而余使事竣还北,于鳞守顺德,出茂秦登吴明卿,又明年同舍郎余德甫来,又明年户部郎张肖甫来,吟咏时流布人间,或称"七子"或"八子"。吾曹实未尝相标榜也。而分宜氏当国,自谓得旁采风雅权,谗者间之,眈眈虎视,俱不免矣。①

---

① 丁福保辑:《历代诗话续编》中册,中华书局1983年版,第1068页。

此段叙述，详细地交代了王世贞与李攀龙、谢榛等人的交游活动。从定交后，明确了自己从少年时代就喜司马迁、班固之文和李、杜之诗的诗文师法方向，所谓"诗知大历以前，文知西京而上"云者，亦是前后七子的共识，是当时最为主流的理论向度。虽则其中亦粗略提及谢榛之"出"，但语焉不详；也有"吾曹实未尝相标榜也"的建意自明，亦提及有谗者间于其中的隐情，具体情形我们后文将予以分析。后七子（或"五子"、"八子"，但以"七子"最具代表性）诗社在当时影响极大。谢榛的入与出，似乎看来是由于攀龙的摈斥，但其摈斥本身与他们诗学主张并无必然关联，实是因为身份地位与处世态度所导致的"意气"使然。不过王世贞此处未明确提及结社一事。谢榛《四溟诗话》卷四有云："嘉靖壬子春（1352），予游都下，比部李于鳞、王元美、徐子与、梁公实、考功宗子相诸君延入诗社。一日，署中命李画士绘《六子图》，列座于竹林之间，颜貌风神，皆得虎头之妙。"[①] 又云："裨谌草创，世叔讨论，子羽修饰，子产润色。郑国凡作辞命，必经四贤之手，故见重于列国。予因之以为诗法。每有疑字，示诸社友定正，工而后已，能受万益而不受一损，其立心何如也。"[②] 提到了入社，也提到了在诗社中的诗学探讨。至于"十四家又添一家"的诗学主张，亦为谢榛参与李梦阳、王世贞等人诗社活动成就[③]。而《四溟诗话》卷三所说的："己酉岁（嘉靖二十八年，即1549年）中秋夜，李正郎子朱延同部李于鳞、王元美及余赏月。因谈诗法，予不避谫陋，具陈颠末。于鳞密以指掐予手，使之勿言。予愈觉飞动，亹亹不辍。月西乃归。于鳞徒步相携曰：'子何大泄天机？'予曰：'更有切要处不言。'曰：'何也？'曰：'其如想头别尔！'于鳞默然。"[④] 即是谢榛与李攀龙等人参加诗学活动的记述，时间早于谢榛入社的嘉靖壬子年。应是已有诗学活动在先，后来正式加入诗社。

---

① 丁福保辑：《历代诗话续编》下册，中华书局 1983 年版，第 1206 页。
② 丁福保辑：《历代诗话续编》下册，中华书局 1983 年版，第 1227 页。
③ （明）谢榛：《四溟诗话》卷三，载丁福保辑：《历代诗话续编》下册，中华书局 1983 年版，第 1189 页。
④ 丁福保辑：《历代诗话续编》下册，中华书局 1983 年版，第 1183 页。

八、后七子诗社之诗学：(一) 谢榛诗学兼论李王诸人之摈谢榛之原因

以诗社为依托，后七子诸人有着共同的诗学主张，其主张基本可以看作是对前七子诗学的延续，在后七子诗社中，以谢榛、王世贞的诗学理论及批评最为丰富，是考察该诗人群体诗学内涵和意义的主要参照。

上文已有提及，谢榛关于"十四家又添一家"的理论观点即产生于与李攀龙、王世贞等人的诗社活动之中。从诗学上看，李、王认同其观点，但在各自表述其诗学主张时并不说明是受了谢榛的影响。① 谢榛在后七子结社之初曾是社长，他年龄长于李攀龙十九岁（谢榛生于孝宗弘治八年，即1495年；李攀龙生于武宗正德九年，即1514年。后七子其他成员均少于此二人。）后因李攀龙名声渐大，逐渐代替了谢榛社长的位置。《明史》卷二百八十七之《李攀龙传》云："（李）攀龙之始官刑曹也，与濮州李先芳、临清谢榛、孝丰吴维岳辈倡诗社。王世贞初释褐，先芳引入社，遂与攀龙定交。明年，先芳出为外吏。又二年，宗臣、梁有誉入，是为五子。未几，徐中行、吴国伦亦至，乃改称七子。诸人多少年，才高气锐，互相标榜，视当世无人，七才子之名播天下。摈先芳、维岳不与，已而榛亦被摈，攀龙遂为之魁。其持论谓文自西京诗自天宝而下俱无足观。于本朝独推李梦阳，诸子翕然和之，非是则诋为宋学。攀龙才思劲鸷，名最高，独心重世贞，天下亦并称王、李。又与李梦阳、何景明并称何、李、王、李。"②

由此处的记述可知，李攀龙等人在摒斥谢榛之前，还排挤了该诗社的元老李开先与吴峻伯。原因盖为该群体名声甚赫，其社长应孚世望，可以享有世人的赞许与崇敬。李攀龙诸人多"才高气锐"，傲视一时，不肯居于人下。其他人在诗学上又普遍认可李攀龙的观点，对非己者则"诋为宋学"，排他性十分鲜明。关于李攀龙、王世贞诸人缘何排挤他们诗论的奠基者谢榛，我们下文还可再加探讨。此处《明史》的记述，尤其是关于李、王与前七子主力李梦阳、何景明并称为"何李王李"的当时舆论，使我们可以看出后七子在诗学上是继

---

① 《明史》卷二八七之《谢榛传》在转述了谢榛此观点后有云："诸人心师其言，厥后虽合力摈榛，其称诗旨要实自榛发也。"（清）张廷玉等撰：《明史》第24册，中华书局1974年版，第7376页。甚至是认为谢榛之说，奠定了后七子作为核心的理论观点。

② （清）张廷玉等撰：《明史》第24册，第7377—7378页。

承前七子的。《李攀龙传》所谓"于本朝独推李梦阳,诸子翕然和之",就说明后七子诸人是认可李何等人的诗论的,他们的诗学理论与前七子一样属于当时诗学的一种"固本"思潮。

　　至于李攀龙、王世贞等人的摈斥谢榛,是否如李梦阳诋责何景明一样,有诗学上的原因,我们还须通过对谢榛诗学理论的考察来予以解答。

　　从大体上讲,谢榛的诗学思想基本上属于前后七子的正统诗学体系,但也有他自己的特点。① 他的诗学思想在许多方面与前七子中的何景明有相似之处,也表现出灵动清通的特色。在《周子才见过谈诗》中,谢榛云:"诗家超悟方入禅,画蛇添足何争先。半夜冰霜苦自取,三春花鸟愁相牵。神游浩渺下无地,气转混茫中有天。杜陵老子昨夜见,笑来更拍狂夫肩。"② "超悟入禅"是诗歌达到高妙境界的体现。也是"神游浩渺"、"气转混茫"的一种精神与意境冥合无间的一种状态。这种状态或许就是杜诗地负海涵,包容万有的独到造诣。然谢榛之"悟",实从功力而来。其《江南李秀才过敝庐因言及诗法赋此长歌用答来意》诗有云:"一朝变化悟是主,悟到无形偏有为。……苦心须求格调工,寄兴莫与风流同。……平顺却难险巇易,含毫垂首沉思中。……"③ 以功力求"格调",却又能以"平顺"出之,这种诗学境界系由功夫积淀而"悟",去掌握其中变化生新的规律,进而能达到化难为易,自然简洁的诗学造诣。④ 可见谢榛"悟"的观念是与功力和"苦心"分不开的。也可以说,功力、苦心是"悟"的基础。其《四溟诗话》亦云:"诗有造物,一句不工则一篇不纯,是造

---

① 《四溟诗话》卷三云"自古诗人养气,各有主焉。蕴乎内,著乎外,其隐见异同,人莫之辨也。熟读初盛唐诸家所作,有雄浑如大海奔涛,秀拔如孤峰峭壁,壮丽如层楼叠阁,古雅如瑶瑟朱弦,老健如朔漠横雕,清逸如九皋鸣鹤,明净如乱山积雪,高远如长空片云,芳润如露蕙春兰,奇绝如鲸波蜃气,此见诸家所养之不同也。学者能集众长合而为一,若易牙以五味调和,则为全味矣。"(丁福保辑:《历代诗话续编》下册,第1180页)这里的观点,可以视为谢榛"十四家又添一家"的另一种表述,也是谢榛诗学观的代表性意见。

② 朱其铠、王恒展、王少华点校:《谢榛全集》,齐鲁书社2000年版,第385页。

③ 朱其铠、王恒展、王少华点校:《谢榛全集》,齐鲁书社2000年版,第77页。

④ 在《四溟诗话》卷四中,谢榛经过细致推敲,对刘长卿、许浑、无可、周朴等人的诗句进行修改,所谓"炼句妙在浑然,一字不工,乃造物不完"。通过对以上诸人个别"练句不工"处进行改易,以呈现炼字功夫的重要性。如将许浑"独愁秦梦老,孤梦楚山遥"易为"羁愁秦树老,归梦楚山遥"(丁福保辑:《历代诗话续编》下册,中华书局1983年版,第1223页),确乎使情思显豁,诗意浑成。

物不完也。造物之秒，悟者得之。"①可见，谢榛之"悟"是建立在避免"一句不工则一篇不纯"的诗学功夫上的。重视功力，是古代正统主流诗论的一贯主张，但又以"悟"来标示功夫下足之后的创作特征，则就显得灵动多了②。

谢榛看到了功夫学力与"悟"的关系。虽则他认为"悟"由功夫得来，也认识到了"悟"的来之不易："诗有天机，待时而发，触物而成，虽幽寻苦索，不易得也。"③如不能在"幽寻苦索"的基础上融会贯通，以清简真切出之，则会流于晦涩堆垛。《四溟诗话》卷三云："作诗有专用学问而堆垛者，或不用学问而匀净者，二者悟不悟之间耳。惟神会以定取舍，自趋乎大道，不涉于歧路矣。"④所谓"神会"，即是将功夫用到平时探研前人诗学经验上以丰富自己的创作素养，并能神而明之，融而通之，以成自身的诗学格调，并不是在诗学创作中将功夫显示出来，这样就会流于堆垛学问以炫耀博学，就会走入他们理解的宋人老路。那么，由师法古人的功夫学力到"悟"的推进或升华，靠的究竟是什么。上文说是存乎其人的"神而明之"，那么次"神而明之"的依据又何在呢？谢榛在《四溟诗话》卷四云："赋诗要有英雄气象，人不敢道，我则道之；人不肯为，我则为之。厉鬼不能夺其正，利剑不能折其刚。古人制作，各有奇处，观者自当甄别。"⑤学习前人经验，以前人优秀诗作为师法对象，不能取消诗人自己对"正"和"刚"的理解与坚持，要在师法的同时领会神情，勇于创新，自信地去写出自己的性情，表达自己的综合人格。这就是"英雄气象"，就是由功力到学问的津梁。谢榛似也认识到了灵感的作用。他说："或造句弗就，勿令疲其神思，且阅书醒心，忽然有得，意随笔生，而兴不可遏，入乎神化，殊非思虑所及。或因字得句，句由韵成，出乎天然，句意双美。若接竹引泉而潺浮动之声在耳，登城望海而浩荡之色盈目。此乃外来者无穷，所

---

① （明）谢榛：《四溟诗话》卷一，载丁福保辑：《历代诗话续编》下册，第1139页。
② 《四溟诗话》卷二："或曰：'诗，适情之具。染翰成章，自然高妙，何必苦思以凿其真？'予曰：'新诗改罢自长吟'，此少陵苦思处。使不深入溟渤，焉得骊颔之珠哉？'"对不主张苦思的观点表示反对。这种苦思与诗学功力是达到"悟"的必要条件。（明）谢榛：《四溟诗话》卷二，载丁福保辑：《历代诗话续编》下册，中华书局1983年版，第1160页。
③ 丁福保辑：《历代诗话续编》下册，中华书局1983年版，第1161页。
④ 丁福保辑：《历代诗话续编》下册，中华书局1983年版，第1203页。
⑤ 丁福保辑：《历代诗话续编》下册，中华书局1983年版，第1211页。

谓'辞后意'也。"①谢榛是在论及"辞前意"与"辞后意"时说这番话的。"辞前意"即作家主观的创作命意，包括动机、目的之类的心理向度，若欲作出能够上攀古人，兼具自身特点的佳作。不能仅靠"辞前意"，因为思路有时会窘仄偃蹇，即使"疲其神思"，也难有所得。这时就应暂离创作情境，调整心态，为"忽然有得"的灵感到来提供可能。如"忽然有得"就"会意随笔生，而兴不可遏"，这种状态"入乎神化，殊非思虑所及"。这便是灵感，也是一种类似物化的心理状态。诗人似乎融入了自己想象的情境之中，笔下的摅写表述也同时跟进，达到了一种想象—感受—表现融合无间的状态，实是一种无障碍摅写的浑融境界。在此境界中所运用的字与句，既"出乎天然"，又"句意双美"，且可无穷尽地涌出笔底。这就是所谓"辞后意"。由谢榛此处的表述，可以知道他在对由功力、苦思而悟而神化的突进过程的理解中既有创造性艺术心理的因素，也包含着对艺术灵感及其作用的充分理解。这种观点，其实比何景明对"舍筏达岸"说要充分具体，也更有理论意义②。

谢榛还对"悟"与变化生新的关系做了说明。《四溟诗话》卷三云："或问作诗中正之法。四溟子曰：'贵乎同不同之间：同则太熟，不同则太生。二者似易实难，握之在手，主之在心。使其坚不可脱，则能近而不熟，远而不生。此惟超悟者得之。'"③重视变化于师古之间，强调融会贯通，不主张因循古人之后，其间变化不测的规律，在于诗人之"悟"，即在于丰富的艺术经验基础之上的感悟能力和某种类似灵感的艺术心理。这就涉及了因循与变化的辩证关系，谢榛认为对于二者，要通过诗人的心得与经验去予以把握，以达到"超悟"的境界。

关于学诗功力与"悟"的关系表述得最完整全面的是《四溟诗话》卷四的这段话：

"诗乃摹写情景之具，情融乎内而深且长，景耀乎外而远且大。当知神龙

---

① 丁福保辑：《历代诗话续编》下册，中华书局1983年版，第1219页。
② 谢榛还有云："(作诗)或以一句发端，则随笔意生，顺流直下，浑成无迹，此出于偶然，不多得也。"(明)谢榛：《四溟诗话》卷四，丁福保：《历代诗话续编》下册，中华书局1983年版，第1221页。这里所言，其实亦与灵感有关。
③ 丁福保辑：《历代诗话续编》下册，中华书局1983年版，第1182页。

变化之妙，小则入乎微罅，大则腾乎天宇。此惟李杜二老知之。古人论诗，举其大要，未尝喋喋以泄真机，但恐人小其道尔。诗固有定体，人各有悟性。夫有一字之悟，一篇之悟，或由小以扩乎大，因著以入乎微，虽小大不同，至于浑化则一也。或学力未全，而骤欲大之，若登高台而摘星，则廓然无着手处。若能用小而大之法，当如行深洞中，扪壁尽处，豁然见天，则心有所主，而夺盛唐律髓，追建安古调，殊不难矣。予著诗说犹如孙武子作《兵法》，虽不自用神奇，以平列国，能使习之者，戡乱策勋，不无补于世也。"①

"浑化"是"悟"的表现，而学力则是"悟"的条件，二者不可偏废，其"用小而大之法"就类似刘勰所谓"积学以储宝，酌理以富才，研阅以穷照，驯致以绎辞"②的意思。这种思路虽有灵动通脱处，但不悖于前七子而下的主流诗学③。

与重"悟"相关，谢榛也非常重"韵"。《四溟诗话》卷一云："七言绝句，盛唐诸公用韵最严，大历以下，稍有旁出者。作者当以盛唐为法。盛唐人突然而起，以韵为主，意到辞工，不假雕饰；或命意得句，以韵发端，浑成无迹，此所以为盛唐也。宋人专重转合，刻意精炼，或难于起句，借用傍韵，牵强成章，此所以为宋也。"④

谢榛这里所说的韵，虽指声韵，但还是看出了盛唐诗歌之用韵，做到了"以韵发端，浑成无迹"。而后来宋人则疲于"专重转合，刻意精炼"，反而"牵强成章"，有失自然流畅之致。谢榛此处对声韵之"韵"的这种观照，导致了他对唐诗诗学成就的深入认识，即他将声韵之"韵"与韵味之"韵"联结了起来，使前者在他的阐说下，自然向后者移衍。

---

① 丁福保辑：《历代诗话续编》下册，中华书局1983年版，第1221页。
② （梁）刘勰：《文心雕龙·神思》，范文澜注：《文心雕龙注》，人民文学出版社1958年版，第493页。
③ 谢榛应该对《文心雕龙》较为了解。他曾云："'若妙识所难，其易也将至；忽之为易，其难也方来。'（《文心雕龙·明诗》）此刘勰明诗至要，非老于作者不能发。凡构思当于难处用工，艰涩一通，新奇迭出，此所以难而易也。若求之容易中，虽十脱稿而无一警策，此所以易而难也。独谪仙思无难易，而语自超绝，此朱考亭所谓'圣于诗者'是也。"（丁福保辑：《历代诗话续编》下册，第1222页）谢榛多次引曹丕、陆机等理论家之观点，说明他曾于诗学理论方面下过功夫。其《四溟诗话》在理论的全面、详尽等方面都较为出色，可见其理论素养的取得与他兼有理论素养和创作实践经验有关。
④ 丁福保辑：《历代诗话续编》下册，中华书局1983年版，第1143页。

声韵之"韵"向韵味之"韵"的移衍,是与对"情"、"景"二者关系的认识紧密相连的。谢榛有云:"景多则堆垛,情多则闇弱,大家无此失矣。八句皆景者,子美'棘树寒云色'是也。八句皆情者,子美'死去凭谁报'是也。"①"情"与"景"作为意境的组成要素,不能偏胜,偏胜者会产生"堆垛"与"闇弱"的弊端。谢榛指出:"子美曰:'细雨荷锄立,江猿吟翠屏。'此语宛然入画,情景适会,与造物同其妙,非沉思苦索而得之也。"②惟有"情"与"景"二者做到协调与冥合,并能给人以真切自然的感觉,才能避免"堆垛"或"闇弱"的偏胜。他还引用李梦阳"古诗妙在形容,所谓水月镜花,言外之言"之语,对"求工于字句"或以"直陈"为尚的宋人表示不满③。从谢榛的有些观点,甚至可以见出似乎是对王夫之"情景名为二,而实不可离。神于诗者,妙合无垠。巧者则有情中景,景中情"以及"夫景以情合,情以景生,初不相离,唯意所适"④理论的前期铺垫。在《四溟诗话》卷二中,谢榛还指出:"作诗本乎情景,孤不自成,两不相背。……景乃诗之媒,情乃诗之胚,合而为诗,以数言而统万形,元气浑成,其浩无涯矣。同而不流于俗,异而不失其正,岂徒丽藻炫人而已。然才亦有异同,同者得其貌,异者得其骨。人但能同其同,而莫能异其异。"⑤既强调了情景双洽的重要性,也区别了二者在意境塑造中的不同作用,还论述到了在塑造意境时应有创新努力,应敢于求异。这种观点,与王世贞相近。后七子在诗歌意境方面的理论建树实可以谢、王二人的相关观点为标志⑥。

---

① 丁福保辑:《历代诗话续编》下册,中华书局1983年版,第1147页。
② 丁福保辑:《历代诗话续编》下册,中华书局1983年版,第1171页。
③ 丁福保辑:《历代诗话续编》下册,中华书局1983年版,第1173页。
④ (清)王夫之:《姜斋诗话》,载丁福保辑:《清诗话》上册,上海古籍出版社1999年版,第11页。
⑤ 丁福保辑:《历代诗话续编》下册,中华书局1983年版,第1180页。
⑥ 《四溟诗话》卷三有云:"凡作诗不宜逼真,如朝行远望,青山佳色,隐然可爱,其烟霞变幻,难于名状。及登临非复奇观,惟片石数树而已。远近所见不同,妙在含糊,方见作手。"(丁福保辑:《历代诗话续编》下册,第1184页)此处之"不宜逼真",不是不要真切自然,对"青山佳色"的"远望"和对"烟霞变幻"、"难以名状"的自然美景,以虚笔写之,要胜于"逼真"的刻画。其"含糊"云者,系取决于所摹状的"景"本身。这种不黏滞的对待客观景物,又能强调"远近所见不同"而调整艺术表现技法的思维,确实灵动自然,也呈现出对神韵之美的充分认识。在《四溟诗话》卷四中谢榛云:"自然妙者为上,精工者次之,此着力不着力之分,学之者不必专一而逼真也。专于陶(潜)者失之浅易,专于谢(灵运)者失之恒钉。孰能处于陶谢之间,易其貌,换其骨,而神存千古。子美云:'安得思如陶谢手?'此老犹以为难,况其他者乎?"(丁福保辑:《历代诗话续编》下册,中华书局1983年版,第1229

谢榛非常重视诗人的自觉创造，主张"奇"与"正"的均衡统一。而这一点，也是他关于宋人诗学有关意见的一个基本依据。《四溟诗话》卷三云："正者，奇之根；奇者，正之标。二者自有重轻。"要求"奇正相兼，造乎大家"。①《四溟诗话》卷二有云："李靖曰：'正而无奇，则守将也；奇而无正，则斗将也。奇正皆得，国之辅也。'譬诸诗，发言平易而循乎绳墨，法之正也；发言隽伟而不拘乎绳墨，法之奇也；平易而不执泥，隽伟而不险怪，此奇正参伍之法也。白乐天正而不奇，李长吉奇而不正，奇正参伍，李杜是也。"②所谓"奇正参伍之法"就是"平易而不执泥，隽伟而不险怪"，"奇"中有"正"，"正"中有"奇"，既有"循乎绳墨"的遵守规则，也有"不拘乎绳墨"的创造发挥。学者应在这种"正"与"出奇"的相互关联中把握其中所有的奥秘，以李杜为师，而不去像白居易、李贺那样，未能协调对待二者的关系。此处，我们由谢榛关于"奇正参伍之法"的观点，似乎看到了江西中人吕本中"活法"说的一些痕迹。然谢榛多次批评宋人诗学，表面上反对宋代诗学观点，但在实际上，他还是汲取了宋代的理论成就。

《四溟诗话》卷一有云："宋人谓作诗贵先立意。李白斗酒百篇，岂先立许多意思而后措辞哉？盖意随笔生，不假布置。"③对宋人刻意作诗的方式不满，认为"意随笔生，不假布置"。我们暂且不用过多阐说宋人诗学本身有着对创作活动全面、周到的预先谋划的用意，宋人，尤其是江西中人其理论本身就是对诗歌创作整个过程的一种理论研究的成果，也是对诗人诗学实践经验的一种总结，其理论的意义是不容忽视的。谢榛主要是从"布置"，讲究安排，重视对撰写解构的预先设计，这属于创作之前的"意"，有谋略性色彩。而创作中的"意"则是作家情意与文本内涵的某种结合，不是"先立"之"意"。所以谢榛据此对宋人的批评是不恰切允当的。这种观点，与他重视诗歌"情"、

页）"不必专一而逼真"的原因即在于作诗以"自然妙者为上"。学者应着力予以区分对待。要在陶谢二人之诗中"易其貌"，"换其骨"，达到"神存千古"的境界。其关于"韵"的观点，既有对"情"、"景"关系的合理认识，也有对功夫学力的充分认可。既可看到江西诗学的某些色彩，也可生发出对王夫之、王士禛等人诗学观点的理会。故而谢榛关于情景关系等的相关观点，在明代来讲，可以说与王世贞的这方面理论一样，反映出明代诗学自身的一种理论推进和创建。

① 丁福保辑：《历代诗话续编》下册，中华书局1983年版，第1193页。
② 丁福保辑：《历代诗话续编》下册，中华书局1983年版，第1169页。
③ 丁福保辑：《历代诗话续编》下册，中华书局1983年版，第1149页。

"景"与重"悟",强调韵味的主张有关,与宋人有关理论本不在一个界面上。

《四溟诗话》卷一还有云:"唐人诗法六格,宋人广为十三,曰:'一字血脉,二字贯串,三字栋梁,数字连序,中断,钩锁连环,顺流直下,单抛,双抛,内剥,外剥,前散,后散,谓之层(按,原本为"层",疑当为"屠")龙绝艺。'作者泥此,何以成一代诗豪邪?"①对宋人诗法表示不满,但不满者在于认为作者不能拘泥于法,并不是认为不要诗法。谢榛自己在《四溟诗话》中就总结出诸如"缩银法"、"提魂摄魄法"、"奇正参伍法"等诗歌创作规律或规则技巧,可以看出他与宋人有相似的一面,而与讲求"师心"、"发自性灵"的有关诗学观点距离则更远一些。

《四溟诗话》卷四云:"作诗有三等语:堂上语,堂下语,阶下语。知此三者,可以言诗矣。凡上官临下官,动有昂然气象,开口自别。若李太白'黄鹤楼中吹玉笛,江城五月落梅花',此堂上语也。凡下官见上官,所言殊有条理,不免局促之状。若刘禹锡'旧时王谢堂前燕,飞入寻常百姓家',此堂下语也。凡论者说得颠末详尽,犹恐不能胜人。若王介甫'茅檐长扫净无苔,花木成蹊手自栽',此阶下语也。有学晚唐者,再变可跻上乘。学宋者,则堕下乘而变之难矣。"②也对宋诗表现出极大的不满。

谢榛对宋人诗学的不满,主要集中在对江西诗学的批评方面。《四溟诗话》卷二云:"许彦周曰:'作诗浅易鄙陋之气不除,熟读李义山、黄鲁直之诗,则去之。'譬诸医家用药,稍不精洁,疾复存焉,彦周之谓也。"以黄庭坚、李商隐为师,去排除"浅易鄙陋之气"。在谢榛看来,是不能去除诗作弊病的。好比用药,若药本身有问题,是不能针疾疗患的。客观地讲,李商隐诗、黄庭坚诗曲隐深奥,自有其幽洁淡雅之美。他们的诗,与"浅易鄙陋"确乎丝毫无涉。关键在于,谢榛认为,走李商隐、黄庭坚诗学路子,并不能改变"浅易鄙陋"的弊病,反而有走火入魔的可能,一病未除,又生一病,于事无补。这其实是他对宋代(包括李商隐)诗学心存偏见的一种反映。我们不必去探讨唐宋优劣之争,但谢榛对宋人诗学的批评,其实是元人而下"越宋宗唐"诗学思路

---

① 丁福保辑:《历代诗话续编》下册,中华书局1983年版,第1149页。
② 丁福保辑:《历代诗话续编》下册,中华书局1983年版,第1210页。

的一种体现。他们以格调、气韵等理论观念为诗学理想,对宋人诗学中的关于诗歌创作内在规律的细微探讨与阐发不能充分理解,甚至表示反对。其实主张"越宋宗唐"的关注重点,在于诗歌的审美特征,而宋人对唐代诗学的研究,则在于对诗学内在规律的探讨,其诗歌创作的审美取向实基于此,其诗歌表现出的总体审美特征亦根本于此。主张"越宋宗唐"者与宋人的理论出发点与关注点是不相同的。这是我们应该有所区分对待的。至于同卷所说的:"陈后山曰:'学者不由黄韩而为老杜,则失之浅易。'此与彦周同病。"[①]亦源自于明人普遍的对于宋诗的偏见。至清代,文人有了胜出明人的学问素养,开始对宋人诗学有了深入的理解。宋诗派、翁方纲之"肌理说"以及"同光体"诸诗人的诗学见解就不再按明人的思路去强调"越宋宗唐",而是开始了对宋人诗学与整个诗学本身更深入,也更公允的研究与阐述。

《四溟诗话》卷二云:"《诗人玉屑》集唐人句法,悉分其类,有裨于初学。但风骚句法,皆有标题。若'马卷时衔草,人疲数望城',则曰'公明布卦';若'芹泥随燕嘴,花蕊上蜂须',则曰'东方占鹊'。殆与棋谱、牌谱相类,论诗不宜如此。"[②]"有裨于初学"本是诗格、诗法一类著述的一个职能。在谢榛看来,给予古人诗句以类似"棋谱"、"牌谱"的名号,过于拘泥,认为学者不应沾滞于这样一些法则、经验与方法。我们在上编第二章第三节已有论述,诗格类作品其实是古代诗学深入发展的一种反映,其所总结出的规则、方法得之于创作与批评的经验,专力于总结这些经验,并将其表达出来的做法本身有着积极的诗学探研精神蕴藉其中。诗格、诗法类著述所列出的法式或许沾滞呆板,但对于初习诗作的学者来讲,是有一定实践意义的。

正因为在诗学宗法的对象与作诗路径的认识方面与宋代诗学相似,故而谢榛(亦包括后七子其他诗人)的诗学观也有很多绕不开宋代诗学,尤其是江西诗学路数的地方。在《四溟诗话》卷二中谢榛指出:"《瀛奎律髓》不可读。间有宋诗纯驳于心,发语或唐或宋,不成一家,终不可治。"[③]因为《瀛奎律髓》在诗学上多祖述江西,其作者方回也被视为是江西后学,其理论本身还兼有江

---

① 丁福保辑:《历代诗话续编》下册,中华书局1983年版,第1158页。
② 丁福保辑:《历代诗话续编》下册,中华书局1983年版,第1170页。
③ 丁福保辑:《历代诗话续编》下册,中华书局1983年版,第1172页。

湖诗学的一些特点，故而被谢榛批评。这是谢榛多次表述的对宋人诗学和江西的一种意见。然他又曾说："作诗最忌蹈袭，若语工字简，胜于古人，所谓'化陈腐为新奇'是也。"① "蹈袭"自然是不被认可的，但若能在前人基础上做到"语工字简，胜于古人"，也是一种成就，是"化陈腐为新奇"。这种由古人入，以求胜于古人的主张，与江西诗学中"点铁成金"之说相似②。

《四溟诗话》卷三转述殷正夫论诗语云："凡阅古人之诗，辄有采取，或因拙致工，因繁为简，其珠玉归囊，便是自家物。"③其实也是认可了殷氏的观点。殷氏此论亦属"点铁成金"的思路。谢榛还分析出一些化用前人诗意的佳作。这种思维路数，在宋人诗话，尤其是诗学上属江西一路的诗人诗话中是十分普遍的。如《四溟诗话》卷四所析诗人宗约的一些"翻用杜句"的诗句，认为"愈觉出奇"，"造少陵之渐也"；又析孟子、屈原化用《孺子歌》，而沈约则做到了"袭故而弥新，意更婉切"④。也与江西诗学的思路相合。其实谢榛于宋人诗学亦下过功夫。如《四溟诗话》卷一云："严沧浪曰：'学其上，仅得其中；学其中，斯为下矣。岂有不法前贤而法同时者？'李洞、曹松学贾岛，唐彦谦学温庭筠，卢延让学薛能，赵履常学黄山谷。予笔之以为学者诫。"⑤不是否认作诗应学前人，而是否认学非其人。他援引严羽之论，表达了自己认为学诗应避免"学其中"与"学其下"的失策。至于否认学黄庭坚，是谢榛思维的一种惯性表达。⑥《四溟诗话》卷二有云："赵章泉谓'作诗贵乎似'，此传神写照之法。当充其学识，养其气魄，或李或杜，顺其自然而已。"又云："诗无神气，犹绘日月而无光彩。学李杜者，勿执于句字之间，当率意熟读，久而得之。此提魂摄魄之法也。"⑦赵章泉即南宋赵蕃，"章泉"为其号，其诗学大抵归于江

---

① 丁福保辑：《历代诗话续编》下册，中华书局1983年版，第1173页。
② 前文已有所论述，谢榛论诗也强调苦心孤诣地去下功夫，所谓"精炼成章，自无败句"（丁福保辑：《历代诗话续编》下册，中华书局1983年版，第1172页）亦与江西诗学相似。
③ 丁福保辑：《历代诗话续编》下册，中华书局1983年版，第1200页。
④ 丁福保辑：《历代诗话续编》下册，中华书局1983年版，第1216页。
⑤ 丁福保辑：《历代诗话续编》下册，中华书局1983年版，第1148页。
⑥ 《四溟诗话》卷四云："严沧浪谓：'作诗譬诸剑子手杀人，直取心肝。'此说虽不雅，喻得极妙。凡作诗，须知道紧要下手处，便了当得快也。其法有三：曰事，曰情，曰景。若得紧要一句，则全篇立成。熟味唐诗，其枢机自见矣。"（丁福保辑：《历代诗话续编》下册，中华书局1983年版，第1208页）亦是汲取了严羽论诗的意见并加以发扬的理论观点。
⑦ 丁福保辑：《历代诗话续编》下册，中华书局1983年版，第1164页。

西。梁昆之《宋诗派别论》即将其称作是江西诗派的第四期代笔人物（其余为韩淲、赵汝谠、赵汝谈）①。谢榛对赵蕃明显受"夺胎换骨"、"点铁成金"影响的诗学主张表示接受与赞同，实是显露了他不自觉地对江西诗学的一种态度。其实明代诗学与元代诗学一样，在诋斥江西的同时，也没有出离江西的矩矱。古代诗学从宋代以后，大都离不开关于师法对象、师法路径、具体方法、规则与操作技艺这样一系列的问题。而对这些问题做出细致全面阐发的，就是江西诗学。严羽反对江西，其诗学也没有出离这几个问题之外。可以说，古代诗论的基本内容，就以对这些问题的各种看法为主，或同或异，或略或详，甚至包括那些针锋相对的观点也都在对此类问题的不同理解的维度上展开，宋代诗学关于这几个问题的见解是最为主流的理论轴心。②

总之，谢榛诗论在总体上从属于前、后七子诗论的基础上，对"悟"、"韵"的重视使其诗论表现出既灵动活泼又不失沉厚细密。他的许多观点对于清代神韵一路的主张颇有影响。《四溟诗话》卷三所云："诗有四格，曰兴，曰趣，曰意，曰理。"此观点和唯有"悟者得之"的论调，又表现出由严羽等人到王夫之和王士祯过渡的特点。谢榛对诗学下过很大的功夫，其《四溟诗话》反映出他于汉魏和唐、宋的诗学都多有涉猎，也多有心得。③他也同前、后七子的其他诗学一样，或多或少第表现出对宋人诗学既轻视排斥，又延续吸取的特征。从诗学上看，谢榛并不与后七子的基本主张相悖，比王世贞的诗学观念似

---

① 参见梁昆：《宋诗派别论》之"江西派"部分，商务印书馆1938年版。
② 《四溟诗话》卷三有云："古人作诗，譬诸行长安大道，不由狭斜小径，以正为主，则通于四海，略无阻滞。若太白子美，行皆大步，其飘逸沉重之不同，子美可法，而太白未易法也。本朝有学子美者，则未免蹈袭；亦有不喜子美者，则专避其故迹。虽由大道，跬步之间，或中或傍，或缓或急，此所以异乎李杜而转折多矣。夫大道乃盛唐诸公之所共由者，予则曳裾躞屩，由乎中正，纵横于古人众迹之中；及乎成家，如蜂采百花为蜜，其味自别，使人莫之辨也。"（丁福保辑：《历代诗话续编》下册，中华书局1983年版，第1184页）明确表达了自己欲步"盛唐诸公之所共由"的正路，以"中正"的态度，"纵横于古人众迹之中"。又如采花为蜜的蜜蜂一样，以成自己的风味格调。其论以李杜为宗尚，以盛唐诗人之博采众长为手段，以自成一家为鹄的观点与七子主流毫不相悖。
③ 《四溟诗话》卷四在评李贺、孟郊诗的"造语奇古，正偏相半"时要求"去其二偏"。"险怪"、"苦涩"之后云："予以奇古为骨，平和为体，兼以初唐盛唐诸家，合而为一，高其格调，充其气魄，则不失正宗矣。"（见丁福保辑：《历代诗话续编》下册，中华书局1983年版，第1213页）可见谢榛对晚唐（含中唐）诗歌极有研究，这也与主张师法盛唐并无抵牾之处。

乎更严守了七子的主流态度，所以谢榛被摈，不是出于诗学本身的原因。

九、关于李、王等人对谢榛的摈斥

从谢榛的有关论述来看，他对与李、王诸人在京师的结社活动颇为怀念。其阐说"十四家又添一家"之说的论述，就见于《四溟诗话》卷三。① 其间亦提到李、王等人结社，并未有忿怼情绪，同卷还有与宗臣论诗的记述。② 亦不见有怨愤的内容。还提到了自己因勇救卢楠狱事而与李攀龙相识，也看不出对李的不满。③ 此外《四溟诗话》卷四还提及自己嘉靖壬子（1552）春，被李、王等人延入诗社，并在活动中由李画士绘《六子图》。（按，绘图时吴国伦没有参加。）也不见有什么对诸人不满的情绪。《四溟诗话》卷四中还有对旧社活动及社友故去的怀旧悼亡之诗："旧社名相累，艰虞偏在君。世憎骚雅盛，天任死生分。并失龙珠影，长垂凤藻文。（自注：社友梁公实、宗子相相继而殁。）相知论往事，南北共愁云。"④ 对旧日社友故去表现出极大的惋惜，对其诗学才华也极为推许。

关于李、王等人排挤谢榛的记载，除前文已有材料外，王士禛所作之《〈四溟诗话〉序》也提到了谢榛加入李、王诗社，诸人"咸首茂秦"，又云："已而于鳞名益盛，茂秦与论文，颇相镌责，于鳞遗书绝交。元美诸人咸右于鳞，交口排茂秦，削其名于'七子'、'五子'之列。"⑤ 因为李攀龙名声愈盛，又与谢榛的论文观点不协，所以作书绝交。其他诸子与攀龙论文不协的具体情况还难以知晓，不过朱彝尊记述此事时，就已经没有二人论文观点不同的内容了。《静志居诗话》卷一三"谢榛"条云："七子结社之初，李、王得名未盛，称诗选格，多取定于四溟。于鳞赠诗云：'谢榛吾党彦，咄嗟名士籍。遂令清庙音，乃在褐衣客。'于时子与（徐中行）、公实（梁有誉）、子相（宗臣）、元美撰《五子诗》，咸首四溟，而次以历下（李攀龙）。既而布衣高论，不为同社

---

① 丁福保辑：《历代诗话续编》下册，中华书局1983年版，第1189页。
② 丁福保辑：《历代诗话续编》下册，中华书局1983年版，第1193页。
③ 丁福保辑：《历代诗话续编》下册，中华书局1983年版，第1196页。
④ 丁福保辑：《历代诗话续编》下册，中华书局1983年版，第1218—1219页。
⑤ 丁福保辑：《历代诗话续编》下册，中华书局1983年版，第1134页。

所安，历下乃遗书绝交，而曰：'岂其使一眇君子，肆于二三兄弟之上，必不然矣。'迹其隙末，乃因明卿（吴国伦）入社，四溟喻以粪土，由是布恶于众。元美（王世贞）别定五子，遽削其名。"①客观地讲，朱彝尊的记述要准确得多。李、王诸人摈斥谢榛，既有对"布衣高论"的反感与妒忌，也有对谢榛"隙末"之事的厌恶，再加上谢榛曾嘲弄吴国伦，遂使众人加以摒弃。朱彝尊的这个记述，主要是依据李攀龙所作的"绝交书"，我们下文还要论及。

从谢榛本人讲，他也或多或少地透露了一些与此有关的信息。他在记述一些事时，总是透露出一些自己被忌的不满，也对当时诗人群体间的一些风气表示不满。《四溟诗话》卷三云：

> 都下一诗友过余言诗，了不服善。余曰：'虽古人诗，亦有可议者。盖擅名一时，宁肯帖然受人诋诃，又自谓大家气格，务在浑雄，不屑于句字之间，殊不知美玉微瑕，未为全宝也。或睥睨当代，以为世无勍敌，吐英华而媚千林，泻河汉而泽四野。只字求精工，花鸟催之不厌；片言失轻重，鬼神忌之有因。大哉志也！嗟哉人也！'②

与谢榛论诗"了不服善"的诗友，不愿受人诋诃，容不得别人的批评，又"自谓大家气格，务在浑雄，不屑屑于句字之间"。此人"睥睨当代，以为世无勍敌"，颇为自负。从其表现的这些特点看，此人似乎是李攀龙。他摈斥李先芳、吴维岳，抑或是这种自负不容人的性格的一种反映。《明史》本传提及李攀龙等七子"才高气锐，互相标榜，视当世无人"。③这种气度实与后七子核心李攀龙的性格特点有关。不过，既然谢榛没有明言，我们也只是如此揣测其人为李攀龙而已。在《四溟诗话》卷三中，谢榛对当时群体性诗学活动的风气有所不满，其云："凡制作系名，论者心有同异，岂待见利而变哉？或见有佳篇，面虽云好，默生毁端，而播于外，此诗中之忌也。或见有奇句，佯为沉思，欲言不言，俾其自疑弗定，此诗中之奸也。或见名公巨卿所作，不拘工拙，极

---

① （清）朱彝尊：《静志居诗话》，人民文学出版社1990年版，第386页。
② 丁福保辑：《历代诗话续编》下册，中华书局1983年版，第1181页。
③ （清）张廷玉等撰：《明史》第24册，中华书局1974年版，第7378页。

口称赏，此诗中之谄也。谄者利之媒，奸者利之机，忌者利之蠹。然慎交则保名。三者有一，不能无损，如药加硝黄之类，其耗于元气者多矣。"①诗中之"谄者"、"奸者"、"忌者"都于诗道有损。谢榛对这些诗学中的不良风气的批评，或许与李、王等人有关，只不过不便明言而已。且这种诗学中的不良批评风气，已成为当时明代诗学活动的一种习气。谢榛对此的批评，切中肯綮，有着较为清晰的诗学眼光。

《四溟诗话》卷三云："予客京师，有一缙绅相善，尝谓予曰：'每见人恶诗，予意憎之而不乐交也。'曰：'予则异于是。若以诗定交，海内宁几人邪？或有不读书者，知我为诗人而加礼，岂可沮其诚乎？譬如郊外古刹，凡田翁村妪，往往焚香礼佛，惟恐竭诚不逮，安知有三乘五蕴之妙？使如来复生，亦不鄙其愚也。夫作诗才有不同，各由工拙。爱憎系乎为人，诗何与焉？'缙绅笑而然之。"②

此缙绅视野封闭，不交纳所谓作"恶诗"的诗人。不开放包容，任由视野狭闭，故其品诗，就不一定公允。谢榛则宽和善纳，胸襟散朗，其视野亦开阔宏放。这位缙绅大夫之诗学观点，或许就是京师士大夫诗人的一种普遍情形。他们自负而狭隘，没有尚友诗人的开放胸怀。谢榛一介布衣，应该在成名前遭遇过士大夫们的冷眼，对这类诗人的排他性与自身优越感应有所体会。不知这里的这段记述是否因被摈斥而发，但我们还是能从其中去寻绎谢榛与李、王等人的这段瓜葛。

谢榛本人也时常提醒自己不要招人妒忌，切勿恃才傲物。《四溟诗话》卷三云："夫缙绅作诗者，其形也易腴，其气也易充；贯乎经史，粹乎旨趣，若江河有源，而滔滔弗竭，欲造名家，殊不难矣。凡择韵平妥，用字精工，此虽细事，则声律具焉。必先固基址而高其梁栋，楼成壮丽，乃见工轮之大巧也。予昔游都下，力拯卢楠之难，诸缙绅多其义，相与定交。草茅贱子，至愚极陋，但以声律之学请益，因折衷四方议论，以为正式。及出诗草，妍亦不忌，媸亦不消，此虚心应接使然。得以优游圣代，而老于啸歌，幸矣。每惜祢衡

---

① 丁福保辑：《历代诗话续编》下册，中华书局1983年版，第1185页。
② 丁福保辑：《历代诗话续编》下册，中华书局1983年版，第1196页。

《鹦鹉》一赋,而遽戕其生,可为恃才傲物者诫。"①谢榛忆及自己在京师接遇诸士大夫时的情形,还看不出诸人的嫉才。可能的解释是当谢榛声名益盛,直至超过了诸人的限度时,才招致了他们的忌恨。加之乡野布衣与衮衮缙绅的巨大身份隔阂,逐渐不被他们款纳了。由此处记述,还可看出谢榛自认为自己并不逞才炫耀,也时常提醒自己勿矜骄傲物。但他的生平,还是与才难敛抑有关。《四溟诗话》卷三载:

嘉靖甲寅(1554)春,予之京,游好伐于郭北申幼川园亭。赵王枕易遣中使留予曰:"适徐左史致政归楚,欲命诸王缙绅辈赋诗志别,急不能就,子盍代作诸体二十篇,以见邺下有建安风,何如?"予曰:"诺。明午应教毕,北首路矣。"幼川曰:"果哉斯言!有才固敏,何兴能长。况诗备诸体,焉得寸心立意,而卒应纷然,以臻精妙,信乎不易。昔江文通拟古诸作,岂在一朝一夕而振藻思哉?"曰:"予试扩公输子之法,遽造宫殿、楼阁、台馆、亭榭,并筑基址,齐构梁栋,及其妙转心机,诘旦历观落成,则轮奂一新,丹碧相耀,此见作手变化也。夫欲成若干诗,须造若干句,皆用紧要者,定其所主,景出想像,情在体贴,能以兴为衡,以思为权,情景相因,自不失重轻也。如十成六七,或前后缺略,句字未稳,皆沓于案,息灯而卧;晓起,复检诸作,更益之;所思少窒,仍放过,且阅他篇,不可执定,复酌酒酣卧;迨心思稍清,起而裁之,三复探赜,统归于浑成。若必次第而成,则兴易衰而思易疲矣。愚见是否?"幼川曰:"吾见难其易者得其一,未见易其难者得其多。以一为难则工,以多为易而能工邪?梁周兴嗣帝命以千字限一夕成文,盖系乎生死。子与之不同,何苦乃尔?"曰:"予用背水阵法,颇类兴嗣。既言不愆行期,自不容缓。惬知己之意,折妒者之心,使异地则不能也。"迨午,中使征诗,付以全稿转上。幼川曰:"子才如此,王左右恶得无忌。昔闻卢生楠以诗获罪蒋令,子为遍陈当道,始脱其狱,由此人皆称重。若不虚己,是亦卢楠而救

---

① 丁福保辑:《历代诗话续编》下册,中华书局1983年版,第1182—1183页。

卢楠,其不免夫?"予谢曰:"知我者鲍子也。"①

谢榛代人捉刀,既是他认为的荣耀,其实也是悲哀。他以筑室为喻也好,自比背水一战也罢,尽管出于"惬知己之意,折妒者之心"的动机,但毕竟过于逞才。宜乎申幼川劝他"虚己",勿效露才扬己,招致祸患的卢楠。谢榛后来游历诸藩,秦晋诸王争延致之,以至大河南北皆称"谢榛先生",未尝见他"虚己"掩抑。这也是"睥睨当代,以为世无劲敌"的李攀龙、王世贞诸人与之绝交的重要原因。然谢榛依然故我,又游燕赵间,终于在大名(今河北大名)为客赋寿诗百章,当成八十余首时投笔而卒②。终于在露才扬己,不敛抑其才的路途上走到了终点。

谢榛身上确实存在类似江湖谒客的一些气质,游走于权豪贵要之门,或受礼遇,或受冷眼,都似乎成了可以炫耀的荣耀。他的诗才在游谒权门时为自己博得殊荣,以其可以捉刀的才能博得声名,滋益身价,既有狂者知进不知退的干没,也有狷者以谒客邀宠以期获得权豪侧目的痴迷。他布衣出身,又眇一目,带有地域乡野的气息,难以真正融入士大夫诗人的圈子。至因身份卑微而被鄙视,以诗才过高而招嫉妒。再加上与李攀龙间的一些细末过结或是误会,在被顶替了盟主地位后,又被摈于七子之外。观李攀龙之《戏为绝谢茂秦书》,可以知晓谢榛真实的谒客情状与其被摈的原委端详。

《戏为绝谢茂秦书》见于李攀龙《沧溟集》卷二十五。从此文中,可见出谢榛江湖谒客的一些可怜可悲的特征,这在李攀龙看来,直是可鄙,反映出士大夫诗人的某种优越感和发自内心深处的对谢榛这样的江湖诗人的一种偏见和成见。文章一开始,就提到谢榛在赵王邸③,赵王妇人笑之;在大长公主家,家监断席与之别坐;又使马践溺污谢榛冠,还使谢榛居于传舍,使榛与骑奴并食。而传舍长又三次投榛履于外以辱之。旋又迁榛于僦舍,还令偿其用度。这

---

① 丁福保辑:《历代诗话续编》下册,中华书局1983年版,第1198—1199页。
② (清)张廷玉等撰:《明史》第24册,中华书局1974年版,第7376页。
③ 谢榛于赵王邸与赵王之妇人有一段逸事。据《明史》卷二八七之《谢榛传》,万历元年(1573),谢榛游赵康王曾孙赵穆王邸。王命所爱贾姬独奏谢榛所制竹枝词。谢榛又作新词十四阕。姬悉按而谱之。后赵王归贾姬于谢。此年谢已七十九岁。李攀龙卒于隆庆四年(1572),不可能是年之事。故而此文中所提及的应是谢榛在赵康王府的某次经历。

些都是在谢榛结识李攀龙前发生的事情。李述其事，充满促狭鄙薄与揶揄嘲讽之态，毫无惜才怜悯之意。谢榛在李攀龙处三日始见，李才将其荐于缙绅先生。王世贞卷入与严嵩的纠葛中。李攀龙本欲拔擢谢榛①。然因谢榛有"豕心"，不询于李攀龙。李于是谓谢"非我族类，未同而言"。谢榛奔走权门，李对此颇为不屑，讥以为"延领贵人"。谢自言"多显者交，平生足矣"，爱好求取"显者"的顾盼垂怜，或是《明史·谢榛传》中提到的李、王"与论生平，颇相镌责"的原因。谢榛江湖谒客的作为，着实让李攀龙极为鄙视与厌恶。《绝交书》又谓七子中其他"二三兄弟"（李攀龙称七子成员多用此类措辞。王世贞所作之《李于麟先生传》谓李于诸子"咸弟蓄之"②）也反感谢榛，李攀龙平绥了诸人。又因谢榛至李攀龙治处（或为李任顺德知府或陕西提学副使时）不谒长者，李认为是侮辱自己。并且辱骂自己的仆役，还抈置李之馈赠于途，还大光其火，"眥髭俱裂"，并放言："昔在长安，殊厌贵人，尔一守臣也。"言间颇为鄙夷。李攀龙则谓自己顾念昔日之情，虽二人积怨益深，但仍未绝交。李还提到谢榛事后又赴长安谋算自己，或间他人。幸而王世贞不贰其心，谢榛失意。又说自己与王"狎主二三兄弟之盟久矣"，然谢榛心有不甘，与吴、徐周旋，欲肆机离间，不成之后，谢榛制书悔过，愿"同好弃恶，复修旧德"，李未同意。谢榛甚怒，至"恶声滋至"。加上谢榛又讥吴国伦云："称诗如此，他何用粪土为？"结果"二三兄弟备闻此言"，遂至自己也不愿"使一眇目君子肆于二三兄弟之上，从其淫而散离昵好"③。于是作书与谢榛绝交。

    谢榛社首位置被替后，与李王诸人仍有诗学往来。诸人诗中多有相互传寄之诗文尺牍。但李攀龙提到的这些纠葛，终因谢榛讥吴国伦事而爆发，以至绝交。按，吴国伦亦曾与他人有龃龉。据王世贞之《宗子相集序》，宗臣尝与吴

---

① 据《明史》本传，王世贞"数积忤"于严嵩。嘉靖三十八年（1558），其父王忬以滦河失事为严所构，论死。王世贞与其弟王世懋服囚遮道以求宽宥。直至隆庆元年（1567）始讼得平反。在此之前，似未见王有李攀龙此文中所谓的"元美偃蹇"之事。故而李欲拔擢谢的所谓"我实属尔"，当在嘉靖三十八年之后至隆庆元年之间。

② （明）李攀龙撰，包敬第标校：《沧溟先生集》，上海古籍出版社1992年版，第722页。

③ （明）李攀龙撰，包敬第标校：《戏为绝谢茂秦书》，《沧溟先生集》，上海古籍出版社1992年版，第574—575页。

国伦"一再论诗不胜,覆酒盂,啮之裂,归而淫思竟日夕,至喀喀呕血也。"①李攀龙《与吴明卿书》云:"元美书来,亟言足下似欲据子相(宗臣)上游者,乃足下亦自谓宗、谢所不及,而梁、徐未远过也。明卿明卿,亡赖哉!三子者不可谓非海内名家矣。眇目君子虽耄,而绳墨犹存,明卿今见其胜之。尔即一日千里,某何敢私诸二三兄弟乎?"②似乎是王世贞提到了吴国伦认为自己可以居于宗臣之上,而李攀龙则指出吴曾自谓自己不在宗臣、谢榛之上,但可居于梁、徐之上。李攀龙并不认可吴国伦新的意见。结合起来看,吴国伦最后入社,或许排名最后,但他认为自己可居于宗臣之上,又与宗臣持论不下,有了芥蒂③。而谢榛也一直与吴国伦等有所谓"周旋"之事,引起了李攀龙认为谢榛有了离间诸子的嫌疑。谢榛谓吴国伦诗才如"粪土"事无考,不知是对谁说起,也不知他说此话语时的语境。但吴国伦知道后告诉了李攀龙,李使备闻于众人,遂成绝交之事。这种人际瓜葛,最难釐清,其实也不必釐清。总之是因谢榛的谒客"伧父"行径与布衣身份(按,王世贞《谢茂秦集序》谓谢榛"眇而伧父状"④),本为李王等厌恶⑤。加之谢榛确实一时名声甚盛,或恐为李、王所嫉,遂终于导致李、王等人与之绝交。而后七子诗社的这种诸人共摈谢榛之事,实与诗学主张无关,倒从另一个角度阐明了明代诗社在彼时已有了因争夺坛站而意气相争的习气。这种习气也是此后诗社中较为普遍的现象。

---

① (明)王世贞:《弇州四部稿》卷六五,文渊阁《四库全书》第1280册,上海古籍出版社1987年影印本,第134页。

② (明)李攀龙撰,包敬第标校:《沧溟先生集》,上海古籍出版社1992年版,第666—667页。

③ 后七子间或有排列顺序,其顺序后来或与他们的诗艺有关。据王世贞所撰《李于麟先生传》,七子在进行诗社活动时,每有所赋咏,"人人意自得,最后于麟出片语,则人人自失也。"(明)李攀龙包敬第标校:《沧溟先生集》,上海古籍出版社1992年版,第722页。因李攀龙在诗社中的影响力,他心目中可能会有对诸人的诗艺进行铨次的意思。《明史·李攀龙传》在列举诸人时是:李、王、宗、梁、徐、吴。而李攀龙《与吴明卿书》中涉及的次序是:李、王、(谢、)宗、梁、徐、吴。但李攀龙之《五子诗》与王世贞之《五子篇》之次序却并非如此。关于后七子诗学成就之次序问题,姑且提出,暂不深考。

④ 《弇州四部稿》卷六四,文渊阁《四库全书》第1280册,第124页。

⑤ (明)王世贞:《卢楠传》,《弇州四部稿》卷八三,文渊阁《四库全书》第1280册,第377页。提及谢榛与卢楠在赵王邸,卢楠醉后"故态毕发,骂其坐人,则人人掩耳走避,楠竟亦不自得?"对卢楠"故态"的厌恶,几使"人人掩耳走避",可以想见,地域性的布衣文士自身的性情实与士大夫有隔阂。《明史》卷二八八之《徐渭传》有云:"当嘉靖时,王、李倡七子社,谢榛以布衣被摈。渭愤其以轩冕压韦布,誓不入二人党。"(清)张廷玉等撰:《明史》第24册,中华书局1974年版,第7388页。可知,在当时,李王等摈谢,世人或以为是因谢系布衣身份的缘故,竟发以为高论,并获重名,遂招诸人嫉恨,此亦在事理之中。

十、后七子诗社之诗学：(二) 王世贞之诗学兼论明代诗学之正统与主流

如果说在后七子中谢榛之诗学建树长于理论，那么王世贞则主要表现为长于分析批评。其诗学总体上表现为浑融与轻简统一，才力与诗境并重。

在后七子中，王世贞之诗学成就最高。《四库全书总目》之《弇州山人四部稿》提要有云："今其书具在，虽未免瑕瑜杂陈，然第举一时之巨擘而言亦终不能舍世贞而别有属也。"①在李攀龙谢世后，王世贞主诗盟达二十年。其《弇州四部稿》（即《弇州山人四部稿》）卷十四中有"后五子"、"广五子"、"续五子"②诗。这些"五子"之名目，实可看作是后七子诗社为核心的外围诗人群体。而李攀龙、王世贞应是这些诗人群体之盟主。可见当时以后七子为主的诗学运动影响之大。

王世贞于历代文学理论著作和理论观点多有研究。其《艺苑卮言》卷一引述了曹丕、钟嵘、司马相如、扬雄、挚虞、范晔、江淹、沈约、庾信、李仲蒙、独孤及、李德裕、皮日休、皎然、梅尧臣等关于诗赋的观点。可见他于文学理论用力甚深，涉猎甚广。尤其是《文心雕龙》，王世贞更是屡屡引用。如："刘勰曰：'诗有恒裁，体无定位，随性适分，鲜能通圆。若妙识所难，其易也将至；忽之为易，其难也方来。'（按，此为《明诗》中语）又曰：'情者，文之经；辞者，理之纬。经正而后纬成，理定而后辞畅。'（按，为《情采》中语）又曰：'文之英蕤，有秀有隐。隐也者，文外之重旨；秀也者，篇中之独拔。'（按，《隐秀》中语）又曰：'意授于思，言授于意，密则无际，疏则千里。或理在方寸，而求之域表；或议在咫尺，而思隔山河。'（按，《神思》中语）又曰：'诗人篇什，为情而造文；辞人赋颂，为文而造情。为情者要约而守真，为文者淫丽而烦滥。'（按，《情采》中语）又曰：'四序纷回，而入兴贵闲；物色虽烦，而析辞尚简。使味飘摇而轻举，情晔晔而更新。'（按，《物色》中语）"③

与谢榛一样，王世贞对《文心雕龙》是较为熟悉的。后七子成员应该是对

---

① （清）永瑢等撰：《四库全书总目》，中华书局1965年版，第1508页。
② "后五子"为余曰德、魏裳、汪道昆、张佳胤、张九一；"广五子"为俞允文、卢楠、李先芳、吴维岳、欧大任；"续五子"为王道行、石星、黎民表、朱多煃、赵用贤。
③ 丁福保辑：《历代诗话续编》中册，中华书局1983年版，第952—953页。

古代诗文理论都较为了解。该诗社,是有着相当深厚的古代诗文理论基础的。他们提出的有关理论,确实是有理有据,与前七子一样,我们不能简单地便以"复古"视之①。

王世贞与前、后七子一样,认为应该师法前人,尤应以盛唐诗人为主。但师法并非生硬地仿效,而是用心去领会,在创作时以自己之精神契合物境,从而达到浑融自然,无迹可寻的境界。其理论既合于前后七子主流,亦可看到严羽诗论的影子。《艺苑卮言》卷一云:"大抵诗以专诣为境,以饶美为材,师匠宜高,捃拾宜博。"②既要取向上一路作为师法对象,又应广收博取,熔炼成自身之品格。王世贞还指出:"西京建安,似非琢磨可到,要在专习凝领之久,神与境会,忽然而来,浑然而就,无岐级可寻,无色声可指。三谢固自琢磨而得,然琢磨之极,妙亦自然。"③所谓"专习凝领之久",便是要在学习、把握古人创作经验上下功夫,但这种功夫不只在技艺层面,还要在精神心理的层面去体会与领略,要达到"神与境会",从古人处理个人感情与物境刻画的手法中获得教益。这种观点,与谢榛所谓"熟读之以夺神气,歌咏之以求声调,玩味之以裒精华"有相似之处。不过王世贞的"专习凝领"功夫,似更偏于"夺神气",而对创作时因积累涵茹功夫已经具备所产生的自然融彻的进展状态表述为"忽然而来,浑然而就",则有类于谢榛之"造乎浑沦",都是由人工而至化工的境界。其理论与何景明"舍筏达岸"的观点也颇为相似。即是说,由严羽、何景明、谢榛、王世贞而来的诗学观,即是由"师匠宜高,捃拾宜博"的功夫学力到"神与境会,忽然而来,浑然而就"的经验发挥再到"无岐级可寻"、"妙亦自然"以成就自身品格的诗学路数。此路数即"舍筏达岸"和"透彻之悟"等观念所包含的对诗学逻辑脉络与相应目的的高效准确与圆融合一的深切期许与理论诉求。

---

① 除有较为深厚的诗学功力外,王世贞的诗学胸怀还是较为包容的。《艺苑卮言》卷一有云:"谢榛曰:'近体诵之行云流水,听之金声玉振,观之明霞散绮,讲之独茧抽丝。诗有造inglés,一句不工则一篇不纯,是造物不完也。'又曰:'七言绝句,盛唐诸公用韵最严。盛唐突然而起,以韵为主,意到辞工,不暇雕饰,或命意得句,以韵发端,混成无迹。宋人专重转合,刻意精炼,或难于起句,借用旁韵,牵强成章。'又曰:'作诗繁简,各有其宜,譬诸众星丽天,孤霞捧日,无不可观。'"(丁福保辑:《历代诗话续编》中册,第957页)对谢榛诗论很了解。也在引用中表示了支持与认可。
② 丁福保辑:《历代诗话续编》中册,中华书局1983年版,第960页。
③ 丁福保辑:《历代诗话续编》中册,中华书局1983年版,第960页。

王世贞所谓"琢磨之极，妙亦自然"的诗学表述，可以视为对上述诗学逻辑脉络的一个扼要的总结。因为师法古人，其要在"师其上者"，要取向上一路，此迨无可疑。古代多数诗论家都明了此旨。但是否认可浑化无迹地成就一家之言，就有了差别。前文已论，李梦阳出于诗学领袖的历史意识，在这一问题上表现出了过于严谨小心的态度。而何景明、谢榛、王世贞等对于此问题就看得轻简得多了。而王世贞对师法与浑化二者，是同等重视与强调的。《艺苑卮言》卷一云："李献吉（梦阳）劝人勿读唐以后文，吾始甚狭之，今乃信其然耳。记闻既杂，下笔之际，自然于笔端搅扰，驱斥为难。若模拟一篇，则易于驱斥，又觉局促，痕迹宛露，非斫轮手。自今而后，拟以纯灰三斛，细涤其肠，日取《六经》、《周礼》、《孟子》、《老》、《庄》、《列》、《荀》、《国语》、《左传》、《战国策》、《韩非子》、《离骚》、《吕氏春秋》、《淮南子》、《史记》、班氏《汉书》，西京以还至六朝及韩、柳，便须铨择佳者，熟读涵泳之，令其渐渍汪洋。遇有操觚，一师心匠，气从意畅，神与境合，分途策驭，默受指挥，台阁山林，绝迹大漠，岂不快哉！世亦有知是古非今者，然使招之而后来，麾之而后却，已落第二义矣。"①

由阶进式的掌握而丰殖学养，可以摆脱驳杂与局促。在创作时，又强调"气从意畅"与"神与境合"。在此过程中，"心匠"为驾控者，创作的过程受其"指挥"。这样就可以再创作的线性过程中进入到自由发挥的阶段，从而成就自身的风调与品格。从中可见，严格而宏阔的师法视野，强调融会贯通的师法方式，加上对作家个人领会能力与创造力的重视，王世贞阐发了一条由学而入，由领会而出的诗学理路。其中既有何景明"领会神情，不仿形迹"的理论体现，也有谢榛对"神"与"境"的重视以及"十四家又添一家"的影子。还可看出就作者主观内心对诗歌创作过程控驭能力的体会。不知是否可以认为，王世贞作为后七子成员中最具才力与悟性的诗人，其理论多少具有对前、后七子的集成与收束的意味。

虽然王世贞之诗论赋予了诗人更多的创作自由，但他对诗学中应有的规则强调得也十分严格。《艺苑卮言》卷一云："勿和韵，勿拈险韵，勿傍用韵。起

---

① 丁福保辑：《历代诗话续编》中册，中华书局1983年版，第964页。

句亦然，勿偏枯，勿求理，勿搜僻，勿用六朝强造语，勿用大历以后事。此诗家魔障，慎之慎之。"①这纯是对前人以及自己诗学经验的总结。经验性的方法指授本来就是我国古代诗学一个鲜明的特点。王世贞重视浑化自然，强调"神与境合"，并不是说他在诗学规则上是模糊或是率意的。王世贞也常用"法"来表述他对创作规则问题的认识。《艺苑卮言》卷一云："篇法之妙，有不见句法者；句法之妙，有不见字法者。此是法极无迹，人能之至，境与天会，未易求也。"②所谓"法极无迹，人能之至"，不是无法，而是在掌握了一定的经验之后达到的合规律与合目的的统一，是对"法"的升华与创造。其说也类似于吕本中的"活法"说。与某些重视诗法的诗学家不同，王世贞对法的表述要宽泛得多，也更具弹性。他指出："首尾开阖，繁简奇正，各极其度，篇法也；抑扬顿挫，长短节奏，各极其致，句法也。点掇关键，金石绮彩，各极其造，字法也。篇有百尺之锦，句有千钧之弩，字有百炼之金。文之与诗，固异象同则，孔门一唯，曹溪汗下后，信手拈来，无非妙境。"③王世贞所阐述的"篇法"、"句法"和"字法"都是指导性的意见，而非是规则式的表述。不过，其中还是可以看出，在指导性、经验性的诗学指授中间，有着趋避谨严，矩矱翕然的某种约束力。这个方面，实际是前后七子最为本质的诗学特点。

王世贞基于上述基本的诗学观点，他也同前后七子的其他诗人一样，对宋代诗学表现出反对的态度。《艺苑卮言》卷二云："子云服膺长卿，尝曰：'长卿赋不是从人间来，其神化所至耶？'研摩白首，竟不能逮，乃谤言欺人云：'雕虫之技，壮夫不为。'遂开千古藏拙端，为宋人门户。"④认为扬雄仿效司马相如，但未得其窾要，对其"不是从人间来"的"神化所至"之处未有心得，认为扬雄对司马相如的模仿是"有其笔而不得其精神流动处"。⑤故以"雕虫之技，壮夫不为"为遁词以"藏拙"，这种不能把握古人真正创作经验，而反以轻忽的态度处之的做法，王世贞认为是宋人诗学的敝处。宋人确有为诗重学问，重议论的细节考究风气。王氏认为这种细末功夫不可能使创作出神入

---

① 丁福保辑：《历代诗话续编》中册，中华书局1983年版，第961页。
② 丁福保辑：《历代诗话续编》中册，中华书局1983年版，第961页。
③ 丁福保辑：《历代诗话续编》中册，中华书局1983年版，第963页。
④ 丁福保辑：《历代诗话续编》中册，中华书局1983年版，第982页。
⑤ 丁福保辑：《历代诗话续编》中册，中华书局1983年版，第982页。

化。应该说,在学习古人,以求掌握经验并提高自身技艺的诗学思路方面,王世贞与宋人是一样的。所不同者,在于宋人不能神而明之,过于沾滞刻板,纠结于经验所产生的约束力而不能突破,致使宋人诗作多沉重搓枒,缺乏流动自然之致。钟嵘在《诗品序》中曾对作诗用典进行批评,认为这种创作"殆同书钞",使得"句无虚语,语无虚字,拘挛补衲,蠹文已甚",因而致使"自然英旨"受到减损,并说:"词既失高,则宜加事义,虽谢天才,且表学问,亦一理乎?"① 其反诘语气中,表现出的是极大的不满。

宋人确乎有类似钟嵘所批评的这种特点,但宋人非不懂得"自然英旨"之美,他们意图走出不同于唐人的路子,且在诗学领域不避细末纤仄积极搜考可以有裨于后学的创作经验,并将其以矩矱规则的诗法方式指授于人。这实是一种自觉的诗学精神的反映。我们可以从王世贞的角度去理解他们的诗学理论,但却不应当以王世贞的批判去指责宋人。在我国诗学史上,宋代与明代都有其诗学贡献,也有其诗学的历史位置,它们并不抵牾,而是存在于古代诗学理论脉络的不同位置,各有其由蘖滋生的具体理论语境和客观原因,并且共同构成了我国古代诗学的理论资源。

王世贞基于其诗学理论,进行了范围极广的批判实践。其批评观点也多允当恳切,可以使我们从中揣测后七子诗社在诗文批评方面的一些具体观点。如评阮籍:"远近之间,遇境即际,兴穷即止,坐不着论宗佳耳。"② 评嵇康:"奇丽超逸,览之跃然而醒。"③ 对孙绰"潘文浅而净,陆文深而芜"的观点不认同,认为陆机"病不在多而在模拟,寡自然之致"。④ 对历代对陶诗"自然"的观点进行驳斥,指出:"渊明托旨冲澹,其造语有极工者,乃大入思来,琢之使无痕迹耳。后人苦一切深沉,取其形似,谓为自然,谬以千里。"⑤ 从其评价之语,

---

① (梁)钟嵘撰,陈延杰注:《诗品注》,人民文学出版社1961年版,第4页。
② (明)王世贞:《艺苑卮言》卷三,丁福保辑:《历代诗话续编》中册,中华书局1983年版,第989页。
③ (明)王世贞:《艺苑卮言》卷三,丁福保辑:《历代诗话续编》中册,中华书局1983年版,第989页。
④ (明)王世贞:《艺苑卮言》卷三,丁福保辑:《历代诗话续编》中册,中华书局1983年版,第993页。
⑤ (明)王世贞:《艺苑卮言》卷三,丁福保辑:《历代诗话续编》中册,中华书局1983年版,第994页。

可见王世贞的"自然"实是功夫下足之后的一种出神入化的境界，即由功力而自然，由学养而神于变化，达到了自然冲澹的超拔境界，并非是蔑弃了诗学功夫和苦思冥想的率意为之的结果。

王世贞还非常善于在对比中进行分析评价。在《艺苑卮言》卷七中，王世贞比较分析了宗臣、徐中行、吴国伦、梁有誉，其云："吾友宗子相，天姿奇秀，其诗以气为主，务于胜人，间有小瑕及远本色者，弗恤也。吴明卿才不胜宗，而能求诣实境，务使首尾匀称，宫商谐律，情实相配。子相自谓胜吴，默已不战屈矣。徐子与戬酹二子，颇得其中，已是境地，精思便达。梁公实工力故久，才亦称之，尝为别余辈诗一百韵，脍炙人口。惜悟汗未几，中道摧殒，每一念之，不胜威明绝锷之痛。"①

因为对每一位诗人都非常了解，对他们的特点也都了然于心，所以在分析时能允执厥中地予以分析，并阐明其基本特征，从中可以看出王世贞深入细腻的思理与目光如炬的批评素养。《艺苑卮言》卷七还有云："于鳞拟古乐府，无一字一句不精美，然不堪与古乐府并看，看则似临摹帖耳。②五言古，出西京建安者，酷得风神，大抵其体，不宜多作，多不足以尽变，而嫌于袭；出三谢以后者，峭峻过之，不甚合也。七言歌行，初甚工于辞，而微伤其气，晚节雄丽精美，纵横自如，烨然春工之妙。五七言律，自是神境，无容拟议。绝句亦是太白少伯雁行。排律比拟沈宋，而不能尽少陵之变。志传之文，出入左氏、司马，法甚高，少不满者，损益今事以附古语耳。绪论杂用《战国策》、《韩非》诸子，意深而词博，微苦缠忧。铭辞奇雅而寡变。记辞古峻而太琢。书牍无一笔凡语。若以献吉并论，于鳞高，献吉大；于鳞英，献吉雄；于鳞洁，献吉冗；于鳞艰，献吉率。令具眼者左右袒，必有归也。"③非常详细地分析了李攀龙各体创作的优点与不足，又将其与属同一阵营的李梦阳比较，也将他们各自的造诣与缺失细致举出，令人信服。同时，此论述中所列举的古乐府、建

---

① 丁福保辑：《历代诗话续编》中册，中华书局1983年版，第1061页。
② 李攀龙集中拟作很多，如其《沧溟集》卷二指建安体中有"代文帝"、"代明帝"、"代曹子建"、"代王仲宣"、"代陈孔璋"、"代徐伟长"、"代刘公干"、"代应德琏"、"代阮瑀"等诗。其"公燕诗"亦代文帝、明帝、子建、仲宣、孔璋、伟长、公干、德琏、阮瑀等人而作。这类诗作，本为模拟，但可见李攀龙仔细揣摩过前人诗作。至于谓其模拟过多，若因此类作品较多而言，则并不恰当。后人对前后七子的诋斥，其实多是此类情形。
③ 丁福保辑：《历代诗话续编》中册，中华书局1983年版，第1067页。

安、三谢的五古,李白、王昌龄的绝句,沈佺期、宋之问、杜甫的排律以及《左传》、《史记》之"志传之文",《战国策》、《韩非子》及其他诸子之议论文字,应该就是前后七子成员们着力考究研磨的共同的师法对象群。前后七子的核心李梦阳、李攀龙亦各有所长,也各有不足,也都各成其文学品格,均建树甚高,都为诗学做出了表率,对于后学来讲,都应予以参究。试想,以其所列的谱系为师法对象群,加以功力,亦不妨自有其成,不会成为古人的影子。这或许就是《明史》认为后七子诸人实际上对谢榛"十四家外又添一家"的观点"心师其言",并且实际上都付诸训练和实践的一个参证吧。

最能反映王世贞分析与批评能力的是他对李杜的评价。《艺苑卮言》卷四云:"李杜光焰千古,人人知之。沧浪并极推尊,而不能致辨。元微之独重子美,宋人以为谈柄。近时杨用修为李左袒,轻俊之士往往传耳。要其所得,俱影响之间。五言古、选体及七言歌行,太白以气为主,以自然为宗,以俊逸高畅为贵;子美以意为主,以独造为宗,以奇拔沉雄为贵。其歌行之妙,咏之使人飘扬欲仙者,太白也;使人慷慨激烈,嘘唏欲绝者,子美也。《选》体,太白多露语率语,子美多稚语累语,置之陶谢间,便觉伧父面目,乃欲使之夺曹氏父子位耶!五言律、七言歌行,子美神矣,七言律,圣矣。五七言绝,太白神矣,七言歌行,圣矣,五言次之。太白之七言律,子美之七言绝,皆变体,间为之可耳,不足多法也。"①王世贞从不同的诗歌体裁入手,分别对李杜诗歌的艺术特征进行分析,并能结合读者感受进行评价,而不是笼统立论,规避了关于李杜优劣的意见,将二人之所长与约略的不足分别置论,这样就很细致也很具说服力了。②其中提到杨慎左李抑杜,这是杨慎诗歌取法有意与当时主流立

---

① 丁福保辑:《历代诗话续编》中册,中华书局1983年版,第1005—1006页。
② 王世贞还有评语曰:"长沙公(李东阳)少为诗有声,既得大位,愈自喜,携拔少年轻俊者,一时争慕归之。虽模楷不足,而鼓舞攸赖。长沙之于何李也,其陈涉之启汉高乎?献吉才气高雄,风骨遒利,天授既喜,师法复古,手辟草昧,为一代词人之冠。要其所诣,亦可略陈。骚赋上拟屈宋,下及六朝,根委有余,精思未极。拟乐府自魏而后有逼真者,然不如自运,滔滔莽莽。《选》体、建安以至李杜,无所不有,第于谢监未是初日芙蓉,仅作颜光禄耳。七言歌行纵横如意,开阖有法,最为合作。五言律及五七言绝句时诣妙境,七言雄浑豪丽,深于少陵,抵掌捧心,不能厌服众志。文酷仿左氏、司马,叙事则奇,持论则短,间出应酬,颇伤作易。"(明)王世贞:《艺苑卮言》卷六,丁福保辑:《历代诗话续编》本,中册,第1044—1045页。亦是以分别体裁的方式细细品骘了李攀龙的诗文创作,并不因与李为一生挚友而有谀扬之辞,对李的不足,也客观地表述出来。这反映了王世贞批评态度的严谨与严肃。

异的一种表现。王世贞在《艺苑卮言》卷四中也对他进行了批评①。对于杜诗成就，王世贞还有一个著名意见："有一贵人时名者，尝谓予：'少陵伧语，不得胜摩诘。所喜摩诘也。'予答言：'恐足下不喜摩诘耳。喜摩诘又焉能失少陵也。少陵集中不啻数摩诘，能洗眼静坐三年读之乎？'其人意不怿去。"②王维是杜的一隅，这种观点，实际上与李东阳一样，承认了杜诗在诗学史上的集大成成就。结合前后七子的诗学思想，当时宗杜是主流。但七子诸人既提倡师法盛唐，实际上还有将李杜优点综合继承的用意。李白在他们的诗学中，是自然轻简的理论标的，杜诗则是功力和严谨的诗学依据。功力与自然，诗学搜考与出神入化，就表现为由杜而李而盛唐，以成其"捃拾宜博"，而臻于"十四家又添一家"的境界。这可以视为前后七子诗学的内理与脉络。此外，在《艺苑卮言》卷三中，王世贞还对钟嵘《诗品》中不把曹丕列于上品，又将曹操列于下品的做法表示不满③。其观点在批评史上影响很大，我们此处暂不详论。

除了对宋人诗学成就有些偏见之外，王世贞的某些批评也不公允。如《艺苑卮言》卷三有云："庾开府事实严重，而寡深致。所赋《枯树》、《哀江南》，仅如郁方回奴，小有意耳，不知何以贵重若是。"④这种评价，应该与王世贞论艺不喜故实，崇尚轻澹自然有关。又因出于鄙斥宋诗的态度，他对韩愈亦有不满，其云："韩退之于诗本无所解，宋人呼为大家，直是势利他语。"⑤韩愈亦宗李杜，尤宗杜，后七子亦如之，然缘何于韩愈诋诃过甚？原因在于韩愈是宋人宗杜的路径，明代前后七子宗杜，采取的是越宋宗唐的路子，在师法的方式方法上与宋人有异，故而由此及彼，产生了对韩愈的不当批评。对于金元诗，王世贞与明代多数诗论家一样，是心存成见的。金人法苏轼，宜乎明人不喜。元人则亦越宋宗唐，但明人认为其浅薄力弱，不得要领。《艺苑卮言》卷四评金诗云："直于宋而伤浅，质于元而少情。"⑥认为金诗于宋元均有不及。评元初大

---

① 参见丁福保辑：《历代诗话续编》中册，中华书局1983年版，第1010页。
② （明）王世贞：《艺苑卮言》卷四，丁福保辑《历代诗话续编》中册，中华书局1983年版，第1008—1009页。
③ 参见丁福保辑：《历代诗话续编》中册，中华书局1983年版，第1001页。
④ 丁福保辑：《历代诗话续编》中册，中华书局1983年版，第999页。
⑤ 丁福保辑：《历代诗话续编》中册，中华书局1983年版，第1011页。
⑥ 丁福保辑：《历代诗话续编》中册，中华书局1983年版，第1021页。

诗人赵孟頫云："稍清丽，不伤于浅。"①总之，在诗必盛唐的宗旨与前提下，王世贞与前后七子中的其他人一样，再如何"捃拾宜博"，也不妨碍他们的诗学共识坚定不可易易。王世贞的诸多评语中，最乏公允的，竟然是对谢榛的一条意见。《艺苑卮言》卷七云："谢茂秦年来益老谬，尝寄示拟李杜长歌，丑俗稚钝，一字不通，而自为序，高自称许，其略云：'客居禅宇，假佛书以开悟。暨观太白少陵长篇，气充格胜，然飘逸沉郁不同，遂合之为一，入乎浑沦，各塑其像，神存两妙，此亦摄精夺髓之法也。'此等语，何不以溺自照。"②这就不是批评了，而是近于丑诋了。这种刻薄言语，当与王世贞对谢榛的厌恶有关③，是意气使然，非关诗学。

对李梦阳，因为学诗宗旨一致，王世贞也非常赞许。《艺苑卮言》卷六认为李梦阳在"国朝习杜"者中，唯一做到了"具体而微"。④还指出，前七子中徐祯卿少年时"多稚俗之语，不堪覆瓿"。后参加李梦阳诗社，才大为改进。⑤李梦阳等人，对于徐祯卿诗学才能的提高，起到了巨大的作用。在《艺苑卮言》卷六中，王世贞还分析李梦阳存在的一些诗学问题："献吉之于文，复古功大矣。所以不能厌服众志者，何居？一曰操撰易，一曰下语杂。易则沉思者病之，杂则颛古者卑之。"⑥认为李梦阳诗平易质实，好深隐曲奥者不喜；其学古有失于驳杂，对于讲求"颛古"的人来讲，不能以慊其怀。其实在诗学大方向上，李梦阳与王世贞并无分歧与不同，王之批评李，主要是嫌其力度不够，学而不精。王世贞指出，此盖因"惜应酬为累，未尽陶洗之力耳"。而对于李何之争，王世贞并不认可何景明《与李空同论诗书》中对李的批评。他说："李自有二病，曰：模仿多，则牵合而伤迹；结构易，则粗纵而弗工。"⑦这些观

---

① 丁福保辑：《历代诗话续编》中册，中华书局1983年版，第1022页。
② 丁福保辑：《历代诗话续编》中册，中华书局1983年版，第1066页。
③ 据王世贞之序，《艺苑卮言》原脱稿于嘉靖四十四年（1565），后又增益两卷于隆庆六年（1572）。此前王世贞对谢榛尚无此等言语，而"以溺自照"之诋正在增益部分之内。由此可以揣度，王（包括李）与谢榛断交在嘉靖四十四年至隆庆六年（1565—1572）间。而谢榛仍将自己的诗作投寄，知曲不在谢，而在于士大夫诗人们的矜娇气与其群体的排他性。
④ 丁福保辑：《历代诗话续编》中册，中华书局1983年版，第1050页。
⑤ 丁福保辑：《历代诗话续编》中册，中华书局1983年版，第1049页。
⑥ 丁福保辑：《历代诗话续编》中册，中华书局1983年版，第1048页。
⑦ 丁福保辑：《历代诗话续编》中册，中华书局1983年版，第1048页。

点,都是这个细致地分析比对基础之上总结而出,反映了王世贞善于从得失两方面汲取前人教训,以丰富自己的诗学涵养。

王世贞还十分重视以形象喻示的方式结合自身的接受体验对前人成果进行分析。我们前文已有所列举,这里且看他对前后七子中几个人的评语:

> 李献吉如金鹢擘天,神龙戏海;又如韩信用兵,众寡如意,排荡莫测。李于鳞如峨眉积雪,阆风蒸霞,高华气色,罕见其比;又如大商舶,明珠异宝,贵堪敌国,下者亦是木难、火齐。……谢茂秦如太官旧庖,为小邑设宴,虽事馔非奇,而饾饤不苟。①

对李梦阳与李攀龙的评价,主要从风格方面进行比类,但亦含有对诗境与意象的印象式描述。其对谢榛的批评,虽远不及二李,但基本上是肯定的,即使指出其诗境界不大,廊庑不宽,但细节不苟,自有佳处。

王世贞之诗学批评中,能在宏阔与微末角度施力探赜,又能在比较中裁量短长。他本人诗学有严格的宗尚与审美标准,但在批评时又较为灵活,尺度也颇宽和;既有对诗法的提点,也有对"神",对"悟"的点拨;还运用了空灵真切的形象喻示批评。他本人对历代诗文理论多有研究,又颇多创作与批评接受的心得体会。在这样的基础之上,王世贞之批评达到了一个新的高度。关于其批评学的问题,实可做一专门研究。

还必须关注王世贞对明代诗学史的总体分析。由其分析,可以概见王世贞最为基本的诗学观念。《艺苑卮言》卷五有云:

> 胜国之季,业诗者,道园(虞集)以典丽为贵,廉夫(杨维桢)以奇崛见推。迫于明兴,虞氏多助,大约立赤帜者,二家而已。才情之美,无过季迪(高启);声气之雄,次及伯温(刘基)。当是时,孟载(扬基字孟载)、景文(袁凯字景文)、子高(刘崧字子高)辈实为之羽翼。而谈者尚以元习短之,谓辞微于宋,所乏老苍,格不及唐,仅窥季晚(按,晚唐)。

---

① 丁福保辑:《历代诗话续编》中册,中华书局1983年版,第1036页。

然是二三君子（按，刘基、扬基、袁凯、刘崧等）工力深重，风调谐美，不得中行，犹称殆庶，翩翩乎一时之选也。乐代熙朝（永乐、洪熙时期），风不在下，斥沉思于宇外，撼流景于目前，志逞则滔滔大篇，尚裁则寂寂数语，武陵人之不知有晋，夜郎王之汉孰与大，非虚语也（按，谓三杨台阁之风，所谓"风不在下"即是说台阁春容雅致，于生活气息殊少。）。其后成弘之际，颇有俊民，稍见一斑，号为巨擘（按，指李东阳）。然趣不及古，中道便止，搜不入深，遇境随就，即事分题，一唯拙速。和章累押，无患才多。（按，谓茶陵虽知师古，然用力不深，且所作多于应酬，空写才华。）北地（李梦阳）矫之，信阳（何景明）嗣起，昌谷（徐祯卿）上翼，庭实（边贡字庭实）下毗，敦古昉自建安，泼华止于三谢，长歌取裁李杜，近体定轨开元，一扫叔季之风，遂窥正始之途。天地再辟，日月为朗，讵不美哉！然而正变云扰，剽拟雷同，信阳之舍筏，不免良箴，北地之效颦，宁无私议？以故嘉靖之季，尚辞者酝风云而成月露，存理者扶感遇而敷咏怀，喜华者敷藻于景龙（按，景龙为唐中宗李显年号，707—710，此处泛指初唐时期），畏深者信情于元和（唐宪宗李纯年号，806—820，此处泛指中唐时期），亦自斐然不妨名世。第感遇无文，月露无质，景龙之境既狭，元和之蹊太广，浸淫诸派，澜为下流（按，初唐诗少文，中唐诗矩矱太宽，格调不高）。中兴之功，则济南（按，李攀龙为山东历下人，历下在济南）为大矣。今天下人握夜光，途遵上乘，然不免邯郸之步，无复合浦之还，则以深造之力微，自得之趣寡。诗云："有物有则。"又曰："无声无臭。"昔人有步趋华相国者，以为形迹之外学之，去之弥远。又人学书，日临《兰亭》一帖，有规之者云："此从门而入，必不成书道。"然则情景妙合，风格自上，不为古役，不堕蹊迳者，最也。随质成分，随分成诣，门户既立，声实可观者，次也。或名为闰继，实则盗魁，外堪皮相，中乃肤立，以此言家，久必败矣。①

王世贞这段论述极为重要。他对前后七子评价极高，当然也指出了他们

---

① 丁福保辑：《历代诗话续编》中册，中华书局1983年版，第1023—1024页。

的某些不足。也对前七子诗坛漫涣的局面颇有认识。对于李攀龙等的诗学意义的认识也很准确。但对其滋生出的步趋古人的创作现象也很不满意。因诗学宗尚"途遵上乘",难免会有"邯郸之步"的模拟因循,但这不妨碍学者取径的正确。王世贞认为,为诗"情景妙合,风格自上,不为古役,不堕蹊迳者"为最上乘,这也是他的努力方向,同时也是前后七子诗学主张的本意与主旨。取径不广,难以吞吐古今,"随质成分,随分成诣,门户既立,声实可观者",虽不能在师法古人时神而明之,但亦有自身的诗学品格,可成一家之言,此为其次。那种空有古人之形,而不能各自树立的创作,则不只剽窃,几为"盗魁",最为王世贞所鄙斥。至于在前七子之前的台阁之风,他指出"风不在下",也道出了台阁诗人创作的舂容有余,生动不足的特点,也反映了这时诗人对地域乡野诗风的冷漠。对茶陵的批评,主要还在他们用力不深,所学不精,浅尝辄止,但其诗学方向,则是正确的。这些其实是明代主流诗学的共识。

王世贞此论,反映了后七子,包括前七子在内的明代诗学家对诗学问题的核心看法。对于明初诗风和台阁、茶陵诗风的分析与相关观点,实是前后七子诗学思想的理论依据。在王世贞看来,确立有明诗学格局真正面貌的是李梦阳的前七子群体。他们实际上形成了明代诗学的主流传统。认为通过取法包括盛唐在内的优秀前人创作,并勤于用功,深入揣摩,在此基础上去神而明之,去结合自身实践,以成一家之言,这是前后七子基本相同的理论思维。虽然在某些环节的问题上有分歧,但共识肃然,堂庑牢靠,经李梦阳、李攀龙的坚守与坚持,又兼之以何景明、谢榛、王世贞的开掘与拓展,明代诗学的主流日趋清晰严整。它既延续了此前由宋元而下的诗学传统,又吸收了某些灵动活泼的诗学因子,使传统诗学能定能应,既不失严肃,又能够轻通;既有诗法规则的细处要求,又容纳了学者个性的羼入与发挥,共同形成了既有矩矱又具开放性的诗学模式与传统。在中国诗学史上,起到了上承宋元,下启清代的过渡性作用。其诗学意义,虽则建树似偏少,但其历史意义不容忽视。其对于明代诗学与宋代诗学的关系问题,以及对于清代诗学的理论储备与铺垫作用,还可进一步深入深研。

十一、对于明代诗社与诗学诸问题的总结

前后七子,包括台阁诗人玉茶陵派都是以诗社为依托开展其诗学活动的。在诗学上,它们都以儒家诗论为思想基础,都归于儒家文艺思想的范畴。在诗学的具体内容上,它们与江西诗学、江湖诗学属于同一体系,都是古代诗学的主流。它们或重法,或重学,都是儒家文艺思想在诗学上的一种表现。从诗学渊源上看,都属于以《诗经》为标的的同一诗学脉络。也可认为,它们的基本理论都与宗法经典的思路有关。《诗经》的比兴传统,古代立身行事颇孚清望的优秀诗人作品,或是讲求艺术技巧,能够使之运用在摅发社会历史情感或反映现实生活本质的艺术创作,都可以成为他们师法的对象。自唐代以后,在诗歌领域,杜甫成为后人心目中上继《诗经》的典范诗人。新乐府运动、古文运动、诗文革新运动都是在继承儒家文学思想的意义上成为具有同等内涵的有内在关联的文学现象。而杜甫则成为诗学领域里上继《诗经》,下启后人的津梁。由学杜而上跻典范,成了新乐府运动、诗文革新运动、江西诗学(亦有江湖诗学)的一种共识。它们也构成了一个清晰的诗学线索,各家主张都分布在这个线索之上。从这个意义上讲,明代前后七子以及此前的台阁文人和茶陵派诗人的理论主张都有着一脉相承的学理关系,也都有着程度不同的"复古"色彩。在前后七子那里,因"文必秦汉,诗必盛唐"的关系,被以钱谦益为代表的一些诗论家称为"复古派"。他们的创作活动也被称为"复古运动"。但实际上,前后七子的诗学理论,因与新乐府运动、古文运动和诗文革新运动一样,是以儒家思想为根基的文学传统的一种延续,虽有"复古"色彩,但也有对古时人文精神以及这种精神的体现者及其诗学的追索与研究,且其"复古"本身实是一种研究方向和人文态度表现。所以在实质上,前后七子的文学活动与此前诸运动相似,"复古"都是表象,力求规复并强化传统,则是其内在的本旨。这一点,学者们在对古文运动、诗文革新运动进行研究时能够有所认识,但对前后七子的文学运动则所有忽略,没有看出其与此前诸运动一样,目的在于延续并强化传统,力求在新的时代语境之下,发挥传统的理论意义与实践作用。因此,我们不应简单地以"复古"目之,可以将其称作"明代前后七子的诗文运动"或"明代诗文固本运动"。其发起者与此前诸运动一样,都是士大夫,也

都是政治上颇有抱负,有作为的士大夫文人。运动方式都是师法古代贤者诗文,用以廓清时风,干预文坛,因而也都有着一定的"复古"色彩,但也都有着改变诗文领域或弊端的现实动机,在客观上也都延续了古代主流的诗文理论,起到了传播,扩大正统诗文理论的实践作用。虽然明代的诗文领域还延续着先前的范式,但这种范式还未至于僵化,还有其实际效能。因而前后七子等人的诗学努力仍有其历史意义。性灵派的诗学理论发生在明代中后期,在某种程度上预示了古代诗学范式开始走向保守与僵化,但他们还不足以否定这种范式的合理性。及至清代,范式保守问题已经引发了诗学家的思考,对其的反对,也渐渐有了合理性依据。然就明代而言,提这样的问题,窃以为为时尚早①。

性灵理论则与上述有所不同,其理论是才子性的理论,个性鲜明,境界开阔,态度灵活,气调活泼,不承担传统责任,也不对传统负责,唯以"性情"的抒发为鹄的,不去在意"性情"内涵的伦理担当。这种诗学思路本身,是自魏晋以下名士风度和名士精神的一种接续。在城市经济繁荣,文人生活优裕的明代,这种诗学思路和诗学主张反映出的不是前后七子之类的士大夫的人文传统精神,也不带有士大夫气息,而是才子名士风调,还有些许市侩浪子气息。所以他们的"名士"格调,应不包括魏末名士如嵇阮之类,而更多的是与西晋名士相类:奢靡促狭,浮浪自恣与独立兀傲,高自标持相兼;狡狯庸俗、矫情虚无与磊落真率、气调高迥两存。他们远承西晋名士,近以王学有关理论为口实。在传统主流诗学之外,在明代国势渐衰,政治窳败,京师作为主流正统诗风的引擎地位下降的时代背景之中,策源于东南,影响渐至全国,亦形成了一种影响甚大,势力壮盛的思想—诗学潮流。以诗学史的整体视域观照,它们不是正统,而是旁支漫调。李梦阳担心的轻简之士会好易恶难,不着力于古学,更愿意奔竞于蹊径仄途的状况,终于没有出现于前后七子群体,而是出现在了没有士大夫情愫的才子型文人群体之中,这与国力衰弛,正统文化的影响力下降直接相关。

---

① 参见郭鹏:《论〈文心雕龙〉对古代文学接受范式的形成所起的作用》,《文心雕龙研究》(第八辑),河北大学出版社2009年版。

竟陵理论对"真精神"的追求,远师屈子,但更多受到李贺等中晚唐诗人的影响,故而有"入鬼窟"之讥,他们虽在创作上取径偏险狭仄,然这本不应当是考察该派理论的唯一参照。在其理论脉络上,竟陵理论既受屈原的影响,也受到了道家思想在某种程度的沾溉。在诗学领域,他们受李贺的影响显而易见。虽然道家作为对非功利、重自然一路创作思想的影响来源,更多地融入到了正统文学理论之中,而性灵诗论、竟陵诗学则将其拈出以与主流相抗,原因在于当时主流创作在"真精神"方面多被应酬交际一类的诗学语境与辖制,故而性灵及竟陵诸人讲求真实性情的摅发,也有其客观因由。可以这样认为,在明代诗学中,主流者,台阁、茶陵与前后七子。在京师作为文化中心的控驭能力下降之际,公安(性灵)、竟陵跻上坛坫,成为主流衰歇之际的诗坛掌门人。但他们并非是正统的掌门人,而是既闰继正统,又进一步消解正统的诗学潮流。在清代重整人文秩序,在神韵、格调、肌理诸说相继执掌诗学权舆的历史阶段,性灵、竟陵曾经具有的现实作用因其实践环境的改变而衰减本身便或多或少地道出了它本身不是古代诗学正统的历史本质。或可言曰:蔑弃传统,轻忽规矩,发扬不担当伦理内涵的性灵,在诗学史上,时而有之可矣,以之为主流则误。基于其上的诗风也与历史上的南朝诗风、唐末五代诗风、南宋后期诗风以及其他衰世、末世诗风一样,都是古代主流诗风的旁支,不代表正统,更不是主流①。

第二节　明代诗社中的几个个案简述

一、海岱诗社诗学活动简述

海岱诗社在明代的诗社活动中还是较有特色的。它既有早期耆英会的特点,又有诗社活动的实际内容。在明代诗社繁盛时期,尤其是在明代诗社习气渐露的时代背景之下,作为发生于北方山东青州的一个诗社,值得对其进行一

---

① 唐宋派是对前后七子的反拨,但可置于正统脉络之中。而性灵、竟陵则非。这些诗学思潮也都有诗社根基,也都在诗社中扩大传播与影响力。关于这一问题,何宗美《文人结社与明代文学的演进》一书中有论述,此处不赘。

番了解。

海岱诗社今有《海岱会集》十二卷留存。《四库全书总目》之《海岱会集》提要云:"嘉靖乙未(1535)、丙申(1536)间,(陈)经以礼部侍郎丁忧里居,(蓝)田除名闲住,(刘)渊甫未仕,(石)存礼等五人并致仕,乃结诗社于北郭禅林,后编辑所作成帙,冠以长至日、五月五日、九月九日、上巳日、七月七日会集……万历己亥(1599)魏允贞序称友人冯月韬以《海岱会集》自远寄至,则出临朐冯氏家矣(按指诗社成员冯裕家人)。八人皆不以诗名,而其诗皆清雅可观,无三杨台阁之习,亦无七子模拟之弊。其社约中有'不许将会内诗词传播,违者有罚'一条。盖山间林下自适性情,不复以文坛名誉为事,故不随风气为转移。而八人皆闲散之身,自吟咏外无别事,故互相推敲,自少疵颣,其斐然可观,良亦有由矣。"① 由此可知,海岱诗社曾约定不准将诗社中作传播出去,虽然他们也曾将诗作编辑成帙,但在万历己亥魏允贞作序前并未付梓刊出。该诗社成员为闲散林下的士人,其作品未沾溉当时的台阁雍容迂薄风气,也没有前七子因循模拟之习。诗社成员间还"互相推敲",有较为充分的诗学交流,故而其诗作少有疵颣,颇为可观。在诗学主流风气影响甚盛的时代中,能够"不随风气为转移",这是海岱诗社最为鲜明的诗学特色。

海岱诗社的成员有八人,其为:

石存礼,字敬夫,号来山,益都人,弘治庚戌(1490)进士,曾官知府。

蓝田,字玉甫,号北泉,即墨人,嘉靖癸未(1523)进士,官至御史。

冯裕,字伯顺,号闾山,临朐人,正德戊辰(1508)进士,官至按察司副史。

刘澄甫,字子静,号山泉,寿光人,正德戊辰进士,官至布政司参议。

陈经,字伯常,号东渚,益都人,正德甲戌(1514)进士,官至兵部尚书。

黄卿,字时庸,号海亭,益都人,正德戊辰进士,官至布政司参政。

---

① (清)永瑢等撰:《四库全书总目》下册,中华书局1965年版,第1715页。

刘渊甫，字子深，号范泉，刘澄甫弟，正德庚午（1510）举人。

杨应奎，名焕，号渑谷，益都人，官至知府。

成员都是士大夫，大多都是进士出身，有五人还有京师任职的经历。从诗学上看，海岱诗社似无明确主张，但其诗作还是可以折射出其基本的诗学观念。王士禛《古夫于亭杂录》曾提到："吴乡六郡，青州冠盖最盛。世宗时，林下诸老为海岱诗社，唱和尤盛。其人则冯闾山（冯裕）、黄海亭（黄卿）、石来山（石存礼）、刘山泉（刘澄甫）、范泉（刘渊甫）、杨渑谷（杨应奎）、陈东渚（陈经），而即墨蓝北山（蓝田）亦以侨居与焉，唱和诗凡十二卷，无刊本，余近访得钞本，诗各体皆入格，非浪作者。"①王士禛亦未提及海岱诗社有明确的诗学主张，对其诗所评的"各体皆入格"之语也不算是多高的评价。而《四库》馆臣所评的"不随风气转移"，认为既无台阁之气，亦无前七子之风，且谓"清雅可观"则是佳评了。海岱诗社成员乡居闲散，在山间林下自由吟咏，还约定不把社中所作传播出去，所以没有功利竞进之心，其作品多了些以诗娱情和纯粹诗学探讨的意味。加之他们本身都有较高的文化素养，故而在同题共作的诗学活动中能潜心诗艺，果于实践，所以其诗作能摆落时习，有所专诣。当时诗学主流的实际情形是台阁诗风与茶陵诗风已衰，而前七子虽其领袖李梦阳已下世（李梦阳卒于嘉靖九年，即1530年），后七子尚未兴起，但崇尚盛唐，讲求学力的诗风依然极为兴盛。在海岱诗社活动的嘉靖十四、十五年（1535、1536），正是郭绍虞在《明代的文人集团》一文中划分的文人结社运动的第二期（天顺以后万历之前）。这一时期，文人集团就已经有了"派别渐滋，门户亦立"的不良风气。②以退居林下的士大夫为主体的海岱诗社在远离了诗学中心的京师后，并没有带回京师诗风，反而有意以澹荡自然的诗作陶写此际心情，没有了诗学的趋骛与影从，而是写出了自己的真实生活和内在心理，表现出独到的诗学品格。从这个角度上讲，海岱诗社的诗学意义是很突出的。毕竟诗歌创作不是步趋与跟从，而是以生活为基础的。

《海岱会集》中载录了海岱诗社五次诗学活动中的作品，这五次分别是：

---

① （清）王士禛：《古夫于亭杂录》卷五，中华书局1988年版，第120页。
② 参见郭绍虞：《照隅室古典文学论集》上册，上海古籍出版社1983年版，第531页。

嘉靖十四年（1535）冬至日社集、嘉靖十五年（1536）上巳日社集、五月五日社集、七月七日社集与九月九日社集。杨应奎所作的《七月七日海岱会集序》中提到："期月一集，不疏不数"，可见海岱诗社在十一月冬至、三月上巳、五月端午、七月乞巧与九月重阳集会是有成约的。《海岱会集》中有五篇关于会集的序文，即《长至日海岱会集序》（冯裕作）、《上巳日海岱会集序》（刘渊甫作）、《五月五日海岱会集序》（刘澄甫作）、《七月七日海岱会集序》（杨应奎作）、《九月九日海岱会集序》（黄卿作）。据各自的序文，可知他们的每次会集，都要将其中的诗作编辑成帙。惜因其不得传播的成约，今天的《海岱会集》并非是完整的诗社中作。这五篇序全部是用骈体写成，辞藻工丽，才气纵横，也从一个侧面反映出他们进行诗社活动时的诗性心态。

在《海岱会集》的五篇序中，刘渊甫所作的《上巳日海岱会集序》细致地描画了其诗社活动时的情景，有佳山胜水的环绕，有举止不俗的诗人，还有真诚的诗学切磋与真挚的诗学交流。我们可以由此领略海岱诗社的诗性艺术氛围，对这一不同时俗的诗社中的娱乐性、训练性特征也可有所认识。兹将此文部分内容引录如下：

……矧我朋从，潜消尘想。升阶叙坐，分韵构思。褒（按，原作"哀"，疑误）带峨冠，更无拘束。名山胜水，皆合襟期。乔松丛竹，虽非曲水之观；宿酿新茗，颇显兰亭之雅。洋洋然而来，欣欣然而往，众称佳会也。文会固佳，高人可数。便须借诹，俱有乡评。石虽可转，有来山（石存礼）腪体而雄心；青出于蓝，北泉（蓝田）玉质而铁面。冯闾山（冯裕）之宽厚，足比大冯；黄海亭（黄卿）之通融，可追叔度。号伯起（疑为陈经）为夫子，即滉谷（杨应奎）之明经。或后或先，相伯相仲。山泉（刘澄甫）贤者为兄，范泉（刘渊甫）愚者为弟，乃非晋世之龙，徒羡河东之凤。……迹亦萍水，情实乡闾。咸高材疾足之英，适解绶投簪之日。颇因文字，深寄衷肠。尚友之会，何如耶？且公议莫掩，良辰几何？近则正之，远则宗之。流丽者尚法流丽，清新者尚究清新。典雅可求，自知理趣。温厚能入，寻造精纯。喜忘怀合道之交，有博物洽闻之助。文章掇其枝叶，德行树其根本。屈原输忠，扬雄颂莽。咸奋舌而并作，果匿瑕而同光。若夫辞金折节，脱党全孤。郭有道之人伦东国，董仲舒之正谊西京。曾专较其词章，姑指摘其心术。君子入则笃行，出则友贤，斯之谓欤？规劝有益，盟约自坚。能学正人，自发为正论。寄身翰墨，渐成篇籍。岂坐雕虫之名，允为海岱之会？……①

文中品评了与会诸人的形象与神情特征，还提到了他们彼此间"颇因文字，深寄衷肠"的尚友情谊。文中还提及他们"清新"、"典雅"、"温厚"、"精纯"的创作风尚。海岱诗社诗学活动的总体面貌和活动情形可见一斑。

刘澄甫的《五月五日海岱会集序》也述及社集时的诗性情景："……是月也，时维仲夏，律应蕤宾。日交月诸，斗牛参横。螳螂修斧，伯劳发声。石榴夕艳，木槿朝荣。乾道之变化也。……节际良辰，携桂酒，杂椒浆。坐落花以开宴，叠角粽以侑觞。长风送暑，摇轻箑而御纤絺；茂树垂阴，浮碧瓜而沉丹李。芳草斗青，挚冰帘于石涧；兰汤浴洁，藉夏屋于云门。缕绛丝而系臂，趋吉避凶；进昌阳以引年，安身利用。……"夏日物候，在诗人眼里处处生辉。同道相值，交为莫逆，更有觞酌流行，篇什赓和，一切活动都在赏心悦目、娱情娱心的宽松气氛中展开。海岱诗社的诗学活动正是在这种诗性的非功利状态中进行，其间没有角逐名利的心计，也不见争胜斗强的攀比。其中人物的活动气度平静而和缓，温醇而雅致。据冯裕所作之《长至日海岱会集序》，他们诗成之后，会"俾童子歌之，婉而不媚，壮而不激，密而不弇，闳而不肆。其声和，其律谐，其气大以昌，洋洋乎若聆黄钟之音焉。"②可见海岱诗社中人在会集中是完全放松自我，并深深沉浸在诗性的活动氛围之中的。他们远离了主流诗学的漩涡，突破了流行诗学话语的牵绊，回到了诗歌本身的写心娱情境界，这种境界，虽然不会有诗学理论的阐发，但却使我们得以认识在京师诗学统摄诗坛的际会，诗歌存在与发展的独立性依然在某些地域性的环境中显现着。类似海岱诗社这样隔绝于主流诗学的诗人群体在诗学史上一直都存在，但置于明

---

① （明）刘渊甫：《上已日海岱会集序》，《海岱会集》卷首，文渊阁《四库全书》第1377册，上海古籍出版社1987年影印本，第6—7页。
② （明）冯裕：《长至日海岱会集序》，见《海岱会集》卷首，文渊阁《四库全书》第1377册，第3—4页。

代诗学此起彼伏的流派竞争的背景之下，可以帮助我们认知有别于台阁、茶陵、前后七子等主流诗社—诗学组织的诗社存在状况。

从《海岱会集》中也可找到《四库》本提要所说的"互相推敲"的内容。黄卿所作《九月九日海岱会集序》中有云："重九高秋，日晶风淑……乃各出所作古赋乐府古今诗相请相逊，相念评焉。已乃进馔，馔洁而无殽；乃酌酒，酒清而不多；乃相议，拟再作之题于雅于著于取义者焉，盖相逊也，欿然相受也。怃然相正也，偲偲然相忘也，怡怡然又作。……"他们不像其他诗社的创作活动中充满了角逐高下的竞争氛围，也不见意气相争的激烈场景，而是在谦逊中切切偲偲，怡怡相乐。海岱诗社的作品气息平和，温醇清雅，正是其以诗娱情的活动氛围的反映。这也是海岱诗社颇具特色的一个方面。联想前七子的李、何之争，后七子中诸人对谢榛的摈斥，这个特色同样显得别具意味。黄卿此序中还提到了他们组建诗社有在乡里的"为师为望"之则，可见他们认为可以通过以款洽和悦的诗社活动去垂范乡里，使人们能够式瞻仪形，受到教益。这是他们赋予诗社活动的一种期许，在诗社已经沾染了竞逐气息的时代，海岱诗社诸人的这种期许也具有匡正风气，回归诗社传统的切磋交流职能的现实意义。

《海岱会集》中的诗作，绝大多数都是同题共作的作品，这也是诗社活动经常采用的形式。如卷一古乐府《君马黄》，有冯裕、刘澄甫之作；《西门行》有冯裕、黄卿、杨应奎之作；《饮马长城窟行》有刘澄甫、黄卿、刘渊甫之作。海岱诗社作品在题材上也多是吟咏友朋情谊，反映自然景致和其间诗人情致的作品。像《海岱会集》卷五刘澄甫《谷贵叹》那样反映社会现实，对繁重的苛夺表示愤慨，对农夫凄惨生活表示同情的作品则数量极少。这也是归隐乡间的缙绅士大夫心理的常态。他们衣食无虞，生活优渥，对下层人民的艰辛生活难有切身体验。海岱诗社诗学活动的诗性氛围本就有着疏离现实的作用力，故而其间的作品也多表现出悠闲雍容的特点，对现实的关切就较为少见了。其诗社中的创作也表现出较强的训练性，其所关注者一在于友情，二则在于以诗娱情，其主要的娱情方式，也在于借助互相评赏增进彼此情谊，而贯穿其间的则是训练性的诗歌创作活动。应该说，海岱诗社在某种程度上张扬了"诗可以群"的初始意义。

《海岱会集》共十二卷，其中古乐府两卷，共收诗九十九首；五言古诗两卷，收诗八十二首；七言古诗一卷，收诗三十三首；五言律诗三卷，收诗一百一十三首；五言排律一卷，收诗四首；七言律诗一卷，收诗七十二首；五言绝句一卷，收诗三十首；七言绝句一卷，收诗三十八首，共计收诗四百六十九首。（《四库》提要谓收诗四百七十九首，误。）所收诗作中五律最多，古乐府其次。其诗作中各体兼备，训练范围比较广泛。他们"相互推敲，自少疵颣"的艺术造诣，在五律中表现得最为充分。

总之，作为第二期较有独特意义的海岱诗社，因其未沾溉当时的诗社风气，且其诗学氛围和洽优容，更多表现出了前代诗社的某些特点，在当时的诗社中别树一帜。又因为这个诗社出现在北方，在诗社泛化，又多集中在东南一隅的诗社发展背景之中，也具有了独特的认识价值。当时诗社众多，诗人分门别派地展开诗学活动，他们各有主张，各有风调，激烈交争，甚至有自相鼓噪，相互抵斥的做派。而在京师之外的北方还有保留着先前诗社风气的地方诗社，在京师主流诗风以强势影响全国的历史语境之下，海岱诗社就似乎是一个世外桃源。社友们以同道切磋相期，以诗性的沉醉宣示着诗社本始的存在意义，虽然其诗学性质不突出，也没有什么诗学建树，但其活动以及活动所投射出的活动心理，以其清雅高洁的姿态展现在明代诗社史中，成为有别于当时主流风气的一个鲜活的特例。

二、湖南崇雅社的社约与社事活动基本内容

明代诗社在成立后，从形式上讲，是形成了诗学活动的结构单元和基本组织；从活动本身讲，又与传统的雅集颇为相似。与雅集一样，活动的娱乐性和游艺性成分都很鲜明，与雅集所不同者，在于诗社中诗学训练的内容还是较为突出的。可以说，这一阶段的诗社成了开展诗学雅集活动的某种依托和稳定化的诗人群体形式。诗人群体结成了诗社，诗社活动就是雅集。雅集作为节点连缀起来，便是诗社的一般活动。也就是说，明代的某个具体的诗社，是包含了许多雅集在内的。在某诗社延续时间内的雅集便属于该诗社的活动范畴，诗社活动一次，就往往是一次雅集。雅集以这样的形式与诗社结合起来，形成社中有集，集在社中的基本模式。从活动的组织与开展来看，明代诗社在倡议成立之初，一般也都会提出明确的社约，通过社约对诗社的社事活动进行规范和约束。研究诗社中的诗学活动，我们以雅集中的作品和其他相关记述为对象；研究诗社的组织形式和活动模式、活动类型我们则可以社约为研究依据。在明代诗社中，晚明的雅社的社约反映了对当时诗学格局的基本意见，表述了对该诗社诗学方向的基本主张；而明代中期产生在湖州的崇雅社则通过其社约使我们能够较全面的了解当时诗社活动的一些形式特点和活动的有关内容和事项。

湖南崇雅社是由刘麟、龙霓等人所结。该社成立于正德三年（1508），延续时间并不长。① 崇雅社的结社地点在湖州（今属浙江），其成员是退居当地的一些文人。（据《湖州府志》卷九十四，崇雅社成员有：刘麟、龙霓、孙一元、陆昆、吴珫。其中吴珫为处士，孙一元不详，其他刘、龙、陆诸人均有仕履经历）该社是明代中期众多地域性诗社中的一个，在诗学上并无鲜明的特色，但因其社约较为详细地规定了该诗社的一些活动事项，对于我们了解明代诗社的活动模式具有参考价值，所以我们有必要对其进行分析。

刘麟所作的《湖南崇雅社引》阐述了崇雅社的结社缘由与意趣宗旨，其中有云："立社为会，不于其大而于其雅，道固以切近精实为贵也"可知所谓"崇雅"，崇的是"切近精实"的"道"，其道的含义，就是"舒恬旷之怀，修禊与之好，达生委性，悠然于顺安之境，而不自觉"的恬淡雅致的生活与安时处顺的心理，其"雅"与明末雅社的"雅"含义大不相同。《湖南崇雅社引》也提到了"析文考义"的活动内容，说明该社还是具有一定的文学内容的。

今刘麟《清惠集》卷十一载有《崇雅社约》②，包括"陈辞"、"交期"、"会期"、"仪节"，兹以引录：

"陈辞"是社约的总纲，其云："南坦子（刘麟号）曰：'是会也，因心以笃义，合义以厚生，渐摩引翼，不言而化，恒厥德，保厥终，康于同好，而日优游也。四伦百行万福之所从出，敢不敬歈！吾人于此，将设例以要终，乃陈

---

① 正德十四年（1519）刘麟、龙霓还再度结社，应是崇雅社在这十一年的活动时断时续，或曾停止。关于该社的基本情况，何宗美在《文人结社与明代文学的演进》一书中有所介绍，我们此处不以赘述。

② （明）刘麟：《清惠集》卷一一，文渊阁《四库全书》第1264册，上海古籍出版社1987年影印本，第450—451页。

辞而谨始。其辞曰:"崇行检,弗求诸人;重规劝,必反诸己。贞信是守,而常变不渝;雅素是敦,而丰约有制。疾病婚丧,与凡患难非其自取者,力在可为,必加常交一等,逾厚者从之,登临取适,抚事兴怀,藻翰相师,篇章交会,识有所到,率意更订,善者必服,亦不以艺为贤,辞之所达,如斯而已。若义求其备,则吕氏之蓝田有约;交欲寡尤,则范子之座右有戒。又或今昔异宜,张弛同道,二贤所论,有未尽者,愿与诸君共损益之。其交会之期,仪节之详,以及吕约范戒具于后。""所谓"康于同好,而日优游"要通过"崇行检"、"重规劝"的切磋互进来实施,在"登临取适,抚事兴怀"的感兴中,以"藻翰相师,篇章交会,识有所到,率意更订,善者必服"的文学交流相敦勉,来落实"崇雅"的宗旨。至于活动的饮馔用度则谓"丰约有制",能否参会,则因个人的具体情况而唯力是视。

"交期"系对结社之人与入社、离社的相关要求做出指导性表述,其云:"创斯社会者某某凡几人,嗣今以往有慕而入者不拒。其来有背而去者,不求其合,惟是始会之人,莫之敢废。"创立崇雅社的成员,不能随意离社,而他人则无此限制,可见崇雅社是较有开放性的。

"会期"则对社中活动的时间与相关事项做出具体规定,其云:"每季为会者一,春秋用仲月,余会用孟月,皆以朔后一日为期。主者先三日具书遍告同会,会者即以来书位号下书"知"字,还报主者。有故,许易期;虽易,不得过三日。过则不赴者听若,会者有故不易也,无故虽风雨必赴。宾不再速,以某岁某月某日,皆赴于太古居,为会之始,次则次某,遂循环而成序。"循环为会主,且会前发书知会,社友书"知"字于书后的做法,在清人小说中写到的诗社活动中常常见到。可见这种活动的通知方式在当时是相当普遍的。年会四次,也是明代许多诗社的惯常的做法。

"仪节"则对活动的程序与礼仪做了非常详细的规定,其云:"凡会之日,俱及辰而集。会主迎宾于大门之外,揖让入登为常仪。始会则逐会交递再拜,分东西序立。社长中说今日所以立社为会之义,令众皆晓畅,又相向再拜以后止。长揖,宾主上席南向,主前席相向。坐定,会主举曰:'今日某当劝某当规听。'社长与众人从容讽言之。又曰:'某事当举行,某事当止罢。'俟社长与众量决。某事在会主,会主不举,社长举之;若事在社长,社长不举,众则举之。或是日无言则已。有顷,则会主荐茶,茶食菜果,人各限四器。茶罢,更衣纵观庭中,或步竹林莎径,游览少时,会主先为席于中堂,或池馆园亭,便适之所皆可馔也。菜果鱼肉常品,不尚丰奇,始会即师雅意,后会以始会为限,逾者规之。其山蔬野薇,虽多不限。若琴玦图书诸文房什器,熏炉茗鼎壶矢觥筹,凡可以娱宾,不涉淫佚侈靡者,亦不限。如无,亦不以为异。会主视其完,乃奉宾入。始会则会主酌酒逐位献酬,汤馔之类皆然。后会则会主酌酒置席上,交揖;如汤馔之类,侍者供之。饮啖随意,不事劝酬。至午后则离席散步,弄流抚松,摘花穿竹,皆所不禁。移时,会主再奉宾入席,或觞别,所浅盏更酌,一行再行,会主求宾近作,乃各出所有,得奇文异义,则共与赏析。社长受而藏之,率以为常。酒再行,或投壶,或联句,或鸣琴,焚香、观书、啜茗,不拘不肆,剧谈尽欢。所不可犯者,惟范公座戒而已。主宾尽日乃罢,各更衣升堂,相向长揖,送宾临舟或临舆,三顾而别。时或风雨,或偶倦不安于行,则宿于会主之家。寝具皆自备,以随取其便。侍从者皆不饭,以期不扰。异日,主会亦然。"①

  由此可见,崇雅社的集会涵盖了如下活动程序:早晨会主揖让迎宾于门外,宾主商量活动事宜,荐茶果于宾,更衣游览且游览处皆有饮馔、会主办席,游艺鉴赏(图书、文房什器、熏炉茗鼎之类)、饮宴、离席散步、再上席、欣赏评骘诗文,社长收藏,饮酒游艺、联句、鸣琴、观书、啜茗、剧谈,更衣、离别(亦可留宿,然从者不办饭)共十个环节。活动总体上轻松随意,游艺性突出,文学性的内容并不占太大比重。从总体上看,这几乎占据一整天的活动主要是宾主在款洽和悦的氛围中饮谈游览、周旋揖让,既增进彼此了解,又能培养共同的生活情趣与心志品行,且其过程中以礼仪贯穿,行为自在又不逾矩矱,心情方达有卓显风韵,充满了乡隐士大夫的意趣与风神。

  要之,结会社以丽泽同道,立社约以酌定行止,是明代诗社中的普遍现象,崇雅社约的详细表述,可以使我们由此了解明代,甚至是清代诗社活动的一般情形,这一时期的诗社活动,与过去的雅集已经非常相似了。崇雅社是充

---

① (明)刘麟:《清惠集》卷一一,文渊阁《四库全书》第1264册,上海古籍出版社1987年影印本,第450—451页。

满了士大夫情调的会社,由刘麟之《清惠集》可见其文骨力坚劲,其诗自然醇厚,《四库全书总目》之《刘清惠集》提要有云:"(刘麟)标格高入云霄,胸中无一毫芥蒂,故所发皆盎然天趣,读之足消鄙吝。"[①] 这些成就,应与崇雅社的涵毓濡染有关。

三、雅社及其诗学略论

晚明的雅社是明代诗社中颇有特色的一个,它产生在诗社习气炽盛,诗坛充满浮躁颟顸气息的时代,诗学上性灵诗论喧嚣,由前后七子而下的主流诗论影响力寝衰,然作为地域性的以布衣诗人为主体的雅社则表现出鲜明的理论性,能在沉稳的诗学心态下树立自己的诗学旗帜,并以平和的诗学心态组建诗社,展开活动。雅社虽产生于晚明,但置于明代诗社与诗学的关系史上则具有一定的收束意义,应该进行了解。

从后七子开始,代表诗学主流意识的士大夫诗社影响力渐衰,作为文化中心的京师诗社也不再具有号召全国的向心力作用,而代之以地方性诗人群体高张,出现了诗学在各地间传播并向京师涌动的趋势。作为地域性的诗社,雅社在重申诗学主流向度的意义上,几乎可以说有代京师树立风标的意义。这主要表现在雅社不同于其他地域性诗社那样诗学视境不够宽广,过于张扬个性,不介意全国诗坛的紊乱情形与诗学走向的靡乱无章等局面。雅社则力图改变当时诗学领域内主流力量阙如、诗学坛坫纷起,各行其是,缺乏主导的形势,其理论明显表现为欲承继主流传统,又兼顾诗学新因素的客观现实,在理论上堂庑广阔,既有较强的包容性,又有回归传统的主观意旨;既具地域性诗学的灵动活泼,又意欲在引领诗学导向方面,发挥过去京师士大夫诗社的作用。雅社《社约》所说的"挽颓风于末俗,存古道于草莽"其实也是该诗社的存在意义。我们还可以用《诗经》六义中之"风"、"雅"为喻:晚明时期,"雅"不在上,变"风"纷纭。如欲匡正诗坛风气,彰显传统,雅社选择恢复"风"在四方,"雅"正天下的传统正态局面。这便是雅社不同于其他地域性诗社的最重要特点,也是我们将其视为特例进行剖析的原因所在。

[①] (清)永瑢等撰:《四库全书总目》下册,中华书局1965年版,第1498页。

唐汝询《酉阳山人编蓬集·后集》卷十五有《雅社约》一文，其中有云："乙卯（万历四十三年，1615年）岁杪，偶憩海上，愁霖晦冥，客居寡欢，日与元常诸君悲歌互答，酒酣耳热，怆然兴怀，正以嘉会难长，良俦莫逆，藉非寄情高咏，奚以托好千秋，于是举生平所与操觚艺林埙篪调合者，得十二人为雅社，推长舆先生为盟主。嗣后每有一题，在远必告，毋畏难而阁笔，毋托事以废吟。万里比邻，诗筒络绎，庶几元白之风不专美于唐代也。然科条不立，无所遵守，谨著社约十四条于左云。"云云①

由此处唐汝询之叙述可知，此社由唐汝询发起，发起时间在万历四十三年，地点在"海上"，即松江华亭。成员为唐汝询和他志趣相投的诗友，推"长舆先生"为盟主，共十二人。成员并非仅在一地，而是或远或近兼而有之，因为诗的联结作用，他们"万里比邻"，以诗筒投递，交流较为密切。出于规范诗社活动的目的，雅社制定了十四条社约。

据唐汝询《季冬廿二日同潘上民、张元星、元应、王玄超夜集唐元常斋头，约与张长舆、沈茂之、吾逸一、徐唐远（一作运）、张圣清并儿孟庄为社，分韵得'灯'字》诗，②雅社成员应有潘上民、张元星、张元应、王玄超、张长舆、沈茂之、吾逸一、徐唐远（一作运）、张圣清，加上唐汝询本人，共十人。这十人或是雅社十二人的主体。根据唐汝询之《酉阳山人编蓬集》和《后集》中所提到的与唐氏有诗文往来的人名来判断，唐汝询等人的雅社涉及的诗人还是比较多的，大体有：雅上人、莲上人、无上人、汪山人、王元翰、程飞卿、李征之、徐叔开、徐逸彦、张叔翘、林仙客、朱朗安、期乐、顾尔卿、张鲁叟、曹元达、王汝产、吴湛莹、黄孟郊、黄孟远、顾绳甫、王直夫等。③据雅社社约，雅社的发起人为唐汝询以及其他共十二位诗友，张长舆为盟主。唐汝询的基本情况多见于著录，《明诗纪事》云："汝询字仲言，松江华亭（今属上海）人，有《编蓬集》十卷，《后集》十五卷。"又引《列朝诗集小传》云："仲言五岁而瞽，父兄抱膝上，授以《三百篇》及唐诗，无不成诵；旁通经史，

---

① 《酉阳山人编蓬集·后集》卷一五，《四库全书存目丛书》。
② 《酉阳山人编蓬集·后集》卷九，《四库全书存目丛书》。
③ 唐汝询集中所提及者未必就是雅社中人，这些诗人的具体情况也并不明确。此处所列举者，并不排除名、字分列，然实为一人的情况。沈茂之应为沈明卿，唐汝询有《否极子歌》，"否极子"为沈明卿之号，但唐汝询也提到沈茂之即是"否极子"。

能为诸体诗。笺注唐诗，援据赅博，亦近代一异人也。尝过余山中，酒间诵《子虚》、《上林》诸赋，杜、白诸长篇，锵金戛玉，琅琅不遗一字。留校杜诗，时有新义。如解'沟壑疏放'之句云：'出于向秀赋"嵇志远而疏，吕心放而旷"。'亦前人所未及也。仲言之兄汝谔，笃嗜王、李之学，仲言童习之，故其于诗未能超诣，盖亦云间流派如此。"①由此可知，唐汝询五岁而瞽，由其父兄教之，遂得通经史诗文。曾笺注唐诗，与钱谦益有过交往。因唐汝询兄唐汝谔笃嗜王世贞、李攀龙诗学，唐汝询亦受其影响。唐汝询的著述，有《编蓬集》（《酉阳山人编蓬集》）十五卷、《后集》十卷，还有《唐诗解》五十卷、《诗史》十五卷。②唐汝询是唐诗研究专家，其于杜诗，尤颇有心得。仇兆鳌《杜诗详注》征引其说达数十条。可见，唐汝询的见解有精深独到之处。其《酉阳先生编蓬集》中之诗亦深切沉厚，颇有骨力，显然受杜诗影响甚深。这应与他受后七子中李攀龙、王世贞的影响有关。但唐汝询诗中也有不少清简直质者，这又与当时性灵诗学的熏染不无关系。③雅社中的主评是张长舆，其名所敬，长舆为其字。据《四库全书》之《骚怨》四卷之提要，长舆自署清河人，疑为其郡望。（《骚怨》前三卷为黄省曾撰，后一卷为张长舆撰。）张长舆生平不详。据雍正《江南通志》卷一百九十一及一百九十二、一百九十四，张长舆有《峰泖先贤志》、《秉烛丛谈》、《明诗藻》及《潜玉斋稿》等。在雅社中，张长舆能担当主评，应该是在诗学上有令其他社友信服之处。④从诗社史研究的角度看，雅

---

① 陈田：《明诗纪事》第5册，第2719页，上海古籍出版社1993年版。
② 《四库全书》之《诗史》提要认为，此书旧本题顾正谊撰，然据钱希言记述，为顾氏以三十金诡得于唐汝询。认为该书"以列朝纪传编为韵语，各为之注，以便记诵，不过蒙求之类。"由此可知，《诗史》为诗学入门之类的作品。另，据王士禛《居易录》卷二一，时有刻《唐诗十集》冒王士禛之名所订，及访得之，则标华亭唐汝询所编。其书"大旨在通高漫士（高棅号漫士）、李沧溟（李攀龙）、钟退谷（钟惺号退谷）三选之邮，而以汝询《诗解》附之，强分甲乙丙丁等目，浅陋割裂，可一笑也。"云云，可知唐汝询之《唐诗解》颇有影响，以至于一些诗学俗书冒其名而逐利。此外，还有托名李攀龙编、唐汝询注的《唐诗选》七卷，《四库全书总目提要》认为系坊贾所为，然而此书一直在乡塾间流行。可知其书通俗易懂，有适宜童蒙修习的特点。
③ 《四库全书》之《编蓬集》提要对唐汝询诗文的评价不高，其云："汝询所作，亦演七子流派，开卷即拟《古十九首》，次以泥古百篇、《感怀》四十六首，皆沿袭窠臼，貌似而神非。《后集》附杂文数十篇，其三、五、七言，四、六、八言，一字至十字，诸杂体尤伤纤巧也。"这样的评价，颇伤苛刻，与《四库》馆臣对七子诸人有一定的成见有关。
④ 张长舆与王世贞有诗学来往，王世贞《弇州四部稿》之《续稿》卷一九、卷二〇有涉及张长舆的数首诗。张长舆之诗学，应亦受到王世贞及后七子诸人的影响。

社最具价值之处,在于其十四条《雅社社约》,此社约的诗学气息很浓厚,尤其是将其置于明末的诗学语境中进行观照,就颇有对当时诗坛的走向和诗学格局的认识意义。兹将此社约引录如下:

一曰定风格:吾明诗格,愈变愈下。于鳞尚声调,而影响蹈袭之弊兴;中郎任才情,而俚俗阶怪之窦鉴。夫白雪黄金,既以起人之厌;而车车马马,讵谓得诗之神?近来年少,毁李师袁,势当然矣。然所造句非饥犬饿猫,即蚓之蛙出,此又步骤中郎而骈拇也。吾党须痛革此弊,以古人为式,性情为用,譬良御而得善马,始有一发千里之势,若曰去其辔,断其镳,虽有龙媒,奚所用之?诡遇获禽者,吾不取也。

二曰备诸体:青莲称七言不如五言,五言不如四言,为其渐近古也。今作者专工近体,罕集古风,终是管中窥豹,吾党必选精《骚》、《选》,次及律绝,始可入大乘法门。

三曰轮拟题:唐人佳句,因题而得;题不广,句且局矣。凡我社友,每月轮拟二题,转相传附。他若燕次,或送别,须各分赋一物,如太白《西施石》、李颀《乌孙佩刀》之类,就题造意,伎俩自别,譬雁荡诸峰,奇峭各殊,令观者骇目。

四曰恳月旦:凡人不经品题,则无所奋发;不经裁抑,则罔识砥砺。吾曹既推盟主,每一题集为卷,以呈长舆先生,请得高下。其议论月易其品目,自满者抑之,自怯者扬之,庶几后进知所指云。

五曰许互订:人有好尚,诗不易评。盟主既品题矣,十二人又当转相参订,不惟使诗篇尽善,亦朋友则善一端。

六曰稽课程:士朝而受业,昼而讲贯,夕而习复,夜而计过,无憾而后即安,此一日之课也。由日而月,由月而岁,岂容无所稽考?诗虽一艺,然不立课程,则无所遵守,每以一月为率,诵《选》诗若干,近体若干,须精熟。合社共赋者为公题,人自命篇者为私题,公题每月二篇,不可缺。私题任兴,难限其数。就公题所得,一岁二十四首,一社合之,当有三百篇,复以私题入之,会成一帙,岁终请盟主定其殿最,庶几可以无憾矣。

七曰戒面谀：古人藉苦口为良药，今人藉谀言为芳饵。吾曹以千秋相许，岂宜有所谀？诗之好丑，各以据矣。庶几敬礼之文，得订于陈思；老妪之论，有补于香山也。

八曰敦游扬：昔东野诗名得韩而起，鲁直声价因苏而高。吾曹亦宜揄扬先达，荐宠后辈，期无愧于韩苏云。

九曰禁谈短："汝无面从，退有后言"，虞舜之戒也。吾党以诗相规，一字一句，悉面质之，无得退而非议其短。

十曰重缄寄：吾侪索居，经岁一集，复有流寓退方者，非藉折麻，奚称倚玉，八行嗣音，千里一面，亦雅社之急务也。

十一曰期雅集：以文会友，志不在饮；以酒陶情，草蔬亦佳。每会肴不过五品，或人操一物，不贵多而贵精，饮期微醺，不至酩酊，足称雅集矣。

十二曰广同志：昔慧远社白莲，却康乐而邀靖节，靖节复攒眉而去之，何则？道不同不相为谋。吾党结社，不敢有所却，复不敢有所邀。调谐者听其入，韵殊者任其去。孟氏之社科是矣。然吾郡家擅龙雕，人操牛耳，社宁止于十二，惟诸君不鄙而俯就焉。

十三曰惩懈弛：诗称"靡不有初，鲜克有终"，此懈弛所当惩也，雅社之举，倡自不佞，盟虽戒石，车不停轨，傥流寓异乡，盟散约解，不能无忧，惟诸友善始善终也。

十四崇友谊：夫立名之士，论行而交；同气之求，九要无爽，吾曹虽以称诗而结社，实期着信于艺林。既约之后，得失相规，患难相惜，休戚相关，有无相共。毋以细故而忘大德，毋以契阔而有遐心。挽颓风于末俗，存古道于草莽，防萧朱之后嫌，起张范而无愧。俾千秋不以词藻称，而以交谊显，则雅社之本意也。①

从诗社史及诗学史的角度看，雅社的这十四条社约颇有认识意义，是我们了解明代末期诗社活动形式、内容以及相关诗学问题的重要参照。同时，社约

---

① 《酉阳山人编蓬集·后集》卷一五，《四库全书存目丛书》本。

本身也具有值得注意的几个方面：

首先，雅社的社约提出了明确的诗学宗旨。在后七子诗学影响渐衰，性灵诗学兴盛之际，雅社成员力图融合二家，尽力避免后七子诗学所导致的"蹈袭之弊"，也要求改变性灵诗学带来的"饥犬饿猫"、"蚓之蛙出"、"步骤中郎而骈拇"的风气，要求兼容后七子与性灵二家，做到"以古人为式，性情为用"，既能合二家之长，又规避二家之短。又因当时"作者专工近体，罕集古风"，有违诗人应兼通个体的素质要求，因而希望在《骚》体、《选》体、律诗、绝句以及古体兼综方面加强诗学训练，以图掌握相应的艺术方法与基本的创作技巧。这些主张与要求都是有为而发，系针对明代后期诗坛的实际情况而提出的救弊方案。联系当时诗学总体看，诚有"挽颓风于末俗，存古道于草莽"的高远用意。

第二，对社内好友平时的诗学训练提出了严格的要求，并以"稽课程"的方式予以明示。规定了"诵《选》诗、近体若干，须精熟"，设计了"合社工赋者为公题，人自命篇者为私题"。"公题"相当于创作训练任务，"私题"则可随感而发，较为随意。同时，雅社的社约对诗社活动的频率与活动内容做出了具体设计，诗学训练的意旨十分鲜明。第三条要求"每月轮拟二题转相传付"，有"燕次"、"送别"之类的事由都应"各赋一物"，以行实践训练之实。还规定将诗社每年活动中的创作"会成一帙"，呈盟主张长舆评定高下，社友即使不在一地，也应以"缄寄"的方式保持联络。此外，社约对诗社活动中的饮食细节还做了规定，提出不能过度饮酒，不讲求饮食之丰奇。

第三，鼓励社友相互间进行诗学的切磋与批评，规定了诗社中的创作由盟主张长舆论订高下，使"自满者"与"自怯者"均可得到诗学的指授与教益。还提出十二名社友间应互相参订，使人人可评，人人被评，以期共同提高，也可借以巩固诗学上的共识。对诗友间可能存在的不良批评，如面谀而背非之类的问题进行预先的规诫，这应是针对当时存在于诗社活动中的一种常见现象而提出的。但社约对社友间的鼓励揄扬则并不禁止，因为诗社本身就是诗人训练的平台，也是诗人们切磋砥砺，以图在诗学上有所进取的诗学组织形式，雅社成员对此有清晰的认识。

第四，雅社的社约反映了该诗社并未沾染明代后期诗社间分门立派，相互攻击的习气。雅社具有开放性的诗学心态，但对本社成员还是有组织形式上的约束的。所谓"既约之后，得失相规，患难相恤，休戚相关，有无相共。毋以细故而忘大德，毋以契阔而有遐心"是在诗社形态之下，要求社友间务须齐心协力，廓清诗风以"挽颓风于末俗，存古道于草莽"，从而形成一种可以发挥作用的积极力量。在这个宗旨之下，雅社的"广同志"就成为具有基本共识的入社条件。即便如此，雅社也不会灭裂行事，以激烈的抨击去急于发挥作用。他们的思路是立足长远，以创作引导后学，进而介入诗坛，改变诗风。因此，雅社大大削减了此际其他诗社的激切与急躁，没有了此际诗社的名利用意与意气用事，在很大程度上避免了明末已经十分严重的诗社习气。

在诗社习气甚盛的明朝末期，也包括接近末期的明朝后期的大部分时间，雅社能保持清晰的诗学头脑与沉稳的诗学态度，提出具有现实针对性也颇为允当的诗学见解，还能从细微处进行预先的考虑与相关的设计，既有敦睦诗友情谊的用心，又提倡相互间的交流与批评；既有意旨鲜明的实践性主张，又不设诗学之外的壁垒和藩篱，以广纳诗友的态度，意图延揽人才，壮大诗学力量。在明代诗社中，虽然雅社的创作零散难详，但其完整的社约却充分反映了诗学色彩较为浓厚的诗社是如何从宏观到具体，从形式到内容去安排诗社活动，规范社事，并力图干预诗学走向。雅社虽是地域性的小型诗社，从规模和影响力方面无法与茶陵以及前后七子相提并论，但其诗学境界鸿博阔大，诗学眼光深远幽邃，在一定程度上也反映了京师诗学影响力衰颓的背景下，地方诗学力图引领诗学走向的自觉动机。在"雅不在上"，正统诗学影响力式微并在诗学话语语境中即将出现失语的境况之下，雅社实际上也反映地方或民间正统诗学的力量的苏醒，这种力量来自于诗学传统在民间的浸淫与积淀，也来自于所谓"先王之泽"的诗学教化成果。这种积淀和成果，是我国古代诗学主流正统虽时有微弱，但却能在不绝如线的艰难境况中绵延下来的力量源泉。雅社之"雅"，就具有端正诗风，匡正诗学的用意，可以视作是民间诗学正统力量的一个明显的例子。

第三章　明清时期的诗社现象及相关诗学问题

明清两代诗社,已经非常多了。据何宗美统计,明代文人所结之社有680多个。当然,其中也有文会与其他类型的文人集团。明代有正式诗社名号和组织形态的文人集团数量很大,分布很广。在这种情况下,笔者将不对明代具体诗社与诗社活动作考述式研究,而试图从一个文学现象的角度,去阐述诗社在明清时期诗歌理论批评及诗学格局中的实际内涵与诗学意义。其中清代诗坛格局虽与明代大不相同,但结社也是较为普遍的现象。

同时还要说明,做明代诗社个案研究,前提是明代诗社的个案有自己的特色,有不同于一般诗社的特殊之处。在明代,诗社形态已经稳定,并且渐渐有了"诗社习气"。这种时候,做面面俱到,细大不捐的个案研究就不十分有意义了。所以,笔者认为,将明代及以后的清代诗社活动作为一种现象去研究对待,以俗文学作品中提到的诗社活动为例,结合其情节中对具体的诗社活动的描述去分析诗社的活动形式、内容及诗学意义,并以之与诗学发展史相结合,从"三化"问题入手去深入了解明清诗社不同于前代的新质素与所谓"习气"的内涵,这些应该是更有意味的事。故而,笔者在明清部分将不再细考爬梳具体的个案形态的诗社,而以诗社现象为对象,以发明其与诗学理论批评间的关系为重点实施研究推进。

据于此,我们这里将对明清两代的诗社均作为现象来进行分析,同样对清代之诗社暂不做出具体考述,而是力图用一种尚未被学术界关注的领域——小说中的诗社活动为研究对象,通过各类小说中记述的诗社活动情形进行分析,借助对这种具体生动的活动内容与相关场景的分析,去解读明清两代的诗社活动。再将其置入文学批评史的背景中予以观照和评析。也就是说,我们主要的解读思路是从小说中诗社活动的现象问题入手,来分析诗社在文学理论发展的这个阶段存在的价值与意义。

作为明清社会生活的生动反映,小说中的诗社活动在反映当时文人诗化生活与诗性的生活心态方面具有非常重要的研究价值。小说中涉及的诗社生活虽然未必实有,但在诗社极为兴盛的大背景下,其中叙述到的诗社活动在生动具体与详细真切方面以及在诗学内涵信息的反映力度上并不亚于实有的诗社。我们经由对明清小说中的各种诗社活动的考察,一样能够认识诗社在当时的历史背景中存在的基本面貌,包括组织形式、活动内容及相关的诗学内涵,从而把握其所具有诗学价值和诗学意义。

在明清小说中,反映诗社活动较为集中的是《红楼梦》及其各种续书。以《红楼梦》及其相关续书为文献载体,记述了许多诗社活动,对这些诗社进行综合研究,有助于我们从现象入手把握清代中后期诗社活动的特征与内涵。同时,从诗学角度对这些诗社活动的内涵进行分析,也对我们了解相关时期的诗学特征及其发展趋势良有助益。对小说类文献从批评史及诗社研究的视野予以关照和专门研究,亦可补足该领域研究的空缺环节。

第一节　大观园中诗社活动的诗学意义

明清小说中涉及诗社活动的内容很多,其中最具代表性的就是《红楼梦》及其各种续书中所叙述的诗社活动。在明清诗社极为繁盛的历史背景中,结合有关小说产生时代的诗学风貌,从诗社史的角度对《红楼梦》及其续书中发生在大观园的诗社活动予以观照,对其间有关创作、批评做出诗学分析,对了解清代中后期的诗学环境和诗社形态,以及对加深有关小说内涵的理解,都是很有意义的。

以《红楼梦》及《补红楼梦》、《绮楼重梦》、《红楼真梦》、《红楼圆梦》、《红楼梦影》、《红楼梦补》、《红楼幻梦》、《红楼复梦》、《续红楼梦新编》、《后红楼梦》等《红楼梦》续书为考察对象,发现其间涉及诗社活动的章回很多,其中主要的诗社活动有:《红楼梦》中的海棠诗社及诗社咏菊活动(第十七回至十八回），咏红梅花主题的诗社活动（第五十回），咏《太极图》诗社活动（未开成，第五十二回），桃花社（林黛玉作《桃花行》并倡议立社，但并未开成，第七十回），凹晶馆联句诗社活动（第七十六回）等。还有以柳絮为题的词社活动（第七十回）等。《补红楼梦》中的咏雪系列主题诗社活动（第二十五、二十六、二十七回），芙蓉诗社（第三十九、四十回），藕香榭采莲主题诗社活动（第四十一回），怡红院除夕联句诗社活动（第四十三回）等。《后红楼梦》中的咏兰主题诗社活动（第二十八回）。《绮楼重梦》中感旧主题诗社活动（第六回），《千家诗》句对俗语的诗社活动（第七回），咏花主题诗社活动（第八、九回），限藏花鸟地名等物事作诗的诗社活动（第二十一回），潇湘诗社拈题创作活动（第二十九回），《大观园竹枝词》主题诗社活动（第四十六回）等。《红楼真梦》的杏花社（第九、十回），荷花社（未成），芙蓉社填词（第十四回），赏雪主题诗社活动（第二十二回），牡丹社（第二十七回），菊花社（第三十二回），水廊月影联诗诗社活动（第三十五回），红香圃再起牡丹社（第三十九回），咏腊梅诗社活动（第四十四回）等。

《红楼圆梦》中的《芙蓉仙子曲》联句（第六回），芦雪亭《新年杂事诗》诗社活动（第八回），作《敬和御制探荷诗》诗社活动（第十七回），秋爽斋诗会诗社活动（第十九回），定香亭咏蚕诗社活动（第二十五回）等。《红楼梦影》中群芳社（第十回），赏荷花即景联句（第十四回），芦雪亭作消寒诗诗社活动（第十九回）等。《红楼梦补》中的飞觞联句诗社活动（第四回），湘云结社（第三十回），登高阁诗社活动（第四十七回）等。《红楼幻梦》中的"咏五色蝴蝶"诗社活动（第九回），花月社《花月吟》题咏诗社活动（第十三、十四、十五、十六回），咏雪美人诗社活动（第十九回）等。《红楼复梦》的《荷露茶》题咏诗社活动（第二十四回），如是园赏花诗社活动（第七十三回）等。《续红楼梦新编》的梅花诗社之《梅花百咏》（第十五回）等①。这些关涉到诗社的内容，大都明确标出"诗社"或有"起社"、"结社"等字眼，虽然有

---

① 依据中国艺术研究院红楼梦研究所校注《红楼梦》，人民文学出版社1988版及《补红楼梦》、《红楼真梦》、《红楼圆梦》、《红楼梦影》、《后红楼梦》、《红楼梦补》、《红楼复梦》据《红楼梦资料丛书·续书》，北京大学出版社1988年版；《绮楼重梦》、《红楼幻梦》、《续红楼梦新编》据《红楼梦资料丛书·续书》，北京大学出版社1990年版。

的是联句吟诗，或是酒宴间的诗学游戏，但在小说中道及到了诗社的具体叙述氛围中，应以诗社活动目之。《红楼梦》中诗社的设立和开展也为众多续书提供了重要的书写内容和叙事氛围。诸续书中所提及的各种诗社活动，显系受《红楼梦》中海棠诗社及其他诗学活动的影响而来，参与人员也大多相同，或略有增补。其组织形式，也如同《红楼梦》一样，有社长或社主，一般也都是李纨；也有誊录者，大多时亦是惜春。在开始创作活动前，也多为分题分韵，各自选作，属联句活动的，也和《红楼梦》中的芦雪庵联句及凹晶馆联句一样，环环相扣，步步紧逼，气氛紧张热烈。创作结束后，亦由社主主评，诠次名次区分品第，在无异议的情况下，参加者再交互评赏，细细品味彼此诗作。这些诗社活动从内容、形式到流露出的诗学观点虽与《红楼梦》大略相同，但在诗社无处不有，随兴聚散的清代后期，这些虚构的诗社实际上反映了当时诗社的存在状况和基本风貌。这些诗社活动中展露的人物性格虽远不及《红楼梦》准确鲜明，虽则这些续书中大量诗作的存在及有关分析品评与小说本身的叙事逻辑和基本框架结构往往疏离，不似《红楼梦》那样诗在小说叙事线索中有机存在并融入叙事逻辑之中，去间接烘托刻画人物性格。但从诗社史及诗学史角度来看，这类小说中的诗社活动比其他文史文献的记载都要丰富、生动得多，是清代后期诗社活动的一面生气郁勃的镜子，可以弥补一般文献对此时诗社记述的简略与刻板所带来的不足，也能在一定程度上相对更准确地具体地说明诗社在诗学史上的功能和作用。因此，我们对《红楼梦》及其续书中展示出的诗社活动做整体观照，以大观园中诗社活动为其总目进行分析。

大观园诗社活动的基本形式

在诗社作为文人一种重要的文学活动方式已经成熟的清代中后期，诗社在形式上已经形成了一种相对稳定的组织方式及活动程序。其形式与程序特点与元初月泉吟社及其他宋元诗社的基本形式套路都十分相似。同时也兼具了传统雅集的形式特征，是融汇了诗社与雅集的一种群体性诗学活动的组织形态。

《红楼梦》中的海棠诗社是书中最早出现的诗社活动，它开启了整部小说诗学叙述与整体叙述逻辑融汇交织的程序，人物形象借助诗社集咏与诗学活动来烘托刻画。同时，诸次诗社活动具体情境也映衬小说总体的叙事氛围，点染着家族及人物命运的否泰兴衰。诗社活动的线索与总体叙事线索融合在一起，共构了《红楼梦》的整体风格与结构布局，反映了极为高深的叙事谋略——这是其他续书无可比拟的。海棠诗社之开设，正是家族败势未彰，仍有雍熙气象之时，作者对其的叙说描述，也十分具体详细。海棠诗社由探春提议开设，并写了帖子分发诸人，得到了大家的一致附和。宝玉甚至说："可惜迟了，早该起个社的。"（第三十七回）可见大观园中的亭台楼榭与馆池花木早已形成了一种诗境氛围，宜于展开诗社活动。故此探春甫有提议，众人便自然活跃起来，这是他们自身诗学素养的自然要求，也与大观园诗情画意的园林雅趣有关。李纨说："雅的紧！要起诗社，我自荐我掌坛。前儿春天我原有这个意思的。我想了一想，我又不会作诗，瞎乱些什么，因而也忘了，就没有说得。"（第三十七回）反映了人们对诗社的期待与爱好。探春贴中有谓："今因伏几凭床处默之时，因思及历来古人中处名攻利敌之场，犹置一些山滴水之区，远招近揖，投辖攀辕，务结二三同志盘桓于其中，或竖词坛，或开吟社，虽一时之偶兴，遂成千古之佳谈。娣虽不才，窃同叨栖处于泉石之间，而兼慕薛林之技。风庭月榭，惜未宴集诗人；帘杏溪桃，或可醉飞吟盏。孰谓莲社之雄才，独许须眉；直以东山之雅会，让余脂粉。若蒙棹雪而来，娣则扫花以待。"（第三十七回）其所谓"或竖词坛，或开吟社"者，意在于效法古人疏离"名攻利敌"之场，以亲近林泉，求得诗意栖居；聚合同道，以便切磋琢磨。这个倡议，在充满诗情画意的大观园诸诗媛才士看来，正是切切偲偲，增进情谊并诗艺的极好形式，因而大家一致支持。以启文尺牍倡立诗社的作法，是前代很多诗社的一种召集形式，也为《红楼梦》诸多续书在叙述诗社时所效仿。如《绮楼重梦》第二十九回舜华所作之启即是一例，其云："蜻蜓在堂，星回于次，端居多暇。爰拟小集吟朋，用消寒暑。诗成薄酌，佐以持螯。此品出自大官，可无虑读《尔雅》不熟也。惠而好我，扫径以蹊。"言语之中，还似有挑战诗友之意。《红楼复梦》第七十三回宝钗所作之启亦属召集社友举行诗会之作，就诗社活动整体而言，启写得如何，也是诗社中人很为重视的。宝钗此文云："春光明媚，花影阑珊。追胜会以非遥，溯良辰其在望。落英布地，步移何藉金莲；细草成茵，手掇奚胜翠羽。晴禽百啭，窥帘隐欲呼人；风筱千竿，隔苑齐将扫径。春晴春感，嗟偶影以何为；妙事妙人，况同心其不远。歌茹芦，盖云室迩；咏唐棣，岂不尔思。盍我簪朋，蔚为香国。勿等浮生于梦蝶，虚掷芳朝；欲回迅景于隙驹，还寻乐事。纫兰赠芍,曳䌈带以同行;弄月吟风,御飙轮而戾止。资赏心于谈笑,非竹非丝;仁飞翰于池亭,一觞一咏。衣飘飘兮至矣,佩珊珊兮来耶。谨立下风,敬承芳躅。倘若同声相应,重开曲水之游。如其后至贻讥,定从金谷之罚。各携仙侣,咸集嘉筵。谨启。"对友朋相聚的情境做出诗化的预想,极力渲染诗友汇集的雅致与情趣,能够在言语之间充溢其召唤友生的真挚情谊,使人一读就向往这种会集,也会触动诗情,萌生竞艺其中之心。同时,读到这种文字,欣然向往之情会油然而生,成为他们参加诗社活动的内在动力。

从形式上看,李纨是海棠诗社的社主,此后的诗社活动,除桃花社曾提议由黛玉为社主外,都是李纨担任社主。她还定了两个副社长,即迎春和惜春。确立了社长之后,大家都起了雅号,李纨称"稻香老农",探春称"秋爽居士",黛玉为"潇湘妃子"(探春所起),宝钗为"蘅芜居士"(李纨所起),宝玉为"富贵闲人"(宝钗戏起),迎春为"菱洲"(宝钗所起),惜春为"藕榭"(宝钗所起)。入社要起雅号,便于在诗社活动中称呼。这亦使我们联想古时诗人之雅号是否暗含着他们有参加诸如诗社之类的文人群体性活动的经历。起好雅号后要订立社约。就海棠诗社而言,其社约出于众人议定:"宝钗道:'也要议定几日一会才好。'探春道:'若只管会的多,又没趣了。一月之中,只可两三次才好。'宝钗点头道:'一月只要两次就够了。拟定日期,风雨无阻。除这两日外,倘有高兴的,他情愿加一社的,或情愿到他那里去,或附就了来,亦可使得,岂不活泼有趣。'众人都道:'这个主意更好。'"(第三十七回)这里众人商议社约,还未限定"风雨无阻"必须与会的具体日期,待咏完白海棠后,李纨评定甲乙,确立名次,以社长的口气说道:"从此后我定于每月初二、十六这两日开社,出题限韵都要依我。这期间你们有高兴的,你们只管另择日子补开,哪怕一个月每天都开社,我只不管。只是到了初二、十六这两日,是必往我那里去。"①(第三十七回)可见,诗社是以活动的开展才有具体

---

① 因此,在海棠诗社成立后的诗学活动都可归拢于海棠诗社名目之下,都属于诗社活动。前代的诗社,如林逋、韩驹及江西诗社群,江湖诗社群体甚至月泉吟社等,都是在一个诗社名号之下展开多次交流唱和或是探研诗艺活动。每次诗人们聚在一起开展活动,或是同题并作,或是游历观赏,未见所谓起社之说。通过对《红楼梦》及其续书的考察,可以看到,到清代中后期,诗社的意义已经十分宽泛和灵活了。诗人们每次集会,都可以叫作起社。其实际意义并不是成立了许多诗社,而是有了许多诗社性质的活动之意。这种情况下,去计算诗社数量就没有意义了。

意义的，它不是一个常设形态的具有组织机构职能的实体，而是以"开社"聚集为实际内容的。一次诗社，就是一次诗人的群体性诗学活动。以《红楼梦》为例，海棠诗社成立后，以后亦有桃花社之类的名目，或是有咏菊、咏梅诗社性质的活动，都以李纨为主倡兼评定人，也未再有倡议帖和社约，实际上都可看作是海棠诗社名号下的系列诗学活动。其他《红楼梦》续书，亦是这种情形。《补红楼梦》第四十三回"秋爽斋重阳群赏菊 怡红院除夕共联诗"傅秋芳于除夕提议："今儿大年节下，何不就以除夕即景为题，算起一社做诗。"说明只要是雅集，就以次数算作诗社数。一次雅集，就是一次诗社活动。《红楼真梦》第十四回中，探春说："你们只顾追想从前，把眼前的诗社，倒搁下不提了。大嫂子答应的'荷花社'，也没有开成。此时，芙蓉花快开啦，咱们补个'芙蓉社'罢。"可见社随事定，可随时开设。《红楼圆梦》第十七回，"巧姐忽道：'二婶娘，二叔叔呢？今日正好做诗社。'"诗社随兴而立，随意而开。《红楼复梦》第七十三回"如是园赏花诗社，介寿堂应命当家"中珍珠说："今日如此雅集，再无吟咏，定为花神所笑。"于是众人议定开始所谓"赏花诗社"活动，即将雅集与诗社等量齐观了。

  作为社长的李纨和倡议者探春还会利用机会去筹集诗社活动的资金。《红楼梦》第四十五回探春和李纨找到王熙凤，提出因诗社活动总是人不齐全，请王熙凤作"监社御史"，精明的王熙凤一下子就知道了她们的用意，说："你们别哄我，我猜着了，那里是请我作监社御史！分明是叫我作个进钱的铜商。你们弄什么社，必是要轮流作东道的。你们的月钱不够花了，想出这个法子来拗了我去，好和我要钱。可是这个主意？"看来，诗社活动轮流做东是当时参加诗社活动的人都知道的，应是一种普遍的活动形式。而筹集资金，也是诗社活动得以展开的必要条件。有的续书也对诗社的资金筹备问题进行过商讨，如《红楼幻梦》第十三回花月社创作品评《花月吟》结束之后，晴雯提议将诗社活动办成"轮台会"，议定一月几轮，所有诗友每月都轮流主办。众人商讨后，说道："到期这天，老太太喜欢看牌就看牌，太太们爱怎么玩就怎么玩，咱们的诗社尽管出题做诗，随人兴趣，或填词，或琴棋皆可。将诗社轮台会杂于例请之间，岂不长远了？不过每月每人出银若干，统交柳嫂子附在例请账上开除。每人股法，不过名目，随多随少，不必等分。横竖咱们的公项付得宽余。

计算四时八节，再加各人生日贺局，每月总有几次热闹。咱们的贺局中，亦可开社吟诗。我的主意如此，你们再斟酌就是了。"除了计划开设诗社轮台会，还制定筹资方案，并且准备将节日和生日聚会纳入到诗社活动中来，可见诗社含义的宽泛，凡有作诗评诗和排名品评的活动内容，不论是否有其他聚会因由，在当时人们心里，都是按诗社对待的。同时也可见诗社活动还具有了随人兴趣，或填词，或琴棋都可以的综艺性质，这就更多带有了过去文人雅集的色彩。

在活动开展前，一般都要确立诗题、体裁及用韵问题，还要定好监场、誊录人员。如《红楼梦》海棠诗社，就由社长李纨确定了吟咏白海棠的题目，又由迎春随机选定了七律体裁，再由一名小丫头随口选定了"门"字韵。待这些基本规则确定后，再开始创作。还限定了以一支"梦甜香"燃尽的时间为限，如未作成，则要罚。参与者都要创作，由社长李纨品评。海棠诗社咏白海棠的诗作，李纨以宝钗为第一，黛玉第二，探春第三，宝玉第四。在她评论时，说："若论风流别致，自是这首，若论含蓄浑厚，终让蘅稿。"当时探春赞成，宝玉对自己排在最末无异议，但以为黛玉、宝钗之作还要斟酌。李纨则说："原是依我评论，不与你们相干，再有多说者必罚。"显示了社长在评定诗作甲乙时的权威性。（《红楼梦》第三十七回）在随后的咏菊组诗活动中，则是先拟好"忆菊"、"访菊"、"对菊"、"种菊"等十二个题目，由诸人分选，作好后，由迎春誊录，李纨评骘。林黛玉之《咏菊》、《问菊》、《菊梦》三诗分列一、二、三名，其后则是探春的《簪菊》、史湘云的《对菊》和《供菊》、薛宝钗的《画菊》和《忆菊》。评后，大家开始了集体的讨论，各抒己见："宝玉听说，喜的拍手叫'极是，极公道。'黛玉道：'我那首也不好，到底伤于纤巧些。'李纨道：'巧的却好，不露堆砌生硬。'黛玉道：'据我看来，头一句好的是'圃冷斜阳忆旧游'（史湘云《供菊》中句），这句背面傅粉。'抛书人对一枝秋'（史湘云《供菊》中句）已经妙绝，将供菊说完，没处再说，故翻回来想到未拆未供之先，意思深透。'李纨笑道：'固如此说，你的'口齿噙香'（林黛玉《咏菊》中句）句也敌得过了。'探春又道：'到底要算蘅芜君沉着，'秋无迹'，'梦有知'（宝钗《忆菊》中句），把个忆字竟烘染出来了。'宝钗笑道：'你的'短鬓冷沾'，'葛巾香染'（探春《簪菊》中句），也就把簪菊形容的一个缝儿也没了。'湘云道:"'偕谁隐','为底迟'(黛玉《问菊》中句),真个把个菊花问的无言可对。'李纨笑道:'你的'科头坐','抱膝吟'(史湘云《对菊》中句),竟一时也不能别开,菊花有知,也必腻烦了。'说得大家都笑了。宝玉笑道:'我又落第。难道'谁家种','何处秋','蜡屐远来','冷吟不尽'(宝玉《访菊》中句),都不是访,'昨夜雨','今朝霜'(宝玉《种菊》中句),都不是种不成?但恨敌不上'口齿噙香对月吟','清冷香中抱膝吟','短鬓','葛巾','金淡泊','翠离披','秋无迹','梦有知'这几句罢了。'又道:'明儿闲了,我一个人作出十二首来。'李纨道:'你的也好,只是不及这几句新巧就是了。'"主评人评赏甲乙后,每位参加者都可以畅所欲言。因黛玉的诗夺魁,宝玉的反应是拍手叫好,喊"极是","极公道",与他在李纨评咏白海棠后的反应迥别,其怜爱黛玉之情沛然而出。宝玉对黛玉的极力赞赏反映出宝黛二人的知音情愫之深挚,而他甘于输给其他诸钗,则反映了他对大观园中的如水女儿的怜惜与暗含其中的悲悯。可见曹雪芹虽是写诗社活动,仍能巧妙地将人物性格的刻画寓于其中。如黛玉自评其诗"伤于纤巧"亦是对其性格的一种概括。而李纨敦厚沉稳,知黛玉诗如其人,但因其诗"巧的却好,不露堆砌生硬。"依然予以肯定。黛玉虽纤弱,也时或为人尖刻,但亦发于自然,不矫饰造作,其诗也就不会"堆砌生硬"。李纨评黛玉为魁首,正与她沉稳持重的性格有关。而探春则评宝钗的诗时道:"到底要算蘅芜君沉着"①,其言外之意,似应以宝钗诗为最上。"沉着"即端方沉稳,亦是宝钗的性格。探春此评,亦反映了她与宝钗性格上的某些相似之处。同样,宝钗评探春诗,也反映了她对其诗的欣赏,也含有对探春性格的赞许。与之相应。黛玉激赏湘云之诗句与湘云赞赏黛玉之诗句,则反映出二人具有一定的性格相似之处,也表现了他们能够在诗学上更深一层对话的可能性,为后来的芦雪庵争联即景诗与凹晶馆联句埋下了伏笔。可见,既详细描述了诗社活动的具体内容,也将人物

---

① 宝钗的《咏白海棠》诗中的:"珍重芳姿昼掩门"后脂评云:"宝钗诗全是自写身份,讽刺时事。只以品行为先,才技为末。……最恨近日小说中一百美人诗词语气只得一个艳稿。"又评其"胭脂洗出秋阶影,冰雪招来露砌魂"云:"看他清洁自厉,终不肯作一轻浮语。"评宝玉"晓风不散愁千点"句云:"这句直是自己一生心事"。评下一句"宿雨还添泪一痕"云:"妙在终不忘黛玉"。评黛玉的诗"娇羞默默同谁诉,倦倚西风夜已昏"句云:"看他终结道自己,一人是一人口气。"所以说曹雪芹在大量用诗时,已经将对人物刻画的用意贯入其中了。(《脂砚斋重评石头记庚辰本》)

性格的刻画融于其中,做到如盐着水中一般不露痕迹。正是曹雪芹高超的叙事技巧的反映,其后之各种续书,在这方面都大有不及。

联句一直是诗社活动的主要形式,《红楼梦》中之芦雪庵即景联句(第五十回)即是明显的例子。由王熙凤起头,李纨、香菱、探春、岫烟、宝玉、宝钗、宝琴纷纷加入。后来逾联逾紧,犹如战鼓鞶鞳,令人目不暇接,到后来只有湘云、黛玉在联对吐属,几乎将同一韵部中的韵脚用磬。反映了诗社中竞争诗艺,较量博学的活动内容,这其实也是诗社中的训练课目。经过这类竞技,诗人会得到诗料积累与文字功夫和用韵技术等多方面的训练,是诗社诗学活动中对诗人诗艺的提高大有助益的内容。凹晶馆联句中湘云与黛玉的联属又进了一步,可谓针锋相对,步步紧逼了,同时且对且评,既较量了诗艺,又交流了诗学观点,使双方都能受益于其中。加之二人对出"寒塘渡鹤影,冷月葬花魂"的点睛之句,使该次联句达到诗学竞技与创作的高潮,非常有力地说明了文人游戏训练中,也可作出有情有景的佳句妙篇。故而凹晶馆联句亦成为《红楼梦》续书中多次仿效的内容,但它们却不能写得那么高妙超脱,也无法把人物性格及命运融注其中予以表现。

《红楼梦》中也提及了关于入社资格的问题。湘云知道结海棠诗社并作了《咏白海棠》诗后,问宝玉要诗看,李纨说道:"且别给他诗看,先说与他韵。他后来,先罚他和了诗:若好,便请入社,若不好,还要罚他一个东道再说。"湘云立即和了两首,获得了入社的资格。同样,香菱经过苦心孤诣的学诗,其咏月诗被众人肯定,说"社里一定请你了。"(第四十九回)从而获得了入社的资格。这种投诗入社的做法也是古时诗社的实际情形。诗作是否达到了一定的水平,是成为诗社成员的必要条件,其实从戴复古投诗欲入昭武诗社那里就可以看出这一点了。

大观园诗社活动的基本主张

细心琢磨大观园中诗社活动的评诗资料,可以从中抽绎出一些较为具体的诗学意见。有的见解甚至较为深刻透辟,反映了清代中后期诗学的演进。

概括地说,大观园的诗社活动的诗学视野是较为宽广的。其评论观点也大都清通灵活,不拘一格。大凡历史上有成就的作家或有代表性的诗风都能吐纳其间,表现出开放轻松的诗学风范。可以说,大观园诗社是一个荟萃了各种诗风各种诗法的诗学舞台。凡有所长，都有自我展示的机会，对其基本意见的分析是我们了解相应时期诗学环境的一种参照。

总的来说，大观园诗社活动的诠评品第与交相评赏中表露的诗学观主要有如下几个方面：

首先，推崇自然清新的诗风。

《红楼梦》第三十七回，宝钗在海棠诗社成立时说："古人诗赋，也不过都是寄兴写情耳。"这是对"诗言志"诗学传统的重申，也是对以后各次诗社活动的要求。

《红楼梦》第三十八回诸人分作咏菊诗后，李纨评黛玉《咏菊》、《问菊》、《菊梦》三诗"题目新，诗也新，立意更新。"并评黛玉夺魁。黛玉则说自己的诗"伤于纤巧"，李纨说："巧的却好，不露堆砌生硬。"即认为"巧"是应该肯定的，若发于自然，不生硬堆砌，矫情做作，亦是一种特色。《红楼梦》第五十一回，众人评宝琴的怀古组诗是"自然新巧"，也透露了曹雪芹以自然清新为美的诗学追求。尤其是对香菱学诗与黛玉论诗的详细叙述，则是更可见出曹雪芹较为系统全面，也较为明朗具体的诗学观。这一点我们后文还有详细论述。

在《红楼梦》的诸续书中，也流露了以自然清新为宗旨的诗学主张，如《补红楼梦》第十二回，元妃评妙玉诗云："香艳之中，仍带烟霞之气"，盖因妙玉诗最后一联云："侍者神瑛他日至，动摇重展旧眉颦。"元春认为"词语近谑，只怕林妹妹要罚你一大杯呢！"妙玉说自己作诗是"行乎其所不得不行，止乎其所不得不止。信笔而来，不觉有犯"，即是说自己作诗时，一发于性情，自然要流露了自己的内心，而未及其他，这实是对自然性情发而为诗观念的一种表达。第二十六回，众人作咏雪十二题的诗学活动中，李纨评傅秋芳《残雪》诗中的"银沙犹覆沁芳桥。"句时说："这是本地风光，不可为典，未免俳谐，近于打油体了。"史湘云则认为"兴到笔随，偶一为之，还不为过"，亦是以自然真切为尚，在触物兴情而发言为诗时，可不拘囿于典实。这里假史湘云之口说出，也符合《补红楼梦》作者的基本观点。而探春评史湘云《消寒会即事》诗时也认为是"清新俊逸"，而众人评探春诗是"风味自然，结句清丽"，也反映了作者推崇自然清新的诗学态度。又如《补红楼梦》第二十七回中李纨评史湘云的《雪月》诗是"工稳"与"典雅清丽",亦是肯定清新之诗风,同时还有对为诗功力与典雅工致诗风的肯定。而史湘云评李纨的《雪蕉》与《雪泥》诗是"清丽纤绵",亦是对清新婉丽的一种肯定。在咏雪诗会后,众人又用摘句批评的方式对组诗中的一些佳句进行了点评,用了"清新俊逸"的评语,也讨论了平仄等规则性的问题。虽然在总体上《补红楼梦》的诗学水平与《红楼梦》是有差距的,但在崇尚清新自然的风格方面则有一致之处,虽然《补红楼梦》的正统诗学观念较《红楼梦》要浓厚得多。

《补红楼梦》第四十回"怡红院灯火夜谈书 蘅芜院管弦新学曲"中众人评元妃诗云:"有温八叉之敏捷,更有韩冬郎之清丽,定然以此首压卷的了",表现了对才情敏捷,诗风清丽的推崇。元春评香菱之作有云:"诗才典雅清新,自是不同的。"评香菱为特等(第二)。可见在"典雅"与"清新"之间,《补红楼梦》是采取了一种折中调和的态度,这与《红楼梦》中清新自然与典雅庄重诗风存有摩擦,甚至碰撞交锋的诗学张力情境有所不同。元妃评妙玉的诗是"清新俊逸",评为超等(第一)。其评黛玉诗云:"妹妹一往情深,不减太白乌栖之曲矣。"亦评为超等(第一)。李白诗自然清新,天然去雕饰,谓黛玉诗有李白之风,则反映了对清新自然的推崇。元妃评宝玉之诗为"风韵自然,颇有别致",也是对自然诗风与诗歌神韵的一种张扬与推崇。第四十一回,众人作《采莲诗》,湘云评宛蓉之作为"句法清秀典雅","又敏捷,又清新",亦是对典雅与清新的推许。《补红楼梦》第二十六回众人评探春的咏雪诗是"风味自然,结句清丽"。

其次,在大观园诗社活动的诠评品第与细致评赏中,也反映出对诗歌神韵悠远,意在言外的审美特征的重视,这是《红楼梦》及其众续书作者们的普遍性诗学观点。如《补红楼梦》第二十七回众人咏雪活动中宝钗评邢岫烟的《雪夜》诗时,有云:"这结句('一灯影忽摇,风透纸窗罅。')好得了不得,颇有'曲终人不见,江上数峰青'之意了。"这个评论,肯定了邢岫烟此句含蓄悠扬,言尽意深的特点,是从重视诗歌神韵的角度做出此评的。《补红楼梦》第四十一回,傅秋芳、探春、李纨等讨论画采莲图时,傅秋芳云:"画是也画过的,只是总不及这真的好看呢!"探春道:"画原不能画的全,总要得其神妙就是了。诗也不能说的全,也是只要得其雅趣就是了。你们做诗的,看着他们，也就好见景生情的。"李纨道："领略一番，心境开豁，就下笔自然有神了。你们也就动手做去罢。"可见《补红楼梦》的作者对诗歌写景抒情，以传出诗歌的雅趣与自然传神效果的一种强调。所谓"雅趣"，即是诗歌反映生活，表达情感的活泼生动，趣味盎然的艺术效果，与严羽"兴趣"说、王士禛"神韵"说属同一范畴。

《绮楼重梦》第二十一回，众人在诗社活动中共作《恭步太年伯母张太夫人春闺原韵一律》，限藏花、酒、曲牌、美人、官、鸟、地名、药名。众人根据这个规矩开始创作。第二十二回写到舜华对此类创作有过评论，其云："诗以神韵为上，气体次之，谋篇琢句又次之，至于限体小巧，晋唐人从无此格。自宋元以降，才有此饾饤家数，其实雕虫篆刻有什么难处？这样的诗，立刻要做几百首也很容易。"舜华此论，除了有对文字游戏的批评因素外，从诗学方面讲，表现了重神韵意蕴，次重气势风骨，最后才讲求谋篇炼字功力的诗学态度。但其论也不是贬斥谋篇琢句的基本功力的作用。实际上，谋篇琢句对于诗歌的气势骨力与神韵意蕴的风格形成来讲，是基本要件。具有形成神韵意蕴与气势骨力的风格能力的诗人，在打磨诗句，讲求用字推敲方面若有欠缺，其气势、神韵的总体诗学特点是无法形成的。舜华此说，虽以神韵为最上，但若辩证来看，诗学的基本技能与素养也同样不能被轻视。"雕虫篆刻"一类游戏性过于突出的文字游戏过于突出的创作训练，在当时人们看起来确乎是一种"小技"，但若从诗学角度看，这种训练对于提高诗学技艺，储备诗料，还是有益处的。舜华对其的批评主要是从"神韵"的角度出发，其实她并未否定诗学训练本身。虽然《绮楼重梦》在反映书中人物的诗社活动时有许多鄙陋卑琐的内容，然就舜华阐说的诗学观点来讲，也还是可圈可点的。

此外，《红楼梦》及其续书在叙述大观园诗社活动时也流露出为诗讲求典雅工致的诗学主张。典雅工致在《红楼梦》中几乎成了与清新率真存在对立关系的诗学路线。《红楼梦》将这种对立作为刻画人物性格，展示人物命运的侧面烘托手段来叙述，对此我们下文还要具体论述。在《补红楼梦》第二十六回，诸人作咏雪十二题诗学活动中，邢岫烟评宝钗之诗是"襟怀旷达，风雅宜人"，即谓其诗典雅庄重，庄矜有节而言。

《红楼梦》及其续书的作者们也十分重视诗学基本功。在他们叙述诗社活

第三章　明清时期的诗社现象及相关诗学问题

动时往往流露了这种见解。《补红楼梦》第二十七回李纨评史湘云《雪狮》诗中："瓦犬陶鸡同笑滞，木牛流马独难羁"句时有云："这'瓦犬陶鸡'、'木牛流马'的一联，好警句，很像蘅芜君的句法呢！"认为史湘云此联之比喻惊警不凡，很贴切传神，在句法上很像宝钗的风格。史湘云回答说："我最爱他的句子沉着痛快，意思高蹈不群，故此留心学他的呢！你既然说很像，可见我这学的还不大离左右呢。"岫烟道："咏物诗最不宜着实，这第二联就好，因尚觉着实，所以就不及第三联了。"第二联云："心寒顿减狰狞异，眼冷难甘骨相奇。"与第三联相较，确实过于粘着，不够灵动活泼，故而认为逊于后联。可见，在她们的诗学交流中，表达出了对学诗、譬喻等问题的一些基本观点，其对咏物诗的见解，也颇公允恰当，这显然属于技术层面的一种要求。再比如，李纨评探春所作的《雪渔》、《雪消》的"工稳"，亦属从形式技巧上做出的评价。众人评秋水的《雪窗》与《雪松》诗是："这诗思路学力都很好，全不像个初学的。只怕再过两年，就要青出于蓝了呢！"亦流露出重视作诗时的命意谋篇与意象安排，抒情步骤等"思路"问题的重视，也流露了对学诗之功力的强调态度。

《补红楼梦》第四十一回，湘云在评论遗哥所作之《采莲诗》时，对他进行了批评，态度非常严厉，说道："可见你是平日不用心的缘故，这会子不但交卷已迟，而且诗又平常，不及你桂哥哥多矣。"批评遗哥不用心学诗，以至诗作不佳。反过来说，要求用心力学为诗之道，提升诗学素养，才能做出好诗。这种态度，也是基于诗须学而能的基本认识之上的。《绮楼重梦》第二十一回，众人作《恭步太年伯母张太夫人春闺原韵一律》，限藏花、酒、曲牌、美人诸物事于其中。宝钗评优昙所作诗时认为她将限藏物事"藏的都不着迹，算好的"。并对瑞香所作之诗亦从这个角度予以赞许。这种限题并限藏诸物事的诗学评比在明清诗人的群体性创作活动中很普遍，实际上是一种运用典故的技巧训练，反映了时人对诗歌用典不露痕迹，自然流畅的技术性要求。在诗社的各次联句活动中，此类讲求表现得更多，显现了清代中后期诗人们较为普遍的诗学素质以及相关的训练、揣摩的具体内容与方式。

总的来说，《红楼梦》及其续书在叙述诗社活动时所流露出的诗学态度还是非常灵活开放的。虽然我们主要讨论了以上几个方面，但这些不同要求之间并不是可以清晰剖判的,它们往往交织在一起被小说中的人物作为正面评价的口实①。同时,在论及历史上有成就的作家时,也基本上都持赞许态度,对各种有成就有特色的诗风也都是推重有加的。作为古典诗学趋于总结并集其所成的清代后期诗学环境来讲,面对历史上的诗学传统,这种开放地吸纳态度也是当时诗学领域的实际情形,由刘熙载乃至清代末期的王国维,都表现出了这种特点。

  在具体的品评中,往往是将自然清新、神韵或是各种技法的综合运用,混合表述,但有一善可陈,都极力推许。如《红楼真梦》第九回杏花社赋杏花诗的活动中,李纨评李纹诗时说:"纹妹妹'洗淡风光''堆来春色'两句('洗淡风光防有雨,堆来春色看成霞'),不着烘托,全用正面写法,真见工力。"李琦评邢岫烟诗时说:"句句扣题,句句都有新意,那才是有底有面呢。"对正面描摹刻画的"赋"法功力很为肯定。李纨评湘云诗句"裁绮为帷锦作幡,东风昨夜到闲门。"是"这两句就好,不用杏花的典故,又确是杏花"。则是对"比兴"手法的运用很是强调,针对其不用典故,又譬喻得当极为肯定。探春也说:"他拿着杏花,捉摸了那们半天,把杏花的神都勾了来,焉得不好呢?"实际是以比兴手法传出吟咏对象的神韵,是诗歌成功的标志。邢岫烟亦评史湘云的诗云:"此诗妙在一片神行,毫无雕斫痕迹。"则是从自然清新的角度予以置评。李纨也对湘云之作"痛赞"了一番。由这次诗社活动中评诗之材料可见,小说作者对诗歌综合表现的各种审美特点都是持开放与包容的态度的,是一种综合性很强的多向度诗学观念的反映。再如《红楼真梦》第二十二回,众人咏雪联句,湘云评宝钗"积霭蒙蒙竹柏长,山骨初妍如削玉"句是"传神"之笔,这是谓其句神韵悠长之意。第二十七回宝琴作《海棠诗》,宝钗评云:

---

① 《补红楼梦》第二十七回,探春评傅秋芳的《雪图》诗是"颇有气力",对气格遒劲之风予以肯定。第四十回,元妃评警幻仙姑评诗时说:"仙姑大才,只用芙蓉'不及美人妆'一句,便一意翻转到底了。"(警幻仙姑的最后一联为"大抵诗人工说谎,翻言不及美人妆。")对奇崛诗风与作意好奇的诗学风格亦极为肯定。《绮楼重梦》第二十九回"彩笺结社,画册题诗"中,众人在潇湘馆作咏古题目,淡如所咏为"曹植赋洛神",其诗云:"八斗清才迥绝伦,陈思声望动闺人。感甄亦是寻常事,作赋何劳讳洛神?"蔼如看后说:"诗原是各言其志,推此志也,蔑伦败常,无所不至。"碧箫说:"此所谓小人而无忌惮也。"似是对正统诗学的一种强调,但在第四十六回,淡如作《大观园竹枝词》,鄙陋卑琐,众人虽予以批评,但还是反映了作者对这类题材的宽容态度,其对中诗歌津津乐道,实是对诗学正统的一种漠视,反映了当时邪狭情调对小说也对诗社活动的一种影响。

"你这首又另有一番意境,结韵更见沉着。"探春亦评云:"眼面前的典故经他运用,便格外鲜明,真要算后来居上了。"其中用到了"意境",对诗歌感情的抒发与景物的描摹刻画从意境的层面做了要求①,这是很有见地的。且探春从用典方面予以评赏,认为即便用熟典,也不妨碍写得灵便自然。这种既重自然,又重神韵;既讲诗歌传神,又讲用语清新,最后拟以意境论之的思维路数虽然显得晦涩,但已经接近了王国维所谓:"然沧浪所谓兴趣,阮亭所谓神韵,犹不过道其面目,不若鄙人拈出'境界'二字,为探其本也。"、"言气质,言神韵,不如言境界。有境界,本也;气质,末也;有境界而二者随之矣。"②可以说,大观园中诗社评论中用到"自然"、"清新"、"传神"、"神妙"、"神韵"、"气势"等术语,再概括提升,就是"境界"或"意境"了。作家们没有有意识地做这样的概括,却流露了这种意识与倾向。

同样《红楼真梦》第二十二回菊花社咏菊组诗的创作活动结束后,李纨对众人所作评定了甲乙,以宝钗《采菊》为第一,宝钗说:"我那两首也不见好,我却爱那《探菊》'老圃开迟如有待,幽篱信到定相闻',把探字的神味,都活画出来。'葛巾'、'芒屦'一联,也很有风韵。还有《插菊》那两句'深浅意怜难得地,横斜影爱渐成行',专用白描,更耐人寻味。似乎都在我所做之上。"探春道:"据我看那《乞菊》中四句,意味也甚深远。《酿菊》那首'狂客'、'醉侯'一联,更是名句。"李纹道:"我做的究竟粗浅,那有蘅芜那两首名贵?'一路西风黄叶径,满肩寒雨白沙村。'置之唐人诗中,也要推倒一时,比《采菊》那首还好呢!"李纨道:"若以诗论,首首都好,只《采菊》那首通体匀称,命意也高。其余尽多佳句,就是《养菊》那首'寒雨''晚霜'一联,也何尝不好?"

这段众人评诗论句的材料,可以概见诗社评诗的特点:先评甲乙,再细细品评诗句,进行细致入微的诗学交流。其中用到了"神味"、"风韵"、"耐人寻味"、"意味深远"等属神韵或意境范畴的评诗措辞。这与前文提到的"意境"是有着逻辑关联的。神韵是文学作品有意境的表现之一,意与境融彻无际,以

---

① 《红楼真梦》第三十回,贾珠评林公的一句诗联时也说:"比宝兄弟的那副意境更超了。"也用到了意境的概念。
② 王国维著,黄霖等导读:《人间词话》上下卷,上海古籍出版社1998版,第3页,第19页。

蕴藉出之，便会使作品有"神味"、"风韵"而"耐人寻味"，使人含茹回味，感到"意味深远"。这是我国古代文学的民族传统经过长期积淀形成的审美特征，由"味"而"趣"，由"神"而"韵"，甚至包括风骨、气格、格调、兴趣等审美范畴，都渐渐归拢到意境的理论畛域之中，成为最具代表性的古代文学理论成果。诗学特征与理论发展的趋势，在《红楼梦》及《红楼真梦》的诗社活动中表现的或多或少，或显或隐，只要进行分析，是可以把捉到这种理论发展的气息的。

在《红楼梦》及续书中，《红楼真梦》的诗学水平是较为突出的。第二十二回，在黛玉以扶乩作诗的方式作了《就菊》诗后，李纨评曰："绛珠口吻却又不同，若是一起评定，又要让他夺魁了。"探春道："只看他句句新巧，不肯落人窠臼，正和从前《咏菊》《问菊》诸作是一样的机杼。"宝琴道："那'伴影''拿香'一联，固然幽隽，我最爱那末句'冷蝶相逢若手招'是背面敷粉的法子，把'就'字神味都烘托出来。"又从用字上对其诗予以肯定，也论及对诗法运用之高妙。可见《红楼真梦》评诗时也是很为全面且灵活自如的。对有助于诗歌创作的各个方面，各个环节的良好表现都予以肯定。同样，在第五十回中，宝钗评香菱诗："'灯下''眼前'两句，真亏他做的。不像是学唐诗，倒是绝好的宋诗。"香菱道："我这一向也看些宋诗，可没去学他。"宝钗道："也不必成心学他，只要多看，就有益处。"虽然对宋诗亦有轻慢，还是能够包容进其诗学视域之中，可见其取径之宏阔。这或与清代宋诗学亦产生较大影响的理论背景不无关系。

大观园诗社活动的观念差异与竞争交流

虽然《红楼梦》的续书都表现了一定的诗学理论，但这些作品却未能将人物性格塑造与所叙述的诗社活动紧密结合起来，总体上表现出诗社活动与小说整体叙述进程的疏离。致使这些续书在叙述诗社活动时多少有了小说作者借作品中的人物以逞露才华的意思。相比起来，《红楼梦》不但细致地叙述了诗社活动，将诗学理论贯注其中；又能将人物性格的刻画和故事情节的展开与诗社诗学活动紧紧扭合一处，使其相得益彰。在《红楼梦》中的诸次诗社活动中，以诗学分析为切入点，都可以使我们把捉人物性格的动态变化与叙事层次的渐次演进。小说既表现了作者基本的诗学观念，也把这些观念置于小说中人物的诗学观念之中，在叙述中做出双重的交代，以诗学观念的碰撞反映人物性格与人物角色之间的微妙关系，并以此去辅推叙事进程，凸显与小说总体的关联性与叙事逻辑本身的严密性。

从诗社反映的诗学角度看，《红楼梦》中实际反映了正统诗学观念与自然性情论诗学观念的碰撞与消长。

《红楼梦》第五十一回，众人评赏宝琴所作的怀古组诗后认为其诗写得"自然新巧"。而宝琴此组诗后两首分别吟咏普救寺与梅花观，涉及了《西厢记》与《牡丹亭》戏曲故事，宝钗指出其诗史上无据，希望宝琴另作两首。黛玉忙拦道："这宝姐姐也忒'胶柱鼓瑟'，矫揉造作了。这两首虽于史鉴上无考，咱们虽不曾看这些外传，不知底里，难道咱们连两本戏也没有见过不成？那三岁孩子也知道，何况咱们？"黛玉的观点得到了众人的附和。可见，在《红楼梦》的诗社活动中是存在不同诗学思想的碰撞与摩擦的。作者在碰撞中又巧妙地将对人物性格的刻画融于其中，将性格冲突借助诗学交流表现出来。

第四十九回，香菱向史湘云请教学诗，湘云"越发高了兴，没昼没夜高谈阔论起来。宝钗因笑道：'我实在聒噪的受不得了。一个女孩儿家，只管拿着诗作正经事讲起来，叫有学问的人听了，反笑话说不守本分的。一个香菱没闹清，偏又添了你这么个话口袋子，满嘴里说的是什么：怎么是杜工部之沉郁，韦苏州之淡雅，又怎么是温八叉之绮靡，李义山之隐僻。放着两个现成的诗家不知道，提那些死人做什么！'"所说的两位现成的"诗家"是"呆香菱之心苦，疯湘云之话多"。虽然是戏谑之语，但其中所谓"正经事"显然不包括学诗之类的诗学活动。宝钗本人虽有很高的诗学素养，也常常参加大观园中的诗学活动，但她是以正统诗学观的奉行者身份发挥其作用的。其正统的诗学观与黛玉的自然性情的诗学观存在着对应性的关系。而宝玉对此实际上有着清醒的认识。第七十回，宝玉读了黛玉的《桃花行》后"并不称赞，却滚下泪来。便知出自黛玉，因此落下泪来，又怕众人看见，又忙自己擦了。"宝琴却说出自她的手笔，宝玉说："我不信。这声调口气，迥乎不像蘅芜之体，所以不信。"宝钗笑道："所以你不通。难道杜工部首首只作'丛菊两开他日泪'之句不成！一般的也有'红绽雨肥梅''水荇牵风翠带长'之媚语。"宝玉笑道："固然如此说。但我知道姐姐断不许妹妹有此伤悼语句，妹妹虽有此才，是断不肯作的。比不得林妹妹曾经离丧，作此哀音。"由此处宝玉之言可见，在大观园诗社活动中，宝钗体现出的是较为正统的诗学观念，而黛玉、宝玉所代表的则是自然真率，以真性情为诗学内涵的诗学观念。二者之间有显著的不同。《桃花行》充满"伤悼"情愫，而宝钗自己持儒家正统诗学"乐而不淫，哀而不伤"之宗旨，不会去创作该类作品。她自己恪守正统观念，也不会允许宝琴去创作此类过于伤悼的诗作。而黛玉"曾经离丧"，亲故凋零，寄人篱下，凄楚悲怆之感发于性情，表露于诗什，虽然过于"伤悼"，却十分真挚；虽逾乎儒家诗教，但自然无伪。正因不合于儒家"温柔敦厚"之旨，更能得到率真的宝玉的深许，他被其中真切的哀伤情调所感染，以至落泪。宝钗代表了正统诗学的一方，黛玉、宝玉代表了自然性情的一方。史湘云真率磊落，性情坦荡，其诗亦洒脱直爽，总体偏于黛玉一方。在大观园诗社活动中正统一路与性情一路时常碰撞，虽然不至于针锋相对，但龃龉抵牾之处则在在有之。作为社长的李纨，虽自称不能为诗，但因其性格宽和沉稳，颇能在不同诗学观之间平衡裁处，综合各家之长，做出公允判断，因此使得大观园诸人能够在宽松的环境中充分交流，各得其所。因此，如果说黛玉、宝钗、湘云、宝玉是大观园诗社活动的骨干核心力量，那么，李纨就是使一系列诗社活动得以顺利展开的保障力量。

  黛玉与湘云间的诗学交流则更多竞争色彩。黛玉率性任真，湘云豪爽洒脱，如果说黛玉与宝钗间的诗学分歧是正统与自然性情诗学的碰撞或交流的话，黛玉与湘云间的诗学竞争则系在无根本性分歧的前提下展开的诗学具体水平的较量，也只有在相同诗学观念内部，这种交流竞争才有可能。

  黛玉与湘云的诗学竞赛在海棠诗社成立后时常展开。第五十回芦雪庵联句中，随着联句的进行，氛围越来越激烈。后来是宝琴、黛玉、湘云三人较劲，所以后来湘云说："我也不是作诗，竟是抢命呢。"探春则"早已料定没有自己联的了，便早写出来"。观此次联句，可谓愈对愈紧，如战鼓紧鸣，反映出诗社活动中竞争斗胜、力求擅场的情形。她们在同一韵部中（"萧"韵）从韵脚出发，选字、选意象，安排语言，连缀成句，再你出我应，我攻你守，一直延续下去。这种文学训练，是对诗人诗思的敏捷与否，典故事类储备是否丰富，驾驭语言能力是否突出的综合考验：这是娱乐，也是训练，更是竞争。而黛玉、湘云的直接对抗已在众人都参与的诗学活动中显露出来。

其实，黛玉、湘云二人的交锋，早在香菱学诗时已埋下了伏笔。第四十八回，香菱向黛玉学诗，说："我只爱陆放翁的诗'重帘不卷留香久，古砚微凹聚墨多'，说的真有趣！"黛玉道："断不可学这样的诗。你们因不知诗，所以见了这浅近的就爱，一入了这个格局，再学不出来的。"认为陆游此句"浅近"，指出学这种诗会入"格局"。第七十六回，大观园中秋赏月，黛玉不觉对景感怀，独自俯栏垂泪，只有湘云一人在宽慰她。二人不甘心诗社早散，决定联句作诗。两人讨论赏月作诗，因论及了凸碧亭与凹晶馆，湘云认为"凸"、"凹"二字本有学问，不落窠臼，并提出有人认为陆游"古砚微凹聚墨多"是"俗"是可笑的。这显然是史湘云知道了黛玉对香菱的指导内容，对黛玉论此诗的"浅近"之说有所了解才有此说的。其言语间已露锋芒，故而黛玉答道："也不只放翁才用，古人中用者太多。如江淹《青苔赋》，东方朔《神异经》，以至《画记》上云张僧繇画一乘寺的故事，不可胜举。只是今人不知，误作俗字用了。实和你说罢，这两个字还是我拟的呢。……所以凡我拟的，一字不改都用了。"依黛玉的性格，不是认真起来，是不会说出事情原委。因湘云对其评陆游此句"浅近"提出批评，她才如实相告。林黛玉秉性高雅，不染丝毫尘滓，故其为诗力避凡俗，其不用俗字入诗，正是这种性情的反应。可见，在凹晶馆联句开始之前，两人已处于剑拔弩张的紧张状态了。及至联句开始，黛玉还说了"倒要试试咱们谁强谁弱"的话。可见联句是在两相争胜，互不相让的紧张氛围中开始的。而因黛玉与湘云有着相近的诗学倾向，又在性格上都兀傲脱俗，所以她们的诗学较量才能淋漓酣畅地展开。联句中，她们除对出诗句外，在言语间还充满了挑战性，往往欲置对手于无以奉答的地步，犹如武林高手的较量，招式之间，杀气淋漓：

> 黛玉道："对的比我的却好。只是底下这句又说熟话了，就该加劲说了去才是。"湘云道："诗多韵险，也要铺陈些才是。纵有好的，且留在后头。"黛玉笑道："到后头没有好的，我看你羞不羞。"因联道："良夜景暄暄。争饼嘲黄发，"湘云笑道："这句不好，是你杜撰，用俗事来难我了。"黛玉笑道："我说你不曾见过书呢。吃饼是旧典，唐书唐志你看

了来再说。"湘云笑道:"这也难不倒我,我也有了。"因联道:"分瓜笑绿媛。香新荣玉桂,"黛玉笑道:"分瓜可是实实的你杜撰了。"湘云笑道:"明日咱们对查了出来大家看看,这会子别耽误工夫。"黛玉笑道:"虽如此,下句也不好,不犯着又用'玉桂''金兰'等字样来塞责。"因联道:"色健茂金萱。蜡烛辉琼宴,"湘云笑道:"'金萱'二字便宜了你,省了多少力。这样现成的韵被你得了,只是不犯着替他们颂圣去。况且下句你也是塞责了。"黛玉笑道:"你不说'玉桂',我难道强对个'金萱'么?再也要铺陈些富丽,方才是即景之实事。"湘云只得又联道:"觥筹乱绮园。分曹尊一令,"黛玉笑道:"下句好,只是难对些。"因想了一想,联道:"射覆听三宣。骰彩红成点,"湘云笑道:"'三宣'有趣,竟化俗成雅了。只是下句又说上骰子。"少不得联道:"传花鼓滥喧。晴光摇院宇,"黛玉笑道:"对的却好。下句又溜了,只管拿些风月来塞责。"湘云道:"究竟没说到月上,也要点缀点缀,方不落题。"黛玉道:"且姑存之,明日再斟酌。"因联道:"素彩接乾坤。赏罚无宾主,"湘云道:"又说他们作什么,不如说咱们。"只得联道:"吟诗序仲昆。构思时倚槛,"黛玉道:"这可以入上你我了。"因联道:"拟景或依门。酒尽情犹在,"湘云说道:"是时候了。"乃联道:"更残乐已谖。渐闻语笑寂,"黛玉说道:"这时侯可知一步难似一步了。"因联道:"空剩雪霜痕。阶露团朝菌,"湘云笑道:"这一句怎么押韵,让我想想。"因起身负手,想了一想,笑道:"够了,幸而想出一个字来,几乎败了。"因联道:"庭烟敛夕棔。秋湍泻石髓,"黛玉听了,不禁也起身叫妙,说:"这促狭鬼,果然留下好的。这会子才说'棔'字,亏你想得出。"湘云道:"幸而昨日看历朝文选见了这个字,我不知是何树,因要查一查。宝姐姐说不用查,这就是如今俗叫作明开夜合的。我信不及,到底查了一查,果然不错。看来宝姐姐知道的竟多。"黛玉笑道:"'棔'字用在此时更恰,也还罢了。只是'秋湍'一句亏你好想。只这一句,别的都要抹倒。我少不得打起精神来对一句,只是再不能似这一句了。"因想了一想,道:"风叶聚云根。宝婺情孤洁,"湘云道:"这对的也还好。只是下一句你也溜了,幸而是景中情,不单用'宝婺'来塞责。"因联道:"银蟾气吐吞。药经灵兔捣,"黛玉不语点头,半日随念道:"人

第三章　明清时期的诗社现象及相关诗学问题　903

向广寒奔。犯斗邀牛女，"湘云也望月点首，联道："乘槎待帝孙。虚盈轮莫定，"黛玉笑道："又用比兴了。"因联道："晦朔魄空存。壶漏声将涸，"湘云方欲联时，黛玉指池中黑影与湘云看道："你看那河里怎么像个人在黑影里去了，敢是个鬼罢？"湘云笑道："可是又见鬼了。我是不怕鬼的，等我打他一下。"因弯腰拾了一块小石片向那池中打去，只听打得水响，一个大圆圈将月影荡散复聚者几次。只听那黑影里嘎然一声，却飞起一个大白鹤来，直往藕香榭去了。黛玉笑道："原来是他，猛然想不到，反吓了一跳。"湘云笑道："这个鹤有趣，倒助了我了。"因联道："窗灯焰已昏。寒塘渡鹤影，"林黛玉听了，又叫好，又跺足，说："了不得，这鹤真是助他的了！这一句更比'秋湍'不同，叫我对什么才好？'影'字只有一个'魂'字可对，况且'寒塘渡鹤'何等自然，何等现成，何等有景且又新鲜，我竟要搁笔了。"湘云笑道："大家细想就有了，不然就放着明日再联也可。"黛玉只看天，不理他，半日，猛然笑道："你不必说嘴，我也有了，你听听。"因对道："冷月葬花魂。"湘云拍手赞道："果然好极！非此不能对。好个'葬花魂'！"因又叹道："诗固新奇，只是太颓丧了些。你现病着，不该作此过于清奇诡谲之语。"黛玉笑道："不如此如何压倒你。下句竟还未得，只为用工在这一句了。"

这是凹晶馆联句最为激烈也最能表现二人诗学功力的部分。后来妙玉虽做收束，实只是余响。在上引这段精彩的叙述中，黛玉、湘云的诗才与性格都充分地展现了出来，其诗学特点也在此间呈露出来。从诗社研究的角度看，这次联句虽然紧张激烈，但也极具意趣，二人始终不相上下，且态度从容不迫，言语虽有机锋，但都从联句本身去评价对方，故而二人之才能才得以均充分表现。先是轻松接对，及至难处，也会思考片刻，亦不时对对手的佳句表示肯定。迫至"一步难似一步"的时刻，二人亦深深沉浸在诗艺的浓厚氛围之中，或思而言之，或搜穷猎异，均意使对方落败。但在批评对方时，亦从诗学本身出发，或抑或扬，均有依据。二人此消彼长，始终不相上下。有时湘云困窘，有"几乎败了"之叹；有时黛玉艰仄，亦须"打起精神来对一句"。联句在诗艺的角逐中渐入佳境，及至湘云联出"寒塘渡鹤影"，黛玉亦从诗艺本身出发，毫不在意自己似乎必败无疑的处境，由衷地为其喝彩，她"又喝彩，又跺足"，说："了不得，这鹤真是助他的了！这一句更比'秋湍'不同，叫我对什么才好？'影'字只有一个'魂'字可对，况且'寒塘渡鹤'何等自然，何等现成，何等有景且又新鲜，我竟要搁笔了。"她对湘云之句叹服不置，在言语中亦将自己最为重要的诗学主张表露出来，"自然"、"现成"①、"有景且又新鲜"，即自然发于性情，情景自然交融，超脱典实，出离字句推敲，一切以自然为宗，故而她说自己"几乎搁笔"。在此次联句几乎以黛玉失败告终之时，一句"冷月葬花魂"则为此次联句画上了结点。湘云拍手称赞，对黛玉由衷地佩服。"寒塘渡鹤影，冷月葬花魂"，在"自然"、"现成"、"有景且又新鲜"方面，是绝对，亦是此次联句的无上升华，是湘云、黛玉二人之力成就了这个清新自然、孤迥高妙的一联诗句。他们的诗学在此交融，诗社对诗人的交流融通作用通过竞赛结出硕果。及至湘云叹伤黛玉在病中作此句不祥时，才将二人从诗化的境界中揽回现实。联句的化境在镜花水月，鹤影孤飞中落下帷幕。湘、黛二人同时达到了诗学交流最融彻混同的境界，已经无所谓孰胜孰败了。湘黛二人的联句，就诗社对诗人的训练与造就作用，对佳句好诗的产出作用做出了绝佳的阐释。

联句中湘云、黛玉二人商榷讨论，亦有由浅入深，渐入诗学理论核心的趋势。讨论了诸如用典问题，如"吃饼"、"分瓜"等，也谈论了用语问题，如"金兰"、"玉桂"、"兰楦"及"楦"之类。亦有讨论句法者，如黛玉谓湘云："又说熟话了"，"要加劲说了上去"。湘云所谓"诗多险韵要铺陈"。黛玉评湘云句："对的却好。下句又溜了，只管拿些风月来塞责。"湘云说自己之句："点缀点缀，方不落题。"黛玉说自己的诗句："你不说'玉桂'，我难道强对个'金萱'么？再也要铺陈些富丽。"从她们交流讨论的主题变化来看，也表现出由表及里，由浅入深的趋势，最后达到的境界呈现"自然"、"现成"的直写景致。但离了前期诗学功夫的铺垫无由到此。这也反映了黛玉、湘云等崇尚的自

---

① 王夫之诗学有"现量"说，他认为"'现'者有'现在'义，有'现成'义，有显现真实义。'现在'不原过去作影；'现成'一触即觉，不假思量计较；'显现真实'乃彼之体性本自如此，显现无疑，不参虚妄。"（王夫之：《相宗络索·三量》，《船山全书》第12册，岳麓书社1996版，第536页）黛玉所说的"现成"多系由王夫之"现量"而来，指以眼前实景入诗，取其豁然显露，真切无隔阂之意。这与王夫之所说的"身之所历，目之所见，是铁门限"说也是相通的。（清）王夫之著，戴鸿森笺注：《姜斋诗话笺注》，人民文学出版社1981版，第55页。

然并非是不要诗学功夫，而是要超越诗学功夫，由功力入，以自然出，从而达到"功夫深处却平夷"的境界。

与此相较，《红楼梦》续书在叙述联句活动时，都没有这样的诗学观为其纲领，也没有将人物性格与包括联句在内的诗学活动结合起来交代。而《红楼梦》却在处理这种问题时能够毫无虚笔地以诗为媒介，去旁交侧通地传达出人物性格之"神"，将诗学活动与叙事逻辑巧妙结合，使故事的发展在诗性氛围中层层推进，也使人物的诗学才能在叙事结构中毫无疏离地展露出来，达到了叙事与诗性双重结构的吻合、融合与同构，成为小说系统中起到中枢作用的精神核心。

黛玉的诗学观及其认识价值

《红楼梦》中的诗社活动既存在着正统诗学观与自然性情诗学观之间的碰撞，也存在着自然性情诗学本身内部的切磋消长与相激相荡。而其中最能在诗社活动中起主导作用，也最为曹雪芹所深许的，是黛玉的诗学观。我们上文已经有所论述，黛玉的诗学观在与正统诗学观相对待时是属自然性情一路的，单独来看，其具体的诗学主张，则表现出较强的系统性、深刻性以及开放集成性等特点。

林黛玉的诗学观除在《红楼梦》诗社活动的有关章回中有零散表露外，主要集中在第四十八回她教香菱学诗的有关言论中：

> 香菱笑道："果然这样，我就拜你作师。你可不许腻烦的。"黛玉道："什么难事，也值得去学！不过是起承转合，当中承转是两副对子，平声对仄声，虚的对实的，实的对虚的，若是果有了奇句，连平仄虚实不对都使得的。"香菱笑道："怪道我常弄一本旧诗偷空儿看一两首，又有对的极工的，又有不对的，又听见说'一三五不论，二四六分明'。看古人的诗上亦有顺的，亦有二四六上错了的，所以天天疑惑。如今听你一说，原来这些格调规矩竟是末事，只要词句新奇为上。"黛玉道："正是这个道理，词句究竟还是末事，第一立意要紧。若意趣真了，连词句不用修饰，自是好的，这叫作'不以词害意'。"香菱笑道："我只爱陆放翁的诗'重帘不卷留香久，古砚微凹聚墨多'，说的真有趣！"黛玉道："断不可学这样的诗。你们因不知诗，所以见了这浅近的就爱，一入了这个格局，再学不出

来的。你只听我说,你若真心要学,我这里有《王摩诘全集》你且把他的五言律读一百首,细心揣摩透熟了,然后再读一二百首老杜的七言律,次再李青莲的七言绝句读一二百首。肚子里先有了这三个人作了底子,然后再把陶渊明、应玚,谢、阮、庾、鲍等人的一看。你又是一个极聪敏伶俐的人,不用一年的工夫,不愁不是诗翁了!"

从这里黛玉对香菱的指点可以看出黛玉诗学主张的基本内容。她重视性情的自然流露,与之相较,诗歌的格律规范便显得不十分重要了。这近似于汤显祖在论及自己剧中语言不甚符合音乐节奏时阐述的观点,表现出重视性情,强调自然顺畅之美的鲜明特点。① 由此生发,黛玉详细地论说了自己的主张,概括言之,主要内容包括以下几个方面:

首先,在学诗路径方面,黛玉认为先以王维为诗法对象,盖取其自然清新,情景交融为模范,经过下功夫熟读涵咏,体味其情景融彻,语言平淡的独特成就。进而师法杜甫,以其浑融完整、气象宏阔,且沉郁风格中诸体兼备以夯实学诗者的诗学根基。通过对杜诗的深入体会与参究,得其只字片语不轻出的严谨态度与无一字无来处,语不惊人死不休的深湛学养功夫,以固其本。再师法李白,以其浑茫无涯,激扬磊落扩其气度胸襟,以高其气,以壮其节。由王维而李杜,均为盛唐诗人。所以,林黛玉所谓"先有了这三个人作底子"云者,实同于严羽诗法盛唐,以盛唐为"第一义之悟"② 的主张。

她强调不能学"浅近"之格,要求严格以王、杜、李为师,在诗学态度上亦同于严羽"入门须正,立志须高"的主张。在有了诗学底子的基础上,林黛玉指出再以陶渊明、应玚、谢灵运、阮籍、庾信、鲍照为诗法对象。这些人虽体裁风格各异,但均为魏晋至隋唐间的诗人,林黛玉如此要求,盖是认为香菱师法陶之自然,应之兴寄,谢之通脱,阮之深邃,庾之萧瑟,鲍之惊挺,将

---

① (明)汤显祖著,徐朔方笺校:《答吕姜山》,《汤显祖诗文集》下册,上海古籍出版社1982年版,第1337页。他甚至说"余意所至,不妨拗折天下人嗓子。"(明)王骥德:《曲律》,《中国古典戏剧论著集成》,中国戏剧出版社1959年版,第165页。

② 严羽认为作诗不能学习开元以下人物,认为盛唐之诗为"第一义之悟"。参见(宋)严羽:宇《沧浪诗话·诗辨》,载郭绍虞:《沧浪诗话校释》,人民文学出版社1983年版,第11页。

各家风格为诗学根本之辅助，取之以为参佐，以广博其志趣，丰茂其枝叶，以集合诸家之长熔炼一处。这种主张，与柳宗元散文理论中"本之《书》以求其质，本之《诗》以求其恒，本之《礼》以求其宜，本之《春秋》以求其断，本之《易》以求其动：此吾所以取道之原也。参之谷梁氏以厉其气，参之《孟》，《荀》以畅其支，参之《庄》，《老》以肆其端，参之《国语》以博其趣，参之《离骚》以致其幽，参之太史公以著其洁"①的学习方法同一机杼。同时，黛玉师法汉魏盛唐的总体态度与严羽论诗之"工夫须从上做下，不可从下做上，先须熟读楚辞，朝夕讽咏以为之本；及读古诗十九首，乐府四篇，李陵苏武汉魏五言皆须熟读，即以李杜二集枕藉观之，如今人之治经，然后博取盛唐名家，酝酿胸中，久之自然悟入。虽学之不至，亦不失正路"②的学诗路径与具体策略相似。黛玉亦指出由她所勾勒的学诗路径入于诗学之中，可不至于落入近人之"格局"，亦同于严羽要求诗人不能陷入晚唐诗风之中之意。严羽认为汉魏盛唐诗为"透彻之悟"，经由对各时代诗歌的熟参，可以领略各自的特点，以充实学者之诗学素养，达到为诗"不涉理路，不落言筌"的境界。黛玉论诗虽不如严羽所说的那样具体，但诗学思维的方式，学诗的路径与相关学诗策略是相同的。这证明曹雪芹在诗学上的理论或曾受到严羽的影响③。

黛玉指示给香菱的诗学路径总体上是以唐诗为主，参以魏晋，进而熔炼整合，再以真切自然出之，以形成自己的诗学个性与风格。在此过程中，要求学者投注自己的情感体验，领略滋味，深入推敲琢磨，艰苦地创作训练，方能入其门径，得到提高。书中也屡屡讲述了香菱学诗的艰难过程。黛玉将王维诗集给了香菱，让她读熟自己画了红圈的部分。这说明黛玉自己即下过这样的功夫，也是对香菱具体的指点。待香菱将画红圈的诗歌都读熟后，二人之间有这样的一段讨论：

---

① （唐）柳宗元：《答韦中立论师道书》，载胡士明选注：《柳宗元诗文选注》，上海古籍出版社1988年版，第98—99页。
② 郭绍虞：《沧浪诗话校释》，人民文学出版社1983年版，第1页。
③ （清）王士禛亦曾说："夫诗之道，有根柢焉，有兴会焉，二者率不可得兼。镜中之像，水中之月，相中之色，羚羊挂角，无迹可求（严羽《沧浪诗话·诗辨》），此兴会也。本之风雅以导其源，溯之楚骚、汉魏乐府诗以达其流，博之九经三史诸子以穷其变，此根柢也。根柢原于学问，兴会发于性情。"（清）王士禛著，张宗柟纂集，戴鸿森校点：《带经堂诗话》，人民文学出版社1963年版，第78页。可以说，清代神韵诗学对曹雪芹的影响要更大一些。

黛玉道："可领略了些滋味没有？"香菱笑道："领略了些滋味，不知可是不是，说与你听听。"黛玉笑道："正要讲究讨论，方能长进。你且说来我听。"香菱笑道："据我看来，诗的好处，有口里说不出来的意思，想去却是逼真的。有似乎无理的，想去竟是有理有情的。"黛玉笑道："这话有了些意思，但不知你从何处见得？"香菱笑道："我看他《塞上》一首，那一联云：'大漠孤烟直，长河落日圆。'想来烟如何直？日自然是圆的：这'直'字似无理，'圆'字似太俗。合上书一想，倒像是见了这景的。若说再找两个字换这两个，竟再找不出两个字来。再还有'日落江湖白，潮来天地青'：这'白''青'两个字也似无理。想来，必得这两个字才形容得尽，念在嘴里倒像有几千斤重的一个橄榄。还有'渡头余落日，墟里上孤烟'：这'余'字和'上'字，难为他怎么想来！我们那年上京来，那日下晚便湾住船，岸上又没有人，只有几棵树，远远的几家人家做晚饭，那个烟竟是碧青，连云直上。谁知我昨日晚上读了这两句，倒像我又到了那个地方去了。"

他们这一番讨论，核心在于学者用心去"领略"诗中的"滋味"，用自己的切身经历去体会诗歌所再现的情境真切与否。在这样的基础上去评观，诗歌之用语就无所谓"雅"或"俗"了。所谓"诗的好处，有口里说不出的意思"，便是意在言外的蕴藉悠扬之美。其说同于司空图所谓"直致所得"[1]的直觉体验，与钟嵘之"直寻"说[2]亦有渊源关系。而这种直观体验以自然生动的语言出之，便可得司空图所谓"韵外之致"与"味外之旨"[3]，达到"思与境偕"[4]的境界。而黛玉要香菱去"领略滋味"，香菱所谓"诗的好处，有口里说不出的

---

[1] （唐）司空图：《与李生论诗书》，载郭绍虞集解：《诗品集解 续诗品注》，人民文学出版1963年版，第47页。

[2] （梁）钟嵘《诗品序》有云："古今胜语，多非补假，皆由直寻。"陈延杰：《诗品注》，人民文学出版1961年版，第4页。

[3] （唐）司空图：《与李生论诗书》，载郭绍虞集解：《诗品集解 续诗品注》，人民文学出版1963年版，第49页。

[4] （唐）司空图：《与王驾评诗书》，载郭绍虞集解：《诗品集解 续诗品注》，人民文学出版1963年版，第51页。

意思"云云，亦同于司空图所说的"辨于味，然后可以言诗"，达到"味外之旨"，亦即香菱说的"有口里说不出的意思"。司空图这种观点，影响到严羽所说的诗歌妙处在于"莹彻玲珑不可凑泊，如空中之音、相中之色、水中之月、镜中之像，言有尽而意无穷。"①的观点。黛玉之诗学，显然与这二家有直接关系。后来，对《红楼梦》有深入研究的王国维提出了"言情则沁人心脾，写景则如在目前，其词脱口而出，无矫揉妆束之态"②为意境的理论，甚至可以说是受到黛玉此处所论的启发。所以曹雪芹借黛玉之口所阐说的诗学意见，具有极高的理论水准，在深刻性方面超出其时代专门诗论家远矣。

与黛玉探讨了"领略滋味"等问题后，因黛玉让香菱作咏月之诗，香菱遂进入了苦心为诗的苦吟状态，这是学诗过程的必然阶段。要达到自然清新，真切爽朗的诗学境界，功夫是不能忽略的。并非是一发于心，肆口而成就能达到诣极之境。香菱"茶饭无心，坐卧不定"，以至宝钗说她"越发弄成个呆子了"。当香菱的习作被黛玉批评，要她"把这首丢开，再作一首，只管放开胆子去作"后，"香菱听了，默默地回来，越性连房也不入，只在池边树下，或坐在山石上出神，或蹲在地下抠土，来往的人都诧异。李纨、宝钗、探春、宝玉等听得此信，都远远地站在山坡上瞧看他。只见他皱一回眉，又自己含笑一回。宝钗笑道：'这个人定要疯了！昨夜嘟嘟哝哝直闹到五更天才睡下，没一顿饭的工夫天就亮了。'"这真可谓是"夜吟晓不休，苦吟鬼神愁"（孟郊《夜感自遣》）了。也同乎刘德仁所谓"到晓改诗句，四邻嫌苦吟"（《夏日即事》）之写照了。等到香菱第二篇习作又被黛玉评为"过于穿凿了"之后，她"自为这首妙绝，听如此说，自己扫了兴，不肯丢开手，便要思索起来。因见他姊妹们说笑，便自己走至阶前竹下闲步，挖心搜胆，耳不旁听，目不别视。一时探春隔窗笑说道：'菱姑娘，你闲闲罢。'香菱怔怔答道：''闲'字是十五删的，你错了韵了。'众人听了，不觉大笑起来。宝钗道：'可真是诗魔了。都是颦儿引的他！'"乃至众人各自散后，"香菱满心中还是想诗。至晚间对灯出了一回神，至三更以后上床卧下，两眼鳏鳏，直到五更方才朦胧睡去了。一时天亮，

---

① （宋）严羽：《沧浪诗话·诗辨》，载郭绍虞：《沧浪诗话校释》，人民文学出版社1983年版，第26页。

② 王国维著，黄霖等导读：《人间词话》卷上，上海古籍出版社1998版，第14页。

宝钗醒了，听了一听，他安稳睡了，心下想：'他翻腾了一夜，不知可作成了？这会子乏了，且别叫他。'正想着，只听香菱从梦中笑道：'可是有了，难道这一首还不好？'宝钗听了，又是可叹，又是可笑。"这次香菱夤夜所成之诗被众人评为"不但好，而且新巧有意趣。可知俗语说'天下无难事，只怕有心人。'社里一定请你了。"既获得了大家的认可，也获得了入社的资格[①]。

入社之后，香菱还在创作中揣摩钻研，亦时时与湘云交流，致使宝钗唤二人为"诗呆子"与"诗疯子"。由香菱苦心孤诣学诗的经历来看，即便是达到自然新巧的诗歌境界，也须勉力深研，沉浸于含茹琢磨的心境之中，反复练习，苦吟锻炼，方能成功。这也印证了"看似寻常最奇崛，成如容易却艰辛"[②]的论断。也同乎皎然所谓"取境之时，须至难至险，始见奇句。成篇之后，观其气貌，有似等闲，不思而得"[③]的观点。

这种讲求学诗路径，也要求沉潜锻炼的诗学思路，与江西诗学精研诗法，讲究苦心力学的门径路数相似。黄庭坚曾说："子美诗妙处乃在无意于文，夫无意而意已至，非广之以《国风》、《雅》、《颂》，深之以《离骚》、《九歌》，安能咀嚼其意味，闯然入其门耶？故使后生辈自求之，则得之深矣。"[④] 亦要求精熟《诗经》、《楚辞》，"咀嚼其意味"，体会其用心法度，才能入于杜甫门庭。同样，黄庭坚所谓："但熟观杜子美到夔州后古律诗，便得句法简易，而大巧出焉。平淡而山高水深，似欲不可企及，文章成就，更无斧凿痕迹。"[⑤] 亦是要求以功力致于自然浑成之境，与黛玉所言差略仿佛。而香菱沉浸含茹，使人亦想到江西诗人韩驹所说的："学诗当如初学禅，未悟且遍参诸方。一朝悟罢

---

① 明人都穆的《南濠诗话》记载，浦源工诗，以《送人之荆门》诗获得当时结有诗社的林子羽的认可，"遂许识如社，与之唱酬。"（明）都穆：《南濠诗话》，丁福保辑：《历代诗话续编》下册，中华书局1983年版，第1344页。可见在明清时期的诗社活动中，入社是须要具备一定的诗学水平的，当然这是延续前代诗社的做法。不同的诗社，其实就是不同诗学水平的诗人群体。诗社的排他性，主要取决于诗人的诗学水平以及有关的诗学观点。

② （宋）王安石：《题张司业诗》，刘乃昌、高洪奎评选：《王安石诗文评选》，上海古籍出版社2002年版，第207页。

③ （唐）皎然：《诗式·取境》，载张伯伟：《全唐五代诗格汇考》，凤凰出版社2002年版，第232页。

④ （宋）黄庭坚：《大雅堂记》，刘琳、李勇先、王蓉贵点校：《黄庭坚全集》第2册，四川大学出版社2001年版，第437页。

⑤ （宋）黄庭坚：《与王观复书》其二，刘琳、李勇先、王蓉贵点校：《黄庭坚全集》第2册，第471页。

正法眼，信手拈来皆成章"①之意。与江西诗人交契颇深，出于韩驹之门，其诗学亦于乃师同一旨归的吴可所谓"学诗浑似学参禅，竹榻蒲团不计年。只待自家都了得，等闲拈出便超然"②。亦指出以功力自得的学诗逻辑与香菱之学诗相同。吕本中所谓"作文必要悟入处，悟入必自功夫中来，非侥幸可得也。"③也是在强调学诗的功夫与锻炼。所谓"此事（作诗）须令有所悟入，则自然度越诸子。悟入之理，正在功夫勤惰间耳。"④亦以用功与否作为融汇各家并度越名家的必要条件。故而黛玉虽未指导香菱学习宋诗，但其诗论中明显沾概了宋代严羽及江西诗学的特点。其重自然性情，强调诗歌神韵滋味，显然又受到了司空图、王士祯以及袁枚等有关诗论的影响。故而，曹雪芹之诗论，最主要是通过林黛玉教诗，香菱学诗以及大观园诸次诗社活动表露出来的。综合起来看，其诗论具有极强的集成性与开放性，反映出清代中期，古典诗学渐至汪洋浑茫，汇涵万状，能吞吐各家，集其所长，颇具总领包容气象。

总之，《红楼梦》中的诗社活动反映出作者曹雪芹的基本诗学态度，即以自然性情为主导，又极具开放性、包容性与集成性，他不拘囿与一家，能取众家之长而避其偏颇，能汇集江西、严羽、性灵、神韵诸说而不执拗拘泥，既能规避江西之琐屑，又能不扰于严羽之空阔，无性灵说之率意，又力避神韵说之轻简，表现出很高的理论智慧。按照其诗论的逻辑走向，刘熙载、王国维已然不远。

大观园诗社活动与相关理论主张的诗学史意义

从诗社研究的角度关照《红楼梦》及其各种续书中的诗社活动，对其诗学内容做出相应的了解和分析后，可以发现，《红楼梦》系列小说中所叙述的诗社活动要比其他典籍文献所载者更为具体和生动，不论是其组织形式，活动内容还是参与者的表现，都较其他文献有更高的认识价值。以此为研究对象，可

---

① （宋）韩驹：《赠赵伯鱼》，《陵阳集》卷一，文渊阁《四库全书》第1133册，上海古籍出版社1987年影印本，第770页。
② （宋）吴可：《学诗诗》其一，（宋）魏庆之编：《诗人玉屑》卷一，上海古籍出版社1959年版，第8页。
③ （宋）吕本中：《童蒙诗训》，载郭绍虞辑：《宋诗话辑佚》，中华书局1980年版，第594页。
④ （宋）吕本中：《与曾吉甫论诗第一帖》，转引自（宋）胡仔纂集，廖德明校点：《苕溪渔隐丛话》卷四九，人民文学出版社1962年版，第333页。

以对其诗学活动的意义有不同于其他典籍文献所载的诗社活动更为具体生动和深入的理解，我们应该对其诗学意义进行分析与评判，因为即使是虚构的场景，作为诗社繁盛语境之下的一种再现的艺术形态，虽不能指实，也足以使我们因小及大，由表入里，通过对大观园诗社活动的分析窥见该时期诗社活动的普遍特点与意义内涵。

首先，此时期的诗社已经兼具了诗社与雅集的特点。雅集本身综艺性很强，历史上有名的雅集活动如金谷园雅集、兰亭雅集、西园雅集和元末玉山雅集都是除诗酒外还有弦乐歌舞，书法绘画等内容。不单是诗歌的创作与品评，也没有如诗社那样会由社长或主考、主评一类的宿匠去评定甲乙，臧否诗作。相比较而言，诗社则有社约、盟约一类的组织法规，要确定成员，成员入社还需要一定的诗学水准并获得认可，其间活动亦主要以诗学内容为主，要排名次、评骘作品，甚至有一定的诗学纲领来凝聚诗学力量以干预诗坛风气，比如江西诗社群即是如此。其成员相对固定，活动内容中诗学成分鲜明突出，时常钻研计较，商量法度，以图提高诗学水平的色彩是极为浓重的。故而相对于雅集来说，诗社主要是诗学性组织，其组织结构比雅集有着明显的严肃性与纪律性，也相应具有一定的排他性与保守性。而雅集则更多一些娱乐的特点，一般不必有什么社约社规，成员也不一定是固定的，往往随兴而起，即时聚散，活动内容中诗学因素并不突出，也往往没有明确的纲领主张。参加者与发起人间多因友情、僚属关系相往来，也没有入会资格一类的限制。因此比起诗社来更具有开放性和包容性，排他性并不突出。但从玉山雅集开始，诗社与雅集渐渐有了混同的趋势，雅集中诗学内容增长，综艺因素减少；诗社中诗学纲领渐渐淡薄，游艺性、娱乐性因素增多，排他性减弱，有了更多的包容性。从《红楼梦》系列小说中的大观园诗社活动来看，诗社组织已不固定，虽然保留了一些组织名目，比如社约，社长的确立，活动内容的诗学限定以及评甲乙排名次，交相评赏等，却成了随兴而设的活动形式。一次聚会作诗就可称为起一次诗社，诗社开始以"次"计算，而不是以延续时间年限计算了。同时，大观园中诸人设立诗社，往往与娱乐性活动有关：观赏白海棠、赏雪、赏菊、赏月、生日、年节等，已经不是传统意义上诗社活动的类型了，它们掺杂进了许多雅集的成分。从历史上看，雅集比诗社要久远得多，但在诗社兴起后，雅集也势必会在诗社存在并发生巨大影响的语境下有所改变。雅集与诗社逐渐归结起来，以至雅集的参与者也往往以诗社来标目雅集活动了。诗社之产生，是诗学发展到一定阶段，有了纲领、主张的不同，因而结成不同的诗学组织以壮其声势并借助切磋交流以提高诗学水平，同时形成诗学合力与其他诗论竞争，以干预诗坛。它从雅集中分离出来，在诗学发展中成为主要的诗学理论的组织载体，及至封建社会末期，各家诗论相互斗争的局面已经改变，融合混同成为趋势时，诗社存在的意义自然与诗学本身的斗争性有了疏离，于是便在排他性方面发生了改变，遂渐渐向雅集活动靠拢，终于彼我不清，泾渭难辨了。以大观园诗社活动为例，组织框架与活动形式是诗社，活动中也颇具诗学含义，但整体气氛，活动过程本身则充满雅集气息，尤其是随兴起社的方式，更近于雅集。从这个意义上讲，虽然大观园中的诗学活动多有诗社名目，但究其实，则是一种诗社性的雅集。又因其保留了评诗论诗及排定名次等内容，其活动还是以诗社角度予以观照要更符合实际一些。尤其是其中的"监察御史"与誊录人员的设定以及排名次等程序是雅集活动中没有的，这是诗社特有的形式特征。

其次，通过香菱学诗，终于入社的历程，也表现出诗社对诗人的教导训练及培养造就作用。以师友渊源形成诗学组织进而成立的诗社是诗社发展中的一个突出特点。江西诗社群便是这方面的典型代表。从这个角度看，香菱是黛玉的学生，她从黛玉那里入于诗学门径，按黛玉指定的诗学课目进行推敲训练，在获得入社资格后，又在诗社活动中进行交流切磋，多方增益，及至有成。正是众人倡立诗社并展开活动促使她学诗，练诗。也正是诗社活动给予她进行创作实践与交流切磋的机会。可以说，是黛玉将其引入诗学之门，而诗社则切实培养造就了她。历史上晁冲之与三洪诸人都与黄庭坚有师友渊源，三洪还是黄的外甥，在师学交流中，在一起的诗社活动中，他们终于各自成为一家，充分显现了诗社的培养造就作用。陆游、杨万里、范成大等人都从江西诗学入，又都在其间受到教益，他们以其才力气度出于江西，亦各自成家，也反映了诗社对诗人的培养与造就作用。在中国文学史上，对诗人的成长有巨大影响的其实就是师友渊源群体和诗社组织，而当诗社与师友渊源混合为一时，其对诗人成长的助益就非常巨大了。因此，由大观园诗社活动中香菱成长为诗人的历程可以概见诗社在诗学上的这种培养造就功能，这也是大观园诗社活动认识价值的一个重要方面。

第三，作为生动形象再现生活的小说形式，《红楼梦》系列小说所展示的大观园诗社活动反映了当时文人们诗化生活的基本内容。由此可知，在封建社会文化高度发展的时代，诗在文人一生的生活中都是极为重要的。作为诗及有关文艺活动较为集中的组织与活动载体，诗社集中反映了诗与文人密不可分的关系。他们结社赋诗，吟咏唱和并频繁地探索交流，诗社活动中的文人心态，实是他们性情气质最舒展的一种呈现。虽然诗社中也时常会有摩擦，也会有功利纠纷等，但相对于世俗的名利场来讲，终究是文人心中的净土。他们重视诗社活动，在活动中他们可以施展在其他境遇中难以展露的才情，使他们能在激烈的人生角逐中暂时休息，调整身心，缓释压力。从另一方面讲，诗社也是文人以诗学才能获得他人及社会认知，提高声望，获得相对较好的竞争环境的平台。因此，他们热衷于聚合同道，结社赋诗，使自己在诗社诗性的人际关系中构建和谐亲密、优容温煦的师友友情网络，从而裨益彼此，获得知识才能与艺术造诣的提升。

同时，通过对大观园诗社活动的考察，我们借助对一幕幕活灵活现的诗社活动的了解，可以对当时诗在文人交际中的重要作用有所体察，在诗社活动中诗学是媒介与纽带。他们在诗社中将自己学诗、作诗、论诗的经验与见解摆露出来。或是获得纠正、指导与点拨；或是获得支持、鼓励与认同，在大家共同的接受与批评中获得教益。所以是诗学交流催生了诗社，使诗社成了文人的重要生活方式。同时，诗社也促进了文人间的交流，充实了交流的内容，提高了交流的水平，从而对文人生活的实际内涵中诗性因素的增长起了重要作用。

第四，由诗社活动也看得出文人生活中处处有诗的存在。在诗社活动中，人们共同议定诗题，限定作诗的体裁，安排一定的形式规则，如用韵，限事，对句，联句等，使其诗社活动成了文人丰富学识，提高诗艺的大课堂。另一方面，因文人生活诗化程度的加深，诗料满天地，诗人满江湖，他们将生活中的一切内容以诗的形式表现出来，将自己的才情气质寄寓于诗中以实现自己的艺术精神与价值。而诗社则提供了这样的园地，他们可将一切诗料携入其中，可将自己所有诗学才能贯注到诗社活动之中。虽然清代中后期之诗社活动已几乎没有了诗学斗争的色彩，但其诗性色彩却并没有因此减少。且恰因如此，他们可以在诗社中转益多师，广征博取，尽可能丰富自身诗学素养，造就自身的诗学品格。清代诗论在许多方面都表现出对前人的总结，大都具有宏阔的视野与宽广的理论胸怀，这与此际文人在包括诗社在内的群体性诗学活动中较少受到宗派意识的影响不无关系。

此外，我国古代诗学理论本身的"诗可以群"的传统在此际诗社中表现得更为明显了。自孔子提出"诗可以兴，可以观，可以群，可以怨"后，在长期的诗学发展中，"兴"、"观"以至"怨"都是时常被历代诗论家强调的。以诗观教化之得失，兴诗人之志意，抒时代人心之怨忿，在各个时代的诗论中多或多或少有所体现。如乐府诗之"观"，阮籍、陈子昂、李商隐咏怀感遇诗之兴，即使曲隐幽奥，也一直为诗论家称道。元白之怨忿刺时也被视为诗歌应有的现实作用成为主流传统，但诗学中强调"群"的却并不突出，甚至过于强调个性而产生了幽微难解与谲怪兀傲的特出流派。诗歌从古以来就被强调的"群居相切磋"职能往往被忽视了。在诗学斗争逐渐趋于混同融合，社会生活也在相对封闭、稳定的环境中趋于恒定之时，"诗可以群"便随着文人生活诗化程度的加深与诗化范围的扩大又逐渐显露出来。在文人诗学交往与群体性诗学活动中，"诗可以群"的固有职能就鲜明表现出来并发挥出了巨大作用。文人在一起以诗为纽带，切切偲偲，砥砺切磋，不只是共同创作，还共同评赏。诗成了传递情感，增进了解的最为畅通的渠道，以诗定交，成为知音；以诗唱和，奏出复调。诗简、诗札、唱和、酬赠、题识、怀念、悼亡一切关涉到人我关系的各方各面都可凭借诗之媒介以记载和流传。所群者不是两个、三个，而是传播过程中一切对其诗心有戚戚的接受者。在封建社会与古典时代即将收声的时候，"诗可以群"的作用再一次在清代，这一古典时代大总结的时代显示出巨大作用，回归到诗学传统中来了，百花争艳，百舸争流，奏出了我国古典文学最为宏伟的乐章，同时也是最为壮大的谢幕仪式。

小结

大观园中的诗社活动使我们了解了清代中后期诗社活动的基本面貌，是了解清代中后期诗社存在及诗社活动的一面镜子，也是我们在勾索诗社历史过程中所研究的诸个结点，诸多个案中最为生动、具体、鲜明、直观的一个独特的文献类型。其中的活动形式，组织形态，诗学内容都如实景画卷一样展现在我们面前，可谓是了解该时期诗社面貌的鲜活材料。同时也使我们得以了解至清代中后期文人生活诗化程度的加深与诗性色彩的浓重。在诗学理论方面，通过对这些诗社活动的分析，可以把握古典诗学发展到此时的总结性与集成趋势。同时使我们相信对于现实生活艺术反映的小说类作品做批评史视野中的关照，实际上可以补充我们惯常研究环节中长期予以忽视的一大部类资料。只要我们不穿凿拘执，从现象的梳理入手，从批评史发展的脉络对其进行分析归纳，仍然有助于加深我们对诗社及批评史的理解的程度。

第二节　明清小说中的诗社活动及其诗学意义

小说是社会历史的镜子，明清时期小说繁盛，其中也涉及了许多诗社活动。与一般文献有所不同的是，小说中所反映的诗社活动是非常具体而生动的，这些诗社活动虽然未必实有，但在认识当时的诗社存在状况方面具有真实性和可信性，了解这些小说中的诗社活动，对于我们深入把握该时期诗社的活动情形，掌握它们与前代诗社的不同之处是很有参鉴意义的，我们此处即以明清小说中的诗社活动以及诗学内涵为研究对象，去了解封建社会末期诗社的诗学意义。

明清小说中表述的诗社活动

明代小说中涉及诗社的不多见，盖因明代诗社虽然兴盛，但诗学远不及清代普及，小说家并未将诗社纳入视野。在明代小说中，值得一提的是《西游记》[①]，作为一部取经题材的神魔小说，其第六十四回"荆棘岭悟能努力，木仙庵三藏谈诗"，讲到唐僧在荆棘岭被十八公摄入"木仙庵"，参与了由号劲节的十八公与孤直公、凌空子、拂云叟等木仙邀集的雅集性质的诗社活动。小说交代了木仙庵周遭诗意盎然的景致："那长老却才定性，睁眼仔细观看，真个是：漠漠烟云去所，清清仙境人家。正好洁身修炼，堪宜种竹栽花。每见翠岩来鹤，时闻青沼鸣蛙。更赛天台丹灶，仍期华岳明霞。说甚耕云钓月，此间隐逸堪夸。坐久幽怀如海，朦胧月上窗纱。"这样的诗境本来就催人诗心，加之

---

① 参见（明）吴承恩：《西游记》，人民文学出版社1980年版。

入于木仙庵中，又受到其中情景的撩拨，唐僧便诗心涌动了："三藏留心偷看，只见那里玲珑光彩，如月下一般：'水自石边流出，香从花里飘来。满座清虚雅致，全无半点尘埃。那长老见此仙境。以为得意，情乐怀开，十分欢喜，忍不住念了一句道：'禅心似月迥无尘。'"这开了此次诗会的头。劲节老、孤直公、凌空子、拂云叟陆续联句。后来唐僧作了一首七律，其他荆棘岭木仙亦各自和之。后来杏仙亦作和诗，不过因为杏仙"渐有见爱之情"，加之劲节撺掇，使唐僧恼怒，诗会遂终止。（劲节十八公为松，孤直公为柏，凌空子为桧，拂云叟乃竹，杏仙为杏，均为荆棘岭上成精之树。）《西游记》中安排此诗会活动，实为一插曲，但通过与隐逸山人般的木仙相处，又被逼婚，终能坚守初志，不为所动，亦显出唐僧取经意志之坚笃。然此诗会亦反映了明代诗学活动的具体情形，一样具有认识意义。

《儒林外史》[①]第十二回"名士大宴莺脰湖，侠客虚设人头会"。娄三公子、娄四公子、蘧一夫、牛布衣、杨执中、权勿用、张铁臂、陈和甫共八位名士在莺脰湖雅集：

> 当下牛布衣吟诗，张铁臂击剑，陈和甫打哄说笑，伴着两公子（按：娄三公子、娄四公子）的雍容尔雅，蘧公孙的俊俏风流，杨执中古貌古心，权勿用怪模怪样：真乃一时胜会，两边船窗四启，小船上奏着细乐，慢慢游到莺脰湖。酒席齐备，十几个阔衣高帽的管家在船头上更番斟酒上菜，那食品之津洁，茶酒之清香，不消细说。饮到月上时分，两只船上点起五六十盏羊角灯，映着月色湖光，照耀如同白日，一派乐声大作，在空阔处更觉得响亮，声闻十余里。两边岸上的人，望若神仙，谁人不羡？游了一整夜。

这次雅集影响很大，以致后人附会此集，在《儒林外史》中算是一次较规整雅正的综合性诗学聚会了[②]。

---

① 参见（清）吴敬梓：《儒林外史》，人民文学出版社1958年版。
② 《儒林外史》第五十四回，丁言志认为胡三公子、赵雪斋、景兰江亦参加了莺脰湖雅集，以致和了解具体情形的陈和尚争执起来，即是因人附会莺脰湖雅集所导致。

至清代，小说中叙述的诗社或雅集就不胜枚举了。如《品花宝鉴》第四回，子玉读到了仲清等作的征诗尺牍及《雪窗八咏》后，又与元茂、聘才同作雪诗，进而几人在子玉处评骘所作，展开诗学交流活动。第三十八回，子玉请屈道生、南湘、仲清、文泽、春航及宝珠、蕙芳、素兰、琴言等名旦在梅崦雅集。其间屈道生谈古论今，极为博洽，众人亦心有戚戚，非常敬服，是一个博雅式的会集。其他还有许多带有诗学训练性质的游戏，待下文再予以论述。再如《青楼梦》中金挹香与爱卿、婉卿、宝琴等的香奁体创作活动，虽格调不高，但其中有的评论还是能反映出一些基本的诗学观点。第十七回，挹香与爱卿等二十八位女子同赴雪琴家宴集，模仿《红楼梦》作咏雪联句，规模很大，作品很多，兼有评赏，属诗社活动性质。吟雪后众人又仿《红楼梦》欲成立诗社，后以梅花分题，成立梅花吟社（第十八、十九回），并开展了规模更大的咏梅活动。其后亦有评定甲乙，品评诗句的活动（第二十回）。再如《蜃楼志》第四回，诸人联句游戏。其中提到了有人成立了鲜荔枝诗社。《照世杯》卷一阮兰江参加其友张少伯所约之诗社，又偶然预入由山阴妇女组成的香兰社，被人以酒戏弄，可见当时妇女亦有结社活动。其他如：《铁花仙史》中儒珍、陈秋麟互评诗文。《镜花缘》第八十一、八十五回中谈论诗学。《梅兰佳话》第二十一回"梅雪香自呈诗稿，自芳馆细费评论"中作诗、论诗之处。《白鱼亭》第三十五回、三十七回、三十九回中论诗、联句及评优劣的诗学活动。《扬州梦》中陈晚桥（郑燮）邀元子才（袁枚）等举行雅集，评及《道情》及历代题咏扬州之诗句以为酒令之诗学活动。其他《绣谷春容》薛桂英、薛惠英建"联芳楼"，作诗百篇，汇辑成《联芳集》。《燕居笔记》中潘玉贞作《海棠集》。《十二楼》中珍生、玉娟编其唱和诗为《合影编》。《鸳鸯针》第三卷宋连玉与黄绣虎结翼社，轮番做东，开展诗学活动。《玉春楼》中之"扑蝶会"，与会者于郊外饮酒行令。《生花梦》中葛万钟之东园诗社活动。《两交婚小传》第三回辛荆燕之红药社诗社活动。《虎邱花案逸史》中三妓结社联吟。《萤窗清玩花柳佳谈》中之豫章文学会活动。《孽海花》中海天四友于京师创含英社开展活动。《桃花艳史》中康建建桃花亭，名人诗客于此间展开诗学活动。《空空幻》第四回，花春与人结社吟诗并夺魁首。《品花宝鉴》第三十九回"天赐麟儿爱卿生子　诗联雁字素玉推魁"有作《雁》诗的诗学活动等。这些诗学活动，或有诗社名目，或是诗酒雅会，但在诗社繁盛的时代，其沾溉了诗社色彩或有诗社性质是无疑的。这些诗社虽是小说虚构，但也客观反映了当时诗社活动的基本风貌，也较实有的诗社在记述上更生动活泼，是我们了解诗社活动及有关诗学内涵的生动参鉴。

在形式上，明清小说也是要设立社长，订立社约，约定活动的形式①，包括选题材，确定诗作体式，也会排定名次，并开展具体的内部的品评活动，有的还会将所作的诗（甚至酒令）刻出来出版，基本形式上与大观园诗社是相同的②。

明清小说，尤其是清代小说的诗社活动所表现出的诗学有着鲜明的集成性，具有对古代诗学的总结性质。在小说所叙述的诗社活动中，典雅、清灵、工致、自然等诗风都会受到赞赏，一般没有明确的厚此薄彼或主于一格倾向。这与此时诗社开放性、包容性增强，排他性减弱的背景有关，是清代诗学较为突出的时代特点的一种反映。

如《品花宝鉴》第五十四回，琼华、佩秋、蓉华等人谈诗，就反映了这种爱好广泛，取径宽广的诗学取向：

> 琼华笑道："嫂嫂，你说三百首很熟，你得意是那几首？"佩秋笑道："我最爱念的是七绝杜牧之的几首，'折戟沉沙铁未销'，'烟笼寒水月笼沙'，'青山隐隐水迢迢'，'落魄江湖载酒行'，'银烛秋光冷画屏'，李义山之'君问归期未有期'，温飞卿之'冰簟银床梦不成'。七律是李义山的《无题》六首，与沈佺期的'卢家少妇郁金堂'，元微之的'谢公最小偏怜女'。五律喜欢的甚多。七古我只爱《长恨歌》、《琵琶行》。五古我只爱李太白之'长安一片月'与'妾发初覆额'两首。"
>
> 蓉华道："你喜欢，我也喜欢些。五古如孟郊之'慈母手中线，游子

---

① 有的也要以信笺尺牍或帖启来约定，并十分重视这些约定文章的文采与感召力。
② 关于刻印酒令流传，如《品花宝鉴》第三十五回，子玉、次贤、文泽、王恂等人以集唐诗、集《毛诗》以及凑花名等复杂酒令进行诗学方面的游戏性的训练（或训练性的诗学游戏）之后，子贤说："我明日要将这两个令刻起来，传到外间，也教人费点心，免得总是猜拳打擂的混闹。"即将行令饮酒中的创作刻书流传，以图产生效应。

身上衣'，杜工部之'侍婢卖珠回，牵萝补茅屋'，写得这般沉痛。七古如李太白之《长相思》、《行路难》、《金陵酒肆》，岑参之《走马行》，杜少陵之《古柏行》、《公孙大娘舞剑器》，韩昌黎之《石鼓歌》，李义山之《韩碑》。五律如'山中一夜雨，树杪百重泉'，'星随平野阔，月涌大江流'，'时有落花至，远随春水香'，'承恩不在貌，教妾若为容'。七律如崔颢之'岩峣太华俯咸京'，崔曙之'汉文皇帝有高台'，李白之'凤凰台上凤凰游'，你倒不得意么？"

其中列举了乐府、古诗、七律、五律等体裁的诗句，涉及诗人有沈佺期、岑参、李、杜、韩愈、司空曙、元、白及晚唐李商隐、杜牧等人，所列诗作的风格也同这些诗人间的风格差别一样。可见她们论诗时取径宽广，虽说她们只是小说中的人物，也不是以诗名之人，仅是对诗歌有浓厚兴趣的爱好者，但也还是能够反映出那种开放性、包容性很强的论诗取向的。

《品花宝鉴》①第四回，子玉读了仲清、玉茗、王恂咏雪的诗，小说中有过这样的叙述："子玉看毕，又轻轻地吟哦了几遍，觉得仲清这几首，《雪狮》镂金错采，《雪猫》琢玉雕琼，《雪罗汉》吐属清芬，莲花满庭，《雪美人》双管齐下，玉茗风流，却在王恂之上。"对"镂金错采"，"琢玉雕琼"及"吐属清芬"无过多轩轾。待子玉和作后小说云：

  王恂道："我最爱《雪意》、《雪色》这两首，清新俊逸，庾鲍兼长。"子玉道："吾兄这四首，冰雪为怀，珠玑在手。那《雪山》、《雪塔》两首，起句破空而来，尤为超脱。至剑潭的诗中名句，如'奈他鼠辈只趋炎'，及'后夜思量成逝水'一联，寓意措词，情深一往，东坡所谓不食人间烟火食，自是必传之作。"

虽有相互推许的色彩，但亦可看出一种兼容并包的审美向度。

有时文人会集中也会探讨一些其他门类的问题，如《品花宝鉴》第四回中

---

① 参见（清）陈森：《品花宝鉴》，人民文学出版社1987年版。

琴言论戏曲音乐一段，就不只是有戏曲理论方面的内涵，对与诗歌艺术也有参考价值，其云：

> 我听戏却不听曲文，尽听音调。非不知昆腔之志和音雅，但如读宋人诗，声调和平，而情少激越。听筝琵弦索之声，繁音促节，绰有余情，能使人慷慨激昂，四肢蹈厉，七情发扬。即如那梆子腔固非正声，倒觉有些抑扬顿挫之致，俯仰流连，思今怀古，如马周之过新丰，卫玠之渡江表，一腔怅愤，感慨缠绵，尤足动骚客羁人之感。人说那胡琴之声，是极淫荡的。我听了凄楚万状，每为落泪，若东坡之赋洞箫，说如怨如慕，如泣如诉，似逐臣万里之悲，嫠妇孤舟之泣，声声听入心坎。我不解人何以说是淫声？抑岂我之耳异于人耳，我之情不合人情？若弦索鼓板之声，听得心平气和，全无感触。我听是这样，不知你们听了也是这样不是？

他能打破传统偏见，对梆子腔的音乐效果做出大力肯定，且以自身的接受情感角度予以论说，用一连串想象中的意象做譬喻，使自己感触与具体的意象结合起来，是很有见地，也很有说服力的。虽然所论不是诗歌，但理论内涵却是相通的。

《青楼梦》①第十四回"吟艳诗才女钟情 宴醉花美人结义"中挹香与众女子作香奁体组诗，虽然诗题已限为香秾风格一路，但具体品评中也可以看出有着一定的诗学信息。其中评价诸人之作的用语有："诗虽佳，太露色相"（爱卿评挹香），"即景生情，言生意外"（挹香评爱卿），"俗不伤雅，适合香奁之体"（爱卿评挹香），"薰香摘艳，秀色可餐"（挹香评爱卿），"暗用典故，妙在流丽自然"（大家赞婉卿），"诗才新隽，生面别开"（众人赞月素），"细腻熨帖，香艳动人，不愧作家"（挹香评爱卿）。

第十八回"消除夕四人写新联 庆元宵众美聚诗社"，挹香、爱卿众人以春联方式展开创作及评赏。其中也反映了一些批评观点。如挹香赞梦仙之联云："书法又佳，笔情又远。"月素评挹香所赠之联云："好个'人淡素妆宜'，

---

① 参见（清）慕真山人：《青楼梦》，齐鲁书社1993年版。

流丽自然，不独书法妙也。"幼卿赞月娥之联云："词意蕴藉，集唐如无缝天衣，不胜钦佩。"月娥、拜林等赞挹香联云："杨柳乍眠乍起，正是春景，又暗藏一个'三'字在内，芭蕉宜雨不宜晴，暗寓'声'字，何等幽雅，何等韵致。"（挹香此联云："杨柳乍眠还乍起，芭蕉宜雨不宜晴。"）这种作对联的活动虽不是作诗，但因对联与律诗及律绝之间的关系，可以被视为一种诗学的创作训练，其评赏活动，也与评诗是基本相同的。其评语中所谓"笔情"，"词意蕴藉"，"幽雅"，"韵致"等，可见系从诗论中化出，实是以情韵婉转，意味悠长为诗学追求的一种反映。然第二十四回"钮爱卿诗魁第一　金挹香情重无双"，梅花吟社作梅花组诗后，"爱卿与众美读了挹香这首《评梅》，不胜击节，大赞道：'绷中彪外，雄健浑成，妙语环生，风流雅赏。'爱卿又细细一诵，喟然叹曰：'此诗在我们三十人之上，真可谓天下才一石，子建独得八斗。此君笔底真个厉害也。'"、"绷（弸）中彪外"与"雄健浑成"显然是雄浑之格，与"蕴藉"、"幽雅"大不相同。但都得到嘉许，可见评价标准的灵活宽泛。虽然这与不同的诗学主张或对诗歌风格的不同要求有关，除了能反映当时对诗歌审美标准的多样性取向外，也可反映文人在不同诗学训练中会得到多种风格诗歌诗学方面的训练。不同诗学活动须要他们展示不同的诗学素质。这种素质，要求他们诸体兼通。当然，由此处爱卿对挹香的夸赞，也反映出那种标榜掖扬往往过于激矫的诗社风气。

在第三十九回，挹香、素玉等作《雁》诗，开始时小素、秋兰不愿做。挹香道："诗须勤做为佳，何必如此胆小。"以"勤做"为作好诗的必备条件。小素诗作好后，挹香云："诗虽不甚大缪，借乎总有强欲求工之意。"盖因"强欲求工"会影响自然流丽之美的传达效果。素玉之诗作成，小说叙述道：

　　挹香拍手大赞道："素妹妹，你的诗近日愈加精警了。"便挽了素玉的手道："为何你做出如此出色之诗？"素玉道："你不要恶赞，这首诗有什么好处？"挹香道："怎么不好，句句双关，而且细腻非凡。这'果然落墨绕云霞'一句，即置之《剑南集》中，亦不为愧！"……挹香忙拿了诗到房中与爱卿观看。爱卿看了道："果然刻画摹神，无字不炼。"

这又从"精警"、"细腻"及"刻画摹神,无字不炼"的角度予以夸赞,并认为有陆游风调。此前他们评诗,还未及于宋诗一路,此处可见,他们对宋诗重功力,讲炼字功夫也是许可的。所以,只要诗作有古人风致,这个古人无论身处何代,在诗社活动中也都会得到认可。这反映了当时诗社较为开放宽松的诗学气象,也反映了当时学诗者取径宽泛,转益多师的基本态度。

《花月痕》①第十六回"定香榭两美侍华筵 梦游仙七言联雅句"中也多有品评。但多从技术角度评句法。如"下句开得好","上句关键有力,下句跌宕有致","竟是一气呵成,不见联缀痕迹"等,可见讲求技巧也一样是诗学活动中的关注对象。《红楼梦》中这种关注也很多。

有时小说中还提出了对戏曲及小说本身艺术经验的汲养问题。《歧路灯》第十一回中谭孝移与侯冠玉的对话:

> (谭孝移)掀起书本,却是一部《绣像西厢》,孝移道:"这是他偷看的么?"冠玉道:"那是我叫他看的。"孝移道:"幼学目不睹非圣之书,如何叫他看这呢?"侯冠玉道:"那是叫他学文章法子。这《西厢》文法,各色俱备。莺莺是题神,忽而寺内见面,忽而白马将军,忽而传书,忽而赖柬。这个反正开合,虚实浅深之法,离奇变化不测。"孝移点头,暗道:"杀吾子矣!"这侯冠玉见孝移点头,反认真东翁服了讲究,又畅谈道:"看了《西厢》,然后与他讲《金瓶梅》。"孝移不知其为何书,便问道:"《金瓶梅》什么好处?"侯冠玉道:"那书还了得么!开口'热结冷遇',只是世态炎凉二字。后来'逞豪华门前放烟火',热就热到极处;'春梅游旧家池馆',冷也冷到尽头。大开大合,俱是左丘明的《左传》,司马迁的《史记》脱化下来。"

侯冠玉的观点实在是颇具现代意义,虽然为谭孝移所厌弃,但以实论之,确是高论。看到了《西厢记》与《金瓶梅》在叙事结构中的匠心与高超的叙事谋略。这种观点,虽不是论诗,但同样关乎研讨文艺,同样也是那个启蒙风气

---

① 参见(清)魏秀仁:《花月痕》,人民文学出版社1982年版。

的一种反映。

再如《海上花列传》①第三十八回天然读到韵叟诗文集《一笠园同人全集》，里面有"白战"酒令。其中有小字注曰："欧阳文忠公小雪会饮聚星堂赋诗，约不得用'玉'、'月'、'梨'、'梅'、'练'、'絮'、'白'、'舞'、'鹅'、'鹤'等字。后东坡复举前体，末云：'当时号令君记取，白战不许持寸铁。'此令即仿此意。各拈一题，作诗两句，用字面映衬切贴者罚。"其中即关于一次以"白战"形式展开诗学活动的作品。这种形式，也是文人一种训练性的活动。

第五十八回，亚白、鹤汀、仲英、铁眉评小赞所作之《赋得还来就菊花》诗，鹤汀读后批云："轻圆流利，如转丸珠；押韵尤极稳惬。"仲英批曰："一气呵成，面面俱到，百炼钢化为绕指柔矣。"铁眉则用批文章的方法评曰："题中不遗漏一义，题外不拦入一意，传神正在阿堵中。"铁眉又说："好在运实于虚，看去如不经意；其实十八字坚如长城，虽欲易一字而不可得。"众人让亚白批，亚白批云："是眼中泪，是心头血，成如容易却艰辛。"这是对小赞诗作的评价，也是调动了各种批评材料，有用"气"的，有用评文章法度的，有评风格的，也有评全篇安排及句法的，也用了"传神"及"成如容易却艰辛"的创作甘苦之言。虽不是严格意义上的诗论，但反映了人们对诗歌进行多维批评与接受的包容态度。

明清小说中诗社活动的诗学内涵

与大观园中的诗社活动相同，其他小说中也反映出了诗社与雅集间的交融共构特点。诗人们往往聚在一起，商讨开立诗社，于是展开分韵赋诗或是同题共作之类的诗学活动，形同雅集，因还须评定名次，故而又具诗社性质。这一点，大观园诗社部分已经论及，就不再赘述了。此处我们要注意的还是因诗社类的文人群体性活动的普及，使得诗学也相应地推广、普及开来，其对学者之培训、指导和实践作用也是十分巨大的。

有时小说作者也会借小说中人物之口对诗学史上一直存在争议的问题阐说自己的观点。如《品花宝鉴》第三十八回"论真赝注释神禹碑，数灾祥驳翻太乙数"中屈道生在雅集中旁征博引，由名物考据而论碑帖书法；由音韵书目而

---

① 参见（清）韩邦庆：《海上花列传》，人民文学出版社1985年版。

第三章　明清时期的诗社现象及相关诗学问题　925

考辨细微，无所不有，面面俱到。反映了考据学对文人群体性活动的影响，成为当时诗社风气的一个鲜明特点。其中还对李杜优劣问题的做出评价，可成一家之言，其云：

> 诗以性情所近，近李则好李，近杜则好杜，李、杜兼近则兼好矣。元微之粗率之文，颓唐之句，于李岂能相近？自然尊杜而贬李。王荆公谓李只是一个家法，杜则能包罗众体，殊不知李亦何尝不包罗众体，特以不屑为琐语，人即疑其不能。大抵论太白之诗，皆喜其天才横逸，有石破天惊之妙。《蜀道》、《天姥》诸篇，模拟甚多，而我独爱其《乌栖曲》、《乌夜啼》等篇，如《乌栖曲》云：姑苏台上乌栖时，吴王宫里醉西施。吴歌楚舞欢未毕，西山欲衔半边日。银箭金壶漏水多，起看秋月坠江波，东方渐高奈乐何！其《乌夜啼》云：黄云城边乌欲栖，归飞哑哑枝上啼。机中织锦秦川女，碧纱如烟隔窗语。停梭怅然忆远人，独宿空房泪如雨。其高才逸气，与陈拾遗同声合调。且其论诗云："梁陈以来，艳薄斯极，沈休文又尚以声律。将复古道，非我而谁。"故律诗殊少。常言寄兴深微，五言不如四言，七言又其靡也。以鄙见论之，李诗可以绍古，而杜诗可以开今，其中少有分辨，故非拘于声调俳优者之所可拟议也。昌黎古诗，直追雅颂，有西京之遗风，其五七古尤好异斗奇，怪诞百出，能传李、杜所未传。读《南山》等篇，而《三都》、《两京》不能专美于前。人既无其博奥，又无其才力，尽见满纸黝黑，崭崭崿崿，所以目为文体，至有韵之文不可读之说。此何异听钧天之乐，而谓其音节未谐。特其五七言绝句及近体诗非其所好，只备诗中一格，原不欲后人学诗，仅学其五七言绝句小诗也。

其说由李杜优劣问题入手，议及李诗亦有"包罗众体"之长，其所谓"诗以性情所近"主导了批评向度之说也颇有道理。尤其是"李诗可以绍古，而杜诗可以开今"之说，真可谓眼界广阔，评论中肯，从李杜本人在诗学史上的具体作用与风格特色主导风向的作用来立论，高于狭隘的尊此抑彼，专攻一路者多矣。他认为韩愈诗"能传李、杜所未传"，认为在李杜之后，别开生面，也颇允备。这种意见，置于清代诗学的历史背景中，其开阖吐纳，高屋建瓴，并不亚于专门诗论家。

《儒林外史》第十八回"约诗会名士携匡二，访朋友书店会潘三"中，因匡超人要参加诗会，"因想起明日西湖上须要作诗，我若不会，不好看相，便在书店里拿了一本《诗法入门》，点起灯来看。他是绝顶的聪明，看了一夜，早已会了。次日又看了一日一夜，拿起笔来就做，做了出来，觉得比壁上贴的（指赵雪斋、景兰江、支剑峰、浦墨卿所作的《暮春旗亭小集限"楼"字》诗）还好些。当日又看，要已津（精）而益求其津（精）。"

参加完诗会后，匡超人又"拿自己的诗比比，也不见得不如他"，众人也将其诗写出，贴在壁上。由匡超人以《诗法入门》之类通俗诗学读物学会作诗并参加诗会的经历也可见诗社（诗会）之类的群体性诗学活动对人们学诗的推动与促进作用。其诗或不能入于诗学专门名家之眼，但由入门学诗之角度观之，类似《诗学入门》一类旨在传授学诗基本规则技巧的通俗读物的实际作用还是不能忽视的。我们从理论研究角度虽然难以解读出其中有什么高深的见解，但在普及诗学，推广作诗之方法的经验上，这类作品实际上起到了扩大诗人队伍，散播作诗矩矱的现实作用。在诗学研究中，应该有这类著作的位置。

《蜃楼志》[①]第十六回吉士评阿珠、阿美诗，引出了关于"风"、"雅"、"颂"的一段议论。吉士认为阿珠、阿美诗"直是《三百》遗音，不但追踪魏晋"。吉士曰：

> 世儒以风、雅辨尊卑，《黍离》列在《国风》，即谓王室衰微，与诸侯无异，圣人所以降而为"风"。殊不知王室之尊，圣人断无降之之理，此序诗者之误也。大约圣人删诗，谓之"风"，谓之"雅"，谓之"颂"，直古人作诗之体耳，何尝有天子、诸侯之辨耶？谓之"风"者，出于风俗之语，是小夫贱隶、妇人女子之言，浅近易见；谓之"雅"，则其辞典丽醇雅故也；谓之"颂"者，则直赞美颂扬其上之功德耳。今观"风"之诗，不过三章、四章；一章之中亦不多句，数章之中，辞俱重复相类。《檫

[①] 参见（清）庾岭劳人：《蜃楼志》，齐鲁书社1988年版。

木》三章，四十有八字，惟八字不同；《苤》亦然；《殷其》三章，七十有二字，惟六字不同。"已焉哉"三句，《北门》三言之；"期我乎桑中"三句，《桑中》三言之。余皆可以类推矣。若夫"雅"则不然，盖士君子之所作也。然又有小大之别：小雅之"雅"，固已典正，非复"风"之体矣，但其间犹间有重复。雅则雅矣，犹其小焉者也。其诗虽典正，未至于浑厚大醇也。至大雅，则非深于道者不能言也。"风"与大、小雅，皆道人君政事之美恶，有美有刺；"颂"则有美无刺，铺张扬厉，如后人应制体耳。此风、雅、颂之各异也。

这种思想本身并不十分深刻，却从风雅颂的文体特点与风格谈及《诗经》之传统，未陷入考据学风的烦琐细碎之套路，反映了人们面对我国诗学传统，尤其是作为绝对正源的诗学典范《诗经》时的灵活自如的诗学心态。

《陶庵梦忆》卷三"丝社"条有云："越中琴社不满五六人，经年不事操缦，琴安得佳？余结丝社，月必三会之。"这虽是说音乐组织，但其立社缘起，则因恐"经年不事操缦，琴安得佳"故以会社的组织来敦促大家时常聚会练习，以图进业。这种群居相切磋，以群体性活动的方式共同进行交流训练以促进技艺的用意，也是一些诗社成立的因由。

再如《品花宝鉴》第五十四回"才子词科登翰苑佳人绣阁论唐诗"中琼华、佩秋、蓉华论唐诗，前文列举了一部分，后文还有她们愈论愈深入，至讨论到了杜甫《北征》与韩愈《南山》诗用韵与用字问题，就显示了群体性诗学活动中交流的实际情形，也很有参考意义。

《品花宝鉴》第四回春喜还提到怡园中梨园弟子七人，"在怡园中三日一聚，作消寒会，今日是第五会了。每一会必有一样玩意儿，或是行令，或是局戏。今日度香要叫我们作诗，出了个《冰床》题目，各人做七律一首，教苏媚香考了第一"。诗社兴盛，以至优伶戏子都有其诗社活动。这种活动不是为了推毂掖扬，获得什么诗坛名声，而是一种娱乐性质的艺术活动，反映了诗社在诗会生活中具有一种实际上的娱情游艺作用。

《品花宝鉴》第三十五回"集葩经飞花生并蒂，裁艳曲红豆掷相思"众人雅集行令，飞觞饮酒，其酒令的要求，含有诗学训练的内容：

……少顷，书童捧了出来，众人见是象牙筒，内有满满的一筒小筹，一根大筹。次贤先抽出大筹给众人看时，是个百美名的酒令。大筹上刻着"百美捧觞"四个隶字，下有数行规例，刻着是：此筹用百美名，共百枝，以天文地理、时令花木等门分类。每人掣一枝，看筹上何名，系属何门。先集唐诗二句，上一句嵌名上一个字，下一句嵌名下一个字。平仄不调、气韵不合者罚三杯另飞，佳妙者各贺一杯。唐诗飞过后，飞花各一个，集《毛诗》二句，首句第一字，与次句第一字，凑成一花为并头花，自饮双杯，并坐者贺二杯。首句末字，与次句末字，凑成一花为并蒂花，自饮双杯，对坐者贺两杯。首句末字，次句首字，凑成一花，为连理花，自饮双杯，左右并坐者皆贺一杯。每句花名字样，皆在每句中间，字数相对者为含蕊花，自饮半杯，席中最年少者贺半杯。若两句花名字数不对，或上一句在第一字，下一句在第二、第三者，为参差花，自饮一杯，左右隔一位坐者贺一杯。如飞出花名虽成，气不接、类不联者，罚三杯。如美人应用何花，筹上各自注明，不得错用。

这是要求很高很细碎的酒令，参与者要有丰富的唐诗及《诗经》储备，还须有足够的花卉知识。在游戏中要反应敏捷，应对迅速，方能胜场。这是娱乐，但充满着对唐诗及《诗经》的温习内容，也具有诗学训练的意义。虽然不是创作，但对于有一定诗料储备的参加者来讲，快速调动储备，巧妙连缀成篇，是一种有利于提到诗艺综合水平的。故而这种酒令游戏是一种诗人们喜爱参加的博雅性诗艺活动，是他们较量诗思储备（基本诗料）、构思速度与质量的一种游戏娱乐性质的诗学博弈活动。

《品花宝鉴》中的这个复杂酒令第十五回也出现了。次贤、宝珠、漱芳等亦以此令游戏诗酒，道理也是诗学娱乐性质。

《青楼梦》中也模仿《红楼梦》提到了多次诗社活动，其中之梅花吟社还有诸多梅花诗，此外还有诗学授受的具体内容，第三十八回"夫作先生二乔受业，妻操中馈众美钦贤"，其中是这样叙述的：

挹香道："今日秋、素两妹从事门墙，理该执贽拜师才是。"小素与秋兰听了，都好笑起来，便道："请先生教诲，我们洗耳恭听。"挹香道："如此你们二位贤契听着，凡作诗宜先知平仄，继而要知锻炼。《袁简斋诗话》中说得好：'吟成一字稳，耐得半宵寒。'又要日将诸大家的诗集时时翻阅，熟读深思，参其如何起，如何转，如何合。诗贵用意，不贵词华，对仗却要工致。即景诗要做得诗中有画，咏史诗要做得慷慨激昂，香奁诗要做得温柔敦厚，感慨诗要做得兴会淋漓。此皆作诗的法则。其余押韵、选韵，俱要切当，有倒韵，有虚韵，有叠韵，俱不可草率。倒韵如'是时山水秋，光景何鲜新'；虚韵如'黄鸡催晓不须愁，老客世人非我独'。一无生敲杂凑，熨帖非凡；叠韵如'废砌翳薛荔，枯湖无菰蒲'。天然工妙，绝不硬装。凡此皆宜留意。"

进而挹香又具体传授了平仄规则，他接下来说：

（平仄）六个式样，法已备矣。调四声之法，亦有分别总诀，听我道来："平声哀而安，上声厉而举。去声清而远，入声直而促。"两人又问道："一首诗中，必须照你的平仄，不可移动一些么？"挹香道："这也有法则的：一三五不论，二四六分明，诗中第一第三第五或用平用仄，不必拘定；惟第二第四第六用平仄，不可移易。如五言律止论第二第四两字。"两人听了，已有四五分明白。

挹香教诗，也是从基本规则入手，强调"锻炼"，鼓励精心推敲琢磨；还要求潜心钻研大家制作，"熟读深思"，领略其起承转合的匠心。同时还提出了不同题材之作有不同的风格："即景诗要做得诗中有画"，"咏史诗要做得慷慨激昂"等即是如此。他从学诗细处的用韵又讲到四声本身所具有的情感指向："平声哀而安"、"上声厉而举"、"去声清而远"、"入声直而促"等。这是有着相当深厚的诗学实践才能得出的见解，也颇符合四声在诗歌中的情感表现类型，是可见形式规则本身与内容是扭结在一起的，本身就是内容抽象而成的规则。挹香此论，可谓极有见地。在讲了诗学的基本要领后，挹香又为小素、秋兰确定了题目让她们练习。其中对二人习作也进行了具体的指点：

"挃香看了便道：'《积雪》一律巧思绮合，刻画入神。《腊梅》误解为梅花，且抄袭古人之句，不合题旨。……《水仙》一绝错乱无章，措词亦谬。吾今替你们从浅近改之，你们就可进境。'"其所肯定者，"巧思绮合"，"刻画入神"，是从构思和描摹事物的手法上评许的。其所批评者，则在格物失当，措辞舛误。综合看来，也是从构思命意到技术手法的指导。后来二人都掌握了写诗技巧，也都做出了相当不错的诗篇。这一方面得力于金挃香的指导，也得力于她们"日夕揣摩，终朝锻炼"，进而"不及半月，二人的诗已罗罗清疏了"。挃香教小素与秋兰学诗，显然受《红楼梦》中黛玉教香菱学诗的影响，其学诗路径与诗学的综合性与理论水准固然不同，但从诗社学诗活动的层面上，均反映了诗社对诗人的培养与造就作用。

因为诗社兴盛，文人们也极为喜爱参与诗社活动，因而他们也希望将他们关于诗社的生活理念推及出去，即使是皇帝，在小说中也会加入到诗社诗学活动中去，如《乾隆皇帝游江南》[①]第十一回，这样叙述：

（乾隆）随看随行，见一只大座船边，有许多小艇在旁停泊。忽见大船上横着一匾，写的是仁社诗联请教，天子不觉技痒起来，吩咐水手把船移近，搭扶手板跳过船来，见座中是社主，架上摆着雅扇汗巾、纱罗绸缎、班指玉石鼻烟壶、各种酬谢之物，面上贴着诗赋题目，中舱案上笔砚诗笺，已有十余人在那里，或赏诗文，或观题纸，日清也过来共看。适社东上前，招呼手下人奉上香茶，彼此请教姓名，知此社东，是丹徒县陈祥之少君，名玉墀，乃广东番禺县人，与表兄福建武。探花萧洪，因回乡省亲，路经此地，正逢端阳，他虽武弁，倒也满腹诗书，最好此道，所以约了同来。意欲借此访几个鸿才博学的朋友，问了姓名，十分恭敬。天子本天上仙才，这些章句诗词之事，可以立马千言，何用思索？随将咏河珠一

[①] 参见（清）轶名著，张克东、高原标点：《乾隆皇帝游江南》，岳麓书社2004年版。

题，援笔即成。

诗成之后，还受到众人极口称赞，得了一柄金面苏扇，还评赏了陈玉墀、萧洪的诗作。由此处可见，在小说中，上至天子，下至闺中妇女再至优伶戏子都热衷于参见诗社雅集，在此间娱乐游戏。既温习诗艺，也以诗会友。诗社集会是人们一种联络同道，交流诗学的最重要的群体性文学活动形式。在古人的文学活动中，这种形式与师友师传，讲习学问及诗学史交织在一起的，为古代诗学的推广普及，也为传播、接受，风气的形成起到了极大的作用，对我国古代文学接受之"完形"的生成，起到了很关键的作用①。

关于诗社习气

由明清小说所叙述的诗社活动来看，也反映了在诗社兴盛的风气中诗社活动所沾染的一些习气。纪昀对明代诗社所沾染的一些作风、做派极为反感，往往对其进行批判②。如《四库全书》中颜光敏《乐圃诗集》之提要先指出此集

---

① 诗社活动能够催生诗学意见的产生，有时甚至是重要的诗学意见，谢榛《四溟诗话》卷三中载："予客京时，李于鳞、王元美、徐子与、梁公实、宗子相诸君招余结社赋诗。一日，因谈初唐、盛唐十二家诗集，并李杜二家，孰可专为楷范？或云沈宋，或云李杜，或云王孟。予默然久之，曰：'历观十四家所作，咸可为法。当选诸集中之最佳者，录成一帙，熟读之以夺神气，歌咏之以求声调，玩味之以哀精华。得此三要，则造乎浑沦，不必塑谪仙而画少陵也。夫万物一我也，千古一心也，易驳而为纯，去浊而归清，使李杜诸公复起，孰以为可教也。'诸君笑然然之。"（丁福保辑：《历代诗话续编》下册，中华书局1983年版，第1189页）由谢榛的记述可见，正是在是社诗学活动中是他产生了其重要的"十四家外又添一家"的诗学观点，诗社在这种时候，是酝酿诗学观点并交流融通诗学思想的重要温床和生发基地。

② 会社，包括诗社习气宋已有。《桐江诗话》之"说法马骝对凑氽狮子"条云："元祐间，东平王景亮与诸仕族无成子（或作'者'）结为一社，纯事嘲诮，士大夫无间贤愚，一经人之目，即被不雅之名，当时人号曰：'猪嘴关'。元祐间，吕惠卿察访京东，日天资清瘦，语话之际，喜以双手指画。社人目之曰'说法马骝'。又凑为七字曰：'说法马骝为察访。'社中弥岁不能对。一日，邵篪因上殿氽泄，出知东平，邵高鼻馨髯，社人目之曰凑氽狮子，仍对曰：'说法马骝为察访，凑氽狮子作知州。'惠卿衔之，讽部使者发以它事，举社遂为齑粉。盖口之为业，独发人之阴私，败人成事，贾憎敛怒，祸亦及人。"（郭绍虞辑：《宋诗话辑佚》，中华书局1980年版，第348页）这是专事嘲诮，惟务谐谑之会社组织。这个"社"不具备政治性，而具有嘲谑消遣的娱乐性，其娱乐方式则是以诗句的形式进行嘲谑。嘲谑的对象则应是有一定名位威望的人。这样一个群体性组织，因其具有以诗句嘲谑的性质，故亦可当作诗社看待。但它却被当政者借故禁毁。——这不同于我们此前论述过的其他诗社组织，其他诗社组织处于自生自灭的状态，而这个诗社却被禁毁。禁毁的表面原因是损害了吕惠卿的威严，使其有了"不雅"之名，但实质上则是当政者对含有讥讽内容的民间舆论的干预，因而该诗社的被毁，其实也是政治干预诗社活动的一个事例，也是我们目前可知的第一个事例。我们可以称之为"东平嘲诮诗社"。谐谑嘲戏在后世诗社中也往往有之，亦为一种风气，不过不如其他特征明显罢了。

为王士禛所定,接着说:"盖士禛去明未远,犹沿诗社之余风。"即提及"诗社余风",实即诗社习气之意。赵吉士《续表忠记》的提要中亦云:"盖其时去明未远,犹存标榜之风。"在宋荦《绵津山人诗集》的提要中,纪昀云:"大抵沿明季诗社之习,旋得旋刊,出之太早,故利钝不免互见。"认为明代后期的"诗社习气"有将诗社活动中的作品"旋得旋刊",缺乏精详细致的推敲改定,失之草率。将诗社中的作品刻板印售,是明清诗社活动中的普遍做法。因急于面世,在推敲琢磨上做得不好,作品利钝互见,并不精良,故纪昀有此说。在张竞光《宠寿堂诗集》的提要中又说道:"其诗每首之后,评语杂沓,殆于喧客夺主,盖犹明季诗社之余习也。"谓其评语无统绪,零散支离,没有纲领贯穿其中,且有评语比重超过原作者,这应是诗社繁盛,社中评价者过于突出自己诗学态度而带来的一种风气,这亦为"习气"的特点之一。在唐人芮挺章《国秀集》的提要有说:"考梁昭明太子撰《文选》,以何逊犹在,不录其诗,盖欲杜绝世情,用彰公道;今挺章与颖(按,指楼颖,陈振孙《直斋书录解题》以《国秀集》之旧序为楼颖所作),一则以见存之人采录其诗,一则以选己之诗为之作序,后来互相标榜之风,已萌于此。知明人诗社锢习,其来有渐,非一朝一夕之故矣。"认为明人"诗社锢习",含有"以见存之人采录其诗"和"互相标榜"的特点,认为如此做法,不能"杜绝世情,用彰公道"①。

这虽是批评明人诗社风气,但清代诗社实亦有此风。原因是诗社在明清时已不是纯粹的诗学组织,也不主要探研诗艺,而是文人的一种游戏性、娱乐性的文学活动形式,其在严谨层面上是不如前代的。再如宋荦《江左十五子诗选》的提要,也有对诗社习气的批评,其云:(宋荦《江左十五子诗选》为其任苏州巡抚时)"甄拔境内能文之士王士丹等十五人,各选诗一卷刻之。考自古类举数人,共为标目,四八之所载,其来久矣。然文士则无是名也。文士之有是名,实胚胎于建安之七子。历代沿波,至明代而前后七子、广续五子之类,或分垒交攻,或置棋不定,而泛滥斯极。往往以声气之标榜,酿为朋党之倾轧,覆辙可历历数也。荦与王士禛并以文章宿老,领袖诗坛。士禛既以同

---

① 该提要还指出:"然文章论定,自有公评,要当待之天下后世,何必露才扬己,先自表章?"对诗社中互相推崇标榜的风气极为不满,认为这有碍于后人做出公允合理的批评。纪昀对诗社习气的不满,因其批评多不允当,且躁竞浮华之风弥漫,故而对其严厉指责,这也是纪昀不满诗社习气的最重要方面。

时之人为《十子诗选》,莘亦以所拔之士编为此集。虽奖成后进,原不失为君子之用心,究未免前明诗社之习也。夫诸人诗傥不佳,裒刻何益?其诗果佳,则人人各足以自传,又何必藉此品题乎。"这里,纪昀从诗社活动中"分垒交攻",或相争斗,"而泛滥斯极",又"往往以声气之标榜,酿为朋党之倾轧",会对诗坛的健康发展和良好诗风产生不利影响。尤其是他认为这种风气导致的不良批评会干扰正常批评,不利于真正好诗的传播。他从一代文宗的角度,站在历史发展的高度对明代诗社风气的这种批评是顾忌到了诗社活动中因不同的诗学观点(也有政治观点),攻讦对方,标榜自己,甚至成为朋党,虽喧嚷热闹,但并不是诗坛正常的气象,会对后学不利,对正常的文坛、诗坛风气会带来很大的拍扰,因此他极力反对诗社余习。明代诗社中这种分朋标榜,交争不下的风气对清代人产生的印象是极为深刻的,故而以纪昀之文坛掌门人之身份对其的批评也正反映了他忧深思远的文学责任心与历史使命感。也正是如此,他本人不愿意参加诗社活动。盛时彦为《阅微草堂笔记》所作的序中有云:"河间先生以学问文章负天下重望,而天性孤直,不喜以心性空谈标榜门户,亦不喜才人放诞诗社酒社,夸名士风流。"①其不喜诗社,盖因上述所举之诗社习气使然。也正因对诗社习气的极度厌烦,在其影响下,纪昀等所修《钦定八旗通志》卷一百二十之"艺文志"中有云:"……圣朝之教育,故能以笃实之心,研乎学问,以雄直之气发为文章,虽所造深浅不同,而均不博讲坛虚伪之名,不涉诗社浮华之气……"亦以"浮华之气"作为诗社习气的主要特征。概言之,纪昀对诗社习气的批评主要原因有四个方面,即"旋得旋刊,利钝互见"之疏于精细推敲;"评语杂沓","喧客夺主"之评而过当,轻重不分;相互标榜,言过其实;党同伐异,分垒交攻,"酿为朋党之倾轧"。这些都对正常诗风的培植颇为不利,不能构建诗人创作与批评的良好氛围。纪昀的意见是极为深刻的。但我们从文人诗学训练与娱乐游戏的生活内容看,这种习气与诗人在交流融通诗学的作用方面,在宣传扩大诗学的内容与培养训练诗人等方面的实际作用相较,实际上是一个问题的两个方面,也是利弊两端兼而有之的。诗社在诗学史上的积极作用也是决不容忽视的。

---

① 孙致中等校点:《纪晓岚文集》第2册,河北教育出版社1995年版,第1页。

清代诗学间的斗争已经不十分激烈,虽然不同诗学观点的分歧还是存在的,但总的来讲,与明代相比,上述习气也有了很大改变,轻躁之风要少一些,但浮华之气也很盛,加之清代本身的一些特点,较之前代,清代诗社风气之也有了一些新的因素。这里就此问题做一番简要论述①。

兼论清代诗社的习气

《儒林外史》第二十九回中有这样一段叙述:"萧金铉道:'今日对名花,聚良朋,不可无诗。我们即席分韵,何如?'杜慎卿笑道:'先生,这是而今诗社里的故套,小弟看来,觉得雅的这样俗,还是清谈为妙。'"因厌弃所谓"诗社故套",故而不即席分韵,不举行诗社活动。可见在诗社兴盛的时代,其故套做法,也引起人们的不满与排斥。因风会所及,时流推毂,清贫之士也热衷于参与诗社活动,甚至拮据窘迫,也要聚集诗友,展开活动。《儒林外史》第十八回作者语带揶揄地叙及了匡超人、胡三公子、景兰江一班寒士筹集诗会活动所需物资的过程:"分子都在胡三公子身上,三公子便拉了景兰江出去买东西,匡超人道:'我也跟去玩玩。'当下走到街上,先到一个鸭子店。三公子恐怕鸭子不肥,拔下耳挖来戳戳,脯子上肉厚,方才叫景兰江讲价钱买了,因人多,多买了几斤肉,又买了两只鸡、一尾鱼,和些蔬菜,叫跟的小厮先拿了去。还要买些肉馒头,中上当点心。于是走进一个馒头店,看了三十个馒头,

---

① 《阅微草堂笔记》中有一则轶事反映了这种分歧意见:"益都李词畹言,秋谷先生(按,赵执信号秋谷)南游日,借寓一家园亭中。一夕就枕后,欲制一诗,方沉思间,闻窗外人语曰:'公尚未睡耶?清词丽句,已心醉十余年。今幸下榻此室,窃听绪论,虽已经月,终以不得质疑问难为恨,虑或仓卒别往,不罄所怀,便为平生之歉。故不辞唐突,愿隔窗听挥麈之谈……'"系一魅邀赵执信谈诗,有人听到他们所谈的内容,"魅谓渔洋山人诗,如名山胜水,奇树幽花,而无寸土艺五谷;如雕栏曲榭,池馆宜人,而无寝室庇风雨;如彝鼎罍洗,斑斓满几,而无釜甑供炊灶;如纂组锦绣,巧出仙机,而无裘葛御寒暑;如舞衣歌扇,十二金钗,而无主妇司中馈;如梁园金谷,雅客满堂,而无良友进规谏。秋谷极为击节。又谓明季诗,庸音杂奏,故渔洋救之以清新;近人诗,浮响日增,故先生救之以刻露。势本相因,理无偏胜,窃意二家宗派,当调停相济。合则双美,离则两伤。秋谷颇不平之云。"此诗魅从对王士禛的评价入手,论其清新超脱但无生活气息,认为其诗风盖因救明末诗坛"庸音杂奏"之弊而来,后来人们所谓"近人诗"又渐至"浮响日增",虚华过度,而赵执信又以"刻薄"诗风以救其弊,本是因一弊生,而为救其弊使诗风因革变化,不应有所"偏胜",而要善于执其两端,允执厥中,以"合则双美",去规避"离则两伤"。王士禛宗唐,其神韵说易生空虚枯寂之弊,故而诗人以浅近矫之。因浅近而疏阔不实,故而宋诗派以实际学问功力矫之,便有"刻薄"之弊。此诗魅之说是很有见地的,但赵执信之不平,显然因不同意其说所致,是其不同意"合则双美"的调停说,而坚信自己之主张使然。可见不同诗学观念下的分歧依然存在,却不是针锋相对的关系。

那馒头三个钱一个,三公子只给他两个钱一个,就同那馒头店里吵起来。景兰江在傍劝闹。劝了一回,不买馒头了,买了些索面去下了吃,就是景兰江拿着。又去买了些笋干、盐蛋、熟栗子、瓜子之类,以为下酒之物。"

这也是筹办诗社的必须程序。清寒之士,只能琐屑为之,"雅得这样俗"之说,在这里得到了照应。

再如《儒林外史》第二十一回,牛卜郎窃牛布衣诗,欲盗其名为己诗,当时他这样想:"这相国、督学、太史、通政以及太守、司马、明府,都是而今的现任老爷们的称呼,可见只要会做两句诗,并不要进学、中举,就可以同这些老爷们往来,何等荣耀!"将诗作为自己邀名的手段。这种以诗结交名人,以获时誉的现象在明清极为普及。游士以诗投赘,与名人往来的场合即是诗社一类群体性诗学活动。本来诗人们以诗为介质,联结同道,诗酒唱和,打破了身份地位的局限,有助于人们在交流中得到提高。但因有牛卜郎一类动机不纯,用心驳杂的浮躁干没之士的存在,风气遂亦大坏。《照世杯》①第二卷即对这种风气进行了严厉的斥责:

> 原来他走的是衙门线索,一应书办快手,尽是眷社盟弟的帖子,到门亲拜。还抄窃时人的诗句,写在半金半白的扇子上,落款又写'拙作请教',每人送一把,做见面人情。那班衙门里朋友,最好结交,他也不知道甚么是名士,但见扇子上有一首歪诗,你也称好,我也道妙,大家拣极肥的分上送来,奉承这诗伯。……所以游客有四种熬他不得的去处:
>
> 不识羞的厚脸,惯撒泼的鸟嘴。
> 会做作的乔样,弄虚头的辣手。
>
> 世上尊其名曰:"游客"。我道游者流也,客者民也,虽内中贤愚不等,但抽丰一途,最好纳污藏垢,假秀才、假名士、假乡绅、假公子、假书贴,光棍作为,无所不至。今日流在这里,明日流在那里,扰害地方,侵渔官府,见面时称功颂德,背地里捏禁拿讹。游道至今大坏,半坏于此辈流民,倒把真正豪杰、韵士、山人、词客的车辙,一例都行不通了。歎

---

① 参见(清)酌元亭主人:《照世杯》,上海古籍出版社1985年版。

的带坏好的,怪不得当事们见了游客一张拜帖,攒着眉,跌着脚,如生人遇着勾死鬼一般害怕。若是礼单上有一把诗扇,就像见了大黄巴豆,遇着头疼,吃着泻肚的。就是衙役们晓得这一班是惹厌不讨好的怪物,连传帖相见,也要勒压纸包。

这种游士邀名,败坏世风的现象南宋江湖诗人已经存在了。至清代后期终于风气大坏,填塞了真正诗文名士与品节高修之人自身成家之津逮,使得世风更为浮薄轻躁。他们得以参加之诗文酒会,其间风气亦可想而知了①。

当时文人们陶醉于诗酒氛围之中,不关注现实,疏离于时代,诗社中极少有论及时事者,其内容也都限于诗学本身,在空中的艺术楼阁中忘乎所以了。清代如此,而明代也已达相当程度。《陶庵梦忆》之"闰中秋"条云:

崇祯七年(1634)闰中秋,仿虎邱故事,会各友于蕺山亭。每友携斗酒、五簋、十蔬果、红毡一床,席地鳞次坐。缘山七十余床,衰童塌妓,无席无之。在席七百余人,能歌者百余人,同声唱"澄湖万顷",声如潮涌,山为雷动。诸酒徒轰饮,酒行如泉。夜深客饥,借戒珠寺斋僧大锅煮饭饭客,长年以大桶担饭不继。命小傒竹、楚烟,于山亭演剧十余出,妙入情理,拥观者千人,无蚊虻声,四鼓方散。月光泼地如水,人在月中,濯濯如新出浴。夜半,白云冉冉起脚下,前山俱失,香炉、鹅鼻、天柱诸

---

① 宋代之江湖习气,尤其是其中游士作风亦使"诗道"受到影响。张宏生《江湖诗派研究》中对此问题有过专门论述,其中有云:"江万里《懒真小集序》云:'诗本高人逸士为之,使王公大人,见为屈膝者,而近所见类猥甚。……往往持以谒门户,是反屈膝于三公大人。'(按,参见《江湖后集》卷一五)方回《滕元秀诗集序》云:'近世为诗者,……借是以为游走乞索之具,而诗道丧矣。'又《送胡植芸北行序》云:'务谀大官,互称道号,以诗为干谒乞宽之资,……呜呼!江湖之弊,一至于此。'从前面的叙述中,我们对以诗行谒已有所了解,这几段记载,更使我们明确看出,以诗行谒已经成为南宋后期普遍现象,因而特别引起了正统的批评家的不满。"(张宏生:《江湖诗派研究》,中华书局 1995 年版,第 339 页)关于这种谒客游士所带来的风气,方回亦有批评,其主要从这种游士之"口吻可畏"角度讲的:"庆元、嘉定以来,乃有诗人为谒客。……钱塘湖山,此辈什佰为群。阮梅峰秀实,林可山洪、孙花翁季蕃,高菊涧九万往往在雌黄士大夫,口吻可畏,至于望门倒屦。"(《瀛奎律髓》卷二〇戴复古《寄寻梅》诗评语,文渊阁《四库全书》第 1366 册,上海古籍出版社 1987 年影印本,第 258 页)江湖游士,谒于大夫之门,礼遇则可,冷遇则讥,故而游风渐薄,士风窳败。《照世杯》中此论亦由此而发,这种游士行谒干进之风,通过诗社或诗会等活动弥散,也是此际诗社风气或曰习气的一种反映,但因不是清代诗社习气之突出特点,所以不专门论述。

峰，仅露髻尖而已，米家山雪景，仿佛见之。①

在明王朝行将衰亡之时，竟能狂欢至此，文人将心力精力投注于这种诗酒娱乐之中，使欢会氛围弥盖了一切，在虚幻场景中狂欢，也在虚幻的场景中沉沦。清代诗社亦是如此。"诗可以群"是不能隔绝于"可以兴"、"可以观"、"可以怨"的职能和作用指向的。为了"群"而割裂于其他三者之关联，虽然有着诗学活动应有的某种形态，但在具体的内涵上取消了诗学活动的某些重要的合理性依据，总体上是一种末世情绪的反映，参与其中的人们力图把握行将灰飞烟灭的繁华盛景，但也只能与末世一样，走向幻灭而无可挽回。

因清代考据之风极盛，在文人们的群体性诗学活动中也往往渗透此类内容。《品花宝鉴》第五十四回"才子词科登翰苑，佳人绣阁论唐诗"中，在讨论了唐诗佳句、佳篇后，还论及了李杜各自的诗风之同异处，接下来琼华、佩秋、蓉华等又谈及了向来难解的《南山》诗之用韵、用字问题。这就有了逞才炫博的气息了。炫博气息更为浓厚的要算《品花宝鉴》第三十八回中屈道生对诸人的一番高深宏博之论了。他先考证了"虱"字在子书（《商君书》）中的所谓"虱官"；又从其所藏金石碑刻论到其优劣，涉及《兰亭序》之辨伪与考证；又论及唐诗，对李杜优劣问题阐发见解；又由诗之妙处再论古今韵书；又论《易》学流传；还论杂传记述；并论古代吟咏美人之作品，旁及稗史杂说。可谓学古通今，无所不知，无所不通，渊博浩瀚，无有涯涘。这种酒会中的谈论，虽说有小说作者自己炫耀才华的意味，但也反映了在讲求学问淹通，重视考据源流的清代，文人群体性文学活动中的一种风气。其间的诗歌创作或批评，带有了重视学问功力的色彩，也是自然而然的。清代其他小说中这种讲求学问，重视文人博雅素养表现的讨论，聚会情节很多，我们就不一一列举了。

因文人参加各种诗社活动，因而这类活动也被视为文人风流雅致的修养风范的表现，世风所染，人人钦羡，至有附庸风雅，强效其情而闹出笑话者。但从另一方面看，这也反映了在诗社兴盛的时代，这种没有实际内容的装腔作势，强做解事的群体活动实际存在之情状。这类的所谓诗学群体活动究其实是

---

① （明）张岱：《陶庵梦忆》，中华书局 2008 年版，第 139—140 页。

没有什么有价值的内容。但有助于我们了解此时诗社存在的一种别样状貌。

《二十年目睹之怪现状》①第三十三回"假风雅当筵呈丑态,真义侠拯人出火坑"中就有这样一段叙述,将"假风雅"们在诗会活动中的无知可笑刻画得淋漓尽致:

……我请问那些人姓名时,因为人太多,一时混的记不得许多了。却是个个都有别号的,而且不问自报,古离古怪的别号,听了也觉得好笑。一个姓梅的,别号叫作"几生修得到客";一个游过南岳的,叫作"七十二朵青芙蓉最高处游客";一个姓贾的,起了个楼名,叫作"前生端合住红楼",别号就叫了"前身端合住红楼旧主人",又叫作"我也是多情公子"。只这几个最奇怪的,叫我听了一辈子都忘不掉的,其余那些甚么诗人、词客、侍者之类,也不知多少。众人又问我的别号,我回说没有。那姓梅的道:"诗人岂可以没有别号;倘使不弄个别号,那诗名就湮没不彰了。所以古来的诗人,如李白叫青莲居士,杜甫叫玉溪生。"我不禁扑哧一声笑了出来。忽然一个高声说道:"你记不清楚,不要乱说,被人家笑话。"我忽然想起当面笑人,不是好事,连忙敛容正色。又听那人道:"玉溪生是杜牧的别号,只因他两个都姓杜,你就记错了。"姓梅的道:"那么杜甫的别号呢?"那人道:"樊川居士不是么。"这一问一答,听得我咬着牙,背着脸,在那里忍笑。忽然又一个道:"我今日看见一张颜鲁公的墨迹,那古董掮客要一千元。字写得真好,看了他,再看那石刻的碑帖,便毫无精神了。"一个道:"只要是真的,就是一千元也不贵,何况他总还要让点呢。但不知写的是甚么?"那一个道:"写的是苏东坡《前赤壁赋》。"这一个道:"那么明日叫他送给我看。"我方才好容易把笑忍住了,忽然又听了这一问一答,又害得我咬牙忍住;争奈肚子里偏要笑出来,倘再忍住,我的肚肠可要胀裂了。姓贾的便道:"你们都不必谈古论今,赶紧分了韵,作竹汤饼会诗罢。"玉生道:"先要拟定了诗体才好。"姓梅的道:"只要作七绝,那怕作两首都不要紧。千万不要作七律,那个对仗我先怕:对

---

① 参见(清)吴趼人:《二十年目睹之怪现状》,人民文学出版社2000年版。

工了，不得切题；切了题，又对不工；真是"吟成七个字，捻断几根髭"呢。"我戏道："怕对仗，何不作古风呢？"姓梅的道："你不知道古风要作得长，这个竹汤饼是个僻典，哪里有许多话说呢。"我道："古风不必一定要长，对仗也何必要工呢。"姓梅的道："古风不长，显见得肚子里没有材料；至于对仗，岂可以不工！甚至杜少陵的'香稻啄余鹦鹉粒，碧梧栖老凤凰枝'，我也嫌他那'香'字对不得'碧'字，代他改了个'白'字。海上这一般名士哪一个不佩服，还说我是杜少陵的一字师呢。"忽然一个问道："前两个礼拜，我就托你查查杜少陵是甚么人，查着了没有？"姓梅的道："甚么书都查过，却只查不着。我看不必查他，一定是杜甫的老子无疑的了。"那个人道："你查过《幼学句解》没有？"姓梅的扑哧一声，笑了出来道："亏你只知得一部《幼学句解》！我连《龙文鞭影》都查过了。"我听了这些话，这回的笑，真是忍不住了……

这种附庸风雅，强做解事的聚会虽然是作者虚构，但当有现实生活的依据。故而此类"假风雅"也算是诗社习气的一种特殊形态了。它说明在诗社成为文人不可或缺的生活方式的时代，企羡名士风流与文人雅趣者大大有之。他们也通过这样的群体性活动以学步效颦，但因缺乏必要的诗学素养，便不会对参与者有提高、促进作用。这种荒唐的活动虽然于诗学无裨益，却不能因之就认为群体交流与沟通就没有意义了。其实问题出在无学而聚，无诗才而讨论诗学的环节，不是沟通交流本身的问题①。

《绿野仙踪》②第七回"走荆棘投宿村学社，论诗赋得罪老俗儒"便叙述了冷于冰所遇到的一位村先生。他居于僻塞之乡，师友交流缺如，故而虽认真钻研诗学，但不识良莠，没有师法，不得要领。这从反面也说明了交流沟通对于扩充文人眼界以增益诗才的重要意义：

先生从一大皮匣内取出四首诗来，付与于冰道："此予三两日前之新作也。"于冰接来一看，只见头一首，上写道：西南尘起污王衣，籁也从

---

① 上述《二十年目睹之怪现状》资料也是因逞才炫博之风影响下欲炫博雅而适得其反的例证。
② 参见（清）李百川：《绿野仙踪》，人民文学出版社1988年版。

天亦大奇。篱醉鸭呀惊犬吠，瓦疯猫跳吓鸡啼。妻贤移暖亲加被，子孝冲寒代煮糜。共祝封姨急律令，明辰纸张马竭芹私。（按，此为咏风）于冰道："捧读珠玉，寓意深远，小生一句也解不出，祈先生教示。"先生道："子真阙疑好问之人也。居，吾语汝。昔王导为晋相，庾亮手握强兵，居国之上流，王导忌之，每西南风起，便以扇蔽面曰：'元规尘污人。'故曰'西南尘起污王衣'。第二句'籁也从天亦大奇'，是出在《易经》，风从天而为籁。大奇之说，为其有声无形，穿帘入户，可大可小也。诗有比、兴、赋，这是藉经史先将风字兴起。下联便绘风之景，壮风之威。言风吹篱倒，与一醉汉无异。篱旁有鸭，为籁所压，则鸭呀也必矣。犬，司户者也，惊之而安有不急吠者哉！风吹瓦落，又与一疯人相似。檐下有猫，为瓦所打，则猫跳也必矣。鸡，司晨者也，吓之而安有不飞啼者哉！所谓篱醉鸭呀惊犬吠，瓦疯猫跳吓鸡啼，直此妙议耳。中联言风势猛烈，致令予家宅眷不安，以故妻舍暖就冷，而加被怜其夫；子孤身冒寒，而煮糜代其母。当此风势迫急之时，夫妻父子，犹能各尽其道如此，此正所谓诗礼人家也。谓之为贤、为孝，谁曰不宜？结尾二句，言封姨者亦风神之一名也。急律令者，用太上老君咒语，敕其速去也。纸马皆敬神之物，竭芹私者，不过还其祝祷之愿，示信于神而已。子以为何如？"于冰大笑道："原来有如许委曲，真做到诗中化境，佩服佩服。"看第二首，上写道：红于烈火白于霜，刀剪裁成枝叶芳。蜂挂蛛丝哭晓露，蝶衔雀口拍幽香。媳钗俏矣儿书废，哥罐闻焉嫂棒伤。无事开元击画鼓，吾家一院胜河阳。（按，此为咏花）于冰看了道："起句结句，犹可解识，愿闻次联、中联之妙论。"先生道："'蜂挂蛛丝哭晓露，蝶衔雀口拍幽香'二句，言蜂与蝶皆吸花露，采花香之物也。蜂因吸露而误投网，必婉转嘤唔，如人痛哭者焉，盖自悲其永不能吸晓露也；蝶因采香而被衔雀口，其翅必上下开阖，如人拍手者焉，盖自恨其终不能臭幽香也。这样诗，皆从致知中得来，子能细心体贴，将来亦可以格物矣。中联，'媳钗俏矣儿书废，哥罐闻焉嫂棒伤'，系吾家现在故典，非托诸空言者可比。予院中有花，儿媳采取而为钗，插于鬓边，俏可知矣。予子少壮人也，爱而至于废书而不读。予家无花瓶，而有瓦罐，予兄贮花于罐而闻香焉。予嫂素恶眠花卧柳之人，预动防微杜渐之意，随以木棒伤之。此皆藉景言情之实录也。开元系明皇之年号，河阳乃潘岳之治邑。结尾二句，总是极称予家花木繁盛，不用学明皇击鼓催花，而已远胜河阳一县云尔。"于冰笑道："棒伤二字，还未分析清楚，不知棒的是令兄？棒的是花罐？"先生道："善哉问！盖棒罐耳。若棒家兄，是泼妇矣，尚可形诸吟咏乎哉！"又看第三首，上写道：天挝面粉撒吾庐，骨肉欢同庆野居。二八酒烧斤未尽，四三鸡煮块无余。楼肥榭胖云情厚，柳锡梅银风力虚。六出霏霏魃预死，援桴而鼓乐《关雎》（按，此为咏雪）。于冰道："此首越发解不来，还求先生全讲。"先生喜极，笑说道："此吾之雪诗也。首句，言雪纷纷，如面如粉，若天挝以撒之者。际此佳景，则夫妻父子，可及时宴乐，庆贺野居矣。二八者，是十六文钱也。四三者，是四十三文钱也。言用十六文钱买烧酒一斤，四十三文钱买鸡一只。斤未尽块无余，言予家男妇，皆酒量平常，肉量有余耳。中联，言云势过后，雪大极矣，致令楼可即肥，榭可即胖。风力虚微，则雪积不散，兼能使柳可成锡，梅可成银。魃者，旱怪也，雪盛则旱魃预死，不能肆虐于春夏间矣。桴者，军中击鼓之物。《关雎》，见《毛诗》之首章，兴下文'君子好逑'也。予家虽无琴瑟，却有鼓一面，又兼夫妻有静好之德，援桴而鼓，亦可以代琴瑟而乐咏《关雎》矣。……"

此先生完全以课生徒习学的方法解其诗作，且其作品又饾饤琐屑，音调拗戾，意象混杂，殊无诗味。然此先生津津乐道，细致解读，似有条理，却不能使读者从中感受到什么情感与韵味。他不知其诗骱骸迂涩，还自认为高妙超拔，以之示人，并讲谈不辍。究其因由，并非无学，也不是不去钻研诗学，而是在无师友交流的处境之中，闭门造车，拘执其眼光胸襟，致使斌玞不辨，妍蚩难详。试想，群体性诗学交流活动或许有炫才逞强者，也有附庸风雅者，但交流本身对打开视野，开阔胸襟，借以砥砺琢磨，终究是有益处的。所以在明清诗社习气炽厚，浇薄之风大盛的时候，诗社沾溉了不良风气在所难免，但以交流沟通人我，取长补短，并形成一定的诗学力量预入时代风气之中的诗人—诗社—诗学的程序与方式本身并没有太大过错。所以，纪昀也好，乡先生也罢，不管他们用什么方式诠解诗社习气，群体性文学活动在文学史上的地位与意义是不应被简单否定的①。

总之，清代诗社活动之习气，由小说叙述中可略知端倪，除了明代诗社习气在不同程度上存在外（清代诗社中"旋出旋刻"，"利钝互见"及"互相标榜"之风依然较盛。"评语杂沓"，"喧客夺主"的现象不突出，明人朋党交攻之习在清代诗社中也表现得不明显），因清代本身在社会文化及思想、学术领域的特点，其诗社活动中又表现出逞才炫博与交游邀誉之风，也还有因开放性增强，随意性加大而具有的诗学水平不突出，诗社形同雅集，聚散无定的特点。许多诗社总体上轻躁浮薄，格调低俗。这些确实对诗风文风发生一些负面影响。在诗社史的发展背景之中，诗社的这些风气伴着本身的积极作用，在文学游戏化，创作训练化与生活文学化的"三化"大趋势之下，随同我国古典时代走向终结，诗社的作用已化作这种趋势中不同的作用因子，弥散到文学生活的方方面面去了。作为诗学或文学理论批判史视野中的诗社，也从一个实质性的组织概念演化成了活动的雅号与专指名目，不再具有稳定的组织性机构内涵，也不再具有诗学理论批评的动力单元的含义了。

关于诗社与诗话的关系

此外，我们还应注意的是，诗社在其兴盛期，因其间评赏交流的内容很多，便会与我国古代最主要的文学理论批评文献——诗话，发生关联。有的诗话或许就是诗社中谈论诗学内容的记录。

《品花宝鉴》第五十四回琼华、蓉华、佩秋讨论唐诗之处，当佩秋讲完"杜诗也有似太白处"（举杜甫之《寄韩谏议》诗）后，又谓韩愈《谒衡岳庙》、《八月十五夜赠张功曹》诗似杜甫后，蓉华说："你真论诗真切，将这些议论倒可以做一本诗话出来。"将议论内容作成诗话应是当时一种普遍做法。

清人吴江沈楙德在为查为仁《莲坡诗话》所作之跋语中说："诗话有两种，一是论作诗之法，引经据典，求是去非，开后学之法门，如《一瓢诗话》是也。一是述作诗之人，彼短此长，花红玉白，为近来之谈薮，如《莲坡诗话》是也。夫人幸生隆盛之朝，得与当代名流联吟结社，因而摘其篇章，评其

---

① 干扰创作也好，干扰批评也好，是为批评与接受提出了新的课题，但对文学风气的生成与流播来讲，诗社的意义是不能低估的。

姓氏，汇为一编，俾后之览者，如亲见吾馨欬与先生长者之间，而吾之篇章姓氏，亦借此以传，岂非人生一大快事哉？"①

沈楙德所说的第二种类型之诗话，因"述作诗之人"，且因当时人们在"联吟结社"过程中的活动与表现各有不同，因而"摘其篇章"使其流传。这种诗话数量非常多，其中所系的诗学活动中即保留了一大批不知名诗人作品与他们的点滴见解，故此这类诗话文献就有可能是诗社活动的纪录，至少是部分的纪录。同样，薛雪本人所作之《一瓢诗话序》也有类似记述："扫叶庄，一瓢耕牧且读之所也。维时残月在窗，明星未稀，惊鸟出树，荒鸡与飞虫相乱，杂沓无序。少焉，晓影渐分；则又小鸟斗春，间关啁啾，尽巧极靡，寂澹山林，喧若朝市。不知何处老鹤，横空而来，长唳一声，群鸟寂然。四顾山光，直落檐际，清净耳根，始为我有。于是盥漱初毕。伸纸磨墨，将数月以来与诸同学及诸弟子，或述前人，或摅己意，拟议诗古文辞之语，或庄或谐，录其优者为一集。录竟读之，如啖鼙羹，寸寸各具酸咸，要不与珍错同登樽俎，亦未敢方乎横空老鹤一声长唳。"②其《一瓢诗话》所记录者，及其师友弟子间议诗论文之资料。类似这样的诗话不胜枚举，可以与纯论诗学者并列为一类，可见其数量与分量。这些诗话因记述诗人诗学活动等的情状，其记录之氛围，或许就在诗社活动之中。如吴乔与贺裳、冯班等人的诗学意见多有相似，在他们各自的诗学著作中，也多有互相记述彼此诗学意见的资料，故而他们的诗学著作，如吴乔《围炉诗话》、贺裳《载酒园诗话》就与他们"围炉取暖，啖爆栗，烹苦茶，言笑飙举，无复畛畦。"的诗学交流活动极有关联③。顾嗣立在其《寒厅诗话》的自序中也提到此部诗话是自己诗社酒盟中的心得④。因此，诗社与诗话的关系虽不能一一指实，但存在关联应是没有疑义的。而管世铭的《读雪山房唐诗序例》也可能与他参加过的群体性诗学活动有关⑤。

---

① 丁福保辑：《清诗话》，上海古籍出版社 1999 年版，第 519 页。
② 丁福保辑：《清诗话》，上海古籍出版社 1999 年版，第 677 页。
③ （清）吴乔：《围炉诗话自序》，郭绍虞编选，富寿荪校点：《清诗话续编》，上海古籍出版社 1983 年版，第 469 页。
④ 丁福保辑：《清诗话》，上海古籍出版社 1999 年版，第 81 页。
⑤ 参见（清）洪亮吉：《读雪山房唐诗序例序》，郭绍虞编选，富寿荪校点：《清诗话续编》，上海古籍出版社 1983 年版，第 1540 页。

上文所引蓉华之语虽出自小说人物之口，却反映了人们将平时讨论诗学的见解收录裒集而成诗话的惯常做法。诗社这一文学史、诗学史中的重要文人组织形式与我国古代数量最多，见解总杂的诗话类著述发生了关联，或是因群体性活动中屡有精彩见解，或是诗社中有难以忘怀的真人轶事，人们将其记述成为诗话。所以诗社的繁兴促成了诗话，主要是沈楙德所说的第二类诗话的繁兴。反过来，这种诗话又会促使文人主动将诗社中的人与事，批评与见解收录以保存，会促进诗社与诗话的进一步发展。故而从诗话研究的角度来看，是应该考虑到与诗社发展间的相互关系的。小说中虚构人物的只言片语恰为我们了解这个问题提供了线索。

综合来看，由小说类著述审视其中的诗社活动，可以将此际诗社的历史存在意义为如下几个方面：

第一，对小说类著述从批判史及诗社研究的视野进行观照。其参考价值是不容忽视的。小说虽为虚构的生活与事件，其人物形象也并非一定存在，但小说所根植的土壤，即社会历史环境确是客观存在的。由小说所反映的诗社去把捉具体历史背景之中的诗社存在形态与基本风貌，从现象学角度做出联系实际并做出分析与评判的研究思路是可行的。小说是历史的间接反映，从小说中的生活景况去解读其中的社会文化信息，对信息做出不附会穿凿的抽象与综合，是可以了解其反映的文化生态环境的。因而小说类著述，是批评史研究与诗社研究中颇具价值的文献载体与信息源。这是我们进行相关研究时不应忽略的。

第二，小说中生动具体的诗社叙述反映了我国文学"三化"程度的进一步加深。以文为戏，以创作为训练和生活文学化在封建社会末期成了文学发展的现实景况与强大势头。文学不再是纯案头的寄兴遣言，跋涉山水也不是文学唯一的创作动因。在社会经济较为繁荣，文人生活较为稳定，整个社会形态已经稳固到日益显得僵化的时期，文学本身便与文人的一生纠结在一起了，生活也充满了文学的气息，生活的方方面面都是题材，生活中的各种经历都可入乎诗文；加之文人生活的群体化程度深重，离群独处成为非常态现象，群体活动中的创作完全压倒了个人在特定环境中的与群体有疏离感的创作。在群体活动中，创作是竞争以求擅场的才艺比拼。这种群体活动也是文人温习自身文化积累，练习创作功夫的训练场与大课堂。这种创作可谓"为文造情"①，但"为文"却可以提高文艺技能方面的素养的。在其创作中，文学创作本身的训练性因素日益增强，其习作或有真实的情感寄托，但大多数群体性文学活动中的创作不具备文学性的解读思想、体会情感的意义与价值，其实质是训练课业，其作品如同蝉蜕，反映了他们文学才能的成长与成熟过程，未必能反映他们心理与精神的变迁。在这样的情形下，文学整体构成中游戏为文，以结交友朋，联络彼此情感的交流象征作用突出，撼发群体性情感与即时性情绪的特征十分明显。文学的游戏化程度已大不同于中古以前，也不同于宋元时代了。

第三，在群体性交流中形成的文学创作与批评风气使"诗可以群"的古训（诗歌固有的交流符号与象征意义）得以承继，并在一定程度上得到了强化。诗歌作为一种艺术形式，同样是对社会生活的提炼与概括，它本身也具有交流媒介的性质。在文人文学活动的交流环节中，又带有了交流的象征符号意味。这本是"诗可以群"的理论依据。但如同我们在大观园诗社活动中所论述过的，在诗歌发展过程中，过于重视个性，强调独特风格的诗歌创作潮流常常涌现，"诗可以群"的作用亦时隐时现。但到封建社会末期其作用较前代则得到了强化与彰显，回归了诗歌本应具有的沟通与媒介职能。这得力于包括诗社在内的文人群体性活动的兴盛。故而其"群"的作用是情感交流与技艺切磋兼而有之的。我们不是说"诗可以群"是诗歌唯一的职能，但是"群"的作用却不应在强调个性与独特风格时去有意、无意地予以忽略。历史上很多谲怪奇诡之诗风的出现，许多文学不良风气的养成，与"诗可以群"的作用的削减或对其刻意的背离是有直接关系的②。同时，在诗社活动中的表现，往往会影响诗人在诗坛的声誉，如果能够得到诗社社首或盟主的嘉许，诗人会有更好的诗学

---

① （梁）刘勰：《文心雕龙·情采》，（梁）刘勰著，范文澜注：《文心雕龙注》，人民文学出版社1958年版，第538页。
② 《文心雕龙·情采》中强调"为情造文"，反对"为文造情"，是从文学作品要抒发作者真情实感的角度立论的。但若我们从文学活动对作家创作技能提高的实际作用的角度来看，"为文造情"是一种训练。"为文"即为了提高写作某种文体的实际能力。"造情"则是对该文体形式对应的感情类型的体会，经过练习与揣摩，掌握写作这种文体的方法与技巧。文人群体活动即为"为文造情"提供了场合。他们可以于此间大力练习，养成成为作家的基本技能，待直面生活，有真情实感时，"为文造情"便可以转化为"为情造文"了。辛弃疾所谓的少年时期"为赋新词强说愁"的练习，恰为其后来作出大量抒写爱国之志难以实现的词作做了技术、能力方面的铺垫。

前途。清代诗学家冒春荣在广陵、京口等地与当地诗人鲍皋、江欣、汪宏等人结成诗社，成为社首，"大江南北知名士，无不缔交。"他们每年在秦淮邀集数百人举行诗社活动，影响极大。冒氏本人不参加科举考试，但科举中试者若没有参加冒春荣诗社，则"谓之无闻"。冒春荣本人也具有极强的诗坛影响力，他"于友朋生徒一篇一句佳文，笺书口诵，传播同好，其人即成名士，故艺林翕然倾心，以得在君齿颊为幸，未倾盖，致书币神交者数千里。……"①诗社中的诗学活动，包括评价与传诵，对诗人的影响可见一斑。

  第四，虽然存在诗社习气，会对创作与批评产生不利的影响，但其交流融通的积极作用更为主要，是诗社的主导精神。文人在交流中的表现或有轻躁浮薄之处，但活动主题的导向是娱乐中含有训练的意义的。作为一种既有娱乐性又有训练性意义的活动形式，诗社对沟通文人彼此的心灵，交流创作心得与体验，提高批评鉴赏的水平都是很有促进作用的。诗社习气是附属于诗社的这些作用而存在的。关键在于当诗社之娱乐性增强，诗学对抗意义减弱，文人不再以诗社为诗学交流与诗学力量整合的主要阵地，其活动风气便会趋于浮薄。因而明清诗社之形成，与这一时期，尤其是清代诗学各种观念间对立性减弱，融合与集成趋向明显，诗学环境宽松有关。这种诗社风气中的轻躁浮华风气也不只是诗社活动所专有，社会生活的各方面也都存在。故而我们在审视所谓诗社习气时，不能以訾掩德，将历史上诗社在整合创作与批评力量，形成良好诗学风气的意义视为不见，做出片面的批判。

  第五，经过长期历史发展的诗社，在文人生活本身交流融通的不断扩大与社会生活总体上形成的不容许诗人个体与社会群体过于疏远的文化潮流之中，诗社本身也发生巨大而显著的变化。尤其是古代诗学总体上趋于集成，诗学发展表现出了总结性特点的趋势下，诗学的分歧与斗争纵然存在，但对抗性已大为衰减。在这种情况下，诗社已经不会是聚集诗学力量去竞争诗学话语权的组织了。因而诗社便日益松散随意了，其与诗学本身的联系主要表现在培养作用与训练作用的层面上。不再具有整合熔炼出纲领性诗学主张的意义。在活动形

---

① （清）江大键：《冒葑园传》，郭绍虞编选，富寿荪校点：《清诗话续编》，上海古籍出版社1983年版，第1625—1626页。

式上与雅集、酒会等一般化的诗人群体活动的区别也不明显了，甚至是难分彼此，流于雅称与简单的名号意义了。除了有的诗社在政治斗争层面上还具有纲领性与组织性的意义外，一般的诗社已经趋于消解了。即在组织与诗学活动单元的意义上已经趋于消解了。因而可以说，诗社由包括雅集在内的文人群体性活动演化而来，在其演化的过程中，诗学理论的分歧与斗争对诗社的生成与繁盛是起到触媒作用的。当诗学领域之包容性与集成性成为诗学发展主流的时候，诗社便开始取消自身的演化，直至又归于雅集之类的群体性活动。其兴也缘于诗学，其散也缘于诗学。所以诗社是诗学发展中一个历史阶段伴生的一种文学现象。在我国古典诗学趋于完形，诗社之会社与组织意义与诗学活动的单元意义便不存在了。直至今日的许多"诗社"实际上只是沿用了这一"雅称"，而不是我们所认为诗学组织的意义了。

附论：诗社与古代文学理论批评研究的相关问题

一、《文心雕龙》关于文人群体性文学活动的相关意见简析

　　文人群体性文学活动有两个层面的意思，即文人群体本身的活动层面和文人活动带有的组织性、集合性或团体性的特点层面。通过对这两个层面的关注，可以基本把握古代文人群体性文学活动的基本特征。而从文人群体性文学活动的角度去探索古代文学在发展演化过程中的内在规律，是连结偏于宏观的有关文学生态研究与偏于具体的作家作品研究、地域文学研究、家族文学研究和文人群体本身的研究的重要纽带。这种研究以文学活动为切入点，结合对不同时期的文人群体的相关文学活动的审视，分析其对该时期诗文风气和文学理论批评的实际作用来进行理论的分析与阐释，从而解答文学发展内部某些层面的作用机理问题。这种研究也是某种意义上的"基层写作"研究[①]，但研究重点不只在于对文人群体活动的考证方面，而在于对其实际作用的分析与历史意义的阐述方面。在文人群体性文学活动逐渐趋于频繁的南北朝时期，文人们在群体性文学活动中的创作与批评风气对于当时的总体文风都会产生影响。在产生于该时期的《文心雕龙》中，对与群体性文学活动有关的问题也多有理论分析，通过对这些材料的总体考察，有助于掌握唐前文人群体性文学活动在文学发展总体脉络中的作用，也有助于更深入地阐释群体性文学活动对诗文总体风气所产生的影响及其在文学理论批评中的实际作用。

---

　　① 关于"基层写作"，罗时进在《基层写作：明清地域性文学社团考察》（载《苏州大学学报》（哲学社会科学版）2012年第1期）有所阐发，本文"基层写作"的提法来源于此。

《文心雕龙》涉及的群体性文学活动及其诗文风气

群体性文学活动的特质，除了要有一定数量文人的集合性、团体性的活动而外，还应关注其共同或趋同的创作与接受活动对于当时诗文风气的影响。《文心雕龙》对这些问题或多或少均有所涉及，其中涉及的文人群体活动主要是在论述一些时期文学总体风貌时间接表述出来的。刘勰在对待现在所说的"文人群体"时，还没有把他们当作一个稳定的概念来使用，也未对其内涵与外延做出分析或阐述。在他的理论中，他是由文风去考察群体，以群体的文学活动来述说文风。因此，对《文心雕龙》中的文人群体的考察，也应与其对文风的考察联系起来进行。

刘勰关于群体性文学活动的意见首先表现在对文学交流的肯定上。《明诗》篇在考察诗歌发展的早期情形时有云："……自商暨周，《雅》、《颂》圆备，四始彪炳，六义环深。子夏监绚素之章，子贡悟琢磨之句，故赏赐二子，可与言诗。自王泽殄竭，风人辍采；春秋观志，讽诵旧章，酬酢以为宾荣，吐纳而成身文。逮楚国讽怨，则《离骚》为刺，秦皇灭典，亦造仙诗。"①其中提到了《论语》中所载孔子与卜商和端木赐交流诗学心得的事例（分别见《八佾》与《学而》）。由刘勰之言语可以推知，他对这种交流是肯定的。尤其重要的是，刘勰对春秋时期诸侯卿大夫交接揖让之际的"赋诗言志"现象也是肯定的。他对《诗经》在文人士大夫间的交流媒介性质有充分的认识，对于诗学交流中"讽诵旧章"的用诗方式也持赞许态度。因为这种用诗方式使得士大夫能够做到"酬酢以为宾荣，吐纳而成身文"。由此可知，对于后世诗学交流的核心媒介——诗在交流中的作用，不管是赋诗还是作诗，刘勰实际上都是认可的。对于诗这种交流媒介作用的认可，就意味着刘勰对于诗歌过分重视个性摅写的做法持不赞许的态度。②在《辨骚》篇中，在论及楚辞有"诡异之辞"、"谲怪之

---

① （唐）刘勰著，（梁）刘勰著，范文澜注：《文心雕龙注》，人民文学出版社1958年版，第65—66页。

② 刘勰对过分追求个人摅写而不顾及读者接受适宜性的"好奇"做法予以批驳。如《论说》对"徒锐偏解，莫诣正理"的不满，《序志》指出的"辞人爱奇，言贵浮诡，饰羽尚画，文绣鞶帨"的做法极为不满，认为是"离本弥甚，将遂讹滥"弊病的根由。这些观点，其实都与他对过分强调个性摅写的批判态度有关。钟嵘《诗品总论》中所谓"独观谓为警策，众睹终沦平钝"云云，虽然是从批评角度立论，但亦与钟嵘不主张作家有失交流适宜考虑的摅写活动带来的弊端有关。而颜之推的观点与之相较，其意味就更显豁了。详见本章后文。

谈"、"狷狭之志"、"荒淫之意"的四个"异乎经典"的方面时，对楚辞所反映的某些"夸诞"内容提出批评。尤其应该注意的是，在论及"荒淫之意"时，刘勰以《招魂》的"士女杂坐，乱而不分"和"娱酒不废，沉日夜些"的内容时言道："士女杂坐，乱而不分，指以为乐，娱酒不废，沉湎日夜，举以为欢，荒淫之意也。"①虽然是就《楚辞》的内容进行分析，但其对于某些群体性活动，尤其是没有体现儒家伦理秩序观念的群体性活动是不赞成的。

《杂文》篇在论述"对问"文体时，也涉及了文学交流的问题。虽然是虚拟的交流语境，但亦可由此揣测刘勰有关群体性文学活动的观念与主张。"对问"是一种虚拟的交流对话形式，作家可以借助这种虚拟的语境去表达情感，述说道理。刘勰指出："宋玉含才，颇亦负俗，始造对问，以申其志，放怀寥廓，气实使之。"②宋玉以虚拟的对问来"申其志"，可以充分地摅写情志，而不必去顾及受众的接受能力，即所谓"负俗"。在现实的接受群体难以实施准确的接受时，虚拟一个与自己对问者，便于构建一个有利于摅写心志的话语语境。这便是对问文体的积极作用。接下来，刘勰说："及枚乘摛艳，首制《七发》，腴辞云构，夸丽风骇。盖七窍所发，发乎嗜欲，始邪末正，所以戒膏梁之子也。扬雄覃思文阁，业深综述，碎文琐语，肇为连珠。其辞虽小而明润矣。"③刘勰认为这是"文章之枝派，暇豫之末造。"④正是因为交流语境是虚拟的，没有或淡化了真实的社会约束作用，故而在摅写活动中，在充分展示自己心志的过程中，难免有超乎正常伦理秩序的内容。刘勰认为"对问"文体是"枝派"、"末造"的观点，实与他以儒家为基础的伦理观念和文学观念有关。但可贵的是，刘勰对于交流，即便是虚拟的交流语境对于作者个性摅写的积极作用还是有深入认识的。在《杂文》中，刘勰还评述了自东方朔而后的十一位"对问"作家，对他们的艺术成就做了充分肯定。其云："自对问以后，东方朔效而广之，名为《客难》，托古慰志，疏而有辨。扬雄《解嘲》。杂以嘲谑，回环自释，颇亦为工；班固《宾戏》，含懿采之华；崔骃《答旨》，吐典言

---

① （梁）刘勰著，范文澜注：《文心雕龙注》，人民文学出版社1958年版，第47页。
② （梁）刘勰著，范文澜注：《文心雕龙注》，人民文学出版社1958年版，第254页。
③ （梁）刘勰著，范文澜注：《文心雕龙注》，人民文学出版社1958年版，第254页。
④ （梁）刘勰著，范文澜注：《文心雕龙注》，人民文学出版社1958年版，第254页。

之裁；张衡《应间》，密而兼雅；崔实《客讥》，整而微质；蔡邕《释诲》，体奥而文炳；景纯《客傲》，情见而采蔚：虽迭相祖述，然篇籍之高者也。至于陈思《客问》，辞高而理疏；庾敳《客咨》，意荣而文悴：斯类甚众，无所取裁矣。原兹文之设，乃发愤以表志。身挫凭乎道胜，时屯寄予情泰，莫不渊岳其心，麟凤其采，此立本之大要也。"①因有"身挫凭乎道胜，时屯寄予情泰"，才能"渊岳其心"、"麟凤其采"，因"身挫凭乎道胜"，为了"发愤表志"而撰写，虽交流语境系虚拟，但因情感真实，亦有可取。"对问"作为文体，其产生及存在的意义便在于此。"交流"在这种文体中存在，使作者有了撰写心志的依托，因"交流"而撰写，使"对问"有了发挥作用的支撑。"交流"对于文学撰写活动的意义也正在于此。

其次是与群体性文学活动紧密关联的"俗"的问题。"俗"是一种基层的诗文风气，但却与某个时代自觉或不自觉的文学风尚有关。而文学风尚的生成，其实内在是有一个群体性认同的因素的。某个群体的认同，形成某个群体的风气，当这个群体具有强大的文学影响力的时候，其风气也会影响某个时代主流的诗文风气。在这种时候，其他群体的风气也会从动于这种风气并且进一步去充实它甚至是强化它。某些时代，基层文人群体的风气也会汇合成强大的影响力去作用于总体时代的风气，这个时候，就会出现"俗"与"雅"间的矛盾对立关系。"雅"可以正"俗"，也可以对"俗"有所汲取。"雅"是"俗"的精华，"俗"是"雅"的素材。在刘勰看来，"俗"在当时是不良诗文风气的主体力量。《乐府》篇有云："若夫艳歌婉娈，怨志诀绝，淫辞在曲，正响焉生？然俗听飞驰，职竞新异；雅咏温恭，必欠伸鱼睨，奇辞切至，则拊髀雀跃，诗声俱郑，自此阶矣。"②因"俗听"好"新异"，便导致了"诗声俱郑"的弊端。这里的所谓"俗"，就是群体性的接受向度，虽然不一定是有意识的"群体性"，但汇而成"俗"，并且形成了一定的影响力和风气，使风气中的文人自觉或不自觉在接受上有了选择性。这种选择性汇集了不同的文人而形成了群体性，再由群体性而成"俗"，进而由"俗"而蔚为风气，"俗"成为勾连

---

① （梁）刘勰著，范文澜注：《文心雕龙注》，人民文学出版社1958年版，第254—255页。
② （梁）刘勰著，范文澜注：《文心雕龙注》，人民文学出版社1958年版，第102页。

群体与风气的中间环节。因为在刘勰的时代，文风"讹滥"，"辞人爱奇，言贵浮诡"①，追求新异巧慧的风尚浸淫文坛，成了当时"俗"的主要特征，故而刘勰对"俗"也自然多有指责。当然，文人的群体性活动也会导致某一时期的总体的接受风气趋于健康活泼，并滋育出连通"雅"、"俗"的诗文大家，盛唐与中唐的大多时候就是如此，不过在刘勰的时代，"俗"却是存在着不良风尚的，这与烘托其诗文风气的文人自身与文人群体都有密切的关系。

第三是对历史上的文人群体性文学活动所熏染成的某种诗文风气的意见。这也是考察《文心雕龙》关于文人群体性文学活动的重要切入点。对于历史上较为重要的文人群体性文学活动，刘勰往往能够准确地进行描述，也能把握其重要特点，表现出很强的理论概括能力。《时序》云："春秋以后，角战英雄，六经泥蟠，百家飙骇……唯齐楚两国，颇有文学，齐开庄衢之第，楚广兰台之宫，孟轲宾馆，荀卿宰邑；故稷下扇其清风，兰陵郁其茂俗，邹子以谈天飞誉，驺奭以雕龙驰响，屈平联藻于日月，宋玉交彩于风云。观其艳说，则笼罩雅颂，故知暐烨之奇意，出乎纵横之诡俗也。"②对战国时期齐楚稷下和兰台的群体性活动以清风和"茂俗"来描述，并对其间涌现出的代表人物进行枚举。在这种风气甄陶之下，屈原、宋玉的出现，就与群体性文学活动联系起来了。

在《时序》篇述及西汉武帝的文人群体活动时，刘勰云："……逮孝武崇儒，润色鸿业，礼乐争辉，辞藻竞骛：柏梁展朝宴之诗，金堤制恤民之咏，征枚乘以蒲轮，申主父以鼎食，擢公孙之对策，叹儿宽之拟奏；买臣负薪而衣锦，相如涤器而被绣。于是史迁寿王之徒，严终枚皋之属，应对固无方，篇章亦不匮，遗风余采，莫与比盛。"③因汉武帝喜好文艺，于是，以"润色鸿业"为时代主题，柏梁集咏，金堤制曲一类的群体性文学活动便在皇帝的带头提倡作用下，汇集了越来越多卓有成就的作家：枚乘、主父偃、儿宽、司马迁、吾丘寿王、严安、终军、枚皋等都在这一时代展示了他们的文学才华，装点了这一时期的文艺舞台。正因为有皇帝的"崇儒"，有"润色鸿业"的时代主题引领，刘勰对汉武帝时期的群体性文学活动是充分肯定的。

---

① （梁）刘勰著，范文澜注：《文心雕龙注》，人民文学出版社 1958 年版，第 726 页。
② （梁）刘勰著，范文澜注：《文心雕龙注》，人民文学出版社 1958 年版，第 671—672 页。
③ （梁）刘勰著，范文澜注：《文心雕龙注》，人民文学出版社 1958 年版，第 672 页。

建安时期，邺下文人群体的文学活动在文学史上具有重要意义。刘勰对该文人群体的总体风貌和历史意义的把握非常准确。在《明诗》篇中，刘勰云："暨建安之初，五言腾涌，文帝陈思，纵辔以骋节，王徐应刘，望路而争驱；并怜风月，狎池苑，述恩荣，叙酣宴，慷慨以任气，磊落以使才：造怀指事，不求纤密之巧，驱辞逐貌，唯取昭晰之能，此其所同也。"①这里的"此其所同"云者，可以看出刘勰是从总体风貌的相同之处来把握这一群体的基本特征的。而"同"的性质，则是文人群体性作用的一种表现。刘勰的这段论述，既描绘了建安群彦聚集的情状，也概要地表述了他们此期文学创作的基本内容，还论及了他们的基本艺术特征和总体风格，准确精当地把握住了邺下文人集团的文学特色，成为研究建安文学必然征引的论证材料。刘勰对建安文学中个性摅写与群体特征兼容的良性机制也有体认。"慷慨任气"、"磊落使才"也不影响他们总体上存期所同之处，而这个所同之处，亦即为该群体最为突出的艺术特色。

《明诗》篇是从诗歌发展的角度阐述建安时期的诗歌风貌，而《时序》则从文学与时代的关系阐述了建安时期在核心人物倡导之下，"俊才云蒸"，共同展开创作活动的时代情形。其云："自献帝播迁，文学蓬转，建安之末，区宇方辑，魏武以相王之尊，雅爱诗章；文帝以副君之重，妙善辞赋；陈思以公子之豪，下笔琳琅。并体貌英逸，故俊才云蒸。仲宣委质于汉南，孔璋归命于河北，伟长从宦于青土，公干徇质于海隅，德琏综其斐然之思，元瑜展其翩翩之乐，文蔚、休伯之俦，于叔、德祖之侣，傲雅觞豆之前，雍容衽席之上，洒笔以成酣歌，和墨以藉谈笑。观其时文，雅好慷慨，良由世积乱离，风衰俗怨，并志深而笔长，故梗概而多气也。"②在三曹感召之下，王粲、陈琳、徐幹、刘桢、应玚、阮瑀、路粹、繁钦、邯郸淳、杨修等人都麋集一处，他们"体貌英逸"、"俊才云蒸"，集中在一起展开的文学活动，也在总体上表现出了"并志深而笔长，故梗概而多气"的色彩。这是建安文人群体共同的文学风貌，其中既包容了他们各自的性情特点，也包容着每个人的才华，是个性与共性，个人与群体两不相悖的文人群体。刘勰对该群体的肯定，反映了他颇为中肯公允

---

① （梁）刘勰著，范文澜注：《文心雕龙注》，人民文学出版社1958年版，第66页。
② （梁）刘勰著，范文澜注：《文心雕龙注》，人民文学出版社1958年版，第673—674页。

游,藉芳草而眺瞩。或朱炎受谢,白藏纪时;玉露夕流,金风时扇;悟秋山之心,登高而远托。或夏条可结,倦于意而属词;冬云千里,睹纷霏而兴咏。密亲离则手为心使,昆弟宴则墨以亲露。又受贤之情,与时而笃,冀同市骏,庶匪畏龙。不追子晋,而事似洛滨之游,多愧子桓,而兴同漳川之赏,漾舟玄圃,必集应、阮之俦;徐轮博望,亦招龙渊之侣。校核仁义,源本山川。旨酒盈罍,嘉殽益俎。曜灵既隐,继之以朗月;高春(傍晚)既夕,申之以清夜。并命连篇,在兹弥博。"①在阐述了他的基本文学主张之后,他讲述了自己"游思于文林"的审美心态。生活中能够感发创作心理的情景、物象都使自己"手为心使"而"属词"、"兴咏"。尤其是提到了自己的"受贤之情"和喜好游赏的秉性。他提到了周灵王王乔(字子晋)游赏于伊洛之滨的典故,也提到了曹丕(字子桓)的南皮之游。其行文风气,颇似曹丕的《与吴质书》,其接遇文人,爱好文艺,亦颇似之。萧统礼遇刘孝绰、王筠、殷芸、陆倕、到洽、刘勰等人,在与诸人交往中形成了自己的文学主张。其《文选》的编定,亦得诸人之力。可以说,在三萧兄弟中,萧统及其文学俦侣对于文学创作和相关风气的形成,是起到了积极的作用的。不过,萧统还是强调文学的新变的,他在《文选序》中主张的"事出于沉思,义归乎翰藻",以及认为文学发展是"踵其事而增华,变其本而加厉"的意见②,对当时的文风还是起到了一定的助推作用。同时,萧统强调不选经史子之文,与刘勰的主张相左,并未认同刘勰对时下文风即"辞人爱奇,言贵浮诡"的意见③。因而,虽然有刘勰、钟嵘和裴子野的呼吁,当时的诗文风气还是按照惯性往后延续并继续发展。在萧统之后,在萧纲、萧绎那里,文学观念和文人群体的实际作用,在延续此前基本认识的基础上更进一步,并导致了颇受后人诟病的不良文风的出现。

萧纲的文学主张主要表现在他写与萧绎的《与湘东王书》之中。在该文中,萧纲先是指出:"比见京师文体,懦钝殊常,竞学浮疏,争为阐缓",对

---

① (梁)萧统:《答湘东王求文集及〈诗苑英华〉书》,《全梁文》卷二〇,(清)严可均编:《全上古三代秦汉三国六朝文》第3册,中华书局1958年影印本,第3064页下。

② (梁)萧统:《答湘东王求文集及〈诗苑英华〉书》,《全梁文》卷二〇,(清)严可均编:《全上古三代秦汉三国六朝文》第3册,中华书局1958年影印本,第3064页下。

③ (梁)刘勰著,范文澜注:《文心雕龙注》,人民文学出版社1958年版,第726页。

"竞学浮疏"有所不满。但他又细加分析,说出了自己不满的原因:"若夫六典三礼,所施则有地;吉凶嘉宾,用之则有所。未闻吟咏情性,反拟《内则》之篇,操笔写志,更摹《酒诰》之作,迟迟春日,翻学《归藏》,湛湛江水,遂同《大传》。"① 可以推知,萧纲所谓的"懦钝",应该是指某些人学习"六典三礼"等经典作品而带来的文风平实却缺乏灵动的行文特点。② 他认为,这既非道得眼前之景而有失真切,又迂远浮疏,不切事情。他也如同钟嵘一样,对当时文人学习古代优秀作家而不得要领的现象表示不满。他说:"但以当世之作,历方古之才人,远则杨、马、曹、王,近则潘、陆、颜、谢,而观其遣辞用心,了不相似。若以今为是,则古文为非;若昔贤可称,则今体亦弃;俱为盍各,则未之敢许。"③ 其意在否定当时文人师法前人而作出的诗文,甚至认为他们所作与前人了不相似。但是,萧纲实际上是主张为文要"精讨锱铢,核量文质。有异巧心,终愧妍手"④,他对师法经典和前人的不满,并不是认为师法的方向和力度有误,他实际上是要创立新路,写出华丽艳逸的作品。如此也就不难理解他在《答新渝侯和诗书》中对萧暎作品的夸赞了。其中有云:"……珠玉生于字里,跨蹑曹、左,含超潘、陆。双鬟向光,风流已绝;九梁插花,步摇为古。高楼怀怨,结眉表色;长门下泣,破粉成痕。复有影里细腰,令与真类;镜中好面,还将画等。此皆性情卓绝,新致英奇。"⑤ 萧暎诗已佚,但萧纲对其诗作的评价可见他推崇的是"性情卓绝,新致英奇",结合其创作,则是艳逸深华,辞采葱倩的作品,也就是其宫体诗一类的创作了。萧纲《诫当阳公大心书》中所说的"立身之道与文章异,立身先须谨重,文章且须放荡。"⑥ 与其说是告语其子萧大心立身作文的道理,不如说是为其宫体诗的创作张本。因此,萧纲对于宗经风气带来的"懦钝"风气给出的疗救之方,是宫体诗的创

---

① 《庾肩吾传》,(唐)姚思廉撰:《梁书》第 3 册,中华书局 1973 年版,第 690 页。
② 这倒说明当时的京师还是有人对当时竞逐华艳的文风有意见转而师法经典,这或是受到了刘勰的影响。
③ 《庾肩吾传》,(唐)姚思廉撰:《梁书》第 3 册,中华书局 1973 年版,第 690—691 页。
④ 《庾肩吾传》,(唐)姚思廉撰:《梁书》第 3 册,中华书局 1973 年版,第 691 页。
⑤ 《全梁文》卷一一,(清)严可均编:《全上古三代秦汉三国六朝文》第 3 册,中华书局 1958 年影印本,第 3010 页下—3011 页上。
⑥ 《全梁文》卷一一,(清)严可均编:《全上古三代秦汉三国六朝文》第 3 册,中华书局 1958 年影印本,第 3010 页上。

请不暇，困于课限，或买以应诏焉。于是天下向风，人自藻饰，雕虫之艺，盛于时矣。"①从宋明帝以后，因统治者的好尚，庙堂之上带有群体性特征的文学活动频繁，加之其间充溢的逞才炫艺的风气，致使出现了"戎士武夫，则则托请不暇，困于课限，或买以应诏"的奔竞名利、不计其实的严重弊端。因此，裴子野对刘宋以来的群体性风气是非常不满的。他的这种态度，与刘勰所谓"宋初讹而新"的论断相合。②刘勰批评"为文造情"的观点，③也与刘宋而下竞逐新奇、悖离实情的文风有关。裴子野对由此而产生的文风弊端也十分不满，他说："自是闾阎年少，贵游总角，罔不摈落六艺，吟咏情性。学者以博依为急务，谓章句为专鲁。淫文破典，斐而为功，无被于管弦，非止于礼义，深心主卉木，远致极风云，其兴浮，其志弱，巧而不要，隐而不深，讨其宗途，亦有宋之风也。"④"兴浮"、"志弱"、"巧而不要"、"隐而不深"的文风，来自于刘宋君臣群体活动的风气。其观点与刘勰也是相通的。然而，即使有刘勰、钟嵘和裴子野的激烈意见，当时的文风并未有所改变，甚至在华靡浮艳、竞为纤巧的道路上日甚一日地发展着，直到初唐四杰及陈子昂等人的有力反击才告终结。但是，我们还须注意，同样是君臣相煽而形成的一代风气，为什么刘勰对于汉武帝时期、建安时期多有肯定而对刘宋以后却诟病甚多呢？其原因便是君臣好尚的不同。汉武帝、魏武帝（以及魏文帝、魏明帝）都好尚文艺，也有博大的政治胸怀和独到的文艺眼光，而后世之君，如宋明帝、宋孝武帝等人，虽亦爱好文艺，但却缺乏包容宏放的眼光与胸怀，偏好华丽靡缛的一路，且忌人胜己，好人趋从，因而以浮靡相煽，致使文风矫诞，浮浅寡情，这在根本上不同于汉魏之君。⑤在《文心雕龙》中，刘勰并未有直接分析文人群体的"群体性"之处，而多是在论述其他理论问题时间有涉及，但我们仍可推知，刘勰对于历代文人群体活动把握是结合其创作风气来进行剖判的。这对于我们的启示

---

① 《全梁文》卷五三，（清）严可均编：《全上古三代秦汉三国六朝文》，第 4 册，第 3262 页上一下。
② （梁）刘勰著，范文澜注：《文心雕龙注》，人民文学出版社 1958 年版，第 520 页。
③ （梁）刘勰著，范文澜注：《文心雕龙注》，人民文学出版社 1958 年版，第 538 页。
④ （梁）裴子野：《雕虫论》，《全梁文》卷五三，（清）严可均编：《全上古三代秦汉三国六朝文》第 4 册，第 3262 页下。
⑤ 《南史·鲍照传》载宋孝武帝刘骏"好为文章，自谓人莫能及，照悟其旨，为文章多鄙句累言，咸谓照才尽，实不然也。"（唐）李延寿撰：《南史》，中华书局 1975 年版，第 360 页。

就是，对于古代的文人群体研究，唯有将其置于文学史的宏阔视野之下，结合其文学活动的影响来予以分析，而不被其间成员的身份、活动的时间、地点等问题去遮蔽了分析的眼光。

从刘勰对历史上的文人群体活动和相关文风的评述上去分析，可以说，刘勰虽未直接进行文人群体的研究，但其研究视野与研究方法都是非常允当的。既不流于浮泛，也不迷离于至尊贵胄的声望；既不单着眼于影响，也不踟躇于单纯的文本作品分析，而是怀着对未来文学发展的深沉关切，出于对流行文风的深入思考，从为文学正源出发，从内心理念中的正确道路的角度予以全面观照和系统阐述。我们对古代文人群体的研究，正应参照并取法于此，才能深入窾奥，得其中之大旨。

时代后于刘勰的颜之推，其理论的体系性和深度固然无法与刘勰相比，但却多少注意到了群体性的某些积极意义。《颜氏家训·文章篇》在批评了"自古文人，多陷轻薄"后，指出："今世文士，此患弥切，一事惬当，一句清巧，神厉九霄，志凌千载，自吟自赏，不觉更有旁人。"①只沉浸在"自吟自赏"的虚幻氛围之中，缺乏宏阔的参照视野，就难以避免陷入"轻薄"的迷途。颜之推进而又云："吾见世人，至无才思，自谓清华，流布丑拙，亦以众矣。江南号为'诊痴符'。近在并州，有一士族，好为可笑诗赋，诋擎邢、魏诸公，众共嘲弄，虚相赞说，便击牛酾酒，招延声誉。其妻，明鉴妇人也，泣而谏之。此人叹曰：'才华不为妻子所容，何况行路！'至死不觉。自见之谓明，此诚难也！"②此并州士人，便是沉浸在孤芳自赏的自我满足感中，也被群体交流中促狭的虚誉所误导，迷失了自身艺术感受力与基本的判断能力。他一味自矜，竟傲视大家，以致成为笑柄而不自悟。可见，缺乏交流与不友善的群体关系不利于文学创作与批评。《颜氏家训·文章篇》还提到了当时江南文人群体内部具有交流关系与交往风尚。而北方在这一方面则存在缺失。其云："江南文制，欲人弹射，知有病累，随即改之。陈王得之于丁廙也。山东风俗，不通击难。

---

① 王利器：《颜氏家训集解》（增补本），《新编诸子集成》本，中华书局1993年版，第237、238页。
② 王利器：《颜氏家训集解》（增补本），《新编诸子集成》本，中华书局1993年版，第254页。

歆《移书让太常博士》，则知其针砭时学之弊以正后学的深切用意，其观点的谋略性即在于借批评当下学术风气以争取古文经学的正统地位；东汉谶纬之学大盛，文化学术空气中荒诞之风弥漫，遂有王充起而矫之，其《论衡》中贯穿着一条清晰的思想线索便是"疾虚妄"与"归实诚"，其理论的谋略正在于以"实"击"虚"，以"实诚"的学风挽救谶纬之学带来的浇伪与浮泛。后曹丕反对"文人相轻，"以"审己度人"的态度评骘时彦，并倡为文不朽之说，使文学作为独立的人文门类得以正名，其谋略性在于以置换立言不朽的传统含义为文学的独立发展张本。钟嵘针对齐梁间学诗者"自弃于高明，无涉于文流"的"准地无依"的混乱状况而作《诗品》，其用意正在"辨彰清浊，掎摭利病"，借助树立品第以确立典范来达到端正诗学取向的目的，从而使诗歌创作走上健康发展的道路。梁代文坛在崇华黜实的文学风气中变本加厉，采滥忽真，风气日下，裴子野因作《雕虫论》以攻疾防患，对"摈落六艺"的时代文风提出严厉批评，其理论用意在于使文学回归雅正淳厚的典谟传统。唐代初期六朝余风仍在，杨炯、王勃、陈子昂等便起而矫之，标橥"骨气"，力图在新的时代背景下树立建安法式，其意旨在于以建安文学"骨气端翔"、"光英朗练"的风格为号召，以变积习。唐代中期诗风、文风渐趋啴缓平钝，元白韩柳等人更以《诗经》、汉乐府以及先秦两汉文风予以匡范，以激切和奇崛实施干预，使诗文风气为之一新，其实际用意则在于通过整肃文坛风气，使儒学重新统领社会思想和文化。其文学实践及理论的谋远虑深均在我国文化史上留下极为深刻的一笔。此外，宋初欧、梅等人的诗文革新思想，江西诗社的诗学宗法观念，严羽的禅喻说以及诗学阶进论还有明人的唐宋诗学论争、清人的诗学系统观等，实际上也都具有现实针对意义之外的谋略性。以往的古代文学理论研究过于关注这些理论的针对性，而对其深层的谋略性有所忽略，致使在阐发古代文论的内在学理脉络上缺少了通透性与延展性，对此，笔者将另文予以论述。

总之，我国古代的文学理论主张大都具有现实的针对性和未来的指向性，都是对某种文学现象或风气在进行批评检讨的同时又谋略性地阐发疗救措施与发展方略。以《诗品》为例，钟嵘认为当时学诗者取法失当，"笑曹刘为古拙，谓鲍照羲皇上人，谢朓今古独步"，认为如此便"自弃于高明，无涉于文流"，以至在批评标准上"随其嗜欲，商榷不同。淄渑并泛，朱紫相夺，喧议竞起，准的无依"①使诗歌创作失去方向。故钟嵘标榘上品以为范式,意图廓清诗坛的混乱局面,为诗歌创作与批评的发展指明道路。其间即贯穿着理论建设中的谋略运用——这种针对文风之弊而生发并着眼于今后文学发展的理论构建和阐说理路便是我国古代文学理论谋略性的实在表现。然就《文心雕龙》而言,其理论内容所透射出的谋略性则更为浓厚,不只如章学诚所说的"虑周",还有思远的意义在。研究《文心雕龙》的文学理论,必须对其理论谋略做必要而充分的关注。

刘勰疗救文风之弊的理论谋略

刘勰文学思想本为救弊而发。刘勰不满于"去圣久远,文体解散,辞人爱奇,言贵浮诡,饰羽尚画,文绣鞶帨,离本弥甚,将遂讹滥"②的时代文风而力求予以改变。加之他认为曹丕、陆机、李充、挚虞等人的有关理论存在"各照隅隙,鲜观衢路"的缺失,未能"振叶以寻根,观澜而索源"③,故而在研究领域、研究思路与研究方法等方面均着力构建自己的理论体系,既用以针砭文风,又用以改变此前一些文学理论不够周延缺乏圆融的不足。

在刘勰看来,文坛上所以异端丛至,原因在于对文学创作之"奇"的错误理解。在《定势》篇中,刘勰说:"自近代辞人,率好诡巧,原其为体,讹势所变,厌黩旧式,故穿凿取新,察其讹意,似难而实无他术也,反正而已。"④刘勰所谓"讹意",就是"厌黩旧式"与"穿凿取新",从而导致追求"诡巧",失却了创作正理。《通变》篇勾勒历代文学发展的不同风貌时所说的"黄唐淳而质,虞夏质而辨,商周丽而雅,楚汉侈而艳,魏晋浅而绮,宋初讹而新,从质及讹,弥近弥淡,何则? 竞今疏古,风昧气衰也。"⑤对由"质"及"讹"的文风变迁,尤其是对刘宋以来的"竞今疏古"风气表示愤慨,认为背离了文学发展的正确传统。就文坛弥漫着的不良风习,刘勰在《文心雕龙》中,以"文之枢纽"数篇为基础,要求学文者"禀经以制式,酌雅以富言"⑥,以儒家经典

---

① (梁)钟嵘撰,陈延杰注:《诗品注》,人民文学出版社1961年版,第3页。
② 杨明照:《文心雕龙校注》,中华书局1959版,第317页。
③ 杨明照:《文心雕龙校注》,中华书局1959版,第318页。
④ 杨明照:《文心雕龙校注》,中华书局1959版,第213页。
⑤ 杨明照:《文心雕龙校注》,中华书局1959版,第207页。
⑥ 杨明照:《文心雕龙校注》,中华书局1959版,第14页。

露，一方面由文体本身的特点所致。这样的创作过程，虽是遵循某种客观规律的要求，然其过程又会显得自然而然、水到渠成。所谓"熔范所拟，各有司匠，虽无严郭，难得逾越"亦即是从"势"的内在规定性来讲的。刘勰认为，要成为一个作家，必须了解、掌握各种文体的特点，了解这种文体适合表现怎样的思想和情感，会生成怎样的风格，故而刘勰亦有云："渊乎文者，并总群势。奇正虽反，必兼解以俱通；刚柔虽殊，必随时而适用。"[①]作家不应是了解一种文体的内在特点，而应全面掌握各种文体的写作规律，使自身具备驾驭各种文体的能力，这便是"势"在能力方面的含义。刘勰对每种文体在风格方面的内在规定性做出详细的表述："章表奏议，则准的乎典雅；赋颂歌诗，则羽仪乎清丽；符檄书移，则楷式于明断；史论序注，则师范于核要；箴铭碑诔，则体制于宏深；连珠七辞，则从事于巧艳：此循体而成势，随变而立功者也。虽复契会相参，节文互杂，譬五色之锦，各以本采为地矣。"要驾驭各种文体，其前提条件之一便是有铨别之功，刘勰指出："括囊杂体，功在铨别，宫商朱紫，随势各配"[②]是说作家要熟练掌握各种文体应有的特点，根据主观创作意图，选用适当的文体，用这些文体创作，又自然会导向某种艺术风格。接下来刘勰所谓的"循体成势，随变立功"就是要求作家必须懂得"循体"，还应懂得"随变"，要根据创作意图，调动各种主客观因素为完成创作服务。这样方能"成势"，才能使创作活动获得实际成效。此处之"势"，是创作活动进展得自然顺畅的状态与持续如此进展的趋势，这是"势"的第三个含义。因此，"势"不能仅解释为"风格"或"文体风格"，而应含有规律以及运用规律的能力的含义在内；同时，也具有文体内在要求（包括文体趋向于某种风格的内驱力）等含义在内。因此，笔者认为，刘勰的"势"实际上具有三层含义：其一是作者自身情志特点与文体内在要求对创作活动的约束力，其约束力来自于二者匹配关系的耦合程度对创作活动的实际影响；其二是作家因遵循自身与文体内在要求而具备驾驭创作活动的能力，这种能力的获得来自于作家对自身与文体间耦合关系的清醒认识与准确选择；其三即创作活动在顺利进展过程中所达

[①] 杨明照：《文心雕龙校注》，中华书局1959版，第212页。
[②] 杨明照：《文心雕龙校注》，中华书局1959版，第212页。

到的滔滔汩汩、自如奔放的自由状态与进展趋势,这种趋势的出现,缘于作家创作行为本身的合目的性与合规律性的统一。由此可见,刘勰"势"的含义中蕴含着他对创作活动整个过程的细密思考,该术语本身就是刘勰对作家修养、文体特征和文学风格等问题的谋略性观照而提出的。

"定势"与作家修养的谋略

在《定势》篇中刘勰还指出,作家如果不遵循文体的内在规定性,过于容让自己的个性而"厌黩旧式",以至于好为"诡巧"或"穿凿取新",就会出现"讹势",背离文学创作的正轨。刘勰认为文体的内在规定性一方面由其形式特点决定,一方面则由该种文体在历史演进的过程中形成的范式决定。《序志》篇所提出的文体论各篇的研究思路"原始以表末,释名以彰义,选文以定篇,敷理以举统"的要旨即在力求把握文体形式与其历史演进过程中出现的成功范例及其基本特点,作家要掌握各种文体的基本形式特点,也要参照成功范例去把握文体,在这个意义上,文体的成功范例的典范意义与基本形式要求便是所谓的"旧式"刘勰认为,文学创作出现"讹势"的原因是"逐奇失正",这实际是"适俗"、"趋近"等非理性非谋略思维的结果。若此种"讹势"得不到纠正,就会导致"势流不反,则文体遂弊"[①]。由此可见,刘勰在《定势》篇中投注了他对文学本身多方面问题的深切思考,他既阐发了对文弊问题的思考,也从文学创作的具体过程出发,要求作家遵从文学创作的主客观规律去"定"文学创作活动之"势",使创作活动得以顺利完成并达到预期艺术效果。在该篇中,刘勰充分表现出了他的理论智慧,也表现出了他深邃的理论谋略。如果我们沿着该篇的理论思路推及出去,便会发现《文心雕龙》整体上都贯穿着这样的理论智慧和理论谋略,兹予以简述:

首先,刘勰认为,作家应具备健全的、符合儒家思想的基本人格素养,他指出,这种素养的获得,要借助对儒家"道"的学习以及对圣人思想的踝求,还须对儒家经典进行深揣和领会。其间还须通过"养气"和掌握各种创作方法和艺术技巧来形成对于文学创作至为重要的人格素养——"风骨"。作家必

---

① 杨明照:《文心雕龙校注》,中华书局1959版,第212页。

开来，由少及多，本身也逐渐吸纳了其他文体的特点，也因典范作品的关系而被赋予了一些作家的创造性改进成果，这些源自经典本身而具有的内在特点与演进中沾溉的新特点都是作家应予以了解的。同时，每种文体在源出经典后的发展过程中，作家也会根据不同时代的文学风气对文体进行适时性的变创，即"望今制奇，参古定法"，因此"选文以定篇"所指的典范作品是既含有作家自身情志特点和创作特点，又兼具文学时代存在与发展的实际要求所赋予的具体内涵，是通变因革的成果。对这种典范作品进行师法和学习，便于掌握此种文体的创作要领，既不失这种文体本源性的原则和内在形式要求，同时又能兼及这种文体在发展中所积累成型的经验性和时代性要求。所以经典之源和"选文以定篇"的所"定"之篇便成为文体本身规则性要求中最应予以关注和努力参照的榜样——这是"辨体"理论中一个非常重要理念。同时每种文体也会有其功能对象所决定的最适合表达的某类思想和情感，作家必须充分了解每种文体的适用范围及其抒情达意方面的适用性，创作时作家应根据自己要表达的思想和情感来选择最为匹配的文体进行创作，如诗歌，是"持人情性"[①]的，故适合借以抒发作家的具体情感；赋是"铺采摛文，体物写志"[②]的，适合描写和表现事物的形态或事件过程从而表达作者的心志；其他，如"颂"是"美圣德而述形容"[③]，"箴"是"攻疾防患"[④]都界定了文体在表情达意方面的不同职能，作家因遵循这种自身与文体内在要求而获得的最佳匹配关系，就是我们上文所说的耦合——这是"辨体"理论的内在深意，其中蕴含着刘勰对于文体问题深切关注和谋略性思考。

还应指出，刘勰"辨体"之"体"亦指作家的"体性"。刘勰在《体性》篇将作家的基本素质分为"才"、"气"、"学"、"习"四个方面，这四个方面也是作家彼此不同的根本原因。刘勰又有"八体"之说，并云："若夫八体屡迁，功以学成，才力居中，肇自血气；气以实志，志以定言，吐纳英华，莫非情性。"[⑤]可见，由"情性"而"气"而"志"而"言"最后"学成"，其中"才

---

① 杨明照：《文心雕龙校注》，中华书局 1959 版，第 34 页。
② 杨明照：《文心雕龙校注》，中华书局 1959 版，第 50 页。
③ 杨明照：《文心雕龙校注》，中华书局 1959 版，第 56 页。
④ 杨明照：《文心雕龙校注》，中华书局 1959 版，第 72 页。
⑤ 杨明照：《文心雕龙校注》，中华书局 1959 版，第 200 页。

力"起很大作用,正是这些因素的合理运动和组合使"八体屡迁",从而导致"笔区云谲,文苑波诡"①。笔者认为,"八体"本身并非"风格",而是作家普遍具有的"情性",是作家所具有的,容易导向形成某种风格的自身因素,或曰"情性"因素。这些"情性"因素是否能成为文学作品风格,还须在创作过程中予以承载和传达。刘勰说:"八体虽殊,会通合数,得其环中,则辐辏相成",即是指出在创作中作家应具备合理调适"八体"的能力,使每一种"体"在须要运用或发挥时能够被作家根据抒情达意的目的及所选用的文体的内在要求予以调遣和控制。"八体"之间相辅相成,并且相互照应帮衬,构成作家"才"、"气"、"学"、"习"的基本内涵,形成作家基本的人格类型。在"八体"中,除"新奇"、"轻靡"之外都对健康人格的构成有积极作用,但"新奇"、"轻靡"却是作家人格中最自由通脱,对文学创作最有创造性作用的基本性情类型,是文学创作能够在艺术上推陈出新、突破固有审美范式的性情基础;能否驾驭此二者,既予以衔勒,又予以发挥,关乎文学创作的个性与创新性的获得。在"八体"中,其他"六体"则决定了作家能否"执正"、"归本"的性情修养与创作取向,而"新奇"、"轻靡"被适当调遣适用,则能够决定文学作品的个性与创造性。每个作家都应通透了解自身的"体性"特点,寻绎最适合自身的文体,实现二者关系的耦合,通过"摹体以定习,因性以练才"②,扬其所长,避其所短,制胜文场,去发挥事业,彪炳文义,作用于社会文化。也就是说,作家既要发挥前六体的积极作用,又要适当调动后两体中的积极因素而遏制其消极因素,为创作服务。这便刘勰所谓的"文之司南"③。实际上,刘勰这里是要求作家对自身的体性特点要全面深刻了解,根据不同的创作意图,灵活运用,调动各种积极因素,使创作成功完成——这是"辨体"理论另一重要思想,同样蕴含着刘勰对作家修养与文学创作等问题思远虑深的谋略性关注。

"养术"的谋略性用意

刘勰在论及"养术"问题时,也表现出深远细密的理论谋略。因文体的差异与各自的内在要求不同,刘勰要求作家应掌握足够的创作方法和艺术技巧。

---

① 杨明照:《文心雕龙校注》,中华书局1959版,第199页。
② 杨明照:《文心雕龙校注》,中华书局1959版,第200页。
③ 杨明照:《文心雕龙校注》,中华书局1959版,第200页。

里"智术"的理解应宽泛，它应是一种可以用于文学创作的、有谋略色彩的智慧。在《文心雕龙》中，这种智慧的含义是多方面的，上文已经论述过了"辨体"与"养术"的谋略与智慧，除此而外，刘勰关于作家的智慧还应包括文学研究的智慧、文学史观的智慧、批评与接受等方面的智慧和谋略。

其中最具谋略性的就是以"正末归本"的辨析态度和选择"典范"以"立范运衡"，以至确立文学师法范式的"总法家之式"①理念为核心的文学接受方法论体系。

刘勰本人进行文学研究，颇注意由本及末、由表及里的理论分析，要求对研究以及接受的对象进行正末归本、去伪存真的批评与鉴别。这也就是《序志》篇所谓的"振叶以寻根，观澜而索源"。在此篇中，刘勰还针对当时的讹滥文风，提出学者应像孔子和《尚书》那样明乎"体要"，摒弃"异端"，明确接受原则。基于这样的观点，刘勰对其他文学理论家及其著作进行评骘。刘勰指出他们或"密而不周"（曹丕），或"辨而无当"（曹植），或"华而疏略"（应玚），或"巧而碎乱"（陆机），或"精而少功"（挚虞），或"浅而寡要"（李充），总之是"各照隅隙，鲜观衢路"，表明自己会规避这些缺失而"述先哲之诰"以"益后生之虑"②。这是他为研究文学者提出的思想和研究思路方面的要求。

在展开研究的过程中，刘勰细致地阐说自己总体的研究思路：即，以"文之枢纽"来统摄全局，以"原始以表末，释名以章义，选文以定篇，敷理以举统"的研究方法和步骤使文体论各部分"纲领明"，进而在创作论部分有计划地进行文艺理论具体问题的研究，使其"毛目显"。在实际研究过程中，刘勰称述自己的研究态度是"擘肌分理，唯务折衷"③，然刘勰的"折衷"并非简单地采取调和的方式，而是体现着一种科学的精神。虽然"折衷"和"中和"、"中庸"等观念有联系，但据刘勰所述，他不是以"旧说"或"前论"来决定自己的判断，而是以"理"为准绳来决定自己的主张，不介意是否与前人同或者异。因此，刘勰的"折衷"实是一种公允恰当的接受与研究的方法论，刘勰

---

① 杨明照：《文心雕龙校注》，中华书局1959版，第169页。
② 杨明照：《文心雕龙校注》，中华书局1959版，第317—318页。
③ 杨明照：《文心雕龙校注》，中华书局1959版，第318页。

正是在这种方法论指导下来展开他艰巨复杂的研究工作的。

有了刘勰这种以经典的思想和文风统摄全局的理论，又有了"正末归本"的思想指导研究，同时又恪守"惟务折衷"的研究理念与研究原则，刘勰便能够在文学史论与文学批评论等方面探幽索隐，做到了既深刻又圆通，其度越前人、独树一帜的成就已为学界所公认，本文于此将不再赘述。但仍须强调一点：刘勰这种思想和理论的成就同时也应被看作是他对整个文学与文学理论研究的垂范，其中蕴含的正是他对作家综合创作智慧的要求与期望。

总之，刘勰文学理论的针对性强，理论体系周密严谨，各组成部分勾连紧切，整体上具有鲜明的谋略性和实践指导意义。其文学理论在总体上蕴含着刘勰对于文学的社会存在及各方面特征、功能和意义的谋略性思考和价值追问，其理论建树事实上超越了理论本身，是对文学存在的全面思考，他所关注的，不只是文学的过去和目前，更是文学的未来。他总结过去的经验与规律，力求改变当下文弊；他阐述作家修养的原则与要领，以之作为改变文风的基础和出发点；他强调辨体与定势，旨在树立有"风骨"的文坛标准；他主张"折衷"，希望避免不能通圆的偏颇批评……这些理论和观点，都充斥着刘勰深切细密的谋略眼光，这是我们深研"文心"时，应予以思索和探研的，也是我们面对文学理论传统时应该充分予以关注和反思的。

三、论中国古代文艺理论的谋略与智慧

因明清时期诗化程度加深，故而创作出可以获得认同，并在具体创作活动，尤其是群体性诗歌创作活动中获得擅场，成了诗人们极为重视的事情。因此，钻研诗艺，努力把握创作技巧，并综合提高包括鉴赏、批评、创作或是讲解诗作的能力就成了诗人们乐于去琢磨，钻研的功课了。在这种形势下，他们一方面自己精心计较，不避繁难，一步一步补充着，完善着自己关于诗学的理论。他们在自己有了充足的经验和心得的基础上，将关于诗学素养与诗歌创作的系列见解表述出来，就成了学者可以把握的入门学诗的途径与方法。他们所

换,思考着如何话题接轨,随时跟进。他们用心照搬西方最新的知识话语,抄袭西方最新的学术图样,在中国搭台做戏,令令有词,背诵外国的诗云子曰,甚至为外国的诗云子曰的代理权与首发权竭力争夺,翻云覆雨。这一领地一时成了舶来品裨贩展览的街心花园,只听见一片嘈杂的叫卖声与吵闹声。原本纯正高雅的文学理论几经涂改,几经颠覆,它的内质在商品文化和崇洋意识的浸泡里一步步退化、异化、泡沫化,变得愈来愈模糊混沌,面目不清。以传媒文明为主导,以新潮明星为马首,文学理论界几乎忘记了我们自己的民族、国家、文化、传统迫切需要更新的现状与解决问题。"①

胡明看出了当代文艺理论本身在传统化、民族化方面存在的欠缺,看到了目前的理论构架对本民族传统文学的某种忽略与漠视,并提出了传统与现代结合、民族性与世界性的结合以及自由开放与科学严谨的结合,以构建新的知识体系、话语体系和批评体系的现代中国文学理论的构建伦理。其实,不只是理论研究存在着胡明所说的"照搬西方最新的知识话语,抄袭西方最新的学术图样"的弊端与缺失,在中国文学理论史及批评史领域的研究中,一样存在着这样的问题,大而无当,疏落空泛,还存在着以前辈学者划定的研究古代文论的基本范围,去研读、诠释,对几部经典批评史以外的大量典籍文献中蕴含的理论批评主张、观念与见解的信息几乎不关注、不研究,屋下建屋,愈见其小;同时,也存在着我们上文所说的抽象过度,理论提升超出了具体的话语背景,不关注概念术语所对应的实践性内涵,使得古代文学理论几经诠释与解读,既背离了古代文学的基本语境,也谈不上这些理论在现实中的运用价值,实际上忽略了古代文艺理论实际上存在着对文艺创作与批评的综合性应对性的谋略意义;而这种针对文艺活动本身,去积极准备,创造有利条件,运用精神、物质力量去实现创作与传播的最佳效能的思维方式——文学谋略,其实,正是古代文艺理论最为核心也最具实践应用价值的理论精髓。而失却了对古代文艺理论谋略性内涵的认识与观照,就导致了我们现代对古代文艺理论在进行研究时产生不彻底、不精当的缺失,产生了对文艺理论本身所具有的实践内涵的漠视与忽略,使得古代与现代难以打通,理论与实践难以发生关联。故此,

---

① 胡明:《新世纪中国文学理论体系的建构伦理与逻辑起点》,《中国文化研究》2002 年第 1 期。

我们这里论述之着重点，在于对古代文艺理论的谋略性内涵进行剖析，阐发其中为实现最佳创作与传播效果而运用的统筹思想与谋略智慧，解读其中就作家修养、创作过程、批评鉴赏等动态运动过程所做出的预先应对、中期调控与后期完善的实施手段以及有关方法和措施。把握古代文艺理论家针对创作、批评等文艺活动的整体过程是如何运用谋略思维以期取得成效，了解其中的智慧和理论的内在逻辑，从而使古代文艺理论的谋略性问题与其所对应的更具体、更实在的实际问题以及对其中民族特色的发掘与阐释成为我们研究古代文艺理论时的观照对象和基本出发点。①

古代文艺理论谋略性的表现

我国古代思想充满了谋略性色彩，《周易》、《老子》、《韩非子》以及先秦兵家的许多思想其实都有明显的谋略性。儒家修己治人以及一整套人文建设规划和治国方略也都充满了谋略性的内容。在这样的思想基础上形成的古代文艺理论的思想自然而然地也充斥着谋略性的内容，我们从谋略的角度研究古代文艺理论，实际上更能把握其基本规律与特点。

古代文艺理论的谋略性表现在两个基本方面：其一，关于作家应该如何完善修养的谋略，主要关注作家应具备怎样的思想道德与伦理境界方面的素养，即所谓"志"、"气"、"风骨"等方面应该如何完善，以养成与文艺创作相适应的基本性情。其二，致力于以具体的方法来指导作家应具有怎样的艺术技巧、方法和基本艺术资料储备，表现为对谋篇、布局、炼意炼字、意象选取及整体上的出奇生新等各种具体创作要领及有关批评技巧、方法的传授与指导。古代文艺理论的谋略性涵盖了从作家修养、临文创作到解析批评的一整套过程。这是古代文艺理论在长期发展中形成的具有鲜明实践意义的理论特色，其理论关切的重心，实际在于构建可以传承、延续的思维体系和方法技巧体系。我们在

---

① 正因为所运用的理论与研究方法缘自移介，所以在面对古代文学理论资源时往往出现不相适应、难以匹配的问题。总是关注古代文论的思想倾向（这固然也很重要）、世界观、历史观等问题，也十分重视对古代文学所反映现实及有关的创作方法、批评原则及方法的研究，但这却形成了一定的研究套路，遵循奉行这种套路，所忽略者大大有之，论述失当者也不在少数。此外，还对古代深入研究文学形式、技巧及有关规则、法式的研究成果贬抑有加，对投入到这种研究的古代学者鄙夷轻忽，而对空洞浮泛的以描述、比拟、摹状等话语进行"理论"表述。这些现象的出现，或是忽略了古代文论资源的民族性，或是对民族性的把握有失准确或公允，尤其是对古代文论的指导性、实践性及总体的谋略内涵关注不够。这是我们在论及古代文艺理论的现代转化问题时应予以重视并加以深入研究的。

弃古不学，唯以晋宋文风是尚的做法表示不满。其《序志》篇所谓"唯文章之用，实经典枝条；五礼资之以成，六典因之致用，君臣所以炳焕，军国所以昭明，详其本源，莫非经典。而去圣久远，文体解散，辞人爱奇，言贵浮诡，饰羽尚画，文绣鞶帨，离本弥甚，将遂讹滥。"①对文学偏离经典传统的现状极为不满，要求再师法渊源上予以矫正，这便是其回归经典的主张。所以《通变》篇之"……矫讹翻浅，还宗经诰，斯斟酌乎质文之间，而櫽栝乎雅俗之际，可与言通变矣。"②只有在思想认识上找到当时文风弊端的根源所在，才能有的放矢，以经典的思想和法度来进行矫正。这种观点，是具有实践性的关于认识与实际的文艺创作操作行为的提示性与制约性要求，也是中国古代文学出现了偏离文学健康发展的轨道时便会出现的理论声响。同时，也只有确立了作家的思想基础，并由此思想而生发出的情感，才可支撑作家的文学创作活动。《文心雕龙·通变》篇说："是以规略文统，宜宏大体，先博览以精阅，总纲领而摄契，然后拓衢路、置关键，长辔远驭，从容按节，凭情以会通，负气以适变，采如宛虹之奋鬐，光若长离之振翼，乃颖脱之文矣。若乃龌龊于偏解，矜激乎一致，此乃庭间之回骤，岂万里之逸步哉？"③"情"、"气"的问题在思想的作用下解决了，文采文风等艺术方面的问题便好解决。倘若作家不能开放地、宏观地把握好对待文学的态度，文学创作便会受到不良的影响和制约，不利于作家调动自身所具备的有利于文学创作的各种积极因素，从而使创作陷入困境、窘境。因此，作家必须对文学创作的本源方面的有关理论问题做到了然于胸，才能真正驾驭创作活动。《文心雕龙·定势》所谓"自近代辞人，率好诡巧，原其为体，讹势所变。厌黩旧式，故穿凿取新，察其讹意，似难而实无他意也，反正而已。故文反'正'为'乏'，辞反'正'为'奇'，故效奇之法，必颠倒文句，上字而抑下，中辞而外出，回互不常，则新色耳。"④因认识上的错误，所以创作上便会误入歧途，迷失方向，出现一系列弊端。究其根源，就在于作家不能以理性对待文学渊源，缺乏对作家本身的修养及创作动态活动的整

---

① （梁）刘勰著，范文澜注：《文心雕龙注》，人民文学出版社 1958 年版，第 726 页。
② （梁）刘勰著，范文澜注：《文心雕龙注》，人民文学出版社 1958 年版，第 520 页。
③ （梁）刘勰著，范文澜注：《文心雕龙注》，人民文学出版社 1958 年版，第 521 页。
④ （梁）刘勰著，范文澜注：《文心雕龙注》，人民文学出版社 1958 年版，第 531 页。

体谋略,失去了正确的思想修养对创作的驾驭能力,因此出现弊端就在所难免了。

关于作家的思想倾向和对文学创作的思想驾驭能力,刘勰是以"风骨"为其根本纲领的。一般认为风骨是文学作品的思想与艺术形式两方面表现出的醇正刚健、磊落爽朗的总体风貌,但实际上,这种风貌的出现,得力于作家的基本修养,实际上是作家所具备的,形成这种刚健爽朗的文学风格、气度和总体风貌的综合能力。

《文心雕龙·风骨》云:"是以缀虑裁篇,务盈守气,刚健既实,辉光乃新。"、"务盈守气"即是作家应努力提高自身思想道德素养,完善人格,形成自己充沛活泼,饱满壮盛的精神气度与道德风貌。"……是以怊怅述情,必始乎风;沉吟铺辞,莫先乎骨。故辞之待骨,如体之树骸;情之含风,犹形之包气。结言端直,则文骨成焉,意气骏爽,则文风清焉。"① 正因"述情"始于"风",而"风"亦于"六义"之风有关联,其"风"也有以德化人,"君子之德风,小人之德草,草上风必偃"(《论语·颜渊》)的感化影响力量。这种力量的大小是由作家伦理道德修养所决定的。"骨"决定文辞,犹如人之骨骼对人体的支撑力量,单讲"骨",则是作家所具有的将"情"表现成文,并使文具有劲直朗健的艺术效果的艺术手段综合运用的能力;单讲"风",是情,犹如人之精神与生命,它决定了文学作品的思想道德方面的以情动人的感化能力。这种能力的获得,须要作家在思想上感情上以儒家为准的,培植儒家化的心理与相应的情感;在艺术上,也要以儒家经典为师法对象,以经典派生出的各种文体在流传中出现的典范篇章为参照,掌握要领,加强实践,勤加琢磨,并"熔铸经典之范,翔集子史之术,洞晓情变,曲昭文体,然后孚甲新意,雕画奇辞。"② 才能使作家具备强大的干预文学现实的能力,进而去"制胜文苑"。所以,以"制胜文苑"③为目的,以经学为归依,广参博取,精心钻研,严谨地进行创作实践,才能力矫"讹滥"之风,改变"跨略旧规,驰骛新作"的文坛

---

① (梁)刘勰著,范文澜注:《文心雕龙注》,人民文学出版社1958年版,第513页。
② (梁)刘勰著,范文澜注:《文心雕龙注》,人民文学出版社1958年版,第514页。
③ (梁)刘勰著,范文澜注:《文心雕龙注》,人民文学出版社1958年版,第656页。

"危败"趋势①。刘勰这一系列主张，都贯穿在全部《文心雕龙》的篇目中，都落实在具体的理论主张里，是其矫正文风，铲除"讹滥"的整体文学谋略思想的充分反映。

刘勰的谋略理论以其"定势"理论表现得最为系统和全面。刘勰认为，要想成为激扬醇正文风，能够绍述经典传统的作家，首先要明白自己性情气质的特点，明白自己在"八体"中的对应类型，了解自己本身的体性特点，知晓自己可能擅长何种文学体裁与风格，进而去"摹体以定习，因性以练才"，并认为这是"文之司南"，去有针对性地进行训练（注意，训练虽非创作，但对作家文学素质的提高是不可缺少的必要活动）经由"习亦凝真，功沿渐靡"②的艰苦努力，才能实现目标。此外，作家必须了解各种文体本身的正源、发展情况和出现的典范作品，还要知道在发展中产生的"讹体"的特点，这样才能清醒地予以规避，才能正本清源，回归正轨。对典范作品要认真研读，认真揣摩，掌握要领，由"振叶以寻根，观澜而索源"③的功夫积累，就能成为一个奉行文学之正风，绍述古代经典传统的优秀作家，刘勰的这种思想，也是极具谋略性的④。

刘勰在《文心雕龙·附会》篇中就创作问题做过一个比喻："是以四牡异力，而六辔如琴，并驾齐驱，而一毂统辐，驭文之法，有似于此。"⑤其所谓"驭文"者，亦是指对文学创作活动的掌握与驾控能力，而文学的创作活动（不只是附辞会意）犹如四牡齐驱，要求驾驭者如弹琴一般地投注细心与巧意，并要整体协同、全面掌控才能使创作活动的每个有力因子都像动力源一样充分发挥、施展出来，实现创作活动效能的最大化。同理，在《神思》篇中，刘勰虽然说作者合理地施展其艺术想象力，处理好"博"与"一"的关系，即做到"博练"，并指出要"积学以储宝，酌理以富才，研阅以穷照，驯致以怿辞。然后使玄解之宰，寻声律以定墨；独照之匠，窥意象而运斤。此盖驭文之首术，

---

① （梁）刘勰著，范文澜注：《文心雕龙注》，人民文学出版社1958年版，第513页。
② （梁）刘勰著，范文澜注：《文心雕龙注》，人民文学出版社1958年版，第506页。
③ （梁）刘勰著，范文澜注：《文心雕龙注》，人民文学出版社1958年版，第726页。
④ 关于定势问题，拙著《文心雕龙的文学理论和历史渊源》有所论述，齐鲁书社2004年版；拙文《枢中所动，环流无倦——定势：理解文心雕龙文学理论的重要关捩》亦对定势的理论特点和在《文心雕龙》中的具体作用做出分析，可以参阅。
⑤ （梁）刘勰著，范文澜注：《文心雕龙注》，人民文学出版社1958年版，第651页。

谋篇之大端。"① 不管怎样去提高作家素养或是怎样加强文学技能的练习，其目的在于"驭文"，刘勰所关注者，正在于如何把"驭文"之"术"阐述清楚，以指导学以为文者，并为其说清讲明关乎创作的各种事项，使作家成为有力量干预文坛走向，改变不良文风的积极力量，因此，刘勰所谓"驭文之首术，谋篇之大端"云云，正是其文学谋略思想的集中体现。

《文心雕龙·总术》所说的："才之能通，必资晓术。自非圆鉴区域，大判条例，岂能控引情源，制胜文苑？"② 则虽然是要求作家具备一定的，能够把内在感情淋漓托出的技术素养，并达到"制胜文苑"、影响文风的目的，其中起关键作用的是能否"晓术"。刘勰认为，要做到"晓术"，就应细致深入地钻研各种文学创作的技术与技巧。而关于文学发展的规律、文学社会作用以及文学批评、接受的原则和方法等问题实际上亦属于"术"的宏观意义范畴。所以，这些围绕"术"的意见、观点与具体的指导，也是刘勰关于作家修养的谋略性见解。这种谋略不仅是刘勰关于文学创作整个逻辑过程的对策，也是作家本身应具备的品质，即作家关于文学创作、批评以及有关自身素养等主要方面的方法、能力和对文学创作等活动的驾控水平。这些都是"术"的宽泛意义。《总术》有云："是以执术驭篇，似善弈之穷数；弃术任心，如博塞之邀遇。博塞之文，借巧傥来，虽前驱有功，而后援难继。少既无以相接，多亦不知所删，乃多少之并惑，何妍蚩之能制乎？若夫善弈之文，则术有恒数，按部整伍，以待情会，因时顺机，动不失正，数逢其极，机入其巧，则义味腾跃而生，辞气丛杂而至，视之则锦绘，听之则丝簧，味之则甘腴，佩之则芬芳，断章之功，于斯盛矣。"③ 作家只有掌握了这样的"术"，具备了这样的谋略，在创作时才能从容不迫、自如裁处，达到创作自由，又合乎艺术规律的境界——这是刘勰对掌握了文艺创作的谋略后所达到的艺术效果所做出的最充分透辟的表述。且从其话语看，虽没有刻意使用什么概念和术语，也没有什么具体的论证，但刘勰以强大的话语气势描绘了谋略的重要性和巨大作用，字里行间充斥的是一种高深的韬略与智慧。这也是我国古代文学理论的一个重要特点，虽然没有细密的逻

---

① （梁）刘勰著，范文澜注：《文心雕龙注》，人民文学出版社1958年版，第493页。
② （梁）刘勰著，范文澜注：《文心雕龙注》，人民文学出版社1958年版，第656页。
③ （梁）刘勰著，范文澜注：《文心雕龙注》，人民文学出版社1958年版，第656页。

辑思辨，但在隐奥幽微间，透出理论视界的高旷与深湛，而这种特点，与古代文学理论的谋略性直接相关。

再者，《文心雕龙·序志》所谓："宇宙绵邈，黎献纷杂，拔萃出类，智术而已。"① 其"智术"亦即谋略意，只有具备了这个"智术"，才能制胜于文苑，才可能有力地去匡救文风，使文学的社会作用得到发挥，也使文学社会价值的实现得到真正的落实。如果不理解《文心雕龙》理论的谋略性，是难以全面准确地把握其理论的内涵与意义的。②

在我国古代文学理论中，严羽的妙悟说将意境双偕的诗作比成"羚羊挂角，无迹可求"，似乎优秀的诗作只要做到这一点就可以了，虽然严羽也很重视学诗的路径和方法，也较为强调功夫和学力对创作出佳作的重要作用，但其"妙悟"与以禅喻诗的方法却开启了后世诗学规避学力功夫与具体学诗路径和诗法讲求的思维路数。对此，冯班、陈衍等人对严羽之诗学理论进行了指责与批评，他们的出发点与思维方式与刘勰的谋略性理论也是相通的。冯班《严氏纠谬》云："沧浪云：'不落言诠，不涉理路'，按此二言似是而非，惑人为最。夫迷悟相觉，则假言以为笔，邪正相背，斯循理而得路。迷者既觉，则向来之言还归无言；邪者既返，则向来之路未尝涉路。是以经教纷纭，实无一法可说也。此在教家已自如此。若教外别传则绝尘而奔，诚非凡情浅见所测，吾不敢言也。至如诗者言也，言之不足故长言之，长言之不足，故咏歌之，但其言微不与常言同耳，安得有不落言笔者乎？诗者，讽刺之言也，凭理而发，怨

---

① （梁）刘勰著，范文澜注：《文心雕龙注》，人民文学出版社1958年版，第725页。
② 《文心雕龙·明诗》有云："然诗有恒裁，思无定位，随性适分，鲜能通圆。"（（梁）刘勰著，范文澜注：《文心雕龙注》，人民文学出版社1958年版，第67—68页）这里"随性适分"其实不是"鲜能通圆"的唯一直接原因。在文学史上，大家制作，能因"随性适分"而"通圆"的很多，然则刘勰所谓"随性适分，鲜能通圆"的原因便在于"诗有恒才，思无定位"之"思无定位"。因诗文有恒裁定式，都有其内在艺术要求与固有之艺术规则，刘勰说"形诸笔端，理将焉匿"，（《知音》，（梁）刘勰著，范文澜注：《文心雕龙注》，人民文学出版社1958年版，第715页）即是认为凡以文字连缀成文者，都有其内在之"理"，其"理"也都是能够予以揣摩并把握的。作家应努力去把握其中之"理"，才能在遵循这种"理"的前提下指导并驾驭创作活动，才可能做到"通圆"，而在这个过程中，掌握了这个"理"，使"思有定位"，再"随性适分"，一样可以达到"通圆"的境界，达到《总术》篇中描述的创作活动顺利进行时的淋漓尽致、又合乎艺术美规律的自由状态："视之则锦绘，听之则丝簧，味之则甘腴，佩之则芬芳。"因此，"随性适分"之性，是要求作家运用谋略和实践努力去养成并完善的。这是创作得以成功，也是雅正纯净文风得以出现的必要条件。

悱者不乱,好色者不淫,故曰'思无邪',但其理玄,或在文外,与寻常之笔言理者不同,安得不涉理路乎?沧浪论诗,只是浮光掠影,如有所见,其实脚跟未尝点地,故云盛唐之诗'如空中之色,水中之月,镜中之像',种种比喻,殊不知刘梦得云:'兴在象外'一语妙绝。又孟子言:'说诗者不以文害辞,不以辞害志,以意逆志,是为得之。'更自确然卓然也。呜呼!可以言此者寡矣。沧浪只是'兴趣'言诗,便知此公未得向上关捩子。"①冯班认为,学诗应得其理,应"循理得路",认为,作诗不是"不落言诠",诗之言"不与常言同",是经过艺术提炼和高度精确化的语言类型;诗也不是不要"理",其"理"也是"与寻常之笔言者不同",是具有概括性,须要作家去思考去抽象的艺术之理。借助艺术化的语言,创作时"凭理而发,才能真正创作出具有艺术性的作品。冯班所说的"言"与"理",其含义实际与严羽所说的不同,严羽其实也并非"未得向上关捩子",其《诗法》篇中也非常讲求学诗的路径与方法,但冯班所指,实是《沧浪诗话》中"诗辨"部分的所表述的具有韵味悠扬、含义深远、使人回味不尽的作品意蕴之美,是诗歌作品达到理想审美效果时的一种美学特征。但不能否认,严羽空言比拟,并以之授人,以"不落言诠"为教,易使人舍难就易,导致对学问、功力的忽略。同时,严羽对诗歌审美特征的形象化描述也被后人片面地夸大了,忽略了严羽在《沧浪诗话》的其他部分中对学诗路径、学养功力以及具体规矩法则的理论阐发,只以"不涉理路,不落言诠"为诗学圭臬,舍难就简,甚至避诗学经验与规矩法度不谈,空泛疏阔,自欺欺人,使得严羽的禅喻方法在讲求徵实与法度的诗学家看来,成了英雄欺人之语。冯班所纠之谬,亦是从严羽禅喻比拟论诗对后世的影响角度说的,其实质意义,是为了矫正因误读严羽诗学而导致的学养空疏、诗语浅陋、风格虚廓反自命为"自然"、"兴趣"的角度阐发的。冯班对严羽的矫正,也是对一种学说流播中产生的弊端所提出的谋略性疗救意见,不是对学理本身,是出于对一个系统性的传播影响链条而阐发。这反映了清代崇尚宋诗格调一派诗学家,对驾空放言,不精研诗法,不注重琢磨前人诗作及诗学遗产而动

---

① (清)冯班撰,(清)冯武辑:《钝吟杂录》卷五,文渊阁《四库全书》第886册,上海古籍出版社1987年影印本,第552—553页。

辄以"不涉理路"、"不落言诠"作为口实的疏阔现象而发,是具有现实针对性的谋略性意见。

清代赵翼也对严羽(亦包括苏轼)之观点表示反对,肯定了学力功夫及专力为诗的重要性,其《论诗》云:"作诗必此诗,定知非诗人。此言出东坡,意取象外神。羚羊挂角眠,天马奔绝尘。其实论过高,后学未易遵。诗文随世运,无日不趋新。古疏后渐密,不切者为陈。譬如泛驾马,将越而适秦。灞浐终南景,何与西湖春。又如写生手,貌施而昭君。琵琶春风面,何关苎萝颦。是知兴会超,亦贵肌理亲。吾试为转语,案翻老斫轮。作诗必此诗,乃是真诗人。"①认为苏轼"作诗必此诗,定知非诗人"②之说与严羽"羚羊挂角无迹可求"之说是"其实论过高,后学未易遵"其言玄远空邈,后学难以获得跻身诗学园囿的津逮。加之生活无限丰富,诗歌所要反映的社会内容与人生情态千差万别,只有精心琢磨,专力探讨如何才能做到"肌理亲"的方法,才能做出好的作品,其"肌理"之语与翁方纲之"肌理"说有关,指作诗的法则与要领。要想成为优秀的诗人,就应该去积极钻研这些法则与要领,做到"作诗必此诗",具有细密具体的技巧讲求,又反映出真切生动现实生活,有着不同于他人的独特个性,才能有所成就。赵翼的这种态度,正是对严羽等人的空阔玄远的诗学观点来表达其见解的。其立场,正是站在学诗者进入诗学领域的可行性出发来考虑问题的,是他关于学诗与诗法问题的一种谋略性意见③。

清代周容也指出:"'诗有别材,非关书也;诗有别趣,非关理也。'此严

---

① (清)赵翼撰,李学颖、曹光甫校点:《瓯北集》(下)卷四六,上海古籍出版社1997年版,第1173—1174页。

② (宋)苏轼:《书鄢陵王主簿所画折枝》其一,(清)王文诰辑注,孔繁礼点校:《苏轼诗集》第29卷,中华书局1982年版,第1525页。

③ 与对严羽的批驳相似,许印芳《与李生论诗书跋》也对司空图之"辨于味,而后可以言诗"及"近而不浮,远而不尽,然后可以言韵外之致"的观点进行了批驳,他指出:"表圣论诗,味在酸咸之外。因学右丞、苏州以示准的,此是诗家高格,不善学之,易落空套。唐人中王孟韦柳四家,诗格相近,其诗皆从苦吟而得。人但见其澄澹精致,而不知其几经淘洗而后得澄澹,几经熔炼而后得精致。学者于一切陈腐之言,浮浅之思,芟除净尽,而后可入门径。若从澄澹精致外貌求之,必至摹其腔调,袭其字句,未有不落空套者,所谓优孟衣冠也。"还是要求以学力探讨诗法,以积累功夫达到自然超诣的境界。许印芳还说:"自表圣首揭味外之旨,逮宋沧浪严氏,专主其说,衍为诗话,传教后进。初学之士,无高情远识,往往以皮毛之见,窥测古人,沿袭模拟,尽落空套,诗道之衰,常坐此病。"(《诗法萃编》卷六下)以为这种虚浮地描述诗歌之味,无益于真正授以学诗方面的基本原理,反而成了"空套",对诗学的承传与完善不利。

沧浪之言，无不奉为心印。不知是言误后人不浅，请看盛唐诸大家，有一字不本于学者否？有一语不深于理者否？严说流弊，遂至于今。"①对严羽理论进行反思和驳斥，是清人诗学的一个明显特征，这与清人对古代诗学的全面深入钻研的诗学氛围有关②。

相比较而言，陈衍的观点就更明确，也更直白了。其《瘿唵诗序》云：

> 严仪卿有言："诗有别裁，非关学也。"余甚疑之，以为六义既设《风》、《雅》、《颂》之体，代作赋、比、兴之用，兼陈朝章、国故、治乱、贤不肖，以至山川、风土、草木、鸟兽、虫鱼，无弗知也，无弗能言也。素未尝学问，猥曰，吾有别才也，能之乎？汉魏以降，有《风》而无《雅》，比兴多而赋少，所赋者眼前景物，夫人而能知，而能言者也，不过言之有工拙；所谓有别才者，吐属稳，兴味足耳。若《三百篇》则朝章、国故、治乱、贤不肖之类足以备《尚书》、《逸周书》、《周官》、《仪礼》、《国语》、《公》、《谷》、《左氏传》、《戴记》所未有，有之必有吻合，其有不合，则四家之师说异同，齐、鲁、韩之书缺有间者也。未尝学问，猥曰："吾有别才也"，能为之乎？汉魏以降，其谋篇也，首尾外两两支对，拗体之律句而已，前写景，后言情，千篇而一致也。微论大小《雅》，《硕人》、《小戎》、《谷风》、《载驰》、《氓》、《定之方中》诸篇，六朝人有此体断乎？《绿衣》、《燕燕》，容有之耳，微论《三百篇》、《骚》之上帝营，下齐桓，六朝人能有此观感乎？滋兰树蕙，容有之耳，故余曰："诗也者，有别才而又关学者也。"少陵、昌黎其庶几乎？然今之为诗者，与之述仪卿之言者则首肯，反是则有难色，人情乐于易，安于简，'别才'之名又隽绝乎丑夷也。③

陈衍认为，正是因为"人情乐于易，安于简"，喜以"别才"之说文其懒

---

① 《春酒堂诗话》，郭绍虞编选、富寿荪校点：《清诗话续编》，上海古籍出版社1983年版，第107页。

② 梁章钜也有相似看法，参见其《退庵随笔》，郭绍虞编选，富寿荪校点：《清诗话续编》，上海古籍出版社1983年版，第1953页。

③ 陈衍著，郑朝宗，石文英校点：《石遗室诗话》，人民文学出版社2004年版，第806页。

于学问而导致的浅陋,既不深研精思,也不取法诗骚传统,空泛虚无,肤廓谫陋,完全没有作家应有的基本素养和学问储备,至以空论流播士林,使得学者耳食纷纷,嬉成流移,遂使诗学成了不学无术的口实,摅写性灵的招牌,这就背离了诗学应有的本旨。当然,陈衍此处并未阐发整体、系统的创作谋略,但就其重视作家的学问功力素养来讲,其与刘勰所要求的作家要"熔铸经典之范,翔集子史之术,洞晓情变,曲昭文体"①的见解是相通的,也是关于文学活动总体谋略中关于作家修养问题的一种要求与强调,也是一种反思与纠错。

除《文心雕龙》外,古人亦往往阐发关于作家修养的一些谋略性见解。皎然《诗式》有所谓"四不",即:"气高而不怒,力劲而不犯,情多而不暗,才高而不疏"②,从"气"、"力"、"情"、"才"方面提请作家注意,在创作时要做到"情多",感情丰富细腻,又不能"暗昧";既要做到"力劲",气势盛大又不至于猛戾;要做到"气高",即立意高远,又不能叫嚣怒张;既要表现"才赡",即才气淋漓,又不能疏狂托大。这种主张,若以"理论"目之,则因其饾饤烦琐,缺乏理论的严密推理与表述,若从谋略的角度审视,则是提示作家注意,在创作时应该做到什么,又要去规避什么,这是关于实际创作活动在作家修养方面的谋略性主张。

清代叶燮在《原诗》中表露出的观点,其实亦可从谋略的视角予以解读。

叶燮从"理"、"事"、"情"三方面来解释诗人反映的客观世界,认为诗人在具体创作时,要"先揆乎理,揆之理而理不谬,则理得;次征诸事,征之事而不悖,则事得;终絜诸情,絜之情而可通,则情得。三者得而不可易,则自然之法立,故法者,当乎理,确乎事,酌乎情,为三者之平准,而无所自为法也。"③以对"理"、"事"、"情"三者的考量,确立起关于创作的谋略思维的主干。"惟理、事、情三语,无处不然。三者得,则胸中无达无阻,出而敷为辞,则夫子所云辞达。达者通也,通乎理,通乎事,通乎情之谓也。而必泥于法,则反有所不通矣。辞且不通,法更于何有乎?"④作家必须尽力去格物探求,获

---

① (梁)刘勰著,范文澜注:《文心雕龙注》,人民文学出版社1958年版,第514页。
② 张伯伟:《全唐五代诗格汇考》,凤凰出版社2002年版,第224页。
③ 丁福保辑:《清诗话》本,上海古籍出版社1999年版,第574—575页。
④ 丁福保辑:《清诗话》本,上海古籍出版社1999年版,第576页。

得"理"、"事"、"情"三者的"平准",这样就"自然之法立","法"就会与作家的个性融合为一,这样在创作时就可以"胸中无达无阻,出而敷为辞",成就作家的基本素养。他的观点也是具有为学者指示门径的意义,亦为谋略性思维的反映。

同时,叶燮认为,作为创作主体,作家的主观条件可分为"才"、"胆"、"识"、"力"四个方面,作家于这四方面都要去努力提升,以扩其"胸襟"气度,才能应对创作活动。其《原诗·内篇上》有云:"而欲其诗之工而可传,则非就诗以求诗者也。"又云:"我谓作诗者,亦必先有诗之基焉。诗之基,其人之胸襟是也。有胸襟,然后载其性情、智慧、聪明、才辨以出。"① 显然,作家应先具备成为诗人所需之思想情感与才能气质,这样,在创作活动中才能通过实践将其思想情感与才能气质传达出去,将其表诸文字,发之笔端。在《内篇》中叶燮还指出:"则夫作诗者,既有胸襟,必取材于古人,原本于《三百篇》、楚骚,浸淫于汉、魏、六朝、唐、宋诸大家,皆能会其指归,得其神理,以是为诗,正不伤庸,奇不伤怪,丽不伤浮,博不伤僻,决无剽窃吞剥之病。"② 只有融汇了古代优秀文学传统,以自己的道德学问为根柢,才能合理驾驭文学创作活动。这种思路,亦与刘勰等人一致,但也是较为具体、细化的创作谋略了。我们下文还将予以论述。

方东树《昭昧詹言》中有类似观点。其云:"凡著一书,必有宗旨,否则浅陋无才,一望绝漠断港,黄茅白苇而已。此二义作诗亦然。然须妙会其旨,不可执着,若执着,必将高张土埂,稗贩腥腐,岂惟不可当著书。亦于斯文直派远矣。昔人言《六经》以外无文章,谓其理其辞其法皆备,但人不肯用心求之耳。苟用心力于《六经》,兼取秦、汉人之文,求通其意,求通其辞,何患不独有千古。"③ 这也是对作家修养的一种具体要求,并指出应用心钻研《六经》及秦汉之文,"求通其意",还不能迂执呆板,要"妙会其旨",以《六经》之"理"、"辞"、"法"为"宗旨",作为作者创作之素地与根基,才能在创作上有所作为。这种观点,也是对作家文学素养和驾控创作活动的能

---

① 丁福保辑:《清诗话》本,上海古籍出版社1999年版,第572页。
② 丁福保辑:《清诗话》本,上海古籍出版社1999年版,第573页。
③ (清)方东树著,汪绍楹校点:《昭昧詹言》,人民文学出版社1961年版,第3—4页。

力要求而言的。

关于文学创作的内在谋略,古代文艺理论中有相当一部分内容是关于作家如何对创作进行中出现的形式、技巧问题进行应对及应采取的基本方法。这也是一种谋略性的阐发与具体要求,先以《文心雕龙》为例来看:

《文心雕龙·征圣》认为儒家经典具有"或简言以达旨,或博文以该情,或明理以立体,或隐义以藏用"的特点。师法这些艺术特点,可以达到"鉴周日月,妙极机神,文成规矩,思合符契"①的艺术效果。具备这种能力,是作家创作出怎样的艺术作品的决定因素。刘勰显然是在表述这种作家的能力时,就创作本身的具体要求,而作家明白这种要求,去有针对地进行学习与训练,便是在完善他的技术素养。这也是谋略性的一种要求。作家只有具备了这些技术素养,才能在创作时对须要处理、协调的各种技术问题灵活操处。他说:"故知繁略殊形,隐显异求,抑引随时,变通会适,征之周孔,则文有师矣。"②灵活操处,解决各种创作中的技术问题的能力,还是要师之周孔,宗于经典,才能逐渐获取,这是刘勰谋略思想的根本出发点。如果说刘勰关于文学的一些细节性的谋略是一种经验性、也是规则性表述的话,那么,其宗经、征圣等思想,则是对文学整体发展所进行的"正本清源",使其复归于正的宏观谋略了,是一种针对性的改善文学面貌,重建文学秩序的理论智慧了。其理论表面上虽显得雍容婉顺,但实质上则矫厉严肃,具有直接的现实针对性与旨在匡正文风的迫切意识。这些特点,也都与刘勰要求作家从外在思想素养和内在技术素养两方面归于文学正统,排击"讹体"的谋略性主张密切关联,也是由谋略对象的亟待整肃的现实需要所阐发的。

在《文心雕龙·史传》中,刘勰在论及史学作品的撰述问题时,要求作家掌握"寻繁领杂之术,务信弃奇之要,明白头讫之序,品酌事例之条。"③认为这样才能做到"晓其大纲",才能"众理可贯",刘勰这里提请学者注意,必须掌握一定的表达思想见解以及运用相应技术手段达到最佳表达效果的能力。其实不只是史学作品,一切须要表诸文字的事件、人物及借此传达的作者之观

---

① (梁)刘勰著,范文澜注:《文心雕龙注》,人民文学出版社 1958 年版,第 15 页。
② (梁)刘勰著,范文澜注:《文心雕龙注》,人民文学出版社 1958 年版,第 16 页。
③ (梁)刘勰著,范文澜注:《文心雕龙注》,人民文学出版社 1958 年版,第 287 页。

点都蕴含在创作过程的实际进展序列中。"寻繁领杂"、"务信弃奇"、"明白头讫"、"品酌事例"更主要是一种智慧和能力，也是一种技术和关于技术的素养。刘勰分析得如此清楚明白，其目的便是要求学者掌握这种技术，去完善其基本素养，这种观点也是一种谋略性思维的反映。

至于像《文心雕龙·封禅》所说的要掌握封禅文的撰写要领，就要"构位之始，宜明大体，树骨于训典之区，选言于宏富之路，使意古而不晦于深，文今而不坠于浅，义吐光芒，辞成镰锷，则为伟矣。"①和《奏启》所云："是以立范运衡，宜明体要，必使理有典型，辞有风轨，总法家之式，秉儒家之文，不畏强御，气流墨中，无纵诡随，声动简朴，乃称绝席之雄，直方之举耳。"② 其言论之中，对作文所须遵循的法度、规则极为强调，"树骨于训典之区，选言于宏富之路"、"理有典型，辞贵风轨，总法家之式，秉儒家之文"云云，正是要将作家的伦理人格修养与文艺创作所需的艺术素养结合起来，遵循创作本身的规律，严格按照文体本身的艺术规则进行创作，这样才能使写出的作品"义吐光芒，辞成镰锷"，发挥出应有的作用。我们从刘勰的这种要求本身，可以体会到他所关注的还不是具体细微的规则本身，而是对待规则应该有怎样的态度。可以说，这也是其理论谋略的一种反映。即使是后世的诗格、诗法类著作，也是通过对具体入微的规则讲授，来传达学者们关于创作活动的谋略意识，其主旨，都在于要使作家"制胜文苑"。

《文心雕龙·神思》中也对作家在临文运思时的一些问题提出了谋略性的主张，其云："是以意授于思，言授于意，密则无迹，疏则千里。或理在方寸而求之域表，或义在咫尺而思隔山河。是以秉心养术，无务苦虑；含章司契，不必劳情。"既表述了运思过程中可能出现的情况，又阐发了应对、处理的具体方法，即"秉心养术"，这个"术"，即创作规律。《神思》中也提到"积学以储宝，酌理以富才，研阅以穷照，驯致以绎辞"，包含了从学问修养到艺术钻研各方面的准备措施，要求平素加强修养，这样在临文时才能避免无谓的"苦虑"。《神思》还有云："若夫骏发之士，心总要术。敏在虑前，应机立断。

---

① （梁）刘勰著，范文澜注：《文心雕龙注》，人民文学出版社1958年版，第394—395页。
② （梁）刘勰著，范文澜注：《文心雕龙注》，人民文学出版社1958年版，第423页。

覃思之人,情饶歧路,鉴在疑后,研虑方定……难易虽殊,并资博练,若学浅而空迟,才疏而徒速,以斯成器,未之前闻。是以临篇缀虑,必有二患,理郁者空贫,辞溺者伤乱。然博见为窥贫之粮,贯一为拯乱之药,博而能一,亦有助于心力矣"①云云,即是细致地把运思属文时可能遇到的情况加以描述,并提出解决方案:"心总要术"、"研虑方定"与并资博练和"博见为馈贫之粮,贯一为拯乱之药",总起来讲,即所谓"博而能一",这种思路,显然是一种对于修养和技术操控手段的谋略性主张。

类似的还有《定势》篇所说的"熔范所拟,各有司匠,虽无严郭,必兼解与俱通;刚柔虽殊,必随时而适用。"有规律、有成法,学者就应积极予以了解和把握,做到"兼解俱通"、"随时适用"。《定势》篇对各种文体的创作所应遵循的文体风格要求都做了描述和确定,其云:"章表奏议,则准的于典雅;赋颂歌诗,则羽仪于清丽;符檄书移,则楷式于明断;史论序注,则师范于核要;箴铭碑诔,则体制于宏深;连珠七辞,则从事于巧艳。"②其所谓的"准的于"、"羽仪于"、"楷式于"、"师范于"、"体制于"、"从事于"都是提请作家应该具备对创作方向的预先设计,明确所用文体的自身定位,知道其创作导向的风格类型。作家具备了这样的认识,就能在创作活动中有效地调动主客观积极因素,趋于文学创作的合理、合乎规律的完成,并避免"讹势"。

在《文心雕龙·熔裁》篇中,刘勰又做出了进一步地表述,这就是其"三准"论,其云:"是以草创鸿笔,先标三准:履端于始,则设情以位理;举正于中,则酌事以举类;归余于终,则撮辞以举要。然后舒华布实,献替结文;绳墨以外,美材既斫,故能首尾圆合,条贯统序。若术不素定,而委心逐辞,异端丛至,骈赘必多"③,因"术不素定",会导致创作时无所措手的"骈赘"问题出现,创作也达不到应有的效果。所以学者要花心力探赜其中的奥秘,掌握一定的方法、技巧,从"首尾圆合"的角度考虑问题,做出预先的应对,刘勰所标明"三准",是"草创鸿笔"以前应做好的先期准备工作,刘勰的"履端于始"、"举正于中"、"归余于终"的三个阶段都指明了具体的要求与方法,

---

① (梁)刘勰著,范文澜注:《文心雕龙注》,人民文学出版社1958年版,第494—495页。
② (梁)刘勰著,范文澜注:《文心雕龙注》,人民文学出版社1958年版,第530页。
③ (梁)刘勰著,范文澜注:《文心雕龙注》,人民文学出版社1958年版,第542页。

要求作家预先在动笔前就做好策划与安排,"料敌机先",才能做到"绳墨之外,美材既斫",若"委心逐辞",缺乏必要的筹划与准备,就会导致创作中统绪错乱,"少既无以相接,多亦不知所删"①的窘境。同样,在《章句》篇中所谓"启行之辞,逆萌中篇之意;绝笔之言,追媵前句之旨。故能外文绮交,内义脉注,跗萼相衔,首尾一体。若辞失其朋,则羁旅而无友;事乖其次,则飘寓而不安。是以搜句忌于颠倒,裁章贵于顺序,斯固情趣之指归,文笔之同致也。"②亦是要求作者在创作中安排章节与文句时要注意前后的关联,要有统绪,这些都须要作家在创作前予以全面思考,精心筹划才能实现,所达到的境界,就是"圆合"。同样,《附会》篇中也有类似阐发:"何谓附会?谓总义理,统首尾,定与夺,合涯际,弥纶一篇,使杂而不越者也。若筑室之须基构,裁衣之待缝缉矣。夫才童学文,宜正体制,必以情志为神明,事义为骨髓,辞采为肌肤,宫商为声气,然后品藻玄黄,摛振金玉,献可替否,以裁厥中:斯缀文之恒数也。"其所谓"缀文之恒数",除上引之句中以人的生命身体的有机特征来进行比喻说理外,还以筑室裁衣为喻,强调谋篇与策划的重要性,阐明"统首尾,定与夺,合涯际"之类的作家行文运思的谋略的重要性,这亦如同《附会》篇所说的"凡大体文章,类多枝派,整派者依源,理枝者循干。是以附辞会义,务总纲领,驱万涂于同归,贞百虑于一致,使众理虽繁,而无倒置之和,群言虽多,而无棼丝之乱,扶阳出条,顺阴藏迹,首尾周密,表里一体,此附会之术也。"③就更为具体的阐述了他关于作家应周密安排文章结构布局,巧妙地以"理"贯穿其中,从而达到了"首尾周密,表里一体"的内容、形式混一交融、相辅相成的艺术表达效果。正是因为对文学创作活动有清醒的认识,对作家在创作中可能会遇到的头绪纷繁,又难以驾驭的问题有过研究,刘勰才会从总体上做出"整派者依源,理枝者循干"的要求,其"务总纲领"其实就是创作开始前的总体谋划与安排的意见,可见在创作活动的具体细节方面,刘勰从其谋略论的角度都做了细致周详的阐述。

再者,黄庭坚、姜夔所强调的为诗须谨"布置"的观点,也是对诗歌抒情

---

① (梁)刘勰著,范文澜注:《文心雕龙注》,人民文学出版社1958年版,第656页。
② (梁)刘勰著,范文澜注:《文心雕龙注》,人民文学出版社1958年版,第570—571页。
③ (梁)刘勰著,范文澜注:《文心雕龙注》,人民文学出版社1958年版,第650页。

层次与进程次序以及篇章结构的一种谋略性要求。"布置"是预先的擘画与安排，作者应在创作开始前就安排妥当，这样在创作过程中方能有条不紊地予以推进，这与刘勰之"三准"论相同，都是一种"意在笔先"的谋略性主张。黄庭坚曾盛赞杜甫的《奉赠韦左丞丈二十二韵》与韩愈的《原道》，人为是"布置最得'正体'之作，要求"文章必谨布置"。姜夔《白石道人诗说》有云："作大篇，尤当布置：首尾匀停，腰腹肥满"，又指出"小诗精深，短章蕴藉，大篇有开阖乃妙。"又云："波澜开阖，如在江湖中，一波未平，一波已作，如兵家之阵，方以为正，有复是奇，忽复是正。出入变化，不可纪极，而法度不可乱。"[1]更将"布置"问题与用兵相较，反映了古人以谋略的方式关注文学创作问题的一般态度。只有精心谋划，才能顺利推进创作活动；对创作中的各种问题，包括使用的基本材料与具体的艺术手法在内，诸如章节结构、抒情叙事次序和意象排布，都在谋划之列。所以，借助对其谋略的认识，才不会在面对古代大量诗法、诗格类著作时无从下手，或是用其他精致的理论做削足适履式的解读。

《王直方诗话》引黄庭坚语云："作诗正如作杂剧，初时布置，临了须打诨，方是出场。"[2]韩驹也认为"作诗当语脉联属"。并云："凡作诗，使人读第一句知有第二句，读第二句知有第三句，次第终篇，方为至妙。"(《陵阳室中语》)[3]这种观点，显然是对诗作内在抒写意脉的要求。有章法贯穿的诗作，句句相扣，衔接紧密，诗意灌注而下，婉转流畅，浑然一体。其章法若谋划安排得当，创作自然会获得良好效果。古人诗学研究，尤其是对前人诗作进行分析解读时，其目的未必是为了构架某种理论体系，而是将总结出的经验叙述出来，用来指导写作。这也是谋略论的基础。从总体上讲，这种具体要求正是谋略意识的一种反映[4]。

---

[1] 均见（清）何文焕：《历代诗话》，中华书局1981年版，第680页。
[2] 郭绍虞辑：《宋诗话辑佚》，中华书局1980年版，第14页。
[3] （宋）魏庆之：《诗人玉屑》卷五引，上海古籍出版社1978年王仲文校勘本，第121页。
[4] 宋以后的诗学研究中，杜诗学是一个焦点。他们倾倒于杜甫精深的诗歌艺术成就，深入地钻研探索，总结出了许多杜甫在立意、谋篇、造语遣词、用典以及记事写物方面的经验，以指导具体的创作实践。这样的例子非常多，兹举葛立方《韵语阳秋》举杜甫《喜弟观到诗》、《晴诗》、《江阁卧病》及《寄张山人诗》等诗为例，得出一个结论，即杜甫绝句多"以后二句续前二句"（即第三句语意照应第一句，第四句语意照应第二句。见何文焕：《历代诗话》，中华书局1981年版，第484页）如其《晴诗》：

韩驹亦有类似见解，其《陵阳先生室中语》第十六条有云："作诗必先命意，意正则思生，然后择韵而用，如驱奴隶；此乃以韵承意，故首尾有序。今人非次韵诗，则迁意就韵，因韵求事；至于搜求小说佛书殆尽，使读之者惘然不知其所以，良有以也。"又云："凡作诗须命终篇之意，切勿以先得一句一联，因而成章；如此则意多不属。然古人亦不免如此。如述怀、即事之类，皆先成诗，而后命题者也。"①其说主要是从"先命意"，且是"命终篇之意"的角度指导"读之者"（后学）的创作活动，带有谋略性质。其谋略亦含有对具体创作过程中某些形式环节的预先干预的意思。它是一种针对文学创作的设计、安排与部署，是一种积极地运用谋略实施的对创作的实际控制与系统规划，是对自己诗学实践和创作经验的总结性的具体发挥。我们将这种总结与发挥等干预性的安排设计综合起来，其实就是谋略的意义。

元人杨载在其《诗法家数》中用"起"、"承"、"转"、"合"来解读律诗章法。他指出首联即为"起"，颔联即"承"，颈联为"转"，结句则为合，并细致地阐说了其"起"、"承"、"转"、"合"的实际含义，用以指导后学："破题，或对景兴起，或比起，或引事起，或就题起。要突兀高远，如狂风卷浪，势欲滔天。"、"颔联，或写意，或写景，或书事，用事引证。此联要接破题，要如骊龙之珠，抱而不脱。"、"颈联，或写意、写景、书事、用事引证，与前联之意相应相避。要变化，如疾雷破山，观者惊愕。"、"结句，或就题结，或开一步，或缴前联之意，或用事，必放一句作散场，如剡溪之棹，自去自回，言有尽而意无穷。"②其具体之阐述可谓详尽，其指导学诗的意义不必再言，这种具体的指示，是在其谋略观念框架之下的组成部分。至于其他这方面的"格"、"门"、"势"、"法"都是这种具体的指导。其实质意义也是要求作家先掌握处理解决创作问题的能力，再从事具体活动，其思维也是谋略式的。

"啼乌争引子，鸣鹤不归林。下食遭泥去，高飞恨久阴。"实构造出一个啼乌下食，遭泥而去；鸣鹤高飞，怅恨久阴的生动又惆怅伤感的图景。其"啼乌争引子"与第三句"下食遭泥去"是有逻辑联系的。而"鸣鹤不归林"又与"高飞恨久阴"照应关切。杜甫绝句意脉安排与章句结构上确实有此特点。葛立方将其标出，不只是因为他本人读出了其中的意味，而是为了使后人学习效法，去参鉴这种结构方式，使学者们把握绝句创作中这种层层相关，起伏照应的有机整体式的意象安排与章法布局，更有效地去创造生动活泼，浑然融彻的艺术氛围。其动机与实际行为，都是谋略性的。

① 以上均见（宋）魏庆之编：《诗人玉屑》，上海古籍出版社1959年版，第127页。
② （清）何文焕辑：《历代诗话》，中华书局1981年版，第729页。

王士禛《带经堂诗话》卷三有云："元秋涧王恽，述承旨王公论文语曰：'入手当如虎首，中如豕腹，终如虿尾。首取其猛，腹取其楦穰，尾取其螫而毒也。'见本集（王恽《秋涧集》）。乔吉梦符，论作今乐府法，亦云：'凤头，猪肚，豹尾，大概起要美丽，中要浩荡，结要响亮。'见《辍耕录》（陶宗仪《南村辍耕录》）。"①这种比喻，显然指诗文章法之内义脉络的安排部署而言，是一种关于创作中安排结构线索的谋划与用意。

　　毛先舒对这种诗学创作的总体谋略性设计表述得也很细致，其《诗辩坻》有云："古风长篇，先须搆局，起伏开阖，线索勿紊。借如正意在前，掉尾处须击应；若正意在后，起手处先须伏脉。未有初不伏脉而后突出一意者，亦未有始拈此而后来索然不相呼应者。若正意在中间，亦要首尾击应。实叙本意处，不必言其余，拓开作波澜处，却要时时点着本意，离即之间方佳。此如画龙，见龙头处即是正面本意。余地染作云雾。云雾是客，龙是主，却于云雾隙处都要隐现爪甲，方见此中都有龙在，方见客主。否是，一半画龙头，一半画云雾耳。主客既无别，亦非可为画完龙也。"②正是因为对创作活动有着系统全面的认识，对于创作展开的动态过程有过详尽的思考和驾控意识，才能阐述出这样的意见。

　　有时，出于指导的用意，诗论家们对诗律问题都做了新的解释。清人方世泰在其《辍锻录》中说："诗必言律。律也者，非语句承接，义意贯串之谓也。凡体裁之轻重，章法之短长，波澜之广狭，句法之曲直，音节之高下，词藻之浓淡，于此一篇略不相称，便是不谐于律。故有时宁割文雅，收取俚直，欲其相称也。杜子美云：'老去渐于诗律细。'呜呼，难言之矣。"③由其说可知，诗歌创作中的"体裁"、"章法"、"波澜"（应指文势起伏）、"句法"、"音节"等形式问题都是"诗律"，其实质即古人所常说的"诗法"，是作诗时的规则性要求，诗人对这种要求有明确的认识，创作时去积极应对，用精心苦思予以解

---

①（清）王士禛著，张宗柟纂集，夏鸿森校点：《带经堂诗话》，人民文学出版社1963年版，第76页。
②（清）毛先舒：《诗辩坻》，郭绍虞编选，富寿荪校点：《清诗话续编》，上海古籍出版社1983年版，第75页。
③郭绍虞编选，富寿荪校点：《清诗话续编》，上海古籍出版社1983年版，第1936—1937页。

决,便可"义意贯串",做出好诗。其说亦属谋略范畴。

我们还须关注翁方纲关于诗法的一些观点,因为他的法的含义是宽泛的,涵盖了诗歌创作各阶段涉及的规则与要领。其主张主要见于《诗法论》一文中。其云:

> 法之立也,有立乎其先、立乎其中者,此法之正本探原也。有立乎其节目、立乎其肌理界缝者,此法之穷形尽变也。杜云:"法自儒家有",此法之立本者也;又曰:"佳句法如何",此法之尽变者也。夫惟法之立本者不自我始之,则先河后海或原或委,必求诸古人也。夫惟法之尽变者,大而始终条理,细而一字之虚实单双,一音之低昂尺黍,其前后接笋,乘承转换,开合正变必求诸古人也,乃知其悉准诸绳墨规矩,悉效诸六律五声,而我不得丝毫以己意与焉。故曰:禹之治水,行其所无事也,行乎所不得行,止乎所不得不止。应有者,尽有之;应无者,尽无之。夫然后可以谓之诗,夫然后可以谓之法矣。①

认为"法",有"立乎其先"、"立乎其中"者,"立乎其先"指作者思想修养而言。这决定了其情感特点。"立乎其中"者,则为细节讲求及形式规则等问题。由自觉遵循创作规则,使用形式技巧而达到创作最好的效果,是由必然而自由的一种飞跃。翁方纲对"法"的解释,正是联系到作家从事创作的过程来论述的,也反映了他较为明确的谋略性见解。不只如此,其说也在"法"的观念之下,将古代多种理论谋略连贯在了"立乎其先"、"立乎其中"、"立乎其节目、立乎其肌理界缝"的不同创作过程中,涉及了诗人的技能修养、临文的处置能力与精益求精的节目课求等方面。这就属于较为全面的谋略性的理论要求了。

古代文艺理论资料中论及作家临文之际内在谋略之处是非常多的,这些同样不能用体系严密与逻辑论述的精严程度来衡量。它们是关于作家应对创作

---

① (清)翁方纲:《复初斋文集》卷八,《续修四库全书》第1455册,上海古籍出版社2002年版,第420—421页。

问题的具体谋划和预先的应对方案,也是对具体问题的指导措施,有的细微琐细,不成规制,但均能概见其中所含有的谋略性内涵。

沈德潜在《说诗晬语》中说:"写竹必有成竹在胸,谓意在笔先,然后着墨,惨淡经营,诗道所贵。傥意旨间架,茫然无措,临文敷衍,枝枝节节而成之,岂所语于得心应手之技乎?"①显然,不对创作进行针对性的"经营"安排,不从"意在笔先"出发做必要的谋划,"临文敷衍",就会汗漫不成体统。沈德潜这里强调的"惨淡经营,诗道所贵"与"意在笔先",正是其谋略性内涵的反映。他所批评的"临文敷衍"与《文心雕龙·总术》中所谓"莫肯研术"的消极式的创作态度是一样的,凭"弃术任心"去创作,创作流程就会乱端百出,支离破碎,即便勉强成文,也绝不是可歌可传的佳作②。

金人周昂有云:"文章以意为之主,字语为之役。"③"意"对文章创作,对"字语"的选择使用具有驾控作用,其意不只是诗文文本之意,亦有作者驾驭创作的主观意愿的意思,其中含有谋略性的意义。谢榛《四溟诗话》中所说的"诗有辞前意、辞后意。唐人兼之,婉而有味,浑而无迹"④。其"辞前意"即有谋略的意思。王夫之所谓"无论诗歌与长行文字,俱以意为主。意犹帅也。无帅之兵,谓之乌合"⑤。其"意"可统帅全篇,应有主观驾控创作的意志与能力之意,系谋略思维的一种反映。沈德潜之"作诗当以意运法",其"意"亦有谋略性质,其云:"所谓法者,行所不得不行,止所不得不止,而起伏照应,承接转换,自有神明变化于其中。若泥定此处应如何,彼处应如何,不以意运法,转以意从法,则死法矣。试看天地间水流云在,月到风来,何处著得死法。"⑥则认为"以意运法",可以避免拘泥僵化的奉从所谓诗法,而不知变通会

---

① 丁福保辑:《清诗话》,上海古籍出版社1999年版,第548—549页。
② 古人往往把创作当成复杂有机的系统过程来对待,所以也非常重视对整个创作活动的精密策划与全面准备,要求认真做到"意在笔先"东晋王羲之《题卫夫人笔阵图后》云:"夫欲书者,先干研墨,凝神静思,预想字形大小,偃仰平直振动,令筋脉相连,意在笔前,然后作字。"其所谓"先……"、"预想……"、"然后……"的过程性动态表述,就是一种谋略性的意见,这虽是在书法艺术领域的谋略,但在文学理论中运用得更多。
③ (金)王若虚:《滹南诗话》引,见丁福保辑:《历代诗话续编》,中华书局1983年版,第507页。
④ 丁福保辑:《历代诗话续编》,中华书局1983年版,第1149页。
⑤ (清)王夫之:《姜斋诗话·夕堂永日绪论内编》,丁福保辑:《清诗话》,上海古籍出版社1999年版,第8页。
⑥ (清)沈德潜:《说诗晬语》,丁福保辑:《清诗话》,上海古籍出版社1999年版,第524页。

适，做到"以意运法"，给"自有神明变化于其中"留下了空间和余地，其意便是一种通篇、全局的系统安排策划，可以驾控有包括"法"在内的创作过程中的所有问题。

杨载《诗法家数》有云："大抵诗之作法有八：曰起句要高远；曰结句要不著迹；曰承句要稳健；曰下字要有金石声；曰上下相生；曰首尾相应；曰转折要不着力；曰占地步，盖首两句先须阔占地步，然后六句若有本之泉，源源而来矣。地步一狭，譬犹无根之潦，可立而竭也。今之学者，倘有志乎诗，须先将汉、魏、盛唐诸诗，日夕沉潜讽咏，熟其词，究其旨，则又访诸善诗之士，以讲明之。若今人之治经，日就月将，而自然有得，则取之左右逢其源。苟为不然，我见其能诗者鲜矣！是犹孩提之童，未能行者而欲行，鲜不仆也。余于诗之一事，用工凡二十余年，乃能会诸法，而得其一二，然于盛唐大家数，抑亦未敢望其有所似焉。"① 由涵养确立基本功，再以其八法去创作，就可掌握基本要领，而成为诗人。其理论有鲜明的谋略性。再如其中论"古诗要法"部分，云："凡作古诗，体格、句法俱要苍古，且先立大意，铺叙既定，然后下笔，则文脉贯通，意无断续，整然可观。"② 其"先立大意"之说，亦是"意在笔先"的谋略式主张。再比如杨载论绝句作法，云："绝句之法，要婉曲回环，删芜就简，句绝而意不绝，多以第三句为主，而第四句发之。有实接，有虚接，承接之间，开与合相关，反与正相依，顺与逆相应，一呼一吸，宫商自谐。大抵起承二句固难，然不过平直叙起为佳，从容承之为是。至如宛转变化工夫，全在第三句，若于此转变得好，则第四句如顺流之舟矣。"③ 其对绝句的作法之指导，可谓周至款切，细致入微，虽不免烦琐，但对后学掌握绝句的具体作法是有益处的。

清人冒春荣在其《葚园诗说》卷一中说："学诗者每作一题，必先立意。"④ 又云："故作诗必先谋章法、句法、字法，久之从容于法度之中，使人不易得其法。若不讲此，非邪魔即外道矣。"⑤ 因从有法而至于无法，故而学者不好

---

① （清）何文焕：《历代诗话》，中华书局1981年版，第726—727页。
② （清）何文焕：《历代诗话》，中华书局1981年版，第731页。
③ （清）何文焕：《历代诗话》，中华书局1981年版，第732页。
④ 郭绍虞编选，富寿荪校点：《清诗话续编》，上海古籍出版社1983年版，第1583页。
⑤ 郭绍虞编选，富寿荪校点：《清诗话续编》，上海古籍出版社1983年版，第1578页。

把握其为诗矩矱，甚至不知讲法，堕入邪魔外道，故而冒春荣提出了"意者一身之主"的意见。其云："作诗先须立意，意者，一身之主也。"①并云："先得意，后得句，而字在乎其中，不待求索者，上也。"②在创作时"下字必清活响，与一篇之意相通"。其意亦对创作活动有驾控作用，亦属谋略性的创作控制能力。至于像晚清林昌彝所说之"作诗须有命意，然后讲性情、风格，不可随手成章，空空写去，则于诗便是可作可不作者矣。"③其意显然不是作品的主旨，而是作者根据自己的创作目标与主旨，驾控创作的意旨与能力。这种重视"命意"的主张，亦是谋略。而庞垲则提出了"因意标题"的主张，其《诗义固说》云："诗有题，所以标明本意，使读者知其为此事而作也。古人立一题于此，因意标题，以词达意，后人读之，虽世代悬隔，以意逆志，皆可知其所感，诗依题行故也。"可见"题"是诗歌的"本意"，即主旨，而此主旨应服从于"意"，即"因意标题"，其"意"并非全是谋略，还含有创作动机及目的等意思。而根据此目的、意旨，安排创作，则为谋略。庞垲还说："若诗不依题，前言不顾后语，南辕转赴北辙，非病则狂，听者奚取？"、"题"决定了主旨的落实情况。"前言"、"后语"应围绕诗作主旨而发挥作用。庞垲还指出："自宋以还，诗家每每堕此，不省古人用意所在，而借口云寄慨在无伦次处。"并语带愤慨地指出："无伦次可以为诗耶？"④由此综合判断，庞垲的主张是"意"决定"题"，"题"决定诗句语词，其主张本身就是谋略性的对诗歌创作的控制和策划性的系统要求。朱庭珍《筱园诗话》卷一中的"作诗先贵相题"的见解⑤，要求在把握创作主旨的基础上展开创作活动，此见解亦为谋略性主张。

刘熙载在《艺概·文概》中说："古人意在笔先，故得举止闲暇，后人意在笔后，故至手忙脚乱。"⑥也是对这种观点的继承与发挥。

古代文学理论的谋略性还表现在对于掌握前人创作经验的谋略性要求方面。

---

① （清）冒春荣：《葚园诗说》卷二，郭绍虞辑、富寿荪校：《清诗话续编》，上海古籍出版社1983年版，第1588页。
② 郭绍虞编选，富寿荪校：《清诗话续编》，上海古籍出版社1983年版，第1590页。
③ （清）林昌彝著，王镇远、林虞生标点：《射鹰楼诗话》卷十四，上海古籍出版社1988年版，第322页。
④ 郭绍虞编选，富寿荪校点：《清诗话续编》，上海古籍出版社1983年版，第729页。
⑤ 郭绍虞编选，富寿荪校点：《清诗话续编》，上海古籍出版社1983年版，第2342页。
⑥ （清）刘熙载，袁津琥校注：《艺概》，中华书局2009年版，第39页。

创作活动中的一些具体问题，或是须要注意并予以避忌的状况，古人也多有阐发。他们或是谈学习甘苦，或表述创作经验，其目的都是在与指授学者诗学方法与要领，这类观点和理论也是谋略思维的反映。

柳宗元在《答韦中立论师道书》中极为周详地阐述了自己学以为文的经验，其中就透露出了鲜明的谋略性观点，其云："故吾每为文章，未尝敢以轻心掉之，惧其剽而不留也；未尝敢以怠心易之，惧其弛而不严也；未尝敢以昏气出之，惧其昧没而杂也；未尝敢以矜气作之，惧其偃蹇而骄也；抑之欲其奥，扬之欲其明，疏之欲其通，廉之欲其节，激而发之欲其清，故而存之欲其重。此吾所以羽翼夫道也。本之《书》以求其质，本之《诗》以求其恒，本之《礼》以求其宜，本之《春秋》以求其断，本之《易》以求其动，此吾所以取道之原也。参之《谷梁氏》以厉其气，参之《孟》、《荀》以畅其支，参之《庄》、《老》以肆其端，参之《国语》以博其趣，参之《离骚》以致其幽，参之《太史公》以著其洁，此吾所以旁推交通而以为文也。"① 由其所谓"羽翼夫道"、"取道之原"与"旁推交通"可以看出柳宗元对作家具体的文学修养是何等重视，他以自己学作古文的方法授人法门，其实是要学者有明确的学习方案，掌握学习要领。柳宗元的这种观点也是具有谋略性意义的

宋人吴可也有类似思想，其《藏海诗话》有云："看诗且以数家为率，以杜为正经，余为兼经也，如小杜、韦苏州、王维、太白、退之、子厚、坡、谷四学士之类也。如贯穿出入诸家之诗，与诸体俱化，便自成一家。"② 要求学诗者以杜甫诗为主要学习对象，以杜牧、韦应物、王维、李白、韩愈为主要参考对象。来综合熔铸作家本身的诗学品格。其论与柳宗元一样，旨在指示作家学诗要领，同样是一种谋略性的主张。谢榛《四溟诗话》提出"不专一而逼真"，认为学者不能在学古人时自限眼界，而应广泛师法。他还说："专于陶者失之浅易，专于谢者失之饾饤，孰能处于陶谢之间，易其貌，换其骨，而神存千古。"③ 认为学者能集众家之长，并合而为一，即"作诗有如学酿蜜法者"，"若蜜蜂历采百花，自成一种律味与芳馨，殊不相同，使人莫知所蕴。"并进而指

---

① （唐）柳宗元，胡士明选注：《柳宗元诗文选注》，上海古籍出版社1988版，第98—99页。
② 丁福保辑：《历代诗话续编》，中华书局1983年版，第333页。
③ 丁福保辑：《历代诗话续编》，中华书局1983年版，第1229页。

出作家应将古人"集中之最佳者,录成一帙,熟读之以夺神气,歌咏之以求声调,玩味之以哀精华。"①这样才能自成一家,有自己的造诣—其指授的学诗路数与方法,亦属谋略范畴。与此相似,严羽《沧浪诗话·诗辨》云:"天下有可废之人,无可废之言。诗道如是也。若以为不然,则是见诗之不广,参诗之不熟耳。试取汉魏之诗熟参之,次取晋宋之诗而熟参之,次取南北朝之诗而熟参之,次取沈、宋、王、杨、卢、骆、陈拾遗之诗而熟参之,次取开元、天宝诸家之诗而熟参之,次取李、杜二公之诗而熟参之,次取大历十才子之诗而熟参之,又取元和之诗而熟参之,其真是非有不能隐者。"②严羽勾勒出了一个系统、具体的学诗路径,即汉魏诗—晋宋诗—南北朝诗—初盛唐诗—李杜诗—大历十才子诗—元和诗,以此系统次第深入,广泛参究,由远而近,既可明其源流,又可把握发展的轨迹,其目的在于使学者知晓严羽时代的诗歌已经偏离了这个轨迹。他强调的是"功夫须从上做下",由正源而正变,从而使学者在学诗时不至于走上野狐外道。可见严羽不仅限于对当下诗风的批判,其理论是由本及末的疗救措施,蕴含着深刻的谋略性理论内涵。严羽这种以派析源流以发表对时下诗文风气的谋略性思维方式在明清时代是非常普遍的。清人费锡璜之《汉诗总说》云:"学诗须从第一义着脚,如立泰华之巅,一切培塿,皆在目中。何谓第一义?自具手眼,熟读楚骚汉诗,透过此关,然后浸淫于六朝、三唐,旁及宋元近代。"③并指出这是学诗的"据上流法",进而又强调说:"熟读汉诗如登山造极,溯水得源,见众山皆培塿,江河皆支派,一切唐宋皆属云礽,觉语近而味薄,体卑而格俚。"④费锡璜这种观点一样是主张向上一路,从诗学源头入手,浸淫涵濡,居高临下,把握诗学正源正轨,形成自身素养,从而主导驾驭诗学创作。

对诗学门径与路数强调极多也产生了很大影响的是江西诗学。陈师道《后山诗话》有云:"学诗当以子美为师,有规矩故可学。"⑤以杜甫为学诗榜样,作

---

① 丁福保辑:《历代诗话续编》,中华书局1983年版,第1189页。
② 郭绍虞:《沧浪诗话校释》,人民文学出版社1961年版,第12页。
③ 丁福保辑:《清诗话》,上海古籍出版社1999年版,第944页。
④ 丁福保辑:《清诗话》,上海古籍出版社1999年版,第949页。
⑤ (清)何文焕:《历代诗话》,中华书局1981年版,第304页。

为诗学素养的核心。这实际是上包括了江西诗学在内的宋代诗学的普遍观点。对学诗路径、程序的重视也是如此,陈师道还阐发了杜诗的过程中应该注意的问题,尤其是与学习其他大家的关系次序,其云:"然学诗者先黄后韩,不由黄韩而为老杜,则失之拙易。"① 这种次序上的见解,也是对作家学诗的谋略性意见,同时也是陈师道自己学诗的经验总结与体会。将诗歌创作,尤其是将关于学诗路径的见解当成专门之学,并深入探研其理之所在,这实际是江西诗学带给中国诗学史的一个新的研究课题,这种谋略性的思维逻辑发端在《文心雕龙》,但成熟于江西诗学,其影响后人、影响后世之诗学史是极为深远的。其中之谋略性眼光与有关诗学内涵的阐发,亦使古代诗学浸染上了浓厚的谋略性色彩②。

从指授学者学诗路径的角度出发,更有为诗学勾勒诗学道统者。黄子云《野鸿诗的》提到了诗之道统,其云:"诗有道统,不可不究其所自。姑综其要而言:《风》、《骚》之外,于汉曰《十九首》,曰苏、李,于魏曰曹、刘,于晋曰左、陆、渊明,于宋曰鲍、谢,于齐曰玄晖,于梁曰仲言(何逊),于陈曰子坚(阴铿)、孝穆(徐陵),于周曰子山(庾信),之数公者,虽各自为一家之言,而正始之序,截然不紊。"③ 他勾画了一个由《风》、《骚》而《十九首》而苏、李,而曹、刘,而左、陆,而鲍、谢而何逊、阴铿、徐陵、庾信的路线。其目的在于确立正确诗学路径。这种观点亦属于谋略思维。

同时,须要指出的是,关于学诗方面的谋略,有的诗学家还指出了一些学者应该注意的问题,如《王直方诗话》载贺铸提示诗人应注意的"八句诀",其云:"平淡不流于浅俗,奇古不邻于怪癖,题诗不窘于物象,叙事不病于声律,比兴深者通物理,用事正者如己出。格见于成篇,浑然不可镌;气出于言外,浩然不可屈。"④ 对诗歌创作中的一些具体问题,如比兴、用事、风格等做

---

① (清)何文焕:《历代诗话》,中华书局1981年版,第305页。
② 江西诗学能将《文心雕龙》之谋略性内涵运用于诗歌创作活动的一系列主张与理论观点之中,使古代诗学的谋略性色彩大为突出。古代诗学中研究如何作诗、品诗的学问成了专门之学,或讲求师法对象与路径,或专研命意、结构、意象、句法、修辞,或研究诗歌用典、用韵,或研讨句法工拙与语词锻炼。这些具体的指导性的诗学主张,不一定有什么系统性与理论性,却能在细碎烦琐中投射出一种谋略性的艺术眼光,在其指示的具体方法与技巧背后,蕴藏着关于诗歌艺术的深湛谋略与智慧。
③ 丁福保辑:《清诗话》,上海古籍出版社1999年版,第848页。
④ 郭绍虞辑:《宋诗话辑佚》本,中华书局1980年版,第92页。

出明确提示与具体指导,若将此类话语以"理论"目之,则不见其有逻辑推理与论证,只有以谋略的视角视之,其思维所具有的内涵和作用才能彰显。

严羽诗学中对这一方面的问题也多有阐述,其《沧浪诗话·诗辨》强调作者作诗要注意"体制"、"格力"、"气象"、"兴趣"、"音节"等问题,并将其视为"诗法"以示学者,要求学者在这五方面用心深研。后来陶明浚对此五法做了解读,其《诗话杂记》云:"此盖以诗章与人身体相比拟,……体制如人之体干,必须佼壮;格力如人之筋骨,必须劲健;气象如人之仪容,必须庄重;兴趣如人之精神,必须活泼;音节如人之言语,必须清朗。五者既备,然后可以为人,亦唯备五色之长,然后可以为诗。"①陶明浚即看出了严羽此论所蕴含的意味,他将诗的创作比之于人的生命,要求既重视各部分自身的特点,也要注意整体的协调一致,作家明乎此,才能在创作中避免专注某一方面而忽略整体上的有机关联。严羽及陶明浚的观点也有儆诫学者不能犯创作中的某些错误,亦属对创作活动的一种谋略性见解,也是对其以禅谕诗所易产生的误读的一种有益补充。如《沧浪诗话·诗法》中"除五俗"的观点即是,其云:"学诗先除五俗:一曰俗体,二曰俗意,三曰俗句,四曰俗字,五曰俗韵。"②在"体"、"意"、"句"、"字"、"韵"等方面,学者要明白要对一些弊端有所规避,不能凭借一己之意,弃术任心,才能保障创作顺利进行。这种关注避犯的观点,也是一种谋略性的主张。

重视学诗路数的谋略还包括那种认为学诗应从源流出处的问题上进行探究,借以培植学者深湛扎实的学殖素养。王士禛曾云:"为诗要穷源溯流,先辨诸家之派,如何者为曹刘,何者为沈宋……","学者要先辨门径,不可堕入魔道。"③也必须知道师法对象的选择依据,即"辨诸家之派",才能有的放矢。类似王士禛的这种见解,在古代文艺理论中是很普遍的。

程廷祚在其《青溪集》卷十所附知尺牍中也认为:"今欲专力于古文,惟沉潜于六籍,以植其根本;阅历于古今,以达其事变,取食于先汉,以取其气

---

① 郭绍虞:《沧浪诗话校释》,人民文学出版社1961年版,第7页引。
② 郭绍虞:《沧浪诗话校释》,人民文学出版社1961年版,第108页。
③ (清)何世璂:《燃灯记闻》引,丁福保辑:《清诗话》,上海古籍出版社1999年版,第120页,第121页。

味；不患文不日进于高古。"①以深入钻研六经为学诗根本，以研究历代诗歌来把握其发展变化的规律，其观点，也是关于作家内在修养方面的谋略性主张。

黄遵宪《人境庐诗草·自序》亦云："人之世异于古，今之人亦何必与古同。尝于胸中设一诗境：一曰复古人比兴之体，一曰以单行之神运排偶之体，一曰取《离骚》、《乐府》之神理而不袭其貌；一曰用古文家伸缩离合之法以入于诗。其取材者，自群经三史，逮于周秦诸子之书，许郑诸家之注，凡事名物名切于今者，皆采取而假借之。其述事业，举今日之官书会典方言俗谚以及古人未有之物，未闻之境，耳目所历，皆笔而书之。其炼格也，自曹、鲍、陶、谢、李、杜、韦、苏讫于晚近小家，不名一格，不专一体，要不失乎为我之诗。诚如是，未必遽跻古人，其亦足以自立矣。"②此即黄遵宪之"诗界革命"论，他从诗境之构筑与作诗之取材、述事与炼格方面授以法门，使学者有所遵依，可以其学诗方法结合诗境的构筑而实现其"诗界革命"的目标。其理论实际上是继承传统与创新诗学的谋略，是对新旧文学的交融与发展做出的一种折衷，学者苟依其道，实不失为一种带动中国古典文学实现现代转型的有益尝试。其谋略的目的，就不只停留在作者修养方面了，而是一种对文学（诗歌）未来发展的一种谋划与干预措施了。

其他还有对作者修养提出的一种由朗读体会而掌握创作规律的主张，这是桐城派散文理论中一种比较有特色的观点。刘大櫆在其《论文偶记》中云："……其要只在读古人文字时，便设以此身代古人说话，一吞一吐，皆由彼而不由我。烂熟后，我之神气既古人之神气，古人之音节在我喉吻间，合我喉吻者，便是与古人神气音节相似处，久之自然铿锵发金石声。"③其见解，显系得之于自己学以为文的经验体会，他以此法授人，希望学者以此道推求，认真体会，是就作者整体素质的一种训练谋略。

还有一种谋略性的主张，虽是从诗歌创作的不足立论，却提供了既与创

---

① （清）程廷祚：《青溪集》卷十，翁长森 蒋国榜辑：《金陵丛书》乙集之十，台北市力行书局1970年影印本。
② （清）黄遵宪著，钱仲联笺注：《人境庐诗草笺注》，上海古籍出版社1981年版，第1页。
③ 范先渊校点：《论文偶记 初月楼古文绪论 春觉斋论文》，人民文学出版社1959年版，第12页。

作有关，又与诗学修养有关的修养方法。清人黄子云《野鸿诗的》云："凡诗有不足之病，即以前人对病之法治之：病在怯弱，疗之以陈思；病在蒙晦，疗之以记室（陈琳）；病在清癯，疗之以光禄（颜延之）；病在陈腐，疗之以宣城（谢朓）；病在沾滞，疗之以参军（鲍照）；病在鲁钝，疗之以简文（萧纲）；病在浅率，疗之以开府（庾信）。若此者不可悉数，在学者审择所处而已。"①他认为学诗者若存在诗风上的明显欠缺和不足，就从前人的诗作中寻找与自己诗病相对的诗人学习，以补足自身的欠缺，完善自己的修养与创作。可见，在黄子云看来，前人但有诗风上的长处，都可以为我所用，而不限门庭。这种开放的诗学意识，服从于其"在学者审择所处"的综合谋略思想之中②。

类似这样的理论还很多，我们发现，虽然这些理论的阐发者自己的创作各不相同，但用以指导学者学习掌握作诗方法的性质与思路都是基本相似的。他们指示后学的具体办法并不表现为严密的逻辑论证，而是关注于临文时的具体安排与应对措施，都是谋略性的主张，也是谋略性地对创作活动的关切——这充分说明，谋略是我国古代文学理论中较为稳定也较为成熟的共识性内容。从不同学者文艺理论的异中求同，从其差别处寻找共同点是我们得出关于古代文学理论的谋略性认识的逻辑论证依据。古人将自己在创作时的经验体会总结出来，用以指导后学，希望后学以谋略性的方式完成创作，达到应有的艺术要求，使我国古代文学中优秀的文学作品层出不穷，优秀的作家代不乏人。这种谋略式地指导，不正显现了古代作家们的胸襟气度与理论智慧吗？这也是我们应该对古代文学理论谋略进行专门研究的伦理依据。

用谋略性视角观照古代文艺理论的意义

我们用源于西方的文艺理论观照我国古代的文艺理论资料，当然会得出许多有助于总结古代文艺理论的发展规律和能够指导当今文学理论批评的观点和主张，但同时也将大量的古代文艺理论著作中关于诗文作法的琐细资料忽略过去，甚至是弃置不论。古人好讲作诗格法，也好钻研诗文创作中遣词用语的

---

① 丁福保辑：《清诗话》，上海古籍出版社 1999 年版，第 852 页。
② 也可见清人诗学观的开放性与包容性，凡可为我所用者，均可用以陶熔完善自身；凡优于我者，均可作为师法对象。更何况他们还从风格出发确立目标，有的放矢，因地制宜，旨在最大限度开扩胸襟，完善诗学素养。

具体操作技巧，喜欢讨论诗文布局与结构章法。并且喜好将自己的创作心得作为一种经验阐发出来，用以指导后学。他们琢磨出了许多用以指导创作活动的"不二法门"，这些理论资源，长期以来并未引起研究者应有的重视。同时，以现代西方理论范式与框架去审视古代文艺理论资源时无形中划定了这个领域的基本研究范围与研究对象，这固然对本学科的规范化、科学化发展良有助益，但也在一定程度上限制了对该学科精细化与本色化的深入解读，尤其是无形中对更符合我国民族传统的古代文艺理论成果造成了多种误读，以至诗格、诗法类的内容被冷落甚至忽视。近年学界颇为热衷于对古代文艺理论做出诸如选本批评、摘句批评或是其他批评方法的研究，反映了学界对过去只是以文学本质论、作家论、创作论、批评论等划分版块的方法局限性一种修正与调整。也十分重视对古代文艺理论基本文献的发掘与整理，这也是规避某些研究存在理论先行，缺乏必要文献依据的空疏学风的一种调整与改良。但总体来看，研究方法还是显得单一，也在某些领域中显得大而无当；而研究范围虽较重视对基本文献的整理与个案研究，但仅在个别权威专著所划定的材料范围或是理论框架内徘徊伊违却难以从历史发展演化的角度进行总体宏观的关照与合乎具体实践的把握。这些问题的存在，原因在于研究所依据的理论思路与基本方法未必适合中国古代文学思想的独特性内涵以及理论观点的相对适用性要求；借来的理论方法未必适合用以解决古代文学理论研究的实际问题。屠龙术再高明，难以找到适合的应用对象；隔靴搔痒，并不能触及实质问题。以这样的研究范式或格套，终究绕不开我们解读古代文艺理论文献时遇到大量"琐细"资料时却无从措手的理论窘迫，这些"琐细"资料的内容难以纳入到舶来理论的框架与体系之中。在这样的局面下，该领域的研究因无法继续深入而日益边缘化了，或被归入古代文学，或被归于文艺学，但似都不符合我国古代文艺理论研究本身的特点与要求。要改变这种局面，须要我们从古代文艺理论本身的特点（不同于其他民族文艺理论之处）入手，选择好视角，运用科学的方法，实事求是地进行分析，使我国古代文艺理论中最具民族特色也最能反映其发展规律的本质所在凸显出来，才能更好地完善这一领域的具体研究，无论是方法、对象还是研究目的，都能在实践的基础上取得科学的进展。

我们认为，从谋略性的角度上观照古代的文艺理论资料，可以较为允当地把被忽略的资料内容归拢起来，把失落的文学智慧挖掘出来，把不十分适合的研究方法置换成更切合文学传统的实用工具，从而捕捉古代文艺理论中最深刻、最能反映古代文艺思想特点的内容，进而对其进行合理地采撷汲取与继承发扬。将其实践性内涵在新的文学发展背景下予以阐释。经过初步研究，我们可以发现，谋略性的视角与分析思路，是可以承担起对本学科进行重构、强化、深化的，对一些具有民族性、本色性的理论问题进行科学的解析与阐释工作也可从谋略的角度予以展开。在进行诗社研究过程中，因诗社与古代文学理论批评间存在相辅相成又盈虚消长的关系，二者之间的理论问题更多地集中到这些带有谋略性的理论资料中去，因为这个原因，我们愈来愈感到这种迫切性的存在。古代文艺理论的谋略性思维大抵在以下几个方面表现得非常明显，这其实也是我国古代文艺理论中具有民族性、本土性的内容。

其一，古人善于总结自己的学习、训练和创作经验，并积极地将这种经验表述出来用以指导后学，这种致力于诗学经验授受的做法实际是一种对诗学经验传播的谋略性理论思维的反映，仍须我们去深思和把握，尤其是结合谋略思维去推进更深一层的研究。

传为杨载所作之《诗法家数》中提到了对诗歌创作从哪些方面去做全盘谋划。其中对"立意"、"炼句"、"写景"、"写意"等创作活动的有关问题都做出了细致的要求，关于"立意"，要求做到"高古浑厚，有气概，要沉着，忌卑弱浅陋"；关于"炼句"，要求做到"雄浑清健，有金石声"；关于"琢对"，要求做到"宁粗勿弱，宁拙勿巧，宁朴勿华，忌俗野"；关于"写景"，要求"景中含意。事中瞰景，要细密清淡，忌庸腐雕巧"；关于"写意"，要求"意中带景，议论发明"；关于"书事"，要求"陈古讽今，因彼证此，不可着迹"；关于"押韵"，要求做到"稳健"，认为"稳健"可使一句有精神；关于"下字"，要"或在腰，或在膝，在足，最要精思，直的当"[①]。对诗歌创作活动的各个环节、各方面的问题都做了具体指授，反映出对诗歌艺术形式技巧的重视。其要求本身确实反映了一定的文学艺术思想，但这种要求是根据诗歌创作的形式要求来阐述的，其对创作活动的操作性指导意义远胜过背后的理论，是关于作者

---

① 详见（清）何文焕：《历代诗话》，中华书局1981年版，第727—728页。

创作实践的一种带有谋略性的指导与具体要求。

与杨载之说相比，方东树的阐发就更为具体详尽了。其《昭昧詹言》有云："凡学诗之法，一曰创意艰苦，必风俗浅近习熟，迂腐常谈凡人意中所有。二曰造言，其忌避亦同创意，及常人笔下皆同者，必造一番言语，却又非以艰深文浅陋，大约皆刻意求与古人远。三曰选字，必避旧熟，亦不可僻。以谢、鲍为法，用字必典，用典又避熟典，须换生，又虚字不可随手轻用，须老而古法。四曰隶事避陈言，须如韩公翻新用。五曰文法，以断为贵，逆摄突起，峥嵘飞动倒挽，不许一笔平顺挨接。入不言出不辞，离合虚实，参差伸缩。六曰章法，章法有见于起处，有见于中间，有见于未收。或以二句顿上起下，或以二句横截。然此皆粗浅之迹，如大谢如此。以汉魏、陶公，上及《风》《骚》，无不变化如妙，不可执着。鲍及小谢，若有若无，间有之，亦甚短浅，然自成章。齐梁以下，有句无章，迨于杜韩，乃以《史》《汉》为之，几于六经同工，欧苏黄王，章法尤显。此所以为复古也。"① 方东树极为全面地从创作的"立意"开始，对"造言"、"选字"、"隶事"、"文法"、"章法"这些创作中的形式技巧问题做了具体细致的指授与要求，其观点反映了重视诗歌章法圆融、立意高远和用字精切的诗学主张，与宋代诗学的有关内容非常相似。同时，方东树将自己的创作经验抽绎总结，以授于人的具体做法，则是出于一种诗学授受的用意，这是一种谋略思维的反映，即以实际技艺的传授影响创作，干预诗坛。使受其影响者在诗学态度上有所用心，有所为有所不为，也能自觉规避不利于创作的一些诗学弊病。方东树不只是要传授具体的诗学规则，而是欲以此塑造诗人，塑造诗坛风气，其主观意旨，并不停留在传授诗法本身。

再看严羽对创作中三个阶段的经验性总结，其中也充满了谋略性色彩。

《沧浪诗话·诗法》云："学诗有三节：其初不识好恶，连篇累牍，肆笔而成；既识羞愧，始生畏缩，成之极难；及其透彻，则七纵八横，信手拈来，头头是道矣。"② 这种话语，用理论之眼观之，当做何种解读？但因其是经验的总结，故学者可借以得知学诗创作的实践中会遇到三种境况，会留心各个阶段中

---

① （清）方东树著，汪绍楹校点：《昭昧詹言》，人民文学出版社1961年版，第10页。
② 郭绍虞：《沧浪诗话校释》，人民文学出版社1961年版，第131页。

所遇到的问题，以便在创作中积极地予以应对，也会使作者从这种创作的甘苦体会中受到启发，进而凝心静气，戒除焦躁，通过勤学苦练，渐次养成自己的诗学品格。

与严羽此说相似的还有王士禛，俞兆晟《渔洋诗话序》中引王士禛语云："吾老矣，还念平生论诗凡屡变。……少年初筮仕时，惟务博综该恰，以求兼长。……中岁越三唐而事两宋，良由物情厌故，笔意喜生，耳目为之顿新，心思于焉避熟……既而清利寖以诘屈，顾瞻世道，恧焉心忧，于是以大音希声，药淫哇锢习，《唐贤三昧》之选，所谓乃造平淡时也。然而境亦从兹老矣。"①王士禛用自己读诗作诗的人生经验审视唐宋诗，会得出不同于"气格"、"境界"、之论的独特体会，这种体会缘于自己研习诗学的实践经验，他以此经验告语学者，实有要求学者贯通各种时代的诗学之意，要兼收并蓄，不要兼善其中某一种。因而其观点可以扩大学者视野，走出宗唐与宗宋绞扰不清的迷阵，对学诗者开放式地选择和着力参究适合自身的创作的道路是极有启发意义的。从王士禛来讲，其告语学者自身经验以帮助学者建立广收博取，不专一格的诗学取径路数，这种思路也是具有谋略性色彩的。

其二，以谋略的视角审视诗史和诗学史，会自然萌生一系列启发我们思考的问题，如中国古代诗学的传播和接受问题，诗学授受的实际作用和意义对于诗学格局以及发展演化的影响又如何？对于此类问题，以理论谋略和发挥实际指导的理论意旨角度可以尝试予以解答。

清人李沂在其《秋星阁诗话》中说："学诗有八字诀，多读多讲多作多改而已。"②他进而分析道："夫人自有性情，原本必模仿前人，然善射者，不能舍的，良匠不能舍规矩，师心自用，谓古不足法，非狂则愚也。"③可见李沂也尊重作家在创作中张扬个性，但他同时认识到了来自诗学传统的艺术约束力的重要性，他要求多读古人诗作，多研究揣摩古人成功的经验，进而在实践中予以练习和运用。李沂的这种观点，用理论观照，则可论之为能够辩证地看待个性与规矩的关系，能够调整好作家自身性情与古人传统间的关系，却忽略了其观

---

① 《渔洋诗话》，见丁福保辑：《清诗话》，上海古籍出版社 1999 年版，第 163 页。
② 丁福保辑：《清诗话》，上海古籍出版社 1999 年版，第 912 页。
③ 丁福保辑：《清诗话》，上海古籍出版社 1999 年版，第 914 页。

点旨在指导创作实践的针对性,不能完全把握其理论之意旨与实践关切。

有的诗论家还从相反的方向阐说经验,如陈仅所谓避"十露"即是。其说见《竹林答问》。其云:"诗有十病,总其归曰'露':意露则浅,气露则粗,味露则薄,情露则短,骨露则戾,辞露则直,血脉露则滞,典实露则支,兴会露则放,藻采露则俗。"① 对于作家在创作时从诗歌内容到形式的方方面面都做了具体的提示,这些提示源自于自己学诗作诗的心得体会。他以"十露"来指示学者在作诗时要尽力予以避免,这种罗列诗歌创作弊病以提示学者规避的思路是在诗学授受中对于作者创作问题的一种谋略性的意见,也是旨在提请学习作诗者预先明了并积极地对易出现错误予以规避,从而作出好诗。这种见解也可做理论阐释,但所能阐发者,仅在于陈仅要求诗歌应含蓄蕴藉、意味深远,却不能把握他在具体的指授之间,是出于怎样的心理去分析、指授这些弊病的。正是出于谋略性用意,所谓"十露"之说的实践指导意义才能发挥出实际作用。古人的观点背后的这种谋略性的指导意义往往被我们忽略,实际上,这种主张可使欲学为作诗者乘上渡船,达到能诗者的彼岸。古代文学理论中这种看似琐碎的观点很多,但我们习惯于对其作出平面化、概要性的描述,而未及深入到琐碎之间的理论用意层次,其实这种理论用意就是谋略,它是古代文艺理论实践价值得以实现的共同渡船,也是古代文艺理论与文艺规则技巧得以传播的实际载体与媒介。这些材料的价值,决定于其背后所蕴含的指示创作、传授经验的谋略性思维中。

叶燮《原诗》外篇上云:"夫自汤惠休以'初日芙蓉'拟谢诗,后世评诗者,祖其语意,动以某人之诗如某某:或人,或神仙,或事,或动植物,造为工丽之辞,而以某某人之诗一一分而如之。泛而不附,缛而不切,未尝会于心、格于物,徒取以为谈资,与某某之诗何与?明人递习成风,其流愈盛。自以为兼总诸家,而以要言评次之,不亦可哂乎!我故曰:'历来之评诗者,杂而无章,纷而不一,诗道之不能常振于古今者,其以是故欤!'"② 叶燮所指摘,令人想到以敖器之《臞翁诗评》为代表的形象喻示(或曰通感)式的批评。他

---

① 郭绍虞编选,富寿荪校点:《清诗话续编》,上海古籍出版社 1983 年版,第 2247 页。
② 丁福保辑:《清诗话》,上海古籍出版社 1999 年版,第 600 页。

认为这种批评"泛而不附,缛而不切,未尝会于心、格于物",不能深入到诗学内部去阐发相关内容,以至成为谈资,且"杂而无章,纷而不一",无益于后学。对这种形象比附式的批评之不满,是叶燮撰写《原诗》的重要原因。其目的为阐明诗学规律,用以指导后学。他对形象喻示式批评的不满,也正因其流于空谈,不入肌理,不能授以后学门径与基本方法。这种不避烦琐,敢受嗤诮,以指导学诗为目的,以谋略性阐发为措施的诗学精神其实正是我们民族不断延续并发扬诗学传统的支撑力量。真正的诗学智慧,更多时候不在于天马行空地侃侃而谈,也不在于高深莫测地拈花微笑,它往往在于具体入微地现身说法,在于烦琐细密地耳提面命。

其三,诗学家将自己作诗的经验阖盘托出,目的在于授受学诗的方法、路径以培养诗学力量借以扩大自己的诗学影响并干预现实诗风。这种做法,我们用谋略的角度予以考量,实际上能够在一定程度上把握古代诗论中对诗歌风气进行匡范的力量来源、诗学力量的斗争消长与诗风走向的关系等问题,了解古代诗学思想中各种不同理论观念间的斗争、融合与传统风气的形成以及形成途径和其中的一般规律。

如王闿运在《论诗法》中说道:"诗主性情,必有格律,不容驰骋放肆,雕饰更无论矣。……观古人所以入微,吾心之所以契合,优游涵咏,积久有会,则诗乃可言也。……吾平生志趣学问,皆由诗入,则天性所近,工夫自然,初亦不料其通于大道有如是效验也。……学诗当遍观古人之诗,唯今人诗可不观。今人诗莫工于余,余诗尤不可观。以不观古人诗,但观余诗,徒得其雅凑模仿,中愈无主也。总之,非积三四十年,不能尽知古人之工拙。以三四十年之功力治经学,道必有成,因道通诗,诗自工矣。若性好文采,乐于吟咏,则由诗悟入,亦自捷径,而非可强求也。"①

王闿运表述自己的学诗经验可谓十分真诚,在其话语中,由道而诗,由古人诗以得其法的观点又是十分鲜明的。这便是他拈出的学诗门径,而其门径又不封闭,而是开放性的,既强调功力,又不限于新时代的诗风;既承认学者因

---

① 王闿运著,马积高主编,王昌猷等点校:《湘绮楼诗文集》,岳麓书社1996年版,第551—552页。

具备很好的诗学悟性而获得捷径，又重视治学穷理之功，即所谓"因道通诗"。类似这样的学诗经验，其实是对学者的真诚授受，所授内容，是门径、是态度，也是方法。类似观点在我们古代的文艺理论资源中非常之多，且往往是短章小什，话语支离，并无突出的理论特征，却是一种具有谋略性内涵的经验传授，学者自可于其主张中丰富自己的诗学素养，养成自己的诗学品格。

《四库全书总目》中集部《诗文评类》的《提要》指出中国古代诗文评类文献有五种体例，其说颇应参鉴。其云："文章莫盛于两汉。浑浑灏灏，文成法立，无格律之可拘。建安、黄初，体裁渐备。故论文之说出焉，《典论》其首也。其勒为一书传于今者，则断自刘勰、钟嵘。勰究文体之源流而评其工拙；嵘第作者之甲乙而溯厥师承。为例各殊。至皎然《诗式》，备陈法律，孟棨《本事诗》，旁采故实。刘攽《中山诗话》、欧阳修《六一诗话》，又体兼说部。后所论著，不出此五例中矣。宋、明两代，均好为议论，所撰尤繁。虽宋人务求深解，多穿凿之词；明人喜作高谈，多虚憍之论。然汰除糟粕，采撷菁英，每足以考证旧闻，触发新意。《隋志》附总集之内，《唐书》以下则并于集部之末，别立此门。岂非以其讨论瑕瑜，别裁真伪，博参广考，亦有裨于文章欤？"[①]指出由《典论·论文》始，古代文论逐渐发展，有五种体例，即"究文体之源流而评其工拙"（刘勰），"第作者之甲乙而溯厥师承"（钟嵘），"备陈法律"（皎然），"旁采故实"（孟棨），"体兼说部"（刘攽、欧阳修），各有侧重，也各有特色。《提要》指出，明人虽喜作高论，抑或有"虚憍"之失，然或"汰除糟粕，采撷精英"，"每足以考证旧闻，触发新意"，有助于作者完善自身修养，也有助于创作，所谓"讨论瑕瑜"，"别裁伪体"，"博参广考"都对文学有益。就其所列五种体例来看，"探究文体之源流而评其工拙"，"第作者之甲乙而溯厥师承"都属本身较有系统的研究路数，都有明确的纲领与主张。当代学者亦研究较多。而"旁采故实"与"体兼说部"则亦为当代学者所常常作为研究素材使用，但其中对诗作的条分缕析的分析解读则关注较少。而"备陈法律"一类，尤其是诗格、诗法一类，研究者只是对"法"的实际作用关注较多，对"活法"、"规矩"、"有法而无法"的主张也有很多阐述，但对其具体

[①]（清）永瑢等撰：《四库全书总目》，中华书局1965年版，第1739页。

而微的内容及具体法则中的道理、规律等问题很少关注。其实这"五例"用谋略的视角审视之、对待之，可以更有效地从实践角度出发，去发挥其"触发新意"，"有助文章"的作用。其"五例"，实一例，即对创作有助，均可采撷取用。

《四库全书》之陈骙《文则》之《提要》就烦琐细碎的"法"阐说了自己的见解，其云："骙此书所列文章体式，虽该括诸家，而大旨皆准经以立制。其不使人根据训典，熔精理以立言，而徒较量于文字之增减，未免逐末而遗本。又分门别类，颇嫌于太琐太拘，亦不免舍大而求细。然取格法于圣籍，终胜摹机调于后人。其所标举，神而明之，存乎其人。固不必以定法泥此书，亦不必以定法病此书也。"①虽然馆臣从其"准经以立制"和"取格法于圣籍"的角度肯定《文则》，也指出了该书具有"颇嫌于太琐太拘"之病。但也指出"神而明之，存乎其人"，可以对其法式则变创对待。这种态度，其实也是对文法、诗法之类著作相对公允的态度。只要明了文法、诗法之类的著作目的在于指导创作，并不是限制，而是提供驾驭、控制的基本框范，不拘于其"法"其"则"，以创作主旨和欲达到的创作目的为准绳，适当变创，这类著作是很有用处的。"不必以定法泥此书，亦不必以定法病此书也"，即是这种态度最好的表现。这种思想，颇可使我们借鉴。

清李沂《秋星阁诗话》后"心养居士"所作之"跋"云："有以评古人诗为话者，有以教今人作诗为话者。夫古人之诗，即微我之评，亦复何损？若夫教今人作诗，则其话为有功矣。李子艾山（李沂，字艾山）所作为《诗话》，皆实实可遵行，非泛设者，诚斯道干城哉？"②可知《诗话》中"教今人作诗者"在时人看来，是极有益处的。但谓评古人诗作的诗话类作品无大用则不准确，这种诗话对总结写作经验，提高作者品鉴能力，从而提高诗学素养也是有益处的。诗话的撰述，亦有相当的指导创作与提高修养的目的在内，这也从属于谋略思维。

许顗《彦周诗话》云："诗话者，辨句法，备古今，纪盛德，录异事，正讹误也。"③诗话类著述的职能具有鲜明的指导性。姜夔《白石道人诗说》中有

---

① （清）永瑢等撰：《四库全书总目》，中华书局1965年版，第1787页。
② 丁福保辑：《清诗话》，上海古籍出版社1999年版，第917页。
③ （清）何文焕：《历代诗话》，中华书局1981年版，第378页。

云:"《诗说》之作,非为能诗者作也,为不能诗者作,而使之能诗;能诗而后能尽我之说,是亦为能诗者作也。虽然,以我之说为尽,而不造乎自得,是足以为能诗哉?后之贤者,有如以水投水者乎?有如得兔忘筌者乎?噫!我之说已得罪于古之诗人,后之人其勿重罪余乎!"①明确表示其《白石道人诗说》诗为初学者作,目的主要是"使之能诗"。这种态度其实也是许多诗话、诗法类作者共同的目的。因此,从其目的与具体内容看,这类诗学作品是谋略观念指导下的诗学作品。

将包括诗话、诗格以及具有理论价值的文献等量齐观,在古代诗学理论资料中,致力于探究诗歌创作活动中关于立意、选题、名篇、章法、比兴、写景、对仗、使事、用典、声韵、辞采、句法、用事、炼字炼意、因袭、变创等创作中形式技巧指导性、谋略性意见大量存在,古代诗话、词话、文话、赋话之类的著述中最主要的就是这些内容。这些古人艺术实践的经验之谈实际上并非"资闲谈"的简单含义,它们实际上蕴含了古人得自于大量艺术实践中而得到的艺术智慧。是他们将自己融入诗学艺术大潮并在起伏跌宕的艰辛搏击中探索出的艺术经验的提炼与概括。他们将这些经验细细拈来,如数家珍,将其传授于学者,目的不在于闲谈之资,而是他们力图对整个艺术创作及批评领域进行干预、引导、促进的一种谋略,也是一种理论的推广与接受。在传授经验和指授方法的同时,体现的是这些文艺理论家们对艺术的挚爱与对其发展走向的强烈责任意识。从《文心雕龙》而上官仪,从晚唐五代诗格而元明清之诗话,这种谋略性的主张可谓俯拾皆是,且各具特色。虽亦有偏颇固执,抑或常常琐碎繁杂,但他们的研究心得,使古代艺术作品,包括绘画、书法乃至棋艺,都充斥着这种指示门径,揭橥法门的谋略与智慧。这些文献资料也同样是中国古代文艺理论的组成部分,也蕴含着古代艺术的精神。同时,也是我国古代集大成的文艺理论,比如风骨、意境理论得以生成的内在机理所在。正是缘于形成了关于规则技巧的见解的基本观念才使得古代文艺得以代代传播并延续。在这个意义上,形式本身也是一种内容,不能对古人的形式规则观点继续持贬抑态度了。这些具有谋略意识的种种意见的阐发者将自得于实践的经验进行提炼,

---

① (清)何文焕:《历代诗话》,中华书局1981年版,第683页。

概括成各种"格"、"门"、"法"、"式"等具体操作规则，意图作用于后学，作用于艺坛的走向。其观点在琐细中涌动着积极的探索精神，繁杂中流露着行家里手的独到见解，这些都是构成我国古代艺术之民族特色的重要元素和内容。在大规模、多渠道地引入西方理论研究古代文艺理论资源的今天，古人的这种包含了艺术谋略意识的整个文艺理论资源都被削足适履、条块分割的研究方法解构了，然而被解读出的信息与成果却在面对更丰富多样的当今文艺现实问题时失去了实践效能，其本身就极具实践效能的谋略意识更是藏于弊箧，难见天日了。古典时代终结，带来的是古人运用谋略的对象已经不复存在，也没有哪个现代或当代作家在创作或批评时去像古人那样去精讲立意、深研法式；也不见谁用"草蛇灰线"、"狮子返掷"、"猛虎据林"、"丹凤衔珠"这样的措辞去分析作品。但古人的这些得之于本民族文艺实践与传统的谋略智慧既然使得文艺传统得以延续发展数千年，然而在今天就果真失去了实践的操作效能了么？在新的文艺理论语境下，我们应该如何去面对这些古代文艺谋略思想的遗产呢？在我们习惯于用现代理论来审视祖先文艺作品的时候，我们可做的难道仅仅是转换话语予以解读和阐说么？用新的理论指导研究，究竟带给了我们怎样的文学实践，又指导、培养了那个作家，曾经为谁的文学素养的完善提供了参鉴或是养料。我们本民族的读者是否习惯于接受异域土壤移植来的"达达主义"、"后现代主义"、"魔幻现实主义"等华丽的文学思想呢？作家的修养、作家应对创作的心理准备、对创作中遇到的实际操作问题该如何裁处，我们从当代的文艺理论中能找得到可以行之有效的方法和学习的门径么？古人关于艺术的谋略性思维和谋略性的理论指导可以教会一代又一代的学者掌握文艺创作的基本方法和技巧，从而培养了延续民族文艺传统的创作梯队，其用以授受学者的观点主张就真的是琐细繁杂，毫无意义么？笔者目前并未深入去发掘这些谋略性理论思维和授受意见的内在规律，也未及对古代提点、传授后学的规则与技巧做出符合当代需要的再提炼与再概括，但坚信从谋略思维的角度入手，这些问题是可以得到解决的。吞剥西方文艺理论，如削足适履，郢书燕说般的状况必须改变；隔靴搔痒、浅尝辄止的理论泡沫无法承载古代理论传统。我们坚信，目前存在的一系列问题，可以提示我们进一步扩大视野、立足本土，将古代文艺理论的谋略与智慧转化成强大的实践力量，效伎于我们构建自己的文艺理论体系的艰巨工程，使本民族未来的文艺创作与批评在谋略与智慧的向度上生生不息、永不澌灭。

中国古代诗歌创作与批评的智慧

我国古代的诗歌在长期的发展过程中积淀成了较为稳定创作与批评习惯。这种习惯中蕴含着符合我国民族审美心理的精神和智慧，也是我国古代文学理论批评中最有特色也最有价值的内容。概言之，主要包括以下几个方面。

（一）谋略性的创作智慧

这一点，我们在论述我国古代诗学的谋略性内涵时，已有论述。这种智慧来源于其全面周详的谋略性安排、部署与"意在笔先"的种种具体要求。

（二）感悟性的批评智慧

批评方面的智慧不只在于感悟性的批评活动和思维方面，还包括对批评者品鉴能力的一种综合要求。前文在叙述诗学谋略部分亦有涉及。诸如要求由阅读涵泳前人诗作以提高品鉴能力之类的主张即是。同时那种要求深入研究诗学规律，以掌握必要的批评方法之类也从属于这种谋略性思维。刘勰之"夫不截盘根，无以验利器；不剖文奥，无以辨通才。"①及"操千曲而后晓声，观千剑而后识器。"②及所谓以"位体"、"置辞"、"通变"、"奇正"、"事义"、"宫商"③之类的批评角度的点拨即是。另一种即是通用形象喻示法，以感悟式话语进行批评的实践。这一点，可以皇甫湜之《谕业》及敖陶孙之《臞翁诗评》为代表，如《谕业》云：

> 燕公（张说）之文，如梗木枝干，缔构大厦，上栋下宇，孕育气象，可以燮阴阳，阅寒暑，坐天子而朝群后。许公（苏颋）之文，如应钟鼙鼓，笙簧錞磬，崇牙树羽，考以宫县，可以奉明神，享宗庙。李北海（李邕）之文，如赤羽玄甲，延亘平野，如云如风，有貙有虎，阗然鼓之，吁可畏也。贾常侍（贾至）之文，如高冠华簪，曳裾鸣玉，立于廊庙，非法不言，可以望为羽仪，资以道义。李员外（李华）之文，则如金舆玉辇，

---

① （梁）刘勰著，范文澜注：《文心雕龙注》，人民文学出版社1958年版，第656页。
② （梁）刘勰著，范文澜注：《文心雕龙注》，人民文学出版社1958年版，第714页。
③ （梁）刘勰著，范文澜注：《文心雕龙注》，人民文学出版社1958年版，第715页。

雕龙彩凤，外虽凡青可掬，内亦体骨不饥。独孤尚书（独孤及）之文，如危峰绝壁，穿倚霄汉，长松怪石，倾倒溪壑，然而略无和畅，雅德者避之。杨崖州（杨炎）之文，如长桥新构，铁骑夜渡，雄震威厉，动心骇耳，然而鼓作多容，君子所慎。权文公（权德舆）之文，如朱门大第，而气势宏敞，廊庑廪厩，户牖悉周，然而不能有新规胜概，令人竦观。韩吏部（韩愈）之文，如长江秋注，千里一道，冲飙激浪，瀚流不滞，然而施于灌溉，或爽于用。李襄阳（李翱）之文，如燕市夜鸿，华亭晓鹤，嘹唳亦足惊听，然而才力偕鲜，悠然高远。故友沈咨议之文，则如隼击鹰扬，灭没空碧，崇兰繁荣，曜英扬蕤，虽迅举秀擢，而能沛艾绝景。其他握珠玑、奋组绣者，不可一二而纪矣。①

以形象喻示的方法集中评骘作家风格，在此前似未见。因而反映了形象譬喻式批评（主要是用以批评风格）在中唐时已较为普遍了。其他类似《河岳英灵集》、《中兴间气集》中批评（诗人）风格亦往往用到这种方法。敖器之《朦翁诗评》更可以看作是用形象喻示，以直感的方式描绘作家诗作风格的代表：

> 魏武帝如幽燕老将，气韵沉雄；曹子建如三河少年，风流自赏；鲍明远如饥鹰独出，奇矫无前；谢康乐如东海扬帆，风日流丽；陶彭泽如绛云在霄，舒卷自如；王右丞如秋水芙蕖，倚风自笑；韦苏州如园客独茧，暗合音徽；孟浩然如洞庭始波，木叶微脱；杜牧之如铜丸走坂，骏马注坡；白乐天如山东父老课农桑，言言皆实；元微之如李龟年说天宝遗事，貌悴而神不伤；刘梦得如镂冰雕琼，流光自照；李太白如刘安鸡犬，遗响白云，核其归存，恍无定处；韩退之如囊沙背水，惟韩信独能；李长吉如武帝食露盘，无补多欲；孟东野如埋泉断剑，卧壑寒松；张籍如优工行乡饮，酬献秩如，时有诙气；柳子厚如高秋独眺，霁晚孤吹；李义山如百宝流苏，千丝铁网，绮密环妍，要非适用。本朝苏东坡如屈注天潢，倒连沧

---

① （唐）皇甫湜：《谕业》，（清）董诰等编：《全唐文》卷六八七，中华书局1983年版，第7034页。

海，变眩百怪，终归雄浑；欧公如四瑚八琏，止可施之宗庙；荆公如邓艾缒兵入蜀，要以险绝为功；山谷如陶弘景只诏入官，析理谈玄，而松风之梦故在；梅圣俞如关河放溜，瞬息无声；秦少游如时女步春，终伤婉弱；后山如九皋独唳，深林孤芳，冲寂自妍，不求识赏；韩子苍如梨园按乐，排比得伦；吕居仁如散圣安禅，自能奇逸。其他作者，未易殚陈。独唐杜工部，如周公制作，后世莫能拟议。①

这种形象喻示一类的批评，确实具有唤起读者直接审美体验的真切性与生动性，也能较准确地把握作品的风格特色。虽然没有假借语言去分析或阐释，但使人目有所触，心有所感，超乎语言文字之外而领略作品的风格与韵味。这种做法胜过了以概念、术语去阐释的抽象与生硬，具有自然、生动和真切的特点。虽然正如前文叶燮批评的"泛而不附，缛而不切，未尝会于心、格于物"②的缺点，但就摹状文学作品风格，使人通过直感来把握最突出的审美特点上，具有逻辑思辨所无法比拟的优越性。长期以来，也是颇具我们民族贵含蓄贵韵味重形象喻示的批评方式。这种批评也体现了绕开烦琐的言语逻辑与概念术语累积的阐释方法，直指核心，生动活泼，生机盎然。虽然不能具体授受诗学要领，但对学者在风格品鉴角度提高分析鉴赏能力也是有益的。

但还须指出，这种形象喻示式的批评方式毕竟缺乏可以授受的哪怕是经验

---

① 此外以这种方式进行批评并产生了较大影响的还有王世贞，其《艺苑卮言》卷五中运用形象喻示的方法品评明代的诗文作家，其中评价诗人103人，评价散文家62人。在诗评中，评高启诗"如射雕胡儿，伉健急利，往往命中；又如燕姬靓妆，巧笑便辟。"（丁福保辑：《历代诗话续编》，中华书局1983年版，第1032页）评解缙诗是"如河朔大侠，须髯戟张，与之周旋，酒肉伧父。"（丁福保辑：《历代诗话续编》，中华书局1983年版，第1033页）评杨慎诗是"如暴富儿郎，铜山金埒，不晓吃饭着衣。"（丁福保：《历代诗话续编》第1035页）评李梦阳诗是"如金翅擘天，神龙戏海；又如韩信用兵，众寡如意，排荡莫测。"（丁福保辑：《历代诗话续编》，第1036页）评李攀龙诗是"如峨眉积雪，阆风蒸霞，高华气色，罕见其比，又如大商舶，明珠异宝，贵堪敌国，下者亦是木难火齐。"（丁福保辑：《历代诗话续编》，第1036页）再如，王世贞评宋濂之文是"如酒池肉林，直是丰饶，而寡芍药之和。"（丁福保辑：《历代诗话续编》，第1036页）评杨士奇之文是"如措大作官人，雅步徐言，详和中时露寒俭；又如新廷尉掾，有法而简。"（丁福保辑：《历代诗话续编》，第1037页）也是在用现实、历史或生活中的种种物事表述对批评对象的一种直感式的体悟或认识，在感性化的批评话语中，力图概括对所评诗人诗风的接受印象，其中也隐含着对其诗学水平的意见和看法。也与敖陶孙之评一样，是融风格批评与水平评价于一炉的批评实践。

② 《原诗》外篇上，丁福保辑：《清诗话》，上海古籍出版社1999年版，第600页。

性的指导内涵，更不用说去借助术语、概念和逻辑论证去阐述规律性的理论和主张，这就造成了"此论实过高，后学未易遵"①的接受窘境。它虽然规避了诗法、诗格类著述的烦琐细密，但又陷入了空泛不切要害的另一端，我们上文引述过叶燮《原诗》外篇上中对此类批评方式的批评意见，其实也是这种批评自身存在缺陷的一种反映。

智慧是谋略的依据，谋略是智慧的反映。我们这里论述古代诗学的智慧，也含有在创作活动中的一些具体的谋略性主张，包括了创作修养、创作中的实际技能与重视艺术规则和经验的授受以及有关具体应用等方面。前文已将其具体的谋略主张做过论述，这里要提及的是这些谋略总体上都反映了我国古代诗学的理论智慧，不去做屠龙术式的框架、体系构建，而是着眼于应用，以具有实际指导作用与可操作性为要领来整理诗学素材，抽绎出可以丰富作家诗学技能与综合修养的实践性规则或曰形式美法则来授受、传播，从而形成了我们绵延数千载的诗学传统。这种构建理论的逻辑，总体上即是高深又不迂腐的理论智慧的反映。虽则没有稳定的术语、范畴和逻辑体系，但以用为纲，以养为体，体用结合，在实际的文化传统土壤上如瓜瓞绵绵，延续了诗学传统，丰富了中华民族的精神生活。这种理论智慧的深度与强大的可操作性理应为我们现代所重视。

如果说这种形象喻示的批评方式是基于对美的感悟的话，那么，我国传统文学批评则还具有对诗歌所反映现实的程度和反映现实，尤其是反映人民命运时对带有的感情为批判基准的批评传统。这就是对"真"的强调。历来杜甫之诗被评为诗史，其人亦有诗圣之尊，就是基于这种批评传统而得出的批评结论。以杜甫、元结、顾况、元稹、白居易为代表的反映现实民生传统的诗歌作风一直受到后人的尊敬也是基于对"真"的研判。这种批评，很准确地把握了艺术与生活的关系，并且对艺术的社会作用相当重视，将艺术的定位与发展置于历史发展的大潮中，基于对待人民的态度去评判，这也反映了我国古代批评思想的一种伦理关切和历史性的智慧。没有这种批评智慧，我们传统的现实主义文学传统与诗学传统将缺乏坚实的学理解释。在艺术日益多样化，甚至常常

---

① 赵翼：《论诗》，李学颖、曹光甫校点：《瓯北集》下，上海古籍出版社1997年版，第1173—1174页。

因强调个性而忽略其社会性职能的时代，去领略这种传统智慧的意义就显得更为重要了。

此外，我们所说的批评智慧还表现在对艺术家伦理人格表现与取向的强调与重视上。作家如何去确定自己在社会生活中的地位，如何去为自己的人生价值定位，又通过其艺术作品展现了怎样的伦理人格境界，不会与对其的评价无关。事实上，在长期的历史发展与时间淬炼中，对自己的人格素养要求越高，对待社会与民生的责任心越强，就越会随着时光的流逝显示出在历史批评维度中的重要意义。历史是炼金炉，浮华丽靡的东西在熔炉中被消融掉，留下来的就是作家的基本人格以及在作品中留下的艺术人格。文如其人之类的观点，由此得出。

另外还有以江西诗学为代表的"回溯式"批评，即乐于寻绎诗歌语意出处，解读诗境或意象渊源的批评智慧。这种智慧，得力于将诗学批评与学术研究的习惯结合，在解读与批评中蕴含着一种知识性、学问性的审美关切。这种读诗、评诗路数一直也是我国古代文学批评的传统方式，也是一种得自于诗学功力方面的智慧的反映。

其他关于我国古代文学批评智慧与一些习惯性思维（也是这种智慧的反映）可参见郭鹏《论中国古代文学批评的习惯性思维及其特点一文》①此处不再细论。

四、"赋诗言志"与"诗言志"在中国古代诗歌发展中的职能交替与相互融合
——兼论"诗可以群"诗学作用的历史变迁

"诗言志"一直被认为是我国古代诗论的"开山纲领"，在我国诗学史上，以"诗言志"作为评价诗歌作品的重要依据，也成为评价诗人的重要依据。虽

---

① 载《山西大学学报》哲学社会科学版 2009 年第 1 期。

然与之相关的"赋诗言志"被认为是一种士大夫交际应酬过程中"称诗谕志"的用诗方式。但在后世文人群体性活动日益频繁,作为一种文人重要生活方式的文学交往活动,"赋诗言志"实际上成了文人展示自己才能,交接同道,进行文学训练的重要方式。在对"诗言志"与"赋诗言志"的职能演变进程进行必要梳理的过程中,"诗可以群"在诗歌史中的历史变迁也是我们必须掌握的。"诗可以群"作为诗歌职能的重要标准与最高要求,在历史发展中的作用与被重视程度也是我们理解"诗言志","赋诗言志"历史职能交替时必须掌握的。加之"诗可以群"本身在历史上既表现出了积极作用,也表现出了消极性。与其相对立,诗歌创作中对个性问题的重视往往与之消息相关。在这种关系链条中还涉及了作家的个性摅写与群体性认同,表达真实性情与社会的接受适宜性等问题。这些,我们都将予以论述。

"诗言志"可谓我国诗学最古老的命题,被朱自清称作是我国古代诗论的"开山纲领"。虽然关于"志"的内涵历来有不同的解读,但诗表达作者内在心意怀抱的基本认识则本身并无异议。与"诗言志"相关的另一个表述是"赋诗言志",本身这种提法是从春秋时期士大夫交接揖让的活动中,从其"称诗以谕其志"的用诗现象中总括出来,与"诗言志"主要表述诗歌摅写心灵意志并不是一个范畴的问题。但在历史上,随着文学存在的不同环境和状况,随着文学活动,文学交流在文学实际存在中的作用日益突出,"诗言志"与"赋诗言志"实际上在不同的文学活动中发挥着不同却都非常重要的作用。虽然"诗言志"往往被历代诗论家提起,或是用以分析诗歌的实践作用,或是分析作者的人格风貌,都在诗学理论发展的过程中起着十分重要的作用。而"赋诗言志"则并不出现于主流的诗学话语之中,它往往成了研究《诗经》、《左传》等经学典籍的常用措辞,但若将其置于包括诗社在内的文人文学活动和文学交流的具体诗学背景中,发现"赋诗言志"其实也一直在起作用。它是文人在群体性文学活动中,借以沟通人我,交流情感的重要方式,虽然在这样的场合中,他们所赋之诗多为"为文造情"之作,但其目的本不在于创作出真切的"言志"的作品,而是他们日常化的训练诗学才艺的方式,是他们诗学生活中一种常态性诗学课目,具有一种闲暇时期愉己愉人的娱乐性动机与内涵。

"诗言志"与"赋诗言志"的基本内涵

"诗言志"出自《尚书·尧典》，朱自清在《诗言志辨》中认为这是中国诗论的"开山的纲领"①。关于其中"志"的含义，闻一多认为含有三个意义："记忆"、"记录"和"怀抱"②。志是一个较为宽泛的概念，在当时则有"情"的含义，也有"志"的含义。诗歌是人内在心理的流露，反映的是吟唱者内在的思想与情感或愿望意志与心态情绪。关于"志"的这种认识在当时是较为普遍的。《庄子·天下》所云："诗以道志"③，《荀子·儒效》所言的"诗言是，其志也"④都是对"诗言志"的一种阐明。后来《礼记·乐记》所谓"诗言其志，歌咏其声，舞动其容，三者本于心，然后乐器从之"⑤则从诗、乐、舞的不同与相互联系的职能上予以重申。而更为清楚明晰地表达对诗歌发生问题见解的是《毛诗序》，其云："诗者，志之所之也，在心为志，发言为诗。情动于中而形于言，言之不足故嗟叹之，嗟叹之不足故永歌之，永歌之不足，不知手之舞之，足之蹈之也。"⑥

在阐说了"在心为志，发言为诗"的基础上，又将"言"、"歌"、"舞"三者在情感抒发的脉络上联结起来，以情为纽带，贯穿了包括诗在内的多种艺术形态。班固《汉书·艺文志》云："《书》曰：'诗言志，歌咏言，'故哀乐之心感，而歌咏之声发。诵其言谓之诗，咏其声谓之歌。故古有采诗之官，王者所以观风俗，知得失，自考正也。"⑦将"诗言志"释为对现实生活的直接反映，认为其来源于生活中的"哀乐之心"，并将其与儒家政治教化相联系。后来孔颖达亦对其作了阐发。孔颖达在《诗大序·正义》中说："诗者，人志意之所适也。虽有所适，犹未发口，蕴藏在心，谓之为志。发见于言，乃名为诗。言作诗者，所以舒心志愤懑，而卒成歌咏。故《虞书》谓之'诗言志'也，包管

---

① 朱自清：《诗言志辨序》，《朱自清说诗》，上海古籍出版社1998年版，第4页。
② 闻一多：《歌与诗》，《闻一多全集》第10册，湖北人民出版社1993年版，第8页。
③ （清）郭庆藩：《庄子集释》，中华书局1961年版，第1067页。
④ （清）王先谦：《荀子集解》，中华书局1988年版，第133页。
⑤ 《礼记·乐记》，（汉）郑玄注，（唐）孔颖达疏，龚抗云整理：《礼记正义》，李学勤主编：《十三经注疏》，北京大学出版社1999年版，第1295页。
⑥ （汉）毛亨传，（汉）郑玄笺，（唐）孔颖达疏，龚抗云等整理：《毛诗正义》，李学勤主编：《十三经注疏》，北京大学出版社1999年版，第7页。
⑦ （汉）班固撰，（唐）颜师古注：《汉书》，中华书局1962年版，第1708页。

万虑,其名曰心;感物而动,乃呼为志,志之所适,外物感焉。言悦豫之志则和乐兴而颂声作,忧愁之志则哀伤起而怨刺生。《艺文志》(按,指《汉书·艺文志》)云:'哀乐之情感,歌咏之声发',此之谓也。"①

孔颖达将作诗者"舒心志愤懑"释为"志",并说"感物而动,乃呼为志,志之所适,外物感焉"。虽然他在《左传·昭公二十五年》的《正义》中说过:"在己为情,情动为志,情志一也"②的话,但他对志的解读更倾向于情的一面。所谓"言悦豫之志则和乐兴而颂声作,忧愁之志则哀伤起而怨刺生"者,更是将"志"直接与"悦豫"、"忧愁"的情绪结合起来分析。这种在解读"志"时向感情倾斜的理论,对古代诗歌抒情达意职能的充分发挥是极为有益的。但若从儒家正统思想的立场来看,这种"志"虽可在解释时向感情倾斜,但若其志有悖于儒家对伦理人格的要求,不利于"兴"、"观"、"群"、"怨"的诗学效能的话,则会对其采取一种贬斥态度。至于对文学抒情作用予以自由放纵的解释,如萧纲、萧绎等人,则一直被诗论家所指责。

"赋诗言志"是一种对用诗现象的概括,这与诗在春秋时期具有共同的交流语言的性质有关。《左传·襄公二十八年》载齐人卢蒲癸语:"赋诗断章,余取所求。"③这是在交际场合以诗谕志的交流方式,赋诗者借助彼此都了解的诗句,将自己的意愿,想法或情感寄寓其中,观诗者便可以借助其所赋诗句的本始意义,结合赋诗时的客观情势,来判断赋者之志,达到互助理解的交流目的。《左传》中这类记录很多,较著者如《文公十三年》郑伯臣子家赋《小雅·鸿雁》诗希望鲁国出兵相救事;《襄公十六年》齐大夫高厚赋诗"不类"事;《襄公二十七年》郑伯享赵孟于垂陇,子展、伯有、子西、子产、子大叔等人赋诗事。班固《汉书·艺文志》云:"古者诸侯卿大夫交接邻国,以微言相感,当揖让之时,必称诗以喻其志,盖以别贤不肖而观盛衰焉。"④在指出"赋诗言志"有实际的交流作用外,还指出了具有"别贤不肖,观盛衰"的作

---

① (汉)毛亨传,(汉)郑玄笺,(唐)孔颖达疏,龚抗云等整理:《毛诗正义》,李学勤主编:《十三经注疏》,北京大学出版社1999年版,第7页。
② (周)左丘明传,(晋)杜预注,(唐)孔颖达正义,浦卫忠等整理:《春秋左传正义》,李学勤主编:《十三经注疏》,北京大学出版社1999年版,第1675页。
③ (周)左丘明传,(晋)杜预注,(唐)孔颖达正义,浦卫忠等整理:《春秋左传正义》,李学勤主编:《十三经注疏》,北京大学出版社1999年版,第1239页。
④ (汉)班固撰,(唐)颜师古注:《汉书》,中华书局1962年版,第1755—1756页。

用。孔子所谓"不学诗,无以言"①,盖指学者须掌握诗,从而借以发挥政治外交上的才干。而所谓"迩之事父,远之事君,多识于鸟兽草木之名"②者,则是以诗为完善自身素质的必须材料。这种博学方面的素养与对诗的精熟储备相结合,会在外交揖让场合发挥出积极作用。《礼记·学记》云:"不学博依,不能安诗"③,"博依",郑玄释为"广譬喻也"。即认为用诗者可以灵活自如地由博依广譬去将自己的主观意图表露出来,进而达到具体的政治目的,郑玄认为"博依"是诗学素养的成果。总的来说,要求学者具有"赋诗言志"的能力是当时诗教的重要内容。对于古代经史中的相关内容,历代学者,尤其是经学家也往往从"赋诗言志"的角度予以解读。如果说"诗言志"是我国古代文艺理论的奠基石,在诗学史及文艺理论史中一直发挥着纲领性作用的话;那么,"赋诗言志"则被局限在经史研究的领域中,与诗学无涉,成了春秋时代诗学现象的其中之一,关注的是其用诗实际,而非诗学意义。清人劳孝舆《春秋诗话》虽以"诗话"为名,但未涉及理论,倒是对"赋诗言志"的事例细致罗列。综合看来,作为用诗方式的"赋诗言志"在"诗言志"说成立之后,渐渐也成了历史名词,与诗学发展越来越疏离了。

但实际上,在我国古代诗歌发展的历史上,虽然诸侯大夫们间的外交交流已经没有"赋诗言志"现象了,然随着文人群体活动增多,文人们在各种群体性活动的场合中仍然要借助诗来完成彼此的沟通与交流,"赋诗言志"在群体性活动中具有了新的内涵,作为一种原始的用诗方式,"赋诗言志"的作用并未消歇,而是伴着"诗言志"的历史一直在发挥着作用。不过,"诗言志"是作用于创作与批评,而"赋诗言志"则是作用于群体性文学交流活动。二者各有其作用的氛围和语境,对我国古代诗学的发展都起到了极大的作用,要阐明这一点,我们还须提及"诗可以群"的问题。

《论语·阳货》中提及了儒家诗学的"兴"、"观"、"群"、"怨"说:"子

---

① 《论语·季氏》,(魏)何晏注,(宋)邢昺疏,朱汉民整理:《论语注疏》,李学勤主编:《十三经注疏》,北京大学出版社1999年版,第261页。
② 《论语·阳货》,(魏)何晏注,(宋)邢昺疏,朱汉民整理:《论语注疏》,李学勤主编:《十三经注疏》,北京大学出版社1999年版,第270页。
③ 《礼记·学记》,(汉)郑玄注,(唐)孔颖达疏,龚抗云整理:《礼记正义》,李学勤主编:《十三经注疏》,北京大学出版社1999年版,第1233页。

曰：'小子何莫学夫诗。诗，可以兴，可以观，可以群，可以怨。迩之事父，远之事君；多识于鸟兽草木之名。'"①其中之"兴"，朱熹释为"感发志意"；"观"，郑玄释为"观风俗之盛衰"。朱熹则注为"考见得失"。"群"，孔安国释为"群居相切磋"。"怨"，孔安国释为"怨刺上政"②。"兴"、"观"、"群"、"怨"说是儒家诗学思想的核心观点，其宗旨在于将诗置于具体的社会环境中，对诗歌的社会作用做出明确要求，可以使人读之有所感，有所观，能够了解诗歌所反映的政治文化现实。《左传·襄公二十九年》所载吴公子季札观乐即是以诗为"观风俗之盛衰"的实例。"群"是使诗在社会生活中发挥积极的沟通人我，协洽社会关系的作用。而"怨"则是对诗歌的社会批判作用进行明确的强调。通观"兴"、"观"、"群"、"怨"说，其关注点就在社会生活，是我国现实主义文学传统的奠基碑石。同时，当社会现实发生变化时，"兴观群怨"在诗歌的构成与表现上也会发生变化。

黄宗羲在《汪扶晨诗序》中说："昔吾夫子以兴、观、群、怨论诗，孔安国曰：'兴，引譬连类。'凡景物相感，以彼言此，皆谓之兴，后世咏怀、游览、咏物之类是也。郑康成曰：'观风俗之盛衰。'凡论事采风，皆谓之观，后世吊古、咏史、行旅、祖德、郊庙之类是也。孔曰：'群居相切磋。'群是人之相聚，后世公燕、赠答、送别之类皆是也。孔曰：'怨刺上政。'怨亦不必专指上政，后世哀伤、挽歌、遣谪、讽喻皆是也。盖古今事物之变虽纷若，而以此四者为统宗。自毛公之六义，以风、雅、颂为经，以赋、比、兴为纬，后儒因之，比兴强分，赋有专属，及其说之不通也，则又相兼，是使性情之所融结，有鸿沟南北之分裂矣。谓古之以诗名者，未有能离此四者。然其情各有至处。其意句就境中宣出者，可以兴也。言在耳目，情寄八荒者，可以观也。善于风人答赠者，可以群也。凄戾为骚之苗裔者，可以怨也。"③

黄宗羲对"兴"、"观"、"群"、"怨"做了更符合诗歌艺术发展现实的解

---

① 《论语·阳货》，（魏）何晏注，（宋）邢昺疏，朱汉民整理：《论语注疏》，李学勤主编：《十三经注疏》，北京大学出版社1999年版，第269—270页。
② 《论语·阳货》，（魏）何晏注，（宋）邢昺疏，朱汉民整理：《论语注疏》，李学勤主编：《十三经注疏》，北京大学出版社1999年版，第269—270页。
③ （清）黄宗羲：《南雷文定》四集卷一，《黄宗羲全集》第10册，浙江古籍出版社1985年版，第82—83页。

释，并对其含义赋予了新的发明，能够以广阔的视野，结合后世诗歌反映生活的题材范围对其含义进行阐发，并在此基础上指出"古今事物之变虽纷若，而以此四者为统宗"，认为用"兴"、"观"、"群"、"怨"对待诗歌，要比《毛诗序》中的"六义"观更为允当妥帖。我们且看其中对"群"的理解。他引孔安国的解释"群居切磋"，认为"群"就是"人之相聚"。"后世公谦、赠答、送别"之类都是"诗可以群"的实际内容。"善于风人答赠"都是"可以群"的表现。这样，就把后世文人在交际应酬之中的作品纳入到了诗歌本身的传统中来，置于到了与"兴"、"观"、"怨"同样的高度。这种视野与观点，就把古代文人群体活动中不被研究者重视的"为文造情"的大量实际性创作文字纳入到了儒家正统诗学观念之中，实际上突出了"群"的原始意义，将孔子对诗歌本身具有协洽人我，促进人们彼此间交流切磋的本来意义还给了诗歌，赋予了"诗可以群"以更宽泛灵活，也更符合诗歌发展实际的新释义。而王夫之则从诗歌艺术本身又对"兴"、"观"、"群"、"怨"做了艺术表现方面新的解释①。二人一纵一横，使得这一古老命题在诗学发展史上又回归到了诗歌艺术中来，对于我国古代诗学的完善均做出了重要贡献。

"诗言志"是我国古代诗学的"开山纲领"与一贯传统，它决定了古代诗学的基本走向，而"赋诗言志"与"诗可以群"的关系在后世文人群体性活动中也一直在发挥着作用。从建安七子、竹林七贤、文章二十四友之金谷雅集到兰亭之会；从群体性诗学活动中的文学交接与应酬到绿野堂再到西园雅集，从江西诗社群、江湖诗社群到月泉吟社、奎章阁文人活动再到玉山雅集，"赋诗言志"使得"诗可以群"的本来功能一直在诗歌发展史中延续着，并对诗学理论的构建和诗学批评观念的发展演化以及诗学的基本格局和走向都起着重要作用。但随着不同时期诗歌艺术本身发展的不同状况，其作用也时隐时现，表现出与"诗言志"传统在不同的对应关系间摇摆不定。"诗可以群"有时与"诗

---

① 王夫之在《姜斋诗话》卷上中云："'诗可以兴，可以观，可以群，可以怨'，尽矣。辨汉魏唐宋之雅俗得失以此，读《三百篇》者必此也。'可以'云者，随所'以'而皆'可'也。于所兴而可观，其兴也深；于所观而可兴，其观也审。以其群者而怨，怨愈不忘；以其怨者而群，群乃益挚。出于四情之外，以生起四情，游于四情之中，情无所窒。"（丁福保：《清诗话》，上海古籍出版社1999年版，第3页）王夫之将"兴"、"观"、"群"、"怨"作为诗歌艺术表现不可分割、贯穿为一体的四个环节，而将其串起者则为情，其解释从诗歌艺术表现和表现效果来讲，是对"兴"、"观"、"群"、"怨"的横向解释与理论发挥。

言志"并行不悖,有时却表现出明显的对立关系。这又取决于"群"的不同内涵和性质,同时也与我国文学中"言志"传统中个性摅写因素的起伏强弱有关。

从屈原开始,"诗言志"就开始具有格鲜明个性色彩,诗歌本身的"兴"、"观"、"群"、"怨"功能中,"兴"、"观"、"怨"的因素在增长。而因为个性色彩的张扬,"群"的作用开始衰减。到了汉代,文人诗歌,如古诗十九首之类就有了很鲜明的个性特征。然至建安时代,因三曹及七子文人群体的共同志趣,"群"的作用又有所强化,但并未妨碍在群体性意义增强的气氛中个性摅写的因素继续发展。他们傲雅觞豆,雍容衽席,洒笔欢歌,和墨谈笑,其间仰而赋诗,率真磊落,使"诗言志"与"赋诗言志"很好地嵌合在了一起。虽然他们作了许多同题作品,却都能做到在其中融入个性,使得应酬之作也都能真情淋漓,个性彰显。"诗可以群"的作用和个性摅写的创作意旨在牢靠坚实的文人群体关系中都得到了发扬。竹林七贤的情况也相类似,但"群"的作用受到政治高压的影响已有衰减,个性摅写也显得隐晦幽奥,在表现形态上与建安文人亦不相同。这一时期也出现了曹丕"诗赋欲丽"与陆机"诗缘情而绮靡"的主张。这种观点对诗人个人的才情展露是一种容让与推毂。西晋文学承正始余风,既更重视在诗歌中表现出作家之个性与才华,也能在一定程度上重新强调与发扬"群"的作用。太康文学与"文章二十四友"就都能在"群"的共同文学生活中展现出诗人各自的特色与风貌。后来兴起的玄言诗风与山水田园诗则从参究玄理的角度维持了"诗可以群"的基本功能。南北朝时期"群"与个性摅写各有起伏,总体上是处于不稳定的状态,个性张扬者如鲍照,至有"发唱惊挺,操调险急"之讥[①]。而群体性活动中的作品则产生了"徐庾体"之流弊,说明当时"群"和"个性摅写"既处于不正常的疏离状态,且都妨碍了自身的发展。到了南北分裂终结的唐代,共同的时代精神使得"可以群"与诗人们张扬个性并行不悖。"诗言志"与"赋诗言志"再度很好地契合起来,"群"与"个性摅写"也各得其所,各有增益。至宋代,文人群体活动中诗学同盟的

[①] (梁)萧子显《南齐书·文学传论》分析当时文坛的"三体"之一,其实"三体"都表现出一定的个性色彩。

性质突出。欧阳修、苏轼及其门生师友群体以及江西诗社群、江湖诗社群的诗人之间,在诗学上有着相同或是相近的主张。在同盟的诗学来往中,"诗可以群"与"赋诗言志"又在共同的诗学主张之下结合起来,并且影响了一代诗风。从历史上看,这一时期是诗人个性摅写与诗"可以群"的作用、"诗言志"与"赋诗言志"的职能结合得最为紧密的时期。宋亡易代,共同的遗民情愫又为"诗可以群"加上了筹码,使得群体活动又带上了政治性同盟的含义,个性精神归于时代共同的悲切情绪之中。元代初期及末期的一些诗社和文人群体都是如此。这种群体性组织中,"群"的因素很强,个性成分消弭于共同的政治态度与易代之际共同的遗民情愫之中,个性张扬与群体性的情绪摅写是统一的。明代承平时期很长,城市经济繁荣,文人在相对优裕的环境中交流频繁,群体活动很多。台阁文人、茶陵一系、前后七子等都有着深密频繁的文学交往。然而群体性活动的强化对个性摅写的压制与妨害作用却日益凸显,个性因素淡化甚至消弭在觥筹交错、盘盏狼藉的群体氛围之中。这是因为承平时代群体性活动的逸乐成分突出,泛娱乐化的时代氛围使得群体间的各类活动中应酬交际的意义胜过了诗学交往的意义;也胜过了文人以诚相待,以情谊相洽的意义,更多的具有了功利化的色彩。群体间的交相推崇与披扬鼓噪的具有象征化的仪式意义胜过了诗学上的切磋共进作用。在这种背景中,"群"与个性的矛盾,"诗言志"与"赋诗言志"的抵牾碰撞日益突出。及至公安、竟陵文人张扬个性,甚至不避危仄诗径,提出了抒写真情,张扬幽情单绪的主张。这其实都是在文学交际中对"为文造情"之类文学写作活动的一种反拨。到了清代又对明人之群体活动的余风习气进行了批判,但"诗言志"与"赋诗言志"的矛盾依然明显。只是在晚清时期民族矛盾极为突出的救亡图存时代,因为共同的情感基础,二者才再度契合,但封建时代已经走向终结,文学的古典时代也即将结束了。

可以说,因"诗言志"与"赋诗言志"在文学存在与文学活动中必然发生关联,故而二者之间不会是天生就冥合无间的。在"诗可以群"的历史轨迹中,二者之间的关系状况实际上反映了不同时代诗人生活、诗歌创作与诗学发展所应对的不同的时代风气和诗学要求。诗,作为一种人们不能暂离的精神生活资料,随着诗人生活的变化,被用于不同的生活消费场合;诗学,作为诗歌阐释自身的理论依据，在不同的诗学生态背景中也展示着不同的理论作用。"为情造文"也好，"为文造情"也罢，都在不同的时代，围绕着个性摅写与诗"可以群"的固有属性发挥着充实民族诗学传统的作用，这就须要我们把握文学的个性摅写与文学本身社会性、群体性之间的矛盾辩证关系。

个性摅写与"诗可以群"的相互关系

从屈原开始，文学摅写个性，表达鲜明的个人情感就与传统的社会接受能力发生了矛盾。班固在《离骚序》中所谓："今若屈原，露才扬己，竞乎危国群小之间，以离谗贼。然责数怀王，怨恶椒兰，愁神苦思，强非其人，忿怼不容，沉江而死，亦贬絜狂狷景行之士。多称昆仑冥婚宓妃虚无之语，皆非法度之政，经义所载。谓之兼《诗》风雅而与日月争光，过矣。然其文弘博丽雅，为辞赋宗，后世莫不斟酌其英华，则象其从容。"[1]班固实际是对淮南王对屈原的评价不满，认为他"露才扬己"，是"狂狷景行之士"，并对其作品自由、丰富的意象群从正统角度予以批评，但也反映出班固对屈原文学才能和其历史地位的肯定。这种批评及肯定的矛盾恰恰反映出儒家对文学的社会性要求与文学本身需要自由创作间的一种矛盾。虽然班固的意见从诗"可以群"的角度看是在维护"群"的诗性作用，但对屈原文学才能的夸赞态度则可看出个性摅写与诗"可以群"的矛盾对立关系已经发生了。直到《文心雕龙》才从更高的理论视角对屈原的评价问题做了允当的阐发，从中也可以读出刘勰对个性摅写与"可以群"问题的基本意见。刘勰肯定了屈原作品具有"典诰之体"、"规讽之旨"、"比兴之义"与"忠怨之辞"，但同时也指出屈原作品有"诡异之辞"，"谲怪之谈"，"狷狭之志"与"荒淫之意"。虽然他评价屈原作品"惊才风逸，壮志烟高"，"金相玉式，艳溢锱毫"，也评价其作品是"取熔《经》义"，"自铸伟辞"，但还是提出了要"凭轼以倚《雅》、《颂》，悬辔以驭楚篇，酌奇而不失其贞，玩华而不坠其实"[2]的主张。要求以儒家的文学观念去驾驭创作活动，用儒家基本的创作态度去吸收作家的才华，使文学的群体接受能力、"群"的社会作用与个性摅写结合起来。《文心雕龙·定势》所谓："夫通衢夷坦，而多

---

[1] （宋）洪兴祖撰，白化文点校：《楚辞补注》，中华书局1983年版，第49—50页。
[2] （梁）刘勰著，范文澜注：《文心雕龙注》，人民文学出版社1958年版，第48页。

行捷径者，趋近故也；正文明白，而常务反言者，适俗故也。然密会者以意新得巧，苟异者以失体成怪。旧练之才，则执正以驭奇；新学之锐，则逐奇而失正；势流不反，则文体遂弊。秉兹情术，可无思耶？"①对"趋近"、"意新"、"苟异"等自判于群的"新学之锐"们"逐奇失正"的文风不满，也是从维护文学发展正确方向的角度对"可以群"与"个性摅写"关系的一种思考。其《风骨》篇之"然文术多门，各适所好，明者弗授，学者弗师。于是习虽华侈，流遁忘反。若能确乎正式，使文明以健，则风清骨峻，篇体光华。能研诸虑，何远之有哉！"②也是对"各适所好"之类的个性表现提出警示性意见。不过，刘勰对符合文学发展规律、符合儒家文学观念的创新还是能够包容的，《定势》篇所谓"然渊乎文者，并总群势：奇正虽反，必兼解以俱通；刚柔虽殊，必随时而适用。若爱典而恶华，则兼通之理偏，似夏人争弓矢，执一不可以独射也；若雅郑而共篇，则总一之势离，是楚人鬻矛誉楯，两难得而俱售也。"③其"奇"与"正"，可以理解为个性追求与接受适度的关系，刘勰要求"兼解俱通"，要求作家在创作时要"随时适用"，其实就是要求将个性摅写与沟通人我相结合，不能单纯因"爱典恶华"而妨害作家的文学个性。

在我国古代诗学史上，对个性摅写与文学社会作用及其合传统性（亦有在接受方面的适度性）要求表述得明确具体又公允恰当的就是刘勰。在刘勰的时代，作家们为了追求标新立异，以突显个性，致使文风出现了许多传统文学观念难以容忍的风气。《文心雕龙》中对此类文风弊端进行了尖锐批评。《序志》篇云："而去圣久远，文体解散，辞人爱奇，言贵浮诡，饰羽尚画，文绣鞶帨，离本弥甚，将遂讹滥。"④因离开了文学发展的正确轨道，文风浮靡驳杂，出了"讹滥"风气。"讹"者，误也。"滥"者多且杂也。钟嵘《诗品序》中对当时诗风也有批判。他说当时诗坛"庸音杂体，人各为容"，在学诗时又"随其嗜欲，商榷不同，淄渑并泛，朱紫相夺，喧议竞起，准的无依"。⑤也是对这种失

---

① （梁）刘勰著，范文澜注：《文心雕龙注》，人民文学出版社1958年版，第531页。
② （梁）刘勰著，范文澜注：《文心雕龙注》，人民文学出版社1958年版，第514页。
③ （梁）刘勰著，范文澜注：《文心雕龙注》，人民文学出版社1958年版，第530页。
④ （梁）刘勰著，范文澜注：《文心雕龙注》，人民文学出版社1958年版，第726页。
⑤ （梁）钟嵘撰，陈延杰注：《诗品注》，人民文学出版社1961年版，第3页。

去正确方向的诗风极为不满。

再者,《文心雕龙·征圣》中所谓"故知正言所以立辩,体要所以成辞,辞成无好异之尤,辩立有断辞之义"①,其中"好异",盖指文风之新变而言。再者《宗经》对"文能宗经,体有六义"的表述:"一则情深而不诡,二则风清而不杂,三则事信而不诞,四则义直而不回,五则体约而不芜,六则文丽而不淫。"②其中提到向经典学习可以规避的不良风气,即"诡"、"杂"、"诞"、"回"、"芜"、"淫",其实就是不符合群体接受的文风潮流。而《通变》篇所谓"矫讹翻浅,还宗经诰"③亦是以宗经规避不良风气之意。与此相关,《体性》中八体之后两体,及"新奇"与"轻靡"则属作家本身所具有的易于导致不良风气的潜在气质。对这两种潜在气质,在修养时要求以"摹体以定习,因性以练才"④的方式予以克服。从文学艺术的发展来看,追求新奇,展示个性是文学不断进步,水平不断提高的中坚力量。艺术包容创新,也包容作家去展现个性、摅写才情,这在刘勰看来,只要疏导得当,这种作家的潜在素质完全有可能在"雅正"的轨道上发挥出应有的创造性。在同一篇中,刘勰严正地批驳那些不严守"雅正"创作态度者对文学健康发展的损害:"自近代辞人,率好诡巧,原其为体,讹势所变,厌黩旧式,故穿凿取新,察其讹意,似难而实无他术也,反正而已。故文反正为乏,辞反正为奇。效奇之法,必颠倒文句,上字而抑下,中辞而出外,回互不常,则新色耳。"故而为之应"旧练之才,则执正以驭奇",此盖针对"新学之锐,则逐奇而失正,势流不反,则文体遂弊"⑤,指出当时作家因对传统雅正文风不满,为了标新立异,展示自我,而失去了为文最为重要的基本方向,便创新不成,反而生出弊端。要想既不失雅正,又容许自我个性的摅写,就应"执正以驭奇",在遵循传统的基础上去展现才情,以雅正去驾驭创作,这样便能在合乎雅正规律的框架内融入自己的创造性,也不会妨碍去展示自己的个性。应该说,刘勰对待作家的个性摅写与兼

---

① (梁)刘勰著,范文澜注:《文心雕龙注》,人民文学出版社1958年版,第16页。
② (梁)刘勰著,范文澜注:《文心雕龙注》,人民文学出版社1958年版,第23页。
③ (梁)刘勰著,范文澜注:《文心雕龙注》,人民文学出版社1958年版,第520页。
④ (梁)刘勰著,范文澜注:《文心雕龙注》,人民文学出版社1958年版,第506页。
⑤ (梁)刘勰著,范文澜注:《文心雕龙注》,人民文学出版社1958年版,第531页。

顾文学传统的严肃性，强调文学的个性符合传统精神并容让于受众的接受适度性要求的主张是明确的。文学若能按其"执正以驭奇"的观点发展，"群"与个性摅写的矛盾是可以统一的，再回过来说，作家"新奇"、"轻靡"的潜在气质也能在符合传统精神的框架内发挥出积极的作用。

中唐韩柳（尤其是韩愈）因不满于传统的骈文文风之僵化枯硬，欲以新奇矫之，但带来了很多争议。他主张"辞必己出"，并说自己"搜奇抉怪，雕镂文字"①。这种独创精神，与他追求怪奇瑰丽的艺术风格对于当时的一般受众的接受能力是一种挑战，也是在一定程度上以艺术个性去刺激、带动社会群体的整体文学风气。虽然在当时有不同意见，如裴度在《寄李翱书》中就指出："故文之异，在气格之高下，思致之深浅，不在磔裂章句，隳废声韵也。人之异，在风神之清浊，心志之通塞，不在于倒置眉目，反易冠带也。"②对于韩愈强调艺术个性，追求怪奇的做法予以批评。然韩门弟子皇甫湜则指出："夫意新则异于常，异于常则怪矣；词高则出于众，出于众则奇矣。虎豹之文，不得不炳于犬羊；鸾凤之音，不得不锵于鸟鹊；金石之光，不得不炫于瓦石。非有意先之也，乃自然也。"③对于平淡僵化，有时追求怪奇以出新正是刺激文学发展的一剂良药。韩愈以其高深的造诣，开启了中唐甚至晚唐的诗文风气，使得个性摅写从呆板保守的群体性的文风惯性中挣脱出来，取得了巨大的艺术成就，使个性摅写与群体性认同在新的支点上去寻找平衡点，大大促进了文学本身的发展。但五代时期，文人流于诗酒浮靡，至宋初又有西昆风气，于是欧阳修等又继承韩愈精神，以诗文革新运动寻找这种平衡。及至苏黄和江西诗社群、江湖诗社群，在共同的诗学纲领的作用下，个性摅写与群体性认同达到了新的平衡，并很好地契合在一起。从群体性向度方面讲，他们有着共同的诗学纲领维系彼此；从个性角度讲，又各具格路，各有其性情气质。群体性未妨碍个性的发扬，个性发扬也没有使哪一位诗人产生离群趋势。在宋末及元末遗民

---

① （唐）韩愈：《荆潭唱和诗序》，马其昶校注：《韩昌黎文集校注》，上海古籍出版社1986年版，第262页。
② （清）董诰等编：《全唐文》卷五三八，中华书局1983年版，第5461页。
③ （唐）皇甫湜：《答李生第一书》，（清）董诰等编：《全唐文》卷六八五，中华书局1983年版，第7020页。

诗人群体大量出现的背景之下,共同的遗民心态与每一位遗民诗人的个性摅写又结合紧密,共同成就了当时的沉郁忧伤、悲切慷慨的诗文风气。这个时代,"诗言志"与"赋诗言志"在群体性活动层面,矛盾并不突出,甚至是互相辅助,互相成就,并行不悖。周济《介存斋论词杂著》中有云:"北宋有无谓之词以应歌,南宋有无谓之词以应社。然美成《兰陵王》、东坡《贺新郎》当筵命笔,冠绝一时。碧山(王沂孙)《齐天乐》之咏蝉,玉潜(唐珏)《水龙吟》之咏白莲,又岂非社中作乎?"①(王沂孙与唐珏之作是元初吟咏元朝胡僧杨连真伽率众盗发六陵之冬青事件而作。)即是指出个性与群体性相互契合而言。

明人群体性活动非常频繁,交际、应酬之类的活动充斥在文人的日常生活中,群体活动既有娱乐内涵,也多功利色彩。文人间维系其群体关系的力量并未因群体性活动增多而得到强化,于是个性摅写受到抑制。

竟陵派钟惺有鉴于此,与其同乡友人谭元春发起了摅写幽情单绪,追求古人"真精神"的诗学运动。钟惺在其《简远堂近诗序》中说:"夫日取不欲闻之语,不欲见之事,不欲与之人,而以孤衷峭性,勉强应酬,使吾耳目形骸为之用,而欲其性情渊夷,神明恬寂,作比兴风雅之言,其趣不已远乎?"②其所透出者,正是无谓的群体性文学活动中的交往、应酬对于作家摅写个性、表露真情的妨害。但他们所寻绎出的摅写真实性情的格路却褊狭了。钟惺在《诗归序》中说道:"今非无学古者,大要取古人之极肤、极狭、极熟,便于口手者,以为古人在是。……问其所为古人,则又向之极肤、极狭、极熟者也。世真不知有古人矣!惺与同邑谭子元春忧之,内省诸心,不敢先有所谓学古不学古者,而第求古人真诗所在。真诗者,精神所为也。察其幽情单绪,孤行静寂寄予喧杂之中,而乃以其虚怀定力,独往冥游于寥廓之外。"③其实,他们追求古人"真诗"与古人之"精神"之所在的总体方向没有错,错在他们把真诗、真"精神"与群体性活动完全对立了起来,只去从古人"孤行静寂"中的"幽情单绪"中去搜求,认为离开了群体应酬的诗人作品才是"真精神"之所在,这样一来,其取径就显得过于狭仄了。同样谭元春所作的《诗归序》也是如此。

---

① 顾学颉校点:《介存斋论词杂著 复堂词话 蒿庵论词》,人民文学出版社 1959 年版,第 3 页。
② (明)钟惺著,李先耕、崔重庆标校:《隐秀轩集》,上海古籍出版社 1992 年版,第 249—250 页。
③ (明)钟惺著,李先耕、崔重庆标校:《隐秀轩集》,上海古籍出版社 1992 年版,第 236 页。

他说："夫人有孤怀，有孤诣，其名必孤，行于古今之间，不肯遍满寥廓，而世有一二赏心之人，独为之咨嗟彷皇者，此诗品也。"①谭元春又在《诸宫草序》中要求诗人在"荒寒独处、稀闻渺见"中摅写性情，而性情所依循的是在"孳孳慄慄中，所得落落瑟瑟之物也"。他指出："古之人，在通都大邑、高官重任、清庙明堂，而常有一寂寞之滨，宽闲之野，存乎胸中而为之地，夫是以绪清而变呈。"②其所意指，仍在于从"群"中退出，归于自身之性情，才能在创作时摆脱习气，写出个性，这与钟惺的理论路数相同。在这种观点指导下，他们所学所习与自己的创作都显出了褊狭枯仄的特点，以至钱谦益在对其批评时出语极为刻薄，甚至说是"如幽独君之冥语，如梦而入鼠穴，如幻而之鬼国"③。而毛先舒在《诗辨坻·竟陵诗解驳议序》中之评又极尽侮辱嘲谑之能事。我们这里不加引述。他们对钟、谭的批评是偏颇的，没有看出钟谭二人诗学主张的合理性所在，只从他们取径褊狭的角度予以批驳，失于片面④。

其实，钟谭二人（以及标举性灵的公安派）意识到的个性真情的摅写与群体性活动尖锐对立的问题并不是没有其他解决方案。群体性活动本身并不滞碍作家去写真情。这除了所"群"之人应是真正俦侣知己而非简单应酬之外，还有一个是否愿意并敢于在"群"中去摅写自己真实内心的问题。估计钟、谭等人这种在孤行静寂中寻绎幽情单绪的思路来自于钟嵘的《诗品序》之："嘉会寄诗以亲，离群托诗以怨。至于楚臣去境，汉妾辞宫；或骨横朔野，魂逐飞蓬；或负戈外戍，杀气雄边；塞客衣单，孀闺泪尽；或士有解佩出朝，一去忘返；女有扬蛾入宠，再盼倾国。凡斯种种，感荡心灵，非陈诗何以展其义；非长歌何以骋其情？故曰：'诗可以群，可以怨。'"⑤但钟谭等人只关注了"离群

---

① 陈杏珍标校：《谭元春集》，上海古籍出版社1998年版，第594页。
② 《谭元春集》，上海古籍出版社1998年版，第627—628页。
③ （清）钱谦益：《列朝诗集小传·丁集中·钟惺学惺》，上海古籍出版社1983年版，第571页。
④ 关于清代诗学家对钟、谭的意见，贺贻孙的观点要平和许多，在其《诗筏》中他说二人所选之《诗归》是"生面皆从此开，稂莠既除，嘉禾见矣。"，有指出"今人贬剥《诗归》，寻毛锻骨，不遗余力。以余平心而论之，诸家评诗，皆取声响，惟钟、谭所选，特标性灵。其眼光所射，能令不学诗者诵之勃然鸟可贝，又能令老作诗者诵之爽然自失，扫荡腐秽，其功自不可诬。"虽然也指出《诗归》有"专任己见"之失，但也看出了钟、谭二人别出心裁的诗学匠心。（均见郭绍虞编选、富寿荪校点：《清诗话续编》，上海古籍出版社1983年版，第197页）
⑤ （梁）钟嵘撰，陈延杰注：《诗品注》，人民文学出版社1961年版，第2—3页。

托诗以怨"可以摅写真情，忘记了在"嘉会"中亦可摅写真情。古往今来，除了钟嵘罗列的"离群"意象外，还有许多文人欢会，挚友相逢，高朋满座，喜庆欢腾场合的佳作，其中也有真情流露，也有真存乎其中。所以钟谭等人追寻真情与个性摅写的方向没有任何问题，只是在选择学习对象上取与失当，缺乏分析，也不够明允。

上文所引王夫之对"兴"、"观"、"群"、"怨"做出新解释实际上是从诗歌艺术层面在力求消解摅写个性与群体作用的矛盾，他对"兴"、"观"的解释是从摅写真情，反映真切现实的角度予以解释的，应注意的是他对"群"与"怨"的解释。以"怨"而"群"，因"群"而"怨"，群则"益挚"，"怨"则使人"不忘"。他也与钟谭一样，没有去考虑"嘉会寄诗以亲"也会对情感的真实抒发有助。但作为经历了亡国之痛的明遗民来讲，他对"怨"与"群"的关系体会很深。且文学本有"欢愉之辞难工，而穷苦之言易好"①的特质。故而他认为摅写"怨"的真情与具有共同怨恨情结的群体根本上是不存在矛盾的，反而可以契合深密。同时，他对兴观群怨的解读，更是综合了历代诗歌发展经验得出的结论，从诗歌反映现实，抒发真情，表达共同时代情绪的角度，充实了诗歌反映历史、表达真情的现实主义职能，从现实主义艺术的层面弥合了个性与群体的关系，给予诗歌反映历史真实，摅写作家感情与沟通人我情谊的作用以新的时代含义。充实、完善并发展了这一古老命题，客观上也矫正了钟谭的褊狭。其论高于钱谦益、毛先舒远甚。他强调兴观群怨抒发真情，要求"摄兴观群怨于一炉"，在"现量"论基础上又赋予此命题更为艺术化的内涵，从现实性、艺术性方面都使兴观群怨重新成为诗学的极诣与纲领，在某种程度上，其理论造诣实际高于格调、神韵及肌理说远甚。②

---

① （唐）韩愈：《荆潭唱和诗序》，马其昶校注：《韩昌黎文集校注》，上海古籍出版社1986年版，第262页。

② 王夫之在《四书训义》中说："诗之泳游以体情，可以兴矣；褒刺以立义，可以观矣；出其情以相示，可以群矣；含其情而不尽于言，可以怨矣。"其现实性十分突出。认为只要"出其情以相示"就可以发挥"可以群"的作用，这与发挥"兴"、"观"、"怨"的作用并不矛盾。他在《唐诗评选》中评杜甫之《野望》诗时云："写景诗，只咏得现量分明，则以之怡神，以之寄怨，无所不可，方是摄兴观群怨于一炉，锤为风雅合调。"可见其论在于要求诗作反映真实的历史，表达真实的感情，又不能庸腐呆板，也不狭仄枯槁，而是像《野望》一样沉郁深挚，使人含泳回味无穷，这样的作品不仅不妨碍"群"的作用，而是能够"摄兴观群怨于一炉"。

与"诗可以群"的内涵要求相关,古代诗学家,尤其是清人对所谓"应酬诗"的批评实际上也反映出对诗歌"群"的作用的一种偏颇的理解。在应酬中作诗,的确将许多非艺术的因素融贯进去,但作为文人彼此交谊的群体场合中的创作,应酬诗还是有沟通人我、增进了解的作用,从诗学训练角度讲,应酬诗的意义也不容忽视。

吴乔在《围炉诗话》卷三中指出"唐时诗人不肯苟同,所以能自立。"并批评明代一些诗人"莫不收拾同调,互相标榜,李杜不死,高岑复生,以诳诱无识",这实是对明人的一些习气的批评。吴乔进而认为"应酬诗不作为善,不得已做之,慎勿留稿入集"①。吴乔实际上是认为明人应酬诗陷于媚谀,没有真情实感。所以为诗不能落于应酬,因为"既落应酬,唐人亦不能胜弘、嘉,弘、嘉无让于唐人也。"②关于应酬诗的问题,乔亿也表述了类似的意见。他在《剑溪说诗》卷上中说:"陶公往来庐山,集中无庐山诗。古人胸中无感触时,虽有胜景,不苟作如此。"③在卷下中他又指出:"汉人无故不作诗。魏氏自《公讌》等篇外,亦不苟作,故陈思、阮籍诗虽多,读者不厌其多。迨陆士衡以瞻博称,效尤者递降而下,以多为贵,而诗旨微矣。"④这实是认为应酬与炫才结合,开启了后世诗歌创作的不良风气。在《剑溪说诗又编》中,乔亿更是从应酬交际的感情角度阐发了他的意见,其云:"窃见古人兄弟友朋相与赠答,只叙其悲欢离合,履运之通塞,间寓以规诲,而赞颂则泛交也。杜子美骨肉流离,悲歌当泣,又奚暇言他?至若素交叹美不已者,非被罪长流,衰老迁谪,则死生契阔,家贫宦卑,称其才正悲其命也。……自后世应酬之风炽,专主贡谀,迨于今而此义亡矣。"⑤正是因为"贡谀"之类功利性动机的泛滥,使得以诗交际应酬离艺术追求越来越远,因此乔亿对应酬之作也颇为厌烦与痛恨。吴乔与乔亿确实是看到了群体性诗学活动中应酬一类创作所沾带的一些功利性非艺术的不良习气的弊端,但因此就否定这类创作,否定这类创作在"诗可以群"向度上存在的意义,则显得武断和偏颇了。其实,应酬一类的诗歌创作在

---

① 均见郭绍虞编选,富寿荪校点:《清诗话续编》,上海古籍出版社 1983 年版,第 558 页。
② 郭绍虞编选,富寿荪校点:《清诗话续编》,上海古籍出版社 1983 年版,第 595 页。
③ 郭绍虞编选,富寿荪校点:《清诗话续编》,上海古籍出版社 1983 年版,第 1078 页。
④ 郭绍虞编选,富寿荪校点:《清诗话续编》,上海古籍出版社 1983 年版,第 1096 页。
⑤ 郭绍虞编选,富寿荪校点:《清诗话续编》,上海古籍出版社 1983 年版,第 1131 页。

维持"群"的作用的同时,也还是可以摅写真情,表现诗人个性的。这一点,朱庭珍的意见就公允得多,在《筱园诗话》卷四中他虽然也对应酬诗存有意见,但对应酬诗本身应具有的内涵和意义做了阐述,其云:"夫朋友列五伦之一,'同心之言,其臭如兰',《周易》亦有取焉。勿论赠答唱和之作,但有深意,有至情,即有真诗,自应存以传世,不得谓之应酬。即投赠名公巨卿,或感其知,或颂其德,或纪其功,或述其义,但使言由衷发,无溢美逾分之词,则我系称情而施,彼亦实足当之,有情有文,仍是真诗。即其人无功德可传,而实能略分忘位,爱士怜才,于我果有深交厚谊,则知己之感,自有不容于言者。意既真挚,情自缠绵,本非违心之词,亦是真诗,均不得以应酬论。所谓应酬者,或上高位,或投泛交,既无功德可颂,又无交情可言,徒以慕势希荣,逐利求知,屈意颂扬,违心谀媚,有文无情,多词少意,心浮而伪,志躁以卑,以及祝寿贺喜,述德感恩,谢馈赠,叙寒暄,逐酒食,流连谶游,题图赞像,和韵叠章。诸如此类,岂非词坛干进之媒,雅道趋炎之径!清夜扪心,良知如动,应自怩怩,不待非议及矣,是皆误于'应酬'二字者也。"①朱庭珍仍是从诗歌感情是否真挚的角度对应酬诗做出分析,但他认为应酬诗与感情真挚二者可以兼容,对应酬诗伤害最大的是"违心媚谀"、"慕势希荣"和"逐利求知",只要诗人能够发自真心的在交际中交流赠答,并不妨碍他作出好诗。虽然朱庭珍也没有从诗学训练的角度去关照应酬诗,但通过他的论述可见他对诗人摅写个性和发挥"诗可以群"的实际作用是有所认识的,其论实高于吴乔与乔亿。

"诗可以群"的诗学作用与理论意义

虽然历史上有时文人群体性活动对其个性摅写有妨碍作用,但文人们的群体性活动的确极有诗学意义。文人们在群体性活动中"赋诗言志",其"志"或有功利目的,也或者根本不是真实的内心怀抱,其作品用刘勰的观点看,或是"为文造情"之作,但实际上对于文人掌握文学技能,获得实际的文学写作经验是大有益处的。②

---

① 郭绍虞编选,富寿荪校点:《清诗话续编》,上海古籍出版社 1983 年版,第 2405—2406 页。
② 孟浩然写与张九龄的《望洞庭湖赠张丞相》、白居易干进顾况的《赋得古原草送别》及杜甫《奉赠韦左丞丈二十二韵》都是此类作品,都具有具体的写作目的,但不妨其为上品佳作。

《文心雕龙·情采》云："昔诗人什篇，为情而造文；辞人赋颂，为文而造情。何以明其然？盖风雅之兴，志思蓄愤，而吟咏情性，以讽其上，此为情而造文也；诸子之徒，心非郁陶，苟驰夸饰，鬻声钓世，此为文而造情也。故为情者要约而写真，为文者淫丽而烦滥。而后之作者，采滥忽真，远弃风雅，近师辞赋，故体情之制日疏，逐文之篇愈盛。"①刘勰批评的是辞赋家，认为他们本没有内心郁勃充沛、深挚真诚的情思，而是为了"苟驰夸饰，鬻声钓世"才去写作，是为了写出有文采的可以使他们获得文名的作品才操笔染翰的，这就是"为文造情"。这是引起不良文风的重要原因，也是对健康的，反映真实性情的"为情造文"的文学的严重干扰。

钟嵘《诗品序》中指出当时学诗之人"才能胜衣，甫就小学，必甘心而驰骛焉。于是庸音杂体，人各为容。至使膏腴子弟，耻文不逮，终朝点缀，分夜呻吟"②。所言之情形与刘勰所说相类似，都指作家在文学形式方面的钻研与实践，而这种钻研与实践活动并未能与真实摅写心灵、表达真情结合，流于"为文造情"的创作歧途。我们结合文学交流，结合文人们的群体性文学活动的创作氛围来看，群体性的同题共作、拟赠、赓和、酬答以及后世的分韵、限韵或分题或共拟前人作品等创作方式（以及形式选择）是最易于导致"为文造情"现象的，也就是说，"为文造情"的主要场所和发生情境是文人们的群体性文学活动，他们在活动中为了完成创作课目，结合有关创作题材，去"虚拟"某种相对应的感情。比如王安石、苏轼等人之咏王昭君事，再早的曹丕、曹植等人作寡妇题材的诗赋等，都是这种情形。我们检看历代诗作，这种作品极其得多，就个人诗集来看，一般此类作品也占到作家全部作品的三分之二以上。他们创作于群体性文学活动中的诗文在他们一生创作中远远胜过了他们"因事有所激，因物兴以通"③的作品，是否这些作品全部都是"为文造情"呢？即使不全是，他们在创作时"虚拟"的与所选题材、体裁对应的情感则是较有普遍意义的。所有别者，其实只在于"虚拟"的是否真切而已。也就是说，反映这些

---

① （梁）刘勰著，范文澜注：《文心雕龙注》，人民文学出版社1958年版，第538页。
② （梁）钟嵘撰，陈延杰注：《诗品注》，人民文学出版社1961年版，第3页。
③ （宋）梅尧臣：《答韩三子华韩五持国韩六玉汝见赠述诗》，傅璇琮主编：《全宋诗》第5册，北京大学出版社1991年版，第2884页。

作品水平，并直接影响他们在文学史上地位的并不是他们是否真正地去表达自我，摅写真情。更多时候，倒是取决于他们"虚拟"的水平如何，也就是说，"为文造情"其实作为群体性文学活动的常态化的创作方式，关键在于"造情"的水平与"为文"的形式技巧和所造之情的对应水准。马克思指出："对一个著作家来说，把某个作者实际上提供的东西和只是他自认为提供的东西区分开来，是十分必要的。"①"为文造情"，有时提供的恰恰是"造情者"在为文时的真情领悟和真实感动，他们所造之文，也因承载了他们真实的感动而影响了读者。这种现象在文学史中是存在的。陆机、鲍照的一些拟作，王勃之《滕王阁序》、刘禹锡之《金陵怀古》、李白的三首《清平调》都是这种类型的创作，但却为他们获取了当时及后世的盛名。所以，就群体性文学活动而言，"为文造情"既是必须，又是文学存在的必然方式之一。它并非一无是处，对于作家和文学来讲，在具有消极性的同时也有着十分重要的积极意义。

首先，在群体文学活动中的"为文造情"实是一种文学训练与创作实践的日常课目。对作家掌握文学创作的要领、方法、增强创作能力具有重要促进作用。文人的生活并不都是充实、丰富、生动的，他们也不是时时处处都真情激荡，非作不可，也不是时常都有"发愤著书"的机会。他们更多时候是在群体性活动中去间接体验相应的感情，再通过"为文造情"进行创作实践训练，并在其间去开拓胸襟，提高技艺。

陆机、谢灵运、江淹善于代拟前人，其作品流传至今，我们没有因为他们"为文造情"而批驳他们如何不真诚，而是因他们做到了逼肖而赞赏不已。历来拟陶、和陶之作也不乏出类拔萃者，然而究其本源，则多为群体性创作中的训练题目，也并未因为是"为文造情"就失去价值。再从一个作家成长的历程来看，他积极地创作"为文造情"的作品，积极地去揣摩和虚拟相关情感，去实践操作并写出作品，对于丰富他们的文学经验，掌握多种创作技巧，提高综合文学素质是极有助益的，且"为文造情"也是一种以创作反映鉴赏的方式，代拟成怎样的作品，造出怎样的感情，往往反映了作者对所代作品的接受与批

---

① 马克思：《致马克西姆·马克西莫维奇·柯瓦列夫斯基》，《马克思恩格斯全集》第34卷，人民出版社1956年版，第343页。

评,试读一下《五君咏》,甚至是《杂体诗三十首》,就可明了这一问题。所以,群体性活动中易于催生的"为文造情"对于作家掌握创作技巧,增强创作能力来讲,自有其积极作用。"采滥忽真",远弃风雅,是这种训练方式易于导致的流弊,如果因此而完全否定"为文造情"的作用,就显得偏颇了。

再者,"为文造情"也是作家协调个性摅写与群体性认同二者关系的一种方式。作家通过群体性创作活动的文学表现,可以得到更多的认可,也可以结识更多的文学之士,从而也获得更多的文学滋养,这对提高其识鉴水平与自身素质也是有益的。同时,在群体性活动中的文学创作是作家积极寻求个性摅写与群体认同二者关系的一种尝试,也是一种调和。作家离群独处,将幽情单绪发诸篇什固然是真情,但其情未经群体性活动的熔炼,就往往沾溉了一些本身拒斥群体性认同的色彩。观李贺、贾岛等人的诗作,就有这样的特点。在我国古代,作者成为有成就的作家是须要对自己的性情进行"合群"加工的。什么"献岁发春,悦豫之情畅;滔滔孟夏,郁陶之心凝;天高气清,阴沉之志远;霰雪无垠,矜肃之虑深。"[①]既是一种概括或表述,其实也是对社会化的心理结构的要求。"四候"如何去"感诸诗","春风春鸟"、"秋月秋蝉"如何在人的心中激荡起相应的情感,其评判本身就是出自于社会化、群体性的情感认同的[②]。所以,作家参与群体性文学活动,在受其"培训"以"合群"过程中也在改造自身,完善自身。所放弃的,也不都是全部的真我,所获得的是社会化的情感和心理结构。还有一种情形,实力雄厚的作家,在群体性活动中会脱颖而出,甚至会通过竞争,取得"擅场"而成为文人群体的核心与中坚。历史上的许多文学流派与文人群体,都有这样的中坚骨干。他们引导群体风格向自己的方向靠拢,并使得群体性风格与自己的个性风格契合得很好,并且能够相互成就,从而形成一种群体性的诗文风气,汇成文学发展的强大力量。所以,作家之"合群",既改变了自身,也改变了群体;既使自己得到社会化改造,也给群体带来新的血液。他们相荡相生,对于文学演变发展来讲是一种

---

① (梁)刘勰著,范文澜注:《文心雕龙注》,人民文学出版社1958年版,第693页。
② 钟嵘《诗品序》云:"春风春鸟,秋月秋蝉,夏云暑雨,冬月祈寒,斯四候之感诸诗者也。"(陈延杰注:《诗品注》,第2页)与上引《物色》篇之句同趣。

动力因素①。

　　产生于交流中的文学作品,因为具有交流符号的性质,所以在"群"的层面上会对作家的个性和真实感情产生影响。但是这类作品本身是按照流传下来并较为稳定的艺术形式、艺术技巧去创作,就好比准备好了一个可以装盛真实感情的容器,虽然作家在最初创作时不一定有真实感情的投注,但他出于对某种情感的体会、理解和向往,以"为文造情"的方式去创作,只要他对所造之情的体会是真切的,那么,后代读者或许会在阅读时将这种所造之情按照自己的阅读体验将其抽象成真实的感情,因为他们在阅读时从古人作品,包括某些为文造情的作品中按照自己的体验抽象出了真实感情,并被这种感情触动,产生了自己的真实感情。古人装在容器中的未必真实的情感,在后代阅读者看来,其是否真实并不重要了,而是后人能否在接受中,召唤出自己真实的感情,从而觉得美。也就是说,从文学的接受与传播角度看,决定审美实现的最重要原因有两个:是否提供了可以装盛接受者真实感情的容器。即作者在"造情"时是否加上了自己的真实的生活体验与艺术体验,是否在此基础上按照艺术规律去完成文学创作中形式美的创造,这是"容器"得以生成的一个重要条件。另外,即接受者是否能从文学作品的情感质素中召唤出自己的某种心理情感,即使作品之情是拟代性的,但若能召唤出后人相应之情,文学接受与欣赏仍然是可以实现的。总之"为文造情"除具有群体性活动的意义,但也具备艺术作品感动人的基本质素。

　　所以,综合来看,个性摅写与群体认同间的关系本来不是根本性的对立关系,而应该是相互成就、相得益彰的辩证统一关系。虽然在历史上它们往往处于矛盾对立之中,但也有契合得很紧密的时期,关键在于作家与群体本身,在于作家是否善于利用主客观条件,在群体中滋养自身,丰富自己;也在于所群者的总体风貌与文学素质。个性是文学发展的推动力,而社会群体则是动力源

---

① 莫泊桑曾指出:"总之,公众是由许多人群构成的,这些人群朝我们叫道:安慰安慰我吧。娱乐娱乐我吧。使我忧愁忧愁吧。感动感动我吧。让我做做梦吧。让我欢笑吧。让我恐惧吧。让我流泪吧。使我思想吧。只有少数出类拔萃的人物要求艺术家:根据你的气质,用最适于你自己的形式,给我创造一些美好的东西吧。艺术家尝试着,有的成功,有的失败。"(莫泊桑:《小说》,《文艺理论译丛》1958年第3期)个人摅写与社会的审美需求和接受适应性的关系正是如此,或离或合,或亲或疏,"用你的……"与"给我创造"即是如此,它们在不平衡关系中发展着并相互促进。

与文学力量的孵化基地，二者对于某个时代的文学风貌，甚至对于我国古代文学的整体发展，都做出了重要贡献，不能在认识时有所偏废。

结语

曹丕认为文章是"经国之大业，不朽之盛事"（其"文章"自然包括著书立说的含义，但其中文学的含义亦很明显。），要求作家致力于文学创作，要"不假良史之辞，不托飞驰之势，不以隐约而弗务，不以康乐而加思"（《典论·论文》）。将文学从应用文的范畴中牵携出来，力图使文学获得独立的存在与发展价值。这也就开启了中国文学史上"为艺术而艺术"的时代。但是，在以后的发展过程中，文学逐渐又在某种程度上向"应用性"回归了。综观唐宋诗人的诗歌创作，赠答、依韵、次韵、唱和的比重都很大，说明了诗歌艺术在文人交际中的"交际符号"色彩依然十分浓厚，并且又逐渐成了诗歌的主要功能特质。也就是说，诗歌作为"言志"的艺术载体，仍然在文人的社会交往中扮演着有别于"为艺术而艺术"精神的"交际符号"职能，在"出离"了应用文体之后的发展中，又向交际性"回归"了。这实际上是向先秦关于《诗经》之"称诗以达其意"和"赋诗言志"职能的回归。但是诗歌作为一种艺术个性容纳量很大的文学门类，毕竟有着自己的特点。

如何将"称诗喻志"、"赋诗言志"与对这种特点的认识结合，便成为关乎中国诗歌发展命运的一个关键问题。而生活文学化、文学生活化的诗歌生存模态恰恰提供了完成这种结合的一种极佳方式。文人以诗歌作为彼此间交流的工具，在生活中使这种工具的应用性和艺术性在诗化生活中都得到了表现与张扬。既有应用价值的显现，也有艺术价值的表露。于是，一种独特的诗歌存在与发展方式便出现在了中国诗歌史上。诗歌的"交际符号"性质也就日益鲜明起来，成为中国诗史中独到鲜明的民族特色之一。从中晚唐开始直至古典时代终结的五四时期，这个特点再也没有被实质性地弱化，而是成为支持中国古代诗歌存在与发展的"场域"与"空间"。因此，中国古代的诗歌，并非"纯文学"，也不是一直都按"为艺术而艺术"的逻辑在发展，它更多地表现出一种开放、综合而又相当稳固的诗学结构，即生活化的诗学场域与诗化的生活场域。在这个"场域"中，"诗社"便是一种典型的代表。在诗社中，人们以诗为纽带组合在一起，诗在其中扮演着交际符号的作用，同时开展诸如唱和、赠答、同题共作和品味批评等诗学活动，又使诗歌的艺术实践得以展开。因此，诗社便是融合诗歌艺术性和应用性的一个基本结构单元。这种方式的出现，使诗歌没有回归到汉代以前单一的应用性矩阵，也未变成隔绝于社会生活之外的纯文学蜃楼，而是衔接二者，融通社会群性与艺术个性的张力场域结构；既保留了具有民族特色的诗歌交流的工具性属性，又兼顾并且支持了诗歌作为艺术的存在与发展权力。因而，诗社对于我国传统诗歌在创作与批评方面民族特色的形成，起到了至关重要的作用。

"诗言志"与"赋诗言志"在我国古代诗歌史中都发挥了巨大的作用。"诗言志"是我国古代诗学的总纲，贯穿着整个诗学历史，其精神充斥着我国诗学的方方面面；"赋诗言志"则是在古代文人群体活动或应酬交际中一直存在的诗学现象，其实质是一种交流方式或交流媒介，它在"诗可以群"的传统中沟通着社会与个人、群体与个性，并使文人在其间得到实践训练，它虽不是诗学的纲领，却在诗学发展中扮演着无法替代的角色。因而，作为我国早期的诗学观念，"诗言志"和"赋诗言志"在诗学传统中都起到了极为重要的作用。它们亦时有联结，"赋诗言志"所言之"志"与"诗言志"相融无间；或时有分离，所赋之"志"完全是功利性、虚假的，但在"诗可以群"传统力量的作用之下，它们的关系体现出一种诗学内部的张力，反射出诗学内部此消彼长的矛盾斗争。二者关系契合时，个性与群体性相得益彰；关系悖离时，个性与群体性也都受到损害。正是二者间的关系，使得诗学在亲疏离合的天平上摆动不止，一直寻求着更高水平的契合点。"诗可以群"的显晦表现，则是这个天平上的重要筹码，在二者失衡的紧张时期，它能否发挥出应有作用，决定于"诗言志"与"赋诗言志"的关系走向，决定着诗学自身的动力机制与基本状貌。

五、论中国古代诗学谋略性动力体系的内在作用机理及其理论意义

我国古代的诗学理论总体上表现出了自身在发展演化过程中形成的一些规律性的特点。这些特点既有不因时代差异而有所不同的稳定性，也具有前后承

递的行进性与沿革性。正因为这些特点的存在，有的学者认为我国古代诗学有自身的理论体系，他们以体系来观照我国古代诗学理论在总体上的理论构建。应该说，作为与本民族诗歌发展紧密相关的诗学理论，伴随着诗歌创作与批评接受总体流程的不断演化发展，也在其长期的历史变迁中形成了既有稳定内涵，也具明显承递关系的外延系统，在总体上表现出了鲜明的体系性。我国古代的诗学具有自身发展演化的规律并形成了可以以"体系"来观照的完形特点殆无疑义。问题是如何准确地把握这一"体系"，又如何借助对该"体系"的理解以便加深对古代诗学资源的认识，尤其是在加深认识和理解的过程中不致失却对其中某些重要特征的把握，是目前古代诗学理论领域研究中的一个值得深思的问题。

古代诗学体系的出发点

在关于古代诗学理论体系的研究中，陈良运的观点颇具代表性。他经过多年细致深入的艰苦研究，认为古代诗学在总体上表现出以"志"、"情"、"形"、"境"、"神"五个理论范畴为基本构成要素的体系性特点。在其《中国诗学体系论》一书中，陈良运说道："历观前朝后代诗歌论著，我们会发现五个重复率很高的审美观念，这就是：志、情、形、境、神，它们是中国古代诗论中五根重要支柱，我们可以追踪一下这五个重要的审美观念的来龙去脉，探索一下它们丰富的内涵，理清一下它们相互间内在和外在的联系，就会进一步发现：中国自有诗以来，诗歌理论对诗歌创作实践的抽象表述是：发端于'志'，演进于'情'与'形'，完成于'境'，提高于'神'。这是否就是中国古代诗歌理论体系的美学结构？"① 陈良运以"发端"、"演进"、"完成"、"提高"四个动态发展阶段来联结"志"、"情"、"形"、"境"、"神"，可见他对古代诗学体系的勾绘以诗学理论本身的发展演进流程为体系性的逻辑纽带为主干，以这五个基本观念在诗学发展流程中的具体作用的交替表现为节点，以总体的诗学发展成果为轮廓在审视（或曰解释）古代诗学的体系性。陈良运还补充发挥了他的这一观点："诗歌理论在每个时代里，有幸在比较宽广的范围内、根据诗歌文体的审美特征，遵循诗歌艺术发展的规律而对'共时效

---

① 这段话本出自陈良运《中国古代诗歌理论的一个轮廓》一文，原载《文学遗产》1985年第1期，后在《中国诗学体系论》（中国社会科学出版社1992年版，见第25页）中进行了引述。

应'做出'自选择',这就使它不像散文理论那样不时受到'明道'、'贯道'、'载道'一类非文学观念的弹压(韩愈、柳宗元对'古文'与诗的不同要求是一个明显的例证),使它的体系结构有一个合乎'美的规律'的程序:发端于'志',重在表现内心;演进于'情'与'象',注意了'感性显现';'境界'说出现和'神'的加入,使表现内心与感性显现都向高层次、高水平发展。虽然有这个程序,实质上后一部分与前一部分都有着深刻的内在联系,是融合不是否定、排斥前者,于是整个体系的内部始终处于相对稳定状态,又相辅相成地向前发展而臻于完善。"① 由此可见,陈良运关于中国古代诗学体系的见解,来自于他对古代诗论发展演化"程序"的深入了解,由这种程序去观照古代诗学,既可把握其总体发展的动态特点,也可帮助研究者去深入理解古代诗学的基本特点和内在含义。因此,其"体系"论实质上是一种方法论,是一个便于观照、分析古代诗学发展演化规律的切入点。有助于学者对古代诗学内在发展规律和理论重心递变、挪移情况的认知。陈良运以"志"、"情"、"象"、"境"、"神"这五个不同时期前后相关又含义不同的理论范畴(陈良运谓其为"观念",实际上是范畴)来表述其"古代诗学的体系",其见解实际上是以范畴间的联系以及在诗学整体构建的地位关系来勾绘其理论框架。但是,诚如我们上文所说,这个"体系"的见解,其实是一种研究者的方法和研究角度,并不是古代某个或某些诗学家自身诗学观点的内容。"志"、"情"、"象"、"境"、"神"的观念范畴在不同时期的诗学家那里,其实并没有勾连在一起而成为他们阐述其诗学意见的构成要素,也就是说,从当代研究者视角下能够勾连这些观念范畴的链条并未在古代诗学家的理论观点内出现并发挥作用。因此陈良运的诗学体系论实际上是古代诗学研究的方法论体系。实际上,关于古代诗学的体系,应该找到具体诗学家本身具有,不同历史时期的诗学家也都多少具有的普遍观点来连贯整体,从而起到诗学本身具有稳定承接和延续性的"链条"。我们认为,进行古代诗学理论体系的研究,应该紧密结合古代诗歌创作的动态过程来考虑。因为这个动态过程比不同时期诗学范畴作为研究重心的交替变化更为稳定,也更具有牢靠的基础来形成诗学的体系。因为

---

① 陈良运:《中国诗学体系论》,中国社会科学出版社1992年版,第28页。

不同时期的诗学家在对待诗学理论时，无论其关注重心是"志"、"情"、"象"、"境"还是"神"，他们实际上都不能离开创作据写活动这一诗歌创作的主干，因为创作据写是无论什么时期的诗歌创作都必须具有的，否则诗人的思想和情感无以通过文字据写成为客观文本，诗歌与诗学也无以出现。创作据写是诗歌与诗学的永恒内容，对体系的理解应该从古代诗学家对这一过程的见解和观点的总体把握中去寻绎。

诗歌创作据写活动是一个动态的流程。诗人在这一流程中将其构思的成果通过话语和文字变为实在的诗歌，从而将其思想情感反映出来。这一流程一般包括：诗人关于创作的基本修养和艺术准备——诗歌创作本身的行进性推进过程——诗歌创作的完成与诗歌作品初步的批评与接受。以这个动态流程为基础来勾绘古代诗学的体系性（或者以此来认识、观照古代诗学的体系性）能够充分聚揽范围更广的古代诗学观念，也能在更坚实、更广泛的基础上去整合这些观念。因为这些观念都与这一流程有关，都可附着于这一流程的相应位置之上。而古代诗学理论中能够使这一流程向前推进并能预先确定推进方向和质量的动力源，则是与创作动机有关的包括作家素质、创作技巧和接受心理有关的理论主张总成，这个总成使得上述流程得以有力有效地调动各种相关的观念与见解，并使其效力于整体的创作活动，使创作据写得以顺利进行并趋于完成。这个起到动力源作用的理论主张总成就是古代诗学的谋略性思维。这种谋略性思维与创作目的直接相关，又能促成创作中各种艺术技巧的使用，能够促使诗人在创作中根据不同的目的来调动各种所需的技术与技巧，从而驾驭其思想、情感的据写活动，使创作趋向于完成。而与创作完成有关的接受与批评方面的观念则亦受到谋略本身动力向度的影响。也就是说，是谋略使作家修养有了方向，使创作有了前期的规定性，也使得批评与接受活动有了依从性。谋略与创作据写活动的根本流程构成了一个动态的、灵活的、有效率的系统结构。这个结构内部各部分之间相互贯通，相辅相成；既相互作用，又彼此影响，并且都服从于总体的谋略统筹。谋略在其间是主脑，而创作据写活动则是主体，也是连通各部分相关理论观念的链条。历史上的诸多诗学观点或观念范畴都或远或近地分布于这个链条的相应位置，它们总体上形成的这种动态动力结构是古代诗学内在体系性的根本所在。它既是古代诗学贯穿成为诗学传统的核心力量，也是古代诗学演化的内在规律性的根据；同时就是我们勾连不同时代诗学的历史链条，还是我们可以用以进行古代诗学研究的方法与角度。因此，对古代诗学批评史的谋略性观照与对诗歌创作动态过程的把握是我们了解这个根本体系的重点所在。

介入古代诗学领域的原因

作家从事创作的一般过程主要是根据自己意欲摅发的某种感情，结合自己的创作动机来确定题材，进而根据自己的艺术能力（驾驭某种艺术形式的能力）来选定体裁。在创作摅写活动开始以后，去总体调控操处自己的各种艺术技能，处理好有关形式技术方面的具体问题。包括安排结构，排布次序，分列章节（即摅情或叙事单元）、精研句法、字法以及运用一些必要的修辞手段将构思好的内容落实于篇章文字。这个过程的进行，不是构思本身，但服从于构思内容；不是作家的思想或情感，但处处依从于思想、情感的表达需要；不是技术本身，但技术运用的方式或运用的效果却与技术本身的选择与使用关联甚大。这一过程进行下去的动力状态与构思的具体情况和构思的内容，与作家意欲表达的思想和感情以及选择运用的技术手段都有巨大的关系。对于这种使创作得以发生并推进的以上几种因素，我们庶几可以分别研究，但却总感到有一种更有力的东西在驾控它们，使它们也服从并效伎于总体的创作摅写活动。它不是创作动机以及由动机而产生的创作摅写活动，但它却对诗人的创作摅写行为发出指令，使其按照某种类似于内在轨迹的程序进行；它不是诗人关于创作摅写的思想、情感、艺术能力的基本要件或素质，而是使这些基本要件或素质得以发挥作用的一种统筹、整合的向心力与推进它们发挥作用的内在驱进力。诗人不论古今，不在乎个性差异，这种使创作摅写活动都能按部就班地有序、有效进行的东西，也一直是古代诗学理论中一直都被反复强调并间关彰显于理论舞台的。它是古代诗学中最为重要，也最被古代诗学家重视的理论内容。它联结了创作与理论批评，沟通了古代不同时期的诗学精神，是我国古代诗学中最为深层，也最能代表我们民族诗学特色和理论传统的核心精神。它以其强大的对作家创作摅写活动的驾控能力和实践方面的实际作用支撑了古代诗学的传统，催生了千岩竞秀、万卉争奇的诗苑盛况。它不仅是古代诗歌创作的一种传统作用要素，也是古代诗学的核心灵魂——这就是古代诗学的谋略，一种发挥了巨大实践作用并构筑了古代诗学传统的理论和思维体系。几乎所有与作家修养和创作撰写活动有关的所有见解和主张都是这个谋略性思维体系的不同表现。如果说创作是下棋，那么谋略就是那只操纵全局，并使对弈一方得以胜出的看不见的手；如果说是用兵，那么谋略就是运筹帷幄，决胜千里的司令部。谋略是创作撰写活动得以前进并趋于完形的引擎，是创作撰写活动的主脑与灵魂。我国古代，指导下棋的有棋谱，指导武术修习的有各种秘籍，指导行军打仗的有兵书，凡是社会生活中具有竞争性的活动都有具备指导性的参考资料，这些资料虽然是谋略思维形而下的表现，并因其过于细巧和烦琐而被学者忽视，但谋略思维终究是有形而上的成果的。这种成果在诗学上就是具有理论体系性的诗学观念、主张和范畴集群。在古代诗学中，形而下的谋略与形而上的理论兼而有之。诸如诗格、诗法一类书籍更多属于形而下的谋略资料，而关于诗学总体的意见，如《文心雕龙》、《诗品》、《沧浪诗话》、《原诗》等，其实就是谋略思维的系统性理论反映。谋略是古代诗学的核心，也是灵魂。以对谋略性诗学理论的理解去把握古代诗学的体系，更能凸显我国古代诗学传统的内在本质与潜在发展演化的机理。

  谋略思维介入诗学理论体系主要有两大方面的原因，即外在客观原因与诗学内在原因。从外在原因方面讲，首先，古代诗歌在发展中偏离风雅比兴传统所导致的诗风讹滥、风气浮靡的客观现状往往激起反对意见，但反对本身的言语批评总是难以从更深入、更透彻的层次予以纠错，起不到影响创作的实际作用。这样的现实状况产生了一种理论的召唤力，它往往激起诗学理论家从根本的诗学问题入手，对关于作家修养、创作活动本身及批评鉴赏活动的层面予以探究并进行理论阐述，进而起到对诗学现实的干预作用。在这一方面，《文心雕龙》与钟嵘的《诗品》可以为典范。《文心雕龙》本身就缘于对当时的"讹滥"文风的强烈不满，进而从文学本质问题入手，对于和文学有关的各种问题进行研究并提出见解和主张，以图改变文坛的不良现状。钟嵘《诗品》也因对当时人们学诗不知宗尚、准的无依的现状不满，于是明确标示上、中、下三品以确立诗学范式，意在干预诗坛。在《文心雕龙·序志》篇中，刘勰说："去圣久远，文体解散，辞人爱奇，言贵浮诡，饰羽尚画，文绣鞶帨，离本弥甚，将遂讹滥。"因为当时文人对于传统的偏离产生的各种弊端有深刻的认识，并力图从根本上去改变,他"搦笔和墨,乃始论文"①。其整部《文心雕龙》其实都可以说是出于干预文学现实,纠正"讹滥"文风的主旨,使他进行深入的理论研究,他探求"驭文之首术,谋篇之大端"②的目的也由此生发,这是改变文风的起点。而作家本身应该具有怎样的思想修养和对于文学本质的认识,刘勰在《原道》、《征圣》和《宗经》篇中已经做了详细的说明,这是从根本上改变文风的关键。其整体理论表现出鲜明的谋略性③。而钟嵘在其《诗品序》中也指出在萧梁初期的诗学状况,其云:"今之世俗,斯风炽矣。才能胜衣,甫就小学,必甘心而驰骛焉。于是庸音杂体,人各为容。至使膏腴子弟,耻文不逮,终朝点缀,分夜呻吟,独观谓为警策,众观终沦平钝……"这样的诗学错讹风气,导致"王公缙绅之士","随其嗜欲,商榷不同。淄渑并泛,朱紫相夺,喧议竞起,准的无依"的混乱状况出现,其《诗品》就是对这样的局面"感而作焉"④的成果。其干预诗学现状的谋略意义是很突出的。

另一个催生了谋略思维的是古代诗人群体性诗学活动的发展引起的在其间竞争逞才的风气。在群体性的诗学活动(尤其是诗社活动)中,在赓和酬唱的往复创作中,较量诗学才艺,争取获得擅场成了诗人普遍的一种创作心态。因此,他们需要在总体上提高驾驭创作撰写活动的水平。如何能在竞争中显示才华,展示学问和诗学功夫成了诗人们刻意追求的方向。诗学史上脍炙人口的赐锦夺袍、旗亭画壁及骊龙探珠的掌故就是这种情形。这种诗学竞争的风气促使谋略思维发展,也同时会带来一些习气。如竞用险韵拗调、攀比使事用典,就带来了"掉书袋"、"獭祭鱼"的不良风气;或是以险怪阢陧较胜,造成了槎枒骫骳之类的流弊。韩愈与孟郊的城南联句即是这种诗学较量的明显的例子,他们的才艺在较量中既得到展露,也得到提高。可以想见,这样的竞争气氛,对于诗人们研究诗歌的创作技巧是一种鼓动激励,当然也会促使他们去通盘考虑创作撰写活动所需的才力与技术,因而促进了诗学谋略思维的发展。但

---

① (梁)刘勰著,范文澜注:《文心雕龙注》,人民文学出版社1958年版,第726页。
② (梁)刘勰著,范文澜注:《文心雕龙注》,人民文学出版社1958年版,第493页。
③ 关于《文心雕龙》的谋略理论,可参看郭鹏:《论〈文心雕龙〉的文学理论谋略》,《海南大学学报》(人文社会科学版)2012年第4期或前文附录二。
④ (梁)钟嵘撰,陈延杰注:《诗品序》,人民文学出版社1961年版,第3页。

是这种偏重于艺术技巧本身的诗风与诗学又会作用于诗人的创作活动,使他们易于产生偏离风雅比兴传统的创作倾向,这又会导致新的旨在纠偏纠错的诗学谋略出现,从而促进整体诗学的演化与发展。以上两个原因又互为因果,自身形成了一种同构互动的作用系统。它们是促使谋略性诗学思维发生并发展的外在原因。

促使谋略性思维发生发展的诗学内在原因主要是与作家创作撰写活动有关的一些内在规律性的问题。表现在:其一,文学撰写活动本身具有线性化行进性的特点。这个特点使得谋略有了用武之地,有了实施并达到目的的可能。一般的创作撰写活动,都有基本构思和预先的创作安排。在创作的进行过程中,又都面临着具体实际的撰写活动,都要处理诸如形式与内容的关系问题,意与辞的关系问题,质与文的关系等问题;同时,诗人还应处理结构布局、章法脉络、撰情叙事次第以及句法、字法等技术问题;还有整体或细节的修辞问题等。这些问题又都从属于总体的创作流程。各种问题不是同时出现,而是按照一定的顺序次第出现在诗人面前,须要他一一予以解决。这就是所谓线性化、行进性特点。因为这个特点的存在,诗人就有可能在某种整体谋略统筹之下有预先的应对准备。预先应对准备的如何也决定了这个线性化行进性创作撰写活动的进展。作家艺术成就的高低也在很大程度上取决于其谋略的水准,因而去关注和从事于谋略的思考与探究,成了诗学家的研究重心。

其二,谋略思维及有关理论的产生与发展也与创作撰写活动实际上要求作家应该调动各种主体及客体要素使创作活动得以顺利进行的内在要求有关。作家本身具有怎样的艺术禀赋以及相关的气质与能力,其创作的动机与目的何在,要叙述或是撰发怎样的思想感情,所选文体的特点还有撰写活动本身存在怎样的规律,如何发挥最佳的撰写效能……这些问题,不能委心随兴被动地予以对待,而应进行预先的擘画安排,做到心中有数,才能有条不紊地进行驾驭。刘勰曾指出撰写史学类作品应明晓"寻繁领杂之术,务信弃奇之要,明白头讫之术,品酌事例之条"就是这个意思,刘勰说这是撰写史学作品的"大纲",并指出"晓其大纲,则众理可贯"[①]。其所谓"大纲"实际上就是预先的

[①] (梁)刘勰著,范文澜注:《文心雕龙注》,人民文学出版社1958年版,第287页。

谋略擘画。只有将功夫用在预先安排上，才能安然处置创作撰写活动中遇到的各种问题。其"三准"说亦属此意。他在《文心雕龙·熔裁》中说："是以草创鸿笔，先标三准：履端于始，则设情以位体；举正于中，则酌事以取类；归余于终，则撮辞以举要。然后舒华布实，献替节文。绳墨以外，美材既斫，故能首尾圆合，条贯统序。若术不素定，而委心逐辞，异端丛至，骈赘必多。"① 创作不能"术不素定"地去"委心逐辞"，而应为了"首尾圆合，条贯统序"的艺术总体效果去积极谋划，预先准备。创作撰写活动开始之前，应该有成竹在胸，才能驾驭创作活动按照目标轨道运行。否则"异端"、"骈赘"将使作者应接不暇，难以操处。这便是"术不素定"的后果，可见，这里的"术"亦即谋略之意。

其三：进行针对创作撰写活动的预先谋划，也与作家在艺术心理层面上对诗歌美学境界的追求态度有关。对于艺术美和诗歌美学造诣的心理意愿也促成了作家针对创作活动去安排设计，去调控协理，将自己对诗歌艺术的认识具体落实到一些艺术手段和技巧的选择上，将其诗歌美学主张贯彻到预先谋划的具体环节中去。在谋划时，作家将自己的诗歌美学主张灌注进去；在创作撰写活动展开时，又去切实贯彻其诗歌美学主张。在这样的努力之下，作家会以自己的创作去接近，甚至是实现自己的理想。刘勰认为作家应根据自己的性情气质条件去"摹体以定习，因性以练才"②的主张也是出于这种考虑。而《文心雕龙·定势》篇对他的这种意见表述得就更为直接了。刘勰指出，作家在创作时："模经为式者，自入典雅之懿；效《骚》命篇者，必归艳逸之华；综意浅切者，类乏蕴藉；断辞辨约者，率乖繁缛；譬激水不漪，槁木无阴，自然之势也。"③ 因诗学理想的不同，宗经者与效《骚》者在创作的表现就有了"典雅"与"艳逸"的不同；好尚"浅切"者与喜爱"辨约"者在诗学表现上也会有"类乏蕴藉"与"率乖繁缛"的差别。风格的差异是因为诗学理想的不同，而这种不同其实从作者"摹体以定习，因性以练才"的时候就开始了，进一步讲，从进行关于创作撰写活动的谋略安排时就开始了。

---

① （梁）刘勰著，范文澜注：《文心雕龙注》，人民文学出版社1958年版，第543页。
② （梁）刘勰著，范文澜注：《文心雕龙注》，人民文学出版社1958年版，第506页。
③ （梁）刘勰著，范文澜注：《文心雕龙注》，人民文学出版社1958年版，第530页。

就古代诗学的谋略来讲，因上述外因与内因的关系，我们可以概括出谋略的目标。这主要在三个方面，即：救弊、制胜与求美三个方面。这三个方面对于诗学理论家有着极强的理论感召力，使得他们会积极地结合诗歌创作的基本规律，结合作家的主体条件，去研究诗歌史，探研诗歌发展的内在机理，并全面地、系统地以诗人的创作撰写活动的具体过程和实际情形为出发点，去提出具有谋略意义的诗学意见，借以发挥诗学理论的实践意义，有效地去指导创作，干预诗歌的创作与批评风气。

谋略性诗学思维

诗学谋略主要关注的是作家对创作撰写活动的总体驾控能力，它是在对整个艺术撰写活动有了较为深入的了解后，结合作家与创作活动间的关系而提出的关于作家何以去启动创作行为并推动创作活动，并使其得以完成的基本能力储备以及对相关问题的理论和主张。也就是说，以诗学谋略的视角去研究古代诗学的体系问题不同于陈良运以五个范畴的阶段性作用关系去解析古代诗学体系的做法。诗学谋略所以提出和用以研究古代诗学体系的基本出发点是在作家，即诗人的层面。诗人临文，或是"恒患意不称物，文不逮意"[1]，或是"方其搦翰，气倍辞前，暨乎篇成，半折心始"[2]总归都会遇到"意翻空而易奇，言征实而难巧"[3]的客观问题。这也是历代作家都会遇到的创作撰写的实际问题。谋略理论所关注的除了有纠正诗文风气的外在用意外，还有意在指导作家去如何认识这些问题，并以自己的经验心得去指导学者去提高自身艺术素养，去克服创作中遇到的实际困难，从而驾驭整个创作撰写活动，以表达内心，撰发情感，保障艺术创作活动得以顺利完成。上文所引的陆机、刘勰提出的主要是"言"与"意"的关系问题。确实，将头脑中已有的一些撰写对象反映到客观实在的言语文字之上，会遇到诸如"言征实而难巧"和"文不逮意"之类的问题。这些问题的出现，从技术层面讲，主要是作家的能力问题。而谋略性思维则蕴含着指授作家去获取和掌握这些能力的用意。它的关注重心在人，不在理论范畴。只要是作家的能力问题解决了，创作中出现的各种问题都可以予以

---

[1] （晋）陆机：《文赋》，张少康：《文赋集释》，人民文学出版社2002年版，第1页。
[2] （梁）刘勰著，范文澜注：《文心雕龙注》，人民文学出版社1958年版，第494页。
[3] （梁）刘勰著，范文澜注：《文心雕龙注》，人民文学出版社1958年版，第494页。

解决。于是，对创作过程的认识和对创作过程中出现的问题的认识，就成了关于作家应该具有何种能力的一个生发前提。而着手去说明这些问题，并提供一些解决方法以便学习和参考，就有了谋略的意味。以着重解决创作中出现的问题为纲要，结合创作的进程，去统摄这些问题并提供解决问题的方法，这个整体的思路和有关理论，就构成了谋略的体系。

古代诗学理论中如言志、情志、风骨、风神、格力、文道、文质、章法、句法、用字、音节、韵味、形神、神韵、气象、境界、意境、兴象等理论范畴实际上都依附于创作撝写活动的行进过程。如果说，创作撝写活动是一条铁路线，这些范畴实际上都是分布于这条铁路线周围的大小城市。他们距离铁路线或近或远，但都与铁路线的交通作用联系在一起。铁路线的终点是创作出美的可以有效干预诗文风气并发挥社会作用的艺术作品，而起点则在作家撝写活动的"方其搦翰"之时。由铁路线勾连的起点、终点和经行及旁带的大小范畴共同构成了一个体系。这个体系实际上就是谋略性的诗学体系。我们过去偏重于解析古代诗学中不同范畴的理论内涵，虽然也注意了它们之间的联系和差异，但却失却了对"铁路线"的体认，没有看出那些观念范畴在本质上都是创作撝写活动进行的过程中的连带问题。这种以范畴为研究中心，兼顾范畴间联系和差异的做法再怎么细致深入，也难免出现"形不散而神散"的缺失。因此，结合创作撝写的行进过程——这条铁路线去观照古代诗学的各种理论范畴，才会使对它们的研究既做到"形不散"，也做到"神不散"。以谋略的方法去对待古代诗学理论，去观照古代诗学的理论体系，才可以说有了在"铁路线"上的通行权，才可以说把握住了古代诗学真正的本质特点和内在规律。

我们此处且不去细细阐说各诗学范畴是如何分布于"铁路线"的周围，也暂不去探究它们的实际作用和彼此间的联系，我们仅结合创作撝写的行进过程去简单将这些范畴的基本分布做一个概括。

根据创作撝写活动的行进过程，古代诗学的各范畴基本上是依附于创作的准备阶段、创作的推进阶段和作品趋于完形阶段。关于作家的创作准备阶段，主要是关于作家应具备怎样的对于创作过程可能会出现的问题的认识。解决问题的前提是认识问题。古代诗学的许多观点都是致力于摆清讲明可能出现的问题的具体情况，以便作家进行预先的准备和安排。在古代基本的诗学范畴中，关于言意、情志、文道等问题都是这一阶段的相关范畴。将有关言意、情志、文道的关系把握好，使作家可以获得有利于开展创作活动的基本认识，对于创作的推进是一个必要条件。创作推进阶段是创作撰写活动的具体操作阶段，遇到的问题都是技术性的问题，因而对作家的艺术技能有所要求。上述诗学范畴中，诸如文质、章法、句法、用字、音节等范畴实际上都属于这一阶段。古代诗学中有关这些范畴的意见，其实都旨在提出一些经验性的见解，以便学者去揣摩、掌握，从而获得处理好这些技术问题的能力。古代诗法、诗格类作品中大量内容其实都是这种经验性的技术提点。刘勰在《文心雕龙·附会》中说的"驭文之法"，在《总术》篇中说的"晓术"，便属于这种见解。而元人杨载在其《诗法家数》中关于"起"、"承"、"转"、"合"的论述，及其列举的八种方法[①]都是这方面的明显的例子。而古代俗书中大量的"诗法入门"之类的著作也多属于这个阶段的一些可操作的经验提点。它们实际上的理论性不强，但实践性不可忽视。《儒林外史》第十八回匡超人夜看《诗法入门》，突击学习作诗方法，以便在来日的诗会中有所表现，这其实就是这类经验性诗学提点的实际作用。在古代诗学的承传过程中，这种经验提点式诗学理论的作用不容忽视。

在创作撰写活动趋于完形的阶段，诸如形神、意境、风神、形象、神韵等范畴就旨在阐发诗歌作品应该怎样"表现"的问题。有的研究者将这些范畴笼统地归于"风格学"，这是不允当的。其实，在创作的这一阶段，在各种技术性问题都得以解决的过程之中，作家怎样把自己对美的理解传达出来，又怎样将自己驾驭创作的能力显现出来，就成了创作是否能够完成的重要问题。这些问题与风格有关，但不全是风格问题，而是诗歌艺术特征如何"表现"或"显现"的问题，是创作取得最后成果的收束性问题；是创作的完形，也是撰写活动的收煞。同时也是作者主体人格特点借助创作传输到作品从而形成作品整体风格的过程性问题。作者是新切还是古奥，是流丽还是清奇，无论是怎样的风格类型和审美特点，在这个阶段，都会渐渐地显露出来并趋于成型。依附于这

[①] （清）何文焕：《历代诗话》，中华书局1981年版，第729、731页。

一阶段的理论范畴在古代诗学中也很多。对它们的分析阐述应结合创作过程来观照。以"风格"来对待，没有把握住这一阶段与此前阶段的关联，忽略了对技术性手段在创作中勾连艺术风格与作家主体作用的认识，也忽略了对作家驾驭创作的能力的认识。简单的"风格即人"的认识方式失却了风格形成中起到关键作用的艺术技巧和创作能力的运用，从而流于简单化和程式化。当然，古代诗学的基本范畴只是可以概要地归附于这个创作摅写阶段。有的范畴，尤其是某些大于范畴的古代诗学理论实际上不只可以归附于其中的某一阶段，有的还涵盖了两个甚至是全部过程。一般来看，古代诸如儒家诗学思想、道家诗学思想偏重于作家修养方面，不完全属于这个创作进程，而格调论则兼有作家修养和上述第三个阶段的特点。江西诗学则兼顾了作家修养（较为偏重艺术素养）和上述第二个阶段的问题。诗法、诗格和通俗诗学读物偏重于第二个阶段。而清代神韵论、境界说则偏重于第三个阶段。明乎此，我们认为，古代诗学的基本范畴和各家诗学本质上不是矛盾对立关系，它们虽存在差异和不同，但不是矛盾对立性质，而是因为它们的理论关注重点依附于不同的创作摅写阶段，在实质上它们是统一于创作摅写的线性化流程的。它们的不同，就如同是铁路线周边各城市的不同，虽有差异，甚至是表现上有某种类似"对立"的一些内容，但归结到创作摅写流程，其"对立"便无意义了。如提及江西诗学与神韵的不同，我们就会想到它们在许多具体观点上似乎对立，但其实它们的侧重点不同，其旨归都在于阐明何以作出美的诗歌作品。美的诗歌作品有差异，但这差异却不是矛盾对立关系，而是互相补充，共同成就我国古代诗歌园林千卉争芬、异彩纷呈的诗国大美的重要理论力量。我们不能说沉着、劲健与流丽、清通之间是矛盾关系，其原因正在于此。

古代也有一些诗学理论家看出了这一点，并进行了一些阐述。在这些理论中最有代表性，阐说得最为细致的是翁方纲。其《诗法论》中有云：

> 法之立也，有立乎其先、立乎其中者，此法之正本探原也。有立乎其节目、立乎其肌理界缝者，此法之穷形尽变也。杜云："法自儒家有"，此法之立本者也；又曰："佳句法如何"，此法之尽变者也。夫惟法之立本者不自我始之，则先河后海或原或委，必求诸古人也。夫惟法之尽变者，大

而始终条理,细而一字之虚实单双,一音之低昂尺黍,其前后接笋,乘承转换,开合正变必求诸古人也,乃知其悉准诸绳墨规矩,悉效诸六律五声,而我不得丝毫以己意与焉。故曰:禹之治水,行其所无事也,行乎所不得行,止乎所不得不止。应有者,尽有之;应无者,尽无之。夫然后可以谓之诗,夫然后可以谓之法矣。①

翁方纲此处虽是在论诗法,但他看出了所谓"诗法"其实有"立乎其先者"、"立乎其中者"与"立乎其节目、立乎其肌理界缝者"的差别。其"立乎其先者",翁方纲认为是"法之立本者",他引杜诗"法自儒家有"来阐释"法之本",可知"法之本"系指作家的思想倾向,作家应以儒家思想为素地,来展开创作并驾驭"法";其"立乎其中者"与"立乎其节目、立乎其肌理界缝者"的"法"其实就是我们上文所说的第二阶段的问题。翁方纲认为,"立乎其中者"与"立乎其节目、立乎其肌理界缝者"之"法"是古人传下来的"绳墨规矩",虽然可以使创作"穷形尽变",但对于作家创作时的技术处理来讲,则"不得丝毫以己意与焉"。他看出了诗歌创作中经验化的艺术技巧的某种规则性和约束力。正是这种规则性和约束力的存在,使得诗学的授受与传承成为可能。唯因其稳定性与规则性,才可以谓之为"法",才能够使学者去学习、掌握并遵循。"法"的规则性和约束力固然是如此,但神而明之,存乎其人,大方之家,自可与其中出新出巧,有所变创。所以,诗学的授受传承与推陈出新,在不变与变的关系消长中表现出来。因此,诗歌既在传承发展,也容许出新,生动开放的诗学传统得以形成。这个传统不是封闭的体系,而有其变创的余地与吐故纳新的包容性;"法"有其约束力,但却容许突破,所谓"虽离方而遁员,期穷形而尽相"②就是此意。翁方纲的诗法理论是非常深刻的,他虽然未遑论及我们上文所说的第三个阶段,但其关于变与不变、遵循诗法与变创诗风的理论主张正是导向第三个阶段的问题。而他认为诗法、格调与神韵均为一体的见解,其实就是这种系统性的理论观点的流露。应该说,翁方纲的理论是

---

① (清)翁方纲:《复初斋文集》卷八,《续修四库全书》第1455册,上海古籍出版社2002年版,第420—421页。
② (晋)陆机:《文赋》,张少康:《文赋集释》,人民文学出版社2002年版,第71页。

较早看出了古代诗学体系性的一位学者。虽则刘勰、叶燮等人也有类似见解，但却没有翁方纲论述得这么具体详切。

　　艺术创作撰写活动的阶段性既是如此，那么，推动创作依照这些阶段进行下去的又是什么呢？其实就是作家对于诗歌美学理想的追求和对于诗歌社会效应的一种期许，也含有对诗歌传播与接受的一种预先干预的心理期待。当然，还有作家推动其创作撰写活动不断进行，并对出现的各种问题予以对待处理的能力。这种心态和能力是创作撰写活动得以进行下去的动力保障与维护系统。我们上文曾将创作撰写活动的线性化、流程化特点比作铁路线，那么，作家的创作心态和艺术能力就是带动火车的火车头。作家本人就好比司机，他使火车的动力得以发挥，使火车得以顺利并安全地运行在铁路线上。明乎此理，我们所谓的古代诗学的谋略，就是对火车运行的预先设计，对于火车该如何行进，又该如何在运行中进行加速、减速、停靠、补充等具体操作做出预先安排。谋略是对火车运行的方向和具体操作的调控，是对火车运行全程的周密安排。而范畴其实就是铁路本身的技术设施和火车的零部件，它对火车的行驶有影响，但不能决定铁路总体的运行与调度。唯有用谋略的角度，结合创作撰写的具体进程，才可以整合古代的诗学理论、范畴、观念和主张，才能将古代诗学的体系性说清道明，从而使这个体系的基本框架和作用机理被人们认识清楚。

　　理论意义

　　正是因为对于创作目的有着强烈的心理愿望，加之对于古代诗歌创作撰写活动的了解，因此，古代的诗学理论家在阐述其关于诗歌创作的理论和观点时，往往带有了将自己的创作心得和甘苦体验述说出来以指授学者的心理。理论本身不只是对于规律的总结，它还有着一定的制约性，也往往带有较强的约束力。这种制约性和约束力一方面反映了诗学理论家意图干预诗坛的理论用意，另一方面，也使理论在阐发出来的同时带有了经验授受的性质。古代诗学理论的一大特点就是与诗学实践，尤其是与诗歌创作撰写的实践结合密切。它本身来自于实践，又影响干预着实践，其与古代诗学实践的发展密不可分。正因如此，由理论阐发的目的性、实践性和理论本身的制约性、约束力的共同构成了古代诗学理论的谋略性特色。这种谋略性的特色在古代诗学理论中扮演着非常重要的角色，一直都是古代诗学理论阐发的逻辑起点与理论构建的基石。

同时也是理论间的沿革、演化的司南与轨道。可以说，古代诗学的谋略性特色是我国古代诗学理论生成民族特色的酵母与温床，对于我国古代诗学传统的延续与发展也发挥出了重要作用。它不仅是我们理解古代诗学体系的切入点，也应该成为推进我们进一步研究的一个新的起点。

一般认为，我国古代诗学理论在唐以前最大的理论贡献在于"风骨"理论的提出，而唐以后最大的理论收获则是意境论的逐渐成熟。"风骨"和"意境"可以概括我们民族诗学的基本特色点。而由"风骨"向"意境"的理论重心移动过程本身也反映出古代诗学家对于诗歌创作摅写活动不同阶段关注重心移动的方向。即从创作摅写的第一阶段向第三阶段移动，从对人格修养的强调渐及趋于对美的艺术特征的整体要求。诗学越发的专门化和抽象化了，诗歌艺术美的范畴和类别也越来越丰富了，然其本，皆离不开创作摅写活动的线性流程本身。理论重心的移动反映了诗学发展的方向，向着审美理想不断地迈进。这就是古代诗学的主脉。可见，诗学主脉是根本离不开创作摅写的根本流程的。而诗学史上主要理论范畴，包括陈良运用以勾绘古代诗学体系的五个范畴，其实都连贯在这个主脉上。要号准这个主脉，应该以创作摅写活动的基本流程为依据。

"风骨"说成熟的标志是《文心雕龙》，其《风骨》篇对于"风骨"的专门阐述可以看作是"风骨"理论成熟的标志。在该篇中，刘勰详细阐发了他关于"风骨"的意见，使这一理论得以全面地出现在诗学理论史的舞台上。刘勰指出："《诗》总六义，风冠其首，斯乃化感之本源，志气之符契也。是以怊怅述情，必始乎风；沉吟铺辞，莫先于骨。故辞之待骨，如体之树骸；情之含风，犹形之包气。结言端直，则文骨成焉；意气骏爽，则文风清焉。"①"风"源于《诗》之"六义"，而《毛诗序》对"风"的解释是"风，风也，风以动之，教以化之"，可见，"风"具有伦理教化的力量的含义。刘勰之用"风"，也含有作家在人格修养方面应具备相当的伦理影响力，能够在言语行止中对他人施以影响。具备了这种伦理影响力的作家若情有所触而"怊怅述情"，其伦理影响力则能通过创作活动落到实处，"风"便可从作家之素养经由文学文本而传

---

① （梁）刘勰著，范文澜注：《文心雕龙注》，人民文学出版社1958年版，第513页。

播出去，形成社会影响力。"骨"的表现是"结言端直"，则可知"骨"是一种文学创作方面的实践能力，是使文学作品语言精练劲直的艺术才能。简言之，"风"是作家的伦理道德素质，"骨"是将这种伦理道德素质通过创作予以艺术表现的能力。"风"、"骨"可以分开阐述，但实际上结合在一起，不能因否认其相互关系而予以生硬割裂，如同人的精神与其四肢的活动不能分开一样。所以，"风骨"是一个具备了儒家思想道德素养的作家所应具有的人格素质和通过文本传达这种素质的创作能力。作品承载了作家的风骨，是艺术创作取得成功的标志。

正因"风骨"兼有作家的伦理道德素养和艺术表现能力两方面的要求，所以，对"风骨"的强调正反映出对于作家修养和作家掌握艺术表现技巧能力的理论用意。唐前时代，从诗歌理论开始勃兴时对于作家思想修养的强调，到文学自觉时代因文学的发展，艺术表现能力的重要性便凸显出来。对于二者的强调，已切合了当时文学与文学理论（诗歌创作与诗学理论）发展过程中理论关注重心游移的基本状况。在此期有关的理论内容中，充满了要求作家遵循服从的理论用意。同时，对作家思想道德素养和艺术表现能力的强调也与文学发展的弊端和取得的实践成果相联系。这样的理论充满了对于创作本身和对于诗学风气的预先应对及实施干预的谋略色彩。所以，"风骨"说的提出，是有着理论家内在的谋略用意的。

意境说的成熟是在韵味、神韵、兴趣等理论发展的基础上取得的。王国维在《人间词话》中细致地阐发了其意境理论，使意境理论最终成型。何谓"意境"，王国维说："其言情则沁人心脾，写景则如在目前，其词脱口而出，无娇柔装束之态。"① 感情真实深刻，景象逼真生动，加之文学语言自然流畅，就会使得作品情景交融，余味悠长，起到使人似乎沉浸其中，涵茹不尽的艺术效果。王国维还补充提及，认为在感情强烈时，直接道得胸中之喜怒哀乐的作品亦是一种意境，因为这时的创作，情感迸发而出，既真切强烈，又沉着痛快，纯以真实自然取胜。自然是意境的基础，意境是自然在艺术创作语境中最佳的表现状态。我国古代诗学重含蓄、重写意的民族特色在意境理论中都得到了充

---

① 黄霖导读：《人间词话》卷上，上海古籍出版社1998年版，第14页。

分的体现。所以王国维也指出:"然沧浪所谓兴趣,阮亭所谓神韵,犹不过道其面目,不若鄙人拈出'境界'二字,为探其本也。"并且还说:"言气质,言神韵,不如言境界,有境界,本也;气质,末也;有境界而二者随之矣。"①客观地讲,意境理论在内涵与外延上均优于此前的一些理论,所以王国维对其意境理论非常自信。唐代以后的诗学较为重视对诗歌审美特征的强调,出现了诸如神韵、兴象、韵味等诗学命题,它们都反映了这一阶段诗歌创作的基本审美取向。而意境理论将其汇为一处,既合各家之长,又突出了情、境双谐在创作与审美过程中的重要位置,确实可谓集大成的理论建树。在这一时期的诗学家眼里,创作出有意境的作品是他们最为重要的美学追求。于是,他们精研前人创作,并结合自己的切身体验,总结出了许多具体而微的规矩或诗法,并予以明确标出,以教人授人。古代诗学中的诗格、诗法类著述都有这样的内在用意。清人冒春荣在其《湛园诗说》卷一中说:"故作诗必先谋章法、句法、字法,久之自然从容于法度之中,使人不易得其法,若不讲此,非邪魔即外道矣。"②在这种理论阐发的背后,蕴含着非常强烈的谋略性用意。此际的诗学家还进一步总结出了许多用以指导后学的学诗方法和基本路数,包括提点出师法的对象和学诗的路径。关于师法对象,从韩愈、元稹、李商隐起,一般的诗学观点都是认为应该学习杜甫,江西诗学更是将宗杜发挥到了极致,我们此处且不赘言。柳宗元在《答韦中立论师道书》中所谓"本之《书》以求其质,本之《诗》以求其恒,本之《礼》以求其宜,本之《春秋》以求其断,本之《易》以求其动……"③云云,虽是论文,但指示学者师法的谋略性用意与诗学家是一样的。而严羽《沧浪诗话·诗辨》则详细罗列了学诗的对象,其对象亦非一家,而成了一个带有谱系性质的师法对象群。其云:"天下有可废之人,无可废之言。诗道如是也。若以为不然,则是见诗之不广,参诗之不熟耳。试取汉魏之诗熟参之,次取晋宋之诗而熟参之,次取南北朝之诗而熟参之,次取沈、宋、王、杨、卢、骆、陈拾遗之诗而熟参之,次取开元、天宝诸家之诗而熟参

---

① 黄霖导读:《人间词话》卷上,上海古籍出版社1998年版,第3页及下卷第19页。
② 其"先谋"即预先谋略的意思,见郭绍虞编选,富寿荪校点:《清诗话续编》,上海古籍出版社1983年版,第1587页。
③ 胡士明选注:《柳宗元诗文选注》,上海古籍出版社1988年版,第98页。

之,次取李、杜二公之诗而熟参之,次取大历十才子之诗而熟参之,又取元和之诗而熟参之,其真是非有不能隐者。"①值得注意的是,严羽不仅指出向什么人学习,还在"次取"之类的表述中表现出了他对于学诗过程路径的程序性要求。他一方面承继了杜甫"转益多师"的诗学精神,又以其程序性要求告语读者,学诗是要遵循一定的路径和程序的,功夫应从上做下,学诗应由远及近,这样才能把握诗学的正源与正脉,才能起到杜甫所谓"别裁伪体"之效。严羽这种指授学者的意见,明显表现出了他关于学诗的谋略性用意。

较严羽更进一步,同样是出于指授学者学诗的用意,清人黄子云甚至为学者勾勒出了诗学的"道统"。其《野鸿诗的》有云:"诗有道统,不可不究其所自。姑综其要而言:《风》、《骚》之外,于汉曰《十九首》,曰苏、李,于魏曰曹、刘,于晋曰左、陆、渊明,于宋曰鲍、谢,于齐曰玄晖,于梁曰仲言(何逊),于陈曰子坚(阴铿)、孝穆(徐陵),于周曰子山(庾信),之数公者,虽各自为一家之言,而正始之序,截然不紊。"②这一"道统",其"正始之序"的要求非常鲜明,学者以此次序学诗,方不失于正道。这种对师法对象与学诗路径的要求与严羽之说一样,都含有强烈的谋略性用意。

所以,古代诗学理论在阐发之时,就有着强烈的指授性用意,也可以说就有着诗学承传的理论意旨。将这种意旨借助对理论观点的阐发而表现出来,就构成了诗学的谋略性特色。且因这种理论的制约力与相应的约束性,又使得诗学的承传成为可能。一代代的诗学家出于干预诗学的理论意旨著书立说;一代代的学诗者在诗学家的指导下开始循序渐进、按部就班地学习诗歌创作的方法与技巧。于是,诗歌创作的共同的历时性特色也就形成了,诗学理论中不因时代差异而有所不同的基本主张也一代代地延续下来了,共同形成了我国古代诗歌与诗学传统的民族性特点。在这样的诗歌与诗学的承传过程中,传统一直在维系,特色也一直在延续。就诗学方面讲,师法对象、学诗方法、学诗路径、学诗次序等观点和主张与具体而微的章法、句法等艺术实践经验一起,共同填充了古代诗学的理论资源库。而也正是谋略性的理论用意使这一切成为可能。

---

① 郭绍虞:《沧浪诗话校释》,人民文学出版社 1961 年版,第 12 页。
② 丁福保辑:《清诗话》,上海古籍出版社 1999 年版,第 848 页。

也正是其谋略思维本身,导致了古代诗学经验性、授受性特色的生成。更不用说传统的维系力和民族特色本身了。因此,谋略思维是古代诗学与古代诗学体系的核心与中枢,是它做到了得其环中、以应无穷并产生了大流斡运、摆动一切的巨大理论和实践作用;也是它推进了古代诗学自身精神不断的遗传延续与稳定的沿革发展。沈德潜在《说诗晬语》中曾说到"惨淡经营,诗道所贵"①。诗道之所贵者,就是诗学的核心,而这核心就在于"经营"二字。此处之"经营"实际上就是我们的"谋略"之谓也。把握住了谋略,就把握了古代诗学的本质与核心,就把握住了古代诗学的基本精神与基本体系。

正是出于谋略性的理论用意,古代诗学家们在结合诗歌创作摅写活动的实际进程阐发了关于诗学的各种理论观点和主张。这些理论观点与主张因结合了诗歌创作摅写活动的实际进程,遂显现出了鲜明的系统性。而诗学谋略的目的则是驾驭这个创作摅写过程,因而诗学理论的阐发在内在用意与外在表现上都具有了明确的制约性与约束力,这些也都是诗学谋略的体现。在古代诗学的体系中,谋略实际上是动力引擎,它促使各种诗学主张得以产生并决定了这些诗学主张的基本内容和理论取向,促使古代诗学传统中授受性特色的生成和诗学民族特色的延续。因此,在古代诗学体系中,谋略是动力核心,创作摅写活动是动力传输的链条。各种理论观点和诗学主张,以及各种诗学范畴和主要观念都被这个动力传输链条所驱动。以谋略为动力核心,各种诗学理论的观念、主张和范畴都是从动装置,创作过程是传动机构——它们共同构成了我国古代诗学的动力系统,也构成了古代诗学动力系统中最为重要的动力与传动、从动机构的总成。其内在作用的机理,则在于对诗坛及诗坛走向的预先应对与实施有效干预的理论用意和这个用意的实施与实现。古代诗学的资料浩如烟海,诗学主张林林总总,然此动力结构及其内在机理则是共通的。研究古代诗学,以谋略性思维为切入点去勾绘古代的诗学体系,去加深对古代诗学民族传统和传统力量的认识,应该说是目前古代诗学研究的一种可行方法。

---

① 丁福保辑:《清诗话》,上海古籍出版社1999年版,第546页。

兼论关于诗社研究的学术意义

对古代诗社形成的历史进行勾索，并对诗社的诗学内容进行考察，将诗社作为一种文学现象和诗学现象置于文学史、文学批评史的研究视野中予以观照，并对与诗社相关的诸多问题进行专门研究，是非常具有学术意义的。

首先，进行有关诗社问题的研究，是目前对文人群体性文学活动研究的具体化和深化。古代的文人群体性活动有多种形态，有的以文人集团的形式出现，有的还形成了创作上的文学流派。类似这样的文人群体以其共同的创作活动被人们关注，被人们在文学史的视野中作为群体性的文学事项予以研究和发掘。但这样的群体研究却更多地表现出个案化和类型化，以至在研究中表现出许多模式化的特点，这样的研究操作实际上并不能确切把握古代文人群体性文学活动在更为日常化、生活化和更加频繁深密的活动趋势中表现出的基本特点。中唐以后，文人的群体性文学活动成为文人创作、批评和进行文学交流的基本场合和最为重要的话语语境，文人群体表现出超越了其中每一个成员的共性特质：群体不是其中个体成员的简单总和，群体中的创作也不是都在反映作家的真实情愫——群体性的文学活动有着群体性本身的一些规律和特征，这些特征有时要比其中某些核心成员的文学成就来得重要。群体性的文学活动反映到文学创作和批评上，就有了许多与群体性本身紧密关联的新质素。在群体性文学活动极为普遍的时代，在友朋诗侣间往来唱和、交相品评作品的时代，研究文人群体的方法和角度就须要做出调整。诗社作为最具代表性的文人群体组织形式，对其间的文学活动进行研究，可以促进古代文人群体研究的深化和具体化，也有助于对于古代文学的基本存在状况进行更深入的思考。

其次，进行诗社研究，着手解决相关学术问题也是古代文人群体与文学批评史研究方面的学术要求。文学史研究的关注点多在文人群体的创作上，对群体内在的文学思想及其文学思想和创作间存在的关系关注不够。对文人群体内部以怎样的文学思想维系彼此，他们又是如何相互激荡并达成共识，从而对某一时期的创作与理论批评产生作用等问题缺乏关注。而这些问题，不只是在文学史的研究中，在文学批评史的研究中也存在着关注不够的问题。作为古代文人群体形态中最具普遍意义和代表性的诗社，研究其内在的理论和成员间不同主张的消长融通关系，并了解群体成员总体的文学思想对支撑他们的文学创作、引导他们进行文学批评的实际作用，并以之与文学史、文学批评史的研究结合起来进行观照，以扎实可信研究成果为文学史与文学批评史的研究提供参考，也是一件非常具有学术意义的事情。

第三，进行诗社研究，也是进一步理解我国古代文学的一些重要特征和文学演变规律的内在要求。因为文人生活中群体性活动日益深密，文学在其中也起着交流符号的作用。故而在大量的交接应酬中，文学也并非都是感于哀乐、缘事而发的真情摅写。在群体性的文学活动中产生的文学作品，也同样不能在写心见意的层面上予以简单评判。在文人生活中，在群体性文学活动的交接应酬中，文学创作实际上是一种带有训练性、竞争性和娱乐性的创作实践活动。文学的这种实践性不只是对于文学创作，对文学理论批评其实也都有着巨大的影响。不认识到这一点，就失却了对古代文学实际上也沾溉了群体性活动中的逞才炫技和交流礼仪质素的客观了解。而诗社正是古代文人群体性文学活动的典型类型，对诗社进行深入研究，对有关诗社的创作与批评活动进行观照，可以对古代文学的群体性特质和交流符号内涵有所体会，这对加深对古代文学传统的认识，领会古代文学更为内在的社会性和艺术性间的共构互动关系是极有帮助的。

第四，进行诗社研究，也是理解古代文学发展以及文学理论批评演化嬗变和生成格局的重要参考。古代的文人群体活动，也包括诗社活动，在文人进行创作与批评演练的时候，实际上是以当时诗坛的某种风尚作为参照的。不管是去迎合这种风尚，还是试图去改变这种风尚，诗社在某个时代中的具体活动都是理解当时诗学风尚的重要参考。当某个时代的主流创作与批评风气兴盛之时，对诗社中诗学活动的把握可以帮助我们了解这种诗风的流播情况，这时的诗社，起到了主流诗风的传播通路和中继站的作用；当某个时代的主流诗风已经流露出行将式微的端倪之时，诗社中的诗学活动就成为挑战主流、逗引革新的基地与摇篮。诗社本身也具有聚结诗学力量、培训诗学后进的作用，因而，在某一时代的诗学格局中，诗社会在日常的诗学活动中逐渐形成一种创作与批评的力量，从而对主流风气与宏观的诗学格局发生作用。从文学批评史的视野中去关注诗社中的诗学活动，可以更为直观、更为具体的阐释历史上某时代的诗学风尚与变化走势何以发生。因此，诗社也是把握文学发展与文学理论批评发展走向的基本观测点。

本书以大量的篇幅考察了诗社发展的历史，也对其中一些与文学理论批评关联较大的诗人或诗社群体进行了分析，正是试图从上述四个方面出发尝试将诗社形态的文人群体活动与文学史和文学批评史结合起来解读我国古代的文学传统，尽管秉持实事求是的学术态度，力求做到科学与周详，但也深刻地感觉到未尽事项仍不在少数，所发现的问题和能够予以解答的问题与问题的本真相较，不啻是冰山之一角。阐述出的观点亦恐有偏颇之处，对某些问题的阐发也或失之片面，这些都需要在不断的学术研究中予以修正。至于错讹不实或是浅尝辄止未能深入的地方也大大有之。限于才识与学力，"中国文学批评史视野中的古代诗社研究"这个重大的科研任务只能暂时以这样的面目告一段落。学术没有止境，须要长期艰苦的努力去克服各种随时出现的学术难题；学术终将进步，它需要学者的毅力与探索精神。学术研究的价值，在于三个"新"，发现新问题、尝试新方法和开辟新领域。要做到这三个"新"，就必须尝试，尝试中的种种不足，万望见谅。

主要参考书目

B

《白虎通疏证》,(清)陈立疏证,吴则虞点校,中华书局1994年版。
《白居易集》,顾学颉校点,中华书局1979年版。
《白居易集笺校》,朱金城笺校,上海古籍出版社1988年版。
《宾退录》,(宋)赵与时撰,上海古籍出版社1983年版。
《北江诗话》,(清)洪亮吉著,陈迩冬校点,人民文学出版社1983年版。
《笔记小说大观》,江苏广陵古籍刊印社1983年版。

C

《春秋左传正义》,(周)左丘明传,(晋)杜预注,(唐)孔颖达疏,李学勤主编:《十三经注疏》本,北京大学出版社2000年版。
《楚辞补注》,(宋)洪兴祖著,白化文点校,中华书局1983年版。
《曹植传校注》,赵幼文校注,人民文学出版社1986年。
《诚斋集》,《四部丛刊》本。
《沧浪诗话校释》,(宋)严羽著,郭绍虞校释,中华书局1961年版。
《淳熙稿》,(宋)赵蕃著,文渊阁《四库全书》本。
《采菽堂古诗选》,(清)陈祚明选编,李金松点校,上海古籍出版社2008年版。

《创意造言与宋诗特色》，张高评著，台湾新文丰出版公司 2008 年版。

《草堂雅集》，（元）顾瑛辑，杨镰、祁学明、张颐青整理，中华书局 2008 年版。

《沧溟先生集》，（明）李攀龙著，包敬第标校，上海古籍出版社 1992 年版。

《禅门逸书》，明复主编，台湾明文书局股份有限公司 1981 年版。

D

《大正藏》，日本大正一切经刊行会辑，1934 年版。

《戴叔伦诗集校注》，蒋寅校注，上海古籍出版社 1993 年版。

《戴复古诗集》，金芝山点校，浙江古籍出版社 1992 年版。

《独醒杂志》，（宋）曾敏行著，《丛书集成》本。

《带经堂诗话》，（清）王士禛著，张宗柟纂集，夏鸿森校点，人民文学出版 1963 年版。

《杜甫戏为六绝句》，郭绍虞集解，人民文学出版社 1976 年。

《大复集》，（明）何景明，上海古籍出版社 1991 年版。

《东京梦华录（外四种）》，（宋）孟元老等著，古典文学出版社 1956 年版。

F

《凤池吟稿》，（明）王广洋著，文渊阁《四库全书》本。

《方凤集》，方勇辑校，浙江古籍出版社 1993 年版。

《凤雅翼》，（元）刘履著，文渊阁《四库全书》本。

《范德机诗集》，（元）范梈著，文渊阁《四库全书》本。

G

《管子校注》，黎翔凤、梁连华校注，中华书局 2004 年版。

《高僧传》，（梁）释慧皎著，汤用彤校注，中华书局 1992 年版。

《归潜志》，（金）刘祁著，崔文印校，中华书局 1983 年版。

《桂隐诗集》，（元）刘诜著，文渊阁《四库全书》本。

《古夫于亭杂录》，（清）王士禛著，中华书局 1988 年版。

H

《汉书》，（汉）班固撰，中华书局 1962 年版。

《后汉书》，（刘宋）范晔撰，中华书局 1965 年版。

《韩昌黎文集校注》，马其昶校注，上海古籍出版社 1986 年版。

《黄庭坚全集》，刘琳、李勇先等编纂，四川大学出版社 2001 年版。

《后村大全集》，（宋）刘克庄著，《四部丛刊》本。

《海桑集》，（明）陈谟之著，文渊阁《四库全书》本。

《黄宗羲全集》，浙江古籍出版社 1985 年版。

《汉魏文学与政治》，孙明君著，商务印书馆 2003 年版。

《汉魏六朝文学新论——拟代与赠答篇》，梅家玲著，北京大学出版社 2004 年版。

《汉魏六朝乐府文学史》，萧涤非著，人民文学出版社 1984 年版。

《汉魏两晋南北朝佛教史》，汤用彤著，北京大学出版社 1997 年版。

《黄庭坚年谱新编》，郑永晓著，社会科学文献出版社 1997 年版。

《何大复集》，李淑毅等点校，中州古籍出版社 1989 年版。

《花月痕》，（清）魏秀仁，人民文学出版社 1982 年版。

《海上花列传》，（清）韩邦庆著，人民文学出版社 1985 年版。

J

《晋书》，（唐）房玄龄等撰，中华书局 1974 年版。

《旧唐书》，（后晋）刘昫等撰，中华书局 1975 年版。

《旧五代史》，（宋）薛居正等撰，中华书局 1975 年版。

《金史》，（元）脱脱等撰，中华书局 1977 年版。

《江南野史》，（宋）尤袤撰，傅璇琮等主编《五代史书汇编》，杭州出版社 2004 年版。

《嘉祐集笺注》，（宋）苏洵撰，曾枣庄，金成礼笺注，上海古籍出版社 1993 年版。

《金诗纪事》，陈衍辑撰，王庆生增订，上海古籍出版社 2003 年版。

《揭傒斯全集》，李梦生标校，上海古籍出版社 1985 年版。

《姜斋诗话笺注》，（清）王夫之著，戴鸿森笺注，人民文学出版社 1981 版。

《纪晓岚文集》，河北教育出版社 1995 年版。

《介存斋论词杂著、复堂词话、蒿庵论词》，（清）周济等撰，顾学颉校点，人民文学出版社 1959 年版。

《建安文学述评》，李景华著，首都师范大学出版社 1994 年版。

《江湖诗派研究》，张宏生著，中华书局 1995 年版。

《金代文学家年谱》，王庆生著，凤凰出版社 2005 年版。

《金代文学编年史》，牛贵琥著，安徽大学出版社 2011 年版。

《静志居诗话》，（清）朱彝尊著，人民文学出版社 1998 年版。

K

《可闲老人集》，（明）张昱著，文渊阁《四库全书》本。

《空同集》，（明）李梦阳著，上海古籍出版社 1991 年版。

L

《礼记正义》（汉）郑玄注，（唐）孔颖达疏，《十三经注疏》本，北京大学出版社 2000 年版。

《论语注疏》（魏）何晏注，（宋）邢昺疏，《十三经注疏》本，北京大学出版社 2000 年版。

《礼记集说》，（元）陈澔撰，中国书店 1994 年版。

《梁书》，（唐）姚思廉著，中华书局 1973 年版。

《临川先生文集》，（宋）王安石撰，中华书局 1959 年版。

《历代诗话》（清）吴景旭著，中华书局 1958 年版

《历代名画记》，（唐）张彦远著，上海人民美术出版社 1964 年版。

《历代诗话》，（清）何文焕辑，中华书局 1981 年版。

《历代诗话续编》，丁福保辑，中华书局 1983 年版。

《冷斋夜话 风月堂诗话 环溪诗话》，陈新点校，中华书局 1988 年版。

《列朝诗集小传》，（清）钱谦益著，上海古籍出版社 1983 年版。

《历代史料笔记丛刊》，中华书局编，中华书局 2005 年版。

《两汉文献与两汉文学》，董治安著，上海古籍出版社 2005 年版。

《辽金元诗话全编》，吴文治主编，凤凰出版社 2006 年版。

《李东阳集》，周寅丙点校，岳麓书社 1985 年版。

《论文偶记 初月楼古文绪论 春觉斋论文》，范先渊校点，人民文学出版社 1959 年版。

《六朝文论》，廖蔚卿著，台湾联经出版事业公司 1978 年版。

《辽金元诗歌史论》，张晶著，吉林教育出版社 1995 年版。

《理学背景下的元代文论与诗文》，查洪德著，中华书局 2005 年版。

《刘禹锡集》，卞孝萱校订，中华书局 1990 年版。

《刘克庄与中国诗学》，王明见著，巴蜀书社 2004 年版。

《林和靖集》，沈幼征校注，浙江古籍出版社 1986 年版。

《芦川归来集》，(宋)张元幹，上海古籍出版社1978年版。

《柳宗元诗文选注》，(唐)柳宗元，胡士明选注，上海古籍出版社1988版。

《绿野仙踪》，(清)李百川著，人民文学出版社1988年版。

M

《毛诗正义》，(汉)毛亨传，郑玄笺，(唐)孔颖达疏，《十三经注疏》本，北京大学出版社2000年版。

《孟子注疏》，(汉)赵岐注，(宋)孙奭疏，《十三经注疏》本，北京大学出版社2000年版。

《墨子校注》，吴毓江撰，孙啟治点校，中华书局1993年版。

《渑水燕谈录 归田录》，(宋)王辟之、欧阳修撰，吕友仁、李伟国点校，中华书局1981年版。

《梅尧臣集编年校注》，朱东润校注，上海古籍出版社1980年版。

《梦梁录》，(宋)吴自牧著，中国商业出版社1982年版。

《明诗综》，(明)甘瑾撰，文渊阁《四库全书》本。

《明诗纪事》，陈田著，上海古籍出版社1993年版。

《马克思恩格斯全集》，人民出版社1956年版。

《明诗话全编》，吴文治主编主编，江苏古籍出版社1997年版。

《明末清初文人结社研究》，何宗美著，南开大学出版社2003年版。

《明代文学复古运动研究》，廖可斌著，上海古籍出版社1994年版。

《明代前后七子研究》，陈书录著，江西人民出版社1994年版。

N

《南齐书》，(梁)萧子显撰，中华书局1972年版。

《南史》，(唐)李延寿撰，中华书局1975年版。

《南村辍耕录》，（明）陶宗仪著，中华书局1958年版。
《南北朝文学史》，曹道衡、沈玉成编著，人民文学出版社1991年版。
《南宋江湖派研究》，张瑞君著，中国文联出版社1999年版。

O

《欧阳修全集》，李逸安点校，中华书局2001年版。
《瓯北集》，（清）赵翼著，李学颖、曹光甫校点，上海古籍出版社1997年版。
《瓯北诗话》，（清）赵翼著，人民文学出版社1963年版。

P

《品花宝鉴》，（清）陈森著，人民文学出版社1987年版。

Q

《全上古三代秦汉三国六朝文》，（清）严可均辑，中华书局1958年影印本。
《全唐文》，（清）董浩等编，中华书局1983年影印本。
《全唐诗》，（清）曹寅、彭定求等编纂，中华书局1960年排印本。
《全宋诗》，北京大学古文献研究所编，北京大学出版社1991—1998年版。
《全宋文》，曾枣庄、刘琳主编，上海辞书出版社、安徽教育出版社2006版。
《全辽金文》，阎凤梧等主编，山西古籍出版社2001年版。
《全元文》，李修生主编，凤凰出版社2004年版。
《青谿漫稿》，（明）倪岳著，文渊阁《四库全书》本。
《全唐五代诗格汇考》张伯伟著，凤凰出版社2002年版。

《清诗纪事》,钱仲联著,江苏古籍出版社1987年版。

《清诗史》,严迪昌著,浙江古籍出版社2002年版。

《清诗话》,丁福保辑,上海古籍出版社1999年版。

《清诗话续编》,郭绍虞编选,富寿荪校点,上海古籍出版社1983年版。

《齐东野语》,(宋)周密撰,张茂鹏点校,中华书局1983年版。

《青楼梦》,(清)慕真山人著,齐鲁书社1993年版。

《乾隆皇帝游江南》,(清)轶名著,张克东,高原标点,岳麓书社2004年版。

R

《容斋随笔》,(宋)洪迈著,上海古籍出版社1978年版。

《人间词话》,王国维著,黄霖等导读,上海古籍出版社1998版。

《人境庐诗草笺注》,(清)黄遵宪著,钱仲联笺注,上海古籍出版社1981年版。

《儒林外史》,(清)吴敬梓,人民文学出版社1958年版。

《二十年目睹之怪现状》,(清)吴趼人著,人民文学出版社2000年版。

S

《诗经注析》,蒋见元、程俊英注析,中华书局1991年版

《说文解字注》,(汉)许慎著,(清)段玉裁注,上海古籍出版社1981年版。

《尚书正义》,(汉)孔安国传(唐)孔颖达疏,《十三经注疏》本,北京大学出版社2000年版。

《史记》,(汉)司马迁撰,(刘宋)裴骃集解,(唐)司马贞索隐,(唐)张守节正义,中华书局1959年版。

《三国志》,(晋)陈寿撰,(刘宋)裴松之注,中华书局1959年版。

《宋书》,(梁)沈约撰,中华书局1974年版。

《隋书》，（唐）魏征等撰，中华书局 2000 年版。

《宋史》，（元）脱脱等撰，中华书局 1977 年版。

《十国春秋》（清）吴任臣撰、徐敏霞、周惠点校，中华书局 1983 年版。

《宋元方志丛刊》，中华书局 1990 年影印本。

《宋稗类钞》，（清）潘永因撰，书目文献出版社 1985 年版。

《苏轼诗集》，（清）王文诰辑注，孔繁礼点校，中华书局 1982 年版。

《苏轼文集》，孔繁礼点校，中华书局 1986 年版。

《宋诗纪事》（清）厉鹗著，中华书局 1983 年版。

《宋诗话辑佚》，郭绍虞著，中华书局 1980 年版。

《宋诗话考》，郭绍虞著，中华书局 1979 年版。

《宋诗话考论——以江西诗派、反江西诗派诗话为中心》，邓国军撰，四川大学 2003 年博士学位论文。

《宋诗话全编》，吴文治主编，江苏古籍出版社 1998 年版。

《世说新语校笺》，徐震堮校笺，中华书局 1984 年版。

《诗品注》，（梁）钟嵘著，陈延杰注，人民文学出版社 1961 年版。

《诗人玉屑》，（宋）魏庆之辑，上海古籍出版社 1959 年版。

《诗林广记》，（宋）蔡正孙著，中华书局 1981 年版。

《司空表圣诗文笺校》，（唐）司空图撰，祖保泉、陶礼天笺校，安徽大学出版社 2002 年版。

《说郛》，（元）陶宗仪编纂，上海古籍出版社 1990 年影印本。

《诗薮》，（明）胡应麟著，中华书局 1958 年版。

《升庵全集（十卷）》，（明）杨慎著，商务印书馆 1935 年版。

《汤显祖诗文集》，徐朔方笺校，上海古籍出版社 1982 年版。

《四库全书总目》，（清）永瑢等撰，中华书局 1965 年版。

《诗品集解 续诗品注》，（梁）钟嵘著，（清）袁枚著，郭绍虞集解，人民文学出版 1963 年版。

《松桂堂全集》，（清）彭孙遹著，文渊阁《四库全书》本。

《射鹰楼诗话》，（清）林昌彝著，王镇远、林虞生标点，上海古籍出版社 1988 年版。

《宋诗派别论》，梁昆著，商务印书馆1938年版。

《宋元诗社研究丛稿》欧阳光著，广东高等教育出版社1996年版。

《宋代文学史》孙望、常国武主编，人民文学出版社1996年版。

《宋诗学导论》，程杰著，天津人民出版社1999年版。

《诗化人生—魏晋风度的魅力》，陈洪著，河北大学出版社2001年版。

《宋人诗话外编》，程毅中主编，国际文化出版公司1996年版。

《四朝见闻录》，（宋）叶绍翁撰，中华书局1989年版。

《石遗室诗话》，陈衍著，郑朝宗、石文英校点，人民文学出版社2004年版。

《蜃楼志》，（清）庾岭劳人著，齐鲁书社1988年版。

T

《唐国史补 因话录》，（唐）李肇撰，（唐）赵璘撰，上海古籍出版社1979年版。

《唐才子传校笺》，（元）辛文房撰，傅璇琮校笺，中华书局1990年版。

《唐人选唐诗十种》，（唐）元结、殷璠等选，上海古籍出版社1978年版。

《唐诗纪事》，（宋）计有功著，上海古籍出版社1987年版。

《唐音癸签》，（明）胡震亨著，古典文学出版社1957年版。

《唐摭言》，（五代）王定保著，文渊阁《四库全书》本。

《谈龙录 石洲诗话》，（清）赵执信著，（清）翁方纲著，陈迩冬校点，人民文学出版社1981年版。

《陶渊明年谱》，许逸民校辑，中华书局1986年版。

《苕溪渔隐丛话》，（宋）胡仔撰，廖德明校点，人民文学出版社1962年版。

《唐宋文学研究》，曾枣庄著，巴蜀书社1999年。

《陶庵梦忆》，（明）张岱撰，中华书局2008年版。

《谭元春集》，陈杏珍标校，上海古籍出版社1998年版。

《唐五代文学编年史》，傅璇琮主编，辽海出版社1998年版。

《唐宋词人年谱》，夏承焘著，上海古籍出版社1979年版。

《唐诗品汇》，（明）高棅编选，上海古籍出版社1988年影印本。

W

《文苑英华》，（宋）李昉、徐铉等编，中华书局1966年版。
《文选》，（唐）李善注，上海古籍出版社1986年版。
《五代诗话》，（清）王士禛著，郑方坤删补、戴鸿森点校，人民文学出版社1989年版。
《王安石诗文评选》，刘乃昌、高洪奎著，上海古籍出版社2002年版。
《文史通义校注》，（清）章学诚著，叶瑛校注，中华书局1985年版。
《文献通考》，（元）马端临著，华东师范大学1985年版。
《王国维文集》，中国文史出版社1997年版。
《闻一多全集》，湖北人民出版社1993年版。
《魏晋文学史》，徐公持著，人民文学出版社1999年版。
《魏晋诗歌艺术原论》，钱志熙著，北京大学出版社1993年版。
《王禹偁诗集编年笺注》，王延梯等著，香港天马出版有限公司2005年版。
《文心雕龙注》，（梁）刘勰著，范文澜注，人民文学出版社1958年版。
《文心雕龙校注》，（梁）刘勰著，杨明照校注，中华书局1959版。
《文赋集释》，张少康集释，人民文学出版社2002年版。
《文心雕龙的文学理论和历史渊源》，郭鹏著，齐鲁书社2004年版。
《文人结社与明代文学的演进》，何宗美著，人民出版社2011年版。

X

《新唐书》，（宋）欧阳修、宋祁等撰，中华书局1975年版。
《新五代史》，（宋）欧阳修等撰，中华书局1975年版。
《荀子集解》，（清）王先谦集解，中华书局1988年。

《先秦汉魏晋南北朝诗》，逯钦立辑校，中华书局1983年版。

《湘山野录 续录 玉壶清话》，（宋）释文莹撰，郑世纲、杨立扬点校，中华书局1984年版。

《霞外诗集》，（元）马臻著，文渊阁《四库全书》本。

《小鸣稿》，（明）朱诚泳著，文渊阁《四库全书》本。

《文毅集》，（明）解缙著，文渊阁《四库全书》本。

《先秦民俗史》，晁福林著，上海人民出版社2001年版。

《谢榛全集》，朱其铠、王恒展、王少华点校，齐鲁书社2000年版。

《西游记》，（明）吴承恩著，人民文学出版社1980年版。

Y

《元史》，（明）宋濂等撰，中华书局1977年版。

《杨万里集笺校》，辛更儒笺校，中华书局2007年版。

《颜氏家训集解》，（北齐）颜之推著，王利器集解，上海古籍出版社1980年版。

《艺文类聚》，（唐）欧阳询编，中华书局1965年版。

《元好问全集》，姚奠中主编，山西人民出版社1990年版。

《元好问全集（增订本）》，姚奠中主编，李正民增订，山西古籍出版社2004年版。

《遗山先生文集》，《四部丛刊初编》本。

《游宦纪闻》，（宋）张世南著，中华书局1981年版。

《元诗选》，（清）顾嗣立编，中华书局1987年版。

《隐居通议》，（元）刘埙著，《丛书集成》本。

《清容居士集》，（元）袁桷著，《丛书集成初编》本。

《雁门集》，（元）萨都剌著，上海古籍出版社1982年版。

《云阳集》，（元）李祁著，文渊阁《四库全书》本。

《演繁录》，（宋）程大昌著，文渊阁《四库全书》本。

《艺苑卮言校注》,(明)王世贞著,罗仲鼎校注,齐鲁书社1992年版。

《隐秀轩集》(明)钟惺著,李先耕、崔重庆标校,上海古籍出版社1992年版。

《艺圃撷余》,(明)王世懋纂,文渊阁《四库全书》本。

《艺概》,(清)刘熙载著,袁津琥校注,中华书局2009年版。

《元代奎章阁及奎章人物》,姜一涵著,台湾联经文化事业公司1986年版

《元诗纪事》,陈衍著,上海古籍出版社1987年版。

《元代文学史》,邓绍基著,人民文学出版社1991年版。

《元诗史》,杨镰著,人民文学出版社2003年版。

《元代文学编年史》,杨镰著,山西教育出版社2005年版。

《元代诗法校考》,张健著,北京大学出版社2001年版。

《杨维桢与元末明初文学思潮》,黄仁生著,上海东方出版中心2005年版。

《原诗 一瓢诗话 说诗晬语》,(清)叶燮著、(清)薛雪著、(清)沈德潜著,人民文学出版社1979年版。

《玉函山房辑佚丛书》,(清)马国翰编,文渊阁《四库全书》本。

《玉山名胜集》,(元)顾瑛辑,杨镰、叶爱欣整理,中华书局2008年版。

《玉台新咏笺注》,(陈)徐陵辑,(清)吴兆宜注,(清)程琰删补,穆克宏点校,中华书局1985年版。

Z

《周书》,(唐)令狐德棻等撰,中华书局1971年版。

《庄子集释》,(清)郭庆藩集释,中华书局1961年版。

《曾巩集》,陈杏珍、晁继周点校,中华书局1984年版。

《中吴纪闻》,(宋)龚明之撰,孙菊园校点,中华书局1986年版。

《贞素斋集》,(元)舒頔著,文渊阁《四库全书》本。

《震川先生集》,(明)归有光著,上海古籍出版社1981年版。

《昭昧詹言》,(清)方东树著,汪绍楹校点,人民文学出版社1961年版

《照隅室古典文学论集》，郭绍虞著，上海古籍出版社1983年版。

《钟嵘〈诗品〉校释》，吕德申著，北京大学出版社2000年版。

《中国古典戏剧论著集成·曲律》，（明）王骥德著，中国戏剧出版社1959版。

《中国古代礼仪文明》，彭林著，中华书局2004年版。

《中古文学史论》，王瑶著，北京大学出版社1998年版。

《中古文学系年》，陆侃如著，人民文学出版社1985年版。

《中国画论辑要》，周积寅编著，江苏美术出版社1985年版。

《中国美学史·魏晋南北朝编》，李泽厚、刘纲纪著，安徽文艺出版社1999年版。

《中国民间宗教史》，马西沙、韩秉方著，上海人民出版社1992年版。

《中国文学批评史》，罗根泽著，古典文学出版社1957年版。

《中国文学批评史》，郭绍虞著，中华书局1961年版。

《中国诗学体系论》，陈良运著，中国社会科学出版社1992年版。

《中国文学批评通史——隋唐五代卷》，王运熙、杨明著，上海古籍出版社1996年版。

《中国古代文人集团与文学风貌》，郭英德著，北京师范大学出版社1998年版。

《中国文学批评文献学》，孙立著，广东人民出版社2000年版。

《中国诗学的基本观念》，张方著，东方出版社1999年版。

《中国诗学研究》，张伯伟著，辽海出版社2000年版。

《中国文学批评史大纲》，朱东润著，章培恒导读，上海古籍出版社2001年版。

《中国古代文学批评方法研究》，张伯伟著，中华书局2002年版。

《中国诗论史》，漆绪邦、梅运生、张连第著，黄山书社2007年版。

《中国禅宗与诗歌》，周裕楷著，上海人民出版社1992年版。

《朱自清说诗》，朱自清，上海古籍出版社1998年版。

《照世杯》，（清）酌元亭主人著，上海古籍出版社1985年版。